GRANDES OBRAS DA CULTURA UNIVERSAL
(Clássicos de Sempre)

1. DIVINA COMÉDIA — Dante Alighieri — Ilustrações de Gustave Doré — Tradução, nota e um estudo biográfico, por Cristiano Martins.
2. OS LUSÍADAS — Luís de Camões — Introdução de Antônio Soares Amora — Modernização e Revisão do Texto de Flora Amora Sales Campos — Notas de Antônio Soares Amora, Massaud Moisés, Naief Sáfady, Rolando Morel Pinto e Segismundo Spina.
3. FAUSTO — Goethe — Tradução de Eugênio Amado.
4. LÍRICA — Luís de Camões — Introdução e notas de Aires da Mata Machado Filho.
5. O ENGENHOSO FIDALGO DOM QUIXOTE DE LA MANCHA — Miguel de Cervantes Saavedra — Com 370 ilustrações de Gustave Doré — Tradução e notas de Eugênio Amado — Introdução de Júlio G. Garcia Morejón.
6. GUERRA E PAZ — Leon Tolstói — Com índice de personagens históricos, 272 ilustrações originais do artista russo S. Shamarinov. Tradução, introdução e notas de Oscar Mendes.
7. ORIGEM DAS ESPÉCIES — Charles Darwin — Com esboço autobiográfico e esboço histórico do progresso da opinião acerca do problema da origem das espécies, até publicação da primeira edição deste trabalho. Tradução de Eugênio Amado.
8. CONTOS DE PERRAULT — Charles Perrault — Com 42 ilustrações de Gustave Doré — Tradução de Regina Régis Junqueira. Introdução de P. J. Stahl e como apêndice uma biografia de Perrault e comentários sobre seus contos.
9. CIRANO DE BERGERAC — Edmond Rostand — Com uma "Nota dos Editores" ilustrada por Mario Murtas. Tradução em versos por Carlos Porto Carreiro.
10. TESTAMENTO — François Villon — Edição bilingue — Tradução, cronologia, prefácio e notas de Afonso Félix de Souza.
11. FÁBULAS — Jean de La Fontaine — Um esboço biográfico, tradução e notas de Milton Amado e Eugênio Amado. Com 360 ilustrações de Gustave Doré.
12. O LIVRO APÓCRIFO DE DOM QUIXOTE DE LA MANCHA — Afonso Fernández de Avelaneda — Tradução, prefácio e notas de Eugênio Amado — Ilustrações de Poty.
13. NOVOS CONTOS — Jacob e Wilhelm Grimm — Tradução de Eugênio Amado
14. GARGÂNTUA E PANTAGRUEL — Rabelais — Tradução de David Jardim Júnior.
15. AVENTURAS DO BARÃO DE MÜNCHHAUSEN — G.A. Burger — Tradução de Moacir Werneck de Castro — Ilustração de Gustave Doré.
16. CONTOS DE GRIMM — Jacob e Wilhelm Grimm — Obra Completa — Ilustrações de artista da época — Tradução de David Jardim Júnior.
17. CONTOS DE FADAS DE ANDERSEN — OBRA COMPLETA — Hans Christian Andersen — Ilustrações de artistas da época — Tradução de Eugênio Amado.
18. PARAÍSO PERDIDO — John Milton — Ilustrações de Gustave Doré — Tradução de Antônio José Lima Leitão.
19. LEWIS CARROLL OBRAS ESCOLHIDAS — Em 2 volumes. Ilustrações de artistas da época — Tradução Eugênio Amado — Capa Cláudio Martins.
20. GIL BLAS DE SANTILLANA — Lesage — Em 2 volumes. Tradução de Bocage — Ilustrações de Barbant — Vinheta de Sabatacha.
21. O DECAMERÃO — Giovanni Boccaccio — Tradução de Raul de Polillo — Introdução de Eldoardo Bizzarri.
22. QUO VADIS — Henrik Sienkiewicz — Tradução de J. K. Albergaria — Ilustrações Dietricht, Alfredo de Moraes e Sousa e Silva — Gravuras de Carlos Traver.
23. MEMÓRIAS DE UM MÉDICO — Alexandre Dumas (1. José Bálsamo — 2. O Colar da Rainha — 3. A Condessa de Charny — 4. Angelo Pitou — 5. O Cavalheiro da Casa Vermelha).
24. A ORIGEM DO HOMEM (e a seleção sexual) — Charles Darwin — Tradução Eugênio Amado.
25. CONVERSAÇÕES COM GOETHE — Johann Peter Eckermann — Tradução do alemão e notas de Marina Leivas Bastian Pinto.
26. PERFIS DE MULHERES — José de Alencar
27. ÚLTIMOS CONTOS — Hans Christian Andersen
28. ANA KARÊNINA — Leon Tolstói
29. CONTOS — Machado de Assis

CONTOS DE FADAS DE ANDERSEN

OBRA COMPLETA

GRANDES OBRAS DA CULTURA UNIVERSAL

VOL. 17

Tradução
EUGÊNIO AMADO

Revisão
CLÁUDIA RAJÃO

Diagramação
ELIANA NOGUEIRA

Capa
JOSÉ CARVALHO

EDITORA GARNIER
BELO HORIZONTE
Rua São Geraldo, 67 — Floresta — Cep. 30150-070
Tel.: 3212-4600
e-mail: vilaricaeditora@uol.com.br

HANS CHRISTIAN ANDERSEN

CONTOS DE FADAS DE ANDERSEN
OBRA COMPLETA

2ª Edição

EDITORA GARNIER

Belo Horizonte

FICHA CATALOGRÁFICA

Andersen, Hans Christian, 1805-1875.
    Contos de fadas de andersen : obra completa / Hans Christian Andersen ; (tradução Eugênio Amado). — 2 ed. — Belo Horizonte, MG : Editora Garnier, 2019. — (Grandes Obras das Cultura Universal, 17)

    Título original em inglês: The complete fairy tales and stories.

    ISBN: 978-85-7175-118-7.

    1. Contos — Literatura infatojuvenil 2. Contos de fadas — Literatura infantojuvenil. I. Título. II. Série.

18-22090   CDD-028.5

Índices para catálogo sistemático:

1. Contos : Literatura infantil 028.5
2. Contos : Literatura infantojuvenil 028.5

Maria Paula C. Riyuzo - Bibliotecária - CRB-8 /7639

2019

Direitos de Propriedade Literária adquiridos pela
EDITORA GARNIER
Belo Horizonte

Impresso no Brasil
Printed in Brazil

Sumário

Apresentação 11
Nota do Tradutor 14
Prefácios de Hans Christian Andersen 16
Prefácio de 1837 16
Prefácio de 1862 18
Prefácio de 1874 25
O Isqueiro 41
Nicolão e Nicolinho 47
A Princesa e o Grão de Ervilha 57
As Flores da Pequena Ida 59
Dedolina 65
O Menino Maldoso 73
O Companheiro de Viagem 75
A Pequena Sereia 90
A Roupa Nova do Imperador 107
As Galochas Mágicas 111
A Margarida 132
O Soldadinho de Chumbo 135
Os Cisnes Selvagens 139
O Jardim do Éden 153
O Baú Voador 165
As Cegonhas 171
O Porco de Bronze 176
O Pacto de Amizade 186
Uma Rosa do Túmulo de Homero 193
O Velho Morfeu 195
O Duende da Rosa 207
O Guardador de Porcos 211
O Trigo-Sarraceno 217
O Anjo 220
O Rouxinol 223
Os Namorados 232
O Patinho Feio 235
O Pinheiro 244
A Rainha da Neve 251
Mamãe Sabugo 274
A Agulha de Cerzir 280
O Sino 283
Vovó 288

A Colina dos Elfos 290
Os Sapatos Vermelhos 296
A Competição dos Saltos 301
A Pastora e o Limpador de Chaminés 303
Holger, o Danes 307
A Pequena Vendedora de Fósforos 311
Dos Baluartes da Cidadela 314
De Uma Janela em Vartov 315
A Velha Lâmpada de Azeite 317
Os Vizinhos 322
O Pequeno Caim 331
A Sombra 335
A Velha Casa 345
Uma Gota de Água 352
A Família Feliz 354
A História de Uma Mãe 358
O Colarinho 363
O Linho 366
A Ave Fênix 370
Uma História 372
O Álbum Silencioso 376
A Velha Lápide 378
Existe Uma Diferença 381
A Rosa Mais Bela do Mundo 385
A História do Ano 387
O Último Dia 395
É a Pura Verdade! 398
O Ninho do Cisne 401
Um Temperamento Jovial 403
Desgosto 407
Cada Coisa em Seu Lugar 410
O Duende e o Merceeiro 418
O Milênio 422
Debaixo de um Salgueiro 425
Cinco Ervilhas Numa Vagem Só 437
Uma Folha Caída do Céu 441
"Ela Não Presta!" 444
A Última Pérola 451
As Duas Donzelas 453
A Extremidade Longínqua do Mar 455
O Cofrinho 457
Ib e Cristininha 460
Hans, o Palerma 471
A Vereda dos Espinhos 475
A Criada 478

A Garrafa 482

A Pedra do Filósofo 490

Como Fazer Sopa com um Pino de Salsicha 502

A Touca do Solteirão 516

"Alguma Coisa" 525

O Último Sonho do Velho Carvalho 532

O Talismã 537

A Filha do Rei do Pântano 539

Os Vencedores 565

O Poço do Sino 569

O Rei Perverso 573

O Que o Vento Contou Sobre Valdemar Daae e Suas Filhas 576

A Menina que Pisou no Pão 585

O Vigia da Torre 594

Ana Elisabete 599

Tagarelice Infantil 607

Um Colar de Pérolas 609

A Pena e o Tinteiro 614

A Criança Morta 616

O galo e o catavento 620

"Uma beleza!" 623

Uma história das dunas 629

O titereiro 655

Os dois irmãos 660

O velho sino da igreja 662

Os doze passageiros 665

O escaravelho 669

"Este meu velho sabe o que faz!" 677

O boneco de neve 682

No viveiro dos patos 688

A musa do século XX 693

A borboleta 735

Psique 737

O caracol e a roseira 746

"Os fogos fátuos estão na cidade" 750

O moinho de vento 760

A moedinha de prata 762

O bispo do mosteiro de Boerglum e seus parentes 766

No quarto das crianças 771

O tesouro precioso 775

Como a tempestade mudou as placas de lugar 782

O bule de chá 786

O passarinho do povo 788

Os verdinhos 791

O duende e a mulher do jardineiro 793

Pedro, Pedrinho e Pedroca 797

Escondido, sim; Esquecido, não 801

O filho do zelador 804

O dia da mudança 819

A anêmona 823

Titia 827

O sapo 833

O álbum de gravuras do padrinho 841

Os trapos 860

As duas ilhas 862

Quem foi a mais feliz? 864

A ninfa dos bosques 868

A família de Guida Galinha 884

As aventuras de um cardo 896

Uma questão de imaginação 900

A sorte pode ser encontrada num galho quebrado 904

O cometa 907

Os dias da semana 911

A história do raio de sol 913

Bis-vovô 916

As velas 921

O mais incrível de todos os feitos 924

O que toda a família disse 931

Dance, dance, bonequinha 934

Esta fábula tem a ver com você! 936

A grande serpente marinha 937

O jardineiro e seu patrão 945

O professor e a pulga 952

A historia que a velha Joana contou 957

A chave da porta da frente 972

O aleijado 983

Titia Dor-de-Dentes 992

Apresentação

Guardo ainda hoje na memória, de maneira nítida, a impressão profunda que me causou, em criança, a leitura de um livro de contos de Andersen. Havia naquelas histórias um toque diferente, um algo mais que faltava nas outras que eu costumava ler. A comparação que então me ocorreu era a de que os personagens desse autor podiam ser *enxergados,* enquanto os demais não passavam de figuras difusas, sem contornos precisos. Sentia nesses contos, ademais, uma certa melancolia, que não se dissolvia inteiramente nem mesmo depois do final feliz — isso, quando o final era feliz. Pois, apesar de tudo, não se conseguia despregar os olhos de qualquer um desses contos, uma vez começada a leitura.

Entendo hoje o que havia de diferente nas histórias escritas por Andersen: literatura. Ele era um grande escritor, e sua força ainda se deixava entrever, mesmo através das versões pasteurizadas de seus contos, como por certo deveriam ser as que naquela época me caíram às mãos.

Sim, Hans Christian Andersen foi um dos maiores escritores que a Dinamarca já produziu. Seus contos não visavam apenas ao público infantil. O que intentava ao escrevê-los era que também fossem apreciados pelos adultos que os lessem ou escutassem, conforme ele próprio o declarou expressamente, mais de uma vez. Eram escritos, por assim dizer, em dois patamares, cada qual adequado a um nível de compreensão.

Escrever contos infantis que se alçassem do rés do chão, configurando antes um sobrado de dupla destinação, não deixava de ser um objetivo um tanto pretensioso para alguém de origem tão humilde, nascido nos arrabaldes da pequena cidade dinamarquesa de Odense, filho de um sapateiro e de uma mulher que mal dominava as primeiras letras. Data do nascimento: 2 de abril de 1805. Aos 11 anos, perdeu o pai, tendo de ganhar a vida em sua cidade natal, exercendo ofícios modestos. Aos 14 anos, cansado daquela existência sem quaisquer perspectivas, ajuntou o pouco que tinha e rumou para a capital do país, Copenhague. Conforme declarou numa de suas biografias (escreveu três), não ia em busca da fortuna, mas sim da fama. Sonhava ser cantor, ator ou bailarino — qualquer coisa ligada ao teatro. Se nada disso desse certo, guardava no bagageiro mental a esperança de ser dramaturgo. Afinal de contas, todos em Odense reconheciam: Hans era um excelente contador de histórias.

Sabe-se lá como, conseguiu emprego como figurante no Teatro Real. O convívio com os astros da ribalta logo patenteou sua impossibilidade de realizar os sonhos que acalentava. Faltava-lhe tudo: voz, agilidade, presença, talento histriônico. O jeito era ser dramaturgo, e ele até que tentou, mas sem sucesso. Não que lhe faltasse engenho e arte, que os tinha de sobra; carecia, contudo, de um embasamento cultural mais sólido, visto ter interrompido os estudos tão logo deixara sua cidadezinha natal.

Seus esforços nesse sentido, ainda que malogrados, impressionaram Jonas Collins, um dos diretores do Teatro Real, que resolveu patrocinar-lhe os estudos. Assim, Andersen pôde terminar o curso médio, entrando em 1828 para a Universidade de Copenhague.

Nesse ínterim, continuou a escrever. "Tentativas Juvenis", seu primeiro livro, foi editado quando ainda contava 17 anos. Cinco anos mais tarde, publicou seu primeiro poema: "A Criança Agonizante". Em 1829, conseguiu, por fim, que uma de suas peças fosse encenada no Teatro Real. Nem é preciso dizer que o dedo de Jonas Collins estava por trás desse início de sucesso.

Tendo excursionado pela Alemanha em 1831, valeu-se da oportunidade para escrever um livro de impressões de viagem, chamando a atenção da crítica pelo estilo ameno e pela agudeza das observações. A aceitação desse trabalho incentivou-o a se arriscar em outras incursões por esse gênero de escritos. Assim, ao regressar de uma viagem à Itália, publicou, em 1833, "Os Improvisadores", seu primeiro trabalho a alcançar efetivo sucesso, sendo, pouco depois, traduzido em inglês e alemão.

Foi por essa ocasião que lhe surgiu a ideia de escrever contos infantis, relatando a seu modo as histórias que escutara em criança. Reunindo quatro desses contos, editou um opúsculo intitulado "Contos de Fadas para Crianças". Nesse livro, rompendo com a tradição literária de sua terra, utilizou a linguagem coloquial, reproduzindo a fala e a maneira de narrar dos contadores de histórias. O grande público apreciou a inovação, mas a crítica recebeu-a com frieza, se não mesmo com hostilidade.

Com efeito, para a Dinamarca da época, tal atitude constituía um atrevimento indesculpável, donde o silêncio tumular com que os críticos profissionais acolheram seu primeiro livrinho de contos.

A reação dos intelectuais quase levou Andersen a desistir do intento de publicar outros livros desse gênero. O incentivo de alguns amigos e a insistência do editor levaram-no a dar de ombros quanto ao silêncio da crítica, lançando um ano depois seu segundo livrinho, contendo três novos contos, e logo depois o terceiro, que já pôde ser considerado um sucesso editorial.

Enquanto a *intelligentzia* local relutava em enxergar seu valor, Andersen era acolhido entusiasticamente no estrangeiro. Suas obras traduzidas já se multiplicavam. Sucediam-se os convites para viagens, e o jovem escritor teve a oportunidade de visitar a Escandinávia setentrional, a Itália, a Península Ibérica, a Grécia, a Asia Menor e o Norte da África. Sua produção literária passou a alternar-se entre livros de viagem e contos infantis, recebidos com agrado cada vez maior.

Na Inglaterra e na Alemanha era recepcionado nos meios intelectuais e cortejado pela nobreza. Tornou-se amigo de vários escritores estrangeiros, especialmente de Charles Dickens, em cuja casa pousava sempre que estava de passagem por Londres. Em vista disso, a intelectualidade dinamarquesa acabou tendo de curvar-se à evidência de seu renome, permitindo-lhe finalmente o acesso ao seu círculo fechado.

Foi assim que o filho do sapateiro passou além dos sapatos, desfrutando em vida a glória e o reconhecimento, e sendo atualmente aclamado como o mais famoso escritor dinamarquês de todos os tempos.

Seus contos infantis caracterizavam-se pela diversidade de temas e de tratamento. Ele não foi um mero recontador de histórias, como Perrault e os irmãos Grimm, a quem, aliás, dedicava grande admiração. Dos 156 contos que compõem sua obra completa nesse gênero, 144 — isto é, 92% — são virtualmente de sua inteira autoria, ainda que alguns se tenham baseado em temas populares ou clássicos. "O Menino Maldoso", por exemplo, é uma variação em torno de um tema de Anacreonte; "A Roupa Nova do Imperador" provém de uma história medieval espanhola; "A Sombra", noveleta de trama intrincada e nebulosa, "bem poderia ter sido escrita por Kafka", no dizer do ensaísta Elias Bredsdorff; "Tia Dor-de-Dentes" é uma fantasia psicológica, escrita em linguagem inesperadamente moderna. De fato, sua prosa não é homogênea e suave, mas antes instável e abrupta. E conquanto seus contos se dirijam genericamente ao público infantil, alguns deles são sem dúvida voltados exclusivamente para o leitor adulto, razão que talvez explique o fato de não ter sido publicada em português, até hoje, senão parte de sua extensa produção.

Até no que concerne ao próprio processo de elaboração literária, Andersen parecia ser totalmente desprovido de padrão. Enquanto certos contos foram escritos em poucas horas, surgindo praticamente prontos em sua imaginação, outros levaram anos para ser liberados, passando mesmo por sete versões diferentes, até que o autor se fixasse numa delas, considerando não mais ser possível aperfeiçoá-la.

No que se refere à vida sentimental, não há muito que dizer. Solteiro sempre viveu, solteirão morreu. Paixões teve várias, mas raramente ousou declarar-se a suas amadas. Era extremamente tímido com as mulheres. O grande amor de sua vida foi Jenny Lind, famosa cantora sueca. A esta, ele se declarou, mas ela não quis desposá-lo, embora se mantivesse toda a vida como sua conselheira e admiradora fiel. Jenny foi a musa inspiradora de alguns de seus contos mais belos.

Hans Christian Andersen faleceu em Copenhague, aos 4 de agosto de 1875. Contava então setenta anos. As homenagens que recebeu ao final de sua existência, multiplicadas depois de sua morte, por certo compensaram as agruras de sua juventude, deixando-lhe a certeza de haver conquistado *"não a fortuna, que os poetas nunca chegam a possuir, mas o pássaro dourado que todo artista almeja capturar um dia: a fama e o reconhecimento"*.

No verbete "Andersen", da Enciclopédia Britânica, lê-se no final: "Seu humor, seu estilo vigoroso e vivaz, e sua maestria de forma são muitas vezes perdidos nas traduções de seus contos". Estou escrevendo esta "Apresentação" antes de ter em mãos o texto em português que a Editora Villa Rica ora pretende publicar. Fui informado, porém, que a responsabilidade do mesmo foi confiada a Eugênio Amado: este eu conheço, e assino embaixo qualquer trabalho seu. Só de saber que será dele a tradução, mais se assanhou minha curiosidade de ler os contos completos de Andersen em nossa língua. Assim é que, aguardando a breve publicação deste livro, cumprimento a Editora Villa Rica pela feliz iniciativa, ao mesmo tempo em que me subscrevo,

expectantemente,

Lucílio Mariano Jr.

Nota do Tradutor

Quero deixar bem claro, antes de tudo, que não sei dinamarquês. A presente tradução foi feita com base nas últimas edições inglesas e americanas dos contos de Andersen, em traduções criteriosas e fidedignas, que buscaram reproduzir na íntegra a essência, o estilo e a universalidade do grande escritor nórdico.

Há uma justificativa para essa escolha. Foi na Inglaterra, principalmente, e também na Alemanha e nos Estados Unidos, que Andersen recebeu o reconhecimento inicial dos intelectuais, sendo seus contos ali acolhidos como obras literárias, algo mais que simples relatos de historietas infantis. Foi a partir desses países que eles se difundiram pelo mundo afora. Alguns desses contos foram publicados primeiro em alemão ou inglês, antes de o serem em dinamarquês. Só depois de estabelecer seu conceito de escritor em terra alheia, pôde Hans Christian Andersen ser festejado e glorificado em sua própria pátria. E pensar que o mesmo tenha ocorrido com tantos outros escritores, pintores, músicos... Ninguém é profeta em sua própria terra, está lá nas Escrituras. Mas pode vir a ser, depois de ter profetizado alhures. Que o confirme o sapateiro Hans, espezinhado e ridicularizado em sua juventude, e mais tarde recebido com honras e rapapés na corte de seu país.

As primeiras traduções inglesas dos contos de Andersen, cotejadas com as atuais, parecem tratar-se de obras escritas por outra pessoa. É que a Inglaterra atravessava então a fase vitoriana, caracterizada pelo seu exacerbado moralismo. Algumas dessas histórias eram cruas, realistas, consideradas talvez um tanto perniciosas para os leitores aos quais se destinavam. Desse modo, os tradutores "passavam a limpo" o que liam, suavizando esse ou aquele trecho, alterando o enredo, torcendo o desfecho. Foi através dessas versões, contudo, que Andersen alcançou sua popularidade em termos mundiais, alçando-se ao nível de Perrault, dos Grimm e de tantos outros escritores de livros infantis.

Atualmente, Andersen está sendo, por assim dizer, redescoberto. Na Inglaterra e nos Estados Unidos, seus contos têm sido retraduzidos, buscando-se captar a essência e o estilo dos textos originais. O resultado tem sido a revelação de um escritor criativo, denso, original, que tanto agrada às crianças, pelo encanto de seus enredos, como aos adultos, pela ironia fina e pelos pormenores muitas vezes maliciosos que ele esparge aqui e ali nos seus contos.

Faço agora uma segunda confissão: de nada disso eu tinha conhecimento antes de firmar o contrato para traduzir os contos de fadas de Andersen. Da vida do autor, que sabia eu? Apenas as meias verdades que um simpático filme estrelado por Danny Kaye nos mostrou anos atrás, e nos mostra ainda eventualmente, nas "sessões da tarde" das TVs. Assim, quando Pedro Paulo Moreira me perguntou se aceitaria essa incumbência, respondi que sim, sem pensar duas vezes.Trabalho simples, pareceu-me. E agradável, além do mais, pois iria reencontrar meus velhos amigos de infância: o soldadinho de chumbo, o patinho feio, o rei pelado, a sereia... Haveria por que hesitar?

Acertada a tarefa, agi como de costume: fui pesquisar alguns dados sobre a vida do autor. E aí começaram as minhas preocupações. O homem era muito maior do que eu

14

imaginava. O filme de Danny Kaye era absolutamente superficial, nem de longe caracterizando sua personalidade ou traçando com fidelidade sua vida agitada e sofrida. Andersen era um literato, um inovador. Escrevia para crianças, mas num estilo que visava também aos adultos. Não era um recontador de histórias, mas um criador. "Mutatis mutandis", foi para a literatura dinamarquesa mais ou menos o que foi Monteiro Lobato para a brasileira. Tradução fácil, hein? Antes fosse...

Já traduzi vários livros, alguns bem difíceis, e só uma vez achei que devia anteceder o texto com um prefácio meu. Faço-o agora pela segunda vez, antes atendendo a uma exigência do editor, que por meu próprio gosto. Mas reconheço que o prezado leitor merece esta explicação. Assim como merece a garantia que lhe dou de que fiz o melhor que podia, dentro de minhas limitações, coisa que nem era preciso lembrar. O resultado está aí: um Andersen um tanto diferente daquele que o leitor talvez imaginasse conhecer. Mais forte, mais denso, mais pesado. Bem mais interessante do que o outro. Foi uma tradução agradável, mais para descobrimento que para redescoberta. Mas como deu trabalho!...

E.A.

Prefácio de
Hans Christian Andersen

Os contos de Andersen foram sendo publicados aos poucos, em fascículos, contendo três, quatro ou cinco histórias cada um, e posteriormente agrupados em volumes mais alentados. Os prefácios eventualmente escritos pelo Autor constituem importante referência para a melhor compreensão de seu trabalho, elucidando diversos aspectos relacionados com as fontes, o estilo, as intenções e outros pormenores que por certo haverão de interessar o leitor. São transcritos, a seguir, três desses prefácios: um, redigido nos primeiros anos de sua carreira literária; outro, de quando sua fama já se havia estabelecido mundialmente, e o terceiro, escrito um ano antes de seu falecimento, por ocasião da publicação do último volume de suas histórias, que ao final totalizaram 156, entre contos de fadas e "contos sem fadas": o mesmo total dos que constam da presente edição.

CB&0CR&0

Prefácio de 1837
Para os Leitores Mais Velhos

De tudo o que escrevi até hoje, nenhum trabalho produziu reações tão diferentes quanto os meus "Contos de Fadas para Crianças". Para uns poucos, cujo julgamento muito prezo, essas historietas infantis eram a melhor coisa que eu já havia publicado, enquanto que outros não lhes deram qualquer importância, chegando mesmo a aconselhar que eu desistisse de prosseguir nessa linha de trabalho. Essas diferentes opiniões, aliadas ao silêncio completo dos críticos profissionais, enfraqueceram meu desejo de retomar as incursões nesse gênero literário. Assim, um ano se passou, até que o terceiro fascículo se seguisse aos dois primeiros.

Enquanto eu estava às voltas com a elaboração de um livro mais extenso, de assunto inteiramente diverso dos contos infantis, a ideia e a trama de A PEQUENA SEREIA se imiscuíram em minha mente, sem dela quererem sair. Desse modo, não tive outra escolha senão a de escrever esse conto de fadas.

Publicar isoladamente a história da sereiazinha pareceu-me um tanto presunçoso; por isso, decidi juntá-lo a alguns outros contos que já havia imaginado, enfeixando-os na presente brochura. Estes últimos são histórias bem infantis, ao passo que o primeiro possui um significado mais profundo, que somente um adulto poderá alcançar. Acredito, porém, que mesmo as crianças haverão de apreciá-lo, devido ao seu enredo excitante, passível de absorver sua atenção.

O mais curto desses contos, A ROUPA NOVA DO IMPERADOR, é uma divertida história espanhola, por cuja invenção temos de agradecer ao príncipe Don Juan Manuel, nascido em 1277 e falecido em 1347.

E já que falei desses dois contos, aproveito a oportunidade para dizer umas poucas palavras acerca das histórias publicadas anteriormente.

Quando criança, eu adorava escutar histórias e contos de fadas. Muitos ainda estão nítidos em minha memória. Creio que vários são de origem dinamarquesa, pois nunca os escutei nos países que já visitei. Contei-os a meu modo: onde achei que era necessário, modifiquei o enredo, deixando a imaginação retocar e reavivar as cores da pintura que já começava a desbotar. No presente volume, temos quatro dessas histórias: O ISQUEIRO, NICOLÃO E NICOLINHO, A PRINCESA E O GRÃO DE ERVILHA e O COMPANHEIRO DE VIAGEM. Já a fábula O MENINO MALDOSO, como o sabem quase todos, foi retirada de um poema de Anacreonte.

Além desses, há ainda três outros contos que são de minha inteira autoria: AS FLORES DA PEQUENA IDA, DEDOLINA e A PEQUENA SEREIA.

Publicados originalmente sob a forma de fascículos, esses contos compuseram um conjunto razoável, suscetível de formar este pequeno volume. Se este será o único, ou se outros virão depois, isso irá depender da acolhida do público.

Numa terra pequena como a nossa, o poeta é sempre pobre; o reconhecimento, portanto, é o pássaro dourado que ele se empenha em capturar. O tempo dirá se meus contos de fadas haverão de me possibilitar agarrá-lo.

Copenhague, março de 1837.

Prefácio de 1862

Notas Para Meus
"Contos de Fadas e Histórias Ligeiras"

Disseram-me que alguns dos leitores apreciariam ler algumas palavras acerca de como teria surgido a ideia e de quando foram publicados meus contos de fadas, donde a razão destas Notas.

Por volta do Natal de 1829, publiquei um pequeno volume de poesias, entre as quais incluí um conto de fadas: O ESPECTRO. Era uma história que eu havia escutado em criança, e que recontei num estilo que lembrava o de Musäus. A tentativa não foi bem-sucedida; assim, anos mais tarde, resolvi reescrevê-la de modo diferente, alterando-lhe o título para O COMPANHEIRO DE VIAGEM.

Em 1831, durante uma excursão a Hartzen, penso ter assimilado pela primeira vez o verdadeiro espírito que deveria presidir os contos de fadas: isso ocorreu quando escrevi a história do velho rei que acreditava jamais ter sido logrado por uma mentira, oferecendo sua filha e metade do seu reino àquele que conseguisse contar-lhe uma capaz de enganá-lo.

O primeiro fascículo intitulado "Contos de Fadas para Crianças" foi publicado em 1835. Tinha 61 páginas e trazia as seguintes histórias:

O ISQUEIRO
NICOLÃO E NICOLINHO
A PRINCESA E O GRÃO DE ERVILHA
AS FLORES DA PEQUENA IDA.

Minha intenção foi imprimir a esses contos um estilo tal, que o leitor sentisse a presença do contador de histórias, donde o emprego que fiz da linguagem coloquial. Eram histórias escritas para crianças, mas os adultos também apreciariam escutá-las. Os três primeiros contos, ouvi-os quando menino, fosse no quarto de costura, fosse durante a colheita do lúpulo. Já AS FLORES DA PEQUENA IDA "foi" uma história que me ocorreu durante uma visita que fiz ao poeta Thiele, num instante em que eu conversava com sua filhinha Ida a respeito dos jardins botânicos e das flores ali cultivadas. Algumas de suas observações foram registradas no conto.

O segundo fascículo foi publicado em 1836, e continha:

DEDOLINA
O MENINO MALDOSO
O COMPANHEIRO DE VIAGEM.

No ano seguinte, saiu o terceiro, com duas histórias:

A PEQUENA SEREIA
A ROUPA NOVA DO IMPERADOR.

Os três foram reunidos num único volume, publicado sob a forma de livro, com página de rosto, índice e um pequeno prefácio, no qual eu me queixava da indiferença com que minhas histórias haviam sido acolhidas, o que era a pura verdade. Dos nove contos, apenas AS FLORES DA PEQUENA IDA, DEDOLINA e A PEQUENA SEREIA eram de minha própria lavra, sendo os demais histórias folclóricas recontadas. A acolhida que teve A PEQUENA SEREIA encorajou-me a tentar escrever novos contos de minha autoria.

A história AS GALOCHAS MÁGICAS foi publicada em 1838. O poeta Hostrup gostou dessas galochas, calçando-as em sua excelente comédia "Os Vizinhos".

No Natal desse mesmo ano foi publicado outro fascículo, contendo:

A MARGARIDA
O SOLDADINHO DE CHUMBO
OS CISNES SELVAGENS.

Os dois primeiros eram de minha invenção; o terceiro era uma história folclórica dinamarquesa que recontei.

O segundo fascículo dessa série incluía:

O JARDIM DO ÉDEN
O BAÚ VOADOR
AS CEGONHAS.

O primeiro era um antigo conto que escutei na infância, e pelo qual sempre tive grande predileção. Achei, contudo, que devia encompridá-lo, pois imaginava que os ventos teriam mais coisas a dizer e que o jardim deveria ser descrito mais longamente. Além disso, introduzi nele algumas alterações. Já o tema do BAÚ VOADOR foi retirado de "As Mil e Uma Noites". Em AS CEGONHAS, aproveitei as superstições correntes a respeito dessa ave, conforme se escutam nos versinhos que as crianças aprendem na escola.

Nos anos de 1840 e 1841, depois de uma viagem à Grécia e a Constantinopla, publiquei um livro intitulado "O Bazar de Um Poeta". Na edição alemã dos meus contos de fadas, foram incluídas três histórias extraídas desse livro:

O PORCO DE BRONZE
O PACTO DE AMIZADE
UMA ROSA DO TÚMULO DE HOMERO.

Resolvi incluí-las também na edição dinamarquesa.

Ainda com o título de "Contos de Fadas para Crianças", publiquei em 1842 um novo fascículo, contendo:

O VELHO MORFEU
O GNOMO DA ROSA
O GUARDADOR DE PORCOS
O TRIGO-SARRACENO.

No primeiro conto, a figura mitológica do velho que aparece para fazer a criança dormir foi utilizada apenas no preâmbulo, seguindo-se uma história de minha autoria. O enredo do segundo, retirei-o da letra de uma canção folclórica italiana. O terceiro possui certos traços comuns com um antigo conto popular dinamarquês que escutei em criança, impublicável em sua versão original. Esse conto foi transformado em peça de teatro na Alemanha, tendo sido levado à cena em Berlim.

O TRIGO-SARRACENO teve seu enredo baseado na superstição corrente de que essa planta enegrece quando relampeja.

Com esses três novos fascículos, compus o segundo volume de meus contos de fadas, dedicando-o a minha amiga Louise Heiberg, com estas palavras: "*Fadas só existem nas histórias, conforme se diz; mas eis que você surge, e aí todo o mundo vê que elas existem de verdade*".

Essa dedicatória tinha sua razão de ser. A Sra. Heiberg não só é uma grande artista e renomada atriz, mas foi uma das poucas pessoas que apreciaram e elogiaram meus contos quando de sua primeira publicação. Suas palavras gentis, assim como as que recebi por parte de H. C. Oersted, manifestando seu agrado pelo toque de humor que afirmou tanto apreciar em minhas histórias, foram realmente o primeiro incentivo que recebi.

No ano de 1842, o conto MAMÃE SABUGO foi publicado numa revista. A "semente" da qual germinou essa história foi uma lenda recontada por Thiele, a respeito de uma criatura fantástica que vivia dentro dos sabugueiros, e que tirava vingança de qualquer dano produzido a essa árvore, chegando mesmo a dar cabo da vida daquele que cortasse alguma. Essa história foi mais tarde adaptada para o teatro.

Nesse mesmo ano, a revista mensal de Gerson e Kaalund publicou o conto de fadas O SINO. Este, como quase todas as histórias curtas que escrevi posteriormente, era de minha inteira autoria. Essas histórias repousam em minha mente como se fossem sementes, não bastando mais que um estímulo fortuito — o beijo de um raio de sol, mais um toque de malícia — para que floresçam.

Com o passar dos anos, fui aprendendo que, com esses contos, poderia alcançar muita coisa, conhecendo melhor minha capacidade e minhas limitações. Com eles, fui ganhando leitores fiéis, não só entre as crianças, como entre os adultos também.

Em 1845, publiquei o primeiro fascículo de uma nova série, agora intitulada "Novos Contos de Fadas". Deste constavam:

O ANJO
O ROUXINOL
OS NAMORADOS
O PATINHO FEIO.

Dediquei-o ao poeta Carl Bagger, "*como modesto agradecimento a todos os pensamentos inspirados que sua poesia me trouxe, e toda a riqueza de emoções que ela me causou*".

A primeira metade de O PATINHO FEIO foi escrita em Gisselfeldt, mas o restante não foi completado senão seis meses mais tarde. Os outros três contos foram surgindo um atrás do outro, como se derivados de uma única fonte de inspiração.

Com a publicação desse fascículo, meus contos de fadas começaram a granjear um reconhecimento bem mais amplo.

Passei o verão de 1846 no castelo de Niesoe. Ali também se encontrava Thorvaldsen. Ele disse que apreciara bastante a leitura de OS NAMORADOS e O PATINHO FEIO. Às tantas, resolveu provocar-me, dizendo:

— Escreva-nos agora um conto diferente e divertido. Vamos, você pode escrever sobre qualquer assunto, até mesmo sobre uma agulha de cerzir!

Subi para meu quarto e, pouco depois, já estava escrito o conto: exatamente A AGULHA DE CERZIR.

Do segundo fascículo, constavam:

O PINHEIRO
A RAINHA DA NEVE.

Esse fascículo foi dedicado ao poeta e professor Frederik Hoegh-Guldberg.

A história do pinheirinho ocorreu-me no Teatro Real, durante uma representação da ópera "Don Giovanni", de Mozart. Escrevi-a naquela mesma noite. Já o primeiro capítulo de A RAINHA DA NEVE foi escrito na Alemanha, em Maxen, perto de Dresden, sendo o restante da história escrito na Dinamarca.

O terceiro fascículo veio saudar a entrada da primavera. Foi dedicado ao poeta Henrik Hertz, *"em agradecimento por todas as suas obras, sua rica essência poética e a riqueza de emoções que nos tem proporcionado"*. Incluía os seguintes contos:

A COLINA DOS DUENDES
OS SAPATOS VERMELHOS
A COMPETIÇÃO DOS SALTOS
A PASTORA E O LIMPADOR DE CHAMINÉS
HOLGER, O DINAMARQUÊS.

Em "O Conto de Fadas de Minha Vida", contei como recebi meu primeiro par de botinas — foi presente de Crisma — e como elas rangiam enquanto eu vinha andando através da nave da igreja. Era enorme a satisfação que eu sentia, ao imaginar que toda a congregação deveria estar reparando nas minhas botinas novas. Ao mesmo tempo, porém, minha consciência doía terrivelmente, pois eu sabia que estava mais preocupado com o que tinha nos pés, do que com Nosso Senhor. Foi essa lembrança que inspirou o conto OS SAPATOS VERMELHOS, que mais tarde granjeou enorme popularidade nos Estados Unidos e na Holanda.

A COMPETIÇÃO DE SALTOS foi inventada de afogadilho, num dia em que algumas crianças me pediram para contar-lhes uma história.

HOLGER, O DINAMARQUÊS, baseia-se numa lenda dinamarquesa tradicional. Assemelha-se bastante à que se conta a respeito de Frederico Barbarossa, que se acredita estar encerrado no interior do Monte Kyfthäuser.

O primeiro fascículo que mais tarde seria incluído num novo volume de contos foi publicado em 1847, tendo sido dedicado à mãe de J. L. Heiberg, *"a espirituosa, brilhante e inteligente Sra. Gyllembourg"*. Continha:

O VELHO POSTE
OS VIZINHOS
A AGULHA DE CERZIR
O PEQUENO CAIM
A SOMBRA.

O penúltimo conto foi imaginado durante uma visita que fiz a Oldenburg. Contém algumas reminiscências de minha infância.

A SOMBRA foi composta durante uma visita a Nápoles, mas escrita apenas depois de meu regresso a Copenhague.

No ano seguinte, publiquei o segundo fascículo, contendo:

A CASA VELHA
UMA GOTA DE ÁGUA
A VENDEDORA DE FÓSFOROS
A HISTÓRIA DE UMA MÃE
O COLARINHO.

Em muitos de meus contos de fadas utilizo incidentes que realmente me ocorreram. Em "O Conto de Fadas de Minha Vida", mencionei dois que aproveitei para encaixar em A CASA VELHA. Um ocorreu quando estava para ir embora de Oldenburg: o filho do escritor Mosen, para que eu não me sentisse muito solitário, deu-me de presente um de seus soldadinhos de chumbo. Outro tem a ver com a menininha Maria, filha do compositor Hartmann. Quando tinha dois anos, seu maior prazer era dançar. Bastava escutar um som de música, para que logo começasse a ensaiar seus passos. Certa vez, Maria entrou num quarto onde estavam seus irmãos mais velhos cantando um hino religioso. Vendo que se tratava de música, ela logo se pôs a dançar, conseguindo fazê-lo dentro do ritmo lento e grave do cantochão, tal a musicalidade de que era dotada. Para tanto, mantinha-se sobre um dos pés durante um compasso, invertendo a posição na estrofe seguinte.

UMA GOTA DE ÁGUA foi escrita para H. C. Oersted.

A VENDEDORA DE FÓSFOROS foi composta durante uma estada no castelo de Graasten, quando eu viajava para o Sul, em demanda do estrangeiro. Ali recebi uma carta de Flinch, contendo três desenhos e um pedido: que eu escolhesse um deles para tema de uma história a ser publicada em seu almanaque. Optei pela gravura de uma garotinha pobre que vendia fósforos.

Nos jardins do castelo de Glorup, às margens do Fyn, onde eu costumava passar as férias de verão, havia uma área densamente recoberta de bardanas de folhas gigantescas. Essa planta era cultivada antigamente para servir de alimento aos caramujos brancos, considerados uma fina iguaria. Lembrando-me disso, bardanas e caramujos foram minha inspiração para o conto A FAMÍLIA FELIZ, que escrevi durante uma estada em Londres.

A HISTÓRIA DE UMA MÃE ocorreu-me sem qualquer razão aparente, já completa e pronta para ser vertida para o papel, num dia em que eu estava caminhando pela rua. Disseram-me que esse conto é muito popular entre os indianos.

O LINHO foi escrito em 1849 e publicado inicialmente na revista "Terra Natal".

Depois de uma viagem à Escandinávia setentrional, em 1851, publiquei um livro intitulado "Na Suécia". Para a edição alemã de meus contos, foram dele extraídas quatro histórias:

A AVE FÊNIX
VOVÓ
UMA HISTÓRIA
O ÁLBUM MUDO.

Todas elas foram ilustradas pelo Tenente Pedersen.

Muitos de meus primeiros contos impressos na Alemanha ganharam ilustrações de autoria de Hosemann, Pocci, Ludvig Richter e Otto Specker. Os desenhos deste último artista, por sinal belíssimos, foram utilizados na edição inglesa que recebeu o título de "Os Sapatos da Fortuna e Outros Contos". Agora, Lorck, meu editor alemão, decidiu publicar em Leipzig uma coletânea desses contos, pedindo-me a indicação de um artista dinamarquês para ilustrá-los. Dei o nome do oficial naval V. Pedersen. Pouco tempo depois, Reitzel, meu editor dinamarquês, comprou os direitos autorais dessas gravuras, publicando-as no volume saído em 1849. Esse livro continha 1254 desenhos de autoria do Tenente Pedersen.

Por falar nesse volume, editado com grande esmero, nele estavam impressos todos os meus contos de fadas até então dados a público, constando da capa que se tratava de sua "edição completa". Acontece, entretanto, que eu não considerava encerrada minha incursão nesse gênero literário. Assim, um novo título teria de ser encontrado para minhas próximas criações. Decidi chamá-las simplesmente de "histórias", termo genérico que, na fala das crianças e da gente simples do povo, engloba contos de ninar, lendas, relatos folclóricos, fábulas e narrativas de casos em geral.

O primeiro fascículo contendo *histórias* foi publicado em 1852, trazendo:

A HISTÓRIA DO ANO
A ROSA MAIS BELA DO MUNDO
NOS BALUARTES DA CIDADELA
O ÚLTIMO DIA
É A PURA VERDADE!
O NINHO DO CISNE
UMA ÍNDOLE FELIZ.

O fascículo seguinte, surgido em 1853, continha:

DESGOSTO
CADA COISA EM SEU LUGAR
O DUENDE E O NEGOCIANTE
O MILÊNIO
DEBAIXO DE UM SALGUEIRO.

"Escreva", disse-me o poeta Thiele, "um conto de fadas sobre um apito que, quando soa, repõe cada coisa em seu devido lugar". Essas palavras sugeriram o tema da segunda história.

DEBAIXO DE UM SALGUEIRO contém algumas passagens autobiográficas.

A primeira edição de minhas histórias já estava quase esgotada, quando meus editores Reitzel, na Dinamarca, e Lorck, em Leipzig, resolveram publicá-las num só volume, acrescentando outras que haviam saído no "Calendário Popular" e mais algumas inéditas. As ilustrações foram confiadas a V. Pedersen. O livro foi editado em 1855, contendo, além das já mencionadas, as seguintes histórias:

EXISTE UMA DIFERENÇA
CINCO GRÃOS DE ERVILHA NUMA SÓ VAGEM
A VELHA LÁPIDE
CLOD HANS
IB E CRISTININHA
A ÚLTIMA PÉROLA
ELA NÃO PRESTA
A EXTREMIDADE LONGÍNQUA DO MAR
O COFRINHO.

Destas, a primeira foi escrita em Christinelund, nos arredores do Praesto. Ali, numa cava, erguia-se uma macieira em flor, a própria imagem da primavera. A lembrança dessa árvore e do perfume que dela se desprendia gravou-se de maneira tão indelével em minha mente, que não consegui libertar-me dela, enquanto não a plantei num conto de fadas.

CINCO GRÃOS DE ERVILHA NUMA SÓ VAGEM decorreu de lembranças infantis. Tive um jardim que era só meu: um caixote cheio de terra, semeado de cebolinhas, em meio às quais sobressaía um pé de ervilha.

A VELHA LÁPIDE é um mosaico de memórias. Imaginei a história na cidade de Svendborg, pois foi ali que o enredo me veio à ideia. A lápide propriamente dita formava um degrau da escada que levava à casa de Collin, na rua principal de Copenhague. Havia nela uma inscrição semiapagada. A descrição do velho Preben, sentado num quarto contíguo àquele no qual jazia o corpo morto de sua esposa, contando sobre como ela era em seu tempo de moça e lembrando o dia de seu noivado, parecendo rejuvenescer e recobrar a felicidade perdida enquanto desfiava essas reminiscências, foi calcada na imagem do velho pai do compositor Hartmann, no dia em que o presenciei nessa mesma situação. Usei a lembrança deste e de outros fatos que testemunhei, para compor essa história, que foi publicada primeiramente em alemão, num almanaque editado na Baviera.

CLOD HANS é uma história folclórica dinamarquesa, recontada a meu modo. Por isso, difere um tanto dos meus contos mais recentes, quase todos inteiramente de minha própria concepção.

O mote de ELA NÃO PRESTA derivou de um comentário feito por minha mãe, nos meus tempos de criança. Certo dia, numa rua de Odense, vi um garoto que se dirigia ao regato, em meio ao qual estava sua mãe, que era lavadeira, enxaguando roupa. Naquele instante, uma viúva, conhecida pela língua afiada e por seus rígidos princípios puritanos, admoestou-o em voz alta, da janela de sua casa:

— Lá vai você de novo, levar aguardente para sua mãe, não é? Que coisa horrorosa! Que vergonha! Não vá ficar como ela, quando crescer, ouviu? Ela não presta!

Chegando em casa, comentei o ocorrido, e todos os que estavam na sala concordaram com a recriminação da viúva:

— É isso mesmo... Aquela mulher bebe demais... Ela não presta!

Só minha mãe discordou dessa opinião, retrucando imediatamente:

— Não a julguem com tamanha severidade! A pobre mulher trabalha duro! Quantas vezes teve de passar o dia inteiro com as pernas metidas naquela água tão fria! E nem sempre tem condição de conseguir comida quente. Ela precisa de alguma coisa para se aquecer. Não acho que beber seja correto, mas foi a melhor solução que ela encontrou. O fato é que se trata de uma mulher honesta e uma boa mãe: o menino dela está sempre limpo e bem-arrumado.

Como os demais, eu também não a tinha em boa conta, recriminando seu procedimento. Assim, ao escutar as palavras compreensivas e bondosas de minha mãe, fiquei profundamente impressionado. Muitos anos mais tarde, quando outro incidente me fez refletir sobre a facilidade que as pessoas têm de emitir juízos severos com relação ao próximo, deixando de analisar os fatos pelo ângulo da caridade, essa lembrança me ocorreu de maneira vívida e pungente, levando-me a escrever a história à qual dei o título de ELA NÃO PRESTA.

A edição alemã logo se esgotou, sendo necessário publicar outra. Esta foi acrescida dos contos que já mencionei, extraídos de meus livros "O Bazar de Um Poeta" e "Na Suécia". Incluí ainda três histórias originalmente publicadas no "Calendário Popular": A VEREDA DOS ESPINHOS, O CRIADO (baseado num conto húngaro) e A GARRAFA, todos ilustrados por V. Pedersen. A derradeira história constante desse volume, A PEDRA DO FILÓSOFO, foi também a última que o Tenente Pedersen ilustrou: pouco depois ele veio a falecer.

H. C. Andersen
junho de 1862.

24

Prefácio de 1874

Notas Para Meus
"Contos de Fadas e Histórias Ligeiras"

Depois da morte de V. Pedersen, deparamo-nos com o difícil problema de encontrar alguém dotado de talento e habilidade semelhantes às dele, a fim de ilustrar as histórias que eu viesse a escrever. Entre os vários artistas dinamarqueses, havia um que, para seu próprio entretenimento, desenhara alguns esboços para meus contos: era Lorenz Frolich. Ele já havia ilustrado alguns livros franceses de histórias infantis, lidos com deleite por crianças e adultos, sendo bem conhecida sua competência como desenhista. Assim, Frolich foi escolhido para ser o ilustrador do meu futuro livro de histórias curtas.

Como das vezes anteriores, esse volume seria constituído de contos já publicados anteriormente sob a forma de fascículos, obedecendo mais ou menos à ordem cronológica de seu aparecimento. Tais fascículos, como se sabe, não eram ilustrados. O primeiro deles viera a lume em 1857, por ocasião do Natal, tendo sido reeditado quatro vezes. Foi dedicado à Sra. Serre, de Maxen, e continha:

COMO FAZER SOPA COM UM PINO DE SALSICHA
A GARRAFA
A TOUCA DO SOLTEIRÃO
"ALGUMA COISA"
O ÚLTIMO SONHO DO VELHO CARVALHO.

Nos provérbios e expressões idiomáticas de que lançamos mão para melhor expressar nossas ideias, pode muitas vezes estar escondido um bom tema para uma história. COMO FAZER SOPA COM UM PINO DE SALSICHA foi uma tentativa proposital de utilizar esse método para criar um conto.

Um dia, meu amigo Thiele propôs-me um desafio:

— Você devia escrever-nos a história de uma garrafa, desde o momento em que ela foi fabricada, até quando dela nada mais reste que o gargalo, aproveitado para servir como bebedouro de pássaros.

Foi assim que nasceu A GARRAFA.

A TOUCA DO SOLTEIRÃO derivou de duas fontes: uma, do jogo de palavras que se pode fazer com a expressão dinamarquesa "vendedor de pimenta", usada para designar um solteirão; outra, da utilização de uma lenda relativa à vida de Santa Isabel.

Em ALGUMA COISA, aproveitei uma história que escutei quando visitava a costa ocidental de Schleswig, sobre uma mulher que teve de atear fogo à sua casa, com o objetivo de salvar a vida de uns excursionistas que se perderam na neve, pouco antes da chegada da primavera.

O ÚLTIMO SONHO DO VELHO CARVALHO ocorreu-me numa inspiração de momento.

O segundo fascículo foi editado na primavera de 1858. Dediquei-o à Sra. Laessoe, cujo nome de solteira era Abrahamson. Dele constavam:

A FILHA DO REI DO PÂNTANO
OS VENCEDORES
O POÇO DO SINO
O REI PERVERSO.

Dessas quatro histórias, A FILHA DO REI DO PÂNTANO foi a que mais tempo e trabalho me tomou. Alguns leitores talvez se interessem em saber como ela germinou, desabrochou e cresceu, acompanhando todo o processo de elaboração como se através das lentes de um microscópio. O arcabouço da história — como geralmente me acontece — surgiu-me de estalo, do mesmo modo que uma música que inopinadamente nos brota no pensamento. Contei o enredo que então me ocorreu a um amigo, escrevendo-o logo em seguida. Pouco depois resolvi reescrevê-lo, elaborando mais tarde uma terceira versão. Quando a li, porém, notei que alguns trechos ainda estavam um tanto confusos, enquanto outros careciam de um colorido mais vivo. Pondo os papéis de lado, tratei de ler algumas sagas islandesas, deixando a imaginação recuar no tempo. Inspirado por elas, fui-me aproximando aos poucos de onde queria chegar. Voltei-me então para a leitura dos livros de alguns viajantes modernos que haviam percorrido a África, até começar a sentir o ardente calor dos trópicos invadir-me. Um mundo novo e estranho rodeou-me, e só então tive a certeza de estar preparado para retomar a história. Mesmo assim, ainda consultei alguns artigos científicos a respeito das migrações das aves, os quais igualmente me foram de grande valia, suscitando em mim novas ideias. Devo a eles o conhecimento de certos traços da personalidade das aves, que utilizei na nova versão que só então resolvi escrever. Tive de refazê-la outras três vezes; por fim, na sétima tentativa, cheguei à conclusão de que não mais conseguiria aperfeiçoá-la.

O POÇO DO SINO baseia-se numa história corrente em Odense, relativa ao regato que banha a cidade, e a uma lenda referente ao sino existente na torre da igreja de Albani.

O REI PERVERSO foi uma das primeiras histórias que escrevi. Trata-se de uma lenda antiga, publicada originalmente nas páginas de "O Salão", de Siesbye, e mais tarde incluída nas edições alemã e inglesa de meus contos. Sendo assim, achei que não devia excluí-la da edição dinamarquesa.

O terceiro fascículo foi publicado na primavera de 1859, tendo sido dedicado ao compositor J. P. E. Hartmann. Compunha-se de:

O QUE O VENTO CONTOU SOBRE VALDEMAR DAAE E SUAS FILHAS
A MENINA QUE PISOU NO PÃO
O VIGIA DA TORRE
ANA ELISABETH
TAGARELICE INFANTIL
UM COLAR DE PÉROLAS.

A história de Valdemar Daae e suas filhas é mencionada tanto nas lendas populares dinamarquesas, como nos registros do castelo Borreby, próximo a Skelskor. Foi uma das histórias que tive de submeter a diversas revisões estilísticas, até sentir que a linguagem adquiria a sonoridade do vento que uiva e assovia, à qual tanto se refere.

Há tempos tomei conhecimento da história da menina que pisou no pão, o qual se transformou em pedra e afundou num pântano, levando-a junto. Resolvi trazê-la de volta das profundezas palustres, nem que apenas psicologicamente, a fim de que ela pudesse redimir-se de seu erro: foi assim que surgiu A MENINA QUE PISOU NO PÃO.

Em ANA ELISABETE, decidi demonstrar que todas as virtudes existem no interior de cada ser humano, e que, como semente, podem brotar em seu peito, embora às vezes de maneira tortuosa. Essa história trata do amor materno, e de como uma circunstância aterrorizante pode conferir-lhe redobrado vigor.

TAGARELICE INFANTIL baseou-se numa experiência pessoal.

UM COLAR DE PÉROLAS fala de como as coisas mudaram durante o transcorrer de minha vida. Quando eu era menino, uma viagem de Odense a Copenhague levava cinco dias. Hoje, cinco é o número de horas necessárias para cobrir o mesmo percurso.

O quarto fascículo saiu no Natal de 1859, contendo:

A PENA E O TINTEIRO
A CRIANÇA MORTA
O GALO E O CATAVENTO
"ENCANTADORA"
UMA HISTÓRIA DAS DUNAS.

Todos que já escutaram Ernst ou Leonard tocando violino haverão de recordar essa maravilhosa experiência ao lerem A PENA E O TINTEIRO.

Dentre minhas histórias, duas que escrevi com enorme satisfação foram A CRIANÇA MORTA e A HISTÓRIA DE UMA MÃE, pois ambas representaram encorajamento e consolo para muitas mães angustiadas.

UMA HISTÓRIA DAS DUNAS surgiu-me depois de uma excursão à costa ocidental da Jutlândia e de Skagen. Encontrei ali as personagens e o ambiente que podiam propiciar o cenário ideal para determinadas ideias que há tempos queria utilizar numa história. Tais ideias haviam-me ocorrido depois de uma conversa que tive com Oehlenschläger, cujas palavras me causaram funda impressão. Quando as escutei pela primeira vez, fiquei intrigado com seu significado absoluto, sem tentar — como hoje me parece natural — desvendar os verdadeiros motivos que o haviam levado a dizê-las.

Todos já passamos pela tentação de pôr à prova uma verdade que há tempo aceitamos sem qualquer questionamento, a fim de escutar quais seriam nossos próprios argumentos de defesa, proferidos por outra boca que não a nossa. Talvez fosse algo desse gênero que então tenha acontecido. Ou será que Oehlenschläger estaria testando minha fé?

O fato foi o seguinte: conversávamos a respeito da vida eterna, e ele então me perguntou:

— Você está de fato convencido de que existe vida depois da morte?

Respondi que sim, e usei como argumento básico minha crença de que Deus é justo. Defendendo minha ideia com veemência, exclamei num dado momento:

— O homem tem direito de viver uma outra vida!

— Não seria vaidade demasiada de sua parte imaginar que a vida eterna seja um *direito*? — rebateu ele. — Acaso Deus não lhe teria dado o suficiente neste mundo?

Em seguida, olhando-me perscrutadoramente, continuou:

— Quanto a mim, estou satisfeito com a vida que desfrutei. Assim, quando Deus cerrar meus olhos, nada mais tenho a fazer senão dar-Lhe graças por tudo aquilo que recebi. Se uma vida eterna estiver a minha espera, isso haverá de constituir algo novo e inesperado, uma concessão que terei de agradecer à Sua infinita misericórdia.

— *Você* pode dizer isso — repliquei. — Deus lhe deu muito nesta vida terrena. Também eu posso dizer o mesmo. Mas quantos no mundo não tiveram sorte idêntica? E que me diz daqueles que convivem com a doença no corpo e o desespero da alma? Daqueles que nasceram na pobreza, na miséria? Por que teriam sofrido? Por que as venturas da vida são tão mal distribuídas? Existe nisso uma injustiça, e Deus não haveria de permitir tal coisa, a não ser que tivesse a intenção de compensá-la no futuro. Quanto a isso, Ele nos deu Sua palavra, e sempre haverá de cumpri-la, coisa que nós tantas vezes não fazemos...

Isso que então eu disse tornou-se o núcleo ao redor do qual desenvolvi UMA HISTÓRIA DAS DUNAS. Quando esse conto foi dado a público, um crítico chegou a afirmar que eu jamais ouvira quem quer que fosse expressar aquela dúvida, e que eu mesmo nunca me vira às voltas com ela, razão pela qual a história seria despida de veracidade. Se bem me lembro, foi esse mesmo crítico, ou então outro igualmente tão senhor de si, que pouco antes havia previsto o desapontamento de todo aquele que, depois de ler minha descrição de Skagen, fosse lá conferir se encontraria a paisagem poética retratada naquele conto... Pois bem: passados uns dias, tive o prazer de receber a visita de Brink Seidelin; esse sim, uma pessoa efetivamente capacitada a dar sua opinião a respeito de tal assunto, já que fora o responsável pela descrição de Skagen constante do relatório oficial daquele distrito. E não é que Seidelin me parabenizou por haver descrito tão fielmente o cenário da Jutlândia setentrional?

Recebi também uma carta do pároco de Skagen, cumprimentando-me pela descrição colorida e realista da paisagem local, e acrescentando: "*Também acreditamos nas outras coisas que V. S^a contou; por isso, doravante, quando recebermos viajantes interessados em nos conhecer, apontaremos a velha igreja e haveremos de dizer:*

— *Ali jaz a cidade soterrada de Jurgen!*"

Um jovem daquele distrito teve a gentileza de me guiar num passeio à extremidade do "Galho", em direção à Velha Skagen. Ao final do percurso, paramos no sopé de uma colina arenosa, de onde se podia avistar a antiga igreja. Qual um farol, sua torre era a única coisa que sobressaía das dunas. Subir até lá seria extremamente difícil para os cavalos, e meu guia preferiu deter-se naquele ponto. Assim, apeei da carruagem e caminhei sozinho até a igreja soterrada. A impressão que essa caminhada me causou foi descrita em UMA HISTÓRIA DAS DUNAS.

Algum tempo depois que o conto foi publicado, o tal rapaz, que até então se havia mostrado tão cortês e honesto, andou declarando por aí que eu jamais havia estado na igreja, e que apenas a contemplara à distância! Seu testemunho era aceito como válido, já que fora ele quem me guiara até lá. Muita gente deve ter-se divertido com isso. Que coragem a minha, de descrever um lugar onde nunca havia posto os pés... Quanto a mim, porém, não me diverti nem um pouco.

Tempos depois, encontrei esse rapaz em Copenhague e indaguei dele se ainda guardava lembrança de nossa excursão.

— Claro que sim — respondeu. — Fomos pela estrada até onde se podia avistar a igreja da Velha Skagen.

— Com efeito — concordei, — foi isso o que fizemos. Mas você não se lembra de que, chegando ali, eu desci da carruagem e prossegui a pé, sozinho, até a igreja?

E pus-me a contar-lhe o que havia visto lá.

— Sim, então foi isso... — assentiu ele. — É... o senhor chegou até lá... Havia-me esquecido deste detalhe...

Descrevi em seguida o sopé da colina arenosa onde ele havia ficado junto à carruagem, esperando meu regresso.

— Pelo fato de não ter ido até lá em cima — justificou-se o moço — acabei imaginando que o senhor também fizera o mesmo...

Recordei esse incidente apenas para resgatar a verdade dos fatos; não obstante, alguém que tenha escutado a versão incorreta "da própria boca" de meu guia, por certo, haverá de propalar, depois que eu não mais estiver aqui para refutá-lo, como foi que me atrevi a descrever um local que eu nunca vi com estes olhos que a terra então já haverá comido.

Os camponeses e pescadores que ali viviam revelaram-me várias particularidades da vida local, e algumas dessas informações foram aproveitadas na história. Singularmente, recebi de um certo crítico um "conselho de amigo": antes de discorrer sobre os costumes existentes num lugar, seria bom inquirir os moradores a esse respeito — ou seja, agir exatamente como eu tinha feito...

UMA HISTÓRIA DAS DUNAS pôs-me em contato com o poeta Paludan-Müller. Seus comentários elogiosos acerca desse conto significaram tanto para mim, que não posso deixar de registrá-los aqui.

O conto OS DOIS IRMÃOS é um esboço fantasioso que tracei da vida dos irmãos Oersted.

Atendendo ao pedido de uma história para figurar no "Álbum Schiller", escrevi O VELHO SINO DA IGREJA. Quis contribuir com um conto bem dinamarquês. Quem ler a história verá se consegui ou não alcançar este intento.

Na primavera de 1861, foi publicado o segundo volume dos "Novos Contos de Fadas e Histórias Ligeiras", contendo:

OS DOZE PASSAGEIROS
O ESCARAVELHO
O QUE O PAI FIZER, SEMPRE SERÁ BEM FEITO
A PEDRA DO FILÓSOFO
O BONECO DE NEVE
NO VIVEIRO DOS PATOS
A MUSA DO SÉCULO XX.

Este livro foi dedicado a D. G. Murad, que ocupava o cargo de ministro da Cultura, à época da publicação.

Para o primeiro número de "Household Words", Charles Dickens transcreveu alguns provérbios árabes, entre os quais um lhe pareceu particularmente interessante: "*Ao ver o cavalo do sultão ganhando ferraduras de ouro, o escaravelho também estende as patas*". A propósito desse provérbio, Dickens escreveu o seguinte comentário: "*Minha sugestão é a de que Hans Christian Andersen escreva um conto de fadas tomando-o como tema*". Bem que tentei atender seu pedido, mas nenhuma ideia me ocorreu. Nove anos depois, quando visitava o castelo de Basnaes, onde por acaso tive de novo sob os olhos a revista que continha aquela sugestão, o conto O ESCARAVELHO subitamente aflorou em meu pensamento.

O QUE O PAI FIZER, SEMPRE SERÁ BEM FEITO é um conto folclórico dinamarquês que ouvi nos tempos de criança, e que recontei a meu modo.

Através de todos estes anos, tenho tentado percorrer cada um dos raios que, por assim dizer, existem dentro da grande circunferência dos contos de fadas. Desse modo, quando porventura me ocorre a inspiração de escrever uma história parecida com alguma que já publiquei anteriormente, ou desisto da ideia, ou então tento imprimir ao conto uma forma diferente. Foi o que ocorreu com A PEDRA DO FILÓSOFO, extraído de uma alegoria, à qual conferi um estilo oriental.

Ultimamente, tenho sido recriminado por escrever histórias de fundo filosófico, abordando temas além do meu alcance — isso, de acordo com o parecer dos meus críticos. Tais censuras foram dirigidas principalmente à história A MUSA DO SÉCULO VINTE, que não passa de uma resultante natural dos contos de fadas.

Já se disse e se escreveu que essa coleção de contos seria a mais pobre de todas as que saíram até então. Pois digo que, entre as histórias que a compõem, estão as duas das melhores que já escrevi: O QUE O PAI FIZER, SERÁ SEMPRE BEM FEITO e O BONECO DE NEVE. Esta última foi escrita no belo castelo de Basnaes, por ocasião do Natal. Para as leituras em voz alta, tem sido escolhida dentre muitas de minhas outras produções. É o que tem feito, por exemplo, o ator Mantzius, do Teatro Real, que a incluiu no seu repertório, e a reação da plateia parece ser bastante positiva.

De certo tempo para cá, tenho escutado e lido aqui e ali que somente meus primeiros contos possuem alguma importância, e que todos os demais lhes são bem inferiores. Discordo desse juízo, mas creio poder explicá-lo. Muitos que leram minhas histórias quando eram crianças já se tornaram adultos e perderam aquela abertura de espírito com relação aos livros que lhes caíam nas mãos. Outra explicação possível é a de um certo ressentimento pelo fato de que esses contos se tornaram conhecidos e aclamados pelo mundo afora, acarretando para seu felizardo autor uma satisfação maior do que a que ele faria por merecer. E como meus primeiros contos já passaram pelo teste do tempo, o jeito é deixá-los em paz; os mais recentes, porém, ainda não passaram: então, que se lhes desça o malho com vontade...

Às vezes as pessoas fazem determinados comentários, sem explicar exatamente o que estão querendo dizer. Quantas vezes escutei: "Gosto mesmo é de seus genuínos contos de fadas, aqueles que você escrevia antigamente". E se eu for atrevido o bastante para perguntar qual desses contos ele ou ela prefere, escuto muitas vezes a resposta: "É A PURA VERDADE", ou "A BORBOLETA", ou ainda "O BONECO DE NEVE". Ora, todos esses foram escritos em época relativamente recente...

Se o fascículo a que acabo de me referir continha meus piores contos — e repito que absolutamente não concordo com isso —, o que se lhe seguiu continha uma de minhas melhores coleções. Foi publicado no Natal de 1861, e trazia:

A DONZELA DE GELO
A BORBOLETA
PSIQUE
O CARACOL E A ROSEIRA.

Dediquei-o a Björnstjerne Björnson, com estas palavras: "*A você, que é a árvore da Noruega: seu broto, sua floração, seu fruto. O que sei de sua terra natal, aprendi com você. Em Roma, repleta de monumentos que exaltam a grandeza, pude vislumbrar o íntimo de sua alma poética. Sou seu admirador; por isto, ofereço-lhe o que a idade madura me ensinou a tanger em minha lira*".

A DONZELA DO GELO foi escrita durante uma longa estada na Suíça, país que tantas vezes visitei. Eu regressava para casa, de uma viagem à Itália. A história do ninho de águia me foi relatada pelo poeta bávaro Koppel, que efetivamente passou por aquela experiência.

A BORBOLETA também foi escrita na Suíça, durante uma viagem que fiz de Montreux a Chillon.

PSIQUE foi escrita poucos meses antes, enquanto eu ainda me encontrava em Roma. Um fato ocorrido na primeira vez em que ali estivera, em 1833, voltou-me à lembrança, constituindo o cerne dessa história: durante a escavação de um túmulo que iria guardar o corpo de uma jovem freira que acabara de falecer, foi encontrada e desenterrada uma bela estátua de Baco.

A história dos fogos-de-santelmo foi imaginada durante os longos e tenebrosos anos da guerra.

Ao longo da estrada entre Soroe e Holsteinborg há um moinho de vento. Passei por ali muitas vezes, e sempre tinha a impressão de que ele estava querendo contar-me uma história. Um dia ele o fez, e nela estava contida sua própria profissão de fé. É tudo o que tenho a dizer sobre O MOINHO DE VENTO.

A MOEDA DE PRATA foi escrita em Leghorn. Eu acabara de desembarcar de um vapor, proveniente de Civitavecchia. Enquanto estava a bordo, havia trocado um *scudo* italiano por moedas de pequeno valor, entre as quais viera uma que era falsa. Em terra, ninguém quis aceitá-la, e fiquei bastante aborrecido com o logro de que fora vítima. Mas esse fato inspirou-me uma história, com a qual acabei recuperando o prejuízo.

A história dos parentes do bispo ocorreu-me depois da visita que fiz ao convento de Boerglum. Uma conhecida lenda de fundo histórico, referente aos tempos cruéis da Idade Média, que tantos teimam em afirmar ter sido uma época aprazível e boa de se viver, foi nela relatada, num contraste que estabeleci com nossa época atual — esta, sim, brilhante e feliz.

O TESOURO foi escrito em Frijsensborg. A floresta encantadora e solitária, as belas flores dos jardins e os aposentos aconchegantes do castelo estão, em minha mente, ligados de modo inseparável a essa história, que ali desabrochou como uma flor, durante um dia ameno e delicioso.

COMO A TEMPESTADE MUDOU AS PLACAS DE LUGAR e O PASSARINHO DO POVO (este constante de um fascículo publicado poucos meses depois) foram escritos em Copenhague, pouco antes do Natal. A descrição do desfile majestoso é reminiscência de um a que assisti em Odense, nos tempos de criança.

Além de O PASSARINHO DO POVO, esse outro fascículo continha:

O BULE DE CHÁ
OS VERDINHOS
PEDRO, PEDRINHO E PEDROCA
O DUENDE E A MULHER DO JARDINEIRO.

O conto sobre o bule de chá foi escrito em Toledo.

OS VERDINHOS e PEDRO, PEDRINHO E PEDROCA foram escritos em Rolighed, nas proximidades do forno de cal, inspirados no contentamento e bom humor reinantes numa casa que ali tive a oportunidade de visitar.

O DUENDE E A MULHER DO JARDINEIRO tem suas raízes num antigo conto popular referente a um duende que costumava provocar um cão mantido preso a uma corrente.

O fascículo seguinte, contendo novas histórias, foi dado a público no Natal de 1866, sendo dedicado ao pintor Carl Bloch. Compunha-se de:

ESCONDIDO, SIM; ESQUECIDO, NÃO
O FILHO DO ZELADOR
O DIA DA MUDANÇA
A FLOR DA NEVE
TITIA
O SAPO.

ESCONDIDO SIM; ESQUECIDO, NÃO é o mote que interliga três historietas. A primeira foi extraída de um conto de Thiele acerca de uma donzela nobre, que os ladrões prenderam no canil, junto à entrada de seu próprio castelo. Como e por que ela foi libertada foram os detalhes que acrescentei à história original. A segunda tem lugar em nosso tempo, e trata de um fato que presenciei em Holsteinborg. A terceira, sobre uma jovem pobre e tristonha, também retirei de minha experiência pessoal. Escutei esta última dos lábios dessa menina, e procurei reproduzi-la com suas próprias palavras.

Vários dos incidentes relatados em O FILHO DO ZELADOR foram extraídos da vida real.

TITIA foi alguém que conheci e que já morreu.

A FLOR DA NEVE foi escrita a pedidos. Um amigo, o conselheiro Drewsen, grande estudioso de nossa língua e nossos costumes, sugeriu-me chamar atenção, num conto, sobre as frequentes modificações que estão sofrendo diversas palavras e expressões tradicionais da Dinamarca. É o caso, por exemplo, da expressão "falso inverno", com a qual nossos jornais costumam designar o curto período de calor que às vezes sobrevém em plena estação fria, dando a falsa ideia de que o verão está próximo. A expressão antiga, que ainda se usava em meu tempo de criança, era "falso verão", muito mais razoável. Esse também era o nome antigo da anêmona, conhecida atualmente como "flor da neve". O conselheiro pediu, e eu o atendi.

O SAPO foi escrito durante o verão de 1866, quando eu me encontrava em Setúbal. Na casa em que me hospedei, a água das cisternas era trazida para cima em potes de cerâmica, presos a uma corda que passava por cima de uma enorme roldana, e depois derramada num longo rego que se abria em ramificações laterais, a fim de irrigar o jardim. Certa vez, assistindo a essa operação, vi no fundo do pote um sapo grande e feioso, que fora trazido lá do fundo para a superfície. Examinando-o com atenção, observei a expressão inteligente que havia em seus olhos, e logo imaginei um conto de fadas, escrevendo-o em seguida. Mais tarde, já tendo regressado à Dinamarca, resolvi refazê-lo, deslocando a ação para um cenário local.

Entre estas histórias e as dos fascículos seguintes, foram incluídos no volume outros três trabalhos, sobre os quais falarei a seguir.

O LIVRO DE GRAVURAS DO PADRINHO tem sua própria história. Certo dia, andando pela rua, encontrei nosso eminente arqueólogo Thomsen, que acabava de chegar de Paris. Contou-me que ali assistira, num pequeno teatro, a uma comédia ligeira cujo tema era a história daquela cidade. A peça era singela, e a montagem pobre e desenxabida. Apesar disso, ele achara interessante a apresentação de uma sequência de quadros vivos, retratando os diferentes períodos da história parisiense. Sugeriu-me então utilizar aquela ideia para uma comédia mais inspirada, a propósito da história de Copenhague, a fim de ser encenada no Teatro Cassino. Pus-me a pensar seriamente na sugestão, e, na noite em que a nova iluminação pública foi inaugurada, e em que, pela primeira e única vez, os lampiões de gás e as lâmpadas de azeite foram acesos simultaneamente, descobri o que poderia ser o elemento cênico fundamental daquela peça, capaz de proporcionar um encadeamento à apresentação dos quadros que nela seriam mostrados. A ligação espiritual de toda a trama seria uma enorme rocha que, nos tempos pré-históricos, fora arrastada por uma geleira até ser depositada sobre um banco de areia, servindo de alicerce para o castelo de Absalon, primeira edificação construída em Copenhague, no local onde hoje se ergue o Museu de Thorvaldsen.

Trabalhei durante longo tempo na tal peça, que foi crescendo, crescendo, até não caber mais no palco acanhado do Cassino, exigindo ademais uma equipe de atores mais numerosa do que a de que aquele teatro dispõe. Valeria a pena prosseguir? Vendo que a tarefa se havia tornado grande demais para mim, acabei por abandoná-la. Mais tarde, porém, utilizei a ideia para compor um livro ilustrado, contendo as gravuras que eu havia conseguido aqui e ali. As legendas que então escrevi serviam de elo de ligação entre elas, compondo uma história. Dei a esse álbum o título de VIDA E TRAJETÓRIA DE COPENHAGUE, À LUZ DAS LAMPARINAS E LAMPIÕES.

Anos depois — e dessa vez sem gravuras — a história foi encurtada, saindo no semanário "Tempo Ilustrado Dinamarquês". Incluí-a mais tarde na coleção denominada "Anotações e Esboços de Viagens". Os críticos contestaram essa escolha, dizendo que ela deveria antes fazer parte dos "Contos de Fadas e Histórias Ligeiras"; por isso, anexei-a a esse volume, tendo Frolich providenciado as necessárias ilustrações.

Foi bem antes disso tudo que escrevi OS TRAPOS. Por essa época, a literatura norueguesa ainda não tinha mostrado o frescor e a vitalidade que hoje em dia ostenta em tantos setores. Munch apenas havia começado a escrever suas obras. Björnson, Ibsen, Jonas Lie, Magdalene Thoresen e vários outros eram desconhecidos. Não obstante, a crítica local não poupava os autores dinamarqueses, investindo até mesmo contra Oehlenschläger. Isso me causava profunda indignação. Resolvi então escrever uma ou duas palavras a respeito do assunto, rebatendo aquelas críticas sob a forma de um conto curto e sem rodeios. Num verão, quando me achava em Silkenborg, na casa de Michael Drewsen, que ali perto possuía uma pequena fábrica de papel, reparei nas enormes pilhas de trapos que se amontoavam diariamente à frente de seu estabelecimento. Esses trapos provinham de todo canto, segundo me disseram. Foi isso que me sugeriu a ideia de escrever OS TRAPOS. Os que chegaram a ler esse conto, acharam-no divertido; pessoalmente, porém, achei que ele estava mais para ferroada que para mel, e decidi não publicá-lo. Muitos anos depois, quando a sátira — se tal título lhe pode ser aplicado — não mais haveria de excitar os ânimos, dada a nova situação que passara a existir, o conto foi redescoberto. Os trapos rivais foram tratados com igual simpatia, dentro de um enfoque mais humorístico. Diversos amigos, tanto noruegueses como dinamarqueses, encorajaram-me a publicá-lo, e ele acabou saindo no "Calendário Dinamarquês" de 1869.

Fiz às pressas AS DUAS ILHAS, com o único objetivo de que o conto fosse lido em voz alta durante um jantar em Holsteinborg, cujo convidado de honra era o engenheiro encarregado da construção do dique que deveria ligar Glaeno à Zelândia.

Em 1868 foi publicado um fascículo contendo um único conto: A NINFA DO BOSQUE. No ano anterior, eu fora a Paris, a fim de assistir à Exposição Internacional que ali seria realizada. Nunca, antes ou depois, fiquei tão encantado e impressionado como naquela ocasião. O evento já fora oficialmente aberto quando ali cheguei, mas muitas de suas espantosas maravilhas ainda se achavam em construção. Na França e em todo o mundo, os jornais abriam espaço para noticiar o sensacional acontecimento. Certo jornal dinamarquês afirmou, categoricamente, num de seus artigos, que nenhum outro escritor, a não ser Charles Dickens, seria capaz de descrever aquela maravilha. Fiquei enciumado, pois também julgava possuir o talento necessário para executar tal empresa. De fato, seria um prazer tentar essa experiência, escrevendo algo que pudesse ser apreciado não só por meus compatriotas, mas por todas as pessoas. Imbuído desse pensamento, postei-me na sacada do quarto de hotel onde estava hospedado. Lá embaixo, numa praça, notei que estavam arrancando uma árvore morta, enquanto, numa carroça estacionada ali perto, uma arvorezinha jovem, recém-colhida no campo, aguardava o momento de substituí-la. A ideia para uma história sobre a Exposição de Paris estava ali mesmo, no interior daquela planta. A ninfa do bosque, de dentro dela, acenava para mim. Durante todo aquele dia, e ainda por um longo tempo depois que já me encontrava na Dinamarca, foi crescendo e tomando vulto em minha mente a história da vida daquela dríade e sua inter-relação com a Exposição de Paris. Mas como eu não pudera assistir a toda a exibição, e já que aquela história deveria retratar de maneira veraz e completa todo o evento, eu teria de regressar a Paris, o que fiz em setembro. De regresso a Copenhague, o conto foi por fim concluído, tendo sido dedicado ao poeta J. M. Thiele.

Em 1870, outro fascículo do tamanho do precedente foi publicado, contendo três novos trabalhos:

A FAMÍLIA DE GUIDA-GALINHA
AS AVENTURAS DE UM CARDO
UMA QUESTÃO DE IMAGINAÇÃO.

Dediquei-o ao meu bom amigo E. Collin, que sempre me dispensou sua estrita lealdade, fosse nos dias felizes, fosse nos mais amargos.

Certo dia, na União dos Estudantes, pus-me a ler um jornal de Laaland-Falster, no qual havia um artigo fazendo menção a Maria Grubbe, uma senhora de sangue nobre. Ela fora casada três vezes: primeiro, com o meio-irmão de Cristiano V, Ulrich Frederik Gyldenloeve; depois, com um nobre da Jutlândia; por fim, com um pobre marinheiro. Enquanto seu terceiro marido estava na prisão, ela própria o substituíra na direção de uma balsa. O artigo, na verdade, era sobre antigas cartas escritas por Holberg. Quando ele era um jovem estudante, uma epidemia de peste bubônica se alastrou por Copenhague, obrigando-o a se refugiar em Falster. Ali, teve oportunidade de conviver com uma senhora pobre e bondosa, por todos conhecida como "Mãe Miller", a mulher do balseiro: aquela que outrora frequentara os salões elegantes e aristocráticos, atendendo pelo nome de Maria Grubbe.

Aqui havia material a ser trabalhado por um poeta. Depois de colher maiores informações em nosso "Atlas" e nas "Lendas Populares" de Thiele, escrevi A HISTÓRIA DE GUIDA-GALINHA.

O conto AS AVENTURAS DE UM CARDO ocorreu-me quando perambulava nos arredores de Basnaes e avistei um cardo belíssimo. Senti que devia escrever alguma coisa a seu respeito.

UMA QUESTÃO DE IMAGINAÇÃO proveio de minhas próprias experiências.

No Natal de 1871, vieram a lume os "Novos Contos de Fadas e Histórias Ligeiras". Dediquei-o a Theodor e Carl Reitzel, meus editores. Nesse fascículo, que manteve o mesmo formato dos anteriores, trazendo a tradicional capa ilustrada, havia doze histórias:

A SORTE PODE SER ENCONTRADA NUM GALHO QUEBRADO
O COMETA
OS DIAS DA SEMANA
A HISTÓRIA DOS RAIOS DE SOL

O BISAVÔ
QUEM É O MAIS FELIZ?
AS VELAS
O MAIS INCRÍVEL DE TUDO
O QUE TODA A FAMÍLIA DISSE
"DANCE, DANCE, MINHA BONECA!"
A GRANDE SERPENTE MARINHA
O JARDINEIRO E SEU PATRÃO.

O primeiro desses contos foi escrito nos Montes Jura. Contaram-me ali a história de um pobre carpinteiro que esculpira uma pequena pêra de madeira, usando-a para prender as varetas do seu guarda-chuva. O dispositivo mostrou ser mais eficiente que o antigo botão utilizado para esse fim. Ele realmente fechava o guarda-chuva, impedindo-o de abrir fora de hora. A pedido dos vizinhos, o carpinteiro construiu alguns dispositivos idênticos, e logo se espalhou pelos arredores a utilidade do invento. As encomendas passaram a chegar de todo lado, e ele em pouco estava rico. Esse caso deu origem ao conto A SORTE PODE SER ENCONTRADA NUM GALHO QUEBRADO.

Como sói acontecer às pessoas de certa idade, tive ocasião de rever um cometa que já havia visto quando criança. Conquanto anos e anos separassem as duas visões, a mim parecia que a primeira vez que o avistara fora na noite anterior. Foi assim que me veio a ideia de escrever O COMETA.

OS DIAS DA SEMANA foi escrito a toque de caixa, atendendo a um pedido. Mais tarde, foi publicado no "Calendário de Thorkildsen".

Na distribuição de presentes descrita em A HISTÓRIA DOS RAIOS DE SOL, tive em mente um conterrâneo particularmente ilustre.

O BIS-VOVÔ baseou-se na lembrança de uma conversa que tive com H. C. Oersted, a respeito dos velhos e novos tempos, tema sobre o qual ele havia escrito um artigo para o "Almanaque de Copenhague".

AS VELAS é uma historieta extraída da vida real. Também O MAIS INCRÍVEL DE TUDO e O QUE TODA A FAMÍLIA DISSE pertencem ao grupo de contos que, pelo menos em parte, se baseiam em experiências pessoais.

A GRANDE SERPENTE MARINHA e A NINFA DOS BOSQUES são contos modernos. A ciência hodierna e as mudanças acarretadas por ela oferecem rico material para a poesia. Por abrir meus olhos para esse fato, sou extremamente grato a H. C. Oersted.

O JARDINEIRO E SEU PATRÃO era uma história inteiramente desconhecida e inédita até o aparecimento dessa coleção. Trata-se de um conto passado em nossa época, o que acredito ser a explicação do seu sucesso. Em todas as vezes que foi lido em voz alta ou encenado, recebeu calorosa acolhida. Em minha juventude, era usual, durante um concerto, reservar-se um número do programa para declamações, geralmente de poemas. A excelente atriz Jorgensen, do Teatro Real, foi a primeira pessoa que experimentou ler em voz alta um de meus contos, entremeando esse número no programa de um concerto. Desde então, muitas histórias minhas passaram a ser lidas durante esses espetáculos, especialmente CLOD HANS, A ROUPA NOVA DO IMPERADOR, O COLARINHO e É A PURA VERDADE!

No Natal de 1872, saiu o segundo fascículo, que mais tarde iria compor parte do terceiro volume dos "Novos Contos de Fadas e Histórias Ligeiras", com uma dedicatória a Rolighed, uma propriedade situada nos arredores de Copenhague, para os lados do forno de cal. Rolighed faz por merecer seu nome (que significa "tranquilidade"). Nas partes mais antigas, ali viveu, anos atrás, a esposa do general Hegermann-Lindencrone, autora de uma peça sobre Eleanora Ulfeldt e algumas histórias curtas. Mais tarde, H. C. Oersted também morou ali. O proprietário atual é Moritz Melchior, homem de negócios. Ele reconstruiu a casa velha, dando-lhe uma aparência que lembra a do pequeno castelo real de Rosenborg. Tenho desfrutado desse lugar como se fosse minha casa de verão, e ali escrevi diversas de minhas histórias mais recentes. Os quatro contos que compuseram esse fascículo, por exemplo, foram todos escritos em Rolighed. São os seguintes:

A HISTÓRIA QUE A VELHA JOANA CONTOU
A CHAVE DA PORTA DA FRENTE
O ALEIJADO
TITIA DOR-DE-DENTES.

Apresento a seguir algumas observações e explicações a respeito desses contos.

Em minha infância, em Odense, vi certo dia um sujeito que parecia um esqueleto, de tão pálido e cadavérico que era. Uma velha, que costumava contar-me histórias de fadas e de assombração, explicou-me o porquê daquela aparência medonha: "Ele está magro desse modo porque puseram o panelão para ferver, enquanto ele estava longe, no estrangeiro". Esclareço o que ela queria dizer com isso: havia uma crença geral de que, quando um jovem estava viajando, mesmo que por terras longínquas, e sua amada não mais suportasse aquela ausência, bastava procurar uma velha maga que vivia lá perto, e convencê-la a "pôr o panelão no fogo para chamá-lo". Nesse panelão havia uma poção mágica, que ficava ali fervendo por dias e dias seguidos. Não importa onde se achasse o galã ausente: ele logo sentia ímpetos de regressar, o mais rápido que pudesse, para os braços da amada saudosa. Quando chegava, depois de suportar as mais atrozes privações, o pobre estava reduzido a pele e ossos! E o efeito da poção costumava ser tão eficiente, que ele muitas vezes nunca mais arredava o pé dali, permanecendo em casa pelo resto da vida. Era isso, portanto, o que devia ter acontecido com o tal sujeito cadavérico que eu avistara.

Esse fato impressionou-me profundamente, sendo a base sobre a qual se assentou A HISTÓRIA QUE A VELHA JOANA CONTOU.

Em A CHAVE DA PORTA DA FRENTE, também aproveitei uma crendice corrente. Há não muito tempo atrás, aqui mesmo em Copenhague, estava em moda fazer experiências com a "mesa dançante". Muita gente levava isso a sério, até mesmo pessoas cultas e inteligentes, acreditando piamente na ideia de que as mesas e outros móveis contivessem espíritos em seu interior. Na Alemanha, numa grande propriedade pertencente a pessoas instruídas e inteligentes, tomei conhecimento do que diziam ser "os espíritos das chaves". Devido a eles, as chaves poderiam revelar fatos e segredos, e muita gente boa acreditava nisso. Na história A CHAVE DA PORTA DA FRENTE, expliquei como é que a coisa se dava, e como se poderia tirar proveito disso. Cabe ressaltar, entretanto, que esse conto foi publicado alguns anos antes de minha iniciação na "ciência chavesca". O episódio da visita ao conselheiro, em plena noite, feita pelo comerciante que mora no celeiro, com o propósito de discutir a "educação teatral" de sua filha, trata-se de um incidente que eu mesmo testemunhei.

O ALEIJADO foi uma das últimas histórias que escrevi, e que possivelmente haverei de escrever. Acredito ser uma das melhores que já fiz. Como uma espécie de homenagem ao gênero literário dos contos de fadas, pode-se encará-la como o fecho de ouro de toda a coleção, muito embora TITIA DOR-DE-DENTES tenha sido, efetivamente, a última história concebida e escrita por mim.

Os "Contos de Fadas e Histórias Ligeiras" foram traduzidos em quase todas as línguas europeias. Tanto em minha terra natal, como pelo mundo afora, foram lidos por jovens e velhos. Quem poderia obter uma graça maior que esta de experimentar tal felicidade no curso da própria existência? Já vivi um número de anos suficiente — segundo a Bíblia, "três vintenas mais dez" — para ser classificado como velho, de modo que esta feliz atuação deve estar próxima de seu final. Neste Natal, fiz um apanhado geral do que constitui meu patrimônio: 156 contos de fadas e histórias ligeiras. Deixo como minhas derradeiras palavras o agradecimento do violinista de A PENA E O TINTEIRO:

Se o que executei tem algum valor, o mérito é todo de Deus!

H. C. Andersen
Rolighed, 1874.

HISTÓRIAS E CONTOS DE FADAS

Meu presente para o mundo
Hans Christian Andersen

O Isqueiro

Um soldado vinha marchando pela estrada: esquerdo, direito! esquerdo, direito! Trazia mochila nas costas e espada na cinta. Tinha estado na guerra; agora voltava para casa. No caminho, avistou uma velha bruxa, encostada numa árvore. Que figura horrorosa! Tinha um lábio inferior tão comprido, que escorria pelo queixo abaixo, chegando até o peito!

— Boa tarde, meu soldado! — disse ela. — Que bela espada, a sua, e que mochila grande! Estou vendo que você é um soldado de verdade! Vou-lhe dar todo o dinheiro que você quiser.

— Obrigado, Dona Bruxa — respondeu o soldado.

— Está vendo esta árvore aqui? — perguntou a bruxa, apontando com o dedo polegar. — O tronco dela é oco. Suba até lá em cima, entre no buraco e desça até o fundo. Vou amarrar uma corda em torno de sua cintura, para puxar quando você me chamar.

— E o que vai acontecer quando eu chegar lá embaixo? — perguntou o soldado.

— Aí, você vai ficar rico! — respondeu a velha, dando uma gargalhada. — Agora, escute: lá no fundo, você vai encontrar um corredor comprido, iluminado com mais de cem lâmpadas. Esse corredor dá para três portas. Você poderá abri-las, porque as chaves estão nas fechaduras. Abra a primeira porta e entre no quarto. No meio dele está uma arca, e em cima dela está sentado um cão, de olhos do tamanho de xícaras de chá. Não precisa ter medo: estenda no chão este meu avental xadrez, faça o cão deitar-se nele e pode ficar sossegado. Aí, abra a arca, que está cheia de moedas de cobre, e tire quantas quiser. Mas, se em vez de cobre, preferir prata, entre no quarto ao lado. Ali há outra arca, vigiada por outro cão, de olhos do tamanho de rodas de moinho. Não precisa ter medo: faça-o sentar-se no avental, e pode recolher as moedas de prata sossegado. Mas, se em vez de prata, preferir ouro, tudo bem: entre no terceiro quarto. Ali verá outra arca e outro cão, mas que cão! Seus olhos são grandes como a circunferência de uma torre! Não precisa ter medo:

41

faça-o sentar-se no avental, e ele ficará quieto, deixando que você recolha quantas moedas de ouro quiser.

— Isso não é nada mau! — disse o soldado. — Mas e a senhora, Dona Bruxa? Imagino que queira receber uma parte do que eu trouxer.

— Não, não — respondeu a velha. — Não quero nem uma única moeda. Quero apenas que me traga um velho isqueiro, que minha avó esqueceu lá embaixo, da última vez que ali esteve.

— Então, vamos lá. Pode passar a corda na minha cintura.

— Pronto — disse a bruxa, amarrando-lhe a corda. — Tome aqui o meu avental xadrez.

O soldado escalou o tronco, desceu pelo oco e chegou ao corredor, que de fato estava iluminado por mais de cem lâmpadas. Foi caminhando até a primeira porta. Abriu-a devagarinho, espiou e — oh! — lá estava o cão, olhando-o fixamente, com seus olhos do tamanho de xícaras de chá!

— Olá, cachorrinho bonito! Vem cá, Tiu, vem: deita aqui neste avental.

O cão obedeceu, e o soldado abriu a arca, enchendo os bolsos com as moedas de cobre que nela havia. Em seguida, fechou-a, ordenando ao cão que voltasse a sentar-se em cima dela, e saiu.

Entrou no segundo quarto. Ahá! Lá estava o outro cão, de olhos grandes como rodas de moinho.

— Não fique aí me olhando desse jeito, amigão! — disse o soldado, sorrindo para ele. — Não é de boa educação, e você vai acabar ficando com os olhos doloridos. Venha cá, sente-se aqui no avental.

O cão obedeceu, e o soldado abriu a arca. Vendo que ela estava cheia de reluzentes moedas de prata, esvaziou os bolsos e tratou de enchê-los com elas; não só os bolsos, mas a mochila também.

Em seguida, passou para o último quarto. Lá estava um cão de aspecto terrível, capaz de assustar qualquer pessoa, até mesmo um soldado. Seus olhos eram do tamanho da circunferência de uma torre, e giravam como rodas, enquanto o fitavam ferozmente. Nosso amigo ficou tão impressionado com a figura do animal, que até lhe fez continência. Mas logo depois lembrou-se das recomendações da bruxa e estendeu o avental no chão, dizendo:

— Boa noite, companheiro! Faça o favor de sentar-se aqui.

O cão obedeceu, e ele abriu a arca.

— Deus do céu! — exclamou, ao ver a quantidade de moedas de ouro que havia dentro dela.

Era tanto ouro, que dava para comprar toda a cidade de Copenhague, e ainda de quebra todos os bonequinhos de açúcar, todos os cavalos de pau — com chicotinho e tudo! — e todos os soldados de chumbo existentes no mundo!

Rapidamente o soldado despejou no chão as moedas de prata que trazia, enchendo não só os bolsos e a mochila com as moedas de ouro, como também seu quepe e suas botas. Depois, mandou o cão retomar seu posto em cima da arca, fechou a porta e voltou pelo corredor até seu início, gritando para cima:

— Pode puxar, Dona Bruxa!

— Pegou o isqueiro? — perguntou ela.

— É mesmo, esqueci! — disse ele, abaixando-se e pegando o isqueiro, que estava ali perto.

Aí, a bruxa puxou-o para cima, e ele em pouco estava na estrada, sentindo-se outra pessoa, com os bolsos, a mochila, o quepe e as botas abarrotados de ouro.

42

— Que vai fazer com este isqueiro? — perguntou.

— Não é da sua conta! — respondeu a velha rispidamente. — Já pegou seu dinheiro, não é? Então, passe para cá o isqueiro.

— Que maneira de falar é essa? — irritou-se o soldado. — Trate de me dizer o que pretende fazer com este isqueiro, ou puxo minha espada e arranco fora a sua cabeça!

— Não! — berrou a bruxa.

Ah, para quê! O soldado sentiu-se ofendido, arrancou a espada e decepou-lhe a cabeça, deixando-a estendida à beira da estrada. Depois, pôs todas as moedas de ouro em cima do avental, fez uma trouxa, jogou-a nas costas, enfiou o isqueiro no bolso e prosseguiu seu caminho, tomando o rumo da cidade.

Ali chegando, procurou pela melhor hospedaria, pediu o melhor quarto que havia, e ordenou que lhe trouxessem as iguarias mais finas para o jantar, pois ele agora tinha muito, muito dinheiro.

Um criado veio engraxar-lhe as botas, achando muito estranho que um cavalheiro tão rico usasse calçados tão gastos. Mas é que estava de noite, e o comércio só iria abrir pela manhã. No dia seguinte, ele saiu e comprou botas novas e roupas elegantes, despertando a admiração geral. Conversando com as pessoas, elas lhe falaram das belezas da cidade, de como era o rei, e elogiaram sua filha, uma princesa gentil e encantadora.

— Eu gostaria de vê-la — comentou o soldado.

— Impossível! — responderam os moradores. — Ela mora num castelo de cobre, rodeado por um fosso e protegido por muralhas e torres. O rei não permite que pessoa alguma a visite, porque um feiticeiro previu que ela irá casar-se com um soldado raso, e ele não gostou nada dessa ideia.

"Mas bem que eu gostaria de vê-la", pensou o soldado, mesmo sabendo que aquele era um desejo impossível de realizar.

E ele ali foi vivendo folgadamente, indo ao teatro, passeando de carruagem, mas nunca se esquecendo de ajudar os pobres, pois se lembrava bem de como era difícil a vida quando não se tinha sequer um centavo no bolso.

Rico e elegante, o soldado logo fez muitas amizades, e todos gabavam suas qualidades de cavalheiro, deixando-o envaidecido. E ele assim continuou naquela vida boa, gastando, gastando, sem nunca receber dinheiro. Um belo dia, viu que sua fortuna se havia reduzido a duas moedas de pequeno valor. Ah, que tristeza... Teve de mudar-se de seus ricos aposentos, indo viver num quartinho apertado que havia no sótão da hospedaria. Agora, era ele mesmo quem engraxava suas botas, e, num dia em que uma delas se rasgou, teve de costurá-la com uma agulha de sapateiro. Seus amigos pararam de visitá-lo, alegando que era muito cansativo subir a escadaria que dava para seu quartinho.

Uma noite muito escura, lá estava ele solitário, triste por não ter dinheiro sequer para comprar uma vela. Súbito, veio-lhe a ideia de acender o isqueiro que havia trazido do fundo da árvore oca. Se ele ainda funcionasse, poderia proporcionar-lhe alguns momentos de luz. Tateando em seus guardados, achou o isqueiro e acionou-o. O quarto iluminou-se com um clarão, e pela porta entrou o cão de olhos grandes como xícaras.

— Às suas ordens, meu amo! — falou o animal.

— Oba! Isso, sim, é que é isqueiro! — exclamou o soldado. — Então posso pedir o que quiser? Quero dinheiro. Traga algum para mim.

Em menos tempo do que se leva para dizer "muito obrigado", o cão saiu e voltou com um saco de moedas de cobre na boca. Agora o soldado compreendia por que a bruxa estava tão interessada naquele isqueiro. Se o acionasse uma vez, apareceria o cão que vigiava a arca das moedas de cobre; duas vezes, o que vigiava as moedas de prata; três vezes, o das moedas de ouro.

O soldado voltou a ocupar seus antigos aposentos, comprou roupas novas e elegantes, e tornou a ficar rodeado de amigos e atenções.

Certa noite, sozinho em seus aposentos, depois que os amigos já tinham saído, ele pensou: "É uma pena que ninguém possa ver a bela princesa. De que vale ser bonita, quando se tem de viver atrás dos muros e torres de um castelo de cobre? Será que não poderei mesmo vê-la? Hum... onde está meu isqueiro?"

Batendo nele uma vez, as faíscas saltaram e apareceu o cão de olhos do tamanho de xícaras. O soldado ordenou:

— Sei que já está muito tarde, mas eu gostaria muito de ver a princesa, nem que só por um minuto.

O cão desapareceu e, mais rápido que o pensamento, retornou, trazendo nas costas a princesa, que dormia. Era uma jovem tão encantadora, que qualquer um logo veria que ela só podia ser uma princesa. O soldado não resistiu, e deu-lhe um beijo.

O cão saiu logo em seguida, levando a princesa novamente para o castelo de cobre. Pela manhã, quando ela desceu para tomar chá com o rei e a rainha, narrou-lhes o estranho sonho que tivera aquela noite: fora levada nas costas de um cachorro enorme até a casa de um soldado, e este a beijara.

— Que sonho bonito! — comentou a rainha, escondendo seu receio de que aquilo não fosse de fato um simples sonho.

Por via das dúvidas, o rei ordenou que uma camareira passasse a noite junto ao leito da princesa, a fim de observar se algo de estranho aconteceria, enquanto ela dormia.

O soldado havia ficado tão atraído pela princesa, que não resistiu, e naquela mesma noite ordenou ao cão que fosse buscá-la de novo. O cão repetiu a proeza, mas dessa vez a camareira estava atenta e saiu em sua perseguição, conseguindo ver a casa em que ele havia entrado com a jovem nas costas. Para reconhecê-la pela manhã, ela tomou um pedaço de giz e traçou uma grande cruz na porta, voltando tranquila para o palácio, pois estava com sono.

Quando estava retornando ao palácio, o cão reparou que a porta da casa de seu amo tinha sido marcada com uma cruz. Desconfiando do que fosse aquilo, ele tomou de outro pedaço de giz e traçou cruzes em todas as portas de todas as casas da cidade. Foi uma providência inteligente, pois assim a camareira não poderia reconhecer a porta que ela havia marcado.

Na manhã seguinte, o rei, a rainha, a camareira e todos os oficiais do palácio foram à cidade, à procura da casa para onde a princesa tinha sido levada à noite.

— É aquela ali! — exclamou o rei, ao ver a primeira porta assinalada com uma cruz.

— Não, querido, é essa do outro lado — disse a rainha, olhando para outra porta.

— É esta aqui!

— É aquela ali!

Todos gritavam a um só tempo, cada qual olhando para uma casa. Vendo que não conseguiriam identificar a que procuravam, desistiram da busca.

Mas a rainha era esperta, e sabia fazer mais do que apenas passear em sua carruagem dourada. Tomando de sua tesoura de ouro, cortou um pedaço de pano de seda e costurou uma linda bolsinha, enchendo-a de grãos de trigo; em seguida, amarrou-a na cintura da princesa e abriu um buraquinho no fundo da bolsinha, de modo que os grãos passassem através dele, caindo no chão um a um. Desse modo, eles poderiam, no dia seguinte, descobrir o caminho por onde o cão tivesse passado, levando a jovem às costas.

À noite, o cão voltou a entrar no castelo e levou a princesa até o soldado. Nessa altura, o moço já estava apaixonado por ela, e seu maior desejo era tornar-se um príncipe, a fim de poder pedi-la em casamento.

O cão não notou que os grãos iam caindo no chão, deixando assinalado o caminho que ele tinha seguido do castelo de cobre até a hospedaria. Desse modo, ao chegar a manhã, o rei e a rainha não tiveram dificuldade de acompanhar aquele rastro, chegando até o aposento que o soldado ocupava. Imediatamente, ordenaram que ele fosse preso.

Sentado na cela escura, o moço estremeceu quando o carcereiro lhe disse:

— Amanhã você será enforcado!

Não era uma frase agradável de se escutar. Se ele ao menos estivesse com seu isqueiro... Infelizmente, no momento em que fora preso, não tivera tempo de pegá-lo.

Quando o sol despontou, ele espiou através das grades da janela e viu a multidão de gente que seguia pelas ruas, em direção ao lugar onde estava sendo montada a forca, fora da cidade. Escutou ao longe o som dos tambores e os passos dos soldados em marcha. E o povo andando apressado: gente e mais gente. Entre a multidão, o soldado divisou um aprendiz de sapateiro, tão aflito para assistir ao enforcamento, que nem havia tirado seu avental de couro, ou calçado seus sapatos. Lá vinha ele correndo, de chinelo nos pés. Suas passadas eram tão largas e rápidas, que ele até parecia um cavalo a galope. Foi então que um de seus chinelos escapou-lhe dos pés e voou pelo ar, caindo bem embaixo da janela do prisioneiro.

— Ei, sapateiro, para que a pressa? O enforcamento não vai começar enquanto eu não chegar! — gritou-lhe o soldado. — Antes disso, que tal ganhar quatro moedas de cobre? Faça o seguinte: vá até a hospedaria e traga para mim o isqueiro que esqueci lá. Mas vá correndo, senão o tempo acaba, e você não recebe seu pagamento.

O aprendiz de sapateiro bem que estava precisando de quatro moedas de cobre, pois não tinha no bolso uma sequer. Rápido como um raio, ele disparou para a hospedaria, pegou o isqueiro e o entregou ao soldado, a tempo de receber seu pagamento.

E agora preparem-se para saber o que foi que aconteceu.

Fora dos muros da cidade, a forca já tinha sido erguida. Em torno dela estavam os soldados da guarda real, e mais atrás se aglomeravam centenas de milhares de pessoas. O rei e a rainha estavam sentados em seus tronos dourados, tendo a sua frente os juízes e os conselheiros reais.

O soldado foi trazido e subiu a escada que levava ao estrado. Quando o carrasco já se preparava para passar-lhe a corda ao pescoço, ele pediu a palavra e lembrou o antigo costume de se permitir ao condenado à morte um último desejo. E o dele era simples: antes de morrer, queria fumar um cachimbo pela última vez.

O rei balançou a cabeça, concordando. Então, o soldado tirou o isqueiro do bolso, ergueu-o e bateu nele com o dedo uma, duas, três vezes. No mesmo instante, surgiram a sua frente os três cães: o de olhos do tamanho de xícaras de chá, o de olhos do tamanho de rodas de moinho e o de olhos do tamanho da circunferência de uma torre.

— Ajudem-me! Não quero ser enforcado! — ordenou o soldado.

Os cães avançaram sobre os juízes e conselheiros, agarrando um pela perna e outro pelo nariz, e atirando-os para cima, tão alto, que quando caíram se esborracharam todos no chão. O cão maior de todos correu em direção ao trono e, sem se importar com os gritos do rei, que lhe ordenava ir morder os outros, e não ele, agarrou-o juntamente com a rainha e atirou-os para bem alto, do mesmo modo que seus irmãos haviam feito com os juízes.

Os guardas nem se moveram, de tão apavorados que estavam, enquanto a multidão berrava:

— Já basta, soldadinho! Case-se com a princesa e seja o nosso rei!

O soldado, então, desceu do estrado, entrou na carruagem dourada e desfilou à frente do povo. Os três cães seguiam à frente, dançando e gritando: "Viva o rei!"

Os meninos puseram-se a assoviar, e a guarda real apresentou armas. A princesa pôde sair do seu castelo de cobre, tornando-se rainha, o que a deixou muito feliz. A festa das bodas durou uma semana, e tudo correu na mais perfeita ordem, sabem por quê? Porque os três cães foram os convidados de honra, e ficaram de olho em tudo e em todos.

Nicolão e Nicolinho

Era uma vez uma aldeia onde viviam dois sujeitos que tinham o mesmo nome: ambos se chamavam Nicolau. Só que um deles era dono de quatro cavalos, enquanto que o outro só tinha um. Assim, para distinguir um do outro, costumavam chamar o mais rico de Nicolão, e o mais pobre de Nicolinho. Agora vamos saber o que aconteceu aos dois, porque esta história de fato aconteceu.

Durante seis dias da semana, Nicolinho tinha de trabalhar para Nicolão, e emprestar-lhe seu cavalo; em compensação, quando chegava o domingo, Nicolão cedia seus quatro cavalos para o Nicolinho. Nesse dia, o que era pobre se sentia como se fosse rico, dono de cinco cavalos, e saía com eles desfilando pelas ruas, estalando o chicote no ar e gritando-lhes ordens alegremente.

Num domingo agradável e radiante, na hora em que os aldeões passaram pela terra de Nicolinho, vestidos com suas melhores roupas e levando embaixo do braço o livro de orações, viram Nicolinho trabalhando com os cinco cavalos, estalando o chicote no ar, e escutaram-no gritar:

— Aí, meus cavalinhos, trabalhem para o seu dono!

Nicolão estava no meio deles e não gostou do que acabara de escutar, repreendendo o outro:

— Você não pode falar assim! Só um desses cavalos é que é seu!

Mas Nicolinho esqueceu rapidamente o que seu xará lhe dissera, e logo na semana seguinte, quando o mesmo grupo de pessoas passou em frente a seu terreno, gritou de novo:

— Aí, meus cavalinhos, trabalhem para o seu dono!

Nicolão, que estava entre eles, voltou para trás e disse em tom ameaçador:

— Estou pedindo pela última vez: pare de se dizer dono desses animais! Se eu escutar isso de novo, pego minha marreta e aplico um tal golpe na cabeça do seu cavalo, que ele cairá morto no mesmo instante, ouviu?

— Está bem, xará, prometo que nunca mais vou repetir isso — disse Nicolinho de cabeça baixa.

Nem bem tinha dito essas palavras, quando outro grupo de aldeões, que também se dirigiam à igreja, passou por ali e parou para vê-lo arar a terra. Todos o cumprimentaram sorrindo. "Estão admirando minha destreza", pensou ele, "e apreciando minha maneira elegante de conduzir cinco cavalos ao mesmo tempo". Sem pensar no risco que corria, estalou o chicote no ar e gritou:

— Aí, meus cavalinhos, trabalhem para o seu dono!

— Ah, seu atrevido! — bradou Nicolão, tomado de fúria. — Vou-lhe mostrar se você ainda é dono de algum cavalo!

E, tomando de sua marreta, desferiu um golpe tão forte na cabeça do único cavalo que Nicolinho possuía, que o animal caiu ali mesmo, morto.

— Pobre de mim! — choramingou Nicolinho, sentando-se com a cabeça entre as mãos. — Agora não tenho mais cavalo algum!

Mas como nada poderia fazer, tirou o couro do animal e deixou-o exposto ao vento, para secar. Depois que o couro ficou seco, dobrou-o e o enfiou num saco, levando-o para a cidade, a fim de vendê-lo na praça do mercado.

O caminho era comprido, e a estradinha passava dentro de uma floresta. O tempo fechou, foi ficando escuro, e Nicolinho acabou por se perder. Andando desnorteado para cá e para lá, por fim reencontrou o caminho, mas aí já estava anoitecendo e não dava para chegar à cidade antes de escurecer.

Pensando no que faria, avistou uma casa de fazenda, a pequena distância da estradinha. As janelas estavam fechadas, mas pelas gretas escapavam résteas de luz. "Vou pedir pousada naquela casa", pensou, caminhando até lá e batendo na porta.

Uma mulher veio atender, mas quando ouviu o pedido de Nicolinho, abanou a cabeça, recusando-lhe abrigo.

— Trate, isso sim, de ir embora e já. Meu marido não está em casa, e não posso permitir que um estranho entre aqui.

— Então, terei de dormir aqui fora... — lamentou-se Nicolinho.

Sem dizer mais coisa alguma, a mulher fechou a porta. Nicolinho rodeou a casa e viu, atrás de um monte de feno, um pequeno galpão coberto de palha, encostado à parede de trás da moradia. "Vou ficar ali mesmo, em cima daquele teto de palha", pensou. "Vejo ali um ninho de cegonha, mas duvido que a dona dele me venha bicar a esta hora da noite".

Sorrindo ante esta última ideia que tivera, Nicolinho subiu no monte de feno e dali passou ao teto de palha do galpão, deitando-se ali mesmo. Enquanto se virava para encontrar uma posição mais confortável, notou que dali podia enxergar a cozinha da fazenda, pois a janela não estava inteiramente fechada. Espiando pela fresta, viu uma grande mesa toda arrumada, coberta com rica toalha de linho, tendo sobre ela um belo rosbife, uma travessa de peixe assado e um garrafão de vinho. De um lado da mesa, estava sentada a mulher do fazendeiro; do outro, um sacristão. Naquele momento, ela servia o vinho, enquanto ele se servia do peixe, seu prato predileto.

"Ah, se eu tivesse sido convidado...", suspirou Nicolinho, arrastando-se para tão perto da janela, que quase chegava a tocá-la. Viu então que junto à beirada da mesa havia um bolo, para ser servido como sobremesa. Aquilo não era um jantar, era um banquete!

Neste momento, ouviram-se os sons dos cascos de um cavalo, galopando pela estrada. Nicolinho voltou a cabeça e viu que era o fazendeiro voltando para casa.

Os que conheciam esse fazendeiro sabiam duas coisas a seu respeito: uma, que ele era um sujeito muito bom; outra, que ele tinha uma estranha mania: não suportava sacristãos. Bastava enxergar um, para ficar tomado de verdadeira fúria! Era decerto por causa disso que o sacristão tinha vindo visitar a dona da fazenda, aproveitando a saída do fazendeiro, e, também pela mesma razão, que a mulher do fazendeiro lhe havia preparado aquelas iguarias tão deliciosas, sem que o marido soubesse.

48

Quando os dois escutaram os passos do fazendeiro, caminhando em direção à porta de entrada, ficaram apavorados. Olhando para uma arca vazia que se achava encostada num canto, a mulher mandou que o sacristão se escondesse ali dentro. O pobre homem, tremendo de medo, fez o que ela mandava. Em seguida, ela tratou de guardar no forno a comida e o vinho, para que o marido não desconfiasse de alguma coisa e começasse a fazer perguntas.

—Oh!... — suspirou Nicolinho quando viu todas aquelas delícias desaparecerem dentro do forno.

— Quem está aí em cima? — perguntou o fazendeiro, olhando para o teto do galpão.

Vendo que havia alguém deitado lá em cima, ordenou-lhe que descesse, e perguntou:

— Que que você estava fazendo em cima desse galpão?

Nicolinho explicou como se perdera na floresta, pedindo-lhe licença para pernoitar dentro da casa.

— Mas é claro! Você é bem-vindo — respondeu o fazendeiro, que era extremamente gentil, desde que não houvesse algum sacristão por perto. — Vamos ver se temos alguma coisa para comer.

A mulher do fazendeiro recebeu-o com amabilidade, estendeu uma toalha simples sobre a mesa e serviu-lhe uma tigela cheia de mingau. O fazendeiro, que havia chegado com muita fome, atirou-se ao prato com vontade; Nicolinho, porém, pensando na deliciosa comida que estava escondida no forno, mal provou uma ou duas colheradas.

A seus pés, embaixo da mesa, estava o saco contendo o couro do cavalo. Pisando nele com força, o couro rangeu: "nhém!". Pondo o indicador na boca, Nicolinho sussurrou: "Psiu!", enquanto ao mesmo tempo pisava nele de novo, produzindo um rangido ainda mais alto.

— Que negócio é esse? — estranhou o fazendeiro. — Que tem aí nesse saco?

—Aqui no saco? Ah, é um gênio — respondeu Nicolinho, fingindo indiferença. — Ele insiste em dizer que não há razão para comermos mingau, porque, com seus poderes mágicos, pode arranjar-nos um gostoso rosbife, um belo peixe e até mesmo um bolo de sobremesa. E é tão intrometido, que já fez sua mágica, deixando tudo lá no seu forno, para o caso de querermos comer essas iguarias...

— Será possível? — espantou-se o fazendeiro, correndo em seguida até o forno.

Abrindo-o, viu ali o que sua mulher havia preparado para o sacristão. Ela, por sua vez, ficou de bico calado, e tratou foi de servir aqueles pratos para o marido e o hóspede.

Enquanto estavam saboreando os pratos, Nicolinho novamente pisou no saco que continha o couro, fazendo-o ranger.

— Epa! — disse o fazendeiro. — O gênio está dizendo outra coisa. Que será?

— Está dizendo que acaba de fazer outra mágica, ordenando que apareça um garrafão de vinho no canto da parede que fica atrás do forno.

— Vê se isso é verdade, mulher, e busca lá para nós — disse o fazendeiro à esposa.

Lá se foi ela em silêncio, ao lugar onde escondera o garrafão de vinho, trazendo-o e enchendo os copos dos dois, que logo se puseram a beber com grande satisfação. Brinde para lá, brinde para cá, e em pouco estavam ambos meio tocados pela bebida. O fazendeiro estava encantado com o gênio que Nicolinho trazia dentro daquele saco, imaginando como seria bom se fosse ele o dono daquela maravilha. Num dado momento, perguntou ao hóspede:

— Será que ele pode fazer aparecer o diabo? O vinho me deixou corajoso, e eu bem que gostaria de ver como é a cara dele...

— Poder, ele pode — respondeu Nicolinho. — Esse gênio faz tudo que eu mandar. Não é verdade, gênio?

E pressionou o pé sobre o saco, fazendo o couro ranger.

— Ouviu a resposta? — disse ele, voltando-se para o fazendeiro e sorrindo. — Ele falou que pode, mas que não vale a pena, porque o diabo é feio demais.

— E eu lá tenho medo de cara feia? — reagiu o fazendeiro, dando um soluço. — Só queria saber como era a aparência dele.

— O gênio diz que ele parece um sacristão.

— Xô! Vire essa boca pra lá! Então ele é pior do que eu pensava! Vou-lhe contar um segredo: não suporto nem ver um sacristão! Mas como estou sabendo que é apenas o diabo, tudo bem, pode pedir ao gênio que o faça aparecer. Mas não deixe que ele se aproxime muito, e ordene que vá embora logo, antes que minha coragem comece a desaparecer.

Nicolinho concordou, pisou no saco e se inclinou, fingindo estar prestando atenção à mensagem do gênio.

— Que foi que ele respondeu? — perguntou o fazendeiro, que apenas escutava os rangidos do couro.

— Ele disse que deixou o diabo preso dentro daquela arca ali no canto. Se quiser vê-lo, é só abrir a tampa. Mas não abra demais, senão o diabo escapa.

— Então, venha ajudar. Eu levanto a tampa, e você segura — disse o fazendeiro, dirigindo-se pé ante pé até a arca.

Dentro dela, estava escondido o sacristão, que havia escutado toda a conversa, e que agora tremia de medo. O fazendeiro chegou junto à arca, segurou a tampa e abriu só um pouquinho, espiando o que havia lá dentro.

— Iiih! — exclamou, dando um pulo para trás e deixando a tampa fechar-se com barulho. — Eu vi! Ele está aí dentro! É a cara de um sacristão que mora aqui perto, na cidade! Não podia ser mais feio!

Para espantar aquela visão pavorosa, só mesmo tomando uns tragos, e foi o que o fazendeiro e Nicolinho ficaram fazendo, até tarde da noite. Às tantas, disse-lhe o fazendeiro:

— Quero comprar esse gênio. Quanto quer por ele? Estou disposto a pagar um cesto cheio de dinheiro!

— Não gostaria de perder esse gênio — respondeu Nicolinho. — Você acaba de ver as coisas maravilhosas que ele pode fazer...

— Ah, mas eu queria tanto comprá-lo... Por favor, vamos, venda esse gênio para mim — implorou o fazendeiro, e tanto insistiu que Nicolinho por fim concordou.

— Não posso esquecer que você me deu pousada em sua casa... Vá lá, está certo: pode ficar com o gênio. Aceito o pagamento que me ofereceu. Mas que seja um cesto bem cheio, hein?

— Vou enchê-lo até a boca! — exclamou o outro, no maior contentamento. — Mas tem uma coisa: você vai levar a arca também. Não a quero aqui em minha casa. Sei lá se o diabo continua dentro dela...

E foi assim que Nicolinho entregou ao fazendeiro o saco contendo um couro de cavalo, recebendo em troca um cesto cheio de dinheiro, uma arca e um carrinho de mão para transportá-la.

— Adeus! — disse ele, tratando de ir embora.

Do outro lado da floresta havia um rio de águas rápidas e profundas. A correnteza era tão forte, que seria impossível atravessá-lo a nado. Mas, por sorte, havia ali uma ponte, e Nicolinho começou a atravessá-la, empurrando o carrinho de mão. Chegando ao meio da travessia, começou a murmurar, de maneira que o sacristão escondido no interior da arca pudesse escutá-lo:

— Eta arca pesada! Parece estar cheia de pedras! Para que continuar levando esse trambolho? E eu lá estou precisando de arca? Já sei o que vou fazer: vou atirá-la lá embaixo neste rio. Se ela boiar e as águas a levarem até minha casa, tudo bem; se ela afundar, melhor ainda.

Em seguida, segurou a arca e inclinou-a, como se fosse atirá-la ao rio.

— Não! Pare com isso! — gritou o sacristão, lá de dentro. — Deixe-me sair, por favor!

— Oh! — exclamou Nicolinho, fingindo estar com medo. — O diabo ainda está aí dentro! Agora é que eu jogo mesmo essa arca dentro do rio. Tomara que afunde!

— Não! Não! — gemeu o sacristão. — Dou-lhe um cesto cheio de dinheiro, se me deixar sair daqui!

— Agora, a conversa é outra — disse Nicolinho, abrindo a arca.

O sacristão saiu, atirou a arca no rio e seguiu com Nicolinho até sua casa, onde lhe deu o cesto cheio de moedas, conforme o combinado. E lá se foi Nicolinho, levando o carrinho de mão repleto de dinheiro, de volta a sua casa. "Até que meu velho cavalo me rendeu um bom lucro", pensou ele quando chegou em casa e despejou as moedas no soalho da sala.

"Este monte de moedas até que é bem bonito! O Nicolão vai ficar uma fera, quando souber que ganhei esse dinheirão todo por causa dele. Vou deixar que ele fique sabendo, sem que eu tenha de lhe contar essa história."

Pouco depois, um menino batia à porta de Nicolão, a mando de Nicolinho, perguntando se o outro lhe poderia emprestar uma balança de mão, pois ele precisava pesar alguma coisa.

"Que terá ele para pesar?", estranhou Nicolão, mordido de curiosidade. "Já sei: vou passar piche no prato da balança, para que fique pregada ali alguma amostra do que ele está pesando."

E assim fez. O menino saiu, e pouco depois regressava com a balança. Nicolão examinou-a, e viu ali pregada uma moeda de prata.

— Deus do céu! — espantou-se. — Ele estava pesando dinheiro! Como será que o conseguiu?

No mesmo instante, rumou para a casa de Nicolinho. Lá chegando, viu as pilhas de moedas que o outro arrumara num canto da sala, e foi logo perguntando:

— Onde conseguiu todo esse dinheiro?

— Da venda do couro do meu cavalo. Vendi-o ontem à noite, por um cesto cheio de moedas. Como dava trabalho contar uma por uma, preferi pesá-las.

— Foi um pagamento e tanto! — comentou Nicolão, despedindo-se logo em seguida.

Voltando rapidamente para casa, tomou de um machado, matou seus quatro cavalos, tirou-lhes o couro e, logo que pôde, seguiu com eles para a cidade.

— Olha o couro! Olha o couro! Quem quer comprar couro? — saiu ele gritando pelas ruas.

Os sapateiros e curtidores saíram de suas oficinas e foram saber por quanto ele estava vendendo as peças.

— Um cesto cheio de moedas por cada um — disse ele.

— Quê?! — assustaram-se todos. — Você está ficando louco? Deve estar confundindo couro com ouro...

— Olha o couro! Quem quer comprar? — continuou Nicolão a gritar.

Aos outros que foram chegando e lhe perguntaram quanto queria em cada couro, repetiu:

— Um cesto cheio de moedas.

— Esse sujeito está pensando que somos idiotas! — começaram a resmungar os cidadãos.

E como ele não parava de gritar o seu pregão, eles foram ficando enfurecidos com sua teimosia. Então, tirando os cintos e os aventais de couro, sapateiros e curtidores começaram a aplicar-lhe uma surra.

— Olha o couro! Olha o couro! — gritou um deles, imitando a voz de Nicolão. — Deixe estar, que vamos arrancar seu couro, já, já!

— Sai daqui! Fora! — gritavam todos, descendo-lhe os cintos com vontade.

Nicolão tratou de escapar correndo dali, pois nunca em sua vida apanhara uma surra tão bem aplicada.

— O culpado disso foi aquele tratante do Nicolinho! Ele me paga! Eu mato aquele patife! — grunhia ele, cerrando os punhos.

Enquanto Nicolão estava na cidade, um fato infeliz ocorria na aldeia: a avó de Nicolinho havia morrido. E embora ela tivesse sido uma velhota rude e rabugenta, que nunca tratara o neto com carinho, mesmo assim Nicolinho ficou muito triste com sua perda. Na esperança de que ela ainda não estivesse morta de verdade, e talvez voltasse à vida de repente, ele a deitou em sua própria cama, para que ela ali passasse toda a noite, mesmo que com isso ele tivesse de ir dormir numa cadeira.

Não era a primeira vez que Nicolinho tentava dormir sentado numa cadeira, só que nunca tinha conseguido conciliar o sono naquela posição. Assim, quando Nicolão chegou alta hora da noite à sua casa, abriu a porta da frente devagarzinho, atravessou a sala pé ante pé e entrou em seu quarto, dirigindo-se para o lado de sua cama, ele estava bem acordado, e viu tudo.

Viu quando Nicolão ergueu o machado que trazia nas mãos e desferiu um tremendo golpe na testa de quem ele pensava que fosse o Nicolinho. E ouviu quando o outro rosnou:

— Isso é para você aprender a me fazer de trouxa! Nunca mais haverá de ter outra oportunidade!

Em seguida, assim como havia entrado, saiu e foi-se embora.

"Que sujeito sem coração!", pensou Nicolinho. "Ainda bem que já estava morta; se não, adeus! Dessa machadada ela não iria escapar!"

De manhã bem cedinho, ele vestiu a avó com sua roupa de domingo, pediu um cavalo emprestado ao vizinho e atrelou-o em sua carroça. Em seguida, carregou a defunta e colocou-a no assento de trás, sentada, entre duas trouxas de roupa, para que ela não caísse, e seguiu através da floresta. Quando o sol surgiu, avistou uma estalagem e resolveu parar para comer alguma coisa.

A estalagem era grande, e seu dono muito rico. Ele era um bom sujeito, tratável, gentil, mas que se irritava com facilidade. Nessas horas, virava outro, parecendo que havia engolido um vidro inteiro de pimenta.

— Bom dia — disse ele, saudando Nicolinho. — Que elegância é essa, desde tão cedo?

— Estou levando minha avó à cidade — respondeu Nicolinho. — Ela ficou sentada lá na carroça, e não quis entrar de modo algum. Será que você poderia fazer o favor de lhe levar um copo de groselha? Mas fale bem alto, porque ela é um pouquinho surda.

— É para já! — respondeu o outro, enchendo um copo com o refresco e dirigindo-se para a carroça.

— Aqui está, vovó, um copinho de groselha que seu neto mandou para a senhora — disse ele em voz alta, mas gentil.

Como os mortos costumam fazer, a velha nada respondeu.

— Não ouviu o que eu disse? — insistiu o estalajadeiro, agora com menos gentileza. — Seu neto mandou esta groselha para a senhora!

E outras vezes repetiu aquilo, cada vez em voz mais alta, enquanto a velha nem se mexia. A irritação do homem foi crescendo, até transformar-se em fúria, quando ele então atirou groselha, copo e pires na cara da defunta. Com o impacto, o corpo tombou para trás, pois só estava apoiado de lado, e a groselha escorreu pelo rosto da defunta abaixo.

— Que que você fez, infeliz? — bradou Nicolinho, que acabava de sair para ver o que estava acontecendo. — Oh, você matou minha avozinha! Olhe só o talho que lhe fez na testa! Assassino!

— Ai, ai, ai, Nicolinho! Eu perdi a cabeça! — gemia o homem, torcendo as mãos. — Oh, meu Deus, por que me irrito com tanta facilidade? Olhe aqui, Nicolinho, meu amigo, meu companheiro: vou-lhe dar um cesto de dinheiro se você não contar isso para ninguém. Deixe o cadáver comigo, que vou tratar de sepultá-lo direitinho, como se fosse o corpo de minha própria avó. Mas bico calado, ouviu?, pois do contrário eles me arrancam a cabeça, e eu não vou gostar nada disso.

E foi assim que Nicolinho ganhou mais um cesto cheio de dinheiro, deixando ao dono da estalagem a incumbência de enterrar a avó, o que ele fez direitinho, como se estivesse sepultando a sua própria.

Tão logo chegou em casa, Nicolinho mandou de novo o menino à casa de Nicolão, pedindo que este lhe emprestasse a balança.

— Então ele ainda está vivo? — espantou-se Nicolão. — Pode deixar, garoto, eu mesmo vou levar a balança para ele.

Chegando à casa do vizinho e vendo aquele dinheirão todo espalhado pelo chão, arregalou os olhos de espanto e foi logo perguntando:

— Onde arranjou isso tudo?

— Simples: quem você matou não fui eu, foi minha avó. Peguei o corpo dela, levei-o para a cidade e o vendi por um cesto de dinheiro.

— Foi um pagamento e tanto! — exclamou Nicolão, despedindo-se em seguida e rumando de volta para casa.

Ali, tomando de um machado, plantou-o na cabeça de sua avó, pondo o corpo na carroça e seguindo às pressas para a cidade. Lá chegando, procurou o boticário e perguntou se ele não queria comprar um cadáver.

— Onde foi que você arranjou um cadáver? — perguntou o outro.

— Lá em casa, mesmo. É minha avó. Acabo de matá-la e vim aqui vender o corpo. O preço é um cesto cheio de dinheiro — respondeu Nicolão.

— Meu Deus do céu, não posso acreditar no que estou ouvindo! — exclamou o boticário. — Se você sair contando isso por aí, vão arrancar-lhe a cabeça!

E o boticário passou-lhe uma tremenda descompostura, mostrando-lhe a enormidade do crime que ele acabara de praticar, ato indigno de um homem de bem e passível de severíssima punição. Nicolão apavorou-se com o que escutou, saiu da farmácia correndo e saltou para a carroça, voltando para casa a toda pressa. Imaginando que ele estivesse louco, o boticário nada fez para detê-lo.

— Desta vez você me paga, Nicolinho! — bradava, enquanto descia o chicote nos cavalos.

Chegando em casa, pegou um saco bem grande e rumou ao encontro de Nicolinho. Tão logo o viu, agarrou-o pela cintura, atirou-o dentro do saco, jogou-o nas costas e saiu em direção ao rio, resmungando:

— Você me passou a perna duas vezes. Primeiro, matei meus cavalos; depois, minha avó; e tudo culpa de quem? De você, maldito! Mas esta foi a última vez. Vou jogá-lo no fundo do rio.

O caminho era longo até o rio, e o saco parecia pesar cada vez mais, à medida que ele caminhava. Num dado momento, quando passava em frente à igreja, Nicolão escutou o órgão tocando e as vozes dos fiéis entoando belos hinos. Como apreciava muito os cânticos de igreja, decidiu parar ali para escutar um ou dois, antes de prosseguir seu caminho. Assim, deixando o saco com a boca bem amarrada junto à porta da igreja, tirou o chapéu e entrou.

Lá fora, Nicolinho gemia e se torcia todo, tentando em vão escapar daquela desconfortável prisão. Nesse momento, passou por ali um velho pastor, de cabelos brancos como a neve, apoiado num longo cajado. Vinha tangendo um rebanho de bois e vacas. Um dos animais esbarrou no saco, fazendo-o rolar.

54

— Oh, que falta de sorte! — gritou Nicolinho lá de dentro. — Sou ainda tão jovem, e já estou indo para o céu!

— Bem que eu gostaria de ir para lá — comentou o pastor, — pois já me sinto velho e cansado, aflito para que chegue a minha hora...

— Então não perca a oportunidade! — exclamou Nicolinho. — Abra a boca do saco e troque de lugar comigo. Em poucos minutos estará rumando direto para o céu!

— É o que mais desejo, meu filho! — respondeu o velho, desatando a corda que prendia a boca do saco e deixando Nicolinho escapar. — Cuide bem do meu gado.

Nicolinho prometeu que cuidaria, e o velho tomou seu lugar. Depois de amarrar a boca do saco, ele tomou do cajado e foi tangendo o rebanho de volta para casa.

Pouco depois, Nicolão saiu da igreja, segurou o saco e jogou-o nas costas. "Ué", pensou ele, "o saco agora está mais leve! Devo ter recuperado as forças enquanto escutava aqueles cânticos tão belos". Não sabia ele que o pastor era muito magro, e que tinha apenas a metade do peso de Nicolinho.

Em pouco, chegava à beira do rio, que era largo e profundo. Segurando-o pela boca, rodou o saco no ar e atirou-o bem no meio da correnteza, gritando enquanto o via afundar:

— Foi a última vez que você me passou a perna!

Voltava para casa satisfeito, quando, numa encruzilhada, avistou Nicolinho tangendo um rebanho.

— Mas como?! Então você não se afogou?

— Claro que me afoguei. Você não acaba de me atirar dentro do rio?

— Sim, e isso não tem meia hora! Como foi que você arranjou esse gado?

— Não é gado comum, é gado d'água — respondeu Nicolinho. — Vou-lhe contar o que aconteceu, mas primeiro queria agradecer-lhe por ter-me lançado dentro do rio. Agora sim, fiquei rico de verdade, e não preciso ter preocupações com o futuro. Quando senti que você estava atirando o saco para longe, confesso que tive muito medo. O vento até zunia nos meus ouvidos. Depois, foi aquela água tão fria... brrr! Fui direto para o fundo, mas não me machuquei, porque caí no macio, numa relva fofa e verdinha, bonita que você nem imagina. Aí, uma donzela encantadora chegou e desamarrou a corda do saco, libertando-me. Ela estava toda vestida de branco, menos na cabeça, que era coberta por uma grinalda verde, presa aos seus cabelos molhados. Tomando minha mão, ela perguntou: "Seu nome é Nicolau?" Eu disse que sim, e ela continuou: "Já que você tem esse nome, fique com este gado que aqui está. A seis milhas estrada acima, tem outro rebanho maior. Pode ficar com ele também". Eu então compreendi que, para o povo das águas, os regatos e os rios são como os caminhos e as estradas para nós. Eles saem de suas casas no fundo do oceano e, quando querem passear, seguem pelo fundo dos rios, caminhando ou nadando, por entre as flores mais belas e os relvados mais frescos, pois ali nunca tem seca, e admirando os peixes, que são para eles a mesma coisa que os passarinhos para nós. As pessoas são extremamente simpáticas e amáveis, e o gado é manso e gordo: dá gosto ver!

— Se é assim tão bonito, por que resolveu voltar aqui para cima? — perguntou Nicolão. — Eu nunca teria saído de um lugar assim tão maravilhoso!

— Ah, mas acontece que eu sou esperto. Já lhe contei que a donzela das águas me disse que havia mais gado esperando por mim "a seis milhas estrada acima", ou seja, rio acima, no dizer deles. Estou aflito para ver o resto do meu rebanho, mas como sei que os rios têm muitas curvas, enquanto as estradas aqui de cima são mais retas, preferi sair da água, para poupar caminho.

— Mas você é um sujeito de sorte! — exclamou Nicolão. — Acha que se eu afundar no rio também posso ser dono de um rebanho de gado d'água?

— Ué! Por que não? Você também não se chama Nicolau? Só que eu não consigo carregar você, que é muito pesado. Se arranjar um saco, for com ele até o meio da ponte e entrar dentro dele, aí não tem problema: atiro você no fundo do rio com o maior prazer.

— Oh, Nicolinho, muito obrigado! Mas veja bem: se eu não arranjar um gado igual a esse seu, sairei a sua procura e vou-lhe aplicar uma surra da qual você nunca mais se esquecerá, ouviu?

— Que ideia, a sua! — retrucou Nicolinho. — Se não lhe derem um bom rebanho, divido o meu com você, quando estivermos ambos lá no fundo.

E lá se foram os dois, em direção ao rio. O dia estava quente, e quando os animais pressentiram a proximidade da água, dispararam em sua direção.

— Está vendo isso? — perguntou Nicolinho. — Eles estão ansiosos para voltar ao lar de onde vieram.

— Veja ali um saco nas costas daquele bezerro — disse Nicolão, mudando de assunto. — Não vá desfazer o combinado, viu? Se não cumprir a promessa, dou-lhe aqui e agora uma surra daquelas!

Indo até o meio da ponte, Nicolão entrou no saco e falou, enquanto Nicolinho se preparava para amarrar a corda:

— Ponha uma pedra bem pesada aqui dentro, pois tenho medo de não afundar.

— Deixe comigo — respondeu Nicolinho, voltando até a margem e trazendo de lá uma pedra bem grande.

Depois que Nicolão e a pedra se ajeitaram no saco, Nicolinho puxou a corda, amarrando-a o mais forte que podia, e empurrou o fardo pela ponte abaixo.

Tchibum! Lá se foi Nicolão dentro do saco, direto para o fundo do rio.

"Acho que ele vai ter alguma dificuldade para encontrar um rebanho", pensou Nicolinho, enquanto se dirigia para sua casa, tocando os bois que agora eram seus.

A Princesa e o Grão de Ervilha

Era uma vez um príncipe que queria se casar com uma princesa, mas tinha de ser uma princesa de verdade! Viajou por todo o mundo para encontrá-la, mas todas que via tinham algum defeito. Princesas, havia de sobra, mas nenhuma preenchia suas exigências. Numa faltava isso, noutra faltava aquilo, e nada de encontrar a princesa "de verdade" que estava procurando. Por fim, desistiu da busca e voltou para casa, triste e abatido, sem saber se um dia haveria de encontrar aquela com quem pudesse se casar.

Uma noite, aquele reino foi abalado por uma terrível tempestade. Relâmpagos brilhavam, rugiam trovões, e a chuva despejava-se do céu. Em meio ao temporal medonho, alguém bateu à porta do castelo, e o próprio rei se apressou em abri-la.

Quem foi que bateu? Uma princesa. Deus do céu, como estava molhada! A água escorria em cachoeira pelos seus cabelos e suas roupas, entrando-lhe nos sapatos pelo calcanhar e esguichando forte pelos furinhos que havia à altura do peito do pé. E ela se apresentou, dizendo que era uma princesa de verdade.

"Isso é o que vamos ver, e bem depressa", pensou a velha rainha, sem contudo dizer uma palavra. No mesmo instante, subiu até o quarto de hóspedes e tirou tudo o que havia sobre a cama. Em cima do estrado, colocou um grão de ervilha. Depois, pôs em cima desse grão vinte colchões, e por cima deles vinte cobertores bem felpudos. E assim foi preparada a cama em que a princesa deveria passar a noite.

Pela manhã, quando lhe perguntaram se havia dormido bem, ela respondeu:

— Oh, tive uma péssima noite. Não consegui pregar o olho. Só Deus sabe o que havia naquela cama! Era uma coisa dura, que me deixou manchas roxas por todo o corpo!

Agora ninguém tinha mais dúvidas: ela era uma princesa de verdade, pois sentira o volume e a dureza de um grão de ervilha, mesmo através de vinte colchões e vinte cobertores felpudos. Só uma princesa de verdade poderia ser tão sensível assim!

O príncipe casou-se com ela, e o grão de ervilha passou a ser exibido no museu real, onde por certo vocês poderão contemplá-lo, se alguém não o roubou de lá.

Quanto a esta história, ela aconteceu de verdade!

As Flores da Pequena Ida

Que pena, todas as minhas flores morreram! — disse a pequena Ida. — Na noite passada, estavam tão bonitas; agora, todas as suas folhas estão murchas... Que foi que aconteceu?

Essa pergunta ela fazia ao jovem estudante que estava de visita em sua casa. Os dois conversavam sentados no sofá da sala. Ida gostava muito desse estudante, que lhe contava lindas histórias, e sabia recortar figuras curiosas: flores, corações, bailarinas e até mesmo castelos, com portas que se podiam abrir. Era um moço alegre, que gostava muito de crianças.

— Por que será que minhas flores estão hoje assim tão tristes? — perguntou ela de novo ao estudante, mostrando-lhe o ramalhete de flores já meio murchas.

Ele ficou olhando para ela durante algum tempo, antes de responder:

— Já sei o que aconteceu: elas ficaram dançando a noite inteira; por isso, agora estão cansadas e de cabeça baixa.

— Mas as flores não sabem dançar! — protestou Ida.

— Sabem, sim! — retrucou o estudante. — Quando fica escuro e vamos dormir, as flores dançam e pulam na maior animação. Quase toda noite elas promovem um baile!

— As flores-filhas podem ir a esse baile? — perguntou a menina, interessada em conhecer o tipo de educação adotado pelas flores-mães.

— Oh, sim, e as que mais gostam de ir são as margaridinhas e os liriozinhos — sorriu o estudante.

— E onde é que vão dançar as flores mais bonitas?

— Sabe aquele parque que fica perto do palácio de verão do rei? Aquele que tem um jardim maravilhoso? Você esteve lá, não se lembra? Você até deu migalhas de pão para os cisnes. Lembra-se de como eles vieram nadando para perto de você, pedindo-lhe mais migalhas? Pois é naquele palácio que se realiza o grande baile, o magnífico baile das flores.

— Mamãe me levou lá ontem — comentou Ida, com ar pensativo. — Mas as árvores estavam todas sem folhas, e não vi por ali nenhuma flor. Tinha uma porção delas, no verão. Para onde terão ido?

— Quando o rei e toda a corte saem de lá e voltam para a cidade, as flores entram no palácio e ficam morando lá dentro. Ah, que vida boa elas levam! Você precisava ver! As duas rosas mais belas sentam-se no trono: são o rei e a rainha. As cristas-de-galo ficam atrás do trono, inclinando suas cabeças vermelhas: são os camareiros. Aí as flores mais lindas vão chegando, e tem início o baile. Os jacintos de corola azul são cadetes gentis e elegantes que se dirigem às violetas e hortênsias, chamando-as de "senhoritas" e tirando-as para dançar. As tulipas e os grandes lírios amarelos são as damas idosas que ficam de olho nos casais, verificando se eles estão dançando corretamente e com bons modos.

— Mas — interrompeu a pequena Ida — ninguém proíbe que as flores dancem no palácio real?

— Ninguém sabe que elas estão ali — segredou o estudante. — Às vezes, o velho vigia noturno, que cuida do palácio enquanto o rei está ausente, costuma andar pelos salões, chocalhando seu enorme molho de chaves. Assim que escutam seus passos, as flores se escondem. Ele bem que sente seu perfume, mas não consegue vê-las.

— Ah, que beleza! — disse a pequena Ida, batendo palmas. — Se eu fosse lá, será que poderia vê-las?

— Acho que sim — respondeu o estudante. — Da próxima vez que for ao parque, espie pelas janelas do palácio, que provavelmente irá vê-las. Eu hoje passei por lá, e vi uma dália amarela espichada no sofá, como se fosse uma dama de honra.

— E as flores do Jardim Botânico? Será que também vão a esse baile? E como fazem para chegar até lá? É muito longe!

— É longe sim, mas elas vão! — replicou o estudante. — Quando é preciso, as flores voam. Você conhece as borboletas: nunca notou como elas se parecem flores? Isso é porque elas já foram flores um dia! É, foram, mas experimentaram soltar-se de suas hastes e aprenderam a voar, batendo as pétalas, até que elas se tornaram asas de verdade. Quando isso acontece, elas nunca mais voltam a ser flores, pois não querem mais perder o prazer de voar.

Depois de uma breve pausa, continuou:

— Mas não há meio de saber se as flores do Jardim Botânico têm conhecimento do que acontece no palácio real. Da próxima vez que for lá, revele esse segredo para uma das flores, e vamos ver o que acontece. As flores não sabem guardar segredo, e contam tudo que sabem umas às outras. Assim, quando a noite chegar, todas voarão para o palácio. Isso certamente deixará surpreso o professor responsável pelo Jardim Botânico. Pela manhã, quando ele for examinar as estufas, não verá nenhuma flor em todo aquele lugar, e certamente haverá de escrever um relatório a esse respeito.

— Mas como é que a flor que me escutar vai contar o segredo para as outras? Nunca vi uma flor falar! — comentou a pequena Ida.

— Elas fazem sinais. É como brincar de mímica. Você já notou, quando o vento sopra, que elas balançam as cabeças e acenam suas folhas, e cada qual compreende perfeitamente o que a outra está dizendo, sem que ela precise falar.

— Será que o professor entende essa linguagem delas?

— Claro que entende! Numa destas manhãs, quando ele examinava o jardim, viu uma grande urtiga acenando com as folhas para um cravo vermelho, e mandando-lhe a seguinte mensagem: "Ah, como você é bonito! Amo você!" E como o professor não gosta desse tipo de conversa, zangou com ela e lhe deu um puxão de orelhas, ou seja, um puxão de folhas. Pra quê: seus dedos ficaram ardendo, e ele nunca mais quis encostar a mão numa urtiga!

— Que gozado! — riu Ida.

— Não vejo a menor graça nessas conversas sem sentido! — intrometeu-se na conversa o velho desembargador, sempre mal-humorado, que acabava de entrar na sala. — Tais fantasias não passam de absurdos; são perniciosas para as crianças e aborrecidas para os adultos.

O desembargador não gostava do estudante, irritando-se principalmente quando o via com tesoura e papel, recortando figuras. O estudante há pouco recortara a silhueta de um homem enforcado segurando um coração: tinha sido condenado por ser um ladrão de corações. Naquele momento, o moço já havia começado outro recorte: a figura de uma feiticeira montada numa vassoura, carregando o marido na ponta de seu narigão.

Mas a pequena Ida achava engraçado tudo o que o estudante fazia, e agora estava pensativa, remoendo o que ele lhe contara a respeito das flores. "Minhas flores estão cansadas de tanto dançar", murmurou baixinho, enquanto levava o ramalhete, depositando-o sobre a mesa onde estavam seus brinquedos. Uma das gavetas estava cheia deles. Ida tinha muitas bonecas, e sua predileta era a que se chamava Sofia, que naquele instante estava deitada num bercinho. Tirando-a de lá, a menina lhe disse:

— Seja uma boa boneca, Sofia, e durma na gaveta esta noite. As flores estão doentes. Vou pô-las em sua cama, para que fiquem curadas.

A boneca não respondeu, zangada por ter de ceder o bercinho. Ida deitou ali as flores e cobriu-as com carinho, dizendo-lhes em seguida que, se fossem boas e ficassem quietinhas, ela lhes traria uma xícara de chá.

— Pela manhã, vocês já devem estar boas, e vão poder levantar e passear.

Em seguida, puxou o cortinado que rodeava o berço, para que o sol não batesse em seus olhos pela manhã.

Durante toda a noite não conseguia pensar em outra coisa, senão naquilo que o estudante lhe havia dito. Quando chegou sua hora de dormir, correu até o peitoril da janela, puxou as cortinas e ficou contemplando os vasos de plantas de sua mãe. Eram jacintos e tulipas, aos quais ela sussurrou:

— Sei aonde vocês irão esta noite, espertinhas!

As flores fingiram não escutar, mantendo-se imóveis, sem mexer uma pétala ou uma folhinha sequer, mas a pequena Ida sabia que tudo aquilo não passava de disfarce.

Ao entrar sob as cobertas, continuou a imaginar como devia ter sido bonito o baile das flores no palácio real. "Será que minhas flores estavam era lá?", perguntou para si própria, e logo em seguida adormeceu.

Tarde da noite, acordou. Acabara de sonhar com as flores, com o estudante e com o desembargador, repreendendo-o por encher a cabeça da menina com tamanhos absurdos. O quarto estava em silêncio. Na mesa ao lado da cama de seus pais, ardia uma lamparina. "Duvido que minhas flores estejam deitadas no bercinho da Sofia", pensou. "Oh, meu Deus, tenho de saber se elas estão lá!"

Sentando-se na cama, olhou em direção à porta, que estava entreaberta. No quarto da frente estavam suas flores e todos os seus brinquedos. Apurou o ouvido e escutou uma música ao longe: alguém tocava piano na sala, baixinho, com tal beleza e suavidade, como ela jamais ouvira antes.

"Agora, todas as flores estão dançando. Ah, como eu gostaria de ver...", murmurou, mas não teve coragem de sair da cama, com receio de acordar seus pais. "Olá, florezinhas, por que não vêm dançar aqui perto, para eu poder vê-las?" Mas as flores não vieram, e a música continuou a tocar.

Por fim, ela não mais resistiu e desceu da cama. Pé ante pé, chegou até a porta entreaberta e espiou a sala. Lá não havia lamparina acesa, mas ela podia enxergar assim mesmo, pois a luz do luar penetrava pelos vidros da janela. A claridade era quase a mesma da luz do sol. Tulipas e jacintos formavam duas longas filas. Tinham abandonado seus vasos, que agora estavam sem flores, no peitoril da janela. As flores dançavam com extrema graciosidade, dando-se as folhas uma às outras. Formavam uma roda, girando uma em torno da outra, como nas brincadeiras das crianças.

Um grande lírio amarelo estava sentado ao piano. Era ele quem tocava. A pequena Ida lembrou-se de tê-lo visto durante o verão, no jardim. Ela ali estava com o estudante, e recordava-se de que ele então dissera: "Como esta flor se parece com a senhorita Lina!" Todos haviam rido do que ele dissera, mas a pequena Ida não, pois de fato achara que havia grande parecença entre as duas. Ao piano, então, a semelhança mais se acentuava, pois a flor se sentava exatamente como a senhorita Lina, balançando o rosto para cá e para lá, ao compasso da música.

Nenhuma flor reparou na pequena Ida. De repente, uma grande flor azul de açafrão pulou bem no meio da mesa onde estavam os brinquedos, foi direto para a cama da boneca e puxou o cortinado. Ali estavam as flores doentes, só que agora não mais com cara de doentes. Elas logo pularam da cama, querendo entrar na dança. O bonequinho de porcelana, cujo queixo estava lascado, saudou as flores com uma inclinação de cabeça. Elas então saltaram dali para o chão, e como se divertiram!

Aqui na Dinamarca, na época do Carnaval, costuma-se dar às crianças um feixe de varas de bétula amarradas com uma fita, tendo presos nos galhinhos flores de papel, brinquedos e balas. Existe aqui um antigo costume: na segunda-feira de Carnaval, as crianças vão pela manhã à cama de seus pais, batendo neles de leve com esses chicotinhos, até acordá-los. Como esses feixes de varas secas são graciosos, muitas crianças costumam guardá-los. Era o que tinha feito a pequena Ida, guardando o seu sobre a mesa, junto com os outros brinquedos. Pois esse molho de varas, de repente — pumba! — saltou da mesa ao chão, indo dançar com as flores. Por certo pensou ser igual a elas, e que suas fitas seriam folhas. A diferença era que, em cima do feixe de varas, havia um bonequinho de cera muito engraçadinho, tendo na cabeça um chapéu de abas largas, parecido com aquele que o desembargador usava.

O feixe de varas, sendo mais duro que as flores, podia dançar a mazurca sapateando, e foi o que ele fez. Foi então que o bonequinho de cera começou a crescer, tornando-se alto e comprido, e passou a zangar com as flores de papel, dizendo:

— Como vocês têm coragem de ensinar esses absurdos às crianças? De contar essas histórias perniciosas e sem sentido?

O bonequinho de cera estava a cara do desembargador: o mesmo chapéu de abas largas, o mesmo aspecto amarelo e mal-humorado. Mas as fitas que amarravam o feixe enlaçaram-se em suas pernas e puxaram-nas para baixo, fazendo-o encolher até voltar a ser o mesmo bonequinho de cera de antes.

Era tudo tão divertido que a pequena Ida não pôde conter o riso. As varas não paravam de dançar, e com isso o desembargadorzinho também se sacudia todo. Aliás, mesmo quando ele tinha ficado grande, não havia parado de dançar, embora todo deselegante e desengonçado. O coitado já demonstrava sinais de cansaço; por isso, as flores pediram ao feixe de varas que parasse de dançar. As que até pouco tempo atrás estavam deitadas no bercinho de Sofia é que sentiam mais pena do pobre bonequinho de cera.

Logo que o feixe de varas atendeu o pedido e parou, ouviram-se batidas que vinham de dentro da gaveta onde Sofia tinha sido posta. O boneco de porcelana caminhou até a beirada da mesa, deitou-se ali de barriga para baixo e puxou a gaveta tanto quanto podia — ou seja, não muito. Sofia pôs a cabeça para fora e disse:

— Ah, temos baile por aqui! Por que ninguém me avisou?

— Quer me dar o prazer da próxima dança? — perguntou o boneco de porcelana.

— Vê lá se vou dançar com um boneco de queixo lascado! — disse Sofia com arrogância, mudando de posição e sentando-se de costas para o pobre galã.

Mas, se ela pensava que algum dos cavalheiros presentes viria tirá-la para dançar, enganou-se redondamente. Tendo sido recusado, o boneco de porcelana começou a dançar sozinho, e até que ele tinha jeito para a coisa!

Já que as flores pareciam não lhe dar a mínima atenção, Sofia saltou para o chão, caindo com grande barulho. As flores correram para junto dela, perguntando-lhe se estava machucada. As mais aflitas com seu estado eram as que tinham ficado em seu berço. Ela tranquilizou-as, dizendo que estava bem. Então as flores do ramalhete da pequena Ida agradeceram-lhe por lhes ter cedido o berço, dizendo que gostavam muito dela. Em seguida, levaram-na até o meio da sala, onde a luz do luar formava um foco mais brilhante, e ali dançaram com ela. As flores fizeram uma roda em torno dela, e Sofia se sentiu tão feliz, que lhes ofereceu seu berço, por quanto tempo fosse necessário, pois não se importava de ter de dormir dentro da gaveta.

— É muito gentil de sua parte, Sofia — responderam as flores, — mas não precisa se incomodar, pois nossa vida é muito curta. Amanhã já estaremos mortas. Diga à pequena Ida para enterrar-nos no jardim, perto de onde ela enterrou o canário. No ano que vem, voltaremos a viver, e seremos mais bonitas do que somos hoje.

— Não quero que vocês morram! — lamentou-se Sofia, dando um beijo em cada uma.

Nesse momento, a porta da sala se abriu, e por ela entraram dançando as flores mais lindas que se pode imaginar! Ida ficou intrigada, sem saber de onde elas teriam vindo, mas aí lembrou-se de que deviam ser as flores do parque próximo ao palácio real.

Primeiro, entraram duas rosas, com coroas de ouro na cabeça. Era o casal real. Atrás delas vinham cravos e lírios, que inclinaram a cabeça, saudando as outras flores. Em seguida vinha a orquestra. Grandes papoulas e peônias sopravam em vagens de ervilhas-de-cheiro com tanta força, que suas bochechas até estavam vermelhas. As campânulas bimbalhavam como sininhos. Era uma orquestra divertida de se ver e de se ouvir. Por último, vinham as outras flores, dançando: violetas, margaridas e lírios-do-vale.

Por fim, o baile terminou, e as flores se despediram, beijando-se umas às outras. A pequena Ida voltou silenciosamente para sua cama e logo dormiu, sonhando com tudo aquilo que acabara de ver.

Na manhã seguinte, logo que se levantou, a primeira coisa que fez foi correr ao berço da boneca, para ver se as flores ainda estavam ali. De fato, lá estavam, só que inteiramente murchas. Tinham morrido. Quanto a Sofia, estava deitada dentro da gaveta, com ar de quem estava morrendo, mas só que de sono.

— Está lembrada do recado que lhe pediram para me dar? — perguntou-lhe a pequena Ida. Sofia não respondeu.

— Você não é uma boa boneca — repreendeu-a Ida. — As flores, sim, são boazinhas. Elas todas dançaram com você, não se lembra?

Como Sofia permanecia em silêncio, ela tomou uma caixinha de papelão, em cuja tampa havia uma bela gravura de um pássaro, e nela depositou as flores mortas.

— Este aqui é o seu caixão — sussurrou. — Quando meus primos chegarem da Noruega, vamos enterrá-las no jardim, para que vocês possam renascer no próximo verão, ainda mais bonitas do que eram.

Os primos noruegueses eram dois garotos fortes e bem dispostos, chamados Jonas e Adolfo. Seu pai tinha-lhes dado de presente dois arcos e dois jogos de flechas, e eles os tinham trazido, para mostrá-los a sua priminha Ida. Ela lhes contou tudo sobre as pobres florezinhas mortas, convidando-os a tomar parte no funeral. Os três seguiram em procissão; primeiro os garotos, com os arcos apoiados aos ombros; atrás, a pequena Ida, levando nos braços o caixãozinho de papelão. Num canto do jardim, cavaram uma pequena sepultura. Antes de enterrar as flores, Ida deu-lhes um beijo. Jonas e Adolfo bem que queriam ter espingardas, ou mesmo canhões, para darem uma salva de tiros em homenagem àquelas florzinhas tão gentis; mas como não tinham, cada qual disparou uma flecha, deixando-as cravadas em cima do túmulo das flores da pequena Ida.

Dedolina

Era uma vez uma mulher cujo único desejo era ter um filho bem pequenininho, só que não tinha ideia de como fazer para arranjar uma criança assim. Então, um belo dia, ela foi à casa de uma velha feiticeira, e perguntou:

— Que devo fazer para ter um filhinho bem miudinho? Gostaria de ter um...

— Isso não é difícil de se arranjar — respondeu a feiticeira. — Olhe este grão de cevada: ele não é do tipo comum, que se planta nas fazendas e se compra no armazém para dar às galinhas. É um grão de cevada especial. Plante-o num vaso e espere para ver o que acontece.

— Muito obrigada — disse a mulher, pondo doze moedinhas na mão da feiticeira.

Dali, voltou para casa e plantou o grão de cevada. Nem bem o cobriu de terra, e ele começou a germinar. Em pouco, foi surgindo a haste e se formando um botão de flor, parecido com uma tulipa prestes a desabrochar.

— Que lindo botão de flor — disse a mulher, beijando as pétalas vermelhas e amarelas, ainda inteiramente fechadas.

Nesse mesmo instante, dando um estalo, as pétalas se abriram, deixando ver que a flor era mesmo uma tulipa de verdade. Só que, bem no meio dela, em cima do pistilo, estava sentada uma menina em miniatura, tão pequenininha que seu tamanho não era maior do que a grossura de um dedo. "Dedolina", pensou a mulher sorrindo, "é assim que vou chamá-la".

Uma casca de noz envernizada tornou-se o berço de Dedolina; pétalas de violeta, seu colchão, e uma petalazinha de rosa, seu cobertor. Ali ela passava a noite; durante o dia, brincava em cima da mesa, perto da janela. A mulher colocou nessa mesa uma tigela cheia de água, enfeitando toda a beirada com flores. No meio desse laguinho ficava flutuando uma pétala curva de tulipa, sobre a qual Dedolina se sentava. Era seu barco, e nele ela navegava de um lado para o outro da tigela, usando como remos dois grossos fios brancos arrancados da crina de um cavalo. Aquilo era a coisa mais graciosa de se ver! E de se ouvir, também, pois Dedolina gostava de cantar, e sua voz era tão suave e delicada como jamais se ouvira outra igual.

Uma noite, quando ela dormia em seu mimoso bercinho, uma sapa enorme entrou na sala, depois de passar pela janela que estava com uma das vidraças quebrada. Além de muito feia, a sapa estava toda molhada. Depois de passar pela vidraça quebrada, ela saltou para a mesa sobre a qual Dedolina dormia, embaixo da macia pétala de rosa que lhe servia de cobertor. "Essa daí daria uma ótima esposa para meu filho", pensou a sapa, erguendo a casca de noz e carregando-a consigo de volta para o jardim.

Dali, a sapa foi pulando até a beira de um córrego, seguindo pela margem até um lugar bem lamacento, que era onde ela e seu filho moravam. O sapo-filho era tão feio quanto a sapa-mãe.

— Croc!... Croc!... Croc!... — foi tudo o que ele disse quando viu a graciosa figurinha dentro de sua casca de noz.

— Não coaxe tão alto, ou irá acordá-la — advertiu a mãe. — Ela pode fugir, e aí não conseguiremos agarrá-la, pois ela é leve como uma pluma de cisne. Vou colocá-la em cima de uma folha de nenúfar, e ela vai se sentir como se estivesse numa ilha. Nesse meio tempo, arrumaremos uma casinha para vocês dois, lá no meio do brejo.

No meio do córrego havia muitos nenúfares, com folhas em forma de bandeja, que flutuavam em cima da água. A maior delas era a que ficava mais longe da margem. Foi para lá que a sapa levou a caminha de Dedolina, com ela dentro, ainda adormecida.

Quando a pobre menininha acordou pela manhã e viu que estava numa enorme folha verde, rodeada de água por todos os lados, começou a chorar desesperadamente. Não havia como sair dali e alcançar a margem do córrego.

Enquanto isso, a sapa estava atarefada, arrumando a casinha destinada ao casal, bem no meio do brejo. As paredes estavam sendo enfeitadas com juncos e taboas que cresciam nos arredores. Ela fazia o melhor que podia, para deixar a nora bem satisfeita. Depois de terminada a arrumação, ela e o filho foram nadando até a folha de nenúfar onde estava Dedolina. Iam buscar o bercinho, para colocá-lo no quarto do casal. Ali chegando, a sapa inclinou a cabeça num cumprimento (o que não é fácil de fazer, quando se está nadando) e disse:

— Apresento-lhe meu filho. Ele em breve será seu marido. Vocês vão viver muito felizes, no brejo que fica do lado de lá.

— Croc!... Croc! — foi tudo o que o sapo-noivo disse.

Os dois pegaram o berço e saíram nadando com ele. A pobre Dedolina, amargurada, sentou-se na grande folha verde e chorou, chorou. Não queria viver com uma sogra tão feia, nem se casar com um marido tão horrendo.

Os peixinhos que nadavam por ali escutaram o que a sapa dissera, e puseram as cabeças para fora da água, a fim de ver como seria a noiva do sapo. Quando viram aquela menininha tão graciosa e bonita, morreram de pena, e resolveram impedir o casamento. Para tanto, foram mordendo o talo que sustentava a folha e que a prendia ao fundo, até soltá-la, deixando-a deslizar pelo córrego abaixo, e desse modo levando Dedolina para bem longe daquele sapo horroroso.

Enquanto ela descia o córrego, os passarinhos que a viam admiravam sua beleza e cantavam para ela. E lá se foi a folha de nenúfar, levando aquela minúscula passageira numa longa jornada por terras distantes.

Uma linda borboleta de asas brancas, ao ver Dedolina, tomou-se de amores por ela e passou a voar em torno da folha, até que resolveu pousar ali. A menininha riu, satisfeita. Estava feliz por ter escapado do sapo; além disso, o córrego, que já se transformara num regato, corria por entre lindas paisagens, iluminadas pela luz dourada do sol. Tirando seu cinto de seda, ela o passou em torno da borboleta, prendendo-a na borda da folha. A borboleta então alçou voo, fazendo a folha descer o regato mais rápido do que antes.

    Foi então que um grande besouro a avistou. Zumbindo, voou em sua direção, agarrou-a pela cinturinha e levou-a para cima de uma árvore. A folha de nenúfar continuou descendo o regato, levando presa a pobre borboleta, que não tinha como soltar-se da fita de seda.

    Deus do céu, como a pobrezinha se sentiu apavorada, enquanto o besouro a levava pelos ares! Maior que seu medo, porém, era a pena que sentia da infeliz borboleta que ela tinha amarrado à folha de nenúfar. Se ela não conseguisse soltar-se, iria acabar morrendo de fome!

    Já o besouro estava pouco se importando com o que poderia acontecer à borboleta. Deixando Dedolina em cima de uma folha, a maior que havia na árvore, logo lhe trouxe néctar de flores para beber, dizendo-lhe que ela era a coisa mais linda que ele já vira até então, mesmo ela não sendo uma besourinha. Ouvindo isso, duas besouras solteiras que passavam por ali torceram suas antenas, deram um muchocho e comentaram alto, para que ele escutasse:

    — Hum... ela só tem duas pernas... como é feiosa! Não tem antenas, e sua cintura é muito estreita. Ih, sinto até arrepios! Ela é tão horrorosa, que até parece um ser humano!

    Todas as outras fêmeas concordaram com elas. O besouro que tinha trazido Dedolina continuava a achá-la um encanto; porém, vendo que as outras insistiam em dizer que ela era feia, acabou convencido disso, levando-a para baixo e pondo-a sobre uma margarida. Ali a deixou, dizendo-lhe que fosse para onde quisesse, pois ele já não estava mais ligando para ela.

Pobre Dedolina, como chorou! Que tristeza sentiu por saber que era tão feia, mas tão feia, que nem um besouro queria ficar com ela! E, no entanto, ela era bonita como o quê, e mais encantadora que a pétala de rosa mais suave e bela.

Durante todo aquele verão, a infeliz menininha viveu inteiramente só na floresta. Com folhas de capim, ela trançou uma rede, armando-a debaixo de uma grande folha de bardana, para proteger-se da chuva. Seu alimento era o néctar das flores, e a bebida que tomava eram as gotas de orvalho que escorriam das folhas pela manhã.

O verão e o outono passaram, e então chegou o inverno, o longo e frio inverno. Todas as aves que até então tinham cantado tão lindamente, foram-se embora. As flores murcharam, e as árvores perderam as folhas. Até mesmo aquela que a tinha protegido da chuva enrolou-se sobre si própria, transformando-se num canudo seco e enrugado. A roupa de Dedolina estava toda esfarrapada, e sua pele delicada e sensível estava arroxeada pelo frio. Para piorar a situação, a neve começou a cair, e cada floco, para ela que só tinha um dedo de altura, parecia uma pazada de neve despejada em cima da pobre coitada.

Ao lado da floresta havia um extenso campo semeado de trigo. Naquela ocasião, porém, só restavam no chão frio as hastes secas e nuas, apontando para o céu. Para ela, esses tocos pareciam uma verdadeira floresta. Tremendo de frio, ela foi caminhando entre eles, até chegar à entrada da toca de uma ratinha do campo. Era apenas um buraquinho no chão. Lá no fundo, porém, Dona Ratinha vivia numa toca aconchegante e confortável, dotada de uma despensa cheia e uma boa cozinha. Como se fosse uma mendiga, Dedolina bateu palmas e pediu que a dona da casa lhe desse pelo menos um grãozinho de cevada, pois havia muitos dias que não comia.

— Pobrezinha — disse Dona Ratinha quando a viu, condoída de seu estado. — Venha aqui para dentro. Vou-lhe dar de comer.

Examinando-a melhor, Dona Ratinha logo gostou dela.

— Pode passar o inverno aqui, mas você terá de manter o quarto sempre arrumado, e de me contar uma história todo dia. Gosto muito de escutar histórias.

Dedolina agradeceu o oferecimento da ratinha, e passou a viver ali alegre e satisfeita.

— Qualquer dia desses vamos receber uma visita — disse-lhe Dona Ratinha no dia seguinte. — É meu vizinho, o Sr. Toupeira, que me vem ver uma vez por semana. Sua casa é bem mais confortável que a minha. Você precisa ver sua sala de visitas e o casaco de peles que ele usa. Quem sabe ele vai querer casar com você? Isso seria excelente! Só que ele não pode vê-la, porque é cego. Mas pode ouvi-la; por isso, trate de contar-lhe as histórias mais bonitas que você conhece.

Dedolina não gostou nada da ideia de se casar com uma toupeira, mas preferiu nada dizer.

No dia seguinte, lá veio o Sr. Toupeira, vestido com seu elegante casaco de peles. Dona Ratinha gostava muito dele: era um vizinho prestativo, muito sensato e, o que era melhor, riquíssimo. Sua casa era vinte vezes maior que a dela, e ele era muito instruído, sabendo um pouco de tudo. Entretanto, como não tinha visão, detestava o sol e as flores, achando que eram "coisas abomináveis".

Depois de conversarem um pouco, Dona Ratinha pediu que Dedolina cantasse alguma coisa para o visitante. Com sua voz suave e delicada, ela cantou "Frère Jacques, Frère Jacques, dormez vous? dormez vous?", deixando o Sr. Toupeira apaixonado, pois nunca antes havia escutado algo assim tão belo. Mas ele nada disse, pois era muito discreto e não gostava de revelar seus sentimentos.

Para chegar até a casa de Dona Ratinha, ele tinha cavado um túnel sob a neve, e convidou as duas para examinarem sua obra. Preveniu-as, porém, para não se assustarem com uma ave morta que estava no meio do caminho. Ela estava congelada, inteirinha, com penas e tudo. Por acaso, enquanto escavava o túnel, o Sr. Toupeira a encontrara, deixando-a ali por enquanto, até resolver o que fazer com ela.

Chamando as duas para acompanhá-lo, o Sr. Toupeira seguiu à frente, tendo nos dentes um pedaço de madeira seca fosforescente, para iluminar o caminho. Quando chegaram ao lugar onde estava a avezinha morta, ele enfiou seu focinho na camada de neve e cavou para cima até a superfície, fazendo um buraco por onde penetrava a luz do sol. Dona Ratinha e Dedolina puderam então ver melhor a ave: era uma andorinha toda encolhida, com a cabecinha enfiada sob uma das asas. A pobrezinha certamente havia morrido de frio. Aquela visão deixou Dedolina muito triste, pois ela amava as aves que, com seus trinados, tantas alegrias lhe haviam causado durante o verão. O Sr. Toupeira empurrou a andorinha para o lado com o pé e comentou azedamente:

— Essa aí não pia mais. Que falta de sorte ser um passarinho! Graças a Deus, nenhum dos filhos que eu tiver será passarinho. A única coisa que sabem fazer é ficar trinando por aí. Quando chega o inverno, adeus! Morrem de fome.

— É isso mesmo, Sr. Toupeira, suas palavras são sábias — concordou Dona Ratinha. — De que vale saber cantar, quando sobrevêm o frio e a fome? E tem bicho que acha isso romântico...

Dedolina preferiu nada dizer, mas quando a ratinha e a toupeira seguiram em frente, ela se inclinou sobre a andorinha e beijou seus olhinhos fechados. "Talvez ela seja uma daquelas aves que cantavam tão lindamente para mim durante o verão", pensou. "Quanta alegria você me trouxe, querida andorinha!"

Depois de verem todo o túnel, as duas voltaram para casa, sempre acompanhadas pelo Sr. Toupeira. Aquela noite, Dedolina não dormiu. De madrugada, deixou a cama e teceu com palha uma coberta, levando-a até o lugar onde estava a andorinha morta. Depois, tirando dos guardados de Dona Ratinha uns pedaços de algodão, enfiou-os por baixo da ave, para protegê-la do contato com o chão congelado. Feito isso, despediu-se dela, murmurando:

— Adeus, querida andorinha. Obrigada pelo seu canto, que me alegrou durante o verão, quando as árvores estavam verdes e o calor do sol nos aquecia.

Para despedir-se, abraçou a andorinha, encostando a cabeça em seu peito. Foi então que ela levou um susto, recuando de repente! O coração da andorinha começou a bater, devagarzinho. Ela não estava morta, apenas paralisada de frio. Com o calor, voltara a viver!

De fato, quando chega o outono, as andorinhas migram para as terras quentes. Se uma delas se atrasa e se deixa colher pelo frio, perde as forças, cai ao chão, e acaba sendo encoberta pela neve. Foi o que aconteceu com aquela que ali estava.

A princípio, Dedolina tremeu de medo. Para quem só tinha um dedo de altura, aquela ave era gigantesca. Mas logo recobrou a coragem e agasalhou melhor a avezinha, com a coberta de palha que havia tecido. Em seguida, cobriu sua cabeça com uma folha de hortelã que ela própria usava como cobertor, deixando-a bem aquecida. Só então voltou para sua caminha.

A noite seguinte, ela de novo se esgueirou até onde estava a andorinha. Notou com alegria que a ave se sentia melhor, embora ainda estivesse muito fraca. Fazendo um esforço, ela abriu os olhos, o tempo suficiente para ver Dedolina a sua frente, tendo nas mãos o pedaço de madeira fosforescente que iluminava ligeiramente o túnel.

— Oh, criança bondosa, agradeço-lhe muito — murmurou a andorinha. — Já me sinto bem melhor. O frio passou. Logo poderei recuperar minhas forças e voar para as terras ensolaradas.

— Ainda não, andorinha — disse-lhe a menina. — A neve ainda está caindo lá fora. Se você sair, irá congelar. Fique quietinha aí em sua caminha, que vou cuidar de você.

Saindo dali, buscou água numa folha e trouxe para a andorinha. Depois de matar a sede, a avezinha contou-lhe sua história. Ela havia ferido a asa numa roseira, e não pôde voar tão rapidamente como suas companheiras, ficando para trás. Certa manhã, fizera tanto frio, que ela desmaiou — era tudo o que conseguia lembrar. Quando voltou a si, estava naquele túnel, sem saber como viera parar ali.

A andorinha passou todo o inverno naquele lugar. Dedolina cuidava dela toda noite, nada dizendo à Dona Ratinha ou ao Sr. Toupeira, pois sabia que eles não aprovariam o que ela estava fazendo.

Logo que chegou a primavera e o calor do sol derreteu a neve que cobria a avezinha, ela resolveu partir, convidando Dedolina a seguir com ela, montada em suas costas. Pensando na tristeza que isso iria causar a Dona Ratinha, a menininha agradeceu, desejando-lhe boa viagem. A andorinha compreendeu o motivo de sua recusa, e também se despediu, dizendo:

— Adeus, amiguinha querida. Até um dia...

E alçou voo, banhada pela luz do sol, piando alegremente.

Os olhos de Dedolina encheram-se de lágrimas, vendo afastar-se a linda andorinha que ela tanto amava.

— Tuí! Tuí! — piou pela última vez a avezinha, desaparecendo atrás das copas das árvores.

O coração de Dedolina encheu-se de tristeza. O trigo logo voltaria a crescer, impedindo que os raios de sol tocassem a terra e que ela pudesse desfrutar de seu calor.

— Neste verão, você vai preparar seu enxoval — disse-lhe Dona Ratinha, quando ela entrou em casa. — O Sr. Toupeira pediu sua mão em casamento. Você deve ter belas roupas de lã e peças de linho para se tornar a Senhora Toupeira!

Para ajudá-la a fazer o enxoval, Dona Ratinha contratou quatro aranhas, que trabalhavam dia e noite fiando e tecendo. Toda tarde, lá vinha o noivo fazer-lhes uma visita. Seu assunto predileto era sempre o mesmo: como seria bom quando o verão acabasse. Ele não gostava do calor do sol, que endurecia a terra, dificultando suas escavações. Mas quando o outono chegasse, aí sim, ele já estaria casado.

Aquela conversa deixava Dedolina muito infeliz. A cada dia que passava, o Sr. Toupeira lhe parecia mais desagradável e menos simpático. Diariamente, pela manhã e à tarde, ela ia até a porta da casa, contemplar o nascer e o pôr-do-sol, alegrando-se de ver o céu azul, nos momentos em que o vento soprava mais forte, fazendo com que as folhas e as espigas de trigo se incli.+nassem. Como devia ser brilhante e linda a terra para onde seguira a andorinha, que ela talvez nunca mais fosse ver!

Quando chegou o outono, o enxoval estava pronto. "O casamento será dentro de quatro semanas", disse-lhe Dona Ratinha um dia. Dedolina não resistiu e começou a chorar, dizendo que não queria de modo algum tornar-se a esposa do sombrio e aborrecido Sr. Toupeira.

— Tolice! — repreendeu-a Dona Ratinha. — Pare com essa teimosia, se não quiser que lhe dê uma boa mordida! Você terá um marido excelente! O casaco de peles dele é tão elegante, que nem a rainha tem um igual. E que despensa ele tem em casa! Que cozinha! Você devia era agradecer a Deus pela sorte que teve de arranjar um esposo como o Sr. Toupeira!

Chegou o dia do casamento. O noivo bateu na porta, todo sorridente. Dedolina sentiu o coração apertar-lhe no peito. Nunca mais poderia contemplar o sol. Iria morar numa casa construída bem no fundo da terra, pois as toupeiras detestam o sol. Na casa de Dona Ratinha, pelo menos lhe era permitido sair lá fora de vez em quando. Na toca onde iria morar, isso seria impossível. Desesperada, ela correu até a porta e olhou para fora. O trigo já fora colhido, e só se viam as hastes nuas apontando para o céu. Erguendo os braços na direção do sol, ela exclamou:

— Adeus! Adeus, maravilhoso sol!

Vendo uma flor vermelha sobre o chão, abraçou-a, dizendo:

— Adeus, florzinha linda! Nunca mais haverei de vê-la. Mande minhas lembranças para a andorinha, se ela acaso passar por aqui.

Nesse momento, vindo dali de perto, ela escutou:

— Tuí! Tuí!

Olhou para cima, tomada de contentamento. Era a andorinha! Ao ver Dedolina, a ave gorjeou de satisfação. Puseram-se a conversar, e a menina lhe contou que, daí a pouco, seria realizado seu casamento com o horroroso Sr. Toupeira; depois disso, adeus sol! Ela teria de ir morar com ele numa toca escura e funda. Só de lembrar isso, as lágrimas voltaram a encher-lhe os olhos.

— Aproxima-se o inverno — disse a andorinha. — É tempo de voar para as terras quentes. Por que não vem comigo? Você pode vir sentada em minhas costas, amarrando-se nelas para não cair, e assim nós voaremos para longe dessa toupeira feiosa e de sua casa tristonha. Vamos transpor as grandes montanhas e alcançar os países onde o sol brilha mais alegremente que aqui, lá onde crescem as mais lindas flores, nas terras onde é sempre verão. Venha comigo, Dedolina! Devo-lhe isso, pois você salvou minha vida quando eu estava prestes a morrer, congelada e coberta de neve.

— Então vamos! — exclamou Dedolina, sentando-se nas costas da ave e amarrando-se a uma de suas penas com o cinto de pano que trazia na cintura. A andorinha levantou voo, subiu bem alto, acima dos lagos, das florestas e das altas montanhas sempre cobertas de neve. Dedolina estremeceu ao contato do ar gelado, mas enfiou-se embaixo da penugem quente da andorinha, deixando de fora apenas a cabeça, para poder contemplar as paisagens maravilhosas que se sucediam abaixo delas.

Por fim, chegaram às terras quentes. Bem que a andorinha dissera: ali o sol brilhava mais forte, e o céu parecia estar duas vezes mais alto. Ao longo das cercas, cresciam videiras, ostentando lindos cachos de uvas verdes e azuis. Viam-se extensos pomares, com árvores carregadas de laranjas e limões. Pelas estradas, corriam lindas crianças, perseguindo borboletas multicoloridas. Mas a andorinha não se deteve ali, prosseguindo mais para o Sul, enquanto a paisagem se tornava cada vez mais bonita lá embaixo.

Perto de uma floresta que se erguia junto às margens de um lago, jaziam as ruínas de um antigo templo. Suas colunas estavam revestidas de hera. Viam-se vários ninhos de andorinha no alto dessas colunas, e um deles pertencia à andorinha, que para lá voou, levando Dedolina nas costas.

— Esta é minha casa — disse a ave. — Não serve para você, pois fica aqui no alto. Escolha uma daquelas lindas flores que estão lá embaixo, e faça ali uma casinha bem bonita para você morar.

— Que maravilha! — exclamou Dedolina, batendo palmas de contentamento.

Entre os pedaços de colunas que jaziam pelo chão, cresciam lindas flores, de uma alvura sem igual. A andorinha deixou Dedolina sobre uma delas. Para sua surpresa, ela viu sobre uma das flores um homenzinho branco e quase transparente. Era como se fosse feito de vidro, tendo na cabeça uma coroa dourada. Nas costas, tinha um par de asas, e era do mesmo tamanho dela. Cada flor servia de casa para um anjinho, e aquele de que ela mais gostou era o rei de todos eles.

— Como ele é lindo! — sussurrou Dedolina para a andorinha.

O reizinho assustou-se ao avistar a ave, que era muitas vezes maior do que ele. Mas, quando viu Dedolina, esqueceu o medo. Ela era a criatura mais encantadora que ele jamais havia encontrado. No mesmo instante, tirando a coroa de sua cabeça, colocou-a na dela, perguntando-lhe qual era seu nome e se ela queria ser a rainha das flores.

Esse, sim, era um marido bem melhor que o sapo horroroso ou a toupeira de casaco de peles. Dedolina logo aceitou a proposta do pequeno rei. De cada flor saiu um anjinho, trazendo um presente para homenagear sua nova rainha. Que maravilha! Cada qual mais bonito! O melhor de todos foi um par de asas, que lhe permitia voar de uma flor para outra. Ela logo quis experimentá-las.

Aquele foi um dia muito alegre. A andorinha, de seu ninho no alto da coluna do templo, cantava para eles o melhor que podia. Mas seu coração estava triste, pois ela também amava Dedolina, e não gostava da ideia de ter de separar-se da linda menininha.

— Você não vai se chamar Dedolina, de hoje em diante — disse-lhe o reizinho. — Que nome mais feio! A partir de agora, seu nome será — vamos ver... — Maja!

— Adeus, Maja, adeus! — disse a andorinha, saindo dali e voando para o Norte, rumo à terra de onde tinha saído. Seu ninho era na Dinamarca, junto à janela de um certo sujeito que gostava de escrever contos de fadas.

— Tuí! Tuí! — gorjeou a andorinha.

O sujeito que morava ali escutou seu canto, e foi ele que escreveu toda esta história.

O Menino Maldoso

Era uma vez um velho poeta — um poeta dos bons, sensível e gentil — que estava sentado confortavelmente à frente de seu fogão, assando maçãs. Lá fora a tempestade rugia e a chuva caía aos borbotões.

"Pobre daquele que estiver pela rua a estas horas", suspirou o poeta. "Deve estar molhado até nos ossos!"

O vento batia com força nas vidraças, fazendo-as retinir.

Nesse instante, alguém bateu à porta:

— Abra, por favor! Estou todo ensopado e tremendo de frio!

Era uma voz de criança. O poeta correu para a porta, abriu-a e deparou com um garotinho nu, com a água a escorrer-lhe pelos cabelos louros.

— Pobre criaturinha! — exclamou, vendo aquele menino molhado e tremendo de frio. — Entre, criança, senão você irá morrer debaixo dessa tempestade.

O poeta tomou-o pela mão e levou-o até a cozinha.

— Sente-se aqui defronte ao fogo, para se secar. Vou-lhe dar um cálice de vinho. Coma também uma maçã assada. Você é um belo rapazinho!

E ele era belo de fato. Seus olhos brilhavam como duas estrelas, e seus cabelos, mesmo estando molhados, enrolavam-se em cachos graciosos que lhe caíam em volta da cabeça. Parecia um anjinho pálido e trêmulo. Trazia nas mãos arco e flechas, pintados com cores vivas. A água da chuva fizera a tinta derreter-se, misturando as cores entre si.

O velho poeta sentou-se junto do fogão e, pondo o garoto nos joelhos, secou-lhe os cabelos e esfregou-lhe as mãos. Em seguida, serviu-lhe uma maçã assada e um cálice de vinho doce. O menino logo sentiu-se melhor, readquirindo a cor que lhe havia fugido do rosto. Então, saltando para o chão, pôs-se a dançar ao redor da cadeira do poeta.

— Você é um menino muito alegre — sorriu o poeta. — Qual é o seu nome?

— Eu me chamo Cupido — respondeu o garoto. — Não me conhece? Ali estão minhas setas e meu arco. Eu atiro muito bem. Olhe: a chuva passou, e a lua já está brilhando no céu!

— Receio que seu arco e suas flechas se tenham estragado — disse o poeta.

— Tomara que não — respondeu o garoto, correndo para examiná-los. — Não, não se estragaram. Apenas estavam molhados. Olhe a corda deste arco: está bem retesada.

Para provar o que dizia, Cupido tomou de uma seta, armou o arco e disparou-a, cravando-a bem no coração do velho poeta.

— Viu? O arco está funcionando perfeitamente — disse o garoto maldoso e ingrato, rindo-se do velho poeta que o abrigara em sua casa e lhe servira maçã assada e vinho doce.

O velho poeta ficou estendido no chão, em prantos. A seta o acertara bem no coração.

— Oh... oh... — gemeu, — que menino maldoso! Vou dizer a todos os outros jovens que encontrar: cuidado com Cupido! Nunca brinquem com ele, para não serem feridos por suas setas!

E o poeta disse aquilo para todos os jovens que encontrou, e todos tomaram suas precauções, evitando envolver-se com Cupido, mas ele, muito esperto, a todos conseguia enganar.

Quando um estudante deixa a escola depois das aulas, Cupido vem caminhando a seu lado, vestido de uniforme e trazendo livros e cadernos debaixo do braço. O estudante não o reconhece. Não vê que ele é um menino; pensa que é uma de suas colegas, e lhe dá o braço. É aí que Cupido dispara uma seta, acertando-o no coração. Também as moças não estão a salvo, pois até nas igrejas Cupido as persegue, especialmente quando elas estão na idade de ser crismadas. No teatro, ele se senta sobre os braços dos lustres, escondendo-se atrás das lâmpadas. Assim, ninguém consegue vê-lo, mas todos sentem quando uma de suas setas atinge seu coração.

Ele corre por entre os caminhos dos parques, e pelas praças e jardins aonde seus pais gostam de levá-los a passear. Sim, meus amiguinhos, seus pais também foram feridos por ele, antes de vocês nascerem. Se duvidam, perguntem a eles, e verão se não é verdade.

Cupido é terrível! Evitem mexer com ele! Até sua velha vovozinha já foi flechada por ele, bem no coração, imaginem! Isso aconteceu há muito tempo, e hoje já não dói, mas garanto que ela não se esqueceu.

Puxa vida! Mas como esse Cupido é levado! Agora que já conhecem as maldades que ele é capaz de cometer, cuidado com ele! E não me venham dizer depois que eu não avisei...

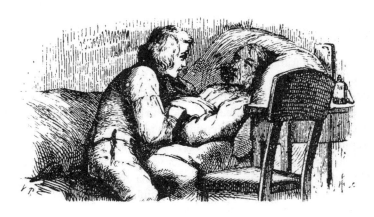

O Companheiro de Viagem

Pobre Joãozinho, como era infeliz! Seu pai estava doente, e não havia esperança de que viesse a se restabelecer. Era tarde da noite, e os dois estavam a sós no quarto. Em cima da mesa, a luz fraca de um lampião mal iluminava o aposento.

— Você sempre foi um bom filho, Joãozinho — murmurou o pai. — Estou certo de que Deus sempre haverá de lhe dar ajuda e proteção.

Em seguida, olhando com ternura para o filho, respirou profundamente e morreu. Quem olhasse para ele, haveria de dizer que estava apenas dormindo.

Joãozinho chorou copiosamente, pois agora estava sozinho no mundo. Não tinha irmãos nem irmãs; há tempos, perdera a mãe; agora, morria seu pai. Ajoelhando-se à beira do leito, beijou a mão do velho e deixou que as lágrimas lhe corressem durante muito tempo pelas faces, até que por fim adormeceu, com a cabeça apoiada num canto da cama.

Teve um sonho estranho: o sol e a chuva curvavam-se para ele, fazendo-lhe reverências, enquanto seu pai, forte e saudável, ria satisfeito, como nos tempos em que estava vivo. Uma jovem encantadora, trazendo uma coroa de ouro sobre os longos cabelos, segurava-lhe a mão, enquanto seu pai dizia: "Essa é a sua noiva, a moça mais bonita do mundo!"

Nisso, Joãozinho acordou. Viu que tudo fora um sonho. O corpo morto e já frio de seu pai jazia ali ao lado, estendido na cama. Ele agora estava só, inteiramente só. Pobre Joãozinho!

No dia seguinte, seu pai foi enterrado. Ele seguiu à frente do cortejo, segurando uma alça do caixão. Nunca mais veria o pai, a quem tanto amava. À beira do túmulo, viu o caixão ser descido e ouviu a terra caindo sobre ele e cobrindo-o para sempre. Quando a última quina visível do caixão desapareceu sob uma pazada de terra, seu coração pareceu encolher-se de tanta tristeza. Os que ali estavam cantaram um hino religioso, e as lágrimas voltaram a escorrer-lhe pelo rosto, aliviando seu pesar. A luz do sol rebrilhou nas folhas das árvores, como se querendo dizer: "Não fique triste, Joãozinho! Olhe para o céu azul e veja como é lindo. Seu pai está lá em cima, pedindo a Deus que o proteja e faça com que tudo corra bem para você".

"Tentarei nunca deixar de ser bom", pensou Joãozinho, "para que um dia, quando morrer, possa também ir para o céu, tornando a ver meu bom pai. Quantas coisas terei para lhe contar! E ele vai me mostrar as belezas do céu, e vai me explicar como elas são, do mesmo modo que fazia aqui na terra, quando saíamos juntos. Ah, como isso vai ser maravilhoso!"

Imaginando esse momento feliz, sorriu por entre as lágrimas que continuavam a rolar de seus olhos.

No alto de uma castanheira, um bando de passarinhos cantava alegremente, indiferentes ao funeral que se realizava lá embaixo. Quem sabe estavam felizes porque sabiam que aquele morto, que fora um bom sujeito enquanto vivera, agora possuía asas mais belas que as suas? De repente, os pássaros alçaram voo ao mesmo tempo, dispersando-se em todas as direções. Bem que Joãozinho gostaria de poder voar com eles, saindo dali e desaparecendo no espaço. Mas antes era necessário providenciar uma cruz de madeira para colocar sobre a sepultura, e ele mesmo queria esculpi-la com sua faquinha. Trabalhando com capricho, só tarde da noite terminou o serviço. Quando chegou com a cruz junto ao túmulo, viu que alguém havia deitado areia branca sobre ele, enfeitando-o com flores. Por certo tinham sido os vizinhos, dos quais o pai fora muito amigo, querendo com isso mostrar que também o estimavam, e que tinham ficado pesarosos com sua morte.

Pela manhã, bem cedinho, Joãozinho guardou tudo o que era seu dentro de uma trouxa, pondo o dinheiro que havia herdado — cinquenta moedas de prata — numa bolsinha, que escondeu sob o cinto. Estava pronto para sair pelo mundo. Antes de seguir viagem, foi até o túmulo do pai para despedir-se e rezar uma oração. "Hei de ser bom, meu pai", disse-lhe baixinho, "para que desse modo o senhor não precise sentir vergonha quando for pedir a Deus que me proteja".

Dali, Joãozinho seguiu através dos campos, deixando para trás sua velha aldeia natal. Batidas pelo vento, as flores se inclinavam enquanto ele passava, dizendo-lhe: "Bem-vindo, Joãozinho! Bem-vindo ao nosso mundo verdejante. Ele não é lindo?" Mas Joãozinho não podia escutá-las. Pela última vez, voltou a cabeça para ver a velha igreja onde tinha sido batizado, e aonde ia todo domingo com seu pai, para rezar e cantar os hinos sacros. Olhou para a torre da igreja e viu, na janelinha mais alta, o duende que ali morava, com seu chapeuzinho vermelho e felpudo. O duende espiava para ele, tapando os olhos do sol com uma das mãos. Joãozinho deu-lhe adeus e ele respondeu, tirando o chapéu, pondo a mão sobre o coração e mandando-lhe beijos com os dedos, para demonstrar que lhe desejava sucesso em sua viagem.

Pensando nas coisas maravilhosas que iria ver pelo mundo afora, Joãozinho caminhou por longo tempo, até deixar para trás o último lugar que já conhecia. Daí para a frente, tudo seria novidade para ele. E assim foi passando por aldeias e cidades estranhas, habitadas por gente que ele nunca havia visto antes.

A primeira noite, teve de dormir num monte de feno, mas não se importou, achando-o mais confortável e macio que qualquer cama de um palácio real. E que quarto: em vez de paredes, os campos, o regato, as pilhas de feno; em vez de teto, o céu límpido e azul, que ele não se cansava de contemplar logo que acordou. A relva verdinha, pontilhada de flores vermelhas e brancas, era como um lindo tapete; as cercas vivas, formadas por roseiras silvestres e sabugueiros, eram mais agradáveis de se admirar que os mais belos vasos de flores; para se lavar, em vez de banheira, ali estava o regato, com sua água transparente e fresca. Os juncos que cresciam nas margens inclinavam-se para cumprimentá-lo e a lua tinha iluminado a noite, como se fosse uma grande vela, sem o risco de queimar as cortinas.

Ali Joãozinho pôde dormir tranquilamente, e foi o que fez, só acordando quando o sol surgiu no céu e os passarinhos começaram a cantar em coro: "Bom dia! Bom dia! Ainda não se levantou?"

Os sinos de uma igreja soaram ao longe: era domingo. Os fiéis começaram a passar por ali, seguindo para a igreja. Joãozinho acompanhou-os até lá, cantou junto com eles e escutou a prática do pastor. Era como se estivesse na igrejinha de sua terra, aquela onde fora batizado e aonde ia aos domingos com seu pai.

No cemitério, atrás da igreja, havia muitos túmulos, e alguns estavam descuidados, cobertos de capim. Joãozinho imaginou que a sepultura de seu pai logo estaria daquele jeito, já que ele não tinha condições de cuidar dela. Pensando nisso, tratou de arranjar aqueles túmulos abandonados, arrancando o capim, reerguendo as cruzes que haviam caído e recolocando sobre elas as coroas de flores que o vento havia atirado para longe, na esperança de que alguma criatura caridosa fizesse a mesma coisa na sepultura de seu pai.

Saindo dali, Joãozinho viu um mendigo, e lhe deu uma das moedas de prata que guardava consigo. Feito isso, voltou a caminhar, prosseguindo sua viagem pelo vasto, vasto mundo.

Quando a noite estava prestes a chegar, ameaçou desabar uma tempestade. Joãozinho tentou ver se encontrava algum abrigo, mas só descortinou a sua frente uma extensa campina deserta e plana. Prosseguiu sua caminhada e, quando a escuridão já era completa, avistou uma capelinha no alto de uma colina. Chegando lá, viu que a porta estava apenas encostada. Entrou, decidido a ficar ali até que a tempestade passasse.

"Vou sentar num canto para descansar", pensou. Depositando a trouxa no chão, encostou-se numa quina das paredes e juntou as mãos para rezar. Logo em seguida dormiu, enquanto lá fora rugia a tempestade, sucedendo-se sem parar os clarões dos relâmpagos e o ribombo dos trovões.

Quando despertou, já passava de meia noite. A tempestade havia cessado. O luar penetrava na igreja pelas claraboias das janelas. Perto do altar havia um caixão, com o tampo aberto. Dentro dele estava o corpo de um morto, que deveria ser enterrado no dia seguinte. Joãozinho não teve medo, pois tinha a consciência limpa e sabia que os mortos não fazem mal a pessoa alguma. Deve-se ter medo é dos vivos, quando estes são maus. E ali ao lado do caixão estavam justamente dois homens como esses, isto é, vivos e maus. Eles não gostavam daquele morto; por isso, queriam tirá-lo do caixão e jogar seu corpo no meio do mato. Que defunto sem sorte!

— Que querem fazer? — gritou Joãozinho. — É pecado perturbar o sono dos mortos! Deixem-no em paz, em nome de Jesus!

— Não se intrometa! — retrucou um deles. — Esse sujeito nos trapaceou! Ele nos devia dinheiro e, em vez de pagar, morreu! Onde já se viu? Agora, nunca mais veremos um centavo do que ele nos devia! Mas deixe estar: vamos vingar-nos! Vamos atirar seu corpo no meio do mato, e ele ali vai apodrecer, como um cão!

— Não, não, esperem! Tenho aqui cinquenta moedas de prata, que recebi como herança de meu pai. Posso entregar-lhes tudo o que tenho, se me prometerem deixar esse infeliz em paz. Quanto a mim, não preciso de dinheiro. Vou-me arranjando por aí. Deus me deu força, e não há de me negar sua proteção.

— Está certo — concordaram os dois, trocando olhares matreiros entre si. — Já que aceita pagar a dívida dele, nada lhe faremos.

Joãozinho entregou-lhes o dinheiro e os dois saíram dali às gargalhadas, debochando de sua bondade. Ele então ajeitou o cadáver no caixão, juntou-lhe as mãos e foi-se embora feliz, entrando pela floresta escura que se estendia atrás da capela.

O luar penetrava através das copas das árvores, iluminando o chão. Joãozinho viu por ali pequeninos elfos que brincavam contentes, sem se importarem com sua presença. É que sabiam ser ele um rapaz bondoso e inocente; os elfos só não gostam de ser vistos pelas pessoas más e desonestas. Alguns deles não eram maiores que o dedo polegar de Joãozinho. Seus cabelos louros e compridos eram presos em cima da cabeça por pentes de ouro. De dois em dois, eles se equilibravam em cima das gotas de orvalho sobre as folhas das árvores, empurrando-as com os pés e saltando agilmente, antes de rolarem juntamente com elas, caindo lá embaixo no capim. Às vezes, um ou outro não conseguia saltar a tempo, caindo lá de cima sobre a relva, por entre as gargalhadas dos outros elfos. Ah, como era divertido observá-los! E as músicas que cantavam? Eram as mesmas que Joãozinho aprendera a cantar quando criança. Aranhas de diversas cores, com coroas de prata na cabeça, construíam teias maravilhosas, em forma de palácios, ligando os arbustos entre si por meio de pontes feitas de fios brilhantes. Quando uma gota de orvalho caía numa dessas teias, os fios brilhavam como vidro ao luar. Os elfos continuaram brincando, até que o sol ameaçou despontar no horizonte, quando então voltaram a se esconder no interior das flores, que é o lugar onde moram. O vento então soprou forte, arrastando consigo as teias de aranha, e desfazendo em pedaços os palácios e as pontes que interligavam os arbustos.

Joãozinho tinha acabado de sair da floresta, quando escutou uma voz atrás dele, dizendo:

— Ei, espere aí. Para onde está indo?

— Estou seguindo em frente, pelo vasto mundo afora — respondeu ele. — Sou pobre e perdi meus pais. Mas estou certo de que Deus há de me ajudar.

— Eu também quero seguir sem rumo por este vasto mundo afora — disse o estranho. — Posso ir junto com você?

— Claro! Assim será bem melhor — respondeu Joãozinho, esperando que o outro o alcançasse.

Não levou muito tempo para que se tornassem bons camaradas, pois ambos eram pessoas boas e gentis. Joãozinho logo notou que o outro era bem mais vivido do que ele, pois parecia saber um pouco de tudo e conhecer todos os lugares por onde passavam.

O sol estava alto no céu, quando ambos pararam para descansar à sombra de uma árvore copada. Ali comeram alguma coisa. Quando estavam terminando a refeição, passou por eles uma velha. Tinha as costas curvadas, e vinha apoiada numa muleta. Trazia nas costas um feixe de lenha que acabara de colher na floresta, e levava nas mãos seu avental enrolado, deixando ver que continha três molhos de varas de marmelo. Súbito, ela escorregou e caiu, gritando de dor, pois havia quebrado a perna. Pobre velhinha!

Joãozinho apressou-se em ajudá-la, pensando em carregar a infeliz nas costas até a casa onde ela morava. Antes que a levantasse, porém, o estranho abriu a mochila que trazia e tirou de dentro dela um pote, contendo uma pomada. Começou a aplicá-la na velha, dizendo que aquele remédio iria curar sua perna, deixando-a boa como antes, e permitindo-lhe voltar para casa andando sozinha, como se o osso nunca se tivesse quebrado. Como pagamento, completou, queria apenas que a velha lhe desse os três molhos de varas de marmelo que ela trazia enrolados no avental.

— Esse preço é muito alto — disse a mulher, demonstrando aborrecimento.

Apesar de tudo, ela acabou concordando em entregar as varas ao estranho. Pior seria ficar esticada naquele lugar deserto, sem condições de caminhar. O estranho esfregou-lhe a pomada na perna, e no mesmo instante ela se levantou e voltou a caminhar melhor do que antes. Aquela não era uma pomada comum, dessas que a gente compra na farmácia!

— Que vai fazer com essas varas? — perguntou Joãozinho.

— Ah, nada... Apenas achei-as interessantes. Como pode ver, sou um sujeito meio esquisito... — respondeu o companheiro, voltando a caminhar.

Depois de algum tempo em silêncio, Joãozinho comentou, apontando para longe:

— Olhe aquelas nuvens negras e pesadas. Acho que vamos ter uma tempestade.

— Aquilo não são nuvens — sorriu o companheiro, — são montanhas. Sim, belas montanhas, altíssimas. Quem as escalar, chegará lá em cima, onde o ar é sempre frio. O panorama é maravilhoso, acredite. De lá se enxerga o vasto mundo. Vamos alcançá-las amanhã.

Mas as montanhas estavam bem mais distantes do que eles pensavam. Só dois dias depois, conseguiram chegar a seu sopé, onde tinha início uma floresta escura e fechada, que se estendia pelas encostas acima. Aqui e ali, viam-se rochas enormes, do tamanho de uma pequena cidade. Vendo que seria muito difícil transpor essas montanhas no escuro, já que a noite se avizinhava, decidiram recobrar as forças numa estalagem que havia ali perto, reiniciando a caminhada quando amanhecesse.

O salão da estalagem estava apinhado de gente. É que para aquela noite estava programada a apresentação de um teatrinho de marionetes. À frente do pequeno palco, assentavam-se os espectadores. Na primeira fila, bem no meio, estava sentado um açougueiro velho e gordo, tendo a seu lado um buldogue de aspecto feroz.

A comédia parou. A peça parecia interessante. Um rei e uma rainha estavam sentados em seus tronos, ambos de coroa de ouro na cabeça. O manto da rainha era tão comprido, que a cauda até se arrastava pelo chão. Bonecos de madeira, de bigodes curvos e olhos de vidro, ficavam junto às portas, abrindo-as e fechando-as para renovar o ar do salão. E a comédia prosseguia, leve e divertida. Num dado momento, quando a rainha se levantou e atravessou o palco, o cachorrão — só Deus sabe o que lhe passou pela cabeça! —, aproveitando-se de um descuido do dono, deu um grande salto, abocanhou a rainha pela cintura e — nhac! — cravou-lhe os dentes com vontade! Que tragédia!

O pobre dono das marionetes, que era quem representava sozinho toda a peça, ficou desolado. A rainha era seu boneco mais bonito, e agora ali estava, toda mordida e com a cabeça arrancada. A peça teve de ser interrompida, e os espectadores foram se retirando um a um.

Quando o último saiu, o companheiro de Joãozinho disse que podia consertar a boneca. Tirando de novo o pote da mochila, esfregou-a com a mesma pomada que havia curado a perna quebrada da velha. No mesmo instante, a boneca voltou a ser como era antes. Como antes, não: melhor! Ela agora movia os braços e as pernas sem ser preciso puxar os cordões que os prendiam! O dono do teatrinho não cabia em si de contentamento. A rainha podia andar e até dançar, sem lhe dar qualquer trabalho.

Tarde da noite, depois que todos da estalagem já se haviam recolhido, ouviram-se suspiros fundos e queixosos. Era um verdadeiro coral de lamentações. Todos se levantaram para ver o que estava acontecendo. Os suspiros vinham da arca onde estavam guardados os bonecos. O dono abriu a tampa e lá dentro só estavam os bonecos, empilhados uns sobre os outros. Eram o rei e os seus súditos que suspiravam de maneira tão tristonha. Seus olhos de vidro rebrilhavam na escuridão. Todos queriam ser esfregados com a pomada mágica, para poderem mover-se e dançar por conta própria, como a rainha. Esta, por sua vez, prostrou-se de joelhos, tirou a coroa da cabeça e implorou:

— Suplico-lhe, bom homem: fique com esta coroa, mas esfregue aquela pomada em meu marido e em meus cortesãos!

O dono do teatrinho ficou tão sensibilizado ante aquela cena, que até chorou. Chamando o companheiro de Joãozinho, prometeu-lhe entregar toda a renda do espetáculo da noite seguinte, se ele esfregasse a pomada em pelo menos quatro ou cinco de seus bonecos. O estranho disse que não queria dinheiro, mas que se contentava em receber como pagamento a velha espada que o dono do teatrinho trazia presa ao cinto. Este logo entregou-lhe a espada, enquanto o outro passava um pouco da pomada em seis de suas marionetes. Elas logo começaram a dançar, e com tanta animação, que todos os que estavam ali assistindo àquela cena também entraram na dança. O cocheiro dançava com a cozinheira, e os criados com as arrumadeiras. Até os objetos queriam dançar: perto do fogão, o ferro de atiçar as brasas e a pá de recolher as cinzas tentaram dar uns passos, mas logo caíram ao chão com um estrondo. Que noite mais animada!

Na manhã seguinte, Joãozinho e seu companheiro saíram da estalagem e começaram a subir a montanha, através da escura floresta de pinheiros. Depois de algum tempo, já estavam tão longe, que a torre da igrejinha que ficava lá embaixo, no vale, toda pintadinha de vermelho, parecia um moranguinho maduro, destacando-se entre a vastidão verde das plantações. Quanta coisa se enxergava dali de cima! Quantos lugares diferentes, onde eles nunca haviam estado antes! Joãozinho nunca tivera a oportunidade de contemplar tanta beleza de uma só vez. O sol brilhava alegremente, e o céu se estendia ao longe, azul, azul, sem uma única nuvem. Chegavam até eles os sons longínquos das trombetas dos caçadores. Ouvindo e vendo tudo aquilo, Joãozinho se emocionou. Seus olhos se encheram de lágrimas, e ele exclamou, voltando a cabeça para o céu:

— Obrigado, Senhor, pelo mundo maravilhoso que nos destes para viver! Queria poder beijar Vossas mãos, para expressar meu agradecimento!

Seu companheiro também ergueu as mãos em prece, enquanto contemplava a floresta e as cidades que se viam lá embaixo. Nesse momento, escutaram um som estranho e belo sobre suas cabeças, e ergueram os olhos para ver o que seria. Viram um grande cisne branco, voando majestosamente. O som que escutavam era de seu canto, o mais lindo que até então já haviam ouvido, saído do peito de uma ave. De repente, sua voz começou a enfraquecer, sua cabeça pendeu e ele se despencou das alturas, vindo cair ao pé dos dois viajantes. Que pena! Uma ave tão linda, e agora ali estava morta!

— Que asas maravilhosas! — exclamou o companheiro de Joãozinho. — Enormes, e alvas como a neve! Devem valer um dinheirão! Vou cortá-las agora mesmo. Por sorte, acabo de ganhar uma espada.

Com um só golpe, decepou as asas do cisne e guardou-as consigo.

Continuaram a caminhar, sem que as montanhas acabassem, por muitas e muitas milhas. Finalmente, chegaram a uma grande cidade. Mais de cem torres ali se erguiam, rebrilhando ao sol como se fossem feitas de prata. No centro da cidade via-se um grande castelo de mármore, com telhado todo de ouro. Era ali que vivia o rei.

Fora da cidade havia uma hospedaria, e os dois resolveram parar ali primeiramente, para tomar banho e trocar de roupa. O dono informou-lhes que o rei era uma pessoa bondosa e gentil, que nunca fizera mal a quem quer que fosse. Mas sua filha, que horror! Era o contrário dele. Deus do céu, que princesa terrível! E não que fosse feia: era até bonita demais! Quem a via, ficava encantado com sua beleza; mas de que valia isso, quando se ficava sabendo que era mais cruel e perversa que uma bruxa, e que já tinha causado a morte de muitos príncipes galantes? Ela dizia para quem quisesse ouvir que qualquer pessoa podia pedi-la em casamento, não importava que fosse um príncipe ou um mendigo. E quem se casasse com ela, seria o sucessor do rei, depois que este morresse. Mas havia uma condição: ela só se casaria com aquele que respondesse corretamente a três perguntas que ela lhe faria. Se não soubesse responder, seria decapitado ou enforcado. Como se vê, a bela princesa era uma criatura sem coração.

O velho rei não concordava com aquilo, mas nada podia fazer, pois havia prometido, tempos atrás, que nunca iria interferir na maneira que ela decidisse escolher seu marido. Vários príncipes já haviam tentado desposá-la, mas nenhum conseguira responder às três perguntas, sendo logo enforcado ou decapitado. Todos tinham sido avisados daquele estranho capricho, mas mesmo assim resolveram tentar a sorte. Se tivessem desistido a tempo, teriam poupado suas vidas. O velho rei sentia-se tão desapontado e triste com essa maneira cruel de agir, que reservara um dia por ano para ficar de joelhos, tanto ele como todos os soldados de seu exército, na intenção de, com esse gesto, fazer com que a princesa desistisse de cometer tamanha crueldade. Mas de nada valia esse sacrifício. Cada pessoa do reino demonstrava, a seu modo, que não concordava com aquilo. Até os velhos e velhas que gostavam de beber só tomavam bebidas escuras — cerveja preta, vinho tinto, aguardente escurecida —, mostrando com isso que também eles estavam de luto, e era tudo o que podiam fazer.

— Que princesa perversa! — exclamou Joãozinho. — Uma boa surra de vara de marmelo, é isso que ela merece! Ah, se eu fosse o rei... Daria uma boa coça nela, de tirar sangue!

Nesse exato momento, escutaram o povo gritando vivas e hurras na rua. Era a princesa que passava por ali. Todos se extasiavam ante sua beleza, esquecendo a perversidade que ela guardava no coração, e acabavam por festejá-la, tão logo a viam. Doze encantadoras donzelas, vestidas de túnicas de seda branca, trazendo tulipas douradas nas mãos, acompanhavam a princesa, montadas em imponentes cavalos negros e lustrosos. Em contraste com elas, a princesa montava um cavalo todo branco, tendo os arreios cravejados de rubis e diamantes. Sua roupa era tecida em fios de ouro puríssimo, e também de ouro era o cabo do seu chicote, que até faiscava, de tão brilhante. A coroa que trazia na cabeça parecia feita de estrelas, e a capa que usava fora toda costurada com milhares de asas de borboletas. Apesar de todo esse esplendor, sua beleza ainda era maior que a do vestuário.

Quando Joãozinho a avistou, seu rosto ficou em brasa, vermelho como sangue, e ele não conseguiu pronunciar uma palavra sequer. A princesa era igualzinha à moça com quem ele havia sonhado, na noite em que seu pai morreu. Era linda! E o pior é que Joãozinho, desde que sonhara com ela, tinha ficado apaixonado, não podendo acreditar que aquela criatura fosse capaz de mandar que cortassem a cabeça ou enforcassem tantos rapazes, simplesmente porque não tinham sabido responder as três perguntas que ela lhes havia formulado.

— Qualquer um pode pedi-la em casamento — pensou em voz alta; — até mesmo um pobretão como eu. Sendo assim, também irei pedir a sua mão, já que nada me impede de fazê-lo.

Os que ali se achavam suplicaram-lhe que não fizesse tal coisa, pois teria a mesma sorte dos outros pretendentes. Também seu companheiro de viagem tentou dissuadi-lo daquela ideia, mas ele não deu ouvidos a quem quer que fosse. Indo para o quarto, escovou a roupa, engraxou os sapatos, penteou o cabelo e dirigiu-se sozinho ao castelo.

— Entre! — disse o velho rei, quando Joãozinho bateu à porta.

Joãozinho entrou. O rei em pessoa veio recebê-lo, vestido de manto aberto e chinelos bordados. Trazia a coroa de ouro na cabeça, o cetro numa das mãos e a esfera real na outra.

— Só um momentinho — disse o soberano, pondo a esfera sob o braço, a fim de poder cumprimentar o recém-chegado.

Quando Joãozinho lhe contou o motivo por que estava ali, o rei começou a chorar amargamente, deixando o cetro e a esfera caírem no chão. Enquanto enxugava os olhos com a ponta do manto, o pobre rei implorava:

— Oh, rapaz insensato! Não faça isso! Não sabe o que aconteceu aos outros que lhe pediram a mão? Venha comigo: você precisa ver uma coisa.

Levou Joãozinho até o jardim particular da princesa. Ah, que visão pavorosa! De cada árvore pendiam os corpos de três ou quatro príncipes que se haviam arriscado a pedi-la em casamento, mas que não tinham conseguido responder às suas três perguntas. Quando o vento soprava, os esqueletos se entrechocavam, fazendo um barulho que até assustava os passarinhos. Por isso, nenhum voava por entre as árvores daquele jardim. Os ramos das videiras enrolavam-se naquelas ossadas, e nos vasos de flores não havia flores, mas sim horrendas caveiras, que pareciam estar rindo daqueles que as olhavam. Aquilo mais parecia uma cena de pesadelo que o jardim de uma princesa!

— Olhe a seu redor — disse-lhe o rei. — Você vai acabar pendurado, igual a todos os outros. Portanto, deixe de falta de juízo, rapaz: desista de pedir a mão de minha filha. Só Deus sabe como uma coisa dessas me deixa infeliz!

Mas as palavras do velho rei não convenceram o rapaz, que lhe beijou a mão e o tranquilizou, dizendo que tudo correria bem, pois ele de fato estava apaixonadíssimo pela formosa princesa.

Nesse momento, ouviram-se batidas de cascos no pátio do castelo: era a princesa que chegava, juntamente com suas damas de companhia. O rei e Joãozinho saíram ao seu encontro para saudá-la. Ela estendeu-lhe a mão, e ele ficou ainda mais fascinado com sua beleza, cada vez acreditando menos que ela pudesse ser a bruxa malvada e desumana que todos diziam ser. Dali, subiram todos para o salão do castelo, onde os pajens lhes serviram biscoitos com geleia, mas a tristeza do rei era tamanha, que ele nada comeu (além do mais, uma coisa tem de ser dita: ele achou os biscoitos muito duros).

Ficou acertado entre eles que Joãozinho voltaria ao castelo na manhã seguinte, para, diante dos juízes e do conselho real, responder à primeira pergunta da princesa. Se o conseguisse, voltaria na manhã seguinte para responder à segunda, e na outra para responder à terceira. Mas isso estava fora de questão, pois até então nenhum pretendente fora capaz de acertar nem mesmo a primeira, perdendo a vida já no início de sua tentativa.

Joãozinho não sentia qualquer preocupação ou receio com o que estava prestes a acontecer. Seus pensamentos estavam todos voltados para a bela princesa. Confiava na ajuda de Deus, embora não soubesse como isso iria acontecer; aliás, nem mesmo pensava nisso, enquanto voltava em passo alegre e saltitante para a hospedaria, onde o amigo estava a sua espera.

Ali chegando, pôs-se a falar sobre a formosura da princesa, contando como ela fora gentil para com ele. Ansiava a chegada do dia seguinte, quando poderia vê-la de novo e arriscar sua vida, respondendo ao que ela lhe iria perguntar.

Seu amigo, porém, balançava a cabeça de um lado para o outro, preocupado com sua sorte.

— Tenho tanta estima por ti, Joãozinho — disse-lhe por fim. —Poderíamos permanecer juntos ainda por tanto tempo... Agora, terei de perder-te. Oh, meu pobre e querido amigo, a vontade que tenho é de chorar, mas não o farei, pois não quero estragar tua última noite. Assim, alegremo-nos por hoje! Amanhã, quando tiveres ido embora, haverá tempo para minhas lágrimas.

Toda a cidade ficou sabendo que a princesa tinha um novo pretendente, para a tristeza geral de seus moradores. O teatro fechou, e as vendedoras de doces passaram uma faixa preta na barriga de seus porquinhos de chocolate, em sinal de luto. O rei e todos os padres foram à igreja, rezando de joelhos pela sorte daquele desmiolado. A desolação tomou conta da cidade, pois ninguém acreditava que Joãozinho pudesse sair-se melhor que os outros candidatos à mão da princesa.

Tarde da noite, o companheiro de Joãozinho mandou preparar uma tigela de ponche, convidando o amigo para beber à saúde da princesa. Joãozinho aceitou e, logo depois do segundo copo, sentiu-se tão cansado, que sequer conseguia manter os olhos abertos. Dormiu ali mesmo. Seu companheiro tomou-o nos braços com todo o cuidado e o deitou na cama.

Quando a escuridão da noite chegou ao máximo, o amigo prendeu as asas de cisne nas costas e enfiou no bolso o maior molho de varas de marmelo que a velha da perna quebrada lhe tinha dado. Em seguida, abrindo a janela, saiu voando por sobre a cidade, rumo ao castelo do rei, pousando bem na varanda do quarto da princesa e escondendo-se num canto próximo à sua janela.

O relógio da torre soou, indicando que faltava um quarto para a meia noite. A cidade estava em completo silêncio. De repente, a janela da princesa se abriu, e ela saiu voando, enquanto batia um par de asas negras e enormes, deixando flutuar atrás de si sua longa capa branca. O companheiro de Joãozinho, nesse momento, tornou-se inteiramente invisível, alçando voo atrás da princesa. Logo chegou junto dela, que não era capaz de vê-lo, e começou a fustigá-la com as varas de marmelo, deixando-lhe marcas vermelhas por todo o corpo. Mas a princesa não se deteve, continuando a voar em direção a uma alta montanha negra que se elevava a pequena distância da cidade. O vento soprava forte, fazendo agitar-se o manto da princesa, como se fosse uma vela de navio, através do qual se filtrava a luz da lua.

— Mas esse granizo tinha de cair logo agora! — lamentava-se a jovem, a cada vez que sentia as varas de marmelo lanhando suas costas.

Por fim, ela alcançou a montanha e bateu nela como se fosse uma porta. Ouviu-se um ruído surdo, como o de um trovão, e uma passagem se abriu na rocha. Por ali entrou a princesa, acompanhada pelo seu invisível seguidor. Os dois foram andando por um corredor muito comprido, cujas paredes eram curiosamente iluminadas pelo brilho que saía do corpo de diversas aranhas vermelhas, subindo e descendo como pequenas chamas moventes. Chegaram a uma grande sala, toda construída de prata e de ouro. As paredes eram enfeitadas de enormes flores vermelhas e azuis, do tamanho de girassóis, mas ai de quem as colhesse: suas hastes eram serpentes, abrindo-se em cima como bocas escancaradas, das quais saía fogo. O teto era todo revestido de vagalumes e de morcegos azulados, que ficavam o tempo todo agitando suas asas finas e transparentes. Que decoração estranha!

No meio da sala erguia-se um trono, sustentado por quatro esqueletos de cavalos, com arreios formados por uma fieira de aranhas cabeludas. O assento do trono era de vidro leitoso, e as almofadas consistiam de fileiras de camundongos negros, todos agarradinhos uns nos outros. Sobre o trono havia um dossel cor de rosa feito de teias de aranha, engastado de moscas-varejeiras, que rebrilhavam como esmeraldas.

Nesse trono estava sentado um monstro de feições horrendas, tendo na cabeça uma coroa, e nas mãos um cetro. Era um ogro. Depois de beijar a princesa na testa, convidou-a a tomar assento no trono a seu lado e ordenou que a música começasse.

Grandes gafanhotos pretos puseram-se a soprar em gaitas, enquanto corujas marcavam o ritmo batendo na barriga. Era uma orquestra bem divertida. Duendes negros, como fogos fátuos flutuando em cima de seus chapéus, dançavam animadamente. O companheiro de Joãozinho continuou sem se deixar ver, postando-se atrás do trono para assistir a tudo o que iria acontecer. Entraram os cortesãos, distintos e elegantes. Mas, quando se prestava atenção neles, via-se que não passavam de vassouras com um repolho na ponta. O ogro, por artes de feitiçaria, lhes havia dado vida, vestindo-os com belas roupas bordadas. Mas eles não serviam para outra coisa senão mesmo enfeitar o ambiente; afinal, é para isso que servem os cortesãos.

Depois que se dançou um pouco, a princesa contou ao monstro que um novo pretendente havia aparecido, perguntando-lhe que questão deveria propor a ele na manhã seguinte.

— Ouça — disse o ogro, — peça-lhe para adivinhar em que coisa você estará pensando, e pense em algo bem comum: em seus sapatos, por exemplo. Isso ele não irá adivinhar jamais! E depois de lhe cortar a cabeça, não se esqueça de me trazer os olhos dele aqui à noite, hein? Adoro comer olhos humanos!

A princesa inclinou-se reverentemente e prometeu não se esquecer dos olhos que ele queria. O ogro então ordenou que a montanha se abrisse de novo, e a princesa saiu, voando de volta para o castelo. Seu acompanhante invisível também voou atrás, fustigando-a o tempo todo com as varas de marmelo. Imaginando que fosse chuva de granizo, ela gemia e praguejava, sentindo-se aliviada quando alcançou a janela e entrou novamente em seu quarto de dormir. Ali, o estranho deixou-a em paz, voando até a estalagem, onde Joãozinho ressonava tranquilamente. Depois de tirar as asas, ele caiu na cama, pois tinha motivos de sobra para sentir-se cansado.

De manhã, quando Joãozinho acordou, seu companheiro lhe disse que tivera um estranho sonho aquela noite. Havia sonhado com os sapatos da princesa.

— Por isso, Joãozinho, se a princesa lhe perguntar em que ela está pensando, já sabe o que dizer: em seus sapatos — aconselhou.

O companheiro preferiu nada dizer sobre a visita que havia feito ao ogro da montanha.

— Não sei qual será a pergunta — disse-lhe Joãozinho; — se for essa, então responderei conforme seu conselho. De qualquer modo, acredito que Deus haverá de me ajudar. Mas como pode ser que eu não acerte a resposta, então é melhor despedirmo-nos um do outro, já que talvez este seja o nosso último encontro.

Depois de se abraçarem, Joãozinho seguiu para o castelo. O salão estava repleto de gente. Os juízes já estavam sentados nas poltronas, tendo sob as cabeças almofadas de plumas, necessárias para sustentar o peso de sua responsabilidade. O rei caminhava para cá e para lá, sempre secando os olhos com um lencinho branco que trazia nas mãos. A princesa entrou: estava ainda mais linda que no dia anterior. Cumprimentou gentilmente todos os que ali estavam e, quando se aproximou de Joãozinho, tomou-lhe as mãos, dirigiu-lhe um sorriso e lhe disse:

— Bom dia, meu querido. A pergunta é esta: em que será que estou pensando agora?

Enquanto esperava pela resposta, ficou olhando amavelmente para Joãozinho; mas, quando ele respondeu: "Em seus sapatos, princesa", seu rosto empalideceu e um tremor se espalhou por todo o seu corpo. A reação foi tão forte, que ela não pôde mentir, tendo de reconhecer que ele havia acertado a resposta.

— Louvado seja! — bradou o rei, e sua satisfação foi tamanha, que ele se esqueceu de sua condição de rei e plantou uma bananeira diante de toda a assistência.

Os cortesãos prorromperam em palmas, tanto para a agilidade do rei, como para a sabedoria de Joãozinho, que conseguira responder à primeira pergunta da princesa.

Seu companheiro ficou radiante, quando soube das novidades. Joãozinho contou-lhe tudo, e depois juntou as mãos em prece, agradecendo a Deus pela ajuda que lhe prestara, e certo de que essa ajuda não lhe seria negada nos próximos dois dias.

Aquela segunda noite transcorreu como a primeira. Logo que Joãozinho adormeceu, seu amigo prendeu as asas de cisne nas costas e acompanhou a princesa em seu voo para a montanha. Dessa vez, levou dois molhos de varas de marmelo, e aplicou-lhe uma surra duplamente mais forte. Permanecendo de novo invisível, não deixou que ninguém o visse, e pôde escutar toda a conversa havida entre ela e o ogro. A ordem agora era a de que a princesa pensasse em suas luvas. Na manhã seguinte, quando Joãozinho acordou, seu companheiro aconselhou-o a dar aquela resposta, dizendo que havia sonhado com as luvas da princesa.

E, assim, tudo se repetiu como na manhã anterior, exceto pela resposta de Joãozinho, que dessa vez foi:

— Em suas luvas, princesa.

O regozijo geral foi ainda maior. Agora, além do rei, toda a corte se pôs de pernas para o ar, plantando bananeiras. Os mais ágeis até deram saltos mortais! A única pessoa que destoava dessa alegria era a princesa, que se deixou cair sobre uma poltrona, sem querer conversar com quem quer que fosse.

Agora tudo iria depender da resposta de Joãozinho a ser dada na manhã seguinte. Se ele acertasse, casar-se-ia com ela, tornando-se o futuro herdeiro do trono; se errasse, porém, perderia a vida, isso sem falar nos seus belos olhos, que seriam pouco depois devorados pelo pavoroso ogro.

Aquela noite, Joãozinho resolveu deitar-se cedo. Depois de fazer suas orações, adormeceu serenamente. Vendo que ele já dormia, o companheiro prendeu as asas de cisne nas costas, pôs a espada na cinta, tomou três molhos de varas de marmelo e voou na direção do castelo.

Estava escuro como breu. Desabou uma terrível tempestade, daquelas de arrancar as telhas das casas. As árvores do jardim da princesa dobravam-se para um lado e para outro, como caniços soprados pelo vento. Os esqueletos ali pendurados entrechocavam-se com violência. Relâmpagos clareavam o céu de minuto em minuto, e trovões roncavam sem cessar, não se sabendo quando terminava um e começava o outro. Abriu-se a janela e a princesa saiu voando. Seu rosto estava branco como o de um cadáver, e ela riu da tempestade, não se assustando nem um pouco com a sua fúria. Sua capa branca farfalhava ao vento como uma vela de navio. O companheiro de Joãozinho seguiu-a de perto, como sempre, fustigando-a violentamente com os três molhos de varas de marmelo, a ponto de arrancar-lhe sangue e dificultar-lhe o voo.

Com custo, ela por fim alcançou a montanha.

— Está chovendo granizo! — disse ela ao ogro. — Nunca vi uma tempestade tão forte assim!

— Mas valeu a pena ter vindo, se você me trouxe boas novas — respondeu o ogro.

— Não são tão boas, infelizmente. O rapaz acertou a segunda resposta. Se acertar a terceira, vencerá o desafio, e aí nunca mais poderei voltar aqui, e perderei de uma vez por todas meus poderes mágicos. Seria terrível se isso acontecesse...

— Acertou? É incrível! — exclamou o ogro. — Mas deixe estar, foi a última vez. Ele não adivinhará seu pensamento amanhã, a não ser que seja um feiticeiro mais poderoso do que eu. Vou imaginar alguma coisa que ele nunca viu. Mas, antes, vamos divertir-nos um pouco.

Tomando a mão da princesa, levou-a até o meio do salão, e dançou com ela, ao lado dos duendes e cabos de vassoura. As aranhas vermelhas subiam e desciam ao longo das paredes, como delgadas línguas de fogo. As corujas batiam o ritmo na barriga, enquanto os grilos cantavam e os gafanhotos tocavam gaita. Era o grande baile da montanha do ogro.

Dançaram durante muito tempo, até que a princesa achou que devia voltar para o castelo, antes que dessem por sua falta. O ogro disse que iria acompanhá-la na volta, para que ficassem juntos por mais tempo.

Saíram os dois pelos ares, seguidos pelo acompanhante invisível, que descia as varas

com vontade no lombo de ambos. O ogro jamais havia enfrentado uma tempestade de granizo tão forte! Chegando ao castelo, ele se despediu, segredando ao ouvido da princesa:
— Pense em minha cabeça.

Mesmo falando baixinho, e apesar do barulho da tempestade, as palavras foram escutadas pelo companheiro de Joãozinho, que estava atento a tudo que os dois diziam. A princesa entrou em seu quarto, e o ogro preparou-se para voar de volta à montanha. Nesse instante, porém, seu acompanhante invisível segurou-o pela longa barba preta e, com um só golpe de espada, decepou-lhe a cabeça. O corpo da criatura horrenda caiu no lago do castelo e afundou, indo servir de alimento aos peixes. Tirando do bolso um lenço de seda, o estranho enrolou nele a cabeça decepada e voltou para a estalagem, dormindo logo em seguida, cansado e satisfeito.

Na manhã seguinte, ele entregou a Joãozinho aquela pequena trouxa de seda, recomendando-lhe que a só abrisse depois que a princesa lhe fizesse a pergunta daquela terceira manhã.

O salão do castelo estava tão apinhado de gente que as pessoas até pareciam molhos de rabanetes, de tão apertadas que estavam. Os juízes e conselheiros reais estavam sentados em suas poltronas, apoiando as cabeças em almofadas de plumas. O rei usava seus trajes de gala, tendo mandado polir a coroa e o cetro, que rebrilhavam como novos. Mas a princesa estava vestida de preto, como se preparada para assistir a um funeral. Certa de que dessa vez sairia vitoriosa do desafio, sorriu para Joãozinho e perguntou:

— Diga, meu querido: em que será que estou pensando?

Em vez de responder, Joãozinho desamarrou o lenço e tirou para fora a horrenda cabeça do ogro. Ele próprio ficou todo arrepiado quando a viu. Um murmúrio de horror espalhou-se por toda a assistência. Todos voltaram seus olhos para a princesa, que, pálida como cera, deixou-se cair numa poltrona e ali ficou imóvel como uma estátua de mármore, sem pronunciar uma só palavra. Por fim, ela se levantou, deu um suspiro profundo, estendeu a mão a Joãozinho e disse:

— Agora, eu lhe pertenço. Hoje à noite celebraremos nosso casamento.

— Oh, como eu queria escutar isso! — exclamou o rei. — Agora sim, está como devia ser!

A multidão explodiu em vivas. A guarda real desfilou pelas ruas, ao som de uma banda. Os sinos das igrejas repicaram festivamente. As vendedoras de doces arrancaram as fitas de luto que haviam posto nos porquinhos de chocolate. Na praça principal, foram assados três bois inteiros, recheados de patos e galinhas, e todos comeram até se fartar. Os chafarizes passaram a verter vinho, em vez de água. As lojas passaram a dar brindes aos seus compradores; desse modo, quem fosse à padaria comprar uma rosca, levava de quebra seis bons-bocados recheados de passas.

Quando chegou a noite, toda a cidade se iluminou. Os soldados dispararam tiros de canhão, e os meninos soltavam bombinhas e estalos. No castelo estavam reunidas as pessoas mais elegantes do país. Bebidas, salgados e doces eram servidos à vontade. Brindes cruzavam o ar. Os jovens dançavam animadamente. No pátio, meninas brincavam de roda, e ao longe podia-se ouvir o som da cantiga que elas entoavam, e que era assim:

> *Nesta dança tão alegre,*
> *As meninas vão entrar;*
> *Canta, canta, minha gente,*
> *Dança, dança sem parar;*
> *Bate o pé, faz uma volta,*
> *Que sapato é pra gastar!*

A princesa, porém, ainda estava enfeitiçada, e não sentia amor por Joãozinho. Sabendo disso, seu companheiro entregou-lhe três penas tiradas da asa do cisne, além de um vidrinho contendo um certo líquido, e lhe disse:

— Esta noite, ponha uma tina cheia de água perto de seu leito nupcial. Mergulhe na água estas três penas e derrame nela o líquido desse vidrinho. Quando a princesa for deitar, empurre-a dentro da tina, mergulhe sua cabeça três vezes na água e verá o que acontece: ela vai livrar-se do feitiço e haverá de amá-lo ternamente.

Joãozinho procedeu exatamente como o amigo lhe havia aconselhado. Quando mergulhou a princesa pela primeira vez, ela se transformou num cisne negro, de olhos faiscantes, que se debatia e se contorcia em suas mãos. Quando a mergulhou pela segunda vez, ela se transformou num cisne branco, com uma faixa negra ao redor do pescoço. Invocando o nome de Deus, Joãozinho mergulhou-a pela terceira vez, e ela logo se transformou numa bela princesa, ainda mais maravilhosa do que era antes. Com os olhos cheios de lágrimas, ela lhe agradeceu por tê-la livrado do encanto maligno que a possuía.

No dia seguinte, o rei veio visitá-los, logo pela manhã. Em seguida, vieram todos os cortesãos e metade dos moradores da cidade, todos querendo desejar votos de felicidade ao jovem casal. A última pessoa a visitá-los foi seu antigo companheiro de viagem, que ali chegou sorridente, trazendo a mochila às costas e um cajado na mão. Joãozinho abraçou-o e beijou-o carinhosamente, pedindo-lhe encarecidamente que não fosse embora, pois lhe devia toda a felicidade que agora desfrutava. Mas seu amigo, sempre sorrindo, meneou a cabeça e lhe disse com voz tranquila e gentil:

— Não, não posso. Chegou o tempo de deixar este mundo. Minha dívida já está paga. Lembra-se daquele morto que estava na capelinha, e que os homens maus queriam retirar do caixão e atirar no mato? Você lhes entregou tudo o que tinha, só para que o deixassem em paz. Pois bem: quem estava naquele caixão era eu.

Depois de dizer essas palavras, desapareceu.

Os festejos do casamento duraram um mês. O amor que Joãozinho e a princesa sentiam um pelo outro foi aumentando a cada dia que passava. O velho rei viveu por muitos anos, e seu maior prazer era deixar que os netinhos se sentassem em seu joelho e ficassem brincando com o cetro real. Gostou tanto de ser avô, que desistiu de ser rei, entregando a direção do reino a Joãozinho, que se tornou um soberano sábio e justo, amado por todos os seus súditos.

A Pequena Sereia

Longe, longe da terra, em alto mar, onde as águas são azuis como as pétalas da centáurea e transparentes como vidro, lá onde as âncoras dos navios não conseguem chegar ao fundo, vive o povo do mar. Tão profunda é essa parte do oceano, que seria preciso empilhar várias torres de igreja, para que finalmente uma delas apontasse na superfície.

Mas não vão pensar que no fundo do mar só exista areia branquinha. Não: ali crescem plantas estranhíssimas; suas hastes e folhas são tão leves e delgadas, que o menor movimento da água faz com que elas se agitem de um lado para o outro, como se fossem dotadas de vida. Peixes grandes e pequenos deslizam entre os ramos, como fazem os pássaros da terra, voando através dos galhos das árvores. No lugar mais profundo, foi onde o Rei do Mar construiu seu castelo, de paredes de coral e janelas de âmbar. O telhado é feito de conchas de ostras, que ficam abrindo e fechando o tempo todo. A cada vez que se abrem, pode-se ver, em cada uma dessas conchas, uma pérola leitosa e brilhante, digna de estar engastada na coroa da rainha mais vaidosa.

O Rei do Mar havia ficado viúvo muitos anos atrás. Quem cuidava da casa era sua velha mãe, mulher muito inteligente, mas por demais orgulhosa de seu sangue real: ostentava doze ostras na cauda de seu manto, enquanto que as outras nobres só podiam usar seis. Por outro lado, era uma avó excelente, que cuidava com grande desvelo de suas netas, as gentis princesinhas do mar. Eram seis sereiazinhas encantadoras, cada qual mais bonita que a outra. A mais bela de todas, porém, era a caçula, que tinha a pele fina como uma pétala de rosa e os olhos azuis como as águas de um lago profundo. Só que ela não era humana: era uma sereia; em vez de pernas e pés, tinha uma cauda de peixe na extremidade de seu corpo.

As jovens sereias gostavam de passar o dia brincando no grande salão do castelo, cujas paredes eram revestidas de flores vivas. As grandes janelas de âmbar ficavam constantemente abertas, de modo que os peixes ali entravam e saíam, como o fazem as andorinhas em nossas casas aqui da terra, quando encontram as janelas abertas. A diferença é que os peixes não são desconfiados como os passarinhos; eles entravam pela janela e, com toda tranquilidade, nadavam até onde estavam as princesinhas, para comer em suas mãos e deixar que elas lhes fizessem carinho.

Ao redor do castelo estendia-se um grande parque, onde cresciam árvores vermelhas e azuis. Seus frutos pareciam feitos de ouro; suas flores brilhavam como chamas; seus galhos e folhas não paravam de mover-se. O chão era de areia, mas sua cor não era branca, e sim azulada, lembrando a do fogo que se produz quando se queima enxofre. Azulada, aliás, era a tonalidade de tudo o que havia no fundo do mar. Era como se a gente estivesse no meio do céu, tendo o azul por cima da cabeça e por baixo dos pés. Quando as águas ficavam paradas, o sol aparecia como se fosse uma flor encarnada, da qual se derramasse a luz.

Cada princesinha tinha seu pedaço particular de jardim, e ali plantava o que bem entendia. Uma delas cercou seu canteiro com pedras, dando-lhe o formato de uma baleia; outra preferiu organizar o seu como uma silhueta de sereia. O da caçulinha era todo redondo, pois ela quis dar-lhe uma aparência que lembrasse o sol. Ali plantou flores vermelhas e brilhantes, que dizia serem os "filhotes do sol". Ela era uma criança estranha, quieta e pensativa. Enquanto suas irmãs enfeitavam seus canteiros com diversos objetos recolhidos de navios naufragados, ela colocou no meio do seu apenas a estátua de um rapaz. Era uma estátua de mármore branco, quase transparente. Devia estar sendo transportada para alguma ilha, quando o navio que a levava foi a pique. Ao lado da estátua, plantou uma árvore cor de rosa parecida com um salgueiro-chorão, pois seus ramos dobravam-se no alto, descendo até o chão, como se a copa e as raízes estivessem querendo beijar-se.

Para as princesinhas não havia coisa melhor que escutar sua avó contando as histórias do mundo lá de cima, habitado pelos homens. Quantas vezes ela teve de repetir pacientemente tudo o que sabia a respeito de navios, cidades, pessoas e animais terrestres! A sereiazinha mais nova achava particularmente interessante e maravilhoso que as flores "lá de cima" tivessem perfume, diferente das flores que cresciam no fundo do mar. Gostava também de escutar a descrição das florestas verdes e dos passarinhos, "peixes que voavam", admirando-se quando a avó dizia que eles sabiam cantar maravilhosamente. E como ela nunca havia visto uma ave, achava que os passarinhos tinham o mesmo formato dos peixes que conhecia.

— Quando você fizer quinze anos, poderá nadar até a superfície — prometia a avó. — Ali você poderá sentar-se sobre um rochedo e contemplar os grandes navios que deslizam sobre a água. E, se tiver coragem, poderá nadar até próximo do litoral, de onde enxergará ao longe as cidades e as florestas da terra.

No ano seguinte, sua irmã mais velha iria completar quinze anos. De uma sereiazinha para outra, a diferença de idade era mais ou menos de um ano; assim, só daí a cinco anos a caçula teria permissão de subir até a superfície e contemplar as maravilhas de que tanto gostava de ouvir falar. Cada sereia combinava com as outras que, quando chegasse sua vez de subir até à tona, ela voltaria depois do primeiro dia, a fim de contar para todas o que havia visto, e descrever as maravilhas que mais a haviam encantado. E todas ansiavam para que seu dia chegasse, pois os relatos da avó já não eram suficientes para aplacar sua curiosidade.

De todas, porém, aquela que mais ansiava por subir à superfície era a mais nova, justamente a que teria de esperar mais tempo, até completar quinze anos! Muitas noites passou a sereiazinha quieta e pensativa postada junto à janela, olhando para cima através da água azul escura, onde os peixes nadavam. Dali podia ver a lua e as estrelas, enxergando-as mais pálidas do que se apresentam aos nossos olhos, porém muito maiores. De vez em quando, uma grande sombra deslizava lá em cima, ocultando o céu, como se fosse uma nuvem: podia ser uma baleia, ou então um navio, com tripulação e passageiros. Talvez algum deles estivesse olhando para o mar naquele momento, mas nem de longe poderia imaginar que lá embaixo estaria uma linda sereiazinha, piscando seus belos olhos azuis e estendendo as mãos pálidas em direção ao casco daquele navio.

Finalmente, a irmã mais velha completou quinze anos e teve permissão para nadar até a superfície. Quando regressou, tinha centenas de coisas para contar. De todas as experiências que teve, a mais encantadora foi descansar sobre um banco de areia, num momento em que o mar estava calmo e a lua brilhava no céu, e dali contemplar uma grande cidade, que se estendia junto ao litoral. As luzes das casas e das ruas cintilavam como estrelas; podia-se ouvir o barulho das carruagens e o rumor das vozes dos homens; o mais interessante de tudo, entretanto, era o som da música. Ela havia visto as torres das igrejas e escutado o badalar dos sinos. Como gostaria de poder chegar até lá! Infelizmente, isso seria impossível para uma sereia.

Sua irmãzinha mais nova escutava fascinada o que a outra dizia, podendo lembrar-se depois de cada uma de suas palavras. Tarde da noite, lá ficou ela junto à janela aberta, olhando para cima e imaginando como seria a cidade e como soariam os sinos que tanto haviam impressionado a irmã mais velha.

No ano seguinte, chegou a vez da segunda de suas irmãs. Sua cabeça aflorou à superfície no instante em que o sol se punha, e essa visão foi a que maior encanto lhe provocou. De tão bonita, era difícil de descrever. O céu havia ficado cor de ouro, e as nuvens que flutuavam sobre ela pareciam de púrpura, de tão vermelhas! Um bando de cisnes passara voando ali perto, destacando-se contra o céu como se fosse um véu de maravilhosa brancura. Ela se pôs a nadar na direção do sol, mas ele desapareceu no horizonte, levando consigo as cores das nuvens, do mar e do céu.

No ano seguinte, chegou a vez de sua terceira irmã. Esta era a mais corajosa de todas. Chegando à superfície, avistou a embocadura de um grande rio, e resolveu nadar por ele acima. Ali ela havia visto colinas verdejantes, revestidas de uma densa floresta, em meio à qual despontavam, aqui e ali, vinhedos, castelos e plantações. O tempo todo escutara o cantar dos pássaros, exceto quando mergulhava mais fundo, para se refrescar do sol escaldante. Numa curva onde o rio se espraiava, viu algumas crianças, brincando de espadanar água umas nas outras. Ela também quis entrar na brincadeira, mas as crianças fugiram assustadas, quando a viram. Foi aí que apareceu um animal estranhíssimo, andando sobre quatro patas e gritando "au! au! au!" para ela. Foi tal o pavor da sereiazinha, que ela voltou às pressas para o mar. O que ela jamais esqueceria, enquanto vivesse, era a floresta majestosa, as colinas verdejantes e as maravilhosas crianças que, embora não tivessem rabo de peixe, mesmo assim pareciam saber nadar muito bem.

A quarta irmã era tímida. Com receio de aproximar-se do litoral, deixou-se ficar no alto-mar. Mas que lugar maravilhoso! Podia-se ver ao longe para todos os lados que se olhasse, e o céu, lá no alto, parecia feito de um vidro azul e transparente. Os navios passavam ao longe, parecendo não serem maiores do que as gaivotas. Vira golfinhos alegres, fazendo piruetas no mar, e enormes baleias, esguichando água como se fossem repuxos vivos.

Foi em pleno inverno que a quinta sereia completou quinze anos. Nenhuma de suas irmãs havia subido à tona naquela época do ano. Só ela viu o oceano com a coloração verde-acinzentada, pontilhado de "icebergs" enormes, flutuando ao seu redor. Cada um parecia uma pérola gigantesca, tão grande quanto as torres de igreja que os seres humanos construíam. Tinham as formas mais fantásticas, e rebrilhavam como se fossem diamantes. Ela escalou um deles, o maior que encontrou, e sentou-se no seu topo, deixando que o vento lhe agitasse os longos cabelos sedosos. Os navios mantiveram-se à distância, receando aproximar-se daquele gigantesco bloco de gelo. Ao entardecer, formou-se uma tempestade. O vento rugia furiosamente, e o céu se cobriu de nuvens escuras e ameaçadoras. Relâmpagos iluminavam o firmamento e trovões roncavam sem cessar. O "iceberg" subia e descia, carregado pelas ondas revoltas. Ao clarão dos relâmpagos, o gelo parecia ter-se tornado vermelho. Os navios recolheram as velas, e o terror se espalhou entre os tripulantes e passageiros. Enquanto isso, a sereia continuava sentada tranquilamente em sua montanha de gelo flutuante, contemplando os raios que cruzavam o céu em ziguezague.

Quando da primeira permissão de subir à superfície, cada uma das irmãs havia ficado deslumbrada com tudo o que vira e deliciada com a liberdade que passara a ter. Aos poucos, porém, cada qual foi perdendo o interesse naquilo tudo e sentindo saudade de sua vidinha tranquila de antigamente. Assim, depois de um ou dois meses, regressavam para o castelo do pai, único lugar onde realmente se sentiam em casa, todas concordando que ali era o lugar mais bonito que conheciam.

Mesmo assim, às vezes, quando anoitecia, as cinco irmãs costumavam dar-se as mãos e subir à tona. Suas vozes eram extremamente maravilhosas, mais doces que a de qualquer ser humano. Quando o ar se tornava tempestuoso, ameaçando os navios de naufrágio, elas ficavam nadando à frente das embarcações, cantando as maravilhas do fundo do mar e convidando os marinheiros a virem visitá-las. Mas os homens não entendiam que aquele som maravilhoso era o de suas canções; pensavam que era o assovio furioso da ventania. Além disso, nunca poderiam deliciar-se com a visão do maravilhoso mundo submarino, pois, quando o navio naufragava e os homens se afogavam, já chegavam mortos ao castelo do Rei dos Mares.

Nessas noites em que as cinco sereias nadavam de mãos dadas até a tona do oceano, a irmãzinha caçula ficava lá embaixo sozinha. Ela as acompanhava com os olhos, tristemente, sentindo vontade de chorar, mas sem saber como, pois as sereias não derramam lágrimas, e isso mais aumentava seu sofrimento.

"Ah, se eu já tivesse quinze anos", lamentava-se a princesinha. "Sei que vou amar o mundo lá de cima e os seres humanos que ali vivem!"

Por fim, também ela completou quinze anos!

— Agora, você já tem a liberdade de ir e vir — disse-lhe a velha rainha-mãe. — Vou arrumá-la, assim como fiz com suas irmãs.

A avó colocou-lhe na cabeça uma grinalda de lírios brancos. As pétalas eram formadas por pérolas cortadas ao meio. Em seguida, prendeu-lhe na cauda oito ostras, de maneira que todos vissem que se tratava de uma princesa legítima.

— Isso dói — queixou-se a sereiazinha.

— A nobreza de sangue exige algum sofrimento — replicou a avó.

A pequena sereia teria trocado prazerosamente sua grinalda de pérolas, pesada e desconfortável, por uma só flor vermelha de seu jardim. De fato, ela toda a vida preferira enfeites mais simples e discretos, mas naquele momento teve de se submeter às exigências da cerimônia.

—Adeus—despediu-se a sereiazinha de todos, subindo para a superfície, leve como uma bolha.

Quando pôs sua cabeça fora da água, o sol acabava de desaparecer atrás da linha dourada do horizonte. As nuvens ainda estavam cor-de-rosa, e no céu pálido surgiu, brilhante e bela, a estrela vespertina. O ar estava tépido, e o mar, calmo. Ela avistou ali perto um navio de três mastros. Apenas uma das velas estava aberta, pendendo imóvel no ar parado. Os marinheiros estavam sentados juntos à verga, voltados para o convés, de onde vinham sons de música. Quando escureceu de todo, acenderam-se centenas de pequenas lâmpadas coloridas. Era como se todas as bandeiras do mundo ali estivessem desfraldadas. A pequena sereia nadou até perto de uma escotilha e, aproveitando o balanço das ondas, espiava para dentro do salão, cada vez que seu corpo se erguia. O lugar estava cheio de gente, vestida com roupas elegantes e esportivas. Quem mais chamava a atenção era um jovem príncipe, de grandes olhos negros. Aparentava ter dezesseis anos, e de fato aquele era o dia em que se comemorava o seu décimo-sexto aniversário. Aquela reunião era uma festa em sua homenagem. Os marinheiros dançavam no convés, e quando o jovem príncipe veio cumprimentá-los, centenas de foguetes foram disparados, enchendo o céu de riscos de fogo.

A noite ficou brilhante como o dia, causando tamanho susto na pequena sereia, que ela logo mergulhou. Quando novamente pôs a cabeça fora da água, ficou deslumbrada: era como se todas as estrelas do céu estivessem caindo sobre o mar. Fogos de artifício eram inteiramente desconhecidos para ela. Rodas de fogo giravam no ar, foguetes explodiam, e seu clarão se refletia no espelho escuro do mar. O convés estava tão iluminado que se podia ver claramente cada corda que ali havia. Oh, e como era formoso o jovem príncipe! Para todos, ele tinha uma palavra, um sorriso, um aperto de mão. Enquanto isso, a música soava na noite serena.

Foi ficando tarde, mas a pequena sereia não conseguia tirar os olhos do navio e do simpático príncipe. As lâmpadas coloridas foram-se apagando. Cessaram os clarões e os estampidos dos foguetes. Agora só se escutava o ruído soturno das profundezas do mar. A sereiazinha continuava flutuando sobre as águas como se estivesse numa cadeira de balanço, continuando a ver o salão a cada subida das ondas. O navio começou a deslizar, navegando cada vez mais depressa, à medida que as velas iam sendo desfraldadas. As ondas começaram a engrossar. Nuvens escuras surgiram no horizonte. Ao longe, relâmpagos rebrilhavam. Era o prenúncio de um temporal.

Os marinheiros recolheram as velas. Ondas enormes começaram a jogar o navio para cá e para lá, erguendo-se como montanhas negras e ameaçadoras. A embarcação corria o risco de despedaçar-se e naufragar. O grande mastro vergava-se parecendo que a qualquer momento iria quebrar-se. Mas o navio, como um cisne, flutuava sobre as ondas, subindo e descendo sem parar. A princesinha divertia-se a valer com aquela cena, mas não os marinheiros, que corriam como baratas tontas pelo tombadilho. A embarcação estalava e rangia, e as grossas pranchas pareciam arquear-se ante as investidas das ondas. Súbito, o mastro rachou como um caniço, e a metade partida caiu no mar. O navio virou de lado e as águas o invadiram.

Só então a sereiazinha compreendeu toda a extensão do perigo. Ela própria corria risco, pois podia ser atingida pelos destroços. Por um breve instante, a escuridão foi total. Não se enxergava coisa alguma. Foi então que o clarão de um relâmpago iluminou a embarcação que naufragava. Entre os homens apavorados, cada qual procurando salvar-se a si próprio, ela avistou o jovem príncipe. Nesse exato momento, o navio acabava de ir a pique.

De início, aquilo deixou-a feliz. "Agora ele virá ter comigo", pensou. Logo em seguida, porém, lembrou-se de que os humanos não podem viver embaixo da água. O príncipe estaria morto quando chegasse ao castelo de seu pai. "Não deixarei que ele morra", disse para si própria, enquanto nadava por entre os destroços, esquecida do perigo que corria. Bastava que um daqueles caibros a atingisse, para que ela morresse esmagada.

Por fim, ela o alcançou. Esgotado pelo esforço, o rapaz já não conseguia nadar. Sem forças, fechou os olhos e esperou com resignação a morte que tão próxima se avizinhava. E de fato teria morrido, se a sereiazinha não viesse em seu socorro, segurando-o e mantendo sua cabeça fora da água, enquanto deixava que as ondas os arrastassem para bem longe.

Quando amanheceu, a tempestade cessou. Não se via o menor sinal do navio naufragado. O sol surgiu, brilhante e rubro, fazendo voltar a cor às faces pálidas do príncipe. Mas seus olhos permaneciam fechados. A pequena sereia deu-lhe um beijo na testa e afagou-lhe os cabelos molhados. Vendo-o de perto, achou suas feições parecidas com as da estátua de mármore que enfeitava seu jardim. Beijou-o novamente, implorando aos céus que não o deixassem morrer.

Ao examinar atentamente a imensidão do mar, ela avistou ao longe a terra firme. Montanhas azuis erguiam-se à distância, iluminadas pela luz da manhã, tendo o topo recoberto de neve, alva e resplandecente como plumas de cisne. Ao longe da costa estendia-se uma floresta muito verde, em meio à qual se via o que o parecia ser um convento ou uma igreja — ela não sabia distinguir. Laranjeiras e limoeiros cresciam no jardim, e uma alta palmeira assinalava o portão da entrada. O mar formava ali perto uma enseada de águas tranquilas. A sereia nadou na direção da praia, levando o príncipe consigo. Saindo da água, arrastou-o pela areia branca e fina, levando-o até um lugar mais alto, onde o deitou com o rosto voltado para o sol.

Os sinos repicaram no grande edifício branco, e um grupo de meninas saiu da edificação, atravessando o jardim. A pequena sereia entrou no mar e nadou até alcançar uns rochedos que se erguiam ali perto. Cobrindo a cabeça com espuma do mar, para que ninguém a visse, ficou observando o que iria acontecer ao pobre príncipe que acabara de salvar.

Não demorou para que uma das meninas o avistasse. Assustada, ela gritou pedindo ajuda, e logo diversas pessoas acorreram para onde se achava o rapaz. Em pouco, o príncipe abriu os olhos e sorriu para todos os que o rodeavam. Só não sorriu em direção ao mar, onde estava aquela a quem devia a vida. E nem poderia fazê-lo, pois não tinha consciência disso. Mesmo assim, a sereiazinha ficou terrivelmente magoada. As pessoas ajudaram o príncipe a se levantar, ajudando-o a caminhar até o edifício, e ali entrando com ele. Cheia de pesar, ela mergulhou e nadou até o castelo de seu pai.

Ela sempre fora uma criança calada e pensativa. Daí em diante, tornou-se ainda mais silenciosa. As irmãs vieram perguntar-lhe o que tinha visto lá em cima, mas ela não quis responder.

Durante muitos dias, ora ao amanhecer, ora ao pôr-do-sol, ela nadou até o lugar onde avistara o príncipe pela última vez. Viu os frutos do pomar amadurecerem e serem colhidos, acompanhou o lento derretimento das neves que cobriam as montanhas, mas nunca mais avistou o príncipe. Cada vez que voltava dessas visitas, mostrava-se ainda mais tristonha do que antes. Para consolar-se, ia até seu jardim e abraçava a estátua que se parecia com ele. Já não cuidava mais de suas flores, que passaram a crescer desordenadamente, alastrando-se pelos caminhos, enroscando-se nas árvores e tornando aquele recanto sombrio e desleixado.

Um dia, farta de sofrer calada, contou para uma das irmãs a razão de sua melancolia. Esta logo espalhou o segredo para as outras irmãs e para uma ou duas amigas mais chegadas. Uma destas sabia quem era aquele príncipe e onde era o reino em que ele morava.

— Venha conosco, irmãzinha — chamaram-na.

E, passando a mão em seus ombros, subiram com ela até a superfície do oceano. Juntas numa só fileira, nadaram até a costa onde se erguia o palácio do príncipe, construído de pedras amarelas e lustrosas. Uma escadaria de mármore ia do mar até o palácio. Cúpulas douradas erguiam-se acima do telhado. Arcadas de mármore rodeavam toda a construção, guarnecendo estátuas tão bem esculpidas, que até pareciam vivas. Através das vidraças das janelas, avistavam-se os belos aposentos e salões, de cujas paredes pendiam luxuosas cortinas de seda e belos tapetes, exibindo bordados de fino lavor. No salão principal havia uma fonte. A água esguichava para o alto, em direção a uma cúpula de vidro existente no teto, através da qual se filtravam os raios de sol, fazendo cintilar a água do tanque e as flores que cresciam ao seu redor.

Agora que ficara sabendo onde o príncipe morava, a pequena sereia para ali se dirigia quase toda noite, contemplando de longe o esplêndido palácio. Chegava até bem perto da terra, com coragem maior que a de qualquer outra de suas irmãs. Havia ali uma sacada de mármore que projetava sua sombra sobre um canal estreito. Era onde o príncipe às vezes se punha sozinho, contemplando a luz do luar, sem saber que ali embaixo estava escondida uma pequena sereia que o amava apaixonadamente.

Às vezes, o príncipe saía à noite em seu barco luxuoso, acompanhado de alguns músicos. Ela ficava atrás das moitas de junco, espiando-o sem que a pudessem ver. Se alguém porventura divisasse seu véu cor de prata, provavelmente iria pensar que se tratava de um cisne, flutuando na água de asas abertas.

Ela também escutava os pescadores conversando entre si à noite. Se acaso falavam do príncipe, era sempre para comentar sobre a sua bondade e gentileza, e ela ficava feliz por tê-lo salvado da morte, no dia em que ele se debatia semimorto entre as ondas furiosas. Lembrava-se de como ele repousara a cabeça em seu colo, e da ternura que sentira ao beijá-lo. Mas ele estivera então desacordado, e sequer imaginava que devia a vida àquela linda sereiazinha.

A cada dia que passava, mais crescia seu amor pelos seres humanos. Seu maior desejo era poder deixar as águas e passar a viver entre eles. O mundo deles parecia-lhe mais vasto e interessante que o seu. Eles podiam navegar através de todos os oceanos, e também escalar as montanhas, chegando até junto das nuvens. Suas terras pareciam extensas e belas, recobertas de campos e de florestas. Sabia que elas se prolongavam muito além de onde sua vista podia alcançar. Muitas coisas queria saber sobre os homens; havia muitas dúvidas a esclarecer. Suas irmãs sabiam muito pouco para poder responder-lhe. Assim, resolveu recorrer de novo à velha avó, que parecia conhecer bastante o "mundo superior", como costumava chamar as terras que ficam acima do nível do mar.

— Os homens só morrem quando têm a infelicidade de se afogar? — perguntou a pequena sereia. — Do contrário, vivem eternamente? Não morrem como nós que vivemos embaixo da água?

— Eles também morrem, minha netinha. Sua vida é até mais curta que a nossa. Enquanto vivemos trezentos anos, eles raramente chegam a cem. Eles enterram seus mortos; nós, não: apenas nos transformamos em espuma do mar. Isso é porque nós não temos uma alma imortal; eles têm. Nossa morte é definitiva. Somos como o junco verde, que, uma vez cortado, nunca mais recupera sua cor. A morte dos homens só atinge seu corpo, já que suas almas continuam a viver por toda a eternidade. Elas sobem para o céu, para além das estrelas. Assim como nós subimos à tona do mar para contemplar o mundo dos homens, eles sobem à tona do céu, para contemplar o mundo desconhecido, que nossos olhos jamais chegarão a ver.

— Por que também não temos uma alma imortal? — queixou-se a pequena sereia. — Eu trocaria meus trezentos anos de vida por um só dia como ser humano, desde que isso me permitisse o acesso à eternidade dos céus!

— Você não deve ficar pensando nessas coisas! — repreendeu-a a avó. — Nossa vida aqui embaixo é muito mais feliz do, que a deles lá no mundo superior.

— Então é este o meu destino? Morrer, tornar-me espuma do mar, sem nunca mais escutar a música da ondas, ou admirar as flores e o brilho do sol? Que posso fazer para ter também uma alma imortal?

— Nada! — respondeu a avó. — Isso só viria a acontecer se um homem se apaixonasse por você, amando-a tanto, que você se tornaria para ele mais cara que a própria mãe e o próprio pai; tanto, que todos os seus pensamentos lhe fossem dedicados;

tanto, que ele não hesitaria em levá-la à presença de um sacerdote, colocando a mão direita sobre a sua e jurando ser-lhe eternamente fiel. Então, a alma dele entraria em seu corpo, e você também iria partilhar da felicidade humana. Sim, ele poderia conferir-lhe uma alma, sem que para tanto tivesse de perder a dele. Mas isso é impossível de acontecer, pois o adorno mais belo do nosso corpo, ou seja, a cauda de peixe que temos, é considerada feia e monstruosa lá no mundo superior. Eles nada entendem de beleza! O que acham bonito, lá em cima, são duas escoras grosseiras e feiosas, às quais dão o nome de "pernas"...

A pequena sereia suspirou, enquanto fitava tristemente sua cauda de peixe.

— Nada de tristeza por aqui! — completou a rainha-mãe. — Vamos aproveitar os trezentos anos de vida que temos, nadando e nos divertindo! É tempo de sobra para se levar uma vida feliz. Hoje à noite vamos dar um grandioso baile aqui no castelo.

E o baile foi de fato grandioso. Na terra, jamais se poderia ver esplendor igual. As paredes e o teto de vidro transparente do salão principal estavam revestidos de conchas gigantes, verdes e rosadas, que se estendiam em longas fileiras. Cada concha tinha dentro uma chama azulada. E como havia mais de quatrocentas, o salão estava todo iluminado, bem como toda a água do mar que o rodeava. Um número incontável de peixes grandes e pequenos nadava encostado às paredes de vidro.

Alguns tinham escama cor-de-púrpura, enquanto outros eram dourados e prateados. Uma suave corrente atravessava o salão, permitindo que ali dançassem tritões e sereias, ao som de lindas canções, entoadas por um coral de sereiazinhas muito afinadas. Vozes lindas como aquelas jamais foram escutadas no mundo dos homens. De todas as que cantavam, porém, a de voz mais doce e bela era a nossa pequena sereia. Quando ela terminou uma das canções em que fazia o solo, todos aplaudiram calorosamente, e por um rápido momento ela se sentiu feliz, sabendo que tinha a mais bela voz da terra e do mar.

Mas a satisfação logo passou, e ela voltou a pensar no mundo lá de cima. Não podia esquecer seu belo príncipe, lamentando não ter como ele uma alma imortal. Sem que ninguém visse, escapuliu da festa e foi-se refugiar em seu pequeno jardim.

Sentando-se ali, logo lhe chegou aos ouvidos o som de uma música distante, abafado por causa da água. Mas não era o das canções do baile, e sim um toque de trombetas, vindo da superfície do mar."Deve ser ele, navegando aqui em cima", pensou a sereia; "ele, o príncipe a quem amo mais que a meu pai e minha mãe; ele, que não sai de meu pensamento, e em cujas mãos eu de bom grado depositaria todo o meu futuro e a minha esperança de ser feliz. Para conquistá-lo e para obter uma alma imortal, eu teria coragem de fazer qualquer coisa! Enquanto minhas irmãs se divertem lá no baile, vou procurar a Bruxa do Mar, esquecendo o medo que dela tenho, e pedir sua ajuda."

A pequena sereia nadou através de um turbulento redemoinho, rumo ao local onde vivia a Bruxa do Mar. Ela nunca estivera antes naquele trecho do oceano. Ali não havia flores ou algas; apenas um fundo de areia cinzenta, de cujo meio brotava o terrível redemoinho. A água, ali, girava e espumava furiosamente, como se movida por gigantescas pás de moinho, atraindo, sugando e triturando tudo o que passava em sua proximidade. A pequena sereia teve de enfrentar os turbilhões, depois arrastar-se sobre uma extensa planície lodosa, para chegar ao refúgio da Bruxa do Mar, situado em meio a uma estranha floresta de pólipos, metade plantas e metade animais. Eles pareciam serpentes gigantes, com centenas de cabeças, mas tendo os corpos presos ao fundo. Seus galhos eram uma espécie de braços compridos e pegajosos, e

98

seus dedos eram flexíveis como vermes. Cada um de seus membros movia-se constantemente em toda a sua extensão, da raiz até a extremidade oposta. Enrolavam-se em tudo o que passasse dentro de seu alcance, num abraço mortal do qual nenhuma presa conseguia escapar. Ao deparar com essa floresta, a pequena sereia estacou, morta de medo. Seu coração disparou, e ela esteve prestes a voltar. Mas, pensando no príncipe e na alma que queria possuir, encheu-se de coragem e resolveu prosseguir.

Para que os pólipos não pudessem agarrá-la pelos longos cabelos, enrolou-os firmemente ao redor da cabeça. Em seguida, juntando as mãos sobre o peito, deslizou velozmente através da água, como se fosse o mais ligeiro dos peixes. Os horrorosos pólipos estendiam seus braços de polvo tentando agarrá-la. Muitos daqueles braços seguravam apertadamente antigas presas que tinham conseguido capturar: esqueletos de homens e animais, cofres, lemes de navio, e até mesmo uma infeliz sereia, que não fora suficientemente ágil para escapar daquele abraço mortal. A visão de seu corpo esmagado e estrangulado mais aumentou seu pavor.

Por fim, alcançou uma enorme clareira de fundo lodoso, no centro da floresta de pólipos. Enguias enormes e achatadas brincavam no lodo, rolando para cá e para lá, e deixando ver suas repelentes barrigas amarelas. Era ali que a Bruxa do Mar havia construído sua casa, toda feita com ossadas de náufragos. Lá estava ela, junto à porta, divertindo-se com um horrendo sapo, deixando que lhe tirasse comida da boca. Chamava esse sapo nojento de "meu canário", e as repelentes enguias de "minhas franguinhas", abraçando-as carinhosamente e apertando-as junto a seu peito esponjoso e muxibento.

Ao ver a princesa, deu uma gargalhada que antes parecia um cacarejo e falou:

— Já sei o que veio pedir, sereiazinha idiota. Vou realizar seu desejo, e com muito prazer, pois sei que ele há de lhe trazer miséria e desgraça. Você quer perder sua linda cauda de peixe, trocando-a por aqueles deselegantes tocos chamados "pernas", para que o príncipe se apaixone por você! Assim, além de conquistá-lo, você irá possuir uma alma imortal! Hi, hi, hi, hi, hi!

Gargalhou tão alto e assustadoramente, que o sapo e as enguias recuaram assustados, caindo de costas no lodo.

— Você chegou na hora certa — continuou. — Se só viesse amanhã, seria tarde demais, e teria de esperar um ano para ter seu desejo atendido. Vou preparar-lhe uma poção mágica. Tome-a amanhã de manhã, antes do nascer do sol, sentada na areia da praia. Sua cauda há de dividir-se e encolher, até se transformar naquilo que os humanos chamam de "belas pernas". Vai doer: será como se uma espada estivesse atravessando seu corpo. Mas quem olhar para você dirá que é a criatura humana mais linda jamais vista. Você caminhará mais graciosamente que qualquer dançarina; entretanto, cada vez que um de seus pés tocar o chão, será como se estivesse pisando no gume de uma faca afiada, produzindo dor e sangramento. Se esse sofrimento não lhe causa temor, estou pronta a realizar seu desejo.

— Pois é isso mesmo o que eu quero — respondeu a pequena sereia, pensando no príncipe e ansiosa por possuir uma alma imortal.

— Mas lembre-se — avisou a bruxa: — uma vez transformada em ser humano, nunca mais você voltará a ser uma sereia! Nunca mais poderá nadar com suas irmãs e visitar o castelo de seu pai! E se não conseguir conquistar o amor do príncipe, a ponto de fazer com que ele, por sua causa, esqueça pai e mãe, tenha todos os pensamentos voltados para você,

99

não hesitando em levá-la até o altar para que se tornem marido e mulher; então, se ele desposar outra mulher, logo na manhã seguinte seu coração há de se desfazer em pedaços, e você terá o fim que toda sereia tem: vai se transformar em espuma do mar!

— Ainda assim, quero tentar — disse a pequena sereia, que se tornara pálida como um cadáver.

— Mas isso não sairá de graça para você — disse a bruxa, sorrindo maldosamente. — Seu capricho vai-lhe sair caro. Você tem a voz mais bela do fundo do mar. Suponho que pensa em fazer uso dela para fascinar o príncipe. Pois este é o meu preço: quero sua voz. Vou ter de usar meu sangue para fazer a poção mágica, a fim de que ela se torne mais poderosa que uma espada de dois gumes. Troco meu sangue precioso pela sua voz, que é a coisa mais preciosa que você tem.

— Se eu perder minha voz — replicou a pequena sereia, — que me restará?

— Restará seu belo corpo — respondeu a bruxa, — seu andar gracioso e seus lindos olhos. Use-os para conquistar um coração humano. Então, perdeu a coragem? Ponha sua linguinha para fora e deixe-me cortá-la, em pagamento da poção que irei preparar.

— Pois que seja assim — suspirou a princesinha.

A bruxa pegou o caldeirão em que iria preparar a poção mágica e, amassando uma enguia até dar-lhe a forma de uma esponja, esfregou-a vigorosamente nas bordas e no fundo, enquanto dizia:

— A limpeza é uma virtude.

Depois de pôr o caldeirão no fogo, deu um corte no próprio peito e deixou gotejar lá dentro seu sangue. O vapor que subia formava estranhas figuras, horríveis de se verem. A cada momento ela deitava um novo ingrediente à mistura. Quando a fervura começou, o som produzido lembrava um crocodilo que estivesse chorando. Por fim, o preparo terminou, e a poção havia ficado pura e cristalina como se fosse água.

— Pronto — disse a bruxa, enquanto cortava a língua da pequena sereia, com um golpe rápido e certeiro.

A pobrezinha ficou muda. Nunca mais poderia falar ou cantar.

— Se algum dos pólipos tentar agarrá-la em seu caminho de volta — avisou a bruxa, — basta pingar nele uma gota desta mistura, para que seus braços e dedos se desfaçam em mil pedaços.

Mas a pequena sereia não teve de se preocupar. Vendo que ela trazia nas mãos um vidro cheio daquela poção que brilhava como se fossem estrelas líquidas, recuaram assustados, deixando-a passar em paz. Assim, ela foi transpondo sem problemas a floresta, o brejo e o redemoinho, chegando às proximidades do palácio de seu pai.

No grande salão, as luzes já se tinham apagado. Todos estavam dormindo. A pequena sereia não quis sequer dar uma última olhadela em suas irmãs. Preferiu que elas não soubessem o que acontecera com ela e o que estava pretendendo fazer. Uma tristeza imensa invadiu seu coração. Passando pelo jardim, colheu uma flor do canteiro de cada uma de suas irmãs e, depois de atirar com os dedos mil beijos em direção ao castelo, nadou para cima, através das águas escuras do mar.

O sol ainda não tinha surgido quando ela alcançou o palácio do príncipe e se sentou no primeiro degrau da grande escadaria de mármore. A lua ainda brilhava, iluminando a terra. Então, a pequena sereia tomou do vidro que continha a poção e bebeu-a de um só gole.

Sentiu como se uma espada estivesse cortando seu corpo de cima abaixo. Foi tamanha a dor, que ela desmaiou, ficando ali prostrada como se estivesse morta.

Quando os raios de sol tocaram a superfície do mar, ela despertou, sentindo uma dor ardente. Parado a sua frente, o jovem príncipe fitava-a com seus olhos negros como carvão. Ela baixou os olhos, e só então notou que não tinha mais sua antiga cauda de peixe, mas sim um lindo par de pernas esguias, daquelas que toda jovem gostaria de ter. Como estava sem roupas, enrolou-se em seus longos cabelos.

O príncipe perguntou quem era ela e como tinha chegado ali. Sem poder responder, ela limitou-se a fitá-lo, com um olhar meigo e tristonho. Tomando-a pela mão, ele a levou até o castelo. Era como a bruxa havia previsto: cada passo produzia uma dor aguda, como se ela estivesse pisando no gume de uma faca. Mas ela suportou aquilo com prazer, pois estava ao lado do seu querido príncipe. Todos que a viam admiravam-se de seu andar leve e gracioso.

No castelo, vestiram-na com roupas luxuosas, de seda e musselina. Ela era a jovem mais linda que ali já haviam visto; pena que era muda, e não podia falar ou cantar. Belas criadas, vestidas com roupas de seda bordadas de fios de ouro, vinham cantar para o príncipe e para o casal real. Para uma que cantou com voz mais bela que as outras, o príncipe bateu palmas e sorriu. Aquilo deixou a pequena sereia enciumada, pois ela sabia que poderia ter cantado ainda melhor que aquela jovem. "Ele certamente iria me amar", pensou ela, "se soubesse que, para estar a seu lado, sacrifiquei para sempre minha linda voz!"

As criadas então começaram a dançar. Ao som de uma música suave, elas se moviam graciosamente pelo salão. Nesse instante, a pequena sereia ergueu as mãos acima da cabeça e se pôs nas pontas dos pés, dançando com tal graça e leveza, que parecia estar flutuando. Ninguém jamais dançara tão maravilhosamente como ela! Cada movimento mais realçava seu encanto, e os olhos expressavam seus sentimentos mais eloquentemente que as palavras de uma canção.

Todos ficaram extasiados, especialmente o príncipe, que a chamou de "minha enjeitadinha". E ela dançava sem parar, mesmo sentindo dores lancinantes a cada vez que seus delicados pezinhos tocavam o chão. A sensação era mesmo a de que estava pisando sobre facas cortantes. O príncipe declarou que nunca a deixaria partir, ordenando que daí em diante ela dormisse em frente à porta de seu quarto, numa almofada de veludo.

Chamando as costureiras do palácio, mandou que fossem feitas roupas de montaria para a jovem, pois queria levá-la junto, durante suas cavalgadas. E os dois passaram a passear a cavalo todo dia pela floresta perfumada, deixando que os ramos verdes que pendiam das árvores acariciassem seus ombros, e escutando o canto dos pássaros ocultos por entre a folhagem. Chamou-a também para acompanhá-lo em suas excursões pelas altas montanhas. Ela o seguia satisfeita, embora seus pés sangrassem tanto, que as outras pessoas até o notaram. Mas ela não dava importância a isso, sorrindo enquanto seguia seu amado pela montanha acima, ultrapassando o nível das nuvens, que se estendiam abaixo deles, como bandos de aves que estivessem migrando para terras distantes.

À noite, enquanto todos dormiam, ela descia a escadaria de mármore até chegar ao mar, ali deixando refrescar seus pobres pezinhos ardentes na água fria e marulhante. Nesses momentos, punha-se a pensar nas irmãs, e de como estariam àquela hora, em seu castelo situado nas profundezas do oceano.

Numa dessas noites, eis que elas apareceram por ali. De braços dados, surgiram na superfície, entoando uma canção suave e sentida. Ela acenou alegremente, e suas irmãs a reconheceram, chegando até junto de onde ela estava. Ah, como conversaram! As irmãs contaram-lhe da tristeza que ela tinha causado a todos, quando desaparecera de casa, sem dizer para onde iria. Daí em diante, passaram a visitá-la todas as noites. Certa vez, trouxeram consigo a velha avó e seu pai, o Rei dos Mares. Havia muitos anos que eles não subiam até a superfície; foi a saudade que os fez chegar até lá em cima. Os dois não quiseram se aproximar de onde ela estava; ficaram de longe, acenando para ela e conversando através de sinais.

A cada dia, mais aumentava o amor do príncipe por ela, mas não era um amor apaixonado, que um homem dedica à mulher amada com a qual pretende se casar, mas sim o amor carinhoso e puro que se dedica a uma criança muito querida. Para conseguir ter sua alma imortal, porém, seria indispensável que ele a tomasse por esposa, e isso nem de longe passava pela cabeça do príncipe. E ela sabia que, se ele desposasse outra mulher, ela iria transformar-se em espuma do mar, logo na manhã seguinte à do seu casamento. Sem poder falar, ela erguia os olhos tristes para ele, como se estivesse dizendo: "Acaso seu amor por mim não é maior do que o que sente por qualquer outra pessoa?" O príncipe parecia adivinhar-lhe o pensamento, pois respondia.

— Sim, querida criança, gosto mais de ti que de qualquer outra pessoa. Entre todas, és tu que tens o melhor coração. E vejo que também me dedicas todo o teu amor. Sabes de uma coisa? Tu te pareces com uma jovem que vi muito tempo atrás, e que provavelmente nunca mais tornarei a ver. Isso foi quando o navio em que eu estava naufragou. As ondas carregaram-me até uma praia. Ali perto havia um templo sagrado, onde serviam várias jovens. Uma delas, a mais nova, foi quem me avistou na praia e salvou minha vida. Vi-a apenas duas vezes, mas é a única deste mundo que eu poderia vir algum dia a amar. Tu és parecida com ela, e quase desfizeste a lembrança que dela tenho em meu coração. Só que não poderei desposá-la, pois ela pertence ao templo sagrado. Foi a boa fortuna que te mandou até aqui. Vendo-te, lembro-me sempre daquela a quem gostaria de amar. Por isso, nunca irei deixar que te separes de mim.

Ela voltou para ele seus olhos, que se entristeceram ainda mais depois daquelas palavras, pensando: "Não, não foi ela quem salvou sua vida — fui eu. Fui eu quem o sustentou à tona do mar encapelado, quem o levou até aquela praia próxima ao templo, quem o arrastou até o lugar onde depois o descobriram. Escondi-me atrás de uma rocha, só indo embora depois que o vi a salvo. Dali pude ver a bela jovem a quem você dedica seu maior amor".

Nesse momento, ela suspirou profundamente, pois não sabia chorar. "Ele disse que aquela jovem pertence ao templo sagrado, de onde nunca haverá de sair. Já está resignado com o fato de que nunca mais poderá encontrá-la. Mas eu estou aqui, estou junto dele, vejo-o todo dia. Hei de cuidar dele, de amá-lo e de dedicar-lhe toda a minha vida."

Correu o boato de que o príncipe estava pensando em casar-se com a filha do soberano de um reino vizinho. Um belo navio estava sendo equipado para levá-lo até lá, a fim de conhecer a bela princesa que ele iria desposar. Para todos os efeitos, aquela seria apenas uma visita de cortesia ao rei vizinho, que era um grande amigo de seu pai. Ouvindo isso, as pessoas sorriam e comentavam: "Não é o rei que ele vai visitar, e sim a princesa, para acertar a data do casamento". Escutando esses comentários, a pequena sereia meneava a cabeça e sorria, pois conhecia os pensamentos do príncipe melhor que qualquer outra pessoa.

— Terei de viajar — disse-lhe ele um dia. — Meus pais querem que eu vá conhecer a bela princesa do reino vizinho. Mas não poderão obrigar-me a trazê-la para cá como minha esposa. Não posso amá-la. Ela não se parece com a jovem do templo. Tu, sim, és parecida com ela. Se eu tiver de casar-me com alguém, já que não posso ter como esposa aquela a quem tanto amo, escolherei a ti, minha enjeitadinha, que só me fala com os olhos!

E, assim dizendo, beijou-lhe os lábios vermelhos, acariciou-lhe os longos cabelos e recostou a cabeça em seus ombros, próximo daquele coração que tanto aspirava alcançar a felicidade e possuir uma alma imortal.

— Tens medo do mar, criança silenciosa? — perguntou-lhe o príncipe, num dia em que visitaram o magnífico navio, prestes a zarpar.

E contou-lhe que o oceano ora está calmo, ora agitado, e falou-lhe sobre os diversos tipos de peixes que vivem em suas águas, e narrou-lhe o que ouvira dos mergulhadores sobre as maravilhas do fundo do mar. Ela ficou sorrindo enquanto ele falava, pois quem poderia conhecer melhor do que ela tudo aquilo?

O navio partiu. Numa noite enluarada, quando todos dormiam, a não ser o timoneiro junto ao leme e o vigia na gávea, ela ficou sentada junto à amurada do navio, fitando as águas do mar. Parecia-lhe ver o palácio do pai. No alto da torre, estava sua velha avó, com a coroa de prata na cabeça, fitando ao longe a quilha do navio. Nisso, suas irmãs surgiram à superfície, olhando-a com ar tristonho e torcendo as mãos desesperadamente. Ela sorriu e acenou para elas. Queria dizer-lhes que era feliz, mas justamente nesse instante surgiu ali no convés um taifeiro, e as cinco sereias mergulharam, restando apenas uma espuma branca no local onde há pouco estavam.

Na manhã seguinte, o navio entrou no porto da capital do reino vizinho. Todos os sinos repicaram, saudando a chegada do nobre visitante. Do alto das torres, soaram trombetas, e a tropa de soldados postou-se em posição de sentido por onde ele iria passar, desfraldando as bandeiras e ostentando cintilantes baionetas nas pontas de seus fuzis.

Nos dias que se seguiram, houve uma sucessão de solenidades, banquetes e bailes. Só a princesa não comparecia a essas festas. Indagado da razão de sua ausência, o rei explicou que ela estava sendo educada num templo sagrado, longe dali, onde lhe eram ensinadas as virtudes da realeza.

— Mas já enviei emissários para buscá-la — completou o rei. — A qualquer dia destes, ela deverá chegar.

A pequena sereia desejava ardentemente conhecê-la, e ela por fim chegou à capital. Quando a viu, teve de admitir que a princesa era de fato a moça mais bonita que já tinha visto até então. Sua pele era fina e delicada, e, sob seus cílios longos e escuros, sorriam dois olhos meigos, de cor azul-escura.

— Já te conheço! — exclamou o príncipe, quando a avistou. — Foste tu que me salvaste da morte, quando as ondas me atiraram semimorto na praia!

A jovem enrubesceu, envergonhada, enquanto ele a estreitava em seus braços, cheio de gratidão.

— Ah, como estou feliz! — disse ele à pequena sereia. — Aconteceu aquilo que eu julgava impossível! Sei que estás tão feliz como eu, pois és, entre todas as pessoas, aquela que me dedica o maior amor!

A pequena sereia beijou-lhe a mão, sentindo o coração desfazer-se em mil pedaços. Restava-lhe apenas esperar que chegasse a manhã que iria seguir-se ao casamento, para transformar-se em espuma do mar.

O noivado dos dois foi anunciado em grande estilo. Os sinos repicaram festivamente, e os arautos percorreram todas as ruas, lendo em voz alta os proclamas do casamento que em breve seria realizado. Chegado o dia, em todos os altares foram acesas lâmpadas de prata, dentro das quais ardiam óleos aromáticos. Os padres agitavam turíbulos contendo incenso perfumado. O príncipe e a princesa deram-se as mãos, e o bispo os abençoou. A pequena sereia, vestida de seda e ouro, segurava a cauda do vestido da noiva, mas seus ouvidos não escutavam a música, nem seus olhos acompanhavam a cerimônia. Só pensava no que iria deixar de ver e ouvir daí por diante, pois aquela seria sua última noite de vida.

O jovem casal embarcou no navio do príncipe, enquanto salvas de canhão reboavam e milhares de bandeiras eram agitadas. No convés principal fora erguida uma tenda dourada e escarlate, sendo o chão forrado de almofadas maciíssimas. Ali o casal passaria sua noite de núpcias.

As velas foram desfraldadas, e uma brisa suave logo as enfunou, fazendo o navio deslizar suavemente sobre as águas transparentes do mar.

Quando a noite chegou, foram acesas lâmpadas coloridas, e os marujos puseram-se a dançar no tombadilho. A pequena sereia não pôde deixar de lembrar-se da primeira vez que subira à tona do mar, quando pudera assistir a uma cena semelhante. Ela também quis participar da dança, fazendo-o com a graça e leveza de uma andorinha que esvoaça no ar. Todos pararam para vê-la e aplaudi-la. Ela jamais dançara tão lindamente. Cortes profundos lanhavam seus pés, mas ela não sentia aquela dor, pois muito maior era a que lhe esmagava o coração. Sabia que era a última noite de sua vida, a última vez em que poderia contemplar aquele por cujo amor sacrificara a própria voz e deixara seu lar e sua família. E dizer que ele sequer suspeitava de seu sacrifício! Nunca mais ela iria poder estar a seu lado, respirando o mesmo ar, contemplando juntos o mar imenso e o céu infinito, onde brilhavam as estrelas azuis. Uma noite eterna e sem sonhos esperava por ela, que não fora capaz de conseguir a alma que tanto havia desejado.

A festa estendeu-se até a meia noite. A bordo, todos se confraternizavam numa só alegria. A sereiazinha ria e dançava, sem que ninguém soubesse da angústia que trazia em seu coração. A um sinal do príncipe, porém, cessaram as danças, a música e os ruídos. Ele beijou a noiva, ela lhe afagou os cabelos, e ambos saíram de braços dados, dirigindo-se à tenda magnífica onde iriam passar o resto da noite.

Recolheram-se todos a suas cabines, e um grande silêncio desceu sobre o navio. Ficaram despertos apenas o timoneiro e a pequena sereia. Descansando os braços sobre a amurada, ela ficou contemplando o mar, com os olhos voltados para o Oriente. Sondava o horizonte, aguardando as primeiras luzes róseas da aurora, pronta para morrer quando o primeiro raio de sol atravessasse o céu. Suas irmãs surgiram ao longe no mar. O vento já não podia brincar com seus longos cabelos, pois haviam raspado a cabeça.

— Entregamos nossas cabeleiras à Bruxa do Mar, para que ela lhe concedesse a vida novamente. E ela nos deu esta faca: tome-a e veja como é afiada! Antes que o sol apareça, você deve cravá-la no coração do príncipe. Quando o sangue dele molhar seus pés, eles voltarão a transformar-se numa cauda de peixe, e você voltará a ser uma sereia. E aí viverá de novo entre nós, até completar trezentos anos, quando então morrerá, tornando-se espuma do mar. Depressa! Você tem de matá-lo antes que o sol surja, porque, se isso não acontecer, aí quem vai morrer será você! A vovó está de luto, e seus cabelos até caíram todos, tamanha a sua aflição. Vamos, mate o príncipe e volte para nós. Não perca tempo! Veja o horizonte: já começa a ficar rosado. Daqui a pouco o sol surgirá; aí será seu fim!

104

Então, com um estranho e profundo suspiro, as cinco irmãs desapareceram sob as águas, deixando-a sozinha. A pequena sereia caminhou até a tenda, ergueu o pano escarlate que fechava a entrada e viu lá dentro a bela princesa ressonando tranquilamente, com a cabeça apoiada sobre o peito do príncipe. Ela se inclinou e beijou-o na testa. Voltando-se para a abertura da tenda, contemplou o céu matinal, que se avermelhava cada vez mais. Depois, olhou de relance para a faca afiada que trazia na mão, e em seguida para o príncipe, no momento em que este mudava de posição, sorrindo e sussurrando o nome de sua jovem esposa. Até durante o sonho, era ela a única em seu pensamento! A mão que apertava o cabo da faca estremeceu, mas ela em seguida voltou até a amurada e atirou a arma no mar. No lugar onde a faca mergulhou, as ondas ficaram vermelhas, como se gotas de sangue se desprendessem da lâmina.

Fitou o príncipe pela última vez e, sentindo que o embaçamento da morte começava a tomar conta de seus olhos, atirou-se ao mar, desfazendo-se aos poucos em espuma.

O sol surgiu na fímbria do horizonte. Seus raios quentes e suaves despejaram-se sobre a espuma fria que flutuava sobre as ondas. Mas a pequena sereia não estava morta, pois viu o sol e enxergou, flutuando acima dela, centenas de criaturas etéreas e transparentes, que não soube explicar o que seriam. Ela podia ver claramente através daqueles seres: lá estavam as velas do navio e as nuvens rubras como sangue. Suas vozes eram melodiosas, soando tão suave e ternamente, que nenhum ouvido humano poderia escutá-las, enquanto seus corpos eram tão fluidos e frágeis, que nenhum olho humano seria capaz de enxergá-los. Sua leveza era tal, que elas esvoaçavam pelo ar, embora não tivessem asas. Só então a pequena sereia notou que também flutuava no espaço, igual àquelas criaturas de corpo diáfano e transparente.

— Que estou fazendo aqui? Quem são vocês? — perguntou, admirada do som de sua voz, um sussurro tão suave e melodioso que nenhum instrumento musical conseguiria imitar.

— Nós somos as filhas do ar — responderam-lhe. — Éramos sereias, como você. Nós não temos alma imortal, e só poderemos possuir uma se porventura conseguirmos despertar o amor de um ser humano. A possibilidade de alcançarmos a vida eterna depende dos outros. Por meio de boas ações, poderemos um dia possuir nossa alma imortal. Nós voamos para as terras quentes, bafejadas por ares pestilentos, e ali sopramos o vento fresco, que refresca o ambiente. Levamos conosco o perfume das flores, que afasta a tristeza e espalha a alegria entre os homens. Se, durante trezentos anos, nos empenharmos apenas em fazer o bem, obteremos nossa alma imortal e poderemos partilhar da felicidade eterna, junto com os humanos. Foi isso, pequena sereia, que você almejou de todo o seu coração. Esse ideal trouxe-lhe sofrimentos, e você soube suportá-los bravamente. Por isso, agora tornou-se uma de nós, um dos espíritos do ar. Continue praticando boas ações, e dentro de trezentos anos poderá realizar seu desejo, ganhando sua alma imortal.

A pequena sereia ergueu os braços em direção ao sol que Deus lhe permitia enxergar, e pela primeira vez sentiu que uma lágrima aflorava em seus olhos.

Chegaram até ela os ruídos do navio. Observando o convés, viu o príncipe e a princesa procurando aflitos por ela. Os dois fitavam o mar com o coração apertado de dor, adivinhando que ela fora tragada pelas ondas. Sem que a pudessem ver, beijou a princesa na fronte e sorriu para o príncipe. Em seguida, juntando-se às outras criaturas do ar, embarcou numa nuvem rosada que flutuava no espaço.

— Dentro de trezentos anos, espero ser admitida no reino de Deus — disse às novas companheiras.

— Pode ser que isso aconteça até antes desse prazo — sussurrou uma delas. — Sem que ninguém nos possa ver, entramos nas casas dos seres humanos. Eles não sabem que estamos ali. Quando encontramos uma criança boa, que traz alegria a seus pais e faz por merecer todo o seu amor, nós sorrimos para ela, e Deus tira um ano de nosso tempo de provação. Mas se a criança for egoísta e maldosa, então nós choramos; nesse caso, para cada lágrima derramada, Deus acrescenta um dia aos trezentos anos que temos de cumprir como espíritos do ar.

A Roupa Nova do Imperador

Há muitos e muitos anos, vivia um imperador que só se preocupava em vestir roupas caras e elegantes, gastando com essa vaidade todo o dinheiro que tinha. Não dava atenção ao seu exército, não frequentava o teatro, não saía a passeio, a não ser que fosse para exibir algum novo traje que acabara de mandar fazer. A cada hora do dia, lá estava ele com uma roupa diferente. Geralmente, quando se vai à procura de um rei, é comum escutar: "Ele está numa reunião do Conselho". No caso daquele imperador, porém, a resposta era sempre outra: "Ele está no quarto de vestir".

A capital de seu reino era uma cidade alegre e movimentada. Todo dia, diversos viajantes estavam chegando e saindo. Certa vez, apareceram por ali dois espertalhões, e foram logo espalhando que eram tecelões e alfaiates famosíssimos, sabendo tecer e costurar panos e trajes verdadeiramente maravilhosos. "Não só as cores e padronagens de nossos tecidos são extraordinariamente belas", diziam, "como, além disso, as roupas que fazemos possuem a qualidade incomum de não poderem ser vistas pelos incompetentes e pelos imbecis!"

"Que coisa fantástica!", pensou o imperador. "Se eu tivesse uma roupa dessas, poderia saber qual dos meus conselheiros não teria competência para ocupar seu cargo, e logo reconhecer quais seriam meus súditos mais inteligentes. Vou ordenar que esses dois teçam e costurem uma roupa para mim."

Chamou os dois espertalhões, entregou-lhes uma boa soma de dinheiro e ordenou que começassem a tecer o pano sem perda de tempo.

Os dois armaram um tear e imediatamente começaram a fingir que estavam trabalhando, embora não houvesse fio algum no aparelho. As sedas mais finas e os fios de ouro que o imperador lhes entregou, esconderam-nos em suas mochilas, trabalhando até tarde da noite no tear vazio, como se estivessem de fato tecendo um pano.

"Gostaria de saber como é que o trabalho está caminhando", pensou o imperador, sem coragem de ir pessoalmente verificar o serviço, pois sentia um ligeiro receio de não ser capaz de enxergar o tecido. Assim, por via das dúvidas, preferiu mandar alguém para a tarefa da verificação. Desse modo, ficaria sabendo se o seu emissário seria ou não um incompetente ou imbecil. Todos os habitantes da capital tinham ouvido falar da qualidade mágica daquele tecido, e havia uma curiosidade geral em descobrir quais seriam os mais tolos e os menos competentes do reino.

"Já sei quem irei mandar até lá: meu primeiro-ministro", pensou o imperador. "Ele poderá trazer-me a informação correta, pois é o sujeito mais sábio e competente que conheço."

O velho e simpático ministro, cumprindo a ordem do imperador, entrou na sala de costura do palácio, e viu os tecelões trabalhando ativamente no tear vazio. "Ai, meu Deus do céu!", pensou , enquanto piscava os olhos para ver se conseguia enxergar os fios, "não estou vendo coisa alguma!" Mas preferiu ficar de boca fechada.

Os dois espertalhões convidaram-no a chegar mais perto do tear, para que pudesse admirar a bela padronagem e as maravilhosas cores do material que estavam tecendo. O pobre velho aproximou-se, olhou para tudo que eles lhe apontavam, ora apertando, ora arregalando os olhos, mas continuou nada enxergando.

"Devo ser um imbecil", matutava ele, sempre calado. "Não acho que seja; mas, e se for? É melhor que ninguém venha a saber. Ou então pode ser que eu não seja competente para ocupar o cargo de primeiro-ministro. Se ficarem sabendo disso, estou perdido! Sabe de uma coisa? Vou fingir que estou vendo os fios e o tecido — é o melhor que tenho a fazer!"

— Então, Senhor Ministro? Qual é a opinião de Vossa Excelência? — perguntou um dos falsos tecelões.

— De fato, é um belo tecido, senhores — respondeu o primeiro-ministro, consertando os óculos. — Que padronagem! Que cores! Que bom gosto! Vou relatar ao imperador a excelente impressão que tive.

— Obrigado, Excelência — agradeceram os espertalhões, que em seguida passaram a dar explicações sobre a combinação das cores e a disposição dos desenhos.

O velho ministro ouviu tudo atentamente, a fim de poder repetir todos os detalhes ao imperador, como de fato o fez pouco depois.

No dia seguinte, os dois pediram mais dinheiro para comprar novos materiais. Tão logo receberam a soma, meteram tudo no bolso, sem comprar coisa alguma.

Passado um dia, o imperador enviou outro emissário para ver o andamento do serviço. Dessa vez, escolheu um dos conselheiros de sua maior confiança. Este também, do mesmo modo que o primeiro-ministro, ficou olhando longamente para o tear vazio. Como ali nada havia para ver, ele nada viu.

— Que tal a peça, Senhor Conselheiro? Não é maravilhosa? — perguntou um dos espertalhões, passando a descrever as cores e os desenhos.

Enquanto escutava, o conselheiro refletia: "Imbecil, sei que não sou. Então, devo ser incompetente para fazer parte do Conselho Real. Ai, ai, ai! Melhor não contar isso a ninguém!"

Para disfarçar seu desapontamento, começou a elogiar o trabalho que fingia estar vendo:

— Acho que é a peça de tecido mais linda que já vi até hoje! — declarou pouco depois ao imperador.

A beleza do pano que estava sendo tecido no palácio tornou-se o comentário geral entre os moradores da capital.

Por fim, o próprio imperador resolveu examinar a fazenda, antes que ela fosse retirada do tear. Levando consigo um grupo seleto de acompanhantes, entre os quais seu primeiro-ministro e o conselheiro de confiança, entrou no quarto de costura, onde os dois espertalhões fingiam trabalhar com todo empenho, no tear vazio.

— Não é magnífico, Majestade? — perguntou o primeiro-ministro.

— Veja que cores, Majestade! Que padronagem! — exclamou o conselheiro.

E ambos apontavam para o tear vazio, acreditando que todos os presentes estivessem vendo o que só eles não viam.

"Caramba!", pensou o imperador. "Não vejo coisa alguma! Que horror! Que será que me falta: competência ou inteligência? Seja o que for, ninguém poderá saber!"

Isso foi o que ele pensou, mas não o que ele disse.

— Mas que maravilha! — exclamou, sacudindo a cabeça. — Tem minha inteira aprovação!

Os conselheiros, ministros e nobres ali presentes miravam embevecidos o tear vazio, fingindo enxergar o que ali não havia. Elogios e conselhos se sucediam:

— É uma beleza!

— Vossa Majestade bem poderia mandar fazer uma roupa com este pano, para poder desfilar com ela na parada!

— Magnífico!

— Uma obra de arte!

— Não existe outro igual!

Pena que o que saía das bocas não entrava nos olhos.

O imperador ordenou ali mesmo que os dois espertalhões fossem condecorados, concedendo-lhes o título de "Reais Cavaleiros do Tear".

Na véspera da parada, os espertalhões passaram a noite em claro, dando os arremates finais na roupa do imperador. Dezesseis velas ardiam no quarto de costura. Os dois trabalhavam com afinco. Fizeram de conta que tiravam o pano do tear e passaram a cortá-lo com suas grandes tesouras, costurando-o depois com agulhas sem linha. Por fim, anunciaram:

— O traje do imperador está pronto!

Transmitido o aviso, ali chegou o imperador, acompanhado de seus camareiros. Os dois, erguendo as mãos como se estivessem segurando alguma coisa, disseram:

— Aqui estão as calças. Eis o casaco de Vossa Majestade. E aqui está o manto. São tão finos e leves, que parecem feitos de teias de aranha! Vossa Majestade vai sentir como se não tivesse coisa alguma sobre o corpo. É um tecido muito, muito especial!

— Que maravilha! — exclamaram todos, mesmo não vendo coisa alguma, já que nada havia para ser visto.

— Poderia Vossa Imperial Majestade fazer o obséquio de experimentar os novos trajes? — pediram cortesmente os dois velhacos. — Vamos até aquele espelho, por gentileza.

O imperador tirou as roupas e dirigiu-se para o espelho. Gesticulando como se o estivessem vestindo, enlaçavam-lhe a cintura, pediam-lhe que abaixasse a cabeça e levantasse uma perna, até que finalmente lhe prenderam o que diziam ser o longo manto, chamando dois cortesãos para segurar suas pontas, a fim de que ele não se arrastasse pelo chão.

O imperador ficou virando-se diante do espelho, admirando a majestosa roupa que não podia ver.

— Oh, como lhe cai bem! — diziam uns.

— Um traje à altura da grandeza de Vossa Majestade! — exclamavam outros.
— Que cores! Que padronagem! Verdadeiramente magnífico!

Nesse momento, chegou o chefe do cerimonial e avisou:

— Já está pronto o pálio sob o qual Vossa Majestade irá desfilar.

— Também já estou pronto. Esta roupa não me fica bem? — perguntou, enquanto se virava diante do espelho, fingindo acertar algum detalhe do caimento.

Os dois camareiros reais tatearam o chão, tentando encontrar a ponta da cauda do manto que teriam de segurar. Jamais ousariam admitir que nada estavam vendo; por isso, fizeram de conta que seguraram o manto e ergueram as mãos para cima, como se o tivessem erguido do chão.

O imperador deu início ao desfile, caminhando pomposamente sob o pálio de veludo. O povo, postado nas ruas e nas janelas das casas, tecia os maiores elogios à beleza de seus trajes.

— Que manto magnífico!

— Veja só a cauda do manto: é comprida e maravilhosa!

— E como a roupa cai bem! O imperador jamais desfilou com um traje igual a esse!

Ninguém tinha coragem de admitir que nada estava vendo; quem o fizesse, corria o risco de ser considerado incapaz para o seu serviço, ou, o que é pior, um rematado imbecil. E nunca o imperador causara tanto sucesso quanto durante aquele desfile.

De repente, porém, escutou-se uma voz infantil saída do meio da multidão:

— Ué! Mas ele está sem roupa!

— Escutem a voz da inocência! — exclamou o pai, demonstrando surpresa e orgulho.

Entre murmúrios, a frase dita pela criança foi sendo repetida de boca em boca.

— O imperador está nu! Foi uma criança ali atrás quem disse!

— Não está usando roupa alguma! — começou-se a comentar em voz cada vez mais alta.

— Ele está nu! Nu em pelo! — gritava-se, por fim, entre gargalhadas.

O imperador estremeceu, caindo em si e compreendendo que havia sido logrado. Sem nada dizer, seguiu em frente, pensando: "Tenho de aguentar firme até o final do desfile".

E lá se foi ele, caminhando de cabeça erguida, enquanto os dois camareiros reais seguiam atrás, segurando as pontas da cauda do manto que não existia.

As Galochas Mágicas

1ª parte: O início

Numa das casas da Rua Leste, próximo à Praça Real, no coração de Copenhague, estava sendo realizada uma festa, dessas que de vez em quando a gente tem necessidade de promover, a fim de convidar aquelas pessoas que já convidaram você para outras semelhantes em suas casas. Com isso, você quita seu débito e adquire de novo o direito de continuar sendo convidado para as próximas que os outros derem.

Na festa de que estamos falando, metade dos convidados preparava-se para jogar cartas, enquanto a outra metade estava sentada na sala de visitas, esperando pelos entretenimentos que os donos da casa por certo haveriam de proporcionar-lhes. A conversação prosseguia desanimadamente, até que alguém mencionou a Idade Média, tendo um dos presentes observado que achava aquela época bem melhor que a nossa para se viver. O conselheiro Knap acordou, ao ouvir tal observação, pondo-se a defender ardentemente sua teoria favorita, da superioridade dos velhos tempos em relação aos atuais. O dono da casa também era da mesma opinião, e ambos puseram-se a contestar as declarações de Oersted, publicadas no Almanaque, com respeito às vantagens que desfrutamos de viver nos tempos modernos. Segundo afirmava o conselheiro, a época do Rei Hans fora o tempo em que as pessoas viveram mais felizes e satisfeitas.

Enquanto a discussão continuava, vamos ver o que estava acontecendo no vestíbulo, onde os convidados haviam deixado seus casacos, capas, bengalas, guarda chuvas e galochas. Ali estavam sentadas duas mulheres: uma jovem, outra idosa. À primeira vista, podia-se imaginar que se tratasse de duas criadas, que ali haviam ido para fazer companhia a suas patroas, duas velhas damas sem marido, seja porque o perderam, seja porque nunca haviam ganhado um. Examinando-as mais detidamente, porém, via-se logo que aquelas duas não eram criadas comuns. Suas mãos eram finas e delicadas, seus portes eram nobres e suas roupas tinham um feitio estranho, algo arrojado para a ocasião. Sim, eram duas fadas. A mais jovem era apenas uma aia da dama de companhia da Fada da Felicidade, encarregada de distribuir as pequenas dádivas que a boa fortuna reservava aos mortais. A mais velha, de aspecto algo severo, era a Fada do Infortúnio em pessoa. Esta preferia encarregar-se pessoalmente de suas missões, para assegurar-se de que iriam chegar ao endereço certo.

Estavam contando uma para a outra o que haviam feito durante aquele dia. A fada, que era apenas uma criada da dama de companhia da Fada da Felicidade, tinha muito pouca coisa a relatar. Tinha evitado que um chapéu caísse numa poça de água, tinha feito com que um figurão emproado e vazio inclinasse a cabeça para cumprimentar um senhor honesto e decente, e outras pequenas coisas desse gênero.

— Tenho um segredo para lhe contar — disse à mais velha, ao terminar seu relato: — hoje é meu aniversário, e, como presente, poderei dar, a quem eu quiser, um par de galochas muito especiais. São galochas mágicas. Quem as calçar, será transportado imediatamente para o tempo e o lugar onde mais almeja viver. Assim, quem as possuir, terá a oportunidade de ser efetivamente feliz!

— E você acredita nisso? — perguntou a Fada do Infortúnio. — Quem as possuir tornar-se-á mais infeliz do que era, e haverá de abençoar o momento em que puder livrar-se delas!

— Mas que ideia! — retrucou a fada mais nova. — Vou deixar as galochas aqui perto da porta. Alguém haverá de calçá-las por engano, alcançando desse modo a felicidade com que sempre sonhou!

E assim terminou a conversa das fadas.

2ª parte: O que aconteceu ao conselheiro

Era tarde, e o Conselheiro Knap preparou-se para voltar para casa. Estava tão absorto pensando nos tempos felizes do Rei Hans, que calçou as galochas mágicas, achando que eram as suas. Ao ganhar a Rua Leste, recuou até aqueles bons tempos, enfiando mais da metade dos pés na lama, já que, por essa época, ainda não havia calçadas.

— Que imundície! Que desleixo! — resmungou irritado. — Onde está a calçada? E as lâmpadas da rua, que foi feito delas?

A lua ainda não havia surgido para iluminar a rua, e o ar estava denso e pesado. Na esquina mais próxima, sob um quadro da Virgem, ardia uma lâmpada de azeite, espalhando uma luz tão fraca, que ele apenas distinguiu as figuras de Nossa Senhora e do Menino quando chegou bem perto da pintura. "Deve ser o anúncio de alguma galeria de arte", pensou. "Esqueceram-se de recolher o cartaz."

Dois sujeitos passaram por ele, trajando roupas medievais. "Esses aí devem estar voltando de algum baile à fantasia", imaginou.

De repente, precedidas pelo som de trombetas e tambores, surgiram tochas, iluminando a rua. O conselheiro parou para contemplar uma estranha procissão. À frente vinham os tocadores de tambor, batendo com força em seus instrumentos. Em seguida, vinha um pequeno contingente de soldados, portando archotes e armados de bestas. Por fim, vinha um homem cujas roupas demonstravam que se tratava de algum eclesiástico importante. O conselheiro ficou tão surpreso com a figura do prelado, que indagou de um passante quem era aquele dignitário.

— É o bispo da Selândia — respondeu o interrogado.

— Meu Deus! Como ele está diferente! Que será que lhe aconteceu? — comentou o conselheiro, torcendo as mãos nervosamente.

"Não", pensou, "deve ser engano. Aquele ali nunca foi o bispo, que eu conheço muito bem".

Intrigado com aquilo, caminhou por toda a extensão da Rua Leste e chegou à Praça da Ponte — mas onde estava a ponte? Como chegar à Praça do Castelo? Tentando enxergar através da escuridão, divisou dois vultos, junto à margem de um ribeirão. Os dois estavam sentados ao lado de um barco. O conselheiro dirigiu-se até eles.

— Deseja Vossa Mercê atravessar até à ilha? — perguntou um dos homens.

— Que história é essa de ilha? — estranhou o conselheiro, ainda sem entender que não se achava em seu tempo. — Quero ir ao Porto Cristiano. Eu moro na Estrada das Faias.

Os dois homens fitaram-no espantados.

— Digam-me, senhores, onde está a ponte? — perguntou o conselheiro. — Não posso entender por que não acenderam as lâmpadas! E esta lama por todo lado, que é isso? Sinto-me como se estivesse atravessando um pântano!

Quanto mais tentava entender-se com os barqueiros, menos os compreendia, e vice-versa.

— Vocês não estão dizendo coisa com coisa! E que diabo de dialeto é esse? — exclamou por fim, dando-lhes as costas.

Mas, afinal de contas, onde é que estava a ponte? E que fora feito do muro de proteção que ficava ao longo do ribeirão? "É um escândalo! Que estão fazendo as autoridades que não enxergam o que está acontecendo aqui? Como permitem isso?", resmungava, enquanto prosseguia seu caminho, sentindo-se mais desgostoso do que nunca com "seu" tempo. "Vou seguir até a Praça Nova. Lá eu pego uma carruagem, ou, do contrário, nunca chegarei em casa".

Depois de percorrer em sentido contrário toda a Rua Leste, chegou a sua extremidade, no momento em que a lua surgia no céu. Então avistou a antiga Porta Oriental, que naquele tempo ali existia.

— Fecharam a Rua Leste! E que cerca mais esquisita! — murmurou, cada vez mais espantado.

Encontrando um pequeno portão, abriu-o, imaginando que do outro lado estaria a Praça Nova. Qual o quê! Ali só havia um campo deserto, atravessado por um canal ladeado por arbustos esparsos. Do outro lado viam-se uns barracões de madeira, onde ficavam armazenadas as cargas dos navios que zarpavam para a Holanda. Aquela área era então conhecida como "Prado dos Holandeses".

— Estou enxergando coisas, ou então bebi demais! — lamentou-se o pobre conselheiro. — Que será tudo isso? Onde estou?

Convencido de que não estava passando bem, resolveu voltar. Ao seguir mais uma vez pela Rua Leste, o luar permitiu-lhe observar que a maioria das casas era construída de madeira e coberta de palha.

— Não estou nada bem — suspirou. — E que foi que bebi? Apenas um copo de ponche! Não imaginei que um copinho só iria fazer-me tão mal! Deve ter sido porque comi salmão assado. Essa combinação de salmão com ponche é terrível! Acho que vou voltar até a festa e dizer isso para a dona da casa. Ela precisa saber em que estado miserável seu ponche e seu salmão me deixaram... Não, isso iria deixá-la muito constrangida. Além do mais, a estas horas, já devem todos ter ido para a cama...

Mesmo assim, caminhou até onde deveria estar a casa de onde saíra, sem conseguir encontrá-la. "Deus do céu! Estou perdido! Não estou sequer reconhecendo esta rua! Será mesmo a Rua Leste? E as lojas, onde estão? Só vejo casebres miseráveis! Até parece que estou numa aldeia do fim do mundo! Estou doente. Muito, muito doente! Preciso urgentemente de ajuda; nada de bancar o orgulhoso. Acho que a casa é esta aqui; não reparei bem como ela era, quando cheguei. Será mesmo aqui? Há uma luz acesa lá dentro. Deve ter alguém acordado. Estou mal, terrivelmente mal! Tenho de entrar, e já!"

A porta estava apenas encostada. Ele a empurrou e olhou para dentro. Era uma estalagem, uma antiga taverna. Alguns fregueses ali se encontravam: um capitão de navio, dois que deveriam ser mercadores ou artesãos, e outros dois que pareciam ser professores. Estavam bebendo cerveja e conversando, muito entretidos com seus canecões para prestarem atenção no recém-chegado.

— Desculpe-me perturbá-la, minha senhora — disse ele à mulher do taverneiro, que veio ao seu encontro, — mas não estou passando bem. Seria possível chamar para mim uma carruagem? Deve haver alguma na Praça Nova. Preciso ir até o Porto Cristiano...

A mulher fitou-o espantada, sem entender mais da metade do que ele dizia, e experimentou falar com ele em alemão. O conselheiro deduziu que ela não sabia dinamarquês, e então repetiu todo o pedido em alemão. Com isso, e em vista de suas roupas extravagantes (para ela), a estalajadeira acabou convencendo-se de vez de que se tratava de um estrangeiro. Apesar de tudo, deu para entender que ele não estava passando bem; assim, buscou-lhe um copo de água, que ele tomou. Era uma água salobra, tirada da cisterna que havia nos fundos da casa. O conselheiro, cada vez mais perplexo, afundou a cabeça nas mãos e deu um suspiro profundo. Deus do céu, que estava acontecendo? Tentando restabelecer a conversação, viu uma grande folha de papel cobrindo uma mesa próxima, e perguntou:

— Isso aí é o jornal vespertino de hoje?

A estalajadeira mais uma vez não compreendeu o que ele dizia, mas passou-lhe a folha. Era uma xilogravura representando um fenômeno celeste observado sobre a cidade de Colônia. Vendo aquela antiga gravura, o conselheiro ficou muito excitado, exclamando:

— Isso é valiosíssimo! Onde o encontrou? É uma peça rara e muito interessante. A legenda é ótima; claro que não tem qualquer sentido! Sabemos hoje que esse prodígio é a aurora boreal, provocada provavelmente por fenômenos elétricos.

Dois dos homens que estavam sentados perto dele escutaram suas palavras e lhe dirigiram o olhar. Um deles ergueu-se, tirou o chapéu respeitosamente e disse-lhe em tom sério:

— Vossa Mercê parece ser um homem de grande erudição.

— Não, que é isso? — protestou o conselheiro Knap. — Sei apenas um pouquinho de tudo, generalidades, como qualquer pessoa.

— *Modestus est* — replicou o outro, — e a modéstia é uma das mais elevadas virtudes! Verdade é que vossas palavras inclinaram-me a dizer: *mihi secus videtur*; todavia, prefiro adiar este *judicium* para ocasião mais propícia.

— Posso saber com quem estou tendo o prazer de falar? — perguntou o conselheiro.

— Possuo bacharelato em Sagradas Escrituras — respondeu o interlocutor.

"A figura combina com o título", pensou o conselheiro, imaginando que o outro se tratasse de algum velho mestre-escola, provavelmente de uma aldeia bem remota da Jutlândia, onde ainda se costuma encontrar excêntricos desse gênero.

— Aqui, por certo, não é um bom *locus docendi* — prosseguiu o velho; — contudo, peço-vos que continueis a falar-nos, pois fio-me em que sois de grande entendimento em literatura antiga.

— Bem, isso lá é verdade — concordou o conselheiro. — De fato, aprecio a leitura dos clássicos, mas também gosto de ler os autores modernos. Só não tenho estômago para essas novelas sobre o dia a dia das pessoas comuns, que andam proliferando por aí.

— Dia a dia das pessoas comuns? Como assim?

— Falo desses romances naturalistas, sobre a vida plebeia dos pobres. São cheios de ideias sentimentais e piegas — explicou o conselheiro.

— Ah, sim; agora vos entendo — sorriu o bacharel. — Algumas dessas obras são muito bem escritas. O rei aprecia sobremaneira os romances sobre os senhores Ifaim e Gavaino, Cavaleiros da Távola Redonda.

— Não conheço esse livro. De quem é? De Heiberg? — perguntou o conselheiro, referindo-se ao mais popular autor dinamarquês dos meados do Século XIX.

— Não, não é de Heiberg — contestou o outro, demonstrando uma certa surpresa. — Foi editado por Godfred von Gehmen.

— Von Gehmen... — repetiu o conselheiro, com ar pensativo. — O único que conheço com esse nome foi o primeiro impressor de livros da Dinamarca...

— Sim, é ele mesmo! Nosso primeiro e único editor! — concordou o outro.

E a conversa prosseguiu, com altos e baixos. Um dos mercadores comentou sobre a peste que havia dizimado a população de Copenhague poucos anos atrás (referindo-se a 1484). O conselheiro assentiu com a cabeça, pensando que ele se referia à epidemia de cólera que ali grassara em seus tempos de rapaz. Falou-se depois das investidas dos corsários ingleses, que em 1490 haviam tomado de assalto os navios fundeados ali mesmo no porto. Acreditando que o assunto teria a ver com a Guerra de 1801, também ele condenou acerbamente o atrevimento dos ingleses. Em seguida, porém, os palpites começaram a perder o sentido para ele, que de vez em quando trocava um sorriso cúmplice com esse ou aquele cliente. Para o conselheiro, aquele bacharel pedante não passava de um ignorantaço, enquanto que, para o outro, o conselheiro era pródigo em ideias fantásticas e atrevidas. Por vezes, os dois não se entendiam de modo algum, entrefitando-se espantados. Nesses momentos, o bacharel dirigia-se a ele em latim, pensando que assim seria melhor compreendido, o que ainda piorava seu entendimento.

— E então, bom homem, sente-se melhor? — disse-lhe a estalajadeira, puxando-o pela manga do casaco.

Só então o conselheiro lembrou-se do estado miserável que o fizera entrar ali. Tinha-se esquecido inteiramente desse pormenor, enquanto conversava.

— Oh, meu Deus! É mesmo! Onde estou? — gemeu, sentindo-se de novo aturdido.

— Vieste em boa hora, estalajadeira! — gritou um dos fregueses. — Traze-nos clarete, refrescos e cerveja de Bremen. E quanto ao amigo — apontou para o conselheiro, — vai beber conosco.

Duas jovens vieram servi-los. Uma delas trazia a cabeça coberta por um gorro bicolor. Fazendo uma reverência, encheram os copos dos fregueses. O conselheiro estremeceu, espantado ante tudo o que via, e voltou a pensar: "Mas que estará acontecendo comigo? Que diabo de gente será esta?" E como não via maneira de recusar o convite, deixou que enchessem seu canecão e tratou de beber como os outros.

— Bebe devagar, homem! Já chegaste aqui bem tocado! — disse-lhe um dos mercadores.

— De fato, meu amigo — concordou ele, — acho que a bebida já me subiu à cabeça. Poderia fazer-me um obséquio? Chame um fiacre para mim, por favor. Preciso ir para casa.

— Fiacre? Que significa isso?

— Um cabriolé! Um tílburi! Uma charrete!

— "Macharretch"! Já sei: esse aí é um moscovita! — gritou um dos fregueses, fuzilando-o com o olhar.

Nunca antes estivera o conselheiro em companhia tão vulgar. "Parece até que recuamos aos tempos da barbárie!", pensou. "Este é o pior momento de toda a minha vida!"

Foi então que lhe veio à cabeça a ideia de escapulir dali, esgueirando-se por baixo das mesas e rastejando até a porta. Foi pensar e agir. Mas quando estava com metade do corpo para fora da estalagem, os companheiros perceberam sua intenção e resolveram impedir que ele escapasse. Saltando de suas cadeiras, agarraram-no pelos pés — foi sua sorte, pois com isso arrancaram-lhe as galochas, e desse modo o encantamento acabou.

O conselheiro Knap estava deitado de bruços sobre a calçada da Rua Leste. Sobre o poste, ardia uma lâmpada, iluminando o passeio. Reconheceu a casa que via a sua frente. Tudo em volta lhe era familiar. Não longe dali, avistou o guarda-noturno, que dormia placidamente, encostado a um muro.

— Deus do céu! Devo ter caído aqui e desmaiado. Que sonho mais estranho! Nunca poderia imaginar que um copo de ponche iria deixar-me assim tão tonto!

Poucos minutos depois, achava-se sentado confortavelmente num fiacre, a caminho de casa. A miséria e o terror que acabara de presenciar no "sonho" estavam vivos em sua memória. De todo o coração, ergueu uma prece aos céus, agradecendo pela época em que vivia e reconhecendo que nosso tempo, apesar de seus defeitos, é bem melhor do que aquele em que há pouco estivera. Pode-se dizer que o conselheiro havia recobrado seu juízo.

3ª parte: As aventuras do guarda-noturno

— Olha ali um par de galochas! — falou consigo mesmo o guarda-noturno. — Devem ser do tenente que mora na casa aí em frente.

Ele teria de boa vontade tocado a campainha e devolvido as galochas ao dono, mas já era tarde, e não valia a pena incomodar os moradores por tão pouco.

"Meus pés estão frios, e estas galochas ajudarão a aquecê-los. Amanhã irei devolvê-las", pensou, enquanto as calçava, satisfeito de ver que lhe serviam perfeitamente.

"A vida é estranha", filosofou o guarda-noturno, olhando para a janela do andar de cima da casa, onde ainda se via uma luz acesa. "O tenente podia estar agora dormindo confortavelmente numa cama bem macia. Em vez disso, que está fazendo? Andando de um lado para o outro em seu quarto. Esse aí é um sujeito feliz. Não tem mulher e filhos para aperreá-lo, e toda noite é convidado para um festa. Ah, se fosse eu! Isso é que é vida! Quem me dera se eu estivesse em seu lugar!..."

Nem bem exprimira seu desejo, e as galochas trataram de concretizá-lo. No mesmo instante, o guarda-noturno assumiu o corpo e a alma do tenente. Lá estava ele andando no quarto, de um lado para o outro, tendo nas mãos uma folha de papel cor de rosa, na qual estava escrito um poema. Era o próprio tenente que o havia composto. Quem porventura jamais sentiu vontade de escrever um poema? Uma ideia lhe ocorre, e é só escrevê-la, que ali está uma poesia. A que o tenente escrevera tinha o seguinte título: "Quem me dera ser rico!", e era assim:

> *"Quem me dera ser rico", eu já falava*
> *Desde que calças curtas ainda usava;*
> *"Quem me dera ser rico", ainda lamento,*
> *Mesmo trajando a farda que hoje ostento,*
> *Com esporas de prata e bela espada;*
> *Mas dinheiro, que é bom, que tenho? Nada!*

Quando eu era menino, recebi
Um beijo, do qual nunca me esqueci.
Minha vida era rica de ilusões,
Mas no bolso só tinha alguns tostões;
Contudo, quando estava ao lado dela,
A vida parecia alegre e bela!
"Quem me dera ser rico", pois se eu fosse,
O meu viver seria alegre e doce,
E eu teria por fim realizado
O desejo de ter, aqui a meu lado,
Aquela que eu amei, e que hoje, ainda,
Eu contemplo à distância, airosa e linda...

Se acaso tu, que eu amo como outrora,
Leres os versos de quem por ti chora,
Não vás chorar também; guarda a lembrança
De alguém que acalentou tanta esperança
De ter-te um dia. Agora, a sós eu fico,
A repetir: "Quem me dera eu fosse rico..."

Versos como esses só escreve quem está apaixonado, e nunca manda imprimi-los, se for pessoa sensata. Atrás desses aí, que temos? Um tenente, uma paixão e a pobreza: o eterno triângulo, uma seta quebrada do arco de Cupido. O pobre oficial não fugia à regra. Apoiando a cabeça no caixilho da janela, olhou para baixo e suspirou profundamente, enquanto murmurava:

— Aquele pobre guarda-noturno, lá embaixo na rua, é bem mais feliz do que eu. Tem um lar, tem a esposa e os filhos, que se entristecem quando ele está triste, e se rejubilam quando está alegre. Sim, ele é bem mais feliz que eu. Quem me dera ser ele!

Imediatamente, o guarda-noturno recuperou sua identidade, já que o poder das galochas retirou seu espírito do corpo do tenente, fazendo-o voltar ao seu próprio corpo. "Que pesadelo!", pensou, esfregando o rosto. "Eu me transformei no tenente, mas não gostei nada de estar em seu lugar. Senti falta da mulher e das crianças." Balançou a cabeça, como se quisesse dissipar o sonho que teimava em permanecer-lhe na mente. Uma estrela cadente cruzou o céu.

— Lá se foi ela — murmurou para si próprio, — e para onde? Como eu gostaria de ver certas coisas mais de perto... A lua, por exemplo, que é de bom tamanho e que a gente não consegue alcançar. O estudante para quem minha mulher lava as roupas costuma dizer que, quando morremos, nossos espíritos saem pelos céus e vão visitar as estrelas. É uma brincadeira, eu sei, mas acho que seria bem divertido se fosse verdade. Aí, eu iria visitar a lua. Mas não queria morrer, só queria dar um pulinho até lá, enquanto meu corpo ficaria aqui embaixo, esperando que eu voltasse para ele...

Há certos desejos que não se devem mencionar, especialmente quando se está calçando um par de galochas mágicas. Vejam só o que foi acontecer com o nosso pobre guarda-noturno.

Todos nós já viajamos puxados pela força do vapor, seja por trem, seja por navio. Mas a velocidade de um veículo movido a vapor é como o andar do caramujo, comparada com a velocidade da luz. Ela cruza o espaço dezenove milhões de vezes mais depressa que o mais veloz cavalo de corridas. Pois bem: a eletricidade é ainda mais rápida que a luz. A morte é um choque elétrico que recebemos no coração, e é com as asas da eletricidade que nossa alma deixa o corpo. Enquanto a luz do sol leva oito minutos e alguns segundos para percorrer mais de cem milhões de milhas, a alma, veloz como a eletricidade, leva ainda menos tempo para cobrir o mesmo percurso. O espaço que medeia entre os planetas não é maior, para ela, que a distância que separa nossa casa das de nossos amigos, inclusive daqueles que são nossos vizinhos de rua. Infelizmente, o choque elétrico sofrido pelo coração faz com que nossa alma se separe do corpo, a não ser, é claro, que se esteja calçando as galochas mágicas. E o guarda-noturno estava.

Em poucos segundos, ele já havia transposto duzentas mil milhas, estando pousado na Lua. Este astro é composto de um material bem mais leve que a Terra. É como se ela fosse feita de flocos de neve recém-caídos no chão. Nosso amigo estava na borda de uma das muitas crateras que ali existem, conforme se pode ver no "Grande Atlas da Lua", a bela obra do Dr. Mälder que vocês todos conhecem. Lá no fundo daquele vulcão extinto, a cerca de uma milha para baixo, havia uma cidade. Seu aspecto lembrava o de uma clara de ovo que tivesse sido jogada dentro de um copo cheio de água. Torres transparentes, cúpulas e terraços lembrando velas de navio oscilavam na tênue atmosfera ali existente. Acima de sua cabeça, pairava um globo vermelho como brasa: era a nossa Terra.

A cidade era habitada por criaturas estranhíssimas, que por certo seriam os seres humanos de lá. Era de se imaginar que o nosso guarda-noturno não entendesse uma palavra sequer do que aqueles seres diziam, mas o fato é que ele podia entender sua linguagem. E assim foi que ele pôde acompanhar uma discussão que estava sendo travada entre eles, a respeito da nossa Terra. Alguns afirmavam e outros negavam que nosso planeta pudesse ser habitado. O argumento mais forte dos que não acreditavam haver vida na Terra era o de que sua atmosfera era densa demais, impedindo que qualquer criatura inteligente como os "lunáticos" ali pudesse sobreviver. Por fim, todos concordaram em que somente na Lua havia as condições necessárias para o surgimento da vida; portanto, os habitantes da Lua eram os únicos seres pensantes do universo.

Deixemos ali o guarda-noturno e vamos retornar à Rua Leste, para sabermos o que aconteceu com o seu corpo. Lá estava ele, sentado sem vida sobre o degrau de uma escada. Seu cassetete estava caído no chão, e seus olhos vidrados estavam fixos na Lua, como se tentando enxergar a boa alma que por lá perambulava.

— Olá, vigia, pode dizer-me as horas? — perguntou um passante.

Como não obteve resposta, deu-lhe um piparote no nariz. Foi o suficiente para tirar o equilíbrio do corpo, que se foi inclinando até cair no chão. O outro ficou assustado, olhando aquele corpo caído ali ao lado, morto de todo. Logo deu o alarme, a notícia correu, e pouco depois o corpo era levado para o necrotério do hospital vizinho.

Agora imaginem a situação em que se ia ver a alma quando chegasse à Rua Leste, atrás do seu corpo, e ali não o encontrasse! Ela provavelmente haveria de se dirigir, em primeiro lugar, ao posto policial; depois, ao Departamento de Achados e Perdidos; por fim, ao necrotério. Mas é reconfortante saber que a alma fica bem sagaz quando vagueia por conta própria, sem ter de carregar um corpo que só faz prejudicá-la.

Como se disse, portanto, o corpo havia sido levado para o necrotério, e ali posto numa banheira, para ser lavado. Para tanto, era necessário despi-lo, e as primeiras peças que lhe estavam tirando eram justamente as suas galochas. Com isso, a alma teve de regressar a seu lugar primitivo, o que demorou mais que uns poucos segundos, fazendo desse modo com que o guarda-noturno ressuscitasse sem mais aquela. Passado o susto geral, ele declarou que acabara de ter a pior noite de sua vida, e que por nada deste mundo, nem mesmo se lhe pagassem duas moedas de ouro, gostaria de repetir tal experiência. Graças a Deus, tudo não passara de um sonho.

O guarda-noturno saiu dali logo que pôde e tomou o rumo de casa. Mas as galochas ficaram lá mesmo no necrotério.

4ª parte: A cabeça aprisionada e
uma viagem bem fora do comum

Todos que vivem em Copenhague sabem como é a entrada do Hospital Frederiks; porém, como é possível que esta história também seja lida por pessoas que não moram lá, vamos descrevê-la.

O hospital é todo rodeado por uma grade alta, de grossos varões de ferro. O portão, por onde se entra e se sai, fica trancado à noite. Dizem que os estagiários de medicina, pelo menos os bem magros, conseguem passar através dessas grades, quando querem dar uma fugidinha do serviço. A parte do corpo mais difícil de passar é a cabeça. Nessa ocasião — assim como em tantas situações por este mundo afora, os menos bem dotados de cabeça é que saem levando a melhor. E basta isto aí como introdução.

Certa noite, estava de plantão um estagiário, cuja cabeça, pelo menos no sentido físico da palavra, era, digamos, privilegiada. Lá fora chovia a cântaros. Mas nem a cabeça, nem a chuva, pareciam poder demovê-lo de uma ideia: ele tinha de ir à cidade, de qualquer maneira, nem que fosse por apenas um quarto de hora. Por outro lado, o que ele tinha a fazer não era assunto que interessasse ao porteiro. Desse modo, o estudante resolveu esgueirar-se pela grade, passando entre dois varões de ferro.

Quando se preparava para sair, esgueirou-se pelo necrotério e viu o par de galochas que o vigia-noturno ali havia esquecido. "Que sorte encontrar estas galochas!", pensou. "Vou calçá-las para enfrentar esse temporal." Calçou-as, e logo em seguida atravessou o pátio, chegando até a grade que o separava da rua.

"Se a cabeça passar, o resto depois vai atrás", imaginou. Sem saber como, viu-se com a cabeça do outro lado das grades. Naturalmente, as galochas eram responsáveis por aquilo. Só que o pedido foi mal formulado, e o resto do corpo só iria passar *depois* — mas quando?

Soltando todo o ar dos pulmões, tentou fazer o corpo acompanhar a cabeçorra. Mas qual!

— Nossa, como estou gordo! — gemeu, enquanto continuava a forçar as grades. — Não podia imaginar que a cabeça é que fosse passar tão facilmente...

Vendo que não era possível sair, tentou trazer a cabeça de novo para dentro das grades. Mas isso era impossível. O máximo que conseguiu foi mover o pescoço para a frente e para trás. As galochas mágicas haviam-no colocado numa situação bastante constrangedora. Ah, se lhe passasse pela mente a ideia de pedir em voz alta que a cabeça e o corpo ficassem simultaneamente do mesmo lado da grade, estaria salvo. Não sabendo disso, debatia-se inutilmente, indo e voltando, puxando e empurrando.

A chuva não parava de cair, e a rua estava vazia. O porteiro estava longe demais para escutá-lo, mesmo que gritasse. O infeliz teria de ficar ali, preso pelo pescoço, até de manhã, quando então seria possível chamar um ferreiro para livrá-lo daquela situação incômoda. E isso por certo levaria tempo. Quando amanhecesse, os estudantes da escola que ficava em frente chegariam para as aulas em seus uniformes azuis, e haveriam de ficar por ali, observando o trabalho do ferreiro, e o mesmo fariam todos os que por ali passassem, além de metade dos moradores das vizinhanças. Ele ali preso, como num pelourinho, e a rua cheia de gente a gargalhar de sua desventura. Só de pensar nisso, o sangue subiu-lhe à cabeça.

— É de enlouquecer! — resmungou. — Sinto que estou ficando doido! Quem me dera tirar a cabeça dessas grades!

Por que não havia dito aquilo antes? Foi só enunciar em voz audível seu desejo, e logo estava inteiro do lado de dentro das grades. Mais que depressa, regressou correndo ao hospital, esquecendo-se completamente do compromisso que tanto dissabor lhe causara. Tudo por causa das galochas mágicas que estava usando, e que logo tratou de devolver ao lugar onde as tinha encontrado.

A noite terminou e o dia seguinte passou sem que alguém viesse ao hospital reclamar as galochas.

Aquela noite estava programado um espetáculo num pequeno teatro da Rua Canon. A plateia lotou a casa. Entre os números de recitativos, havia um poema inédito. Vamos escutá-lo?

Os óculos da vovó

Em questão de cabeça, a Vovó é danada!
Se ela vivesse outrora, seria queimada!
Ela sabe entender os nossos sentimentos,
e mesmo adivinhar os futuros eventos,
conseguindo prever, sem cometer engano,
as mortes e os casórios, no prazo de um ano!
Qual será meu futuro? E qual o do país?
Mas tais segredos, ela de fato não quis
 revelar para mim. Calou-se. Eu insisti,
 falei que estava triste, supliquei, pedi,
pois sou, modéstia à parte, o neto favorito.
Por fim, ela acedeu, e até contive o grito
que quase me escapou, tal meu contentamento.
Ela então me falou: "Estas lentes de aumento
permitem ver bem mais do que delas se espera.
Se com elas tu fores onde se aglomera
o povo, poderás enxergar, com clareza,
como se fossem cartas postas sobre a mesa,
o futuro que cada pessoa terá.
Toma os óculos. Vai". Na maior alegria,
eu saí para a rua. Mas para onde iria?

São tantos os lugares e aglomerações...
Quem sabe iria até o parque de diversões?
Não era boa ideia: o dia estava frio,
e eu podia gripar. Um ambiente sadio
seria a igreja... Não, pois lá só os velhos vão.
E a Avenida Central? Sempre muitos lá estão,
mas numa pressa tal, que nem tempo se tem
de se observar direito quem vai e quem vem.
De repente, uma ideia feliz me ocorreu:
que tal se eu fosse ao teatro? Logo, aqui estou eu
para ver se estes óculos têm o dom mágico
de prever o futuro, seja alegre ou trágico,
de cada um de vocês. Que lhes reservará
o amanhã? Estão prontos? Então, vamos lá!

Nesse momento, o ator que recitava o poema pôs o velho par de óculos que trazia nas mãos, e prosseguiu:

É verdade! Funciona! As cartas de baralho
estão a minha frente, e sem maior trabalho
consigo interpretar o seu significado!
Não vejo rei algum; porém, por outro lado,
os valetes parecem ser bem numerosos.
Os do naipe de espadas são muito garbosos.
Não demonstram receio de enfrentar os maus
(estou-me referindo aos valetes de paus).
Olha a dama de copas, de cabelos louros,
trocando olhares ternos com o valete de ouros!
E se de ouros ele é, já se sabe a razão
que o leva a despertar tamanha admiração...
Mas eu enxergo além: do outro lado do mar,
tem gente dirigindo o cobiçoso olhar
para o lado de cá... Só que minha atenção
no momento se volta para outra questão:
que vai acontecer à Dinamarca em breve?
Estou vendo! Meu Deus! Mas a gente não deve
contar tudo o que vê; senão, nossos jornais,
ficando sem assunto, já não vendem mais...
Falemos de teatro, de peças, de atores.
Ah, mas isso eu não posso, pois, dos diretores,
preciso da amizade, e não do seu furor.
Posso falar, contudo, sem qualquer temor,
do meu próprio futuro. Mas por que contá-lo?
Isto é segredo meu, e, sendo assim, me calo.
E se então revelasse quem, desta plateia,

é o mais feliz de todos? Não é boa ideia...
Querem pois que lhes diga quem vai viver mais?
Faria alegre um só, porque, quanto aos demais,
iam ficar frustrados... Que falta de sorte:
estou sabendo tanto sobre a vida e a morte,
e não posso contar... É desalentador!
Por isto, meus amigos, peço por favor
que todos me perdoem, pois eu vou-me embora
sem nada lhes dizer. Eu compreendi agora
que o futuro ao futuro deve ser deixado.
Se alguém pensa o contrário, é pensamento errado.
Não nos cabe prever o que pertence a Deus.
Com Ele, cada qual se avenha. Assim, adeus!

A declamação foi muito bem feita, e o ator foi aplaudido entusiasticamente. Entre os espectadores estava o nosso estagiário de medicina, naquele momento completamente esquecido de sua aventura da noite anterior. Como ninguém viera reclamar as galochas, e o tempo continuava instável, ele as pusera nos pés, vindo com elas até o teatro.

O rapaz havia gostado muito do poema, e mais ainda da ideia de possuir os óculos mágicos que permitiam enxergar o futuro. Ah, se os tivesse! Não que lhe interessasse conhecer o futuro de quem quer que fosse, pois isso acabaria sendo sabido, mais cedo ou mais tarde. O que ele gostaria, na verdade, era poder enxergar dentro do coração dos outros. "Isso, sim, é que seria interessante", pensou. "As pessoas da primeira fila, por exemplo: se eu pudesse enxergar dentro de seus corações, como se através das vitrines de uma loja, que maravilha! Quantos artigos curiosos devem estar ali expostos! Aquela senhora elegante, ali no canto: seu coração deve ser a vitrine de uma casa de modas. E a outra, ao lado dela: sua loja nada tem a oferecer, e anda bem precisada de uma boa limpeza... E deve haver lojas que vendem os artigos mais diversos. Imagino até que haja uma ou outra casa de ferragens!"

Continuando a divagar, o estudante suspirou: "Conheço uma lojinha que muito gostaria de poder visitar. Pena que a dona da loja já contratou um vendedor... Esse é o único detalhe que não me agrada naquela loja... Mas há outras lojas interessantes, como aquelas cujos donos ficam na porta, convidando os fregueses para uma visita. Até que eu gostaria de ir lá, mas seus artigos são muito caros para o meu bolso..."

Parece que dessa vez o estudante devia estar murmurando consigo mesmo enquanto pensava, pois as galochas captaram seu desejo. Tornando-se subitamente invisível, o estudante foi levado a fazer a viagem mais fantástica que alguém jamais experimentou: uma jornada através dos corações de todos os assistentes da primeira fila do teatro.

O primeiro coração foi o de uma dama. A impressão que teve foi a de estar no interior de um instituto ortopédico, que é como se chama o lugar onde os médicos consertam os defeitos e as fraturas de nossos ossos. Ali estava cheio de costas encurvadas, pernas tortas e corpos disformes. Era ali que ela guardava todos os defeitos físicos de suas amigas. Colecionara-os pessoalmente, após detido exame em cada uma, e agora os conservava no coração, como se num museu que ela todo dia visitava com grande prazer.

O estudante saiu dali o mais rápido que pôde, entrando no coração logo ao lado. Nesse, sentiu-se como se estivesse dentro de uma enorme catedral. Ao redor do altar, pombas brancas voejavam inocentes. Bem que ele gostaria de ficar um pouco ali, prostrado de joelhos, mas a jornada tinha de continuar. Aquela visão fez um grande bem ao seu próprio coração, mesmo que tenha durado pouco tempo. Os sons do órgão ainda ressoavam em seus ouvidos, e ele se sentia uma pessoa melhor, preparando-se respeitosamente para entrar no templo seguinte.

Agora estava num sótão, onde uma pobre mãe enferma jazia no leito. Pelas janelas entrava a luz gloriosa do sol divino, e lindas rosas cresciam em vasos colocados sobre o telhado. Dois rouxinóis cantavam alegremente, enquanto a mãe, de seu leito, abençoava a filha.

No cômodo seguinte, teve de arrastar-se de gatinhas. Era uma espécie de açougue, com carnes penduradas por todo canto. Aquele era o coração de um dos mais ricos e respeitáveis cidadãos, cujo nome era mais do que conhecido. Saindo dali rapidamente, penetrou no coração da esposa do ricaço, vendo-se dentro de um pombal abandonado. O retrato do marido funcionava ali como um catavento, virando para um lado, ora para o outro. Só que, quando o catavento virava, as portas do pombal também se abriam e se fechavam, provavelmente para aumentar a ventilação.

Ele depois entrou num salão de espelhos, semelhante ao que existe no Castelo Rosenborg. Só que esses eram espelhos deformantes, que aumentavam extraordinariamente os objetos neles refletidos. No meio do salão, sentado pachorrentamente sobre o assoalho, qual o Dalai-Lama, o dono do coração babava-se todo, enquanto contemplava o reflexo aumentado de sua própria pessoa, satisfeito com a magnificência do que estava vendo.

Entrou em seguida numa caixa de costuras, repleta de agulhas pontiagudas. "Imagino tratar-se do coração de uma velha solteirona", pensou. Mas estava enganado. Era o coração de um jovem oficial, que já fora condecorado diversas vezes. E havia quem o considerasse um sujeito dotado de espírito!

Confuso com tudo o que acontecia, o estudante deixou às pressas os corações que tanto desejara visitar. Estava aturdido, sem saber como ordenar seus pensamentos. A impressão que sentia era a de que sua imaginação fértil estava se divertindo em pregar-lhe peças. "Oh, meu Deus", suspirou, "acho que tenho propensão para a loucura. Deve ser o calor que está fazendo aqui dentro. Estou banhado de suor!"

Relembrou tudo o que lhe havia acontecido na véspera, quando sua cabeça ficara presa entre as barragens da grade do hospital. "Foi ali que tudo começou", resmungou. "Tenho de cuidar de mim. Uma boa sauna, é disso que preciso. Ah, se eu estivesse agora lá na sauna, sentado no degrau mais alto, onde faz mais calor!..."

No mesmo instante, lá estava ele, todo vestido, inclusive com as galochas. Gotas de água quente pingavam do teto, caindo em seu rosto.

— Ui! — gritou, descendo os degraus e correndo para o chuveiro.

O encarregado da sauna também gritou, ao ver um sujeito vestido, dentro da sala de banho a vapor.

O estudante, com presença de espírito, acalmou-o, dizendo que estava pagando uma aposta. Quando voltou ao seu quarto, a primeira coisa que fez foi colocar um emplastro de cantárida nas costas, esperando com isso que o acesso de loucura passasse.

Na manhã seguinte, estava com as costas ensanguentadas. No frigir dos ovos, isso foi tudo o que o estagiário lucrou por ter usado as galochas mágicas.

5ª parte: A metamorfose do escrivão

O guarda-noturno — esqueceram-se dele? — lembrou-se das galochas que tinha encontrado na rua, e foi buscá-las no hospital. Como nem tenente, nem quem quer que fosse, viesse reclamá-las, entregou-as à delegacia de polícia.

— Estas galochas são iguaizinhas às minhas — disse um dos escrivões que ali trabalhavam. — É difícil distinguir um par do outro, até mesmo para um sapateiro...

— Desculpe-me a intromissão — disse um policial, entrando com uns papéis em sua seção.

Os dois conversaram durante algum tempo. O policial queria que o escrivão redigisse uma cópia autenticada daqueles documentos. Quando ele saiu, o escrivão voltou a olhar para os dois pares de galochas que estavam a seu lado, sem saber se as suas eram as da direita ou as da esquerda. "E agora, como é que saio desta?", pensou. "Hum, já sei: as que estão úmidas devem ser as minhas."

Enganava-se redondamente. As que estavam úmidas eram as galochas mágicas. Como se pode ver, até quem trabalha na polícia está sujeito a cometer enganos. E como já era hora de ir para casa, pois seu plantão já fora cumprido, nosso escrivão enfiou no bolso os papéis que teria de copiar, calçou as galochas e saiu.

Era domingo, e era de manhã. Quando chegou à rua, o tempo estava tão bonito, que ele resolveu dar um passeio em Frederiksberg, antes de ir para casa. Uma caminhada iria fazer-lhe bem. Não se vá pensar que nosso escrivão fosse um folgado; pelo contrário, era um profissional competente e zeloso de seus deveres. E era justamente por passar a maior parte de seu tempo atrás de uma mesa que sentia falta de fazer um pequeno passeio naquela manhã de domingo.

Enquanto caminhava, não pensou em coisa alguma; por isso, as galochas não tiveram a oportunidade de exibir seu poder.

Ao passar pelo parque, seguindo por uma alameda sombreada, encontrou um amigo, um jovem poeta; pôs-se a conversar com ele. O poeta contou-lhe que no dia seguinte estaria partindo para uma longa viagem.

— Lá vai você novamente para o estrangeiro — comentou o escrivão. — Vocês, poetas, são livres e felizes. Podem ir para onde bem entendem, à hora que querem, enquanto o restante de nós vivemos enfurnados nesta terra, como se tivéssemos os tornozelos presos por correntes...

— Isso é verdade — concordou o poeta; — lembre-se, porém, que a outra ponta da corrente está presa a uma cesta de pão. Vocês, funcionários, não precisam preocupar-se com o futuro, pois, quando ficarem velhos, terão o direito de receber o pagamento da aposentaria.

— Mas a vida de um poeta é bem melhor — insistiu o escrivão. — Veja nosso caso. Ambos usamos a pena para trabalhar. Só que eu apenas fico copiando coisas desinteressantes, enquanto você escreve versos que todos elogiam, sendo homenageado em todos os lugares por onde passa. O que você faz é antes uma diversão que um trabalho.

O poeta fez que não com a cabeça, o escrivão também, e seguiu cada qual para o seu lado, sem mudar de opinião.

"Os poetas são pessoas estranhas", pensou o escrivão. "Como faria eu, se fosse um deles? Tenho a certeza de que não iria escrever esses versos lamentosos que a maior parte deles tanto aprecia. Hoje, por exemplo: que dia para um poeta! O ar está fresco, límpido, primaveril; as nuvens estão branquinhas, parecendo que foram lavadas; a natureza está toda verde e perfumada. Há anos que não me sinto assim tão bem."

Como se vê, ele já se transformara num poeta. É claro que sua aparência continuava a mesma, pois é uma tolice pensar que os poetas sejam pessoas diferentes dos outros seres humanos. E quantos existem, no meio da multidão, que são mais poéticos e sensíveis que alguns de nossos poetas mais conhecidos! O que distingue o poeta dos outros indivíduos é a sua memória espiritual. Ele consegue reter suas lembranças e seus sentimentos até o momento em que possa exprimi-los sob a forma de palavras escritas. É isso que o sujeito normal não sabe fazer. E foi esse dom que o escrivão subitamente adquiriu, sem se aperceber. Ele agora estava passando pelo período de transição, já que a metamorfose leva algum tempo para se realizar.

"O doce aroma do ar até inebria", murmurou o escrivão-cotovia, sem notar que seu pensamento começava a ser expresso em forma de versos. "Traz-me à mente a lembrança do perfume das violetas que havia em profusão na casa da Tia Lone... Coisa estranha! Há tempos não me lembro desse cheiro! A velha tia... como era bondosa! Morava atrás da Bolsa de Valores. Quantos vasos havia em sua casa! E as flores vicejavam, sempre lindas, por mais que o inverno fosse rigoroso!

As ideias começaram a fluir mais rapidamente:

"Quando eu ia visitá-la, costumava colocar, na chapa do aquecedor, umas moedas de cobre. Quando elas ficavam quentes, encostava-as na vidraça, para derreter o gelo e fazer uns buraquinhos redondinhos, redondinhos, através dos quais ficava vendo a paisagem cinzenta. Rodeados pelo gelo, bem no meio do canal, navios abandonados esperavam o bom tempo para poderem zarpar. Em vez de tripulação, viam-se neles somente negros corvos a grasnar.

"Quando soprava a primeira brisa da primavera, tudo mudava! No porto em que antes nada se via, tudo se enchia de atividade! Muitas pessoas iam e vinham, por entre gritos e cantorias. Despedaçava-se o gelo duro, e seus pedaços se desprendiam, deixando livres os grandes barcos, e preparados para seguir para distantes e estranhas terras.

"Que tenho feito ao longo de minha existência? Fico apenas sentado atrás da escrivaninha, a carimbar papéis, a redigir ofícios, preenchendo passaportes para outras pessoas, mas nunca para mim — oh, que sina cruel!"

O escrivão suspirou profundamente. Súbito, caiu em si, estranhando seu comportamento. "Mas que será que está acontecendo comigo? Deve ter relação com o ar da primavera. Sinto-me ao mesmo tempo inquieto e satisfeito!"

Enfiando a mão no bolso, tirou os papéis que ali tinha posto. "Vamos ver do que se trata. Esses papéis enfadonhos vão desviar-me a atenção de todas essas bobagens."

Passou os olhos pela primeira folha. Ali estava escrito, em letras de fôrma: "MÃE SIGBRITH — tragédia em cinco atos".

— Que diabo é isso? E a letra é minha... Será que, sem ver, escrevi uma tragédia?

Foi passando as folhas, até deparar com outro conjunto. O título era: "INTRIGAS NA CIDADELA — comédia."

— E essa agora? De onde saíram essas peças? Por certo, alguém deve ter posto esses papéis por engano em meu bolso. Aqui no fim há uma carta. Vamos ver o que é.

Fora escrita por um famoso diretor de teatro. Suas peças tinham sido recusadas. Os termos da carta não eram lá dos mais corteses.

— Ora... recusadas... — grunhiu o escrivão, que, sem saber como, se transformara num dramaturgo.

Sua cabeça rodava, de tantos pensamentos que lhe vinham à mente. Sentou-se num banco e, sem ver o que fazia, colheu uma flor, uma margaridinha que crescera no meio da relva. Um botânico levaria horas para explicar como aquela flor fora viceja logo ali, mas ele não: em um minuto, estava ciente de toda a história daquela pequena flor. Ela mesma contou-lhe tudo acerca de sua origem, da força que o sol lhe transmitira através de seus raios poderosos, fazendo suas pétalas se abrirem e seu suave perfume se exalar. Isso levou o poeta a pensar na luta de nossa própria existência, e de como desabrocham em nosso peito os sentimentos que norteiam nossa personalidade. A luz do sol e o ar, explicou a flor, viviam a cortejá-la. Sua predileta, porém, era a luz, para a qual ela sempre inclinava a cabeça. Quando o sol se punha, levando consigo sua luz, ela fechava suas pétalas e dormia, envolta no abraço protetor do ar.

— A luz do sol me torna bela — disse a margarida.

— Mas é o ar que a deixa viva — retrucou o poeta, — pois sem ele você não poderia respirar.

Perto, um garoto batia com uma vara numa poça de água, respingando lama nos ramos verdes dos arbustos. O escrivão pôs-se a pensar nos milhões de seres minúsculos e invisíveis que viviam em cada uma daquelas gotas. Em relação ao seu tamanho, o trajeto que percorriam, da poça aos ramos, podia ser comparado ao que faríamos nós, os humanos, se fôssemos atirados à altura das nuvens.

Essa ideia fê-lo sorrir. Como havia mudado! "Devo estar dormindo e sonhando. Nunca tive um sonho assim, no qual tudo me parecesse tão natural. Serei capaz de recordar tudo, quando acordar? Sinto-me tão bem disposto... Vejo tudo tão claramente... Sei que amanhã tudo isso haverá de parecer uma ideia sem sentido. Nossos sonhos são como pepitas de ouro, enterradas no seio da terra. Quando trazidas para a superfície, mostram que não passavam de pedras sem valor. Que pena!..."

Com olhar melancólico, o escrivão contemplou um passarinho que cantava entre os ramos, saltando de um galho para outro. "Esse aí leva uma vida melhor que a minha. Que felicidade, a sua. Poder voar! Eis o maior dos dons. Feliz daquele que nasceu dotado de asas. Como eu gostaria de ser uma cotovia!"

Pronto! Bastou murmurar seu desejo, e as mangas de seu paletó transformaram-se em asas, as roupas em penas, e as galochas em garras. O escrivão riu satisfeito, ao notar aquela transformação. "É o sonho mais louco que já tive até hoje!"

Experimentou voar e viu que conseguia. Pousando num galho de árvore, começou a cantar alegremente. Mas sentiu que faltava poesia em seu canto. As galochas tinham suas limitações. Não podiam conceder dois dons ao mesmo tempo. Quando ele desejou ser poeta, elas o tornaram poeta; quando quis ser ave, tornou-se uma. Com isso, porém, acabava de perder sua natureza poética. Uma coisa ou outra.

— Situação bem curiosa! — trinou o escrivão-cotovia. — De manhã, trabalhando na delegacia de polícia, copiando os documentos mais sem graça que se poderia imaginar; de tarde, transformo-me numa cotovia, e venho voar no parque de Frederiksberg. Isso daria uma boa comédia.

Descendo para o chão, pousou por entre a relva e virou a cabeça em todas as direções, antes de bicar um colmo de capim que, em comparação com o seu tamanho, parecia tão alto como uma palmeira.

Súbito, tudo escureceu ao seu redor. Algo enorme e escuro envolveu-o. Sem que notasse, um garoto se esgueirara até perto dele, prendendo-o dentro do seu boné. Uma enorme mão logo o agarrou, apertando suas asas de encontro ao corpo. O escrivão-cotovia piou desesperadamente:

— Me larga, moleque! Eu sou da polícia! Sou escrivão da Delegacia Central!

Para o garoto, porém, a reclamação soou como o piado normal de uma ave aprisionada. Apertando-lhe o bico para impedi-lo de continuar piando, foi-se embora com a ave nas mãos.

Caminhando pelas alamedas do parque, o garoto encontrou dois estudantes que se dirigiam à escola onde cursavam o segundo grau. Em breve, estariam fazendo o curso superior, fato normal para os jovens que nascem em berço de ouro. Se fossem levados em conta apenas o caráter e a inteligência, aqueles dois jamais teriam conseguido sair do curso inferior. Vendo a cotovia nas mãos de um menino pobre, ofereceram-lhe uma quantia insignificante por ela. Como dava para comprar duas balas, o menino aceitou. E foi assim que o nosso escrivão acabou sendo levado para uma bela casa, situada na zona nobre de Copenhague.

"Ainda bem que tudo isso não passa de um sonho", pensou, de bico calado, "pois senão teria motivos de sobra para estar desesperado. Primeiro, tornei-me um poeta; agora, virei cotovia. Ser ave é bom, mas não quando se cai nas mãos dos meninos. Só quero ver como este sonho vai acabar".

Quando voltou a enxergar, o escrivão se viu numa sala ampla, decorada com elegância. Uma senhora gorda apareceu, rindo para os estudantes. Quando viu a cotovia, não pareceu muito satisfeita.

— Ora, meninos, para que me trouxeram esse passarinho tão comum e sem graça? Por hoje, vá lá, podem deixá-lo naquela gaiola vazia, perto da janela, junto ao poleiro do papagaio.

Virando-se para o papagaio, a mulher mudou de voz, passando a falar esganiçado:

— Veja, Louro, o presentinho que Mamãe trouxe para você!

O papagaio nada respondeu, preferindo dar-lhe as costas, altivamente. Mas o canarinho que estava ali perto começou a cantar.

—Ah, barulhento! — riu-se a mulher, cobrindo a gaiola do canário com um lenço branco.

— Tuí! Tuí! — trinou o canário. — Está tudo branco! Deve ser uma tempestade de neve! E calou-se.

A gaiola da cotovia — ou, como dizia a dona da casa, do "passarinho comum e sem graça" — estava colocada entre a gaiola do canário e o poleiro do papagaio. Este, até então, só havia aprendido uma frase em dinamarquês: "Eu também sou gente!" Todos riam quando ele dizia aquilo. Os outros sons, porém, ninguém entendia. Para o escrivão, que se havia transformado numa cotovia, tanto os guinchos do papagaio como os trinados do canário eram perfeitamente compreensíveis.

— Que saudade das palmeiras e das amendoeiras em flor — queixou-se o canário. — Em companhia de meus irmãos e irmãs, como eu gostava de voar sobre as flores e sobre as claras águas do mar! Como era lindo contemplar as algas marinhas, agitando-se sobre as ondas! Lá na minha terra há muitos papagaios, e como era bom ficar ouvindo as piadas que eles gostavam de contar...

— Não passam de aves selvagens — retrucou o papagaio, — sem cultura, sem educação. Eu também sou gente!

Vendo que nenhum dos dois achara graça em sua frase, ficou amuado.

—Ué! Por que não riem quando digo isso? A madame ri, as visitas riem, todo o mundo ri, menos vocês dois. Onde está o seu senso de humor? Vamos, riam: eu também sou gente!

— Pare com isso. Não se lembra das belas jovens que dançavam sob o toldo armado junto às árvores floridas? E as frutas, hein? Doces e cheias de sumo! E como era lindo contemplar a relva que recobria as colinas...

— É claro que me lembro disso tudo — respondeu o papagaio, demonstrando um certo aborrecimento. — Mas a vida aqui é bem melhor. Tenho boa comida, sou bem tratado. Uma ave inteligente como eu logo vê o que é melhor para ela. Eu também sou gente! Você tem aquilo que chamam de "espírito poético", enquanto eu sou educado e espirituoso. Pode até ser que você seja um gênio, mas é ambicioso demais. Está sempre tentando alcançar uma nota mais alta, e o resultado é esse aí: cobriram sua gaiola com um pano. Acha que algum dia fariam isso comigo? Nunca! Além de ter custado caro, sei como fazer com que todos riam a mais não poder. Eu também sou gente!

— E você, passarinho cinzento, que me diz? — perguntou o canário à cotovia. — Você nasceu aqui mesmo nesta terra, e mesmo assim está encerrado na gaiola, como um prisioneiro. Deve estar fazendo frio na floresta onde você vive; apesar disso, imagino que preferia estar lá, voando livremente pelos ares. Se for assim, fuja, companheiro. Notei que deixaram aberta a porta da sua gaiola, e lá no alto da janela há um basculante aberto. Que está esperando?

Num segundo o escrivão estava fora da gaiola. Foi a conta: o gato, com seus olhinhos verdes e brilhantes, acabava de entrar na sala e já se dirigia para o lado das gaiolas. O canário pôs-se a bater as asas, enquanto o papagaio fazia um escarcéu, gritando sem parar:

— Eu também sou gente! Eu também sou gente!

Apavorado, o escrivão-cotovia escapuliu pelo basculante aberto e ganhou os ares, sobrevoando inúmeras ruas e telhados, até que se cansou e procurou um lugar para recuperar o fôlego. Uma daquelas casas parecia mais aconchegante e familiar que as outras. Entrou pela janela aberta, e só então reparou que era a sua própria casa. Voando até seu quarto, pousou sobre a mesa.

— Eu também sou gente! — gritou, satisfeito de estar ali.

Aquele grito não exprimia um desejo insatisfeito; era apenas a repetição da frase que o papagaio tantas vezes dissera. Seja como for, o fato é que ele logo em seguida readquiriu seu aspecto humano. A única coisa fora do normal era que agora estava sentado em cima da mesa.

— Deus seja louvado! — murmurou, enquanto pulava para o chão. — Como será que vim parar aqui em cima da mesa? Devo ter andado pelo quarto, enquanto dormia. Que sonho mais estranho! Que aventura mais sem sentido!

6ª parte: Como as galochas trouxeram sorte

Na manhã seguinte, um jovem estudante de Teologia, que alugava um quarto no mesmo andar do escrivão, bateu à porta.

— Poderia emprestar-me suas galochas? — perguntou. — Quero ir até o jardim fumar meu cachimbo, mas a relva ainda está molhada de orvalho.

O escrivão entregou-lhe as galochas, e ele as calçou, descendo em seguida até o jardim. Na verdade, aquele espaço verde era apenas um jardinzinho bem acanhado, pois só tinha uma ameixeira e uma pereira. Para o centro da cidade, porém, aquela minúscula área verde era uma verdadeira maravilha.

O estudante foi e voltou várias vezes pelo caminho que cruzava o jardim, enquanto fumava seu cachimbo. Eram apenas seis horas da manhã. Chegou de longe o som da corneta que anunciava a saída da diligência.

— Ah, viajar, que coisa boa! — murmurou. — Não existe coisa melhor neste mundo! Bem que eu gostaria de poder fazer uma longa viagem, a países distantes, como a Suíça ou a Itália...

Por sorte, as galochas atenderam seu pedido antes que ele desfiasse uma lista interminável de países distantes, o que tornaria esta história comprida demais. De repente, ei-lo viajando pela Suíça, numa diligência, junto com outros oito passageiros. Viu-se sentado entre dois deles, bastante espremido. Sentia um nó na garganta, e sua cabeça parecia querer estourar, de tanta dor. O sangue parecia ter-lhe descido para as pernas; além disso, sentia os pés inchados dentro das botinas apertadas. Invadiu-o pesada sonolência. Tinha no bolso direito algumas cartas de crédito, no esquerdo um passaporte, e algumas moedas numa bolsinha de couro presa por um cordão ao seu pescoço. Toda vez que adormecia, sonhava que havia perdido um desses bens preciosos. Então, acordando sobressaltado, batia a mão nos três pontos: bolso direito, bolso esquerdo, meio do peito, formando um triângulo. Só depois de conferir que tudo estava em ordem, conseguia adormecer de novo, por algum tempo. De uma rede estendida acima de sua cabeça, pendiam guarda-chuvas, bengalas e chapéus, impedindo-o de contemplar a paisagem através da janela. Quando por fim conseguiu avistar de relance as majestosas montanhas da Suíça, veio-lhe à mente um verso idêntico ao que um amigo nosso compôs, quando se achava viajando por aquele país, em circunstâncias bem semelhantes:

"Eis a terra do herói Guilherme Tell!
O Monte Branco, além, se ergue altaneiro!
Por todo lado escorrem leite e mel!
Mas não para quem tem pouco dinheiro...

Majestosa, sombria e melancólica era a paisagem que os rodeava. Os picos das montanhas estavam ocultos acima das nuvens, e os pinheirais pareciam ásperos como urzes. O frio aumentou, a neve começou a cair e o vento soprava sem parar.

— Oh! — resmungou o estudante, tremendo, — quem me dera estar do lado de lá dos Alpes! Lá já se instalou o verão, e eu poderia resgatar minhas cartas de crédito. A falta de dinheiro vivo está estragando minha viagem. Não estou podendo desfrutar de minha estada na Suíça; assim sendo, preferia já estar na Itália.

No mesmo instante, a paisagem se transfigurou, e lá estava ele na estrada que liga Florença a Roma. As águas do Lago Trasimeno, refletindo os raios do sol poente, brilhavam como ouro. As montanhas ao redor ostentavam uma coloração azul-escura. Onde outrora Aníbal derrotara Flamínio, os ramos das videiras entrelaçavam-se pacificamente uns nos outros. À sombra de um loureiro, um grupo de crianças lindas e seminuas guardava um rebanho de porcos de pele escura. Se essa cena estivesse pintada numa tela, qualquer um reconheceria que se tratava de uma típica paisagem italiana, entusiasmando-se ao vê-la.

Dentro da diligência, porém, nem o estudante de Teologia, nem qualquer de seus companheiros de viagem, sentia algum tipo de entusiasmo. O veículo estava apinhado de mosquitos e de outros insetos incômodos. Os ramos de murta que os passageiros agitavam incessantemente, tentando afugentá-los, de nada valiam. Ninguém escapava de suas picadas, e todos traziam as faces inchadas e cheias de marcas vermelhas. Os pobres cavalos pareciam carniças, tais as nuvens de insetos que os atacavam, obrigando o cocheiro a parar de vez em quando, para espantar os mosquitos vorazes e proporcionar um alívio momentâneo aos infelizes animais.

O sol finalmente se pôs, sobrevindo o vento da noite, frio e cortante. As montanhas e as nuvens adquiriram uma tonalidade estranhamente esverdeada. Na paisagem, tudo se destacava de maneira nítida e brilhante, à luz do crepúsculo. É impossível descrever o panorama; só mesmo indo à Itália e contemplando-o pessoalmente. Até os viajantes teriam ficado extasiados, se não estivessem sentindo fome e cansaço, e desse modo mais interessados em chegar a alguma estalagem do que em ficar apreciando as belezas que os circundavam.

A estrada atravessava um olival. Os troncos das árvores lembravam os dos salgueiros nodosos da Dinamarca. No meio da plantação ficava um albergue solitário, à frente do qual o cocheiro parou. Meia dúzia de mendigos andrajosos esperavam a chegada dos passageiros, junto à porta de entrada. O mais respeitável deles parecia "o filho mais velho da Fome, depois que atingira a maturidade". Os demais eram cegos, coxos ou manetas. Aquele agrupamento de deformações e trapos era a própria representação da miséria humana.

— *Eccelenza, miserabili* — gemiam, enquanto exibiam seus defeitos para a inspeção dos passageiros.

A esposa do dono do albergue saiu para receber os hóspedes. Estava descalça, vestia uma roupa imunda e seus cabelos há tempos não recebiam a visita de um pente. Para fechar as portas dos quartos, era necessário usar cordas e tiras de pano. O piso era de ladrilhos, mas metade deles estava faltando. Morcegos voavam por ali tranquilamente, como se estivessem num celeiro. Para completar, o lugar fedia.

— Até que ela podia servir a mesa no estábulo — comentou um dos passageiros. — Lá, pelo menos, saberíamos de onde se desprende este perfume...

As janelas foram abertas para entrar um pouco de ar fresco. O que por elas entrou, porém, foram os membros mutilados dos mendigos, ao som de sua cantilena: "*Miserabili... Eccelenza, miserabili...*"

As paredes eram decoradas com inscrições, ali deixadas pelos hóspedes, e metade delas não se referia com gentileza às maravilhas da *bella Italia*.

Por fim, chegou o jantar: era água fervida, dentro da qual boiavam pedaços de pimenta e manchas de azeite rançoso. O nome dessa iguaria era "sopa". Depois veio a salada, temperada com o mesmo azeite. O prato principal era crista de galo frita, misturada com ovos em início de deterioração. Por sorte, havia vinho; pena que parecia ter sido tirado do barril de vinagre.

Durante a noite, as bagagens foram empilhadas defronte à porta, como se fossem uma barricada. Os hóspedes se revezavam em vigiá-las, enquanto os demais dormiam.

O primeiro a montar guarda foi o estudante de Teologia. Como sofreu! O cheiro da sala era nauseabundo, e o calor insuportável! Do lado de fora, os miseráveis mendigos roncavam, enquanto um ou outro persistia em seus lamentos de "miserabili". Dentro da sala, os mosquitos zumbiam, enquanto voejavam em busca de suas vítimas.

— Viajar seria maravilhoso se não tivéssemos corpos — murmurou o estudante para si próprio. — Sim, se pudéssemos vagar apenas com o nosso espírito... Onde quer que estejamos, existe sempre algo teimando em oprimir nosso coração. Ora é uma coisa que está faltando, ora é outra da qual nos queremos livrar. Em momento algum estamos inteiramente felizes. Sempre podia ser melhor. E eu quero o melhor, mas onde ele estará? Onde encontrar a felicidade total? Eu sei onde ela se encontra. Ah, se pudesse estar lá...

Mal acabara de falar, e estava de volta ao seu quarto. As longas cortinas brancas estavam fechadas. No meio do aposento havia um caixão, e dentro dele o corpo do estudante, dormindo o sono da morte. Sua alma fora embora para sempre, para a longa viagem que ele tanto desejara fazer, enquanto seu corpo repousava, livre de qualquer desconforto. "Não digas que alguém é feliz, antes que ele esteja em seu túmulo" — palavras de Sólon, que esta história vem confirmar.

Todo cadáver é uma esfinge imortal. Também a esfinge que se achava naquele caixão não respondia às perguntas que lhe eram formuladas. Entretanto, aquele corpo, poucos dias antes, na época em que ainda abrigava a alma de um estudante de Teologia, usara sua mão para escrever um poema, no qual dirigia a si próprio algumas questões:

> *Da morte escuto apenas o silêncio atroz,*
> *e vejo o rastro lúgubre das sepulturas.*
> *Quando ela enfim vier, que vai haver após?*
> *Permaneço no chão, ou subo até as alturas?*
>
> *Mais triste que morrer é passar pela vida*
> *enfrentando a terrível dor da solidão.*
> *O peso da injustiça mais deixa oprimida*
> *a alma, que a terra fria em cima do caixão.*

Duas figuras estavam no quarto: a Fada do Infortúnio e a aia da dama de companhia da Fada da Felicidade. Ambas contemplavam o corpo morto do estudante.

— E agora, que me diz? — perguntou a Fada do Infortúnio. — Que tipo de aventura suas galochas mágicas trouxeram para os homens?

A criada da Fada da Felicidade, sem tirar os olhos do morto, respondeu:

— Este aqui está feliz. Dorme o sono eterno da paz.

— Ora, não me venha com essa! — contestou a Fada do Infortúnio. — Ele entregou os pontos muito cedo, antes de ser chamado. Não teve força de vontade suficiente para alcançar a meta que tinha em mente. Vou-lhe fazer um favor.

E no mesmo instante tirou as galochas dos pés do estudante, devolvendo-lhe a vida. Em seguida, desapareceu, juntamente com as galochas. Deve ter-se apossado delas, o que, pensando bem, é o melhor que ela teria a fazer.

A Margarida

Vou contar uma história para vocês. Era uma vez uma casa de campo, que tinha na frente um belo jardim, rodeado por uma cerca de madeira. Do outro lado da cerca havia uma vala, e mais adiante uma estrada que ladeava uma encosta recoberta de relva em toda a sua extensão. No meio da relva brotou um rebento de margarida. O mesmo sol que iluminava as flores de cores vistosas cultivadas no jardim derramava-se alegremente sobre a graciosa plantinha do campo, fazendo-a crescer e desenvolver-se a olhos vistos. Numa certa manhã, a flor desabrochou, e suas pequeninas pétalas brancas se abriram, rodeando uma corola redonda e amarela, como se fosse uma miniatura do sol. A florzinha não tinha consciência de que ninguém podia enxergá-la ali onde ela estava, escondida entre os altos talos das ervas, nem de que fosse uma simples e modesta florzinha do campo, à qual ninguém prestaria atenção.

Ao contrário, erguia orgulhosa o rosto na direção do sol, encarando-o de frente, enquanto se deliciava com o canto da cotovia que voava ali por perto.

Para ela, todo dia era feriado, mesmo que se tratasse de uma segunda-feira bem comum. Enquanto as crianças estavam na escola, sentadas em suas carteiras aprendendo as lições, ela se sentava no alto da haste que a sustentava e também ia aprendendo o que a vida lhe ensinava. Ali aprendeu a apreciar o calor do sol e a desfrutar as belezas da vida; ali entendeu que o canto da cotovia era a música mais bela que havia, pois sua melodia expressava exatamente o que ela sentia dentro de si. A margaridinha fitava com ternura e respeito o pássaro feliz, que não só podia voar, como também cantar tão bem. Não sentia inveja ou mágoa por não possuir aqueles dons. "Posso vê-la e ouvi-la", pensava. "O sol brilha sobre mim e o vento vem-me beijar. De que mais preciso?"

Do outro lado da cerca, no jardim da casa, viam-se flores nobres e vistosas. Quanto menos perfume desprendiam, mais orgulhosas e arrogantes se mostravam. As peônias inchavam-se todas, querendo ser maiores que as rosas, esquecendo-se de que tamanho não é documento. As tulipas ostentavam as cores mais bonitas, mas eram tão altivas que viviam esticando suas hastes, a fim de que ninguém as pudesse contemplar de cima. Nenhuma delas sequer notava a margaridinha do outro lado da cerca. Esta, porém, gostava de ficar contemplando o jardim, dizendo para si mesma: "Como são lindas e coloridas! O passarinho que canta tão bonito deve ir visitá-las de vez em quando. Graças a Deus que nasci aqui, de onde posso observá-las sempre que desejo".

Nesse momento, a cotovia veio voando pelo ar. Em vez de pousar perto das peônias e tulipas, preferiu descer até a relva, bem ao lado da margarida. Esta sentiu-se tão honrada, e ao mesmo tempo tão confusa, que nem sabia o que pensar daquilo.

A cotovia pôs-se a dançar em redor dela, enquanto cantava:

> *Em meio à relva macia*
> *Cresce uma flor que é um tesouro,*

O seu vestido é de prata
E o seu coração é de ouro.

É claro que ela se referia às pétalas branquinhas e à corola dourada da pequena margarida do campo.

A felicidade que a florzinha sentia não pode ser descrita. O pássaro estendeu o bico para beijá-la, cantou mais um pouco e depois foi embora, desaparecendo no céu azul de verão. A margarida ainda levou uns bons quinze minutos para voltar a si do espanto. Ergueu timidamente os olhos para o jardim: as flores de lá certamente tinham presenciado seu momento de glória, entendendo o motivo de sua extrema felicidade. Quem sabe iriam cumprimentá-la, acenando-lhe de longe? Que nada! Continuavam como antes. As tulipas mantinham-se retesadas, como sempre; apenas, suas faces ficaram um pouco mais vermelhas — seria de inveja? Quanto às peônias, estavam quase estourando de tão inchadas. Para sorte da margarida, as flores orgulhosas não podiam dirigir-lhe a palavra; se pudessem, ela teria ouvido poucas e boas. A florzinha percebeu o mau humor de suas nobres colegas, e ficou magoada com aquilo. Nesse momento, saiu da casa uma empregada, trazendo na mão uma faca afiada. Seguindo direto até o canteiro de tulipas, cortou uma por uma, voltando para dentro com uma braçada de lindas flores vermelhas.

—Ah, coitadinhas! — soluçou a margarida. — Que coisa horrível! Acabou-se a vida para elas!

Foi então que ela, mais do que nunca, valorizou o fato de ter nascido do lado de fora da cerca, e de ser apenas uma humilde florzinha do campo.

Quando a noite veio, encolheu suas pétalas e dormiu. No sonho que teve, o sol brilhava e a cotovia ia e vinha pelos ares, cantando.

Na manhã seguinte, quando acordou alegre e abriu suas pétalas como se fossem alvos bracinhos saudando o frescor do novo dia, escutou o canto da cotovia, ao longe. Não era o canto jovial da véspera, mas pios sentidos, em tom de lamento. A avezinha tinha razões de sobra para estar triste: apanhada numa arapuca, agora estava presa numa gaiola, junto à janela da casa vizinha. Seu canto recordava o tempo em que podia voar livremente pelo céu, batendo as asas alegremente, enquanto contemplava os trigais verdes que ondulavam ao vento. Agora, sem poder voar, prisioneira numa gaiola, como a cotovia se sentia infeliz!

A margarida bem que gostaria de ajudá-la, mas como? Pensando num modo de solucionar esse difícil problema, até se esqueceu das belezas que havia ao redor, e de como suas pétalas estavam encantadoras naquele dia. Todos os seus pensamentos estavam dirigidos para a pobre avezinha engaiolada, que ela tanto gostaria de restituir à liberdade.

Súbito, saíram dois meninos do jardim. Um deles trazia na mão uma faca afiada. Era a mesma faca que a empregada havia usado para cortar as tulipas. Os dois caminharam até onde estava a margarida e pararam em frente dela, que logo tremeu de susto, imaginando qual seria sua intenção. O que trazia a faca falou:

— O capim daqui está verdinho. Vamos cortar algum para dar à cotovia.

Em seguida, com sua faca, marcou um quadrado na relva, deixando a margarida bem no meio, e começou a escavar a terra, pois queria tirar o capim com a raiz.

— Arranca essa flor aí — sugeriu o outro menino.

Ouvindo isso, a margarida tremeu de medo. Sabia que a palavra "arranca", no caso dela, significava o mesmo que "mata", e ela bem que estava gostando de seguir inteira para a gaiola da cotovia, juntamente com os tufos de capim.

— Não, vamos deixar que ela fique no meio do capim — replicou o primeiro. — Fica bonito deste modo.

E foi assim que a margarida, sem perder suas raízes, seguiu junto com o torrão de terra e o tufo de capim, sendo posta dentro da gaiola da ave.

A pobre cotovia ainda lamentava a liberdade perdida, batendo suas asas contra as grades de arame da gaiola. A margaridinha não sabia falar, e, mesmo que soubesse, não teria o que dizer para reconfortar sua amiguinha.

Passou-se a manhã. O relógio marcava meio-dia. A cotovia voltou a se lamentar:

— Estou com sede! Todo mundo saiu, e ninguém se lembrou de deixar na gaiola nem mesmo um pouquinho de água! Minha garganta arde, de tão seca! Sinto como se tivesse gelo e fogo dentro de mim. Oh, como o ar está pesado! Vou morrer! Nunca mais poderei sentir o calorzinho gostoso do sol ou ver o verde dos campos e todas as belezas que Deus espalhou na natureza!

Para refrescar o bico, a cotovia enterrou-o no torrão de terra, e só então reparou que a margarida ali estava. Inclinando-se, beijou-a e lhe disse:

— Você também foi posta nesta gaiola, onde irá murchar e morrer, como eu, pobre florzinha! Você e esse pequeno quadrado de relva são tudo o que me deram em troca do mundo inteiro que me pertencia, ao tempo em que eu era livre. Cada talo de capim corresponde a uma árvore frondosa, e cada pétala sua corresponde a uma flor de doce perfume... Cada vez que contemplar você, haverei de lembrar-me daquilo tudo que perdi...

"Gostaria tanto de poder consolar essa pobre ave", pensou a margarida, que não podia sequer mover suas folhas, já que ali não havia vento.

O perfume que se desprendia da florzinha era muito mais intenso que o das margaridas comuns, e a cotovia logo reparou nisso. Assim, embora arrancasse com desespero os talos de capim, torturada pela sede, ela não tocou na margaridinha do campo.

A noite chegou, e nada de lhe trazerem água. A pobre ave abriu as asas, estremeceu toda, voltou-se para a flor e dirigiu-lhe um derradeiro e doloroso pio, antes que seu coração se despedaçasse de mágoa e anseio. A margarida nem teve forças para enrolar suas pétalas como fizera na noite anterior. Tristonha e sem alento, deixou pender sua cabecinha até quase tocar o chão.

Na manhã seguinte, os meninos irromperam na sala. Ao verem o pássaro morto, desataram a chorar. Saindo para o quintal, abriram uma cova, enfeitando suas bordas com folhas. O corpo da cotovia, colocaram numa bela caixa de papelão vermelho. O enterro foi realizado com pompas reais. Quando viva, enquanto a todos encantava com seus trinados, fora aprisionada numa gaiola, vindo a morrer de sede e dor; agora, porém, não lhe faltaram lágrimas e cerimônias.

O torrão de terra onde estava a margarida foi atirado no meio da estrada poeirenta. Ninguém mais se lembrou daquela linda e modesta florzinha, que tanto sofrera ao presenciar a infelicidade da cotovia, e que acabara ela própria morrendo de mágoa, sem saber como consolar aquela ave tão linda e tão gentil.

O Soldadinho de Chumbo

Era uma vez um pelotão de vinte e cinco soldadinhos de chumbo, todos irmãos, pois foi do derretimento de uma velha concha que tinham sido feitos. Formavam um belo conjunto, todos de fuzis ao ombro, olhando altivos para a frente, parados em posição de sentido e ostentando belos uniformes vermelhos e azuis.

"Soldadinhos de chumbo!" foram as primeiras palavras que escutaram, exclamadas por um garoto que acabava de recebê-los de presente, no dia de seu aniversário. O menino fitava-os com olhos alegres, depois de aberta a tampa da caixa onde eles se encontravam, e batia palmas de contentamento. Tirando-os dali, apressou-se em organizá-los em fila sobre a mesa. Eram todos iguaizinhos, exceto um, que tinha uma perna só. Como fora fundido por último, faltara chumbo para completar uma de suas pernas, o que não parecia incomodá-lo, pois ele ficava tão firme quando posto de pé como seus outros vinte e quatro irmãos. Pois bem: esse soldadinho perneta é o herói da nossa história.

De todos os brinquedos espalhados sobre a mesa, o que chamava imediatamente a atenção era um castelo de papelão, réplica perfeita de um castelo de verdade. Através de suas janelas, podia-se ver o interior dos salões, decorados com belas pinturas. Na frente havia um pequeno lago rodeado por árvores, no qual nadavam cisnes que se refletiam perfeitamente na água, ou melhor, no espelho que imitava a água do lago. Tudo naquele castelo era agradável de se olhar, mas a coisa que ele tinha de mais encantador era a sua dona, uma pequena boneca de papel, postada junto à porta, trajando roupas de bailarina. O saiote era de musselina branca, e ela trazia sobre os ombros uma faixa azul, de cuja extremidade pendia uma lantejoula do mesmo tamanho do seu rosto. Seus braços estavam estendidos para a frente, como se ela fosse abraçar alguém, e ela se equilibrava na ponta de um dos pés, pois era uma bailarina. A outra perna estava toda estendida para trás, de modo que não se podia vê-la, quando se olhava a bailarina de frente. Foi por isso que o soldadinho de chumbo imaginou que ela tinha uma só perna, como ele.

"Ah, que esposa perfeita seria essa moça!", ficava imaginando o soldadinho, enquanto contemplava de longe a bailarina. "Mas receio que ela nem ligue para mim. Não passo de um simples soldadinho de chumbo, que mora numa caixa com outros vinte e quatro irmãos, ao passo que ela vive num castelo. Se eu a tirasse de lá para ser minha esposa, não teria para onde levá-la... Mas isso não impede que venhamos a ser amigos."

Para melhor contemplar a jovem, que continuava equilibrando o corpo na ponta de um só pé, o soldadinho deitou-se de comprido atrás de uma caixa de rapé, e ali ficou.

À noite, quando chegou a hora de dormir, os outros soldadinhos de chumbo foram guardados na caixa. Depois que todas as pessoas da casa já se haviam recolhido, dormindo profundamente, os brinquedos começaram a se divertir. Suas brincadeiras eram de esconde-esconde, pegador e quatro-cantos. Os vinte e quatro soldadinhos agitavam-se dentro de sua caixa, doidos para participarem da farra, mas não conseguiam tirar a tampa, que era muito justa. O quebra-nozes plantava bananeira, enquanto que o lápis-cera se divertia desenhando na lousa. O barulho era tanto, que o canário acordou, pondo-se a fazer versos engraçados, mexendo com todos os brinquedos e provocando o riso geral. Os únicos que se mantinham imóveis, sem tomar parte na brincadeira, eram a bailarina e o soldadinho de chumbo, cada qual se equilibrando numa só perna. Ele não tirava os olhos dela, nem por um momento, sem virar a cabeça ou até mesmo piscar.

O relógio bateu meia-noite. Tlec! — a tampa da caixa de rapé abriu-se de repente, e de dentro dela saltou um duende todo de preto, de cenho franzido e aspecto feroz.

— Soldadinho de chumbo — ordenou ele, como se fosse um capitão, — tire os olhos dela!

O soldado permaneceu firme, fingindo não ter escutado a ordem.

— É assim, não é? — esbravejou o duende. — Espere até amanhã, que você vai ver só o que acontece!

Depois dessa ameaça, entrou de novo na caixa de rapé e fechou a tampa.

Na manhã seguinte, quando as crianças já estavam de pé, o menorzinho viu o soldado e o colocou no peitoril da janela. Seja devido ao poder mágico do duende, seja por causa de uma rajada de vento, o fato é que, de repente, o soldadinho de chumbo foi atirado para fora, caindo entre as pedras do calçamento. Foi uma queda de três andares, e ele caiu de cabeça para baixo, enterrando sua baioneta na terra, entre duas pedras.

A criada e o menino logo desceram à sua procura. Andaram para lá e para cá, quase chegaram a pisá-lo, mas não conseguiram encontrá-lo. Se ele tivesse gritado: "Estou aqui!", eles o encontrariam, mas o soldadinho era orgulhoso e valente, e preferiu manter-se calado, a fim de manter sua dignidade militar. Por fim, os dois desistiram da busca e voltaram para casa.

Começou a chover; de início, devagarinho; depois, mais forte; por fim, desabou uma tempestade. Quando a chuva cessou, passaram por ali dois meninos de rua.

— Olha ali — disse um deles, — um soldadinho de chumbo! Vamos ver se ele é bom marinheiro.

Pegando uma folha de jornal, fizeram um barco de papel, puseram dentro dele o soldadinho e o colocaram para navegar na enxurrada. A correnteza era forte, e o barco logo desceu por ela abaixo, seguido pelos dois garotos, que corriam atrás dele, rindo e batendo palmas. As ondas furiosas faziam o barquinho subir e descer. O soldadinho estremeceu de medo, mas permaneceu firme, mantendo seu fuzil ao ombro e olhando direto para a frente.

136

Súbito, o barco entrou num bueiro, tão escuro como a caixa em que ele morava; só que, ali, ele tinha vinte e quatro colegas de escuridão, enquanto que, aqui, estava sozinho num barco desgovernado. "Só quero ver como é que tudo isto vai acabar", pensou ele. "Deve ser arte do duende. Pena que a bailarina não esteja aqui comigo... Se estivéssemos juntos, eu não sentiria medo algum, mesmo que a escuridão fosse mais negra que o piche."

Uma ratazana que morava no esgoto viu o barquinho de papel e ordenou ao soldado que parasse, gritando:

— Pare! Mostre seu passaporte, pois do contrário não pode passar!

O soldadinho nada respondeu, apertando o fuzil junto ao peito. A correnteza tornou-se mais forte, e o barco descia com velocidade cada vez maior. A ratazana nadava atrás dele, rilhando os dentes de raiva. Vendo dois talos de capim e um raminho quebrado que flutuavam ao longe, gritou-lhes:

— Parem esse barco! O passageiro não tem passaporte e não quis pagar a taxa!

A água descia com impetuosidade cada vez maior. Lá na frente do túnel escuro, o soldadinho avistou uma luz. Era onde o bueiro terminava. Mas também chegou-lhe aos ouvidos um ruído estranho, como se fosse de um ronco surdo, capaz de fazer estremecer até o mais valente dos homens. É que, na extremidade do bueiro, as águas se despejavam num canal, de onde rumavam para o mar. Descer por ali seria a mesma coisa que cair numa cachoeira, para nós. Imaginem a preocupação que o invadia, à medida que o ronco das águas aumentava!

Não havia como deter a marcha veloz do barco. E o soldado seguia firme, sem deixar que o medo tomasse conta dele. O barco rodopiou quatro vezes, encheu-se de água até a borda, ameaçava afundar. O papel de jornal estava encharcado, e a água já chegava à altura do pescoço do soldadinho. Pensando na bailarina, e imaginando nunca mais tornar a vê-la, vieram-lhe à mente dois versos de um poema:

> *Prossegue em frente, soldado valente,*
> *Mostra que és forte e não temes a morte.*

Nisto, o papel se desfez, e o soldadinho foi afundando, levado pelas águas. Já estava bem próximo da lama que cobria o fundo do canal, onde imaginava que ficaria enterrado para sempre, quando um peixe voraz o engoliu.

Dentro do estômago do peixe era ainda mais escuro e apertado do que no bueiro, mas o soldadinho permaneceu firme, sempre segurando seu fuzil apoiado no ombro.

De repente, o peixe começou a se agitar e saltar de maneira desesperada, até que finalmente parou. Passado algum tempo, um raio de luz desceu sobre o rosto do soldadinho, e ele escutou uma voz que dizia:

— Olha aqui, gente! O soldadinho de chumbo estava na barriga do peixe!

Que coisa incrível: alguém havia pescado o peixe, levando-o para o mercado; ele ali fora vendido para a cozinheira da casa de onde o soldadinho havia saído! Quando a cozinheira o cortara com o facão, a fim de limpá-lo, encontrara ali dentro o soldadinho de chumbo que desaparecera no dia anterior! Pegando-o com dois dedos pela cintura, ela o levou até a sala, onde todos se espantaram com aquela estranha coincidência. A aventura do soldadinho de chumbo que voltara para casa dentro do estômago do peixe foi comentada por todos. Ele, porém, não sentia orgulho algum em relembrar sua aventura.

137

Ah, as voltas que o mundo dá!... Lá estava ele de volta à mesma sala de onde havia saído na véspera, e colocado sobre a mesma mesa, junto com outros brinquedos que já conhecia. Ali estava o castelo de papelão, com a bailarina parada junto à porta, equilibrando-se na ponta de um dos pés, e mantendo a outra perna estendida para trás. Essa visão fez o coração do soldadinho estremecer, e ele quase deixou que uma lágrima de chumbo escorresse de seus olhos, mas soube conter-se, achando que aquilo não seria digno de um militar. Olhou para a bailarina, e ela também olhou para ele, mas os dois não trocaram uma só palavra.

Num dado momento, eis que o caçulinha da casa, o mesmo menino levado que tinha posto o soldadinho no peitoril da janela, agarrou-o pela cintura e o atirou no fogo da lareira. Por que fizera aquilo? Nem o menino saberia dizê-lo, mas por certo o duende tinha algo a ver com a coisa.

As chamas rodearam o corpo do soldadinho de chumbo. Um calor intenso invadiu seu peito, mas ele não sabia se seria provocado pelo fogo ou pela paixão que ardia no fundo do seu coração. As cores de seu uniforme, que já estavam um tanto desbotadas devido a sua aventura, acabaram por desaparecer. Por entre as chamas, ele ainda conseguiu enxergar a pequena bailarina, e viu que ela também olhava para ele. Sentiu que seu corpo começava a derreter-se, mas continuou firme, como sempre, mantendo o fuzil junto ao ombro, sem tirar os olhos da porta do castelo e da linda bailarina que ali estava.

Neste momento, alguém abriu a porta da sala. Uma rajada de vento entrou, carregou a bailarina, e ela voou como uma sílfide, indo cair bem dentro da lareira. Num segundo o fogo a consumiu, e ela se transformou em cinzas, no exato instante em que o soldadinho de chumbo acabava de se derreter.

No dia seguinte, quando a criada veio limpar a lareira, encontrou entre as cinzas os restos carbonizados da lantejoula da bailarina, pretos como carvão, bem ao lado de uma peça achatada de chumbo, que tinha o formato exato de um coração.

Os Cisnes Selvagens

Longe, muito longe daqui, na terra para onde vão as andorinhas quando fogem do inverno, vivia um rei que tinha onze filhos e uma filha. O nome dela era Elisa. Os onze irmãos eram príncipes; por isso, quando iam para a escola, levavam uma estrela no peito e uma espada à cinta. Escreviam com giz de diamante em lousas de ouro, e sabiam ler em voz alta tão bem, que quem os escutava logo via serem meninos de sangue real. Sua irmã Elisa sentava-se numa carteira toda feita de espelhos, e tinha um livro de figuras tão precioso, que era preciso a metade do reino para comprá-lo.

Seu pai, que era o soberano de todo o país, casou-se um dia com uma rainha malvada, e isso não iria ser nada bom para aquelas crianças inocentes. Elas perceberam isso no dia em que conheceram sua futura madrasta.

O castelo estava todo decorado para a magnífica festa. Para passar o tempo, as crianças resolveram brincar de casinha. Quando isso acontecia, sempre lhes davam bolos e maçãs assadas, para servirem aos que fingiam ser as visitas da casa. Pois, embora fosse fácil providenciar essas iguarias, a rainha mandou que lhes dessem apenas uma xícara cheia de areia, dizendo-lhes para fazerem de conta que aquilo era coisa de comer.

Na semana seguinte, a pequena Elisa foi enviada ao campo, para ser criada por uma família de camponeses pobres. E a nova rainha tanto encheu a cabeça do rei com mentiras horríveis acerca dos principezinhos, que ele acabou nem querendo saber mais de seus filhos.

— Voai, voai pelo mundo afora — ordenou-lhes a rainha má, que entendia de feitiçaria, — sem terdes ninguém para cuidar de vós! Pelo Poder do Mal, transformo todos vós em aves sem fala!

O feitiço não funcionou tão absolutamente como ela pretendia, já que seu poder não era tão forte. Os príncipes transformaram-se em onze belíssimos cisnes selvagens. Com um estranho grito, alçaram voo, saindo pela janela, e logo ganharam as alturas, passando por cima do parque e da floresta que se estendia junto ao castelo.

De manhã bem cedinho, sobrevoaram a fazenda onde Elisa estava vivendo. Naquele momento, ela ainda dormia. Eles ficaram voando bem baixo, fazendo círculos sobre o telhado da casa, olhando para as janelas para poderem enxergar ao menos de relance sua querida irmã. Apesar do barulho que faziam suas asas, ninguém acordou, ninguém os viu. Por fim, os cisnes desistiram de chamar a atenção de Elisa, e foram-se embora dali, dirigindo-se para a grande floresta escura que se estendia até o litoral.

Sentada no chão de terra batida, a pobre Elisa brincava com uma folha. Como não tinha brinquedos, fizera um buraquinho na folha, através do qual passavam os raios de sol, cujo brilho lhe lembrava os olhos brilhantes de seus irmãos. Às vezes, deixava que esses raios tocassem seu rosto, para lembrar-se dos beijos que eles costumavam lhe dar.

Os dias foram passando, um atrás do outro, todos iguais. O vento soprava por entre os ramos das roseiras, sussurrando para as rosas: "Existe alguém no mundo que tenha mais encanto que as rosas em botão?" E as lindas flores, meneando a cabeça, respondiam simplesmente: "Elisa!"

Aos domingos, quando a velha fazendeira sentava num banquinho junto à porta, lendo seu livro de orações, o vento virava as páginas e sussurrava para elas: "Acaso existe alguém mais santa do que vós?" E as folhas agitadas farfalhavam, respondendo: "Elisa!", e tanto elas como as rosas estavam dizendo a verdade.

Quando completou quinze anos, Elisa voltou ao castelo. Vendo que ela se havia tornado uma jovem de grande beleza, a rainha má encheu-se de ódio e inveja. No fundo de seu coração cruel, gostaria de também transformá-la em cisne; entretanto, como o rei manifestara desejo de ver a filha, preferiu adiar seu propósito, receando desobedecer àquela ordem.

Na manhã seguinte, antes que Elisa despertasse, a rainha dirigiu-se ao banheiro de mármore, adornado com ricos tapetes e almofadas macias, colocadas por cima dos bancos alinhados ao longo das paredes. Levava consigo três sapos, enrolados dentro da toalha. Beijando o primeiro, falou:

— Pouse na cabeça de Elisa, para que ela se torne preguiçosa.

Em seguida, beijou o segundo sapo e lhe disse:

— Pouse na teste de Elisa, para que ela se torne tão feia como você. Assim, o rei não irá reconhecê-la.

Por fim, beijando o terceiro sapo, falou:

— Pouse sobre o coração de Elisa, para que ela se torne má como você, e venha a sofrer por causa disso.

Depois, soltou os sapos na água cristalina do banho, que no mesmo instante adquiriu uma tonalidade esverdeada, e mandou que chamassem Elisa.

Assim que a jovem entrou na banheira, o primeiro sapo pousou em sua cabeça, o segundo na testa e o terceiro em seu peito. Mas Elisa nem reparou neles. Quando saiu do banho, três papoulas vermelhas boiavam na água. Se não fosse o beijo da rainha má, que os havia envenenado, eles se teriam transformado em três rosas, pois o contato com a pele da bondosa e inocente Elisa retirara toda a maldade que existia dentro dos três horrendos animais, anulando o poder do feitiço.

Quando a rainha má ficou sabendo daquilo, esfregou o corpo de Elisa com sucos de nozes, até deixá-lo castanho-escuro; em seguida, lambuzou-lhe o rosto com uma pomada malcheirosa; por fim, encheu-lhe os cabelos de cinzas e areia. Desse modo, era impossível que alguém reconhecesse a encantadora Elisa, tão horrorosa a havia deixado.

Ao vê-la daquele jeito, o pai até se assustou, dizendo:

140

— Essa daí não é minha filha! Nunca!

Apenas o cão de guarda e as andorinhas fizeram-lhe festas, mostrando que a tinham reconhecido; entretanto, como não passavam de animais, ninguém prestou atenção no que estavam tentando dizer.

Elisa chorou amargamente, e seu desespero ainda mais aumentou ao se lembrar dos onze irmãos desaparecidos. Triste até mais não poder, saiu do castelo sem que a vissem, e pôs-se a vagar sem rumo através dos campos e dos pântanos, até que chegou a uma grande floresta. Não lhe importava para onde seguia; sabia apenas que estava profundamente infeliz e que ansiava mais do que nunca por encontrar seus irmãos. Imaginava que eles tivessem sido expulsos de casa e largados no mundo sem eira nem beira, como agora ela se encontrava. Assim, resolveu sair a sua procura.

Pouco depois de entrar na floresta, a noite caiu. Não havia qualquer estrada ou caminho ali por perto. Sentindo-se cansada, deitou-se no musgo macio para dormir. Depois de rezar suas orações, recostou a cabeça num galho caído e esperou o sono chegar. A noite estava tranquila, silenciosa e amena. Ao redor dela, cintilavam milhares de pirilampos. Eram tantos que, quando por acaso tocou a mão no ramo de um arbusto, dezenas desses insetos luminosos caíram sobre ela, como se fossem estrelas cadentes.

Depois que adormeceu, sonhou com os irmãos. No sonho, eles eram de novo crianças, brincando de desenhar na lousa de ouro com giz de diamante, enquanto ela se divertia folheando seu precioso livro de figuras, que valia a metade do reino. Quando leu o que eles haviam escrito na lousa, viu que era a narração de todas as aventuras que lhes haviam acontecido. No livro, as figuras ganharam vida: os pássaros cantavam, e as pessoas saíam das páginas para conversar com ela. Quando virava a página, eles voltavam rapidamente aos seus lugares, a fim de não se misturarem com os desenhos dos quais não faziam parte.

Quando acordou, o sol já estava bem alto, mas ela não podia vê-lo, pois as copas das árvores formavam uma rede fechada de galhos e folhas, tapando inteiramente o céu. Aqui e ali, porém, os raios de sol conseguiam penetrar, sob a forma de pequenos feixes dourados que chegavam até o chão. O cheiro de folhas verdes espalhava-se pelo ar, e as aves roçavam nela, quase pousando em seus ombros, de tão mansinhas que eram. Escutando por perto o rumor de água corrente, ela logo deparou com um regato. Caminhando ao longo de suas margens, chegou a um poço de águas cristalinas, tão transparentes, que era possível enxergar a areia do fundo. O lugar era aprazível e encantador. O poço era rodeado por arbustos muito densos, que impediam o acesso até ele. Depois de rodeá-los, Elisa viu uma passagem, aberta pelos veados, pela qual eles entravam quando queriam matar a sede. Por ali, conseguiu chegar até a beira do poço, ajoelhando-se junto à água, e contemplando o reflexo dos galhos e das folhas. Se estes não se movessem ligeiramente, agitados pelo vento, teria acreditado que se tratava de uma pintura, de tanto que a superfície das águas se parecia com um espelho. Como era lindo contemplar aqueles ramos refletidos, detendo os olhos ora nos mais altos, que rebrilhavam ao sol, ora nos mais baixos, que apresentavam uma coloração verde-escura.

Assim que contemplou seu próprio rosto no espelho das águas, Elisa assustou-se e estremeceu: como estava suja e feia! Depois de mergulhar as mãos na água do poço, lavou o rosto cuidadosamente, até que pôde ver de novo sua pele clara e bonita. Depois, tirou toda a roupa e banhou-se naquela água límpida e fresquinha. Se acaso alguém a visse, não teria dúvidas de que aquela era de fato a mais linda princesa que havia em todo o mundo.

141

Após secar o corpo ao sol, vestiu-se, arrumou os longos cabelos em tranças, bebeu da água do regato na concha das mãos e prosseguiu seu caminho através da floresta, sem saber aonde seus passos iriam levá-la. Sempre pensando nos irmãos, agradeceu a Deus por não tê-la abandonado. Então, avistou pouco à frente uma árvore carregada de maçãs silvestres, e de novo deu graças a Deus por ter-lhe proporcionado aquela oportunidade de matar a sua fome. A macieira estava de fato carregada: seus galhos quase tocavam o chão, sob o peso daqueles frutos vermelhos e suculentos. Ali, Elisa descansou e fez a refeição matinal. Antes de prosseguir seu caminho, catou no chão algumas varas e escorou os ramos da macieira, pensando que aquelas frutas talvez pudessem saciar a fome de algum viajante que, como ela, estivesse perdido naquela mata.

Quanto mais caminhava, mais escura se tornava a floresta. O silêncio era tamanho, que até ela conseguia escutar o rumor de seus próprios passos, e o estalar de cada folha seca que seus pezinhos pisavam. Já não se ouviam os pios dos pássaros, e nenhum raio de sol conseguia atravessar a densa folhagem das copas. As árvores cresciam tão juntas, que ela tinha a impressão de caminhar de encontro a uma muralha compacta. Jamais poderia imaginar que alguém se sentisse tão só como ela então se encontrava!

Chegou a noite, e desta vez não havia pirilampos iluminando a escuridão. Tomada de profunda angústia, ela deitou-se para dormir, fitando o toldo impenetrável de folhas. Teve então a impressão de que os ramos deslizavam para o lado, como se fossem parte de uma cortina, e viu lá no alto que Deus a contemplava sorrindo, enquanto dezenas de anjinhos brincavam por perto, também olhando para ela. Depois disso, adormeceu, e quando acordou não sabia dizer se aquilo fora verdade, ou se tudo não passava de parte dos seus sonhos.

Retomando seu caminho, avistou uma velha que vinha carregando um cesto cheio de cerejas. A velha parou e lhe deu algumas para comer. Elisa agradeceu e, enquanto saboreava as cerejas, perguntou-lhe se não teria visto por ali onze príncipes, caminhando sem rumo pela floresta.

— Onze príncipes? Não... — respondeu a velha. — Mas acabo de ver onze lindos cisnes, com coroas de ouro na cabeça, nadando num riacho que fica ali embaixo.

Tomando a mão de Elisa, a velha levou-a até um penhasco, de onde se podia avistar o riacho, que corria sinuosamente pela floresta. Os ramos das árvores entrelaçavam-se por cima de suas águas, de maneira que ele parecia deslizar dentro de um túnel. Nos trechos em que os ramos não eram compridos o suficiente para cobrir o leito do riacho, enormes raízes desprendiam-se dos troncos, cruzando-se por cima das águas como uma rede de malhas grossas.

Elisa despediu-se da velha e prosseguiu seu caminho ao longo do riacho, até chegar ao ponto onde este despejava suas águas no mar. Ali parou, a fim de contemplar o oceano. Não se via uma vela de navio, nem mesmo um barco ao longo da linha da costa. Para onde seguir? Como faria para encontrar seus irmãos? Parada na praia, olhou para baixo e viu que o chão era forrado de pedras redondas. Fora o mar que lhes tirara as arestas, deixando-as lisas daquele jeito. Era incrível como a água do mar, mais suave que suas delicadas mãos, podia ter conseguido alisar e arredondar aquelas pedras tão duras. O que vale a força da paciência! As ondas fazem as pedras rolarem, desgastando-as sem pressa e deixando-as lisas, redondas e polidas. "Devo aprender com elas a ser paciente, sem nunca me deixar levar pelo cansaço ou pelo desânimo. Obrigada, ondas, pela lição que acabam de me ensinar. Estou certa de que um dia vocês haverão de me levar até onde estão meus queridos irmãos", pensou Elisa, olhando para as águas do mar.

Entre as algas que as ondas haviam jogado na praia, ela avistou onze penas de cisnes. Apanhando-as do chão, viu uma gota em cada uma. Seriam de orvalho, ou seriam lágrimas? Não soube responder.

Embora não houvesse pessoa alguma por perto, Elisa não se sentia sozinha, pois o aspecto do mar variava a cada momento. De fato, a aparência do mar, em uma hora, modifica-se mais que a de um lago, em um ano. Quando as nuvens estão escuras, o mar também fica escuro; se o vento sopra, as ondas se erguem, e as águas se cobrem do branco das espumas; ao pôr do sol, quando o vento amaina e as nuvens se tornam cor de rosa, o mar até parece a pétala de uma rosa gigantesca. Azul, branco, verde, vermelho: o mar ostenta todas as cores, e, por mais calmo que fique, nunca está parado de todo, pois suas águas sempre continuam arfando brandamente, como o peito de uma criança adormecida.

Quando o sol começou a se esconder atrás da linha do horizonte, Elisa avistou onze cisnes selvagens, com coroas de ouro na cabeça, voando em direção à terra. Como uma faixa branca que atravessasse os céus, lá vinham eles, voando enfileirados. Ela escondeu-se atrás de uns arbustos, enquanto as aves pousavam ali perto, sacudindo suas grandes asas brancas.

Quando o sol por fim desapareceu de todo, os cisnes se transformaram em onze belos príncipes: eram os seus irmãos, e ela não conseguiu conter o grito de alegria que lhe assomou à garganta. Estavam crescidos e um tanto diferentes de como eram da última vez que os havia visto, mas não havia dúvida: eram eles! Elisa saiu de seu esconderijo e correu a abraçá-los. Foi geral a alegria do reencontro. Todos riam e choravam ao mesmo tempo, enquanto comentavam entre si seus padecimentos, provocados pela maldade de sua madrasta.

— Temos de permanecer sob a forma de cisnes — explicou o irmão mais velho, — enquanto o sol brilha. Quando ele se põe, porém, recuperamos nosso aspecto humano. É por isso que temos de pousar na hora do crepúsculo. Se estivermos nos ares quando o sol desaparecer, despencaremos lá de cima e por certo morreremos. Não vivemos aqui, mas sim numa terra que fica do outro lado do oceano. Daqui até lá, estende-se o vasto mar, sem uma ilha sequer onde possamos descansar durante a longa jornada. Apenas uma rocha solitária, bem no meio do percurso, aflora à tona da água. Contudo, ela é tão pequena, que apenas dá para ficarmos de pé sobre ela. E quando a onda quebra sobre esse rochedo, a água espirra alto, deixando-nos todos molhados. Mesmo assim, damos graças a Deus pela existência desse pequeno rochedo, pois, se não fosse ele, não teríamos condições de visitar nossa terra natal. E como a distância é muito grande, só mesmo nos onze dias mais longos do verão, quando o sol nasce bem cedinho e se põe bem tarde, é que podemos ficar aqui, retornando ao final do décimo primeiro dia. Durante essa curta estada, sobrevoamos a grande floresta, olhamos para o castelo do nosso pai e rodeamos a igreja onde nossa mãe está enterrada. Cada árvore que vemos, cada pedaço de chão desta terra, é como se fosse uma parte de nós. Os cavalos selvagens galopam através das planícies, do mesmo modo que faziam quando éramos crianças. Os ciganos ainda cantam aquelas velhas canções que tão bem conhecemos. É por isso que sempre voltamos, nem que seja uma única vez por ano. E agora encontramos você, querida irmãzinha! Pena que só nos restem dois dias. Quando o sol se puser pela segunda vez, teremos de sobrevoar novamente o oceano, rumo ao país alegre onde hoje vivemos. Como poderíamos levá-la conosco para lá? Impossível! Se ao menos houvesse por aí um barco, ou mesmo uma canoa...

143

— E eu, como faria para quebrar o encanto de vocês, libertando-os da maldição da rainha? — perguntou Elisa.

E assim passaram quase toda a noite conversando, reservando apenas um restinho da madrugada para um ligeiro cochilo. O barulho de asas ruflando acordou Elisa. Seus irmãos já se tinham transformado em cisnes novamente. As onze aves voaram em círculos sobre sua cabeça, e depois desapareceram por cima da floresta. Um dos cisnes, porém, não seguiu junto com os outros, preferindo ficar junto de Elisa. Era seu irmão mais novo. Com a cabeça encostada no colo da irmã, acabou adormecendo de novo, enquanto ela lhe acariciava as penas das asas. Quando o sol se preparava para sumir, os outros dez regressaram, e pouco depois todos retomaram seu aspecto de príncipes.

— Amanhã teremos de partir para a terra em que vivemos — disse o mais velho. — Seria muito arriscado ficar aqui por mais um dia. E você, Elisa, como faremos para levá-la conosco? Só poderemos regressar dentro de um ano — é muito tempo! Meus braços de rapaz são fortes o suficiente para carregá-la através da floresta, mas nossas asas de cisne não têm a menor condição de sustentá-la nos ares; ainda mais, tendo de transpor o oceano!

— Não me deixem aqui! Quero seguir viagem com vocês! — implorou ela.

Elisa e seus irmãos trabalharam durante toda a noite, trançando uma rede feita de talos de junco e ramos de salgueiro. Pouco antes do nascer do sol, a rede estava pronta, e Elisa se deitou nela. Cansada pelo enorme esforço que havia despendido, adormeceu. Quando o sol nasceu, os príncipes transformaram-se em cisnes e, segurando a rede nos bicos, partiram rumo às nuvens, carregando com eles a irmã que dormia. Para que os raios de sol não lhe batessem nos olhos, um deles sempre voava por cima da rede, fazendo sombra sobre seu rosto com suas enormes asas.

Depois de sobrevoarem grande extensão do oceano, Elisa despertou. A princípio, pensou que ainda estivesse sonhando, tão estranha era a sensação de estar sendo levada pelos ares. Viu a seu lado algumas cerejas e raízes comestíveis, ali deixadas pelo irmão mais novo, que nesse momento cumpria sua vez de voar sobre ela para protegê-la dos raios de sol.

Cruzando o espaço velozmente, os onze cisnes pareciam setas varando o ar; entretanto, devido ao peso que transportavam, não conseguiam voar tão depressa como habitualmente. O dia foi passando, e já se avizinhava a hora do pôr do sol. Nuvens escuras prenunciavam tempestade. Elisa olhou para baixo, e apenas avistou o oceano, estendendo-se por todos os lados. Nada de divisar o rochedo solitário, onde teriam de pernoitar. Sentiu que os irmãos tentavam voar mais depressa, e teve medo de ser a causadora de sua morte, caso não conseguissem alcançar a tempo o rochedo isolado. Quando o sol desaparecesse, eles voltariam a ser humanos, precipitando-se no mar e ali morrendo afogados! Ela voltou seus pensamentos para Deus e rezou fervorosamente, mas nada de ver o rochedo. As nuvens tornaram-se cada vez mais escuras e pesadas. Em pouco, desabaria a tempestade. As ondas pareciam de chumbo, cinzentas e ameaçadoras. Relâmpagos iluminavam o céu.

A borda do disco solar já tocava o mar. Elisa tremia de medo. Subitamente, os cisnes começaram a perder altura, descendo tão depressa, que ela pensou estar caindo, mas eles logo em seguida abriram as asas, prosseguindo em vôo rasante sobre o oceano.

A metade do sol já havia desaparecido, quando por fim ela avistou o rochedo. Pequeno, redondo e escuro, parecia a cabeça de uma foca aflorando sobre as águas. No exato momento em que o sol sumiu, eles pousaram na ilhota minúscula, e quando o último raio de luz chamejou no espaço, como a derradeira chama de uma folha de papel que acaba de se queimar, os onze irmãos estavam a seu redor, todos de braços dados.

A rocha era tão pequena, que só lhes restava ficarem ali de pé, apoiando-se uns nos outros. Os relâmpagos contínuos eram a única iluminação de que dispunham, enquanto os ribombos dos trovões soavam constantemente em seus ouvidos. Dando-se as mãos, cantaram juntos um salmo, que os reconfortou da fadiga e lhes infundiu coragem.

Ao amanhecer, a tempestade havia cessado, e a atmosfera estava límpida e fresca. Os cisnes alçaram voo, levando Elisa consigo. O mar continuava agitado. As espumas brancas que coroavam as ondas pareciam um bando incontável de cisnes, flutuando sobre a superfície verde e turbulenta do oceano. Quando o sol estava alto no céu, Elisa avistou uma estranha paisagem. Suspensa no espaço, via-se uma cadeia de montanhas cobertas de gelo e neve. Na meia encosta, erguia-se um imponente palácio, enorme, estendendo-se por várias milhas, formado por uma sucessão interminável de arcadas superpostas. Mais abaixo, via-se uma floresta de palmeiras, agitando suas folhas ao vento, e exibindo flores enormes, grandes como rodas de moinho. Ela indagou dos irmãos se já estariam chegando à terra onde moravam, mas eles fizeram que não com a cabeça. O que ela estava vendo era uma miragem, uma figura que se enxerga, mas que na realidade não existe.

— As pessoas dizem que esse é o castelo da Fada Morgana — explicou-lhe um dos irmãos, — que você pode apenas ver, mas no qual não pode entrar.

145

Elisa voltou a contemplar aquela imagem, e de repente tudo desapareceu: montanhas, castelo e floresta. Em seu lugar surgiram vinte igrejas majestosas, todas iguais, de janelas compridas e torres muito altas. Ela até imaginou estar ouvindo o som do órgão, mas era somente o barulho das ondas do mar, murmurejando lá embaixo. Logo, também essas igrejas desapareceram, transformando-se em navios com velas desfraldadas. Quando passaram por cima dessa frota, ela olhou para baixo e viu que tudo não passava de um nevoeiro formado sobre as águas. O ar e o mar estão sempre em movimento, modificando-se o tempo todo.

Por fim, ela avistou a costa do país que estavam buscando. As montanhas, revestidas de florestas de cedros, mostravam-se azuis à luz da tarde. Viam-se ao longe castelos e cidades. Antes que o sol desaparecesse, os cisnes pousaram junto à entrada de uma caverna. Suas paredes eram cobertas de plantas cujos ramos se entrecruzavam, recobrindo-as inteiramente, como se fossem uma tapeçaria bordada.

— Você vai dormir ali, irmãzinha — disse-lhe o irmão mais novo, mostrando-lhe um canto da caverna. — Amanhã, conte-nos os sonhos que teve.

— Tomara que eu sonhe com um modo de quebrar o encanto de que vocês foram possuídos, por artes da rainha má — disse ela, erguendo os olhos para o céu e dirigindo a Deus uma fervorosa oração.

Logo que adormeceu, Elisa sentiu-se como se estivesse voando de novo, até chegar ao castelo da Fada Morgana. Já era esperada na porta por uma jovem bela e deslumbrante, cujo rosto lembrava de alguma forma a velha que ela havia encontrado dias atrás na floresta, e que lhe dera a informação sobre os onze cisnes com coroas de ouro na cabeça.

— Teus irmãos podem libertar-se de seu encantamento — disse-lhe a fada, — mas tudo irá depender da coragem e da perseverança que tiveres. As ondas do mar são mais suaves que tuas mãos, e elas contudo podem alisar e tornar redondas as pedras mais duras. É bem verdade que as ondas não podem sentir a dor que teus dedos irão padecer. A água não tem coração, e por isso desconhece o que seja o medo. Não é o teu caso; portanto, arma-te de muita coragem. Estás vendo esta urtiga que trago nas mãos? Em redor da caverna onde dormiste, ontem, existem muitas iguais a ela. Só poderás usar essas urtigas, ou então as que nascem nos cemitérios. Terás de colhê-las, mesmo que elas empolem e queimem tuas mãos, e depois pisá-las com teus pés descalços, até que se tornem macias como linho. Com as fibras dessas plantas, tece um pano que dê para costurar onze camisas de mangas compridas. Se conseguires vestir teus irmãos com essas onze camisas, o encanto deles estará desfeito. Lembra-te, porém, do seguinte: do momento em que começares o trabalho, até aquele em que o terminares, estarás proibida de conversar com quem quer que seja. Agirás como se fosses muda, ainda que teu trabalho dure anos e anos! Se disseres uma única palavra, será como se estivesses cravando uma faca aguçada em seus corações. Portanto, não te esqueças: as vidas de teus irmãos dependem de tua língua!

Depois de dizer isso, a fada encostou a urtiga na mãos de Elisa, que arderam como se tivessem sido queimadas por fogo, fazendo a jovem despertar. Já era dia claro. Perto dela, no chão, havia uma urtiga igual à que ela vira em seu sonho. Pondo-se de joelhos, a jovem sussurrou uma prece de agradecimento e saiu da caverna, decidida a dar início a seu trabalho.

Com suas mãos suaves e delicadas, começou a colher as urtigas que cresciam junto à boca da caverna. Sentiu um terrível ardor, e logo notou as bolhas de sangue que se espalhavam pelas mãos e pelos braços. A dor pouco importava, desde que, com aquilo, pudesse desfazer o encanto da rainha má, libertando seus irmãos da dolorosa sina. Depois de colher uma boa quantidade de plantas, pisou-as com os pés descalços, até que elas se tornassem finas como linho, e pôs-se a tecer aquelas fibras verdes, formando um pano.

Quando o sol se pôs, os irmãos regressaram. Ao vê-la inteiramente muda, pensaram tratar-se de um novo feitiço da madrasta perversa. Mas quando notaram as enormes bolhas que lhe cobriam as mãos, compreenderam que ela devia estar cumprindo alguma tarefa destinada a libertá-los do encantamento. O irmão mais novo começou a chorar amargamente, e Elisa estendeu as mãos para aparar-lhe as lágrimas. Notou então que, onde elas tocavam em suas mãos, a dor logo cessava e as bolhas imediatamente desapareciam.

De noite, ela não dormiu; passou o tempo todo trabalhando. Tinha decidido que só iria descansar depois de ver os irmãos livres do encanto. No dia seguinte, enquanto esteve sozinha, trabalhou ainda com mais afinco, sem sequer notar que o tempo passava. Ao pôr do sol, a primeira camisa já estava pronta.

147

Passado mais um dia, lá estava Elisa às voltas com seu trabalho, quando escutou o som de buzinas de caça, vindo das montanhas próximas. Um grupo de caçadores estava chegando ali. As buzinas tocavam cada vez mais alto, e já se podia ouvir o ladrido dos cães. Alarmada, reuniu as urtigas que havia colhido, o pano já tecido e a camisa pronta e refugiou-se dentro da caverna, sentando-se em cima daqueles seus pertences.

Do meio das moitas saltou um grande cão, seguido por outro e mais outro. Avançando e recuando junto à entrada da caverna, ficaram latindo, para avisar aos caçadores que havia algo estranho ali dentro. Estes chegaram pouco depois. Um deles destacava-se dentre os demais, pelo desempeno do porte e nobreza de feições. Era o rei daquele país. Foi ele quem primeiro entrou na caverna, deparando com Elisa, que o fitava assustada. O rei jamais havia visto uma jovem tão encantadora quanto aquela que ali estava.

— Que fazes escondida aí dentro, linda criança? — perguntou-lhe.

Elisa abaixou a cabeça, sem responder. A vida dos irmãos dependia de seu silêncio. Para que o rei não visse o estado lastimável de suas mãos, escondeu-as nas costas.

— Não podes ficar aqui — disse o rei. — Segue-me. Se fores tão boa quanto és bela, serás vestida de seda e veludo, terás uma coroa de ouro em tua cabeça e irás morar no mais imponente castelo que existe neste reino.

Tomando-a pela cintura, o rei colocou-a sobre seu cavalo. Elisa chorou e torceu as mãos desesperadamente, mas o rei não se deixou levar por suas súplicas mudas, dizendo-lhe:

— Só quero tua felicidade. Algum dia irás agradecer-me pelo que estou fazendo.

Em seguida, esporeou o cavalo e, levando Elisa na garupa, saiu a galope, seguido pelos outros caçadores. Ao cair da tarde, chegaram à capital do reino, onde se erguiam numerosos palácios e igrejas. O rei levou-a ao castelo real, com seus majestosos salões, contendo fontes de mármore com lindos repuxos, e tendo o teto e as paredes recobertos com belíssimas pinturas. Elisa nada via, nada notava, pois lágrimas amargas não paravam de escorrer de seus olhos.

Sem esboçar qualquer reação, deixou que as camareiras tirassem suas roupas e a vestissem com trajes de gala, que lhe penteassem os cabelos, enfeitando-os com pérolas, e que lhe cobrissem os braços e mãos empolados, calçando-lhe luvas compridas. Quando regressou ao salão principal, vestida com tamanha magnificência, todos os cortesãos ficaram profundamente impressionados com sua beleza, inclinando-se reverentemente ante a linda desconhecida. Ali mesmo o rei declarou que desejava tomá-la por esposa, e todos assentiram com a cabeça, exceto o arcebispo. A quem lhe perguntou o porquê de sua desaprovação, segredou que desconfiava daquela moça, julgando-a uma feiticeira e receando que ela acabasse por lançar sobre o rei algum sortilégio.

Os murmúrios do arcebispo chegaram até o soberano, mas ele não lhes deu ouvidos, chamando os músicos e ordenando que se desse uma festa a partir daquele instante. Houve números de dança, executados por belas jovens, e depois o rei saiu a passear com Elisa, mostrando-lhe seus maravilhosos jardins e os imponentes salões do castelo. Ela olhava para tudo aquilo, sem que seus lábios esboçassem um sorriso, ou sem que seus olhos manifestassem qualquer sinal de alegria. Estampava-se em seu semblante uma profunda melancolia, que ela não procurava disfarçar.

Por fim, o rei levou-a a um quartinho que fora preparado especialmente para ela. As paredes e o chão estavam recobertos por finíssimos tapetes verdes. Em tudo por tudo, o aposento lembrava a caverna de onde ela há pouco havia sido tirada. Num dos cantos estava o pano tecido com as fibras de urtiga, e do teto pendia a camisa já acabada de costurar. Um dos caçadores encontrara aquele material e, achando-o curioso, tinha-o trazido consigo.

— Aqui neste quartinho, tu te sentirás com se estivesses em tua antiga morada — disse-lhe o rei. — Aqui está o material com o qual te ocupavas. Quando te cansares da riqueza e do esplendor que te rodeiam, vem para cá matar as saudades do passado.

Pela primeira vez naquele castelo, um sorriso suave aflorou-lhe aos lábios, ao avistar aquele material tão caro ao seu coração. Seu rosto readquiriu as cores e, pensando nos irmãos, beijou agradecida a mão do soberano. Ele estreitou-a carinhosamente entre os braços, ordenando em seguida que os sinos das igrejas repicassem, anunciando seu noivado. A donzela muda encontrada na floresta tornar-se-ia em breve a rainha daquele país.

O arcebispo procurou o rei e expôs-lhe pessoalmente suas desconfianças. As palavras penetraram-lhe no ouvido, sem contudo alcançar seu coração. A decisão do rei era irrevogável, e era o próprio arcebispo quem deveria presidir a cerimônia e coroar a rainha.

Sem ousar desobedecer à ordem real, o arcebispo oficiou a cerimônia do casamento. Na hora de coroar a nova rainha, porém, ele apertou a coroa com tanta força contra sua cabeça, que até a machucou. Mas Elisa nem sentiu a dor, pois mais forte que a pressão em torno da testa era a que lhe oprimia o coração, já que estava privada da companhia dos irmãos.

Qualquer palavra que lhe saísse da boca custaria a vida dos onze jovens. Mas o que os lábios não diziam, os olhos expressavam veementemente, revelando o amor que passara a sentir pelo rei, que não poupava esforços para fazê-la feliz. A cada novo dia, mais aumentava sua gratidão e seu amor por aquele soberano generoso e gentil. Pena não poder pô-lo a par da razão de sua angústia! Não podia: só ao terminar a tarefa é que estaria livre para falar. À noite, depois que o jovem rei dormia, ela saía do quarto na ponta dos pés e ia refugiar-se no quartinho de tapetes verdes, onde passava horas tecendo o pano e cortando as camisas para os irmãos. Um dia, ao terminar a sexta camisa, viu que o tecido havia acabado, bem como as urtigas. Que fazer? Sabia que no cemitério existente atrás da igreja do castelo cresciam muitas daquelas plantas, mas como poderia colhê-las, sem que fosse vista?

— Sei que minhas mãos haverão de doer — disse ela para si própria; — mais forte, porém, é a dor que sinto em meu coração. Hei de colher essas urtigas, e conto com a proteção de Deus para consegui-lo.

Tarde da noite, como se estivesse pronta a cometer um ato criminoso, ela se esgueirou para fora do castelo, atravessou o parque, seguiu pelas ruas vazias de gente àquela hora, rodeou a igreja e entrou no cemitério. Não havia lua no céu. Sobre um dos túmulos mais ricos, viu um grupo de seres monstruosos, metade serpentes, metade mulheres: eram lâmias, escavando com os dedos a terra das sepulturas, a fim de retirar do fundo os cadáveres enterrados recentemente, para em seguida devorá-los. Elisa teria de passar junto delas, para colher as urtigas. Murmurando suas orações, seguiu em frente, acompanhada pelo olhar maligno daqueles seres horrendos, que todavia não lhe fizeram mal. Depois de colher as urtigas, ela retornou sorrateiramente ao castelo.

A única pessoa que a viu foi o arcebispo, que naquela noite havia perdido o sono. Ali estava a prova de suas suspeitas: a jovem rainha era uma bruxa, e certamente já havia lançado seu feitiço sobre o rei e todos os seus súditos.

Num dia em que o rei foi fazer sua confissão, o arcebispo relatou-lhe tudo o que havia visto, expondo-lhe seus receios. Se o soberano tivesse olhado para o altar enquanto escutava

149

as palavras candentes e as condenações de seu confessor, veria que as imagens dos santos meneavam a cabeça, aborrecidas, como se querendo dizer: "Não é verdade! Elisa é inocente!"

O arcebispo, porém, viu o movimento das cabeças dos santos, interpretando-o como se fosse a expressão de seu horror ante aquela revelação.

Duas lágrimas sentidas rolaram pelas faces do rei, que se recolheu ao castelo com o coração oprimido pela angústia. A fim de tirar suas dúvidas, quando chegou a noite fingiu que dormia pesadamente, mantendo-se entretanto alerta. Assim, viu que Elisa deixava o leito, dirigindo-se na ponta dos pés para algum lugar. Seguiu-a sem ser visto. Ela entrou no pequeno aposento e ali ficou trabalhando horas seguidas, recolhendo-se ao leito antes que o sol nascesse.

Aquela cena repetiu-se noite após noite. Apreensivo e desconfiado, o rei foi-se tornado dia a dia mais sombrio e perturbado. Elisa notou aquela transformação, sem saber a que atribuí-la. Essa nova tristeza veio juntar-se a sua angústia pela sorte dos irmãos que há tempos não via. Suas lágrimas rolavam sobre o manto real de veludo, e ali ficavam rebrilhando como se fossem joias preciosas. As damas da corte invejavam a magnificência de seus trajes, que imaginavam estarem recamados de diamantes.

Faltava pouco para terminar o trabalho. Bastava costurar só mais uma camisa, e pronto. Infelizmente, não havia mais pano, nem urtigas suficientes para tecê-lo. Seria necessário ir ainda mais uma vez — a última — ao cemitério, a fim de colher algumas. Só de pensar em ter de entrar de novo naquele lugar lúgubre fê-la estremecer de medo. Lembrou-se com pavor das horrendas lâmias, mas ao mesmo tempo recordou o infortúnio dos irmãos, e isso lhe infundiu coragem. Assim, rogando a proteção de Deus, vestiu uma capa e saiu do castelo, imaginando que ninguém a estivesse vendo.

O rei e o arcebispo não só a viram, como a seguiram, sem que ela o notasse. Chegando até junto à porta do cemitério, por onde ela havia entrado, avistaram lá dentro as pavorosas lâmias, executando seu tenebroso trabalho junto ao lugar onde cresciam as urtigas. Imaginando que Elisa tivesse ido até lá para se encontrar com aquelas repugnantes criaturas, o rei retornou ao castelo com o coração tomado pela angústia. Pensar que pouco antes a bela rainha estivera repousando em seus braços, e agora ali estava ao lado daqueles monstros, era uma ideia que o deixava verdadeiramente horrorizado.

— Deixarei que o povo a julgue — foi tudo o que disse ao arcebispo, em seu caminho de volta.

No dia seguinte, realizou-se o julgamento em praça pública. Elisa não podia abrir a boca para se defender; desse modo, acabou sendo considerada culpada pelo crime de feitiçaria e condenada a morrer na fogueira.

Tirando-a dos suntuosos salões do castelo real, levaram-na para uma masmorra, onde o vento assoviava por entre as grades da janela. Em vez de leito macio, com travesseiros de seda e cobertores de veludo, deram-lhe uma enxerga dura, o molho de urtigas para apoiar a cabeça e as camisas que havia cortado, para lhe servirem de coberta. Não poderiam ter-lhe proporcionado melhor presente. Depois de agradecer a Deus, ela se pôs a costurar a última camisa que faltava. Do lado de fora, os meninos de rua debochavam dela, entoando cantigas zombeteiras e gritando-lhe todo tipo de ofensas. Ninguém veio trazer-lhe uma única palavra de conforto.

Antes do pôr do sol, ela escutou um rumor de asas junto à janela gradeada de sua cela. Olhando naquela direção, viu seu irmão mais novo, que acabava de encontrá-la. Ela chorou de alegria, mesmo sabendo que aquela poderia ser sua última noite de vida. O trabalho estava quase concluído, e seus irmãos agora estavam ali por perto.

O arcebispo havia prometido ao rei que ficaria ao lado de Elisa durante suas últimas horas de vida. Mas quando ele chegou junto à porta da cela, ela fez que não com a cabeça, recusando-se a recebê-lo e indicando-lhe com gestos que se retirasse. Queria aproveitar aquela noite para terminar seu trabalho, pois, do contrário, teriam sido em vão todos os seus sofrimentos, todas as suas lágrimas, toda a sua dor. Condenando-a com palavras duras, o arcebispo deu-lhe as costas e foi embora.

Pobre Elisa! Sem poder demonstrar sua inocência, pôs-se a trabalhar, cortando e costurando a última camisa que faltava. Camundongos corriam pelo chão, querendo ajudá-la e levando-lhe as urtigas, à medida que ela ia precisando de mais uma folha. Um tordo, pousado junto às grades da janela, cantou para ela durante toda a noite, para que ela não desanimasse ou perdesse a coragem.

De madrugada, faltando ainda uma hora para o nascer do sol, os onze irmãos apareceram à porta do castelo, pedindo para serem recebidos pelo rei. Os guardas não abriram o portão, dizendo que aquela não era uma hora conveniente para se visitar um soberano. Voltassem depois. Os irmãos esbravejaram e insistiram em entrar, alegando que se tratava de um caso de vida ou morte. Foi tal o vozerio que aprontaram, que o capitão da guarda veio saber do que se tratava. Pouco depois, o rei em pessoa foi até a porta, indagar o que estava acontecendo. Nesse instante, porém, o sol acabava de nascer. Os onze príncipes haviam desaparecido. Por cima do castelo real, todos viram onze cisnes brancos a voar.

Logo em seguida, o povo, em massa, começou a sair pelas portas da cidade, a fim de presenciar a morte da feiticeira. Levaram-na para lá numa carroça puxada por uma égua velha e muito feia. Ela estava vestida com uma túnica de pano grosseiro, desses que servem para fazer sacos de aniagem. Os cabelos caíam-lhe despenteados pelo rosto, cobrindo suas faces que apresentavam palidez mortal. Seus lábios moviam-se de leve, sussurrando uma oração, enquanto os dedos não paravam de se mexer, na tentativa de completar a última camisa. As outras dez jaziam sob seus pés. O povo que se aglomerava ao longo da estrada via aqueles movimentos e continuava escarnecendo:

— Olha a feiticeira! Lá vai ela! Vai morrer, maldita!

— Que será que ela está murmurando? Deve estar conversando com o demônio!

— Em vez de ler um livro de orações, está costurando uns trapos horríveis, feitos de fibra de urtiga! Deve ser seu último feitiço!

— Arranquem esses trapos de suas mãos! Vamos rasgá-los em mil pedaços!

A gritaria aumentava. Alguns indivíduos irados avançaram na direção da carroça, a fim de fazê-la parar e arrancar das mãos da condenada o pano que ela tecia. Nesse momento, porém, onze cisnes brancos desceram do céu e pousaram na grade que cercava a carroça, agitando as asas para afastar os que ali queriam entrar. O populacho recuou, assustado. Alguns chegaram a murmurar, sem ousarem falar em voz alta:

— Isso é um sinal do céu! Quem sabe, ela é inocente?

A carroça chegou ao lugar da execução. O carrasco adiantou-se e estendeu a mão para Elisa. Antes que a segurasse, porém, ela apanhou as onze camisas e atirou-as sobre os cisnes, que imediatamente se transformaram em onze garbosos príncipes. Só um não se transformou completamente, ficando com uma asa no lugar de um braço. É que Elisa não tinha conseguido terminar a manga da última camisa.

151

— Agora já posso falar! — gritou ela. — Sou inocente!

Diante do milagre que acabava de acontecer, a multidão prostrou-se de joelhos diante de Elisa, como se ela fosse uma santa. Por sua vez, depois de passar por tamanha aflição, ela desfaleceu, caindo desmaiada nos braços de um de seus irmãos.

— Sim, ela é inocente! — disse em voz alta o irmão mais velho, dirigindo-se até onde se achava o rei e narrando-lhe tudo o que acontecera a eles e a sua irmã.

Enquanto ele falava, espalhou-se pelo ar uma fragrância de rosas, como se um milhão de flores houvessem desabrochado da pilha de toras que fora amontoada no lugar onde seria feita a fogueira. Cada acha de lenha tinha criado raízes e ramos, transformando toda aquela pilha num lindo roseiral. Lindas rosas vermelhas brotaram dali, e no ponto mais alto surgiu uma rosa branca solitária, de maravilhosa beleza, brilhante como uma estrela. O rei colheu aquela flor e colocou-a sobre o peito de Elisa, que logo despertou, com o coração cheio de paz e de felicidade.

Sem que pessoa alguma puxasse as cordas, os sinos das igrejas puseram-se a badalar alegremente, enquanto bandos de pássaros enchiam o céu, na mais linda revoada que já se viu. Cantando e gritando vivas, o povo seguiu em procissão até o castelo, acompanhando o casal real e os onze príncipes garbosos, que agora se abraçavam, rindo e chorando ao mesmo tempo.

E até hoje todos comentam sobre o desfile e sobre a festa que se seguiu, os mais maravilhosos e alegres que aquela terra já presenciou.

O Jardim do Éden

Era uma vez um príncipe, dono da maior biblioteca que alguém até hoje já teve. Seus livros, ilustrados com belíssimas gravuras, eram muito bem cuidados, e continham o relato de todas as coisas acontecidas em todos os lugares deste mundo. Não havia pessoa ou país a respeito dos quais ele ali não encontrasse as informações que desejava. Só uma coisa — e justamente a que ele mais queria saber — seus livros não informavam: a localização do Jardim do Éden. Sim, o Paraíso Terrestre — onde é que ficava? Os livros não diziam, e isso o deixava extremamente triste.

Quando era garotinho e acabara de entrar para a escola, sua avó lhe disse que, no Jardim do Éden, nasciam bolos no lugar de flores. Sobre as cascas desses bolos estava escrito, com glacê feito de açúcar finíssimo: História, Geografia, Adição, Subtração, Tabuada de Multiplicação, etc. Tudo o que as crianças tinham a fazer era comer os bolos, e imediatamente estava aprendida a lição daquele dia. Assim, quem comia mais bolos sabia mais coisas do que quem comesse menos. Ele então achara aquilo a coisa mais maravilhosa que havia, acreditando piamente nas palavras da avó. Depois que cresceu, porém, e foi adquirindo conhecimentos e educação, compreendeu que a beleza do Paraíso residia em coisas mais elevadas e difíceis de conceber.

— Por que Eva tinha de inventar a ideia de colher o fruto proibido? — perguntou certa vez à velha avó. — E por que Adão não resistiu à tentação e acabou comendo daquele fruto? Se eu fosse ele, o homem não teria caído em pecado, e este não teria conquistado o mundo.

Agora, que já tinha dezessete anos, ainda continuava a pensar desse modo, e sua mente continuava sempre voltada para o Jardim do Éden.

Seu passatempo predileto era caminhar sozinho pelas florestas. Certa vez, quando se aventurou por uma trilha onde nunca passara antes, foi surpreendido por uma tempestade. Embora ainda fosse de tarde, nuvens negras escureceram o céu, como se estivesse de noite, e a chuva caiu torrencialmente. Sem enxergar direito por onde andava, o príncipe se perdeu. Escorregando na relva molhada e resvalando nas rochas, ele prosseguiu em frente, molhado até os ossos. Deparando com um rochedo escarpado, revestido de musgo, resolveu galgá-lo, para ver se enxergava algum refúgio. No meio da escalada, sentindo-se extenuado, já se preparava para desistir da empresa e voltar para baixo, quando escutou uma espécie de zunido que vinha dali de perto. Dirigindo-se para aquele lado, alcançou a boca de uma caverna. Olhou para dentro dela e viu uma fogueira enorme, tão grande que daria para assar um veado inteiro em suas chamas. E era exatamente isso que alguém estava fazendo naquele momento. Um belo cervo, com chifres em forma de galhos, estava enfiado num espeto, e quem o girava sobre as chamas era uma mulher alta e forte. Se não fosse pelo vestido que ela usava, dir-se-ia tratar-se de um homem.

A mulher atirou uma pesada acha de lenha para alimentar o fogo, e depois, voltando-se para o príncipe, disse-lhe:

— Vamos, entre! Sente-se perto do fogo, para secar suas roupas.

— Está ventando aqui dentro — comentou o príncipe, sentindo arrepios pelo corpo, enquanto se sentava no chão.

— Pois vai ventar muito mais quando meus filhos chegarem — disse a mulher. — Você está na Caverna dos Ventos.

Sabe quem são os meus filhos? São os Quatro Ventos do mundo.

— E onde estão eles neste momento? — perguntou o príncipe.

— Ai, ai, ai, que pergunta cretina... E eu lá posso saber? — grunhiu a mulher. — Estão por aí, cada qual num lugar, brincando de atirar bolas de nuvens, lá por cima, no céu.

Apontou a mão para a entrada da caverna e girou-a numa meia volta, como se abarcando o extenso céu.

— Estou vendo — observou o príncipe — que a senhora não tem papas na língua. Fala rude e direto, algo diferente das outras mulheres com quem costumo conversar.

— Ah, mas elas não são mães de filhos como os meus — replicou a mulher. — Tenho de ser durona, se quiser mantê-los na linha. Mas eu dou conta deles, por mais cabeças duras que sejam. Está vendo aqueles quatro sacos de couro pendurados na parede? Meus filhos têm tanto medo deles quanto o que você devia ter da vara de marmelo de sua mãe. Comigo é na disciplina. Quando um deles fica malcriado, agarro-o pelo pescoço e o enfio num desses sacos, sem conversa. E ele ali fica até que o deixe sair. Olhe lá: um deles está chegando.

Era o Vento Norte. Estava vestido com um casaco de pêlo de urso, e trazia na cabeça um gorro de pele de foca com as abas repuxadas para baixo, de maneira a tapar-lhe as orelhas. Neve e granizo entraram com ele na caverna, e das pontas de suas barbas pendiam pontas de gelo.

— Espere um pouco antes de ir para perto do fogo — aconselhou o príncipe, — pois o calor súbito poderá produzir-lhe inchaço nas mãos e no rosto.

— Inchaço! — zombou o Vento Norte, estourando em gargalhadas. — Como se eu não entendesse de frio! Não só entendo, como adoro! E como foi que um fracote como você conseguiu chegar até a Caverna dos Ventos?

— Ele é meu hóspede — disse a mulher, com aspereza, — e isso basta. Se esta explicação não for de seu agrado, quem sabe você prefere ir para dentro do saco? Fique calado e não se meta com o que não é de sua conta.

Com essa ameaça, o Vento Norte sossegou, passando a narrar o que lhe tinha acontecido durante o mês em que estivera fora.

154

— Acabo de chegar do Oceano Ártico. Estive no Mar de Barents, com os baleeiros russos. Dormi junto ao leme de seu barco, quando contornaram o Cabo Norte. Uma das aves curiosas, chamadas "fulmaros", voavam ao redor de minhas pernas. Têm um modo estranho de voar: batem as asas apenas uma ou duas vezes, para pegarem impulso, e depois planam durante horas inteiras, deslizando velozmente no espaço.

— Deixe-as voando por lá — atalhou a mulher, — e fale sobre o Mar de Barents. Como é esse lugar?

— Oh, é uma beleza! Plano como uma pista de dança. A neve estava começando a derreter, deixando ver o musgo verdinho por baixo dela. Esqueletos de morsas e de ursos polares jaziam espalhados entre pedras agudas. Pareciam braços e pernas de gigantes, revestidos de limo esverdeado. Tinha-se a impressão de que o sol jamais derramara seus raios sobre essas ossadas. Dissipei o nevoeiro para enxergá-los melhor. Alguém construíra ali um abrigo, com restos de navios naufragados, cobertos de pele de morsa. Elas estavam ressequidas, apresentando estranha coloração verde e vermelha. Sentado sobre o teto desse abrigo, um urso polar grunhia. Desci à praia e me pus a contemplar os ninhos de aves que ali havia. Dentro deles piavam filhotes, ainda sem penas, reclamando a comida que custava a chegar. Soprei em suas goelas abertas, ensinando-lhes a se manterem de bico fechado. Nas águas do mar, um bando de morsas nadava placidamente. Que bichos feios: pareciam larvas gigantes, com cabeças de porco e dentes enormes, de mais de uma jarda de comprimento!

— Boa descrição! Gostei — comentou a mãe. — Fiquei com água na boca, só de ouvi-lo falar a respeito desses animais de carne deliciosa.

— Os russos chegaram ali e começaram a caçar as morsas. Os arpões cravavam-se em seus corpos, e o sangue jorrava para o ar, como um repuxo, tingindo o gelo de manchas vermelhas. Resolvi divertir-me um pouco com eles. Soprei na direção dos barcos as montanhas de gelo que flutuavam por ali. Elas começaram a esmagá-los por todos os lados. Precisava ver como os homens bradavam e gemiam! Mas eu assoviei ainda mais alto que eles. Meu torno de gelo apertava e espremia suas embarcações, e eles tiveram de descarregar as morsas e as focas que tinham caçado, nos bancos gelados que os rodeavam. Foi então que lhes mandei uma tempestade de neve e os impeli para o sul, onde as águas são mais salgadas. Ah, aqueles lá nunca mais haverão de atrever-se a chegar ao Mar de Barents!

— Você praticou uma ação muito má! — repreendeu-o a mãe.

— Também pratiquei boas ações; estas, porém, prefiro que os outros venham contá-las — retrucou o Vento Norte, abrindo os lábios num largo sorriso.

Logo em seguida, olhando para a entrada da caverna, exclamou:

— Vejam quem está chegando! Meu irmão, o Vento Oeste! É o irmão de quem gosto mais. Ele traz consigo o cheiro de sal e o frescor bendito do frio.

— Será aquele que chamam de "o suave zéfiro"? — indagou o príncipe.

— É ele mesmo — concordou a velha mulher, — só que isso são coisas do passado. De fato, antigamente, ele era um menino de temperamento doce e bondoso; hoje em dia, porém, já não o é mais.

O Vento Oeste parecia um selvagem. Trazia a cabeça coberta com uma touca de pele, e segurava na mão um grosso porrete de mogno, feito com a madeira de uma árvore das florestas americanas.

— De onde vem você? — perguntou-lhe a mãe.

155

— Da floresta primitiva e majestosa — respondeu ele, — onde os grossos cipós e as lianas espinhosas se estendem entre as árvores, onde vive a cobra d'água e o homem jamais pôs os pés.

— E que fez por lá?

— Contemplei o rio profundo que se despenca das montanhas com fragor de trovão, e depois corre placidamente pelo vale. Na enorme catarata forma-se uma névoa tão espessa, que se vê ali um eterno arco-íris. Acima da cachoeira, vi um búfalo selvagem nadando nas águas, rodeado por um bando de patos. A correnteza arrastou-os para as corredeiras. Quando chegaram perto da catarata, os patos alçaram voo, mas o búfalo nada pôde fazer, precipitando-se no turbilhão das águas. Essa visão deixou-me tão alegre, que logo desencadeei uma terrível tempestade, tão forte que derrubou ao chão árvores milenares, reduzindo-as a gravetos.

— Foi tudo o que fez? — perguntou a mãe.

— Não, fiz muita coisa! Formei redemoinhos na savana, açoitei os cavalos selvagens e fiz despencar dos altos coqueiros dois ou três cocos, que se espatifaram no chão. Tenho duas ou três histórias interessantes para contar, mas prefiro guardar segredo por enquanto. Já falei demais por hoje, minha velha!

E, avançando para a mãe, pespegou-lhe um beijo na testa, com tal ímpeto que quase a derrubou no chão. Ele era de fato um meninão carinhoso, mas um tanto bruto!

Chegou o Vento Sul, vestido como um beduíno, de turbante e albornoz.

— Está fazendo frio aqui dentro — disse ele, atirando mais lenha à fogueira. — Vê-se que o Vento Norte chegou aqui primeiro...

— Como pode sentir frio aqui? — resmungou o Vento Norte. — Está tão quente, que daria para assar um urso polar...

— Em outras palavras: daria para assar você... — replicou o Vento Sul.

— Tenha modos! Está querendo ser posto no saco? — ameaçou a mãe, de cenho franzido. — Vamos, sente-se e conte-nos sobre os lugares por onde esteve.

— Estive na África, mãe — respondeu o Vento Sul, perdendo toda a arrogância inicial. — Passei pela terra dos cafres, onde acompanhei os hotentotes, numa caçada aos leões; as planícies extensas estavam verdes, cor de azeitona; antílopes saltavam, como se dançassem; apostei corrida com as avestruzes, que são muito velozes, mas não tanto como eu. Depois, visitei o deserto, soprando suas areias amarelas, que lembram a paisagem do fundo do mar. Ali deparei com uma caravana que se havia extraviado. Os homens acabavam de abater o último de seus camelos, na esperança de obter alguma água. Por cima, o sol tórrido ardia; por baixo, a areia ardente torrava; para todos os lados que se olhasse, estendia-se o deserto sem fim. Eu então rodopiei por sobre a areia, fazendo-a elevar-se em colunas para o céu. Oh, como dancei! Só vendo o semblante apavorado do guia! Tentando proteger-se, puxou seu cafetã sobre a cabeça, prostrando-se de joelhos a minha frente, como se eu fosse Alá, que é o nome que dão a Deus. Enterrei-o, junto com toda a sua caravana, debaixo de uma pirâmide de areia. Da próxima vez que por ali passar, soprarei sobre ela, desfazendo-a, para que seus ossos sejam alvejados pelo sol. Se porventura outros viajantes passarem por ali, poderão comprovar algo que é difícil de se acreditar quando se percorre o deserto: que outros homens já trilharam aquele mesmo caminho antes deles.

— Você só praticou maldades! — ralhou a mãe. — Passe para dentro do saco!

156

Segurando-o pela cintura, dobrou-o ao meio e o enfiou num dos sacos de couro. O Vento Sul começou a espernear e a se retorcer lá dentro, até que o saco caiu da parede; mesmo assim, ele não parou de se debater. A mãe então sentou-se em cima dele, como se fosse um tamborete, e desse modo o rebelde por fim sossegou.

— Seus filhos são irrequietos! — disse o príncipe.

— São um tanto rebeldes, mas consigo trazê-los na linha — respondeu a mulher. — Veja: está chegando o quarto filho.

Era o Vento Leste, que entrou na caverna vestido como um chinês.

— Posso adivinhar de onde você está vindo — disse-lhe a mãe. — Eu achei que você estivesse no Jardim do Éden.

— Não, estou planejando ir lá amanhã — respondeu o Vento Leste. — Vai fazer cem anos que estive lá da última vez. Estou chegando da China. Rodopiei tão velozmente ao redor da Torre de Porcelana, que fiz soar todos os seus sinos. Embaixo, na rua, os funcionários públicos estavam recebendo o castigo oficial. Quantas varadas de bambu recebiam no lombo! Todos apanhavam, desde os mais modestos até os de grau mais elevado. A cada varada que levavam, agradeciam: "Obrigado, meu pai; obrigado por me proteger!" No fundo, gostariam de dizer outra coisa, mas esse é o costume. Enquanto isso, eu soprava nos sinos da torre, que repicavam em chinês: tsing, tsang, tsu!

— Você está ficando muito levado — riu a mãe. — Estou contente de saber que vai visitar o Paraíso amanhã. Sempre que vai lá, volta mais bem-educado. Lembre-se de beber da Fonte da Sabedoria, e de trazer de lá uma garrafa cheia daquela água para sua velha mãe.

— Não vou esquecer — respondeu o Vento Leste. — Mas o que fez meu irmão Sul para estar de castigo no saco? Deixe-o sair. Quero que ele me conte o que sabe acerca da Ave Fênix. A princesa que mora no Jardim do Éden sempre me pergunta a respeito dela. Vamos, mãezinha, deixe-o sair, e lhe darei duas mãozadas de chá, que acabei de colher, e que está verde e novinho.

— Já que vou receber essa porção de chá, e porque você é o meu filho favorito, vou tirá-lo do saco — concordou a mãe, deixando o Vento Sul sair de sua prisão.

Ele saiu constrangido, especialmente porque o príncipe desconhecido havia presenciado sua punição.

— Vou-lhe dar esta folha de palmeira — disse ele ao Vento Leste, evitando olhar para o lado do príncipe, enquanto falava. — Entregue-a à princesa e diga-lhe que foi a própria Ave Fênix quem nela gravou, com seu bico, a história de sua vida, e tudo o que lhe aconteceu durante os cem anos de sua existência. A própria princesa poderá ler o relato. Vi quando a Fênix ateou fogo ao seu ninho e ali dentro morreu, como se fosse a viúva de um hindu. Os ramos secos crepitavam, e a fumaça desprendia uma estranha fragrância. Por fim, a Fênix foi reduzida a cinzas, mas seu ovo ficou intacto entre as brasas, vermelho como um ferro incandescente. A casca rompeu-se com um estouro alto como o de um tiro de canhão, e de dentro do ovo saiu o filhote da Ave Fênix, logo alçando voo para longe. Hoje, ele é o rei de todas as aves, e a única Fênix existente no mundo. Ele deu uma bicada na folha de palmeira, deixando ali uma marca. É essa sua maneira de enviar uma saudação à princesa.

— Chega de conversa e vamos comer — disse a Mãe dos Ventos, cravando os dentes na carne de veado.

O príncipe sentou-se ao lado do Vento Leste, e os dois logo se tornaram bons amigos.

— Diga-me — pediu o príncipe, — quem é essa tal princesa do Jardim do Éden, da qual vocês falaram, e onde ele fica?

— Ha, ha! — riu o Vento Leste. — Gostaria de ir lá amanhã? Lembre-se de que nenhuma pessoa esteve ali, desde que Adão e Eva foram expulsos do Paraíso. Presumo que você já tenha lido esse episódio na Bíblia.

— Claro que li — respondeu o príncipe.

— Pois bem: depois que o primeiro casal foi banido do Paraíso, o lugar afundou pela terra adentro, mas sem perder sua beleza, seu calor e seu ar ameno. Vive ali a Rainha das Fadas, e é lá que fica a Ilha da Bem-Aventurança, onde não existe a morte. Se você agarrar-se amanhã às minhas costas, levo-o até lá. E chega de conversa por esta noite — estou cansado.

Pouco depois, todos foram dormir. Só de manhãzinha o príncipe acordou, surpreso por se ver voando entre as nuvens. O Vento Leste tinha-o posto nas costas e o segurava bem, para não deixá-lo cair. Voavam tão alto que as florestas e os campos que se estendiam abaixo pareciam compor um mapa colorido.

— Bom dia — saudou o Vento Leste, ao notar que o príncipe havia acordado. — Você poderia dormir ainda mais um pouco, pois não há muito que ver lá embaixo: apenas a extensão plana de terra. Se quiser passar o tempo, conte as igrejas que for vendo pelo caminho. Elas parecem tocos de giz fincados no quadro verde da paisagem.

— É verdade, os campos e as plantações lembram um quadro verde dos que se usam nas escolas. Mas há uma coisa que me desgosta: não pude despedir-me de sua mãe e de seus irmãos. Devem achar que sou mal agradecido.

— Não se preocupe com isso. Quem dorme está desculpado — respondeu o Vento Leste, aumentando de velocidade.

Quando passavam sobre as copas das árvores, os ramos e as folhas farfalhavam. Quando sobrevoavam o mar, as ondas se erguiam a grandes alturas, e os navios subiam e desciam como cisnes, em meio às águas revoltas.

Ao cair da noite, sobrevoaram uma grande cidade. As luzes que brilhavam lá embaixo aos milhares lembraram ao príncipe as fagulhas que se desprendem de uma folha de papel queimado. Era uma visão tão magnífica, que o príncipe não se conteve e bateu palmas. O Vento Leste repreendeu-o, mandando que ele se segurasse bem nas suas costas, pois do contrário poderia cair e acabar espetado numa torre de igreja.

A águia solitária voa graciosamente sobre as florestas densas, mas o voo do Vento Leste é ainda mais gracioso. Os cossacos russos cruzam as planícies em seus velozes corcéis, mas o Vento Leste é ainda mais veloz do que eles.

— Lá está o Himalaia — disse ele ao príncipe, apontando para uma massa escura que se erguia ao longe. — É a mais alta cordilheira da Ásia. Falta pouco para chegarmos ao Jardim do Éden.

O vento mudou de direção, rumando para sudeste, e o príncipe pouco depois começou a sentir o aroma de flores exóticas e de especiarias. Figos e romãs cresciam em estado nativo, assim como a videira, que ostentava belos cachos de uvas vermelhas e azuis. Descendo ao chão, os dois descansaram por algum tempo, estendendo-se na relva macia. As flores curvavam-se em cumprimentos, como se estivessem dizendo: "Estamos felizes em vê-lo de volta".

— Já estamos no Jardim do Éden? — perguntou o príncipe.

— Ainda não — respondeu o vento, — mas em breve estaremos chegando. Vê aquela caverna no flanco daquele rochedo? Observe bem, pois as videiras silvestres quase a escondem completamente. Temos de atravessá-la. Enrole-se bem em sua manta. Aqui fora, o sol está escaldante, mas lá dentro é frio como gelo. As aves que voam ao longo da entrada da caverna têm uma asa no verão tórrido e a outra no inverno mais rigoroso.

"Então ali deve ser a entrada do Paraíso", pensou o príncipe, enquanto se envolvia na capa.

Entraram, e que frio fazia lá dentro! Por sorte, o percurso era curto. O Vento Leste abriu suas asas, que rebrilharam como chamas, iluminando o interior da caverna, à medida que iam atravessando seus salões. Grandes blocos de pedra pendiam do teto e se erguiam do chão, constantemente umedecidos pelas gotas de água que não paravam de escorrer por eles. Tinham formatos bizarros, apresentando-se ora como se fossem tubos de órgão, ora como hastes de bandeiras. Alguns salões eram tão amplos, que seu teto se perdia na escuridão; por outro lado, havia corredores tão baixos e estreitos, que eles tinham de se arrastar de gatinhas para atravessá-los. Vistos de longe, na penumbra, pareciam câmaras mortuárias.

— Seguimos pela estrada da morte para chegar ao Paraíso? — perguntou o príncipe, sem que o Vento Leste lhe desse resposta.

De repente, ainda sem dizer coisa alguma, ele apontou para a frente, na direção de uma luz azul ofuscante. As rochas foram-se desfazendo em névoa, até que finalmente se transformaram numa espécie de nuvem, com tonalidade de luar. Já não fazia frio. O ar era fresco e ameno como o das montanhas, trazendo até eles o perfume das rosas que cresciam no vale à sua frente.

Chegaram à beira de um rio, de águas transparentes como o ar. Peixes dourados e prateados nadavam na superfície, enquanto enguias de cor escarlate se arrastavam na areia clara do fundo. Os movimentos de seus corpos faziam agitarem-se as águas, enchendo-as de cintilações azuladas. Grupos de nenúfares flutuavam junto à margem. Suas folhas tinham todas as cores do arco-íris, e a flor era uma chama ardente, que tirava da água sua substância brilhante, assim como a lamparina, cujo pavio se mantém aceso por causa do óleo que a embebe. Uma ponte de mármore, com entalhes tão delicados que pareciam feitos sobre o marfim, conduzia à Ilha da Bem-Aventurança, dentro da qual ficava o Jardim do Paraíso.

O Vento Leste tomou o príncipe nos braços e atravessou o rio, depositando-o na ilha, entre uma infinidade de flores. Das pétalas e das folhas saía um som de vozes de extrema doçura, entoando as canções que ele escutava em seu tempo de criança. Nenhuma voz humana poderia soar mais suave e melodiosamente.

As árvores que ali se erguiam eram completamente diferentes das que o príncipe conhecia. Os troncos lembravam palmeiras, mas as folhagens se pareciam com as das plantas aquáticas. Ele nunca havia visto árvores assim tão altas e exuberantes. Lindas lianas, em longos festões, como os que ornamentam as letras maiúsculas iniciais dos livros antigos, pendiam dessas árvores, entrecruzando-se no ar. Animais e plantas misturavam-se estranhamente ao seu redor. Pavões de caudas abertas e multicoloridas estavam parados na relva. Ele aproximou-se e tocou-os. Não eram aves de verdade, e sim bardanas, cujas folhas em leque lembravam as caudas dos pavões. Leões e tigres saltavam juntos entre os arbustos, mansos como se fossem animais domésticos. Pombos brancos como pérolas voejavam por perto, batendo suas asas tão próximo de onde estavam os leões, que estas chegavam a tocar em suas jubas. Não longe dali, os antílopes ariscos, de olhos escuros e profundos como um poço, meneavam as cabeças, como se querendo participar da brincadeira.

E lá estava a fada-princesa do Jardim do Éden. Suas roupas eram cintilantes como o sol, e seu rosto irradiava a mesma felicidade que o semblante de uma mãe a contemplar o filhinho que dorme. Era jovem e belíssima. Um séquito de moças encantadoras seguia atrás dela, cada qual portando uma estrela nos cabelos.

O Vento Leste entregou-lhe a folha de palmeira, presente da Ave Fênix, e seus olhos rebrilharam de alegria. Tomando o príncipe pela mão, ela o conduziu ao interior de seu palácio. As paredes eram feitas de um material tão diáfano, que lembrava uma pétala de tulipa voltada contra a luz do sol. O teto parecia uma flor resplandecente. Quanto mais se olhava para ele, mais magnífico era o seu aspecto.

O príncipe chegou junto de uma janela e olhou para fora. Que viu? A Árvore do Conhecimento, a serpente, Adão e Eva. Intrigado com essa visão, voltou-se para a fada-princesa e perguntou:

— Mas eles não foram banidos do Paraíso?

Ela sorriu e explicou que eram apenas pinturas, que o próprio Tempo gravara nos vidros da janela. A diferença daqueles quadros para os normais é que eles eram vivos: as folhas das árvores agitavam-se de um lado para o outro, e as pessoas iam e vinham, como se no fundo de um espelho.

Ele deteve-se ante outra janela e ali viu a escada de Jacó, subindo até o céu. Anjos de asas abertas voavam acima dela. Todos os acontecimentos que tiveram lugar no mundo estavam representados naquelas gravuras vivas. Obras de arte perfeitas como aquelas, só mesmo o Tempo poderia criar.

A fada sorriu do espanto do príncipe e levou-o para outro salão. Neste, as paredes eram decoradas com pinturas em tintas transparentes, mostrando milhões de rostos felizes, uns rindo, outros cantando. As risadas e os cantos misturavam-se num único som melodioso, que era o próprio hino à felicidade. Os rostos iam se diminuindo à medida que se olhava para cima. Na parte alta da parede, eram do tamanho de pequenos botões de rosa; junto ao teto eram tão minúsculos como um ponto feito com a ponta bem afiada de um lápis.

No meio do salão erguia-se uma grande árvore de densa folhagem verde, entre a qual se divisavam lindos frutos dourados, da cor de laranjas bem maduras. Era a Árvore do Conhecimento, da ciência do Bem e do Mal, cujo fruto Eva colhera e Adão havia comido. De suas folhas gotejava orvalho vermelho, como se a árvore vertesse lágrimas de sangue.

— Venha navegar comigo em meu barquinho — convidou a fada. — Ele joga como se estivesse sulcando as ondas do mar, mas isso não passa de impressão, pois na verdade ele não sai do lugar. E quando olhamos para fora, todos os países do mundo desfilam ante os nossos olhos.

O príncipe interessou-se e subiu com ela no barquinho, tendo a sensação agradável de subir e descer, enquanto divisava as mais lindas paisagens. Ante seus olhos desfilaram primeiramente as montanhas dos Alpes, com seus topos cobertos de neve, e os flancos revestidos de florestas de pinheiros, calmas e sombrias. Flocos de nuvens deslizavam pelo céu, encobrindo de vez em quando a visão dos picos mais elevados. Ele escutou ao longe o som dos cornos de caça e os cânticos curiosos dos pastores tiroleses, alternando notas graves e agudas.

De repente, todo o cenário modificou-se, e surgiram bananeiras de folhas enormes, que quase tocavam seus rostos, enquanto cisnes negros nadavam ao seu redor. Junto às margens, viam-se flores exóticas, de cores e aspectos fantásticos. Era uma visão das Índias Orientais Holandesas, o quinto continente. Ouviram-se as canções dos pajés e viram-se os selvagens tomando parte em danças primitivas.

Em seguida, desapareceram as ilhas e suas montanhas azuladas, substituídas pela visão do extenso deserto, em meio ao qual surgiam as pirâmides do Egito, a estátua da Esfinge e as ruínas de antigos templos, semienterrados na areia amarela. Por fim, a aurora boreal incendiou o céu, como se fosse um espetáculo pirotécnico da natureza, mais feérico e esplêndido que qualquer um realizado pelo homem.

O que descrevemos foi apenas uma parcela de todas as maravilhas que o príncipe teve a oportunidade de contemplar, extasiado ante aquelas cenas deslumbrantes. Sua felicidade era tal, que ele não se conteve e perguntou:

— Posso viver aqui para sempre?

— Isso depende apenas de você — respondeu a fada. — Se não se deixar cair em tentação, se conseguir resistir ao fascínio do proibido, diferente do modo como procedeu Adão, então você poderá viver aqui eternamente.

— Não tocarei nos frutos da Árvore do Bem e do Mal — afirmou o príncipe com veemência. — Para quê? Há tantos outros frutos tão saborosos e atraentes quanto aqueles!

— Analise seu próprio coração. Se encontrar nele coragem suficiente, fique. Mas, se notar que ele abriga a dúvida e a irresolução, peça ao Vento Leste que o leve de volta para o lugar de onde veio. Eis que ele está indo embora, e só deverá voltar aqui dentro de um século. Com efeito, os anos aqui transcorrem rápidos como as horas; mas uma centena de horas é tempo bastante para se cair em tentação e pecado. Toda noite, deverei deixá-lo, mas sempre convidando-o a me seguir, acenando-lhe com a mão para que me acompanhe. Não o faça! Não venha atrás de mim. A cada passo que der, aumentará a tentação de me seguir, enquanto sua força de vontade irá diminuindo, dificultando-lhe dar meia-volta. Se me acompanhar, chegará até o salão onde se acha a Árvore do Conhecimento. É ali que eu durmo, debaixo de seus ramos de doce fragrância. Caso você se aproxime de mim e se incline em minha direção, não irei repeli-lo; ao contrário, sorrirei para você, mostrar-me-ei atraente e desejável. E se sua resistência falhar e você não conseguir deter a tentação de beijar-me na boca, então o Jardim do Éden se afundará ainda mais pela terra adentro, e você haverá de perdê-lo para sempre. Depois disso, o vento do deserto açoitará seu corpo, a chuva fria o enregelará, e sua herança haverá de resumir-se em mágoa e desolação.

— Quero ficar — confirmou o príncipe.

O Vento Leste despediu-se dele, beijando-o na testa, e disse:

— Seja forte. Dentro de cem anos, quero reencontrá-lo aqui. Adeus!

Em seguida, abriu suas grandes asas, que brilharam como a luz dos dias claros de verão, cintilando como a aurora boreal do inverno, e logo desapareceu.

— Agora, vamos dançar — disse a fada num sussurro. — Quando o sol se puser, vou-me recolher, e nesse momento convidarei você a me seguir. Vou gritar, chamando-o; vou implorar que me acompanhe. Resista! Não venha! Essa cena haverá de se repetir todas as noites, durante cem anos seguidos, se tanto tempo durar sua força de vontade. Cada recusa sua irá facilitar a próxima, tornando-a menos dolorosa. Ao fim de cem anos, você dirá não ao meu convite, sem que isso lhe cause qualquer sentimento de mágoa ou de dor. Hoje será a primeira noite e a única vez em que lhe dou este aviso.

A fada levou-o a uma sala adornada de lírios brancos e transparentes. Os estames das flores tinham o formato de pequenas harpas douradas, das quais se desprendia a mais deliciosa música. Donzelas leves e belíssimas dançavam graciosamente, deixando ver seus corpos esbeltos através de trajes de gaze esvoaçantes e transparentes. Enquanto dança-vam, entoavam uma linda canção, que falava da ventura que desfrutavam de viver eternamente no Paraíso.

O dia transcorreu ligeiro. O sol começou a descambar no horizonte. O céu tornou-se dourado, e os lírios adquiriram uma suave tonalidade cor de rosa. As donzelas trouxeram para o príncipe um cálice de vinho. Ele o tomou, sentindo-se invadir por um sentimento de felicidade total, igual jamais havia experimentado antes. A parede do fundo da sala foi-se desvanecendo, e ele pôde ver o cômodo vizinho, em meio ao qual se erguia a Árvore do Bem e do Mal. Sua beleza era tal, que os olhos do príncipe até se sentiram ofuscados. Os rostos alegres pintados nas paredes cantavam uma música ingênua e sedutora, que lhe fez recordar sua mãe, quando o embalava junto ao colo, cantando para ele: "Dorme, neném, querido da mamãe".

162

A fada dirigiu-se para o quarto ao lado, chamando-o graciosamente com a mão. Parando junto à porta, sorriu e sussurrou:

— Venha comigo, venha!

Ele não resistiu ao apelo. Esquecendo sua promessa, correu em sua direção. O aroma de todas as flores do mundo enchia o ar, e a música que saía das harpas era cada vez mais linda. Entrando no aposento, pareceu-lhe ver todos os rostos alegres que decoravam as paredes sorrindo para ele, apoiando sua decisão, meneando a cabeça e cantando: "Tudo temos de saber; tudo temos de experimentar; o homem é o dono de tudo: do céu, da terra e de todo lugar". As gotas rubras de orvalho que brotavam das folhas da Árvore não mais lembravam sangue, mas sim estrelas vermelhas e brilhantes.

— Venha comigo, venha!

O doce murmúrio era irresistível. A cada passo que dava, o príncipe sentia o rosto arder ainda mais, e o sangue pulsar-lhe nas veias cada vez mais rápido.

— Tenho de ir! — murmurou para si próprio. — Não pode haver pecado em desejar alcançar a beleza e a felicidade. Só desejo ver o lugar onde ela dorme. Resistirei à tentação de beijá-la. Nada estará perdido se eu me limitar a contemplá-la, e é o que farei. Sou dono de minha vontade.

A fada despiu-se e, afastando os ramos que desciam até o chão, desapareceu atrás deles.

— Ainda não pequei — murmurou o príncipe, — e nem pretendo pecar. Só desejo vê-la.

Afastou os ramos e pôs-se a contemplá-la. Ela já estava dormindo, e era tão bela como só mesmo uma fada no Jardim do Éden poderia ser. No sonho, sorria. Curvando-se sobre ela, o príncipe viu uma lágrima tremulando entre seus longos cílios.

— Será por causa de mim que você está chorando? — sussurrou ele. — Não quero ver lágrimas nos olhos da mulher mais encantadora e bela que existe! Só agora compreendo o que é a felicidade paradisíaca. Ela flui através de minhas veias, correndo junto com o sangue e invadindo todos os meus pensamentos. Sinto a força da vida eterna dos anjos dentro de meu corpo mortal. Que venha a noite sem fim, pois o esplendor de um momento como este é suficiente para mim.

E, enxugando a lágrima com os lábios, beijou-lhe os olhos, deixando que sua boca se unisse à dela.

Ouviu-se o estrondo de um trovão, surdo e assustador como o príncipe jamais escutara outro igual. A fada desapareceu e o Jardim do Éden precipitou-se pela terra abaixo, indo para o fundo mais profundo. Foi como se a escuridão da noite estivesse afogando o brilho de uma estrela distante. O príncipe sentiu um frio mortal invadir-lhe os membros; seus olhos se fecharam e ele desabou no chão, como se estivesse sem vida.

Rajadas cortantes de vento fustigaram seu rosto, e a chuva fria encharcou-lhe o corpo, fazendo-o despertar.

— Oh, que fui fazer? — soluçou o príncipe. — Pequei, como Adão. Com isso, o Paraíso afundou-se ainda mais pela terra adentro.

Abriu os olhos e viu uma estrela cintilando ao longe, com a mesma luz tênue que emanava do Jardim do Éden, perdido nas profundezas da terra. Era a estrela matutina.

Levantou-se e viu que estava na floresta, perto da Caverna dos Ventos. Sentada num tronco de árvore, a Mãe dos Ventos olhava para ele, com ar de tristeza e desgosto.

— Mas já na primeira noite? — disse-lhe em tom de repreensão. — Era de se esperar. Se você fosse meu filho, enfiava-o agora mesmo no saco.

— Pois é isso mesmo que vou fazer com ele — intrometeu-se o Emissário da Morte, parado ali perto, à sombra de uma grande árvore.

163

Era um velho forte, dotado de um par de asas negras, trazendo nas mãos uma foice.

— Não vou enfiá-lo num saco — prosseguiu o velho, — mas sim num caixão. Só que não será agora. Ele antes terá de perambular pelo mundo, expiando seus pecados e esforçando-se por fazer o bem. Um dia, quando menos esperar, chegarei de repente e o porei num esquife negro. Depois, erguê-lo-ei sobre a cabeça e voarei com ele na direção das estrelas, onde também floresce o Jardim do Éden. Se ele tiver sido caridoso e bom, ali viverá para sempre. Mas se seu coração e seus pensamentos estiverem tomados pelo pecado, então ele afundará pela terra adentro com seu caixão, do mesmo modo que aconteceu ao Jardim do Éden. A cada mil anos, virei visitá-lo, e aí ficarei sabendo se ele fez por merecer afundar-se na terra ainda mais, ou se terá alcançado o perdão, podendo então ser erguido até as alturas, lá onde se encontra aquela estrela luminosa e cintilante.

O Baú Voador

Era uma vez um mercador tão rico, que poderia tranquilamente calçar uma rua inteira com moedas de prata, e ainda sobrariam muitas, o suficiente para calçar mais um bequinho estreito. Só que ele não era bobo de fazer isso, e sabia achar emprego melhor para a fortuna que possuía. Se gastava uma moeda de cobre, é porque teria uma de prata como lucro. Como se vê, era um bom mercador, sabia comerciar com habilidade. Mas os bons mercadores também morrem, e foi isso que um dia lhe aconteceu.

O filho herdou toda a sua fortuna. Diferente do pai, ele era melhor em gastar do que em economizar. Toda noite, lá estava ele numa festa ou num baile de máscaras, ora em sua casa, ora na dos outros. Gostava de empinar pipas e papagaios, mas não os fazia de papel de seda, e sim de notas de dinheiro! E quando parava junto à beira de um lago, não ficava, como todo mundo faz, atirando pedras rasantes na superfície da água, para vê-las ricochetear duas ou três vezes, até que afundassem. Não: ele fazia isso com moedas de ouro! Como se vê, não dava valor algum ao dinheiro.

Dessa maneira, sua fortuna foi diminuindo, diminuindo, até que por fim acabou, e ele se viu com apenas quatro moedas de cobre no bolso, um par de chinelos bem gastos, uma camisola de dormir e nada mais! Os amigos sumiram: não queriam ser vistos ao lado de uma pessoa vestida de maneira tão exótica. Um deles, porém, compadecido da situação do jovem imprudente, deu-lhe de presente um baú velho e lhe disse:

— Guarde aí seus pertences e trate de arrumar sua vida.

Até aí tudo bem; só que ele não tinha pertence algum, a não ser sua própria pessoa. Assim, que fez? Entrou no baú e guardou-se a si próprio ali dentro.

Esse baú era muito estranho. Se a pessoa fizesse pressão sobre a fechadura, ele começava a voar! O filho do mercador logo descobriu isso; assim, lá se foi ele pelos ares. Em pouco, já sobrevoava as chaminés das casas; apertando a fechadura com mais força, viu-se pairando acima das nuvens. Achando aquilo tudo muito divertido, continuou voando, cada vez para mais longe. Notou, porém, que o baú começava a estalar e a ranger, já que, afinal de contas, estava bem velho e usado. Veio-lhe o receio de que o fundo cedesse, fazendo-o despencar de lá de cima e esborrachar-se no chão. Mas o fundo não cedeu, e o baú continuou a voar, até

165

que, chegando à altura da terra onde vivem os turcos, foi perdendo altura, pouco a pouco, até que por fim aterrissou suavemente.

Olhando em volta, o rapaz viu que estava perto de uma floresta. Tratou de esconder o baú atrás de uns arbustos e pôs-se a caminhar para o lado onde imaginava haver alguma cidade. Ninguém reparou nele, pois na Turquia quase todo mundo anda pelas ruas de chinelo e camisola; assim, sua roupa não causou a menor estranheza.

Chegando perto de uma cidade, cruzou com uma jovem que carregava uma criança nos braços. Parecia ser uma babá. Parando à frente da moça, perguntou:

— Ei, babá turca, por favor: que castelo é aquele que vejo lá longe, perto da cidade, e que tem janelas tão altas que só mesmo um gigante poderia olhar para fora através delas?

— É o castelo onde vive a princesa — respondeu a moça. — Os adivinhos previram que um rapaz iria causar-lhe grande dor e sofrimento; por isso, ninguém pode visitá-la quando ela está sozinha, mas apenas quando o rei e a rainha estão presentes e vigilantes ao seu lado.

— Hum, sei. Muito interessante. Obrigado, babá turca.

No mesmo instante, o filho do mercador voltou à floresta onde havia escondido o baú, entrou dentro dele e voou até o teto do castelo. Com agilidade, entrou por uma janela e se viu dentro do quarto da princesa.

Ela ali estava, dormindo sobre um divã, como é costume entre os turcos. Fascinado por sua beleza, o filho do mercador deu-lhe um beijo. Ela acordou e, ao ver aquele sujeito estranho a seu lado, apavorou-se, mas ele a tranquilizou, dizendo-lhe que era o "deus dos turcos", e que tinha voado até lá apenas para visitá-la. Ouvindo isso, a princesa ficou inchada de orgulho.

Sentaram-se os dois lado a lado no divã, e ele se pôs a contar-lhe histórias, e a fazer-lhe galanteios. Disse-lhe que seus olhos eram como dois lagos de uma floresta escura, nos quais os pensamentos nadavam como sereias; que sua fronte era a encosta nevada de uma montanha, em meio à qual se divisavam esplêndidos salões, de paredes adornadas de telas maravilhosas; contou-lhe histórias sobre as cegonhas que carregam os bebês presos ao bico, depositando-os nas casas em que eles estão sendo esperados, e tudo com palavras tão doces e bonitas, que ela não cabia em si de enlevo e satisfação. Por fim, pediu-a em casamento, e ela aceitou, convidando-o:

Volte aqui no próximo sábado, a fim de oficializarmos nosso noivado. O rei e a rainha estarão presentes, à hora do chá. Ficarão felizes em saber que irei desposar o deus dos turcos. E não deixe de contar-lhes algumas belas histórias de fadas, pois eles adoram escutá-las. Minha mãe prefere as que contêm lições de moral, relatando gestos nobres e grandiosos, enquanto que meu pai prefere aquelas aventuras mais cheias de ação, rindo satisfeito sempre que escuta uma dessas.

— Está certo. Histórias são o único presente de casamento que lhe posso dar — disse o filho do mercador, sorrindo insinuantemente.

Antes que ele fosse embora, a princesa deu-lhe uma bela espada, tendo incrustadas no cabo lindas e cintilantes moedas de ouro. Da espada, até que ele não precisava muito; as moedas, porém, chegaram num bom momento.

Saindo dali, o filho do mercador dirigiu-se à cidade e comprou uma camisola nova. Voltando para a floresta, começou a imaginar a história que iria contar ao casal real no seguinte sábado. Não foi fácil inventá-la. Por fim, ele o conseguiu, e tratou de esperar que o sábado chegasse.

E o sábado chegou. O rei, a rainha e toda a corte estavam no castelo, tomando chá com a princesa. O filho do mercador foi recebido gentilmente por todos.

— Queremos que nos conte um conto de fadas — disse a rainha. — Espero que seja uma história instrutiva e edificante.

— E ao mesmo tempo divertida — acrescentou o rei.

— Tentarei atender a ambos os pedidos — respondeu ele. — Escutai-a com atenção, Majestades, para que possais entendê-la.

E começou sua história, que era assim:

Era uma vez uma caixa de fósforos cheia de palitos de fósforos. Não era uma caixa comum, dessas que se guardam no bolso, mas sim uma caixa especial, de tamanho maior, para servir na cozinha. Os palitos eram tão bem feitos que pareciam cortados à mão. Eram de madeira clara e brilhante, madeira de pinho, e se orgulhavam muito de sua origem. A árvore de onde haviam saído tinha sido o pinheiro mais alto da floresta.

A caixa ficava numa prateleira, entre um isqueiro e uma velha panela de ferro. Certa vez, os palitos de fósforo resolveram contar a história de sua vida para os dois objetos vizinhos. Falando todos juntos, como se formassem um coro, disseram:

— Vivíamos nos últimos andares, por assim dizer. Pela manhã e pela tarde, serviam-nos chá de diamantes, que algumas pessoas costumam chamar de "orvalho". Lá em cima, o sol brilhava o dia inteiro. Os passarinhos gostavam de aninhar-se por ali. Quantas histórias eles nos contavam! Éramos ricos, pois enquanto os pobres carvalhos e faias perdiam suas folhas e passavam o inverno despidos, tiritando de frio, nós ostentávamos nossa bela roupagem verde durante todo o ano. Mas foi aí que chegou o lenhador, e uma verdadeira revolução se operou em nossa vida. A família foi toda desfeita em pedaços. O tronco foi servir como mastro principal de uma galera, e hoje está navegando pelo mar afora. Não temos notícia do paradeiro dos galhos; quanto a nós, transformamo-nos em fósforos, e estamos destinados a acender fogo para as pessoas. Assim é que, embora nobres e aristocráticos, hoje aqui estamos, guardados entre os objetos da cozinha.

— Pois minha história é inteiramente diversa — disse a panela de ferro. — Desde que nasci, minha vida é só receber fogo por baixo, depois água e escova por dentro e por fora. Já até perdi a conta de quantas vezes tive de passar por esta provação. Aqui nesta cozinha, o trabalho que executo é o mais importante, e posso me gabar de ser o principal objeto desta prateleira. Minha única diversão é ficar aqui em cima, depois que me lavam e secam, palestrando cordialmente com meus amigos de infortúnio. Somos todos objetos domésticos por excelência, pois nunca saímos de casa. As únicas exceções são o balde, que está sempre dando uma voltinha lá fora, para buscar água na cisterna, e a cesta de compras, que de vez em quando faz uma excursão ao mercado. É ela que nos traz as novidades da rua, que, aliás, quase sempre são desagradáveis. Tudo que ela vem contar é que o Governo fez isso ou aquilo, e que o povo anda reclamando por esse ou aquele motivo. Às vezes as notícias são tão alarmantes, que outro dia uma panela de barro se assustou, perdeu o equilíbrio, caiu no chão e se despedaçou toda! Eu até pedi à cesta de compras que parasse de falar de política, mas ela não se emenda. Parece que só aprecia esse tipo de assunto...

— Você só sabe reclamar! — interrompeu o isqueiro. — Vamos alegrar a noite.

E, dizendo isso, acionou seu mecanismo, soltando uma faísca brilhante.

— Vamos propor uma discussão — disseram os fósforos. — Quem será o mais importante aqui nesta cozinha?

167

— Não, isso aí acaba resultando em brigas e ressentimentos — disse uma velha e sensata panela de barro. — Além disso, não gosto de falar de mim mesma. Por que não contamos histórias? Eu começo. Vou contar uma história do dia a dia, relatando algo que poderia acontecer a qualquer um de nós. No meu modo de ver, essas são as histórias mais interessantes. Vamos lá: *"No Mar Báltico, onde as praias da Dinamarca espelham sua brancura..."*

— Que beleza de início! — exclamaram os pratos. — Já vimos que vamos adorar essa história!

— Foi ali que passei minha juventude, num lar tranquilo — prosseguiu a panela de barro. — Os móveis eram polidos toda semana, o chão lavado dia sim dia não, e as cortinas eram limpas e passadas a ferro duas vezes por mês.

— Estou achando muito interessante sua maneira de descrever as coisas — interrompeu o espanador. — Vê-se que quem está falando é do sexo feminino. A gente até sente a limpeza à qual você se refere!

— É verdade! É isso mesmo! — concordou o balde, manifestando sua alegria com um salto seguido de uma pirueta.

E a panela de barro continuou a desfiar sua história, tão interessante no meio e no final quanto o fora no início.

Todos os pratos chocalharam em uníssono, aplaudindo-a. O espanador arrancou algumas salsas de um molho e compôs uma guirlanda, para com ela coroar a panela de barro. Ele sabia que, fazendo isso, talvez provocasse ciúme e irritação nos outros objetos, mas foi em frente, pensando: "Vamos glorificá-la hoje, para que ela me glorifique amanhã".

— Vamos dançar — propôs uma tenaz negra, logo dando o exemplo. E como dançou! Suas pernas se abriam e se fechavam rapidamente, num ritmo alucinante. A capa da velha cadeira que ficava encostada no canto até se rasgou ao meio, de tanto que ela tentava segui-la com os olhos. Quando a dança terminou, a tenaz encarou a assistência e perguntou:

— Eu também não mereço ser coroada?

Claro que merecia; assim, o espanador apressou-se a lhe colocar uma guirlanda de salsas.

— Que gentalha! — sussurraram os fósforos, sem coragem de deixar que os outros escutassem esse comentário.

Solicitaram então à chaleira que lhes cantasse uma música, mas ela se recusou, dizendo que havia apanhado um resfriado. Foi o que alegou, mas não era verdade. Primeiro, ela não gostava de que a chamassem de "chaleira"; dizia que era um "samovar"; segundo, era muito orgulhosa, e só gostava de cantar na sala de jantar, quando o patrão e a patroa estivessem presentes assistindo sua exibição.

No peitoril da janela estava uma velha pena de escrever que a patroa de vez em quando usava para fazer alguma anotação. A única coisa especial que havia nela era uma marca de tinta na madeira de seu cabo, resultado de um esquecimento da patroa, que certa vez a deixara toda uma noite dormindo dentro do tinteiro. Para ela, aquela crosta negra era uma espécie de condecoração, que a deixava inchada de orgulho.

— Se o samovar não quer cantar — observou a pena, — respeitemos sua decisão. Do lado de fora desta janela há uma gaiola, com um rouxinol. Garanto que ele gostaria de cantar para nós. É bem verdade que ele não tem voz educada, nem muito traquejo social, mas seu canto possui uma agradável simplicidade ingênua. Então, que me dizem?

— Voto contra — protestou a chaleira grande, que era meia-irmã do samovar. — Acho que ele não tem coisa alguma a ver conosco. Lembremo-nos de que se trata de uma ave estrangeira; convidá-lo seria falta de patriotismo. E quem entende disso é a cesta de compras; assim, deixemos que seja ela o juiz desta questão.

— Tudo isso está me deixando aborrecida e irritada — disse a cesta de compras. — Ora, minha gente, que maneira de passar uma noite! Está tudo errado, tudo fora do lugar. Vamos pôr ordem nessa bagunça! Façam o que eu disser, e verão como tudo será bem diferente por aqui.

—Nada disso! Vamos fazer zoeira! O que queremos é barulho! —exclamaram os outros objetos.

Nesse instante, a porta se abriu e a dona da casa entrou na cozinha. Fez-se um silêncio geral, e todos se aquietaram, cada qual mergulhado em seus próprios pensamentos. Mas até mesmo a mais insignificante panelinha de barro cismava naquele momento: "Aqui nesta cozinha, o objeto mais importante sou eu. Se quisesse, teria tornado esta noite de fato divertida e alegre".

A patroa pegou um fósforo, riscou-o e acendeu o fogo. "Agora todos irão ver", pensou o fósforo aceso, "que somos nós, os fósforos, os mais aristocráticos dentre os que aqui estão. Nós é que trazemos o fogo e a luz gloriosa para todos!"

Foi só pensar nisso, e a patroa o sacudiu, dando cabo de sua vida.

— Que história encantadora! — comentou a rainha. — Senti como se estivesse ali naquela cozinha, junto com os fósforos. Você merece nossa filha.

— Concordo — disse o rei. — Marco a cerimônia do casamento para segunda-feira.

Dizendo isso, deu tapinhas amistosos nas costas do filho do mercador, considerando-o já como membro da família.

Domingo à noite, toda a cidade estava iluminada, festejando o casamento que se realizaria no dia seguinte. Houve farta distribuição de bons-bocados e rosquinhas, e os meninos de rua, pondo dois dedos na boca, assoviavam a toda altura. Era bonito ver a animação que tomava conta de todos.

O filho do mercador é que não iria deixar de participar daquela festa. Assim, foi às lojas e comprou uma quantidade enorme de fogos de artifício, levou-os até o baú e saiu voando com eles.

Ah, que espetáculo! O baú sobrevoava a cidade, e de dentro dele saíam rojões e foguetes que iluminavam o céu, explodindo em seguida! Os turcos saltavam de alegria, erguendo os pés bem alto no ar. Foi assim que muitos deles perderam seus chinelos. Também pudera: sua querida princesa iria desposar o deus turco no dia seguinte!

Ao regressar para a floresta a fim de esconder o baú, o filho do mercador resolveu ir até a cidade, para escutar os comentários que o povo devia estar fazendo a respeito de sua exibição. Estava orgulhoso, e é fácil compreender e desculpar sua curiosidade a esse respeito.

As coisas que o povo disse! Cada qual comentava o espetáculo a sua maneira, mas numa coisa todos concordavam: tinha sido maravilhoso!

— Eu vi o deus em pessoa! — dizia um sujeito. — Seus olhos eram como estrelas, e sua barba revolta como o oceano!

— Enquanto ele voava — comentava um outro, — sua capa de fogo ondulava ao vento, e vários anjinhos mimosos piscavam sob as dobras de seu manto!

Ele divertiu-se enormemente ao escutar aquilo. Voltou para a floresta contente, esfregando as mãos, enquanto pensava: "Amanhã será o dia do meu casamento! Oba!"

169

Dirigiu-se à moita onde o baú estava escondido. Chegando lá, porém, que decepção! O baú estava reduzido a cinzas. Uma pequena brasa desprendida de um dos foguetes tinha caído em seu fundo, e ele se incendiara completamente. Adeus, baú voador, e adeus casamento... Agora, ele não tinha mais condição de voar até o castelo, para encontrar-se com sua noiva...

Ela ficou no telhado do castelo, esperando por ele durante toda a segunda-feira. E parece que continua esperando até hoje. Quanto ao rapaz, saiu perambulando pelo mundo, contando suas histórias. Mas nunca mais conseguiu contar uma história tão interessante e divertida como aquela dos fósforos falantes.

As Cegonhas

No telhado da última casa que se erguia nos confins da cidade, as cegonhas fizeram seu ninho. Mamãe Cegonha estava ali contemplando seus quatro filhotes recém-nascidos. Eles esticavam o pescoço para olhar do lado de fora do ninho, e ficavam piscando, espantados com tudo o que viam. Seus bicos iriam tornar-se vermelhos um dia; por enquanto, porém, ainda eram pretos. Pouco acima, na cumeeira do telhado, seu pai montava guarda, firme como uma sentinela. Mantinha-se tão imóvel sobre uma perna só, que até parecia uma estátua.

"Só uma família de alta consideração pode ter uma sentinela postada diante de sua casa", pensava ele. "Quem passar pela rua há de imaginar isso, pois ninguém sabe que esta família é a minha própria. E para mim ela é a mais importante de todas as famílias."

Imerso nesses pensamentos, Papai Cegonha continuou em posição de sentido, sem sequer piscar.

Um grupo de crianças brincava na rua. Num dado momento, um deles, o mais levado de todos, olhou para cima e começou a cantar uma velha cantiga de roda a respeito das cegonhas. Logo, todos os demais fizeram coro com ele. Era aquela canção que dizia assim:

> *Cegonha, cegonha, de perna comprida,*
> *de asas enormes, que voa tão só;*
> *regressa ao seu ninho, à família querida,*
> *aos quatro filhotes que são seu xodó.*
> *O número um vai morrer enforcado;*
> *o número dois, sob o sebo enterrado;*
> *o número três vai ficar sapecado,*
> *e o número quatro vai ser pendurado.*

— Escuta, mãe, o que esses meninos estão cantando — disseram os filhotes. — Estão dizendo que vamos ser enforcados, queimados e sabe-se lá mais o quê!

— Não lhes deem ouvidos — aconselhou a mãe. — O que não escutamos não nos pode aborrecer.

Mas os garotos continuaram a cantar, enquanto apontavam com os dedos a família das cegonhas. Só um deles, chamado Peter, não quis participar da brincadeira maldosa, repreendendo os outros por estarem procedendo daquela maneira.

Mamãe Cegonha tentou consolar os filhotes:

— Não lhes deem atenção. Olhem como seu pai se mantém calmo, montando guarda ao ninho numa perna só.

— Estamos com medo, mãe — choramingaram os pequenos, escondendo-se debaixo de suas asas.

No dia seguinte, quando os meninos novamente brincavam naquelas imediações, um deles reparou nas cegonhas e voltou a cantar, acompanhado pelos demais:

> *O número um vai morrer enforcado;*
> *o número dois, sob o sebo enterrado;*
> *o número três vai ficar sapecado,*
> *e o número quatro vai ser pendurado.*

— É verdade o que eles estão dizendo, mãe? — perguntaram os quatro.

— Claro que não, meus filhos! Quando aprenderem a voar, vamos conhecer o prado e o lago. As rãs irão saudar-nos, coaxando: croc! croc! Depois de retribuirmos seu cumprimento, nós as comeremos — ah, vocês vão ver como são deliciosas!

— E depois, mãe?

— Depois vocês aprenderão a participar das manobras aéreas, juntamente com todas as outras cegonhas desta região. Terão de voar com rapidez e precisão — isso é muito importante! Se cometerem erros nas evoluções, o General Cegonha irá matá-los! Dará uma bicada certeira e mortal bem no coração daquele que errou. Por isso, prestem muita atenção nas lições e treinem bastante.

— Quer dizer que os meninos estão certos: de um modo ou de outro, estamos condenados a morrer! E lá estão eles cantando de novo!

— Já falei para não lhes darem ouvidos — ralhou a mãe. — Prestem atenção apenas no que eu digo. Depois das manobras aéreas, voaremos para os países quentes, que ficam bem longe daqui. Para chegarmos lá, teremos de atravessar florestas e montanhas. Viajaremos até o Egito, onde existem umas casas de pedras triangulares enormes, tão altas que sua extremidade até toca as nuvens. Chamam-nas de "pirâmides". São tão antigas, que nenhuma cegonha, nem as bem velhinhas, se lembram de quando foram construídas. Perto delas corre um rio semeado de bancos de lama. Ali podemos comer rãs o dia inteiro!

— Oh! — suspiraram os filhotes.

— Sim, filhinhos — continuou a mãe, — o que não falta ali é comida da boa! Enquanto estivermos desfrutando dessa vida boa, aqui nesta terra estará fazendo um frio de rachar. As árvores estarão despidas, sem uma única folha, e as nuvens congeladas, desfazendo-se em pedacinhos que caem sobre o chão, em forma de flocos brancos.

— As crianças maldosas também se desfazem em pedacinhos? — perguntaram os filhotes.

172

— Não, seu castigo é outro — respondeu Mamãe Cegonha. — Elas têm de ficar presas dentro de casa, em quartinhos escuros, enquanto nós temos a liberdade de voar por entre as flores das terras quentes.

O tempo passou e os filhotes cresceram, tornando-se grandes o bastante para ficarem em pé no ninho e olharem o que havia ali ao redor. Seu pai saía toda manhã, voltando mais tarde com um sortimento de rãs, minhocas, cobrinhas e outras guloseimas que as cegonhas apreciam. Tinha muito orgulho de seus pequenos, e fazia tudo o que podia para diverti-los. Dobrava o pescoço para trás, batia o bico produzindo ruídos estranhos, entretinha-os contando histórias acerca do brejo.

— Hoje vou ensinar-lhes a voar — disse um dia Mamãe Cegonha, levando-os para a cumeeira do telhado.

Os filhotes subiram ali com muito medo. Como era difícil equilibrar-se naquele lugar! Eles não conseguiam ficar firmes, tendo de bater as asas para não caírem.

— Agora olhem para mim — ordenou a mãe. — Vejam como se deve manter a cabeça e as pernas. Vamos lá: batendo as asas! Um, dois! Um, dois! Lembrem-se: essas asas levarão vocês pelo mundo afora.

A mãe voou em círculo ao redor da casa e pousou de novo. Os filhotes arriscaram uns pulinhos desajeitados, e um deles quase caiu de cima do telhado.

— Não quero mais aprender a voar! — reclamou ele, voltando para o ninho. — Não quero saber de ir para as tais de terras quentes!

— Ah, é? Quer ficar por aqui e morrer de frio quando o inverno chegar? Já sei o que vou fazer: vou chamar os meninos maldosos, para que eles enforquem e sapequem você!

— Não, mãe, não! Vou voltar para a lição de voo! — disse o filhote, assustado, regressando imediatamente para a cumeeira do telhado.

No terceiro dia do treinamento, conseguiram voar. Um deles achou que podia sentar-se no ar, como fazia no ninho, mas levou uma queda. Assim, aprendeu que só se mantém no ar aquele que usa suas asas.

Enquanto arriscavam seus primeiros voos, viram lá embaixo os meninos, sempre cantando sua cantiga idiota.

— Por que não descemos e furamos os olhos deles a bicadas? — propôs um dos quatro.

— Onde já se viu propor uma coisa dessas? — zangou a mãe. — O importante agora é prestar atenção em mim. Vejam a sequência de movimentos: um, dois, três. Vamos circular a chaminé pela esquerda, depois pela direita. Venham atrás de mim. Isso! Muito bem! Cabeça para a frente, pernas para trás! Pronto. Perfeito! Amanhã já poderemos voar até o brejo. Vamos encontrar ali outras famílias distintas de cegonhas. Quero ver o comportamento, ouviram? Nada de falta de educação! Meus filhos têm de ser os mais bem-comportados de todos! Na hora de caminhar, todos de cabeça erguida e pisando firmes. Além de ficarem elegantes, isso fará com que todos os respeitem.

— E quando é que vamos poder tirar desforra desses meninos desaforados? — perguntou um dos filhotes.

— Nem pensar nisso! Deixem que eles gritem e chiem o quanto quiserem. Vocês voarão mais alto que as nuvens e estarão vendo as pirâmides, enquanto eles ficarão por aqui, morrendo de frio e de fome, sem terem uma folha verde sequer, nem uma única maçã para comer.

— Mas ainda vamos tirar nossa desforra — sussurraram os quatro, sem que dessa vez a mãe os escutasse.

O menino que havia começado a brincadeira, cantando para provocar as cegonhas, tinha apenas seis anos de idade e, além do mais, não era muito desenvolvido, parecendo até ter menos do que isso. Para os filhotes de cegonha, porém, ele devia ter uns cem anos, pois era bem maior do que seu pai e sua mãe. Eles ainda não compreendiam bem a diferença entre crianças e adultos, e aquele menino em particular era para eles apenas uma pessoa igual às outras, mas era contra ele que dirigiam todo seu rancor e desejo de vingança. Era ele que sempre começava aquela cantoria irritante; por isso, era nele que desejavam despejar sua raiva.

À medida que iam crescendo, mais aumentava seu ressentimento. Por fim, Mamãe Cegonha teve de prometer-lhes que os deixaria tirar sua desforra, desde que esperassem até a véspera de sua partida para as terras quentes.

— Quero ver primeiro como é que vocês vão se portar nas manobras aéreas. Se não voarem bem, o General Cegonha dará uma bicada em seu coração, mostrando desse modo que os meninos estavam certos ao preverem sua morte.

— Faremos o melhor que pudermos — prometeram eles, e de fato o fizeram.

Treinaram com afinco dia após dia, e logo aprenderam a voar em formação, com tanta graça e elegância, que era um prazer observá-los em seus exercícios de voo.

Chegou o outono, e as cegonhas começaram a se reunir, preparando-se para a grande migração rumo às terras quentes da África. Era o início das grandes manobras. Voavam todas em grandes bandos sobre as cidades e as florestas, sempre fiscalizadas pelo General, nos menores detalhes de suas evoluções. As quatro cegonhas jovens de nossa história saíam-se particularmente bem nesses treinamentos. Como recompensa, tiveram permissão para aumentar sua cota diária de rãs e cobrinhas. Era o melhor prêmio que podiam almejar, e elas mostraram sua satisfação em recebê-lo, pois comiam rãs e cobrinhas para valer!

— Chegou a hora da desforra — disseram um dia para a mãe.

— Está certo — concordou a mãe. — Tenho pensando nisso, e já decidi quanto ao que devem fazer. Existe um poço onde as criancinhas ficam guardadas até que tenham permissão de nascer. Somos nós que carregamos essas criancinhas no bico e as entregamos nas casas dos pais que as estão esperando. Enquanto permanecem nesse poço, elas dormem a sono solto, e têm sonhos tão maravilhosos, que nunca mais terão outros iguais, durante toda a sua vida. Qual o pai ou a mãe que não quer ganhar uma criancinha dessas? E qual o menino ou a menina que não deseja ter um irmãozinho novo em sua casa? Pois bem: vamos até esse poço buscar os bebês, mas só os entregaremos nas casas dos meninos que não cantarem aquela música desaforada. Estes vão ganhar um irmãozinho novo. Quanto aos meninos maldosos que entoaram a cantiga ofensiva, estes não vão ganhar irmãozinho algum em suas casas.

— Mas o que faremos ao pior de todos, àquele que sempre deu início à cantoria, só para nos provocar? Ele tem de receber um castigo mais violento! — protestaram os filhos.

— Há um bebezinho morto lá no poço — segredou-lhes a mãe — Morreu enquanto estava sonhando. Levaremos essa criancinha morta para a casa daquele menino maldoso, e ele vai chorar de mágoa, por ter ganhado um irmãozinho morto. E o que me dizem daquele garoto que repreendeu os outros por assustarem vocês? Esqueceram-se dele? Não acham que ele merece um prêmio? Então levem para a casa dele dois bebês: um irmãozinho e uma irmãzinha.

— É mesmo, mãe, boa lembrança. Aquele menino bonzinho sempre foi nosso amigo. Como é o nome dele?

— Peter.

— Bonito nome. Gostaríamos que fosse o nosso.

— Pois de hoje em diante vocês serão chamados de Peter.

E foi assim que, aqui na Dinamarca, todas as cegonhas passaram a ser chamadas de Peter. E até hoje em dia, quando uma cegonha passa voando no céu, os dinamarqueses olham para cima, sorriem e dizem:

— Lá vai o Peter!

175

O Porco de Bronze

Na cidade de Florença, não longe da praça onde se situa o palácio do Grão-Duque, existe uma ruazinha chamada, se não me engano, de "Porta Rossa", e nela, diante de uma quitanda, há um chafariz com o formato de um porco. A água, clara e fresquinha, jorra do focinho do porco, que é de bronze. Assim, o focinho rebrilha, com aquele fulgor que só o bronze possui, enquanto que o resto do corpo é esverdeado, devido à camada de azinhavre que nele se formou com o tempo. A causa desta diferença está no fato de que o focinho é esfregado diariamente pelas mãos dos estudantes e mendigos que ali vêm beber água, apoiando-as nele enquanto se inclinam para baixar a boca até a altura do esguicho. Dá prazer ver o belo animal de bronze abraçado por um garoto sedento e seminu, que, com sua boca fresca e jovem, quase beija aquele antigo focinho.

Qualquer pessoa que visite Florença poderá deparar subitamente com esse chafariz, ou, caso queira encontrá-lo, basta perguntar ao primeiro mendigo que encontrar onde fica o porco de bronze, que ele logo lhe indicará o caminho para chegar até ele.

Era inverno, era de noite e já era tarde. Os topos das colinas que rodeiam a cidade estavam cobertos de neve. Não havia escuridão, pois a lua brilhava no céu, e a lua, na Itália, ilumina tanto quanto o sol, nos países setentrionais, durante o auge do inverno. Arrisco mesmo a afirmar que ela ilumina mais que o sol, já que a atmosfera dessas latitudes é tão límpida, que parece refletir o luar; além disso, não é fria e cinzenta como no Norte, onde, como uma tampa de chumbo, parece espremer a pessoa contra a terra fria e úmida, fazendo-a sentir-se como se estivesse dentro de um caixão e enterrada.

Nos jardins ducais, onde milhares de flores vicejam no inverno, um garotinho esfarrapado estivera sentado durante todo o dia à sombra de um enorme pinheiro. Ele era a própria imagem da Itália: sorridente, belo e sofredor. Estava com fome e com sede, e, embora houvesse esticado a mãozinha durante todo o dia, ninguém lhe tinha atirado uma única moeda. Veio a noite, e o vigia que fecha os portões do jardim expulsou-o dali. Atravessando uma ponte sobre o Arno, o garoto parou e ali ficou durante longo tempo, olhando para a correnteza do rio e sonhando, enquanto contemplava nas águas o reflexo de muitas estrelas e o da própria ponte, talhada em mármore, e que se chama Santa Trinità. Viu também seu próprio reflexo tremulando lá embaixo.

Prosseguindo seu caminho, dirigiu-se ao chafariz e, apoiando um dos braços no pescoço do porco de bronze, tomou da água que jorrava do focinho da estátua. Perto dali encontrou algumas folhas de alface e umas castanhas, e nisso se resumiu seu jantar. Fazia frio e não havia vivalma pelas ruas. Ele estava sozinho. Trepando nas costas do porco, inclinou a cabeça de cabelos cacheados até encostá-la na do animal de bronze, e ali adormeceu.

Quando deu meia noite, a estátua mexeu-se debaixo dele, e o porco falou claramente:

— Segura firme, garoto, que vou correr!

E correu mesmo! Foi assim que teve início a mais estranha corrida que alguém jamais experimentou. Primeiro, o porco foi à praça do palácio ducal. O cavalo de bronze que ali havia, e sobre o qual se via montada a estátua do duque, relinchou alto quando os avistou. Todas as cotas de armas coloridas da antiga Casa da Câmara cintilaram brilhantemente. O Davi de Michelangelo girou sua funda. Havia vida em todas as estátuas. As figuras de metal ao redor de Perseu agitavam-se excitadamente, e as sabinas desferiram o terrível grito que tinham preso na garganta de mármore, o grito de pavor diante da morte iminente, cujo eco ressoou na bela praça deserta.

Junto à arcada do palácio dos Uffizi, onde os nobres florentinos se reuniam para realizar seus bailes de máscaras, o porco de bronze parou.

— Segura firme, garoto — avisou ele, — que vou subir a escadaria.

O menino nada respondeu. Dividido entre o medo e a alegria, abraçou-se fortemente ao pescoço do animal.

Entraram na longa galeria. O garoto conhecia-a muito bem, pois já estivera ali muitas outras vezes. As paredes eram adornadas com quadros e ladeadas por belíssimas estátuas. Naquele momento, porém, a galeria estava mais iluminada que durante o dia, as telas pareciam mais vivas e coloridas, os bustos e estátuas davam a impressão de estarem vivos. Mas o momento mais magnífico, aquele que o menino jamais esqueceria durante toda a sua vida, foi quando se abriu a porta que dava para um dos menores cômodos do palácio. Ali dentro estava a estátua de uma mulher nua, bela como apenas a natureza poderia criar, o mármore permitiria reproduzir e o maior de todos os artistas saberia esculpir. Ela movia os membros graciosamente, enquanto os golfinhos a seus pés arqueavam os dorsos e saltavam. Uma única mensagem podia ser lida em seus olhos: imortalidade. Essa estátua é mundialmente conhecida como a "Vênus dos Médicis". Duas outras esculturas de mármore ficavam-lhe ao lado, comprovando o quanto é possível conferir vida à pedra inerte, desde que a arte e o espírito do homem se juntem na busca do mesmo objetivo. Uma delas representava um homem brandindo sua espada; a outra mostrava dois gladiadores numa luta corpo a corpo. Aumentando a realidade e a beleza da cena, a arma era afiada, e os gladiadores pareciam de fato empenhados em seu combate.

O garoto sentia-se ofuscado pelas cores radiantes das telas. Ali estava a Vênus de Ticiano, reproduzindo a imagem da mulher que o artista amara, espreguiçando-se num sofá macio. Ela meneava a cabeça; seus seios expostos arfavam; os cabelos ondulados derramavam-se sobre os ombros nus, e seus olhos escuros revelavam a paixão existente no sangue que corria em suas veias.

Embora todas aquelas obras de arte aparentassem estar dotadas de intensa vitalidade, nenhuma delas saía de sua moldura ou de seu pedestal. Talvez fossem as auréolas douradas que encimavam a Madonna, Jesus Cristo ou João Batista que as constrangiam e faziamnas manterem-se em seus lugares, pois aquelas pinturas sacras não eram simplesmente uma representação artística, mas sim os próprios entes sagrados cujas figuras reproduziam.

Que beleza! Que encanto! O garoto apreciava deliciado todas aquelas maravilhas, porque o porco de bronze caminhava lentamente por todos os cômodos do palácio.

Cada obra de arte superava a anterior em magnificência. Uma delas, porém, chamou-lhe particularmente a atenção, talvez porque continha as figuras de muitas crianças como ele. Já pudera vê-la de certa feita, à luz do dia. Era a tela representando Jesus Descendo ao Limbo. Muitos visitantes passam por ela rapidamente, dispensando-lhe quando muito uma rápida olhadela, sem perceber todo um mundo de poesia que ela contém. O artista que a pintou, um florentino chamado Agnolo Bronzino, não quis representar o sofrimento da morte, mas sim a expectativa acarretada pela visão de Nosso Senhor no mundo das trevas. Duas crianças se abraçam; um garotinho estende a mão aberta para outro, ao mesmo tempo em que aponta para si próprio, como se dizendo: "Dentro em breve estarei no Paraíso". Os adultos ali representados parecem indecisos. Imersos em dúvida e esperança, imploram pela salvação, enquanto que as crianças, em sua inocência, antes a exigem.

O menino quedou-se longamente diante dessa tela, enquanto o porco de bronze permanecia imóvel a seu lado, esperando pacientemente.

Alguém suspirou. Teria sido uma das figuras pintadas, ou o porco de bronze? O menino ergueu a mão para tocar as crianças da tela, mas nesse exato momento o porco saiu dali e voltou a correr através das galerias.

— Obrigado, e que Deus te abençoe — murmurou o menino, enquanto o porco — punct! punct! — descia as escadas com ele nas costas.

— Agradece a ti mesmo, e que Deus te abençoe! — retrucou o animal de bronze. — Ajudei-te, mas tu também me ajudaste, pois só quando uma criança inocente me cavalga, adquiro vida e posso sair correndo, como o fiz hoje. Posso até mesmo deixar que recaia sobre mim a luz da lâmpada votiva colocada aos pés da Virgem Santa. Só não me é permitido entrar na igreja, embora não seja proibido chegar até junto da porta e dar uma olhada lá dentro. Nesse caso, porém, mantém-te sentado em meu dorso, sem apear, ou corro o risco de retornar à inércia da morte, como a que me envolve à luz do dia, quando me vês lá no beco da Porta Rossa.

— Prometo que não vou descer — garantiu o menino.

O porco disparou novamente pelas ruas da cidade, até que chegaram diante da igreja da Santa Cruz.

Sem que alguém as tocasse, as portas se abriram sozinhas. Todas as velas do altar-mor estavam acesas, e sua luz se espalhava para fora do templo, iluminando a praça deserta onde se postou o porco, com o menino montado em seu dorso.

Acima de um túmulo, ao longo da nave lateral esquerda, milhares de estrelas forma-vam um halo. Um escudo decorava o monumento singelo: sobre o fundo azul, destacava-se uma escadaria, rebrilhando como se estivesse em chamas. Era o túmulo de Galileu, e aquele emblema deveria ser o brasão da Arte, pois o objetivo do artista é subir uma escada de fogo no rumo do céu. Todo profeta do espírito, qual Elias, ascende para o céu!

Na nave lateral direita, todas as estátuas de mármore que decoravam os ricos sarcófagos ali existentes estavam vivas. Dante, coroado de folhas de louro; Michelangelo, Machiavelli, Alfieri: lá estavam eles, lado a lado, os representantes máximos da glória da Itália! A igreja de Santa Cruz não é tão grande como a catedral de Florença, mas é muito mais bela.

178

As vestes marmóreas das estátuas pareciam ondular, enquanto as cabeças daqueles grandes homens se voltavam para o lado de fora, permitindo-lhes contemplar a imensidão da noite. Do altar vinham as vozes suaves dos coroinhas paramentados de branco, balançando turíbulos. O perfume penetrante do incenso impregnava todo o ar, chegando a ser sentido até mesmo na praça fronteira.

O menino estendeu os braços na direção do altar-mor, de onde irradiava a luz, mas logo em seguida o porco de bronze deu meia-volta e disparou numa desabalada carreira, tão impetuosamente que ele teve de se segurar com toda a força em seu pescoço, ou do contrário teria caído no chão. As portas da igreja fecharam-se com estrépito, e o animal prosseguiu com tal rapidez, que o menino fechou os olhos, enquanto o vento sibilava em seus ouvidos. Invadido por uma sensação de vertigem, desfaleceu.

Quando voltou a si, já era de manhã. Estava ainda montado no porco, quase caindo. Recobrando a presença de espírito, acabou de apear, e só então notou onde estava: na Porta Rossa, junto ao chafariz. O porco de bronze, imóvel e inerte como sempre, esguichava água clarinha pelo focinho lustroso.

Lembrou-se com receio da mulher a quem chamava de mãe. Por ordem dela, tinha saído às ruas, na véspera, para mendigar. E que conseguira? Nada, nem mesmo uma única moedinha de cobre. Estava faminto. Mais uma vez, abraçou-se ao porco de bronze e bebeu da água que dele jorrava. Depois de beijar o focinho do animal, seguiu pelas vielas sujas que levavam até sua casa.

Ele vivia num dos becos mais estreitos da cidade. Era tão apertado, que nele apenas dava para passar um burro carregado, e nada mais. Uma porta chapeada de ferro estava semiaberta. Deslizou por ela e começou a subir uma escada de pedra, ao lado da qual uma corda esticada servia de corrimão. As paredes eram imundas. Chegou até um pátio, acima do qual havia uma galeria que circundava toda a construção. Em cima do muro estavam estendidas roupas para secar: todas não passavam de trapos. No centro do pátio via-se um poço, de onde saíam arames grossos, ligando-o a cada uma das moradias existentes na parte de cima. Desse modo, não era preciso descer até o pátio, quando se necessitava de água: os baldes vinham cheios e oscilantes, derramando água no chão, e voltavam vazios, para novamente serem enchidos.

O menino subiu por outra escada de pedra, ainda mais estreita que a primeira. Quase foi derrubado por dois marinheiros russos, que se precipitavam às gargalhadas pelos degraus abaixo, saindo provavelmente de alguma noitada bem-sucedida. No topo da escada, uma mulher, nem velha, nem jovem, com belos cabelos pretos, esperava por ele.

— Quanto conseguiu? — perguntou ela.

— Não fique zangada! — implorou ele. — Não me deram um único vintém! Nada!

O menino segurou-lhe a fímbria da saia, como se fosse beijá-la, num gesto de humildade.

Entraram juntos na mansarda que constituía sua morada. Não sei como descrever a miséria que reinava ali dentro. Só uma coisa precisa ser mencionada: havia ali uma panela de barro cheia de carvões em brasa. A mulher chegou-se perto dela e estendeu as mãos em sua direção, a fim de aquecê-las.

Tocando nele com o cotovelo, disse rispidamente:

— Onde está o dinheiro? Não minta: você tem algum!

O menino prorrompeu em pranto. Ela acertou-lhe um pontapé, e ele se pôs a gemer em voz alta.

— Cale a boca, maricas, ou quebro-lhe a cabeça!

Ela ergueu a panela de barro, como se estivesse pronta a cumprir a ameaça. Gritando de medo, o menino atirou-se no chão, com as mãos protegendo a cabeça.

Outra mulher entrou correndo no cômodo. Também ela segurava uma vasilha contendo brasas.

— Felicitá! — gritou ao atravessar a porta. — Que está fazendo com o pobrezinho?

— Ele é meu filho, e posso fazer com ele o que quiser, até mesmo matá-lo, se me der na telha — replicou a outra. — E mato você também, Gianina!

Tomada de ira, atirou a panela de barro na direção da vizinha, que também fez o mesmo, no intuito de se defender daquele ataque. As duas panelas chocaram-se no ar, espatifando-se e espalhando brasas pelo chão do pequeno aposento.

Nesse ínterim, o menino escapuliu. Desceu as escadas como um raio, atravessou o pátio e ganhou as ruas. Correu o mais rápido que pôde, só parando quando sentiu que mal podia respirar. Estava diante da igreja de Santa Cruz, a mesma onde estivera na noite anterior. As portas estavam abertas, e ele entrou, ajoelhando-se diante de um dos túmulos que ali havia. Era o de Michelangelo. Com o rosto molhado de lágrimas, orou fervorosamente.

Entre tantas pessoas que ali estavam assistindo à missa, só uma reparou naquela criança com ar de desespero. Era um homem já entrado em anos. Olhou de relance para o garoto, e em seguida foi-se embora.

O menino sentia fraqueza, tamanha era a sua fome. Sem esforço, subiu até o nicho existente entre o monumento fúnebre e a parede do templo, acomodando-se ali e adormecendo pouco depois. Só acordou ao notar que alguém puxava a manga de sua camisa. Era o velho, que resolvera passar outra vez por ali.

— Está doente, filho? Onde é sua casa?

Fez diversas perguntas ao menino, que as respondeu prontamente. Ao final do interrogatório, o velho tomou-o pela mão e o levou para sua casa.

Era uma casinha situada numa rua lateral. Funcionava também como uma oficina de fabricação e conserto de luvas. Quando os dois entraram, a mulher do luveiro estava sentada, costurando luvas. Um cachorrinho de raça "poodle", cujo pelo estava cortado tão rente que se podia enxergar sua pele cor de rosa, pôs-se a latir alegremente; de repente, saltou sobre a mesa, e dali pulou para o colo do garoto, agitando a cauda.

— Duas almas inocentes sempre se reconhecem — sorriu a mulher, afagando o cão.

Deram algo de comer ao menino, convidando-o a ficar ali durante aquela noite. No dia seguinte, Papa Giuseppe — era esse o nome do velho — iria conversar com a mãe dele.

Mandaram-no dormir num estrado simples, sem colchão ou cobertas. Para ele, acostumado a dormir no chão duro, aquilo era um verdadeiro luxo. Logo adormeceu, sonhando com o porco de bronze e as lindas pinturas que havia visto na véspera.

Quando Papa Giuseppe saiu de casa pela manhã, o garoto ficou triste, receando ter de voltar para a casa da mãe. Com os olhos cheios de lágrimas, e o cãozinho nos braços, ficou olhando para o velho, que se despediu com um aceno e seguiu para os lados de onde ele morava.

Ao voltar para casa, Papa Giuseppe veio silencioso. Trancou-se num quarto com a esposa, e os dois ficaram ali conversando durante longo tempo. Por fim, os dois saíram, e a mulher dirigiu-se ao garoto, acariciando-lhe a cabeça e dizendo:

— Ele é um menino bonzinho. Vai aprender a fazer luvas tão bem como você. Olhe para seus dedos, como são finos e longos. Estou certa de que Nossa Senhora o destinou a ser um luveiro, e dos bons!

Assim, o garoto passou a morar naquela casa, e a mulher do luveiro começou a ensinar-lhe a costurar. Ali, a comida não faltava, e a cama era confortável. Aos poucos, foi-se dissipando seu medo de perder aquelas regalias, e ele começou a fazer algumas pequenas peraltices. A cadelinha Bellissima passou a sofrer com isso, pois era sempre a vítima de suas traquinagens. A mulher do luveiro não gostou daquilo. Chamando-o num canto, agitou o dedo em frente de seu nariz e repreendeu-o severamente.

Cabisbaixo e calado, o garoto ouviu a reprimenda, arrependendo-se do que havia feito. Quando ela parou de falar, ele seguiu para seu quarto, que era também usado para secar peles, e ali se sentou, amuado com o que acabara de acontecer. Deitou-se e ficou olhando para a janela, cercada de grades para evitar a entrada de ladrões. Não conseguiu conciliar o sono. De repente, escutou lá fora um barulho estranho: clopt, clopt, clopt! Devia ser o porco de bronze, que tinha vindo até ali para consolá-lo! Saltou da cama e correu para a janela, olhando para fora. Só viu a ruazinha deserta e silenciosa.

— Vá ajudar o *Signore* a carregar sua caixa de tintas — ordenou-lhe a mulher na manhã seguinte.

O *Signore* era seu vizinho, um jovem pintor, que naquele momento saía de casa, carregando com dificuldade uma grande tela e uma caixa cheia de tintas e pincéis. O garoto tomou-lhe a caixa das mãos e seguiu com ele pelas ruas, até chegar à galeria aonde poucos dias atrás fora levado pelo porco de bronze.

O menino reconheceu várias das estátuas de mármore e telas ali expostas. Lá estavam a encantadora estátua de Vênus e o quadro representando Jesus, a Mãe de Deus e João Batista.

O pintor parou diante da tela de Bronzino, *Jesus Descendo ao Limbo*, contemplando as crianças que sorriam esperançosamente, na certeza de que em breve alcançariam o Reino dos Céus. Também seu acompanhante sorriu, pois aquele era o seu céu.

— Pronto, chegamos — disse-lhe o pintor. — Pode voltar para casa.

— Deixe-me ficar aqui vendo-o trabalhar, *Signore* — pediu ele cortesmente. — Gostaria de ver como é que os pintores fazem.

— Agora não vou pintar — explicou-lhe o artista. — Vou apenas traçar uns esboços.

Tirando da caixa um creiom preto, pôs-se a desenhar na superfície branca da tela. Que suavidade de movimentos! Apenas com o olhar, media as figuras no quadro a sua frente, em seguida reproduzindo sua silhueta. A figura de Cristo logo se destacou no esboço.

— Não fique aí de boca aberta, atrapalhando meu serviço. Vá para casa — ordenou o pintor asperamente.

O menino obedeceu. Chegando à casa do luveiro, sentou-se à mesa e começou a costurar, enquanto seu pensamento não saía das pinturas que acabava de ver. Em diversas ocasiões a agulha fincou-lhe os dedos e aquele foi o dia em que seu trabalho menos rendeu, tendo de ser refeito várias vezes. Mas Bellissima não teve motivos de queixas, pois em nenhum momento ele a perturbou.

Chegando a noite, notou que a porta da rua tinha sido deixada aberta, e esgueirou-se para a rua. A noite estava fria, mas o céu se apresentava lindo, recamado de estrelas. Andando devagar, seguiu até a Porta Rossa, ao encontro do porco de bronze.

Chegando ao chafariz, inclinou-se, beijou o focinho brilhante do animal, subiu-lhe nas costas e segredou em seu ouvido:

— Oh, bichinho bendito, que saudades tive de você! Então? Vamos galopar por aí?

Mas o porco de bronze continuou imóvel, sem que a água deixasse de jorrar, límpida e fresca, de seu focinho lustroso. O menino sentiu alguma coisa puxando a barra de suas calças. Era Bellissima, a cadelinha "poodle", que, mesmo sob a pálida luz do luar, deixava ver sua pele rosada debaixo dos pêlos tosados. Bellissima latiu, como se estivesse dizendo:

— Veja, estou aqui. Vim atrás de você. Por que está aí sentado em cima desse porco?

A visão da cadelinha assustou-o tanto como se tivesse visto o diabo. Bellissima andando de noite pelas ruas, sem o casaquinho de pelo de carneiro com que costumava sair de casa nos dias frios! Sua dona jamais teria permitido que ela saísse no frio sem aquele abrigo, feito especialmente para ela! Ela o amarrava no pescoço do animal com uma fita vermelha, prendendo-o com dois laços debaixo da barriga. Quando vestia aquele agasalho, a cadelinha ficava parecendo um cordeiro. A mulher do luveiro jamais teria permitido que ela saísse desacompanhada; que dizer de sair desagasalhada! Oh, meu Deus! Ela iria ficar bem zangada, quando notasse que sua queridinha não estava em casa!

O sustou espantou para longe seu desejo de passear montado nas costas do porco, mas mesmo assim ele beijou o focinho do animal, logo que desceu. Depois, carregou a cadelinha nos braços, notando que ela tremia de frio. Saiu com ela em louca disparada, rumo à casa do fabricante de luvas.

— Pare aí, menino! — ordenou um guarda que estava postado numa esquina. — Aonde pensa que vai com esse cachorro? Garanto que o roubou!

O policial tomou-lhe a cadela das mãos, enquanto ele se punha a chorar, pedindo-lhe entre soluços:

— Devolva-a para mim! Ela é minha!

— Se o cachorro é seu e não foi roubado — disse-lhe o guarda, — não tem problema: vá para casa e diga a seus pais que podem ir procurá-lo na delegacia de polícia.

E lá se foi o policial para a delegacia, levando Bellissima consigo.

182

O menino ficou desesperado! Não sabia o que fazer; se iria até a casa do luveiro e contaria tudo, ou se seria preferível atirar-se nas águas frias do Arno. "Ela vai me matar", pensou ele. "Mas antes morrer de vergonha, ou morrer de apanhar, do que morrer afogado na água fria. Que a Virgem Maria e Jesus Cristo me protejam!"

Tomada essa decisão, seguiu para a casa do luveiro.

A porta estava trancada, e dentro da casa o silêncio era total. Apanhando uma pedra que encontrou na rua, bateu com ela na porta.

— Quem está aí? — perguntou uma voz.

— Sou eu! — gritou o menino. — Bellissima fugiu! Abra a porta e pode me matar!

O velho e a mulher abriram a porta. Não pareciam nada satisfeitos, especialmente ela, que ao passar pela sala havia visto o casaquinho da cadela pendurado no prego onde sempre ficava.

— Bellissima na delegacia de polícia! Que vergonha, meu Deus! — gemeu a mulher. — Ah, menino malvado! Como pôde sair com ela nesta noite tão fria? A pobrezinha deve estar enregelada! Coitadinha! Tão frágil e tão meiga, nas mãos daqueles brutos!

O velho vestiu o casaco e foi até a delegacia, a fim de recuperar a cadela. Sua mulher continuou a lamentar-se em voz alta, enquanto o menino chorava e soluçava. O barulho que fizeram foi tal, que acordou todos os vizinhos, obrigando-os a descer para saber o que estava acontecendo.

O pintor também desceu. Ao ver o menino em prantos, sentou-o em seus joelhos e pôs-se a conversar com ele. Entre soluços, o garoto contou a história de seu estranho passeio à Galeria dos Uffizi, montado nas costas do porco de bronze. O pintor balançou a cabeça, espantado com aquele relato. Tentou tranquilizar o menino e a velha, mas nada conseguiu. Mesmo depois que o marido chegou trazendo a cadelinha, ela continuou a queixar-se em altas vozes. Examinou-a detidamente, constatou que nada lhe havia acontecido, que ela não estava em estado de choque, que a permanência na delegacia não lhe tinha tirado a alegria e o apetite, mas independente disso não se sentiu reconfortada e satisfeita.

O artista acariciou a cabeça do menino e deu-lhe de presente alguns de seus desenhos! Eram maravilhosos! As caricaturas, então, eram bem divertidas! Mas o desenho de que o garoto mais gostou foi um que representava o porco de bronze. Uns poucos traços na folha branca de papel, e lá estava ele. O desenho mostrava até a casa que ficava atrás do chafariz! "Quem sabe desenhar e pintar", pensou o menino, "pode dizer que é dono de todo o mundo!"

No dia seguinte, depois de terminar sua tarefa, tomou de um toco de lápis e tentou copiar o esboço do porco de bronze, numa folha de papel. E não é que conseguiu? É bem verdade que uma das pernas do animal ficou muito comprida, e outra muito fina; mas que aquele era o porco, ah, isso era!

No dia seguinte, fez nova tentativa. Como era difícil traçar linhas retas a mão livre! Mas o segundo saiu melhor que o primeiro, e o terceiro saiu tão bom, que até as outras pessoas puderam ver que se tratava de um porco.

 Se como desenhista estava progredindo, como aprendiz de luveiro piorava a olhos vistos. Quando lhe mandavam dar algum recado, levava cada vez mais tempo para regressar. Por quê? Porque a reprodução do porco de bronze lhe havia ensinado que tudo pode ser desenhado. E, para quem queira copiar modelos, Florença se presta como um alentado livro de figuras, esperando apenas que a pessoa vire suas páginas. Na Praça da Santíssima

183

Trindade, por exemplo, ergue-se uma coluna delgada, em cujo topo se vê uma estátua da Justiça. A deusa traz os olhos vendados e tem nas mãos uma balança de dois pratos. Em pouco tempo, aquela figura estava não só no alto da coluna, como também na folha de papel do menino, que ali a desenhara.

O caderno no qual o pequeno aprendiz copiava seus esboços enchia-se pouco a pouco, mas até então ele só havia desenhado objetos imóveis e mortos. Num dia em que Bellissima pulava alegremente perto dele, teve uma ideia:

— Sente-se aí, Bellissima, e fique bem quietinha — ordenou. — Quero juntar um belo retrato seu à minha coleção.

Mas a cadelinha não quis sentar-se, nem parou de correr e pular. Para poder usá-la como modelo, só mesmo se a amarrasse. E foi o que ele fez, passando-lhe uma correia no pescoço e uma corda na cauda, e prendendo-a nas pernas da mesa. Bellissima não gostou nem um pouco dessa história, e muito menos a *Signora*, que fez um estardalhaço quando viu aquilo.

— Ah, pagãozinho miserável! — explodiu. — Que está fazendo ao pobre animalzinho? Você não passa de um grande ingrato!

Deu-lhe um bofetão e correu para tirar a cadelinha semiestrangulada das cordas que a prendiam. Parou de praguejar apenas para beijar o animal, e, em seguida, puxando pelo braço o menino que chorava convulsivamente, arrastou-o até a porta e o atirou para fora, expulsando-o daquela casa.

Nesse exato momento, talvez atraído pelo barulho, o pintor descia as escadas, e esse é o ponto crucial de nossa história.

Em Florença, no ano de 1834, realizou-se uma exibição na Academia de Arte. Duas telas penduradas lado a lado atraíam particularmente a atenção dos visitante. A primeira representava um garoto tentando desenhar um cãozinho "poodle" de pelo tosado bem rente. Como o cão não quisera posar de modelo, o garoto o tinha amarrado firmemente às pernas da mesa, prendendo-o pela cauda e pelo pescoço. A pintura era estranhamente viva, e possuía um encanto especial, que revelava o talento do artista. Dizia-se que o retratado era natural de Florença, tendo sido adotado por um fabricante de luvas que o havia encontrado vagando pelas ruas. Fora seu pai adotivo que o ensinara a desenhar. No dia em que cometera aquela peraltice reproduzida na pintura ali exposta, fora expulso de casa, e acolhido por um jovem pintor desconhecido, hoje um renomado artista, autor daquele quadro encantador. Como se podia ver, soubera tirar da vida real o tema de uma obra-prima.

Quanto ao pequeno aprendiz de luveiro, também ele se tornara famoso como pintor. Era dele a tela exposta ao lado da primeira. Nela se via um garoto pobre e maltrapilho, dormindo a sono solto sobre as costas do porco de bronze existente na Via Porta Rossa. Quem conhecia aquele chafariz, espantava-se ao constatar a fidelidade com que fora reproduzido na pintura. O braço do garoto descansava sobre a cabeça do animal. A pequena lâmpada que ardia aos pés da imagem da Virgem, num nicho do muro fronteiro, iluminava o belo e pálido rosto da criança, realçando a paz que se divisava em seu semblante. Era uma tela maravilhosa, que uma bela moldura dourada ainda mais valorizava.

Acima da tela, os organizadores da exposição haviam posto uma coroa de louros, atravessada por uma fita de crepe negro, da qual se desprendia uma faixa que pendia ao lado do quadro. É que o jovem autor daquela obra de arte havia morrido poucos dias antes...

O Pacto de Amizade

Vamos sair um pouco de nosso conhecido litoral dinamarquês e visitar as estranhas costas da Grécia, onde o mar é tão azul como a flor da centáurea de nossos campos setentrionais. Vejam que limoeiros! Seus ramos pendem até quase tocar o chão, vergados pelo peso dos numerosos frutos amarelinhos que os recobrem em toda a sua extensão. Ao redor das colunas de mármore, crescem os cardos, escondendo as figuras gravadas na pedra dura e branca. Eis ali um pastor, tendo ao seu lado seu cão. Sentamos junto dele, que nos começa a falar sobre um velho costume local, o do "pacto de amizade", narrando-nos uma história da qual ele foi um dos participantes.

As paredes de nossa casa eram de barro, mas a porta da entrada era escorada por duas colunas de mármore, que tínhamos encontrado ali perto. O telhado descia tanto, que quase tocava o chão. Era escuro e feio, embora tivesse sido construído com os galhos de uma espirradeira em flor e os ramos de um loureiro novo, trazidos do outro lado das montanhas.

O terreno que rodeava nossa casa era bem pequeno. Logo atrás dele erguia-se a muralha de pedra que constituía a vertente da serra. Os topos das montanhas estavam sempre recobertos por nuvens grossas e brancas, formando curiosas figuras de aspecto bojudo.

Nunca escutei ali um passarinho a cantar, ou o som de uma flauta enchendo o ar de melodia. Nunca vi uma pessoa dançando. Entretanto, dizia-se que, nos velhos tempos, aquele fora um lugar alegre e feliz. Sim, tinha sido um lugar consagrado aos deuses. Seu nome era Delfos.

As nuvens permaneciam durante quase todo o ano recobrindo o topo da serra escura, só se dissipando próximo ao final da primavera. A mais alta de suas montanhas, cujo píncaro o sol poente ilumina até mais tarde, chama-se Parnaso. Era de lá que provinha a água do regato que corria próximo de nossa casa. Outrora, era um regato sagrado, mas hoje é comum ver tropas de mulas atravessando-o e turvando suas águas. Mas como elas descem a encosta íngreme rapidamente, logo se tornam límpidas como antes. Oh, como me recordo de lá, daquele lugar impregnado de solene quietude!

O fogão ficava bem no centro de nosso casebre. Quando a cinza quente se acumulava no fundo, era nela que assávamos o pão. No inverno, quando a camada de neve estava tão alta quase a ponto de esconder a casa, era quando minha mãe se sentia mais feliz. Nessas ocasiões, ela costumava tomar minhas mãos entre as suas, beijar-me a testa e cantar certas músicas que não se atrevia a entoar no verão, já que os turcos, que então nos dominavam, nos proibiam de cantá-las. Ouça a letra de uma delas:

No Monte Olimpo, um gamo altivo e forte,
entre os pinheiros, triste se escondia;
banhado em pranto, lamentava a sorte
de quem já fora livre até outro dia.

Um jovem gamo ali perto se chega,
e vê que as lágrimas que ele vertia
tinham as cores da bandeira grega:
vermelho, verde, azul — por que seria?

— É porque os turcos vieram para a aldeia;
estão armados, trazem cães de caça.
 — Um gamo forte enfrenta e não receia
qualquer perigo, qualquer ameaça!

— Na crueldade, chegam aos extremos!
Não temos meios de lhes resistir!
— Mas quando virem que não nos rendemos,
da Grécia livre logo vão fugir!

O jovem gamo nem sequer lutou:
pouco depois, foi morto pelas costas;
e o companheiro que se acovardou,
ao fim da noite, era cortado em postas.

Quando minha mãe terminava de entoar essa canção tão triste, seus olhos ficavam úmidos, e ela se voltava de costas, a fim de esconder as lágrimas que ameaçavam desprender-se de seus cílios compridos. Eu cerrava meus punhos e rosnava: "Um dia, vamos matar esses turcos!" Minha mãe ia até o fogão, virava o pão preto que assava nas cinzas e repetia as últimas estrofes da canção:

O jovem gamo nem sequer lutou:
 pouco depois, foi morto pelas costas;
e o companheiro que se acovardou,
ao fim da noite, era cortado em postas.

Meu pai tinha estado fora durante vários dias. Quando o vi, regressando para casa, corri ao seu encontro. Esperava que ele me estivesse trazendo um presente, como algumas conchas belas e lustrosas, colhidas na Baía de Lepanto, ou quem sabe uma faquinha bem afiada. Pois o que ele trouxe dessa vez foi uma menininha nua. Ela viera dentro de um saco que ele vinha carregando às costas, por debaixo de seu casaco de pele de carneiro. Quando minha mãe a tirou dali e a pôs no colo, viu que ela apenas trazia consigo três moedas de prata, trançadas em seus cabelos.

 Meu pai contou que os turcos haviam assassinado seus pais. Ele também fora ferido, mas tinha conseguido escapar. Seu casaco ainda estava marcado com as nódoas endurecidas e congeladas de seu próprio sangue. Minha mãe examinou a ferida, vendo que era feia e profunda, e em seguida aplicou-lhe um curativo. Foram muito estranhos os sonhos que tive durante toda aquela noite.

O destino da menininha já fora decidido: ela seria criada em nossa casa, como se fosse minha irmã. Era bonita, e tinha olhos suaves e belos como os de minha mãe. Seu nome era

Anastásia. Meu pai e o dela haviam selado o pacto de amizade. Era um costume muito antigo, que ainda hoje vigora entre nós. Os jovens que decidem assumir esse compromisso de fraternidade escolhem entre as moças do lugar aquela que consideram a mais bela e virtuosa, pedindo-lhe que sirva de testemunha de seu juramento. Desse modo, ela age como se fosse a sacerdotisa que confirma e sela o pacto de amizade.

Agora, aquela menininha se tornara minha irmã. Eu costumava sentá-la em meus joelhos, colher flores para ela e, quando subia pela encosta da montanha, trazer-lhe as penas de aves que encontrava no caminho. Juntos bebíamos a água que escorria do Parnaso; lado a lado dormíamos sob o teto de folhas de louro de nossa casinha.

Durante muitos invernos prolongados, escutei minha mãe cantar aquela música que falava das lágrimas vermelhas, verdes e azuis-claras do gamo, sem compreender que elas se referiam ao sofrimento atroz que há tanto tempo fazia nosso povo padecer.

Um dia, chegaram por ali três franceses. Suas roupas eram muito diferentes das nossas. De suas mulas de carga, desembrulharam tendas e camas de campanha. Vinte soldados turcos, armados de espadas e espingardas, formavam sua escolta, pois eles eram amigos do paxá e traziam consigo uma carta que ele próprio assinara, ordenando-nos que os tratássemos com hospitalidade. Tudo o que queriam era examinar nossas montanhas escuras e desnudas. Planejavam escalar o Parnaso, chegando até seu topo revestido de neve e encoberto de nuvens. Nossa casa era pequena demais para eles; além disso, a fumaça que se desprendia do fogão irritava seus olhos, fazendo-os estacar junto à porta, sem nunca quererem entrar. Eles armaram acampamento no terreno estreito que havia junto à casa, ali acendendo fogueiras, sobre as quais assavam cordeiros e aves. Bebiam vinho doce e ofereceram-no aos soldados, que nem mesmo se atreveram a tocá-lo.

Quando partiram para sua excursão, segui-os durante parte do percurso. Numa espécie de mochila feita de pele de cabra, levei Anastásia comigo. Um dos franceses pediu que eu ficasse parado junto a um penhasco, posando para um desenho. Quando terminou, olhei o resultado: parecíamos vivos, e como se constituíssemos uma só pessoa. E para mim aquilo era de fato uma verdade, pois nunca perdia Anastásia de vista, nem deixava de pensar nela um momento sequer, mesmo durante a noite, já que invariavelmente sonhava com ela.

Daí a duas noites, nossa casinha recebeu a visita de outras pessoas, armadas de adagas e armas de fogo. Eram albaneses, "gente de coragem", como disse minha mãe. Não ficaram ali por muito tempo. Um deles tratou Anastásia com carinho, pondo-a sobre os joelhos. Quando se foram embora, notamos que faltava uma moeda de prata em seus cabelos. Eles tinham o hábito de picar fumo e colocá-lo numa pequena folha de papel, que depois enrolavam, formando um cigarro. Discutiram longamente sobre para que lado deveriam seguir, concordando apenas quanto ao perigo que havia em qualquer direção escolhida. Num dado momento, o mais velho filosofou:

— Se cuspir para cima, sujo a cara; se cuspir para baixo, emporcalho a barba...

Por fim, chegaram a um consenso, e foram-se embora, levando meu pai com eles para servir de guia. Daí a pouco, escutamos estampidos de tiros. Não demorou muito, e soldados turcos invadiram nossa casa. Disseram que havíamos dado abrigo a salteadores, e que meu pai fazia parte do bando; por isso, tínhamos de acompanhá-los até a aldeia.

Passamos pelo lugar onde se tinha dado o tiroteio. Avistei os corpos mortos dos albaneses, e entre eles o do meu pai. Tudo de que me lembro é ter chorado descontroladamente, e de me ver depois prisioneiro numa cela que não era menor ou mais despojada que qualquer um dos cômodos de nossa casa. Serviram-nos cebolas e um copo de vinho cheirando a resina, o que não era muito diferente das refeições que comíamos habitualmente.

Não me lembro de quanto tempo ficamos presos, mas sei que se passaram semanas, até que nos libertaram. Deixaram-nos sair num Domingo de Páscoa. Minha mãe estava doente; por isso, tivemos de caminhar vagarosamente, até que atingimos o litoral. Ao chegarmos à Baía de Lepanto, entramos numa igreja.

As pinturas sacras, realçando o fundo dourado das paredes, pareciam cintilar. Representavam anjos, e nenhum deles me pareceu mais bonito que Anastásia. No meio da igreja jazia um caixão forrado de rosas. Minha mãe disse que aquelas flores simbolizavam Nosso Senhor Jesus Cristo. No altar, o sacerdote abriu os braços e exclamou:

— Cristo ressuscitou!

E todos que ali estávamos nos beijamos. Deram uma vela acesa a cada um de nós, inclusive Anastásia. Alguém começou a tocar a cornamusa, e os homens saíram da igreja dançando e dando-se as mãos, enquanto as mulheres da aldeia assavam cordeiros de Páscoa sobre enormes fogueiras. Fomos convidados a ficar junto do fogo e a participar da refeição.

Um garoto pouco mais velho do que eu beijou-me e disse:

— Cristo ressuscitou!

E foi assim que conheci Aftanides.

Minha mãe sabia fazer redes de pesca muito bem, e assim pudemos ficar muitos meses morando à beira-mar. Aprendi a amar aquela água com gosto de sal, que me fazia lembrar as lágrimas do gamo, pois o imenso e belo mar costuma mudar de cor, tornando-se ora vermelho, ora verde e ora azul-claro como o céu do meio dia.

Aftanides era um bom marinheiro, sabendo como poucos dirigir um barco. Silenciosamente como as nuvens que deslizam no céu, navegávamos pelo mar afora. Anastásia e eu íamos sentados na popa. Ao pôr do sol, as montanhas adquiriam uma tonalidade azulescura. As elevações pareciam apoiar-se umas nos ombros das outras, erguendo-se gradualmente até serem coroadas pelo Monte Parnaso, com seu pico revestido de neve, que se avermelhava à luz do sol poente. Nessa hora, seu topo parecia ser todo de ferro derretido. A irradiação rubra parecia provir do interior da montanha, pois continuava brilhando mesmo depois que o sol já desaparecera no horizonte. O espelho do mar refletia as gaivotas, em seu voo suave de asas abertas.

Eu estava sentado no barco, com o corpo inclinado para trás, tendo Anastásia a meu lado. No céu, as primeiras estrelas já haviam surgido, brilhando como as velas acesas aos pés das pinturas sacras da igreja. Eram as mesmas estrelas que me contemplavam quando eu me sentava do lado de fora de nossa casinha em Delfos. Fechei os olhos. Uma enorme paz nos rodeava. Senti-me como se estivesse de novo em meu antigo lar.

Súbito, ouvi o barulho de um corpo caindo na água. O barco inclinou-se perigosamente e eu gritei. Anastásia tinha caído no mar! Aftanides reagiu mais depressa do que eu e mergulhou, conseguindo retirá-la da água antes que ela se afogasse. Mesmo assim, a pequena criança engoliu um pouco de água.

Tiramos suas roupas encharcadas e pusemo-nos a torcê-las. Aftanides fez o mesmo com as suas. Ficamos por ali, no barco, até que elas estivessem inteiramente secas. Não queríamos que ninguém soubesse de como ela estivera perto da morte. E, de fato, ninguém jamais soube daquele acidente e de como Aftanides tinha salvado a vida de Anastásia.

Chegou o verão. O sol dardejava seus raios sobre a terra, deixando-a ressecada. Pensei com saudade nas montanhas frias e no regato que corria perto de nossa casa. Minha mãe também já estava com desejo de regressar. Certa noite, iniciamos nosso caminho de volta.

Como era calmo e silencioso o caminho! O tomilho estava crescido, e, embora o sol houvesse estorricado suas folhas, ainda recendia agradavelmente. Não passávamos por uma cabana onde não se visse um rebanho de carneiros. Tudo era tão imóvel e tranquilo, que o próprio céu distante parecia mais vivo do que a terra. Pus-me a contar as estrelas cadentes que riscavam o céu. Não sei se o ar da noite possuía uma luz própria, ou se era devido à luz das estrelas, mas o fato é que a silhueta das montanhas se destacava nitidamente contra o céu. Minha mãe acendeu uma fogueira e assou cebolas para nós. Anastásia e eu fomos dormir tão felizes que ela não sentiu medo do monstruoso "Smidraki" — cujas bocas, dizem, cospem fogo, e nem eu dos lobos que vivem nas montanhas. É bem verdade que minha mãe se aninhou junto de nós, e bastava sua presença próxima para afugentar qualquer medo de nossas mentes infantis.

Finalmente, chegamos a nossa casa. Estava em ruínas. Era necessário reconstruí-la. Duas vizinhas vieram ajudar minha mãe, e em poucos dias as paredes já estavam novamente de pé, sustentando um teto novo de folhas de espirradeira.

Com tiras de couro e cascas, minha mãe fazia invólucros trançados para pôr nas garrafas de vinho, enquanto eu vigiava o pequeno rebanho de cabras do padre. Na hora de brincar, Anastásia e duas tartaruguinhas que havíamos trazido do litoral eram minhas companheiras.

Um dia, Aftanides veio visitar-nos. Disse que estava sentindo muita falta de nós, e passou dois dias inteiros em nossa casa. Daí a um mês, veio ver-nos de novo; agora, para se despedir. Iria tornar-se marinheiro, e seu navio deveria partir em breve para Patras e Corfu. Trouxe um peixe enorme, que entregou a minha mãe. Enquanto esteve conosco, contou-nos muitas histórias, não só sobre os pescadores que viviam na Baía de Lepanto, como também sobre os heróis e os reis que no passado dirigiram o destino da Grécia, como o fazem os turcos hoje em dia.

Quando foi que se abriu o broto da roseira? Em que semana, em que dia, em que hora? Ninguém sabe responder, mas eis que subitamente lá está a flor, aberta e bela, e só então se constata como ela é maravilhosa. Foi o que se deu com Anastásia. Um belo dia, notei que ela já se tornara uma moça encantadora. Então, muitos anos já se haviam transcorrido, desde que ela viera juntar-se a nós. As peles de lobo que cobriam seu leito e o de minha mãe foram retiradas de animais que eu mesmo matara.

Numa tarde, à hora em que o sol se punha, chegou Aftanides. Estava delgado e firme como um caniço, forte e tisnado de sol. Depois de beijar-nos, contou-nos como era sua vida de marujo e sobre os lugares que havia visitado. Descreveu-nos a fortaleza de Malta e as pirâmides do Egito. Falava com palavras bonitas, e suas histórias lembravam as lendas que o padre gostava de nos contar. Senti por ele grande respeito e admiração.

— Quanta coisa você viu e experimentou! — exclamei. — E como sabe contá-las bem!

— Mas foi você — replicou ele — que me falou sobre a coisa mais linda que já escutei até hoje. Nunca me esqueci disso. Foi aquela história que me contou sobre o antigo costume do pacto de amizade. Gostaria de que nós fôssemos irmãos, como o foram seu pai e o de

Anastásia. E a testemunha seria ela, nossa querida irmã, pois em toda a Grécia não existe jovem mais bela e virtuosa.

Anastásia enrubesceu, e suas faces se tornaram da cor de uma pétala de rosa. Minha mãe beijou Aftanides.

De nossa casa à igreja, leva-se uma hora a pé. O solo de lá é mais rico, e muitas árvores altas deitam sobre ele sua sombra. Diante do altar há uma pequena lâmpada votiva que sempre permanece acesa.

Vesti minha melhor roupa. Minha camisa vermelha era folgada no peito e bem justa na cintura. A borla do meu fez era recamada de fios de prata. No cinto, além da faca que geralmente eu trazia comigo, dessa vez havia também atravessada uma pistola.

Aftanides trajava o uniforme azul dos marinheiros gregos, ostentando sobre o peito um medalhão com a efígie da Virgem Santíssima, presa a uma bela corrente de prata. O lenço que trazia no pescoço nada ficava a dever aos que eram usados pelas pessoas mais abastadas.

Nossos trajes mostravam claramente que estávamos preparados para tomar parte em alguma cerimônia extraordinária. Solenemente, atravessamos toda a capela, chegando até defronte do altar. A luz do sol poente entrava pela porta, sendo refletida pelos quadros pintados em cores vivas e pelas lâmpadas de prata. Ajoelhamo-nos. Anastásia postou-se de pé diante de nós. Usava uma túnica branca comprida, que acentuava discretamente as belas formas de seu corpo juvenil. Um belo colar de moedas, algumas antigas, outras novas, pendia-lhe sobre o colo. Seus cabelos negros tinham sido arranjados em forma de coque e cobertos por uma espécie de touca feita de moedas de ouro, encontradas em antigos templos arruinados. Joias mais belas do que aquelas, não havia jovem grega que usasse.

Seu rosto estava radiante. Os olhos brilhavam como duas estrelas. Em silêncio, rezamos os três. Quando terminamos, ela perguntou:

— Sereis doravante irmãos, na vida e na morte?

— Sim — respondemos.

— Lembrar-vos-ei de que, seja o que for que ocorra, sois de agora em diante uma só pessoa, que cada um é parte do outro, que o segredo de um deve ser compartilhado com o outro, que quando um se alegra o outro rejubila. Concordais em devotar um ao outro todo sacrifício, devoção e perseverança de que vossa alma é capaz?

— Sim — dissemos novamente.

Anastásia tomou nossas mãos, juntando-as sob a dela, e em seguida beijou-nos a testa. Rezamos os três em voz alta. O padre, que até então aguardara atrás do altar, adiantou-se e deu-nos sua bênção. Estava encerrada a cerimônia.

Quando me levantei e voltei-me em direção à porta, vi minha mãe, que de lá nos observava. Ela estava chorando.

Como foram felizes os dias que se seguiram em nossa pequena casa de Delfos! Na véspera do dia em que Aftanides deveria partir, sentamo-nos os dois do lado de fora, mergulhados em nossos pensamentos. Apoiados na borda de um rochedo, cada qual com um braço sobre o ombro do outro, conversamos sobre a Grécia, sobre a situação aflitiva em que nosso pobre país se encontrava, sobre qual poderia ser o futuro de nosso povo. Depois falamos de nós mesmos, de nossos anseios e esperanças. Nada quisemos ocultar um do outro. Assim, num dado momento, tomei-lhe as mãos e confidenciei:

— Há uma coisa que lhe devo dizer, Aftanides. É um segredo que tenho guardado há anos comigo, e até hoje só compartilhado com Deus. Trago no coração um amor que nunca revelei, maior do que aquele que dedico a você, maior do que o que sinto por minha mãe.

O pescoço e o rosto de Aftanides tornaram-se subitamente vermelhos. Sem me olhar de frente, ele perguntou:

— E a quem você dedica esse amor?

— Eu amo Anastásia — sussurrei.

A vermelhidão de Aftanides foi substituída por uma palidez mortal que lhe cobriu as faces. Sua mão tremia quando ele apertou a minha. Era claro demais para que eu não compreendesse o que lhe passava no íntimo. Inclinei-me, beijei-lhe a fronte e disse:

— Ela não sabe disso; nunca lhe revelei este segredo. E pode ser que ela não me ame. Mas lembre-se, meu irmão: convivo com ela há anos, dia após dia; acompanhei seu crescimento passo a passo, e ela também foi crescendo dentro de minha alma.

— Sim, irmão, eu sei. Ela será sua. Não posso e não vou mentir para você: amo-a também, de todo o meu coração. Amanhã devo partir. Ficarei fora por mais de dois anos. Quando puder visitá-los, quero encontrá-los casados. Guardei algum dinheiro: quero dá-lo a vocês. Não, não aceito recusas. Esse dinheiro é para vocês dois.

Vagarosamente, voltamos para casa. Enquanto caminhávamos, escureceu. Anastásia esperava-nos junto ao degrau da porta, com um candeeiro na mão. Minha mãe ainda não havia chegado. Olhando tristonhamente para Aftanides, Anastásia lhe disse:

— Amanhã você nos deixará. Vou ficar tão triste!

— Será que você vai se esquecer de mim? — perguntou ele, num tom de voz que revelava uma tristeza doída, um desgosto tão grande quanto o que eu próprio sentia.

Antes que ela lhe desse uma resposta, Aftanides tomou-lhe as mãos e falou:

— Meu irmão que aqui está nada disse, mas seu silêncio fala mais alto que as palavras: ele a ama! Você também o ama?

Anastásia estremeceu e prorrompeu em pranto. Eu nada mais via, senão a ela. Envolvi-a em meus braços e disse-lhe muitas e muitas vezes:

— Eu te amo!

Ela beijou-me e passou seus braços em meu pescoço. O candeeiro caiu-lhe das mãos, e a sala ficou tão escura quanto o coração de meu pobre irmão Aftanides.

Quando o sol nasceu, ele se aprontou, beijou-nos, despediu-se e se foi. Entregou o dinheiro a minha mãe e pediu-lhe que o guardasse para nós. Na curva do caminho, acenou-nos pela última vez e desapareceu.

Poucos dias mais tarde, Anastásia tornou-se minha esposa.

Uma Rosa do Túmulo de Homero

Em todas as canções orientais ressoa o eco do canto de amor do rouxinol, dedicado à rosa. Varando o negrume das noites estreladas, escuta-se a serenata que o pequeno ser alado entoa em homenagem à flor de tão suave fragrância.

Não longe de Esmirna, à sombra de enormes olmos, o guia da caravana deixava que seus camelos carregados descansassem. Fatigados pela longa caminhada percorrida, os animais ainda assim mantinham erguidos seus longos pescoços, bamboleando-se desajeitadamente enquanto caminhavam naquele sagrado chão. Foi aí que avistei um roseiral em plena floração. Pombas silvestres voavam entre os altos ramos das roseiras, e suas asas, rebrilhando ao sol, lembravam madrepérolas luzidias.

Dentre as rosas que ali vicejavam, uma era bem mais bela que as outras. Para ela o rouxinol cantava as alegrias e dores de seu amor. Ela escutava em silêncio, sem deixar que sequer uma gota de orvalho, qual lágrima de compaixão, pendesse de suas pétalas. Como o ramo de onde brotava, ela também pendia a cabeça em direção aos enormes rochedos que se erguiam ali perto.

"Aqui jaz o maior cantor que o mundo conheceu", pensou a rosa. "A fragrância que se exala de mim perfuma o ar que cobre o seu túmulo, e eu o enfeito com as pétalas que o vento arranca do meu corpo. O poeta que compôs a *Ilíada* transformou-se em terra, e foi dessa terra que brotei. Sou a rosa do túmulo de Homero. Sendo de origem tão sagrada e nobre, como poderia dedicar meu amor a um mísero e pobre rouxinol?"

Ferido pela indiferença da rosa, o rouxinol continuou a cantar até morrer.

Uma caravana chegou ali, com seus camelos carregados, seguidos por escravos negros. O filho de um dos condutores de camelo enterrou o pequeno pássaro cantor ali mesmo onde ele havia morrido, no solo que cobria o túmulo de Homero. O vento soprou e a rosa estremeceu.

Quando a noite caiu, a flor fechou suas pétalas e adormeceu. Sonhou que era de dia, e que o sol rebrilhava no céu. Um grupo de pessoas chegou e parou diante dela. Falavam numa língua estranha, mas ela entendeu que eram franceses, e que tinham ido até lá para render homenagem a Homero. Entre eles estava um rapaz que vinha de muito longe, de uma terra situada muito ao Norte, encoberta por nevoeiros, e onde à noite estranhas luzes eram vistas no céu. Ele colheu-a e a colocou entre as páginas de um livro, levando-a depois para sua distante terra natal. Triste e solitária em sua prisão, a rosa secou de dor. Só uma vez pôde rever a luz, quando o rapaz abriu o livro e a mostrou a seus amigos, sorrindo orgulhosamente e dizendo:

— Eis aqui uma rosa do túmulo de Homero!

Pela manhã, ela despertou, e a brisa suave a fez estremecer. Uma gota de orvalho desprendeu-se de suas pétalas e caiu na terra do túmulo que abrigava Homero e um pobre rouxinol. O sol brilhou, e a flor tornou-se mais linda do que nunca. Ao meio dia, o calor era tórrido. Ela escutou passos: era gente chegando, gente estrangeira; os franceses com os quais havia sonhado. Entre eles, o poeta do Norte distante. Ele colheu a rosa fresca e viva, beijou-a e carregou-a consigo para a terra da névoa e das luzes boreais.

Como uma múmia, o corpo seco da flor repousa entre as páginas da Ilíada pertencente ao poeta. Como num sonho, ela escuta quando ele abre o livro e diz para alguém a seu lado:

— Veja aqui uma rosa colhida no túmulo de Homero.

O Velho Morfeu

Não existe no mundo quem conheça tantas histórias como o Velho Morfeu. E como ele sabe contá-las bem!

Quando é de noite e as crianças estão sentadas ao redor da mesa, ou num banquinho encostado ao canto da parede, eis que ele chega silenciosamente; ninguém o escuta subindo as escadas, nem quando ele abre a porta; entra na sala e sopra uma poeirinha fina nos olhos dos meninos, fazendo com que eles teimem em se fechar, por mais que se tente mantê-los abertos. Depois, sopra a poeirinha em suas nucas e como as cabeças ficam pesadas! A criança faz força para erguê-la, mas a cabeça se inclina de novo, e o jeito é ir para a cama. E nada disso dói, pois o Velho Morfeu ama as crianças, e só quer que elas se deitem, para que ele possa contar-lhes suas lindas histórias, enquanto elas o escutam quietinhas sob as cobertas.

Quando a criança adormece, ele se senta na beira da cama. É muito esquisita a sua roupa! É toda de seda, de uma cor impossível de ser definida, porque está mudando o tempo todo. Ora está verde, de repente torna-se vermelha, e daí a pouco está inteiramente azul. Ele traz um guarda-chuva debaixo de cada braço. Um deles é todo coberto de figuras: é o que ele abre sobre a cabeceira da cama dos meninos bonzinhos, para que sonhem a noite inteira com as histórias mais maravilhosas. O outro é um guarda-chuva preto, sem figura de espécie alguma: é o que ele abre sobre a cabeça das crianças que procedem mal. Estas remexem-se na cama durante toda a noite, têm um sono agitado, e, quando acordam pela manhã, não se lembram de ter sonhado com coisa alguma.

Vou contar-lhes as histórias que o Velho Morfeu contou para um menino chamado Dalmar durante uma semana. São sete histórias, já que uma semana tem sete dias e sete noites.

SEGUNDA-FEIRA

— Veja — disse o Velho Morfeu, depois que Dalmar já estava deitado em sua cama. — Vou fazer umas pequenas modificações em seu quarto.

No mesmo instante, as flores nos vasos transformaram-se em árvores enormes, que iam do assoalho até o teto. Os galhos e ramos se espalharam por todo o aposento, que ficou parecendo um lindo caramanchão. De todos brotavam flores mais belas e perfumadas que rosas; e o melhor de tudo é que a gente podia comê-las, pois eram macias e docinhas como geleia. Havia também frutos naquelas árvores, e eram dourados e brilhantes. Os mais maduros se rachavam, deixando sair uma polpa deliciosa: pão de mel recheado de passas! Que maravilha! Entretanto, no meio de toda essa cena esplendorosa, havia alguém que não estava feliz, soluçando e gemendo sem parar. O som vinha da mesinha na qual Dalmar guardava seus livros e materiais escolares.

— Que será isso? — perguntou o Velho Morfeu, abrindo a gaveta da mesinha.

Era uma lousa, toda escrita a giz. Dalmar havia feito nela umas contas de somar, e os resultados não estavam certos. O giz, amarrado por um barbante ao canto da lousa, gania desesperadamente, como se fosse um cachorrinho preso a uma corrente. Estava querendo corrigir os erros, mas não podia.

Outro que soluçava era o caderno de exercícios. Dava até pena escutar seus lamentos. É que na linha de cima havia uma série de letras escritas com muito capricho, para Dalmar copiar nas linhas de baixo. Ele bem que tentara, mas suas letras não eram bonitas e certinhas como as do modelo, não seguiam a margem e não corriam direito sobre as linhas, ora subindo, ora afundando; ora caindo de costas, ora tropeçando para a frente.

— Fiquem de pé! Tenham elegância! — ordenavam os modelos. — Olhem para nós e tentem imitar-nos!

— Bem que queríamos ficar certinhas e elegantes — queixavam-se as letras escritas por Dalmar, — mas não conseguimos... Estamos sem forças...

— Ah, estão fraquinhas, não é? Já sei — disse o Velho Morfeu, — vou dar para cada uma de vocês uma colherada de óleo de fígado de bacalhau.

— Não, não! Já saramos! — gritaram as letras, assustadas, logo empinando o corpo elegantemente e se postando certinhas sobre as linhas do caderno.

— Já vi que esta noite não teremos tempo para histórias. Essas letras estão precisando de exercício — disse o Velho Morfeu, olhando para elas com severidade.

O A ficou acanhado; o B, boquiaberto; o C, cabisbaixo. Como se fosse um sargento, o Velho Morfeu comandou:

— Em marcha! Um, dois! Um, dois!

E todas marcharam elegantemente, de cabeça erguida e peito estufado, igualzinho às letras do modelo, que assistiam imóveis ao desfile de suas cópias.

Na manhã seguinte, porém, quando Dalmar abriu o caderno para espiá-las, estavam todas tão feias e deselegantes como na véspera.

Logo que Dalmar se deitou, o Velho Morfeu tocou os móveis e utensílios do quarto com sua varinha de condão, e eles imediatamente começaram a falar. Todos contavam coisas sobre si próprios ou faziam comentários sobre os outros que ali estavam. Só uma velha escarradeira, que hoje em dia quase ninguém mais usa, ficou calada em seu canto, desgostosa com a vaidade e o egoísmo dos outros, que nem por um instante se lembraram dela, triste e solitária em seu canto.

Presa à parede, acima da cômoda, estava a pintura de uma paisagem. Viam-se nela árvores, flores, uma extensa campina e, ao fundo, um imponente castelo. Era um belo quadro, com moldura dourada. O Velho Morfeu tocou-o com sua varinha mágica, e a pintura tornou-se viva. Os pássaros começaram a cantar, e os ramos das árvores agitavam-se ao sopro do vento. As nuvens flutuavam no céu, projetando suas sombras sobre a relva da campina.

O Velho Morfeu tirou Dalmar de sua cama e o colocou dentro da paisagem representada no quadro. Ele sentiu o chão sob seus pés e viu que de fato estava lá dentro.

TERÇA-FEIRA

O sol brilhava através das folhas das árvores. Dalmar correu para o rio, onde havia um barquinho ancorado junto à margem. Era um barco a vela, vermelho e branco. As velas refulgiam como se fossem de prata. Seis cisnes, com coroas de ouro na cabeça, deslizavam ali perto. Dalmar entrou no barco e se pôs a navegar pelo rio abaixo, bordejando a floresta. As árvores contaram-lhe histórias sobre salteadores, sobre feiticeiras e sobre os elfos que vivem no interior das flores, além de repetir-lhe os contos de fadas que as borboletas lhe haviam contado.

Peixes maravilhosos, com escamas douradas e prateadas, nadavam atrás do barco. De vez em quando, um deles pulava para fora da água, pairando no ar por um breve instante, e em seguida mergulhava de novo, fazendo barulho. Aves de todas as cores e tamanhos voavam acima de sua cabeça. Todos os animais, até mesmo os insetos, como os mosquitos e besouros, queriam chegar perto dele para contar-lhe histórias.

Que esplêndida viagem de barco! Ora ele atravessava uma floresta densa e escura, ora um belo jardim, repleto de flores e banhado de sol. Passou ao longo de lindos castelos de mármore, em cujos balcões descansavam princesas encantadoras, que lhe acenavam de longe. O mais estranho de tudo é que elas se pareciam muito com as meninas que brincavam com ele todo dia! Algumas lhe estendiam balas compridas, em forma de velas, mais gostosas que as vendidas nas confeitarias. Ele segurava uma ponta da bala enquanto a princesa segurava a outra, de modo que cada um ficava com um pedaço, e o de Dalmar quase sempre era o maior.

À frente de cada castelo havia um principezinho montando guarda. Todos traziam uma espada de ouro e comandavam uma tropa de soldadinhos de chumbo. Eram príncipes de verdade, e muito gentis: tanto que atiravam passas quando Dalmar passava defronte ao castelo — e como eram doces e deliciosas!

Às vezes ele parecia estar navegando através dos salões de ricos palácios, e outras vezes por dentro das ruas de uma cidade fantástica. Numa delas, avistou a querida babá que cuidara dele quando ainda era de colo. Que satisfação avistá-la, sorrindo para ele parada no meio de uma praça, e cantando a canção de ninar com a qual ela costumava fazê-lo adormecer:

> *Como eu gosto de ti, menininho!*
> *Como eu gosto de ver-te a sorrir!*
> *Fecha os olhos e fica quietinho,*
> *Que agora o neném vai dormir.*
>
> *O anjinho que te protegeu,*
> *Que brincou junto a ti todo o dia,*
> *Foi para o céu e já adormeceu*
> *No regaço da Virgem Maria.*

Todos os passarinhos fizeram coro com ela, as flores dançaram e as árvores inclinavam-se para um lado e para o outro, como se estivessem escutando uma linda história contada pelo Velho Morfeu.

QUARTA-FEIRA

Lá fora chovia. Dalmar podia escutar as gotas caindo no telhado, mesmo enquanto dormia. O Velho Morfeu abriu a janela e entrou. A rua estava transformada num lago, e um navio estava ancorado logo abaixo do peitoril da janela.

— Venha navegar, Dalmar — convidou o Velho Morfeu. — Esse navio levará você para terras distantes, e o trará de volta para a cama antes que acorde.

Dalmar levantou-se, vestiu sua roupa de domingo e subiu a bordo. A chuva não mais caía, e um sol radioso brilhava no céu. Uma brisa suave enfunou as velas da embarcação, que se pôs a navegar pelas ruas, passando diante da igreja, até entrar no mar. Logo a terra desapareceu, e só se viam as águas do oceano, até onde a vista alcançava. Um bando de cegonhas passou voando por ele: estavam migrando para as terras quentes e distantes. Uma delas voava mais baixo, seguindo bem atrás de suas companheiras. Tinha vindo de mais longe, e estava fatigada. Suas asas batiam com lentidão cada vez maior. A pobre ave esforçava-se por ganhar altura, mas não conseguia. Ao passar perto da vela principal do navio, não conseguiu desviar, chocando-se contra ela e caindo pesadamente sobre o convés.

O taifeiro apanhou-a e prendeu-a no pequeno galinheiro que havia próximo ao depósito de cargas. Ali ficou ela, triste e desenxabida, entre galinhas, patos e perus.

— Que bicho mais esquisito! — cacarejaram as frangas.

O peru arrepiou as penas, parecendo dobrar de tamanho, e, abrindo caminho entre os patos, que se encostavam uns nos outros intrigados, grasnando sem parar, indagou da estranha quem era ela, de onde vinha e para onde estava indo.

A cegonha respondeu, falando-lhe das terras quentes, do Egito com suas pirâmides, da avestruz que cruzava o deserto em velocidade maior que a de um cavalo.

Os patos não entenderam uma palavra do que ela disse, e puseram-se a cochichar entre si, debochando:

— Quã-quã-quanta ignorância!

— Glugluglugluglu! — aplaudiu o peru, fazendo tal escarcéu, que a cegonha até parou de falar.

Sentindo-se fora de seu ambiente, ela foi até o canto do galinheiro, e ali ficou quieta, voltando seus pensamentos para as terras quentes da África.

— Que pernas mais compridas, criatura! — disse o peru, piscando o olho para as outras aves. — Não quer vender o pedaço que está sobrando?

— Quá, quá, quá, quá, quá! — caíram os patos na risada.

— Có, có, có, có, có! — acompanharam as galinhas.

A cegonha continuou quieta, fingindo não ter escutado a graçola.

— Não achou graça, criatura? — perguntou o peru, continuando a divertir-se às custas da cegonha. — Será que não entendeu a piada? Bem que eu desconfiava: pernas compridas, ideias curtas. Desça dessas pernas e venha cá para baixo divertir-se conosco! Glu, glu, glu!

O peru grugulejava de satisfação, enquanto os patos grasnavam e as galinhas cacarejavam, todos rindo da pobre cegonha.

Dalmar, irritado com aquilo, foi até o galinheiro e abriu a porta, deixando a cegonha sair. Descansada, ela alçou vôo e seguiu em direção às suas companheiras, para as bandas quentes do Egito. Antes de desaparecer no céu, voltou-se e inclinou a cabeça para Dalmar, num agradecimento.

As galinhas abaixaram a cabeça, os patos se entreolharam e o peru ficou vermelho de vergonha.

— Quero ver vocês rindo da cegonha quando estiverem em cima de uma bandeja, bem tostadinhos — disse Dalmar, olhando para as aves de cenho franzido.

E aí ele acordou, de novo em sua cama. Dessa vez o Velho Morfeu tinha arranjado para ele uma viagem bem esquisita!

QUINTA-FEIRA

— Olhe quem está aqui — disse o Velho Morfeu, mostrando a Dalmar um camundongo. — Vamos, não tenha medo; ele é bonzinho. Veio convidá-lo para assistir a um casamento. Dois ratinhos que moram debaixo da despensa de sua mãe vão se casar hoje à noite. Precisa ver o apartamento deles: é uma gracinha!

— Mas como vou fazer para passar por aquele buraquinho na parede? É tão pequeno! — disse Dalmar.

— Hum... vejamos... — disse o Velho Morfeu, pensativo. — Já sei: vou diminuir seu tamanho.

Tocou a varinha de condão na cabeça do menino, e ele foi ficando menor, menor, até chegar ao tamanho de um dedo mindinho.

— Seria bom você pedir emprestado o uniforme do soldadinho de chumbo — aconselhou o Velho Morfeu. — Numa festa de casamento, é sempre elegante comparecer fardado.

— Boa ideia — concordou Dalmar, dirigindo-se até o soldadinho de chumbo e trocando com ele algumas palavras.

Pouco depois, lá estava ele trajado com o uniforme, enquanto o soldadinho de chumbo vestia seu pijama e se preparava para dormir.

— Quer ter a bondade de tomar assento na carruagem? — disse-lhe gentilmente o camundongo, apontando-lhe o dedal de sua mãe. — Vou levá-lo até o local da festa.

— Ué! — estranhou Dalmar. — Um camundongo servindo de cavalo? Essa não!

E lá se foram eles até a despensa, seguindo depois por um corredor tão estreito que era a conta da largura de um ratinho. Curioso: não estava escuro ali dentro! Pedaços de madeira fosforescente tinham sido pregados no teto e iluminavam suavemente todo o corredor.

— Que tal este cheirinho? — perguntou o camundongo a Dalmar. — Não é delicioso? É daquele toucinho que desapareceu da despensa de sua mãe. Nós o esfregamos na parede, e que perfume! Nota-se que é um toucinho de primeira!

Finalmente, chegaram ao salão onde seria realizado o casamento. À direita, estavam as ratinhas solteiras, cochichando umas com as outras e dando risinhos disfarçados. À esquerda, os camundongos solteiros, torcendo seus bigodes e tentando namorar as ratinhas do lado oposto. Ratos e ratas espalhavam-se pelo salão, no meio do qual estava o casal de noivos, sentados sobre uma casca de queijo, trocando beijos, enquanto esperavam o início da cerimônia.

Os convidados não paravam de chegar. O salão já estava tão repleto, que os ratinhos menores tiveram de encostar-se nos cantos das paredes, para não serem esmagados.

Com tantos ratos a sua frente, Dalmar nem viu como foi a cerimônia, percebendo apenas o final, quando o casal de ratinhos acenou da porta e seguiu para sua viagem de lua de mel. Em seguida, serviram pedacinhos de toucinho para os convidados. Por fim, cada qual recebeu um grão de ervilha como recordação da festa, no qual haviam sido gravadas, com os dentinhos afiados dos parentes dos noivos, suas iniciais. De fato, era uma festa bem fora do comum!

Ao saírem, todos os convidados elogiaram os preparativos, afirmando que fora uma festa e tanto!

Então o camundongo que havia convidado Dalmar fez-lhe um aceno e o levou de volta para seu quarto. Ele ali trocou de roupa com o soldadinho, voltou a seu tamanho normal e se acomodou na cama, cansado mas satisfeito. Como dá trabalho ir a uma festa na toca dos ratos!

SEXTA-FEIRA

— Há tanta gente grande que vive insistindo comigo, implorando uma visita minha... — disse o Velho Morfeu. — Então os que têm consciência pesada... ih, não me deixam em paz! "Oh, Morfeuzinho", suplicam, "vem me ver, vem? Quero dormir, mas não consigo pregar o olho. Fico rolando na cama, só me lembrando de minhas más ações. Elas ficam sentadas no canto da cama, como se fossem capetinhas, fazendo careta e me espetando com um finco, só para não me deixarem dormir. Vem, querido Morfeu, e expulse-as daqui!

Quero dormir!" E os que querem me comprar? Esses são os piores. Dão soluços profundos e rogam, com voz insinuante: "Vem, Morfeu, que te darei uma recompensa. Basta que chegues de mansinho e me desejes boa noite, Morfeuzinho do meu coração! Depois, vai ver no peitoril da janela o que foi que te deixei". Pobres coitados: acham que esse tipo de favor pode ser pago...

— E o que vamos ter esta noite? — perguntou Dalmar.

— Que acha de outra festa de casamento? — riu o Velho Morfeu. — Só que será bem diferente daquela de ontem. Sabe aquele boneco de sua irmã que vocês chamam de Armando? Ele quer casar-se com aquela boneca chamada Berta. Hoje é o aniversário dela, que certamente irá receber muitos presentes.

— Ah, isso não é novidade — disse Dalmar, demonstrando aborrecimento. — Minha irmã vive inventando festinhas de aniversário de suas bonecas e arranjando casamento para elas. É desculpa dela para lhes dar roupas novas. Já deve ter feito isso umas cem vezes.

— Mas o aniversário de hoje será o de número cento e um, e esse só acontece uma vez. E posso garantir que será uma festa diferente. Por isso, vamos lá dar uma olhada.

Dalmar olhou para a mesa onde estavam os brinquedos, e viu uma luz que saía da janela da casa das bonecas. Do lado de fora, seus soldadinhos de chumbo estavam perfilados, apresentando armas. Os noivos estavam sentados no chão, com as costas apoiadas contra a perna da mesa. Olhavam um para o outro com ar preocupado, o que não é para estranhar, pois afinal de contas iam casar-se daí a pouco.

O Velho Morfeu vestiu a saia preta da avó de Dalmar e deu início à cerimônia. Quando terminou, os móveis da sala entoaram uma canção muito bonita, cuja letra fora escrita pelo Lápis, especialmente para aquela ocasião. As palavras não faziam muito sentido, mas as rimas eram excelentes. Vejam como era:

> *Lá vem a Berta*
> *Séria e formosa,*
> *Enquanto o Armando está aqui todo prosa!*
> *Lá fora está*
> *Armando chuva,*
> *E a mão aberta carrega uma luva.*
> *O casamento*
> *De Armando e Berta*
> *É o cento e um, se esta conta está certa.*

Chegou a hora dos presentes. Os noivos pediram que não lhes dessem nada de comer, porque daquele dia em diante queriam viver apenas de amor.

— E quanto à lua de mel, querida? — perguntou Armando. — Vamos para o campo, ou você prefere viajar para o estrangeiro?

Era um problema difícil de resolver; assim, decidiram pedir conselhos a quem entendesse do assunto. Lá estavam a andorinha, que era muito viajada, e a velha galinha, que fora nascida e criada numa fazenda, antes de vir para a casa dos pais de Dalmar. A andorinha descreveu as maravilhas dos países quentes, onde as uvas pendiam das videiras em cachos enormes, e o ar era ameno e quente. Falou ainda sobre as montanhas de cores belas e bizarras, tão diferentes das que se veem por aqui.

— Ah, mas lá não tem couve! — interrompeu a galinha. — Lembro-me do último verão que passei no campo, junto com minha ninhada de pintos. Fazíamos piquenique numa cascalheira. Nas partes fundas havia uma areia fininha, ótima de se ciscar. Depois, íamos ao quintal, na horta de couves. Tinham uma cor verde maravilhosa: nunca vi nada igual.

— Quem vê um pé de couve, já viu todos. São iguaizinhos! — contestou a andorinha. — Além disso, quando o inverno é rigoroso (e o daqui sempre é), adeus couves!

— Estamos acostumados com o frio que faz aqui — replicou a galinha.

— Mas eu não! Agora, por exemplo: estou congelada! — disse a andorinha, tremendo.

— Um pouco de frio faz bem às couves — cacarejou a galinha. — E aqui não é sempre frio, quem disse que é? Às vezes até faz calor! Lembro-me de um verão, acho que foi há quatro anos: durou quase cinco semanas! Sim, e como fez calor! Mal se podia respirar! Agora, nesses países quentes, há uns bichos horrendos e venenosos que aqui não existem. Isso sem falar nos ladrões e assassinos que vagueiam por lá. Acho que quem não ama sua terra natal não passa de um patife, de um ingrato, que devia ser proibido de morar lá!

A galinha fez uma pausa, encarou os ouvintes e continuou, com voz trêmula:

— Já fiz uma viagem, amigos... Sim, uma longa viagem: mais de doze milhas, dentro de um engradado. Acreditem-me: não dá prazer algum viajar!

— Acho que a galinha é muito sensata — disse Berta a Armando. — Não quero viajar para as montanhas, não vale a pena. A gente sobe de um lado, e aí tem de descer do outro: que coisa mais sem graça! Prefiro antes ir conhecer a cascalheira, brincar na areia fina e depois passear por entre os talos de couve.

Fim de conversa e fim do passeio noturno de Dalmar.

SÁBADO

— Hoje você vai contar uma história, não é? — perguntou Dalmar, logo que se ajeitou na cama.

— Não, hoje não tenho tempo — disse o Velho Morfeu, enquanto abria sobre a cama uma sombrinha vistosa e colorida. — Veja que sombrinha bonita: é chinesa.

Dalmar olhou para a sombrinha, e era como se estivesse contemplando um vaso chinês, todo enfeitado e decorado com figuras, mostrando uma paisagem estranha, com árvores azuis e pontes convexas, cheias de chinesinhos que inclinavam a cabeça, saudando-o.

— Hoje tenho muito que fazer. Tenho de deixar o mundo bem limpinho e arrumado, pois amanhã é domingo. Vou até a torre da igreja, ver se os elfos que ali residem não se esqueceram de polir os sinos, senão eles vão tocar desafinado. Tenho ainda de fiscalizar os campos, para assegurar-me de que o vento espanou as flores e as árvores. E a tarefa mais importante é trazer as estrelas aqui para baixo, a fim de dar-lhes uma boa engraxada e um lustro bem caprichado. Trago-as dentro do meu avental, mas é uma trabalheira, que você nem queira imaginar! Tenho de marcar todas com um número, o mesmo que escrevo nos buracos do céu de onde elas saíram, para depois colocá-las de volta direitinho, cada qual no seu lugar. Se eu trocar os buracos, elas não ficam bem encaixadas, e aí começam a cair uma após outra, formando uma verdadeira chuva de estrelas cadentes.

— Olha aqui, Senhor Morfeu — repreendeu um velho retrato pendurado na parede oposta à cama de Dalmar; — sou o bisavô do menino, certo? Agradeço-te por contares histórias a ele, mas não queiras confundi-lo, certo?

DOMINGO

Onde já se viu trazer as estrelas aqui para baixo e engraxá-las! Que ideia mais sem nexo! Estrelas são astros, são corpos celestes como a Terra, e é exatamente nisso que reside a importância e o interesse de seu estudo!

— Obrigado, muito obrigado, Senhor Bisavô — respondeu o Velho Morfeu, sem parecer estar nem um pouco agradecido pela intromissão do outro. — És o chefe da família, o chefão, o chefíssimo! Mas acontece que sou ainda mais velho do que tu; muito, muito mais velho. E sou pagão. Os romanos e os gregos me veneravam e me consideravam o Deus dos Sonhos. Visitei os palácios mais magníficos, e ainda hoje sou bem recebido por onde quer que vá. Sei agradar tanto às crianças quanto aos adultos. Agora quero ver se tu também sabes contar uma história...

Dizendo isso, o Velho Morfeu foi-se embora, levando a sombrinha com ele.

— Hoje em dia não temos mais licença de expressar nossa opinião — resmungou o retrato do velho bisavô.

Nesse momento, Dalmar acordou.

— Boa noite — saudou o Velho Morfeu.

Dalmar acenou-lhe com a cabeça; em seguida, levantou-se e correu até o retrato do bisavô, virando-lhe o rosto para a parede. Desse modo, ele não iria meter o nariz onde não era chamado.

— Agora — disse ao Velho Morfeu — quero que me conte a história das cinco ervilhas numa vagem só, a do galo que cantava alto demais e a da agulha de sapateiro que julgava ser uma agulha de costura.

— É muita história junta! — riu-se o Velho Morfeu. — Mas tenho coisa melhor para você. Prefiro mostrar-lhe coisas diferentes, do que contar histórias. Vou mostrar-lhe meu irmão, um outro Morfeu, igualzinho a mim em tudo por tudo, menos numa coisa: ele só visita as pessoas uma vez; depois que as faz cair num sono profundo, leva-as consigo em seu cavalo. Como eu, ele também conta uma história para a pessoa a quem vai visitar, mas só sabe duas. Uma é a história mais encantadora que se possa imaginar, a mais linda que alguém já escutou. A outra é tão terrível e apavorante, que nem dá para descrever.

Erguendo o pequeno Dalmar até a janela, para que ele pudesse ver o que acontecia lá fora, o Velho Morfeu continuou:

— Olhe! Aquele ali é meu irmão, o outro Morfeu, que alguns preferem chamar de Morte. Ele não é tão horroroso e assustador como costuma ser apresentado nas gravuras. Ele não é um esqueleto; apenas tem um bordado em prata sobre seu uniforme. Sim, ele usa um uniforme de cavalariano, veja. Lá vai ele cavalgando seu corcel, com sua bela capa de veludo preto ondulando ao vento!

Dalmar viu o outro Morfeu passando a galope, parando aqui e ali para levar consigo as pessoas que acabavam de morrer. Na maior parte, era gente velha; de vez em quando, porém, lá se ia um jovem, ou mesmo uma criança. Alguns, ele levava na frente; outros, na garupa. E a cada qual que visitava, fazia sempre a mesma pergunta:

— Que notas tirou no Boletim da Vida?

Quase todos respondiam:

— Tirei ótimas notas!

Mas ele fazia questão de examinar o boletim. Se de fato as notas do morto fossem boas, ele o punha a sua frente e lhe contava a mais linda de todas as histórias. Já se a nota fosse ruim, lá ia o falecido para a garupa, tendo de escutar a história mais apavorante que se possa imaginar. Nesse caso, a pessoa ficava arrepiada e desesperada, fazendo o que podia para saltar do cavalo e fugir, só que isso era impossível.

— Gostei desse outro Morfeu — comentou Dalmar. — Não tenho medo dele.

— Muito bem. Não há razão para se temer a Morte — sorriu o Velho Morfeu. — O importante é tirar boas notas no Boletim da Vida.

— Dessa história eu gostei — murmurou o retrato do bisavô, que agora sorria satisfeito. — Foi interessante e instrutiva. Como se vê, valeu a pena reclamar e expressar minha opinião.

E você que me está lendo, gostou da história do Velho Morfeu? Se ele vier vê-lo hoje à noite, peça-lhe para contar uma bem bonita, entendeu?

O Duende da Rosa

No meio do jardim havia uma roseira, carregada de flores. Na mais bela das rosas vivia um duende tão pequenininho, que não podia ser enxergado pelos olhos humanos. Cada pétala dela era arrumada como se fosse um quarto de dormir. Ele parecia uma criancinha linda e encantadora, com a diferença de que possuía asas compridas e transparentes, que se estendiam dos ombros até o calcanhar. E seus quartinhos de dormir, como eram agradáveis e perfumados, já que as paredes eram todas formadas de pétalas de rosas suaves e delicadas.

Todas as manhãs o duendezinho saía voando à luz cálida do sol, para visitar as outras flores do jardim, cavalgar no dorso das borboletas e passear pelas "estradas" que havia em cima das folhas das tílias, que era como ele chamava os veios que nelas existiam. Não vão estranhar que ele chamasse esses veios de estradas: é que o duendezinho era de fato muito, mas muito pequeno mesmo! Muitas vezes ele nem conseguia chegar ao fim da "estrada" antes que o sol se pusesse e chegasse a hora de voltar para sua casa, dentro da rosa mais bela do jardim.

Numa tarde, quando o sol se punha, começou a esfriar. Soprava a brisa vespertina, e um sereno fininho descia do céu. O duendezinho apressou-se a voltar para casa. Quando lá chegou, porém, viu que a rosa já se havia fechado para enfrentar a noite fria que se anunciava. Não havia como entrar. Ele saiu voando pelo jardim, em busca de outra flor que lhe pudesse servir de abrigo, mas todas estavam fechadas. Começou a sentir arrepios. Nunca havia passado uma noite fora de seu confortável quartinho de dormir. Não estava acostumado à escuridão. "Oh", gemeu, "acho que vou morrer!"

Na extremidade do jardim havia um caramanchão cuja treliça era toda revestida de madressilvas. As flores pareciam cornetas coloridas, e não se fechavam de noite; assim o duendezinho resolveu entrar dentro de uma delas, para ali passar a noite mais abrigado.

Quando chegou voando ao caramanchão, notou que ali havia um casal de jovens. O rapaz era forte e simpático, e a moça delicada e linda. Os dois estavam sentados lado a lado num banquinho, e por nada deste mundo queriam separar-se um do outro, pois se amavam muito, com um amor maior do que aquele que um filho sente por seu pai e sua mãe.

— Chegou a hora de nos separarmos — disse o rapaz, com voz tristonha. — Seu irmão desaprova nosso amor; por isso, arranjou um modo de me mandar para bem longe daqui. Tenho de seguir numa viagem de negócios para bem distante, além das montanhas. Adeus, minha noiva querida. Sim, posso considerá-la como se já fosse minha noiva.

Beijaram-se, e a moça chorou. Ainda com lágrimas nos olhos, ela colheu do chão uma rosa para entregá-la ao seu amado. Antes de dá-la, beijou-a tão apaixonadamente, que a flor se abriu. O duendezinho, mais que depressa, voou para dentro da rosa, e se acomodou confortavelmente entre suas pétalas suaves e perfumadas. Que maravilha! Agora ele poderia passar a noite satisfeito, do modo a que estava acostumado!

Através das pétalas da rosa, ele ainda podia escutar as palavras de despedida trocadas pelo casal. O rapaz colocou a rosa dentro de sua camisa, junto ao peito. Como batia forte o seu coração! Era tal o barulho, que o duendezinho nem podia dormir!

O moço saiu do jardim, ganhou a estrada e depois embrenhou-se por uma floresta. Enquanto caminhava, tirou a rosa do peito e levou-a aos lábios, beijando-a com tal ardor, que quase esmagou o pobre duendezinho. Mais uma vez a rosa se abriu, como se fosse de dia.

Outra pessoa também andava por aquela floresta, caminhando silenciosamente atrás do moço. Era o irmão de sua amada, um sujeito mau e vingativo. Trazia nas mãos uma longa faca afiada. Ao ver que o rapaz havia parado para beijar a rosa, aproximou-se furtivamente e lhe desferiu uma punhalada mortal. Em seguida, com ódio no coração, cortou-lhe a cabeça e o enterrou sob a terra fofa, debaixo de uma tília frondosa.

"Pronto. Fiz o que tinha de fazer. Em breve, ninguém mais irá lembrar-se dele", pensou o assassino. "Ele achou que ia empreender uma longa viagem através das montanhas... Esse tipo de viagem é muito arriscado... Costuma-se morrer no caminho... Todos pensarão que foi isso que deve ter acontecido a ele. Até minha irmã vai acreditar nisso. E, para todos os efeitos, eu de nada sei."

Depois de cobrir o lugar com folhas e ramos, ele voltou para casa. Julgava estar sozinho no meio daquela floresta, na escuridão da noite, mas estava enganado: o duendezinho seguia com ele, dentro de uma folha enrolada que se soltara da tília e se enfiara em seus cabelos. Depois de cavar o túmulo do pobre rapaz, o irmão da moça pusera de novo o chapéu, deixando o duendezinho no escuro, morto de medo e aflição, lembrando-se do pavoroso assassinato que havia presenciado.

Quando amanhecia, o homem chegou em casa. Depois de tirar o chapéu, seguiu até o quarto onde a irmã dormia. A bela jovem ressonava, sonhando com seu amado, que julgava estar naquele momento atravessando as montanhas, rumo a terras distantes. Um sorriso demoníaco aflorou nos lábios da criatura desumana que a contemplava: seu próprio irmão. A folhinha de tília caiu de seus cabelos, sem que ele o percebesse. Pé ante pé, saiu do quarto da irmã e foi para o seu, dormindo pouco depois.

O duendezinho abandonou a folha onde se achava e entrou dentro do ouvido da jovem adormecida. Ali, narrou com detalhes tudo o que havia presenciado na floresta. A jovem escutava aquilo como se fosse um sonho. Ele descreveu como seu irmão havia assassinado o rapaz e o enterrado sob uma frondosa tília, explicando-lhe como faria para encontrar aquela árvore. Para completar, disse:

— Quando você acordar, procure em sua cama e encontrará uma folha murcha de tília. Assim, saberá que é verdade, e não sonho, tudo isto que lhe contei.

Depois dessas palavras, a moça acordou, e lá estava a folha! Oh, como ela chorou! Quantas lágrimas sentidas derramou! E não havia ali pessoa alguma que pudesse confortá-la e escutar sua história...

A janela estava aberta, e o duendezinho poderia ter saído por ela, indo até a rosa que era sua casa, mas não o fez. Não queria deixar sozinha aquela pobre e infeliz jovem. No peitoril da janela havia um vaso de flores, e foi numa delas que ele se instalou, passando ali todo o resto daquele dia.

Várias vezes lá esteve o irmão desalmado, falando alto, rindo e demonstrando grande satisfação. A pobre moça não se atreveu a revelar a imensa tristeza em que estava mergulhado seu coração.

Logo que anoiteceu, ela escapuliu de casa e rumou para a floresta, a fim de encontrar a tília frondosa, sob cuja copa jazia o corpo inanimado de seu noivo. Enquanto caminhava, as lágrimas lhe rolavam pelo rosto, e ela pedia a Deus que lhe tirasse a vida, para encontrar-se com seu amado.

Sua intenção era retirar daquela cova o corpo do rapaz, para providenciar-lhe um enterro decente, mas isso seria impossível. Encontrando a cabeça, tomou-a nas mãos e beijou-lhe os lábios frios e sem cor. Em seguida, tirou a terra que havia em seus cabelos. "Esta será minha para sempre", pensou, enquanto enterrava novamente o resto do corpo. Feito isso, voltou para casa, levando consigo a cabeça de seu amado e um ramo de jasmim que crescia perto da árvore.

Logo que chegou em casa, colocou a cabeça do moço dentro do maior vaso que ali havia, cobrindo-a de terra, e plantando sobre ela o ramo de jasmim.

"Adeus", sussurrou o duendezinho, penalizado pela tristeza da jovem. Batendo as asas, voou até o jardim, indo à procura de sua rosa. No lugar onde ela crescia, apenas encontrou suas pétalas caídas pelo chão. A flor havia murchado e morrido.

"Em breve, todas as coisas belas haverão de murchar e desaparecer", soluçou. Mas logo em seguida descobriu uma outra rosa, entre cujas pétalas perfumosas ele poderia morar.

Criou o costume de voar até a janela da moça todas as manhãs. Encontrava-a sempre ali, parada junto ao grande vaso de flores, regando com suas lágrimas a muda de jasmim. À medida que os dias se passavam, a jovem ia se tornando cada vez mais pálida, e a planta cada vez mais viçosa. Novas folhas iam surgindo, e um dia brotaram de seus ramos os primeiros botões branquinhos. A jovem beijou-os um por um. O irmão viu aquilo e repreendeu-a, dizendo que ela estava parecendo louca, chorando daquele modo enquanto contemplava um simples vaso de flor. Ele não sabia que, debaixo daquele jasmim, a terra encobria a cabeça de alguém que um dia tivera olhos brilhantes e lábios vermelhos, e que hoje se havia transformado em pó.

Certo dia, a moça reclinou a cabeça sobre o peitoril da janela, junto do vaso de jasmim, e ali dormiu. O duendezinho notou que ela cochilava e esgueirou-se até junto de seu ouvido, para lhe falar sobre a noite em que a vira com o rapaz debaixo do caramanchão, no tempo em que as rosas floresceram no jardim. Sonhando com isso, sua chama de vida foi bruxuleando, até expirar. Ela morreu enquanto dormia. Sua alma subiu ao céu, onde se reuniu à do rapaz que ela tanto amava.

Os jasmins, como pequenos sinos brancos, abriram-se, espalhando sua doce fragrância por todo o aposento. Era essa a sua maneira de manifestar a dor pela perda daquela criatura tão sofrida e suave.

Quando o irmão cruel viu aquela bela planta toda florida, levou-a para seu quarto, como se a merecesse por herança. Era um vaso de flores lindo de se contemplar, e como cheirava bem! O duendezinho seguiu-o e foi de flor em flor, contando a cada uma o que aquele desalmado havia feito, e como fizera sofrer sua pobre irmã. E todas entenderam, pois cada flor tem dentro de si uma alma capaz de compreender o que ela pode perceber e escutar.

— Já sabíamos disso — comentaram as flores. — Não é novidade para nós, que brotamos dos lábios e dos olhos daquele que aqui foi enterrado. Sim, sabemos de tudo... De tudo...

O duendezinho não conseguia compreender como poderiam as flores portar-se tão tranquilamente, estando a par daquele segredo. Intrigado, saiu dali e voou até onde as abelhas colhiam pólen para fabricar mel, contando-lhes de novo toda aquela história. Elas logo foram relatar o que haviam ouvido para sua rainha. Esta ficou muito aborrecida, declarando que o assassino deveria morrer na manhã seguinte, pois a má ação que havia cometido não merecia perdão.

Na mesma noite que se seguiu ao dia em que a jovem morreu, depois que o irmão malvado adormeceu, os jasmins se abriram, e de dentro de cada flor saiu a alma que nela existia, levando consigo uma farpa afiada tirada da planta, com a ponta embebida em veneno. Elas reuniram-se ao redor de um dos ouvidos do assassino e começaram a contar-lhe histórias terríveis, provocando-lhe pesadelos pavorosos. Ele ficou remexendo e se contorcendo na cama, até que, no momento em que a história atingiu o máximo do horror, deu um grito de susto. Foi então que elas cravaram em sua língua as pontas envenenadas das farpas.

— Sua irmã foi vingada! — gritaram todas em coro, retornando ao interior das flores.

Pela manhã, quando a janela do quarto foi aberta, por ali entraram as abelhas, guiadas pela rainha, e seguidas pelo duendezinho. Tinham intenção de matar o assassino, mas este já estava morto. Diversas pessoas rodeavam sua cama, comentando a estranha morte que o tinha acometido.

— Acho que foi esse cheiro penetrante dos jasmins que o matou — comentou alguém.

O duendezinho, ouvindo aquilo, compreendeu o que devia ter acontecido, e contou o que pensava à rainha. Esta, guiando as abelhas, reuniu um enxame em torno do vaso de jasmins. As pessoas que estavam no quarto tentaram espantá-las, em vão. Então, um dos presentes pegou o vaso, com a intenção de levá-lo para fora. Nesse instante, uma das abelhas deu-lhe uma ferroada na mão. Ele se assustou e soltou o vaso, que se espatifou no chão, deixando à mostra o crânio que ali estava enterrado. Ninguém pôde conter um grito de terror, vendo naquele crânio a prova cabal de que o falecido tinha sido um assassino!

No silêncio que se seguiu, só se escutava um zumbido solitário. Era a rainha das abelhas, entoando uma cantiga que ela mesma havia composto. E que dizia a canção? Falava sobre a vingança das flores e exaltava o duendezinho, tão pequenino que podia caber dentro de uma folha minúscula, mas que se transformava num gigante, na hora de desmascarar e punir um malfeitor.

O Guardador de Porcos

Era uma vez um príncipe pobre. Seu principado não era lá dos maiores, mas era grande o suficiente para que ele pudesse pensar em se casar, e ele bem que andava com essa intenção.

Isso, contudo, não lhe dava o direito de ter o atrevimento de se apresentar diante da filha do imperador, e de lhe perguntar, sem a menor cerimônia:

— Quer casar comigo?

É bem verdade que ele era um sujeito inteligente e bastante famoso, e havia por certo umas cem princesas que diriam "sim" a sua proposta de casamento. Mas não a filha do imperador. Vejam como é que foi toda a história:

Sobre o túmulo do pai do príncipe crescia uma roseira. Era um belo arbusto que só florescia de cinco em cinco anos, dando apenas uma rosa. Mas que rosa! Seu perfume era tão doce, que quem o sentia imediatamente se esquecia de todas as suas tristezas e preocupações. O príncipe tinha também um rouxinol, que cantava como se todas as melodias até hoje compostas saíssem de sua garganta, tão belo era o seu canto. O príncipe resolveu enviar a rosa e o rouxinol de presente para a filha do imperador; assim, mandou fazer dois estojos de prata, um para cada presente, e ordenou que um emissário os fosse entregar no palácio imperial.

O imperador ordenou que aqueles presentes fossem levados ao salão de audiências, onde a princesa estava brincando de casinha com suas damas de companhia. Essa era a sua brincadeira favorita; aliás, a única de que ela gostava. Quando a princesa viu os dois estojos de prata, bateu palmas e pulou de alegria.

— Espero que um deles tenha dentro um gatinho! — disse ela, abrindo o primeiro estojo. Era o que continha a rosa.

— Que trabalho bem feito! — disse uma das damas. — É igualzinho a uma rosa!

— Não só é bem feito, como é muito bonito — comentou o imperador.

A princesa pegou a rosa e quase chorou de desapontamento.

— Oh, papai! — gemeu ela. — Não é uma rosa artificial! É de verdade!

— Ohhh! — gemeram todas as damas de companhia. — Que coisa mais revoltante! Uma rosa de verdade...

— Antes de ficarmos zangados, vamos ver o que há no outro estojo — propôs o imperador.

Lá dentro estava o rouxinol, e seu canto era tão bonito, que seria difícil não reconhecer sua perfeição.

— *Superbe*! *Charmant*! — disseram as damas em francês, língua que todas fingiam conhecer, mas que falavam pessimamente.

— Lembra-me o som da caixinha de música da falecida imperatriz — observou um velho cortesão. — O mesmo tom, a mesma melodia...

— Sim, é verdade... — disse o imperador, pondo-se a chorar como uma criança.

— Digam-me uma coisa: esse pássaro é artificial ou verdadeiro? — perguntou a princesa.

— É de verdade — respondeu o pajem que havia trazido os presentes. — É um pássaro vivo.

— Então vamos soltá-lo — disse a princesa. — E quanto a você, mensageiro, vá dizer ao seu príncipe que ele está proibido de pôr os pés no reino de meu pai.

O príncipe recebeu o recado, mas não era pessoa de desistir facilmente de seus intentos. Assim, pegando graxa de sapato preta e marrom, besuntou o rosto, enfiou um chapéu e se pôs a caminho, indo até o castelo do imperador. Lá chegando, bateu na porta. Veio atendê-lo o próprio imperador em pessoa.

— Bom dia, imperador. Tudo bem? — saudou o príncipe disfarçado. — Eu gostaria de trabalhar aqui neste castelo. O senhor me arranja um serviço?

— Ihh — respondeu o imperador, sacudindo a cabeça, — lá vem mais um querendo emprego aqui! O serviço que tem, ninguém quer: preciso de alguém para guardar meu rebanho de porcos. Você topa?

Para espanto do imperador, o rapaz aceitou, tornando-se assim o guardador de porcos do imperador. Para morar, deram-lhe um quartinho bem vagabundo, perto do chiqueiro. Foi ali que ele passou o resto daquele dia, fazendo uma panelinha com todo o capricho. Ao chegar a noite, tinha terminado o trabalho. A panelinha era toda rodeada de guizos, e quando a água fervia dentro dela, eles assoviavam, tocando suavemente essa melodia:

> *O amor que tu me tinhas*
> *Era pouco e se acabou.*

Mas o que a panelinha tinha de mais estranho e maravilhoso era o seguinte: se a pessoa pusesse a mão sobre o vapor que saía dela, sentia o cheiro daquilo que estava sendo cozido em qualquer fogão que houvesse na cidade! Isso era bem diferente do que uma simples rosa...

A princesa estava passeando com suas damas de companhia no quintal do palácio, quando ouviu a musiquinha tocada pela panela, e logo parou para escutá-la, sorrindo. Ah, como conhecia aquela cantiga. E não só conhecia, como sabia tocá-la ao piano, se bem que com um dedo só.

— Eu conheço essa música! — exclamou satisfeita. — Esse novo criador de porcos deve ser uma pessoa culta. Vão lá e perguntem a ele quanto quer por esse instrumento.

212

Uma das damas apressou-se a ir lá, mas antes tomou a precaução de trocar seus sapatos finos por tamancos, para não sujá-los no chiqueiro.

— Quanto quer por essa panelinha? — perguntou.

— Quero dez beijos da princesa — respondeu o guardador de porcos.

— Deus me livre! — espantou-se a dama de companhia.

— E não deixo por menos — confirmou o rapaz.

— E então? — perguntou a princesa, quando a dama voltou. — Quanto ele quer?

— Não tenho coragem de dizer — disse a dama, enrubescendo.

— Então não diga, apenas cochiche aqui no meu ouvido — disse a princesa, pondo as mãos em concha numa orelha.

A dama segredou-lhe o que o guardador de porcos lhe dissera.

— Sujeitinho atrevido! — zangou-se a princesa, prosseguindo seu passeio.

Tinha dado apenas alguns passos, quando os guizos voltaram a assoviar, mais suavemente ainda, entoando a cantiga:

O amor que tu me tinhas
Era pouco e se acabou.

— Escutem — disse a princesa, parando novamente. — Perguntem a ele se não aceita como pagamento dez beijos de uma das minhas damas de companhia, a sua escolha.

— Não — respondeu o rapaz, depois de ouvir a contraproposta. — Ou a princesa me dá dez beijos, ou não terá a panelinha.

— Isso vai ser muito embaraçoso — disse a princesa, com um muxoxo. — Já sei: vocês todas façam uma roda em torno de nós, para que ninguém nos possa ver.

As damas de companhia fizeram como ela ordenou e abriram bem suas saias, para que ninguém pudesse bisbilhotar. O guardador de porcos recebeu seus beijos, e a princesa ficou com sua panela.

Ah, como elas se divertiram! Por todo o dia e toda a noite, a panelinha ficou a ferver. Ficaram sabendo tudo o que se cozinhava em cada fogão existente na cidade, fosse nas casas dos nobres, fosse nas das pessoas simples do povo. As damas de companhia até batiam palmas, achando aquela diversão a mais excitante que jamais haviam experimentado.

— Sabemos quem vai tomar sopa, quem vai comer panqueca, quem está fazendo mingau e quem está cozinhando costeletas! É demais!

— Estou adorando isso! — exclamou a governanta-mor.

— Mas tratem de manter segredo, ouviram? Ninguém pode ficar sabendo do que aconteceu. Afinal de contas, eu sou a princesa!

— Deus nos livre de dar com a língua nos dentes! Ninguém vai saber! — afirmaram todas ao mesmo tempo.

Enquanto isso, o guardador de porcos — ou seja, o príncipe que todos imaginavam ser um guardador de porcos — não perdia tempo. Com habilidade, construiu um realejo tão engenhoso que, quando se girava a manivela, tocava todas as valsas, polcas e outras músicas de dança conhecidas, sem jamais repetir uma sequer.

— É fantástico! — exclamou a princesa, quando passou perto do chiqueiro, durante seu passeio vespertino. — Nunca ouvi composição mais bela! Vão lá e perguntem a ele quanto quer pelo instrumento. Mas, desta vez, nada de beijos, ouviram?

Uma das damas apressou-se a cumprir a ordem, voltando em seguida e informando:

— Desta vez ele quer cem beijos da princesa...
— Esse sujeito é louco! — explodiu a princesa, dando meia-volta e continuando seu passeio.
Poucos passos depois, parou e comentou com suas acompanhantes:
— Por outro lado, nós, os nobres, devemos estimular as artes. Digam-lhe que lhe darei dez beijos, como ontem. Os outro noventa serão dados pelas minhas damas de companhia.
— Oh, não! — exclamaram todas. — Não queremos beijar um guardador de porcos!
— Ah, não? Que gracinha! — zangou-se a princesa. — Se eu posso beijá-lo, por que vocês não poderão? Para que pensam que lhes pago e lhes dou cama e comida?
Uma das damas foi levar a proposta ao rapaz, voltando em seguida com sua resposta:
— Cem beijos da princesa, ou nada feito.
— Com esse aí, não dá para negociar — suspirou a princesa. — Seja então: cem beijos. Vamos, façam roda e me protejam dos olhares indiscretos.
Nesse meio tempo, o imperador, vindo espairecer na varanda do palácio, estranhou aquele ajuntamento de gente perto do chiqueiro. Esfregou os olhos, pôs seus óculos e continuou sem entender o que deveria estar acontecendo.

— As damas de companhia reunidas perto do chiqueiro... Hum... aí tem coisa... Acho melhor ir até lá dar uma conferida.

Assim, enfiando os pés num velho par de sapatos com os calcanhares amassados, disparou em direção ao ajuntamento. Chegando mais perto, porém, reduziu sua velocidade e se pôs a andar pé ante pé. As damas de companhia estavam tão entretidas com a sessão de beijos, que nem se aperceberam de sua chegada. Estavam empenhadíssimas em contar os beijos um por um, para que a princesa não desse um a menos, nem o guardador de porcos ganhasse um a mais. O imperador chegou-se junto à roda e olhou por cima dos ombros das damas. Ohh! Qual não foi sua surpresa ao ver o que estava acontecendo!

— Que negócio é esse? — vociferou, no exato momento em que o guardador de porcos recebia o beijo número oitenta e seis.

Tirando o sapato amassado do pé, começou a desferir terríveis chineladas nos traseiros das damas de companhia, que fugiram espavoridas. Então, voltando-se para os dois beijoqueiros, sacudiu o sapato e gritou:

— Vocês dois: fora do meu reino! E nunca mais me ponham os pés aqui!

Uma tropa escoltou-os até fora dos limites do reino, e ali os deixou. A princesa chorava, o guardador de porcos resmungava e a chuva começou a cair pesadamente.

— Oh, infeliz de mim! — soluçava a princesa. — Por que não aceitei o pedido de casamento do príncipe? Agora só me sobrou esse maldito guardador de porcos!

O rapaz escondeu-se atrás de uma árvore e, aproveitando a chuva que caía, tirou da cara toda a graxa que nela havia passado. Depois, abrindo a mala, tirou suas roupas principescas mais esplêndidas e as vestiu. Só então apresentou-se à princesa. Esta ficou tão impressionada com a sua aparência, que até se inclinou respeitosamente.

— Não quero mais saber de você, sua boba! — falou o príncipe. — Você recusou o pedido de casamento de um príncipe honesto, desdenhando os dois presentes raríssimos que lhe enviei: a rosa e o rouxinol. Entretanto, não se recusou a beijar um guardador de porcos, em troca de um brinquedo. Adeus!

Dito isso, foi-se embora dali, entrando em seu principado e ordenando que trancassem e passassem a chave na porta de entrada. A princesa ficou sem ter para onde ir, e sem saber o que pensar. E por mais que tentasse espantá-la da mente, não cessava de voltar-lhe à lembrança a melodia insistente, repetindo sem parar:

O amor que tu me tinhas
Era pouco e se acabou.

E acabou mesmo!

O Trigo-Sarraceno

Costuma acontecer, depois de uma tempestade, que os campos de trigo-sarraceno fiquem enegrecidos, como se tivessem sido queimados. Se a gente perguntar ao fazendeiro qual a razão daquilo, ele por certo dirá que aquela planta foi chamuscada pelos raios, mas não saberá explicar por que a mesma coisa não aconteceu com as outras. Vou contar-lhes o que escutei da boca de um pardal, que por sua vez o tinha ouvido de um velho salgueiro, que se erguia exatamente onde terminava um campo semeado de trigo-sarraceno. Aliás, esse salgueiro até hoje está lá, caso você queira vê-lo. É uma árvore grande, copada e muito bonita; por ser antiga, tem a casca toda enrugada. Ela tem uma rachadura bem no meio, dentro da qual nasceram ervas e até mesmo alguns pés de amora. Seu tronco pende ligeiramente para o lado, e os ramos se inclinam tanto que quase tocam o chão, como se fossem uma longa cabeleira verde.

Ao redor desse salgueiro estendem-se campos lavrados, nos quais foram plantados diversos cereais: centeio, cevada e aveia. Esta última, como é encantadora! Quando amadurecem, os grãos de suas espigas parecem um bando de canários pousados num galho de árvore. Inicialmente, seus talos se erguem gloriosamente na vertical; à medida que se aproxima o tempo da colheita, vão se vergando ao peso das espigas maduras, até quase se encostarem no chão, assumindo uma atitude mais humilde e respeitosa.

Mas o campo lavrado que se estendia mais perto do salgueiro era mesmo o de trigo-sarraceno. Essa planta não se inclina jamais, mantendo-se sempre ereta e orgulhosa, com suas hastes apontando para o céu.

— Olhe para nós, velho salgueiro — diziam. — Veja: temos espigas como os outros cereais, mas somos bem mais belos. Nossas flores são tão encantadoras como as das macieiras. Todos sentem prazer em contemplar-nos. Você conhece alguma planta que seja tão bonita quanto o trigo-sarraceno?

A velha árvore sacudia a cabeça para cima e para baixo, como se estivesse dizendo:

217

— Claro que conheço!

Isso deixava os trigos-sarracenos indignados, fazendo com que ficassem ainda mais eretos.

— Que árvore mais estúpida! Está caducando, de tão velha. Olhem para ela: tem até capim crescendo dentro do seu estômago!

O tempo tornou-se ameaçador, anunciando uma tempestade. As flores do campo esconderam suas cabeças dentro das folhas, enquanto o vento assoviava a seu redor. Só o trigo-sarraceno não tomou suas precauções, mantendo-se orgulhosamente de cabeça erguida.

— Façam como nós, companheiros: inclinem as cabeças — aconselhavam as flores.

— Não temos necessidade de fazer isso — replicaram.

— Deixem de ser orgulhosos — gritaram os outros cereais. — Vamos, inclinem-se, que em um minuto chegará o anjo das tormentas, com suas asas enormes, que se estendem das nuvens até o chão. Lá vem ele! Se vocês não se curvarem humildemente ante sua presença, ele os rachará pelo meio!

— Não nos curvaremos, nem nos inclinaremos! — gritaram arrogantemente os trigos-sarracenos.

— Deixem disso — preveniu o velho salgueiro. — Tratem de esconder suas flores e dobrar suas folhas. E não fitem os clarões dos relâmpagos que brilham quando as nuvens estouram. Até mesmo os homens não se atrevem a fitá-los, pois os relâmpagos desvendam o interior do céu, e sua visão é capaz de torná-los cegos. Se eles, que são tão superiores a nós, pobres e humildes vegetais, não se atrevem a contemplar os raios e relâmpagos, por que teriam vocês tal ousadia?

— Superiores a nós? Desde quando? — retrucaram os trigos-sarracenos. — Vamos mostrar a todos vocês quem de fato é superior. Vamos olhar diretamente para dentro do céu e conhecer os segredos que ali estão guardados!

Cheios de orgulho e confiança, ergueram seus olhos para cima, fitando o firmamento que parecia inflamado pelos clarões dos relâmpagos.

A tempestade desencadeou-se com fúria nunca vista. Por fim, o tempo serenou, e apenas uma chuvinha leve caía sobre os campos lavrados. As plantas ergueram suas cabeças e aspiraram o ar fresco e limpo. Só então viram o que havia acontecido aos trigos-sarracenos: estavam todos chamuscados e enegrecidos, mortos e inúteis. Não seria a foice que iria cortar e colher suas espigas, mas o arado que iria arrancá-los do chão e reduzi-los a adubo.

O velho salgueiro sacudiu seus ramos suavemente, fazendo-os ondular ao vento. As gotas de chuva que estavam em suas folhas caíram no chão, fazendo os pardais pensarem que eram lágrimas.

— Por que estás chorando, salgueiro? Vê que tempo lindo está fazendo! O sol brilha e as nuvens flutuam tranquilamente no céu. Não estás sentindo a fragrância perfumada das flores e dos arbustos? Então: por que choras?

O velho salgueiro explicou-lhes que aquilo não eram lágrimas, apenas restos de chuva. Entretanto, ele de fato estava pesaroso com o destino dos trigos-sarracenos, que receberam o merecido castigo pela sua orgulhosa presunção. Assim como a bonança se segue à tempestade, a punição sempre sobrevém aos presunçosos e arrogantes.

O salgueiro contou esta história para os pardais; estes contaram-na para mim, e eu agora acabo de contá-la para vocês.

O Anjo

Quando morre uma criança boa, um anjo desce do céu e a toma em seus braços, e então, abrindo suas asas, sobrevoa todos os lugares que ela amou. Em seguida, colhe uma braçada de flores e as leva de presente para Deus. No céu, essas flores vão vicejar ainda mais lindas que na terra. Deus toma essas flores e estreita-as contra o coração, separando a mais bela de todas, e, depois de beijá-la, deixa que ela vá juntar-se ao maravilhoso coral do céu, para entoar hosanas ao Senhor.

Era isso que um anjo de Deus dizia a uma criança morta, enquanto a levava nos braços para o céu. Ela escutava tudo como num sonho, enquanto sobrevoava os lugares onde havia brincado e sido feliz. Finalmente, o anjo pousou num jardim repleto de lindas flores.

— Quais delas vamos levar para replantar no céu? — perguntou o anjo.

A criança olhou ao redor e viu uma roseira que devia ter sido alta e delgada, mas que há pouco tivera seu caule quebrado por mãos maldosas. O pedaço partido jazia tombado, mostrando seus ramos tomados por botões entreabertos, que agora iriam murchar antes de ostentarem toda a sua beleza cor de rosa.

— Pobre plantinha! — lamentou a criança. — Vamos levá-la conosco. Quem sabe Deus fará com que volte a florescer?

O anjo gostou da escolha e, depois de beijar a criança, apanhou a roseira quebrada, levando também outras flores junto com ela. Na braçada que colheram havia flores nobres e elegantes, mas também algumas mais singelas, como amores-perfeitos e violetas silvestres.

— Já temos bastante — disse a criança.

O anjo concordou, não tanto pela quantidade de flores, mas porque já estava ficando tarde.

A noite chegou antes que subissem para o céu. O silêncio desceu sobre a cidade. O anjo saiu voando com a criança, passando sobre as ruelas estreitas onde vivia a população mais pobre. No dia anterior tinha coincidido a mudança de diversas famílias, e aqueles becos estavam repletos de tábuas, palhas, cacos, trapos e detritos. Era uma cena triste de se ver.

O anjo apontou para um vaso quebrado, perto do qual jaziam os restos mortais de uma planta silvestre já ressecada, em cujas raízes ainda estava preso um torrão. O vaso tinha sido atirado à rua, juntamente com outros trastes sem valor.

— Vamos levar conosco aquela flor — disse ele à criança. — Enquanto estivermos voando, contar-lhe-ei a história dela.

E assim fez o anjo, alçando voo logo em seguida. Depois de ganhar altura, começou sua história, que era assim:

Lá embaixo, naquela viela estreita, morava num porão um menino pobre e infeliz, doente desde que nasceu, e que por isso vivia preso ao leito. Nos dias em que ele se sentia melhor, conseguia dar umas voltas em torno do quartinho, apoiando-se em duas muletas. O porão dava para uma pequena varanda, na qual os raios de sol apenas batiam durante os dias mais quentes do verão. Durante essa ocasião, punham-lhe uma cadeira junto à porta, para que dali ele pudesse desfrutar da luz e do calor do sol. Aquela luminosidade até lhe causava ardência nos olhos, tão acostumado estava à penumbra que reinava durante todo o ano no porão. Assim, ele ali ficava protegendo os olhos com suas mãozinhas, tão brancas e magras, que até se podia ver o sangue a pulsar-lhe nas veias, sob sua pele transparente. Depois de um dia desses, seus pais invariavelmente faziam o mesmo comentário:

— Hoje ele deu uma voltinha lá fora.

Ele só ficava sabendo que a floresta havia readquirido o verdor da primavera quando as crianças vizinhas lhe traziam os primeiros ramos verdes de faia. O pequeno ficava então segurando aquele ramo sobre sua cabeça, enquanto imaginava estar na floresta, vendo o sol a brilhar e ouvindo o canto dos pássaros.

Um dia, um dos vizinhos lhe trouxe um ramalhete de flores silvestres. Uma delas ainda estava com as raízes. Ele plantou-a num vaso e o colocou perto de sua cama. A planta cresceu, deitou novos brotos e florescia todos os anos. Aquele vaso tornou-se o jardim do menino doente, seu tesouro. Ele fazia questão de regá-lo e de cuidar das plantas, pondo-o sob a janelinha do porão, de modo a deixá-lo receber os menores raios de sol que por ali penetrassem. A flor tornou-se parte integrante de seu mundo, não só quando estava acordado, mas também quando dormia, já que ela sempre estava presente em seus sonhos. Era como se ela apenas brotasse para ele, a fim de alegrar seus olhos e proporcionar-lhe o prazer de aspirar sua doce fragrância.

No dia em que Deus o chamou, a última coisa que ele fez, antes de morrer, foi voltar-se para onde estava a flor, a fim de vê-la pela última vez.

Faz um ano que ele está com Deus. Durante todo esse ano, a flor esteve esquecida na janela do porão. Só ontem alguém se lembrou dela, e, vendo que estava seca e sem vida, atirou-a na rua, junto com os restos das mudanças. Ei-la aqui: é esta pobre planta ressecada que estamos levando conosco. Embora feia e morta, ela um dia já trouxe para alguém mais felicidade que qualquer outra flor, mesmo aquelas mais ricas, cultivadas nos jardins reais.

— E como é que você sabe tudo isso? — perguntou a criança ao anjo que a estava levando para o céu.

— Como sei? — sorriu o anjo. — É simples: eu sou aquele menino doente que só podia caminhar com a ajuda das muletas. Reconheci minha flor no momento em que a vi!

A criança abriu os olhos tanto quanto pôde e fitou o semblante alegre do anjo. Nesse exato momento entravam no céu, onde têm fim todas as tristezas e preocupações. Deus estreitou contra o peito a criança recém-chegada; logo lhe nasceram asas e ela começou a voar, de mãos dadas com o anjo que a trouxera ao céu. Quanto às flores, Ele as pôs sobre seu coração, mas a única que beijou foi a pequena flor silvestre que havia pertencido ao menino infeliz. A florzinha humilde renasceu, adquiriu voz e foi juntar-se ao coro dos anjos que cantam ao redor de Deus, em círculos concêntricos que se estendem até o infinito. Ali todos cantavam com igual unção e fervor, tanto os que morreram velhos, como os que perderam a vida ainda crianças. E no meio deles, humilde mas gloriosa, estava a pequenina flor silvestre, que tinha sido atirada como um traste inútil no beco escuro e estreito, em meio ao lixo que ali se acumulava.

O Rouxinol

Na China, como você sabe, não só o imperador é chinês, como são chineses todos os cortesãos e as pessoas do povo. A história que vou contar aconteceu há muito, muito tempo, e é por isso mesmo que ela deve ser contada, antes que caia no esquecimento.

O palácio do imperador era o mais bonito que havia no mundo. Feito de porcelana, sua construção tinha sido caríssima. Era tão frágil, que todos tinham de tomar o maior cuidado para não tocar em coisa alguma que ali houvesse, o que, convenhamos, não era fácil. Os jardins eram recobertos de flores maravilhosas. Nas mais belas, tinham sido penduradas campainhas de prata, que tilintavam quando alguém passava por perto, fazendo com que a pessoa olhasse obrigatoriamente para elas.

Tudo nesses jardins era arranjado com extremo capricho e cuidado. Eram tão extensos, que nem mesmo o jardineiro-mor sabia onde terminavam. Se alguém se pusesse a caminhar através deles, andava, andava, até entrar numa floresta cheia de árvores altas, que se espelhavam nos numerosos e profundos lagos que ali havia. Essa floresta estendia-se até junto ao mar, tão azul e profundo naquele litoral, que até mesmo os maiores navios podiam costear a terra sob a sombra das copas daquelas árvores.

Nessa floresta vivia um rouxinol. Seu canto era tão mavioso, que até mesmo o pescador, quando passava por ali à noite, a fim de recolher suas redes, parava para escutá-lo, e sempre comentava:

— Como canta bonito! Benza-o Deus!

O pobre homem bem que gostaria de ficar por ali mais tempo, apreciando aquele canto, mas o trabalho não podia esperar, e ele logo esquecia a ave. Na noite seguinte, porém, ao escutá-la mais uma vez, ficava de novo embevecido, repetindo aquela mesma frase:

— Como canta bonito! Benza-o Deus!

Turistas chegavam de todos os cantos do mundo à capital do império, admirando-se da suntuosidade do palácio e da beleza dos jardins do imperador. Aqueles que tinham a oportunidade de escutar o rouxinol, porém, não tinham dúvidas: de todas as maravilhas do império, aquela era a maior. Quando regressavam a suas terras, escreviam livros e livros sobre aquele país, descrevendo o palácio e elogiando os jardins, e nunca se esqueciam de mencionar o rouxinol. Ao contrário, costumavam falar dele já no primeiro capítulo do seu livro! E quando o viajante era poeta, que belos sonetos e que longos poemas dedicava à ave de doce cantar, que vivia na floresta, à beira do mar azul e profundo.

Esses livros eram lidos por todo o mundo. Um dia, alguém lembrou-se de dar um deles de presente ao imperador. Curioso de conhecer a opinião dos estrangeiros sobre seu país, ele sentou-se em seu trono de ouro e começou a ler o volume. De vez em quando, sacudia a cabeça satisfeito, ao deparar com os elogios feitos à beleza de sua capital, à suntuosidade de seu palácio e à magnificência de seus jardins. De repente, recuou assustado, ao ler a frase que dizia:

"A maior de todas as maravilhas, contudo, é o canto do rouxinol."

— Quê? — espantou-se. — Que rouxinol é esse? Nunca ouvi falar dele! E essa ave vive aqui, no meu próprio jardim! Só mesmo lendo livros é que se toma conhecimento desse tipo de coisas!

O imperador mandou chamar seu cortesão-mor, personagem tão nobre que, quando alguém de categoria inferior ousava dirigir-lhe uma pergunta, ele apenas respondia "P!", o que equivalia nada responder, visto que "P!" nada significava.

— Ouvi dizer que a coisa mais maravilhosa existente em meu reino — disse-lhe o imperador — é um pássaro extraordinário chamado rouxinol. Por que nunca me falaram dele?

O cortesão-mor bem que gostaria de responder apenas "P!", mas ai dele se agisse assim com o imperador! Portanto, depois de pensar um pouco, disse:

— Nunca ouvi falar desse pássaro. Ele nunca foi apresentado à corte.

— Pois ordeno que ele esteja aqui no palácio hoje à noite. Quero escutar seu canto — disse o imperador. — Todo o mundo sabe de sua existência, e eu mesmo nunca o vi.

— A mim também jamais falaram sobre esse tal de rouxinol — concordou o cortesão-mor, inclinando-se respeitosamente, — mas Vossa Majestade pode estar certo de que haverei de encontrá-lo e trazê-lo até aqui.

Só que uma coisa é prometer, e outra bem diferente cumprir o prometido. Ele correu todo o palácio, subiu e desceu escadas, atravessou galerias e corredores, indagou de todos quanto encontrava, mas ninguém tinha ouvido falar do rouxinol. Voltando à presença do imperador, assegurou que toda aquela história não passava de uma fábula, inventada pelos escritores de livros.

— Vossa Majestade não deve acreditar em tudo o que se escreve. Muita coisa escrita não passa de ficção, de imaginação artística, de invencionice.

— O livro que acabo de ler — replicou o imperador — foi-me presenteado pelo imperador do Japão. Não creio que ele fosse dar-me alguma coisa falsa e inverídica. Portanto, o rouxinol existe, e eu quero escutar seu canto! E hoje à noite, sem falta! Se ele aqui não estiver, todos os cortesãos levarão um bom soco na barriga, logo depois que tiverem comido!

— *Tsingpe*! — disse o cortesão-mor, voltando a percorrer o palácio para cima e para baixo, agora acompanhado por metade da corte, já que ninguém gostou daquela ideia de levar um soco na barriga.

Continuaram as perguntas sobre o rouxinol, sempre seguidas da mesma resposta: ninguém da corte jamais ouvira falar naquela ave. Por fim, alguém se lembrou de pedir informações ao pessoal da cozinha. Uma criada jovem, que cuidava de arear panelas e frigideiras, ao ser indagada sobre o pássaro, respondeu:

— Claro que conheço o rouxinol! Como canta bonito! Costumo vê-lo à noite, quando vou levar as sobras de comida para minha mãe doente, que mora à beira do mar. Como é muito longe, costumo cortar caminho seguindo através da floresta. É lá que escuto o canto do rouxinol. Só duas coisas no mundo me fazem chorar: os beijos que minha mãe me dá e o som mavioso daquele canto.

— Minha pequena areadora de panelas — disse o cortesão-mor, sob o olhar espantado de todos, ao vê-lo dirigir-se a uma pessoa de qualidade tão inferior, — você será promovida a copeira do palácio, além de receber permissão para assistir às refeições do imperador, se nos levar até esse rouxinol, que está convocado para apresentar-se aqui esta noite!

No mesmo instante a criada rumou para a floresta, acompanhada por metade da corte. No caminho, escutaram uma vaca a mugir.

— Oh! — exclamaram os cortesãos. — É ele, sem dúvida! Como pode um animalzinho tão pequeno ter uma voz assim tão poderosa! Parece-me já ter ouvido esse canto antes...

— Não, senhores, isso é apenas o mugido de uma vaca. Ainda falta muito para chegarmos até onde mora o rouxinol.

Continuaram a caminhar. Quando passaram perto de uma lagoa, escutaram o coaxar das rãs.

— Oh, divino! Encantador! — exclamou o deão imperial. — Lembra-me o badalar dos sinos!

— Mas não é o canto do rouxinol, senhor — explicou a criada, — é o coaxar das rãs. Tenham paciência, que em breve iremos escutá-lo.

Pouco depois, o rouxinol começou a cantar.

— É ele! — exclamou a jovem. — Desta vez, é ele! Ouçam! Lá está ele, naquele galho de árvore!

Todos olharam para onde ela apontava, e viram um pequeno pássaro cinzento, em meio às folhas verdes.

— Será possível? — estranhou o cortesão-mor. — Um passarinho comum, sem nada de especial... Não pensei que sua aparência fosse essa... Por certo ficou tão intimidado ao ver tanta gente nobre de uma só vez, que até perdeu suas cores...

— Rouxinolzinho querido — disse a criada, — nosso imperador deseja escutar teu canto!

— Com todo o prazer — respondeu o rouxinol, pondo-se a cantar maviosamente!

— Que beleza! — exclamou o cortesão-mor. — É como se houvesse campainhas de cristal nessa gargantinha minúscula! Vejam como ela vibra! É estranho que nunca o tenhamos escutado antes. Vamos levá-lo para a corte: vai ser um sucesso!

— Vossa Majestade deseja escutar outra execução? — perguntou o rouxinol, imaginando que o imperador estivesse entre os componentes da comitiva.

— Honorável rouxinol — falou o cortesão-mor, em tom de discurso, — tenho o prazer de convidar-vos a comparecer hoje à noite ao palácio, a fim de que exibais vossa arte canora para deleite de Sua Imperial Majestade, o Imperador da China!

— Meu canto soa melhor em meio ao verdor da mata — retrucou o rouxinol.

Entretanto, ao saber que o imperador insistia em ter sua presença no palácio, seguiu para lá juntamente com a comitiva.

225

Ali, todos os aposentos tinham sido lavados e polidos, e milhares de pequenas lâmpadas douradas refletiam suas luzes nas paredes e no chão de porcelana. Os corredores tinham sido enfeitados com as mais lindas flores dos jardins, aquelas que tinham campainhas de prata para anunciar sua presença. O vento deslocado pelo vaivém dos criados, andando de lá para cá, abrindo e fechando portas, fazia com que essas campainhas soassem sem parar, numa zoeira infernal. Ninguém podia entender o que outra pessoa estava dizendo.

No grande salão dos banquetes, para onde tinha sido levado o trono do imperador, fora pendurado um pequeno poleiro de ouro, destinado ao rouxinol. Ali está toda a corte, inclusive a jovem criada, agora promovida a Copeira Imperial, e a quem tinha sido permitido ficar de pé junto de uma das portas do salão. Todos vestiam suas melhores roupas e tinham os olhos fixos no pequeno pássaro cinzento, ao qual o imperador destinou um cumprimento de cabeça.

O canto do rouxinol foi tão suave, que os olhos do imperador se encheram de lágrimas. O pássaro então redobrou o sentimento, e as lágrimas começaram a descer-lhe copiosamente pelas bochechas abaixo. Aquele canto, de fato, tocava o coração. O imperador ficou tão comovido, que tirou do pé seu chinelo de ouro, mandando que o pendurassem no pescoço do rouxinol. Não havia honraria maior em toda a China. Mas o pássaro agradeceu, recusando a homenagem e afirmando que as lágrimas do imperador tinham sido a maior recompensa que ele poderia almejar.

— As lágrimas de Vossa Majestade são mais preciosas para mim que um tesouro. Eu é que estou agradecido por elas; por isto, dedicarei a todos mais uma de minhas canções.

E pôs-se a trinar novamente, deixando toda a corte embevecida.

— Esta foi a canção mais encantadora que já ouvimos até hoje! — exclamaram as damas da corte.

E daí em diante adotaram o costume de encher a boca de água e gargarejarem sempre que alguém lhes perguntasse alguma coisa. Pensavam que desse modo estariam imitando os trinados do rouxinol.

Até mesmo as camareiras e os lacaios ficaram felizes e satisfeitos, o que não deixa de causar espanto, pois os empregados são as pessoas mais difíceis de agradar. É, o rouxinol fez efetivamente um tremendo sucesso.

Deram-lhe uma gaiola particular no palácio, concedendo-lhe a permissão de sair a passeio duas vezes ao dia e uma à noite, sempre acompanhado por doze criados, cada qual segurando uma das doze fitinhas. que lhe foram atadas às perninhas. Passear assim não lhe causava prazer algum.

O pássaro maravilhoso era a única coisa que se comentava em toda a cidade. Até a maneira de cumprimentar foi modificada. Quando duas pessoas se encontravam, em vez de dizerem "bom dia", "boa noite" ou "como vai", saudavam-se assim:

— Rou?

— Xinol!

Aí suspiravam ambas e prosseguiam seu caminho, sem nada mais precisarem dizer.

Doze donos de mercearia deram a seus filhos o nome de Rouxinol, mas nenhum deles aprendeu a cantar.

Um dia, o imperador recebeu de presente um pacote, embrulhado em papel celofane. Do lado de fora estava escrito apenas "Rouxinol". Que seria?

— Deve ser outro livro elogiando nossa célebre ave — murmurou ele, enquanto abria o presente.

226

Enganou-se: era um rouxinol mecânico, construído à semelhança do verdadeiro, todo de ouro e de prata, cravejado de safiras, diamantes e rubis. Dando-se corda, o pequeno engenho tocava uma das canções que o rouxinol de verdade costumava cantar, enquanto sua cauda de penas de prata subia e descia, ao ritmo da música. Uma faixa pendia-lhe do pescoço, e nela estava escrito: "Este rouxinol, de qualidade inferior, é oferecido pelo Imperador do Japão a seu grande amigo, o Imperador da China".

— Que beleza! — exclamaram todos os cortesãos.

O mensageiro que trouxera o presente recebeu ali mesmo o título de Supremo Entregador Imperial de Rouxinóis.

— E se os dois rouxinóis cantassem juntos? Seria um lindo dueto — sugeriu alguém, sob aplausos gerais.

Puseram os dois cantando simultaneamente, mas não deu certo. O pássaro verdadeiro cantava a sua maneira, variando conforme sua emoção, enquanto o mecânico não se deixava tocar e empolgar pela música, já que não tinha coração, mas sim um cilindro móvel dentro do peito.

— Isso não é defeito — explicou o maestro imperial, — mas antes uma perfeição. Ele mantém constantes o tempo, o andamento, o ritmo, conforme recomendo em minha escola de música. Vamos ouvi-lo em solo.

Puseram o pássaro mecânico a cantar sozinho, e todos concordaram em que ele cantava tão divinamente como o rouxinol de verdade. Além disso, afirmavam, era muito mais agradável de se ver, com seu corpo de ouro e prata, cravejado de pedras preciosas: uma verdadeira joia!

O rouxinol mecânico executou trinta e três vezes seguidas a mesma peça, sem se cansar. A corte teria escutado com prazer sua trigésima quarta execução, não fosse o imperador ordenar que gostaria de ouvir em seguida o rouxinol de verdade. Aí todos se deram conta de que a ave tinha desaparecido. Para onde fora? Ninguém sabia. O rouxinol, aproveitando que a janela estava aberta, tinha fugido, voltando para sua querida floresta verde.

— Como pôde fazer uma coisa dessas comigo? — zangou-se o imperador.

Toda a corte franziu o cenho, recriminando a atitude do rouxinol e dizendo que ele não passava de uma criatura muito ingrata.

— Mas não vai fazer falta — comentou um dos cortesãos. — O melhor cantor ficou aqui conosco!

Escutaram então, mais uma vez, a canção do pássaro mecânico. Ninguém ainda havia conseguido aprendê-la, porque era muito complicada, embora fosse a única que ele soubesse. O maestro imperial derramou-se em elogios ao pássaro, declarando que ele era melhor que o rouxinol de verdade, tanto por fora como por dentro.

— Notai, senhores — disse ele, dirigindo-se aos assistentes, — que o rouxinol de carne e osso é um músico imprevisível. Não é possível antecipar o que ele vai cantar; tudo depende de sua emoção momentânea. Já este outro, não: sabemos exatamente qual será a próxima nota que ele vai emitir. Não há surpresas, não há caprichos; tudo está determinado e bem concatenado nessas rodinhas e nesse cilindro, que pode ser aberto, desmontado e estudado, e depois montado de novo na mesma posição, a fim de que ele tudo repita de maneira precisa e perfeita.

— É isso mesmo! Apoiado! — disse a corte em coro.

O imperador ordenou então ao maestro imperial que mostrasse o rouxinol mecânico ao povo, no sábado seguinte. Queria que todos os seus súditos desfrutassem do prazer de escutá-lo. E assim foi feito. Oh, como os chineses apreciaram! Como se deliciaram com aquela maravilha! Sentiram-se tão felizes como se estivessem tomando chá. Para demonstrar sua satisfação, inclinavam a cabeça sem parar, apontando com os mindinhos para o céu e dizendo: "Oh!"

O único que não se mostrava inteiramente entusiasmado com a exibição foi aquele pescador que costumava ouvir o rouxinol todas as noites. Num dado momento, ele murmurou para si mesmo:

— Sim, ele canta bonito. Parece mesmo com o canto do rouxinol. Mas falta alguma coisa... só que não sei o que é...

O imperador assinou um decreto banindo o rouxinol verdadeiro do império.

O pássaro mecânico foi colocado numa almofada de seda junto à cabeceira da cama do imperador. Os presentes que passou a receber formavam uma pilha, e entre eles havia até barras de ouro e pedras preciosas. Foi-lhe conferido o título de Supremo Cantor Imperial da Cabeceira da Cama, Grau nº Um, do Lado Esquerdo. Esse detalhe do lado esquerdo era muito importante, pois é desse lado que fica o coração, até mesmo no peito de um imperador.

O maestro imperial escreveu um "Estudo Completo sobre a Arte do Rouxinol Artificial", em vinte e cinco volumes, usando palavras complicadíssimas, que ninguém conseguia entender. Mesmo assim, todos compraram a obra e diziam que era excelente, pois do contrário seriam considerados ignorantes, podendo até mesmo ser condenados a levar uns bons socos na barriga.

Passou-se um ano. O imperador, a corte e todo o povo chinês sabiam de cor a canção do Supremo Cantor Imperial da Cabeceira da Cama, o que mais aumentou seu prestígio. Desde os meninos de rua, até o imperador, todos não paravam de trautear e assoviar aquela canção: "tuí-titititi, tituritúri" — a satisfação era geral.

Certa noite, porém, quando o rouxinol estava na melhor parte de sua execução, e o imperador se deliciava em escutá-lo, deitado em seu leito, ouviu-se dentro dele um "tlec!", e de repente a canção cessou. O mecanismo estava quebrado, e o pássaro inteiramente mudo.

O imperador saltou da cama e mandou chamar o médico, que veio correndo, mas nada pôde fazer. Trouxeram então o relojoeiro do palácio, que desmontou o pássaro, limou aqui e ali, trocou algumas peças e acabou consertando precariamente o mecanismo, advertindo que os cilindros estavam gastos e não havia como repará-los. Seria preciso poupá-lo, evitando ao máximo fazê-lo cantar.

Aquilo foi uma verdadeira catástrofe! O pássaro só poderia funcionar uma vez por ano, e mesmo assim a parte final da música seria tocada com defeito. O maestro imperial pronunciou um discurso repleto de palavras difíceis, dizendo que uma canção magnífica como aquela só poderia ser corretamente apreciada se fosse ouvida apenas uma vez por ano; sendo assim, qualquer reclamação seria sem sentido. Isso resolveu o caso, e ninguém mais lamentou o ocorrido.

Cinco anos depois, sobreveio uma desgraça: o imperador adoeceu gravemente. Não havia cura para aquele mal, afirmaram os médicos. Assim, embora todos amassem o velho imperador, era necessário escolher outro, e foi o que se fez. O cortesão-mor velava dia e noite junto à cabeceira de sua cama. Quando saía às ruas e as pessoas o abordavam, querendo saber do estado do enfermo, ele as olhava de cima abaixo e respondia invariavelmente:

228

— P!

Pálido e frio, o imperador jazia imóvel em seu leito de ouro. Acreditando que sua morte era questão de dias, os cortesãos pararam de visitá-lo, procurando a todo custo acercar-se daquele que fora indicado para sucedê-lo no trono. Aproveitando a desordem que se instalara no palácio, os lacaios viviam pelas ruas, espalhando boatos, enquanto as camareiras se reuniam nos salões do palácio, tecendo intrigas e bebendo café. Enormes tapetes negros foram estendidos no chão, para abafar os passos, e desse modo o palácio vivia mergulhado em profundo silêncio. As cortinas de veludo preto estavam sempre cerradas, e só uma das janelas era mantida aberta. Por ela entrava o vento que fazia agitar as borlas douradas que puxavam os cortinados. E foi por ali que também entrou o luar, fazendo rebrilhar os diamantes engastados no pássaro mecânico e iluminando a face pálida e inerte do imperador, que ainda não havia morrido.

Sua respiração era difícil. Ele tinha a impressão de ter alguém sentado sobre o seu peito. Tentando ver quem seria, abriu os olhos: era a Morte quem ali estava sentada. Sem qualquer cerimônia, ela já estava usando a coroa imperial, empunhando o sabre dourado e trazendo ao pescoço a faixa do imperador. Entre as dobras do cortinado que rodeava seu leito, estranhos rostos apareceram. Alguns eram horrendos, assustadores, enquanto outros eram de fisionomia afável e gentil. Eram suas boas e más ações, praticadas até aquele instante. Ali estavam elas, contemplando-o e sorrindo, enquanto a Morte continuava oprimindo seu coração.

— Lembra-se de mim? — sussurrou uma daquelas carantonhas horrendas.

— E de nós? — perguntaram outras.

E todos puseram-se a descrever seus maus feitos do passado, fazendo-o suar frio, tomado de pavor.

— Não! Não me lembro disso! Não é verdade! — esbravejava o imperador. — Não quero escutar! Toquem música para encobrir esse falatório! Por favor — implorava sem que vivalma o escutasse, — façam soar o grande gongo imperial!

Mas os rostos medonhos continuaram a falar, enquanto a Morte, à maneira chinesa, inclinava a cabeça a cada nova acusação que escutava.

— Cante, rouxinol dourado! Cante! — suplicou o imperador. — Lembre-se dos presentes que lhe dei. Lembre-se das barras de ouro e das pedras preciosas! Fui eu que, com minhas próprias mãos, coloquei meu chinelo de ouro em seu pescoço! Vamos, cante para mim!

Mas o rouxinol mecânico continuou mudo, já que não havia ali quem quer que lhe desse corda.

E a Morte continuava a fitá-lo, de dentro das órbitas vazias de seu crânio, enquanto o palácio continuava silencioso, pavorosamente silencioso.

Súbito, uma canção maravilhosa soou, quebrando o silêncio. Era o rouxinol verdadeiro, que para lá se dirigira, depois de escutar a notícia da enfermidade grave do imperador. Pousado num galho de árvore quase encostado à janela, cantava para trazer-lhe conforto e esperança. À medida que seu canto prosseguia, os rostos entre as dobras do cortinado foram-se desvanecendo, enquanto o sangue do imperador voltava a pulsar cada vez mais forte em suas veias. A própria Morte encantou-se com aquela música maviosa, e pediu:

— Cante outra, pequeno rouxinol!

— Canto outra se você me der o sabre dourado.

Ela concordou; depois ele cantou outra em troca da faixa imperial e outra em troca da coroa do imperador. Nessa canção, falou do calmo cemitério atrás da igreja, onde crescem rosas brancas, onde as folhas do sabugueiro espalham seu perfume no ar, onde a relva é sempre regada pelas lágrimas dos que ali vão visitar seus entes queridos. A Morte estava com saudades daquele lugar tão aprazível; assim, quando ouviu falar nele, saiu voando pela janela, sob a forma de uma névoa esbranquiçada e fria.

— Obrigado, rouxinol; foram os céus que te mandaram aqui! — sussurrou o imperador. — Foste banido por mim desta terra, mas mesmo assim voltaste para espantar os fantasmas que me atormentavam e afugentar a Morte que já me viera buscar. Como poderei recompensar-te?

— Vossa Majestade já me recompensou. Nunca me esquecerei das lágrimas com que me presenteou, da primeira vez em que me ouviu cantar. Para mim, que tenho coração de poeta, cada lágrima daquelas era uma joia que se derramava de seus olhos, em minha homenagem. Agora durma, para recuperar as forças. Cantarei uma música suave, para chamar o sono.

E o pequeno pássaro cinzento entoou uma canção doce e terna, fazendo o imperador mergulhar num sono tranquilo e agradável.

O sol brilhava lá fora quando ele acordou, sentindo-se são e bem-disposto. Julgando-o já morto, nenhum criado ali apareceu. Mas o rouxinol lá estava, e o saudou com uma canção.

— Venha sempre aqui, rouxinol — pediu o imperador. — Fique comigo e cante apenas quando lhe der vontade. Quanto a esse pássaro mecânico, vou quebrá-lo já e já, em mil pedacinhos!

— Não faça isso! — protestou o rouxinol. — Que culpa tem ele? É um engenho maravilhoso, e ainda não perdeu de todo a sua utilidade. Conserve-o, pois. Quanto a mim, não me acostumarei a viver num palácio. Meu lar é a floresta. Virei visitar Vossa Majestade sempre que puder. Ficarei

lá fora, pousado naquele galho de árvore próximo à janela, entoando canções que haverão de lhe trazer alegria e reflexão. Sim, nem sempre serão canções brejeiras e alegres; algumas serão tristes e sentimentais. Nessas canções, mostrarei o bem e o mal que rodeiam Vossa Majestade, mas que nem sempre são fáceis de ser enxergados. Sou uma ave, vôo para todos os lados, conheço muitos lugares e muita gente. Visito as cabanas dos pescadores e as choupanas dos camponeses, bem distantes e diferentes das mansões dos nobres e deste palácio imperial. Sei que essa coroa que Vossa Majestade usa lhe confere autoridade e poder; por isso, inclino-me ante ela e lhe dedico meu respeito, mas não meu amor, pois este eu dedico ao seu coração. Sim, Majestade, virei visitá-lo, virei cantar para alegrar seu coração. Mas quero que me prometa uma coisa.

— Prometo tantas quantas você quiser — respondeu o imperador, enquanto se vestia e embainhava o sabre dourado, segurando-lhe o cabo à altura do coração.

— Não conte a pessoa alguma que as coisas que fica sabendo lhe são reveladas por um passarinho. Isso o fará sentir-se melhor.

Dizendo essas palavras, o rouxinol saiu voando e desapareceu.

Nesse momento, os criados entraram no aposento imperial, a fim de tomar as providências do enterro. Qual não foi sua surpresa quando viram o imperador parado de pé, como se estivesse a esperá-los, e quando este os saudou, dizendo simplesmente:

— Bom dia.

Os Namorados

Um pião e uma bola estavam guardados dentro de uma gaveta, juntamente com vários outros brinquedos. Um dia, o pião disse para a bola:— Que tal namorar comigo? Afinal de contas, moramos na mesma gaveta e estamos sempre juntos...

A bola, que era feita de marroquim, julgava-se muito elegante e refinada, uma senhorita de fino trato; assim, nem mesmo se deu ao trabalho de responder.

No dia seguinte, o menino que era dono daqueles brinquedos abriu a gaveta, tirou de lá o pião, pintou-o de vermelho e amarelo, e cravou-lhe bem no topo um prego de cabeça cromada. Em seguida, atirou-o com habilidade — ah, como ele girava bonito!

— Olhe para mim! — disse ele em voz alta para a bola. — Gosta? Não acha que faremos um belo par? Você pula e eu danço: isso é que é dupla bem afinada!

— Você é que acha — retrucou a bola. — Fique sabendo que meus pais eram um par de chinelos de marroquim, e que sou recheada de pura cortiça.

— E eu sou de mogno — gabou-se o pião. — E sabe quem me torneou? O próprio prefeito, em pessoa! Sim, ele tem um torno em sua oficina. Foi lá que ele me fez, e ficou muito satisfeito quando me viu pronto.

— Hum... será verdade? — disse a bola, aparentando incredulidade.

— Que eu nunca mais possa rodopiar, se não for verdade! — replicou o pião.

— Até que você defende bem sua causa — admitiu a bola, — mas não posso aceitar sua proposta. O filho mais velho da andorinha, que está quase pronto para montar seu próprio ninho, vem me fazendo a corte, e estamos praticamente comprometidos. Ele é muito galante. Todo vez que estou quicando e chego à altura da janela, ele põe a cabeça fora do ninho e faz: "Fiu, fiu!" para mim, como se pedindo para me namorar. Eu ainda não lhe dei o sim, mas também não lhe disse não, de modo que existe um meio compromisso entre nós. Mas prometo que nunca irei esquecê-lo, Sr. Pião.

— Grandes coisas... — disse o pião, encerrando a conversa.

No dia seguinte, o menino tirou a bola da gaveta e levou-a para o pátio, onde ficou brincando de fazê-la quicar com força no chão. A cada vez que ela subia, o pião podia vê-la pela janela, tanto na ida como na volta. O menino atirava-a contra o chão cada vez com mais força. Da nona vez em que ela quicou, o pião pôde vê-la subindo a toda velocidade, sem que contudo descesse logo em seguida. Desapareceu. Por que teria subido tanto? Talvez fosse devido ao desejo que tinha de ver o filho da andorinha, pensou o pião. Ou talvez fosse apenas por causa da cortiça que havia dentro dela.

O menino procurou-a durante longo tempo, até que desistiu de encontrá-la.

"Sei o que aconteceu", pensou o pião. "Ela caiu de propósito dentro daquele ninho. Foi lá ver o namorado. A esta altura, os dois já devem estar casados."

Quanto mais o pião pensava na bola, mais apaixonado ficava. Justamente porque ela jamais poderia ser sua, é que ele mais a desejava. Nem dava para entender seu sentimento, já que a bola o havia recusado, preferindo ficar com o outro pretendente. Mas a vida tem dessas coisas. O pião rodopiava, dançava, zunia, deslizava para lá e para cá, e nada de tirá-la da cabeça. Em sua imaginação, ela se tornava cada dia mais bela.

Os anos foram-se passando, e a bola por fim tornou-se para ele apenas uma saudosa lembrança. E ele também foi ficando velho, gasto e desbotado.

Um dia, porém, foi dado de presente ao irmão mais novo do seu antigo dono, que resolveu recuperá-lo, pintando-o com tinta dourada. Foi como se ele tivesse nascido outra vez. Seu novo dono gostava de atirá-lo para cima, fazendo-o rodopiar no ar. Puxa, mas que pião sensacional! E o menino atirava-o de novo, cada vez mais alto. Num dado momento, exagerou no arremesso, atirando-o tão alto que ele sumiu. Foi um deus nos acuda! Procura daqui, procura dali, e nada! Até o porão foi vasculhado, mas em vão. Onde estaria o danadinho?

Ele tinha caído no latão de lixo, em meio a talos de couve, cisco, poeira e um monte de folhas apodrecidas que tinham sido retiradas da calha do telhado aquela manhã. "Belo lugar fui arranjar para cair", pensou. "Só quero ver quanto tempo vai levar para minha pintura nova descascar toda! Só tem refugo por aqui!..."

O pião olhou para o lado de um talo de couve e avistou ali um estranho objeto redondo, parecido com uma maçã podre. Havia algo de familiar naquela maçã... não, não era uma maçã: era a bola que ele tanto havia amado, tempos atrás. Quando desapareceu, ela tinha caído na calha, e ali havia ficado durante todo esse tempo, estando agora murcha, deformada e coberta de mofo.

— Graças a Deus que você chegou — saudou-o a bola. — Estou há anos sem poder conversar com alguém do meu gênero. Como não nos conhecemos, vou me apresentar: sou uma bola, coberta de marroquim e recheada de cortiça. Quem me costurou foi uma senhorita muito gentil. Sei que é difícil de acreditar, mas antigamente eu era muito bonita. Houve até um pião parecido com você que vivia doido para me namorar. Mas eu não quis, pois estava para casar com o filho mais velho de uma andorinha. Foi justamente nessa época que tive o azar de cair naquela maldita calha do telhado, onde amarguei cinco longos anos, encharcada de água e coberta de lodo. Cinco anos... foi tempo de sobra para acabar com toda a minha beleza juvenil...

O pião não encontrou nada para dizer. Era triste recordar a amada dos velhos tempos, e encontrá-la agora como um traste velho e inútil.

Nesse momento, chegou a criada, trazendo alguma coisa para jogar no lixo.

— Achei! — gritou ela. — Achei o pião dourado!

Entre palmas e gritos de alegria, o pião foi levado para a sala, e depois guardado cuidadosamente na gaveta dos brinquedos. Ali ele contou o que lhe acontecera, mas nada revelou acerca da bola, da qual, aliás, ninguém falava há muito tempo.

Acho que eu também agiria como o pião, se algo semelhante acontecesse a mim. Se minha namorada ficasse presa na calha durante cinco anos, apodrecendo e mofando, é possível que eu nem a reconhecesse, quando a encontrasse jogada numa lata de lixo.

O Patinho Feio

Ah, como é bela a vida do campo! Estávamos no verão. A aveia ainda estava verde, mas o trigo já começava a amarelar. Na campina, as ervas tinham sido cortadas e transformadas em montes de feno, entre as quais passeavam cegonhas, com suas pernas compridas e vermelhas, todas falando a língua do Egito, que era a que lhes tinha sido ensinada por suas mães. Ao redor desses campos erguia-se uma densa floresta, cujas árvores ocultavam charcos e lagoas. Ah, como são belas as paisagens do campo!

Banhado de sol, via-se ao longe o velho castelo, rodeado por um fosso profundo. Entre as pesadas muralhas e o canal, estendia-se uma estreita língua de terra, toda tomada por uma verdadeira floresta de bardanas. Suas folhas eram tão largas e seus talos tão altos, que uma criança poderia esconder-se entre elas, mesmo ficando de pé, imaginando que estivesse no meio de uma densa mata primitiva, isolada do resto do mundo.

Foi ali que uma pata fizera seu ninho. Enquanto chocava os ovos, sentia-se aborrecida por estar ali há tanto tempo, esperando que as cascas se rompessem, numa solidão que dava dó. As outras patas não vinham visitá-la, preferindo nadar nas águas tranquilas do fosso, a vir conversar com ela, naquele lugar sombrio e isolado.

Finalmente, as cascas começaram a rachar. As gemas dos ovos adquiriram vida, transformando-se em patinhos, que aos poucos iam mostrando suas cabeças, piando aflitamente e procurando conhecer quem seria sua mãe.

— Quac! Quac! — saudava-os a pata. — Olhem para o mundo que os rodeia.

E os patinhos obedeciam, contemplando aquele mundo verde e desconhecido. Era o que ela queria, pois a cor verde fazia bem para aqueles olhinhos infantis.

— Nossa! — espantavam-se os patinhos. — Como o mundo é grande!

De fato, o espaço que agora tinham para movimentar-se era bem maior do que o interior de um ovo.

— Pensam que o mundo inteiro é isto aqui? — grasnou a mãe — Não, ele é muito maior. O mundo estende-se até bem além daquele campo de trigo. Sei disso, embora nunca tenha ido até lá... Ei, já nasceram todos?

A pata ergueu-se e olhou as cascas quebradas que estavam no ninho. Um dos ovos ainda não havia rompido.

— Ai, ai, ai! Ainda falta um... e justamente o maior! Como estou cansada de ficar sentada aqui sem fazer nada... Quanto tempo ainda vai demorar? — lamentou-se, voltando a sentar sobre o ovo.

— Já temos novidades? — perguntou uma velha pata, que havia vindo visitá-la.

— Sim, já temos. Agora só falta um ovo. Mas olhe os filhotes que já nasceram: não são umas gracinhas? São a cara do pai! Aliás, aquele safado ainda não veio fazer-me uma visita...

— Deixe-me dar uma olhada no ovo que não quer rachar. Quem sabe não será ovo de perua? Estou dizendo isso porque certa vez choquei uma ninhada de ovos de perua, pensando que eram meus. Demoraram a romper que só você vendo! E depois que os peruzinhos nasceram, aí é que foi engraçado. Eles morrem de medo de água. Chamei-os para o tanque, e nada! Tentei empurrá-los com o bico, e resistiram. Só então vi que eram peruzinhos... Vamos, deixe-me ver esse ovo. Hum... é isso aí: ovo de perua! Deixe de ser boba, menina, largue esse ovo aí. Vá cuidar de seus próprios filhos, escute o meu conselho.

— Já fiquei chocando este ovo por tanto tempo, que não me custa continuar mais um pouco, pelo menos até que acabem de recolher o feno — respondeu a pata.

— Depois não vá dizer que não avisei, hein? — disse a velha pata, indo-se embora.

Por fim, o ovo grande partiu-se.

— Quim! Quim! — fez o filhote, saindo desajeitadamente do meio das cascas.

Que patinho esquisito! Era grande, pardo e feio. A pata olhou-o desconfiada, pensando: "Grande demais para sua idade... Não parece nada com os outros. Será mesmo um peruzinho? Logo vou saber. Amanhã levarei a ninhada até o fosso, e se ele não quiser entrar na água, empurro-o lá dentro!"

No dia seguinte, fez um tempo maravilhoso. A floresta de bardanas rebrilhava ao sol. A pata reuniu sua ninhada e dirigiu-se com os patinhos para o fosso. Ali chegando, ordenou-lhes:

— Quac! Quac! — o que queria dizer: "Pulem na água, vamos!"

Um após outro, os patinhos mergulharam. Por um rápido momento, a água cobria-lhes a cabeça, mas logo em seguida eles conseguiam controlar o nado e passavam a flutuar como se fossem de cortiça. Sem que ninguém lhes ensinasse, aprendiam instintivamente a bater as perninhas, e era uma graça vê-los. Nadaram todos, inclusive o feioso.

"Não, ele não é um filhote de peru", pensou a pata, aliviada. "É pato mesmo, e até que nada bem direitinho. E tem um porte altivo, quem diria! É meu filho, não resta dúvida. E só é feio à primeira vista: quando se repara bem nele, até que é bem bonitinho..."

— Quac! Quac! Chega de nadar. Sigam-me. Vou mostrar-lhes o quintal e apresentá-los às outras aves. Fiquem bem pertinho de mim, para não serem pisados. E cuidado com o gato, ouviram?

Quando chegaram no pátio, escutaram um tremendo barulho. Da cozinha haviam jogado fora uma cabeça de enguia, e duas famílias de patos disputavam-na entre bicadas e grasnadas. Aproveitando a confusão formada, o gato chegou e mandou o petisco para o bucho.

— É assim que acontece no mundo, filhinhos — ensinou a pata, lambendo o bico, pois também era doida com cabeças de enguia. — Caminhem com elegância. E lembrem-se de cumprimentar aquela velha pata que está do outro lado. É a ave mais nobre aqui deste terreiro. Tem sangue espanhol! Vejam como é gorda e bem tratada! E reparem no pano vermelho que traz amarrado na perna. Ele atesta a nobreza de sua origem. É a mais alta distinção que se confere a um pato. Significa que ela nunca vai sair daqui, e que todas as aves e seres humanos devem admirá-la e respeitá-la. Não marchem tesos e empinados, como se fossem soldados! Ginguem o corpo para lá e para cá, como patinhos bem-educados, andando de pernas abertas, como sua mãe e seu pai. Balancem a cabeça e façam um "quac!" de vez em quando. É assim que os bons patinhos procedem.

Alguns patos chegaram-se perto dos recém-chegados, com cara de poucos amigos, e começaram a comentar em voz alta:

— Ih, olha um novo bando de patos por aqui! Já não tem pato de sobra nesse terreiro? Essa não! E aquele pato esquisito ali no meio? Vai ser feio assim lá longe! Esse aí não dá para aguentar!

Um dos patos voou para o meio da ninhada e aplicou uma bicada no pescoço do patinho feio.

— Deixe-o em paz — gritou a mãe, enraivecida. — Que mal ele fez?

— Ele é desconjuntado e não parece com nenhum de nós — respondeu o pato atrevido. — É razão de sobra para levar umas boas bicadas!

— Lindos patinhos você teve! — disse a velha pata de sangue espanhol, que ali havia chegado atraída pelo ajuntamento. — São todos bonitinhos, menos aquele ali, que saiu com defeito. Seria bom se você desse um jeito nele.

— Não há nada que se possa fazer, Excelência — respondeu a pata. — Bonito, sei que ele não é, mas tem um gênio muito bom, e nada tão bem como os outros, ou até mesmo um pouco melhor. Quem sabe, com o tempo, ele acabe ficando do mesmo tamanho dos outros, e sua feiúra diminua? Acho que ele ficou tempo demais dentro do ovo, por isso é que saiu meio estranho. Passou do ponto.

Ela afagou o pescoço do patinho feio e voltou a falar:

— Se ele fosse uma pata, aí sim, isso seria um problema; um pato, porém, não precisa preocupar-se tanto com sua beleza. Ele é forte e sadio, e certamente saberá cuidar de si próprio.

— Em compensação, os outros são lindos — disse a velha pata. — Sintam-se em casa. E se acaso encontrarem uma cabeça de enguia, não se esqueçam de me trazer um pedacinho.

E eles de fato sentiram-se "em casa".

Mas o pobre patinho que havia nascido por último, feio de dar dó, tomava empurrão, levava bicada, era maltratado e ridicularizado, não só pelos outros patos, como também pelas outras aves que viviam naquele terreiro. O peru, que tinha nascido com esporas compridas, e por isso imaginava ser um imperador, arrepiou suas penas, ficando igual um navio de velas enfunadas, e avançou sobre o patinho feio, grugulejando tão alto, que sua cara até ficou vermelha como sangue. O patinho quase morreu de susto.

Pobre coitado! Não tinha paz! Todas as aves do terreiro debochavam dele, rindo-se de sua feiúra. Isso o deixava triste e desolado.

Assim passou-se o primeiro dia, mas os seguintes não foram melhores. O pobre patinho era perseguido e maltratado cada vez mais, até mesmo por seus próprios irmãos, que o chamavam de "bicho feio" e ameaçavam chamar o gato para comê-lo. Um dia, sua própria mãe lhe disse:

— Seria melhor se você sumisse daqui.

Sentindo-se escorraçado até mesmo pela menina que levava comida para as aves, todo marcado por bicadas e beliscões, o patinho feio decidiu ir-se dali para sempre. Voou sobre os arbustos que cercavam o quintal, atravessou o campo e internou-se na floresta. Os passarinhos que o viam levavam susto, debandando em voo ligeiro. "Até estes daqui me acham horroroso", pensou o patinho, baixando os olhos, mas sem parar de seguir em frente.

Finalmente, chegou a um grande pântano, onde viviam patos silvestres. Ali parou para passar a noite, cansado que estava após tão longa caminhada.

Pela manhã, foi descoberto pelos patos silvestres, que o espiavam desconfiados.

— Que tipo de ave é você? — perguntaram-lhe.

O patinho feio inclinou-se para todos os lados, cumprimentando gentilmente seus novos companheiros.

— Você é danado de feio! — disseram os patos silvestres. — Mas isso é problema seu, e não nosso. Desde que não invente de querer casar com uma de nossas jovens, tudo bem.

O pobre patinho nem sonhava em se casar; tudo o que queria era poder nadar em paz entre os juncos, comer quando tinha fome e beber quando tinha sede.

Dois dias inteiros passou ele naquele pântano. No terceiro dia, apareceram por ali dois gansos selvagens, ainda muito jovens, e por isso sem medo e sem papas na língua. Vendo o patinho feio, disseram:

— E aí, bicho, tudo bem? Você é feio pra burro, mas parece boa gente! Junte-se a nós, vamos migrar por aí. Tem um brejo aqui perto, onde mora cada gansinha bonita, que só vendo! Quem sabe você não arranja uma namorada lá? Beleza não é tudo na vida, e pode ser que uma delas pense assim. Vale a pena arriscar. Vamos lá, meu companheiro!

Pou! Pou! Ouviram-se dois tiros, e os dois jovens gansos caíram mortos entre os juncos. A água tingiu-se de vermelho. Pou! Pou! Pou! Novos tiros ecoaram, e um bando de gansos selvagens saiu voando. Numerosos caçadores andavam por ali. De todos os lados saíam disparos de espingardas. Havia caçadores escondidos entre os arbustos, outros disfarçados entre os juncos, e outros trepados nos galhos das árvores que pendiam sobre a água. A fumaça azulada das armas pairava sobre o pântano como uma névoa e se elevava por entre as árvores. Cães de caça mergulharam na água e vieram em nado ligeiro, sem se importarem com os juncos que lhes estorvavam a passagem.

O pobre patinho estava apavorado. Já se preparava para enfiar a cabeça embaixo da asa, pensando que assim poderia esconder-se, quando avistou um cão enorme, que o espiava por entre os caniços. A língua pendia-lhe da boca, e seus olhos brilhavam ferozmente. Arreganhou a boca, mostrando os dentes poderosos, rosnou para o patinho, mas em seguida deu-lhe as costas e voltou nadando para a margem.

— Graças a Deus que sou feio! — soluçou o patinho. — Nem mesmo o cachorro quis me morder!

Continuou ali mesmo, o mais imóvel que pôde, enquanto os tiros continuavam a ribombar a seu redor. O tiroteio somente cessou daí a muito tempo, quando o sol já estava bem alto no céu. Ele ainda esperou algumas horas, até que se atreveu a tirar a cabeça de sob sua asa. Então, saindo daquele pântano, fugiu sem rumo o mais depressa que pôde. Alcançou uma campina e tentou caminhar em frente, mas não conseguiu, porque um vento fortíssimo começou a soprar, em direção transversal à que ele seguia. Deixando-se levar pela força do vendaval, acabou chegando a uma choupana pobre, ao cair da noite. Era um casebre tão mal construído, tão torto, que poderia desabar para

238

qualquer lado, a qualquer momento. Sem saber que lado escolheria para cair, ele acabava mantendo-se de pé. O vento soprava tão forte, que o pobre patinho feio teve de sentar-se sobre a cauda, para não ser arrastado pela fúria do vendaval. Notou então que a porta do casebre estava mal-encaixada nos gonzos, entreabrindo-se com um rangido. Por aquela pequena abertura, ele se esgueirou para dentro.

Viviam ali uma velha, um gato e uma galinha. O gato chamava-se Neném, e sabia arquear as costas e ronronar. Ah, tinha mais: seus pelos desprendiam faíscas quando eram esfregados para a frente. A galinha tinha pernas muito curtas, por isso era chamada de Cocó Pernoca. Mas botava ovos muito gostosos, e a velha a estimava como se fosse uma filha.

Pela manhã, a galinha e o gato descobriram o patinho, pondo-se um a miar e a outra a cacarejar.

— Que que foi? — perguntou a velha, olhando ao redor.

Como não enxergava bem, custou a enxergar o patinho, até que o viu encolhidinho num canto. Imaginando que se tratasse de uma pata adulta, alegrou-se, dizendo:

— Eh, coisa boa! Vejam o que arranjamos; uma pata gorda! Vamos ter ovos de pata, de hoje em diante! Bem, talvez seja um pato, nunca se sabe. O jeito é dar um tempo, para saber.

E o patinho teve permissão de ficar ali durante três semanas, a título de experiência. Mas se a velha queria ovos, podia esperar sentada!

O gato e a galinha eram os verdadeiros donos daquela casa. Costumavam referir-se a si próprios como "nós e o resto do mundo", pois imaginavam ser a metade dos habitantes do planeta — e a metade melhor, ainda por cima. O patinho achava que poderia ter opinião diferente daquela, mas a galinha não concordou:

— Sabe botar ovo? — ela perguntou.

— Não — respondeu o patinho.

— Então, bico fechado!

Depois foi o gato quem entrou na conversa:

— Você sabe arquear as costas? Sabe ronronar? Seu pelo solta faíscas?

— Não.

— Então, nada de querer intrometer-se na conversa dos maiorais. Guarde para si suas opiniões.

O patinho foi sentar-se num canto, triste e desapontado. Ah, como era gostoso lá fora, ao ar livre, à luz do sol... Veio-lhe um enorme desejo de flutuar na água, e ele acabou não resistindo e comentando aquilo com a galinha.

— Que ideia mais maluca! — disse ela. — Onde já se viu? É o que dá quando não se tem nada a fazer... Tente botar um ovo, ou ronronar, que esses pensamentos idiotas logo irão embora.

— Você diz isso porque não sabe como é delicioso boiar nas águas tranquilas de um lago, depois mergulhar lá no fundo e reaparecer com a cabeça toda molhada — replicou o patinho.

— É; do jeito que você fala, parece divertido. Mas não passa de uma grande asneira. Pergunte ao gato, que é o bicho mais inteligente que conheço, o que ele acha de boiar no lago ou mergulhar no fundo da água. Minha opinião, você já conhece. Pergunte também à velha, que é a pessoa mais sensata que existe no mundo, se ela gosta de nadar e de ficar com a cabeça toda molhada. Ah, que ideia!...

— Vocês não compreendem... — gemeu o patinho feio.

— E dá para compreender? Vai ver que você se julga mais sábio que o gato ou que a velha, ou mesmo do que eu! Deixe de ser bobo! Agradeça ao Criador pela graça que lhe concedeu de encontrar um lugarzinho quente para dormir, onde vivem pessoas inteligentes que lhe podem ensinar alguma coisa. Faça isso, em vez de ficar dizendo asneiras que nem sequer têm um pingo de graça! Digo isto para o seu bem, porque sou sua amiga. Aproveite para aprender esta lição: a gente reconhece um amigo pelas verdades que ele nos diz, mesmo que estas nos deixem chateados. Agora, chega de conversa. Trate de fazer algo útil, como botar ovos, ronronar ou arquear as costas.

— Acho que o melhor que tenho a fazer é sair pelo mundo afora — replicou o patinho.

— Então, vá em frente. Boa viagem — concluiu a galinha.

E ele foi mesmo. Andou, andou, até encontrar um lago, onde pôde flutuar e mergulhar como desejava. Mas ali viviam outros patos, que logo se afastaram dele, por causa de sua feiúra.

O outono chegou. As folhas tornaram-se amarelas, em seguida pardas, e depois desprenderam-se das árvores, caindo ao chão. O vento carregava-as, fazendo-as dançar. Das nuvens pesadas desciam granizo e neve. Um corvo pousou sobre a cerca e pôs-se a

240

crocitar, tremendo de frio. Só de pensar no inverno que se anunciava, a pessoa começava a tiritar. Imaginem só o que não estava sofrendo o pobre patinho.

Numa tarde, quando o sol se punha majestosamente no céu, um bando de lindas aves apareceu por ali. Suas penas eram tão brancas que até rebrilhavam. Tinham pescoços longos e graciosos. Eram cisnes. Depois de soltarem um grito estranho, agitaram as asas e alçaram voo, rumando para as terras quentes do Sul, onde os lagos jamais se congelam no inverno. Voavam em círculos, cada vez mais alto. Tentando acompanhá-los com o olhar, o patinho feio também nadava em círculos, esticando o pescoço o mais que podia. Sentia no coração um estranho sentimento de afeto para com aquelas aves tão lindas. Num dado momento, emitiu um grito tão aflito que ele mesmo se assustou, estremecendo.

Oh, ele nunca mais iria esquecer-se daquelas belas aves, alegres e felizes. Quando sumiram de vista, ele mergulhou no lago, nadando até o fundo. Ao voltar à tona, sentia-se fora de si. Ignorava o nome daquelas aves, não sabia para onde elas estavam seguindo, mas mesmo assim sentia por elas uma inexplicável atração, amando-as como jamais amara outras criaturas. Não as invejava, e em momento algum desejou ser tão belo quanto elas. Para ser feliz, bastaria que os outros patos tivessem deixado que ele vivesse em paz no terreiro. Quanto a sua feiúra, já estava resignado a suportá-la enquanto vivesse. Pobre patinho feio...

O tempo esfriava cada vez mais. O patinho tinha de ficar constantemente nadando em círculos, para evitar que a água congelasse ao seu redor. O espaço de que dispunha tornava-se cada dia menor. Por todos os lados, uma casca de gelo se expandia, estalando e ameaçando sua segurança. Ele tinha de manter os pés batendo continuamente, ou do contrário não teria mais onde poder nadar. Por fim cansou-se e parou. Não tinha mais forças para nadar. A crosta de gelo alcançou-o e a água endureceu a seu redor. Ele sentiu-se congelar por dentro.

Na manhã seguinte, um fazendeiro passou por ali e o avistou. Com o salto da bota, quebrou a crosta de gelo e libertou o pobre patinho, levando-o para sua casa. Ali, entregou-o a sua mulher, que o envolveu numa toalha quente, reanimando-o.

As crianças aproximaram-se, querendo brincar com ele. Temendo que quisessem machucá-lo, ele bateu as asas e voou, indo cair no balde de leite. Arriscou outro voo e foi cair no tacho de manteiga. Mais outra tentativa, e mergulhou na barrica de farinha de trigo. Imaginem só como ele ficou!

A mulher do fazendeiro gritou e enxotou-o com um atiçador. As crianças gargalhavam, tentando agarrá-lo e, de vez em quando, quase caindo uma sobre a outra. Que farra! Para sorte do patinho, a porta estava aberta, e por ali ele escapuliu. Entrando no meio de uns arbustos, encontrou um esconderijo. Sobre o chão forrado de neve, deitou-se, procurando manter-se o mais imóvel que podia, a fim de conservar-se vivo durante o resto do inverno.

Seria terrível relatar todos os sofrimentos e agruras que o pobre patinho feio experimentou durante aquele tenebroso inverno. Direi apenas que ele conseguiu sobreviver. Quando de novo o sol voltou a aquecer a terra, e as cotovias recomeçaram a cantar, o patinho feio já se achava entre os juncos do pântano, saudando a chegada da primavera.

Abriu as asas para voar, notando que elas se haviam tornado grandes e possantes. Quando deu por si, já estava longe do pântano, sobrevoando um belo pomar. As macieiras estavam em flor, e os lilases lançavam seus ramos cobertos de flores sobre as águas de um canal de leito sinuoso. Tudo era lindo, fresco e verde. De uma moita de caniços saíram três cisnes, ruflando as asas e flutuando placidamente sobre a água. O patinho feio reconheceu aquelas majestosas aves, sentindo-se novamente tomado por uma estranha melancolia. "Vou voar até lá e juntar-me àquelas aves maravilhosas. Não importa se elas se sentirem ofendidas com minha presença e resolverem matar-me a bicadas. Por certo não vão querer conviver com um bicho feio como eu — e daí?", pensou. "Antes ser morto por elas do que ser beliscado pelos meus irmãos, bicado pelas galinhas, chutado pelos humanos e castigado pelo inverno."

Pousando no canal, deslizou sobre a água, dirigindo-se para perto dos magníficos cisnes. Quando estes os avistaram, sacudiram as penas e também deslizaram em sua direção. O patinho feio parou, sem ousar encará-los. Baixando a cabeça, murmurou timidamente:

— Podem matar-me...

Foi então que ele viu, refletida na água cristalina, sua própria imagem. Céus! O que ele viu não foi a figura desengonçada, ridícula e deselegante de um patinho feio e pardacento. Não! O que ele viu foi o reflexo de um cisne majestoso e imponente. Sim, ele era um cisne!

Quando se sai de um ovo de cisne, não importa onde se nasceu e como se foi chocado. Ele agora até agradecia pelos sofrimentos e angústias pelas quais havia passado, pois isso o fazia apreciar ainda mais a felicidade que sentia e o encanto que a vida agora representava. Os cisnes vieram rodeá-lo em círculo, pondo-se a acariciar com o bico o jovem irmão recém-chegado.

Crianças apareceram por ali, trazendo migalhas de pão para alimentar os cisnes. A mais novinha gritou:

— Olha, gente! Apareceu um cisne novo!

Bateram palmas, satisfeitas, e foram levar a notícia para seus pais. Estes vieram ver a novidade, trazendo pães e bolos para atirar na água. Todos concordaram em que o novo cisne era o mais bonito de todos, e mesmo os cisnes mais velhos inclinavam-se ante ele, elogiando sua beleza.

Sentindo-se envergonhado, ele escondeu a cabeça sob a asa. Estava extremamente feliz, mas não orgulhoso, pois esse sentimento não encontra guarida num bom coração. Lembrou-se do tempo em que fora escarnecido e perseguido. Agora todos diziam que era a ave mais formosa daquele bando de aves lindas. Os lilases estendiam os ramos em sua homenagem. O sol brilhava e aquecia a terra. Ele sacudiu as penas e curvou seu pescoço delgado, com o coração exultando de alegria, enquanto pensava: "Nunca imaginei que um dia poderia ser tão feliz, ao tempo em que não passava de um patinho feio e tristonho..."

O Pinheiro

No interior da floresta crescia um pinheirinho esbelto e elegante. Havia espaço de sobra ao seu redor, de modo que ele podia dispor de ar fresco e sol à vontade. Perto dali cresciam outros pinheiros e diversas árvores, mas ele estava tão compenetrado com sua própria necessidade de crescer, que mal lhes dava atenção. Também pouco se importava em observar as crianças que vinham à floresta colher morangos e framboesas, nem mesmo quando elas se sentavam a sua sombra e comentavam entre si:

— Que pinheirinho mais bonito, vejam só!

Para falar a verdade, ele não prestava a mínima atenção ao que alguém dissesse perto dele.

Um ano depois, estava um pouco mais alto e já possuía mais um nível de galhos circulando seu tronco; no ano seguinte, um novo nível aparecia. Aliás, é desse modo que se conhece a idade de um pinheiro: contando-se os "andares" de galhos que ele tem.

— Ah — lamentava-se o pinheirinho, — como eu queria ser do tamanho das árvores mais altas da floresta... Aí eu poderia espalhar meus galhos bem longe, e contemplar o vasto mundo do topo de minha copa. Os pássaros viriam construir seus ninhos em meus ramos, e eu poderia oscilar e curvar-me graciosamente como minhas irmãs, na hora em que o vento soprasse...

Nada lhe causava prazer, nem o calor do sol, nem o canto dos passarinhos ou a visão das nuvens vermelhas, deslizando no céu ao pôr-do-sol.

Chegou o inverno. Uma camada branca e brilhante de neve recobria o chão. Os coelhos passavam correndo por ali e, sem se deterem ante o pinheirinho, saltavam por cima dele com facilidade.

— Oh, que humilhação! — gemia ele a cada vez que isso acontecia.

Passaram-se mais dois anos, e ele continuou a crescer. Agora, os coelhos já não mais conseguiam saltar por cima dele, tendo de dar a volta pelo lado.

"Crescer, crescer!", pensava o pinheirinho. "Ficar alto e velho! Pode haver coisa mais maravilhosa neste mundo?"

No outono, chegou o lenhador e começou a derrubar algumas das árvores mais velhas. Todo ano, lá vinha ele, causando terror entre os gigantes da floresta. Agora que já estava maior, o pinheirinho tremeu de medo ao vê-lo. Apavorado, acompanhou o trabalho do machado, lanhando profundamente os velhos troncos, até que o gigante desabava, caindo com estrépito no chão. Depois, os galhos eram decepados, e o tronco perdia sua majestade, jazendo nu, comprido e delgado ali no chão. Tornava-se irreconhecível. Mais tarde, era colocado numa carroça e levado para fora da floresta.

Para onde iriam aqueles troncos? Qual o seu destino?

Na primavera, quando as andorinhas e cegonhas reapareceram, o pequeno pinheiro perguntou-lhes:

— Alguma de vocês sabe dizer-me para onde os homens levam as árvores cortadas e o que fazem com elas?

As andorinhas não souberam responder, mas uma das cegonhas parou, fitando pensativamente o céu, e depois disse:

— Acho que sei. Cruzei com vários navios, enquanto migrava para o Egito. Seus mastros são enormes e desprendem um cheiro que lembra o dos pinheiros. Sim, eles devem ser feitos de madeira tirada dos pinheiros. São enormes e altaneiros, pode ter certeza.

— Ah, como eu gostaria de ser velho o bastante para servir como mastro e navegar através do oceano!... Por falar nisso, como é esse tal de oceano?

— Ih, é enorme! É tão grande, que nem tenho como explicar — respondeu a cegonha, encerrando a conversa e indo embora.

— Alegre-se por ainda ser jovem — sussurraram os raios de sol. — Desfrute da felicidade de estar vivo aqui nesta floresta!

O vento beijou o pinheirinho, e o orvalho derramou lágrimas sobre ele, que nem sequer os notou.

Quando se aproximou o Natal, homens vieram e cortaram diversos pinheiros iguais a ele, alguns até menores e mais jovens. Dessa vez, os galhos não foram cortados, mas os pinheiros eram colocados inteiros sobre as carroças, que os levavam em seguida para fora da floresta.

— E esses aí, para onde irão? — perguntou o pinheirinho. — São do meu tamanho, senão menores! Por que não lhes cortaram os galhos? Que farão com eles?

— Nós sabemos! Nós sabemos! — chiaram os pardais. — Estivemos na cidade e olhamos através das vidraças das janelas. Foi para lá que os levaram. Os homens dispensam a esses pinheirinhos a maior consideração que se possa imaginar. É a glória! Eles são postos bem no meio das salas de estar de suas casas, e ali são enfeitados com guirlandas douradas e prateadas, bolas coloridas, pingentes e dezenas de velas acesas.

Os ramos do pinheiro até estremeceram, de tão excitado que ele ficou.

— E depois? — perguntou. — Que é feito deles?

— Isso não sabemos — responderam os pardais. — O que vimos foi isso que lhe dissemos.

— Será esse também o meu destino? — murmurou o pinheiro. — Será que me está reservada uma glória semelhante? Ah, isso é bem melhor que navegar pelo oceano. Tomara que chegue o próximo Natal, para que eu seja um dos escolhidos. Já estou crescido e tenho boa aparência; nada fico a dever às árvores que há pouco foram colhidas. Já queria estar em cima da carroça, seguindo para a cidade, aguardando o momento de ser enfeitado e guardado numa sala quentinha e aconchegante. E depois, que será que vai me acontecer? Deve ser algo melhor e ainda mais grandioso! Se já de saída nos cobrem de ouro e prata, depois então... nem sei o que irão fazer! Morro de vontade de saber! Não aguento mais a angústia desta espera!

245

— Trate de curtir agora a sua felicidade — aconselharam os raios de sol e o vento. — Desfrute a juventude, a natureza, a vida ao ar livre.

Mas ele não era feliz. Continuou crescendo, e sua coloração tornou-se verde-escura. As pessoas que passavam por ali sempre paravam para contemplá-lo, comentando entre si:

— Que pinheiro bonito!

Aproximando-se o Natal seguinte, ele foi o primeiro pinheiro a ser derrubado. Sentiu quando o machado o separou de suas raízes, e desabou por terra com um gemido surdo. Uma sensação de dor e desespero invadiu seu cerne, impedindo-o de pensar por um momento na glória e no esplendor pelos quais tanto ansiara. Sentia uma tristeza profunda por ter de deixar o lugar onde até então havia vivido, desde que brotara no chão. Sabia que nunca mais iria ver os arbustos e as flores que cresciam ao redor de onde vivera, ou escutar o canto dos pássaros que costumavam pousar em seus ramos. Não, a despedida nada tinha de agradável.

O pinheiro só recobrou os sentidos quando estava sendo descarregado num pátio, onde já estavam muitas outras árvores. Escutou uma voz que dizia:

— Oh, que árvore linda! É essa aí que eu quero.

Dois criados de libré carregaram-no para um salão magnífico. Retratos pendiam das paredes e, sobre uma lareira toda de ladrilhos, viam-se dois grandes vasos chineses, com as tampas em formato de cabeça de leão. Havia cadeiras de balanço, sofás estofados de seda, e, sobre uma mesa, livros de gravuras e brinquedos valiosíssimos, que custavam sacos de dinheiro — pelo menos era o que as crianças diziam. O pinheiro foi posto de pé num tacho cheio de areia. Ninguém diria que aquele era um tacho velho e amassado, pois tinha sido todo recoberto de papel de seda verde, e colocado sobre um tapete de cores vivas.

O pinheiro tremia de expectativa. Que estaria para acontecer? As moças da casa começaram a decorá-lo, ajudadas pelos criados. Nos ramos, penduraram redes coloridas, cheias de bombons. Maçãs e nozes, todas pintadas de dourado, eram presas nos galhos, como se fossem os frutos que ali teriam nascido. Centenas de velinhas vermelhas, azuis e brancas foram fixadas por todos os lados. Nos pontos onde os galhos se desprendiam do tronco, foram colocados bonequinhos que eram verdadeiras miniaturas de gente. Por fim, no topo da árvore, foi posta uma estrela dourada. Sim, era magnífico, incrivelmente magnífico!

— Pronto — disse alguém. — Vamos esperar que anoiteça.

— Aí é que vai ser bom! — um outro comentou.

"Sim", pensou o pinheiro, "vai ser um espetáculo! E há de continuar assim por muito tempo. Será que as árvores da floresta virão aqui para me ver? E os pardais, virão espiar-me pela janela? Deitarei novas raízes aqui mesmo? Ficarei neste lugar pelos próximos invernos e verões?"

Todas essas interrogações deixavam-no com uma tremenda dor de casca, tão incômoda quanto a dor de cabeça para os humanos.

Finalmente, chegou a noite e as velas foram acesas. Que beleza ficou! A árvore até tremia, de tanta emoção. Por causa dessa tremedeira, um de seus galhos pegou fogo, provocando-lhe ardência e dor.

— Deus do céu! — gritaram as moças, apagando o princípio de incêndio.

Ele não se atreveu mais a tremer — era perigoso. Ali ficou, rígido e imóvel, temendo perder algum de seus enfeites. Era tudo tão estranho! De repente, as portas se abriram e as crianças invadiram a sala. Estavam tomadas de uma alegria selvagem, especialmente as mais crescidas, que até pareciam querer derrubar a pobre árvore. Já os menorzinhos pareciam tão impressionados com a imensidão do pinheiro, que pararam defronte dele, contemplando-o de olhos arregalados e bocas abertas. Mas foi só no início; logo em seguida já estavam gritando e festejando como as outras. Os adultos entraram por último, mas sem demonstrar júbilo idêntico, pois já haviam visto muitas vezes aquela mesma cena.

Passado algum tempo, todos dançaram e cantaram em redor da árvore, tirando um a um os presentes que nela estavam presos.

"Por que fazem isso?", pensou o pinheiro. "Estão me desarrumando todo! Que mais irá acontecer?"

As velas começaram a bruxulear, e foram apagadas. As crianças passaram a retirar os enfeites restantes, fazendo-o estabanadamente. Lá se foram os bombons, as nozes e as maçãs. Era tal seu ímpeto, que a árvore teria vindo ao chão, não fosse estar presa ao teto por um grosso cordão, disfarçado atrás da estrela dourada.

Agora as crianças continuavam brincando e fazendo algazarra, porém não mais junto à árvore. Ninguém lhe prestava atenção, a não ser a velha babá, que espiava entre seus ramos, procurando algum figo cristalizado que as crianças acaso tivessem deixado de ver.

— Conta uma história! Vamos, conta! — gritaram os pequenos, empurrando para junto do pinheiro um sujeito gordo que até então estava ali quieto, sorrindo enquanto contemplava toda aquela animação.

Ele sentou-se no chão, embaixo de seus ramos, dizendo por brincadeira que só gostava de contar histórias "à sombra dos verdes pinheirais", mas frisando que só iria contar uma.

— Qual que vocês preferem? A do "Bililiu", ou a do "Como João Redondo Despencou pela Escada, e Mesmo Assim Conquistou a Princesa"?

— "Bililiu!" — gritaram uns.

— "João Redondo!" — gritaram outros.

A sala até reboava, de tanta gritaria.

"Que papel terei de desempenhar nessa brincadeira?", pensou o pinheiro, sem saber que nada mais lhe restava fazer.

O sujeito então contou a história do "João Redondo". Quando terminou, as crianças gritaram pedindo outra, pensando que desse modo conseguiriam persuadi-lo a contar também a do "Bililiu", mas foi em vão. Tiveram de se contentar apenas com a história de "Como João Redondo Despencou pela Escada, e Mesmo Assim Conquistou a Princesa".

O pinheiro ficou quieto, mergulhado em seus pensamentos. As aves da floresta jamais tinham contado uma história como aquela. "Nunca pensei que essas coisas acontecessem no mundo", cismava, acreditando que tudo aquilo fosse verdade, pois o sujeito que tinha contado a história parecia ser inteiramente digno de confiança. "Quem sabe, um dia eu posso despencar escada abaixo e mesmo assim conquistar uma princesa?"

Sorrindo ante essa ideia, o pinheiro passou a aguardar que chegasse o dia seguinte, imaginando que então seria todo enfeitado com luzes e recheado de presentes outra vez. "Amanhã não tremerei como hoje. Já sei como é a coisa, e tratarei de aproveitar. Espero que aquele homem conte a tal história do Bililiu, que deve ser tão interessante quanto a do João Redondo." E ali ficou ele, silencioso e pensativo, esperando o esplendor do dia seguinte.

Pela manhã, vieram os criados da casa. "É agora que tudo recomeça", pensou o pinheiro. Mas as coisas passaram a ocorrer de maneira diferente. Arrancaram-no do tacho e levaram-no para o sótão, onde o deixaram num corredor escuro, que jamais era batido pela luz do dia. "É, vamos ter novidades...", pensou ele. "O jeito é aguardar."

E ali ficou ele, encostado à parede do corredor, imerso em seus pensamentos. E teve tempo de pensar, porque transcorreram dias e noites sem que pessoa alguma aparecesse por ali. Quando finalmente alguém apareceu, foi apenas para atirar ali perto umas caixas velhas de papelão. A árvore continuou escondida e completamente esquecida.

"Já sei por que isso", pensou. "Estamos no inverno. A terra está dura e coberta de neve. Não há modo de me plantar. Os homens devem estar aguardando a chegada da primavera, para me tirarem daqui. Isso é que é consideração! Pena que aqui é tão escuro e solitário... Não passa nem um coelhinho... Ah, como era bom o inverno na floresta, quando o chão se cobria de neve e os coelhos corriam e saltavam por ali! Eu só não gostava quando um deles resolvia pular por cima de mim. Este silêncio e esta solidão até me dão nos nervos!"

— Quim! Quim! — chiou um camundongo, saindo de um buraco da parede.

— Quim! Quim! — fez outro ainda menor, aparecendo atrás do primeiro.

Os dois farejaram o pinheiro e subiram pelos seus ramos.

— Eta, corredor frio! — disse o camundongo maior. — Mas eu gosto daqui. Que me diz, velho pinheiro?

— Eu não sou velho — protestou o pinheiro. — Há muitas e muitas árvores na floresta bem mais velhas do que eu.

— De onde você veio? — perguntou o camundongo menor.

Antes que o pinheiro respondesse, o outro camundongo já lhe dirigia uma nova pergunta, depois outra, pois esses animaizinhos são extremamente curiosos.

— Que é que você sabe que nós não sabemos? Conte-nos tudo.

— Qual é o lugar mais bonito do mundo? Você já esteve lá?

— Por acaso já esteve na despensa? Ah, que lugar! Nham... nham... é bom demais! Tem cada queijo nas prateleiras! E os presuntos pendurados no teto, hum? Coisa de louco, pinheiro!

— É verdade: que lugar fantástico! A gente brinca de escalar as velas de sebo, faz uma farra e tanto! Lá, quem entra magro sai gordo! Sabe onde é?

— Não, não conheço esse lugar— respondeu o pinheiro. — Mas conheço a floresta, onde o sol brilha e os pássaros gorjeiam.

E pôs-se a descrever seus tempos de juventude. Os camundongos escutaram calados e atentos. Quando a árvore acabou de falar, comentaram:

— Nossa! Quanta coisa você já viu! Como você deve ter vivido feliz nesse lugar!

— Feliz? Hum... — disse o pinheiro, pensativo. — É, foi um tempo bom, aquele.

Em seguida, falou-lhes sobre a noite de Natal e descreveu os enfeites e presentes que lhe haviam posto entre os ramos.

— Oh! — exclamaram os camundongos. — Foi uma noite de glória para você, meu velho!

— Já disse que não sou velho! — protestou novamente o pinheiro. — Acabo de ser colhido na floresta. Estou na flor da juventude. Só parei de crescer porque fui cortado.

— Você conta muito bem suas histórias. Amanhã voltaremos aqui e vamos trazer alguns de nossos amigos.

Na noite seguinte, os dois reapareceram, trazendo consigo quatro companheiros. O pinheiro teve de contar-lhes de novo sua história, sem esquecer o episódio da noite de Natal. Quanto mais falava, mais nitidamente se lembrava de tudo o que lhe acontecera. Quando terminou sua descrição, comentou, mais para si próprio que para os seis camundongos que o escutavam com interesse:

— Sim, que tempo feliz foi aquele! E esse tempo há de voltar. Vejam o que aconteceu com o João Redondo: caiu da escada, espatifou-se todo, e mesmo assim acabou conquistando a princesa.

E lembrou-se daquela graciosa bétula que vira crescer perto dele, na floresta, e à qual havia prestado tão pouca atenção. Só agora via que aquela bétula era uma princesa. Sim, uma princesa, encantadora e elegante. A vozinha fina do pequeno camundongo trouxe-o de volta à realidade do presente:

— Quem é esse tal de João Redondo?

O pinheiro contou-lhes toda a história que havia escutado. Lembrava-se dela inteirinha, tintim por tintim. Os camundongos ficaram tão entusiasmados, que até bateram palmas de contentamento.

Na noite seguinte, novos camundongos vieram, e mais uma vez a história foi contada, para contentamento geral.

Aí, chegou o domingo. À noite, lá apareceram os dois camundongos, trazendo dessa vez outros acompanhantes: duas ratazanas feias e antipáticas. O pinheiro repetiu a história, mas elas não a apreciaram, dizendo que aquilo não passava de uma baboseira muito sem graça. Os dois camundongos ficaram tristes com esse comentário, mas tiveram de concordar, pois já estavam cansados de escutar sempre a mesma narrativa.

— Essa história é muito chata — disse uma das ratazanas. — Sabe outra melhor?

— Infelizmente, não — desculpou-se o pinheiro. — Essa eu escutei na noite mais feliz de minha vida. Pena que eu não sabia disso, naquela ocasião.

— Não sei como se pode gostar de uma história boba dessas — disse a outra ratazana. — Não conhece nenhuma que se passe dentro de uma despensa? Uma que aconteça entre velas de sebo e nacos de toucinho?

— Não — disse a árvore.

— Nesse caso — disseram as ratazanas — não temos nada que conversar.

E foram-se embora, seguidas pelos camundongos. Nenhum deles jamais retornou, deixando o pobre pinheiro de novo triste e solitário.

"Como foi bom quando aqueles animaizinhos espertos se reuniam ao redor de mim, escutando atentamente o que eu lhes contava. Pena que acabou. Mas não devo ficar aqui para sempre. Algum dia, hei de ser feliz novamente. Espero que em breve."

Finalmente, certa manhã, dois empregados subiram até o sótão e começaram a remexer em tudo o que havia por lá. Estavam fazendo uma limpeza. Tiraram as caixas e os trastes velhos, levando-os para baixo. Por fim, arrastaram o pinheiro sem muito cuidado pela escada abaixo, atirando-o no meio do pátio.

"A vida recomeça!", pensou ele, sorvendo o ar fresco e aquecendo-se ao sol. Tudo estava acontecendo tão rapidamente, que ele nem se deu ao trabalho de reparar em si próprio, de tão excitado que estava em contemplar o mundo que o rodeava. Ao redor do pátio havia um jardim, cheio de arbustos e árvores em flor. Uma roseira estendia seus ramos sobre a cerca, ostentando lindas flores que espalhavam um doce perfume no ar. Os botões de tília já começavam a se abrir. Uma andorinha passou voando por perto, e cantou:

— Tuí, tuí! Meu amor chegou!

O pinheiro pensou que ela cantava em sua homenagem. Mas não era.

— Agora eu vou viver! — exclamou alegremente, estendendo os galhos para a frente.

Só então notou que suas folhas em forma de agulhas estavam amarelas e murchas. Ele tinha sido jogado num canto abandonado do quintal, onde cresciam urtigas e ervas daninhas. A estrela dourada ainda estava presa em sua copa, rebrilhando ao sol.

249

Duas crianças brincavam ali por perto. O pinheiro lembrou-se de tê-las visto dançando alegremente ao seu redor, na noite de Natal. Uma delas avistou a estrela e correu em sua direção. Para pegá-la, não se importou de pisar com suas botinas os galhos do pinheiro, fazendo com que vários deles se quebrassem. Por fim, arrancou a estrela, ergueu-a como se fosse um troféu e gritou:

— Veja o que encontrei nesta árvore de Natal velha!

O pinheiro contemplou as plantas viçosas que o rodeavam, e depois olhou para si próprio. Arrependeu-se de ter desejado sair do sótão escuro, pois ali não podia ver como estava murcho e decadente. Lembrou-se de sua juventude na floresta, da gloriosa noite de Natal, dos camundongos que tanto apreciaram a história de João Redondo, quando contou pela primeira vez.

— Oh — gemeu, — tudo acabou! Por que nunca consegui enxergar que era feliz, sempre imaginando que a felicidade ainda estava por vir? Eu podia ter-me divertido tanto! Podia ter curtido a vida! E agora, que me resta? Nada, nada, nada...

Um dos criados veio e picou a árvore, transformando-a em uma pequena pilha de achas de lenha. A cozinheira levou-as para dentro, colocando-as no fogão e atiçando-lhes fogo. As achas arderam instantaneamente, entre rangidos e estalos. As crianças, no pátio, escutaram o barulho e vieram correndo para a beira do fogão, aproveitando os estampidos para brincar de tiroteio.

O crepitar da lenha eram os últimos gemidos do que restava do pinheiro. A cada soluço, ele se lembrava de um dia claro de verão que desfrutara na floresta, ou de uma fria noite de inverno, com o céu recamado de estrelas. Vieram-lhe à mente as recordações daquela gloriosa noite de Natal e da história de João Redondo, a única que um dia escutou, a única que sabia contar. Por fim, dele só restaram cinzas.

As crianças voltaram ao pátio para brincar. O menorzinho espetara na camisa a estrela dourada, fixando-a à altura do peito. Era o último enfeite que havia sobrado daquela que fora a noite mais memorável da vida do pinheiro. Mas isso tinha sido há muito tempo, e em breve a própria estrela dourada já não mais existiria, teria o mesmo fim do pinheiro, teria o mesmo fim desta história, já que todas as histórias — mesmo as mais compridas — inevitavelmente chegam ao seu fim.

A Rainha da Neve
Um Conto de Fadas Dividido em Sete Histórias

1ª história
Que trata de um espelho quebrado e do que
aconteceu aos seus cacos

Vamos começar nossa história. Quando ela terminar, estaremos sabendo mais do que agora sabemos.

Era uma vez um demônio, o mais maligno de todos os demônios, pois era o próprio diabo. Um dia, ele ficou muito satisfeito consigo mesmo, pois acabara de inventar um espelho que possuía o estranho poder de refletir as coisas boas e bonitas como se fossem péssimas e horripilantes, enquanto que as coisas más e feias nele se refletiam como se fossem excelentes e maravilhosas. Um campo ameno e verdejante, por exemplo, visto por este espelho, passava a ter a aparência de um panelão cheio de espinafre cozido; um sujeito que era bom, gentil e honrado, ficava parecendo ridículo e repulsivo. Os corpos eram vistos de cabeça para baixo, sem barriga, e os rostos ficavam tão distorcidos, que nem se podia reconhecê-los. Uma pequena pinta aumentava de tamanho, até cobrir a metade do nariz, ou mesmo toda a bochecha.

— É um espelho muito divertido! — exclamou o diabo.

O que mais o alegrava no seu invento era que, se um pensamento bom e generoso passasse pela mente da pessoa refletida, sua imagem transmitia a impressão de que um sorriso maligno e pavoroso aflorava em sua boca, logo se transformando numa gargalhada debochada e cruel.

Era tal a sua satisfação, que ele deu boas risadas, atraindo a curiosidade de todos os pequenos demônios que frequentavam a Escola Diabólica, da qual ele era o diretor. "É um milagre", comentavam os outros demônios. "Agora podemos ver o verdadeiro aspecto do mundo e dos homens!" E lá se foram eles pelo mundo afora, levando consigo o espelho e fazendo com que nele se refletissem todas as paisagens e todas as pessoas. Por fim, não havia coisa alguma cuja imagem ainda não tivesse sido deformada por aquele espelho terrível.

Cansados de distorcer o que havia no mundo, os demônios resolveram subir ao céu para se divertirem com os anjos, senão mesmo com o próprio Deus. Levando o espelho consigo, lá se foram eles, subindo, subindo cada vez mais. Quanto mais perto do céu iam chegando, mais o espelho refletia suas risadas cruéis, que se foram transformando em gargalhadas horríveis, fazendo-o tremer e sacudir tanto, que eles por fim não conseguiram mais segurá-lo, deixando-o cair de lá de cima. Ao bater no chão, espatifou-se em centenas de milhões de pedacinhos minúsculos. E foi aí que realmente começaram a surgir problemas bem maiores do que antes. Alguns dos fragmentos eram tão pequenos e leves como grãos

251

de areia, de maneira que o vento os espalhou por todo o mundo. Quando um desses grãozinhos entrava no olho de alguém, a pessoa passava a enxergar todas as coisas de maneira distorcida, somente observando os defeitos, nunca as virtudes, daqueles que a rodeavam, já que cada caquinho possuía o mesmo poder maligno do espelho inteiro. E quando o fragmento penetrava no coração de alguém? Aí é que era mesmo terrível! Aquele coração se endurecia, transformava-se em pedra, em pedra de gelo!

Ao lado dos fragmentos minúsculos, havia também os cacos de tamanho médio, e os grandes o suficiente para servirem como vidraças de janelas. Nesse caso, porém, causava grande desencanto observar os amigos através daquelas vidraças. Quanto aos cacos de tamanho médio, muitos foram usados para fazer óculos. Dá para imaginar o que acontecia quando alguém pusesse tais óculos para enxergar melhor e julgar os fatos com isenção e bom senso.

Isso tudo fazia o diabo exultar de satisfação, rindo a mais não poder.

Alguns fragmentos desse espelho ainda estão flutuando por aí, levados pelo vento. Falaremos deles em seguida.

2ª história

Que trata de um menininho e de uma menininha

Numa grande cidade, onde moravam tantas pessoas e havia tantas casas, que nem toda família podia dar-se ao luxo de ter seu próprio jardim, tendo muitas de se satisfazerem com ter em casa vasos de plantas, viviam duas crianças pobres: um menininho e uma menininha. Os dois tinham um jardim, se é que se pode chamar de jardim duas caixas cheias de terra, pouco maiores que dois vasos. Os dois não eram irmãos, mas estimavam-se tanto como se o fossem. Seus pais moravam em dois pequenos barracões tão próximos um do outro, que seus telhados quase se tocavam. Uma calha larga, que coletava a água de chuva que caía dos telhados, ficava logo abaixo das duas janelas do sótão, permitindo que por ali se passasse, quando alguém de uma casa queria visitar a outra.

Cada família colocou uma caixa cheia de terra debaixo daquelas janelas, e ali cultivavam hortaliças. Plantaram também uma roseira em cada caixa. Desse modo, as duas janelas eram ligadas por um pequeno jardim, por onde eles passavam quando queriam ir de uma casa para a outra. Os ramos das ervilhas subiam pelas paredes, emoldurando as janelas, e as duas roseiras entrelaçavam-se uma na outra, formando uma espécie de arco do triunfo verdejante. As caixas eram altas, e as crianças foram advertidas para não subirem nelas; entretanto, era-lhes permitido ficarem sobre a calha, sentadas em seus banquinhos de madeira, conversando à sombra do arco formado pelas roseiras.

No inverno, acabava a brincadeira. As janelas ficavam trancadas, e suas vidraças costumavam cobrir-se de gelo. Nessas ocasiões, as crianças gostavam de aquecer moedas de cobre no fogão e encostá-las na janela, fazendo com que o gelo se derretesse em círculos perfeitos, através dos quais cada uma punha o seu olhinho alegre, entrefitando-se os dois durante longo tempo.

O menino chamava-se Kai, e o nome dela era Gerda. No verão, bastavam alguns passos para que se encontrassem, mas no inverno tinham de subir e descer muitos degraus, e depois atravessarem um pátio coberto de neve. Enquanto os flocos brancos caíam, a velha avó brincava com eles, dizendo que aquilo era um enxame de "abelhas brancas".

— Essas abelhas também têm sua rainha? — perguntava Kai, levando a sério a brincadeira.

— Têm, sim — respondia a avó. — Ela fica voando no meio do enxame. É o maior floco de neve. Apesar de grande, nunca cai no chão, como os outros, mas sobe para a nuvem escura de onde veio. Durante as noites mais frias, a rainha voa através das ruas da cidade e espia pelas janelas. O gelo que se formou nas vidraças fica então todo rendilhado, apresentando o aspecto de flores. Vocês já viram essas flores de gelo?

— Sim, já vimos! — exclamaram as duas crianças, admiradas do tanto que a avó sabia acerca de tudo que lhe perguntavam.

— E a Rainha da Neve pode entrar em nossa casa? — perguntou a menina.

— Tomara que entre — disse Kai. — Quero pô-la na chapa do fogão, para ver se ela derrete.

A avó afagou-lhe os cabelos e contou outra história para os dois.

Aquela noite, quando Kai já se preparava para dormir, resolveu espiar pela janela, antes de ir para a cama. Subindo numa cadeira, olhou através do círculo de gelo derretido que lá estava. Alguns flocos de neve caíam devagar. Um deles ficou pousado na borda de uma das caixas de madeira. Outros foram caindo naquele mesmo lugar, amontoando-se até tomarem a forma de uma mulher. Seu vestido parecia de gaze branca, e era feito de milhões de floquinhos de neve em formato de estrelas. A mulher estava viva, embora fosse feita de gelo alvíssimo, tão brilhante que até ofuscava a vista. Seus olhos cintilavam como estrelas, fitando Kai com uma expressão tristonha e aflita. Ela acenou-lhe com a cabeça e com as mãos. O garoto levou tanto susto que até pulou da cadeira. Nesse momento, a sombra de um grande pássaro passou voando pela janela.

Na manhã seguinte, o chão estava coberto de geada, mas por volta do meio dia o tempo mudou e o degelo começou. Era a volta da primavera, o renascimento das plantas e o retorno das andorinhas. As janelas foram reabertas, e as crianças puderam voltar a sentar-se em seus banquinhos, ao lado das caixas de plantas, de onde podiam contemplar do alto as outras casas da vizinhança.

As rosas floresceram maravilhosamente naquele verão. A garotinha havia aprendido um cântico religioso que falava de rosas, e gostava de cantá-lo, para lembrar-se daquelas que estavam plantadas em seu pequeno jardim. Kai também aprendeu o hino e cantava junto com ela:

> *Entre as rosas do vale banhado de luz*
> *Brinca alegre e feliz o Menino Jesus.*

As duas crianças deram-se as mãos, beijaram as flores e olharam para cima, deixando que o sol iluminasse seus rostos. Como foram agradáveis os dias ensolarados que se seguiram! Que bom ficarem ali sentados sob as roseiras, cujas flores não paravam de desabrochar! Ah, era o melhor verão que os dois já tinham passado!

Uma tarde, Kai e Gerda estavam olhando as figuras de um livro ilustrado com flores e animais. Quando o sino da igreja bateu cinco horas, o menino sentiu uma dorzinha no peito e exclamou:

— Ai! Senti uma fincada no coração!

Logo em seguida, exclamou de novo:

— Ui! Um cisco entrou no meu olho!

Passando o braço sobre o seu ombro, Gerda segurou-lhe a nuca e examinou o olho que ardia, mas nada viu. Mesmo assim, soprou dentro dele para tirar o cisco.

— Acho que saiu — disse Kai.

Enganava-se. Tanto seu coração como seu olho tinham sido atingidos por dois minúsculos fragmentos do espelho do diabo, aquela maldita invenção que dava a aparência de mau e ridículo a tudo que fosse bom e decente, e de grandioso e digno a tudo que fosse infame e errado. Pobre Kai! Logo, seu coração iria tornar-se duro e frio como uma pedra de gelo, e seus olhos nada mais veriam senão defeitos e feiúra. Quanto à dor, esta havia desaparecido.

Imaginando que ele estivesse sofrendo, Gerda pôs-se a chorar.

— Por que está chorando? — perguntou ele. — Você fica horrível quando chora! Não tenho coisa alguma, estou bem. Veja! Aquela rosa ali está sendo roída por um verme. E olhe aquela outra: está toda torta! Como são feias! E esses caixotes, também, são horrorosos!

Dizendo isso, chutou as caixas de plantas e arrancou as duas rosas. Gerda recuou, assustada.

— Que é isso, Kai? Que está fazendo?

Vendo o espanto da menina, ele arrancou outra flor, e em seguida entrou pela janela de sua casa, deixando-a sozinha ali fora.

Mais tarde, quando a viu com o livro de gravuras nas mãos, debochou dela, dizendo que aquilo era para criancinhas de colo. E quando a avó começou a contar-lhes suas histórias, disse que tudo aquilo era mentira. E fez pior: pôs um par de óculos sobre o nariz e começou a imitar a pobre velha! Era uma imitação grosseira, mas muito engraçada, atraindo assistentes e fazendo com que todos rissem a valer.

Satisfeito com o sucesso daquela brincadeira maldosa, passou a arremedar todos os vizinhos, demonstrando grande habilidade em captar e reproduzir as características e os trejeitos de cada um.

Todos que o viam fazendo essas imitações comentavam:

— Puxa! Esse menino é danado!

O que não sabiam era que tudo aquilo não passava de efeito dos fragmentos de espelho que se tinham cravado em seu olho e no seu coração.

Sua vítima predileta era a pobre Gerda, que ele atormentava sem parar — logo ela, que o amava de todo o coração!

Kai perdeu o gosto pelas antigas brincadeiras infantis. Agora só queria participar de brinquedos próprios de meninos mais velhos. Num dia de inverno, quando a neve estava caindo, ele tomou de uma lente e pôs-se a a observar os flocos presos em seu casaco.

— Olhe através da lente, Gerda.

Ela obedeceu, notando que cada floco de neve se assemelhava a uma flor ou a uma estrela de dez pontas.

— Não são maravilhosos? — perguntou. — Cada qual é mais perfeito que o outro. São mais bonitos de se ver que as flores de verdade. São perfeitos, pelo menos até que se derretam.

Pouco depois, apareceu de novo por ali, de casaco, luvas e gorro de lã, carregando nas costas um trenó. Fingindo que ia segredar alguma coisa no ouvido de Gerda, gritou o mais alto que pôde:

— Vou brincar de trenó com os outros meninos, lá na praça!

E lá se foi ele, rindo da maldade que acabara de fazer.

Na praça coberta de neve, a meninada divertia-se com seus trenós. Os mais afoitos amarravam-nos às carroças dos camponeses, sendo desse modo arrastados por um bom

254

pedaço de chão. No meio da brincadeira, surgiu na praça um grande trenó branco, dirigido por uma pessoa toda vestida de branco, da cabeça aos pés. O trenó deu duas voltas completas pela praça. Quando passou perto de Kai pela segunda vez, ele conseguiu amarrar o seu na traseira do outro, passando a ser puxado pelo maior. O trenó branco disparou, saiu da praça e entrou por uma rua. Vendo que sua velocidade aumentava, e receando afastar-se demais de sua casa, Kai tentou soltar seu trenó, mas toda vez que estendia a mão para a corda, o condutor desconhecido voltava-se para ele e o saudava gentilmente, como se já o conhecesse. Isso fazia com que ele desistisse do seu intento.

Lá se foram os dois trenós pelas ruas, até sair da cidade, entrando pelo campo. A neve começou a cair forte, impedindo inteiramente a visão. Aproveitando-se disso, Kai desamarrou a corda que o prendia a outro trenó, mas de nada valeu: o seu continuou sendo puxado do mesmo jeito, como se preso ao outro por fios invisíveis.

Eles agora corriam com a velocidade do vento. Kai começou a gritar desesperadamente, mas ninguém o escutava. A neve não parava de cair, e o pequeno trenó ia tão rápido que parecia voar. De vez em quando, um solavanco indicava que estavam passando por cima de uma cerca, e Kai tinha de segurar-se bem para não ser atirado para fora. Tentou dizer uma oração, mas não conseguiu lembrar-se de uma sequer. Tudo o que lhe vinha à mente era a recitação da tabuada.

Os flocos de neve foram se tornando maiores, até se parecerem com galinhas brancas que os estivessem perseguindo. Por fim, o grande trenó branco parou e seu condutor levantou-se, voltando o rosto para Kai. Só então o menino viu que se tratava de uma mulher, alta e bonita, vestida de neve dos pés à cabeça: era a Rainha da Neve!

— Fizemos uma corrida e tanto — disse ela. — Você parece estar sentindo frio. Venha, agasalhe-se aqui no meu capote de pele.

Kai foi até o outro trenó, sentando-se ao lado da Rainha da Neve. Ela passou o capote em torno de seus ombros, fazendo-o sentir-se como se estivesse afundando num monte de neve.

— Ainda está com frio? — perguntou ela, beijando-lhe a testa.

Seu beijo, mais frio do que o gelo, penetrou-lhe pelo corpo, indo até o coração, que desse modo acabou de se congelar inteiramente. Invadiu-o uma sensação dolorosa de morte iminente, mas que foi passando rapidamente, até desaparecer de todo. Ele então sentiu-se confortável, deixando até mesmo de reparar na frialdade do ar.

— Meu trenó! Não se esqueça do meu trenó! — gritou, enquanto a Rainha da Neve o levava consigo pelo campo de neve.

Uma das galinhas brancas carregou seu pequeno trenó, seguindo atrás deles. A Rainha da Neve beijou-o mais uma vez, e esse beijo fez com que fossem varridas de sua memória as derradeiras recordações que ainda trazia de Gerda, da velha avó e de sua casa.

— Não vou beijá-lo mais, pois meus beijos acabariam por causar-lhe a morte.

Kai fitou o rosto da Rainha da Neve, achando que era o mais lindo e simpático que jamais tinha visto até então. Ela não parecia ser feita de gelo, como ele tivera a impressão, no dia em que a havia avistado através da vidraça da janela. Achava agora que ela era perfeita, e não mais sentia qualquer medo em sua companhia. Contou-lhe que sabia de cor a tabuada, que podia multiplicar e dividir frações, que conhecia a área e a população de todos os países da Europa.

A Rainha da Neve sorriu ao escutá-lo, deixando-o envergonhado do pouco que sabia. Só então notou que estavam voando acima das nuvens, rodeados pela escuridão da noite. A tempestade desencadeava ventos furiosos, que assoviavam suas velhas e eternas canções. Os dois sobrevoavam oceanos, florestas e lagos, contemplando as paisagens que se sucediam abaixo, varridas pelo vendaval. De vez em quando chegavam-lhe os sons dos uivos dos lobos e do crocitar dos corvos. A lua surgiu no céu, e dentro de seu disco enorme e pálido, Kai contemplou a longa noite de inverno.

Quando a luz do dia enfim surgiu, ele dormia tranquilamente aos pés da Rainha da Neve.

3ª história
O jardim da mulher que praticava magia

Que fez Gerda ao ver que Kai não mais voltava para casa? Saiu perguntando a todo mundo aonde ele teria ido, mas ninguém sabia responder. Os meninos que tinham estado com ele na praça apenas puderam informar que o haviam visto em seu pequeno trenó, seguindo a reboque atrás de um outro maior, em direção aos confins da cidade.

Ninguém sabia de seu paradeiro, e a pequena Gerda chorou amargamente. Depois de algum tempo, as pessoas começaram a dizer que ele devia ter morrido, e que provavelmente havia caído e afundado no rio escuro e profundo que corria junto aos muros da cidade. Aquele foi um inverno longo e melancólico.

A primavera custou a chegar, trazendo consigo o calor do sol.

— Kai foi-se embora para sempre! Morreu! — soluçou a menina.

— Hum... acho que não — murmurou um raiozinho de sol.

— Pois eu acho que sim. Que me dizem, andorinhas?

— Nós também achamos que ele não morreu.

Essas palavras reacenderam a esperança da pequena Gerda. "Vou calçar meus sapatos vermelhos", pensou ela, "que Kai ainda não conhece, e seguir até à margem do rio, para indagar de seu paradeiro."

Bem de manhãzinha, antes que a avó despertasse, Gerda beijou-a, calçou seus sapatos novos, caminhou até o fim da cidade e chegou à margem do rio. Olhando para suas águas escuras e profundas, perguntou:

— É verdade que vocês levaram meu amiguinho? Devolvam-no para mim, e lhes darei estes sapatos vermelhos, que estão novinhos.

Pareceu-lhe que as águas ondularam de maneira diferente, como se concordando com sua proposta. Assim, tirou dos pés o par de sapatos vermelhos, de que tanto gostava, atirando-os no rio. Eles caíram não longe da margem, e as ondinhas trouxeram-nos de volta para ela. Era como se o rio não quisesse aceitar o presente, já que não tinha carregado Kai. A pequena Gerda não entendeu assim, achando que era necessário atirá-los mais longe, bem no meio da correnteza. Assim, entrou num bote que estava parado entre os caniços da margem, caminhou até a proa e atirou os sapatos novamente, dessa vez no meio do rio. O bote não estava amarrado, mas apenas com a popa afundada na areia da margem. Com o peso de Gerda, ele se desprendeu e começou a flutuar livremente. Quando ela o percebeu e quis sair, não havia mais jeito — o bote deslizava pelas águas, acompanhando a correnteza.

Pobre Gerda, como ficou assustada! O bote descia cada vez mais rápido. Tudo o que podia fazer era sentar e chorar. Só os pardais escutaram, e eles não tinham como levá-la de volta para a margem. Preocupados com sua situação, foram acompanhando o bote e piando:

— Tô aqui! Tô aqui!

Esperavam com isso levar-lhe pelo menos algum conforto.

O bote seguia rio abaixo, levando para longe a pequena Gerda, calçada apenas com meias. Os sapatos flutuavam logo atrás, sem conseguirem alcançá-la. Lindas paisagens estendiam-se ao longo das duas margens. Viam-se aqui e ali campinas semeadas de flores, pastos verdejantes, vacas e ovelhas. A única coisa que não se via era gente.

"Talvez o rio me leve até onde está Kai", pensou Gerda, tranquilizando-se com essa ideia.

Sentindo-se mais confortada, começou a apreciar as belas paisagens que se sucediam a sua volta. Num dado momento, avistou ao longe um pomar, no qual só havia cerejeiras. No meio dele havia uma estranha casinha com teto de palha, de janelas verdes e azuis. À frente da casa, dois soldados de madeira montavam guarda, apresentando armas a todas as embarcações que desciam o rio. Pensando que estivessem vivos, a pequena Gerda acenou e gritou, mas evidentemente não recebeu resposta. O rio, ali, fazia uma curva, e a correnteza acabou atirando o bote sobre a margem, onde ele parou. Ela começou a gritar, pedindo socorro. Uma velha apareceu na porta da casa. Trazia na cabeça um chapéu de abas largas, lindamente pintado de flores.

— Pobre criança! — exclamou, ao ver Gerda. — Que está fazendo nesse rio, sozinha, tão longe de casa?

A velha caminhou até a margem e puxou o barco com seu cajado, até sentir que ele já estava firme na terra, sem perigo de escapar. Gerda saiu e atirou-se nos seus braços, embora sentisse algum medo daquela velha de aparência tão estranha.

— Quem é você? — perguntou-lhe a velha. — E como se meteu nessa aventura?

Gerda contou-lhe tudo, e a velha escutou calada, fazendo que sim com a cabeça. Gerda perguntou-lhe então se havia visto Kai, e ela disse que não, mas que provavelmente ele mais cedo ou mais tarde deveria passar por ali. Em seguida, consolou a menina, convidando-a a comer algumas cerejas e a conhecer as flores do seu jardim. Eram flores lindas, disse ela; mais bonitas que as dos livros de figuras, e cada uma sabia contar uma linda história. Depois, levando Gerda pela mão, entrou em casa com ela.

As janelas eram muito altas e tinham vidraças coloridas, que deixavam passar a luz do sol, iluminando estranhamente a sala. Sobre a mesa havia uma tigela cheia de deliciosas cerejas, que ela comeu o quanto pôde. Enquanto Gerda matava a fome com as cerejas, a velha penteou-lhe os cabelos com um lindo pente de ouro, arranjando-os em cachos que pendiam graciosamente sobre suas faces coradas.

— Há quanto tempo estou esperando que uma garotinha como você aparecesse por aqui — disse-lhe a velha. — Vamos ser boas amigas, vai ver.

À medida que seus cabelos eram penteados, Gerda ia-se esquecendo cada vez mais o companheiro Kai. A velha entendia de magia e, embora não fosse uma feiticeira malvada, gostava de praticar um pouco, apenas para seu próprio entretenimento. Depois de conhecer Gerda, ficou desejando ardentemente que a menina resolvesse morar com ela. Para conseguir seu objetivo, foi até o jardim e, sem que Gerda visse o que ela fazia, apontou o cajado para as roseiras, que imediatamente perderam todas as suas flores. Seu receio era o de que a menina, vendo as rosas, acabaria por lembrar-se de Kai, desistindo de ficar ali e saindo de novo à procura do amiguinho. Agora que já havia realizado a mágica, não havia nem sinal de rosas naquele jardim.

Só então ela chamou Gerda para mostrar-lhe o jardim. Oh, como era lindo! Havia ali todas as flores que se pudessem imaginar, abertas e viçosas, como se estivessem na estação do ano favorável a cada uma delas. Nem mesmo as flores que aparecem nos livros ilustrados eram tão belas quanto as daquele jardim. Gerda pulou de contentamento, e ficou brincando entre elas até que o sol se pôs por detrás das cerejeiras. Depois desse dia agitado, ela foi deitar. Como era encantadora a cama que a velha lhe arrumou, forrada com um gostoso cobertor acolchoado de vermelho, recheado de pétalas secas de violetas. Ali ela dormiu confortavelmente, tendo sonhos mais agradáveis que os de uma rainha na noite de núpcias.

No dia seguinte, lá foi ela de novo brincar entre as flores, sob os raios tépidos do sol. E assim, foram-se passando os dias. Por fim, Gerda já conhecia cada flor daquele jardim; entretanto, embora fossem tantas e tão diferentes, parecia-lhe que faltava uma. Qual seria?

Certa vez em que conversava com a velha, reparou nas flores pintadas em seu chapelão de abas largas, notando que entre elas havia uma rosa. Ela fizera desaparecer todas as rosas do jardim mas se esquecera daquela. Vejam só que distração...

— Veja! Uma rosa! — exclamou a menina. — É a flor que falta em seu jardim. Por quê?

Ela voltou a examinar todas as flores, constatando que de fato não havia entre elas uma rosa sequer. Sentiu-se extremamente triste, e até chorou, derramando lágrimas sentidas sobre a terra, exatamente num lugar onde antes havia uma roseira. Isso fez com que logo surgisse do chão, crescendo e desabrochando-se em flores maravilhosas, a roseira que a mulher fizera desaparecer. Gerda beijou aquelas flores lindas, lembrando-se imediatamente das rosas que havia em sua casa e de suas brincadeiras com o pequeno Kai.

— Deus do céu, há quanto tempo estou aqui! — lamentou-se. — Tenho de encontrar Kai. Ó rosas lindas, sabem onde ele está? Será que morreu?

— Se ele estivesse morto, nós saberíamos — responderam as rosas. — Estivemos por longo tempo sob a terra, para onde vão os mortos, e ele não estava ali.

— Obrigada, minhas queridas.

Em seguida, saiu perguntando às outras flores se sabiam onde estaria o seu amigo. Felizes por estarem aquecendo-se ao sol, as flores contaram-lhe muitas histórias, mas nenhuma sabia coisa alguma a respeito de Kai.

Vejam, por exemplo, a história que a flor-tigre lhe contou:

— Ouça o som do grande tambor: buum-bum! Buum-bum! São apenas duas batidas, uma longa e uma curta: buum-bum! Escute o canto fúnebre das mulheres, ouça o cantochão dos brâmanes. A viúva do hindu está parada diante da pira funerária, vestida com uma longa túnica vermelha. Em breve, as chamas haverão de devorar o corpo do marido e o seu próprio. Ela pensa em alguém que está ali perto, entre aqueles que lamentam a morte de seu marido. Seus olhos ardem mais fortemente que as chamas que já lambem seus pés, e os olhos desse alguém fazem o seu coração incendiar-se, mais do que o fariam as chamas que estão prestes a reduzir seu corpo a cinzas. Pode o fogo da pira funerária extinguir a chama que arde no coração?

— Que história esquisita! Não entendi nada! — estranhou Gerda.

— Que posso fazer? É a história que eu sei — desculpou-se a flor-tigre.

Gerda voltou-se então para a madressilva e repetiu-lhe a pergunta. Eis o que a flor respondeu:

— Lá no alto, onde termina a trilha da montanha, o velho castelo debruça-se sobre a encosta alcantilada. Suas antigas muralhas são cobertas pela hera verde, e os ramos de

258

videira estendem-se sobre a sacada, onde se encontra uma bela jovem. Nem os botões de rosa têm mais frescor, nem a flor da macieira, carregada pelo vento, consegue ser mais leve ou dançar mais delicadamente que ela. Escute o farfalhar de seu vestido de seda. Será que ele vem?

— Ele, quem? — atalhou Gerda. — Está falando de Kai?

— Estou apenas contando minha história, meu sonho — respondeu a madressilva.

Depois foi a vez da margarida:

— Entre duas árvores, oscila uma gangorra. Duas meninas delicadas, usando vestidos brancos como a neve, e de cujos chapéus pendem fitas verdes, balançam-se preguiçosamente, para a frente e para trás. Seu irmão mais velho está de pé na gangorra, segurando-se às cordas para não cair. Numa das mãos ele traz uma tigela, e na outra um canudo. Está brincando de soprar bolhas de sabão. Enquanto a gangorra vai e vem, as bolhas se espalham pelo ar, mudando de cor o tempo todo. Sai por fim a última bolha, e o vento a carrega consigo. Um cãozinho preto ergue-se sobre as patas traseiras, tentando pegar a bolha; não consegue; late para ela, que logo se desfaz. Eis o meu conto: um balanço e um mundo de espuma borbulhante.

— Seu conto pode ser bonito — comentou Gerda, — mas tem um quê tristonho; além disso, não há nele a menor menção a Kai... Acho que vou conversar com o jacinto.

— Era uma vez três lindas irmãs — começou o jacinto, — tão suaves e delicadas, que eram quase transparentes. A primeira vestia-se de vermelho; a segunda, de azul; a terceira, de branco. Dando-se as mãos, as três dançavam à beira do lago. Não eram fadas, eram três crianças de verdade. Uma doce fragrância chegou-lhes da floresta, e elas se dirigiram para lá. O perfume tornou-se mais doce e mais intenso. Eis que surgem três esquifes, tendo dentro as três belas irmãs. Deslizaram para o lago e flutuaram, rodeados por vagalumes, que piscavam como pequenas lanternas aladas. Que aconteceu com as jovens bailarinas? Estão mortas, ou apenas adormecidas? O perfume das flores diz que elas morreram, e os sinos tangem o dobre de finados.

— Ah, como você me fez ficar triste! — disse a pequena Gerda. — E o perfume de suas flores é tão forte, que não me deixa esquecer as pobres menininhas mortas. Será que Kai também está morto? As rosas estiveram no fundo da terra e me disseram que ele não morreu.

As flores em forma de sino dos jacintos bimbalharam:

— Blim, blão! Não estamos tocando para Kai. Não o conhecemos. Estamos apenas cantando a única cantiga que sabemos.

Gerda aproximou-se de um botão-de-ouro, que se destacava, amarelo, entre folhas verdes.

— Diga-me, pequenino sol: sabe onde está meu companheiro?

O botão-de-ouro voltou para ela sua face radiante, mas também tinha sua própria canção, e ela não falava de Kai.

Num pátio pequeno e estreito — começou o botão-de-ouro — brilhava o sol do Senhor: era o primeiro dia da primavera. Os raios de sol faziam rebrilhar o muro caiado da casa vizinha, junto ao qual se via uma pequenina flor amarela, a primeira que desabrochou. Seu colorido acentuava-se à luz do sol, tornando-se dourado. A velha avó trouxe sua cadeira para fora, a fim de se esquentar. Chegou ali para visitá-la uma jovem criada — era sua neta. Ao ver a avó no pátio, beijou-a. Havia ouro no seu beijo, o ouro do coração. Ouro na boca, ouro no chão, ouro nos tépidos e alegres raios de sol. Esta é a minha pequena história.

— Oh, minha pobre vovozinha! — suspirou a pequena Gerda. — Deve estar sentindo saudades de mim, na maior aflição, como ficou quando Kai desapareceu. Mas hei de voltar para casa em breve, levando-o comigo para lá. É perda de tempo indagar das flores seu paradeiro, pois cada qual só sabe ficar contando sua própria história.

Para poder correr mais depressa, prendeu a barra de sua saia comprida na cintura e pôs-se a caminho. Quando passou pelos narcisos, um deles roçou-lhe a perna delicadamente, e ela parou para fazer mais uma tentativa de encontrar o companheiro.

— Sabe de alguma coisa, narciso? — perguntou, inclinando-se para a flor.

— Só vejo a mim mesmo! Só vejo a mim mesmo! — disse o narciso. — No sótão daquela casinha vive a bailarina. Parada na ponta de um dos pés, ela estende a outra perna, desferindo um pontapé no mundo, que não passa de uma miragem. Inclinando a chaleira, derrama um pouco de água numa pequena peça de roupa: é o seu corpete, que ela está lavando. A limpeza é vizinha da pureza. Pende da parede seu saiote branco, que também foi lavado com água da chaleira e depois estendido no telhado para secar. Agora ela o veste, e amarra no pescoço um lenço amarelo, cor de açafrão. O contraste do lenço faz o saiote parecer ainda mais branco. Ergue a perna bem alto e dobra o corpo bem devagar. Só vejo a mim mesmo! Só vejo a mim mesmo!

— Pois eu não quero vê-lo, e nem me interessa escutá-lo — zangou-se Gerda. — Que história mais boba!

Prosseguiu seu caminho, correndo até a outra extremidade do jardim. O portão estava fechado. Ela sacudiu a tranca enferrujada, até que ele se abriu. Gerda saiu dali e se pôs a caminhar descalça pelo vasto mundo afora. Três vezes olhou para trás, mas ninguém parecia ter notado sua fuga.

Por fim, cansada de tanto caminhar, sentou-se sobre uma pedra. Olhando ao seu redor, viu que o verão já havia acabado, e que o outono já caminhava para o fim. No jardim da velha, não se notava a mudança das estações, pois ali reinava o eterno verão e vicejavam as flores de todas as épocas do ano.

— Misericórdia! Quanto tempo perdi! — lamentou-se. — Já estamos no outono! Não posso me dar ao luxo de descansar.

Dizendo isso, levantou-se e seguiu em frente. Seus pés doíam e ela se sentia fatigada. As folhas do salgueiro haviam amarelecido, e muitas já tinham caído no chão. Gotas frias de orvalho desprendiam-se delas uma a uma, sem pressa. Só se viam frutos nos abrunheiros, mas estavam muito amargos. Oh, como o mundo parecia triste e sombrio...

4ª história
Na qual aparecem um príncipe e uma princesa

Muitas e muitas vezes teve Gerda de parar para descansar. O chão agora estava recoberto de neve. Um corvo pousou ali perto e ficou olhando para ela durante longo tempo. De vez em quando, torcia a cabeça e dizia:

— Cró... Cró...

Isso, na linguagem dos corvos, queria dizer: "Bom dia!"

Era um corvo gentil. Quando a menina por fim lhe deu atenção, ele perguntou por que ela estava ali sozinha, naquele lugar frio e desolado. Gerda não entendeu direito o que ele estava tentando perguntar, apenas compreendeu a palavra "sozinha", pois esta ela conhecia

260

muito bem. Assim, contou ao corvo sua história e indagou dele se havia visto Kai. Com ar pensativo, a ave meneou a cabeça e respondeu:

— Talvez... Talvez...

— Oh, ele está vivo! — exclamou a pequena Gerda, quase esmagando o corvo, de tanto abraçá-lo e beijá-lo.

— Devagar! Devagar! — reclamou o corvo. — Pode ser que eu o tenha visto; entretanto, se era ele mesmo, então receio que não mais se lembre de você, pois ele agora só pensa na princesa.

— Ele vive com uma princesa? — estranhou a menina.

— Sim, senhora — respondeu o corvo. — Eu prefiro falar em língua de corvo. Será que você entende?

— Não, não cheguei a aprender. Minha avó sabe. Pena que ela não me ensinou.

— Já que é assim, vamos em frente — suspirou o corvo. — Vou contar-lhe tudo o que sei, da melhor maneira que puder, coisa que os humanos não gostam muito de fazer.

E o corvo contou sua história, que era assim:

Neste reino em que estamos vive uma princesa inteligentíssima. Ela lê todos os jornais editados no mundo, e esquece depressa tudo o que leu, o que prova o quanto ela é inteligente. Não faz muito tempo, estava ela sentada em seu trono — assento no qual ninguém descansa, conforme afirma o povo — e começou a cantarolar uma cantiga que tinha o seguinte refrão: "Por que, então, não casar?"

"É verdade", pensou a princesa, "por que não? Mas eu só gostaria de casar com um homem que soubesse o que diz, um sujeito de personalidade forte". Ela não queria alguém que só se preocupasse com a aparência, pois esse tipo de pessoa é muito maçante. Com essa ideia na cabeça, chamou suas damas de companhia e perguntou-lhes o que pensavam daquilo. Todas aprovaram seu intento sem restrições. Uma delas comentou:

— É uma ideia maravilhosa! Eu mesma pensei nisso outro dia...

Pode estar certa, menina, de que tudo isso é verdade. Quem me contou foi minha noiva, que é domesticada e vive lá no castelo. (A noiva dele, como vocês devem ter imaginado, era um corvo-fêmea, pois as aves não gostam de namorar quem não seja de sua própria espécie).

No dia seguinte, saiu nos jornais uma proclamação real, tomando toda a primeira página. Emoldurada por corações entrelaçados, e tendo em letras maiúsculas o nome da princesa, trazia o seguinte aviso: "Todo rapaz bem-apessoado, independente de berço, que queira casar-se com a princesa, pode dirigir-se ao palácio e marcar entrevista com ela. O que se mostrar mais desembaraçado e falar melhor, será o escolhido".

Você precisava ver a quantidade de gente que daí a pouco fazia fila diante dos portões do castelo! Nunca se viu tanto rapaz junto! Chegavam de todo lado, correndo esbaforidos. Um a um, foram entrando e se apresentando. Passou o primeiro dia, passou o segundo, e nada de aparecer um que agradasse à princesa. Todos eles, enquanto estavam na rua, conversavam muito bem; tão logo transpunham os portões do castelo e deparavam com a guarda real em seu uniforme prateado, ficavam como quem perdeu a língua. À medida que subiam as escadarias de mármore e cruzavam com lacaios vestidos com librés douradas, mais desapontados se sentiam. Quando por fim entravam no grande salão, passavam por baixo daqueles lustres caríssimos e se detinham diante do trono onde estava a princesa, aí é que perdiam de vez o resto de sua autoconfiança, ficando feito bobos, sem saberem o que dizer, quando muito

261

repetindo as últimas palavras que ela lhes dirigia. Era como se tivessem engolido uma barrica de rapé e ficado estuporados. A princesa despachava-os, aborrecida; tão logo chegavam de novo às ruas, recuperavam a fala e não paravam mais de conversar.

A fila dos pretendentes era tão comprida, que ia dos portões do castelo até além da porta da cidade. Sei disso, porque eu mesmo voei até lá e pude verificar. Quase todos os rapazes passavam fome e sede, mas a princesa não lhes mandava oferecer sequer um copo de água morna. Os mais espertos tinham trazido sanduíches, e faziam questão de não oferecê-los aos vizinhos, para que a fome os fizesse saírem-se mal na entrevista.

— E Kai? Que me diz dele? — interrompeu Gerda. — Também estava esperando lá na fila?

— Tenha paciência. Daqui a pouco ele entra na história. No terceiro dia, apareceu na cidade um baixinho. Chegou ali sem carruagem ou cavalo, e sim a pé, encaminhando-se diretamente ao castelo. Trajava-se modestamente, mas tinha os olhos vivos e brilhantes como os seus, além de uma linda e basta cabeleira.

— É o Kai! — gritou Gerda, batendo palmas de contentamento.

— Trazia às costas uma pequena mochila — prosseguiu o corvo.

— Não era mochila — protestou Gerda, — era o seu trenó.

— Trenó ou mochila, tanto faz; não parei para examinar. O resto, quem me contou foi minha noiva: quando ele entrou no castelo e deparou com os guardas e lacaios, não se amedrontou nem um pouco. Saudou-os com uma inclinação de cabeça e comentou: "Deve ser bem aborrecido passar a vida parado nesta escadaria. Lá dentro deve ser melhor. E é para lá que eu vou".

O salão principal, cheio de candelabros e lustres acesos, de criados carregando bandejas de ouro, de nobres trajando roupas luxuosas, era suntuoso o bastante para intimidar até os mais corajosos; além disso, as botinas do rapazinho rangiam a cada passo que ele dava — pois acha que ele ficou acanhado? Nem um pouco!

— Só pode ser o Kai — comentou Gerda. — Suas botinas eram novas, e eu mesma escutei o rangido delas.

— E as dele rangiam para valer! — assentiu o corvo. — Mas ele caminhou direto para onde a princesa o aguardava, sentada numa pérola do tamanho de uma roda de roca de fiar. Atrás dela estavam as damas de companhia com suas criadas e as criadas das criadas, e todos os fidalgos da corte, com seus valetes e os criados dos valetes, cada qual, por sua vez, tendo atrás de si um menino, que era o aprendiz de criado de valete. O mais modesto desses meninos, que era o aprendiz do criado do porteiro, sempre usava chinelos felpudos e tinha um ar tão arrogante que nenhuma pessoa que ali entrava se atrevia a encará-lo de frente.

— Deve ter sido terrível! — disse Gerda, meneando a cabeça. — Seja como for, Kai desposou a princesa?

— Se eu não fosse um corvo, quem ia casar-se com ela era eu, e olhe que eu sou noivo! Pois bem: minha noiva me disse que ele falava tão desembaraçadamente quanto eu, quando estou falando em língua de corvo. Ele disse à princesa que não tinha vindo ali propor-lhe casamento, mas apenas para tirar a limpo se ela era de fato inteligente como se dizia. Conversaram, e ele ficou satisfeito ao ver que ela merecia a fama que tinha, enquanto que também a princesa gostou muito dele.

— Não tenho mais dúvidas: era o Kai mesmo! Ele é danado de inteligente! Sabe até multiplicar e dividir frações. Será que você pode me levar até ao castelo?

262

— Prometer é fácil, fazer é que são elas... — disse o corvo, olhando pensativo para Gerda. — Vou consultar minha noiva; talvez ela encontre um modo de entrarmos lá. Mas não será nada fácil conseguir permissão de entrada para uma garotinha como você...

— Mas eu hei de entrar lá — retrucou Gerda. — Basta que Kai saiba que estou aqui, para que ele próprio venha buscar-me.

— Espere aqui junto desta pedra — ordenou o corvo.

Em seguida, torceu a cabeça e saiu voando. Quando voltou, já era de noite.

— Cró! Cró! — fez ele, pousando na pedra. — Minha noiva envia lembranças, e também este pedaço de pão, que ela pegou na cozinha. Ali o que não falta é pão, e você deve estar com fome. Quanto a entrar no castelo, é impossível. Você está descalça, e os guardas não permitem que se entre ali sem que se esteja calçado. Mas não chore, que vamos dar um jeito. Minha noiva sabe onde se guarda a chave da porta dos fundos. Dali, subindo-se por uma escada, chega-se diretamente ao quarto de dormir da princesa.

Entraram os dois no jardim real e ficaram esperando que as luzes do castelo fossem apagadas. Quando a última se apagou, o corvo guiou-a até uma portinha nos fundos, que estava entreaberta. O coraçãozinho de Gerda batia forte, de medo e ansiedade. Sentia como se estivesse prestes a cometer uma ação errada, embora tudo o que quisesse fosse apenas verificar se era mesmo Kai quem estava ali com a princesa. E ela quase não tinha dúvidas quanto a isso.

Na imaginação, até enxergava seus olhos vivos e inteligentes, sua cabeleira basta, o sorriso que lhe aflorava aos lábios quando eles se sentavam debaixo das roseiras, lá onde moravam. Ele ficaria feliz quando a visse, e ela lhe contaria a longa jornada que empreendera por sua causa. Falaria também da aflição que todos sentiram quando ele desapareceu. Um misto de alegria e preocupação tomava conta da pequena Gerda.

Chegaram à escada. Dentro de um nicho ardia uma pequena lâmpada. No último lance da escada, a noiva do corvo, balançando a cabeça, fitou-a com curiosidade. Gerda cumprimentou-a inclinando o corpo, do modo como sua avó lhe havia ensinado a fazer.

— Meu noivo contou-me coisas lindas a seu respeito. Achei sua história muito comovente. Pegue aquela lâmpada e siga-me. Vou mostrar-lhe o caminho.

— Acho que alguém se aproxima — sussurrou Gerda, escutando alguma coisa que zunia ali perto.

Sombras estranhas deslizavam sobre as paredes. Eram cavalos com crinas esvoaçantes, cães, falcões, cervos e caçadores.

— Não ligue, são apenas sonhos — tranquilizou-a a ave.— Vieram para alegrar o sono dos nobres. Para nós, é uma sorte, pois assim poderemos contemplá-los enquanto estão dormindo. Lembre-se: se você alcançar honrarias e posições, não deixe de demonstrar sua gratidão para com aqueles que a ajudaram nesta oportunidade.

— Não precisa dizer isso — repreendeu o outro corvo.

Entraram no primeiro salão. As paredes eram revestidas de cetim cor de rosa e decoradas com flores artificiais. As sombras dos sonhos reapareceram, mas deslizaram tão rapidamente pelas paredes, que Gerda não conseguiu divisar se um daqueles cavaleiros seria Kai.

Atravessaram outros salões, cada qual mais magnífico que o anterior. Por fim, chegaram ao quarto de dormir. O teto parecia a copa de uma palmeira, com folhas de vidro. Do meio, pendiam oito cordas douradas, que sustentavam dois lindos leitos, nos quais dormia o casal real. Os leitos tinham o formato de lírios. No branco, dormia a princesa; no vermelho, o rapaz que conquistara seu coração. Gerda chegou perto deste último, espiou e enxergou uma basta cabeleira castanha, saindo de debaixo das cobertas.

263

— É Kai! — gritou, não conseguindo conter seu entusiasmo.

Os sonhos saíram do quarto rápidos como o vento, e o rapazinho acordou.

Não era Kai!

Seus cabelos, de fato, lembravam os de Kai, mas sua fisionomia era bem diferente, embora ele também fosse bonito e simpático. De seu leito branco em forma de lírio, a princesa ergueu a cabeça e perguntou que confusão era aquela. A pobre Gerda começou a chorar, contando entre soluços toda a sua história, sem se esquecer de mencionar a ajuda que o casal de corvos lhe havia prestado.

— Coitadinha! — disseram o príncipe e a princesa.

Em seguida, voltando-se para os corvos, não os repreenderam, mas antes elogiaram sua atitude, embora ordenando que nunca mais repetissem aquilo. Pelo que acabavam de fazer, mereciam ser recompensados.

— Que prêmio preferem: a liberdade de voar para onde bem entenderem, ou o título de Casal de Corvos Reais, com o direito de comerem todas as sobras da cozinha? — perguntou a princesa.

Os dois corvos curvaram-se reverentemente e optaram pela segunda proposta. Afinal de contas, era preciso pensar no futuro.

— Antes seguros onde se come, que livres passando fome — justificaram.

O príncipe levantou-se e cedeu seu leito para Gerda. No momento, era o que ele podia fazer. Ela juntou as mãozinhas e pensou: "Como são bondosos os animais e os seres humanos!" Em seguida, fechou os olhos e dormiu. Os sonhos retornaram, agora sob a forma de anjinhos. Um deles vinha puxando um trenó, dentro do qual estava Kai, que lhe fez um aceno. Pena que era apenas um sonho, e que se tenha ido embora no instante em que ela despertou.

Pela manhã, Gerda foi vestida de veludo e seda da cabeça aos pés. O príncipe e a princesa convidaram-na a morar ali com eles, mas ela agradeceu, pedindo apenas que lhe cedessem uma carroça, um cavalo e um par de botas, pois queria continuar sua viagem pelo vasto mundo, à procura de Kai.

Deram-lhe não só um par de botas novas, como também um par de luvas e grossos agasalhos. Quando ela já se preparava para sair, uma linda carruagem dourada parou à frente do castelo, tendo na porta o brasão da princesa. Ao lado da carruagem, que era toda de ouro finíssimo, aguardavam o cocheiro, um criado e dois soldados. O casalzinho real ajudou-a a subir, desejando-lhe boa sorte. Seu amigo corvo acompanhou-a durante as primeiras duas milhas, sentando-se ao seu lado, pois não suportava viajar sentado de costas. Sua noiva não pôde acompanhá-los, pois vivia com dor de cabeça, desde que fora promovida à sua nova posição. Além disso, estava empanzinada, de tanto que havia comido. Da porta do castelo, acenou-lhes com as asas.

O chão da carruagem estava forrado de doces, e uma cesta cheia de frutas fora posta no banco defronte ao de Gerda.

— Adeus! Adeus! — gritaram ao longe o príncipe e a princesa.

Gerda chorou, pois tinha gostado muito dos dois. Daí a pouco, também o corvo se despediu, e sua tristeza ainda mais aumentou. Ele voou, pousou no alto de uma árvore e ficou acenando com suas asas negras, até que não mais enxergou a carruagem, que faiscava como se fosse feita de raios de sol.

5ª história
Que trata de uma pequena ladra

Através de uma densa e escura floresta seguia a carruagem, brilhando como se estivesse em chamas, o que logo atraiu os olhares de um bando de salteadores.

— Ouro! Ouro! — gritaram eles, saindo de seu esconderijo.

Num instante detiveram os cavalos e mataram o cocheiro, o criado e os soldados. Quanto a Gerda, ordenaram que saísse da carruagem.

— Vejam só que menina bonita! — disse uma velha do bando, olhando-a de cima abaixo. — E como está gordinha! Deve estar sendo alimentada com nozes.

A velha ladra era horrorosa: tinha pelos no queixo, e sua sobrancelha era tão espessa que quase lhe tapava os olhos. Arrancando do cinto uma faca longa e afiada, caminhou em direção à menina, ameaçando:

— Você parece ser tão apetitosa quanto um cordeirinho!

De repente, fazendo uma cara de dor, a megera parou, soltando a faca e levando a mão à orelha.

— Aaai! — gritou. — Por que me mordeu?

A pergunta era feita à filhinha que ela carregava nas costas, e que acabava de lhe cravar os dentes na orelha direita, com toda a força. Era uma menininha bruta e mal-educada que só vendo! Notando que a velha se abaixava para pegar a faca de novo, deu-lhe uma mordida na outra orelha, seguida de um outro "aaai!", ainda mais alto que o primeiro.

— Quero essa menina para mim! — gritou a filha da salteadora. — Quero brincar com ela! Vou ficar com as roupas dela, com as luvas e com tudo o mais. Ela vai dormir comigo na minha caminha.

E tornou a morder a mãe com toda força, fazendo-a pular de dor. Os outros salteadores riram a valer, comentando entre si:

— A diabinha está ensinando a mãe a dançar!

— Quero viajar na carruagem! — gritou a pequena ladra.

Antes que ela lhe aplicasse outra mordida, a velha colocou-a junto com Gerda no assento da carruagem, e um dos ladrões tomou o lugar do cocheiro, levando-as através de uma trilha que se embrenhava na floresta.

A pequena ladra era da mesma idade e do mesmo tamanho de Gerda, porém muito mais forte e de pele tostada pelo sol. Seus olhos, muito escuros, pareciam tristes. Passando o braço sobre os ombros de Gerda, ela disse:

— Não deixarei que eles a matem, a não ser que você me aborreça. Você é uma princesa, não é?

— Não — respondeu Gerda, contando-lhe toda a sua história e revelando o amor que sentia por Kai.

A pequena ladra encarou-a com fisionomia séria, meneou a cabeça e disse:

— Agora não vou deixar que a matem, mesmo que você me aborreça. Se isso acontecer, sou eu quem irá matá-la.

Com as luvas que agora estava usando, secou os olhos de Gerda.

Por fim a carruagem parou. Tinham chegado ao esconderijo dos salteadores, um velho castelo abandonado, de muros rachados e janelas quebradas. Gralhas e corvos entravam e saíam dos buracos existentes nas muralhas. Cães de aspecto selvagem erravam pelo pátio.

265

Eram tão ferozes, que provavelmente até apreciariam se tivessem a oportunidade de devorar um ser humano. Ao verem os donos que regressavam, abanaram as caudas e deram pulos no ar, mas nenhum latiu, pois isso era absolutamente proibido ali naquele esconderijo.

No meio do grande salão ardia uma fogueira. Os caibros do teto estavam enegrecidos pela fumaça, que subia sem parar, não se sabendo como que ela saía dali — provavelmente pelas frinchas e gretas das paredes. Sobre o fogo estava um grande caldeirão cheio de sopa, além de vários espetos, nos quais se assavam lebres e coelhos.

— Daqui a pouco você vai dormir comigo e com meus animais de estimação — disse a pequena ladra, levando Gerda até um dos cantos do salão, onde havia montes de palha e algumas cobertas.

Em cima, empoleiradas, estavam cerca de cem pombas, dormindo tranquilamente. Uma ou duas abriram os olhos e voltaram as cabeças, ao verem chegar as duas meninas.

— São todas minhas — disse a pequena ladra, segurando uma das pombas pelas pernas.

A ave debateu-se, aflita, mas ela a subjugou e, encostando seu bico na face de Gerda, ordenou:

— Dê um beijinho nela!

Depois, apontando para um buraco na parede, cercado por tábuas, explicou:

— Naquela gaiola estão duas pombas silvestres. Elas bem que gostariam de voltar para a mata, mas não podem.

Depois, segurando pelos chifres uma rena que estava amarrada ali perto, deu-lhe um forte puxão, dizendo ao assustado animal:

— Vem cá, meu namorado! Deixa de timidez! Esse aí também tem de ficar preso — dirigiu-se a Gerda, — senão dá o fora. Toda noite eu faço cócegas no pescoço dele, com minha faca afiada. Ele morre de medo!

Dizendo isso, tirou de uma fenda na parede uma faca, encostando sua ponta no pescoço da pobre rena, que recuou apavorada. A menina riu, satisfeita, soltando-a em seguida e puxando Gerda para a cama.

— Você dorme com essa faca por perto? — perguntou Gerda, assustada.

— Claro! Nunca se sabe o que pode acontecer. Conte-me de novo a história do pequeno Kai e de como você saiu pelo mundo atrás dele.

Gerda repetiu toda a história, enquanto as pombas silvestres arrulhavam e as outras dormiam nos poleiros. A pequena ladra passou um dos braços em torno de Gerda e, sem largar a faca que empunhava com a outra mão, logo adormeceu.

Pobre Gerda, não conseguiu pregar o olho. A seu lado, a pequena ladra roncava como um adulto; dentro de seu coração, o receio de ser assassinada deixava-a angustiada e ofegante; perto dali, junto à fogueira, os salteadores bebiam, cantavam e davam gargalhadas estrondosas. Algum tempo depois, a mãe da pequena ladra ficou tão embriagada, que começou a dar cambalhotas pelo chão. Para uma menininha suave e delicada como era ela, que cena terrível de se assistir!

A certa altura, um dos pombos silvestres arrulhou:

— Rrru! Rrru! Nós vimos o pequeno Kai. Uma galinha branca estava carregando seu trenó, enquanto ele seguia junto com a Rainha da Neve para o interior da floresta. Tínhamos acabado de romper as cascas de nossos ovos, quando ela passou voando e soprou em cima de nós. Os filhotes que estavam dentro dos ovos morreram instantaneamente. Só nós dois conseguimos sobreviver. Rrru! Rrru!

266

— Quê? — assustou-se Gerda. — Têm certeza? Sabem para onde estava indo a Rainha da Neve?

— Provavelmente seguia em direção da Lapônia, onde sempre há neve e gelo. Quem talvez saiba responder é essa rena que está amarrada aí perto.

—Ah, a Lapônia... — suspirou a rena. — Que lugar abençoado... Tem neve e gelo por todo lado... A gente ali pode pular e correr à vontade! Não há cercas, nem muros... A Rainha da Neve tem uma casa de verão lá, mas seu castelo fica bem mais ao Norte, nas proximidades do Polo, numa ilha chamada Spitzberg.

— Pobre Kai! — murmurou Gerda.

— Fique quieta! — resmungou a pequena ladra. — Quer que lhe enfie a faca na barriga?

Pela manhã, Gerda contou-lhe o que os pombos silvestres lhe haviam dito. A pequena ladra escutou atentamente, meneou a cabeça e disse:

— Então é ele mesmo.

Depois, voltando-se para a rena, perguntou-lhe se sabia onde era a Lapônia.

— Quem poderia saber melhor do que eu? — suspirou o pobre animal. — Foi lá que nasci e me criei, correndo através das extensas planícies de neve...

Os olhos da rena brilharam com a lembrança daqueles tempos felizes.

— Ouça — segredou a pequena ladra para Gerda, — todos os homens saíram. Só Mamãe está aqui, e ela não pretende sair. Mas daqui a pouco ela vai tomar um gole da bebida que está naquele garrafão, e depois vai tirar um cochilo. Nessa hora, conte comigo.

Ela pulou da cama, correu para a mãe, abraçou-a, puxou-lhe os pelos do queixo e brincou:

— Olha a barbicha do bode! Do meu bode bonitinho! Bom dia, bodinho!

A mãe fez-lhe um carinho, beliscando-lhe o nariz até deixá-lo vermelho e azulado, mas tudo com o maior amor. Pouco depois, foi até ao garrafão, tomou uma boa talagada e se deitou para a soneca da manhã. Então, a filha voltou-se para a rena e disse:

— Eu gostaria de pinicar seu pescoço com a ponta de minha faca ainda por muitos dias, pois você fica tão engraçado quando eu faço isso... Mas vou deixar para lá. Vou soltá-lo para que você possa regressar à Lapônia, com a condição de que leve esta garota ao palácio da Rainha da Neve, onde está o companheiro dela. Sei que ouviu tudo o que ela me contou, sua abelhuda!

A rena deu pinotes de alegria. A pequena ladra ajudou Gerda a montar, amarrando-a às costas do animal para não cair, e até lhe deu uma almofada para ficar mais confortável.

— Tome de volta suas botas; não me fazem falta, mas farão para você, porque a Lapônia é muito fria. Quanto às luvas, ficam comigo, pois são lindas e macias. Para que não sinta frio nos braços, leve essas meias-luvas de minha mãe: cobrem seus braços até o cotovelo. Vamos, calce-as; quero ver como ficam em você. Isso! Agora suas mãos parecem tão feias quanto as de minha mãe.

Gerda chorou de alívio e alegria.

— Lá vem você com suas lágrimas! Não gosto disso — repreendeu a pequena ladra. — Mostre-se alegre, vamos. E tome aqui dois pães e um presunto, para o caso de sentir fome no caminho.

Depois de prender essa pequena bagagem nas costas da rena, abriu a porta, prendeu os cachorros, cortou a corda que prendia o animal e deu-lhe um tapa nas ancas, recomendando:

— Vai embora, bicho feio! Cuida bem da garota, hein? Vê lá...

Gerda ergueu o braço coberto com a meia-luva e acenou adeus. A rena partiu em disparada, através da floresta. Ao longe ecoavam os uivos dos lobos e o crocitar dos corvos. Subitamente, o céu encheu-se de reflexos coloridos.

— Olhe! — disse a rena. — São as luzes da aurora boreal! Veja como brilham!

E lá se foram, correndo para o Norte, quase sem parar, durante dias e noites. Quando comeram o último naco de pão e o último pedaço de presunto, tinham chegado à Lapônia.

6ª história
A mulher lapônia e a mulher finesa

Pararam diante de uma pequena e pobre choupana, cujo telhado descia até o chão. Nela havia uma porta tão baixa, que era preciso engatinhar para entrar ou sair. A única pessoa que estava ali era uma velha lapônia, fritando peixes sobre a chama de um pequeno fogareiro de azeite. A rena contou-lhe a história de Gerda; antes, porém, fez questão de contar a sua própria, que achava bem mais interessante. A pobre Gerda sentia tanto frio que nem conseguia falar.

— Ah, pobres criaturas — disse a lapônia, — vocês ainda têm de caminhar muito... Ainda faltam mais de cem milhas até o lugar onde a Rainha da Neve armou sua barraca. Sua diversão é queimar fogos de artifício todas as noites. Vou escrever uma carta de apresentação dirigida a uma mulher finesa que mora lá perto. Ela sabe mais do que eu acerca dessas coisas, e certamente haverá de ajudá-las. Como não tenho papel, vou escrever nesta posta de bacalhau seco.

Depois de se assegurar que Gerda já estava reanimada e alimentada, a mulher escreveu umas palavras numa lasca de bacalhau seco e recomendou-lhe que não perdesse aquela carta de apresentação. Gerda amarrou o pedaço de peixe nas costas da rena, que de novo partiu a galope.

Pxxx... pxxx... ouvia-se no céu, enquanto as luzes da aurora boreal refulgiam e tremeluziam: eram os fogos de artifício da Rainha da Neve. Deslumbradas com esse espetáculo, elas prosseguiram até que finalmente chegaram à casa da mulher finesa para a qual levavam a carta de apresentação. A porta era tão pequena, que não conseguiram encontrá-la; assim, tiveram de bater no cano da chaminé para serem atendidas.

Deus do céu, que calor fazia lá dentro! A finesa andava pela casa quase despida. Foi logo tirando as botas e as meias-luvas de Gerda, para que ela não assasse de tanto calor. A rena suava tanto, que até pôs um pedaço de gelo na cabeça. Só então a finesa leu a carta que lhe entregaram, escrita numa lasca de bacalhau. Leu-a três vezes, até guardá-la de cor, e depois jogou a carta na panela, que estava no fogo. Já que a carta era comestível, não havia por que desperdiçá-la.

A rena falou primeiro e, como sempre, contou antes sua história, deixando para o final a narrativa das aventuras de Gerda. A mulher finesa piscou seus olhos inteligentes, mas nada disse.

— Vejo que a senhora possui talento e arte — disse a rena, ao terminar seu relato. — Sei que é capaz de amarrar todos os ventos do mundo com quatro laçadas num único fio. Se o marinheiro desatar o primeiro nó, terá uma brisa suave; se desatar o segundo, terá ventos fortes; mas se desatar o terceiro e o quarto nós, desencadeará um tal furacão, que as árvores da floresta serão arrancadas de suas raízes. Por que não prepara para essa menina uma poção mágica que lhe proporcione a força de doze homens, a fim de que ela possa derrotar a Rainha da Neve?

— Ora, ora; a força de doze homens... — riu-se a mulher. — É, penso que deve ser suficiente.

Dizendo isso, foi até a prateleira e tirou de lá uma pele enrolada, estendendo-a sobre a mesa. Nela estavam escritas umas palavras estranhas. A mulher finesa leu-as atentamente e estudou-as com cuidado, até que sua testa ficou porejada de suor.

A rena insistiu com ela para que ajudasse Gerda, que nada disse, limitando-se a fitar a mulher com os olhos cheios de súplica e de lágrimas. A finesa pestanejou, depois levou a rena para um canto da casa, onde se pôs a segredar-lhe alguma coisa, enquanto lhe dava outro pedaço de gelo para pôr na cabeça.

— O pequeno Kai está de fato no palácio da Rainha da Neve — sussurrou no ouvido da rena, — muito satisfeito por se achar ali. Ele acha que aquele é o melhor lugar que existe no mundo. Sabe por quê? Porque tem um estilhaço de vidro cravado no coração, e dois minúsculos fragmentos do mesmo vidro cravados nos olhos. Enquanto estiverem ali, ele continuará sendo um ser desumano, inteiramente dominado pelo poder da Rainha da Neve.

— Mas a senhora não pode dotar a menina de algum tipo de poder mágico que a torne capaz de extrair esses fragmentos? — sussurrou a rena.

— Não posso dar-lhe poder maior do que aquele que ela já tem! É um poder imenso, sabia? Não vê como ela conseguiu que pessoas e animais a ajudassem? Como conseguiu percorrer distâncias incomensuráveis, sozinha e descalça? Mas ela não deve saber a extensão desse poder. Ele está dentro do seu coração de criança inocente e bondosa. Se ela própria não souber como haverá de entrar no palácio da Rainha da Neve e libertar Kai de sua influência maligna, arrancando os estilhaços de vidro cravados em seus olhos e no seu coração, aí, minha filha, adeus: ninguém poderá ajudá-la. O jardim do palácio está a dez minutos daqui. Leve-a até lá e deixe-a junto de um arbusto carregado de morangos vermelhos. Volte imediatamente, sem perder tempo com conversa fiada.

A mulher ergueu Gerda, colocou-a nas costas da rena, e esta saiu em disparada.

— Oh, volte! — pediu Gerda. — Deixei na choupana minhas botas e as meias-luvas. Estou sentindo frio nos braços e nos pés.

Mas a rena não lhe deu ouvidos, e prosseguiu até que chegou ao pé de morangos silvestres. Ali, mandou que Gerda apeasse e, com os olhos marejados de lágrimas, beijou os lábios da menina, retornando depressa para a casa da mulher finesa.

Ali ficou a pobre Gerda, descalça e com os braços descobertos, sob o frio cortante das terras árticas. Vendo que a rena se afastava, correu através do jardim, em direção ao palácio. Uma tropa de flocos de neve avançou contra ela. Não eram flocos caídos do céu, já que este estava sem nuvens, iluminado pelas luzes da aurora boreal. Vinham rolando pelo chão, aumentando de tamanho à medida que avançavam. Gerda lembrou-se do aspecto dos flocos de neve, quando vistos através de uma lente de aumento, mas aqueles eram ainda maiores e mais terríveis: eram os guardiães do palácio da Rainha da Neve. Como eram estranhos os seus formatos! Alguns pareciam pequenos porcos-espinhos, de carantonha horrenda; outros lembravam víboras que se tivessem enrolado umas nas outras, formando um bolo; outros ainda tinham a aparência de ursos ferozes, de pelo arrepiado. E, embora fossem de neve alvíssima e brilhante, estavam todos vivos, terrivelmente vivos.

269

A pequena Gerda estacou, pondo-se a rezar. O frio fazia com que sua respiração saísse da boca em forma de uma névoa esbranquiçada. Essa névoa foi-se adensando à medida que descia, transformando-se numa nuvem, depois tornando-se sólida ao pousar no chão, tomando a forma de anjos protegidos por capacetes e armados de lanças e escudos. Quando Gerda acabou de rezar e abriu os olhos, viu-se rodeada por uma legião de anjos guerreiros, que logo investiram com as lanças em riste contra os monstros de neve, desfazendo-os em pedaços. Ela então prosseguiu, confiante, enquanto os anjos esfregavam-lhe as mãos e os pés, tirando dela qualquer sensação de frio.

Mas agora vamos saber o que aconteceu ao pequeno Kai, que naquele momento nem pensava em Gerda. E, mesmo que se lembrasse dela, jamais poderia imaginar que a menina estivesse ali perto, caminhando em sua direção.

7ª história
O que houve no palácio da Rainha da Neve
e o que aconteceu depois disso

As paredes do palácio eram feitas de neve; as portas e janelas, de ventos cortantes. Era um palácio enorme, de milhas e milhas de extensão, contendo mais de uma centena de salões. A iluminação desses salões era deslumbrante, pois provinha dos brilhantes clarões da aurora boreal, mas todos eram desertos e terrivelmente frios. Ali ninguém brincava, ninguém se divertia; não havia lugar sequer para o entretenimento mais inocente, como uma dança de ursos polares, por exemplo, já que eles vagavam por perto, caminhando sobre duas patas, de modo parecido com o dos humanos, e gingando o corpo quando o zunido do vento lembrava o som de música. Não, nada de diversões! Ninguém jamais havia sido convidado para um joguinho de cartas, ou para uma reuniãozinha de comes e bebes, com uma pitada de mexericos e fofocas. As raposas brancas que por ali perambulavam bem que gostariam de ser convidadas para um chá das cinco, mas nunca o foram. Assim, aqueles imensos salões estavam sempre desertos, silenciosos e frios.

As luzes da aurora boreal acendiam-se e se apagavam com tal exatidão de tempo que se poderia prever o segundo em que estariam no máximo ou no mínimo de seu fulgor. No centro do enorme salão principal havia um lago congelado. A capa de gelo estava estilhaçada em milhares de pedaços, todos do mesmo tamanho e formato. No meio do lago ficava o trono da Rainha da Neve. Era ali que ela gostava de ficar quando se encontrava em seu palácio. Ela dera àquele lago o nome de Espelho da Razão, e afirmava ser aquele o melhor espelho do mundo, o único que refletia de fato a verdade de tudo o que existia.

O pequeno Kai estava azul de frio — azul coisa nenhuma, estava era quase preto —, mas não se importava com isso, pois o beijo que a Rainha da Neve lhe dera havia espantado todo o seu sentimento de frialdade. Seu coração tinha se transformado num bloco maciço de gelo. Naquele momento, ele se divertia montando blocos de gelo para montar figuras. Chamava essa brincadeira de Jogo da Razão. Devido aos caquinhos de vidro que estavam cravados em seus olhos, acreditava que aquela atividade fosse de grande importância, sem cogitar de que era a mesma coisa que brincar com toquinhos de madeira, como ele costumava fazer quando ainda usava fraldas.

Estava empenhado em dispor os blocos de gelo de modo a formar uma certa palavra, mas não conseguia lembrar-se de qual seria ela. A palavra que lhe tinha fugido da memória era ETERNIDADE. A Rainha da Neve tinha lhe dito que, se ele conseguisse compor essa palavra, seria dono de seu próprio nariz, merecendo por isso ganhar todo o mundo, além de um novo par de patins. Porém, por mais que tentasse, não era capaz de superar aquele desafio.

Pela manhã, a Rainha da Neve havia dito:

— Vou passar uns tempos nos países quentes. Quero dar uma olhada nos panelões pretos que estão fervendo.

"Panelões pretos" era a maneira que ela usava para se referir aos vulcões Vesúvio e Etna.

— Vou esfregar esses panelões com um pouco de gelo. Eles vão apreciar esse refresco. A boca de um vulcão gosta tanto de gelo como a nossa gosta de doce, depois de chupar laranjas e limões.

Ela saiu voando, enquanto Kai ficou sozinho naquele vasto salão. Fitando atentamente os blocos de gelo, dava tratos à bola sobre como faria para dispô-los de modo a formar a palavra esquecida. Quem o visse ali, quieto, imóvel, poderia pensar que ele estivesse morto e congelado.

A pequena Gerda entrou no castelo. Os ventos começaram a açoitar-lhe o rosto. Teriam chegado a cortá-lo, não fosse ela rezar, fazendo com isso que eles se amainassem, até sossegarem de todo. Ela então entrou no salão, passou os olhos pela imensidão gelada e por fim avistou Kai.

Reconhecendo-o imediatamente, correu em sua direção, abraçou-o e exclamou, tomada de júbilo:

— Achei! Enfim achei meu querido e doce Kai!

Mas Kai estava quieto, rijo e frio. Julgando-o morto, Gerda chorou, e suas lágrimas quentes caíram sobre o peito do menino, penetrando até seu coração, derretendo o gelo e levando para longe o estilhaço de vidro. Ele olhou para ela, espantado, e Gerda então cantou o hino que eles um dia haviam entoado juntos:

> *Entre as rosas do vale banhado de luz,*
> *Brinca alegre e feliz o Menino Jesus.*
>
> *Como a rosa florida que nunca fenece,*
> *A inocência do meu coração de criança*
> *Eu jamais perderia, se acaso pudesse*
> *Contemplar Seu semblante de paz e esperança.*

Kai prorrompeu num pranto sentido, e foram tantas as lágrimas que verteu, que elas acabaram expulsando de seus olhos os fragmentos de vidro que ali se encontravam. Só então conseguiu enxergar sem distorções tudo aquilo que o rodeava. Tomado de exultação, gritou:

— Gerda! Minha doce e bondosa Gerda! Onde esteve você durante todo este tempo? E eu, onde foi que estive?

Olhou ao redor de si, tentando entender o que estava acontecendo.

— Que lugar é este? Como é frio! Quanta desolação!

Abraçou-se a Gerda, que chorava e ria ao mesmo tempo, de tão feliz que estava. A felicidade que ambos sentiam era tão grandiosa, que contagiou os blocos de gelo, fazendo-os pular e dançar. Quando por fim se cansaram de tanta agitação, eles retornaram a sua imobilidade anterior, dispondo-se de tal modo que formaram aquela palavra que Kai tanto

271

se esforçara por compor, na esperança de com isso tornar-se senhor de seu nariz, ganhando de presente todo o mundo e, de quebra, um novo par de patins.

Gerda beijou-lhe as faces, que logo readquiriram a cor que haviam perdido. Depois beijou-lhe os olhos, que voltaram a brilhar como antigamente. Beijou-lhe as mãos e os pés, que logo perderam a coloração azulada, voltando o sangue a pulsar com força dentro de suas veias. Ele sentiu-se de novo forte e sadio. Agora, pouco lhe importava se a Rainha da Neve voltasse àquele lugar: seu direito à liberdade estava garantido por escrito, nos blocos de gelo dispostos a seus pés.

Dando-se as mãos, caminharam para fora do palácio. Assunto era o que não faltava para os dois: falaram da velha avó, das rosas que floresciam junto aos telhados de suas casas, falaram de tudo. O vento soprava brandamente, e o sol começou a aparecer por detrás das nuvens. Quando chegaram ao pé de morangos silvestres, a rena ali estava, esperando por eles. Trouxera consigo uma companheira que há pouco tivera filhotes, e que por isso estava com os úberes repletos de leite. O animal ficou emocionado ao ver as duas crianças, beijando-as carinhosamente e insistindo para que tomassem do leite quente e forte da companheira. Depois disso, montaram nelas e seguiram até a casa da mulher finesa, que os agasalhou, alimentou e lhes ensinou o melhor caminho que deviam tomar em sua viagem de volta.

Dali, seguiram até a choupana da mulher lapônia, que os acolheu hospitaleiramente, forneceu-lhes novas roupas e consertou o trenó de Kai.

As duas renas fizeram questão de acompanhá-los até a fronteira da Lapônia. Ali, a relva verde já começava a despontar sob a camada de neve, e eles já podiam caminhar, sem terem de usar o trenó. Depois de se despedirem de suas amigas, seguiram em frente, e pouco depois escutaram os trinados dos primeiros pássaros da primavera e avistaram as árvores da floresta, cujas folhas começavam a rebrotar.

Viram ao longe uma menina de chapéu vermelho, cavalgando um magnífico corcel. Gerda reconheceu o animal: era um dos cavalos que puxavam a carruagem dourada. A menina tinha duas pistolas enfiadas no cinto. Era a pequena ladra, que se cansara de ficar em casa, tendo saído pelo mundo em busca de aventuras. Reconheceu Gerda imediatamente, e ambas demonstraram grande alegria pelo seu reencontro.

— Mas você, hein? — disse ela, dirigindo-se a Kai, — saindo pelo mundo afora, deixando todos preocupados! Será que merece que uma pessoa vá até o fim do mundo atrás de você?

Gerda afagou-lhe o rosto e perguntou-lhe se tinha notícias do príncipe e da princesa.

— Estão viajando pelo estrangeiro — respondeu ela.

— E quanto ao casal de corvos?

— O corvo macho morreu, deixando a fêmea viúva. Ela agora anda com um pano preto enrolado na perna, em sinal de luto. Acha que o pano preto combina com a cor de suas penas — grande idiota que é! Mas conte-me tudo o que lhe sucedeu, e como foi que conseguiu encontrar o fujão.

Gerda e Kai relataram suas aventuras.

— Começou bem, acabou bem — antes isso.

A pequena ladra tomou-lhes as mãos e despediu-se, prometendo visitá-los um dia, caso passasse pela cidade onde eles moravam. Em seguida, montou no cavalo e saiu pelo mundo, enquanto Kai e Gerda retomaram seu caminho.

A primavera mostrava-se em todo o seu esplendor. Nas várzeas, as pequenas flores silvestres acabavam de desabrochar. Os dois ouviram ao longe os sons dos sinos, e pouco depois avistavam as torres das igrejas de sua cidade natal. Em breve, estariam em casa.

Não custou para que estivessem subindo os degraus gastos da escada que levava até seus barracões. Entraram. Nada havia mudado. O relógio fazia tique-taque, e suas rodas não paravam de girar. Só eles já não eram os mesmos: ao transporem a porta, notaram que tinham crescido e já não eram mais crianças.

As rosas floresciam nas caixas de madeira, e as janelas do sótão estavam abertas. Ali estavam os mesmos banquinhos em que eles costumavam ficar. Sorrindo, os dois sentaram-se ali e se deram as mãos. Nesse instante, desapareceu de suas mentes toda a lembrança do palácio da Rainha da Neve e de seu falso esplendor. Sentada ao sol, a avó lia em voz alta a sua Bíblia. Naquele momento, ela estava lendo o trecho que dizia: "Aquele que não receber o Reino do Céu como uma criança, nele não será admitido."

Kai e Gerda fitaram-se nos olhos e então compreenderam em sua essência as palavras do hino que gostavam de cantar:

Como a rosa florida que nunca fenece,
A inocência do meu coração de criança
Eu jamais perderia, se acaso pudesse
Contemplar Seu semblante de paz e esperança.

Ali estavam eles, sentados, dois adultos; nos corações, contudo, duas crianças; e era um dia de verão, um dia ensolarado, quente e glorioso de verão.

Mamãe Sabugo

Era uma vez um menininho que ficou resfriado, porque tinha molhado os pés. Como fez isso, ninguém podia imaginar, pois o tempo estava seco há muitos dias seguidos. Sua mãe trocou-lhe a roupa e o deitou na cama; depois, foi pegar a chaleira para lhe preparar um bom chá de folhas de sabugueiro, remédio excelente contra resfriados. Nesse momento, ali entrou o velho simpático que morava no andar de cima. Ele vivia sozinho, pois não tinha mulher nem filhos, embora gostasse muito de crianças e soubesse contar uma porção de contos de fadas e histórias interessantes.

— Agora beba seu chá como um bom menino — recomendou a mãe, — e talvez alguém conte para você uma história.

— Acho que ele já conhece todas as que sei contar — sorriu o velho, meneando a cabeça. — Mas, diga-me: como foi que esse menino arranjou para ficar com os pés molhados?

— Ah, nem me pergunte! — respondeu a mãe, sacudindo a cabeça. — É um mistério!

— Como é que é — reclamou o garoto, — vai ter história, ou não vai?

Talvez — respondeu o velho. — Mas antes preciso que você me diga: qual é a profundidade daquele rego d'água que corre no atalho que você toma para chegar à escola?

— O reguinho? É raso. Na parte mais funda, a água só chega até o meio do cano das minhas botinas.

—Ahá! Está esclarecido o mistério dos seus pés molhados — sorriu o velho cavalheiro.

— Agora, posso contar uma história, mas não me lembro de nenhuma que você já não conheça.

— Então invente uma — retrucou o menino. — Mamãe falou que tudo que lhe cai às mãos se transforma numa história de fadas.

— Não, esse tipo de história não vale lá grandes coisas. Estou me referindo àquelas histórias de verdade, que chegam de repente e me batem na testa, pedindo: "Estou aqui! Deixe-me entrar!"

— Será que alguma destas está para chegar? — perguntou o menino, fazendo a mãe rir enquanto punha as folhas de sabugueiro na chaleira e derramava água fervente por cima.

—Ah, conte-me uma história, vá! Por favor! — suplicou o menino.

— Histórias e contos de fadas não obedecem a chamados, nem mesmo de reis. Só vêm quando querem. São nobres e orgulhosos. Epa! Espere! — exclamou o velho de repente, erguendo o indicador. — Temos uma história por aqui. Preste atenção: ela está ali na chaleira.

O menino olhou para onde estava a mãe, e viu que a tampa da chaleira se erguia e abaixava, deixando sair baforadas de vapor. Súbito, começaram a sair de dentro dela ramos de sabugueiro, dos quais pendiam flores em cachos, todas muito brancas. Um dos ramos começou a sair pelo bico da chaleira, juntando-se aos outros, e foram todos crescendo, crescendo, até que se transformaram numa árvore adulta, com galhos que se

274

estendiam por baixo e por cima de sua cama, chegando até às cortinas do quarto. Que árvore linda e enorme! E que perfume suave se desprendia de suas folhas!

No meio da árvore estava sentada uma mulher velha, com um vestido verde da mesma tonalidade das folhas do sabugueiro, enfeitado de flores muito alvas, idênticas às que brotavam naquela árvore. Aliás, não se poderia dizer se aquilo era um tecido, ou se ela realmente se vestia de folhas e flores de sabugueiro. A velha sorria amavelmente para o menino.

— Quem é essa dona? — perguntou ele ao velho.

— Os gregos e romanos acreditavam que ela era a ninfa dos bosques, chamando-a de Dríade — explicou o outro. — Os velhos marinheiros, que vivem naquele bairro antigo que há mais de trezentos anos se chama "Recanto Novo", dão-lhe o nome de Mamãe Sabugo. Fique olhando para o sabugueiro e para a Mamãe Sabugo, enquanto eu lhe conto uma bonita história.

O menino fez como o velho ordenou, e este começou a contar-lhe esta história:

Aconteceu lá no Recanto Novo. Num daqueles quintaizinhos pequenos, que ficam atrás das casas dos velhos marinheiros, crescia um belo sabugueiro, idêntico a este que você está contemplando agora. Numa tarde de sol, um casal de velhos estava sentado à sombra daquela árvore. Eram um velho marujo aposentado e sua esposa. Os dois já tinham bisnetos, e se preparavam para completar as bodas de ouro, embora não soubessem exatamente em qual dia daquele mês se haviam casado, fazia cinquenta anos. Atrás deles, meio escondida entre as folhas, Mamãe Sabugo olhava para os dois, divertindo-se com sua conversação. "Sei em que dia vocês dois se casaram", disse-lhes ela, mas eles não a escutaram, de tão empolgados que estavam trocando lembranças dos tempos em que eram jovens.

— Lembra-se do que fazíamos quando crianças aqui mesmo neste quintal? — perguntou o velho. — Nós fincávamos varinhas no chão e dizíamos que aquilo era o nosso jardim.

— Ah, como me lembro! — respondeu a velha. — Nós a regávamos sempre. Uma daquelas varinhas era a muda de sabugueiro, que acabou crescendo, tomando corpo e se transformando nesta árvore amiga, sob cuja sombra tantas vezes ficamos, agora que somos velhos.

— Isso mesmo — concordou o velho. — Naquele canto do quintal havia uma banheira velha, cheia de água. Para mim, era o oceano, sobre o qual flutuavam os barquinhos de madeira que eu mesmo esculpia com meu canivete. Não levou muito tempo para que eu estivesse dentro de um navio de verdade...

— Só que, antes disso, frequentamos a escola — sorriu a velha. — E lembra-se de quando fomos crismados? Naquele dia, nós dois choramos juntos na igreja. À tarde, de mãos dadas, subimos até o topo da Torre Redonda, e de lá pudemos contemplar o mundo. Depois, fizemos uma longa caminhada, indo até os Jardins Reais, em Frederiksberg, onde vimos o rei e a rainha, passeando em seu barco luxuoso, através dos canais que cortam o parque.

— Também passeei de barco, só que com bem menos luxo e conforto. Lembra-se de quanto tempo eu costumava ficar fora, viajando? Eram meses de ausência, quando não anos...

— E eu ficava aqui chorando — completou a velha, sorrindo outra vez. — Às vezes, achava que você teria morrido, e que eu nunca iria vê-lo de novo. Temia que o navio naufragasse, e que você perecesse no mar, coberto pelas ondas escuras. Chegava a levantar-me da cama para olhar o catavento, na esperança de que o vento tivesse mudado de direção. Quantas vezes o vento virou, e nem por isso você voltava para casa. Lembro-me de que, num dia de chuva — de chuva, não: de temporal —, escutei o barulho da carroça de lixo descendo a rua. Eu trabalhava numa casa como empregada. Corri para a cozinha, peguei a lata de lixo e fui para a porta esperar a passagem dos lixeiros. Estava lá parada, olhando a chuva que caía, quando passou o carteiro e me entregou uma carta. Era sua. Abri-a ali mesmo e pus-me a lê-la, tão feliz, que ria e chorava ao mesmo tempo. Você contava na carta que estava nos países quentes onde se cultiva café. Como essas terras devem ser encantadoras! Sua descrição era tão viva e colorida, que eu até me sentia como se lá estivesse! E ali estava eu junto à porta, ao lado da lata de lixo, lendo a carta, enquanto a chuva caía lá fora, quando de repente senti um braço que me enlaçava pela cintura...

— E você deu um tal bofetão na orelha do atrevido, que o estalo pôde ser ouvido no meio da rua!

— E eu podia saber que era você quem havia chegado ali ao mesmo tempo que a carta? Ah, como você era bonitão! Aliás, ainda é! Naquele dia, estava com um lenço de seda amarelo saindo do bolso e um chapéu muito elegante na cabeça. Um moço de aspecto distinto! Por outro lado, que dia horrível: a rua até parecia um rio...

— E pouco depois nos casamos — riu o velho. — Está lembrada? E aí vieram os filhos; o mais velho, depois Marie, Niels, Peter, Hans Christian...

— E eles cresceram, tornando-se pessoas de bem, respeitadas e queridas por todos.

— E então vieram os netos, e mais tarde os bisnetos, todos bonitos e inteligentes. Mas e a data do nosso casamento, qual é? Tenho a impressão de que foi mais ou menos por esta época do ano...

— O dia de suas bodas de ouro é hoje, gente! Exatamente hoje! — disse Mamãe Sabugo, enfiando a cabeça entre os dois velhos.

Eles não se assustaram, imaginando que fosse a vizinha que houvesse metido a cabeça através da cerca. Olharam um para o outro e deram-se as mãos. Pouco depois, chegaram os filhos, os netos e os bisnetos. Sabiam que era o dia de seu aniversário de casamento, e vieram dar-lhes os parabéns. É curioso pensar que o casal podia lembrar-se tão bem dos fatos acontecidos em sua juventude, e, no entanto, ambos se haviam esquecido de sua data de casamento...

As flores do sabugueiro desprendiam um perfume intenso. O sol começava a descambar no horizonte, e sua luz deixara corados os rostos dos dois velhos. Os netinhos dançavam ao seu redor, demonstrando alegria. "Hoje de noite vamos ter festa!", gritou um deles. "E vamos comer batata assada!", exclamou outro. Escondida na árvore, Mamãe Sabugo sacudia a cabeça, sorrindo. Num dado momento, ela e todos os outros gritaram a uma só voz: "Viva o vovô! Viva a vovó!"

E aqui termina a nossa história.

— Mas isso não é um conto de fadas! — queixou-se o menino.

— Essa é a sua opinião — replicou o velho que terminara de contar a história. — Vamos ver o que Mamãe Sabugo tem a dizer.

— O menino está certo. Isso aí nunca foi um conto de fadas — concordou Mamãe Sabugo. — Mas agora teremos uma, pois é dos fatos reais que nascem as histórias criadas pela nossa imaginação. Se não fosse assim, meu sabugueiro não poderia ter saído dessa chaleira.

Mamãe Sabugo tomou o menino nos braços e aconchegou-o contra o colo. Os ramos do sabugueiro vieram enlaçá-los, formando ao seu redor uma espécie de caramanchão. Ali dentro, os dois saíram voando pelo espaço. Era uma sensação deliciosa. De repente, Mamãe Sabugo transformou-se numa garotinha, da mesma idade do menino. Seu vestido continuava sendo de folhas e flores de sabugueiro, mas agora ela trazia ao peito uma grande flor de verdade, e várias florezinhas enfeitando seus cabelos louros e encaracolados. As duas crianças trocaram um beijo, e no mesmo instante passaram a sentir-se como se fossem uma só pessoa, tendo exatamente os mesmos desejos.

De mãos dadas, saíram do caramanchão e pisaram num relvado verde. Ali perto estava a bengala do pai, amarrada num toco de pau. Para eles, aquilo era um cavalo. Assim, montaram-no, e ele saiu a galope pelo jardim, enquanto sua crina negra esvoaçava ao vento.

— Vamos cavalgar por milhas e milhas! — gritou o menino. — Vamos visitar aquele castelo onde estive no ano passado.

O cavalo dava voltas e voltas em torno do relvado. Num dado momento, a menina, que não era senão a própria Mamãe Sabugo, falou:

— Já estamos no campo! Olhe, há uma fazenda ali. Está vendo aquela construção de tijolos junto à parede da casa, aquela que parece um ovo gigantesco? É o forno de assar pão. E embaixo daquele sabugueiro está um bando de galinhas ciscando o chão. Olhe o galo, no meio deles, todo imponente e orgulhoso!... Ei, agora estamos passando diante da capela. Lá está ela, no alto daquela colina. E veja os dois velhos carvalhos ao lado dela: um já está seco... Agora estamos passando pela oficina do ferreiro. Olhe o fogo aceso na forja. Lá está o ferreiro, sem camisa, vibrando o malho sobre a bigorna. Como é musculoso! As fagulhas voam a seu redor... E lá vamos nós para o castelo!

O menino enxergava tudo o que sua parceira dizia, embora os dois continuassem girando em torno do relvado. Quando se cansaram daquele passeio, resolveram brincar ao lado do caminho revestido de pedras. Limparam um quadrado de terra e fizeram de conta que ali seria o seu jardim. A menina tirou as flores que lhe enfeitavam os cabelos e plantou-as ali. Elas logo deitaram raízes e ficaram do mesmo tamanho daquele sabugueiro descrito na história do velho marinheiro e de sua mulher. As duas crianças passearam ali de mãos dadas, do mesmo modo como fizera o casal em seus tempos de infância. Mas não foram visitar a Torre Redonda, nem passear pelo Jardim Real de Frederiksberg. Foram bem mais longe, pois a menina enlaçou o garoto pela cintura, e os dois se puseram a sobrevoar toda a Dinamarca.

Passou a primavera, depois o verão, o outono e o inverno. Milhares de paisagens desfilaram ante os olhos do garoto, fixando-se em seu coração. Ele segredou-lhe ao ouvido:

— Você jamais haverá de se esquecer do que está vendo.

Durante o vôo, o suave aroma das flores do sabugueiro espalhava-se em torno dos dois. Só de vez em quando chegava às narinas do menino o perfume das rosas ou a fragrância dos ramos verdes das faias; o resto do tempo, predominava o cheiro suave das flores de sabugueiro, que se desprendia do próprio coração da sua companheira, da qual ele jamais se afastava.

— Oh, como aqui é bonito, durante a primavera! — suspirou ela, descendo até o interior de um bosque de faias. A seus pés cresciam aspérulas, formando um tapete verde, juncado de anêmonas rosadas.

— Oh, se a primavera nunca acabasse... — murmurou o menino.

— Como é bonito aqui, durante o verão! — exclamou ela em seguida, ao sobrevoar um castelo antigo.

As muralhas de tijolos refletiam-se nas águas do fosso que rodeava o castelo, enquanto na superfície, lisa como um espelho, flutuavam cisnes brancos, fazendo-as ondular ligeiramente. As majestosas aves contemplavam a longa e aprazível alameda que se estendia

277

até à porta do castelo. Do outro lado do fosso, as espigas de trigo, agitadas pelo vento, lembravam as ondulações do mar. Nas valas que ladeavam a estrada, viam-se flores silvestres amarelas e vermelhas, e os muros de pedra eram revestidos de lúpulo e trepadeiras em flor. Quando anoiteceu, a lua pálida despontou no céu. O cheiro dos montes de feno empilhados nas campinas espalhava-se pelo ar. Sim, ele jamais iria esquecer-se de tudo aquilo.

— Como aqui é bonito, durante o outono! — disse a menina, enquanto o céu parecia tornar-se duas vezes mais alto e mais azul.

As florestas foram ficando amarelas, depois castanhas, depois avermelhadas. Ouvia-se o latido dos cães de caça. Bandos de aves barulhentas sobrevoavam as lápides dos antigos túmulos *vikings*, semiencobertas pelas ramas das amoreiras silvestres. O mar estava enegrecido, e as velas dos navios pareciam mais brancas, contrastando contra aquela massa escura. No celeiro, velhas, moças e crianças colhiam o lúpulo, colocando-o dentro de enormes tonéis. Enquanto as mais jovens cantavam, as mais velhas se entretinham, contando histórias de duendes e gnomos. Poderia haver cena mais aprazível?

— Como isto aqui é bonito, durante o inverno! — comentou a menina.

As árvores estavam cobertas de geada, parecendo uma floresta de coral. A neve rangia sob as botinas das crianças, dando a impressão de que todas estavam com calçados novos. À noite, estrelas cadentes riscavam o negrume do céu. Acenderam-se as lâmpadas das árvores de Natal, e houve troca de presentes. Alguém começou a tocar um violino, e logo houve dança na sala da fazenda. Da cozinha chegavam bandejas cheias de fatias de maçã assada, logo esvaziadas, voltando a seguir com novas porções. Até mesmo as crianças mais pobres podiam dizer:

— Ah, como o inverno é gostoso!

Sim, tudo era muito bonito. A menina mostrou-lhe toda a Dinamarca, e por onde passavam sentia-se no ar o perfume das flores de sabugueiro. No céu, tremulava a bandeira vermelha com a cruz branca, a mesma que drapejava sobre o mastro do navio no qual o velho marinheiro havia singrado os mares.

O menino tornou-se rapaz. Agora estava pronto para viajar pelo mundo, rumando para os climas quentes das terras onde se cultiva o café. Quando se despediu, a menina tirou do peito a flor de sabugueiro, entregando-a para ele, como recordação. Ela foi colocada entre as páginas do seu livro de orações. Nas terras distantes, quando queria lembrar-se da pátria, bastava abrir o livro e contemplar a flor seca que ali estava. Só de olhá-la, ela parecia readquirir o frescor da vida, trazendo-lhe às narinas o perfume das florestas dinamarquesas. Aos poucos, do meio de suas pétalas, ia-se formando o semblante da menina, fitando-o sorridente, enquanto murmurava:

— Ah, como aqui é lindo, na primavera, no verão, no outono, no inverno!

Só então ele fechava os olhos, recordando-se nitidamente de todas as paisagens que havia podido contemplar.

Passaram-se muitos e muitos anos. Ele envelheceu, e agora estava sentado com sua esposa sob a sombra de um sabugueiro. Como o velho casal do Recanto Novo, eles também deram-se as mãos e conversaram sobre o passado, lembrando-se de que devia estar próximo o dia em que iriam comemorar suas bodas de ouro.

Escondida dentro da árvore, uma menina de grandes olhos azuis, com uma coroa de flores nos cabelos, sorriu para eles e lhes disse:

— É hoje o dia de suas bodas de ouro.

Tirando duas flores de seu arranjo, beijou-as. Elas refulgiram como prata, depois como ouro. A menina colocou-as sobre suas cabeças, e as flores se transformaram em coroas douradas. Ali estavam um rei e uma rainha, sentados à sombra de um sabugueiro, do qual exalava uma doce fragrância. O velho contou à esposa a história de Mamãe Sabugo, do mesmo modo que a tinha escutado, quando não passava de um garoto. Viram ambos que aquela história poderia ser a deles próprios, o que a tornava ainda mais interessante.

— Pois é, minha gente — disse a menina oculta na árvore. — Chamam-me alguns de Mamãe Sabugo; outros de Dríade; meu verdadeiro nome, porém, é Recordação. Vivo nesta árvore, que cresce sem parar; lembro-me de tudo, e é por isto que tenho histórias para contar. Será que você ainda tem aquela flor que lhe dei?

O velho abriu seu livro de orações e encontrou a flor, tão tenra e fresca como se ali tivesse sido colocada minutos atrás. A Recordação sorriu satisfeita, enquanto o sol poente brilhava sobre as cabeças coroadas dos dois velhos. Eles fecharam os olhos e... bem, acabou-se a história.

O menino repousava na cama, sem saber se aquela última parte da história tinha sido contada para ele, ou não teria passado de um sonho. A chaleira estava sobre a mesa, mas agora não havia ramos de sabugueiro saindo de dentro dela. O velho contador de histórias estava justamente saindo pela porta e fechando-a atrás de si.

— Que maravilha, mamãe! — exclamou ele. — Eu estive nas terras quentes do Sul!

— Claro que esteve! — respondeu a mãe, rindo. — Depois de tomar duas xícaras cheias de chá de sabugueiro, isso até que é natural...

Ela foi até a cama, arranjou as cobertas de modo que ele não se resfriasse, e comentou:

— Acho que você dormiu enquanto eu e o vizinho discutíamos se a história que ele lhe contou era ou não um conto de fadas...

— E Mamãe Sabugo, onde está? — perguntou ele.

— Está dentro da chaleira — respondeu a mãe, encerrando a conversa. — Deixe-a em paz, que é ali que ela gosta de ficar.

A Agulha de Cerzir

Era uma vez uma agulha de cerzir, tão presunçosa que imaginava ser uma agulha de costura.

— Segurem-me com muito cuidado! — advertia, sempre que estava entre o polegar e o indicador de alguém. — Sou tão fininha, que se cair no chão ninguém será capaz de me encontrar!

— Não precisa exagerar — retrucavam os dedos, segurando-a firmemente pela cintura.

— Vou na frente, e meu cortejo vem atrás — disse ela, referindo-se à linha que acabava de lhe ser enfiada.

Nesse dia, ela estava entre os dedos da cozinheira, que se preparava para costurar o couro rasgado de seu chinelo.

— Oh, meu Deus, que trabalho mais vulgar! — queixou-se a agulha, ao ver que os dedos pretendiam enfiá-la no couro. — Parem! Isso é couro! É muito duro! Vou quebrar, hein? Vou quebrar!

E quebrou mesmo.

— Não falei? Isso é trabalho para agulhas grossas, não para mim — gemeu.

Os dedos nem se importaram com seus queixumes. Por eles, a agulha seria jogada fora, já que não prestava para coisa alguma. Mas eles não tinham vontade própria; quem mandava era a cozinheira, que derramou um pouco de lacre na agulha, espetando-a depois em sua blusa, compondo um curioso enfeite.

— Agora eu me transformei num broche! — exclamou a agulha de cerzir. — Eu sabia que estava destinada a finalidades mais elevadas. Mais cedo ou mais tarde, meu valor seria reconhecido.

E riu, satisfeita, mas só por dentro, porque nunca se consegue ver quando uma agulha de cerzir está rindo. E ali ficou ela, contemplando orgulhosamente o mundo que a rodeava, como se estivesse sentada dentro de uma carruagem luxuosa.

— Desculpe a indiscrição — disse ela, voltando-se para um alfinete que estava pregado a seu lado, — mas o senhor é de ouro? Vejo que se trata de um adorno fino, e que tem uma bela cabeça, embora seja um tanto pequeno. Quer um conselho? Cresça mais um pouco, pois só assim poderá ser envolvido em lacre, como eu.

E ela esticou-se toda, inchada de orgulho. Com isso, desprendeu-se da blusa e caiu dentro da bacia de lavar louça. A cozinheira não notou, e pouco depois levava a bacia para fora, despejando a água na sarjeta.

— Oba! Vou viajar! — exclamou a agulha. — Espero que logo venham procurar-me.

Mas ninguém a procurou, e lá ficou ela, no fundo da sarjeta, olhando a água que corria por cima de seu corpo imóvel.

— Sou fina demais para este mundo — suspirou. — Pelo menos, sei o que sou e de onde vim, o que já é alguma coisa...

Sem perder o orgulho, pôs-se a contemplar tudo o que passava flutuando por cima dela: ramos, palha, pedaços de jornal. "Lá vão eles a navegar", pensou ela. "Nem têm ideia de que estou aqui embaixo, deitada no chão, sem poder sair. Esse ramo seco que está passando, por exemplo: pobre diabo, que entende ele das coisas do mundo? Só sabe pensar nos outros ramos que existem por aí, já que é um deles. E essa palhinha, que vira de frente e de borco, sem parar? Pare de rodopiar, minha filha, senão acaba batendo no meio-fio... E lá vem um pedaço de jornal, exibindo suas notícias velhas, que todos já esqueceram. Veja se muda de assunto, rapaz... Quanto a mim, paciência: o jeito é ficar esperando sentada, ou melhor, deitada. Sei o que sou, e nunca mudarei."

Tempos depois, algo brilhante parou perto de onde estava a agulha. Era um caco de garrafa, mas ela imaginou que fosse um diamante, e resolveu conversar com ele. Para não fazer feio, apresentou-se como sendo um broche.

— Presumo que você seja um diamante.

— Não, mas temos um certo grau de parentesco.

Como cada qual imaginava que o outro era um objeto valioso, puseram-se a conversar, criticando a vaidade e a ostentação que havia no mundo.

— Eu vivia num estojo pertencente a uma dama — começou a agulha de cerzir. — Ela gostava de se divertir preparando alimentos, e tinha cinco dedos em cada mão, cada qual mais presunçoso que o outro. Não sei por que tinham tanta empáfia, já que apenas serviam para tirar-me do estojo e recolocar-me lá dentro.

— Esses dedos brilhavam? — perguntou o vidro.

— Que nada! — respondeu a agulha. — Só tinham presunção. Eram quíntuplos, embora tivessem tamanhos diferentes, e viviam enfileirados, um ao lado do outro. Quatro até que eram bem parecidos, mas um era bastante diferente dos outros: era gordinho e atarracado, e só se dobrava numa junta. Esse tinha o nome de Polegar. Dizia que, se fosse decepado da mão, o dono dela não poderia ser militar; por isso, era o mais arrogante de todos, e vivia separado dos irmãos. Já os outros quatro eram muito amigos, e estavam sempre juntos. O primeiro vivia apontando as coisas. Quando a cozinheira queria saber se um molho estava bem temperado, enfiava esse dedo na panela ou no prato, e depois dava uma provadinha. Quando ela escrevia, era ele quem dirigia a pena. O segundo era mais alto que os outros, e sempre os olhava de cima para baixo. O terceiro gostava de usar um anel de ouro em volta da barriga. O menorzinho dos quatro era um preguiçoso, que passava o dia inteiro sem fazer coisa alguma, e parecia ter grande orgulho disso. Sabe o que é que eles faziam muito bem? Contar vantagem. Fanfarrões e gabolas, isso é que eram! Mas na hora de cair na bacia, aí sobrou foi para mim...

281

— E aqui estamos nós, rebrilhando inutilmente — filosofou o caco de vidro.

Nesse momento, uma enxurrada desceu pela sarjeta, levando com ela o caco de vidro. "Esse aí seguiu em frente, pensou a agulha, enquanto eu fui deixada para trás. Mas sou fina demais para me queixar. Gosto de dar-me ao respeito, ainda que me considerem orgulhosa".

E ali ficou ela, reta e firme.

"Estou quase convencida de ser descendente de um raio de sol. Deve ser por isso que sua luz está sempre procurando por mim, mesmo aqui debaixo da água. Mas sou tão fininha, que até mesmo minha dona não consegue encontrar-me. Se eu não tivesse perdido meu olho quando me quebrei, talvez até chorasse. Não, isso nunca! Chorar é muito vulgar!"

Um dia, passaram por ali alguns meninos de rua e começaram a remexer na sarjeta, procurando moedas perdidas, pregos e outras coisas do gênero. Quanto mais se sujavam e se lambuzavam, mais apreciavam aquela diversão.

— Ai! — gritou um deles, quando espetou o dedo na agulha. — Praga maldita!

— Que grosseria! Isso lá são modos de se tratar uma senhorita? — protestou a agulha de cerzir.

O lacre há tempos já se despregara dela, que estava toda preta; porém, como os objetos negros parecem mais delgados do que o são na realidade, ela achava que havia emagrecido.

— Olha ali uma casca de ovo! — exclamou um outro menino, pegando a agulha e espetando-a nela.

— Oh! — murmurou a agulha. — Como realça um mastro negro num barquinho branco! Agora todos vão me ver! Tomara que eu não sinta enjôo e comece a vomitar, pois isso seria o maior vexame!

E lá se foi ela navegando na água da sarjeta.

"Não há remédio melhor contra enjôos que um estômago de aço! Além do mais, ajuda muito a certeza de que se é um pouco melhor que os outros. Sinto-me bem, agora. Quando se tem refinamento, sabe-se suportar melhor a adversidade".

Súbito, a casca de ovo fez "creec!" A roda de uma carroça acabava de passar por cima dela, esmagando-a no chão.

— Ai! — gemeu a agulha de cerzir. — Tem alguma coisa me espremendo. Desse modo, acabarei sentindo enjôo. Oh, acho que vou quebrar!

Mas não se quebrou, embora a carroça estivesse carregada. Lá ficou ela, estendida de comprido no fundo da sarjeta. E é ali que vamos deixá-la, repousando em paz.

O Sino

Nas ruas estreitas da cidade, ao entardecer, no momento em que o sol se punha, colorindo de vermelho vivo as nuvens que flutuavam sobre as chaminés das casas, as pessoas costumavam escutar um som estranho, que lembrava o badalar de um sino de igreja. O ruído durava apenas um breve instante, sendo logo abafado pelo barulho da cidade — o estrépito das rodas dos carros e o vozerio da multidão. "É o sino do cair da tarde, chamando o povo para as preces vespertinas", explicavam todos.

Para os que viviam nos bairros mais afastados do centro, onde as casas ficavam separadas umas das outras e eram rodeadas por jardins, o pôr-do-sol era ainda mais belo, e o som do sino podia ser ouvido com maior nitidez. As badaladas pareciam provir do interior de uma densa mata, fazendo com que quem as escutasse se sentisse envolto por um ambiente sombrio e solene, como se costuma sentir quando se está rodeado por árvores.

Com o passar do tempo, aumentou a curiosidade de todos quanto à razão daquele fenômeno. Será que haveria de fato alguma igreja escondida na floresta? Não demorou para que alguém propusesse uma excursão pela mata, a fim de verificar de onde viriam as badaladas daquele sino.

E assim se fez. As pessoas mais abastadas seguiram em suas carruagens, enquanto as mais pobres seguiram mesmo a pé. Fosse como fosse, a floresta ficava muito longe. Assim, quando por fim alcançaram o lugar onde um grupo de salgueiros assinalava o início da mata, sentaram-se a sua sombra para descansar. Olhando para a copa daquelas árvores, tiveram a impressão de já estarem em pleno coração da floresta. Um confeiteiro que seguira junto com os outros armou ali uma barraca e pôs-se a vender bolos e doces. Vendo que aquele era um bom negócio, um outro logo o imitou, armando outra barraca. Para protegê-la da chuva, colocou sobre o mastro central um sino sem badalo, revestido de piche.

Quando os excursionistas voltaram para a cidade, contaram que o passeio fora muito romântico, fazendo faiscar os olhos daqueles que mal os abriam nas reuniões sociais que não deixavam de frequentar. Três dos excursionistas contaram que se haviam aventurado pela floresta adentro, conseguindo vará-la de ponta a ponta. Esses três disseram que tinham ouvido o som do sino quando estavam em pleno interior da mata, mas que o som parecia provir dos lados da cidade! Um deles, tomado de inspiração poética, escreveu um soneto, no qual comparava o som do sino à voz da mãe que canta para o filhinho adormecer, terminando a poesia com essa estrofe:

"Neste mundo não há melodia mais doce."

Até o imperador ouviu falar daquele assunto, prometendo, a quem quer que descobris-se de onde provinham as badaladas, outorgar-lhe o título de "Grão-Sineiro Imperial", mesmo que não fosse um sino o causador do som.

Com isso, diversas pessoas resolveram sair à procura do sino misterioso, com um olho no título e outro nas recompensas materiais que seu achado poderia render. Só uma, porém, voltou com uma explicação para o fenômeno. Ninguém havia penetrado efetivamente no mais recôndito da floresta, nem mesmo essa pessoa; mesmo assim, dizia ela que o som era produzido por uma enorme coruja que morava dentro de uma árvore oca. Embora fosse o símbolo da sensatez, a ave vivia batendo sua cabeça contra o tronco da árvore, produzindo um som que repercutia como se fossem badaladas. O que ela não sabia dizer era se o que reboava com essas pancadas seria o tronco ou a cabeça da coruja, já que ambos eram ocos. O sujeito foi agraciado com o título de Grão-Sineiro Imperial, e todo ano escrevia um artigo a respeito do assunto, cujo leitura, entretanto, não deixava quem quer que fosse mais culto ou mais sensato.

Num domingo de maio, durante a cerimônia de Crisma, o pastor dirigiu aos jovens algumas palavras tão tocantes, que todos ficaram com os olhos cheios de lágrimas. Era um ocasião solene, já que representava, para aquelas almas juvenis, a passagem da idade infantil para a adulta. O dia estava lindo e ensolarado, e os que haviam sido crismados resolveram excursionar pela floresta, aproveitando o fato de que o sino tocava então particularmente forte. Todos seguiram com a firme esperança de encontrar o sino, ou então a coruja badaladora. Todos, menos três: uma mocinha que estava aflita para chegar em casa, a fim de terminar o vestido que iria vestir aquela noite para comemorar sua crisma (aliás, ela só aceitara ser crismada depois que seus pais lhe prometeram dar esse baile); um rapazinho pobre, filho de camponeses, que tinha de devolver as botinas e o terno que estava usando, já que pertenciam ao filho do dono das terras; por fim, um garoto que se recusou a seguir com os outros, porquanto não havia recebido permissão dos pais para meter-se naquela aventura. Como sempre fora um menino bem-comportado, não via por que deixaria de sê-lo, agora que tinha sido crismado. Pode-se debochar de alguém por pensar e agir assim? Claro que não. Mas todos os outros debocharam dele.

Assim, três ficaram para trás, enquanto os demais seguiram para a floresta. O sol brilhava e os pássaros cantavam, fazendo com que também cantassem os jovens excursi-onistas recém-crismados. Caminhavam de mãos dadas, pois ainda não tinham interesses pessoais que os proibissem de ser amistosos e joviais.

Dois dos menores ficaram logo cansados e resolveram voltar para suas casas. Duas meninas perderam o interesse em procurar o sino, preferindo colher flores silvestres para compor grinaldas. Assim, o grupo ficou com quatro jovens a menos. Quando os que sobraram atingiram o lugar dos salgueiros, onde o confeiteiro tinha armado sua barraca, muitos desistiram de prosseguir, dizendo:

— Pronto, chegamos. Como se pode ver, o sino não existe. Tudo não passa de imaginação.

Nesse instante, porém, do fundo da floresta chegou o som suave e solene do sino misterioso. Cinco garotos resolveram entrar na floresta, nem que fosse por um pequeno trecho. Mas não era fácil caminhar ali dentro. As árvores estavam muito juntas e havia muitas plantas espinhosas pelo chão. Que era bonito, era: os raios de sol filtravam-se pelas copas das árvores, e era um prazer escutar o canto do rouxinol. Só que ali não era lugar para meninas, pois não havia como caminhar sem ficar com os vestidos todos rasgados.

Os cinco chegaram a uns enormes rochedos recobertos de musgo. Do meio da pedra brotava uma fonte, de onde a água saía grugrulhando.

— Garanto que é daqui que sai o som do sino — disse um deles, deitando-se no chão para escutar melhor o borbulhar da água. — Acho que vou ficar aqui para investigar melhor o fenômeno.

Com esse pretexto, deixou que os outros quatro prosseguissem.

Chegaram a uma casa construída com galhos e cascas de árvore. Uma frondosa macieira silvestre inclinava seus ramos sobre ela, como que a protegendo do sol. Enorme roseiras cresciam ao redor da habitação , estendendo seus ramos ao longo das paredes e subindo até ao teto, que era assim enfeitado de lindas rosas. Da ponta de um desses galhos pendia um pequeno sino de prata. Seria o sino misterioso? Todos concordaram que sim, exceto um dos garotos. Ele afirmou que aquele sino era pequeno demais para ser ouvido tão longe; além disso, seria incapaz de produzir aquela sonoridade tão plangente, que até enternecia o coração dos homens.

— É fora de questão — argumentou. — O sino que escutamos nada tem a ver com esse aí.

O garoto que assim falou era filho do rei. Logo que se afastou dos outros três para examinar os arredores, eles comentaram entre si:

— Ah, esses nobres... Estão sempre achando que são mais inteligentes do que o resto de nós...

Assim, lá se foi ele, sem que alguém se decidisse a acompanhá-lo. Quando perdeu de vista a choupana e os companheiros, o príncipe se viu rodeado pela gigantesca solidão da floresta. Ao longe, os três desistentes faziam bimbalhar alegremente o sininho da choupana, e de mais longe ainda, trazido pelo vento de tempos em tempos, chegava-lhe o rumor das vozes dos garotos que haviam ficado junto à barraca do confeiteiro, comendo bolos, tomando chá e cantando. Sobrepujando todos esses ruídos, porém, chegava até ele, cada vez mais forte, o som do grande sino da floresta, agora parecendo que era acompanhado por um órgão. O som dava a impressão de provir do lado esquerdo, daquele onde fica o coração.

Súbito, um farfalhar de folhas e o estalar de ramos quebrados indicaram que alguém vinha caminhando através da floresta, em sua direção. O príncipe esperou, e pouco depois chegou ali outro menino, calçando tamancos de madeira e usando um paletó um tanto curto para o seu tamanho. Era o jovem que não pudera seguir com os outros, porque tinha de devolver as roupas que usara na Crisma para o dono delas. Feito isso, ele vestira suas velhas roupas, calçara os tamancos e saíra à procura do grande sino cujas badaladas graves também atraíam sua curiosidade.

— Vamos procurá-lo juntos — propôs o príncipe.

O rapaz baixou os olhos timidamente, enquanto puxava as mangas do paletó, tentando encompridá-las. A pobreza de seus trajes deixava-o constrangido. Alegou que não conseguiria caminhar tão rapidamente quanto o príncipe, e que, além do mais, acreditava que o sino estivesse do outro lado da floresta, ou seja, do lado direito, onde se encontra tudo que é belo e majestoso.

— Neste caso, acho que nunca mais nos encontraremos — disse o príncipe, dirigindo-lhe um cumprimento com a cabeça.

O menino pobre entrou pela parte mais densa da floresta, onde as urzes e os espinhos acabaram de rasgar suas roupas e de lanhar-lhe as pernas, as mãos e o rosto, deixando-os ensanguentados. Também o príncipe não escapou dos arranhões, mas o caminho que seguiu era banhado pelo sol, e o que não lhe faltava era coragem. Vamos seguir juntos com ele.

— Hei de encontrar o sino — murmurava consigo mesmo, — nem que tenha de caminhar até o fim do mundo.

Macacos horrorosos, grimpados nas árvores, debochavam ao vê-lo passar, grunhindo entre si:

— Olha lá um filhote de rei! Uh, uh! Vamos jogar galhos e frutas nele!

Mas ele nem lhes deu importância, embrenhando-se cada vez mais na mata densa. Ali cresciam as flores mais estranhas: lírios com formato de estrelas, tendo no centro um estame cor de sangue; tulipas azuis como o céu; flores-de-maçã, nascendo em árvores cujos frutos pareciam bolhas de sabão. Como essas macieiras silvestres deviam rebrilhar, quando banhadas pelo sol! Aqui e ali estendiam-se campinas muito verdes, entremeadas de enormes carvalhos, a cuja sombra brincavam os veados. Numa dessas árvores, que se erguia solitária em meio à relva alta, ervas e musgos cresciam dentro das rachaduras de seu tronco.

De vez em quando, o príncipe deparava com um lago de águas tranquilas, nas quais lindos cisnes brancos deslizavam placidamente. Era um prazer contemplá-los e escutar o ruflar ritmado de suas asas grandes e alvas. Mas o som do sino continuava a ecoar. Parecia-lhe às vezes que as badaladas vinham do fundo de um daqueles lagos. Ele apurava o ouvido, mas logo se convencia de seu engano: o som vinha de bem mais longe, do próprio coração da mata.

O sol descambava no horizonte, incendiando todo o céu. Desceu sobre a floresta uma calma tão grande, que o príncipe caiu de joelhos e murmurou:

— Jamais encontrarei o que estou procurando. O sol já está sumindo, e logo cairá a noite, a longa e triste noite. Quero ter ainda uma última visão do sol, antes que ele desapareça totalmente. Aquele rochedo ali é mais alto que as árvores; vou tentar escalá-lo.

Agarrando-se aos tufos de plantas que cresciam nas gretas úmidas do penhasco, alcançou o topo tão rapidamente, que nem teve tempo de notar as serpentes viscosas que deslizavam entre as pedras, e os sapos enormes, coaxando tão alto como se estivessem latindo.

Foi a conta de ver os derradeiros estertores do sol poente. Que visão esplendorosa! Ao longe, estendia-se a imensidão do oceano, podendo-se avistar as ondas que arrebentavam no quebra-mar. Como se estivesse apoiado sobre um altar brilhante e vermelho, o sol parecia imóvel, cortado pela linha do horizonte, na qual se funde o mar com o firmamento. Toda a natureza parecia compor um único e grandioso conjunto cor de ouro; misturavam-se os sons que vinham do mar e da floresta, e o próprio coração do príncipe integrava-se naquela harmonia majestosa. Sentia-se como se estivesse no interior de uma gigantesca catedral: as ervas e flores eram os ladrilhos do piso; as árvores eram as colunas; as nuvens, os lustres; o céu, o teto. Aos poucos foi-se desfazendo a vermelhidão do céu, invadida pelo negrume da noite. Milhões de estrelas cintilavam, como diamantes engastados no céu. O príncipe abriu seus braços, abarcando tudo aquilo: a mata, o mar, a noite. Foi então que, do outro lado do penhasco, do lado oposto ao do coração, chegou ali o menino pobre, com as roupas em farrapos e calçando tamancos. Chegara pouco depois, por ter passado por um caminho mais difícil.

Os dois garotos correram a se abraçar, e ali ficaram de mãos dadas, no meio da majestosa catedral, envoltos pela Natureza e pela Poesia. De longe e de muito alto badalava o sino invisível, como um eco musical das preces mudas provenientes daqueles dois corações.

Vovó

Vovó é bem velhinha, mas muito velha, mesmo! Tem os cabelos inteiramente brancos, e o rosto todo sulcado de rugas. Mas que olhos tem! Brilhantes como duas estrelas, o que ainda os torna mais belos, doces, gentis, repletos de amor! Usa um vestido comprido, de seda, todo estampadinho de flores. Quando se escuta aquele frufru característico, a gente já sabe: lá vem a Vovó.

Quantas histórias ela sabe contar! Nisso, ganha longe do Papai e da Mamãe; mas também pudera: viveu bem mais tempo do que eles.

Vovó vive lendo seu livro de orações, que é pequeno, de capa dura e tem um fecho de prata. Entre suas páginas, guardou uma rosa, que hoje está achatada e seca, tendo perdido o viço e a beleza que um dia ostentou. Já no vaso que fica em cima de sua mesa, há sempre uma rosa fresca e perfumada, bem mais bonita e agradável de se olhar. Pois, apesar disso, Vovó sempre sorri quando olha a flor seca, embora às vezes se note um toque de tristeza nesse sorriso, ou até mesmo uma lágrima furtiva tremulando em seus olhos.

Por que será que a visão daquela rosa seca lhe traz tamanha emoção? Quer saber por quê? Eu conto: é porque, cada vez que uma lágrima cai de seus olhos sobre as pétalas secas daquela flor, ela readquire seu viço e seu colorido, e todo o quarto se enche de seu perfume. As paredes vão se desfazendo, como se fossem a névoa da manhã, até desaparecerem por completo. Então, ela volta a estar no meio de um bosque, sob um dossel verde de folhas, vazado aqui e ali por feixes de raios de sol. Torna-se de novo a menina loura e de faces coradas que um dia foi, linda e encantadora como um botão de rosa. Só seus olhos não mudam: continuam os mesmos, calmos, afáveis, gentis — os olhos da Vovó. Senta-se a seu lado um rapaz elegante e garboso, que colhe a rosa e a entrega a ela, que então sorri. Os olhos são dela, mas o sorriso não é. Ou melhor: é, sim! Basta reparar bem, para ver que continua o mesmo.

O rapaz desaparece. Pessoas e cenas diversas vão desfilando pela floresta, esfumando-se ao longe, sumindo, do mesmo modo que o rapaz. A rosa voltou para seu lugar antigo, entre as páginas do livro de orações, e Vovó voltou a ser a velhinha que a contempla com um sorriso.

Um dia, Vovó morreu. Estava sentada em sua espreguiçadeira e acabava de contar uma história muito comprida.

— E assim, acabou-se o que era doce — disse ela, ao terminar a narrativa. — Estou cansada. Quero cochilar um pouco.

Reclinou a cabeça no encosto da espreguiçadeira, fechou os olhos, suspirou suavemente — e acabou-se o que era doce. Uma calma enorme tomou conta do quarto. Seu rosto parecia tão tranquilo e feliz como quando ela saía para tomar sol. Disseram então que ela estava morta.

Deitaram-na num caixão negro e cobriram seu corpo com um lençol branco. Ela estava bonita, mesmo de olhos fechados. As rugas desapareceram e havia um sorriso em seus lábios. Seus cabelos de prata davam tanta dignidade ao seu aspecto, que sua visão não me deu medo algum. Era a Vovó, a doce e boa Vovó. O livro de orações foi colocado sob sua cabeça, conforme ela havia pedido enquanto viva. Deixaram dentro dele a rosa seca. Pouco depois, ela foi enterrada.

Sobre seu túmulo, junto ao muro do cemitério, alguém plantou uma roseira. Todo ano ela dava flor, e o rouxinol cantava, pousado em seus ramos. Da igreja vizinha chegava o som do órgão, tocando os hinos sacros que Vovó costumava trautear, quando lia seu livro de orações. Era sobre ele que Vovó agora descansava sua cabeça. O luar iluminava o túmulo, e mesmo à meia noite qualquer criança poderia vir ali para colher uma rosa, sem receio dos mortos, pois eles não ficam vagando pelos cemitérios. Não, os mortos são muito mais sábios que nós, os vivos; conhecem-nos bem, sabem que temos medo de fantasmas, e, sendo mais gentis do que nós, jamais iriam querer apavorar-nos. A terra que recobre o caixão já está também dentro dele. O livro de orações e a rosa seca, guardiões de tantas lembranças, já se transformaram em pó. Mas aqui em cima, na superfície, novas rosas florescem e canta o rouxinol, enquanto o órgão toca na igreja. E existem aqueles que se lembram da velha Vovó, de olhos ternos e eternamente jovens. Os olhos não podem morrer! E os nossos haverão de vê-la um dia novamente, jovem e bela como da primeira vez em que beijou a rosa fresca e recém-colhida, a rosa que secou e que se reduziu a pó, repousando para sempre no fundo daquela sepultura.

A Colina dos Elfos

Lagartos corriam pelo tronco de um velho carvalho, entrando e saindo das muitas fendas e gretas que nele havia. Todos falavam em lagartês, que é a língua dos lagartos, podendo desse modo entender-se uns aos outros.

— Toda noite, tem havido uma zoeira infernal lá na colina onde vivem os elfos — dizia um deles. — Você também ouviu? Eu não tenho conseguido pregar o olho há duas noites seguidas. Se continuar assim, vou acabar tendo uma bruta dor de cabeça.

— Ah, sim, está acontecendo alguma coisa lá em cima — comentou outro lagarto. — A noite passada, eles ergueram o topo da colina e o deixaram assentado sobre quatro pilares vermelhos, até a hora em que o galo cantou. Certamente, estavam querendo arejar sua casa, já que moram dentro dela. As jovens elfas estão aprendendo uma nova dança, e ficam por horas a fio socando o chão com os pés. É, não há dúvida: tem algo acontecendo lá em cima.

— Estive conversando com uma minhoca que é muito minha amiga — disse outro lagarto, — e que tinha acabado de vir lá da colina, depois de passar dois dias cavucando por lá. Ela escutou muita coisa, enquanto trabalhava. A coitada é cega, mas em compensação escuta longe e tem uma sensibilidade de fato fantástica. Disse que os elfos estão esperando visitas ilustres para breve. Ela não conseguiu saber quem são esses visitantes, mas ouviu dizer que os fogos-fátuos foram convidados a realizar uma procissão de tochas. Estão limpando e polindo todas a pedras de ouro e de prata que há lá na colina — e como tem ouro e prata lá em cima! — e deixando-as expostas à luz da lua, para aumentarem seu brilho.

— Quem serão esses visitantes? — indagaram todos os lagartos. — Que será que está para acontecer? Os elfos estão trabalhando para valer! Pelo barulho que fazem, vê-se que não estão tendo descanso.

Nesse momento, abriu-se a colina dos elfos e de dentro dela saiu uma velha elfa, oca nas costas como todos os elfos, vestida com muito apuro. Era a governanta do rei e sua prima distante. Como símbolo de sua posição, usava na fronte um coração feito de âmbar. Deus do céu, como corria! Rápida como o vento, entrou no pântano e dirigiu-se ao lugar onde vivia o noitibó.

— O senhor está convidado a comparecer na Colina dos Elfos esta noite — disse ela. — Peço-lhe ainda o favor de distribuir os convites. É o mínimo que pode fazer, já que não tem casa própria para retribuir a hospitalidade que irá usufruir. Vamos receber visitantes de alta consideração, duendes da maior importância, e o Rei dos Elfos gostaria de deixá-los bem impressionados com sua corte.

— A quem devo levar os convites? — perguntou o noitibó.

— Ao grande baile, qualquer um poderá comparecer — respondeu a governanta do rei. — Até mesmo seres humanos poderão ir, desde que possuam algum dom parecido com os nossos, como a faculdade de falar dormindo, por exemplo. Mas a recepção de hoje à noite deve ser mais selecionada. Nessa, só poderão comparecer aqueles que possuem um "status" mais considerável. Já discutimos, eu e o Rei, a respeito desse assunto. A meu ver, não deverão ser convidados fantasmas e assombrações. O velho Tritão do Mar e as sereias, suas filhas, devem ser os primeiros da lista de convidados. Eles não gostam de ficar no seco; por isso, faça o favor de dizer-lhes que estamos providenciando para eles assentos feitos de pedra-d'água, senão mesmo de material mais úmido. Trata-se de um compromisso, não deixe de dizer-lhes, pois não queremos de modo algum receber uma recusa por parte de convidados tão nobres. Em seguida, leve os convites aos velhos duendes, gnomos e gênios que encontrar, mesmo àqueles que tenham cauda, mas desde que sejam de linhagem nobre e distinta. Quando for convidar a Mãe-d'Água, não deixe de estender o convite a seu esposo, o Pai-d'Água, e à senhora sua mãe, a Avó-d'Água. Pode também chamar os maiorais da turma que vive nos cemitérios: o Porco Sujo, a Mula-sem-Cabeça, o Lobisomem, e os que frequentam as igrejas: o Duende Sineiro, o Três-Pernas; enfim: todos aqueles que têm ligação com o clero. Esse fato não é empecilho para que venham à festa, ainda mais quando se sabe que somos aparentados e nos visitamos eventualmente.

— Cró! — respondeu o noitibó, saindo imediatamente para desincumbir-se de sua tarefa.

As donzelas elfas já estavam dançando no topo da colina. Sobre os ombros traziam longos xales tecidos de neblina e luar. Estavam muito bonitas, para quem gosta desse gênero de beleza.

O grande salão situado no interior da colina tinha passado por uma arrumação em regra. O chão fora lavado com luar, e todas as paredes tinham sido enceradas com banha de morcego, até brilharem como pétalas de tulipa.

Na cozinha, assavam-se rãs no espeto e cozinhavam-se postas de cobra recheadas com dedinhos de crianças recém-nascidas. As saladas estavam sendo preparadas com esmero: havia profusão de sementes de cogumelo dispostas caprichosamente em bandejas, guarnecidas com focinhos de camundongo. Para temperar, havia numerosas galhetas cheias de suco de cicuta. O vinho era especial: tinha sido envelhecido em tumbas e era feito de puro salitre. Para quem preferisse, havia garrafas e mais garrafas da famosa cerveja fabricada pela Bruxa do Pântano. Como se pode ver, era um cardápio digno de um lauto banquete, embora um tanto conservador. Para a sobremesa, seriam servidos pregos enferrujados e cacos de vitrais de igreja.

A coroa do rei tinha sido polida com pó de giz, recolhido no chão de uma sala de aula, junto às carteiras dos alunos muito estudiosos — ou seja, um pó de giz difícil de se conseguir.

Nos quartos destinados aos hóspedes estavam sendo penduradas cortinas limpas, todas engomadas com saliva de cobra. Por toda parte, todos estavam atarefadíssimos, trabalhando sem descanso. Daí o alarido que se ouvia nos arredores da Colina dos Elfos.

— Ufa! — dizia a governanta do rei. — Só falta defumar tudo com crina de cavalo e cerdas de porco, para encerrar minha tarefas.

— Oh, paizinho, por favor — suplicava a filha caçula do rei, — deixe de fazer mistério e conte-me quem são os tais convidados importantes!

— Está bem, filhinha, já é hora de revelar o segredo — concordou o rei. — Duas de vocês já estão na idade de se casar. Vamos receber a visita do Rei dos Gnomos, que vive na Noruega, no castelo de Dovre. Esse castelo, todo de granito, é tão alto, que suas torres estão sempre recobertas pelas neves eternas. Ele é dono de uma mina de ouro, o que não deixa de ser um belo patrimônio, embora as más línguas afirmem que ela está esgotada, e já deu o que tinha que dar. Seus dois filhos vêm em sua companhia; são rapazes que também estão em idade de casar. O velho Gnomo-Rei é um norueguês típico: honesto, jovial, sincero. Conheço-o há muito tempo. Ficamos amigos quando ele veio à Dinamarca para se casar. Sua esposa era a filha do Rei dos Penhascos Calcários de Möen — coitada, já morreu há muitos e muitos anos... Não vejo a hora de reencontrar meu velho camarada... Disseram-me que seus filhos foram muito mimados em crianças, tornando-se dois rapazolas pretensiosos e mal-educados. Não sei se é verdade; independente disso, o tempo haverá de corrigir seus maus modos. Quero ver se minhas filhas saberão levá-los para o bom caminho.

— Quando chegarão? — perguntou a filha mais velha.

— Depende do tempo e dos ventos — suspirou o rei. — Estão vindo de navio. Sugeri que viessem pela Suécia, mas o velho Gnomo-Rei é conservador, não acompanha a evolução dos tempos, o que me parece uma coisa muito errada.

Nesse instante, dois fogos-fátuos entraram correndo no salão. O que chegou primeiro foi logo dizendo antes do outro:

— Estão chegando! Estão chegando!

— Minha coroa, rápido! — ordenou o rei dos elfos. — Vou recebê-los lá fora, ao luar.

Saiu acompanhado das filhas, que ergueram os xales e se inclinaram até tocar a cabeça no chão.

Eis que chegou o convidado ilustre: o Gnomo-Rei de Dovre! Sua coroa era feita de gelo e guarnecida de pinhas polidas. Trajava um capote de pele de urso e botas de alpinista. Seus filhos, por outro lado, usavam roupas leves e esportivas, dispensando os suspensórios e trazendo as golas abertas ao peito. Eram dois rapagões robustos e desempenados.

— Onde está a tão falada Colina dos Elfos? — perguntou o mais novo dos dois. — É isto aqui? Ha, ha, ha! Na Noruega, chamamos isto de buraco!

— Que asneira é essa? — repreendeu o velho Gnomo-Rei — Buracos são côncavos; colinas são convexas. Não tem olhos para enxergar isso?

Uma coisa que muito surpreendeu os dois rapazes foi o fato de entenderem perfeitamente a linguagem local, e ambos manifestaram sua admiração, pois não tinham ideia de que o dinamarquês e o norueguês fossem línguas praticamente idênticas.

— Não precisam exibir sua ignorância — zangou-se o pai. — Parece que nasceram ontem! Tratem de causar boa impressão aos nativos.

Entraram no salão, que estava apinhado de convidados. Tinham chegado tão depressa, que até parecia terem sido trazidos pelo vento. O velho Tritão e suas filhas sereias estavam bem acomodados em tinas cheias de água, sentindo-se perfeitamente à vontade. Todos portavam-se à mesa com a maior distinção, exceto os dois filhos do Gnomo-Rei. Logo que se sentaram puseram os pés sobre a mesa, sem a menor consideração para com os outros convidados. O pai ficou possesso ao ver aquilo:

— Vá lá que ponham os pés sobre a mesa, mas tirem-nos já de dentro dos pratos! — berrou.

Com má vontade, os dois obedeceram. Voltando-se para as duas jovens elfas sentadas ao seu lado, puseram-se a conversar. De vez em quando, divertiam-se com as duas, passando-lhes raminhos de pinheiro na nuca, para fazer cócegas. Quando a ceia estava pela metade, tiraram as botinas para ficar mais à vontade, entregando-as à jovens para que as segurassem.

O velho Gnomo-Rei era bem diferente de seus filhos. Deixou os convivas encantados com suas descrições das paisagens norueguesas; as montanhas altaneiras, os rios e regatos cristalinos, que despencavam pelas encostas das falésias, esvaindo-se em bolhas e espuma, precipitando-se embaixo com um fragor que era a um só tempo trovoada e som de órgão. Falou depois sobre o salmão, que nadava cachoeira acima, enquanto as ninfas do rio dedilhavam suas harpas de ouro. Trouxe à imaginação de todos a imagem de uma calma noite de inverno, quando se pode escutar o retinir dos guizos presos aos trenós e contemplar os jovens patinadores, empunhando archotes acesos, deslizando sobre a crosta lisa como um espelho dos lagos congelados, transparentes a ponto de deixar ver os peixes que nadam aterrorizados abaixo de seus pés. Sim, ele sabia como contar uma história, fazendo com que todos os ouvintes escutassem o alarido das serrarias e as cantigas entoadas pelos jovens quando dançavam acrobaticamente o "halling". No meio da narração, o velho Gnomo-Rei, tomado de entusiasmo, gritou "Hurra!" e, voltando-se para a dama que estava a seu lado, deu-lhe um beijo tão estalado, que o barulho pôde ser ouvido em todo o salão.

— Foi um beijo de irmão — explicou meio sem jeito, pois a dama não tinha sequer parentesco longínquo com ele.

Chegou o momento da dança das jovens. Primeiro, bailaram levemente, como mandava a tradição. Depois, puseram-se a pisotear com agilidade, mostrando a dança que haviam ensaiado especialmente para aquela ocasião. O número final era difícil de executar: chamava-se "Doidança". Como rodopiavam as bailarinas! Era difícil saber o que eram pernas e braços, quem estava de pé e quem estava de cabeça para baixo! Só de ficar olhando, a coitada da Mula-sem-Cabeça ficou tonta, começou a sentir-se mal e teve de sair da mesa às pressas.

— Uau! — exclamou o velho Gnomo-Rei. — Já vi que são ágeis de pernas e dançarinas fantásticas! Tirante isso, que mais sabem fazer suas filhas?

— Elas mesmas irão mostrar-lhe — respondeu o rei, chamando a filha mais nova.

Pálida como o luar, era ela a mais delicada das irmãs. Levando uma varinha de condão à boca, desapareceu — essa era sua maior habilidade. O Gnomo-Rei não apreciou a mágica, dizendo que não gostaria de ter uma esposa dotada desse tipo de talento, e que seus filhos certamente haveriam de concordar com ele nesse ponto.

A segunda jovem conseguia desdobrar-se em duas, andando ao lado de si própria como se fosse uma sombra, coisa que elfos e gnomos não têm.

O talento revelado pela terceira irmã era completamente diferente. Ela havia trabalhado como ajudante da Bruxa do Pântano, com quem aprendera a fabricar cerveja e a ornamentar troncos dos sabugueiros, enchendo-os de pirilampos.

— Essa aí dará uma boa dona de casa — disse o Gnomo-Rei, piscando um olho para ela e pensando em erguer-lhe um brinde, mas logo desistindo da ideia, ao notar que já passara da conta.

A seguir, apresentou-se a quarta irmã, trazendo consigo uma harpa de ouro. Quando dedilhou a primeira corda, todos os presentes ergueram a perna esquerda (pois os duendes e elfos são canhotos); quando dedilhou a segunda, todos ficaram a sua mercê, tendo de obedecer-lhe cegamente.

— Essa mulher aí é muito perigosa! — comentou o Gnomo-Rei.

Entediados com tudo aquilo, seus dois filhos esgueiraram-se para fora do salão.

— E você, minha filha — perguntou ele para a jovem que aguardava a sua vez, — que sabe fazer?

— Aprendi a amar a Noruega — respondeu ela, — e não admito ter um marido que não seja norueguês.

Mas a filha caçula do rei dos elfos cochichou-lhe ao ouvido:

— Ela só diz isso porque escutou uma poesia norueguesa vaticinando que, quando o mundo acabar, as montanhas da Noruega permanecerão de pé, como se fossem sua lápide funerária, e ela se pela de medo de morrer...

— Ha, ha, ha! — riu o Gnomo-Rei. — o que ela encobriu, você descobriu. Vejamos agora o talento da sétima e última jovem.

— Calma — disse o rei dos elfos, que era bom de matemática. — Antes da sétima, vem a sexta.

Mas a penúltima filha era tão tímida, que nem quis se apresentar diante do convidado. Sem sair de onde estava, sussurrou:

— Só sei dizer a verdade, e isso ninguém quer escutar. Assim, passo meu tempo atarefada, costurando minha mortalha.

Chegou então a vez da sétima e última das filhas do rei. Qual era sua habilidade? Ela sabia contar histórias de fadas, tantas quantas alguém quisesse escutar.

— Eis aqui meus cinco dedos — disse o Gnomo-Rei, estendendo a mão aberta. — Conte uma história a respeito de cada um deles.

A jovem elfa tomou-lhe a mão e começou a desfiar suas histórias. O Gnomo-Rei quase arrebentava de tanto rir. Quando ela ia iniciar a quarta história, acerca do dedo anular, que por sinal estava enfiado num belo anel de ouro, como se estivesse pressentindo no ar alguma perspectiva de noivado, e o tomou em suas mãos, o Gnomo-Rei exclamou:

— Já que pegou, agora é seu! Sim, eu lhe dou minha mão! Você vai-se casar é comigo!

A moça protestou, dizendo que ainda faltavam duas histórias: a daquele dedo e a do mindinho, que era bem curtinha.

— As duas podem esperar — replicou o Gnomo-Rei. — Podemos escutá-las no próximo inverno, além de outras que você também poderá contar, como a do pinheirinho, a da vara de marmelo, a do frio cortante, a do presente das ninfas e tantas outras. Na Noruega, apreciamos muito as histórias de fadas, mas ninguém de lá sabe contá-las. Vamos sentar-nos em meu salão de paredes de pedra, iluminado por tochas feitas de resina de pinheiro, enquanto bebemos hidromel nos chifres de ouro que pertenceram aos antigos reis *vikings*. Tenho dois desses chifres, que ganhei de presente das ninfas do rio. Meu amigo Eco, que é magro e alto, virá divertir-nos com suas canções, as mesmas que as pastoras cantam quando levam o gado para as pastagens. Ah, vai ser bom demais! Até o salmão saltará do rio e virá bater nas paredes do castelo, pedindo para entrar, mas não lhe abriremos a porta. Sim, menina, pode acreditar: a Noruega é um lugar delicioso para se viver! Mas... e meus filhos, aonde foram parar?

Sim, onde estariam eles? Estavam a correr pelos campos, divertindo-se em apagar a chama dos pobres fogos-fátuos, que aguardavam pacientemente a hora de darem início à procissão das tochas.

— Que negócio é esse de ficarem por aí correndo feito desesperados? — repreendeu o pai. — Venham conhecer a mãe que escolhi para vocês. Entre as tias que acabam de ganhar, escolham duas para esposas.

Os rapazes, porém, recusaram o convite, dizendo que preferiam ficar rodando por ali, participando das comemorações, dos brindes e dos discursos. Casamento? Nem pensar! E ali ficaram eles, brindando entre si e fazendo discursos um para o outro. Depois de cada brinde, viravam as taças de borco, mostrando que estavam vazias, para que alguém logo as enchesse de novo. Por fim, sentindo-se afogueados e sonolentos, tiraram as camisas e se deitaram de comprido sobre a mesa. Vendo o espanto dos demais, disseram simplesmente:

— Conosco é assim: não gostamos de cerimônia.

O velho Gnomo-Rei dançou animadamente com sua jovem noiva, e depois trocou de botas com ela, dizendo que aquele ato simbólico era mais elegante que trocar de anéis.

— Ouçam — alertou a velha governanta, sempre atenta a tudo o que acontecia: — o galo cantou! Temos de cerrar a abertura, ou do contrário seremos torrados pelo sol.

E a Colina dos Elfos fechou-se.

Pelo tronco oco do carvalho, os lagartos voltaram a subir e descer.

— Gostei muito daquele velho Gnomo-Rei norueguês — comentou um deles.

— Achei seus filhos mais simpáticos — retrucou a minhoca.

Mas sua opinião não foi levada em conta, pois a pobre criatura não podia enxergar.

Os Sapatos Vermelhos

Era uma vez uma menininha bonita e delicada, mas muito pobre. No verão, tinha de andar descalça, e no inverno era obrigada a usar sapatos de madeira muito pesados, que lhe deixavam os tornozelos vermelhos e doloridos.

Na mesma aldeia vivia uma velha viúva cujo marido tinha sido sapateiro. Nossa história começa quando ela estava costurando retalhos vermelhos, para com eles fazer um par de sapatos de pano. Dispondo dos materiais que haviam pertencido ao finado, mas não de sua habilidade naquele tipo de serviço, ela fazia o melhor que podia, mas os sapatos estavam com uma aparência bem feia. Seu plano era dá-los de presente para a pobre menininha, cujo nome era Karen.

No mesmo dia em que sua mãe foi enterrada, Karen teve o consolo de ganhar seu par de sapatos vermelhos. A cor não era lá das mais apropriadas para o luto; entretanto, como ela não tinha outros para usar, calçou aqueles mesmos. Assim, de roupas puídas, sem meias e calçada com um par de sapatos vermelhos, seguiu ela para o enterro, acompanhando o corpo da falecida, que jazia no tosco caixão dos indigentes.

Uma carruagem antiga parou para deixar que passasse o pequeno cortejo fúnebre. Vinha dentro dela uma velha senhora. Ao ver a pobre menina que seguia desconsolada o esquife, compadeceu-se de sua situação. Descendo da carruagem, alcançou o ministro que seguia à frente do cortejo e pediu:

— Deixe-me adotar essa orfãzinha, Reverendo. Prometo cuidar bem dela.

Karen achou que os sapatos vermelhos teriam sido os responsáveis por despertar a simpatia da velha senhora, mas enganou-se: ela os achou horríveis, mandando que a menina os atirasse no fogão e os queimasse. A seguir, vestiu-a com belas roupas limpas e ensinou-a a ler e a costurar. Ao vê-la, todos diziam que ela era uma criança muito bonita, mas o espelho foi além, e disse-lhe um dia:

— És mais que bonita: tu és linda!

Certa vez, a rainha resolveu percorrer o país, levando consigo a princesinha sua filha. Por onde passavam, o povo afluía às ruas para vê-las. Passando por perto da aldeia onde vivia Karen, a rainha instalou-se num castelo existente nas proximidades. A multidão acorreu para lá, e Karen também foi. De uma janela, a princesinha observava o povo, ao mesmo tempo em que se deixava ver, pois estava de pé sobre um tamborete. Ela não trazia coroa na cabeça, nem se trajava com excesso de pompa: vestia apenas um lindo vestidinho branco, tendo nos pés um gracioso par de sapatos vermelhos, feitos de marroquim. Eram sem dúvida bem mais bonitos e elegantes que seus antigos sapatos de pano, presente da viúva do sapateiro; o mais importante de tudo, porém, era o fato de serem vermelhos. Para a menina, era aquela cor, e não o material ou o feitio, que tornavam aqueles sapatos os mais lindos que já vira até então.

Karen cresceu e chegou à idade de ser crismada. Era preciso comprar roupas e sapatos novos para aquela ocasião solene. A velha senhora levou-a ao melhor sapateiro que havia na cidade vizinha, e ele tirou-lhe a medida dos pés. Através das vitrinas de sua loja, podiam-se ver as prateleiras cheias de sapatos e botinhas elegantes e confortáveis. A velha senhora nem se deu ao trabalho de examiná-los, pois enxergava muito mal. Mas Karen enxergava bem, e logo divisou entre os calçados expostos um par de sapatinhos vermelhos, idênticos àquele que tempos atrás havia visto nos pés da princesinha. Ah, como eram bonitos! O sapateiro disse que tinham sido feitos para a filha de um conde, mas que ela desistira de comprá-los, porque os achara um pouco apertados nos pés.

— Parecem de verniz — observou a velha senhora. — Como brilham!

— São lindos! — exclamou Karen, enquanto os experimentava.

Os sapatos vermelhos eram exatamente do tamanho de seus pés; assim, a velha senhora decidiu comprá-los. Se enxergasse bem e notasse que eram vermelhos, provavelmente os teria recusado, já que aquela cor não era a mais indicada para uma cerimônia de Crisma. Mas sua visão estava bem fraca — pobre mulher! — e o brilho dos sapatos a impedira de ver sua cor.

Na igreja, todos os que ali estavam ficaram olhando para os pés de Karen, enquanto ela se dirigia para o altar. Das paredes do templo pendiam retratos dos antigos ministros e de suas esposas que ali tinham sido enterrados. Karen teve a impressão de que até aqueles rostos sisudos, que emergiam de roupas negras com colarinhos brancos, olhavam desaprovadoramente para seus sapatos vermelhos.

Quando o velho bispo impôs-lhe as mãos sobre a cabeça e lembrou o compromisso solene que ela estava prestes a confirmar — o de assumir, perante Deus, sua condição de adulta e de boa cristã —, sua mente estava longe daquelas palavras. O som do órgão encheu o templo, acompanhando as vozes suaves dos meninos do coro e a roufenha do velho chantre, mas Karen continuava pensando apenas em seus sapatos vermelhos.

À tarde, diversas pessoas fizeram questão de visitar a velha senhora, apenas para comentar sobre a cor dos sapatos que Karen havia usado na cerimônia. Ela ficou aborrecida e censurou severamente a mocinha, recomendando-lhe sempre usar sapatos pretos quando fosse à igreja, mesmo que estivessem velhos e usados.

No domingo seguinte, na hora de ir à igreja, Karen olhou para os sapatos pretos, depois para os vermelhos, mirou-os de novo alternadamente, e acabou calçando os que achava mais bonitos.

O dia estava lindo e ensolarado. A velha senhora e Karen seguiram pela estradinha de terra que atravessava o trigal, ficando com os sapatos sujos de poeira. À entrada do templo, estava postado um velho soldado inválido, apoiado em sua muleta. Sua barba era longa e ruiva, entremeada de fios brancos. Fazendo uma inclinação para a velha senhora, pediu-lhe permissão para limpar-lhe os sapatos. Karen também estendeu o pé, para que ele tirasse a poeira dos seus.

— Ahá, sapatinhos de dança! — exclamou o velho aleijado, ao vê-los. — Que beleza! Não me saiam desses pezinhos quando a dona deles estiver bailando, ouviram?

A velha senhora deu-lhe uma moeda e entrou na igreja, acompanhada por Karen.

Novamente, todos os olhares convergiram para os pés da mocinha, até mesmo os dos retratos pendurados nas paredes. Quando ela se ajoelhou diante do altar para a Comunhão e estendeu os lábios para o grande cálice dourado, enxergou nos reflexos do vinho o brilho de seus sapatos de verniz. Na hora de cantar os salmos, ela se esqueceu de fazê-lo, tampouco movendo os lábios durante a prece do Pai-Nosso.

O cocheiro trouxe a carruagem para levá-las de volta a casa. A senhora entrou, e Karen já erguia o pé para acompanhá-la, quando o velho mendigo, parado ali perto, comentou em voz alta:

— Ah, o3lhem ali aqueles lindos sapatinhos de dança!

Ouvindo isso, Karen ensaiou alguns passos de dança. Não que quisesse fazer isso, mas é que seus pés não conseguiam deter-se, obedecendo ao comando dos sapatos. Dançando sem parar, ela pôs-se a contornar os muros da igreja, obrigando o cocheiro a saltar da carruagem e correr em sua direção, segurando-a e erguendo-a no ar. Mesmo assim, seus pés continuavam a executar passos de dança, não parando nem mesmo quando ela já se encontrava dentro da carruagem. Quem sofreu com isso foi a velha senhora, levando nas canelas várias bicadas daqueles sapatinhos irrequietos. Finalmente, ela e o cocheiro conseguiram arrancá-los dos pés da jovem. Só assim é que eles pararam de dançar.

Ao chegarem em casa, Karen guardou os sapatos num armário, mas não resistia à tentação de olhá-los, e toda hora se esgueirava até onde estavam, fitando-os demoradamente.

A velha senhora caiu de cama. Vieram os médicos e disseram que ela não iria viver por muito tempo. Seu tratamento exigia cuidados especiais e assistência constante. E seria Karen, sem dúvida, quem iria encarregar-se dessa tarefa. Acontece, porém, que ela havia sido convidada para um grande baile que iria realizar-se na cidade. Ela olhou para a velha senhora e pensou: "Com ou sem tratamento, em breve ela haverá de morrer". Depois, foi até o armário e contemplou os sapatos longamente, já que não era pecado o simples fato de olhá-los. Sem resistir à tentação, calçou-os, já que também não havia pecado no simples fato de experimentá-los. Com eles nos pés, porém, a tentação tornou-se mais forte, e lá se foi ela para a cidade.

Karen entrou no salão, e como dançou! Entretanto, não era ela quem comandava seus pés. Se queria rodopiar para a esquerda, eles rodopiavam para a direita. Quando quis subir para o terraço, os sapatos dirigiram seus passos para a porta e levaram-na dançando pelas ruas. Em passos leves e giros graciosos, seguiu até a periferia da cidade, ganhou o campo e internou-se na floresta. Queria parar, mas não podia.

Súbito, alguma coisa brilhou entre as árvores. De início, Karen pensou que era a lua, mas logo viu que se tratava de um rosto humano. Por fim, reconheceu-o: era o velho soldado inválido, de barba ruiva e longa. Curvando-se numa saudação, ele falou:

— Ah, são os lindos sapatinhos de dança!

Tomada de pavor, ela tentou arrancá-los dos pés, conseguindo apenas rasgar as meias, pois eles não saíram de modo algum. Pareciam estar grudados. E ela a dançar, sempre e sempre, através dos campos e das várzeas, com sol e com chuva, dias e noites. Era horrível, especialmente à noite, quando a escuridão invadia o mundo.

Dançando, ela entrou no cemitério, mas os mortos não vieram dançar com ela, pois tinham coisas mais importantes a fazer. Karen quis sentar-se para descansar junto à cova rasa dos indigentes, onde cresciam as ervas daninhas, mas quem disse que o conseguiu? Ao ver aberta a porta da igreja vizinha, quis entrar, mas um anjo vestido de branco, com asas tão compridas que iam dos ombros até quase tocar o chão, barrou-lhe o acesso. Seu semblante era firme e severo, e sua mão direita empunhava uma espada larga e cintilante.

— Tua sina é dançar — disse ele, — dançar sempre, deslizar pelo chão com teus sapatos vermelhos, até que percas as carnes e a cor, e que te tornes pálida e fosca, apenas pele e ossos. Sempre a dançar, irás de porta em porta, batendo nas portas das casas que abriguem crianças soberbas e vaidosas. Nessas, haverás de bater, até que elas venham atender, e se assustem com teu aspecto horrendo. Vai-te daqui, vai dançar! É tua sina! Dança! Dança sempre!

— Tende compaixão de mim! — implorou Karen, mas não pôde escutar a resposta do anjo, pois os sapatos vermelhos dirigiram seus passos para longe dali, fazendo-a cruzar campos e várzeas, estradas e ruas, becos e vielas, dançando sempre, sem nunca parar.

Certa manhã, passou dançando pela porta de uma casa que conhecia muito bem. Lá dentro, ouvia-se o som de cânticos fúnebres. A porta se abriu, deixando sair um caixão enfeitado com flores. Morrera a velha senhora que um dia a tinha adotado. Sentiu que agora seria abandonada por todos e amaldiçoada pelo anjo de Deus.

Sua sina era dançar, sempre e sempre. Os sapatos levavam-na através de pântanos e plantações, urzes e espinheiros; seus pés estavam lacerados e cheios de bolhas de sangue.

Certa vez, depois de atravessar uma charneca solitária, chegou diante de uma cabana isolada. Era ali que vivia o carrasco. Bateu com o nó dos dedos na vidraça, chamando-o:

— Saia! Venha para fora! Não posso entrar, pois não consigo parar de dançar.

O carrasco chegou até à porta e disse:

— Sabe quem sou eu? Sou aquele que corta a cabeça dos maus. Sinto que meu machado está tremendo, ansioso por entrar em ação.

— Não, não me corte a cabeça — implorou Karen. — Se o fizer, não terei como arrepender-me de meus erros. Corte meus pés!

Relatou-lhe seus pecados, e ele então decepou-lhe os pés, que continuaram a dançar, sempre levados pelos sapatos vermelhos, internando-se na floresta e desaparecendo.

O carrasco, tomando de um toco, esculpiu-lhe dois pés de madeira e um par de muletas. Em seguida, ensinou-lhe a prece dos arrependidos. Depois de beijar a mão que empunhara o machado, ela se despediu e se pôs a caminho.

— Os sapatos vermelhos já me fizeram sofrer bastante — murmurou consigo mesma. — Vou à igreja, misturar-me aos fiéis.

Ali chegando, viu que junto à porta estavam os sapatos vermelhos, sempre a dançar. Recuou, apavorada, fugindo para longe dali.

Durante toda aquela semana, sentiu-se invadida por uma profunda tristeza, chorando lágrimas amargas. Ao chegar o domingo, pensou: "Já muito sofri e padeci. Não sou pior do que muitas pessoas que agora estão orando na igreja, repletas de orgulho e vaidade".

Esse pensamento devolveu-lhe a coragem, e ela encaminhou seus passos trôpegos até à igreja. Lá chegando, porém, viu novamente os sapatos vermelhos dançando diante da porta do templo. Outra vez ela recuou, tomada de pavor, mas dessa vez arrependeu-se de verdade, no fundo de seu coração.

Assim, bateu à porta da casa do ministro e pediu que lhe arranjassem algum serviço. Não fazia questão de pagamento, mas apenas de um teto que lhe cobrisse a cabeça e comida para matar sua fome. A mulher do ministro compadeceu-se de sua situação, mandando que Karen entrasse. Agradecida pela oportunidade, ela arregaçou as mangas e pôs-se a trabalhar com afinco. À noite, quando o ministro lia em voz alta os versículos da Bíblia, ela se sentava diante dele e o escutava atentamente. Estava sempre disposta a tomar parte nas brincadeiras das crianças da casa, que por isso gostavam muito dela. Mas quando as meninas começavam a falar sobre como queriam vestir-se e enfeitar-se para ficar lindas como princesas, meneava tristemente a cabeça, sem nada dizer.

Quando chegou o domingo, todos da casa prepararam-se para ir à igreja, perguntando a Karen se queria acompanhá-los. Os olhos da pobre criatura encheram-se de lágrimas. Olhando para as muletas, soluçou e ficou em casa, sem coragem de segui-los.

Depois que tinham saído, entrou no seu quartinho, tão pequeno que ali só cabiam a cama e uma cadeira. Sentou-se e abriu o livro de orações. O vento trouxe-lhe de longe os sons do órgão da igreja. Erguendo o rosto banhado de lágrimas, ela suplicou:

— Oh, meu Deus, ajudai-me!

Súbito, a luz do dia pareceu dobrar de intensidade, e ela viu diante de si um anjo do Senhor. Era o mesmo que tempos atrás lhe tinha barrado o acesso à igreja. Agora, ao invés da espada, ele trazia nas mãos um ramo verde coberto de rosas. Tocando com esse ramo no teto baixo do cômodo, este se ergueu, deixando ver uma estrela dourada bem no seu centro. Em seguida, o anjo tocou com o ramo nas paredes, transformando o quartinho num amplo salão. À frente de Karen estava o órgão da igreja, o coro, os retratos dos ministros e de suas esposas, todos os fiéis, orando e cantando. A igreja tinha vindo até ela, ou talvez ela é que tivesse sido transportada até lá. Sentada no meio da congregação, juntou suas vozes às deles, no cântico sacro. Quando terminou e todos tiraram os olhos do livro, viram-na e sorriram, dizendo-lhe:

— Olá, Karen. Que bom que você veio!

Ela respondeu apenas isso:

— Deus teve compaixão de mim.

O órgão soava, misturando suas notas às vozes suaves dos meninos do coro. A luz do sol coava-se através dos vitrais, cálida e brilhante, tocando em Karen e penetrando em seu coração. Foi tal a sua sensação de paz e felicidade, que ela não resistiu, morrendo com um sorriso nos lábios. Sua alma subiu ao céu, num raio de sol. E ali ninguém lhe perguntou sobre os sapatos vermelhos.

A Competição dos Saltos

A pulga, o gafanhoto e aquele brinquedo curioso chamado "bonequinho saltador" fizeram uma aposta para ver qual deles pulava mais alto. Para essa competição, convidaram todo o mundo, e mais qualquer um que quisesse aparecer no dia e na hora marcados. Cada qual dos três estava certo de que sairia vencedor da prova.

— Darei a mão de minha filha àquele que saltar mais alto — declarou o rei. — A simples honra de ser o vencedor é prêmio muito insignificante para um herói.

A pulga apresentou-se primeiro. Suas maneiras eram muito educadas, talvez porque tinha acabado de picar uma donzela da corte, e aquele sangue deveria estar causando algum efeito dentro dela.

Veio a seguir o gafanhoto. Era corpulento, mas não desprovido de graça; além disso, seu uniforme verde, que ele usava desde que nascera, caía-lhe muito bem. Ao se apresentar, disse ser descendente de nobres ancestrais egípcios, pertencendo a uma família distinta e antiga.

— É por isso — explicou — que moro num castelo de cartas de baralho, dotado de portas e janelas, com três andares. Resido ali desde que cheguei do campo. Foi um presente que recebi, como prova da estima que me dedicam nesta terra.

Notando que causara boa impressão entre os assistentes, continuou a vangloriar-se:

— Sei cantar tão maravilhosamente, que dezesseis grilos nativos (pobres coitados: cantam desde que nasceram, e ninguém até hoje se lembrou de dar-lhes de presente um castelo de cartas...), ao escutarem minha voz maviosa, foram sendo roídos pela inveja, até que desapareceram!

Assim, tanto a pulga como o gafanhoto fizeram o relato completo de suas qualidades, cada qual considerando-se o único com méritos suficientes para desposar uma princesa.

Chegou a vez do bonequinho saltador. Era feito de osso, mas não de um osso qualquer, e sim daquele que se chama "aposta", tirado do peito de um ganso. Para saltar, segurava-se num bastãozinho de madeira, que era impulsionado por um elástico.

O bonequinho saltador nada disse quando se apresentou diante da assistência. Seu silêncio foi interpretado como prova de alta genialidade. O cachorro de estimação do rei veio farejá-lo, afirmando que ele provinha de uma boa família. O velho Conselheiro Real, que ostentava no peito três condecorações, recebidas pelo mérito de ter sabido manter-se de boca fechada, asseverou que o bonequinho saltador possuía o dom da profecia.

— Só de olhar suas costas — afirmou, — a gente sabe se o inverno será ameno ou rigoroso.

Ah, se a gente soubesse prever o tempo só por examinar as costas do sujeito que escreve o Almanaque...

O rei não quis arriscar um palpite, preferindo dizer prudentemente:

— Já posso prever o resultado desta competição, mas prefiro calar-me por ora.

Começou a disputa. A pulga pulou tão alto, que ninguém viu onde ela foi parar. Houve mesmo quem garantiu que ela nem tinha saltado, mas apenas fingido, o que teria sido um gesto muito antiesportivo.

Já o gafanhoto saltou apenas a metade da altura alcançada pela pulga, mas foi tão infeliz que caiu bem no rosto do rei, deixando Sua Majestade indignado com aquela falta de respeito.

Agora era a vez do bonequinho saltador, que se sentou calmamente sobre o elástico, fazendo sua concentração. Ao vê-lo ali tão quieto, os assistentes pensaram que ele havia desistido de saltar.

— Será que está passando mal? — perguntou o cachorro, farejando-o novamente.

Foi nesse momento que o bonequinho saltou. Não pulou para cima, como os outros, mas sim para a frente, porém alto o bastante para que caísse bem no colo da princesa, que assistia à competição sentada em seu tamborete dourado.

— É esse o vencedor da prova — declarou o rei. — Quem saltou mais alto foi o competidor que caiu no colo de minha filha: o bonequinho saltador. Ele demonstrou não só inteligência, como bom gosto. Por isso, concedo-lhe a mão da princesa.

Assim ele disse, e assim se fez.

— Quem saltou mais alto fui eu— resmungou a pulga. — E daí? De que valeu isso? Quem ganhou a princesa foi esse esqueletinho... Pois que fique ela com seu osso, seu elástico e seu bastão. Bom proveito. Neste mundo, o que importa são as aparências. Resta-me o consolo de saber que meu pulo foi o melhor.

A pulga saiu aborrecida e foi-se alistar na Legião Estrangeira. Segundo se comenta, morreu em combate, pouco tempo depois.

O gafanhoto sentou-se à beira do fosso do castelo e pôs-se a cismar sobre a injustiça do mundo.

— É a aparência que conta! É a aparência que conta! — repetia sem cessar.

E foi da cantiga tristonha do gafanhoto que retiramos esta história, a qual, embora esteja impressa, bem pode não passar de uma grossa mentira.

A Pastora e o Limpador de Chaminés

Já viu alguma vez um desses armários antigos, de madeira enegrecida pelo tempo, todo ornado de lavores, de maneira a parecer uma sucessão contínua de arabescos e volutas? Pois havia um móvel desses numa certa sala de estar. Estava com aquela família pelo menos há quatro gerações. A madeira era toda lavrada, mostrando festões de rosas e tulipas de cima abaixo, presos a ramos que formavam curiosos arabescos, aqui e ali envolvendo cabeças de veado, com galhos e tudo. Mas a figura mais interessante era a que se destacava no centro do móvel, mostrando um sujeito barbudo, de chifrinhos na testa e pernas de bode. Seus lábios abriam-se para os lados da cara, exibindo antes uma risada que um sorriso. Seu aspecto era tão engraçado, que as crianças da casa lhe deram um nome: chamavam-no de "Tenente-General-Comandante-Secreto Pé de Cabra". Além de difícil de pronunciar, até mesmo para um adulto, provavelmente não havia pessoa alguma no mundo, fosse de carne e osso, fosse esculpida em madeira, que pudesse ostentar um título assim tão pomposo.

Na posição em que o armário se encontrava, o Tenente-General ficava continuamente mirando uma cômoda colocada embaixo de um espelho, sobre a qual se via uma graciosa pastorinha feita de porcelana. A barra de seu vestido estava arregaçada, prendendo-se à cintura com uma rosa. O arranjo deixava ver seus pezinhos, calçados com sapatinhos dourados, da mesma cor do chapéu que trazia inclinado na cabeça. E, sendo uma pastora, nada mais natural que trouxesse um longo cajado nas mãos. Ah, que pastorinha mais bonita!

Perto dela ficava um outro bibelô bem diferente, representando um limpador de chaminés, preto como carvão, exceto no rosto, que era da mesma tonalidade branco-rosada. Havia algo de esquisito naquele rosto tão limpo, sem sequer uma nódoa de fuligem no nariz ou na bochecha. Embora de porcelana, a imagem deveria representar um limpador de chaminés, e aquele rosto poderia perfeitamente pertencer à estatueta de um príncipe.

Ainda que tão diferentes, os dois bibelôs eram delicados e de fino lavor, formando um belo casal. Ele, com sua escada, e ela, com seu cajado, ficavam um ao lado do outro, sendo de se imaginar que estivessem noivos. Afinal de contas, tinham muita coisa em comum: ambos era jovens, feitos da mesma argila, delicados e frágeis.

Em cima da cômoda havia uma outra figura, três vezes maior que os bibelôs. Era um mandarim chinês, cuja cabeça se inclinava. Também era de porcelana, e afirmava ser o avô da pastorinha. Embora fosse difícil enxergar algum grau de parentesco entre ambos, o fato é que o mandarim agia em tudo por tudo como se ela, por ser sua neta, tivesse de obedecê-lo cegamente. Assim, quando o Tenente-General-Comandante-Secreto Pé de Cabra lhe pediu oficialmente a mão da pastorinha, ele inclinou a cabeça, concordando, e disse à "neta":

— Neta de mandarim vai casar, não? Marido de neta é homem rico, não? É feito de mogno, madeira muito nobre. Depois de casada, neta vai ser chamada de Senhora Tenente-general-comandante-secreto Pé de Cabra, não? Marido é dono de armário rico, cheio de objetos de prata, muito preciosos, além de outros tesouros escondidos nas gavetas.

— Não quero morar dentro daquele armário escuro! — protestou a pastorinha. — Ouvi dizer que lá dentro já há onze mulheres de porcelana.

— Então neta será a número doze! — replicou o mandarim. — Casamento hoje à noite. Assim que armário estalar, será celebrado casamento, tão certo como eu ser mandarim chinês, não?

Depois disso, calou-se e ficou balançando a cabeça para a frente e para trás, até que adormeceu.

A pastorinha chorou por muito tempo. Por fim, secando as lágrimas, olhou para o limpador de chaminés e disse:

— Não posso continuar aqui. Vou sair pelo mundo afora. Quer vir comigo?

— Farei tudo o que você pedir — respondeu ele. — Vamos agora mesmo. Posso trabalhar e ganhar dinheiro para sustentá-la.

— Mas como faremos para descer daqui? perguntou ela, aflita, — não me sentirei segura enquanto não estiver lá embaixo, no chão.

O limpador de chaminés tranquilizou-a, mostrando-lhe como apoiar os pezinhos nos sulcos das gavetas, ao mesmo tempo em que se segurava na lateral do móvel, escorregando até o chão. Nos trechos mais difíceis, ele fazia uso de sua escada, e assim os dois conseguiram descer até o assoalho da sala. Dali de baixo, olharam para o armário, vendo que suas figuras esculpidas estavam num verdadeiro rebuliço. As cabeças de veado mexiam-se com fúria, ameaçando investir contra os dois com seus chifres em forma de galhos. O Tenente-General saltava desesperadamente, tentando alertar o velho mandarim chinês, que dormia o sono solto:

— Eles estão fugindo! Estão fugindo!

Vendo que a gaveta de baixo da cômoda estava meio aberta, o casalzinho assustado subiu até a borda e escondeu-se lá dentro. Ali estavam guardados três ou quatro baralhos incompletos, além de alguns fantoches. Estes estavam naquele momento representando uma peça. As cartas de baralho formavam a plateia. Diante dos atores enfileiravam-se as damas de ouros, copas, paus e espadas, abanando-se com seus leques. Do outro lado estavam os valetes, aproveitando para flertar com as damas, tanto por cima como por baixo, pois, como se sabe, as cartas de baralho têm duas cabeças.

A peça era sobre dois amantes que não podiam se encontrar. A infeliz pastora relacionou a história com a da sua própria vida, e rompeu num pranto sentido.

— Não posso suportar isso! — queixou-se. — Vamo-nos daqui.

Quando conseguiram sair da gaveta e descer até o chão, viram que o velho mandarim

304

já estava acordado, meneando para a frente e para trás não só a cabeça, como todo o corpo, já que ele era redondo na parte de baixo e não tinha pernas.

— Lá vem o mandarim! — gritou a pastorinha, caindo ao chão de joelhos, apavorada.

— Tenho uma ideia — disse o limpador de chaminés. — Vamos entrar dentro daquele jarrão ali no canto da sala, cheio de rosas e alfazemas. Ficaremos entre flores perfumosas e atiraremos sal nos olhos de quem vier nos perturbar.

— Ali, não! Nunca! — protestou a pastorinha. — Aquela jarra e o mandarim já foram noivos, em seu tempo de juventude. Alguma simpatia sempre permanece entre aqueles que se amaram na mocidade, mesmo que tenha sido há muito tempo. Não, não temos outra escolha senão sairmos pelo mundo afora.

— Tem ideia do que significa isso? — perguntou o limpador de chaminés. — O mundo é muito vasto. Se sairmos por ele afora, nunca mais voltaremos aqui. Vale a pena tentar?

— Claro que vale! — respondeu a pastorinha com determinação.

O limpador de chaminés fitou-a bem dentro dos olhos e disse:

— Para sair daqui, o único caminho que conheço é pela chaminé. Temos de entrar no forno e depois subir por um vão estreito, escuro, sujo e perigoso. Quanto mais subirmos, mais dificilmente seremos alcançados. Ao chegarmos no topo, aí sim: estaremos diante do mundo vasto e sem fronteiras. Se tem coragem, vamos.

Levou-a até o fogão e abriu a porta do forno.

— Ih, como é escuro aí dentro — disse ela, sem contudo deixar que o receio lhe detivesse os passos.

Seguiram de rastros pelo forno, até chegarem embaixo do tubo da chaminé, negro como piche.

— Daqui para a frente, é só questão de subir. Veja aquela estrela bem em cima de nós.

Ela olhou e viu uma estrela brilhante que iluminava a escuridão da chaminé, como se quisesse servir-lhes de guia para a liberdade. A visão reforçou seu desejo de fuga, e os dois começaram a escalar o túnel vertical, apoiando-se nos ressaltos, sujando-se de fuligem, ralando os braços e os joelhos. O risco de queda aumentava à medida que subiam por aquele caminho escabroso. O limpador de chaminés dava-lhe apoio e orientação, ajudando-a nos trechos mais difíceis, mostrando-lhe onde apoiar seus delicados pezinhos de porcelana. Por fim, alcançaram o topo da chaminé e sentaram-se em sua borda, exaustos pelo esforço dispendido naquela subida. Tinham motivo de sobra para precisarem de um repouso.

Por cima deles estendia-se o céu recamado de estrelas; embaixo, uma sequência interminável de telhados; à frente, a vastidão do mundo. A pastorinha jamais imaginara que ele fosse tão grande. Encostando a cabeça no ombro do companheiro, chorou tanto que o dourado de seu cinto começou a rachar.

— O mundo é grande demais! — soluçou. — Muito maior do que eu imaginava! Não tenho coragem de sair por ele afora. Desisto. Quero mesmo é voltar para meu lugar sobre a cômoda, abaixo do espelho da sala. Não me sentirei feliz enquanto não estiver de novo ali. Você me trouxe até aqui; sou-lhe grata por isso. Peço-lhe, porém, que me leve de volta. Se gosta de mim, não me negue esse favor.

O limpador de chaminés tentou dissuadi-la daquela ideia, lembrando-lhe que lá embaixo estavam o velho mandarim chinês e o petulante Tenente-General-Comandante-Secreto Pé de Cabra, mas isso só fez aumentar seu pranto. Vendo que ela estava irredutível, rendeu-se por fim ao seu desejo, beijou-a e preparou-se para descer.

O caminho de volta foi tão difícil e perigoso quanto o de ida. Por fim, atingiram o fundo do forno, atravessaram-no de gatinhas e se detiveram à porta, espiando para fora, a fim de observarem o que teria acontecido durante sua ausência.

Dali via-se a sala de estar. De lá não vinha som algum. No assoalho, junto à cômoda, estava o velho mandarim chinês, todo espatifado. Ao tentar persegui-los, caíra da cômoda, e agora ali estava, em pedaços. A cabeça tinha rolado e jazia inerte, junto a um dos pés da mesa. No armário, com aspecto meditativo, o Tenente-General-Comandante-Secreto Pé de Cabra continuava em seu lugar de sempre.

— Que cena horrível! — exclamou a pastorinha. — Meu velho avô partiu-se em pedaços, por nossa culpa! Oh, não posso suportar tamanha desgraça!

— Ora, ora, não é o fim do mundo — consolou-a o limpador de chaminés. — Ele pode ser colado e receber um rebite novo no pescoço, voltando a ser inteiro, capaz de inclinar a cabeça e de continuar dizendo as coisas desagradáveis de sempre.

— Ah, é? Que bom! — disse ela, tranquilizando-se.

Subiram até o tampo da cômoda e voltaram a ocupar o lugar que haviam deixado.

— Chegamos ao final da viagem: aqui de novo... — comentou o limpador de chaminés. — Podíamos ter poupado todo esse trabalho.

— Acha que ficará muito caro o conserto do meu avô? — perguntou a pastorinha. — Gostaria tanto de vê-lo aqui de novo perto de nós...

E o conserto não tardou a ser feito. O mandarim foi todo colado e voltou a ser inteiro como antes, exceto por um detalhe: sua cabeça não se inclinava mais — tornou-se fixa.

— Depois de seu acidente — disse-lhe um dia o Tenente-General-Comandante-Secreto Pé de Cabra, — o amigo parece que ficou diferente, mais calado, um tanto arrogante... Que orgulho pode alguém sentir só porque foi colado? E o noivado, como é que fica? Posso ou não casar-me com a sua neta?

O limpador de chaminés e a pastorinha fitaram o velho mandarim com ar de súplica, apavorados com a possibilidade de que ele inclinasse a cabeça, consentindo com o pedido. Mas ele não podia mais incliná-la, e não queria admitir perante um estranho que seu mecanismo de balançar estava entupido de cola-tudo. E, assim, os dois bibelôs de porcelana puderam ficar juntos, dando graças aos céus pelo conserto do mandarim, que lhe tirara a capacidade de balançar a cabeça para frente e para trás. Amaram-se e foram felizes até o dia em que ambos se quebraram, já que esse é o fim de todos os bibelôs.

Holger, o Danês

Existe na Dinamarca um velho castelo chamado Kronborg. Os estrangeiros conhecem-no mais pelo seu outro nome: o Castelo de Elsinore. Ergue-se bem junto à margem do Sund, o estreito que separa a Dinamarca da Suécia. Centenas de embarcações cruzam esse estreito: navios russos, ingleses e prussianos. Ao passarem diante do velho castelo, todos o saúdam com um tiro de canhão. De Elsinore, vem a resposta: Bum! Em tempos de paz, esses estrondos significam, na linguagem dos canhões, "bom-dia" e "muito obrigado".

Durante o inverno, os navios não podem passar por ali, pois o gelo cobre todo aquele braço de mar, interligando os dois países. Pode-se atravessá-lo a pé ou de trenó, indo de nossa terra à margem oposta, onde tremula a bandeira azul e amarela da Suécia. Dinamarqueses e suecos encontram-se nessas ocasiões, cumprimentando-se não com tiros de canhão, mas com apertos de mão, e dizendo-se uns aos outros:

— Bom-dia!

— Muito obrigado.

Cada qual vai às compras na terra do outro, pois a comida estrangeira sempre parece melhor do que a nossa.

O velho castelo domina toda a cena. Nos seus subterrâneos, abaixo da adega, existe um aposento escuro, onde ninguém entra. É ali que está Holger, o Danês, com sua armadura de ferro, sentado, com a cabeça apoiada entre as mãos. Ele dorme e sonha, enquanto sua longa barba pende imóvel das bordas da mesa de mármore. Em seus sonhos, vê tudo o que acontece em sua Dinamarca. Uma vez por ano, na véspera de Natal, Deus envia até ele um de seus anjos, para dizer-lhe que tudo corre bem em seu país, que a Dinamarca não enfrenta nenhum perigo, e que ele pode continuar dormindo e sonhando. Mas quando o perigo ronda o país, Holger se ergue, empunha a espada e desfere com ela golpes tão tremendos, que seu som é escutado em todas as nações.

Um velho estava contando para o neto a lenda de Holger, o Danês, e o garoto escutava atento, acreditando em cada uma daquelas palavras, pois sabia que seu avô era incapaz de dizer uma mentira.

Enquanto falava, o velho esculpia na madeira a imagem de Holger, o Danês, para enfeitar a proa de um navio que em breve seria lançado ao mar, e que iria ser batizado com o nome do herói. Seu ofício era esse: entalhar figuras em madeira, para serem colocadas nas proas dos navios. Aos poucos, a figura ia tomando forma, representando um homem robusto e de longa barba, tendo numa das mãos a espada, e na outra o escudo. Faltava esculpir a cota de armas do herói.

O avô contou várias histórias sobre homens e mulheres notáveis da Dinamarca, pessoas que tinham executado grandes feitos. O netinho achou que logo saberia tantas coisas quanto aquelas com as quais sonhava Holger, o Danês. Depois de se deitar, o menino sonhou que lhe tinha nascido no queixo uma barba tão grande quanto a que vira no rosto da imagem esculpida por seu avô.

O velho continuou trabalhando até tarde da noite, gravando no escudo as armas da Dinamarca, único detalhe que faltava para completar sua obra.

Quando deu por encerrado o trabalho, olhou para o resultado e pensou nas lendas e histórias que havia contado pouco antes para seu neto. Umas, escutara quando criança; outras, lera nos livros. Sacudiu a cabeça, sorrindo; depois, limpou os óculos, colocou-os e disse para si próprio:

— Para mim, até hoje, e durante o tempo que me restar de vida, Holger não deixou seu refúgio e certamente não sairá de lá. Mas pode ser que tenha de fazê-lo quando meu neto chegar à idade adulta.

Tornou a contemplar sua obra e, quanto mais a examinava, melhor ela lhe parecia. Por enquanto, era apenas uma estátua de madeira, sem pintura. Na mente do velho, porém, ela adquiria cores. A armadura refulgia, cinza-azulada como aço. Nas armas do escudo, os corações tornavam-se escarlates, e as coroas que encimavam as cabeças dos leões se mostravam douradas e reluzentes.

"Sem dúvida", pensou, "não há escudo de armas mais belo que o nosso em todo o mundo. Eis aí os leões, que representam a força e a audácia, e eis os corações, simbolizando amor e generosidade".

Fitando o primeiro leão, lembrou-se do rei Canuto, que conquistara a Inglaterra. Mirando o segundo, lembrou-se de Valdemar, que libertara a nação e granjeara o respeito das cidades hanseáticas. O terceiro fez-lhe recordar Margarida, a rainha que reunira sob um só estandarte a Dinamarca, a Suécia e a Noruega. Em seguida, contemplou os corações escarlates, e eles lhe pareceram vermelhos como chamas, pulsando e girando, enquanto seus pensamentos divagavam, transportando-o para longe, no tempo e no espaço.

A primeira chama conduziu-o o uma prisão escura, onde estava sentada uma mulher. Era Eleanora Ulfeldt, filha do rei Cristiano IV. A chama pousou no seu colo e inflamou seu coração, o mais nobre que já bateu no peito de uma mulher dinamarquesa.

— Sim, não há dúvida: o coração dessa mulher é um dos que se veem no escudo da Dinamarca — murmurou o velho artista.

A segunda chama levou-o para o alto-mar, em meio ao ribombar dos canhões. Estava sendo travada uma grande batalha naval. A chama assentou-se no peito de Hvitfeldt, como uma condecoração conferida àquele que, em seu uniforme empapado de sangue, mantinha-se ereto no convés de seu navio em chamas, aguardando ir para os ares juntamente com a nau, prestes a explodir. Seu sacrifício trouxe como recompensa a salvação da Armada dinamarquesa.

A terceira chama levou-o às miseráveis cabanas da Groenlândia, onde a palavra do missionário Hans Egede levava a mensagem do amor aos seus moradores.

Mais rápidos do que a quarta chama, voavam os pensamentos do velho, transportando-o até o casebre de um camponês, onde se achava o rei Frederico VI. Numa viga da sala, ele escrevia seu nome, com um giz. Na morada de um pobre dinamarquês, seu coração e os de todos os seus compatriotas uniam-se num único, aquele que adornava o escudo de armas do país. O escultor enxugou uma lágrima que lhe brotou no canto dos olhos, pois durante sua vida ainda alcançara o reinado daquele soberano. Pudera vê-lo uma vez, e ainda se lembrava nitidamente de seus cabelos de prata e de seus olhos de cor azul-pálido, que refletiam a sublime honestidade que norteava seus atos. Naquele momento, sua nora chamou-o para cear, lembrando-lhe que já era tarde.

— Oh, meu sogro, mas que bela estátua! — exclamou ela, ao ver o trabalho concluído.

— É de Holger, o Danês, empunhando o escudo com o emblema da Dinamarca. Parece-me conhecer esse rosto. De quem é?

— Não é de pessoa alguma que você conheça — respondeu o velho. — Tentei reproduzir as feições de alguém que conheci muito tempo atrás. Foi durante a Batalha de Copenhague, quando nos conscientizamos de nossa condição de daneses, de filhos da Dinamarca. Eu servia na fragata Danmark, que fazia parte da frota de Steen Bille. Havia um homem a meu lado que enfrentava as balas como se não tivesse receio algum delas. Enquanto lutava, mantinha-se alegre, cantando velhas canções que todos nós conhecíamos. Era de um valor e de uma bravura inconcebíveis. Lembro-me perfeitamente de seu semblante. Quem era? De onde vinha? Para onde foi depois de finda a batalha? Ninguém saberia dizê-lo. Ocorreu-me então uma explicação sobre quem seria aquele personagem. Sim, era Holger, o Danês. Era o nosso herói, que tinha vindo a nado de Elsinore, para prestar-nos sua ajuda, já que nos achávamos em extremo perigo. Guardo comigo até hoje essa certeza, e por isso tentei reproduzir aquelas feições nesta estátua.

Iluminada pela chama oscilante da vela, a figura projetava na parede uma sombra móvel, como se de fato pertencesse a uma pessoa viva.

A mulher beijou o sogro, deu-lhe a mão e os dois foram para a mesa, onde o menino já os esperava sentado. O velho ocupou a cadeira mais alta, à cabeceira da mesa, e durante a refeição falou sobre o escudo da Dinamarca, no qual o amor, a brandura e a força se mesclam num único sentimento. Lembrou que havia outros tipos de força que não apenas aquele simbolizado pela espada, apontando para a estante onde estavam seus livros, alguns bem velhos, mas todos bem cuidados. Entre eles estavam todas as obras de Holberg. Eram esses os que ele mais lia, pois suas comédias são de fato divertidas; além disso, suas personagens eram pessoas comuns, parecidas com gente que conhecemos.

— Esse também sabia esculpir — disse o avô. — Holberg tentou alisar as arestas daqueles a quem usou como personagens, mas nem sempre o conseguiu...

Riu gostosamente dessa sua observação, inclinando a cabeça para o almanaque que pendia da parede, mostrando na capa uma gravura da Torre Redonda. Fora no alto daquela torre que o astrônomo Tycho Brahe montara seu observatório.

— Tycho Brahe... — disse baixo, como se para si próprio. — Eis outro que também soube usar sua força, não para golpear e retalhar as pessoas, mas para abrir um caminho que nos levasse até às estrelas do céu. E que dizer de Thorvaldsen, cujo pai não passava de um entalhador, como eu? Esse preferiu esculpir o mármore, e com tal perfeição, que granjeou o respeito e a admiração de todo o mundo. Sim, Holger, o Danês, não ressurge apenas vestido com sua armadura de ferro e empunhando a espada. Sua força pode ser ostentada de outras formas. Vamos erguer um brinde a Bertel Thorvaldsen!

Enquanto isso, o neto, que já ressonava em sua cama, pensava que tudo o que ouvira devia ser entendido literalmente. Em seu sonho, via o estreito de Sund e o castelo de Elsinore, em cujo porão sombrio estava sentado Holger, o Danês, alerta a tudo o que acontecia na Dinamarca, escutando até mesmo a conversa que naquele instante era travada na casa do modesto entalhador de madeira. Em seu sonho, meneava a cabeça e murmurava:

— Sim, daneses, meus patrícios, não me esqueçais. Recordai-me sempre. Quando estiverdes em perigo, ficai certos de que irei até vós, para emprestar-vos minha ajuda.

Era um dia claro de sol. O som das trompas de caça vinha da Suécia e atravessava o Sund, trazido pelo vento. Os navios cruzavam o estreito e saudavam o castelo: "Buum!", enquanto de Elsinore um canhão respondia: "Buum!". O estrondo dos tiros não despertava Holger, o Danês, já que nada mais significavam que saudações corteses: "Bom-dia!"; "Obrigado, tenha também um bom dia!".

Mas se por obra do destino esses mesmos ribombos não significarem saudações pacíficas, tornando-se agressivos e belicosos, não há por que se preocupar: no mesmo instante, haverão de se abrir os olhos do nosso herói dinamarquês.

A Pequena Vendedora de Fósforos

Estava terrivelmente frio. A neve caía sem parar e já começava a escurecer. Era a última noite de dezembro, véspera do Ano-Novo. Por entre o frio e a escuridão, caminhava uma garotinha. Tão pobre era ela, que trazia os pés descalços e a cabeça descoberta. Bem que estava calçada com um par de chinelos quando saíra de casa pela manhã; porém, eram chinelos muito grandes, que pertenciam a sua mãe, e ela os perdera quando teve de atravessar correndo uma rua, escapando de ser atropelada por duas carruagens que por ali desciam a toda velocidade. Ao voltar para procurá-los, não conseguiu encontrar um deles, enquanto o outro foi apanhado por um moleque da rua, que ainda por cima teve o desplante de rir-se dela, gritando enquanto se afastava correndo:

— Este eu vou guardar para mim! Vai servir de berço para o meu filho, quando eu tiver um!

Assim, lá ia ela descalça, caminhando pelas ruas. Seus pés estavam roxos de frio. Trazia nas mãos um molho de fósforos, e mais uma boa quantidade no bolso de seu avental. Tentara vendê-los, mas sem sucesso. Ninguém comprara fósforos durante aquele dia, nem lhe dera sequer um tostão. A pobre criaturinha sentia fome, sentia frio e encarava o futuro com medo e incerteza.

Os flocos de neve enfeitavam seus cabelos louros, que escorriam em cachos graciosos pela nuca abaixo; mas disso ela nem se dava conta. Das janelas iluminadas escapavam aromas apetitosos de perus e gansos assados, pois era a passagem de ano, e era nisso que ela não deixava de pensar.

Num estreito corredor que separava duas casas, ela se sentou encolhidinha, protegendo os pés sob a saia. Além do frio que sentia, tremia de medo pensando na reação do pai, ao saber que ela não havia vendido sequer um fósforo, durante todo aquele dia. Por isso, receava voltar para casa, onde, além do mais, fazia tanto frio quanto ali fora, na rua. Casa era modo de dizer: ela morava num sótão que tinha apenas o telhado como cobertura. O vento penetrava pelas fendas que seu pai em vão tentara tapar, enchendo-as de palha e de trapos.

Suas mãos estavam dormentes. Quem sabe conseguiria desentorpecê-las, acendendo um fósforo? Pegou um e riscou-o. Ah, que bom! Como era gostoso aquele calorzinho! Passou a mão por cima da chama e fechou os olhos, desfrutando daquele momento de

311

felicidade. Em sua mente, ali não havia apenas um pequeno fósforo, mas sim uma grande lareira, cercada por grades de metal. Dentro dela o fogo crepitava, iluminando e aquecendo o corredor. Tirou de sob a saia os pezinhos, para que também eles se aquecessem, quando de repente a lareira desapareceu, e ela se viu triste e solitária naquele canto escuro, tendo nas mãos um fósforo queimado.

Tirou do molho outro fósforo e riscou-o. A chama rebrilhou, iluminando a parede da casa, que se tornou transparente como um véu. Ela podia ver o interior da residência. A mesa estava posta, coberta por uma toalha de linho. No centro, sobre uma bandeja, fumegava um ganso assado, recheado de maçãs e ameixas. Súbito, algo muito estranho aconteceu: sem se importar com o garfo e a faca que lhe estavam fincados nas costas, o ganso saltou da mesa e caminhou em sua direção! Ela estendeu as mãos para pegá-lo, mas só encontrou uma parede sólida, úmida e fria.

Acendeu um terceiro fósforo. Ao clarão da chama, enxergou-se sentada sob uma belíssima árvore de Natal, maior e mais bem decorada que aquela que tinha visto poucos dias atrás, através da vidraça da janela da casa de um rico comerciante. Milhares de velinhas acesas brilhavam entre os ramos verdes, e lindas gravuras coloridas pendiam de seus galhos. Contemplou tudo aquilo sorrindo, quando a chama do fósforo se apagou, e as velinhas da árvore se transformaram nas estrelas do céu. Uma delas caiu, deixando atrás de si um rastro de fogo, que custou a desaparecer, engolido pelo negrume do firmamento.

— Uma estrela cadente — murmurou a pequena. — Deve ter morrido alguém.

Lembrou-se de sua falecida avó, a única pessoa que lhe havia dedicado carinho e amor. Fora ela quem lhe ensinara aquilo: as estrelas cadentes eram as almas dos mortos, voando em direção a Deus.

Riscou outro fósforo, e dessa vez viu o semblante doce e risonho de sua avó.

— Oh, Vovó! — exclamou. — Leve-me para onde a senhora está! Sei que irá desaparecer quando o fósforo apagar, do mesmo modo que desapareceram a lareira, o ganso assado e a linda árvore de Natal!

Ao ver que a chama do fósforo começava a bruxulear, tomou do molho inteiro e deixou que todos se inflamassem ao mesmo tempo, a fim de que a imagem da avó não desaparecesse. Eles acenderam com fulgor, erguendo para o céu uma chama forte e intensa, clara como a luz do dia. Nunca sua avó lhe pareceu tão linda quanto naquele instante! Sorrindo, ela estreitou a garotinha entre os braços e voou com ela para onde não havia frio, nem fome, nem medo: levou-a para junto de Deus.

Pela manhã, os que passaram por ali encontraram a menininha. Suas faces pareciam coradas, e ela sorria. Estava morta. Tinha morrido de frio na última noite do ano. A aurora do Ano-Novo iluminava seu corpinho inerte, sobre o qual se viam inúmeros fósforos queimados.

— Coitadinha! Devia estar querendo aquecer-se — comentaram os que rodeavam o pequeno cadáver.

Mas ninguém sabia das alegres visões que ela tivera antes de morrer, nem tinham conhecimento da alegria e do deslumbramento com que ela e sua avó haviam comemorado aquela entrada do Ano-Novo.

Dos Baluartes da Cidadela

É tempo de outono. Estamos nos baluartes da cidadela, contemplando o mar e os navios que cruzam o estreito de Sund. Ao longe, ergue-se a costa da Suécia, destacando-se alva e brilhante à luz do sol poente. Para os lados, veem-se as copas das árvores, quase inteiramente despidas de folhas. Por entre seus galhos desnudos, avistam-se construções de aspecto tristonho, protegidas por cercas vivas. Em frente delas, sentinelas vão e vêm. Ali dentro é frio e escuro. O interior é todo dividido em celas. Pode-se contar quantas são, pelas janelinhas cercadas por grades que se veem ao longo das paredes. Ali é a masmorra, onde estão recolhidos ladrões e assassinos de alta periculosidade.

Por uma daquelas janelinhas entra um raio de sol, pousando como um feixe no chão da cela nua. O sol não tem preconceitos: tanto ilumina o bom, como o mau. O prisioneiro olha com rancor para aquele delgado feixe de luz, fraco demais para aquecê-lo. Um passarinho que passa voando resolve descansar e pousa sobre a grade de ferro da janela. Sente-se bem ali e começa a trinar. Os pássaros não têm preconceito: cantam tanto para o bom como para o mau. Seu canto é curto, e logo termina. Mas ele não vai embora. Fica por ali, alisando as penas com o bico. Em seguida, sacode-se todo, nota que há uma peninha meio solta na asa e a arranca. O prisioneiro contempla a cena. Por um breve momento o rancor parece desaparecer de seu semblante. Um sentimento diferente toma o lugar do ódio que ele carrega dentro de si. Sem saber como ou por quê, ele chega a sorrir, alegre por ver o raio de sol e feliz por sentir ao longe o perfume das violetas que florescem no campo vizinho. De longe, chega até ele o som de uma trompa de caça, tocando uma música alegre e cheia de vida.

Não dura muito a sensação. O raio de sol desaparece, e o passarinho bate as asas para longe. A cela volta a ser escura e triste como o seu coração. Nem parece que há pouco o sol brilhava e que o canto do pássaro alegrava a sua solidão.

Mas a trompa de caça ainda se escuta ao longe, e sua música é viva e alegre. Ainda se sente o calor do sol poente, e se enxerga o mar, estendendo-se até a fímbria do horizonte, calmo e liso como um espelho.

De Uma Janela em Vartov

Bem junto ao aterro verde que rodeia Copenhague, e que no passado constituiu parte de sua defesa, ergue-se um prédio dotado de numerosas janelas, cada qual tendo um vaso de planta sobre seu peitoril. A marca da pobreza está estampada tanto no exterior quanto no interior dessa construção. Ali é o Asilo Vartov, destinado aos idosos e indigentes.

Uma velha chega-se à janela, inclina-se e se põe a colher as folhas mortas do beijo-de-frade que ali se encontra. Enquanto isso, olha para as crianças que estão brincando no aterro. Em que será que está pensando? No drama da vida, certamente.

Como parecem felizes aquelas crianças! Suas bochechas coradas e seus olhos brilhantes demonstram saúde; no entanto, elas não usam meias, e nem mesmo sapatos. Dançam contentes sobre a relva verde, no mesmo lugar em que, segundo a velha lenda, foi sacrificada uma outra criança, tempos atrás. Outrora, quando ali estava sendo construído o primeiro aterro, destinado a defender a cidade, os baluartes que iam sendo erigidos afundavam-se na terra, não havendo como mantê-los de pé. Para tentar solucionar o problema, abriram ali uma cova, enchendo-a de flores, doces e brinquedos. Uma criança inocente foi atraída para aquele lugar. Enquanto se divertia ali dentro, brincando e se empanturrando de doces, a cova foi fechada e lacrada, deixando-se a pobre criatura encerrada ali dentro. Desde então, os baluartes não mais se afundaram na terra, que se tornou sólida e firme, sendo aos poucos revestida pela relva que ali foi plantada.

Os meninos que brincavam nesse local não tinham ouvido falar dessa lenda. Se a conhecessem, talvez conseguissem escutar os apelos do pobre inocente que jazia encerrado embaixo deles. E quando avistassem as gotas de orvalho que ali rebrilhavam pela manhã, por certo imaginariam ser as lágrimas de angústia que ele vertia.

Mas não, eles desconheciam a lenda. Não sabiam sequer a história do antigo rei dinamarquês que percorreu aquele mesmo aterro quando o inimigo sitiava a cidade, jurando que ali iria enfrentá-los até a morte. Terminava o inverno, quando sobreveio o ataque inimigo. Para se confundirem com a neve que cobria o aterro e as muralhas, os invasores vestiram-se de branco da cabeça aos pés, e assim conseguiram chegar até as muralhas. Mas quando tentaram galgá-las, foram surpreendidos pela defesa singela dos moradores, que sobre eles despejavam sem parar baldes de água fervente, obrigando-os a bater em retirada.

E ali brincavam aquelas crianças, tão pobres como seus pais, tão alegres como só os pequenos sabem ser.

Brinca, menininha, brinca. Desfruta da alegria inocente que tua tenra idade te faz sentir. Logo estarás com quatorze anos e serás crismada. Então, ainda gostarás de caminhar de mãos dadas com tuas companheiras, nesse mesmo aterro onde agora estás. Teu vestido branco terá custado a tua mãe mais do que ela pode gastar, mesmo que tenha sido feito com velhos vestidos que ela comprou de alguém. Sobre os ombros, terás um xale vermelho, tão comprido que te pende dos ombros até o chão. Mas há de servir-te bem, depois que estiveres maior. Durante a cerimônia, estarás orgulhosa de teus novos trajes e darás graças a Deus por tudo de bom que Dele recebeste. Sim, é bom caminhar aí, sobre esse aterro verde. Deixa que os anos passem, pois só mais tarde as agruras da vida irão empanar o brilho radioso que hoje impera em teu coração juvenil.

E vai chegar um dia em que só irás querer passear nesse aterro com aquele rapaz que há pouco conheceste. Estaremos no início do ano, e as violetas ainda não floresceram; lá ao longe, porém, diante do castelo real de Rosenborg, haverás de parar para contemplar o arbusto jovem que já começa a lançar seus brotos. As plantas são assim: a cada novo ano, produzem novas folhas e novas flores. Pena que o mesmo não ocorra com o coração dos homens. Neste, a cada novo ano, o vento norte da desilusão traz novas nuvens escuras, toldando cada vez mais seu firmamento, que por enquanto ainda é límpido e azul.

Já foste um dia como essa criança que hoje brinca feliz sobre a relva do velho aterro. Agora vives nesse quartinho pobre, no Asilo Vartov. És como as folhas mortas do beijo-de-frade, que agora estás arrancando. Vês ali fora as crianças e numa delas enxergas tua própria história que se repete.

Ei-las a brincar, pobres, mas felizes. Como é lindo contemplar suas bochechas coradas e seus olhos que refulgem felizes, correndo descalças em meio aos velhos baluartes ensolarados, entre gritos de alegria que faziam lembrar, àquela mulher idosa, os pássaros do céu e o início de sua própria vida.

A Velha Lâmpada de Azeite

Já escutaram a história da lâmpada que iluminava uma rua? Divertida, na realidade, ela não é; apesar disso, acho que vale a pena contá-la.

Era uma vez uma antiga e respeitável lâmpada de azeite, que há muitos anos cumpria corretamente seu dever de iluminar a rua. Um dia, porém, alguém declarou que ela estava fora de moda. Aquela seria a última noite em que continuaria iluminando aquele trecho da rua, pendurada ao poste onde sempre esteve, e ela se sentia como uma bailarina prestes a se aposentar, preparando-se para executar pela última vez seu número de dança. Com receio, aguardava a chegada do dia seguinte, quando, segundo lhe disseram, seria examinada pelos trinta e seis conselheiros da cidade, aos quais estava confiada a decisão quanto ao seu futuro. Eles deveriam determinar se a velha lâmpada seria destinada a outro serviço, como por exemplo a iluminação de uma pequena ponte do subúrbio, ou se melhor seria vendê-la para uma fábrica, a fim de ser derretida. Nesse caso, seria transformada em outro objeto, evidentemente. O que lhe causava angústia era pensar que talvez ninguém mais pudesse ficar sabendo que ela algum dia tinha sido uma antiga e respeitável lâmpada de azeite.

Fosse como fosse, uma coisa era certa: a partir do dia seguinte, ela nunca mais veria o acendedor de lampiões e sua mulher que sempre o acompanhava, e os quais considerava como sendo sua própria família. Oh, era uma tragédia!

Lembrava-se de ter sido pendurada naquele poste no mesmo ano em que seu velho companheiro fora nomeado acendedor de lampiões. Naquele tempo, sua mulher ainda era jovem e um tanto afetada. Quando era de noite, até que ela olhava para a lâmpada; de dia, porém, ignorava-a completamente. Depois de algum tempo, porém, começou a mudar de atitude. Sorria-lhe sempre que passava por perto, não se esquecia de mantê-la abastecida de azeite, e se esmerava em limpar seu vidro e polir sua armação de metal. E eram honestos, aqueles dois: jamais haviam furtado para si uma gota sequer de azeite.

A lâmpada olhou para a calçada tão conhecida, que estava iluminando pela última vez. No dia seguinte, seria levada para um dos salões da Câmara Municipal. Só de pensar nisso, sentiu-se tão triste, que sua chama até estremeceu. Vieram-lhe outros pensamentos, lembranças de tudo quanto havia visto até então. Quantas cenas curiosas pudera presenciar! Sim, ela já vira muito mais coisas que os trinta e seis conselheiros juntos. Porém, jamais diria aquilo em voz alta, pois sempre tivera o maior respeito pelas autoridades.

Recordar o passado é o prazer dos que são velhos. A cada nova lembrança, sua chama até parecia aumentar. "Será que se lembram de mim todos aqueles de quem eu me recordo?", pensou. "Não posso me esquecer, por exemplo, daquele rapaz que, há muitos e muitos anos, parou aqui embaixo e abriu uma carta. O papel era cor-de-rosa, e a letra era de mulher. Ele leu e releu a carta, depois deu-lhe um beijo e a guardou no bolso. Em seguida, ergueu os olhos para mim, e pelo seu brilho pude ver que, naquele momento, ele era o mais feliz dos homens. Aquela era uma carta de amor, escrita pela jovem por quem estava apaixonado — só eu e ele sabíamos disso.''

Como os nossos, também os pensamentos de uma lâmpada costumam mudar de rumo inopinadamente. "Lembro-me de outro par de olhos. Foi no dia do funeral de alguém que morava nesta rua: uma mulher jovem e muito rica. O coche fúnebre passara pouco antes por aqui, puxado por quatro cavalos negros. Dentro dele pude ver o caixão, todo coberto de flores. Era de noite, e os que seguiam à frente do cortejo levavam archotes acesos, cuja luz rivalizava com a minha. Depois que passaram, a rua voltou a ficar deserta. Ou melhor, quase deserta: alguém havia ficado para trás, e estava justamente embaixo de mim. Vi que chorava, quando ergueu os olhos. Enquanto viver, nunca haverei de esquecer-me da desolada tristeza estampada naquele olhar.''

Eram essas as as lembranças que desfilavam na memória da lâmpada, naquela noite em que ela iluminava a rua pela última vez. Quando uma sentinela deixa seu posto e é substituída por outra, troca algumas palavras com a pessoa que vai assumir seu posto. Mas a pobre lâmpada sequer conhecia aquela que viria substituí-la daí em diante. Não tinha como aconselhá-la quanto aos ventos noturnos, quanto às noites de lua cheia, quanto à melhor maneira de iluminar a calçada.

Lá embaixo, na sarjeta, três candidatos julgavam-se capazes de substituí-la em seu mister de iluminar aquele trecho de rua. Imaginando que competia à própria lâmpada indicar seu sucessor, resolveram apresentar-se.

O primeiro era uma cabeça de arenque, que já começava a apodrecer. Como vocês sabem, arenque podre brilha no escuro. Ah, não sabiam? Então, fiquem sabendo. Depois de dizer quem era, a cabeça de arenque lembrou a economia que seria feita com a sua escolha, já que não teria de consumir azeite.

— Ora, ora! — interrompeu-a uma casca seca de bétula. — Onde já se viu iluminar a rua com uma cabeça de bacalhau, e ainda por cima podre! Também brilho no escuro e, além do mais, tenho origem nobre. Venho de uma árvore que era o orgulho da floresta. Se precisar de mim, estou às ordens.

O terceiro candidato era um pirilampo. De onde viera? A velha lâmpada não sabia, mas o fato é que ali estava ele, acendendo e apagando sua luzinha, para se exibir.

— Veja só a pretensão desse aí! — protestou a cabeça de arenque. — Desde quando um verme pode servir para a iluminação pública?

— É isso aí — concordou a casca de bétula. — Além do mais, ele não brilha continuamente, mas só quando tem acessos. Cai fora, vaga-lume! Deixa a tarefa para quem tem competência!

A velha lâmpada de azeite falou-lhes com delicadeza, tentando explicar que suas luzes não eram suficientes para iluminar uma rua. Cada qual pensava o mesmo dos outros dois, mas não de si próprio; por isso, todos protestaram. Ela então lhes disse que não lhe competia indicar seu sucessor, o que os deixou muito satisfeitos, pois numa coisa os três concordavam: ela estava velha e caduca demais para se responsabilizar por uma decisão de tal importância.

Nesse momento, o vento dobrou a esquina e entrou assoviando através da coifa da lâmpada.

— É verdade o que me disseram? Que você vai deixar-nos? Que esta é sua última noite? Se for assim, quero dar-lhe um presente de despedida. Vou soprar o pó e as teias de aranha que se acumularam nessa coifa. Assim, além de deixá-la limpa, vou expulsar para longe todas as suas lembranças, sem que com isso você perca sua capacidade de compreender tudo o que for dito em voz alta ao seu redor.

— Belo presente — agradeceu a lâmpada, — especialmente se decidirem que eu deva ser derretida.

— Pode ser, pode não ser — disse o vento. — De qualquer forma, ainda não aconteceu. Se lhe derem outro presente igual a este que lhe estou dando, sua aposentadoria será alegre e confortável. O que atrapalha os velhos são as lembranças.

— Mas talvez elas sejam meu consolo, se decidirem derreter-me — soluçou a lâmpada. — Isso é razoável, não é?

— Razoável coisa nenhuma! — replicou o vento. — Olhe, lá está a lua. Então, minha amiga, que presente dará para esta velha lâmpada prestes a se aposentar?

— Presente para ela? Por quê? Nem pensar! Primeiro, já está na hora de ir embora do céu; segundo, essa lâmpada jamais me prestou qualquer favor. Eu, sim, é que vivo ajudando-a a iluminar a rua.

E, sem mais dizer, a lua escondeu-se atrás de uma nuvem. Já não bastava a mania que têm os humanos, de dirigir-lhe pedidos, e agora vinha o vento com aquela história aborrecida! Ora...

Uma gota de chuva caiu sobre a coifa da lâmpada. Era o presente que lhe mandavam as nuvens escuras do céu. A gota penetrou por uma greta até o interior da lâmpada e lhe disse:

— Pronto, aqui estou. Agora você poderá enferrujar quando quiser. Se preferir, pode ser hoje mesmo!

A lâmpada achou aquele presente um tanto esquisito, e o vento concordou com ela, passando a assoviar a toda altura:

— Alguém tem um presente melhor para dar à nossa amiga lâmpada?

Uma estrela cadente riscou o céu com seu arco de fogo.

— Ei, viram o que eu vi? — perguntou a cabeça de arenque. — Aquela estrela caiu do céu e veio dar direto nessa velha lâmpada! Fantástico! Já vi tudo: é uma nova candidata a seu posto. E essa aí tem condição e competência. Não somos páreos para ela. O melhor que temos a fazer é desistir de nossa pretensão.

Os outros dois concordaram com ela e acharam melhor recolher-se a suas insignificâncias.

A velha lâmpada brilhou naquela noite com inusitado fulgor. "Que presente magnífico!", exclamou. "Pensar que as estrelas que refulgem no céu, astros que sempre amei e admirei, e às quais tenho tentado imitar, durante toda a minha existência, tiveram a gentileza de me mandar um presente, o mais maravilhoso que eu poderia almejar; a mim, modesta lâmpada da rua, que mal sirvo para clarear esse pedacinho de chão... Acabam de conferir-me o poder de proporcionar, àqueles a quem amo a capacidade de enxergar nitidamente tudo aquilo que eu posso recordar ou imaginar! Pode haver melhor presente para uma humilde lamparina? Com efeito, a felicidade que pode ser compartilhada com o próximo vale duas vezes mais que a felicidade que se desfruta sozinho."

— Muito bem, minha velha amiga — aplaudiu o vento, — isso é que é um sentimento decente e admirável! Receio, contudo, que as estrelas não lhe tenham dito uma coisa: para que você de fato possa fazer uso desse poder, é necessário haver no seu interior uma vela de cera acesa. Sem isso, você estará apagada e inútil. Pense nisso, certo? E agora, até mais ver. Estou cansado. Vou repousar um pouco.

319

E ali ficou a lâmpada, iluminando seu trecho de rua, sentindo-se, por um lado, feliz; por outro, apreensiva.

Por fim, chegou o dia seguinte. Vamos saltar esse dia e já falar sobre a noite? É então que vamos encontrar nossa lâmpada descansando tranquilamente sobre uma espreguiçadeira. Como? Numa espreguiçadeira? Sim, meus amigos, e sabem onde? Na casa do velho acendedor de lampiões. Pois não é que ele tinha ido até o Conselho solicitar dos trinta e seis conselheiros que, como prêmio de seu trabalho assíduo e eficiente, lhe fosse dada a velha lâmpada aposentada? Ao escutarem esse pedido, os conselheiros riram gostosamente. Onde já se viu um pedido desses? Vai daí que deliberaram e não viram mal algum em atender àquela petição, concordando com que o acendedor levasse a velha lâmpada para sua residência. Foi o que ele fez, e por isso lá estava ela refestelada na espreguiçadeira, perto da lareira, parecendo duas vezes maior do que quando era vista pendurada no alto de seu poste.

Enquanto tomava sopa, o casal de velhos olhava carinhosamente para ela. A vontade que tinham era a de dar-lhe um lugar à mesa, junto deles, mas isso seria um tanto complicado, devido a seu tamanho. O casal morava num porão situado dois pés abaixo do nível do chão. Para chegar ali, era preciso atravessar um corredor calçado com pedras. A porta era calafetada, de maneira que não fazia frio no aposento. Além do mais, ali era limpo e aconchegante. Um cortinado ocultava a cama do casal. Havia ainda duas pequenas janelas, também cobertas por cortinas. Nos peitoris ficavam dois vasos de aspecto esquisito, que lhes tinham sido dados de presente pelo vizinho, um marinheiro. Ele tinha trazido esses vasos de terras distantes. O casal sabia que eles tinham vindo das Índias, mas tanto podia ser das Índias Ocidentais, como das Orientais. Tinham formato de elefantes, com um buraco no dorso, onde se punha terra. Num deles, que o casal chamava de "nossa horta", estavam plantados alguns pés de alho-porro. No outro, o "nosso jardim", eram cultivados gerânios. Na parede estava pendurada uma gravura grande e colorida, representando uma reunião do Congresso de Viena. Viam-se nela todos os reis e imperadores da Europa. Finalmente, num dos cantos, um velho relógio de pêndulo tiquetaqueava sem parar. Estava sempre adiantado, o que, segundo dizia o velho, era bem melhor do que se estivesse atrasado.

Enquanto o casal jantava, a lâmpada descansava na espreguiçadeira, desfrutando do calor da lareira. Para ela, era como se o mundo estivesse de cabeça para baixo. Sentia-se estranha, incomodada. Mas quando o velho começou a desfiar suas reminiscências, falando sobre tudo quanto ele e a lâmpada haviam experimentado, nas noites calmas e chuvosas, nas claras de verão e nas longas e frias de inverno, só então teve consciência de como era bom estar ali, num aposento fechado e protegido, escutando o crepitar do fogo e sentindo o calor que provinha da lareira. Suas lembranças eram tão nítidas como se tivessem acabado de acontecer. É, o vento tinha de fato refrescado e limpado sua memória!

Os dois velhos eram muito ativos, não paravam um só instante. Aos domingos, de tarde, o acendedor de lampiões tirava da gaveta um livro e punha-se a lê-lo em voz alta. Os que mais apreciava eram os livros de viagens, especialmente aqueles que tratavam da África. Era com prazer que lia as descrições das paisagens tropicais, com suas florestas densas, nas quais se escutava o bramido dos elefantes. Enquanto lia, sua mulher ficava olhando para os vasos em forma de elefantes, comentando de vez em quando:

— Até parece que estou vendo tudo isso que você diz.

320

Nesses momentos, bem que a velha lâmpada gostaria de ter dentro de si uma vela acesa. Se tivesse, aquele casal amigo seria capaz de enxergar de verdade tudo o que era dito em voz alta, como ela agora estava vendo: as árvores enormes, tão próximas umas das outras, que seus galhos se intrincavam; os nativos, nus, cavalgando pela savana, enquanto manadas de elefantes pisoteavam o chão com suas patas largas e chatas, esmagando e quebrando as plantas rasteiras que estivessem à sua frente.

"De que vale enxergar tudo isso", lamentou-se a lâmpada, "se não posso compartilhar com eles essas visões? Bastava uma vela acesa dentro de mim! E teria de ser uma vela de cera, conforme disse o vento. Ora, eles são tão pobres, que só podem ter velas de sebo e azeite de lamparina..."

Um dia, porém, o velho chegou em casa trazendo um pacote de velas de cera. Infelizmente, os donos da casa não se lembraram de colocar uma dentro da lâmpada, usando-as apenas para iluminar o aposento. E até mesmo os toquinhos das velas usadas eram empregados em outra finalidade: encerar as linhas de costura da mulher do acendedor de lampiões.

"Eis-me aqui, meus amigos", queixava-se a lâmpada, sem que o casal pudesse escutá-la, "possuidora de um talento raríssimo, de um dom maravilhoso, que tanto gostaria de partilhar com vocês! Bastava que pusessem no meu interior uma vela de cera, para que suas paredes caiadas ganhassem vida, projetando-se nelas as imagens de tudo aquilo que leem! Ah, se vocês soubessem disso..."

A lâmpada agora já se transformara num objeto de decoração. Os velhos tinham-na lavado e polido, pendurando-a num dos cantos do aposento, onde os visitantes podiam vê-la. Todos imaginavam que se tratasse de uma peça encontrada no lixo e bem aproveitada como objeto de decoração, sem saber que os velhos sentiam por ela uma profunda afeição.

Certa noite, comemorava-se o aniversário do velho. A mulher, querendo homenageá-lo, chegou-se diante da lâmpada e disse-lhe, com um sorriso:

— Esta noite, você é quem irá iluminar nossa sala.

A lâmpada exultou de alegria, pensando: "Finalmente tiveram essa inspiração! Vamos ver se se lembram de acender uma vela de cera dentro de mim."

Mas não foi isso o que aconteceu. A velha encheu-a de azeite, como no passado, e a luz ficou ardendo durante toda aquela noite. Que decepção! O presente que lhe tinha sido dado pelas estrelas, o melhor que ela poderia receber, continuaria desconhecido de todos, como um tesouro enterrado, pelo resto de sua existência.

À noite, ela sonhou — o que não é de estranhar, devido ao dom de que era dotada — que o casal tinha morrido, e que ela, por isso, fora levada à fundição para ser derretida. No sonho, estava tão assustada quanto ficara no dia em que fora examinada pelos trinta e seis conselheiros. Lembrou-se então de que possuía um outro poder: o de enferrujar quando quisesse, reduzindo-se a pó, mas não quis lançar mão dele. O sonho prosseguiu: depois de derretida, seu metal foi utilizado na confecção de um castiçal muito bonito, em forma de anjo, com um buquê de flores na mão. No centro do castiçal, entre as flores, havia um orifício para receber uma vela de cera. O objeto foi colocado sobre uma escrivaninha verde, num quarto confortável, cheio de livros e com quadros pendendo das paredes. Ali residia um poeta. Tudo o que ele imaginava e escrevia parecia existir dentro do cômodo. Ali estavam as florestas sombrias e solenes, as campinas ensolaradas, trilhadas pelas cegonhas,

321

e até mesmo o tombadilho de um navio que singrava o mar revolto. Nesse momento, ela acordou.

"Que belo destino", pensou. "Cheguei a desejar ser derretida. Mas não; pelo menos, enquanto o casal estiver vivo. Os dois velhos sentem por mim um afeto profundo e gratuito. É como se eu fosse sua filha. Tratam-me com carinho, dão-me polimento, enchem-me de azeite. Sentem por mim a mesma respeitosa veneração que dedicam à gravura do Congresso de Viena, a qual, de fato, merece toda a sua reverência."

Esse pensamento trouxe-lhe por fim a paz que ela tanto almejava, e que na realidade merecia, pois, afinal de contas, ela era uma lâmpada que por muitos anos iluminara uma rua da cidade: uma antiga e respeitável lâmpada de azeite.

Os Vizinhos

Havia tal rebuliço na lagoa dos patos, que até se poderia imaginar que estivesse acontecendo por lá algum evento. Mas não havia coisa alguma de excepcional: é que os patos são assim mesmo, imprevisíveis. Podem estar nadando calmamente, ou com a cabeça enfiada dentro da água, coisa que gostam muito de fazer, quando, de repente, todos, ao mesmo tempo, nadam velozmente para a margem, ganham a terra e fogem em desabalada carreira, deixando as marcas de seus pés impressas na lama. Foi isso o que acabava de acontecer. Um minuto atrás, a lagoa estava lisa como um espelho. Quem por ali passasse poderia contemplar o reflexo das árvores e dos arbustos que vicejavam ao seu redor, e, bem ao fundo, o do telhado de um barracão que se erguia junto à margem oposta, podendo-se divisar, sobre seus esteios, um ninho de andorinha que ali fora construído. A fachada da casa era oculta por uma enorme roseira cujos galhos pendiam sobre as águas. Parecia um quadro, só que de cabeça para baixo. Súbito, porém, tudo se desfez com o movimento das águas. As cores misturaram-se e a pintura desapareceu. Duas plumas que flutuavam placidamente começaram a subir e descer, como um navio que enfrentasse a borrasca. Pouco depois, as águas se acalmaram, a lagoa voltou a parecer um espelho, e as duas plumas de novo se aquietaram, ficando paradas como antes. O quadro invertido reapareceu, mostrando novamente a cumeeira da casinha, o ninho de andorinha e a roseira florida. As rosas que ali floresciam eram maravilhosas, embora não soubessem disso, uma vez que ninguém lhes fizera tal elogio. O sol brilhava entre as folhas, fazendo aumentar a fragrância das rosas e deixando-as tão satisfeitas como nós nos sentimos, quando cochilamos de dia e temos sonhos agradáveis.

— Oh, como é bom estar viva — exclamou uma das flores. — Gostaria de poder dar um beijo no sol, de tão lindo que ele é. Queria beijar também as rosas que ali vejo dentro do lago, tão parecidas conosco. E também os passarinhos que vejo naquele ninho. Embora ainda não tenham penas, como as têm seu pai e sua mãe, em breve estarão revestidos delas, pois já estão começando a chilrear. Há um ninho lá em cima da casa e outro lá embaixo, no lago. Gosto de ambos. Ali moram bons vizinhos nossos. Oh, como é bom estar viva!...

Os filhotes que estavam no ninho — ou melhor, nos ninhos, já que havia um em cima e outro embaixo, embora este fosse apenas um reflexo do outro — não eram andorinhas, e sim pardais. Seus pais haviam encontrado aquele ninho vazio e ali se instalaram para procriar.

— Aqueles ali são dois patinhos? — perguntou um dos filhotes, vendo as duas plumas que flutuavam na água.

— Ora, que pergunta boba! — zangou-se a mãe. — Não está vendo que são duas penas, iguais às que nós, os pardais, temos sobre o corpo? Dentro de pouco tempo, também vocês estarão cobertos de penas, só que de qualidade bem melhor que as dos patos. Apesar

323

disso, gostaria de que aquelas duas penas estivessem aqui em cima conosco, pois seriam bem úteis numa noite fria. Aliás, por falar em patos, que será que os deixou tão assustados daquele jeito? Será que se assustaram comigo? Lembro-me de ter piscado muito forte, pouco antes de sua fuga. Minha piscada talvez os tenha aterrorizado. Aquelas rosas idiotas estavam mais perto deles, e talvez saibam o que foi que os assustou. Hum... Será? Não, elas não sabem de coisa alguma. Só sabem ficar mirando sua imagem na água, enquanto gastam inutilmente seu perfume, deixando-o evolar-se o tempo todo. Grandes bobas, isso é que são. Seria tão bom se tivéssemos vizinhos mais interessantes...

— Escutem aqueles filhotes ali no ninho — comentaram as rosas, — como são adoráveis! Estão começando a cantar. Por enquanto, seu canto ainda soa desafinado, mas logo haverá de entrar no tom. Oh, como seria bom se tivéssemos música dentro de nós. Por sorte, temos vizinhos musicais. Que bom viver numa vizinhança alegre e feliz!

Nesse instante, ouviu-se o som de um galope. Eram dois cavalos que vinham até a lagoa matar a sede. Um deles era montado por um garoto que residia naquelas imediações. O garoto havia tirado as roupas, trazendo apenas um chapéu na cabeça. Chegou ali assoviando, como se também fosse um passarinho, e encaminhou o animal para o lado da parte mais funda da lagoa. Ao passar pela roseira, arrancou uma rosa e a espetou no chapéu, prosseguindo seu caminho. Intrigadas com o destino de sua companheira, as outras rosas puseram-se a comentar entre si:

— Ah, como seria bom sair viajando por este mundo afora — suspirou uma delas.

— Mas ficar em casa também é agradável — replicou uma outra. — De dia, sai o sol, trazendo-nos brilho e calor; quando chega a noite, ele se esconde, mas sua luz ainda chega até aqui, filtrando-se pelos buraquinhos do firmamento. E como é bonita!

As bobinhas imaginavam que as estrelas fossem buraquinhos existentes no céu!...

Enquanto isso, a conversa no ninho dos pardais era diferente:

— É divertido viver no beiral de uma casa — dizia Mamãe Pardoca. — Ninhos de andorinha trazem sorte, conforme diz o povo, e como ocupamos um desses ninhos, somos passarinhos sortudos e queridos por todos. A única coisa que atrapalha nossa felicidade é essa roseira aí embaixo, crescendo tão perto das paredes da casa. Tomara que a cortem logo, e que no lugar dela plantem aí algum tipo de cereal. Rosas... para que servem? Para olhar, para cheirar, para espetar no chapéu — e só! Não duram nem um ano: morrem e renascem no ano seguinte, como me contou minha mãe. A mulher do fazendeiro cuida delas, regando-as com água salgada, e diz que elas têm um nome complicado, em francês, que eu não sei e nem quero saber pronunciar. Costuma também colocá-las sobre a lareira, para perfumar a sala de visitas. É nisso que se resume a utilidade das rosas: agradar aos olhos e ao nariz. Pronto: já lhes ensinei tudo o que se precisa saber para conhecê-las.

Ao anoitecer, quando os mosquitos executavam sua dança sobre a lagoa, chegou o rouxinol. Veio cantar para as rosas. Sua canção falava sobre o calor do sol, terminando com a afirmação de que as coisas belas são eternas, imortais. As rosas entenderam que isso se referia a ele próprio, à beleza de seu canto, e não a elas. Não tinham consciência de que a serenata era em sua homenagem; independente disso, apreciaram-na bastante. Em sua ignorância, imaginavam que os filhotes de pardal que eram criados no ninho vizinho acabariam por transformar-se em rouxinóis, como aquele que estava ali cantando.

— Entendemos tudo o que esse passarinho cantou — disseram os filhotes de pardal para a mãe, — exceto uma coisa: o que significa a palavra "beleza"?

— Nada — respondeu a mãe. — É uma palavra sem sentido. Lá na torre do castelo, onde vivem as pombas, toda tarde os moradores deixam ervilhas e sementes para alimentá-las. Já estive ali e jantei com elas. Quando vocês aprenderem a voar, vou levá-los até lá. É importante conviver com boa companhia. É como se costuma falar: diz-me com quem andas, e te direi quem és. Bem, mas isso não vem ao caso. O que eu ia dizer era outra coisa. Lá no castelo existem duas aves, dotadas de uma cauda verde e de uma crista na cabeça. De vez em quando, elas abrem suas caudas como um leque. Suas penas são tão brilhantes e coloridas, que até dói a vista quando olhamos para elas. Essas aves chamam-se "pavões". Quando abrem suas caudas, todos dizem: "Que beleza!" Pois bem: se arrancarmos suas penas da cauda uma por uma, os pavões não mais terão coisa alguma de diferente ou de especial, tornando-se aves idênticas a nós. Eu mesmo faria isso, se os pavões não fossem tão grandes.

Dentro daquela casa morava um jovem casal. O rapaz e a moça gostavam muito um do outro. Eram alegres e trabalhadores, trazendo sempre a casa limpa, arrumada e confortável. Chegando o domingo, a jovem dona de casa colheu uma braçada de rosas, arranjando-as graciosamente num vaso cheio de água e pondo-o sobre o tampo da arca onde eram guardadas suas roupas de inverno. Vendo isso, seu jovem marido comentou sorrindo:

— Ah, já sei: hoje é domingo.

E deu-lhe um beijo.

Quando já era de tarde e o sol ainda brilhava através das janelas, os dois deram-se as mãos e ele leu em voz alta alguns trechos do Livro Sagrado. Aborrecida com aquela cena, a mãe dos pequenos pardais deixou-os ali no ninho e voou para bem longe.

No domingo seguinte, repetiu-se a cena. Embora não fosse pequena a braçada de rosas que a mulher colheu, a roseira continuou cheia de flores, e todas pareciam lindas e viçosas. Só num aspecto aquele domingo parecia diferente do anterior: os filhotes já estavam cobertos de penas e decididos a acompanhar a mãe no momento em que ela saísse do ninho.

— Nada disso! — zangou-se ela. — Vocês ficam aqui.

Mas ela não voou para muito longe. Por infelicidade, foi apanhada numa armadilha para aves que os meninos haviam estendido entre as árvores, feita de crina de cavalo bem entrelaçada. Sentindo as pernas presas naquela rede, tentou escapar, batendo furiosamente as asas, que logo também se enroscaram nos fios, produzindo-lhe uma sensação de profunda dor. Os meninos que tinham armado a rede estavam ali perto, escondidos, e acorreram pressurosos, querendo ver o que teriam apanhado. Um deles segurou-a na mão e comentou desapontado:

— Ora, é só um pardal...

Mesmo assim, foram-se embora com a pobre pardoca. Cada vez que ela piava, o que a segurava dava-lhe um piparote no bico. Quando chegaram ao terreiro da fazenda onde moravam, encontraram ali um vendedor ambulante. Ele vendia sabões e sabonetes, e sabia fabricá-los também. Tanto fazia sabão de pedra, como sabonetes de barba e de banho. Era um homem de certa idade, muito brincalhão e, por isso mesmo, querido da garotada. Vendo que os meninos faziam pouco do passarinho que haviam apanhado, propôs:

— Vamos transformar esse pardal feioso numa ave de rara beleza?

Ouvindo a palavra "beleza", a pardoca ficou sobressaltada. O sujeito tirou de sua caixa de tintas um pó de cor dourada e pediu a um dos meninos que fosse à fazenda e lhe trouxesse um ovo. Retirando a clara, passou-a sobre o pobre passarinho, jogando-lhe por cima o pó dourado. Depois, rasgando um pedaço do forro vermelho de seu casaco, recortou

325

uma crista de galo, prendendo-a na cabeça da pardoca. Em seguida, soltando-a, disse para os meninos:

— Agora vamos deixar que o pássaro dourado voe pelos ares.

Tremendo de pavor, a pardoca bateu asas e saiu voando, iluminada pelos raios de sol. Ao vê-la, os outros pardais se assustaram e fugiram para longe, seguidos por um corvo já bem velho. Logo em seguida, intrigados com o que seria aquele pássaro esquisito, voltaram e foram atrás dele.

— Quem é você? De onde vem? — perguntava o corvo.

— Espere por nós! Espere por nós! — chiavam os pardais.

Mas a pobre pardoca não queria saber de conversa, nem de perder tempo. Só queria chegar ao seu ninho. A cobertura dourada dificultava-lhe o vôo, impedindo-a de ganhar altura. Aves de todo tipo passaram a segui-la, movidas pela curiosidade. Algumas chegavam a bicá-la, enquanto todas gritavam:

— Olhem o passarinho esquisito! Vejam!

Quando por fim conseguiu alcançar seu ninho, foi recebida pelos filhotes com a mesma estranheza das outras aves.

— Vejam! Um pássaro esquisito! Deve ser um filhote de pavão — guincharam os pardaizinhos. — Como suas penas são brilhantes e coloridas! Só de olhar para elas, os olhos até doem! Bem que mamãe falou: esse pavãozinho é uma *beleza*!

Assim, sem saber que se tratava de sua própria mãe, os pardaizinhos puseram-se a bicar o intruso, impedindo-o de se refugiar naquele ninho. De tão cansada e assustada, a pobre pardoca não conseguiu soltar um pio, nem revelar-lhes sua identidade. Imaginando que a estranha ave estivesse atacando os filhotes daquele ninho, os outros pássaros investiram contra ela, bicando-a sem dó nem piedade. Quase sem penas e toda ensanguentada, a pardoca caiu entre os ramos da roseira.

— Pobre avezinha — disseram as rosas, condoídas de sua sorte. — Não se preocupe: vamos escondê-la. Abaixe a cabeça, para que não a vejam.

A infeliz criatura agitou as asas pela última vez, depois cerrou-as contra o corpo e morreu, amparada por suas vizinhas, as rosas.

— Pip! Pip! — choramingaram os filhotes no ninho. — Onde está nossa mãe? Que maneira estranha de nos dizer que é hora de cuidarmos de nós mesmos! Qual de nós será agora o chefe da família?

— Eu não posso cuidar de vocês — disse o menorzinho. — Brevemente terei uma esposa e meus próprios filhotes para criar.

— Vejam só a pretensão do pequetito! — retrucou um dos irmãos. — Eu, sim, é que estou para arranjar várias esposas e muitos filhotes.

— É isso mesmo — disse um outro. — Cada qual que se arranje sozinho. Mas tratem de deixar este ninho para mim. Tenho direito a ele por herança, já que sou o mais velho.

Logo começou uma briga generalizada entre os quatro filhotes. Agitando as asas, cada qual desferia bicadas a torto e a direito nos outros três irmãos. Por fim, só um permaneceu no ninho. Os outros jaziam caídos no chão, mortos de raiva, com as cabeças encolhidas, como se não tivessem pescoço. Todos os três derrotados piscavam sem parar, pois essa é a maneira que os pardais têm de mostrar que estão emburrados. Por fim, confabularam entre si e decidiram sair pelo mundo, já que sabiam voar um pouco. Para que pudessem reconhecer-se mais tarde, quando porventura se encontrassem, combinaram de dizer "pip!"

326

e de ciscar o chão três vezes com o pé esquerdo. Depois disso, cada qual seguiu seu caminho.

O pardal que havia vencido a briga viu-os partindo para longe e se espojou no ninho, satisfeito. Agora, ele seria somente seu. Pena que sua felicidade durou pouco: naquela mesma noite, a casa pegou fogo. O incêndio começou na cozinha e logo se espalhou pela casa toda. O casal de moradores conseguiu sair a tempo, mas não o pardalzinho, que foi consumido pelas chamas, juntamente com seu ninho.

Na manhã que se seguiu àquela noite de calor e de chamas, tudo o que havia restado da cabana era sua chaminé, destacando-se por entre as vigas carbonizadas do teto. As ruínas ainda fumegavam, mas as chamas não haviam atingido a roseira, que continuava florida e majestosa, refletindo-se nas águas da lagoa.

— Que bela cena — disse um rapaz que passou por ali, ao ver o arbusto viçoso e florido, contrastando com as ruínas incendiadas da casa. — Dará um belo quadro.

Imediatamente, pôs-se a desenhar um esboço no álbum que trazia consigo, pois tratava-se de um pintor. Pouco depois, viam-se na folha do caderno as vigas carbonizadas, a chaminé apenas enegrecida pela fumaça, que ainda se erguia das cinzas espalhadas pelo chão. No primeiro plano, o desenho mostrava a roseira viçosa, carregada de rosas. Nela, que fora o motivo de sua inspiração, o artista havia caprichado mais.

Bem mais tarde, dois dos filhotes que tinham sido expulsos do ninho apareceram por ali.

— Ué! — exclamou um deles. — Que foi feito do nosso ninho?

— A casa também sumiu! — exclamou o outro. — Pegou fogo! Lá se foi o ninho, e junto com ele nosso irmão que ali morava sozinho. Recebeu o castigo que merecia pelo seu egoísmo. Só as rosas conseguiram escapar. Vejam como estão vermelhas e felizes. Pouco se importaram com a morte de seus vizinhos! Vamos embora, irmão. Vamos para longe desse lugar horrível. Não vou perguntar coisa alguma a essas rosas. Flores insensíveis, isso é o que elas são.

Numa tarde quente de outono, depois que o pátio do castelo acabava de ser varrido, as pombas caminhavam por ali, bicando o que encontravam no chão, diante da escadaria que levava para o interior do prédio.

— Nada de se espalharem! Reúnam-se em grupos! — ordenavam as mães para seus filhotes, achando que daquele modo eles ficavam mais bonitos.

— Quem são aqueles passarinhos marrons que estão sempre andando por aqui? — perguntou um dos pombinhos.

— Aqueles ali? — perguntou o pombo mais velho, com olhos rajados de vermelho e verde. — Ora, são pardais, passarinhos inofensivos. Nós, os pombos, temos fama de ser aves bondosas; por isso, deixamos que andem por aí, sem expulsá-los do nosso meio. Além disso, eles conhecem seu lugar e não cometem abusos. E até que são bonitinhos, quando ciscam o chão com suas patinhas.

Três jovens pardais que estavam por ali fizeram "pip!" e ciscaram o chão com a patinha esquerda. Com esse sinal secreto, reconheceram que eram os três irmãos provenientes do mesmo ninho.

— Este é um bom lugar para encontrar comida — disse um deles.

Os pombos caminhavam em círculos, rodeando-se mutuamente, enquanto projetavam os peitos para a frente. Cada qual tinha uma opinião acerca de seus companheiros, e nem todos os comentários que faziam eram delicados:

327

— Olhe aquela pombinha gorducha ali! Ela não pára de comer! Vai acabar ficando doente!

— E aquela outra, perto dela, já viu? Está perdendo as penas. Não demora, e vai ficar pelada. Rruuu!

Quem mais criticava os outros eram as pombas casadas, que já tinham filhos. Entre um e outro comentário, voltavam-se para seus filhotes e ordenavam:

— Reúnam-se em grupos! Não andem isolados!

— Vocês têm notado — disse uma delas para sua vizinha — como esses pardais feiosos têm aumentado ultimamente? Rruu!

Ah, esses mexericos das pombas... Sempre foram e sempre serão assim...

Os pardais, por sua vez, ciscavam o chão à procura de alimento, escutando de vez em quando alguma frase dita pelos pombos. Num dado momento, tentaram reunir-se num grupo, imitando os pombos, sem que estes sequer notassem seu esforço. Depois de se fartarem, saíram em revoada, indo para bem longe do alcance dos pombos, a fim de que esses não escutassem seus comentários. Os três irmãos passaram diante do castelo e resolveram parar por ali, para fazer a digestão. Pousaram junto à porta de entrada, e um deles falou:

— Pip! Eu não tenho medo de ficar aqui.

— Pip! — retrucou um dos outros. — Pois eu tenho coragem até de entrar!

E deu alguns passos para dentro do vestíbulo do castelo. Para mostrar que era ainda mais corajoso, o terceiro pardal deu dois pios e passou voando por ele, enquanto desafiava:

— Comigo é assim: ou tudo, ou nada!

Os outros dois seguiram atrás dele.

— Vejam como é curioso o ninho dos humanos — comentou um deles. — Mas... que é aquilo ali? Vejam!

Era o quadro representando a roseira florida e as ruínas da casinha incendiada, com a chaminé que se sustentava sobre as vigas carbonizadas. De início, pensaram estar vendo aquela cena através de uma janelinha, mas logo entenderam que se tratava de uma pintura pendurada na parede. De fato, era uma verdadeira obra de arte.

— Pip! — disse um deles. — Não é de verdade, é só aparência! Deve ser a tal de "beleza" da qual eles costumam falar. Continuo sem saber o significado dessa palavra.

Nesse momento, ouviu-se um barulho proveniente do interior do castelo. Antes que chegasse alguém por ali, os três pardais voaram para longe.

Passaram-se os dias, e os anos também. As pombas continuaram a arrulhar, e os pardais a sobreviver, desfrutando de fartura durante o verão, e quase morrendo de frio durante o inverno. Os três já estavam noivos, ou casados, ou seja lá como se chamam as relações entre pardais e pardocas. Os filhos vieram, e cada casal acreditava ter os mais lindos e inteligentes pardaizinhos de todo o mundo. Sempre que o acaso os reunia, conseguiam reconhecer-se por meio daquele sinal secreto: um pio agudo e três ciscadas no chão com a patinha esquerda.

Vai daí que ficaram mais velhos, e um deles se viu um dia sem companheira, sem ninho onde morar e sem filhos pequenos para criar. Sempre ouvira falar das grandes cidades, e assim decidiu migrar para uma delas. E lá se foi para Copenhague.

Ali chegando, viu que naquela cidade havia também um castelo, perto do qual se erguia uma construção cujos muros eram inteiramente decorados com figuras. Tratava-se de um

328

lugar bastante aprazível, junto a um canal pelo qual desciam chalupas cheias de maçãs e de panelas de barro.

O velho pardal espiou através das janelas da estranha construção, imaginando estar olhando para o interior de uma tulipa, já que cada cômodo era pintado de uma cor diferente, mas todos encantadores, tendo no centro algumas estátuas feitas de um material branco. Umas eram de mármore, outras de gesso — mas como exigir de um pardal que conhecesse a diferença? No topo da construção via-se a Deusa da Vitória, guiando uma carruagem puxada por cavalos brancos. Dessa vez, as figuras eram de bronze. Ele tinha pousado no Museu de Thorvaldsen, o grande escultor dinamarquês.

— Como brilha! — exclamou o pardal. — Creio que isto deva ser uma *beleza*! Mas é bem maior que um pavão...

Ainda se lembrava do que a mãe lhe dissera sobre o significado da beleza. Voando, entrou no pátio do museu, cujas paredes eram decoradas com palmeiras pintadas. No centro do pátio havia uma roseira, cujos ramos pendiam sobre um túmulo. Três pardais estavam ali perto, ciscando o chão à procura de migalhas. Aproximando-se deles, fez "pip!" e ciscou o chão três vezes com a patinha esquerda. Fez aquilo apenas por força do hábito, pois de modo algum esperava encontrar ali algum de seus irmãos. Enfim, quem sabe?

— Pip! — responderam os outros pardais, ciscando o chão de maneira idêntica à dele.

— Ei! São vocês? Que maravilha!

Eram seus dois irmãos e uma de suas sobrinhas.

— Aqui é um lugar excelente para se encontrar — comentou um deles. — Pip! Mas, para arranjar comida, não é lá grandes coisas. Imagino que isto aqui seja uma *beleza*, conforme os humanos costumam dizer.

Pessoas estavam saindo pelas portas laterais do museu, depois de terem estado lá dentro, apreciando as estátuas. Seus semblantes ainda revelavam satisfação, e era com respeito que se detinham ante o túmulo do artista que havia criado tantas obras-primas. Alguns se abaixavam para recolher do chão as pétalas de rosa que ali haviam caído, guardando-as consigo como recordação. Muitos vinham de terras distantes: da França, da Alemanha, da Inglaterra.

Uma bela jovem colheu uma rosa e espetou-a na blusa. Interpretando a seu modo tudo o que viam, os pardais concluíram que aquele prédio tinha sido construído em homenagem às rosas. Não que elas o merecessem, pensavam, sem contudo expressar em voz alta sua opinião. Para eles, os humanos prestigiavam as rosas muito além do que era de se esperar.

— Pip... Pip... — era tudo o que diziam, varrendo com as caudas o túmulo do escultor, enquanto observavam com o rabo do olho a roseira.

Súbito, notaram que aquele arbusto lhes era familiar. Não era uma roseira comum, mas sim aquela que crescia próxima de seu ninho de infância, sua velha vizinha. Estavam certos: o pintor que um dia ali estivera tinha obtido permissão para transplantar a roseira que havia retratado em seu famoso quadro. E ela parecia ter apreciado bastante a proximidade do túmulo de Thorvaldsen, pois ali se desenvolvera e florescera exuberantemente, ostentando belíssimas rosas rubras e perfumadas, que constituíam a própria personificação da beleza.

— Vocês agora permanecerão aqui para sempre? — perguntaram os pardais.

As rosas fizeram que sim, inclinando-se e demonstrando a satisfação que sentiam ao reencontrarem seus antigos vizinhos. Uma delas falou:

— Que coisa maravilhosa estarmos vivas e viçosas! Como é bom estarmos sempre cercadas por faces sorridentes e admiradas, e recebermos a visita de nossos bons e velhos vizinhos! Para nós, é como se todo dia fosse feriado!

— Pip! — exclamaram os pardais. — Quem diria: acabamos encontrando aqui nossas velhas vizinhas lá da beira da lagoa! É, amigas, vocês fizeram uma longa viagem, hein? Como estão sendo tratadas com honrarias! E não porque tenham mérito: simples questão de sorte, de oportunidade... Que haverá de tão maravilhoso num arbusto verde cheio de manchas vermelhas? Não vemos qualquer coisa de extraordinário nisso... Ah, mas ali no meio dela há uma folha seca.

Um dos pardais voou para junto do arbusto e bicou a haste da folha murcha, até que ela caiu. A roseira ficou então mais ostensivamente verde e mais encantadora do que antes, florindo junto ao túmulo do artista e deixando que sua beleza e fragrância, na mente dos homens, ficassem para sempre associadas ao renome imortal daquele cujos ossos ali repousavam.

O Pequeno Caim

Vou contar-lhes uma história sobre um garotinho chamado Caim. Seu nome verdadeiro era Carlos, e todos o tratavam por "Carlinhos", palavra que ele não conseguia pronunciar, quando era novinho; só dizia "Caim". Assim, o apelido pegou. É interessante quando a gente fica sabendo dessas coisas, não é?

Depois de algum tempo, nasceu Gustava, sua irmã. Ela já tinha entrado para a escola, e agora Caim tinha de ajudá-la a estudar, ao mesmo tempo em que fazia seu próprio para casa. Não é fácil desincumbir-se simultaneamente dessas duas tarefas. Assim, ele recitava para Gustava algumas poesias que ela devia decorar, ao mesmo tempo em que tentava ler seu livro de Geografia, estudando para uma prova que seria realizada no dia seguinte. Sentada em seu colo, Gustava repetia os versos, enquanto Caim se esforçava para ler o livro, aberto sobre a mesa. A lição tratava das cidades da Selândia e de suas características mais importantes. A única cidade sobre a qual sabia alguma coisa era Copenhague, a capital da Dinamarca.

Já era tarde quando sua mãe chegou e levou Gustava com ela, deixando o garoto sozinho. Mas aí já estava escurecendo, e o único lampião que havia em casa não poderia ficar com ele, pois a mãe necessitava de luz na cozinha. Caim foi até a janela, tentando ler à luz já fraca do sol poente.

Passando ali por perto, a mãe olhou para fora e disse:

— Olhe, Caim, lá está aquela lavadeira que mora no beco. Coitada: tão velhinha, caminhando com dificuldade, e não tem quem a ajude a tirar água do poço e a levá-la até sua casa... Não fique aí parado: seja um bom menino e vá lá oferecer-se para ajudá-la.

Caim foi correndo ajudar a velhinha. Quando voltou, já estava escuro de todo, e nem adiantaria pedir para ficar com o lampião, pois já estava na hora de ir para a cama, o que é um modo de dizer, já que ele dormia sobre um banco comprido que havia na sala. Estendendo-se ali, tentou recordar o que havia escutado em aula, a respeito das cidades da Selândia. Seguindo um conselho que alguém lhe tinha dado, colocou sob o travesseiro seu livro de Geografia, na esperança de que isso o ajudasse a aprender a lição. É o tipo de conselho no qual não se deve confiar...

De olhos fechados, procurou concentrar-se naquelas lembranças, quando teve a impressão de que alguém se aproximava e beijava carinhosamente seus olhos e seus lábios. Logo em seguida, sentiu-se como se estivesse dormindo e acordado ao mesmo tempo. A seu lado estava a velha lavadeira, encarando-o com um sorriso gentil.

— Vou ficar morta de vergonha e de arrependimento — disse ela, — se você não souber sua lição amanhã, só porque teve de me ajudar. Agora, quem vai ajudá-lo sou eu, e Nosso Senhor haverá de ajudar-nos aos dois.

O livro começou a mexer-se sob o travesseiro, como se estivesse vivo. De dentro dele saiu uma galinha.

331

— Cococó-cocó — cacarejou ela. — Venho da cidade de Koegel. Cococó-cocó!

E a galinha contou-lhe quantos habitantes viviam ali, narrando depois a famosa batalha que fora travada no passado naquela cidade.

— Pou! Pou! Pou! — exclamou um papagaio de madeira, imitando o estampido de tiros.

Observando bem, Caim viu que não era propriamente um papagaio que ali havia pousado, mas sim um pica-pau. Era ele que servia de alvo durante as famosas competições de tiro realizadas na cidade de Praestoe.

— Tenho tantas balas encravadas em meu corpo de madeira — disse o pica-pau — quanto o número de pessoas que residem em Praestoe.

Parecia muito orgulhoso desse fato. Depois de dizer qual era esse número, continuou:

— Thorvaldsen morou aqui, e fui edificada numa região magnífica!

O pica-pau falava como se ele fosse a cidade.

De repente, o pequeno Caim já não estava mais na cama, e sim cavalgando um elegante corcel, juntamente com um cavaleiro que o segurava firme, para que ele não escorregasse da sela. E lá se foram a galope, para muito longe. As plumas coloridas que enfeitavam o elmo do cavaleiro ondulavam ao vento. Saindo do campo, começaram a atravessar a floresta que circunda a cidade de Vordingborg. Era aí que, no passado, o rei Valdemar mantinha sua corte. Parece que essa época havia voltado, pois Caim encontrou a cidade repleta de pessoas, com suas torres ostentando bandeiras e estandartes que ondulavam ao vento. Entrando no palácio real, viu que estava sendo realizada uma festa. Músicos tocavam, enquanto o rei e os cortesãos dançavam no salão. Sem mais nem menos, o sol surgiu, dissipando a escuridão da noite, e as torres do castelo foram desaparecendo sucessiva-mente, até que apenas uma permaneceu em seu lugar, erguendo-se solitária contra o céu azul. A grande cidade encolheu, reduzindo-se a uma aldeia pobre e singela. Pela rua passava um grupo de estudantes, carregando seus livros embaixo dos braços. Um deles exclamou:

— Temos aqui dois mil habitantes!

Mas estava exagerando, pois atualmente não chega a tanto a população daquele lugarejo, que outrora tinha sido a brilhante capital de todo o reino.

O garoto estava de novo deitado no banco da sala, meio dormindo, meio acordado. Alguém aproximou-se dele e chamou:

— Olá, Caim!

Era um rapazinho, vestido de marinheiro. Parecia novo demais para ser um cadete da marinha ou mesmo um grumete. Quem seria?

— Trago-lhe saudações da cidade de Korsoer. É uma cidade nova, que está surgindo agora. A mala postal de Copenhague para lá, e nosso porto está cheio de navios ancorados. Até pouco tempo atrás, diziam que esse lugar era doentio e mal escolhido — mero preconceito. Ouça o que Korsoer diz acerca de si própria: "Sou circundada pela floresta verdejante e pelo mar azul. Aqui nasceu um poeta, e dos bons, pois a leitura de seus versos encanta e diverte, coisa que raramente se pode dizer dos versos de um poeta. Com nossos recursos, chegamos a pensar em armar um navio para dar a volta ao mundo. Por fim, desistimos da ideia, mas somente por uma questão de conveniência, e não pela impossibilidade de realizá-la. A porta da cidade é toda coberta de rosas belas, viçosas e de suave fragrância..."

332

Caim chegou a enxergar aquelas rosas, mas só por um instante. Logo suas cores foram-se desvanecendo, e sua imagem substituída pela de um litoral escarpado, recoberto por uma densa floresta. De uma encosta vertia água cristalina, proveniente de uma fonte, junto à qual estava sentado um velho de longa cabeleira branca, tendo uma coroa de ouro na cabeça. Era o velho rei Hroar. Nos tempos antigos, a cidade que aí existia recebera o nome de "Fonte de Hroar" — "Hroarskilde", em dinamarquês. Hoje, seu nome transformou-se em "Roskilde". Em sua catedral são enterrados todos os reis e rainhas da Dinamarca. Caim podia vê-los entrando de mãos dadas no velho e grandioso templo, todos trazendo uma coroa de ouro na cabeça. Podia também escutar o órgão, cujo som se misturava ao da fonte do rei Hroar, cujas águas se despejavam com estrépito pela encosta abaixo. O rei olhou para ele e disse:

— Não te esqueças: é aqui que os Estados Dinamarqueses se reúnem.

A visão da catedral desapareceu, como se houvesse sido virada a página de um livro de gravuras. Agora era uma mulher que estava a sua frente. Pelo seu aspecto, via-se que era uma ajudante de jardineiro. Com efeito, a mulher estava capinando a praça principal da cidadezinha de Soroe, onde as pedras do calçamento tinham sido assentadas a uma certa distância umas das outras, justamente para que a relva pudesse nascer naqueles intervalos. Havia tirado seu avental de linho e o tinha colocado sobre a cabeça. Parece que chovera, pois o avental estava molhado.

— Aqui em Soroe chove constantemente — disse ela a Caim.

Em seguida, contou-lhe várias histórias a respeito do rei Valdemar e do bispo Absalão, e recitou vários trechos divertidos das peças de Holberg. Num dado momento, seus cabelos desapareceram, a cabeça começou a afundar-se entre os ombros, e ela tomou o aspecto de uma rã.

— Com o tempo que faz aqui, a gente acaba se transformando em rã ou sapo... Croc! Croc! Esta cidade é tão quieta e tão úmida, que até parece um túmulo... Croc! Croc! Bem, de vez em quando ela se agita, mas só quando os estudantes da Academia aparecem por aqui e começam a recitar em grego, em latim e em hebraico... Croc! Croc!

E a mulher-rã — ou seria a rã-mulher? — ficou fazendo "croc!" sem parar, numa tal monotonia, que o pequeno Caim caiu num sono profundo.

Voltou a sonhar. Sua irmãzinha Gustava, com seus grandes olhos azuis e seus cabelos louros e encaracolados, apareceu-lhe, mas como se já fosse moça, e não a menininha que ele punha no colo e ajudava a estudar. Ambos podiam voar, embora não tivessem asas. Dando-se as mãos, foram-se os dois pelos ares, sobrevoando os campos e florestas da ilha da Selândia.

— Escute o canto do galo, Caim — disse Gustava, — e veja quantas galinhas estão ali embaixo. Elas vêm de Koege. Um dia, você será dono de uma granja de aves, tão grande, que nunca lhe deixará passar fome ou necessidade. Quando fizer mira no pica-pau de madeira, acertará em cheio, tornando-se um sujeito rico e feliz. Sua casa erguer-se-á orgulhosa, como o castelo do rei Valdemar, em Vordinborg. Seu jardim ostentará esculturas de mármore tão belas quanto aquelas de Thorvaldsen, que estão perto de Praestoe. Seu nome será exaltado por todos, e sua fama dará a volta ao mundo, passando por todos os lugares aonde teria ido o navio que os habitantes de Korsoer planejaram armar. Lembre-se do que lhe disse o rei Hroar, a respeito da reunião dos Estados Dinamarqueses, pois ali você

333

escutará conselhos prudentes e sábios. Um dia, ficará velho e morrerá, podendo então dormir em paz para todo o sempre.

— Foi como se eu estivesse dormindo em Soroe — disse Caim, levantando-se.

A manhã estava maravilhosa, e ele logo esqueceu os sonhos que acabava de ter — no que fez muito bem, pois não é bom estar a par daquilo que o futuro nos reserva.

Caim vestiu-se, tirou o livro de Geografia de sob o travesseiro e pôs-se a estudar.

A velha lavadeira apareceu à porta da casa e sorriu para ele, dizendo:

— Obrigada por ter-me ajudado ontem, Caim. Que Deus o abençoe e faça com que seus melhores sonhos se realizem.

O pequeno Caim, que na realidade se chamava Carlos, e que mais tarde seria o rei da Dinamarca, não se lembrava dos sonhos que tivera, mas Nosso Senhor os conhecia bem, e deles não se esqueceu.

A Sombra

Nas costas do Mediterrâneo, o sol sabe de fato brilhar com todo o seu esplendor. Seus raios dardejam tão fortemente, que bronzeiam a pele das pessoas, tornando-as trigueiras, da cor do mogno. O jovem intelectual vindo do Norte, das terras onde as pessoas parecem aprendizes de padeiro, de tão brancas que são, logo aprendeu a suspeitar do astro ao qual, até então, sempre dedicara carinho e amizade. Nas terras meridionais, fica-se dentro de casa a maior parte do tempo, mantendo-se fechadas portas e janelas. É como se todos os moradores estivessem dormindo, ou se tivessem saído em viagem. O estrangeiro sentia-se como um condenado, e até sua sombra tinha sido afetada, encurtando-se consideravelmente. Mas, logo que o sol se punha, e ele tinha de acender uma vela sobre sua mesa de estudo, a sombra reaparecia em seu tamanho normal. Dava gosto vê-la esticando-se pela parede acima, até que sua cabeça quase tocasse o teto do quarto.

"As estrelas, aqui, parecem muito mais brilhantes", pensava ele, enquanto saía para a varanda, a fim de esticar-se todo, imitando sua sombra. E, em todas as outras varandas, viam-se pessoas que para lá tinham ido, a fim de respirar o ar fresco da noite. Aquela mesma cidade que, ao meio-dia, parecia estar morta e deserta, agora borbulhava de vida e animação. O povo afluía às ruas em magotes. Alfaiates e sapateiros levavam seus banquinhos para fora dos locais de trabalho, pondo-os nas calçadas, onde também já estavam as senhoras e senhoritas, sentadas em suas cadeiras de encosto reto, segregando novidades e mexericos. Burricos carregados das mais diversas mercadorias iam e vinham, como se estivessem passeando. E as crianças, ah, estas se viam por toda parte, rindo, brincando, chorando, correndo, passando da comédia para a tragédia com uma velocidade tal, que nunca se sabe qual o tipo de peça estão representando naquele momento. E as luzes! Milhares de lâmpadas ardiam, rebrilhando ao longe como estrelas cadentes. Eis que, dobrando a esquina, passava um cortejo fúnebre, tendo à frente os coroinhas vestidos de preto e branco, seguidos pelo cavalo que trazia uma tarja negra ao longo do corpo, pelo coche escuro, e por fim pelos acompanhantes, de aspecto grave, mas não propriamente tristonho. Os sinos dobravam. "Isso é vida!", pensava um jovem forasteiro, tentando compreendê-la e integrar-se nela.

Somente a casa que ficava defronte a sua mantinha-se tão silenciosa agora quanto tinha estado durante o dia. A rua era muito estreita, e as varandas ficavam a apenas umas poucas jardas umas das outras. Ele jamais vira as pessoas que viviam ali, mas sabia que elas existiam, pois os vasos de flores que ficavam sobre o balcão da varanda e sobre os peitoris das janelas estavam viçosos e bem cuidados. "Alguém deve regar essas flores", pensou, "ou, do contrário, o sol já teria dado cabo delas." Além disso, as venezianas costumavam ser abertas à noite, e, mesmo nunca tendo visto qualquer luz acesa ali dentro, já havia escutado o som de música, e não do tipo comum ou conhecido, mas de um gênero que ele classificava de "exótico e belo". Esse pormenor não deve ser levado muito em conta, porque os jovens setentrionais que visitam o Sul pela primeira vez costumam achar "belo e exótico" tudo o que encontram nas terras do Sul.

Conversando com seu senhorio, perguntou-lhe certa vez se conhecia as pessoas que moravam na casa em frente. O velho respondeu que não, e que jamais vira alguém entrando ou saindo daquela casa. Quanto à música, achava-a simplesmente terrível.

— É como se alguém estivesse exercitando — disse ele. — Toca sempre a mesma peça, sem nunca variar. E o pior é que nunca a executa inteira! Oh, não, é insuportável!

Certa vez, o jovem intelectual, que gostava de dormir deixando aberta a porta que dava para a varanda, acordou no meio da noite. A brisa entreabriu a cortina, e ele vislumbrou um brilho que vinha da varanda fronteira à sua. As flores pareciam fulgurantes e coloridas, estando todas em volta de uma jovem de deslumbrante beleza. Por um momento, o rapaz piscou fortemente, para assegurar-se de que estava acordado. Num salto, deixou a cama e postou-se atrás da cortina, puxando-a discretamente para espiar a varanda, mas a jovem já não mais estava ali, e a luz tinha sido apagada. Só as flores não haviam desaparecido, mas tinham voltado ao seu aspecto de todo dia. Apesar de tudo, a porta estava aberta, e de dentro da casa chegava até ele o som de música. A melodia parecia exercer uma espécie de fascínio sobre ele, embalando-o docemente e fazendo-o mergulhar numa sensação de extrema felicidade. Mas como seria possível entrar naquela casa? Embaixo, só havia lojas, sem que se visse qualquer entrada para o andar de cima, onde ela ficava. Não seria lógico que, para chegar à casa, a pessoa tivesse de atravessar uma loja. Não deixava de ser uma situação um tanto estranha.

A noite seguinte, o jovem intelectual estava novamente na varanda, contemplando o movimento da rua lá embaixo. Dentro do seu quarto brilhava um lampião cuja luz projetava a sombra dele próprio na varanda fronteira. Quando se mexia, ela também repetia seu movimento.

— É, minha amiga — murmurou, dirigindo-se à sombra, — você é a única coisa que se move aí nessa varanda. Agora está aí bem quietinha, sentada entre as flores, não é? Pois veja: a porta está entreaberta. Por que não vai até lá dentro, dá uma olhada, depois volta e me conta o que viu por lá? Vamos, querida, seja boazinha, mate minha curiosidade.

Sorrindo com a brincadeira, acenou a cabeça para a sombra, que repetiu seu gesto, acenando para ele.

— Isso! Você concordou! Então, vá lá. Mas não se esqueça da voltar, ouviu bem?

Rindo de sua pilhéria, o jovem levantou-se de onde estava sentado, enquanto sua sombra fazia o mesmo, na varanda fronteira. Ele então deu-lhe as costas e entrou em casa. E ela fez o mesmo, só que entrando pela porta da outra casa. E isso ele não viu, porque cerrou a cortina, logo que se viu dentro do aposento.

Na manhã seguinte, quando se dirigiu à leiteria onde costumava tomar o café da manhã e ler os jornais, notou que estava sem sombra. "Ora, veja!", pensou, assustado com essa descoberta. "Então ela de fato foi embora ontem à noite!"

Além do espanto, havia o constrangimento de imaginar que todos iriam notar e estranhar aquilo, pedindo-lhe explicações para o fenômeno. Pior ainda seria se as próprias pessoas tirassem suas conclusões particulares sobre o assunto. Imediatamente, deu meia-volta e regressou ao quarto, ali permanecendo durante o resto do dia.

Ao anoitecer, dirigiu-se à varanda, para tomar um pouco de ar fresco. O lampião estava aceso, do mesmo modo que na noite anterior. Ele sentou-se na cadeira, levantou-se, moveu os braços, mas nada de fazer sua sombra reaparecer. Tranquilizou-se ao ver que ninguém o observava, pois, caso contrário, entraria imediatamente para o quarto.

Mas nas terras quentes tudo cresce bem mais depressa do que nos países setentrionais; assim, antes de completar uma semana, uma pequena sombra começou a aparecer-lhe por debaixo dos pés. "Ola-lá, que surpresa agradável!", pensou. "A velha sombra deve ter deixado aqui um pedaço de sua raiz!"

Passado um mês, ele já podia andar pelas ruas despreocupado: já possuía uma sombra; um pouco pequena, é bem verdade, mas que não chegava a chamar a atenção dos outros. Quando regressou à sua pátria, ela continuou a crescer, até se transformar na sombra de um homem bem alto, coisa que nosso intelectual de fato não era.

Retomando suas atividades, o intelectual escreveu vários livros, descrevendo tudo o que era verdadeiro, belo e bom. Passaram-se os dias, e atrás deles os anos. Ele tornou-se um filósofo. Passou mais tempo ainda. Uma noite, estando sozinho em seu quarto, escutou alguém que batia delicadamente em sua porta. Sem se levantar, disse em voz alta:

— Entre.

Ninguém entrou.

Levantou-se, foi até a porta e abriu-a. Ali estava um homem extremamente magro, possivelmente o sujeito mais delgado que ele jamais tivera a oportunidade de encontrar. Pelas roupas que usava, via-se que era pessoa de certa importância.

— Com quem tenho a honra de falar? — perguntou o filósofo.

— Ora, ora, não me reconhece mais? — replicou o visitante. — Sou sua sombra! Agora tenho meu próprio corpo e uso minhas próprias roupas. Pensou que nunca mais me veria, não é? Pois aqui estou. As coisas não me correram mal, depois que nos separamos. Já estou em condições de comprar minha liberdade.

O sujeito agitou sua bolsa, fazendo tilintar as moedas de ouro que estavam ali dentro, depois apontou para a grossa corrente de ouro que trazia ao pescoço, deixando ver anéis de diamantes em todos os seus dedos.

— Devo estar sonhando! — exclamou o filósofo. — Será possível que isto de fato esteja acontecendo?

— Bem, tenho de convir que não é um acontecimento comum — respondeu a sombra; — por outro lado, meu prezado, o senhor também não é uma pessoa comum. Posso dizê-lo com toda certeza, já que acompanhei seus passos, desde que começou a andar. Mas, lembre-se, foi o senhor mesmo quem ordenou que eu caminhasse com meus próprios passos, não foi? Não fiz mais que obedecer. E que me saí bem, creio que já notou. Modéstia à parte, poucos poderiam ter-se saído melhor do que eu. Com o passar do tempo, porém, comecei a sentir saudades do meu antigo dono, e resolvi procurá-lo, antes que morresse, o

337

que, infelizmente, um dia haverá de ocorrer, como o senhor bem sabe. Além disso, veio-me o desejo de rever meu país natal, pois só mesmo um sujeito sem entranhas não tem esse sentimento. Sei que arranjou uma nova sombra. Diga-me, então: a quem devo pagar para obter minha liberdade? Ao senhor, ou a ela?

— Será verdade isso tudo que você acaba de dizer? — disse o filósofo, tomado de assombro. — Inacreditável! Eu não poderia sequer imaginar que uma sombra adquirisse vida própria, com corpo e tudo, e ainda por cima que ela voltasse para ver o ex-dono!

— Diga-me quanto lhe devo — insistiu a sombra. — Detesto estar em débito com alguém.

— Mas que ideia, a sua! — replicou o filósofo. — Que diabo de débito haveria? Se você conseguiu libertar-se, sorte sua. Fico feliz por vê-lo e saber de seu sucesso. Esqueça essa sua preocupação. Vamos, entre; sente-se aqui e converse um pouco. Conte-me tudo o que lhe aconteceu, especialmente durante a noite em que você se separou de mim e entrou naquela casa do outro lado da rua.

— Já que está interessado em ouvir, tudo bem — concordou a sombra, sentando-se numa cadeira. — Mas, primeiro, prometa-me uma coisa: não conte a quem quer que seja que um dia já fui sua sombra. Ando pensando em casar. Estou bem de finanças, e em condições de sustentar uma família numerosa.

— Quanto a isso, fique tranquilo. Não revelarei esse segredo a quem quer que seja. Vamos selar esse compromisso com um aperto de mão. Um homem vale tanto quanto a sua palavra.

— Isso mesmo: a palavra é a sombra do homem — concordou o visitante, aliás com muita propriedade.

Era realmente espantoso notar como aquela sombra se havia tornado um ser humano. Vestia-se de preto da cabeça aos pés, com tudo da melhor qualidade, desde as botinas de pelica, até o chapéu de feltro finíssimo. A corrente de ouro e os anéis já foram descritos, mas tanto atraíam a atenção, que não há como deixar de mencioná-los de novo. Sim, a sombra trajava-se com apuro e elegância; assim, se for verdade que a roupa faz a pessoa, podia-se dizer que ela já não era mais uma simples sombra.

— Vamos ao início — disse a sombra, esticando as pernas para que todo o peso de suas botinas se apoiasse sobre a nova sombra do filósofo, que se enroscava como um cãozinho *poodle* sob seus pés.

Por que teria feito aquilo? Estaria querendo que aquela sombra se tornasse sua, ou seria apenas por arrogância? O fato é que a sombra adotada não demonstrou ter ficado aborrecida, mantendo-se atenta e imóvel, já que também ela queria saber como seria possível libertar-se, tornando-se dona de seu próprio nariz.

— Sabe quem é que morava naquela casa do outro lado da rua? — perguntou a sombra. — Pois fique sabendo, meu caro: era a Poesia! Estive ali durante três semanas, o que me valeu tanto quanto se eu tivesse vivido três mil anos, e lido tudo o que já se escreveu e compôs até hoje. É o que lhe estou dizendo, e tudo o que digo é verdade. Vi tudo. Conheço tudo.

— Então era a Poesia... — comentou o filósofo. — Sim, muitas vezes ela tem de viver nas grandes cidades como se fosse um eremita... Cheguei a vê-la uma única vez, e mesmo assim só de relance, com os olhos ainda pesados de sono. Ela estava postada na varanda, rodeada de uma luminosidade que me lembrou a da aurora boreal. Vamos, prossiga: você estava na varanda, e aí caminhou para dentro da casa. E depois?

— Ali era a antessala, o vestíbulo. Era a parte da casa que o senhor conseguia enxergar, quando se sentava em sua varanda. Não há lâmpadas ali, e por isso é que a gente imagina estar vazia aquela casa. Uma porta levava ao cômodo vizinho, de onde se alcançava o próximo, do qual se chegava ao seguinte, e assim por diante, numa sucessão quase interminável, até que se chegava à parte mais recôndita da casa, que era onde vivia a Poesia. Naquele cômodo havia luz suficiente para dar cabo de qualquer sombra, de modo que nunca pude chegar pertinho da linda donzela. Assim, tive de agir com cautela e paciência, qualidades que tenho de sobra, e que são parentes bem próximas da virtude.

— Vamos, não se perca em rodeios. Conte-me logo o que viu.

— Vi tudo! Calma, vou contar-lhe mas antes... não que eu seja orgulhoso, mas por uma questão de respeito à minha condição e ao meu *status* social, eu apreciaria se o senhor me dispensasse um tratamento menos familiar e mais cerimonioso.

— Oh, sim, peço-lhe perdão — desculpou-se o filósofo. — Trata-se da força do hábito. É difícil esquecer que o senhor já não é o que foi, mas vou tentar corrigir-me. Faça o favor de prosseguir, pois estou deveras interessado na sequência de sua narrativa.

— Pois foi isso: vi tudo, conheço tudo.

— E como era o cômodo onde ela vivia? Era como a floresta de faias durante a primavera? Ou como a nave iluminada de uma catedral? Ou como o céu que se contempla do alto de uma montanha?

— Tudo isso estava lá, e muito mais. Naturalmente, nunca pude entrar nesse cômodo. A penumbra da antessala era mais apropriada à minha antiga condição, e dali eu podia observar o interior do cômodo numa excelente posição. Dali pude ver tudo e ficar conhecendo todas as coisas. Posso dizer que estive na corte da Poesia, ou pelo menos em sua antecâmara.

— Mas que viu por lá? — insistiu o filósofo. — Thor e Odin perambulavam por aquelas salas? Aquiles e Heitor voltavam a digladiar-se entre aquelas paredes? Havia criancinhas a brincar e a revelar seus sonhos?

— Já lhe contei o que aconteceu: estive ali e vi tudo o que havia para ser visto. Se fosse o senhor quem ali estivesse, talvez se tivesse transformado num outro tipo de homem, ou sei lá em quê. O fato é que aquela visão fez de mim um ser humano. Logo tive consciência de minha natureza íntima, da afinidade que me ligava desde que nasci à Poesia. Quando vivia em sua companhia, jamais pensei nessas coisas. Como pode lembrar, eu ficava bem maior no início da manhã e ao cair da tarde; nas noites de luar, minha imagem até chegava a ficar mais nítida que a sua. Mesmo assim, eu não tinha consciência de minha natureza, coisa que só vim a adquirir depois que estive naquela antessala. Foi então que me tornei um ser humano.

— Que fez, então?

— Já estava bem amadurecido quando saí dali. Nessa altura, porém, o senhor já tinha ido embora. Eu não podia sair andando pelas ruas com meu aspecto de sombra. Tinha de usar roupas, chapéu, botinas e os demais adornos que mostram o tipo de ser humano que se é. Do modo como me encontrava, eu não tinha outro recurso senão esconder-me. Foi o que fiz. E sabe onde? Trata-se de um segredo que eu não revelaria a qualquer pessoa do mundo que não fosse meu ex-dono. Por favor, não o conte a quem quer que seja, ouviu? Nem o mencione em seus livros... Já viu aquelas vendedoras de doces lá do mercado? Aquelas que usam saias bem rodadas? Pois foi debaixo de uma dessas saias que me escondi. Para sorte dela e minha, a doceira nunca ficou sabendo o que suas roupas de baixo estavam

339

escondendo... Só à noite é que eu saía para espairecer, caminhando pelas ruas à luz do luar, esfregando-me nos muros para coçar as costas. Andava a esmo por ali, espiando através das janelas e vendo tudo o que acontecia nos sótãos, nos porões, nas salas, nos quartos... Vi coisas do arco-da-velha! Coisas que ninguém jamais viu ou poderia imaginar! O mundo é bem pior do que se pensa... Cheguei a quase desistir de ser humano; aí, pesei, medi, e vi que afinal de contas até poderia tirar proveito daquilo. Sim, companheiro, vi coisas inimagináveis, entre maridos e mulheres, entre pais e filhos — ih, nem queira saber o que vi! Vi o que ninguém tem o direito de saber, mas que todos anseiam ardentemente por conhecer: o lado secreto e podre de seus vizinhos! Se eu publicasse tudo aquilo num jornal, ah, não me faltariam leitores! Mas preferi agir diferente, escrevendo diretamente para as pessoas. Era um deus nos acuda em toda cidade por onde eu passava! As pessoas morriam de medo de mim, tratando-me com a maior deferência! As universidades conferiam-me as mais distintas honrarias, os alfaiates presenteavam-me com belos trajes, as mulheres me cortejavam... em suma: cada qual me dava o que tinha para dar. Foi assim que me tornei a pessoa que agora sou... Bem, está ficando tarde, e tenho de ir embora. Vou deixar-lhe meu cartão. Vivo no lado mais ensolarado da rua, mas nunca saio de casa quando está chovendo. Apareça por lá.

Despediu-se e saiu.

— Ora, vejam só — matutou o filósofo, falando consigo mesmo. — Só posso dizer que isso é... assombroso!

こばくら

Passados mais dias e mais anos, a sombra reapareceu.

— Então — perguntou ao filósofo, — como vão as coisas?

— Nada boas — respondeu ele. — Continuo escrevendo sobre tudo aquilo que é verdadeiro, belo e bom, e que acontece? Ninguém se interessa. Estou tremendamente desapontado com isso, pois são esses os assuntos que mais prezo...

— A mim, também, pouco se me dão — disse a sombra. — Agora, estou interessado em ganhar peso. Já tenho alcançado bons resultados. Seu problema é não entender o mundo. Trate de viajar. Devo fazer uma excursão no próximo verão: que tal se fosse comigo? Se quiser acompanhar-me como se fosse minha sombra, eu terei o maior prazer em levá-lo. E nem precisa se preocupar com as despesas.

— Acho que o senhor está passando dos limites! — protestou o filósofo.

— Depende de como a pessoa encara essas coisas. Esteja certo de que uma viagem só lhe faria bem. Se me acompanhar como uma sombra, é lógico que suas despesas terão de correr por minha conta.

— Mas isso é monstruoso! — vociferou o filósofo.

— Que é isso? Acalme-se! O mundo é assim mesmo, e não dá mostras de estar mudando — retrucou a sombra, saindo em seguida.

A situação do filósofo ia de mal a pior. Miséria e atribulações passaram a ser partes integrantes de sua existência. Seus temas prediletos — a Verdade, o Bem, a Beleza — não encontravam ressonância entre as pessoas. Era como se estivesse oferecendo rosas a uma vaca. Por fim, adoeceu gravemente.

— Que está acontecendo com você? — estranhavam aqueles que o viam. — Está parecendo uma sombra do que já foi!

Era ouvir aquilo, e um calafrio percorria-lhe a espinha de cima até embaixo.

— O senhor devia ir a uma estação de águas — sugeriu a sombra, num dia em que veio visitá-lo. — Não há outra alternativa. Vou levá-lo comigo, em atenção à nossa velha amizade. Deixe as despesas comigo. O que terá de fazer será apenas conversar e proporcionar-me entretenimento. Quero ir a um *spa*, para ver se minha barba cresce. Por mais que eu faça, ainda não consegui que ela crescesse. Sem barbas, sabe, as coisas ficam bem mais difíceis. Elas granjeiam respeito e consideração. Vamos, seja sensato: o senhor só terá a ganhar. Mais do que minha sombra, será meu amigo durante essa viagem.

E, assim, lá se foram eles, invertendo seus antigos papéis. Agora, a sombra era o amo, e o amo era a sombra. Os dois seguiam juntos, fosse de carro, a cavalo ou a pé. Iam sempre lado a lado. Às vezes, a sombra postava-se um pouco à frente; outras vezes, um pouco atrás, conforme a posição do sol. O tempo todo, porém, fazia questão de mostrar que agora era ela quem comandava a dupla. Ao filósofo, isso pouco importava. Seu coração era bom e generoso, não havendo nele sequer um quarto de hóspedes reservado à inveja.

Em meio à viagem, o filósofo sugeriu:

— Considerando que somos companheiros de viagem, e, mais do que isso, que crescemos juntos, não seria melhor acabar com as formalidades que ainda existem entre nós? Porque não nos tratamos um ao outro por "você" e pelo primeiro nome, como velhos companheiros que somos? Isso criaria uma atmosfera bem mais íntima e prazenteira entre nós.

— Em parte, o senhor tem razão — respondeu a sombra que se tinha tornado o amo. — Foi direto e sincero, e falou com bom senso. Quero ter a mesma sinceridade para lhe responder. Sendo filósofo, o senhor sabe muito bem como é estranha a natureza das pessoas. Algumas não suportam vestir roupas feitas de tecidos ásperos, outras sentem aflição quando escutam o barulho de um prego riscando um vidro. Pois eu sinto algo semelhante, sempre que escuto alguém que me chama pelo primeiro nome. Nessas horas, sinto-me como se estivesse sendo espremido contra o chão, regressando a minha antiga condição de sombra. Trata-se apenas de uma sensação, e não de uma questão de orgulho, como bem pode compreender. Assim, vamos combinar o seguinte: o senhor continua tratando-me de maneira respeitosa e formal, nunca me chamando pelo primeiro nome, enquanto que eu passo a tratá-lo familiarmente de "você" e a chamá-lo pelo primeiro nome. Assim, sua sugestão será pelo menos meio aceita.

E ela assim passou a proceder, deixando-o um tanto aborrecido com aquela nova forma de relacionamento. "Dessa vez, ele passou dos limites, sem dúvida", pensou. "Assim, já é desaforo."

Porém só pensou, sem nada dizer, porque, quando se é pobre, pensa-se muito, mas fala-se pouco.

Chegaram por fim à famosa estação de águas, aonde chegavam visitantes de todo o mundo, em busca de cura e repouso. Entre os que ali se hospedavam estava uma bela princesa, atacada de uma doença muito perigosa: a de enxergar tudo com muita clareza. Ela logo notou entre os recém-chegados uma pessoa bem diferente das demais. "Ele veio aqui para ver se a sua barba cresce", disseram-lhe. "Não", pensou ela, "essa não é a razão principal de sua vinda. Hei de descobrir o verdadeiro motivo que o trouxe aqui."

341

Para satisfazer sua curiosidade, dirigiu-se a ele diretamente, já que a uma filha de rei são permitidos esses repentes de falta de cerimônia. E como ela enxergava bem demais, logo notou qual era o problema do outro.

— Já sei qual o motivo de sua vinda — disse ela, sem rodeios. — Seu corpo não projeta sombra.

— Vossa Alteza não sabe a satisfação que sinto ao ver que está bem melhor do mal que a afligia — disse-lhe a sombra. — Sei que esse mal era enxergar bem demais. Parece que já não é tão grave seu estado, ou mesmo que Vossa Alteza talvez já goze de saúde perfeita, pois eu tenho uma sombra, ainda que não seja das comuns. Isso, para mim, é normal, já que também não sou uma pessoa comum. Sou como aqueles que gostam de ver seus criados mais bem vestidos do que eles próprios, comprando-lhes librés de tecidos mais finos que os seus. Ajo desse modo com minha sombra, deixando que ela imagine ser uma pessoa. Cheguei a ponto de comprar uma sombra para ela! Saiu caro, mas valeu, porque adoro ser original.

"Que maravilha!", pensou a princesa. "Então, estou curada? Este lugar é fantástico! E que sorte a minha, de ter nascido na época em que estas benditas águas minerais foram descobertas! Mas só porque estou bem, não é razão para ir embora. Gosto daqui, e esse estrangeiro me parece interessante. Espero que sua barba não cresça depressa demais."

Estava marcado um baile de gala para aquela noite, e a sombra dançou com a princesa. Ela sabia dançar com leveza, mas a do seu par era maior, ela jamais havia encontrado um dançarino tão excelente. Conversa vai, conversa vem, descobriram que ele havia visitado seu país, numa ocasião em que ela estava ausente. Ali ele havia, como de hábito, espiado pelas janelas das casas, tanto as da frente como as do fundo, sabendo como descrever tudo o que vira e ouvira, sempre deixando no ar certas insinuações, dando a entender que sabia bem mais do que dizia. Aquilo causou profunda impressão na princesa, fazendo-a crer que jamais havia deparado com alguém dotado de tantos conhecimentos. Assim, ela, que nunca dançava duas vezes seguidas com o mesmo par, abriu uma exceção para a sombra, numa demonstração de respeito e consideração pelo seu saber.

À medida que deslizavam pelo salão, a princesa sentiu que se apaixonava por aquele estrangeiro. Ele também o notou, enchendo-se de orgulho. "Agora vejo que ela está curada, e já não está enxergando demasiadamente bem como antes", pensou.

A princesa esteve a pique de lhe confessar seu amor; porém, moça prudente, não o fez, pensando no que poderia representar seu casamento para o reino que um dia iria herdar e para o povo que então iria governar. "Ele conhece bem as coisas do mundo", pensou, "o que é um bom sinal. Dança bem, o que não deixa de ser uma virtude. Mas terá de fato cultura, qualidade imprescindível num governante? Vou submetê-lo a um teste."

E começou a interrogá-lo sobre questões tão difíceis, que ela mesma não saberia responder. Também a sombra não soube, fazendo uma cara perplexa e confusa.

— Você não sabe responder! — estranhou ela.

— Só respondo perguntas semelhantes àquelas que são feitas às crianças. Quando se trata de assuntos que exigem estudos e conhecimentos de livros, passo à minha sombra a incumbência de respondê-las. E ali está ela, sentada junto à porta.

— Sua sombra! Mas isso é extraordinário!

— Bem; na realidade, não sei se ela saberia a resposta para essas questões. O único trabalho que tem é o de me acompanhar por onde quer que eu vá, escutando tudo aquilo

342

que eu digo. É... pensando bem, creio que ela saberá responder. Todavia, Alteza, permita-me fazer-lhe uma sugestão. Minha sombra tem a pretensão de ser uma pessoa de verdade. Coitada, não sei de onde tirou essa ideia... Caso Vossa Alteza se digne dirigir-se a ela, faça o obséquio de fingir que acredita nisso, tratando-a como se fosse gente.

— Não me custa agir assim — concordou a princesa, dirigindo-se ao filósofo.

Fez-lhe diversas perguntas acerca do sol, da lua e da espécie humana, recebendo respostas que demonstravam erudição e conhecimento. "Que se pode pensar de alguém que tem uma sombra assim tão sábia?", pensou a princesa. "Seria uma bênção para meu povo se eu o tomasse por marido. E é o que farei."

A sombra concordou inteiramente com os planos da princesa, pedindo-lhe porém que apenas os revelasse depois de regressar a seu reino.

— Não conte a quem quer que seja, nem mesmo à minha sombra — pediu ele, satisfeito com as voltas que o mundo dá.

No dia seguinte, partiram os dois em viagem. Seguiam para a terra da princesa. No caminho, a sombra disse ao filósofo:

— Escute, meu bom amigo: em breve, serei tão feliz e tão poderoso, como nem eu mesmo poderia imaginar pouco tempo atrás. Quero que você compartilhe de minha boa sorte. Vamos morar no Palácio do Governo. Quando eu estiver passeando na carruagem real, você estará a meu lado. E não trabalhará de graça: quero pagar-lhe por isso. Que tal cem mil moedas de ouro por ano? Só imponho uma condição: que você assuma oficialmente seu papel de sombra. Nada de dizer que já foi um ser humano. Uma vez por ano, quando eu aparecer no balcão do palácio para receber as homenagens do povo, você deve deitar-se a meus pés, como é próprio das sombras. Agora já posso revelar-lhe o segredo: vou desposar a princesa. A cerimônia deverá ter lugar hoje à noite.

— Não! Isso não pode acontecer! — exclamou o filósofo. — Não me submeterei a tal ignomínia! O senhor é uma fraude! Vou contar para todos que você ludibriou a princesa e o povo, que não passa de uma sombra transvestida de gente, fazendo-os crer que eu, um ser humano, é que sou a sua sombra.

— Ninguém lhe dará crédito — retrucou a sombra. — Agora, fique quieto, recolha-se à sua insignificância, ou chamarei os guardas.

— Hei de conseguir uma audiência com a princesa!

— Antes disso, eu falarei com ela. Quanto a você, irá para a cadeia.

A ameaça da sombra não tardou a ser cumprida, pois o comandante da guarda real já estava ciente de sua condição de noivo da princesa.

— Que houve? — estranhou a princesa, ao ver seu futuro marido, minutos mais tarde. — Você está tremendo! Não me vá ficar doente, logo hoje que vamos realizar nosso casamento...

— É que acabo de passar pela mais assombrosa experiência de minha vida — justificou-se a sombra. — Oh, quão tênue e frágil é o cérebro de uma sombra... Imagine você que minha sombra enlouqueceu! Passou a acreditar que invertemos os papéis: que ela é um ser humano, e que eu, sim, é que sou sua sombra!

— Que loucura! — exclamou a princesa. — E ela está andando livre por aí?

— Não, mandei que a prendessem. Receio que ela não recupere o bom senso, permanecendo louca para sempre...

— Pobre sombra... — comentou ela, meneando a cabeça. — Deve estar sofrendo terrivelmente. A partícula de vida que ela tem, melhor seria tirar. Seria até maldade deixá-la viver nesse estado de angústia e desespero. Teremos de eliminá-la, mas de maneira discreta, é claro.

— Oh, como isso me dói — disse a sombra verdadeira. — Não posso deixar de lembrar que ela me serviu com tanta dedicação e lealdade...

A sombra abaixou a cabeça e o som de um soluço escapou-se de seus lábios.

— Como você tem sentimentos nobres! — consolou-o a princesa.

À noite, toda a cidade estava feericamente iluminada. Os canhões ribombavam. Os soldados apresentavam armas. A cerimônia de casamento foi simplesmente maravilhosa. Depois que terminou, os noivos assomaram ao balcão do palácio, onde foram aplaudidos com entusiasmo por todo o povo. Vivas e hurras cruzavam o ar.

Mas o filósofo não pôde ver nem escutar aquilo. Naquele momento, já tinha ido embora para o reino das sombras.

A Velha Casa

Havia naquela rua uma casa muito velha, construída há quase trezentos anos. Lia-se em seu frontispício a data de construção, em números grandes, rodeados artisticamente por ramos e flores de madeira lavrada. Sobre a porta de entrada estava gravado um verso poético, e em cima de cada janela fora esculpida uma face sorridente. Era um sobrado, e o andar de cima projetava-se à frente do inferior. Do teto pendia uma calha de metal, em forma de dragão, ficando a cabeça do monstro na parte de baixo, por onde a água deveria escoar-se; entretanto, por causa das inúmeras gretas e fendas nela existentes, o jorro de água jamais chegava até a boca do dragão, esguichando por vários pontos de sua barriga.

Todas as demais casas daquela rua eram novas e bem conservadas, com paredes retas e bem pintadas, e com janelas grandes e bonitas. Era natural que se sentissem superiores àquele antigo pardieiro. Se soubessem falar, provavelmente teriam dito:

— Ai, ai, ai; por quanto tempo ainda teremos de tolerar a vizinhança dessa ruína decadente? Vejam aquelas janelas, projetando-se sobre a calçada: que coisa mais fora de moda! Além do mais, impedem que enxerguemos o que está do outro lado. Coitada: deve achar que é um palácio, a julgar pela largura dos degraus da frente. Aquele corrimão de ferro batido, meu Deus! Parece grade de sepultura! E as maçanetas de bronze, hein? Que mau gosto!

Em frente à casa velha havia uma nova, que tinha a seu respeito a mesma opinião das outras. Mas nela morava um menino de bochechas coradas e olhos brilhantes, que gostava de sentar-se à janela para contemplar o velho casarão, fosse à luz do dia, fosse de noite, ao luar. Olhando para aquelas paredes rachadas e cheias de falhas, nos lugares onde o reboco havia caído, imaginava como teria sido aquela rua no passado, quando todas as suas casas tinham escadarias largas que levavam às portas de entrada, projetando seu segundo andar sobre a calçada, encimado por uma cumeeira estreita e pontuda. Podia até ver os soldados marchando pela rua, armados de alabardas. Sim, senhor, era uma casa que valia a pena contemplar, pelo tanto que ela fazia a gente imaginar e sonhar.

Nela morava um ancião que se vestia à moda antiga, com calças muito largas, um casaco com botões de metal e uma peruca daquelas que há tempos não se usam mais. Toda manhã, lá chegava um velho criado que arrumava a casa e fazia os serviços de rua. O resto do tempo, o ancião vivia inteiramente só. Às vezes, costumava chegar-se à janela e ficar olhando para a rua. Nesses momentos, o menino fazia-lhe um aceno com a cabeça, ao que ele sempre respondia com outro. Desse modo, acabaram por tornar-se conhecidos: não, mais do que isso: por tornar-se amigos, ainda que nunca tivessem trocado uma só palavra.

Um dia, o garoto ouviu seus pais comentando:

— Coitado do velho... É tão solitário...

No domingo seguinte, fez um pacotinho e, quando viu que o velho criado estava chegando, atravessou a rua e deu-lhe o embrulho, pedindo:

— Faça o favor de entregar isso ao seu patrão. É um soldadinho de chumbo. Como eu tenho dois, quero dar um para ele. Vamos ver se, assim, o velho já não fica mais tão solitário.

O criado achou graça, agradeceu com um sorriso e entregou o pacotinho ao patrão. Pouco tempo depois, foi entregue na casa do garoto um cartão, convidando-o a visitar o velho que morava em frente. Seus pais consentiram, e lá se foi ele conhecer o vizinho e a velha casa.

Os enfeites de bronze sobre o corrimão da escada estavam tão brilhantes, que era de se supor terem sido polidos em homenagem ao jovem visitante. Na grande porta de carvalho maciço, os tocadores de clarim ali esculpidos pareciam dar tudo de si para saudá-lo, pois suas bochechas estavam inchadas, de tanta força que faziam. Quase se podia escutar o som da fanfarra: "Tará-tará-tará-tatá! Olha o menino chegando! Viva ele! Tará-tará-tará-tatá!"

A porta foi aberta e ele entrou no vestíbulo. Todas as paredes estavam cobertas com quadros, representando damas em vestidos compridos de seda, e cavaleiros de armadura. Em sua imaginação, chegou a escutar o farfalhar das saias e o rangido dos elmos e morriões. Em frente, via-se uma escadaria que, primeiro, subia; depois, descia alguns degraus, dando para uma sacada em mau estado de conservação. Ervas brotavam de todas as fendas, dando antes a ideia de que se tratava de um jardim, se bem que muito malcuidado. Ali chegando, o menino viu uma fileira de vasos antigos, com caras de gente e orelhas de burro. Neles, as plantas cresciam ao deus-dará, deitando ramos em todas as direções. Um pé de cravo, cujas flores ainda não haviam brotado, parecia estar dizendo: "A brisa abraçou-me, o sol beijou-me, e ambos me prometeram que uma flor nasceria de mim no próximo domingo. Tomara que esta semana passe depressa."

O criado levou-o até um aposento cujas paredes eram revestidas não de papel, mas de couro, todo estampado de flores douradas. Olhando-as de perto, ouviu que a parede dizia:

> *Não dura muito tempo o ouro,*
> *Mas nunca se desfaz o couro.*

Viam-se no aposento cadeiras de encosto alto, feitas de madeira entalhada. Quando o menino ali entrou, elas logo o saudaram, dizendo:

— Venha cá, sente-se!

Ele sentou-se numa delas, mas levantou-se quando ela gemeu:

— Ai, minhas costas! Não tenho forças nem para aguentar o peso de um menino! Estou rangendo toda, pobre de mim! Devo estar com reumatismo, feito aquele velho armário... Nhém-nhém!

Dali ele foi para o cômodo cujas janelas davam para a rua. Era ali que estava o velho. Sorrindo, ele agradeceu:

— Olá, vizinho. Que bom vê-lo por aqui. Muito obrigado pelo soldadinho de chumbo. Gostei muito.

Todos os móveis do cômodo rangeram, como se também estivessem dizendo: "Obrigado!". Eram cadeiras, mesas e armários, todos querendo ver o jovem visitante que ali chegava.

No meio de uma das paredes havia um quadro com o retrato de uma garota muito bonita, se bem que vestida à moda antiga. Ela ria e olhava para ele de modo gentil, mas não lhe dirigiu qualquer palavra de saudação ou de agradecimento. Voltando-se para o velho, o menino perguntou:

— Onde arranjou esse quadro?

— Numa loja de penhores. Lá havia muitos retratos de pessoas que morreram há muito tempo. Ninguém se lembra mais delas. Mas essa daí, eu conheci. Ela já morreu. Sabe há quanto tempo? Há cinquenta anos!

Embaixo do quadro, dentro de um vidro, havia um ramalhete de flores secas. Por certo, tinham sido colhidas cinquenta anos atrás. Ao lado, o pêndulo do velho relógio de parede ia e vinha, enquanto os ponteiros avançavam lentamente, lembrando que tudo ali envelhecia, à medida que o tempo passava.

— Ouvi meus pais dizendo que o senhor é muito solitário.

— Hum — replicou o velho, — mais ou menos. Recebo sempre a visita de velhos pensamentos, sonhos e recordações. E até mesmo de pessoas. Agora, por exemplo, você veio visitar-me. Não se preocupe, pois não sou infeliz.

Tirou da estante um livro ilustrado com gravuras belíssimas, representando cortejos antigos, com carruagens douradas, cavaleiros armados, reis que lembravam os de baralho e artífices portando os emblemas de suas profissões. O dos alfaiates, por exemplo, mostrava uma tesoura aberta, segura por um leão; o dos sapateiros, uma águia de duas cabeças — não é de se estranhar, pois esses profissionais fazem tudo aos pares. Na verdade, era um livro maravilhoso!

O velho deixou-o ali e foi para o interior da casa, voltando de lá com uma cesta cheia de doces, nozes e maçãs. Via-se que queria agradar ao jovem visitante. Nesse momento, o soldadinho de chumbo, postado sobre a tampa de uma arca, queixou-se:

— Não quero ficar aqui! É muito triste e solitário. Quem viveu numa casa de família não se acostuma com esta solidão. Se os dias são compridos, as noites custam demais a passar. Na outra casa, os pais estavam sempre conversando, e as crianças tagarelando e brincando. Aqui, não: é só silêncio, nunca se ri. Ninguém vem conversar com esse velho, abraçá-lo, beijá-lo... ninguém! Chega o Natal, e nada de árvore ou de presentes. Parece que ele só está esperando que venha a morte para tirá-lo dessa solidão. Não, não quero mais viver aqui!

347

— Deixe de falar bobagem! — repreendeu o menino. — Aqui é um bom lugar para se viver. Participe das lembranças e dos sonhos do velho, ora...

— Lembranças? Sonhos? Nunca os vi, e nem quero ver. O que quero é ir embora daqui!

— Pois trate de tirar essa ideia da cabeça.

Essa conversa transcorreu enquanto o velho estava buscando a cesta com os doces e frutas, encerrando-se logo que ele retornou ao aposento. À vista das guloseimas, o menino esqueceu-se inteiramente do soldadinho de chumbo.

Encerrada a visita, o garoto voltou para casa, feliz e contente. Passaram-se os dias e as semanas. Ele continuou a cumprimentar o velho quando o via assomar à janela engraçada de sua casa, sendo sempre correspondido pelo vizinho com um aceno de cabeça. Um dia, chegou outro convite para que fosse lá visitá-lo.

Os clarins soaram a sua chegada: "tará-tará-tará-tatá! Chegou o menino! Tarará!" As espadas dos cavaleiros retiniram contra suas armaduras, ouviu-se de novo o ruge-ruge das saias de seda das damas, a parede forrada de couro sussurrou seu versinho e as cadeiras que sofriam de reumatismo voltaram a gemer e estalar. Nada havia mudado na velha casa, onde um dia era sempre igual ao outro.

— Quero ir embora daqui — lamentou-se o soldadinho de chumbo, ao ver seu antigo dono. — Tenho chorado lágrimas de chumbo derretido! Este lugar é triste e lúgubre. Por favor, leve-me daqui. Prefiro perder os braços e as pernas na guerra, do que continuar nesta casa, onde nada acontece! Esse negócio de deixar que as velhas lembranças nos venham visitar nada tem de divertido. Quase me deixei cair deste tampo de arca ao chão, quando as minhas apareceram por aqui. Vi nitidamente todos vocês e a minha própria casa, como se estivessem à minha frente. Era uma cena das manhãs de domingo: as crianças em torno da mesa, cantando hinos sacros, enquanto os adultos se mantinham em posição respeitosa. Súbito, abriu-se a porta da sala e ali entrou a pequena Maria, que só tem dois aninhos. Ela sempre dança quando escuta música. Ouvindo que cantavam, quis dançar, mas encontrou dificuldade, pois os hinos sacros são cantados em ritmo muito lento. Ao primeiro compasso, ela se apoiou sobre o pé esquerdo e inclinou a cabeça para a frente; ao compasso seguinte, trocou de pé, e novamente inclinou a cabeça, e assim prosseguiu, enquanto todos fingiam não vê-la, tentando manter-se sérios e compenetrados. Vocês conseguiram aguentar firmes, mas eu não: estourei de tanto rir; por dentro, é claro; ri tanto, que acabei caindo da mesa, o que me deixou com um galo na testa. E bem que mereci o castigo, pois aquele não era o momento de rir. Bem feito. É nisso que dá deixar que as velhas lembranças e memórias nos venham visitar. Diga-me, vocês ainda cantam hinos e salmos, aos domingos de manhã? E como vai a pequena Maria? E meu velho camarada, o outro soldadinho de chumbo, como está? Ah, se eu pudesse trocar de lugar com ele... Não aguento mais! Quero ir embora!

— Mas dei você de presente! Agora, esta é sua casa. Não compreende isso?

O velho chegou, carregando uma gaveta cheia de coisas maravilhosas. Havia ali um baralho antigo, com cartas de bordas douradas, além de um cofre em forma de porquinho e um peixe de metal, cuja cauda ondulava, quando era apertado. O menino pediu para examinar outras gavetas, e o velho permitiu. Todas estavam cheias de objetos curiosos. Só então notou que havia um móvel diferente naquela sala, parecido com um piano. O velho explicou que era um cravo e abriu o tampo para mostrar-lhe as teclas. O interior do instrumento era decorado com a pintura de uma paisagem. O velho sentou-se na banqueta e começou a tocar uma música, cantarolando baixinho, embora o cravo estivesse bem desafinado.

— Ah, como ela gostava de cantar essa música... — suspirou, erguendo os olhos para o retrato que pendia da parede.

O menino observou que, naquele instante, os olhos do velho brilharam como se fossem os de um rapaz.

— Vou para a guerra! Para a guerra! — gritou o soldadinho de chumbo, despencando em seguida do alto da arca.

— Ora — estranhou o velho, — como é que esse soldadinho de chumbo foi cair dali? Ajude-me a procurá-lo.

Revistaram por todos os lados e cantos, mas não o encontraram.

— Deixe, depois a gente o encontra.

Mas nunca o encontraram. O soldadinho caíra numa greta que havia no chão, e ali ficou para sempre, como se estivesse num túmulo.

Pouco depois, o menino voltou para sua casa.

Passaram-se as semanas e chegou o inverno. As vidraças das janelas cobriram-se de gelo. O menino tinha de bafejar sobre elas para derreter o gelo, fazendo um buraquinho que lhe permitia olhar o movimento da rua. Do outro lado, a velha casa parecia abandonada. A neve acumulava-se nos degraus da escada de frente, sem que alguém viesse limpá-los. De fato, ali não havia mais quem o fizesse, pois o velho tinha estado de cama, e acabava de morrer.

À noite, um coche fúnebre parou diante da casa. Pessoas subiram os degraus e depois desceram, carregando um caixão. O velho iria ser enterrado num cemitério distante, em sua terra natal. O coche seguiu viagem, sem que pessoa alguma o acompanhasse. Seus parentes e amigos estavam todos mortos. O menino atirou um beijo com os dedos, quando o caixão desapareceu na esquina.

Poucos dias depois, leiloaram os pertences do velho. Um carro veio buscar o que havia dentro da casa. De sua janela, o menino viu tudo. Lá se foram os cavaleiros armados e as damas vestidas de seda. Lá se foram as cadeiras de alto espaldar, e os curiosos vasos em formato de rostos dotados de orelhas de burro. Apenas não encontraram comprador para o quadro da jovem. Ninguém a conhecia, ninguém o quis. Devolveram-no ao antiquário, de onde ele havia saído. E ele ali ficou, esquecido e desprezado.

Na primavera, a casa foi demolida. "Enfim, vão derrubar o pardieiro", comentavam os passantes. "Já não era sem tempo!"

Da rua via-se a sala revestida de couro. As tiras pendiam das paredes, agitando-se ao vento como se fossem bandeiras. As ervas que se viam na varanda continuavam agarradas às vigas e aos caibros que jaziam pelo chão. Finalmente, o entulho foi levado embora e o terreno ficou desnudo e limpo.

— Agora, sim — comentaram as casas vizinhas entre si, — ficou bem melhor.

No lugar da velha casa, construíram uma nova, com paredes retas e janelas grandes. Não ficava rente à rua, como a antiga, mas sim um pouco recuada, deixando espaço para um pequeno jardim, cultivado com trepadeiras, que logo estenderam seus ramos ao longo das paredes. Puseram na frente um gradil de ferro, com um portão no meio. As pessoas paravam diante da casa para contemplá-la, porque ela era de fato bonita de se olhar. Pardais passaram a pousar nos ramos das trepadeiras, tagarelando como sempre, mas nunca falando na velha casa que ali existira, pois eram muito jovens para que a tivessem conhecido.

Passaram-se os anos. O menino cresceu e tornou-se um rapaz distinto e inteligente, do qual os pais muito se orgulhavam. Um dia, ele casou e foi morar na casa nova. Sua jovem esposa gostava de tratar do jardim. Certa vez, lá estava ela plantando flores, enquanto ele a observava com um sorriso nos lábios, quando, de repente, ao socar a terra com as mãos em torno de uma muda, espetou os dedos num objeto pontiagudo que ali estava enterrado. Que seria?

Sabem o que era? Imaginem só: o soldadinho de chumbo! Sim, aquele que tempos atrás caíra da arca e sumira dentro de uma fenda do assoalho! Quando a casa velha fora derrubada, ele havia ficado entre os escombros, acabando enterrado no chão e ali permanecendo durante todos aqueles anos.

A jovem tirou-o da terra e limpou-o com seu lenço perfumado. O soldadinho despertou de seu longo sono, envolto em perfume e saudado com um sorriso.

— Quê? Um soldadinho de chumbo? Deixe-me vê-lo — pediu o rapaz, rindo enquanto o examinava. — Será aquele meu? Até que parece com ele... Mas não, não deve ser o mesmo...

Contou então à jovem esposa como era a velha casa que ali existira, falando do velho que nela morava e relatando o caso do soldadinho de chumbo, que dera de presente ao velho solitário, para fazer-lhe companhia.

Emocionada ao escutar tudo aquilo, a jovem ficou com os olhos marejados de lágrimas.

— Talvez seja o mesmo soldadinho de chumbo — murmurou. — Vou guardá-lo para nunca me esquecer dessa história que você me contou. E quero que me leve ao túmulo de seu velho vizinho.

— Isso não posso fazer, pois não sei onde fica. Aliás, ninguém sabe. Quando ele morreu, todos os seus conhecidos já estavam mortos. E, quanto a mim, eu não passava de uma criança quando toda essa história aconteceu.

— Pobre velho! Deve ter vivido seus últimos anos numa tenebrosa solidão... — suspirou a jovem.

— Isso mesmo, moça — confirmou o soldadinho de chumbo; — na mais completa solidão. — Mas é gratificante saber que ele não foi esquecido de todo.

— Falou bonito, meu caro — disse alguma coisa que estava no chão, bem abaixo do soldadinho.

Era uma tira de couro que no passado revestia a parede da sala, e que havia aflorado à superfície quando ele fora desenterrado. A tinta dourada tinha desaparecido inteiramente, e ela se confundia facilmente com a terra do jardim. Só o soldadinho podia vê-la e ouvi-la. E ela então cantou:

> *Não dura muito tempo o ouro,*
> *Mas nunca se desfaz o couro.*

O soldadinho fez-lhe um cumprimento com a cabeça, e nada disse. Em seu íntimo, porém, estava pensando: "Não desfaz, hein? Vai nessa..."

Uma Gota de Água

Vocês devem saber o que é uma lupa. É uma lente de aumento, como as dos óculos, só que muito mais forte. As mais potentes chegam a fazer com que os objetos pareçam cem vezes maiores do que realmente são. Examinem, através de uma lupa, uma gota de água apanhada numa poça. Vão enxergar dentro dela uma porção de bichinhos, invisíveis a olho nu. Mas eles estão ali: são reais. Parecem camarõezinhos, pulando, nadando e empurrando-se uns aos outros. Brigam entre si ferozmente, arrancando-se braços e pernas, sem parecer que se importam com isso. Acho que, mesmo assim, são felizes, já que essa é a sua maneira de viver.

Agora, vamos a nossa história. Era uma vez um velho que todos conheciam por Ziguezague (não era apelido, não; era mesmo o nome dele). Era um homem dotado de tenacidade e paciência, além de capricho em tudo o que fazia. Mas quando essas qualidades não bastavam para alcançar o que queria, então empregava mágica.

Num dia em que estava examinando uma gota de água suja através de uma lente de aumento, ficou abismado com o que enxergou. As criaturinhas que ali viviam não paravam de se movimentar para lá e para cá, ondulando, ziguezagueando, pulando, chocando-se, puxando-se, empurrando-se e comendo-se umas às outras — sim, elas eram canibais!

— Que visão mais revoltante! — exclamou o velho Ziguezague. — Será que não veem que é melhor viver em paz, cada qual cuidando de sua própria vida?

Ficou matutando naquilo, sem encontrar um modo de mudar os hábitos daqueles bichinhos. Por fim, resolveu apelar para a mágica. "Vou colorir essas criaturas, pois assim poderei estudá-las melhor", pensou.

Tomando de um conta-gotas, deixou cair na água suja uma gotícula de um líquido que parecia vinho tinto. Só que aquilo não era vinho, e sim sangue de bruxa, da melhor qualidade, daqueles que cada gota custa uma nota. No mesmo instante, todas as criaturinhas tornaram-se cor-de-rosa. A gota de água suja ficou, parecendo uma cidade habitada por selvagens nus.

— Que temos por aqui? — perguntou um velho gnomo que chegava para uma visita, e que devia ser de alta consideração, pois nem nome tinha, o que é sinal de distinção entre os gnomos.

— Se você adivinhar o que é — respondeu Ziguezague, — dou-lhe isto aqui de presente. Mas não é fácil, hein?

O gnomo sem nome espiou através da lente de aumento, espantando-se ante o que via. Que era aquilo? Uma cidade cheia de habitantes pelados? Que visão mais chocante! E o pior de tudo era a maneira como procediam aqueles seres, golpeando-se com pontapés, socos, cotoveladas e mordidas; os de baixo querendo ir para cima, e os de cima brigando para descer. Dava até para entender o que diziam:

— Ei, que negócio é esse de ter pernas mais compridas que as minhas? Vou comer um pedaço delas, para encurtá-las!

— Olha aquele cara ali, coitado: tem um caroço atrás da orelha! Deve estar sofrendo muito. Para acabar com seu sofrimento, vou devorá-lo — e devorava mesmo o infeliz, com caroço e tudo.

Uma criaturinha que se parecia com uma sereia preferiu afastar-se da multidão, sentando-se sossegadamente num canto, sem querer perturbar ou ser perturbada. Para quê! Logo foi vista e atacada pelos outros, arrastada para longe de seu canto, surrada sem dó nem piedade, e por fim devorada.

— Muito instrutivo — comentou o gnomo. — E muito divertido, também.

— E então, já sabe o que é? — perguntou Ziguezague.

— Claro que sei — respondeu o outro. — Essa afobação geral, essa falta de respeito, esse egoísmo: estou vendo uma grande cidade do mundo. Deve ser Copenhague.

— Parece, mas não é — respondeu Ziguezague. — Isso aí é a água estagnada, meu caro, cheia de poluição...

A Família Feliz

Das plantas nativas da Dinamarca, a que tem folhas maiores é a bardana. Se uma garotinha puser uma dessas folhas presa ao cinto, todos dirão que ela está de avental. É uma folha tão grande que, numa emergência, pode até servir como guarda-chuva. A bardana nunca nasce sozinha: precisa de outras ao lado dela, para fazer-lhe companhia. Assim, onde existe uma, existem outras também, formando às vezes uma verdadeira floresta. Suas folhas são bonitas e constituem o alimento favorito dos caracóis; não dos caracoizinhos pequenos, mas sim daqueles grandes caracóis brancos, conhecidos pelo nome francês de "escargot", que alguns consideram uma fina iguaria. No passado, esses caracóis eram muito apreciados pelos aristocratas e outras pessoas de posição. Com eles, preparava-se um "fricassê", isto é, um guisado, diante do qual os elegantes costumavam exclamar entusiasticamente:

— Que aroma! Que delícia!

Como se disse, esses caracóis alimentavam-se das folhas da bardana, e era para alimentá-los que se semeava essa planta naqueles velhos tempos.

Pois bem: era uma vez uma casa de campo rodeada de bardanas. Seus moradores não comiam caracóis, pois esse hábito já desaparecera há muito tempo. Os que ali eram criados, acabaram também por desaparecer, mas as bardanas, ao contrário, cresceram e se espalharam como se fossem ervas daninhas, invadindo os terrenos outrora ocupados pelos jardins e pelo pomar da propriedade. Não fosse a presença teimosa de uma ou outra ameixeira ou macieira, erguendo-se em meio à floresta de bardanas, e ninguém poderia acreditar que no passado houvera ali um pomar. No coração dessa floresta vivia um velho casal de caracóis, os dois últimos sobreviventes de sua espécie, outrora tão numerosa naquele local.

Os dois eram tão velhos, que nem sequer sabiam sua idade. Entretanto, ainda se lembravam do tempo em que viviam por ali tantos caracóis brancos, todos orgulhosos de sua ascendência francesa, para os quais tinha sido feita aquela plantação de bardanas.

O casal nunca havia saído daquele lugar, mas ambos sabiam vagamente da existência de um mundo lá fora, um mundo incrível, chamado "casa de campo", no qual os caracóis eram cozidos até ficarem escuros, e depois servidos numa travessa de prata. O que acontecia depois não era bem do seu conhecimento. Aliás, eles sequer entendiam direito o que significava "ser cozido" e "servido numa travessa de prata", mas imaginavam tratar-se de uma cerimônia distinta e elegantíssima. Até já haviam conversado com seus vizinhos sobre esse assunto, perguntando ao sapo, ao besouro e à minhoca o que significavam aquelas expressões, mas nenhum deles soube responder, já que ninguém de sua família tivera a oportunidade de "ser cozido" e "ser servido numa travessa de prata".

Os velhos caracóis brancos, desse modo, consideravam-se os seres mais importantes do mundo, em honra dos quais fora plantada aquela floresta de bardanas e construída aquela casa de campo, aonde certamente seriam levados um dia, a fim de serem cozidos e servidos numa travessa de prata.

Assim, embora vivessem solitários, eram felizes. Como não tinham filhos, resolveram adotar um caracolzinho comum que apareceu por ali, criando-o com todo carinho e educando-o como se fosse seu filho de verdade. O problema foi que ele não cresceu senão até seu tamanho normal, o que lhes causou não pequeno desapontamento. Apesar disso, Mamãe Escargot sempre imaginava que ele estava engordando, dentro de sua conchinha, pedindo ao Papai Escargot que a apalpasse, a fim de ver se não era verdade. Para deixá-la contente, ele apalpava a casquinha do filho adotivo e dizia que ela tinha razão.

Num dia em que a chuva caía a cântaros, o velho caracol disse:

— Escute só o barulho da chuva sobre as folhas de bardana: parece o som de um tambor.

— Ih, parece que há rachaduras nas folhas do telhado! — exclamou sua esposa. — Veja como a água escorre pelas hastes! Vai molhar tudo aqui dentro! Por sorte, carregamos nas costas nossa própria casa, e até mesmo o pequeno tem a sua. Essa é a prova de nossa superioridade em relação às demais criaturas do mundo. Somos aristocratas. Além de termos casa própria, toda esta floresta de bardanas foi cultivada em nossa honra. Até onde será que ela se estende? E que será que existe além dela?

— Seja o que for que exista do lado de lá — respondeu o pai, — a mim não interessa conhecer. Não existe no mundo lugar melhor do que este aqui.

— Hum... será? — replicou a mãe. — Bem que eu gostaria de ser levada até a casa de campo, depois cozida e servida numa travessa de prata. Foi isso o que aconteceu com todos os nossos ancestrais, e por certo é a coisa mais digna e nobre que também poderia acontecer conosco.

— Sabe o que penso? Que a casa de campo, a esta altura, já desabou, transformando-se numa ruína. A floresta de bardanas espalhou-se tanto, que deve ter cercado toda a construção, prendendo lá dentro todos os que nela residiam. Seja ou não verdade, que importa? Você está sempre desejando o impossível. Tenho receio de que nosso filho siga seu exemplo. Ele é tão afobado! Nestes últimos três dias, escalou a haste daquela folha, chegando até lá no topo! Sinto até vertigem, só de vê-lo arriscar a vida nesses malabarismos perigosos.

— Pois não vá zangar com ele — advertiu a esposa. — De fato, ele é ágil, mas não é imprudente. Penso que ainda irá proporcionar-nos muito orgulho. Afinal de contas, para que vivemos nós, os velhos? Não é em função de nossos filhos? Por falar nisso, onde é que vamos conseguir uma esposa para ele? Será possível que haja nesta floresta, além de nós, outros remanescentes de nossa espécie?

— Duvido. Por aqui há lesmas, já as vi, mas são daquelas plebeias, sem casa própria. Apesar disso, vivem contando vantagem... Pelo sim, pelo não, podíamos perguntar às formigas o que sabem a esse respeito. Elas vivem correndo para lá e para cá, como se tivessem algo muito importante a fazer. Assim, conhecem toda a floresta, e talvez já tenham encontrado por aí alguma jovem da nobre estirpe dos "Escargots", digna de desposar nosso filhinho.

Interpeladas pelo casal, as formigas responderam:

— Se conhecemos uma senhorita caracol em idade de casar? Claro que sim! E como é encantadora! Só que vai ser difícil pedi-la em casamento, pois ela é uma rainha...

— E daí? Isso é de somenos importância. O que queremos saber é se ela carrega nas costas sua casa própria.

— Ela tem é um palácio — replicaram as formigas, — um palácio maravilhoso, com setecentas galerias!

— Muito agradecida pela sugestão — disse Mamãe Escargot, entendendo a quem as formigas se referiam, — mas não criei meu filho para morar num formigueiro. Se não sabem de outra pretendente, vou conversar com os mosquitos, que voam por todo lado.

— Conhecemos uma jovem que dará uma excelente esposa para seu filho — zumbiram os mosquitos, quando ela os interrogou. — A cinco minutos daqui, vive uma senhorita caracol, num pé de groselha. É bem jeitosa e prendada, tem casa própria e já está em idade de casar. Querem ir lá conhecê-la?

— Ela é que tem de vir até aqui — replicou Papai Escargot. — Não vou deixar que meu filho troque uma floresta de bardanas por um mísero pé de groselha. Façam o favor de levar-lhe nossa proposta de casamento.

Os mosquitos fizeram o que ele lhes pediu, e a jovem caracolzinha aceitou, vindo imediatamente para conhecer o noivo. Entre sair e chegar, levou uma semana, numa prova de que se tratava de fato de uma verdadeira representante da espécie dos caracóis.

Pouco depois, realizava-se o casamento. Durante a cerimônia, seis vaga-lumes ficaram de luzinhas acesas, brilhando o mais que podiam. Afora isso, não houve outras manifestações de regozijo, pois o casal dos velhos caracóis não apreciava comemorações barulhentas. Na hora do discurso, quem tomou a palavra foi Mamãe Escargot, pois seu marido estava emocionado demais para dizer alguma coisa. Como presente de casamento, o casal de noivos recebeu toda a floresta de bardanas, já que esta, por direito de herança, pertencia inteiramente aos velhos. "É o melhor lugar deste mundo", afirmaram com convicção aos dois noivinhos. Mamãe Escargot ainda lhes prometeu que, se eles levassem uma vida decente e honesta, crescendo e multiplicando-se, por certo teriam a oportunidade de um dia serem levados com seus filhos para a casa de campo, a fim de serem cozidos e servidos numa travessa de prata.

Depois do discurso, os velhos caracóis enfiaram-se em sua concha em forma de espiral, caindo num sono tão gostoso e profundo, que dele nunca mais acordaram. Os dois recém-casados tornaram-se então os soberanos da floresta de bardanas, e ali viveram por muitos e muitos anos, constituindo uma bela e numerosa família. Mas nenhum deles jamais teve a oportunidade de ser cozido e servido numa travessa de prata, levando-os a acreditar que a casa de campo se havia transformado numa ruína, e que todos os seres humanos haviam sido extintos da face da Terra. E como ninguém jamais os contradisse, ficou sendo verdade.

A chuva continuou tamborilando nas folhas de bardana, soando para eles como música; o sol iluminava a floresta, em sua homenagem, e toda a família dos caracóis era feliz, mas muito feliz, mesmo.

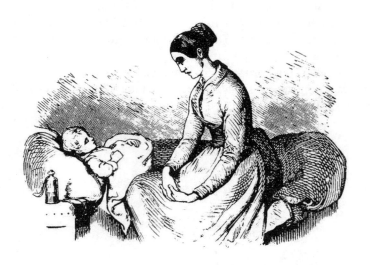

A História de Uma Mãe

A mãe estava sentada à beira da cama de seu filhinho, mergulhada em profunda angústia, temendo que ele estivesse para morrer. A criança tinha as faces pálidas, e seus olhinhos estavam cerrados. Respirava suavemente, com um leve arfar que de vez em quando se acentuava, dando a impressão de que suspirava, momentos em que aumentava a aflição de sua mãe.

Alguém bateu à porta e entrou. Era um velho vestido pobremente, trazendo sobre as costas, para agasalhar-se do frio cortante que fazia lá fora, uma manta grossa, dessas que se colocam sobre as selas. O inverno estava no auge, e as ruas se mostravam cobertas de neve e gelo, enquanto o vento fustigava os poucos que se atreviam a sair, deixando seus rostos ardentes e doloridos.

O velho tiritava de frio. Vendo isso, e notando que o filho naquele momento ressonava tranquilamente, a mulher se levantou e foi aquecer no fogão uma caneca de cerveja, para servir ao visitante. Ele sentou-se junto ao berço e começou a balançá-lo, enquanto a mulher puxou uma cadeira e sentou-se perto dele. Nesse momento, o menino, ainda dormindo, inspirou profundamente, erguendo uma de suas mãozinhas. A mulher disse:

— Queria tanto que ele ficasse comigo... Será que Deus vai tirá-lo de mim?

O velho meneou a cabeça devagar, num gesto ambíguo, que tanto poderia significar sim, como poderia significar não. Ele era o emissário da Morte, ali executando sua missão. A mãe abaixou a cabeça e deixou que as lágrimas lhe escorressem pelas faces. Era a terceira noite seguida que passava em vigília, sem pregar o olho. Vencida pela fadiga, adormeceu.

Durou pouco o cochilo, e ela logo acordou sobressaltada, tremendo de frio.

— Que foi? Que aconteceu? — perguntou assustada, olhando ao redor do quarto.

O velho já se fora, levando consigo a criança. No canto da parede, o velho relógio de pêndulo batia as horas sem parar, e seus ponteiros giravam desordenadamente. De repente, o peso do pêndulo soltou-se, caiu ao chão com um estrondo, e o relógio parou.

A mãe saiu de casa e foi para a escuridão da rua, gritando desesperadamente o nome do filho. Calou-se ao ver uma mulher toda vestida de preto, sentada sobre um monte de neve.

— O emissário da Morte esteve em sua casa — disse ela com voz branda. — Vi quando ele saiu de lá, levando consigo seu filhinho. Ele corre mais rápido que o vento, e jamais devolve aquilo que uma vez levou.

— Diga-me para que lado ele foi — implorou a mãe. — Vou atrás dele, e não descansarei enquanto não o encontrar.

— Posso dizer-lhe para onde ele foi, mas só o farei depois que você tiver cantado para mim todas as canções de ninar que costumava cantar para seu filhinho. Não me canso de escutá-las. Eu sou a Noite. Quantas vezes contemplei as lágrimas que corriam de seus olhos, enquanto você entoava aquelas cantigas de ninar...

— Cantarei todas que você quiser — interrompeu a mãe, — mas não agora. Tenho de encontrar o emissário da Morte, para trazer meu filho de volta para mim.

A Noite não se moveu, nem disse coisa alguma, parecendo não se condoer da aflição da mulher, que torcia as mãos em desespero. Vendo que de nada adiantaria insistir, pôs-se a cantar as cantigas de ninar com as quais tantas vezes embalara o filho no colo. A cada verso que cantava, uma lágrima escorria de seus olhos. Por fim, a Noite falou:

— Siga até o pinheiral, depois tome a direita. Foi por ali que seguiu o emissário da Morte, levando a criança.

Ela seguiu pelo caminho indicado, penetrando numa floresta escura, até que chegou a uma bifurcação. Por onde prosseguir? Viu ali perto um arbusto espinhoso, inteiramente despido de folhas. Pingentes de gelo pendiam de seus galhos ressequidos. Voltando-se para ele, a mãe implorou:

— Se viu passar por aqui o emissário da Morte, diga-me, por favor, qual dos dois caminhos ele tomou.

— Posso dizer-lhe para onde ele foi — respondeu o arbusto, — mas só o farei se você me aquecer junto ao seu coração. Estou morrendo de frio e a ponto de enregelar.

A mãe estreitou-o junto ao peito, sem se importar com os espinhos que lhe penetraram na carne, arrancando-lhe sangue. Tão quente era o coração daquela mãe sofrida que o arbusto como que despertou para a vida, rebrotando em folhas e flores, em plena noite de inverno.

Agradecida, a planta indicou-lhe o caminho a seguir, e ela tomou por ele, que terminava à beira de um lago. Como cruzá-lo, se não se via por perto sequer uma canoa? Via-se que era profundo, sendo impossível atravessá-lo a nado; além do mais, sua superfície estava congelada. Mas ela tinha de passar para o lado oposto, se quisesse encontrar o filho. Em seu desespero, começou a beber daquela água, na intenção de esvaziar o lago; sabia que isso seria impossível, mas contava com um milagre.

— Desista — aconselhou o lago. — Isso não pode dar certo. Vamos fazer um trato: gosto de colecionar pérolas, e vejo duas em seus olhos, as mais puras e preciosas que já contemplei até hoje. Chore até que as lágrimas expulsem das órbitas as pérolas de seus olhos. Deixe então que elas venham enriquecer minha coleção; em troca, levá-la-ei até o lugar onde a Morte mantém sua estufa de plantas sempre verdes, tratando delas com todo carinho, pois cada uma dessas plantas representa uma vida humana que se foi.

— Farei qualquer coisa que quiser, desde que possa reencontrar meu filho.

359

E ela chorou, chorou, chorou, até que seus olhos se desprenderam das órbitas, caindo dentro do lago e juntando-se às outras pérolas que ali se encontravam.

O lago tomou-a em suas águas e transportou-a para o outro lado, onde se erguia a mais estranha de todas as casas. Tinha milhas e milhas de comprimento e de largura, antes parecendo uma montanha recoberta por matas e pontilhada de cavernas profundas. Pena que a mãe não pudesse ver isso, já que não mais possuía olhos para enxergar.

— Quero falar com o emissário da Morte — disse ela, dirigindo-se a uma velha postada à frente da estufa. — Ele carregou meu filhinho e o trouxe para cá.

— Pois saiba que chegou antes dele — respondeu-lhe a velha. — Diga-me uma coisa: como conseguiu chegar até aqui? Quem lhe prestou ajuda?

— Quem me ajudou foi Deus, em Sua infinita misericórdia. Espero agora que também a senhora me ajude. Posso contar com isso? Basta levar-me até onde está meu filho.

— Como eu poderia saber, dentre as plantas que murcharam durante esta última noite, qual delas seria seu filho? Não o conheço, e mesmo você não poderia encontrá-lo, já que não enxerga. Como você sabe, cada vida humana corresponde a uma planta aqui neste jardim. A única diferença que elas possuem em relação às plantas que vicejam lá fora é que nas daqui pulsa um coração. Quando alguém morre, sua planta fenece, e a Morte vem aqui para transplantá-la em outro lugar. Mas talvez você possa identificar a planta que corresponde ao seu filho, desde que reconheça as batidas de seu coração. Se a encontrar, posso dizer-lhe o que deve fazer em seguida, desde que me dê alguma coisa em troca.

— Que poderia dar-lhe? Nada tenho — lamentou-se a mãe. — Diga o que quer que eu faça. Por meu filho, não me importaria de ter de caminhar até o fim do mundo, se necessário fosse...

— Nada há que me interesse lá no fim do mundo. Mas há uma coisa sua que eu gostaria de ter: seus longos cabelos pretos. Sei que se orgulha muito deles, pois são de fato bonitos. Proponho trocar meus cabelos grisalhos pela sua cabeleira negra. Antes com os meus, que sem cabelo algum.

— Quer meus cabelos? Pois pode ficar com eles, em troca dos seus.

Imediatamente, seus longos cabelos pretos escorreram pelos ombros da velha, enquanto os da outra, brancos como a neve, coroaram-lhe a cabeça. Entraram as duas na estufa da Morte, por entre árvores e arbustos floridos que ali cresciam em profusão, numa estranha e desordenada mistura de gêneros e espécies. Havia jacintos delicados, protegidos por redomas de vidro, ao lado de viçosas peônias que esbanjavam verdor; dentro de bacias, cresciam plantas aquáticas, dentre as quais, algumas se mostravam exuberantes, enquanto outras estavam pálidas e sem viço, sufocadas por cobras-d'água que se enroscavam em suas hastes, enquanto lagostins negros beliscavam seus caules e raízes. Havia também palmeiras, carvalhos e plátanos, bem como pés de salsa e tomilhos em flor. Cada planta atendia por um nome, que era o do ser humano cuja vida ela representava. Cada qual correspondia a uma pessoa viva: aquela era da China, a outra era da Groenlândia, e as outras e outras eram de pessoas de todo o mundo. Havia coisas estranhas, como árvores plantadas em vasos pequenos, que lhes impediam o crescimento normal, tornando-as enfezadas e raquíticas. Por outro lado, viam-se também plantinhas vulgares e desenxabidas, cultivadas em solo fértil, rodeadas de musgos e tratadas com todo desvelo. A pobre mãe examinava-as uma por uma, atenta às batidas de seus corações, até que, entre aqueles milhões de vegetais, encontrou por fim a planta que era seu próprio filho.

— Achei! — gritou exultante. — É esta aqui!

E estendeu as mãos, num gesto protetor, para um pequeno açafrão azul, cuja flor murcha pendia para o lado.

— Não toque na flor! — exclamou a velha. — Fique aí mesmo, esperando a Morte, que não deve tardar. Quando ela aparecer por aqui, não a deixe arrancar esse açafrão. Ameace-a de arrancar as outras flores, se ela tocar nessa aí. Isso deverá assustá-la, pois ela é responsável, perante Deus, por todas essas plantas, e nenhuma pode ser arrancada antes que o Senhor assim o ordene.

Uma ventania fria como gelo soprou ali dentro, e a pobre mulher cega pressentiu que a Morte acabara de chegar.

— Como conseguiu chegar até aqui? — estranhou a Morte. — E que fez para viajar mais rápido do que eu?

— Sou mãe — respondeu ela.

Sem nada mais dizer, a Morte estendeu a mão para a florzinha delicada, mas a mulher protegeu-a com suas próprias mãos, sem contudo tocar numa única folha da planta. A Morte soprou-lhe uma lufada gélida nas mãos, mais fria que os ventos polares, e seus braços tombaram sem forças para baixo.

— Você não pode fazer coisa alguma contra mim! — vociferou.

— Mas Deus Nosso Senhor pode — replicou a mãe.

— Só faço o que Ele quer — reconheceu a Morte. — Meu papel é zelar pelo Seu jardim. Guardo aqui as plantas que representam as pessoas vivas. Quando elas morrem, arranco-as e vou transplantá-las no Paraíso, que fica lá na terra desconhecida. Como elas ali se desenvolvem, e onde fica essa terra, isso não lhe posso revelar.

— Devolva meu filho para mim! — implorou a mãe, entre lágrimas.

Súbito, segurou duas flores que cresciam ali perto, uma com cada mão, e ameaçou:

361

— Arrancarei essas duas flores, se não atender ao meu pedido!

— Não toque nelas! — bradou a Morte. — Só porque você está desesperada, não é justificativa para que traga o desespero a outras mães iguais a você!

— Outras mães... sim, é verdade — murmurou a pobre mulher, soltando as flores e abaixando os braços.

— Eis aqui seus olhos: tome-os — disse-lhe a Morte. — Pesquei-os no lago, quando por ali passei. Brilhavam tanto lá no fundo, que não pude deixar de reparar neles. Não sabia que eram seus, mas agora sei qual o preço que você pagou para chegar até aqui. Tome-os de volta. Com eles será capaz de enxergar as coisas mais claramente. Olhe para aquele poço ali adiante e ficará sabendo os nomes das duas flores que esteve prestes a arrancar. Verá na água do poço o futuro de cada uma, tudo o que está previsto para elas, e assim há de compreender o que foi que quase chegou a destruir.

A mulher fez o que a Morte ordenou. A primeira vida era de uma pessoa abençoada, que ainda haveria de trazer felicidade e alegria para o mundo. A segunda era de alguém cuja existência constituía uma sucessão de tristezas, angústias e miséria.

— Esses dois futuros resultam dos desígnios de Deus — disse-lhe a Morte.

— E a quem pertencem?

— Não posso revelar. Mas uma coisa é possível dizer: uma delas refere-se ao futuro de seu filho.

Aterrorizada, a mãe exclamou:

— Qual delas? Oh, diga-me, por favor! Ele é inocente! Livre-o do sofrimento! Não quero mais que o devolva para mim. Leve-o logo, leve-o para o reino de Deus! Esqueça minhas lágrimas! Não ligue para minhas súplicas! Faça de conta que eu nada disse e nada fiz!

— Afinal de contas, mulher — estranhou a Morte, — que quer que eu faça? Que lhe devolva seu filho, ou que o leve comigo para um lugar que você não conhece?

Torcendo as mãos em desespero, e caindo ao chão de joelhos, a mãe rogou:

— Ó Senhor, não deis ouvidos às minhas preces, se elas forem de encontro ao Vosso desejo, que sempre há de resultar em nosso benefício! Não me escuteis, meu Deus! Não me deis ouvidos!

De olhos fechados, inclinou a cabeça sobre o peito, deixando que a Morte partisse, levando consigo seu filho, para a longínqua terra desconhecida.

O Colarinho

Era uma vez um cavalheiro muito distinto, dono de uma bela calçadeira, um pente de marfim e um colarinho solto, desses que se usam por cima das camisas brancas — e era tudo o que ele possuía de seu. Mas o colarinho — ah, que colarinho! — era tão fino, tão elegante, que poderia ser usado sobre qualquer tipo de camisa, por mais delicada que fosse. E é a história desse colarinho que vamos agora contar.

Ele já tinha idade suficiente para pensar em casamento. Certo dia, quando se encontrava dentro de um tanque de lavar roupa, juntamente com outras peças de vestuário, encontrou por acaso uma liga muito mimosa, dessas que servem para prender meias femininas.

— Olá, senhorita — disse ele galantemente. — Nunca encontrei uma peça de roupa tão delicada e fina, tão bonitinha e encantadora! Qual é seu nome, fofinha?

— Não vou dizer — respondeu a liga, bruscamente.

— Então diga-me ao menos em que parte do corpo você é posta.

A liga, que era de natural encabulada, achou a pergunta muito indiscreta, e nem deu resposta.

— Vamos, que timidez é essa? — insistiu o colarinho. — Acho que você deve ser uma espécie de cinto... algo que se usa por baixo. Sim, é isso: uma peça útil e extremamente decorativa. Acertei?

— Não fale comigo — retrucou a liga. — Não lhe dei pretexto ou permissão para isso.

— Sua beleza foi o pretexto, e seu encanto foi a permissão — replicou o colarinho, que se julgava não só galanteador, como também espirituoso.

— Ei, pode ficar aí onde está. Nada de se aproximar — protestou a liga. — O Sr. é... é masculino demais para o meu gosto.

— Masculino, tenho de ser, pois sou um cavalheiro. Sou dono de uma calçadeira e de um pente — vangloriou-se o colarinho, que não passava de um fanfarrão, já que os dois objetos não lhe pertenciam; ele é que pertencia ao dono dos dois.

— Guarde distância! — esbravejou a liga. — Não estou acostumada a tais intimidades.

— Ai, como ela é melindrosa! — zombou o colarinho.

Antes que prosseguisse, foi retirado do tanque, engomado e pendurado ao sol, para secar. Pouco depois, foi levado para uma mesa e estendido, para ser passado a ferro. Ao ver a chapa quente que se preparava para desamassá-lo, o colarinho falou:

— Oh, gentil senhora, seu calor me abrasa e confunde. Imagino que a senhora seja uma viúva. Ah, quer abraçar-me, não é? Estou às ordens. Venha! Puxa, que corpo quente a senhora tem! Estou até perdendo as dobras e rugas! Ei, cuidado para não me queimar, viu? Gostei de seu contato. Quer casar comigo?

— Veja só a audácia desse trapo! — zombou a chapa de ferro, indo e vindo por cima do colarinho, sentindo-se como uma locomotiva que puxasse uma dezena de vagões. — Quer se casar, trapo? Procure um farrapo!

Tendo ficado um pouco desfiado nas beiradas, logo veio uma tesoura cortar os fiapos.

— Ahá! — exclamou o colarinho, logo que a viu. — Que movimento de pernas! Já sei: você é bailarina, uma prima ballerina, não é? Até hoje, jamais vi graciosidade e elegância iguais! Não existe ser humano que possa suplantá-la!

— Falou! — concordou a tesoura.

— Você merece ser uma condessa — prosseguiu ele com seus galanteios. — Tudo o que tenho é uma calçadeira, um pente e um cavalheiro elegante que costumo enfeitar, mas bem que eu gostaria de ser o seu conde...

— Só faltava essa: ser cortejada por um pano desfiado... — retrucou a tesoura, zangada, desviando-se propositalmente dos fiapos e desferindo-lhe um corte profundo.

"Com essa eu não contava", pensou o colarinho, mirando o estrago que a tesoura lhe fizera. "Acho que só me resta pedir a mão da calçadeira..."

— Sabe que você é uma belezinha? — disse a ela. — É toda lisinha e curvilínea... uma graça! Por acaso já pensou em se casar?

— Ué! — estranhou a calçadeira, enrubescendo. — Achei que você já soubesse: eu e o pente ficamos noivos na semana passada...

— Noivos... oh, não! — gemeu o colarinho.

E agora? A quem poderia dirigir seus galanteios? Não tendo mais a quem cortejar, resignou-se a permanecer solteirão pelo resto da vida.

O tempo passou, e um belo dia lá se foi o colarinho para uma pilha de trapos, amontoados no pátio de uma fábrica de papel. Chegou justamente quando ali se realizava uma festa. Os trapos de pano fino ficavam de um lado, e os de pano grosseiro de outro, do mesmo modo que acontece entre nós. Todos os trapos queriam falar, e tinham uma porção de coisas a dizer, mas foi o colarinho que tomou a palavra, já que adorava contar vantagem:

— Ih, meus amigos, quantas namoradas já tive! Elas não me davam sossego. Também, pudera: além de bonito e elegante, eu andava sempre muito bem engomado. E ainda por cima era rico, pois tinha um pente e uma calçadeira, mesmo que ambos de nada me servissem. Ah, vocês tinham de me ver, quando eu estava de serviço, passadinho, abotoado... dava gosto! Não me esqueço daqueles bons tempos, assim como não me esqueço da primeira noiva que tive. Era uma cinta de mulher, feita para uma cintura delgadíssima. Tinha até um nome especial: chamava-se "liga". Como era encantadora e suave! Coitada, acabou afogando-se num balde cheio de água, só por minha causa! Para esquecê-la, namorei uma viúva, mas acabei deixando-a de lado, tão ardente era a sua paixão por mim. Ela chegava a ficar vermelha, de tão apaixonada! Cansei-me daquele exagero, e troquei-a por uma namorada mais distinta e refinada: uma *prima ballerina*. Vocês precisavam ver como era ciumenta e brava! Foi ela que me fez este ferimento aqui, olhem. Pois não é que até minha calçadeira se apaixonou por mim? Quando viu que não era correspondida, enfiou-se dentro de um sapato e nunca mais quis sair de lá... Ah, amigos, quanta coisa já me aconteceu

364

durante a minha vida... Já aprontei bastante, e agora confesso que trago a consciência pesada. O que mais me dói é lembrar o fim trágico daquela cinta que todos chamavam de "liga". Afogar-se num balde, por amor: pobrezinha... Bem mereço o castigo que me está reservado: ser transformado em papel...

E, de fato, foi esse o seu fim, bem como o de todos os outros trapos que ali estavam amontoados. E sabem em que tipo de papel se transformou o colarinho? Pois foi justamente nestas folhas que você está lendo, nas quais se imprimiu esta história. Foi esse o castigo que ele recebeu por sua presunção e pelas mentiras que contava. Vocês agora estão sabendo e vendo o que aconteceu com o colarinho elegante. E se isso nos acontecesse um dia, hein? Já pensaram se acabássemos indo parar num depósito de trapos velhos, sendo transformados em papel, e se nele fosse impressa a história de nossa vida, revelando para todo o mundo os fatos mais íntimos e secretos de nossa existência? Pensem nisso, meus amigos, pensem nisso...

O Linho

O linho florescia. Brotavam nele florezinhas azuis belíssimas, de pétalas delgadas e suaves como asas de mariposa, senão ainda mais delicadas. O sol trazia-lhe a luz, e as nuvens regavam-no, causando-lhe prazer igual ao que sente a criança quando a mãe a lava e depois lhe dá um beijo. Para o linho, criança da natureza, o sol e as nuvens eram a mãe que o acariciava e o banhava, deixando-o feliz e fazendo com que ele crescesse e desabrochasse.

— Comentam por aí que a próxima colheita será a melhor dos últimos anos — disse um dia, dirigindo-se à cerca. — Falam também que estamos crescendo bem mais do que nossos pais. Sabe que é de nossas hastes que se extrai aquele tecido fino e nobre que também se chama "linho"? Ah, como isso me deixa contente! Não há planta que seja mais feliz do que eu! Sou forte e saudável, e tenho a satisfação de saber que um dia serei transformado em algo útil. Sim, eu sou a mais afortunada de todas as plantas!

— Refreie seu entusiasmo — aconselhou a velha cerca. — Conheço este mundo, bem mais do que você. Meus mourões são todos amarrados uns aos outros, fazendo com que meus pensamentos e memórias venham de muito longe e sejam fruto de múltiplas observações e experiências.

E a velha cerca rangeu, entoando uma canção tristonha:

> *Quebra, racha e se estilhaça,*
> *Vira pó, vira fumaça,*
> *Tudo acaba, tudo passa,*
> *Até mesmo esta canção...*

— Não! Não! — bradou o linho. — O sol voltará a brilhar amanhã, e o orvalho voltará a gotejar de minhas folhas. Posso escutar os estalidos do meu crescimento; posso sentir cada flor que brota em mim. Sou feliz!

Mas um dia chegaram por ali o fazendeiro e seus empregados, e arrancaram a planta com raiz e tudo — como doeu! Dali, o linho foi atirado numa tina cheia de água, como se estivessem querendo afogá-lo. E quando de lá o retiraram, foi para torrá-lo sobre o fogo. Oh, que tratamento mais cruel!

"Não se pode ser feliz eternamente", soluçou o linho. "O sofrimento é um tipo de experiência da qual se devem tirar algumas lições."

Mas seu martírio não parou por aí. Depois disso, foi açoitado, batido, espancado, pisado, golpeado, cortado e, por fim, levado até à roda de fiar. Essa parte da tortura foi a pior de todas: ele passava e repassava por aquela roda, ficando cada vez mais tonto, até que seus pensamentos começaram a se embaralhar. "Pensar que já fui tão feliz", lamentava-se o linho, "e que agora estou sofrendo tanto! Ainda bem que curti bastante a felicidade que desfrutei na infância e na juventude... Foi bom, enquanto durou..."

Pronto: estava desfiado. Agora, a mulher do fazendeiro armou o tear e teceu com os fios um belo pano de linho. Ao ver-se estendido sobre a mesa, o linho pensou: "Ah, como fiquei maravilhoso! Nunca imaginei que me fosse transformar numa peça tão linda e elegante! Acabou-se a tortura, e a felicidade voltará a reinar. Bem que eu sabia que a cerca não tinha razão, quando cantou:

> *Quebra, racha e se estilhaça,*
> *Vira pó, vira fumaça,*
> *Tudo acaba, tudo passa,*
> *Até mesmo esta canção...*

Quem disse que uma canção acaba? Basta recomeçar a cantá-la. E a minha canção mal começou, segundo me parece. Sofri muito, é verdade, mas agora estou sendo recompensado pelo que padeci. A felicidade voltou a sorrir para mim. Estou diferente do que fui: hoje sou branco, resistente e macio. É muito mais do que ser uma simples planta, mesmo uma daquelas que têm flores. E muito melhor, também, pois não preciso me preocupar com a sobrevivência, nem ficar aflito quando a chuva tardar a cair. Agora, a empregada me estende ao sol pela manhã, e me borrifa com água, quando estou muito seco. A esposa do pastor esteve aqui outro dia, e declarou que sou a peça do linho mais fino de todo este distrito. Sim, voltei a ser feliz, e muito mais do que já fui".

O pano de linho já estava pronto para ser cortado e costurado. Recomeçou o sofrimento: agora, era a tesoura que cortava, e a agulha que perfurava... Como veem, um tratamento nada agradável. Por fim, terminou. E sabem em que tipo de roupa ele se transformou? Para não deixar o pano de linho constrangido, direi apenas que foi naquela peça de roupa que nós, os homens, usamos por debaixo das calças. E como o pano era grande, deu para fazer não uma, mas doze delas.

"Agora, sim, já sou alguma coisa", pensou o linho. "Já tenho serventia. É uma bênção ser útil neste mundo. Como estou satisfeito! Eu, que era um , agora sou doze: uma dúzia de peças iguaizinhas. A felicidade voltou a sorrir para mim!"

Passaram-se os anos, e mesmo as mais finas cambraias de linho desgastam-se com o tempo. Não foi diferente com aquelas doze peças. "Estou chegando ao final de meu tempo de uso", pensava cada uma delas. "Bem que gostaria de durar mais um pouco, mas sei que isso seria impossível."

E, de fato, aquelas roupas foram encostadas, utilizadas como panos de limpeza, até que se transformaram em trapos, sendo cortadas em tiras finas. Aí, sim, o linho imaginou que tinha chegado ao fim, pois suas tiras foram reduzidas a pedacinhos, esfiapadas e depois fervidas. Tudo aconteceu tão depressa, que ele nem compreendia direito o que estava sendo feito, até que, por fim, se viu transformado numa folha branca de papel.

"Oh, mas que surpresa!", pensou, sorrindo internamente. "Que maravilha! Estou ainda mais branco e elegante do que antes! É fantástico! Que será que vão escrever em mim?"

Uma história belíssima foi escrita nele, e todos que a liam ou escutavam ficavam encantados com ela. Aquelas palavras representavam uma verdadeira bênção, um motivo real de alegria e felicidade.

"Isso é bem mais do que julguei ser possível acontecer comigo, quando não passava de uma simples planta, cultivada no campo. Olhando a florzinha azul que brotava em mim, quando poderia imaginar que me transformaria num mensageiro da alegria e do conhecimento para os seres humanos? É simplesmente fabuloso! Só Deus poderia dizer o que fiz para merecer tal prêmio. Quantas vezes cheguei a pensar que estava próximo do fim de minha existência... Mas não: era apenas o início de uma nova vida, o recomeço de tudo, e eu me tornava mais fino, mais útil, mais belo do que antes. Quem sabe irei agora viajar pelo mundo e ser lido por pessoas de outras terras? É provável que isso aconteça. Se eram belas as flores que nasciam em meu corpo, no início de minha vida, mais belos ainda são os pensamentos que hoje trago escritos sobre mim. É a glória! Sou o objeto mais feliz de todo o mundo!"

Mas foi bem curta a única viagem que fez: apenas o percurso entre a casa do autor da história e o escritório de uma editora, onde as palavras que ele continha foram copiadas, levadas ao prelo e impressas, sendo reproduzidas em centenas de volumes, todos iguaizinhos, de modo a permitir que milhares de pessoas lessem as palavras que uma vez foram escritas a mão no papel de linho. Este, por sua vez, compreendeu o que representava tudo aquilo, e pensou: "É assim mesmo que se deve proceder. Como é que nunca pensei nisso? Não devo ficar rodando por aí, passando de mão em mão, desgastando-me todo. Afinal de contas, sou um original, escrito a mão pelo autor da história. Meu destino é ficar exposto em sua casa, honrado e respeitado como se fosse um velho avô, enquanto os livros se espalham por aí, cumprindo sua finalidade. Serei examinado apenas pelos estudiosos, pelos pesquisadores, como um objeto raro, uma venturosa peça de museu, uma verdadeira relíquia. Como sou feliz!"

Em vez de voltar para a casa do autor, o manuscrito foi colocado dentro de uma gaveta, junto com outros papéis. "Puseram-me aqui para descansar. Bem que mereço, depois de tudo que passei. Vou ter tempo de analisar e compreender bem as palavras que estão escritas em mim. Com isso, hei de adquirir bom senso e sabedoria. Mas bem que gostaria de saber o que está reservado em breve para mim. Garanto que será coisa melhor e mais maravilhosa do que tudo o que já me sucedeu até hoje."

Um dia, o editor resolveu limpar suas gavetas de originais. Chegou a pensar em vender aquela papelada toda para o dono da mercearia, que comprava papéis velhos. Mas desistiu, ao pensar que os papéis poderiam acabar servindo para embrulhar mercadorias. E se um dos autores deparasse com um de seus originais embrulhando um pedaço de toucinho ou meia dúzia de velas? Poderia ficar zangado. Desse modo, achou melhor pôr fogo naquela papelada sem serventia. Colocou as folhas dentro da lareira, formando uma pilha. As crianças da casa acorreram para ver o espetáculo das labaredas que iriam erguer-se em breve, para

368

depois arrefecerem, reduzindo-se a brasinhas que se desprenderiam das cinzas, como estudantes saindo da escola. A última que se erguesse seria o mestre-escola, que, encerrada a sua tarefa, estaria voltando para casa.

Flup! O fogo ergueu-se subitamente na pilha de papéis, produzindo um clarão que iluminou a sala. Foi um momento de êxtase para o linho: ele jamais havia brilhado tanto, nem mesmo quando fora transformado em cambraia e ficava exposto ao sol. As letras que nele estavam escritas tornaram-se rubras, antes de desaparecerem totalmente, consumidas pelo calor. "É como se estivéssemos no sol!", exclamaram milhares de vozes dentro da labareda. Eram pequeninos seres brilhantes, que luziam por entre as chamas. Cada qual correspondia a uma flor que um dia havia brotado nas plantas transformadas em papel. À medida que as folhas enegreciam, esses seres corriam para cima delas, e seus passos eram as fagulhas que se desprendiam das cinzas, "como estudantes saindo da escola". A última fagulha rebrilhou: era o mestre-escola, indo para casa. As crianças bateram palmas e cantaram:

> *Quebra, racha e se estilhaça,*
> *Vira pó, vira fumaça,*
> *Tudo acaba, tudo passa,*
> *Até mesmo esta canção...*

Mas os pequeninos seres, agora invisíveis, continuavam a flutuar, e não concordaram com aqueles versos. "Não, crianças, uma canção nunca acaba; apenas se interrompe. Pode ser recomeçada, sempre, sempre. É isso que torna maravilhosas as canções que gostamos de cantar. Sabemos disso; por conseguinte, somos os seres mais felizes que existem."

Assim como não podiam vê-los, as crianças também não podiam escutá-los. E, mesmo que pudessem, não teriam compreendido o significado de suas palavras. Melhor que fosse assim, pois, pensando bem, há coisas que é melhor que as crianças não entendam.

A Ave Fênix

No Jardim do Éden, perto da Árvore do Conhecimento, crescia uma roseira. Quando brotou sua primeira rosa, de dentro dela saiu uma ave linda, de penas multicoloridas, doce cantar e voo tão leve como a luz. Mas quando Eva colheu o fruto daquela árvore e o entregou a Adão, causa de seu banimento para fora do Paraíso, e um anjo passou a vigiar a entrada daquele jardim, empunhando uma espada flamejante, uma fagulha dessas chamas caiu no ninho daquela ave, incendiando-o completamente. O pássaro morreu queimado, mas um de seus ovos, que ali estava chocando, ficou apenas chamusca-do, e dele saiu um filhote, uma ave linda e maravilhosa, única em seu gênero e em sua espécie: a ave fênix.

Conta a lenda que a fênix nidifica na Arábia, e que, em cada século, incendeia seu próprio ninho, morrendo dentro dele. De seu único ovo, porém, nasce uma nova ave fênix, que voa pelo mundo afora, até repetir o destino de sua mãe.

Voa tão leve como a luz; exibe suas penas coloridas e maravilhosas; canta como nenhuma outra ave sabe cantar. Quando uma mulher se senta junto ao berço do filhinho recém-nascido, a fênix pousa no travesseiro da criança, e suas penas brilhantes formam uma auréola em torno da cabeça daquele pequenino ser. É ela também que, voando através das casinhas modestas das pessoas pobres, leva até elas o calor e o brilho do sol, deixando por onde passa seu rastro perfumado de violetas.

A fênix pode ser vista em outros lugares, além da Arábia. Às vezes, avistam-na sobrevoando as planícies geladas da Lapônia, onde fulgura o sol da meia-noite. Durante o curto verão da Groenlândia, ela costuma pousar entre as pequenas flores silvestres que então ali vicejam. Visita também as minas de cobre de Fahlun e as minas de carvão da Inglaterra. Enquanto entoam suas canções de trabalho, os mineiros avistam-na, não com sua aparência habitual, mas sob o formato de uma mariposa. Pousada sobre uma folha de lótus, por vezes ela flutua sobre as águas sagradas do Ganges, encantando as jovens indianas que se banham naquele rio, cujos olhos brilham de alegria ao avistá-la.

A ave fênix! Nunca ouviu falar dela? É a Ave do Paraíso, o Pássaro Sagrado da Música. Ela ocupa um lugar no carro alegórico do Teatro, sob a forma de um corvo crocitante, batendo as asas para sacudir a poeira que nelas se acumulou. Aparece ainda nos emblemas dos bardos islandeses disfarçada em cisne. Pousa sobre o ombro de Shakespeare como se fosse um dos corvos de Odin, segredando em seu ouvido a palavra "Imortalidade". Foi ela que voou através dos salões de Wartburg, quando ali se entoaram as canções.

A ave fênix! Nunca ouviu falar? Foi ela que cantou para você a Marselhesa, e foi de sua asa que caiu a pena brilhante que você beijou. Ela ostentava suas cores gloriosas e paradisíacas, mas talvez você não a tenha notado, preferindo olhar para os pardais que voavam por perto.

Ave do Paraíso, que a cada novo século ressurge, nascida entre chamas para por entre chamas perecer: tua efígie enfeita as paredes dos salões dos ricos e poderosos, enquanto tu voas solitária na vastidão do deserto. Não passas de um mito, de uma lenda: a ave fênix da Arábia.

No Jardim do Éden, no Paraíso, nasceste sob a Árvore do Conhecimento, ao tempo em que florescia a primeira rosa. Deus beijou-te e te deu o nome correto que hoje ostentas: Poesia.

Uma História

Todas as macieiras do pomar estavam em flor, e fora tal sua pressa em florir, que isso acontecera antes de lhe surgirem as folhas nos galhos. No quintal, os patinhos passeavam, enquanto o gato se lambia, aquecendo-se ao sol. Os campos cultivados estavam inteiramente verdes, e por todo canto se escutava o gorjeio dos pássaros. A julgar pelas aparências, era dia de feriado, o que não deixava de ser verdade, já que era domingo. Os sinos da igreja repicavam, e as pessoas para lá se dirigiam, vestindo suas roupas domingueiras e sorrindo umas para as outras. Respirava-se por toda parte um ar de felicidade e alegria, e, com efeito, num belo dia de primavera como aquele, dificilmente alguém não exclamaria: "Como Deus é bom e generoso para nós!"

Dentro da igreja, porém, o pastor parecia não compartilhar desse sentimento, investindo em altos brados contra a impiedade e ingratidão dos homens. Ameaçava todos com o castigo divino, acenando com o terrível destino que aguardava as pessoas de mau proceder: iriam arder nas chamas do inferno, num sofrimento atroz, que jamais teria fim.

Era horrível escutar aquelas palavras, ditas em alto e bom som. Dir-se-ia que o pastor já havia experimentado toda aquela tortura, tal a força de suas imagens e o colorido de suas descrições. O inferno, dizia ele, era uma caverna malcheirosa, aonde iam ter os pensamentos imundos, as intenções pérfidas e as ações vis dos homens. Ali reinava uma atmosfera sufocante, impregnada de emanações sulfúricas, jamais amenizada ao menos por uma brisa refrescante. Era um abismo sem fundo e sem fim, um atoleiro medonho, dentro do qual se afundavam lenta e inexoravelmente os condenados, numa agonia apavorante e silenciosa.

Os fiéis escutavam, transidos de medo, aquelas palavras candentes, que saíam do fundo do coração do pregador; no entanto, lá fora, os pássaros cantavam alegremente e o sol brilhava em todo o seu esplendor. Cada pequenina flor do campo erguia aos céus sua prece, bem diferente daquele sermão, agradecendo a Deus por toda a bondade e beleza que Ele havia espalhado pelo mundo.

À noite, chegando a hora de deitar, o pastor notou que sua mulher estava triste e pensativa, sentada na cadeira, de olhos fixos no chão.

— Que houve? — perguntou-lhe. — Você parece perturbada!

— Estou tentando entender uma coisa, mas não consigo — respondeu ela, com um sorriso desanimado nos lábios. — É sobre o seu sermão. Há algo nele que me deixa perplexa. Você disse que os pecadores irão arder eternamente nas chamas do inferno. Para todo o sempre: não é tempo demais? Se eu, que não passo de uma pobre pecadora, jamais poderia condenar alguém a receber um castigo eterno, como poderia Deus, que é infinitamente bom, que sabe muito bem como é difícil escapar às tentações que nos atazanam a alma, reservar tal punição para um infeliz ser humano? Por mais que eu pense nisso, não consigo me convencer de que seja verdade, ainda que isso vá de encontro às suas palavras de hoje de manhã.

CRLOCRLO

Chegou o outono. Nos galhos das árvores, não se via uma só folha. O pastor velava, junto ao leito, o corpo de alguém que acabava de morrer. Era sua mulher.

"Se alguém fez por merecer a graça e o perdão de Deus, esse alguém foi você", pensou, contemplando-lhe o rosto sereno. "Espero um dia reencontrá-la, quando eu partir para o repouso eterno."

A mulher foi enterrada. Durante a cerimônia, duas pesadas lágrimas rolaram pelas faces severas do ministro de Deus. Daí em diante, reinou em sua casa a calma e o silêncio. O sol não mais brilhou para ele, agora que se fora aquela que ele tanto havia amado.

Era tarde da noite. Uma aragem fria entrou no quarto do pastor, fazendo-o acordar de seu sono. Era como se o aposento estivesse iluminado pelo luar, embora não houvesse lua no céu. Abrindo os olhos, avistou junto à cama um vulto, reconhecendo nele o espectro de sua mulher. Ela fitava-o com uma expressão de tristeza, como se quisesse lhe revelar algum segredo desagradável. O pastor sentou-se na cama e estendeu os braços para ela, perguntando-lhe:

— Por que veio aqui? Por que não está desfrutando do repouso eterno? Será que você, a mais piedosa de todas as mulheres, não teria feito jus à recompensa divina?

A aparição meneou a cabeça, como que concordando com suas palavras, e pôs a mão sobre o peito.

— Posso ajudá-la a alcançar a paz?

— Sim — respondeu ela, num fio de voz.

— Que devo fazer?

— Arranque, da cabeça de um pecador que será condenado às chamas eternas do inferno, um fio de cabelo, e entregue-o a mim — implorou a aparição.

— Só isso? Basta um fio de cabelo para que você alcance a paz eterna? Hei de arrancá-lo, não se preocupe.

— Para facilitar a consecução dessa tarefa — disse-lhe a morta, — foi-lhe concedido o dom de voar pelos ares, para onde quiser, tão rápido como o pensamento, e sem que possa ser visto por quem quer que seja. Seguiremos juntos, mas você deverá encontrar esse pecador antes que o galo cante.

Com a velocidade do pensamento, voaram os dois até uma grande cidade. Nas paredes das casas, em letras de fogo, estavam escritos os pecados mortais daqueles que ali residiam: Orgulho, Avareza, Intemperança; enfim: todo o arco-íris das falhas de caráter do homem.

— Vamos entrar naquela casa — disse o pastor, apontando para uma rica mansão. — Ali será fácil encontrar alguém que será destinado ao fogo do inferno.

Flutuaram sobre a escadaria de acesso, transpuseram as portas e avistaram um amplo salão de baile, onde se tocava uma música de dança. Junto à entrada estava postado um criado de libré, trazendo nas mãos uma bengala de prata encimada por um castão de ouro. Sua função era barrar a entrada dos intrusos, e ele acabava de despachar um desses indesejáveis, fazendo-o voltar para a rua e dizendo-lhe com empáfia:

— Como ousa querer penetrar nesse recinto? Não vê que se trata de um baile de gala? Aqui é um lugar seleto e distinto. Não é para qualquer um. Fora! Rua!

373

— Quanta arrogância! — murmurou a aparição. — Olhe para ele: tem o pecado do orgulho estampado em seu rosto. Merece o inferno.

— Esse aí? — retrucou o pastor. — Que nada, não passa de um pobre-diabo. É uma criatura infeliz, um tolo...

"Um tolo", repetiu o eco, espalhando-se por todo o salão e ajustando-se como uma luva a todos os que ali se encontravam, naquela casa em cujas paredes externas se lia, em letras de fogo, a palavra "orgulho".

Dali seguiram para a casa miserável do avarento. Lá dentro, sobre um colchão esgarçado e puído, estava sentado um velho, tremendo de frio e varado de fome. Mas seus pensamentos não se voltavam para agasalhos e comida, e sim para o ouro. Seu ouro! Saltando do catre, foi até a parede e, afastando um tijolo solto, tirou de dentro do esconderijo um pé de meia, cheio de moedas de ouro. Suas mãos tremiam, como se ele estivesse com febre. Contou e recontou o dinheiro, observado pelos dois vultos invisíveis que ali haviam entrado.

— Isso é uma doença — comentaram entre si. — É desespero, é loucura. Triste deve ser a vida, e terríveis seus sonhos. Esse aí já tem seu próprio inferno em vida.

Saíram dali depressa e seguiram para a cadeia, onde, numa cela comprida, dormiam os criminosos, um ao lado do outro, sobre estrados duros. Com um grito de pavor, um deles despertou de seu sono, erguendo-se subitamente no catre. Incomodado com aquilo, seu vizinho mexeu-se e rosnou:

— Para de ficar dando esses berros idiotas, animal! Toda noite é a mesma coisa. Quem pode aguentar isso? Vai dormir, rapaz!

— Dormir, como? — gemeu o outro. — Toda noite ele vem, nunca me dá paz. Uiva lá fora, depois entra e tenta me estrangular. Noite após noite, ele vem; é sempre a mesma coisa. Que posso fazer? Tenho temperamento irascível, esquento-me à toa. É a terceira vez que sou preso, condenado por três crimes que pratiquei. Mas vou contar um segredo: ninguém tem conhecimento do penúltimo crime que cometi. Por esse, nunca fui condenado. Aconteceu logo depois que deixei a prisão, um ano atrás. Quando passei diante da casa de meu antigo patrão, lembrei-me de que ele me havia insultado, antes de eu ser preso, e o sangue me subiu à cabeça. Sem que pessoa alguma me visse, risquei um fósforo e pus fogo na palha do telhado. Logo a casa ardeu em chamas, pois o fogo é como eu: descontrolado, destruidor. Mas foi aí que me arrependi do que estava fazendo, e, fingindo que nada tinha a ver com o incêndio, entrei na casa e ajudei a retirar os móveis, a tirar os cavalos da cocheira e a apagar o fogo. Nenhuma pessoa morreu, e quase todos os animais foram salvos. Como o pombal queimou muito depressa, alguns pombos não conseguiram escapar. Morreu também o velho cachorro que dormia acorrentado, junto à parede do fundo. Dele, eu me esqueci. Quando dei por mim, escutei seus uivos desesperados, mas aí já nada poderia fazer. Pois é esse uivo que escuto todas as noites, logo que pego no sono. É só fechar os olhos, começar a ressonar, e pronto: lá vem o cachorro, enorme, feroz; pula sobre meu peito e crava-me os dentes na garganta! É uma sensação terrível... Ei, você não está escutando? Pouco se lhe dá que eu não consiga dormir? Ah, maldito! Vire-se para mim, vamos! Não me dê as costas enquanto estou falando!

Acometido de fúria, o condenado atirou-se sobre o companheiro, desferindo-lhe socos e cabeçadas.

— Deu a doida nele, outra vez! — gritaram os outros prisioneiros, pondo-se de pé e atirando-se sobre o agressor, que não parava de espancar o companheiro.

A custo, subjugaram-no, enfiando-lhe a cabeça entre as pernas e amarrando-o com lençóis enrolados. Seus olhos chispavam de fúria, e ele mal conseguia respirar.

— Contenham-se, senhores! — ordenou o pastor, sem que pudessem ouvi-lo. — Desse modo, vão matá-lo!

Estendeu as mãos no intuito de proteger o pobre infeliz, mas foi em vão. Vendo que nada podia fazer, o pastor foi-se embora dali e continuou a vagar pela cidade, sempre acompanhado do espectro de sua mulher. Entravam os dois em qualquer residência, tanto nas mansões dos ricos como nos barracos dos pobres. Por todo lado, viam-se os pecados capitais: a Inveja, a Cobiça, a Luxúria e todos os outros. Um anjo lia a relação de crimes de cada pessoa, fazendo em seguida a sua defesa. Por piores que fossem as faltas, sempre havia algo passível de atenuá-las e justificá-las, pois Deus, que tudo sabe, lê no íntimo de nossos corações, entende os motivos que nos levam a não resistir às tentações, tanto as que vêm de fora, como as que nascem dentro de nós mesmos, e julga sempre com amor, com misericórdia, com a graça do perdão.

Em nenhum momento, a mão do pastor avançou para arrancar um fio de cabelo da cabeça de um pecador. Ao deparar com a miséria do coração humano, sua reação era de pena, de profunda compaixão; seus olhos enchiam-se de lágrimas, e ele em seu íntimo ia a tudo e a todos perdoando, como se o que lhe escorresse pelas faces não fossem lágrimas, mas sim torrentes de graça e de amor, capazes de apagar até mesmo as chamas do inferno.

Foi então que o galo cantou.

— Tende piedade, Senhor! — implorou o ministro. — Não deixeis que ela sofra. Dai-lhe a paz que ela merece, e que não fui capaz de lhe proporcionar!

— Pode ficar tranquilo a esse respeito, pois já estou em paz — interrompeu a aparição. — Não foi por isso que vim até você, mas sim para que repensasse suas ideias, abrandasse seu discurso e modificasse seu conceito severo quanto à justiça de Deus e ao destino dos pobres mortais. Aprenda a conhecer melhor as pessoas e a saber que, mesmo naqueles piores, existe sempre uma partícula da essência divina, que ao final prevalecerá, apagando as chamas do inferno.

∝∞∝∞

Sentindo que alguém lhe dava um beijo nos lábios, o pastor abriu os olhos. O sol brilhava dentro do quarto. Em frente dele, sua mulher sorria, tão viva como na véspera. Fora seu beijo que o fizera despertar daquele sonho enviado por Deus.

O Álbum Silencioso

Aestrada atravessava uma floresta, no meio da qual havia uma fazenda isolada. As terras da propriedade eram cortadas ao meio pela estrada. O sol brilhava, e todas as janelas da casa estavam abertas. O lugar parecia repleto de vida; entretanto, no pomar, sob um pequeno caramanchão de lilases, via-se um caixão, com a tampa aberta. Ninguém velava o corpo que jazia ali dentro; nenhum parente, nenhum amigo derramava uma lágrima em seu último adeus.

O rosto do defunto estava coberto com um pano branco de linho, e sua cabeça estava apoiada num livro grosso. Era um álbum, desses que servem para colecionar plantas secas: um herbário. Em cada uma de suas páginas grossas e pardas havia uma flor ou um ramo seco. Cada qual devia ter representado importante papel na vida daquele que ali jazia, pois fora seu desejo expresso que aquele grosso volume fosse enterrado junto com ele.

— Ele lecionou em Uppsala, faz muito tempo — explicou um velho que trabalhava na fazenda. — Ouvi dizer que era muito respeitado, que sabia falar várias línguas e escrever versos. Tudo corria bem para ele, até o dia em que aconteceu algum revertério em sua vida; ele deu para beber, perdeu fama, respeito e saúde. Então, alguém o trouxe para cá, e o patrão ordenou que cuidássemos dele. Era um sujeito bondoso e educado, inocente como uma criança, exceto quando tinha suas crises de esquisitice. Nessas ocasiões, fugia para a floresta e lá se escondia, como um gamo perseguido por caçadores. Era um custo encontrá-lo e conseguir que voltasse para casa. Para acalmá-lo, tínhamos de entregar-lhe esse álbum. Aí, era a mesma coisa que dar um livro de gravuras para uma criança. Ele logo se aquietava e ficava virando as páginas, entretido durante o resto daquele dia. De vez em quando, deixava cair uma lágrima. Só Deus sabe o que essas plantas representavam para ele. Várias vezes pediu-nos para que o álbum fosse enterrado com ele, e foi o que fizemos. Vai servir-lhe como um travesseiro. Estamos esperando o carpinteiro, para fechar o caixão. Depois disso, o pobre infeliz poderá repousar para todo o sempre em seu túmulo.

O velho tirou o pano do rosto do morto, para ajeitá-lo melhor. Seu semblante parecia repleto de paz. Um feixe de raios solares coou-se por entre os lilases, iluminando-lhe a testa. Uma andorinha passou voando rasante pelo caixão, depois ganhou altura, fazendo círculos no ar, acima de nossas cabeças.

Como é estranha a vida da gente! Quem nunca passou pela experiência de reler uma velha carta, recebida há muito, muito tempo? É como se, por momentos, recuperássemos algo que julgávamos perdido para sempre. De novo experimentamos aquelas mesmas sensações de expectativa e desapontamento que no passado povoaram nossa mente. Onde estarão aquelas pessoas que tanto representavam para nós naquele tempo? É como se tivessem morrido para nós, já que não mais nos lembramos delas. Algumas já morreram, de fato; outras, só mesmo em nossa memória. Hoje não lhes dirigimos o mais remoto pensamento, mesmo que um dia tenham sido íntimas, a ponto de compartilharmos com ela nossas tristezas e alegrias.

Nas bordas do álbum escapa a ponta de uma folha seca de carvalho. Teria sido ali guardada ao tempo de sua formatura? Quem sabe lhe fora entregue por aquele companheiro que um dia lhe havia jurado amizade eterna? Que terá sido feito desse amigo? A folha ali está, mas a amizade estiolou-se e acabou esquecida.

Enquanto o velho ajeita o corpo do morto no caixão, examinamos o álbum. Essa flor que vemos é muito delicada, não resiste ao nosso clima. Deve ter sido cultivada numa estufa. Teria sido colhida no jardim de algum palácio? Ou, quem sabe, recebida de presente das mãos de uma nobre donzela? E essa açucena, que está na página seguinte? Estou certo de que ele mesmo a colheu um dia, e que mais de uma vez a regou com as lágrimas de seus olhos. E essa folha de urtiga, que faz por aqui? Que motivo teria ele para colhê-la e guardá-la? Que lembranças acaso lhe traria? E esse lírio-do-vale, que cresce em lugares isolados? E essa madressilva — teria sido colhida num vasinho de flor, dos que se costumam encontrar nos peitoris das janelas de um hotelzinho das montanhas?

Viro as páginas uma a uma, até que chego à derradeira. A última planta guardada é bem singela: um talo de capim. Qual o seu significado?

Os galhos dos lilases, carregados de flores perfumadas, deitam sua sombra sobre o esquife. A andorinha desfere novo voo rasante, atravessando o caramanchão. Depois desaparece ao longe, deixando no ar o eco dos chilros — tuí! tuí! — com os quais nos saudou.

Chega por fim o carpinteiro, trazendo martelo e pregos. Rapidamente a tampa é pregada, fechando-se o caixão. Ali jaz alguém cuja cabeça repousa sobre um álbum de plantas, que nunca mais será aberto e folheado. Um álbum silencioso. Mudo para sempre. Enterrado. Esquecido. Foi: não é. É, já foi...

A Velha Lápide

Numa das menores cidades da Dinamarca, em agosto, ao cair da noite, toda a família estava reunida na sala de estar da casa de um dos cidadãos mais ricos do lugar. O verão já ia chegando ao fim, e as noites começavam a ficar mais escuras. A lâmpada estava acesa, e as cortinas cerradas, de modo que só as flores sobre a janela recebiam a luz do luar. A conversa girava sobre uma velha laje existente no pátio da casa. As crianças gostavam de brincar em cima dela, e as criadas utilizavam-na para colocar sobre ela, nos dias de sol, as panelas e caçarolas de cobre acabadas de lavar, para secarem. Tempos atrás, aquela pedra servira de lápide para um túmulo.

— Acredito que essa pedra tenha pertencido à antiga igreja do convento — disse o dono da casa. — Quando o derrubaram, tudo que ali havia foi vendido, inclusive o púlpito e as lápides funerárias. Meu pai comprou várias delas, utilizando-as para fazer o revestimento da estrada. Só uma lápide sobrou, e foi deixada aí no pátio, de onde nunca a tiraram.

— Pode-se ver que ela foi de fato uma lápide de túmulo — disse um dos filhos mais velhos. — Dá para distinguir a figura de um anjo e a de uma ampulheta. Mas os nomes dos mortos que ficavam sob ela, esses quase desapareceram inteiramente. Depois de uma chuva, quando ela ficou bem lavada, consegui ler o nome "Preben" e uma letra "S", e mais embaixo um outro nome, creio que era "Martha".

— Deus do céu! — exclamou um ancião que assistia à conversa, velho suficiente para ser avô de qualquer outra pessoa que ali se encontrava. — Então deve ser a lápide do velho Svane Preben! De fato, sua esposa chamava-se Martha. Lembro-me deles. Foram os últimos a serem enterrados no velho cemitério do convento. Era um casal de velhos muito simpáticos. Como me lembro deles... Naquele tempo, eu ainda era menino. Todo mundo gostava dos dois. Formavam o casal mais antigo da cidade. Dizia-se que eram muito ricos, e que guardavam no porão uma barrica cheia de moedas de ouro. Na verdade, vestiam-se com simplicidade, com roupas feitas em casa; entretanto, suas roupas de cama e de mesa eram feitas de linho da melhor qualidade. Sim, posso até vê-los, o velho Preben e Dona Martha... gente boa! Lembro-me quando se sentavam num banco diante da escada de sua casa, à sombra de uma tília que ali fora plantada. A todos que passavam, dirigiam um cumprimento e um sorriso, com aquela gentileza própria das pessoas boas e educadas. E também eram muito caridosos. Nenhum pobre batia em sua porta sem sair de lá com alguma roupa usada ou algum alimento. Eram verdadeiros cristãos: prestativos, caridosos, além de muito sensatos.

"Dona Martha morreu primeiro. Ah, como me lembro daquele dia... Meu pai foi fazer a visita de pêsames ao velho Preben, e levou-me com ele. O velho chorava como uma criança! O corpo ainda se achava no quarto do casal, e daí a pouco seria levado para a sala, a fim de ser velado. Entre lágrimas, o velho lamentava sua sorte e a solidão em que iria viver daí em diante, sem a presença daquela companheira suave e gentil. Contou como foi que a conhecera e como a pedira em casamento. Já falei que eu não passava então de um garotinho, mas me lembro de tudo isso, como se tivesse acontecido ontem. As palavras dele me comoveram. À medida que falava, o velho foi-se tomando de uma espécie de entusiasmo. Seu semblante até se animou, e seus olhos voltaram a brilhar, quando descreveu as artimanhas que tivera de engendrar para se encontrar com a noiva, naqueles velhos tempos de costumes rígidos e severas proibições. Eram truques ingênuos, infantis, que certamente não passavam desapercebidos aos pais da noiva. Ao descrever o dia de seu casamento, ele até pareceu readquirir a juventude esperançosa e alegre dos bons tempos. E pensar que não passava de um ancião, caminhando para o fim da existência, enquanto no quarto ao lado jazia o corpo de sua velha companheira de lutas e sofrimento. Enfim, a vida é assim. O tempo passa e ficam as lembranças. Naquele tempo, eu jamais poderia imaginar que um dia chegaria a ser tão idoso quanto era aquele velho que eu escutava, e que estaria contando para outras crianças a mesma história que ele então me contou. É, o tempo não para... mas a vida continua.

"Depois, veio o funeral. O velho Preben caminhava à frente do cortejo. Ele já tinha providenciado sua lápide funerária, bem antes daquele dia. Mandara inscrever seus nomes, começando pelo dele próprio, já que imaginava morrer primeiro. Faltava apenas inscrever as datas de suas mortes. Naquela mesma noite, a lápide foi colocada sobre o túmulo de sua mulher. Passado um ano, chegou a sua vez. Depois que ele morreu, procuraram em vão pela barrica cheia de moedas de ouro que se acreditava estar escondida no porão de sua casa. Seus bens foram herdados por uns sobrinhos que moravam numa cidade vizinha. Sua casa ficou abandonada, ameaçando ruir, e acabou sendo demolida, por ordem do Conselho Municipal. Destino idêntico tiveram o convento e o velho cemitério. As lápides foram vendidas, sendo utilizadas para pavimentar estradas. Sobrou uma, justamente a do velho Preben e de sua mulher Martha, que hoje serve para secar panelas de cobre e como palco de folguedos infantis. Quanto às outras, desapareceram, afundadas pelas rodas dos carros que trafegam pela rodovia. Com elas, perdeu-se a memória de tanta gente boa, da qual ninguém mais se lembra. É esse o destino de todos nós: vida, morte e esquecimento."

E o velho parou de falar, meneando a cabeça tristemente.

Depois de um breve silêncio, a conversa recomeçou, girando sobre outros assuntos. Uma das crianças, porém, continuou a cismar sobre tudo aquilo que acabara de escutar. Era o menorzinho da turma, um menino de olhos grandes e pensativos. Saindo dali sem que o notassem, subiu numa cadeira e pôs-se a contemplar o pátio, através das vidraças da janela. O luar iluminava a laje, que para ele nunca passara de uma simples pedra chata. Mas agora era diferente, pois ela se transformara na página de um livro de histórias. Embaixo dela estava guardado tudo aquilo que ele escutara sobre o velho Preben e sua esposa Martha. Depois de contemplá-la por bom tempo, ergueu seus olhos para o céu. Era noite de lua cheia, e ela luzia no céu escuro, como se fosse a face de um deus, dardejando seus raios luminosos sobre a Terra.

— Um dia, tudo será esquecido — disse alguém, em meio à conversação.

Nesse momento, um anjo beijou-lhe os cabelos e segredou em seu ouvido:

— Enterre essa semente no solo fértil de sua memória, e deixe que ela um dia germine, para que você possa fazer com que reviva a velha inscrição semiapagada da lápide funerária.

Ela assim poderá ser lida pelas gerações futuras, como se gravada em letras douradas e nítidas. Desse modo, o velho casal voltará a caminhar pelas ruas da cidade e a sentar-se à porta de sua casa, cumprimentando as pessoas, sorrindo-lhes, assistindo os pobres e deixando para todos o exemplo de uma existência bela e bem vivida. Enterre essa semente, que ela um dia brotará, abrindo-se em poesia. Nem tudo passa, nem tudo será esquecido. Aquilo que é verdadeiramente bom e belo sempre será lembrado, pois há de perpetuar-se na memória dos homens, sobrevivendo em suas lendas e canções.

Existe Uma Diferença

Era maio. O vento ainda soprava frio, mas todos os arbustos e árvores mostravam que a primavera por fim havia chegado. Prados e campinas estavam cobertos de flores, e uma pequena macieira, junto à sebe que ladeava a estrada, exibia botões de flor, proclamando que de fato já era o tempo da primavera. Na verdade, apenas um de seus galhos — unzinho só! — estava florescendo, e seus pequeninos botões branco-rosados estavam prestes a abrir. O galho estava plenamente cônscio de sua beleza, e por isso não ficou surpreso quando uma carruagem do castelo se deteve em suas proximidades.

Dentro dela, a jovem condessa exclamou que aquele galho era a verdadeira e encantadora imagem da primavera. Alguém desceu, quebrou-o e o trouxe para ela, que o segurou cuidadosamente nas mãos, protegendo-o com sua sombrinha dos raios do sol, e seguindo com ele até o castelo. Sempre com ele nas mãos, seguiu através de longos corredores e belos aposentos, até chegar ao salão principal. Ali, as janelas foram abertas, e a brisa entrou, fazendo ondular suavemente as cortinas brancas de musselina. O salão era todo adornado com vasos de cristal, plantados com flores. Um dos vasos era branco, parecendo feito de neve. Dentro dele havia ramos de faia, exibindo suas folhas de cor verde pálida. O galho de macieira foi colocado junto delas, e o efeito decorativo foi maravilhoso. Dava gosto olhar para aquele vaso.

O pequeno galho ficou inchado de orgulho, mostrando com isso que tinha algo de humano em seu temperamento.

Pessoas diversas passavam por ali, e quase todas comentavam sobre a beleza das flores, exceto aquelas que, por sua condição mais modesta, preferiam manter-se caladas. Em compensação, havia outras que falavam pelos cotovelos, demorando-se em longas e fastidiosas considerações. Não demorou muito para que o galho de macieira compreendesse que existe uma diferença entre os seres humanos, do mesmo modo que acontece entre as plantas.

"Alguns humanos servem para embelezar", pensou; "outros, para prestar serviços; e há também aqueles que não servem para coisa alguma."

Como o vaso ficava próximo da janela, o galho teve a oportunidade de observar e examinar as plantas que cresciam no jardim. Havia ali plantas ricas, plantas pobres e até mesmo plantas miseráveis. "Lá estão as ervas, coitadas, pobres e esquecidas", prosseguiu com seus pensamentos. "Existe uma grande diferença entre elas e nós, as plantas superiores. Elas devem sentir-se muito humilhadas, pela sua condição baixa e desprezível, se é que elas sentem alguma coisa. Mas tem de ser assim, pois, se não houvesse uma diferença, todas seríamos iguais."

Em seguida, relanceou os olhos pelos campos e várzeas que se estendiam ao longe, mirando as flores que os recobriam, com um sentimento de dó. Uma delas despertou particularmente sua compaixão: era tão comum, tão ordinária, que ninguém jamais se lembraria de colhê-la para a colocar num vaso. A infeliz sequer escolhia o lugar de nascer: crescia até mesmo entre os seixos! Era o dente-de-leão, cujo nome, em dinamarquês, significa "balde-de-leite-do-diabo", vejam só!

"Pobre plantinha desprezada", pensou o galho de macieira, morrendo de pena; "você não tem culpa de ter nascido assim, tão feiosinha e vulgar, nem de ter um nome tão horroroso. Infelizmente, existe uma diferença entre nós, assim como existe a mesma diferença entre os humanos."

Lendo seu pensamento, os raios de sol acharam graça, descendo indistintamente tanto sobre os botões do galho, como sobre as florezinhas amarelas dos dentes-de-leão que se espalhavam pelo campo. Para eles, todas as plantas são iguais e merecem o mesmo tratamento carinhoso e gentil.

O galho de macieira jamais havia pensado no amor que Deus dispensa a todos os seres vivos da Terra. Nunca imaginou que muita coisa boa e bela pudesse estar escondida de seus olhos, sem que por isso tivessem de ser esquecidas, nem que só fossem lembradas por Deus. Nisso, mais uma vez mostrava que havia algo de humano em seu temperamento.

Os raios de sol conheciam o mundo bem melhor que o galho florido. Dirigindo-se a ele, perguntaram:

— Sua visão não alcança muito longe, nem enxerga as coisas com muita nitidez. Diga-nos: que planta desperta mais a sua compaixão?

— Sem dúvida, é aquela ali, o "balde-de-leite-do-diabo" — respondeu o galho. — Ninguém se lembra de colhê-la para fazer um buquê de flores. Quando caminham pelos campos, as pessoas não se desviam dela, pisando-a sem a menor cerimônia. É uma florzinha comum, que se encontra em toda parte. Para reproduzir-se, suas sementinhas se espalham ao vento, como fiapos de lã, pregando nas roupas. Parecem ervas daninhas! Ainda bem que não sou uma dessas plantinhas tão vulgares e sem charme.

Um bando de crianças vinha em direção ao castelo, atravessando o campo. Uma delas era tão pequenina, que nem sabia andar direito, tendo de ser carregada pelas outras. Num dado momento, pararam ali para brincar. Correndo e rolando pela relva, riam a bom rir. Depois, passaram a colher os dentes-de-leão, beijando-os com doçura e inocência. As mais velhas entrelaçaram as flores, formando colares, pulseiras, coroas e cintos, com os quais se enfeitavam. Como aqueles adornos caíam bem naquelas crianças! Dois garotos colheram cuidadosamente um dente-de-leão que já havia formado sementes, tendo dentro de si aquela poeira fininha que dispersa seus novos rebentos por todo o mundo. A frutinha que se formara da flor parecia um pequeno floco redondo de neve, leve como o ar. Segurando-o perto da boca, um dos meninos soprou-o com toda força, pois sua avó lhe dissera que se alguém conseguir, de uma soprada só, espalhar ao vento todas as sementinhas de uma dessas flores, haverá de ter roupas novas durante todo o ano. Como se vê, aquela florzinha tão modesta é, na realidade, um maravilhoso talismã.

— Então — disseram os raios de sol, — vê o que está acontecendo? Agora já pode enxergar a beleza dessa planta e o poder que ela possui?

— Ora — respondeu o galho de macieira, — essa beleza e esse poder só estão nos olhos e na mente das crianças...

Chegou uma velha perto do local onde as crianças brincavam. Com uma faquinha, passou a desenterrar os dentes-de-leão, arrancando-os com suas raízes, pois com elas preparava uma bebida quente, conhecida pelos camponeses como "café-de-pobre". As que sobrassem, planejava vender para o farmacêutico, pois as raízes dessa planta servem para preparar medicamentos. Os raios de sol explicaram isso para o galho florido, que replicou:

— A maior importância de uma planta está na sua beleza. Assim, as plantas mais belas formam um grupo seleto e superior. Existe uma diferença entre as plantas, assim como entre os humanos.

Para encerrar a discussão, os raios de sol falaram sobre o amor que Deus dedica a todas as Suas criaturas, sem discriminar essa ou aquela, concluindo:

— Aos olhos de Deus, todos os servos vivos são iguais, já que somente Ele é eterno.

— Se é assim que pensam, podem ficar com sua opinião — retrucou o galho.

Nesse momento, entraram algumas pessoas no salão. Entre elas estava a jovem condessa que pusera o galho de macieira no vaso de cristal. Este, iluminado pelos raios de sol, destacava-se maravilhosamente entre todas as plantas que ali estavam. Mas ela parece que não observou isso, pois tinha a atenção voltada para algo que trazia nas mãos, segurando-o com todo cuidado. Não dava para ver o que seria, pois ela fizera um cone de folhas verdes para protegê-lo do vento. Devia ser algo extremamente delicado, pois ela o carregava com precaução bem maior que a dispensada ao galho de macieira. Parando junto ao vaso de cristal, retirou cuidadosamente as folhas, e só então o galho viu do que se tratava: era uma bolotinha branca de um dente-de-leão, prestes a se abrir, espalhando seu pólen no ar. Sim, era um "balde-de-leite-do-diabo". Com toda delicadeza, ela segurava nas mãos aquele

mimo, sem deixar que nenhuma de suas sementinhas se perdesse. Elas estavam todas ali, formando uma coroinha de poeira branca em torno do estame da flor. A condessa pôs-se a admirar a delicadeza de seus contornos, sua extrema limpidez, a complexidade de sua estrutura, formada de modo tal a permitir que cada sementinha pudesse desprender-se e flutuar ao vento, qual uma penugem levíssima.

— Vejam que maravilha, que obra-prima saída das mãos de Deus! — exclamou. — Vou colocá-la junto desse ramo de macieira, para realçar sua beleza. Serão duas maravilhas da natureza, uma ao lado da outra. Eu não saberia dizer qual das duas é a mais linda, pois Deus caprichou quando fez ambas!

Os raios de sol beijaram indistintamente o dente-de-leão e o galho de macieira, cujas flores enrubesceram, ao notarem que, para eles, tanto fazia aquecer um como o outro — não existia qualquer diferença entre ambos.

A Rosa Mais Bela do Mundo

Era uma vez uma rainha em cujo jardim cresciam as flores mais belas que se conhecem. Durante todo o ano, sempre havia aquelas que estavam abertas, já que se tratava de plantas recolhidas de todos os cantos do mundo. Acima de todas as flores, porém, as que ela mais apreciava eram as rosas, das quais havia muitas variedades em seu jardim: desde as mais simples, como a rosa silvestre, de folhas verdes que recendem a maçã, até as mais raras, como a rosa de provença. Ramos de roseira subiam pelas paredes do castelo, enroscando-se nas colunas de mármore, chegando mesmo a entrar pelos corredores e cômodos, grudando-se como trepadeiras aos ressaltos do teto e enchendo os aposentos com a suave fragrância de suas flores.

Apesar de toda essa beleza, reinava um profundo desalento naquele castelo, pois a rainha estava gravemente enferma. Chamados para assisti-la, os médicos mais famosos do reino chegaram por fim a uma conclusão:

— Só existe um remédio capaz de salvá-la: se lhe trouxerem a rosa mais bela do mundo, aquela que simboliza o amor mais puro e elevado. Bastará que ela a veja, para que não morra.

Apressaram-se todos os súditos a trazer-lhe as rosas mais belas que havia em seus jardins, mas nenhuma delas teve o poder de curar a rainha. Onde seria o Jardim do Amor, e qual de suas rosas seria aquela dotada de tão maravilhoso poder?

Foram enviadas cartas a todos os poetas, independente de sua classe ou condição social, indagando sobre qual seria aquela rosa. Cada qual deu uma resposta diferente.

— Nenhum deles indicou a flor certa — afirmou um sábio conselheiro da corte. — Nenhum deles sabe o local onde ela se encontra, ostentando toda a sua pujança e beleza. Não se trata da rosa do túmulo onde repousam Romeu e Julieta, ou do mausoléu de Valborg, embora ali vicejem rosas que já foram cantadas em prosa e verso por tanta gente. Também famosa é a rosa que, segundo contam, nasceu do cabo da lança do herói Winkelried, aquela que ele empunhava quando sucumbiu em defesa de sua terra natal. Foi o sangue do herói, tombado morto sobre sua própria lança, que deu àquela rosa a cor rubra que ela ostenta. Pois, mesmo assim, apesar de nascida do amor à pátria, essa rosa não é a mais bela do mundo. Essa flor maravilhosa e mágica, que só cresce quando recebe cuidados constantes, anos a fio, através de dias cansativos e noites maldormidas, não pode ser outra senão a Rosa da Ciência.

— Sei onde floresce essa rosa! — exclamou uma mulher que havia entrado no quarto da rainha, carregando ao colo uma criança. — Posso dizer onde se encontra a rosa mais bela do mundo, o símbolo do amor mais puro e elevado. É aqui nessa covinha que se forma na bochecha rosada do meu filho, quando ele acorda e sorri para mim, com todo o seu amor.

— É, de fato, uma rosa encantadora e linda — ponderou o conselheiro, sorrindo; — mas há outras ainda mais belas.

385

— Concordo com o senhor — assentiu uma das damas de honor. — Eu mesma já vi essa rosa, a mais sagrada e maravilhosa que existe. Lembra uma rosa chá, pela palidez de suas pétalas, e também estava nas covinhas de um rosto: o da nossa rainha, naquele dia em que ela caminhava aflita, sem sua coroa de ouro, carregando nos braços o principezinho doente. Embalando-o, ela ia e vinha pelo quarto, num vaivém que durou toda aquela noite. Num momento em que ele abriu os olhos, ela dirigiu-lhe um sorriso triste, beijou-o e ergueu aos céus uma prece. Ali estava, sem dúvida, a rosa mais bela do mundo.

— Sim — concordou o sábio, — a rosa branca da aflição, linda e sacrossanta... Mas não é a que procuramos.

— Penso já ter visto a rosa mais linda que existe — interrompeu um sacerdote que ali estava. — Enxerguei-a rebrilhando no fundo dos olhos de um anjo. Foi num dia em que eu ministrava a Primeira Comunhão a um grupo de meninas. Uma delas dirigiu aos céus um olhar tão repleto de pureza, inocência e amor, que ali reconheci estar a rosa mais linda que pode brotar do coração humano.

— A rosa bendita da pureza: linda, linda! — sorriu o sábio, meneando a cabeça. — Mas nenhum de vocês mencionou aquela que é a rosa mais bela do mundo.

Nesse momento, entrou no quarto um garoto, trazendo nas mãos um livro enorme, encadernado em pergaminho, tendo nas bordas um fecho dourado. O livro estava aberto. Era o principezinho, que tinha os olhos cheios de água.

— Mamãe — disse, sem se importar com os cortesãos que rodeavam a rainha, — escute o que acabei de ler.

E repetiu para ela as palavras do Livro Santo, descrevendo o sofrimento e a morte do Filho de Deus, que padeceu na Cruz para salvar-nos.

— Como Nosso Senhor nos amou, não é, mamãe? Isso, sim, é que é amor!

As faces pálidas da rainha logo adquiriram uma tonalidade rosada, enquanto seus olhos se abriam, tornando-se mais claros e brilhantes à medida que o menino lia as palavras do Livro Sagrado. Regada pelo sangue de Cristo, crescia entre aquelas páginas a rosa mais bela do mundo.

— Vejo-a, agora! — exclamou a rainha. — Esta é a rosa mais bela do mundo. E quem, como eu, puder ver essa rosa, jamais morrerá!

A História do Ano

Era um dos últimos dias de janeiro. Lá fora, caía a neve sem parar. O vento soprava forte, levando consigo os flocos pelas ruas e becos da cidade. As vidraças das janelas estavam tão cobertas de neve, que não se podia enxergar o que acontecia no interior das residências. Dos telhados, despejavam-se verdadeiras avalanches sobre as calçadas. Os raros passantes enfrentavam a fúria do vento, fosse caminhando com dificuldade, quando ele soprava de frente, fosse correndo contra a sua vontade, quando ele soprava por trás. Quando dois amigos se encontravam e queriam trocar uma palavrinha, tinham de se segurar um no outro, para não serem arrastados ou mesmo caírem ao chão. Carruagens e cavalos estavam cobertos de neve, parecendo polvilhados de talco, à distância. Os criados que ficavam em pé na traseira dos veículos, tinham de ficar agachados, escondendo a cabeça, para que o vento não lhes açoitasse o rosto. Aproveitando a proteção dos carros, os pedestres seguiam junto deles, o que não era difícil, já que os cavalos seguiam a passo, lentamente. Quando a tormenta amainou, uma trilha estreita foi se formando nas calçadas, ladeada por duas camadas de neve de dois palmos de altura. Era por ali que passavam os pedestres. Era tal a estreiteza daquele corredor, que só dava para uma pessoa. O problema acontecia quando duas pessoas, caminhando em sentidos opostos, cruzavam-se num ponto dessa trilha. Qual delas teria de afundar os sapatos na neve para dar passagem ao outro? O normal era ficarem os dois parados frente a frente, cada qual esperando que o outro tivesse a gentileza de enfiar os pés no monte de neve, para que ele próprio não molhasse os seus, o que dificilmente acontecia, já que o outro também pensava da mesma forma. O fato é que, depois de algum tempo, numa espécie de acordo tácito e sem palavras, cada um cedia sua cota de sacrifício, afundando apenas um dos pés na neve, e deixando o outro sobre a trilha seca. E era assim que passavam, prosseguindo seu caminho.

Ao aproximar-se a noite, o vento havia desaparecido completamente. O céu parecia saído de um banho, e as estrelas, como se tivessem sido cromadas há pouco. Algumas exibiam uma tonalidade azulada. Fazia muito frio. Pela manhã, a neve formara uma crosta fina, porém capaz de aguentar o peso de um pardal. E essas aves abundavam por ali, pousando ao longo da trilha formada no passeio, ou nos topos dos montes de neve sobre o chão, procurando migalhas que não eram encontradas. Pobres aves: chegavam a tiritar de tanto frio!

— Pip! — piou um dos pardais, dirigindo-se a um companheiro. — Então é isso aí que os homens chamam de "Ano-Novo"... Pois eu prefiro o Velho! Por que deixamos que ele se fosse? Não era tão mau assim...

— Parece que os homens gostam é do Novo — comentou um pardalzinho que parecia sentir mais frio que os outros. — Até soltaram foguetes para comemorar sua chegada. Fizeram tal farra com a passagem do ano, que imaginei tratar-se da chegada do tempo quente. Qual o quê! Se estava frio antes, agora está é gelado! Acho que esse tal de calendário não deve estar funcionando muito bem...

— É isso aí, pequeno — concordou um pardal mais velho, com um tufo de penas brancas sobre a cabeça. — O calendário não passa de uma invenção dos homens. Eles acham que a natureza lhes deve obediência... oh, que tolice! Meu calendário é outro: para mim, o ano-novo começará quando chegar a primavera.

— E quando será isso? — perguntaram os outros pardais, demonstrando interesse.

— Quando as cegonhas regressarem. Não existe uma data certa para que isso aconteça. Além do mais, a primavera se manifesta primeiro no campo. Por que não voamos para lá e ficamos esperando a volta das cegonhas?

— Não sei se seria uma boa ideia — contestou uma pardoca que, até então, nada havia dito. — Aqui na cidade há certas conveniências que não sei se vamos encontrar no campo. Numa casa aqui perto, os moradores penduraram nos muros umas gaiolinhas onde podemos nos aninhar. Meu marido e eu ocupamos uma delas, e foi lá que choquei meus filhotes. Fizeram isso apenas pelo prazer de ver-nos voar ali; pelo menos, é o que me parece. Pela manhã, colocam nas gaiolas migalhas de pão, e ficam sorrindo enquanto comemos. E assim vamos vivendo: eles nos alimentam, nós os divertimos. Por isso, embora a vida não seja um mar de rosas para nós, eu e meu marido preferimos ficar por aqui.

Mas os outros não concordaram com ela, e preferiram partir para o campo, a fim de esperar ali a chegada da primavera.

Se na cidade já fazia frio, no campo ainda fazia mais, cerca de uns dois graus abaixo. O vento parecia cortar a pele, quando soprava através da imensidão recoberta de neve. Guiando seu trenó, o camponês esfregava as mãos nos braços para aquecê-las, embora estivesse usando luvas de lã. Os cavalos, magros de dar dó, seguiam velozmente, sem que fosse necessário usar o chicote para apressá-los. O suor porejava de seus flancos, evaporando-se logo em seguida. Os pardais pousaram no sulco deixado pelo veículo, sempre tremelicando de frio.

— Tuíí!... Pip!... E a primavera? Quando é que virá? Será que vai demorar?

— Vai... — respondeu alguém sentado ali perto.

Quem seria o sujeito? Era um velho de aspecto estranho, sentado sobre um monte de neve. Tinha cabelos e barbas compridos e brancos, e vestia um manto esquisito, desses que ninguém tem coragem de usar hoje em dia. Seu rosto era pálido, e os olhos vivos e inteligentes.

— Quem é esse cara? — perguntaram os pardais.

— Querem saber? — intrometeu-se na conversa um velho corvo que estava pousado no mourão de uma cerca. — Pois eu digo: podem chamá-lo de Ano-Velho, ou então de Inverno; tanto faz. Com o primeiro nome, ele morre no dia primeiro de janeiro; com o

388

segundo, continua vivo e presente, como se nada tivesse acontecido. Não está nem aí para o calendário. Ele governa o tempo e prepara a natureza para a entrada gloriosa da princesinha Primavera. Por isso é que está fazendo tanto frio. Estou com pena de vocês, passarinhos; devem estar enregelados...

— Ouviram o que ele disse? — perguntou um pardalzinho sabido, encarando os outros com ar de satisfação. — Eu estava certo: o calendário não passa de uma invenção humana boba e sem sentido. Nada tem a ver com a natureza. Nós é que deveríamos inventar um calendário novo, mais racional, mais lógico.

Passaram-se as semanas, uma após a outra. Em meio à floresta escura, as águas da lagoa estavam congeladas, como se recobertas por chumbo derretido. As nuvens tinham um aspecto estranho, parecendo feitas de fumaça. Bandos de gralhas passavam voando em silêncio. A natureza estava dormindo. De repente, um raio de sol atravessou as nuvens e pousou sobre a superfície congelada da lagoa. Seu aspecto mudou, passando de chumbo opaco para estanho em fusão. Também a neve que recobria os campos e as colinas modificou-se, deixando de cintilar. Apesar disso, o velho continuou sentado no monte de neve, olhando fixamente para o Sul, parecendo não ter percebido que a capa de gelo que cobria o chão começava a derreter-se e a se infiltrar pelo solo. Manchas verdes apareciam aqui e ali. Sobre uma delas reuniram-se os pardais, piando alegremente.

— Pip!... Tuí!... A primavera está chegando! — exclamaram.

— A primavera! A primavera! — o aviso ecoou por todo lado, atravessando campos e várzeas, passando por entre os troncos pardos das árvores da floresta, trazendo alento aos musgos que ainda não se tinham tornado verdes. Vindas do Sul, chegavam até ali as duas primeiras cegonhas, os arautos do bom tempo. Carregavam consigo dois recém-nascidos: um menino e uma menina. Pousaram, depositaram os bebês no chão e beijaram o solo. Onde pisavam a neve derretia e brotavam anêmonas. Caminharam até o velho, saudaram-no com a cabeça e depois saltaram sobre o seu colo, envolvendo-o com suas asas. Um nevoeiro espesso escondeu as três figuras. Quando se dissipou, todas haviam desaparecido. O vento começou a soprar; a princípio, brandamente; depois, com mais força, até dissipar por completo a cerração. O sol espalhou-se sobre a paisagem, brilhante e tépido. Onde até pouco tempo atrás sentava-se o Inverno, viam-se agora as duas crianças, os filhos da Primavera, sorrindo enquanto contemplavam o renascimento da natureza.

— Isso é que chamo de ano-novo de verdade! — exclamou o velho pardal.

— Vamos voltar à nossa boa vida! — exclamaram os outros. — É hora de sermos compensados pelos sofrimentos do inverno!

Renovos verdes apareciam entre os galhos das árvores e dos arbustos. A relva da campina brotava do chão. Uma garotinha corria pelos campos, carregando braçadas de flores em seu avental. As flores iam caindo pelo chão, enquanto ela corria, mas o avental continuava sempre cheio delas. Na pressa, ela não se desviava das macieiras, deixando que seu avental roçasse nelas, que logo se cobriam de flores, antes mesmo que as folhas verdes brotassem de seus galhos. Num dado momento, soltando o avental, ela bateu palmas, sendo imitada pelas duas crianças. Bandos de pássaros apareceram por ali, não se sabe saídos de onde, gorjeando alegremente:

— Chegou a primavera!

Que cena linda! Das casas singelas do campo, saíam vovozinhas para aquecer-se ao sol. Nas campinas, as flores brotaram todas de uma só vez, lindas, amarelinhas, fazendo as

389

avozinhas se lembrarem de seus tempos de criança, quando corriam felizes por entre os prados floridos. As árvores continuavam pardas, mas ostentando agora uma tonalidade verde. Brotos surgiam em todos os seus galhos e ramos, enquanto por entre suas raízes brotavam aspérulas perfumadas e cogumelos aveludados. A relva não parava de crescer, e logo o campo se viu coberto por um vistoso tapete verde, sobre o qual se sentaram as duas crianças, dando-se as mãos, rindo, cantando e crescendo a olhos vistos.

Uma chuvinha fina começou a cair, sem que o pequeno casal o notasse, pois quem poderia distinguir entre as gotas de chuva e as lágrimas de felicidade? Os dois trocaram um beijo, e nesse momento os renovos das árvores se abriram, enchendo-as de folhas que rebrilhavam ao sol.

Sempre de mãos dadas, o jovem casal encaminhou-se para o interior da floresta, passeando sob o dossel de folhas das árvores, contemplando suas diversas tonalidades de verde. Inocente como uma donzela, cada folha exibia sua beleza tenra e juvenil. As águas cristalinas dos regatos corriam alegres por entre as pedras das margens, fazendo rebrilhar os seixos que forravam seus leitos. Toda a natureza parecia proclamar em altos brados sua própria eternidade, cessando o seu clamor apenas quando se escutava o som melodioso dos cucos e das cotovias, erguendo seus cantos aos céus. Era a primavera em todo o seu esplendor. Somente os salgueiros não participavam daquele entusiasmo geral, mantendo-se cautelosos e envolvendo suas flores em meias-luvas de lã.

Passaram-se os dias e as semanas. Ondas de calor chegaram do Sul e fizeram os trigais amarelecerem. Nos charcos e lagoas, as enormes folhas de lótus tomaram conta da superfície das águas, obrigando os peixes a nadarem à sombra. Das cerejeiras pendiam frutos carnudos e suculentos, e todas as roseiras silvestres cobriram-se de flores. O sol dardejava inclemente sobre as paredes das casas de campo, aquecendo seu interior. Já não se viam por ali os filhos da Primavera, mas sim uma linda mulher, que há pouco não passava de uma menina: aquela que colhia as primeiras flores primaveris. Sentada num banco, bem ao Sul, ela observava as nuvens que se acumulavam no horizonte, nuvens negras que pareciam subir até o sol. Vagarosamente, elas foram flutuando e encobrindo o azul do céu. Na floresta, os pássaros pararam de cantar. A brisa cessou e a calma desceu sobre a natureza. Havia um quê de expectativa no ar. Nas estradas e nos caminhos, porém, observava-se um grande movimento de pessoas, todas apressadas, umas a pé, outras a cavalo, e outras em carruagens. Um só pensamento tomava conta de todas as mentes: buscar abrigo.

Subitamente, um clarão iluminou os céus, mais ofuscante que o do sol. Seguiu-se a escuridão, sobrevindo o estrépito da borrasca. Chovia a cântaros. Alternavam-se o fulgor e a escuridão, o silêncio e a trovoada. Nos pântanos, as taboas, com suas espigas felpudas e castanhas, ondulavam para lá e para cá, como as vagas de um oceano revolto. A cortina de água que descia do céu escondia os galhos das árvores, e as hastes das ervas tombavam no solo, dando a impressão de que jamais haveriam de renascer.

Tão rapidamente quanto veio, foi-se a tempestade. Pingos esparsos de chuva ainda caíam, quando o sol voltou a romper o véu das nuvens. Gotas pendiam das palhas e das folhas. As aves voltaram a cantar, e os peixes a nadar e saltar nas lagoas escondidas na floresta, enquanto enxames de mosquitos voejavam sobre suas águas. O Verão, não mais uma mulher, mas um homem tisnado e robusto, estava sentado sobre uma pedra da praia. A água da chuva encharcou seus cabelos, realçando os músculos de seus braços e pernas. Satisfeito, ele se espreguiçou, enquanto a natureza que o rodeava parecia ter se rejuvenescido com o banho. Ele representava a força e a fertilidade, o coroamento de todas as esperanças.

Trevos em flor recobriam os campos, enchendo o ar de uma doce fragrância. Um enxame de abelhas voejava zumbindo por entre um círculo de pedras que se destacava no chão. No tempo dos *vikings*, ali fora um local sagrado. O antigo altar das oferendas está agora recoberto de ramos de amoreiras silvestres. As súditas da abelha-rainha ali edificaram um castelo de cera, enchendo-o de mel. Ninguém sabe disso, exceto o Verão, pois foi em sua homenagem que ele foi construído, exatamente sobre o altar das oferendas.

Quando o sol se pôs, o céu tornou-se mais dourado que uma cúpula de igreja, e a lua surgiu, enfeitando a penumbra da noite cálida.

Sucedem-se os dias e as semanas. Os camponeses começaram a colher as espigas dos cereais, e suas ceifadeiras afiadas reluzem ao sol. Os galhos das macieiras vergam-se até o chão, com o peso das frutas maduras que deles pendem. O perfume adocicado do lúpulo espalha-se pelo ar. Sob um pé de avelã carregado, descansa um casal. Foram esses dois que, quando crianças, trouxeram a Primavera; agora, ei-los adultos, trazendo o Verão.

— Depois de tanta fartura e abundância — suspirou ela, — ainda anseio por algo que não sei explicar o que é. Descanso? Paz? Não, nenhum dos dois. Sinto falta de algo, mas não sei o que poderia ser. Olhe, estão sulcando o solo de novo. O homem nunca está satisfeito com o que tem. Quer mais. As cegonhas já começaram a migrar, antecipando-se à chegada do mau tempo. Foram elas que nos trouxeram pelos ares, lá do longínquo Egito. Lembra-se de quando chegamos aqui, ainda crianças, trazendo a luz e o calor do sol, revestindo os campos de verde e enfeitando-os de flores? O vento frio agora sopra, tornando-os amarelados e secos. As árvores voltam a ser pardas como as das terras do Sul; só que, lá, elas estão produzindo frutos dourados; aqui, não.

— Mas ainda há beleza para se ver. Olhe! — respondeu ele, estendendo os braços em direção à floresta.

Imediatamente, as folhas das árvores tornaram-se douradas e avermelhadas; o fruto da roseira silvestre despontou entre seus ramos, vermelho e brilhante, enquanto os frutos do sabugueiro, como uvas negras, pendiam em cachos, fazendo seus galhos vergarem. As cascas verde-escuras das castanhas racharam-se, e as violetas voltaram a florescer no âmago da floresta.

A Rainha do Ano tornava-se cada vez mais silenciosa e pensativa. "O ar da noite começa a esfriar", pensou. "Já ando pálida, e sinto que a neblina noturna se torna cada vez mais úmida. Ah, que saudade da terra onde vivi minha infância..."

Ao ver o bando de cegonhas que migravam para o Sul, seguiu-as com os olhos, até que desapareceram na distância. Voltou-se então para o ninho vazio, vendo que dentro de um deles crescia uma centáurea, aproveitando a proteção de suas bordas. Pardais apareceram por ali, comentando com ar zombeteiro:

— Oh, os nobres saíram do castelo! São muito sensíveis! Não suportam uma rajada de vento frio! Que façam uma boa viagem. Tuíí!

As folhas das árvores amareleciam e secavam cada vez mais, adivinhando-se para breve o tempo em que os galhos ficariam inteiramente nus. A colheita havia terminado, e as tempestades já se anunciavam. A Rainha do Ano repousava sobre um leito de folhas secas, enquanto contemplava as estrelas que cintilavam no céu. Seu esposo, o Rei do Ano, estava sentado ao seu lado. Uma forte rajada de vento levou para longe as folhas, e com elas a rainha. A última borboleta do ano voou, junto com o vento frio.

Começou a erguer-se do mar a névoa fria e úmida do outono. As noites compridas começaram a se suceder. O Rei do Ano viu o reflexo de seus cabelos brancos e sentiu que estava ficando velho. Os primeiros flocos de neve caíram sobre os campos. O sino da igreja badalou, lançando ao ar a mensagem feliz do Natal.

— Os sinos repicam para celebrar a vinda do ano-novo — disse o Rei do Ano. — Logo teremos um novo rei e uma nova rainha. Poderei descansar depois disso. Sorte dela, que já seguiu para seu repouso antes de mim. Já está nas estrelas, onde em breve irei encontrá-la.

Enquanto isso, na floresta, o Anjo do Natal caminhava entre os pinheiros e abetos, consagrando as árvores que iriam tomar parte nas celebrações da grande festa.

— Salve, mensageiro da felicidade e da alegria — saudou-o o Rei do Ano.

Em poucas semanas, tornara-se um velho. Seus cabelos não eram mais brancos como a neve, mas prateados, cor de gelo. O anjo retribuiu a saudação, e ele prosseguiu:

— Está prestes a chegar a hora de meu repouso. Meus sucessores, em poucos dias, receberão o cetro e a coroa que hoje são meus.

— Até que isso ocorra, porém, é você quem governa — replicou o anjo. — Nada de descansar antes da hora. Deixe a neve cobrir as sementes, pois elas estão agasalhadas sob o solo. Aprenda como é pesada a carga de quem dirige, enquanto outros são glorificados e honrados; todavia, a responsabilidade ainda é sua. Todos já o esqueceram, mas é você que manda. A hora de sua liberdade soará com a chegada da primavera.

— E quando ela virá?

— Quando chegarem do Sul as primeiras cegonhas.

Ele agora era apenas o Inverno; era velho, mas não decrépito; tinha cabelos de prata e barbas de neve; era forte como as tormentas e poderoso como o gelo. Sentado sobre o monte de neve, volvia os olhos para o Sul, como tinha feito aquele que o precedera um ano atrás.

Uma capa de gelo recobria a superfície dos lagos e lagoas, e a neve estalava sob os pés de quem pisava. Crianças brincavam de patinar. Corvos e gralhas destacavam suas silhuetas negras contra a brancura da paisagem. Tudo era calmo; nem mesmo uma aragem perturbava a natureza. O Inverno esfregou as mãos, sabendo que a espessura do gelo iria aumentar nos próximos dias, a olhos vistos.

Pardais chegaram da cidade e, avistando-o sentado sobre o monte de neve, perguntaram uns aos outros:

— Quem é esse cara?

Um corvo, que estava pousado no mourão de uma cerca — talvez o mesmo do ano anterior; ou então, seu filho — respondeu:

— É o Inverno, que outros preferem chamar de Ano Velho. Como podem ver, ele ainda não acabou, e continua à frente do reino da natureza, até que chegue a Primavera.

— E quando vai ser isso? — perguntaram os pardais. — Tomara que agora tenhamos um governo decente, porque o último não foi sequer razoável...

Imerso em seus pensamentos, o Inverno olhava fixamente para as árvores despidas de folhas, analisando as formas graciosas de cada galho e de cada tronco. Uma neblina fria encobria toda a paisagem. O Inverno, regente do mundo, sonhava com os tempos de sua mocidade. Quando o sol surgiu, a floresta estava toda branca. Uma fina camada de gelo revestia cada galho, cada ramo. O Inverno sonhava com o Verão. O calor do sol derreteu o gelo, que se derramou em gotas dos galhos, caindo sobre a neve que cobria o chão.

— Quando chegará a Primavera? — perguntavam-se os pardais.

— A Primavera! A Primavera! — repetiu o eco vindo dos montes de neve.

O sol foi se tornando cada vez mais quente. A neve começou a derreter. Os passarinhos cantaram:

— A Primavera está chegando!

Nas alturas do céu surgiram as primeiras cegonhas do ano, trazendo duas crianças encantadoras. Pousaram e depositaram-nas no chão. As crianças beijaram o solo e abraçaram-se ao velho Inverno, desaparecendo num nevoeiro espesso. E foi assim que toda a história recomeçou.

— É uma história bonita — comentaram os pardais — e, além do mais, verdadeira. Mas não é o que diz o calendário dos homens. E é isso o que conta neste mundo...

O Último Dia

O mais sagrado de todos os dias de nossa vida é o último, o de nossa morte. É um dia santo para nós: o grande dia da mudança, da transformação. Por acaso já pararam por um momento, a fim de pensar seriamente em como será aquela hora derradeira, a última que iremos passar neste mundo?

Vou contar a história de um homem que, como se costuma dizer, era "forte na fé". Ele combatia em favor de Deus e de Sua palavra, guerreiro zeloso, servindo a um comandante exigente. No seu último dia, a Morte estava sentada à beira de sua cama. Com ar solene, ela lhe disse:

— Vamos. Chegou a hora de seguir-me.

Tocando-lhe os pés com sua mão gelada, fê-los esfriar. Em seguida, tocou-lhe a testa e o peito. Seu cérebro parou de pensar e seu coração não mais bateu. No minuto seguinte, sua alma seguiu atrás do Anjo da Morte.

Mas algo aconteceu durante os poucos segundos que transcorreram entre os toques daqueles dedos gelados sobre seu corpo. Nesse curto intervalo, aquele homem experimentou de novo tudo o que a vida lhe havia dado. Como uma enorme vaga do oceano, a lembrança de tudo o envolveu, fazendo-o sentir como se estivesse no topo de uma montanha, contemplando o vale que se descortinava a seus pés. A sensação era semelhante à que a gente sente quando, numa noite estrelada, consegue abranger o universo com uma só olhadela.

É nesse instante que o pecador treme de medo. Sem encontrar quem quer que possa segurá-la, sua alma se sente precipitada no vazio. Quem foi bom e justo, entrega-se à mercê de Deus e diz com inocência infantil:

— Faça-se, conforme o Seu desejo.

Mas o homem de nossa história não tinha uma fé infantil, e sim uma fé adulta. Não tremeu como teria feito um pecador, pois sabia que tinha sido fiel à palavra de Deus. Sua vida fora guiada pelos princípios religiosos mais rígidos e severos. Tinha consciência de que milhões de pessoas caminham pela estrada larga do pecado, que leva à eterna condenação, e ele, sem titubear, teria castigado seus corpos a ferro e fogo, uma vez que suas almas estavam destinadas a sofrer para todo o sempre. Não fora por essa estrada que ele caminhara, e sim pela outra, estreita e escabrosa, que leva ao Reino do Céu. Ao final de seu percurso, a graça que lhe fora prometida iria abrir-lhe os portais do Paraíso.

Enquanto sua alma seguia o Anjo da Morte, viu lá embaixo seu corpo morto, o abrigo que tivera em vida, e o achou estranho, como se ele jamais lhe houvesse pertencido.

Depois de algum tempo, chegaram a um salão, ou antes a uma clareira, cercada por árvores podadas de modo tal, que pareciam sólidos geométricos, dispostas em fileiras, formando ângulos perfeitos. Ali dentro parecia estar acontecendo um baile à fantasia.

— Eis a humanidade! — disse o Anjo da Morte.

As fantasias eram largas e compridas, todas escondendo alguma coisa por baixo. Havia as ricas, de seda bordada com fios de ouro, e as pobres, constituídas de trapos e farrapos.

Que estaria escondido debaixo das roupas? Certamente algo de que o fantasiado sentia vergonha, pois procurava ocultá-lo de todos os modos possíveis. Por outro lado, todos se compraziam em tentar descobrir o que o seu vizinho escondia debaixo do manto, olhando por cima de seu ombro, ou mesmo puxando-o, a ponto de rasgá-lo. Que procuravam esconder com tanto empenho? Esse, a cabeça de um macaco, arreganhando os dentes num sorriso zombeteiro; aquele, uma cabeça de bode; outro, uma serpente viscosa; ali, o corpo enlameado de um peixe. Cada qual carregava sob as vestes o animal que guardara dentro de si em vida, a besta que guiara seus atos e pensamentos, e que só agora se deixava ver. Assim, cada qual, enquanto protegia seu segredo com uma das mãos, com a outra tentava rasgar a fantasia do vizinho, expondo à zombaria geral o símbolo de suas misérias. Risadas sardônicas saudavam cada revelação.

— Olhem o que esta aqui guardava! Quá quá quá quá quá!

— Vejam este, gente! Hi hi hi hi hi!

O homem que acabava de chegar voltou-se para o Anjo da Morte e perguntou:

— Qual será o animal que guardo dentro de mim?

Sem dizer uma palavra, o anjo apontou para um sujeito orgulhoso, que não participava da bagunça, preferindo manter-se num canto distante. Uma espécie de auréola colorida flutuava sobre sua cabeça. À altura do peito, porém, saía de suas vestes os feios pés de uma ave. Eram os pés de pavão, e a auréola nada mais era que a cauda vistosa do animal.

Os dois prosseguiram sua caminhada. À medida que andavam, as árvores iam tornando-se mais altas. Aves estranhas estavam pousadas em seus galhos, gritando com voz humana:

— Ei, amiga Morte, lembra-se de nós?

Eram os maus pensamentos, os desejos impuros que o homem tivera em vida. Quando entendeu o significado daquilo, a alma tremeu pela primeira vez. Voltando-se para o anjo, tentou justificar-se:

— Reconheço meus pensamentos impuros, sei que os abriguei no fundo do meu coração. Mas posso garantir-lhe que jamais me deixei dominar por eles. Nunca passaram de desejos. Reprimi-os, sempre, sem que pessoa alguma soubesse de sua existência.

Saiu correndo dali, tentando escapar da visão daquelas aves negras, mas elas voavam em bandos ao seu redor, gritando tão alto que todos podiam escutá-las. Enveredou em desabalada carreira por um caminho calçado de pedras agudas e cortantes, que dilaceravam e feriam seus pés descalços. O anjo seguia a seu lado.

— Que pedras são essas? Que representam?

— Cada pedra representa uma palavra cruel, uma repreensão injusta, um julgamento impensado que você proferiu, e que doeu no coração de seu próximo, mais do que doem agora os ferimentos provocados por essas pedras.

— Palavras que magoaram... que machucaram... Nunca pensei nessa consequência — admitiu a alma.

— Não julgueis, para não serdes julgados — lembrou o anjo, e suas palavras reboaram nos céus.

— Somos todos pecadores — balbuciou a alma, em tom de desculpa.

Logo em seguida, voltando a falar com firmeza, acrescentou:

— Mas sempre guardei os mandamentos e vivi de acordo com os preceitos do Evangelho. Lutei contra os meus instintos, esforcei-me; não fui como os outros.

Por fim, chegaram às portas do Céu. O anjo que montava guarda perguntou:

— Quem és? Dize-me teu credo e relata teus feitos.

— Guardei os mandamentos; humilhei-me ante os olhos do mundo; combati o mal e repreendi os maus; condenei os que preferiram seguir pela estrada larga do pecado; tratei-os a ferro e fogo, e ainda o faria, se o pudesse.

— És seguidor da lei de Maomé? — perguntou o anjo.

— Não! Jamais! — bradou a alma.

— Quem pela espada vive, pela espada perecerá, como disse o Filho de Deus. Vejo que não és seguidor de Sua Doutrina. Deves ser então filho de Israel, um daqueles que obedecem ao preceito de Moisés do "olho por olho, dente por dente". Deves pertencer ao Povo Eleito e acreditar que Deus zela apenas pelos teus semelhantes.

— Não! Sou cristão!

— Pela fé que guardas e pelos atos que praticaste, eu jamais imaginaria que fosses cristão. Jesus não pregou isso; ao contrário, Sua doutrina é a do perdão, do amor e da misericórdia.

As últimas palavras do anjo guardião ecoaram pelos céus. Logo em seguida, abriram-se as portas do Paraíso, mas a alma não se atreveu a entrar, ofuscada pela intensa luz que de lá saía. Ouviu-se um som de música, tão doce, terna e suave, que não há palavras capazes de descrevê-la. A alma foi se inclinando cada vez mais, invadida pela sabedoria divina e vergada pelo peso de seu orgulho, de sua intransigência e de sua falta de compaixão. Era um sentimento novo; era a compreensão que lhe faltava. Prostrando-se de joelhos, reconheceu:

— O bem que acaso eu tenha praticado em vida não teve merecimento algum, pois era a única opção que eu tinha à minha frente; o mal, porém, esse não merece perdão, pois o pratiquei por minha livre escolha.

A luz celestial continuava a cegar seus olhos, e o torpor do desânimo envolveu-a, junto com a certeza de não ser sábia o suficiente para ser admitida no Reino do Céu. Seu próprio julgamento severo acerca do certo e do errado, que acreditava ser o reflexo da Justiça Divina, impedia a infeliz alma de apelar para a bondade de Deus, rogando-lhe clemência e perdão.

Nesse momento, a Graça Divina desceu sobre ela, revestindo-a de um inesperado sentimento de amor. Não foi ela que entrou no Céu, mas o Céu que entrou nela.

— Santa, imortal, eterna e gloriosa é a alma humana! — proclamou uma voz, enquanto o coro dos anjos dizia amém.

Todos nós, quando estivermos diante das portas do Céu, teremos de retroceder antes de lá entrar, prostrados ao chão pelo arrependimento, sentindo-nos pequenos demais ante tamanha glória e esplendor. Mas a Graça de Deus haverá de descer sobre nós, fazendo com que nossas almas penetrem no espaço celestial, aproximando-se cada vez mais da Luz, à medida que a misericórdia divina nos vá proporcionando a capacidade de participar da compreensão de Sua Sabedoria, que é total, definitiva, eterna.

397

É a Pura Verdade!

É uma história horripilante! — dizia uma galinha que vivia num bairro bem distante de onde o fato havia acontecido. — Oh, que coisa mais horrível! É uma vergonha para todas nós que vivemos num galinheiro! Ainda bem que somos muitas no poleiro, pois eu não teria coragem de dormir sozinha esta noite. E, mesmo assim, acho que não vou conseguir pregar o olho!

E contou a história, deixando as outras galinhas tão chocadas, que suas penas até arrepiaram, enquanto o galo baixava a crista, de tão horrorizado que ficou. É a pura verdade!

Mas vamos começar do princípio. Já disse que tudo aconteceu num galinheiro situado no outro extremo da cidade. O sol acabava de se pôr, e todas as galinhas já haviam subido para o poleiro. Entre elas havia uma branca de pernas curtas, muito respeitada por todas, e boa poedeira: botava um ovo todo santo dia. Já acomodada em seu canto, começou a catar-se com o bico, e uma de suas peninhas soltou-se, caindo ao chão.

— Lá se foi mais uma — disse ela. — Quanto mais me bico, mais bonita fico.

A frase foi dita em tom de brincadeira, pois ela era de natural alegre, o que não tirava o respeito que todas lhe dedicavam.

Estava escuro no galinheiro, e todas as galinhas já se haviam ajeitado no poleiro, uma bem junto da outra. A que estava ao lado da que tinha perdido a peninha, porém, ainda não havia adormecido. Assim, ouviu o comentário, mas fez de conta que nada havia escutado, o que constitui a maneira mais sábia de viver em paz com seus vizinhos. Contudo, mesmo sem ter ouvido coisa alguma, não pôde deixar de contar aquilo para a outra vizinha.

— Sabe o que acabei de ouvir? — cochichou para a outra. — Não vou dizer o nome, mas há entre nós uma galinha que está arrancando suas penas uma por uma, só para ficar mais atraente! Ah, se eu fosse o galo... nunca mais olharia para ela.

Em cima do teto do galinheiro morava uma família de corujas, de ouvidos muito afiados. Assim, não deixaram de ouvir o que fora dito pela galinha fofoqueira, ainda que ela apenas houvesse cochichado. Dona Coruja virou os olhos e agitou as asas, de tão escandalizada que ficou.

— Espero que não tenham escutado isso — disse ela para as corujinhas. — Bobagem: claro que escutaram, já que também escutei. Mas evitem prestar atenção nessas coisas, porque quem fica bisbilhotando o que os outros dizem, acaba perdendo as orelhas. Quem diria, hein? Então, temos aqui embaixo uma galinha assanhada que está arrancando suas penas, querendo com isso fazer charme para o galo...

— *Prenez garde aux enfants!* — alertou o Papai Mocho, falando em francês para não ser compreendido pelas corujinhas. — Isso não é assunto para ser tratado diante das crianças.

— Nossa vizinha, Dona Corujona, tem de saber disso! Vou contar-lhe agora mesmo.

E saiu voando em direção ao ninho da outra.

— Uhu! Uhu! — chamou Dona Coruja, tão alto, que os pombos não puderam deixar de ouvir a conversa que se seguiu. — Sabe o que acabei de escutar, vizinha? Uma galinha que mora aqui perto está arrancando suas penas uma por uma, só para agradar ao galo! Onde já se viu uma sem-vergonhice dessas? Tomara que ela morra de frio! Uhu! Uhu!

— Onde é que ela mora? — perguntaram os pombos, interessados no caso.

— Naquele galinheiro que fica embaixo do meu ninho — respondeu a coruja. — As próprias companheiras estão comentando o caso, revoltadas. E não é para menos! É uma indecência! Mas é a pura verdade.

— Curu! Curu! — arrulharam as pombas. — Cruzes!

E trataram de espalhar a história por todos os pombais da vizinhança. Eis como um deles a contou:

— Lá perto de onde eu moro, num galinheiro, duas galinhas arrancaram as penas do corpo e ficaram peladinhas, por pura questão de vaidade. Queriam ficar diferentes e atrair os olhares do galo. Com este tempo que está fazendo, são bem capazes de pegar um resfriado daqueles bravos. Daí para uma pneumonia dupla, é um passo, e então... lá se vão as duas para o beleléu...

Um galo bisbilhoteiro escutou a conversa e voou para o alto de um mourão, cantando:

— Có-cori-có! Acordem! Três galinhas morreram na vizinhança, de amor não correspondido! Loucas de paixão por um galo, arrancaram todas as penas! É uma história feia, que não quero guardar comigo. Passem-na para a frente.

— Para a frente! Para a frente! — guincharam os morcegos.

E assim, de boca em boca, ou melhor, de bico em bico, a história foi sendo repetida e passada para a frente, de um galinheiro para o outro, até que retornou ao seu local de origem. Mas voltou bastante modificada:

— Contaram que, num galinheiro aqui perto, cinco galinhas arrancaram suas penas, ficando inteiramente peladas, só para tirar uma dúvida: qual delas tinha ficado mais magra, por efeito do amor não correspondido que sentiam pelo galo! Não satisfeitas com isso, pegaram-se de bicadas, e foi sangue para tudo quanto é lado. Ao final da briga, as cinco estavam mortas! Já pensaram que vergonha para suas famílias, e que prejuízo para seu dono?

A causadora de tudo, ou seja, a galinha que havia perdido a pena quando se catava, nem de longe poderia imaginar que tinha algo a ver com tudo isso. Claro que não, pois era uma senhora galinha muito decente e digna de todo respeito. Depois de escutar essa história, comentou com desdém:

— Não suporto essas franguinhas assanhadas. Pena que haja tantas assim entre nós... É preciso divulgar esses casos, para servirem de exemplo às novas gerações. Farei o que puder para que ela seja publicada nos jornais, e todo o país tome conhecimento dela. É o que merecem essas sirigaitas, e suas famílias, que não souberam educá-las devidamente.

Foi isso o que aconteceu, e agora vocês ficaram sabendo como é que, de uma simples pena caída, podem nascer cinco galinhas inteiras. E nada de duvidar, pois é a pura verdade!

O Ninho do Cisne

Entre o Báltico e o Mar do Norte, situa-se um velho ninho de cisne chamado Dinamarca. Nele já nasceram e ainda vão nascer cisnes cuja fama jamais desaparecerá.

Tempos atrás, um bando de cisnes em voo atravessou os Alpes e penetrou nas planícies verdejantes da terra onde reina a eterna primavera, a mais aprazível de se viver. Esses cisnes eram chamados de Lombardos.

Outro bando veio de Bizâncio. Brancas e brilhantes eram suas penas, e cheios de confiança seus olhos. Reuniram-se diante do trono do imperador e suas asas formaram verdadeiros escudos para protegê-lo. Deram-lhes o nome de Varangianos.

Ouviram-se gritos de susto e terror vindos da França. Cisnes sanguinários, com asas flamejantes, ali haviam pousado, provenientes das terras setentrionais. O povo bradava, implorando:

— Livrai-nos, Senhor, dos Normandos selvagens!

Vindo de alto-mar e sobrevoando os extensos campos verdes da Inglaterra, estava o Cisne Dinamarquês da Tríplice Coroa, dominando todo o país com seu cetro dourado.

Os bárbaros da costa da Pomerânia prostraram-se de joelhos quando da chegada dos cisnes dinamarqueses, empunhando numa das mãos a espada, e na outra o estandarte da Cruz.

— Mas isso tudo aconteceu no passado, nos tempos que não voltam mais — poderia alguém contrapor.

Pois foi numa época não muito distante de hoje que um cisne alçou voo, deixando o seu ninho, projetando sua luz não só na direção dos céus, como iluminando todos os povos e países do mundo. Ao ruflar de suas asas, a névoa dissipou-se e todas as estrelas tornaram-se mais nítidas e visíveis, como se o céu estivesse mais próximo da Terra. Esse cisne chamava-se Tycho Brahe.

— Ah, isso também foi há muito tempo... — escuto o mesmo alguém objetar. — Que há para ser dito em época mais recente?

Pois também nós temos visto cisnes a voar com suas asas poderosas nas alturas do céu. Um deles roçou as asas sobre as cordas da harpa de ouro, e sua música ressoou pelas terras do Norte. Os montes desnudos da Noruega ergueram-se resplandecentes, à luz de um antigo sol. Os deuses nórdicos e os heróis *vikings* voltaram a caminhar pelas sendas da floresta densa e verdejante.

Com suas asas, um outro cisne golpeou o penhasco de mármore, com força tal, que ele se quebrou. Foi então que a beleza aprisionada na pedra veio à luz, tornando-se visível para todos.

Houve ainda outro cisne que interligou os países por meio de fios que transmitem o pensamento, de modo que as palavras, com a rapidez da luz, podem agora viajar de uma terra para outra, permitindo a seus habitantes dialogarem entre si.

Deus ainda ama o ninho de cisne encravado entre o Báltico e o Mar do Norte. Podem as gigantescas aves de rapina se unirem para destruí-lo — ele sempre sobreviverá a seus ataques. Até mesmo os filhotes nascidos nesse ninho, tão jovens que a penugem ainda não recobriu seu peito, não hesitarão em alinhar-se em círculo ao redor dele, protegendo-o com o risco de suas próprias vidas, como os vimos fazer em tempos recentes.

Muitos séculos haverão de passar, e muitos cisnes haverão de alçar voo desse ninho, deixando-se ver e ouvir pelo mundo afora, antes que chegue o tempo em que se possa dizer definitivamente: *"Eis o canto do último cisne nascido naquele abençoado ninho"*.

Um Temperamento Jovial

Herdei de meu pai um temperamento jovial, uma índole alegre e feliz. E quem foi meu pai? Bem, na realidade, não foi algum figurão famoso e importante, mas sim um sujeito esperto e animado, embora fosse gordo e roliço. Tinha o físico e o espírito inversos do que se imagina próprios de quem exerce a sua profissão. E que profissão era essa? Se eu a tivesse mencionado logo no início desta história, receio que o leitor houvesse desistido de lê-la, imaginando tratar-se de um conto lúgubre e deprimente. Já adivinhou a profissão do meu velho? Não, não era a de carrasco. Vou dar uma pista: devido a sua profissão, ele muitas vezes seguia à frente das figuras mais destacadas da sociedade, e estas nunca o ultrapassavam, acompanhando-o por onde quer que ele fosse. Quantas vezes não o vi sendo seguido por nobres, por eclesiásticos, por magnatas, e todos de cabeça baixa! Sim, ele é que escolhia o caminho, pois, afinal de contas, era... cocheiro de carro funerário.

Pronto: já contei. Mas posso garantir que nenhuma pessoa, ao ver meu pai, mesmo trajado a caráter, de capa preta e chapéu de três bicos, sentado à boleia do coche funerário, jamais iria pensar em luto, dor ou morte. E isso porque seu semblante era luminoso e sorridente, como o sol, e ainda por cima redondo. Mesmo sem abrir a boca, seu rosto sempre parecia transmitir uma mensagem de otimismo, como se estivesse dizendo: "Nada de se preocupar: está tudo bem, e a tendência é melhorar!"

Foi dele que herdei meu temperamento jovial e o costume de visitar o cemitério durante meus passeios vespertinos. Aquele local não é deprimente para quem tem um espírito alegre e afável como o meu. Ah, tenho outro hábito que herdei dele: o de ler todo o dia a *Gazeta de Copenhague*.

Já ultrapassei a juventude, mas não tenho mulher, nem filhos. E nem biblioteca. Mas tenho a *Gazeta de Copenhague*, da qual sou assinante. E isso basta-me, assim como bastou para meu pai. É um jornal excelente. Contém todas as notícias de real importância, como por exemplo a informação de quem é que está pregando nessa ou naquela igreja aos domingos, e quem é que está lançando algum livro de segunda a sábado. É útil para quem está procurando casa, empregada, ítens de guarda-roupa e de despensa. Anuncia aquilo que se quer vender e aquilo que se deseja comprar, dá o nome de quem está promovendo um baile de caridade, e de quem foi caridoso o bastante para frequentar os que foram realizados na antevéspera. E também tem a seção de poesia, onde se podem ler versos que não ofendem quem quer que seja. E traz ainda os proclamas de casamento e as notícias dos casórios já consumados. Ah, é um belo jornal! Pode-se viver feliz lendo-se unicamente a *Gazeta de Copenhague*, e até mesmo morrer mais confortavelmente com esse periódico, usando-o para forrar o fundo do caixão — é bem mais macio do que as tábuas que ali estão.

Sim, posso afirmar que foram a *Gazeta de Copenhague* e o cemitério que me sugeriram os pensamentos mais edificantes passados até hoje por minha mente. Os dois têm sido, por assim dizer, a sauna de minh'alma, o refrigério do meu coração, os responsáveis pelo meu constante bom humor.

Deixo ao leitor a tarefa de espairecer o espírito nas páginas da Gazeta, mas convido-o a acompanhar-me num passeio pelo cemitério. Vamos escolher, de comum acordo, um belo dia de sol, no qual as árvores e os arbustos estejam verdes e viçosos. Cada lápide é como se fosse um livro exposto nas estantes de uma livraria. Neste, pode-se apenas ler o título da capa, e é tudo o que se fica sabendo sobre o assunto ali tratado — tudo e nada, ao mesmo tempo. Nas lápides, porém, as inscrições me trazem à mente as histórias que conheço, quer contadas por meu pai, quer extraídas de minha própria experiência de vida.

Bem, já estamos no cemitério. Atrás daquela cerquinha de ferro está o túmulo de um sujeito muito infeliz. No passado, havia uma roseira que crescia perto da lápide. Ela morreu. A hera que hoje o recobre não pertence propriamente a ele, já que proveio da que cresce no túmulo vizinho. Quando vivo, esse camarada, como o povo costuma dizer, era muito abonado. Independente disso, era infeliz. Sabem por quê? Porque era exigente demais, especialmente no que se referia às artes. Quando ia ao teatro, acham que curtia a peça, que se emocionava ou se divertia com o enredo e as situações? Nem pensar! Ficava era criticando a iluminação e o cenário. "Essa luz está muito forte para representar o luar", comentava. "Onde já se viu uma palmeira numa ação que transcorre na Dinamarca?", ironizava, apontando para um detalhe do cenário. E esses pormenores devem realmente ser levados em conta? Teatro é diversão, ora... Por que se preocupar com essas ninharias? Mas ele não perdoava tais deslizes, ah, não! E também fiscalizava as reações dos espectadores, criticando até mesmo a intensidade dos aplausos. "O público hoje está muito frio", dizia às vezes; "A peça não merece tantas palmas", dizia mais frequentemente. E quando a assistência prorrompia em risadas, sempre achava que tinha sido no momento errado, que aquela situação nada tinha de engraçada. Sim, era um sujeito muito infeliz. Possa agora encontrar a felicidade no jazigo onde repousa.

Já esse outro, no túmulo ao lado, foi um sujeito rico e feliz. Nasceu em berço de ouro, e foi daí que proveio sua fortuna. Se tivesse de lutar para obtê-la, teria morrido na miséria. Isso é uma coisa que aborrece algumas pessoas; a mim, porém, não. Até acho graça. Comparo esse sujeito àquelas cordinhas de seda, decoradas com pérolas, que pendem das sinetas colocadas nas salas de visita. Aparentemente, servem para tocar a sineta; na realidade, são apenas decorativas. A cordinha que realmente faz a sineta bimbalhar é outra, mais forte e mais grosseira, escondida atrás da cordinha de seda. Ele era esta. Quem o via desfilando pelos salões elegantes, pensava estar diante do puxador da sineta. Mas quem puxava, mesmo, era outro — era a cordinha sem adornos, discreta, escondida, mas eficiente. E tanto é assim, que a sineta continua bimbalhando até hoje, embora a cordinha de seda tenha ido desta para a melhor. São as ironias da vida; por que aborrecer-se com elas?

Vamos àquele mausoléu. Agora, sim, estamos diante de uma história bem triste. Trata-se de alguém que viveu até alcançar sessenta e cinco anos. Durante toda a sua vida, esse que aí repousa acalentou uma única e simples ambição: a de proferir uma frase espirituosa. De tanto dar tratos à bola, um dia conseguiu imaginar uma tirada espirituosíssima, aquela que sempre havia perseguido. No auge do entusiasmo, teve um ataque e morreu. Não se pode dizer que morreu feliz, porque, afinal de contas, o que ele queria era que escutassem sua frase. Por ironia do destino, ninguém o escutou. Assim, ele não deve estar repousando no túmulo, mas sim desesperado para que o ouçam. E talvez nem se trate de uma frase, mas de alguma piada engraçada. Segundo a crença popular, os mortos só podem sair de seus túmulos à meia-noite. Digamos que ele consiga uma "licença de aparição"e, à meia-noite, surja no meio de um grupo de seus antigos conhecidos, para contar a piada que só ele sabe. Será que alguém vai rir? Duvido. Só lhe restará, então, retornar à cova, desapontado e cabisbaixo. É, estamos diante de um túmulo bem infeliz...

Nessa sepultura aí do lado jaz uma mulher que foi muito sovina. Seu pão-durismo era tal que ela costumava ir altas horas da noite para o fundo da casa, pondo-se a miar como um gato, só para os vizinhos pensarem que estava criando um bichinho de estimação! Será que hoje ela ainda está com a mão fechada?

Repousa nesse jazigo uma senhora de boa família. Essa aí gostava de cantar. Em todas as festas às quais comparecia, não perdia a oportunidade de exibir seus dotes vocais. Sua ária preferida era aquela que começa com as palavras *Me manca la voce*: "Falta-me a voz". Além de cantar, estava dizendo uma grande verdade...

A senhora que jaz aí ao lado era de natureza inteiramente diversa. Quando o canário do amor trinava em seus ouvidos, ela os tapava com os dedos, para não escutá-lo. Em nome do bom senso, recusou todos os seus pretendentes. Quando enfim resolveu casar-se, não encontrou mais quem a quisesse. Quantas tiveram essa mesma história... Eu poderia contar certos detalhes, mas prefiro parar por aqui, em respeito a sua memória. Deixemos que os mortos repousem em paz.

Sob esse mausoléu, descansa uma viúva. Dentro de seu coração, só havia fel. Seu prazer em vida era escarafunchar os defeitos do próximo, com empenho e paciência, sem dó nem piedade. Era como um fiscal de saúde pública esquadrinhando um cortiço.

Aqueles túmulos próximos uns dos outros formam o que chamo de "feudo de família". Juntos em vida, juntos na morte. Mais do que parentes, eram cúmplices uns dos outros. Um fato que fosse do conhecimento geral, amplamente divulgado pelos jornais, deixava de ser verdade para eles se uma das crianças, ao voltar da escola, dissesse: Escutei uma versão diferente dessa história" — e essa passava a ser a versão aceita pela família. Estendiam sua fidelidade até aos animais da casa. Se o galo cantasse fora de hora, então estava amanhecendo, mesmo que todos os relógios e guardas-noturnos da cidade garantissem que ainda era meia-noite.

O grande Goethe termina seu *Fausto* com a frase: "*Pode ter prosseguimento*". Também nosso rápido passeio pelo cemitério pode ter prosseguimento. Venho aqui tantas vezes!

405

Quando algum inimigo, ou mesmo algum amigo, entra em cena para complicar minha vida, o que faço é vir ao cemitério, procurar uma cova pronta para ser usada mais tarde, e dentro dela "enterrar" quem me causou aquele aborrecimento. Ali, ele ou ela ficarão em repouso temporário, até que eu os ressuscite como seres humanos novos e melhores. A história de sua vida fica gravada no meu "livro de necrológios" mental; obviamente, relatada sob o meu ponto de vista. Assim deveriam agir todas as pessoas. Ao invés de ficarem magoadas com esse ou aquele, por causa disso ou daquilo, o que têm a fazer é enterrar o dito cujo, registrar seu nome no obituário particular, e pronto.

Seja sempre jovial, e não deixe de ler todo dia a *Gazeta de Copenhague*, o jornal no qual todos escrevem, até mesmo os jornalistas. E não se esqueça de visitar o cemitério, nem que seja uma vez ou outra.

Quando chegar a minha hora, e minha existência tiver de ser sintetizada num simples epitáfio, quero que escrevam na lápide:

AQUI JAZ UM TEMPERAMENTO JOVIAL!

Esta frase resumirá toda a minha filosofia de vida.

Desgosto

A história que vou contar é uma peça em dois atos. O primeiro não é efetivamente necessário, mas fornece os antecedentes passíveis de ajudar a compreensão do segundo.

Estávamos visitando a casa de campo de uns amigos. Num dia em que o dono da casa teve de ausentar-se para atender a um compromisso na cidade, chegou ali uma senhora, trazendo nos braços seu cãozinho de estimação. Era a proprietária de um curtume próximo, e vinha propor ao vizinho um negócio qualquer, que tinha a ver com o seu estabelecimento. Para tanto, tinha trazido consigo alguns papéis. Como o dono da casa se achava ausente, sugeri que ela os pusesse dentro de um envelope, escrevendo por fora o nome de meu amigo e seus títulos: "Exmo. Sr. Dr. Fulano de Tal, Comissário Geral da Defesa, Cavaleiro do Estandarte Real", etc.

A senhora tomou da caneta, começou a escrever, mas logo interrompeu o que fazia, pedindo-me para repetir os títulos mais devagar. Fiz como pedira, e ela retomou a escrita. No meio da palavra "Comissário", porém, suspendeu a caneta, suspirou, olhou para cima e disse:

— Quanta coisa que ele é! Quanto a mim, não passo da dona de um curtume...

O cãozinho de estimação, deixado no chão para que ela pudesse escrever, pôs-se a rosnar. Estava tão acostumado a ficar no colo da dona, que não admitia de modo algum ter de ficar esquecido no chão, como se não passasse de um cachorro. Era um bichinho gorducho e de nariz chato.

— Não tenha medo, ele não morde — tranquilizou-me a senhora. — Coitadinho, já perdeu todos os dentes. Considero-o um membro da família. É muito fiel, mas tem mau gênio. Também, pudera: meus netinhos não lhe dão sossego. Gostam de brincar de casamento: um faz o papel de padre; o outro, do noivo, e o papel da noiva sobra aqui para o pobrezinho, que está muito velho para essas coisas. Ah, como ele fica cansado e mal-humorado com isso!

Em seguida, terminou o que tinha de fazer, tomou o cãozinho e voltou para sua casa. E aqui termina o primeiro ato, que, como eu disse, bem poderia ter sido omitido.

Daí a uma semana, o cãozinho morreu, e é nesse ponto que começa o segundo ato. Tínhamos ido até a cidade vizinha, e ficamos hospedados no hotel. Nossa janela dava para os fundos de uma casa, e dela podíamos ver o quintal, dividido ao meio por uma cerca de madeira. Numa das metades, pendiam peças de couro; algumas curtidas, outras ainda não. Era ali o curtume da viúva que fora visitar meu amigo uma semana atrás. O cãozinho havia morrido na manhã daquele dia, e então estava sendo enterrado na outra metade do quintal. Os netos da viúva — refiro-me à dona do curtume, e não a uma eventual viúva do cãozinho, pois este morrera solteiro — acabavam de enterrar o animalzinho, estando então ocupados no acabamento do túmulo. Era uma sepultura tão simpática, que devia ser um prazer repousar ali. Era toda cercada com cacos de cerâmica, e recoberta com areia. Para assinalar o local, na ausência de uma lápide funerária, enterraram nela uma garrafa de cerveja, deixando aflorar a metade de cima e o gargalo. Cabe lembrar que nada havia de simbólico na escolha desse sucedâneo de lápide.

Em seguida, os dois pequenos coveiros executaram uma dança fúnebre sobre a sepultura. Ao terminar a cerimônia, o mais velho, um garotinho que devia ter seus sete anos, sugeriu convidar os meninos da vizinhança para visitarem o túmulo canino. Dotado de tino comercial, propôs que se cobrasse um botão de suspensório pela entrada, o que permitiria a admissão de todos os meninos, e mesmo das meninas, desde que houvesse um cavalheiro que pagasse por ela, e se submetesse ao desconforto de ficar segurando as calças durante a visita. O irmão mais novo concordou com a sugestão, que desse modo teve a aprovação unânime dos promotores do evento.

Todas as crianças que moravam nas proximidades da casa logo acorreram ao pátio para visitar o túmulo, deixando na entrada os botões de seus suspensórios. E mesmo que alguns tenham saído de lá segurando as calças, acharam que tinha valido a pena. Era uma sepultura e tanto!

Do lado de fora do curtume, junto ao portão, uma garotinha ficou espiando. Embora suas roupas não passassem de andrajos, era uma criança encantadora. Seus cabelos escorriam em cachos dos lados do rosto, e seus olhos eram tão azuis e cristalinos, que dava

408

gosto contemplá-los. Ali ficou parada, sem nada pedir aos que entravam e saíam, mas tentando espiar para dentro da casa o mais que podia, a cada vez que o portão era aberto. Como não tinha um botão de suspensório, não pôde entrar, tendo de ficar do lado de fora o tempo todo, até que o último visitante se foi embora. Então, sentando-se junto ao muro, escondeu o rosto entre as mãos e prorrompeu em pranto. Só ela, em toda a vizinhança, não pudera ver o túmulo do cãozinho. Sentiu-se invadida por um grande desgosto, um profundo pesar, uma tristeza tão doída quanto a que um adulto às vezes sente.

Da janela do hotel, assistimos a toda aquela cena. Visto do alto, o desgosto da criança parecia engraçado, assim como os nossos próprios desgostos podem provocar o riso daqueles que nos contemplam de cima. E é aqui que acaba a nossa história. Se não a compreendeu, o melhor que tem a fazer é ir até o curtume da viúva. Quem sabe ela fecha um negócio com você?

Cada Coisa em Seu Lugar

Faz mais de cem anos, perto de uma floresta, havia uma herdade circundada por um fosso, o que lhe dava a aparência de um castelo. Juncos e taboas cresciam dentro dele. Para transpô-lo, havia uma ponte, junto à qual se via um enorme salgueiro, cujos ramos pendiam sobre a água.

Da estrada que para lá levava chegaram os sons de trompas de caça e de cavalos a galope. A menina que cuidava dos gansos apressou-se a tangê-los para a ponte, antes que os caçadores ali chegassem, mas não o conseguiu, pois eles vinham em desabalada carreira. Para não ser atropelada, teve ela de sair da estrada, subindo numa das pedras que ficavam ao lado da ponte. Era pouco mais que uma criança, de corpo esguio e semblante doce e gentil, em meio ao qual se destacavam dois olhos excepcionalmente claros. O dono da herdade, porém, nunca havia reparado nesses pormenores. Ao passar a galope pela ponte, empurrou a menina com o cabo de seu chicote, de modo a fazê-la perder o equilíbrio.

— Cada coisa em seu lugar! — gritou, ao passar. — E o seu é na lama!

E deu uma gargalhada, satisfeito por ter dito uma frase tão espirituosa. Seus companheiros também apreciaram a tirada, e soltaram boas risadas. Até os cães puseram-se a latir, juntando-se ao coro dos que dela debochavam. Quem ria mais era o dono, porque, como o povo costuma dizer, "rico ri à toa". Acontece que sua riqueza já não era tanta quanto ele imaginava ser, e Deus é que sabia até quando ainda iria durar.

Para não cair na lama, a menina agarrou-se a um galho do salgueiro, ficando pendurada. Depois que os cavaleiros desapareceram de vista, tentou voltar para a pedra, mas um estalido indicou que o ramo estava prestes a partir-se. Nesse momento, ela foi segura por uma forte mão, que a puxou para a margem, trazendo nas mãos o galho que acabava de se partir. Seu salvador tinha sido um mercador ambulante, que assistira de longe a toda a cena, correndo em seu socorro e chegando a tempo de impedi-la de cair no lamaçal.

— Cada coisa em seu lugar — disse ele, rindo, enquanto a trazia para a estrada.

Em seguida, tentou encaixar o galho no seu lugar de origem, mas em vão.

— Nem tudo pode voltar ao lugar de onde saiu — comentou com um sorriso, desistindo da ideia e enfiando o galho na terra fofa à beira da estrada. — Vê se consegues crescer aí nessa terra, para que um dia o dono dela dance ao som da flauta que de ti for feita.

O que queria dizer com isso é que tanto o desaforado dono da terra, como seus amigos insolentes, mereciam receber uma boa coça.

Dali, o mercador seguiu para o casarão da herdade, entrando não pela porta principal, mas pela que levava aos alojamentos dos criados. Foi para eles que expôs suas mercadorias, constituídas principalmente de meias de lã e agasalhos. Enquanto discutiam sobre os preços e condições de pagamento, escutavam, vindos do salão principal, as vozes dos convidados, num alarido em que se misturavam gritos, risadas e cantos. Parecia uma reunião de baderneiros; no fundo, eles não passavam disso. De vez em quando, somavam-se às vozes os latidos dos cães e o tilintar de uma taça que acabava de se espatifar. Era uma festança das boas! As taças de vinho e os canecões de cerveja não se esvaziavam nunca. Os restos do banquete eram atirados ao chão, onde os cães os disputavam ferozmente. Um dos fidalgos beijou seu cão favorito; mas antes, por uma questão de asseio, enxugou-lhe o focinho, usando como toalha as orelhas longas e peludas do próprio animal. Ao tomarem conhecimento de que havia um mercador ambulante por ali, mandaram chamá-lo ao salão, intencionados a se divertirem à sua custa. O vinho já lhes subira à cabeça, de onde a razão há tempos já saíra. Um deles despejou cerveja numa das meias de lã do mercador, ordenando-lhe que a tomasse, mas bem depressa, antes que ela escorresse pelos furinhos. Ah, como riram daquela brincadeira! Era divertido demais!

Depois disso, resolveram jogar cartas, a valer. As apostas eram altíssimas. No final, cavalos, vacas e até fazendas haviam trocado de donos.

"Cada coisa em seu lugar", pensou o mercador, logo que o esqueceram e que ele pôde sair de *Sodoma e Gomorra*, que era como chamava aquele casarão. "Meu lugar é na estrada, e não naquele salão de festas. Ali, sinto-me como um peixe fora da água."

Ao vê-lo seguindo para longe, a menina dos gansos acenou-lhe com a mão, desejando-lhe boa viagem.

Sucederam-se os dias, passaram-se as semanas. O galho de salgueiro lançou raízes e brotou. A menina cuidava dele, satisfeita de ter uma árvore só sua.

Enquanto o salgueiro crescia e ganhava porte, todo o resto da herdade murchava e dava para trás. Bebedeira e jogatina dão cabo de qualquer patrimônio.

Seis anos depois, o dono da casa estava na miséria, tendo de vender tudo o que tinha, para pagar o que devia. A herdade foi comprada por um rico comerciante, que seis anos antes não passava de um mercador ambulante. Diligência e honestidade tinham-no levado ao topo do sucesso. Um dia, naquele salão, tinham-no obrigado a beber cerveja na meia; agora, toda a casa e todos os terrenos em volta lhe pertenciam. Daí em diante, nunca mais entrou um baralho naquela casa. "As cartas de jogar são as páginas da bíblia do diabo", dizia o mercador. "Sua leitura não é recomendável."

Não demorou muito, e o novo proprietário casou-se. E sabem com quem? Com a menina dos gansos, que se tinha tornado uma bela jovem, simpática, bondosa e gentil. Vestida agora com distinção e elegância, nada ficava a dever às moças nascidas em berço de ouro e criadas entre sedas e alfaias. Como foi que tudo isso aconteceu? Bem, isso é uma longa história, que agora não temos tempo de contar. Basta que saibam que foi assim que se deram os fatos, e é nesse ponto que tem início a parte mais importante desta história.

Tudo prosperava na velha herdade. O dono dirigia a fazenda, e sua esposa cuidava da casa. Tudo corria às mil maravilhas, e atrás da riqueza sempre vinha mais riqueza. O velho casarão foi pintado e reformado, por dentro e por fora. O fosso foi aterrado, e no local foram plantadas árvores frutíferas, formando um belo pomar. O piso do salão foi esfregado até retornar a sua primitiva cor branca, e ali, durante as longas noites de inverno, a dona da casa e suas criadas dedicavam-se a trabalhos de bordado e costura. Nas noites de domingo, o dono da casa — que já não era um mercador, mas sim o Senhor Conselheiro — lia em voz alta as passagens da Bíblia. Os filhos nasceram, cresceram e tornaram-se adultos. Todos receberam uma boa educação, mas, como acontece na maior parte das famílias, uns eram muito inteligentes, e outros nem tanto. O salgueiro tornou-se uma árvore enorme e encantadora, e o velho casal nunca permitiu que ele fosse podado, deixando-o desenvolver-se livremente.

— Essa é a árvore da nossa família — ensinavam os dois aos seus filhos, tanto aos mais inteligentes, como aos menos, — pois nasceu e cresceu junto com ela. Lembrem-se sempre de honrá-la e protegê-la.

Passaram-se cem anos. Chegamos aos dias atuais. O pomar desapareceu, e o local transformou-se num brejo. Do velho casarão, nem sinal. Algumas pedras talhadas indicam o lugar onde ficava a antiga ponte. Mas o velho salgueiro de outrora ali ainda se encontra, viçoso, exuberante. A velha "árvore da família" constitui um belo exemplo de como se desenvolve um salgueiro, se lhe for permitido crescer livremente, sem a desnecessária colaboração do homem.

A bem da verdade, deve ser dito que uma tempestade lhe provocara danos, envergando-lhe o tronco e rachando-o de alto a baixo. Em todas as suas fendas e gretas, o vento tinha depositado poeira, terra e sementes, e delas brotavam flores e capim. Na parte de cima do tronco, onde os galhos se desprendiam cada qual para seu lado, crescia um verdadeiro jardim suspenso, no qual se misturavam flores silvestres e pés de framboesa. Até uma pequena sorveira criara ali raízes, erguendo-se, esguia e retilínea, acima de sua copa. Quando o vento sopra do sul, as plantas aquáticas são empurradas para o lado oposto do charco, e a velha árvore pode contemplar seu reflexo no espelho negro das águas. O caminho que cruza o campo passa ali bem ao lado.

A nova sede da fazenda ergue-se sobre uma colina, de onde se descortina uma vista maravilhosa. É um belo casarão, com grandes janelas envidraçadas, tão limpas e polidas, que chega a ser difícil ver que ali existem vidros. Uma larga escadaria leva à porta de entrada. De ambos os lados, veem-se lindas roseiras em flor, destacando-se em meio ao gramado, tão verde e bem cuidado, que se chega a pensar numa possível fiscalização diária de cada colmo e de cada folha. De todas as paredes internas pendem belos quadros. Os móveis são de primeira: cadeiras e poltronas forradas de seda e couro, com braços e pés de madeira lavrada, figurando patas de leão, tão bem feitas que davam a impressão de a qualquer momento saírem andando. Sobre as mesas de mármore, viam-se livros encadernados em marroquim, com frisos dourados nas bordas. Não resta dúvida: a propriedade pertence a uma família muito rica, gente de posses e de bom gosto. E não é para menos, pois o patriarca é um barão.

Os membros dessa família também achavam que devia estar "cada coisa em seu lugar". Assim, os velhos quadros que outrora ocupavam lugar de honra no antigo casarão, agora enfeitavam os corredores que davam para os quartos dos empregados. Eram considerados trastes sem valor, especialmente dois retratos: o de um homem de peruca, envergando um manto cor-de-rosa, e o de uma mulher de cabeleira empoada, segurando uma rosa na mão. As duas figuras eram rodeadas por uma coroa de ramos de salgueiro. As telas estavam cheias de furos, pois os filhos do barão as tinham usado como alvos de seus exercícios de arco e flecha. O casal ali representado era o que havia dado origem àquela família: o Senhor Conselheiro e sua digníssima esposa. Certa vez, explicando o tratamento desrespeitoso que era dispensado aos dois retratos, disse um dos rapazinhos:

— Não podemos considerar esses dois como membros efetivos de nossa família. Na juventude, o velho não passava de um caixeiro-viajante, enquanto que a velha era uma guardadora de gansos, pobre e descalça. Não tinham qualquer semelhança com nosso pai e nossa mãe.

Os dois retratos estavam velhos e desbotados, e como "cada coisa em seu lugar" era o lema da família, não lhes restava outro, senão o corredor dos empregados, ainda que se tratasse dos bisavós do dono da casa.

Um dia, o filho do pastor, que ali servia como preceptor dos filhos do barão, levou-os para um passeio, seguindo com eles na direção do brejo que se estendia atrás do velho salgueiro. A filha mais velha, que fora crismada poucos meses antes, compunha um ramalhete de flores silvestres, colhendo-as enquanto caminhava. Arranjava uma por uma com todo cuidado, a fim de que formassem um conjunto harmonioso, "cada flor em seu lugar". Enquanto arranjava o ramalhete, escutava com prazer e atenção as palavras do jovem preceptor, que fazia uma preleção sobre o poder da natureza, ao mesmo tempo em que traçava os perfis de diversas figuras importantes da História. A moça era dotada de índole doce e afável, de nobreza de sentimentos e de um coração aberto a tudo quanto Deus havia criado.

Chegando ao lado do velho salgueiro, pararam, e o irmão caçula pediu ao preceptor que fizesse para ele uma flauta, com um dos galhos cilíndricos daquela árvore. Para atender seu desejo, o rapaz escolheu um de grossura adequada, e quebrou-o.

— Não, não faça isso! — tentou impedir a pupila, mas já era tarde. — Oh, que pena... Devia ter avisado antes. Essa árvore é uma espécie de relíquia da nossa família. Amo-a, como se fosse uma parente minha. Chegam a rir de mim por causa disso, mas não ligo. Existe até uma história a seu respeito, quer ouvir?

E contou o caso da guardadora de gansos e de seu encontro com o mascate, de onde havia surgido o tronco ancestral de uma família nobre.

— O velho casal não aceitou o título de nobreza que lhe foi oferecido —, continuou a jovem, — por causa do lema que dizia: "cada coisa em seu lugar". Não achavam que o simples fato de terem feito fortuna lhes granjeasse o direito de pertencerem à nobreza. Os salões aristocráticos não eram o seu lugar. Mas seu filho, o primeiro barão, pensava diferente. Foi ele o nosso avô. Era muito instruído, e sempre o convidavam para visitar a corte real. Sua memória é cultuada até hoje em nossa família. Quanto a mim, porém, guardo maior estima pelo velho casal. Consigo até visualizá-los em meu pensamento: enxergo o velho patriarca lendo as passagens da Bíblia, enquanto minha bisavó o escuta calada, junto com suas criadas, tecendo e bordando na velha sala de estar.

— Sim, devem ter sido pessoas maravilhosas, de vida exemplar — concordou o jovem preceptor.

Em seguida, a conversa desviou-se para uma discussão sobre os princípios e valores da aristocracia e da burguesia. Era curioso ver como o filho do pastor defendia a nobreza, como se fosse ele, e não sua interlocutora, um membro da aristocracia.

— Feliz daquele que pertence a uma família de nobre estirpe — dizia. — Basta esse fato para incitá-lo a progredir. É uma bênção possuir um nome que abre todas as portas. A nobreza apura-se com o tempo. Seu valor está estampado na fisionomia de quem a possui, qual se estivesse cunhado na face de uma moeda de ouro.

"Sei que está em voga falar mal da nobreza — e quantos poetas têm embarcado nessa onda! — e afirmar que todo aristocrata é estúpido e mau. Chega-se a dizer que o verdadeiro berço da nobreza de sentimentos só se encontra entre os pobres — tanto mais nobre, quanto de mais baixa extração. Discordo inteiramente dessas ideias. Não só é errada, como é absurda. É nas classes mais elevadas que se podem encontrar os melhores exemplos de distinção e dignidade. Minha mãe já me contou mil casos a esse respeito; vou repetir-lhe um deles. Certa vez, ela foi visitar a mansão de uma das famílias mais aristocráticas de Copenhague. Parece que minha avó materna tinha sido ama da dona da casa. Pois lá estava minha mãe no salão, conversando com o dono da mansão, quando ele avistou pela janela uma velha mendiga que pedia esmolas. Ela caminhava com extrema dificuldade. "Pobre criatura", disse ele, indo pessoalmente até a rua para dar-lhe uma esmola. Veja que aquele fidalgo já passava dos setenta, e mesmo assim não se furtou a cumprir o que lhe parecia ser um dever de caridade. Mais que o valor da esmola, o que importou foi a nobreza

414

do gesto, comparável à do óbolo da viúva, de que fala o Evangelho, já que também proveio do coração. É de ações como essas que nossos poetas deveriam se ocupar, pois elas edificam e confortam o espírito. Todavia, quando a nobreza do sangue sobe até a cabeça, fazendo com que o homem se comporte como um cavalo árabe, corcoveando e escoiceando apenas para alardear sua origem fidalga e genuína, aí se pode dizer que ela degenerou. Quando um desses entra num recinto de onde acaba de sair o plebeu, fareja o ar com desdém e diz com sarcasmo: "Aqui está cheirando a povo", esse aí demonstra não ser digno do título que ostenta, merecendo antes ser satirizado, do que respeitado.

Foram essas as palavras ditas pelo filho do pastor. O discurso foi um pouco longo, mas durou tempo suficiente para que a flauta ficasse pronta e acabada.

Poucos dias mais tarde, houve uma grande festa no casarão da família. Vieram convidados dos arredores, e até mesmo de Copenhague. Havia damas vestidas com bom gosto, e outras apenas vestidas. O salão regurgitava de gente. Os clérigos da região formaram um pequeno grupo postado humildemente num canto. Embora estivessem com cara de funeral, na realidade estavam divertindo-se bastante. Melhor dizendo, estavam prontos para se divertir, já que a festa ainda não tinha começado.

O ponto alto da cerimônia seria a execução de um concerto; por isso, o filho caçula do barão trazia consigo a flauta de galho de salgueiro, da qual não havia conseguido extrair sequer uma nota, por mais que tentasse. Mesmo o Papai Barão fracassara ao tentar tocá-la, desistindo de fazê-lo e declarando que a flauta não fora bem feita.

A música começou, e era daquele tipo que dá maior prazer a quem toca e canta, do que a quem escuta. No todo, porém, dava para suportar. Depois do último número, um jovem fidalgo, desejando pregar uma peça no preceptor dos filhos do barão, dirigiu-se a ele com ar pernóstico, dizendo:

— Ouvi dizer que o professor possui dotes musicais. Contaram-me que não só executa lindas peças na flauta, como até mesmo fabrica esse instrumento. Trata-se de um dom, de um raro talento, benza-o Deus. Quisera possuí-lo, mas isso é para poucos. Vamos lá, professor, dê-nos o prazer de escutar um solo tirado desse seu delicado pífaro!

E, entregando a flauta ao jovem preceptor, anunciou em voz alta o próximo número musical: um solo, executado por um talentoso músico local, na flauta que ele próprio havia fabricado. Adivinhando a intenção do seu interlocutor, o rapaz tentou recusar-se a atendê-lo, mas teve de voltar atrás, ante a salva de palmas que se sucedeu ao anúncio de sua apresentação. Constrangido, levou o instrumento aos lábios e começou a soprá-lo.

Que flauta mais esquisita! Ao invés de notas musicais, o que dela saiu foi um apito estridente, parecido com o de uma locomotiva, e tão alto que pôde ser escutado em toda a propriedade, ultrapassando os limites da floresta e ecoando por milhas e milhas ao redor. Logo em seguida, um trovão ribombou e uma ventania entrou pelo salão, assoviando as palavras: "Cada coisa em seu lugar!"

O pé de vento carregou o barão, atirando-o dentro da cabana onde morava o vaqueiro da fazenda. Este, por sua vez, saiu voando pelos ares, indo parar não no salão de festas, já que ali não era "o seu lugar", mas no quarto reservado aos criados mais importantes, aqueles que usam meias de seda. Já estes ficaram atônitos ao ver aquele camponês rústico entrando sem cerimônia em seu recinto.

No salão, a jovem filha do barão voou para a cabeceira da mesa, onde merecia sentar-se, sendo a cadeira ao lado ocupada pelo jovem preceptor, como se ambos formassem um casal de noivos. Na outra cadeira já estava sentado um velho conde, pertencente a uma das mais antigas famílias do país, e ele dali não saiu, uma vez que aquele era de fato "o seu lugar" — e com isso a flauta demonstrou que sabia ser justa. O fidalgo responsável por tudo aquilo, o que imaginara a brincadeira destinada a ridicularizar o preceptor, foi cair de ponta-cabeça no galinheiro, acompanhado de vários outros convidados.

Como se disse, a flauta pôde ser ouvida a milhas de distância, e seu efeito não se restringiu ao casarão. Um rico mercador, que costumava sair com a família em sua carruagem

puxada por quatro cavalos, foi soprado para fora dela, juntamente com a mulher e os filhos, nenhum deles conseguindo um lugar nem mesmo na rabeira do veículo. Dois camponeses vizinhos, que se haviam enriquecido recentemente sem que se soubesse direito a origem de sua fortuna, foram erguidos nos ares e atirados de costas num fosso cheio de lama.

Que flautinha mais perigosa! Para felicidade geral, ela rachou ao primeiro sopro, voltando logo em seguida para o bolso de seu dono. Também ela teve de obedecer à ordem de "cada coisa em seu lugar".

No dia seguinte, ninguém quis comentar sobre os estranhos acontecimentos da véspera. A vida retomou seu ritmo normal. A única coisa que mudou na mansão foi o lugar destinado aos retratos do casal de antepassados. O vento tinha arrancado os dois de onde estavam, deixando-os pendurados na parede mais iluminada do salão. Vendo-os ali, um perito afirmou que se tratava de duas obras-primas, pintadas por um dos maiores artistas do século passado. Em vista disso, foram restaurados, passando a ocupar o lugar de honra entre os outros quadros que ali estavam. Afinal de contas, tratava-se de pinturas preciosas, coisa que ninguém sabia antes, conforme explicou o barão. E acrescentava:

— Coloquei-as num local de destaque, pois comigo é assim: cada coisa em seu lugar.

Com efeito, há de chegar o tempo em que cada qual ocupará o lugar que é seu de direito. Para tanto, teremos a eternidade, que é longa, bem mais longa que esta história que acabo de contar.

O Duende e o Merceeiro

Era uma vez um estudante típico: morava de aluguel num sótão, e nada havia ali que fosse seu. E era uma vez um merceeiro típico: morava na parte nobre daquela casa, que era toda sua. Por essa ocasião, um duende estava passando uns tempos nessa casa. Era dezembro, e na véspera de Natal o merceeiro costumava dar-lhe uma tigela de mingau quente, pondo nela, ainda por cima, uma boa colherada de manteiga. É fácil compreender por que o duende preferia ficar com o merceeiro do que com o estudante.

Certa noite, o rapaz desceu do sótão e bateu na porta dos fundos da casa. Vinha buscar uma vela e um pedaço de queijo, pois era hora de seu jantar. O merceeiro atendeu-o, recebeu o pagamento e lhe desejou boa-noite. A mulher do merceeiro apenas meneou a cabeça amistosamente, o que era de estranhar, já que costumava falar pelos cotovelos. O estudante retribuiu a saudação e já se preparava para regressar ao quarto, quando teve a atenção voltada para o que estava escrito no papel em que o queijo fora embrulhado. Era uma poesia. O papel fora arrancado de um livro antigo, que merecia destino melhor que o de fornecer papéis de embrulho.

— Tirei apenas duas ou três folhas desse livro — disse o merceeiro. — Ele está quase inteiro. Comprei-o hoje de manhã, de uma velha. Custou-me meio quilo de feijão. Se quiser comprar o que sobrou, vendo-o por oito vinténs.

— Feito — respondeu o estudante. — Devolvo o queijo e fico com o resto do livro. Em vez de comer um sanduíche de pão com queijo, posso comer um de pão com pão. Antes isso que deixar esse livro acabar de ser desfeito em pedaços. Você é um sujeito bom, um homem prático; de poesia, porém, entende tanto quanto aquela barrica velha que está ali no canto.

Não se pode dizer que fosse uma frase delicada, especialmente com respeito à barrica. Mas o fato é que tanto o merceeiro como o estudante riram, pois as palavras tinham sido ditas em tom de brincadeira. O duende, porém, não gostou, achando que aquilo tinha sido um insulto ao merceeiro, homem rico e generoso, e que ainda por cima vendia manteiga de ótima qualidade.

Mais tarde, depois que a mercearia já estava fechada e as luzes apagadas, todos dormiram. Todos, menos o duende e o estudante. Esgueirando-se até a cama do casal, o duende viu que a mulher do merceeiro dormia de boca aberta, e então roubou-lhe a língua afiada, já que ela não teria qualquer serventia para sua dona, durante o sono. Com isso, poderia fazer os objetos falarem, bastando emprestar-lhes aquela língua. Porém, como só havia uma, cada objeto teria sua vez de falar, o que, pensando bem, era ótimo, pois evitaria discussões e bate-bocas.

O primeiro objeto que teve permissão de externar seus pensamentos foi a barrica, que estava cheia de folhas de jornal.

— É verdade — perguntou-lhe o duende — que você nada entende de poesia?

— Quem foi que disse isso? — protestou a barrica. — Claro que entendo. É aquilo que costuma vir impresso nas últimas páginas dos jornais. Geralmente, são as páginas que as pessoas arrancam e jogam fora. Estou recheada de poesia. O que aquele estudante lá de cima conhece de poesia é fichinha, perto do que trago aqui dentro. E daí? Isso não me torna melhor, nem mais rica que meu dono. Continuo não passando de uma pobre barrica.

Em seguida, o duende colocou a língua dentro do moedor de café, mas retirou-a logo, antes que ela fosse moída. Emprestou-a depois à lata de manteiga e à máquina registradora, a fim de conhecer suas opiniões acerca daquele mesmo assunto. Ambas concordaram unanimemente com a barrica, e a opinião da maioria deve ser levada em conta.

— Aquele estudante precisa de uma boa lição — resmungou o duende, dirigindo-se ao quartinho onde morava o rapaz.

O estudante ainda devia estar acordado, já que se via luz pelas frestas da porta. Espiando pelo buraco da fechadura, o duende avistou-o sentado à mesa, entretido na leitura de um livro velho, aquele que lhe tinha sido vendido por oito vinténs. E que claridade havia dentro daquele quarto! Raios de luz emanavam do livro, estendendo-se até o teto, como se fossem galhos de uma árvore fantástica. As folhas eram verdes e tenras, e de cada galho brotavam lindas flores e suculentos frutos. Ao invés de corolas, viam-se, no meio das flores, rostos de lindas donzelas, piscando seus olhos, que eram ou negros e profundos, ou claros e brilhantes. Já os frutos eram estrelas cintilantes. Para completar a maravilha, ouvia-se ali dentro o som delicado de uma música extremamente melodiosa.

O duende ficou extasiado ante o que via e ouvia. Erguendo-se nas pontas dos pés, deixou-se ficar ali, em doce enlevo, até que o estudante apagou a lâmpada e foi-se deitar. Então, colando o ouvido à porta, ele ainda escutou uma suave canção de ninar, que só terminou quando o rapaz por fim caiu no sono.

— Fantástico! — murmurou o duende. — Por essa, eu não esperava! Vou mudar-me para esse quartinho, ora se vou... Hum... será que vou mesmo? Sei não... Aqui não tem mingau...

Na luta entre o deslumbramento e o bom senso, venceu o último. Depois de um suspiro, ele desceu as escadas e voltou para a companhia de quem tinha o que lhe oferecer em termos materiais. Deu sorte de chegar naquele momento, a tempo de impedir que a barrica prosseguisse em seu falatório, no qual quase gastara inteiramente a língua da mulher do merceeiro. Nesse meio tempo, ela já tinha desfiado tudo o que havia nos jornais velhos empilhados dentro de si, e se preparava para repetir toda aquela lengalenga. O duende tirou-lhe a língua sem qualquer cerimônia, devolvendo-a em seguida para a sua legítima proprietária. Desse dia em diante, todos os objetos existentes na casa e na venda passaram a respeitar a barrica, julgando ser ela quem ensinara ao merceeiro as críticas teatrais que ele às vezes lia em voz alta para a mulher, à noite, depois do jantar.

Já o duende mudou inteiramente seus hábitos. Não mais ficava no andar de baixo quando anoitecia, escutando a conversa do merceeiro e de sua mulher. Ao notar que o estudante acendia sua lâmpada no sótão, era como se uma corda o arrastasse lá para cima. Postava-se diante do buraco da fechadura, e ali ficava contemplando o espetáculo de luz e de som, enlevado com aquela magnificência. Experimentava a mesma sensação que sentimos quando enxergamos o próprio Deus, disfarçado em tempestade, a caminhar sobre o oceano revolto. Chorava sem saber por que, vertendo lágrimas nas quais se escondia a felicidade. "Como seria maravilhoso", pensava, "se eu pudesse sentar-me ao lado desse estudante, desfrutando da sombra-luz dessa árvore fabulosa!" Todavia, sem se atrever a entrar no quartinho, contentava-se em ficar espiando tudo aquilo pelo buraco da fechadura.

Sopraram os ventos de outono. O vento frio assoviava, correndo através do sótão e chegando até onde o duende se achava, espiando pelo buraco da fechadura. A frialdade era insuportável, mas ele só a sentia depois que o estudante apagava sua lâmpada, e cessava o som da música que provinha do sótão. Só então descia para o seu cantinho quente e confortável.

Chegou o Natal. A tigela de mingau foi servida para ele. Dentro dele boiava uma generosa porção de manteiga. Naquele momento, toda a lealdade do duende voltou-se para o merceeiro, incondicionalmente.

Certa noite, o duende despertou ao escutar um grande alarido. Pessoas atropelavam-se na rua, batendo em todas as portas, enquanto um clarão iluminava o céu, clareando a noite. Havia um incêndio por ali, mas ninguém sabia onde. O pânico era geral, cada um receando que fosse sua própria casa que estivesse em chamas. Apavorada, a mulher do merceeiro tirou das orelhas seus brincos de ouro e enfiou-os no bolso do roupão que acabara

de vestir sobre a camisola, a fim de evitar que se perdessem. O merceeiro apressou-se a ajuntar seus vales e recibos de compra, enquanto a mulher tirava da gaveta seu xale de seda, único objeto precioso que se permitira possuir. Todos preocupavam-se em salvar o que lhes era mais caro. Nem o duende escapou disso, subindo às pressas a escada e entrando no quartinho do estudante. Só o rapaz não aparentava pânico, estando postado calmamente junto à janela, contemplando o incêndio que consumia uma casa vizinha, do outro lado da rua. O duende mal reparou nele. Agarrou o livro de poesias que estava em cima da mesa, enfiou-o debaixo de seu capote vermelho e disparou pela escada abaixo. A seu ver, conseguira salvar o bem mais precioso que havia naquela casa.

Chegando no andar térreo, enfiou-se pela lareira e escalou a chaminé, chegando até o seu topo. Ali, dominando a rua e iluminado pelo clarão do fogaréu, tirou do capote seu precioso tesouro e quedou-se embevecido a contemplá-lo. Agora, sim, compreendia os anseios de seu coração, não tendo mais dúvidas quanto a quem deveria emprestar sua lealdade. Quando o incêndio foi debelado e a escuridão da noite voltou a reinar, o bom senso voltou a dirigir seus pensamentos, e ele murmurou de si para si:

—Acho melhor dividir minha lealdade entre os dois. O quarto do estudante é maravilhoso, mas a casa do merceeiro também tem lá suas vantagens. É mais sensato ficar nela, por amor ao mingau...

Essas palavras não deixam dúvida: os duendes foram feito à imagem e semelhança do homem. Nós, também, no frigir dos ovos, acabamos ficando com o dono da mercearia. Por amor ao mingau.

O Milênio

Eles chegarão aqui voando com as asas do vapor. Os jovens cidadãos da América haverão de cruzar o oceano pelos ares, a fim de visitar a velha Europa. Virão admirar os monumentos antigos, as ruínas das grandes cidades do passado, do mesmo modo que hoje visitamos o Sudeste da Ásia para contemplar os gloriosos destroços da Antiguidade.

Daqui a milhares de anos, eis que haverão de chegar.

O Tâmisa, o Danúbio e o Reno ainda correrão em seus leitos. O Monte Branco ainda ostentará seu pico recoberto de neve. A aurora boreal continuará rebrilhando sobre as terras escandinavas. Entrementes, gerações e gerações de homens já se terão transformado em pó. Muitos deles, que hoje nos parecem importantes e poderosos, terão sido esquecidos, repousando anonimamente, como os antigos *vikings* que hoje dormem seu sono eterno nas câmaras mortuárias escavadas sob as colinas, essas mesmas elevações sobre cujo topo os fazendeiros costumam levar seus tamboretes, para lá de cima contemplar as ondas que o vento forma nos trigais a se estenderem pelos campos ao derredor.

— Para a Europa! — gritam os jovens americanos. — À terra de nossos ancestrais! Às maravilhas de uma antiga civilização! Vamos visitar a velha e bela Europa!

Os aerobarcos vêm repletos de passageiros, pois a viagem pelo ar é bem mais rápida que pelo mar. Não há problemas de hospedagem, visto que as reservas de hotéis foram feitas antecipadamente, pelo fio telegráfico transoceânico. A primeira terra européia que se avista é a costa da Irlanda, mas só o piloto a enxerga, pois os passageiros estarão dormindo, nesse momento. Só serão acordados quando estiverem sobrevoando a Inglaterra. O aerobarco pousará então na terra de Shakespeare, como a chamarão os mais cultos, enquanto os outros lhe darão os nomes de "País das Máquinas" ou "Terra da Política".

A visita à Inglaterra e à Escócia haverá de tomar-lhes um dia inteiro. Depois disso, cruzarão o Canal da Mancha, através de um túnel submarino, e chegarão à França: a terra de Carlos Magno e Napoleão. Os mais ilustrados aproveitarão para discutir os movimentos clássicos e românticos que tanto interessaram aos franceses no passado distante. Alguém mencionará *en passant* o nome de Molière. *Outros haverão de referir-se a nomes de heróis, cientistas e poetas que não conhecemos ainda, pois haverão de nascer depois de nossa época, nessa cratera da Europa que se chama* Paris.

Em seguida, o aerobarco sobrevoará o país de onde partiu Colombo, a terra natal de Cortez: a Espanha, berço de Calderón de la Barca, que ali compôs seus dramas em versos perfeitos. Belas *señoritas de olhos negros ainda habitam suas várzeas férteis. As canções populares ainda fazem menção a El Cid e ao Palácio de Alhambra.*

Sobrevoando o mar, chegarão à Itália, onde no passado se erguia Roma, a Cidade Eterna, da qual quase nada restará. A região estará desolada e sem sinal de vida. De todo o seu antigo esplendor, só sobrará de pé um paredão de pedra, que alguns afirmarão ser um dos muros da Catedral de São Pedro, enquanto outros haverão de recusar-se a aceitar sua autenticidade, por falta de provas.

Para a Grécia seguirão os viajantes. Ali dormirão num hotel de luxo, construído sobre o cume do Monte Olimpo. Farão isso apenas pelo prazer de depois poder contar para os amigos que ali pernoitaram. Em seguida, rumarão para o Bósforo, descansando algumas horas no local onde outrora se erguia Bizâncio. Pararão para conversar com os moradores do lugar, pescadores pobres, entretidos na faina de consertar suas redes, e estes lhes contarão histórias sobre o tempo da dominação turca, descrevendo os haréns que ali existiram numa época já quase esquecida.

Quando sobrevoarem o Danúbio, avistarão ruínas de cidades que ainda não foram construídas em nossos tempos. Pousarão aqui e ali, detendo-se na contemplação de monumentos magníficos — construções que serão erguidas em futuro próximo, e que serão admiradas como gloriosas realizações do passado, no futuro distante.

Os viajantes seguirão para a Alemanha, onde admirarão a intrincada rede de ferrovias e canais que nos velhos tempos se espalhava por sobre essa terra, onde Lutero pregou, Goethe cantou e Mozart empunhou o cetro da Música. Quando palestrarem sobre ciências e artes, haverão de mencionar nomes que ainda não conhecemos. Gastarão um dia para conhecer a Alemanha e outro para visitar toda a Escandinávia, desde a pátria de Oersted e Lineu, até a Noruega, a jovem nação dos antigos heróis. A Islândia será visitada durante a viagem de volta. Os gêiseres não mais expelirão seus jatos de água quente, e o vulcão Hekla já se achará extinto, mas ainda lá estarão suas bordas alcantiladas, arrostando intrepidamente o embate das ondas do mar, como marcos de pedra assinalando o local das antigas sagas.

— Há tanto que ver na Europa! — comentará o jovem americano. — Precisamos de uma semana inteira, para ver tudo o que é interessante ali. E eu que achei que o autor deste livro estava exagerando...

E mostrará para os colegas um guia de viagem, escrito por um escritor que um dia ainda será famoso, cujo título será: "São necessários sete dias para se ver toda a Europa".

Debaixo de um Salgueiro

A o redor da cidade de Koege estende-se uma vastidão de terras estéreis. É bem verdade que ela se situa no litoral, e a proximidade do mar é sempre aprazível; pois, apesar disso, os arredores de Koege não são lá dos mais belos que existem. A cidade é rodeada por planícies revestidas de campos que se estendem ininterruptamente a perder de vista, não havendo sequer um bosque por perto, para quebrar a monotonia da paisagem. Entretanto, para quem nasceu ali, sempre existe alguma coisa bela que lhe desperte a nostalgia, mesmo quando a pessoa há tempos foi embora, e ainda que tenha conhecido lugares que sejam efetivamente belos e aprazíveis.

Nas cercanias de Koege desliza um regato que termina numa praia arenosa. Ao longo de suas margens existem locais muito bonitos, especialmente durante o verão. Knud e Johanna moravam à beira desse regato, e achavam aquele lugar bonito a mais não poder. Eram duas crianças que viviam em casas próximas, cujos quintais terminavam naquele regato. As duas famílias eram muito pobres, e suas casas bastante modestas. No quintal de uma delas havia um sabugueiro; no da outra, um salgueiro. Para se encontrarem, as duas crianças tinham apenas que atravessar a cerca que separava os dois quintais, o que faziam arrastando-se por debaixo dela. Às vezes, punham-se a brincar à sombra do sabugueiro; mas frequentemente, porém, preferiam encontrar-se debaixo do salgueiro, embora ele crescesse bem junto à margem do córrego. Nosso Senhor vela pelos pequeninos, no que faz muito bem; senão, poucos deles sobreviveriam. É bem verdade que as duas crianças eram cuidadosas, especialmente o menino, que tinha verdadeiro pavor de água. Era tamanho o seu receio, que mesmo durante o verão jamais entrava no mar, como todas as crianças gostam de fazer. Isso tornava Knud motivo de risos e chacotas, coisa que muito o aborrecia. Aconteceu que, certo dia, Johanna teve um sonho: ela estava dentro de um barco, em pleno mar, navegando na baía de Koege, quando Knud entrou na água, caminhando em sua direção. À medida que andava, as águas iam cobrindo seu corpo, subindo, subindo, chegando à altura do peito, do pescoço, da boca, até que lhe cobriram a cabeça. Pois mesmo assim ele continuou a caminhar, até chegar onde ela estava. Daí em diante, sempre que algum garoto tentava zombar de seu medo de água, ele contava o sonho de Johanna, apresentando-o como prova de sua coragem. Aquilo deixou-o deveras orgulhoso. Nem por isso, entretanto, ele se arriscava a chegar perto da água.

Os pais dos dois viviam a se visitar mutuamente. Nessas ocasiões, as duas crianças brincavam o tempo todo, fosse nos quintais, fosse à frente das casas, junto à estrada que passava por ali. Ao longo dessa estrada cresciam vários salgueiros, que não eram belos e viçosos como o que se erguia no fundo do quintal, pois eram utilizados pelos moradores para fazer cestas e cercas, e não para servirem de árvores ornamentais. Daquele outro salgueiro, porém, eles não cortavam os galhos e ramos, deixando-o crescer livre e naturalmente, expandindo-se para todos os lados. E era à sombra desses galhos que as duas crianças passavam horas e horas, brincando felizes.

Nos dias em que havia feira em Koege, a praça central da cidade se transformava, enchendo-se de tendas e barracas. Ali se vendia de tudo, desde pano de seda, até botas e botinas. Uma verdadeira multidão circulava pela praça, e quase sempre chovia nesses dias. Vinha gente que morava por perto, num círculo de vinte milhas de raio. Odores diversos enchiam o ar: alguns, enjoativos, como o cheiro das roupas de lã molhadas de chuva; outros deliciosos, como o dos pãezinhos de gengibre, acabados de preparar. Esses pãezinhos eram vendidos apenas numa barraca. O sujeito que os fazia era muito amigo do pai de Knud, e costumava pernoitar em sua casa quando estava em Koege. Assim, o menino sempre ganhava um gostoso pãozinho de gengibre, correndo para dividi-lo com sua amiguinha Johanna. Além do mais, aquele vendedor sabia contar histórias muito interessantes, que ele mesmo inventava. Qualquer coisa servia de tema para essas histórias, até mesmo os pãezinhos de gengibre, que eram feitos em formato de bonecos.

Uma das histórias que contou foi sobre um pãozinho em forma de homem e um outro em forma de mulher. As duas crianças nunca esqueceram essa história; por isso, acho uma boa ideia repeti-la para vocês, especialmente porque ela é curtinha. Foi assim que ele a contou:

Certa vez, fiz um pãozinho de gengibre em forma de homem, e um em forma de mulher, e os deixei sobre o balcão. No hominho, pus um chapéu; na mulherzinha, pincelei anilina dourada em sua cabeça, para parecer cabelo. Também pintei seus rostos, coisa muito necessária, pois senão ninguém iria saber onde era a parte da frente e onde a de trás. Enfiei uma amêndoa amarga no lado esquerdo do peito do hominho: era o seu coração. Na mulherzinha, nada pus: ela era de puro gengibre, da cabeça aos pés. E ali ficaram os dois, lado a lado no balcão, como amostras de minha produção. À medida que os dias transcorreram, eles foram ficando apaixonados um pelo outro, mas nunca nenhum dos dois revelou o que sentia. E isso foi um erro, pois, em matéria de amor, se você não fala, nada acontece.

"Ele é um homem", pensou a mulherzinha. "Cabe a ele falar primeiro sobre isso." Em seu íntimo, porém, estava doida para saber se seu amor seria ou não correspondido.

Já os pensamentos dele eram mais agressivos, como costumam ser os pensamentos masculinos. Sonhava que era um moleque que acabava de ganhar dois vinténs — o preço de um pãozinho de gengibre. Ele então comprava a mulherzinha e a devorava inteirinha.

Semanas a fio, lá ficaram os dois expostos sobre o balcão, tornando-se vez mais ressecados. As ideias da mulherzinha foram-se suavizando, tornando-se mais e mais femininas. "Ficar aqui deitada neste tabuleiro, ao lado dele, é o bastante", pensou. Foi então que ela se rachou na linha da cintura, quebrando-se em duas partes.

"Se ela tivesse sabido quanto eu a amava", pensou o hominho, "talvez não secasse tão depressa..."

Esta é a história destes dois pãezinhos de gengibre que aqui estão. Olhem para eles, crianças: viram no que deu guardar silêncio quando se ama? Não leva a outra coisa, senão à infelicidade.

O sujeito deu o hominho para Johanna e os dois pedaços da mulherzinha para Knud. Os dois não tiveram coragem de comê-los, de tanto que haviam ficado impressionados com aquela história.

No dia seguinte, as duas crianças foram ao cemitério. A hera recobria os muros tão densamente, que até parecia um tapete verde. Knud e Johanna puseram os dois bonequinhos de pão de gengibre entre as folhas daquele tapete e contaram para as outras crianças a

426

história do amor silencioso dos dois. Todos concordaram que havia sido uma grande perda de tempo, referindo-se ao silêncio dos dois amantes, e não à história, evidentemente, já que essa foi muito apreciada por elas. A narrativa empolgou-as tanto, que ninguém notou quando um dos garotos maiores roubou uma das duas figuras de pão de gengibre. Escolheu a mulherzinha, devorando-a inteira, sem a menor cerimônia. Knud e Johanna choraram muito quando deram pelo ocorrido, resolvendo então comer o outro boneco, antes que outro guloso o engolisse, e também para não deixarem o pobrezinho triste e solitário no mundo. Quanto à história, nunca mais a esqueceram.

As duas crianças continuaram encontrando-se sempre, ora sob o sabugueiro, ora debaixo do salgueiro. A voz de Johanna era sonora e limpa como o toque de um sino de prata, e ela gostava de cantar lindas canções. Já Knud não tinha voz alguma, mas sabia de cor as letras de todas as músicas, e isso lhe dava algum consolo. Os moradores de Koege, mesmo a mulher do fazendeiro mais rico da região, sempre paravam ao passar diante das duas casas modestas, a fim de escutar a voz de Johanna, cantando no fundo de um dos quintais. "A danadinha tem uma bela voz", todos comentavam.

Foram dias alegres e felizes; pena que não duraram para sempre. A mãe de Johanna faleceu, e seu pai resolveu mudar-se para Copenhague. Os bons vizinhos despediram-se com lágrimas nos olhos, e as duas crianças não se envergonharam de chorar alto, prometendo uma à outra se escreverem sempre, pelo menos uma vez por ano.

Pouco depois, Knud foi trabalhar como aprendiz de sapateiro. Já estava crescido, chegando o tempo de deixar as brincadeiras de lado. No outono, foi à igreja da cidade para ser crismado. Bem gostaria de poder ir até Copenhague, para festejar a ocasião ao lado de Johanna. Nunca tivera a oportunidade de visitar a capital, embora ela distasse apenas vinte milhas de Koege. Nos dias claros, era possível avistar as torres de Copenhague, do outro lado da baía. No dia de sua Crisma, Knud viu a cruz dourada que se erguia sobre o campanário da igreja de Nossa Senhora.

Quantas vezes seus pensamentos voavam até onde estava Johanna! E ela, será que se lembrava dele?

Pelo Natal, chegou uma carta do pai de Johanna. As coisas pareciam correr bem para ele, que se casara de novo. Para Johanna, então, é que a sorte sorrira de verdade. Com sua bela voz, tinha conseguido um emprego no teatro. Participava das peças musicais, e nessas ocasiões costumava ganhar bom dinheiro. Por isso, enviava aos bons vizinhos de Koege "um marco de prata, para que comprem vinho na véspera de Natal e brindem à minha saúde", conforme escrevera de próprio punho na carta, acrescentando: "Minhas lembranças afetuosas ao Knud".

Todos choraram de alegria. As boas notícias deixaram aquela família contente. Agora que ficara sabendo que Johanna se lembrava dele, Knud não passava um dia sequer sem pensar na amiga.

À medida que se aproximava o término de seu estágio de aprendiz, mais lhe vinha a certeza de que a amava, e de que ela um dia haveria de tornar-se sua esposa.

Cada vez que pensava nela, um sorriso aflorava em seus lábios, e o couro dos sapatos era repuxado com mais força e disposição. Certa vez, deixou que a agulha de costurar se enfiasse em seu polegar, e nem se importou com a dor que sentiu, tão absorto estava em seus sonhos. Fazia planos de encontrá-la, e não guardaria silêncio quanto aos seus sentimentos: afinal de contas, a velha história dos pãezinhos de gengibre não deixara de ensinar-lhe uma boa lição.

Quando finalmente acabou seu estágio de aprendiz, pôs o que era seu numa mochila e rumou para Copenhague. Pela primeira vez iria visitar a capital. Já tinha acertado onde iria trabalhar: era numa oficina de consertos de calçados. Ansiava por ver Johanna, imaginando sua surpresa ao deparar com ele. Nessa altura, ela estaria com dezessete anos, enquanto ele já estava com dezenove.

Antes de sair de Koege, chegou a pensar em comprar para ela uma aliança de ouro, mas preferiu deixar para fazê-lo em Copenhague, onde por certo encontraria uma bem mais bonita. Despediu-se dos pais, pôs a mochila nas costas e partiu. Era um dia de outono, com chuva e vento. Enquanto caminhava pela estrada que levava à capital, molhou-se até os ossos. Ali chegando, foi à procura do sapateiro em cuja oficina iria trabalhar.

Quando chegou o domingo, dirigiu-se ao endereço que havia copiado da carta do pai de Johanna. Vestiu sua melhor roupa e pôs na cabeça o chapéu que havia comprado em Koege. Até então, só havia usado boné, e aquele era seu primeiro chapéu. Achou que lhe assentava bem.

Foi fácil encontrar o endereço: era um prédio de apartamentos. A família de Johanna morava no último andar. Knud ficou estarrecido com a quantidade de degraus que teria de subir. "Como é estranha a maneira de morar das pessoas, na cidade grande e solitária", pensou. "Como é possível viver assim, empilhadas umas sobre as outras?"

O pai de Johanna saudou-o efusivamente. A nova esposa, que Knud ainda não conhecia, apertou-lhe a mão e lhe ofereceu café. O apartamento era limpo e bem mobiliado.

— Johanna ficará muito contente quando o vir — disse-lhe ele. — Você cresceu, hein? Tornou-se um rapaz de muito boa aparência. Vou chamá-la. Ela é o tipo de filha que todo pai ficaria orgulhoso de ter. Como essa menina tem feito progressos! E, com a ajuda de Deus, ainda vai progredir muito mais! Tem seu próprio quarto, e veja você: faz questão fechada de pagar sua parte do aluguel!

O pai bateu na porta cerimoniosamente, como se fosse um estranho para a própria filha. Entraram — que belo quarto! Em Koege, pensou Knud, não havia um só que fosse tão elegante quanto aquele. Nem mesmo a rainha da Dinamarca deveria ter um quarto assim! O chão era coberto por um tapete, e as cortinas eram tão compridas que quase o tocavam. Havia um pequeno sofá revestido de veludo, vários quadros na parede, além de um espelho do tamanho de uma porta. Knud notou tudo isso, e, no entanto, só via Johanna! Ela parecia algo diferente daquilo que ele esperava encontrar: estava muito mais bonita do que antes. Em toda Koege não havia uma moça tão encantadora e elegante. No primeiro momento, ela ficou parada, olhando para ele como se o não conhecesse. Logo em seguida, porém, correu em sua direção. Knud pensou que iria beijá-lo, mas ela apenas o cumprimentou, embora demonstrando satisfação em revê-lo.

Seus olhos encheram-se de lágrimas ao contemplar o amigo de infância. Pôs-se a fazer-lhe perguntas, uma atrás da outra. Queria saber de seus pais, dos diversos amigos deixados em Koege, de como estavam o sabugueiro e o salgueiro, que chamava de "Mamãe Sabugo" e "Papai Salgueiro", como se as duas árvores fossem seres humanos. E por que não? Pensando bem, elas era tão humanas quanto os pãezinhos de gengibre da velha história. Também falou desses, lembrando-se de seu amor silencioso, e de como os dois bonequinhos ficaram tempos e tempos lado a lado, sem se atreverem a se declarar um ao outro. Ao recordar a história, riu gostosamente, como o fazia em criança. "Ela não mudou", pensou Knud; "ainda é a mesma pessoa". Sentiu um calor subir-lhe às faces, enquanto seu coração batia mais aceleradamente. Com prazer, aceitou o convite que ela lhe fez de passar ali o restante daquele dia.

Foi servido um chá. Mais tarde, ela leu para ele os versos de um livro. Eram versos de amor, e Knud logo estabeleceu identidade entre aquelas palavras e seus próprios sentimentos em relação a Johanna. Depois, cantou para ele, e a cantiga lembrava antes uma história saída de seu próprio coração. Quando deu por si, estava chorando, e as lágrimas incontidas nem lhe permitiram dizer o que quer que fosse. Aquilo deixou-o constrangido e envergonhado, achando que tinha procedido como um idiota. Quando se despediu, porém, ela apertou-lhe as mãos calorosamente, dizendo-lhe:

— Você tem um coração bondoso e gentil, Knud. Mantenha-o sempre assim. Não mude nunca.

Depois dessa experiência maravilhosa, como conciliar o sono? Knud não pregou o olho durante toda a noite. Ainda ressoavam em seus ouvidos as palavras do pai de Johanna, quando se despediram:

— Veja lá, hein? Não vá deixar que passe todo o inverno, antes de visitar-nos de novo.

Isso era mais que um convite, era uma intimação, e Knud decidiu visitá-los já no domingo seguinte.

Nos dias que se seguiram, após terminar seu trabalho — e sempre bem tarde, pois ali se trabalhava também à luz das lamparinas —, ele saía a passear pelas ruas, sempre achando um pretexto para passar diante do prédio em que Johanna morava. Parava debaixo de sua janela e ficava olhando para cima. Certa vez, avistou a sombra da jovem projetada na cortina, e seu coração se encheu de alegria.

Aquelas saídas noturnas incomodavam a mulher do sapateiro, que um dia tocou no assunto com o marido. O velho riu e apenas comentou:

— Ora, por que se incomodar? Knud é um rapaz...

"Hei de vê-la de novo no próximo domingo", pensava Knud. "Vou dizer-lhe o que sinto, revelar que ela nunca me sai do pensamento. E vou pedi-la em casamento. Sei que, por enquanto, não passo de um pobre ajudante de sapateiro, mas isso não irá durar para sempre. Se trabalhar duro, farei meu pé-de-meia, e um dia terei minha própria oficina, ou, quem sabe, até uma loja de calçados! Vou dizer-lhe isso. Não vou silenciar sobre meu amor, ah, não! Vou mostrar-lhe que aprendi a lição dos pãezinhos de gengibre".

Ao chegar o domingo, lá se foi Knud para a visita planejada. Não deu sorte: eles estavam de saída, e iam passar fora todo aquele dia. Johanna apertou-lhe as mãos amistosamente, perguntando-lhe se já havia ido ao teatro. Ante a resposta negativa do rapaz, disse-lhe:

— Apareça por lá na próxima quarta-feira. Vou mandar-lhe uma entrada, por intermédio do papai. Ele sabe onde é que seu patrão mora. Quarta-feira é dia de minha apresentação.

Knud ficou sensibilizado com aquela gentileza. E, com efeito, na quarta-feira, por volta do meio-dia, chegou-lhe um envelope, tendo dentro uma entrada para o espetáculo teatral daquela noite. Pena que não veio acompanhada de uma carta, ou mesmo um bilhete; enfim, a entrada prometida ali estava, e Knud preparou-se para ir ao teatro, pela primeira vez em

429

sua vida. Quando as cortinas se abriram, lá estava Johanna, linda, encantadora. No transcorrer da peça, ela acabava por casar-se com um estrangeiro, mas isso não o aborreceu. E por que aborreceria? Era apenas uma peça de teatro, não um acontecimento palpável e real. E tanto não era de verdade, que Johanna não hesitara em convidá-lo para ver seu desempenho. Quando as cortinas se fecharam, os aplausos estrugiram. O espectador mais entusiasmado era Knud, que bateu palmas e gritou "Bravo!" com toda a força de seus pulmões. Voltando os olhos para o camarote real, viu que o próprio rei, presente aquela noite ao espetáculo, dirigia a Johanna um cumprimento de cabeça, sorrindo-lhe gentilmente. Era evidente que ele também apreciara a representação. Knud sentiu-se pequeno em meio a tanta gente importante, mas não desistiu da ideia de declarar-lhe seu amor, na certeza de que também seria correspondido. E cabia a ele dizer isso primeiro, conforme havia aprendido com a história dos pãezinhos de gengibre.

No domingo seguinte, lá se foi novamente visitar os amigos. Seguiu pelas ruas solenemente, como se estivesse indo à igreja para se casar. Johanna estava sozinha em casa, pois o pai e a madrasta haviam saído. Era muita sorte!

— Estou contente de que tenha vindo — disse-lhe ela. — Quase mandei que meu pai fosse buscá-lo, mas acabei desistindo, na certeza de que você viria ver-me. Vou viajar, sexta-feira que vem. Vou para a França. Só ali terei como aprender a ser uma grande cantora.

Knud sentiu como se a sala estivesse girando, e seu coração quebrando-se em dois, mas não deixou transparecer essa sensação, contendo as lágrimas que forçavam por aflorar em seus olhos. Mesmo assim, Johanna notou a tristeza que aquela notícia lhe havia causado, tendo também de conter suas próprias lágrimas.

— Oh, a notícia deixou-o triste... Sinto muito ter ferido seu coração honesto e leal, meu bom amigo...

Suas palavras destravaram a língua de Knud, que se pôs a falar do amor que sentia por ela, e do quanto desejaria tomá-la como sua esposa. Johanna, que até então segurava-lhe as mãos, soltou-as subitamente, sendo tomada por uma palidez mortal. Então, erguendo os olhos para ele, disse-lhe em tom quase lamentoso:

— Não nos faça a ambos infelizes, Knud. Serei sempre para você como uma boa irmã, digna de toda a sua confiança. Mais do que isso, não posso ser.

Afagou-lhe a testa e o rosto molhados de suor frio, e prosseguiu:

— Deus haverá de lhe dar consolação e força, basta pedir-lhe.

Nesse instante, sua madrasta chegou.

— Veja como o Knud ficou triste ao saber que estou de partida — disse Johanna, dando um tapinha nas costas do jovem. — Vamos, rapaz, não é o fim do mundo! Onde está o garoto alegre e brincalhão que costumava sentar-se comigo debaixo do salgueiro?

Aparentemente, nada mais haviam conversado senão sobre a viagem que Johanna estava prestes a fazer. Para Knud, porém, era como se o mundo tivesse desmoronado, desfazendo-se em pedaços, um dos quais estava perdido para sempre. Seus pensamentos ia e vinham, como fiapos de linha flutuando ao vento. Resolveu ficar por ali, mesmo não tendo recebido um convite nesse sentido. Os donos da casa trataram-no gentilmente, e Johanna preparou-lhe um chá com todo capricho, como se aquele fosse o seu último encontro. Depois, cantou para ele, mas sua voz não soava tão doce como de costume. Mesmo assim, era bela o suficiente para esmagar seu coração. Ao se despedirem, Knud não lhe deu as mãos, mas ela as tomou, repreendendo-o.

— Ora, que é isso? É assim que você se despede de sua irmã? Ah, meu bom amigo... meu querido companheiro de infância... — sorriu-lhe entre lágrimas. — Não se esqueça: sou sua irmã.

Aquelas palavras não lhe trouxeram conforto algum, ressoando amargamente em seus ouvidos, enquanto voltava para casa.

Johanna embarcou para a França, e Knud permaneceu em Copenhague, refugiando-se no silêncio e na solidão. Seus colegas de oficina notaram a aflição que o roía por dentro, e resolveram convidá-lo a sair com eles.

— Nós, os jovens — disse-lhe um deles, — não temos apenas o direito de nos divertirmos, mas sim o dever!

Foram a lugar onde se dançava. Havia muitas moças bonitas, mas nenhuma chegava aos pés de Johanna. Decidido a esquecê-la, Knud entrou na pista, procurando uma que lhe servisse de par, mas foi então que a imagem de Johanna se formou nitidamente em seu pensamento, e ele escutou de novo a frase que ela lhe dissera pouco antes de se despedir: "Deus haverá de dar-lhe consolação e força, basta pedir-lhe". Sem ver os pares que dançavam a seu redor, e sem escutar a música estridente que tocava, ele juntou as mãos em prece, e por pouco não se ajoelhava ali mesmo, alheio a tudo e a todos. "Meu Deus, que estou fazendo?", pensou, angustiado. "Por que trouxe Johanna a este lugar?"

Em seu desvario, chegou a pensar que ela estivesse ali de verdade, e não apenas em seu coração. Num súbito impulso, saiu dali correndo e se foi pelas ruas, parando apenas quando se viu diante do prédio de apartamentos em que ela morava. Não havia qualquer luz acesa, e a rua estava silenciosa e deserta. Só então Knud caiu em si.

Veio o inverno, e as águas do canal se congelaram. Toda a natureza parecia morta e enterrada sob uma espessa camada de neve. Por fim, chegou o tempo da primavera. Neve e gelo se derreteram, e o porto encheu-se de novo de navios provenientes de terras distantes. Knud decidiu fugir para bem longe, para qualquer lugar, exceto para a França. Arrumou suas coisas na mochila, jogou-a nas costas e partiu pelo vasto mundo afora. Foi para a Alemanha, e ali errou pelas estradas do país, sem rumo ou destino. Vagava de uma cidade para outra, sem se fixar em nenhuma, nem mesmo para descansar. Só quando chegou a Nuremberg, no extremo sul do país, é que resolveu parar, sentindo que os pés já se arrastavam com dificuldade pelo chão, necessitando urgente repouso.

Nuremberg era uma cidade estranha, que parecia saída de um velho álbum de pinturas. As ruas eram tortuosas e estreitas, e muitas vezes as casas não acompanhavam seu alinhamento. Algumas projetavam-se para a frente, ocupando metade da calçada, e eram todas diferentes umas das outras. Essas tinham janelas compridas, aquelas tinham torrinhas, outras tinham frontões, ou cornijas, ou detalhes em alto-relevo em suas paredes. Ao longo de seus telhados de estilo medieval, corriam calhas de cobre, que desciam até embaixo em forma de dragões ou de estranhos cães de corpo fino e alongado.

Na manhã em que ali chegou, Knud caminhou até a praça central da cidade, sempre com sua mochila às costas. Parou para contemplar uma das antigas fontes que ali havia, ouvindo o rumorejar das águas que se despejavam sobre imponentes estátuas de bronze, representando personagens da Bíblia e da História, quando ali chegou uma criada jovem, que vinha buscar água. Era uma moça bonita, e carregava uma braçada de rosas. Ao ver o rapaz que ali estava, pediu-lhe licença e lhe ofereceu uma de suas rosas. Isso era um bom augúrio, pensou ele.

Perto dali, ouvia-se o som de um órgão. Knud lembrou da velha igrejinha de Koege, onde tantas vezes entrara. A daquela praça era bem maior; não uma simples igreja, mas uma catedral. Subiu as escadarias e entrou. A luz do sol penetrava pelos vitrais coloridos, fazendo realçar as colunas altas e delgadas do templo. O lugar respirava santidade, e pela primeira vez Knud sentiu que havia paz em seu coração.

Saindo dali, rodou pela cidade, até encontrar uma oficina de consertos de calçados. Ofereceu-se para trabalhar e foi aceito. O patrão parecia boa pessoa, e ele então resolveu fixar-se em Nuremberg e aprender a língua que ali se falava.

O antigo fosso que rodeava a cidade fora aterrado e transformado num jardim. As guaritas de vigilância tinham sido derrubadas, mas o muro de proteção, com suas torres reforçadas, ainda se mantinha intacto. Do lado de fora desse muro fora construído um comprido galpão de madeira, onde diversos cordoeiros praticavam seu ofício. Do lado de dentro do muro erguiam-se casinhas baixas, sombreadas pelos galhos dos sabugueiros que brotavam das fendas e rachaduras que o tempo ali fizera surgir. Era numa dessas casinhas que morava o patrão de Knud. Era dotada de um pequeno sótão, e foi nele que o rapaz se alojou. De sua janela, quase podia tocar os galhos de um sabugueiro que crescia ao lado da casa.

Knud ali viveu durante o verão, o outono e o inverno. Quando chegou a primavera, porém, achou que devia ir embora. A fragrância das flores da árvore perturbava-o demais, trazendo-lhe à lembrança sua velha casa em Koege e o tempo feliz de sua infância. Era demais.

Foi trabalhar em outra oficina, perto do centro da cidade, onde não havia sabugueiro algum que lhe despertasse aquelas saudosas reminiscências.

Seu novo patrão morava perto de uma das antigas pontes, ao lado de um moinho. As casas dali eram construídas à beira do canal, e todas tinham uma sacada que se projetava sobre suas águas. Nenhum sabugueiro crescia ali perto; em compensação, havia um salgueiro cujo tronco se apoiava nas paredes da casa, usando-as como proteção contra a fúria das águas, nas ocasiões de enchente. Seus ramos pendiam sobre o canal, da mesma forma que os do salgueiro de sua velha casa em Koege, cujos galhos pendiam sobre as águas do regato que ali passava.

Knud havia abandonado "Mamãe Sabugo", refugiando-se junto ao "Papai Salgueiro". Novamente voltaram-lhe à mente as lembranças de sua infância, especialmente quando era noite de lua cheia. Não, ele também não poderia continuar vivendo ali. Para desgosto de seu patrão, que já começara a afeiçoar-se a ele, despediu-se e deixou Nuremberg para sempre, seguindo mais para o sul.

Nunca falou de Johanna com quem quer que fosse. Aquele era um segredo seu, guardado a sete chaves dentro do coração. Muitas vezes rememorava a história dos dois pãezinhos de gengibre, lembrando-se de como o fabricante havia posto uma amêndoa amarga no lado esquerdo do peito do hominho. De certo modo, a vida fizera o mesmo com ele, mas não com Johanna, que deveria estar alegre e feliz, feita de pão de gengibre dos pés à cabeça. Toda doce.

Sentiu que respirava com dificuldade: devia ser por causa das correias da mochila, que lhe apertam o pescoço. Ajeitou-as nos ombros, mas de nada adiantou. Era como se o mundo não o rodeasse, mas sim como se estivesse meio enfiado dentro dele, causando-lhe aquela sensação de mal-estar e opressão.

O desconforto acompanhou-o até que por fim avistou ao longe as montanhas dos Alpes. A visão da cordilheira distante trouxe lágrimas aos seus olhos. Comparou aquela imagem com a das asas do mundo, pousadas em descanso sobre o chão. Ah, se essas asas se abrissem, cobrindo a Terra com suas penas de florestas escuras, reboantes quedas-d'água, nuvens e campos de neve... "Isso haverá de acontecer no Dia do Juízo Final", pensou ele, soluçando. "Então, a Terra voará para Deus, estourando no espaço como uma bolha de sabão! Ah, como anseio pela chegada desse dia!"

Atravessou uma região que parecia um pomar sem fim. Sentadas nas varandas das casas, jovens bordadeiras cumprimentavam-no com a cabeça. A neve que coroava os topos das montanhas refulgia como brasa, à luz do sol poente. Lagos de água verde, rodeados por pinheirais escuros, lembraram-lhe a cor do mar em Koege. Sentiu-se invadido por uma profunda melancolia, na qual havia mais ternura do que dor. No ponto onde o Reno atravessava a cordilheira, e em que suas águas, formando uma onda impetuosa, batiam com estrondo contra o paredão de pedra, transformando-se numa névoa de vapor, por entre a qual se divisava um arco-íris, recordou-se do moinho que existia nas cercanias de sua cidade natal. Ali, também, a água rugia, desfazendo-se num véu vaporoso. Ele bem que teria gostado de parar na cidadezinha próxima, mas ali cresciam muitos salgueiros e sabu-gueiros. Assim, resolveu prosseguir seu caminho e cruzar a cordilheira. Atravessou passagens estreitas, seguiu por trilhos perigosos, encravados na encosta como ninhos de andorinha; olhando para baixo, avistava nuvens, adivinhando, pelo ronco surdo que de lá provinha, a presença de formidáveis cachoeiras, escondidas sob aquele branco dossel.

Caminhou por entre as neves eternas, sentindo as costas aquecidas pelo sol de verão. Disse adeus às terras setentrionais e entrou na região onde as castanheiras abrem suas copas, sombreando vinhas e trigais. As montanhas como que barraram a angústia que até então o dominara, trazendo-lhe a paz pela qual tanto ansiava.

Chegou à grande cidade de Milão. Ali encontrou um sapateiro alemão que lhe deu emprego. O novo patrão e sua esposa formavam um casal de velhos simpáticos e gentis, que logo se afeiçoaram ao jovem andarilho. Knud logo se mostrou um trabalhador pontual e eficiente, embora muito calado. Havia por fim encontrado a paz, e agradecia a Deus por ter-lhe retirado aquele peso que lhe oprimia o coração.

Seu maior prazer era subir até o alto da Catedral de Milão, que lhe parecia ter sido moldada com neve trazida de sua terra natal. Postado entre as torres e os arcos do teto, mirava as esculturas, que por sua vez o encaravam com ar solene. Acima de sua cabeça estendia-se o vasto céu azul, e embaixo dele se via a grande cidade, circundada pelas extensas planícies da Lombardia. Mais ao fundo, para o norte, erguiam-se os imponentes picos dos Alpes, recobertos de neve. Ao vê-los, lembrava-se de Koege e de sua igrejinha singela, com paredes revestidas de hera. Mas essa lembrança já não vinha carregada de tristeza, e sim de uma doce e distante saudade. Já havia tomado uma decisão: era ali, no sopé daquela cordilheira, que desejava ser enterrado.

Eram passados três anos desde que saíra da Dinamarca, e havia um ano que se encontrava em Milão. Certa vez, seu patrão, o velho sapateiro alemão, convidou-o para acompanhá-lo ao Scala, o grande teatro local. Aquela noite seria representada um ópera. Knud quedou-se extasiado ao entrar naquela magnífica casa de espetáculos, com seus sete balcões, corrimões dourados e cortinas de seda. E os espectadores? Todos elegantemente vestidos, como se estivessem indo para um baile ou uma recepção. As damas levavam nas mãos pequenos ramalhetes de flores. Eram tantas as lâmpadas, e todas acesas, que o salão

433

parecia estar sendo iluminado pela própria luz do sol. A orquestra começou a tocar. Ele olhou ao redor e lembrou-se de como era bem menor o teatro de Copenhague, além de menos iluminado. Numa coisa, porém, o outro era superior ao Scala: é que ali havia cantado aquela que não saía de sua lembrança.

Abriram-se as cortinas, e quem estava no palco? Johanna, numa veste de seda bordada de ouro, trazendo na cabeça uma coroa! E ela começou a cantar, com uma voz tão doce quanto a que devem ter os anjos do céu. Num dado momento, caminhou até a beira do palco, encarou os assistentes e dirigiu-lhes um sorriso. Só ela sabia sorrir daquele jeito.

Aturdido, Knud segurou com força a mão do velho sapateiro que estava a seu lado e berrou:

— Johanna!

Seu grito foi abafado pelo som estridente da música.

O patrão meneou a cabeça, sorrindo, e comentou:

— Sim, essa aí é a grande Johanna — e mostrou-lhe o nome da cantora, impresso no libreto que estava segurando.

Então não era um sonho! Era mesmo Johanna! A assistência aplaudia delirantemente, e os gritos de "Johanna!" enchiam o recinto. As damas atiraram ao palco os ramalhetes que haviam trazido consigo. Quando ela por fim saiu do teatro, a multidão desatrelou os cavalos de sua carruagem e puxou-a em triunfo por entre as ruas da cidade. Knud entrou no meio da brincadeira, e era o mais alegre de todo aquele grupo. Quando chegaram à residência onde ela estava hospedada, Knud postou-se bem ao lado da porta da carruagem, abrindo-a para que ela descesse. Ela sorriu para todos, agradecendo a gentileza. Via-se que estava sensibilizada pela homenagem. Ao descer, seus olhares se cruzaram e ela sorriu-lhe de novo, mas dessa vez Knud sentiu que Johanna não o havia reconhecido.

Um cavalheiro, portando no peito uma condecoração, adiantou-se e lhe ofereceu o braço. Ela aceitou a oferta, e os dois seguiram para dentro da residência.

— É o noivo dela — segredou alguém ao ouvido de Knud.

Seguiu dali direto para sua casa e pôs-se a arranjar sua mochila. Tomara uma decisão: voltaria aquela mesma noite para sua terra natal, para seu velho salgueiro, para o seu frondoso sabugueiro. Era debaixo do salgueiro que a pessoa poderia fazer desfilar toda a sua vida diante dos olhos, numa curta hora de meditação.

O casal implorou para que ele ficasse, mas em vão. Tornaram a insistir, dizendo-lhe que as primeiras neves já tinham começado a cair, mas ele replicou que caminharia dentro dos sulcos deixados pelas carruagens, e que levaria consigo um bom cajado.

E lá se foi através das montanhas. Primeiro, escalou-as; depois, desceu do lado oposto. Cansado e debilitado, seguia tropegamente rumo ao Norte.

Era de noite, e as estrelas brilhavam no céu. Por perto, nenhuma cidade, nenhuma casa. Ao longe, no vale distante, brilhavam as luzes de um vilarejo. Para Knud, era como se houvesse dois céus, um em cima e outro embaixo. Estaria ficando louco? Por fim, compreendeu que se tratava de uma pequena aldeia e, reunindo as últimas forças que tinha, rumou para lá.

Hospedou-se num albergue e ali passou alguns dias repousando da estafante travessia dos Alpes. No vale a neve já se havia derretido, e as estradas estavam cobertas de lama. Certa manhã, escutou o som de um realejo, tocando uma velha canção dinamarquesa. A saudade do lar voltou a invadir-lhe o peito, fazendo-o retomar seu caminho.

Seguia apressadamente pelas estradas, como se receasse não chegar em casa antes que todos os conhecidos estivessem mortos. Aos eventuais companheiros de viagem jamais revelou a mágoa que o consumia, a dor maior que um ser humano pode suportar. E nisso fazia bem, pois ninguém gosta de escutar lamúrias e queixas, nem mesmo os amigos. E que amigos tinha ele? Nenhum. Ali, não passava de um estranho, de um estrangeiro, e essa constatação mais o impelia rapidamente para as terras frias da Escandinávia. Depois que deixara o lar, apenas uma vez recebera uma carta de seus pais, e isso há mais de um ano. Usando de seu direito de pais, eles o repreenderam, escrevendo-lhe: "Você parece que deixou de ser dinamarquês! Não ama sua pátria, como nós amamos. Só quer saber de viver no estrangeiro". Sim, eram seus pais; conheciam-no bem, podiam julgá-lo.

Knud caminhava de noite por uma estrada larga. Começou a esfriar. Aos poucos, a paisagem fora tornando-se cada vez mais plana, numa sucessão infinita de campinas e plantações. Ao lado da estrada erguia-se um enorme salgueiro. Até parecia uma paisagem dinamarquesa, de tão familiar que lhe parecia. Sentou-se debaixo de seus ramos, sentindo-se terrivelmente cansado. A cabeça pendeu-lhe sobre o peito, e ele cerrou os olhos. Teve a impressão de que os ramos fechavam-se em torno dele, num abraço carinhoso. A árvore transformara-se num ser humano, o próprio "Papai Salgueiro" em carne e osso. Tomando Knud nos braços, carregou o filho semiadormecido para a praia desolada de Koege, para o jardim de sua infância, para o lar.

Sim, era o velho salgueiro de Koege, que saíra pelo mundo atrás do menino fujão. Papai Salgueiro, agora que o encontrara, trazia-o de volta para o quintal de sua casa, banhado pelo regato cristalino e murmurante. E ali também estava Johanna, trajando as belas roupas que trazia da última vez que a vira, inclusive com a coroa de ouro na cabeça. Ao vê-lo, ela gritou:

— Seja bem-vindo!

Ao lado dela estavam duas estranhas personagens, que ele logo reconheceu serem os dois pãezinhos de gengibre. Pareceram-lhe maiores e mais humanos do que quando os tivera nas mãos em criança.

— Obrigado, Knud — disseram os dois. — Você ensinou-nos uma lição: quando se sente uma coisa, deve-se externar o pensamento; do contrário, nada acontece. Agimos assim, e agora estamos noivos.

Em seguida, foram os quatro para a cidade de Koege. Knud e Johanna caminhavam atrás do casal de pãezinhos. Mesmo vistos de trás, os dois não faziam má figura, parecendo um casal normal. Dando-se as mãos, entraram os dois casais na igreja. Ali estava o velho templo, como Knud o havia deixado: pequeno, singelo, com suas paredes externas recobertas de hera verdinha. Quando suas portas se abriram, o som do órgão encheu o ar. Os dois pães de gengibre detiveram-se à entrada e disseram:

— Que entrem os noivos primeiro.

Knud e Johanna adiantaram-se, seguindo até o altar, onde se ajoelharam. Lágrimas frias como neve escorreram dos olhos dela. Eram o resultado do derretimento de seu coração gelado, agora aquecido pelo grande amor que sentia. Ela encostou seu rosto no de Knud, e, ao contato daquelas lágrimas geladas, ele acordou. Ardia em febre. Voltou a si e viu que estava sentado debaixo de um salgueiro, numa terra desconhecida, durante uma fria noite de inverno. O vento sibilava, atirando contra seu rosto lâminas de granizo.

— Este foi o momento mais feliz de toda a minha vida — murmurou para si próprio. — Pena que não passou de um sonho. Oh, meu Deus, fazei com que esse sonho tenha prosseguimento!

Seus olhos voltaram a cerrar-se. Dormiu. Sonhou.

Pela madrugada, começou a nevar, e uma camada branca recobriu suas pernas e seus pés. Quando o sino da igreja vizinha soou, os fiéis que passaram por ali depararam com o pobre andarilho, enregelado, morto, descansando para todo o sempre, debaixo de um salgueiro.

Cinco Ervilhas Numa Vagem Só

Era uma vez uma vagem que tinha dentro de si cinco ervilhas. Todas as cinco eram verdes, assim como a vagem que as envolvia; por isso, pensavam que o mundo todo era verde, o que não deixava de ser verdade, pelo menos para elas. A vagem cresceu, e as ervilhas também, acomodando-se ali dentro como era possível. Ficaram as cinco em fila indiana, encostadas uma na outra. O sol aquecia a vagem, e a chuva vinha refrescá-la e banhá-la, mas isso os grãos de ervilha não viam. Ali dentro era quente e confortável, claro de dia e escuro de noite; aliás, não podia ser diferente. À medida que cresciam, as ervilhas passaram a raciocinar melhor e a pensar mais vezes, e era isso a única coisa que tinham a fazer para passar o tempo. Um dia, uma delas disse:

— Acho que não vamos viver aqui para sempre. Tenho medo de endurecer, com o passar do tempo. Como será lá fora? Meu pressentimento é de que lá existe alguma coisa diferente do que temos aqui dentro.

Passaram-se as semanas. A vagem amareleceu, e as ervilhas também.

— O mundo está mudando de cor — disse uma delas. — Virou amarelo!

E isso não deixava de ser verdade, ao menos para elas.

Um dia, algo estranho começou a acontecer. Sua casa balançava, como se estivesse sendo agitada para cima e para baixo. A vagem estava sendo arrancada do pé, por alguém que a atirou no bolso de um avental, junto com várias outras iguais a ela.

— Esta casa vai ser aberta daqui a pouco — comentou uma das ervilhas, prevendo inteligentemente o que estava para acontecer.

— Seremos separadas em breve — disse outra. — Qual de nós irá mais longe? Talvez seja eu, que sou a menorzinha.

— Pode ser que sim, pode ser que não — disse a maior de todas. — Vamos dar tempo ao tempo.

Rrrec! A vagem rompeu-se, e as cinco ervilhas rolaram para fora, ofuscadas pela luz do sol. Caíram na concha da mão de um menino, que as inspecionou com olhos atentos, comentando em seguida:

— Excelente munição. Boa mesmo. Vou experimentar uma em meu canhão.

E, enfiando-a dentro de um tubo, soprou-a com força, disparando-a para bem longe.

— Lá vou eu, turma! — gritou a ervilha, exultante. — Ninguém me alcança!

E desapareceu ao longe.

— Agora é a minha vez — disse a segunda ervilha, ao ser introduzida no tubo. — Vou voar para longe — quem sabe até o Sol? Ele parece uma boa vagem, não acham?

Nesse momento, duas ervilhas caíram das mãos do menino e rolaram pelo chão. Uma delas comentou:

— Nosso destino é outro: rolar, e não voar. Só nos resta dormir e esperar.

Mas enganavam-se. O menino logo as encontrou e as enfiou no tubo, para experimentar um disparo duplo.

— Lá vamos nós, irmãzinha! — gritaram para a última. — Adeus!

"Agora, eu", pensou a última, ao ser soprada para longe. "Seja o que Deus quiser." Voou pelos ares e foi cair no peitoril carcomido da janela de um sótão, bem dentro de uma greta. A poeira ali acumulada tinha-se transformado em terra, sobre a qual crescia musgo. Enfiando-se dentro desse musgo, ela ali ficou escondida e esquecida de todos, exceto de Deus.

Nada mais podendo fazer, ali ficou ela, esperando o que iria acontecer.

No sótão morava uma mulher pobre que trabalhava de diarista, limpando lareiras, polindo talheres, cortando lenha; enfim: fazendo qualquer tipo de serviço doméstico. Era forte e bem disposta, e jamais recusava fazer qualquer trabalho que lhe pedissem, mas nem por isso deixava de ser pobre. Morava com ela sua filha, uma menina franzina e delicada, que há mais de um ano caíra de cama, e desde então nunca mais se levantara.

— Não demora muito, e ela irá fazer companhia à irmãzinha que se foi — costumava dizer a mulher. — Tive duas filhas. Deus viu como era difícil para mim a tarefa de cuidar de ambas, e resolveu dividi-la comigo, levando uma delas para o céu. Eu bem que gostaria de continuar cuidando dessa que me restou, mas Ele certamente não aprecia a ideia de deixá-las separadas por muito tempo, e logo irá levá-la também.

Mas a doentinha teimava em sobreviver, aguardando pacientemente na cama que a mãe voltasse da labuta diária, trazendo apenas o suficiente para o seu sustento.

Chegou a primavera. Bem cedo, pela manhã, o sol rebrilhou no céu, e sua luz atravessou a janela, indo pousar nas tábuas do chão. Olhando para a vidraça, a menina notou alguma coisa diferente no peitoril, dizendo à mãe, que já se preparava para sair:

— Olha ali, mãe, um negocinho verde balançando, do lado de fora da janela. Que será?

A mãe abriu a janela e exclamou:

— Quê! Um pezinho de ervilha! Como será que foi nascer logo aqui? Olhe as folhinhas verdes que ele tem... que gracinha! Agora você tem um jardinzinho. Vigie-o bem, ouviu?

A cama da menina foi arrastada até perto da janela, para que a doente pudesse ver melhor a plantinha. Feito isso, a mãe saiu para trabalhar.

À noite, quando regressou, encontrou a filha sorridente e animada.

— Ah, mãe, acho que estou começando a melhorar! Tomei sol hoje, e estava ótimo! O pezinho de ervilha também gostou. Acho que dentro em breve poderei sair da cama e tomar sol lá fora.

— Que bom, filha! Tomara que isso aconteça logo — respondeu-lhe a mãe, sem acreditar que aquilo fosse possível.

Para não deixar que o vento quebrasse a plantinha, fincou uma vareta numa das fendas do peitoril, amarrando nela o pé de ervilha. Em seguida, esticou um barbante na janela, de alto a baixo, para que seus raminhos encontrassem um apoio para crescer. Seu expediente deu certo, porque a plantinha começou a crescer a olhos vistos, dia após dia. Certa manhã, ao examiná-la, a mãe disse:

— Veja, filha: um botãozinho fechado! Parece que ela vai dar flor!

Também seu coração começou a rebrotar, abrigando a esperança de que a menina recuperasse a saúde. Notara que, nos últimos dias, ela estava apresentando algumas melhoras, mostrando-se mais alegre e otimista. Já por duas manhãs conseguira erguer-se e sentar-se na cama, a fim de olhar a plantinha solitária que constituía seu pequenino jardim.

Uma semana depois, a menina ficou de pé pela primeira vez em um ano, conseguindo caminhar até a cadeira, onde ficou sentada durante uma hora. Antes de retornar ao leito, foi até a janela, inclinou-se e beijou o pequenino pé de ervilha, que já ostentava uma bela flor vermelha e branca. Aquele dia foi para ela muito especial. Era como se fosse o dia de seu aniversário. Vendo aquela cena, a mãe não se conteve: foi também à janela e segredou para o pé de ervilha:

— Foi Deus quem te plantou e quem te fez crescer, para fazer renascer minha esperança e para restaurar a saúde de minha filhinha!

Enquanto dizia isso, sorriu ternamente para a plantinha, como se estivesse agradecendo a um anjo vindo do céu.

E quanto às outras ervilhas, que foi feito delas? Vou contar:

A primeira, aquela que gritou "Ninguém me alcança!", foi parar no papo de uma pomba. Dali, passou para o estômago da ave, onde ficou quieta, como Jonas no ventre da baleia. As duas bobinhas, que foram disparadas de uma só vez, também foram papadas pelas pombas, o que não deixa de ser um destino nobre e respeitável para uma ervilha. Fim diferente teve aquela que esperava aninhar-se no Sol. Esta caiu dentro de uma calha de chuva, e ali ficou durante dias e semanas, mergulhada na água. Inchou a mais não poder.

— A cada dia que passa, fico mais gordinha e mais bonita! Se continuar engordando assim, vou acabar rachando! Ah, se minhas irmãs me vissem! Das cinco que nascemos naquela vagem, fui a que se deu melhor!

A calha, que ali de cima via tudo, concordou com ela.

Junto à janela do sótão, a menina olhava para o pé de ervilha, protegendo-o com as mãos em concha contra uma rajada súbita de vento. Seus olhos brilhavam de felicidade, e suas bochechas já tinham adquirido uma cor rosada, sinal de que a saúde já lhe estava voltando. Fechando os olhos, dirigiu a Deus uma prece de agradecimento pela plantinha que Ele lhe tinha dado.

Do outro lado da rua, contemplando a cena, a calha de chuva pensou: "Pode ficar com a sua ervilha, que eu aqui fico com a minha".

Uma Folha Caída do Céu

Alto, bem alto, onde o ar é leve e rarefeito, voava um anjo, levando nas mão uma flor colhida no Paraíso. Num momento em que inclinou a cabeça para beijar a flor, uma folhinha desprendeu-se da haste e caiu sobre a terra, no meio de uma floresta. Encontrando solo fértil, deitou raízes e começou a crescer em meio a tantas outras plantas verdes. Notando seu aspecto diferente, os outros vegetais comentaram entre si:

— Que plantinha mais engraçada! De onde será que veio?

Nenhum deles, porém, quis fazer amizade com a plantinha, nem mesmo a urtiga ou o cardo.

— Pelo jeito, deve ser alguma planta de jardim — cochicharam entre si, dando gargalhadas.

Certamente pensaram que ela ficaria envergonhada se escutasse aquilo. Pode ser que sim, pode ser que não; o fato é que ela continuou crescendo e espalhando seus ramos pelo ar.

— Aonde pensa que vai? — perguntou-lhe um dia o cardo, que se erguia orgulhoso, ostentando um espinho na ponta de cada uma de suas folhas. — Que negócio é esse de crescer para os lados? O correto é para cima, ora! Acha que teremos obrigação de amparar e sustentar seus ramos?

Com a chegada do inverno, o mundo embranqueceu. A neve cobriu a plantinha que veio do céu, tornando-se brilhante e cintilante como se houvesse raios de sol debaixo dela. Quando teve início a primavera, a plantinha desabrochou, e suas flores eram mais bonitas que qualquer outra da floresta.

Passou por ali um professor de Botânica. Era um perito no assunto, e podia prová-lo, exibindo diversos certificados e diplomas. Ao deparar com aquela planta, deteve-se, examinou-a atentamente; depois arrancou uma de suas folhas, mastigou-a, franziu a testa e declarou solenemente:

— Esta planta não está catalogada em nenhum livro de Botânica! É impossível determinar sequer a qual família ela pertence!

Depois de um pigarro, concluiu:

— Trata-se de uma subespécie, provavelmente, mas que ainda não foi estudada, nem descrita, nem classificada.

— Nem descrita, nem classificada! — exclamaram os cardos e urtigas.

As árvores altas que cresciam ao redor escutaram tudo, sem nada dizer. Era evidente que a plantinha não pertencia a alguma de suas famílias. Por outro lado, que comentário poderiam fazer, se nada sabiam a favor ou contra aquela plantinha? Assim, mantiveram-se caladas, atitude mais prudente que se pode tomar, quando nada se sabe acerca de um assunto.

Passou por ali uma garotinha doce e inocente, tão pobrezinha, que a única coisa que possuía era a Bíblia que trazia nas mãos. Era de suas páginas que recolhera a lição ministrada pelo próprio Deus: "Se alguém quiser prejudicar-te, lembra-te da história de José do Egito, e de como Eu transformei em benefício o mal que lhe queriam fazer." Nelas lera também a frase proferida pelo Salvador, no momento em que era pregado na Cruz e escutava as zombarias e gracejos de seus algozes: "Pai, perdoai-os, porque não sabem o que fazem".

Vendo aquela planta diferente, parou para observá-la. Suas folhas verdes desprendiam uma fragrância doce e refrescante. Flores multicoloridas brotavam de seus ramos, refletindo a luz do sol, como se fosse um espetáculo de fogos de artifício. A menina ficou extasiada ante aquela beleza celestial. Com respeito, aproximou o rosto da planta, a fim de admirar melhor suas flores e sentir seu doce aroma. Pensou em colher uma flor, mas desistiu da ideia, preferindo deixá-la ali mesmo, linda e viçosa como só na planta poderia permanecer. Em vez disso, arrancou uma folhinha que crescia solitária num galhinho, colocando-a entre as páginas de sua Bíblia. E ela ali permaneceu, sem jamais murchar, mantendo-se sempre verde e tenra como no dia em que foi colhida.

Encerrada entre as páginas da Bíblia, ali ficou a folha; encerrada no fundo do chão, logo depois ficou a Bíblia, pois a menina morreu, e o livro foi posto sob sua cabeça, como se fosse um travesseiro. A expressão solene da Morte espalhou-se sobre seu semblante, como se a argila de que somos feitos quisesse mostrar que tinha voltado às mãos de seu Criador.

No meio da floresta, a planta estranha e maravilhosa continuava a crescer, tornando-se alta como uma árvore. As aves migratórias demonstravam grande respeito por ela, especialmente as cegonhas e as andorinhas, que sempre inclinavam a cabeça ao avistá-la.

— Essas estrangeiras... — comentavam os cardos e urtigas com azedume. — Onde já se viu tamanha idiotice? Nós, que nascemos aqui, jamais procedemos desse modo!

As lesmas negras que viviam na floresta deixaram seu rastro viscoso na planta, que agora já não era pequena.

Um sujeito que criava porcos veio até a floresta, em busca de alimento para seus leitões. Colheu urtigas e cardos, e, vendo a maravilhosa planta que viera do céu, arrancou-a também, com raiz e tudo. "Pode ser que os bichinhos gostem disso aí", pensou.

O rei que governava aquela terra estava sofrendo de profunda melancolia. Era tal a tristeza que o dominava, que nem mesmo o trabalho conseguia fazer com que ele se distraísse. Tudo foi tentado para levantar-lhe o moral: leram em voz alta livros sérios e profundos, depois obras mais leves e humorísticas, mas em vão. Por fim, chegou-lhe às mãos uma carta, remetida por um dos homens mais sábios do reino, ao qual ele havia recorrido, expondo seu problema. Dizia ele na carta que havia um remédio eficaz para curar o rei de sua aflição:

"Trata-se, Majestade, de uma planta que cresce aqui mesmo no reino. Suas folhas são...(assim, assim) *e suas flores são...*(assim, assado). É fácil reconhecê-la (seguia-se um desenho da planta). O vegetal mantém-se verde, tanto no verão como no inverno. Arranque uma folhinha dele noite após noite e aplique-a sobre a testa antes de ir dormir. Verá como a melancolia aos poucos desaparecerá. Doces sonhos haverão de povoar a mente de Vossa Majestade durante o sono, aliviando o peso de sua aflição e conferindo-lhe forças para enfrentar as lides do dia seguinte.

CBEOCRED

Todos os médicos do reino, além daquele professor de Botânica, logo reconheceram a qual planta se referia o sábio conselheiro. Saíram imediatamente para a floresta, rumando para o lugar onde a haviam visto. Ali chegando, nada! Onde estaria a planta maravilhosa? Pergunta daqui, pergunta dali, indagaram do criador de porcos, que baixou a cabeça, envergonhado, confessando:

— Ih, aquela planta esquisita? Ai, ai, ai— arranquei-a, tempos atrás, para dar de comer aos meus leitões! Os senhores vão me desculpar... Eu não sabia quanto ela valia...

— Não sabia quanto valia! Pois você vale tanto quanto sabe, isso é, nada! — vociferaram os médicos e o professor. — Santa ignorância! Como pode alguém ser tão idiota assim?

O criador de porcos engoliu em seco, achando que a repreensão era só para ele, no que fez muito bem, pois era mesmo.

Não se pôde encontrar nem mesmo uma folhinha perdida. Entretanto, havia uma: a que a menina tinha guardado dentro das páginas de sua Bíblia, e que agora jazia enterrada sob sete palmos. Mas, disso, ninguém tinha conhecimento.

Desesperado, o rei em pessoa fez questão de seguir com uma comitiva até a floresta, a fim de contemplar o local onde a planta outrora tinha crescido.

— De hoje em diante — declarou, — este lugar é considerado sagrado!

Um gradil de ouro foi erigido naquele pequeno trecho da floresta, assinalando o local onde estivera a planta caída do céu. Uma sentinela passou a montar guarda ali, dia e noite.

O professor de Botânica redigiu um artigo científico a respeito do magnífico vegetal, e por causa disso recebeu como condecoração uma medalha de ouro, da qual nunca mais se separou, legando-a em testamento a seus descendentes. E essa é a parte alegre desta história, já que a planta desapareceu mesmo, e o rei continuou mergulhado em sua melancolia, tristonho e deprimido.

— Não há por que reclamar — filosofou a sentinela. — Ele sempre foi assim mesmo...

"Ela Não Presta!"

O Sr. Prefeito estava de pé junto a uma janela aberta, bem à vontade, vestindo roupas caseiras. Tinha o rosto mais vermelho do que o normal: é que acabara de fazer a barba, tarefa que jamais confiava aos barbeiros, preferindo executá-la por conta própria. Nesse dia, porém, cortara-se no queixo; por isso, tinha posto ali um pedacinho de papel, para estancar o sangue.

— Ei, menino! Você aí! Venha cá.

Dirigia-se ao filho da lavadeira, que passava do outro lado da rua, e que, ao escutar sua voz, tirara o boné respeitosamente. Não era bem um boné, mas sim um casquete, daqueles que se podem facilmente dobrar e enfiar no bolso. Suas roupas, embora cerzidas, eram limpas, e ele usava um par de tamancos grosseiros. Aproximando-se da janela, postou-se diante delas reverentemente, como se o prefeito fosse o rei em pessoa.

— Você é um bom menino — disse-lhe o prefeito, — um garoto bem-educado. Vejo que está indo ao rio, onde sua mãe costuma lavar roupas. Vai encontrá-la, não é? E vai entregar a ela isso aí que está no bolso. Pelo formato, vejo que é uma garrafa. Por acaso está cheia?

— Não, senhor, está pela metade — responde o menino, envergonhado.

— Que coisa feia! Levando bebida alcoólica para sua mãe... Garanto que ela já bebeu a outra metade da garrafa hoje pela manhã.

— Hoje, não, senhor; foi ontem — disse o menino, sem se atrever a encará-lo.

— Duas meias garrafas perfazem um garrafa inteira. Como pode essa mulher dar tão mau exemplo? Ela não presta! É uma irresponsável! Devia ser castigada por isso! Se continuar procedendo assim, acabará transformando você, pobre criança, num beberrão. Trate de não imitá-la, ouviu bem? Tenho muita pena de você... Enfim, que fazer? Pode ir. Até logo.

O garoto prosseguiu seu caminho, segurando o casquete na mão. O vento brincava com seus cabelos louros, agitando-lhe os cachos. Chegando ao fim da rua, tomou por um

444

atalho que descia até a beira do rio. Ali estava sua mãe, com a água dando pelos joelhos, enxaguando as roupas que acabara de lavar. As águas corriam velozes, pois a comporta do moinho tinha sido aberta. A mulher tinha de ficar atenta para impedir que os lençóis fossem arrastados pela correnteza.

— Se eu não ficar esperta, a água me leva! — disse ela, rindo. — Que bom que você veio, meu filho. Preciso tomar um golezinho para me aquecer. Estou há mais de seis horas seguidas nesta água gelada! Trouxe a bebida?

O menino fez que sim com a cabeça, entregando-lhe a garrafa. Ela tirou a rolha e bebeu um gole.

— Ah, que bom! Como esquenta! Faz o mesmo efeito de uma sopa bem quente, e custa muito menos. Tome um golinho, filho. Você está pálido, e tenho receio de que contraia um resfriado. Por que não pôs um agasalho? O tempo está esfriando! Mas frio mesmo faz é aqui dentro desta água — brrr! Queira Deus eu não vá pegar uma gripe. Nem pensar! Passe a garrafa para eu tomar mais um gole. Vou deixar um restinho para você, mas só um pouquinho, viu? E nada de habituar-se, minha pobre e boa criança.

A mulher saiu da água e foi para junto do filho. Sua saia estava toda molhada, bem como a esteirinha de junco que trazia presa à cintura, e que lhe servia para esfregar as roupas.

— Estou com os dedos ralados de tanto esfregar roupa! Mas isso não importa, desde que eu possa criá-lo direitinho.

Nesse momento, surgiu ali uma outra mulher. Era mais velha e caminhava com dificuldade, mancando de uma perna. Sua pele era gasta e enrugada, assim como as roupas que usava. Uma franja de cabelo caía sobre um de seus olhos, na tentativa de ocultá-lo de todos, já que ela era caolha. Ao invés de alcançar seu intento, isso mais chamava atenção para seu defeito. "Maria-Manca-de-Um-Olho-Só", era como a conheciam no lugar. A velha era muito amiga da lavadeira.

— Ah, pobre criatura — disse ela, logo que se aproximou. — Aí está você, como sempre, nessa água gelada, na luta de todo dia. Vejo que teve de tomar um gole para se aquecer. Fez muito bem. Não sei como há certas pessoas que possam condená-la por isso.

A velha contou então para sua amiga que havia escutado o prefeito recriminar sua atitude.

— E ele teve a coragem de dizer tudo isso para o seu filho, onde já se viu? Como se fosse santo... Quando dá suas festas e convida os amigos para sua casa, todos bebem vinho sem a menor cerimônia. Alguns até saem de lá trocando as pernas, mas ninguém se atreve a chamá-los de beberrões. Ah, não! São pessoas finas! São gente de bem! Quanto a você, é diferente. Você é irresponsável, você dá mau exemplo, você não presta... Cambada de fariseus!...

— Ele disse isso para você? — perguntou ela ao menino, com os lábios trêmulos. — Disse que sua mãe não prestava? Que audácia! Pode até ser que ele tenha razão, mas isso é uma coisa que não se pode dizer a uma criança... Enfim, não é de se estranhar: por causa daquela família, já padeci muito sofrimento...

— É verdade — concordou Maria Manca. — Você trabalhou naquela casa, quando os pais do prefeito ainda eram vivos. Mas isso foi há muito, muito tempo... Depois disso, o mundo já deu tantas voltas, que a gente até ficou tonta...

445

Maria-Manca riu-se de sua pilhéria, e depois prosseguiu:

— O prefeito vai dar uma festa hoje. Bem que ele quis adiá-la, mas não pôde. Os convites já foram enviados há muito tempo, e a comida já está sendo preparada. Quem me contou isso foi o jardineiro que trabalha lá. Sabe por que ele queria adiar a festa? Porque recebeu há pouco uma carta de Copenhague, comunicando que seu irmão morreu...

— O irmão dele? — perguntou a lavadeira, com expressão aflita.

— Que é isso, menina? — estranhou a velha. — Porque tanto susto? Até parece que ele era seu irmão, e não do prefeito! Imagino que o tenha conhecido quando trabalhava naquela casa.

— É isso mesmo, conheci-o naquela ocasião. Era uma pessoa maravilhosa, dessas que só de tempos em tempos chegam ao céu. Deus ficará feliz ao recebê-lo — respondeu a lavadeira, enxugando as lágrimas que lhe escorriam pela face. — Ai, ai, ai, essa notícia me abalou! Sinto-me tonta, mas talvez seja por causa da bebida. Acho que abusei um pouco. Parece até que o mundo todo está girando...

A mulher caminhou até uma cerca, debruçando-se sobre ela.

— Oh, meu Deus! Não é que ela está mesmo passando mal! — exclamou a velha. — Será que vai passar? Não, acho que é coisa séria! Estou preocupada. Venha, minha filha, vamos para casa.

— Não posso! As roupas... — lamentou-se a mulher.

— Esqueça. Deixe-as aqui, que seu filho ficará tomando conta delas. Depois, eu volto e termino seu trabalho, pode ficar tranquila. Venha, que eu lhe dou o braço.

A lavadeira tentou caminhar, sentindo grande dificuldade em mover as pernas.

— Acho que fiquei tempo demais na água fria. Não comi nada, desde a manhã. Estou ardendo em febre. Oh, meu Jesus, ajudai-me! Não me desampareis, Senhor, e nem a esta pobre criança!

E prorrompeu em pranto.

Com dificuldade, as duas mulheres subiram pela trilha, deixando ali o menino, que também se pôs a chorar.

No momento em que as duas passavam diante da casa do prefeito, a lavadeira, não resistindo ao esforço que fazia, caiu desfalecida no chão. As pessoas que passavam acorreram até lá, enquanto a velha dirigiu-se até a casa, a fim de buscar ajuda. Atraídos pelo vozerio, o prefeito e seus convidados chegaram à janela.

— Ah, é a lavadeira — comentou o prefeito. — Hoje bebeu até passar da conta. Tenho pena do filho dessa mulher, um menino bom e educado. Pena que a mãe não presta!

A lavadeira foi carregada até a pobre choupana onde morava, e posta na cama. Maria-Manca preparou-lhe uma bebida quente — "um santo remédio!"— feita com cerveja, manteiga e açúcar queimado, e depois voltou para o rio, a fim de enxaguar as roupas que tinham ficado lá, sob a guarda do menino. Boa vontade ela até que tinha, mas via-se que lavar roupas não era o seu forte. De fato, tudo o que fez foi torcer as roupas mal, mal, colocando-as em seguida numa caixa.

À noite, voltou à casa da lavadeira e sentou-se na beira da cama da enferma. A cozinheira do prefeito dera para ela uma boa fatia de presunto e um punhado de batatas fritas, mas a doente estava sem apetite. Disse que bastava aspirar aquele cheirinho gostoso para sentir-se alimentada. Quem se regalou com as iguarias foram a velha e o menino.

Em seguida, o menino foi deitar-se, como de costume, atravessado ao pés da cama da mãe. Seu cobertor era um velho tapete de pano, cheio de remendos azuis e brancos.

446

Aos poucos, a lavadeira foi-se sentindo melhor. A cerveja quente e o cheiro de comida tinham-lhe feito bem. Voltando-se para a velha, falou-lhe em voz baixa:

— Quero agradecer-lhe por tudo o que me fez, minha boa amiga. O menino já dormiu? Então, vou contar minha história.

Maria-Manca ajeitou-se na beira da cama, enquanto a lavadeira erguia a cabeça, a fim de ver o filho, que já estava ressonando.

— Pobrezinho, já dormiu. Parece um anjo, não é? Não tem a mínima ideia do quanto já padeci, e queira Deus que nunca venha a saber desta história que lhe vou contar. Eu trabalhava na casa do velho juiz, pai do prefeito. Um dia, seu filho caçula, ao qual todos se referiam como "o estudante", veio passar as férias na casa dos pais. Naquele tempo, eu era jovem, animada, cheia de vida; acima de tudo, porém, era uma moça honesta, e, quanto a isso, tomo a Deus por testemunha. "O estudante" era um rapaz sorridente e brincalhão, dotado de coração generoso e bom. Não havia sequer a menor mancha em seu caráter, que era todo formado de boas qualidades. Sim, ele era honesto, correto e digno, a melhor pessoa que encontrei durante toda a minha vida. E embora eu não passasse de uma simples empregada na casa de seu pai, acabei apaixonando-me por ele, e ele por mim. Tivemos um namoro honesto e decente, pois um beijo não é pecado, quando se ama de verdade.

"Ele não ocultou seus sentimentos, contando tudo para sua mãe, pessoa a quem devotava o maior respeito e consideração. Era uma senhora distinta, gentil e compreensiva. Ouviu tudo e apenas meneou a cabeça, sem nada comentar. Poucos dias depois, terminaram as férias e ele voltou para a cidade grande. Antes de partir, colocou no meu dedo uma aliança de ouro.

"Dois ou três dias mais tarde, a patroa veio falar comigo. Usando de palavras gentis, mas firmes, como devem ser as que Deus emprega quando fala conosco, mostrou a enorme distância que separava seu filho de mim, no tocante à cultura, à educação e ao traquejo social. "Agora", disse ela, "meu filho está deslumbrado com a sua beleza. Mas, e amanhã, quando essa beleza acabar? As coisas que ele sabe estão acima da sua compreensão. São dois mundos intelectuais distintos, o seu e o dele. E isso constitui uma verdadeira tragédia. O que digo nada tem a ver com a fortuna. Dinheiro não é tudo, e sei que no céu haverá mais pobres do que ricos sentados à direita do Pai. Aqui na terra, contudo, é diferente: é lé com lé, cré com cré; do contrário, tudo dará errado. Sei de uma pessoa que gostaria de se casar com você: é Erik, o luveiro, viúvo sem filhos, que leva vida decente e possui boa situação. Por que não pensa nisso?

"Cada palavra que ela dizia era como uma punhalada em meu coração. E o pior de tudo é que eu sabia que ela estava com razão, o que mais me deixava desolada. Agradeci o conselho, beijei-lhe as mãos e chorei lágrimas amargas, renovando o pranto quando voltei para meu quarto. Só o Senhor sabe quanto penei durante aquela longa noite... No dia seguinte, que era domingo, fui à igreja e comunguei, pedindo a Deus que me iluminasse. Como se por um ato da Divina Providência, encontrei Erik no momento em que saía da igreja. Foram-se todas as minhas dúvidas: ali estava o homem que me servia para marido. Era da mesma condição que a minha, e ninguém haveria de estranhar que nós dois nos quiséssemos e tivéssemos decidido nos casar, ainda mais pelo fato de que ele possuía boa situação financeira. Assim, fui ao seu encontro, tomei-lhe as mãos e perguntei: — Sua proposta de casamento ainda está de pé? — Claro que sim! Sempre estará! — Pode até ser que venha a amá-lo um dia, Erik; por ora, porém, devoto-lhe apenas respeito e

447

consideração. Sabendo disso, ainda gostaria de casar-se comigo? — Sim, pois tenho certeza de que, com o passar tempo, você haverá de me amar.

"Demo-nos as mãos e nos olhamos nos olhos, longamente. Ele não podia ver que eu trazia a aliança de outro sobre o meu peito, presa numa corrente. Só a tirava dali quando ia dormir. Punha-a no dedo, então, e ficava a beijá-la, até conciliar o sono. Aquela foi a última noite em que a usei. Logo no dia seguinte, entreguei-a à patroa, avisando-lhe que os procla-mas de meu casamento com o luveiro Erik seriam lidos no próximo domingo. Ela abraçou-me e beijou-me com carinho, elogiando meu bom senso e meu espírito de renúncia. Sei que ela me queria bem, e que, se fosse viva, jamais admitiria que alguém dissesse que eu não presto. Devo confessar que eu era uma pessoa melhor do que sou hoje, naquele tempo em que ainda não havia passado por tantas provações. Você conhece parte da história que se seguiu. Casamo-nos e, nos primeiros anos de nossa vida, tudo correu às mil maravilhas. Erik trabalhava em sua oficina, tinha um ajudante e um aprendiz, enquanto eu ficava em casa, às voltas com o trabalho doméstico, ajudada por uma excelente empregada, que você sabe bem quem era.

— Ora, se sei: era eu! E posso garantir-lhe que você foi a melhor patroa que jamais encontrei. Lembro-me como se fosse hoje, da maneira educada e gentil com que você e seu marido sempre me trataram...

— Sim, Maria, foram bons tempos, aqueles... Éramos só nós três, na casa, pois o menino ainda não tinha nascido. Quanto ao estudante, nunca mais o vi. Aliás, minto: vi, sim, uma única vez, mas ele não me viu. Foi por ocasião da morte de sua mãe. Vi-o parado junto ao túmulo, com fisionomia triste e compungida. Seu rosto, muito pálido, era a própria imagem da dor. Quando o pai morreu, ele não veio, pois estava no estrangeiro. Parece que ele vivia viajando. E o fato é que jamais voltou aqui, desde aquela vez. Que eu saiba, nunca se casou. Formou-se em Direito e se tornou um advogado famoso. Não creio que tenha guardado mágoa de mim; o mais certo é que me tenha esquecido logo, logo. Se acaso me visse, não me teria reconhecido, pois hoje não sou nem a sombra da moça bonita que um dia fui. Acho até bom que ele nunca mais me tenha visto...

E prosseguiu com suas recordações, lembrando os anos difíceis que se seguiram, repletos de infortúnios. O casal tinha economizado quinhentos marcos de prata. Com du-zentos, Erik comprou uma casa velha, mandando-a demolir para, em seu lugar, construir outra melhor e mais confortável. Feitos os cálculos, estimou-se o custo em mil marcos. Erik conseguiu um empréstimo em Copenhague, e o dinheiro já estava a caminho, por mar, quando o navio naufragou, levando para o fundo todas as suas esperanças.

— Foi então que nasceu nosso filho — continuou a lavadeira, olhando carinhosamente para o menino que dormia aos pés da cama. — Coitado, teve de nascer justamente quando as coisas começaram a andar para trás. Pouco depois, Erik caiu de cama, para nunca mais se levantar. Foi um tempo difícil. Ele não tinha forças sequer para trocar a roupa, e era eu que tinha de fazer isso para ele. Tivemos de vender tudo o que era nosso, para pagar as despesas. Ao fim de um ano, nada mais nos restava. Foi então que ele morreu, sem me deixar coisa alguma. Tive de trabalhar para sobreviver e sustentar meu filho. Passei a fazer faxina e a lavar roupas, pois é tudo o que sei fazer. Esta foi a sina que Deus me deu, e Ele sabe o que faz. Receio que agora esteja chegando ao fim. Não reclamo da sorte, mas peço a Deus que não deixe esta criança desamparada, quando eu me for deste mundo...

Depois disso, acomodou-se na cama e mergulhou num sono profundo.

Pela manhã, sentindo-se melhor, achou que estava em condições de sair para o trabalho. Nem bem havia posto os pés na água fria do rio, quando sentiu uma vertigem e seu corpo começou a tremer. Não teve tempo de voltar para a margem, desfalecendo ali mesmo. A cabeça tombou em terra firme, mas os pés ficaram na água. A correnteza arrancou seus tamancos de madeira, carregando-os para longe. Quando Maria-Manca foi levar-lhe café, encontrou-a ali, pálida e inerte. Estava morta.

No mesmo instante, chegava ali também um empregado do prefeito trazendo-lhe uma mensagem. Ela devia comparecer imediatamente ao cartório, pois o escrivão tinha uma notícia para lhe comunicar. A mensagem chegou tarde demais. O médico, chamado às pressas, meneou a cabeça negativamente, dizendo que nada mais havia a fazer.

Ao tomar conhecimento do fato, o prefeito comentou, franzindo o cenho:

— Morreu de tanto beber!

A carta que trouxera a notícia da morte do irmão também continha seu testamento, no qual, entre outras disposições, constava uma que deixava seiscentos marcos de prata "para a viúva de Erik, o luveiro, em reconhecimento pelos bons serviços prestados por ela em sua juventude na casa de meus pais". Com sua morte, a quantia deveria ser herdada pelo filho.

— Parece que ele e ela andaram namorando, em sua mocidade — comentou o prefeito. — Loucuras da juventude... Ainda bem que ela já se foi desta para a melhor. Antes ficar o dinheiro com o filho, do que com a mãe. Vou arranjar uma família que o adote, pois ele é um bom menino. Com o tempo, poderá aprender alguma profissão, transformando-se num elemento útil à sociedade.

O prefeito chamou o garoto, contou-lhe seus planos e consolou-o quanto à morte da mãe, embora com palavras não muito delicadas:

— Vamos, nada de ficar triste. Foi melhor para você que sua mãe tenha morrido. Se ela recebesse a herança, acabava metendo o pau no dinheiro, gastando-o todo em bebida. Sinto dizer isso, meu filho, mas sua mãe não prestava...

449

O corpo da mulher foi levado para o cemitério e enterrado na vala dos indigentes. Poucos compareceram à cerimônia do enterro. Ao final, Maria-Manca-de-Um-Olho-Só e o menino plantaram uma rosa sobre a sepultura.

— Adeus, mãezinha querida — disse ele, com as lágrimas correndo-lhe pelas faces. — Será verdade o que dizem por aí, Maria? Que ela não prestava?

— Quem diz uma asneira dessas é que não presta! — protestou a velha. — Se não prestasse, como teria conseguido criá-lo, alimentá-lo, educá-lo? Se há alguém que pode dizer alguma coisa sobre ela, esse alguém sou eu, que a conheço há muitos e muitos anos, e que estava junto à cabeceira da cama durante sua última noite de vida. E posso garantir que ela era uma boa mulher, sensata, trabalhadeira e honesta. Estou certa de que Deus lá no céu concorda inteiramente com estas palavras que acabo de dizer. Trate de honrar e cultuar sua memória, porque ela fez por merecer seu respeito e sua saudade.

A Última Pérola

Aquele era um lar próspero e feliz. Naquele dia, em particular, o júbilo era geral, e dele participavam o dono e a dona da casa, além dos criados e dos amigos que ali se encontravam. O herdeiro do casal acabara de nascer, e tanto a mãe como o recém-nascido passavam bem.

Apenas uma lâmpada ardia no quarto, iluminando ligeiramente o aposento. Pesadas cortinas de seda recobriam as janelas. Sobre o assoalho estendia-se de fora a fora um tapete felpudo e macio como musgo. O ambiente era suave e acolhedor, convidando ao sono. A criada que estava encarregada de passar a noite em vigília também cochilava, e isso não tinha a menor importância, pois tudo ali respirava paz e segurança. O espírito guardião daquela casa velava junto à cama, onde o bebê dormia ao lado da mãe. Ao redor da criança via-se um círculo de estrelas cintilantes: eram as pérolas do Colar da Fortuna. As boas fadas tinham vindo até ali, trazendo presentes para o recém-nascido: saúde, abastança, amor e felicidade — tudo o que a pessoa pode desejar para si neste mundo.

— Não podia haver presentes melhores que esses. Obrigado — agradeceu o espírito guardião.

— Mas ainda falta um — replicou a voz do anjo da guarda da criança, postado à cabeceira da cama. — Ainda não chegou a fada que haverá de trazer a última pérola do Colar da Fortuna. E ela tanto pode chegar agorinha mesmo, como poderá demorar anos até que venha.

— Que história é essa? — retrucou o espírito guardião. — Nada disso! Aqui estão todos os presentes. Se duvida, vamos procurar a Rainha das Fadas e perguntar-lhe se está faltando alguma pérola.

— Pois é dela mesma que estou falando: da Rainha das Fadas. Falta o seu presente. Sem a pérola que ela haverá de trazer, o colar não pode ser fechado. Tenha paciência, pois só ela sabe quando deverá vir até aqui.

— Não! Quero prender o colar agora mesmo. Diga-me: onde mora a Rainha das Fadas? Vou até sua casa buscar a pérola que está faltando.

— Já que insiste, levá-lo-ei até lá — respondeu o anjo da guarda. — Ela não tem paradeiro fixo, está sempre viajando por aí, visitando ora o rei em seu castelo, ora o pobre em sua choupana. Não existe casa pela qual ela passe sem entrar ao menos uma vez. A todas as pessoas, entrega um presente. Por isso, não deixará de vir com o seu para este neném que aqui está. Mas já que você não quer esperar, vamos atrás dela.

Dando-se as mãos, foram-se os dois pelos ares, em busca do lugar onde ultimamente a Rainha das Fadas costumava repousar. Era um casarão enorme, cheio de quartos vazios, ligados por corredores muito compridos. Tudo ali era estranhamente calmo e silencioso. Pelas janelas abertas entrava um ar úmido e pesado, fazendo as cortinas se agitarem suavemente.

Os dois percorreram os aposentos da casa, até que, num amplo salão, depararam com um caixão, dentro do qual estava o corpo de uma mulher. Não era jovem nem velha, mas estava justamente naquela idade que as pessoas costumam indicar como sendo a melhor fase de nossa existência. Botões de rosas cobriam-lhe todo o corpo, deixando de fora apenas seu rosto e suas mãos. Seu semblante nobre, transfigurado pela morte, demonstrava uma expectativa ansiosa, como se seus olhos estivessem voltados para Deus.

Ao redor do caixão estavam um homem e um bando de crianças; provavelmente, pai e filhos. Uma delas era tão nova, que ainda tinha de ser carregada nos braços. Estavam todos ali, trazendo seu último adeus àquela que tinha sido sua esposa e mãe. O homem inclinou-se e beijou as mãos da mulher, mãos que outro dia eram tão fortes e tão carinhosas, e que agora estavam inertes e inúteis como uma folha murcha. Em todos aqueles olhos viam-se lágrimas, mas ninguém dizia uma só palavra; nem mesmo um soluço quebrou o silêncio daquele salão, onde a dor reinava, soberana e muda. O anjo da guarda fez um sinal para o espírito guardião, e os dois ali permaneceram, aguardando o desenrolar dos acontecimentos.

Uma vela ardia, solitária. Sua chama ondulava, movida pela brisa; às vezes, bruxuleava, chegando quase a apagar, para no instante seguinte crescer e rebrilhar. Algumas pessoas entraram ali, fecharam o tampo do caixão e prenderam-no com pregos. O som das marteladas ecoou através dos corredores e quartos, tornando mais amarga a dor de quantos ali estavam.

— Por que me trouxe aqui? — protestou o espírito guardião. — Não é possível que esteja neste lugar a Rainha das Fadas, nem o valioso presente que ainda falta ser entregue ao recém-nascido.

— Engana-se, meu amigo — retrucou o anjo da guarda, — ela está aqui, neste exato momento, neste instante de dor e aflição. Vê aquela cadeira de balanço, ali no canto do salão? Era nela que a falecida mãe costumava sentar-se. Era ali, rodeada de flores, que ela, a boa fada deste lar, sorria para seus filhos, para seu marido, para os amigos da casa. Esse assento era o centro da vida familiar, o próprio coração desta casa. Agora, em seu lugar, quem é que está? Veja bem e conseguirá enxergar ali uma pessoa, uma mulher, vestida com uma longa túnica negra: é a Dor. Agora, é ela quem reina neste lar, em lugar daquela que se foi.

Uma lágrima escorreu dos olhos da Dor, caiu em seu regaço e transformou-se numa pérola brilhante, que refletia todas as cores do arco-íris. O anjo apressou-se em recolhê-la.

— Era esta a pérola que faltava no Colar da Fortuna: a pérola de sete cores da Dor e da Saudade, — disse ele ao espírito guardião. — Ela faz com que as outras pérolas rebrilhem muito mais, e que fiquem ainda mais belas do que já são. O arco-íris que ela reflete representa o elo de ligação entre o céu e a Terra. Quando perdemos na Terra um ente querido, ganhamos outro no céu, e é para lá que se voltam nossos pensamentos saudosos. Quando na Terra é noite escura, volvemos os olhos para as estrelas, e que contemplamos? A consumação dos séculos, a última destinação. Olhe bem, mire detidamente a Pérola da Dor, pois nela estão contidas as asas de Psique, que um dia haverão de levar-nos embora deste mundo, libertando-nos do tempo e de todo sofrimento terreno.

As Duas Donzelas

Sabe o que é e como é um *soquete*? Trata-se do instrumento utilizado para socar o cascalho, quando se está pavimentando uma estrada. Outros preferem chamá-lo de "socadeira". Aqui na Dinamarca, porém, o instrumento é mais comumente conhecido pelo nome de *donzela* — não me pergunte por quê. E é por esse nome que irei chamá-lo — ou melhor, chamá-la, já que as donzelas pertencem indubitavelmente ao gênero feminino — na história que a seguir contarei.

Antes disso, entretanto, deixe-me descrever como é uma "donzela": é feita de um sólido cabo de madeira, largo na base e reforçado com duas tiras laterais de ferro forjado. A parte de cima do cabo é delgada, terminando em dois braços, como se fosse um "T". É nesses braços que os operários seguram, quando estão usando a "donzela" para socar o cascalho, deixando-o bem enfiado na terra.

Agora, sim, vamos à história. Num barracão onde se guardavam ferramentas, entre pás, carrinhos de mão, talhadeiras e outros instrumentos, havia também soquetes, isto é, duas "donzelas". Um dia, as duas escutaram dizer que não mais deveriam ser chamadas de "donzelas", mas que, daí por diante, seu nome oficial seria "socadeiras". Isso era considerado uma grande inovação na língua dinamarquesa, um termo técnico bem mais adequado e funcional, aplaudido e aprovado tanto por linguistas como por engenheiros, tanto por operários como pelas donzelas propriamente ditas.

Acontece que, entre os seres humanos, existe um grupo chamado "Legião das Feministas", ao qual pertencem as mulheres que se dizem "emancipadas", e que são as diretoras de escola, parteiras, bailarinas (cuja estabilidade profissional repousa muitas vezes sobre uma perna só), chapeleiras, enfermeiras e similares. As duas "donzelas" do barracão de ferramentas decidiram juntar-se a essa legião, alegando sua condição de funcionárias públicas, uma vez que toda a tralha ali guardada pertencia ao Ministério de Obras. E nenhuma delas via com bons olhos o movimento empreendido pelos inimigos de sua classe, no sentido de retirar-lhes o antigo e honroso título de "donzelas" e de reduzi-las a simples e vulgares "socadeiras".

— *Donzela* é uma denominação humana — protestava uma delas, — ao passo que *socadeira* não passa de uma coisa. Não quero ser "coisa", nunca! Isso é um abuso! Um insulto! Um desacato!

— Apoiado! — concordava a mais jovem. — Meu noivo é até capaz de romper seu compromisso comigo, se souber da degradação à qual querem me submeter!

Essa "donzela" estava noiva de um bate-estacas, instrumento que, como não poderia deixar de ser, serve para bater estacas, fincando-as profundamente no chão. Aos bate-estacas cabe o trabalho mais pesado, enquanto o mais leve é deixado para as socadeiras — perdão, para as "donzelas".

— O que mais atraiu meu noivo foi o fato de eu ser uma "donzela". Se eu perder essa condição, não sei qual será sua reação.

— Prefiro ter meus braços quebrados — afirmou a mais velha, — do que deixar de ser "donzela".

O carrinho de mão discordava dessa opinião, o que não deixava de causar apreensão entre as duas "donzelas", porque ele tinha lá sua importância naquela sociedade. Embora possuísse apenas a quarta parte do número de rodas de uma carroça, ele se considerava antes do gênero dos veículos, que do gênero dos instrumentos, o que não deixava de ter alguma razão, além de granjear-lhe uma certa consideração.

— Preferir ser chamada de "donzela", ao invés de "socadeira" não me parece razoável. O primeiro é um termo genérico, que não define a função, ao passo que o segundo é mais específico e esclarecedor. Para que serve uma "donzela"? Não sei. E uma "socadeira"? Para socar, é claro! Para bater, para golpear. Vocês fazem com as pedras a mesma coisa que o sinete real faz com o selo; portanto, pertencem ao mesmo gênero dele, ou seja, ao dos instrumentos golpeadores. Não basta isso para dissuadi-las de continuarem querendo ser chamadas pela designação inexpressiva de "donzelas"?

— Respeito sua opinião, meu caro, mas fico com a minha. Donzela nasci, e donzela quero permanecer até o final de minha existência — replicou a mais velha das duas.

— Permitam-me lembrar-lhes, caríssimas — intrometeu-se na conversa uma velha régua de cálculo, encostada num canto porque tinha perdido sua exatidão, — o recente acordo selado entre os países europeus com respeito à padronização dos termos técnicos e das unidades de medida. Temos todos de conhecer nossas limitações e de submeter-nos às exigências do tempo e da necessidade. Se foi promulgada uma lei ordenando a substituição do termo "donzela" pelo termo "socadeira", cabe-lhes tão somente baixar a cabeça e obedecer. Todos nós temos uma "vida útil", isto é, um tempo de uso. Essa regra aplica-se igualmente aos nomes.

— Vá lá que seja assim — concordou a mais nova. — Até aceito que eu tenha de trocar de nome. Só não aceito esse que querem me dar. Se não posso ser chamada de "donzela", então que me deem outro nome bem feminino, como por exemplo "senhorita".

— Não, não e não! — protestou a mais velha. — Se for para deixar de ser "donzela", prefiro ser desfeita em pedaços e atirada na fornalha.

Nesse momento, chegaram os trabalhadores e pegaram os instrumentos que teriam de usar em seu trabalho. As duas "donzelas" foram postas dentro de um carrinho de mão, apreciando aquela distinção. Só não gostaram de ser tratadas como "socadeiras" pelos trabalhadores.

Em pouco, todos só as tratavam pelo novo nome. Até as pedras adotaram a nova moda, costumando dizer, antes de serem enfiadas no chão:

— Bate devagar, socadeira.

— Socadeira, não: donzela — reclamavam as duas.

As únicas que continuaram a chamá-las de "donzelas" foram elas mesmas, quando conversavam entre si. Nesses momentos, costumavam lembrar-se com saudade dos "velhos bons tempos", quando todos se referiam a elas pelo nome antigo, do qual tanto gostavam.

— Não é mesmo, donzela nova?

— É isso aí, donzela velha...

E ambas permaneceram donzelas pelo tempo afora, até mesmo a mais nova, pois o bate-estacas acabou rompendo seu noivado. A quem lhe perguntava o porquê dessa decisão, respondia sempre:

— Uma coisa é namorar uma "donzela"; outra muito diferente é casar com uma "socadeira"...

A Extremidade Longínqua do Mar

"Se eu tomar as asas da aurora,
e me estabelecer na extremidade
longínqua do mar, ainda assim a
Vossa mão haverá de guiar-me, e
Vossa destra me sustentará".

(Salmo 139)

Dois navios tinham sido mandados para o Extremo Norte, com o objetivo de se constatar até onde se estendiam as terras e o mar, e de se descobrir se existiria alguma passagem através do Oceano Ártico. Navegaram por mares desconhecidos, varando o gelo e o nevoeiro, sempre rumo ao Norte. O inverno sobreveio, avisando que em breve o sol seria visto pela última vez naquele ano. Depois, viria a noite longa, estendendo-se por meses a fio. O gelo acumulou-se em redor dos dois navios, impedindo-os de prosseguir. A neve caía sem parar. Para se abrigarem, os homens deixaram as embarcações e construíram casas de gelo nas imediações, umas agarradas nas outras, como se fossem favos de uma colméia. Algumas eram espaçosas como túmulos dos reis vikings, enquanto outras eram tão baixas e pequenas, que mal podiam conter três ou quatro pessoas, e mesmo assim agachadas ou deitadas.

O sol não mais brilhava, mas não era escuro ali, pois as luzes da aurora boreal constituíam um permanente espetáculo de fogos de artifício no céu. Não havia propriamente dia, nem noite, mas sim uma contínua penumbra.

Apareceram por ali esquimós, homens estranhos, vestidos de peles dos pés à cabeça. Eram caçadores de peles, e voltavam de uma proveitosa sortida. Seus trenós estavam entulhados de couros e peles diversas. Os marinheiros compraram-nas, e assim puderam dormir mais confortavelmente sob as cúpulas de gelo de suas casas, agora com tapetes de pele revestindo o chão e as paredes, e com cobertas grossas e macias.

Do lado de fora das casas, a temperatura atingia níveis baixíssimos, inferiores aos que qualquer homem já havia experimentado até então. Onde moravam, ainda era outono, e todos se lembravam do aspecto da paisagem nessa estação do ano, quando o chão se enche de folhas secas, umas amarelas, outras castanhas, iluminadas por um sol que brilha muito e aquece pouco. Para saber se estava de dia ou de noite, tinham de consultar os cronômetros trazidos dos navios.

Num pequeno iglu, dois marinheiros já se preparavam para dormir. O mais jovem trazia consigo um precioso presente que lhe fora dado pela mãe: uma Bíblia. Desde a infância, fora habituado por ela a ler os salmos de Davi, sabendo muitos deles de cor. Um que gostava de reler e relembrar todo dia, pois suas palavras lhe traziam conforto, era aquele que dizia:

*"Se eu tomar as asas da aurora, e me estabelecer
na extremidade longínqua do mar, ainda assim a
Vossa mão haverá da guiar-me, e Vossa destra me
sustentará."*

Jamais duvidara da verdade dessas palavras, e bastava repeti-las para sentir-se reconfortado e confiante, dormindo quase que imediatamente. Muitas vezes sonhava que sua alma se desprendia do corpo, deixando-o inerte em repouso. Dali ela vagueava pelo espaço, fazendo-o escutar velhas canções que lembravam os dias quentes do verão. A cúpula de neve do iglu parecia resplandecer, de tão branca, transformando-se na gigantesca asa de um anjo que o contemplava com um sorriso gentil. Ele tinha saído das páginas da Bíblia, como se nascendo do cálice de um lírio; ao abrir os braços, as paredes do iglu se desfaziam em neblina, dissipando-se pouco a pouco, e deixando ver a paisagem outonal de sua terra. Ao invés de uma extensa planície de neve, o jovem enxergava colinas revestidas de relva, tendo no fundo um bosque encantador, com suas árvores cobertas de folhas pardas, iluminadas pelo sol. Ah, que lindo dia de outono! O ninho da cegonha já tinha sido abandonado, pois seus moradores estavam migrando para o Sul, mas as macieiras ainda ostentavam seus frutos vermelhos e suculentos. Numa gaiola que pendia da parede da casa de onde o jovem havia saído, cantava o estorninho recém-nascido, abrindo o bico para que a mãe lhe desse o alimento. Junto à cisterna do pátio, a filha do ferreiro recolhia água, enquanto cantarolava uma canção. Alguém acenou para ela, saindo da porta dos fundos. Era a velha dona da casa, a Vovó, como todos a chamavam. "Vem cá, menina; vem ouvir o que está escrito nesta carta", disse, mostrando para a jovem uma folha de papel que trazia nas mãos. A carta fora entregue pela manhã, e vinha das terras geladas do Extremo Norte, lá onde se encontrava seu neto querido. Enquanto liam, as duas riam e choravam, ao mesmo tempo, enquanto que o jovem, rodeado de gelo e de neve por todos os lados, por obra e graça do sonho e das asas de um anjo, conseguia reunir-se a elas, rindo e chorando também. As duas liam juntas, em voz alta, mas abaixaram o tom, quando depararam com as palavra do salmo: "*... na extremidade longínqua do mar... Vossa destra me sustentará.*"

Eram as palavras finais da carta, e soaram como a letra de um hino majestoso e solene. O anjo fechou suas asas, e tudo voltou a ser como antes. O sonho havia terminado. Ele encontrava-se de novo no interior do iglu, rodeado pela escuridão. A Bíblia continuava a seu lado, e ele tinha o coração transbordante de esperança e de fé. Deus estava em seu lar, mas também estava ali, ao lado dele, sustentando-o com Sua destra, na extremidade longínqua do mar.

O Cofrinho

O quarto das crianças era repleto de brinquedos. Na prateleira de cima da estante de livros via-se um porquinho de barro. Era um cofre de guardar moedas. Sorridente e rechonchudo, tinha nas costas uma fenda, alargada a canivete, para deixar passar as moedas de prata, maiores e mais grossas que os tostões. O porquinho estava tão cheio, que não mais chocalhava quando sacudido. Na realidade, a maior parte do que ele continha eram tostões, pois só duas moedas de prata tinham passado pela sua fenda, desde que ele começara a ser enchido. Agora, lá estava ele, de barriga cheia, satisfeito e imponente no topo da estante, contemplando de cima tudo o que havia naquele quarto. E mais inchado ficava ao imaginar que a pequena fortuna amealhada em sua barriga era suficiente para comprar tudo aquilo, o que não deixava de ser um pensamento bastante confortador.

Os móveis e brinquedos que ali estavam também imaginavam a mesma coisa, mas nenhum deles comentava o assunto com os outros. Numa das gavetas do armário, que naquela hora estava aberta, havia uma boneca. Pelo seu aspecto e por certa marca que tinha no pescoço, via-se que era uma boneca muito velha, e que um dia já perdera a cabeça, tendo de ser submetida a um tratamento médico especial, à base de cola-tudo. Sentando-se na borda da gaveta, ela propôs:

— Que tal se brincássemos de gente? Vai ser bem divertido!

Todos aprovaram a sugestão, e imediatamente puseram-se a pular e a gritar. Os quadros pendurados na parede viraram-se de costas, para que todos vissem que eles tinham algo mais que apenas as frentes. A boneca irritou-se com aquilo, achando que era uma grande deselegância, feita apenas com o intuito de ofendê-la.

Isso tudo estava acontecendo em plena noite, mas o luar penetrava pelas vidraças das janelas, iluminando todo o aposento. A proposta da boneca era dirigida a todos os objetos existentes no quarto, mesmo aos que não eram móveis ou brinquedos. Assim, valia também para o carrinho de neném, que costumava dizer:

— Não sei por que chamam de "móveis" os objetos que raramente são tirados de seu lugar, e de "brinquedos" os que raramente servem para brincar. Quanto a mim, que vivo me movendo para cá e para lá, e que divirto todos que me movimentam, não sou "móvel", nem "brinquedo"... Enfim, a vida é assim: enquanto uns nasceram em berço de ouro, outros têm de trabalhar para viver.

E o porquinho? Como agir em relação a ele? Ficava tão afastado de todos... Se gritassem, convidando-o a participar da brincadeira, será que iria escutar? Por via das dúvidas, resolveram convidá-lo por escrito. Ele não mandou resposta, imaginando que todos compreenderiam sua situação: preferia ficar lá de cima, assistindo a tudo. E, de fato, todos compreenderam sua intenção, ainda que ela não tenha sido manifestada senão em pensamento.

A boneca ordenou que o palco fosse erguido num lugar situado defronte à estante, de modo que o porquinho pudesse assistir a toda a representação. A ideia era a de, primeiro, encenar uma peça; segundo, servir um chá; por fim, encerrar a brincadeira com uma reunião social, onde todos poderiam conversar e trocar ideias, participando daquilo que se chama um "papo legal".

Enquanto se erguia o palco, alguns já começaram a conversar animadamente. O cavalinho de pau pôs-se a discorrer sobre corridas de cavalo e provas de equitação, enquanto o carrinho de bebê analisava o problema da construção e conservação de estradas. Ah, esses dois... como eram profissionais! Já o relógio de parede só queria falar sobre política, afirmando que era hora de mudanças. Seus interlocutores discordavam de suas ideias,

achando-as muito atrasadas. Sem nada dizer, a bengala ficou passeando pelo quarto, deixando que todos admirassem seu castão de prata. Outras que também nada disseram foram as duas almofadas que enfeitavam o sofá. Sem saírem do lugar, ficaram ali quietas, dando risinhos sem quê nem por quê. Eram ambas bem bonitas, mas também eram burrinhas de dar dó.

Estava na hora de encenar a representação. Os assistentes que não tivessem como aplaudir poderiam manifestar sua satisfação por meio de seus ruídos próprios, estalando, rangendo, batendo no chão ou nas paredes, dobrando, franzindo, abrindo, apitando ou chiando. O chicotinho, que ficava ao lado do cavalo de pau, disse que iria estalar apenas quando surgissem atrizes jovens e bonitinhas; quanto ao restante do elenco, faria a fineza de não se manifestar, pois a vontade que tinha era de expulsá-los do palco com umas boas lambadas. Já os traques, que estavam guardados dentro de uma caixinha, afirmaram não ter preferências por esse ou aquele tipo de atores ou atrizes, estalando em homenagem a qualquer um que surgisse no palco. O urinol, que nunca saía de seu esconderijo debaixo da cama, dessa vez foi postar-se humildemente num dos cantos do quarto, de onde poderia assistir ao espetáculo, sem incomodar e sem ser incomodado.

A peça era bem ruinzinha, mas os atores deram tudo de si, salvando o espetáculo com seu entusiasmo. Todos queriam ficar bem no meio do palco, a fim de exibir seus dotes artísticos. A boneca fazia tantos trejeitos e virava tanto o rosto para um lado e para o outro, que quase quebrou outra vez o pescoço. Conteve-se a tempo, pensando: "É melhor sossegar, antes que eu perca a cabeça de novo!"

De cima de sua estante, o porquinho assistia a tudo, imóvel. Bem que teria gostado de participar da peça, mas não sabia como. Que poderia fazer? Se houvesse um modo, ele tiraria da barriga algumas moedas e as atiraria ao palco, para serem recolhidas pelos atores.

Ao final, estavam todos tão entusiasmados com o resultado, que resolveram esquecer a segunda parte do programa, ou seja, o chá, passando diretamente para a terceira, a do "papo legal". Sentiam-se por dentro como se fossem "gente de verdade", e isso mostra a ideia que os objetos fazem de nós, os humanos. Cada qual achava que suas opiniões eram as mais inteligentes, e que suas frases eram mais espirituosas que as de seu vizinho. Mas o que todos tinham curiosidade de saber era o que o porquinho de barro estaria pensando naquele momento. Nunca poderiam imaginar que ele tinha a mente voltada para testamentos e partilhas de bens. Que iria acontecer à fortuna que trazia em seu interior, no dia em que ele se quebrasse?

Pena que a morte costuma chegar bem antes do que se espera. De repente, crec! — ele desabou da estante e se espatifou no chão, espalhando moedas por todo o assoalho. As duas moedas de prata e as dezenas de tostões tentaram sair pelo mundo afora, rolando o mais que podiam, mas foram barradas pela porta, que não quis abrir, por mais que elas rogassem. Quanto aos cacos do porquinho, foram recolhidos pela manhã e atirados na lata de lixo. Não era esse, certamente, o tipo de funeral que ele esperava ter.

No dia seguinte, um novo porquinho de barro era posto no alto da estante, para substituir o que se tinha quebrado. Era muito parecido com o outro, e também não chocalhava quando sacudido, só que por outra razão: estava vazio. Era estreante na profissão e apenas começava a entender os segredos da vida e os ossos de seu ofício. Enquanto ele está no seu processo de iniciação, vamos tratar de pôr um ponto final nesta história.

Ib e Cristininha

Na Dinamarca, existe um rio chamado Gudenaa, que é também conhecido pelo apelido de "Rio de Deuses". Em seu percurso, ele atravessa toda a floresta de Silkeborg, que se estende no sopé de uma pequena cadeia de montanhas, em cuja extremidade ocidental existe uma fazenda que foi construída há muitos anos. Em seus terrenos cultivam-se centeio e cevada, apesar de haver ali um solo pobre e arenoso, que jamais permite colheitas abundantes. A história que vou contar aconteceu exatamente nessa fazenda, tempos atrás. Naquela ocasião, morava ali um fazendeiro, dono de três ovelhas, um leitão e duas vacas. Gostaria de ter um ou dois cavalos para seu uso particular, mas desistira da ideia, lembrando-se de um dito muito frequente entre os fazendeiros da região: "Um cavalo, sozinho, come os lucros que dois poderiam dar".

O nome desse fazendeiro era Jeppe. No tempo do calor, ele plantava e colhia; nos meses frios, fabricava sapatos de madeira, revelando grande habilidade nesse tipo de trabalho. Mais hábil que ele, no entanto, era seu ajudante, um jovem que sabia talhar a madeira com arte e capricho, fazendo sapatos fortes e resistentes, embora mais leves e jeitosos que os de seu patrão. Além de sapatos, os dois ainda produziam outros utensílios domésticos que eram vendidos a bom preço. Jeppe não era rico, mas também não podia ser chamado de pobre, dentro do ponto de vista da região.

O filho do fazendeiro, Ib, menino de sete anos, gostava de ficar observando o pai no trabalho de confeccionar tamancos e sapatos de madeira. Para ajudar, gostava de aparar varetas, tarefa na qual às vezes lanhava os dedos. Certo dia, resolveu confeccionar dois sapatinhos de madeira para dar de presente a Cristininha, a filha do barqueiro, que morava numa cabana à beira do rio. Era uma menininha linda e delicada; pelo seu aspecto, ninguém diria que era filha de um simples e rústico barqueiro. De fato, a não ser por suas roupas pobrezinhas e modestas, que de modo algum combinavam com o encanto e graciosidade que Deus lhe tinha dado, ninguém jamais teria adivinhado que ela morava numa cabana perdida naquele lugar triste e desolado.

O pai de Cristininha era um viúvo que vivia de transportar toras de madeira pelo rio abaixo. Às vezes, tinha de seguir com sua barcaça para bem distante, levando a carga até a cidade de Randers. Normalmente, ele levava a filha em suas viagens, exceto nessas ocasiões, quando pedia a Jeppe para cuidar dela.

Quem mais gostava de ter Cristininha em sua casa era Ib, um ano mais velho do que ela. Os dois jamais brigavam ou discutiam, fosse quando estavam brincando, fosse quando estavam à mesa. O lugar preferido de suas brincadeiras era um monte de areia que havia no fundo da casa de Jeppe. Ali, fingiam estar cultivando um jardim, erguendo montinhos de areia que representavam plantas, ou então de escorregar e dar cambalhotas. Um dia, aventuraram-se até o topo das montanhas que ladeavam a floresta. Ali encontraram um ninho de narceja com alguns ovos dentro. Durante o resto do dia comentaram excitadamente aquela aventura que tinham acabado de realizar.

Ib nunca estivera na casa do barqueiro, e jamais navegara na barcaça, descendo o rio Gudenaa ou cruzando os lagos daquela região. Certo dia, o pai de Cristininha convidou-o para um passeio de barco, e seus pais consentiram. Na véspera da saída, o barqueiro veio buscá-lo, e ele passou a noite em sua cabana, pois a partida estava marcada para bem cedinho.

Quando a barcaça zarpou, as duas crianças sentaram-se sobre a pilha de toras de madeira, comendo pão e framboesas. O barqueiro e seu ajudante manejavam os varejões, deixando a embarcação bem no meio do rio, a fim de ser impelida pela correnteza. De tempos em tempos, as águas se abriam, formando um lago, repleto de juncos e caniços, e rodeado de árvores, dando e impressão de que ali o rio acabava. Em seguida, porém, o barco enveredava por uma passagem estreita, voltando a navegar no leito aberto do rio. Em outros trechos, a calha estreitava-se, e as copas das árvores quase impediam a passagem da barcaça, exigindo manobras hábeis para transpor aquele obstáculo. Nesses lugares, os galhos dos carvalhos tinham perdido suas cascas, dando a impressão de que a árvore tinha arregaçado as mangas da camisa, a fim de mostrar seus braços secos e enrugados. Também curiosos eram os amieiros, que geralmente crescem bem à beira do rio. Às vezes, as águas escavavam passagens pelo lado de dentro das margens, deixando essas árvores como se fossem ilhotas batidas pela correnteza. Plantas aquáticas eram vistas nos trechos mais calmos, especialmente nenúfares, cujas flores brancas e amarelas se destacavam em meio a suas grandes folhas verdes. Sim, era um passeio encantador!

Por fim, chegaram à região das comportas, onde se pescavam enguias para enviá-las até Copenhague. As águas batiam com força nessas comportas, despejando-se do outro lado como cachoeira. Ib e Cristininha não se cansavam de contemplar aquele espetáculo.

Na época em que se passa esta história, ali ainda não havia as fábricas e a cidade que hoje existem nesse local. Havia apenas uma velha casa de fazenda, habitada por poucas pessoas. Os únicos sons que se ouviam era o do ronco das águas e o grasnido dos patos selvagens. As toras de madeira eram transportadas para um embarcação maior, e ali terminava o trabalho do barqueiro, que aproveitou a ocasião para comprar um porquinho abatido e algumas enguias, voltando em seguida para casa. As compras foram postas numa cesta, e a viagem de volta teve início. Agora, seria a vez de enfrentarem a correnteza, subindo o rio, mas tinham como aliado o vento, que soprava nessa direção. Assim, o barqueiro e seu ajudante desfraldaram uma vela, e o único trabalho que tinham era o de dirigir a barcaça, sem necessidade de impeli-la. A força do vento era equivalente à de dois cavalos de tração.

Ao chegarem à região onde morava o ajudante, a barcaça foi amarrada ao ancoradouro, tendo o pai de Cristininha recomendado às duas crianças que ficassem ali bem quietas, aguardando sua volta. Ele iria acompanhar o ajudante até sua casa, devendo voltar logo em seguida.

No início, ambos cumpriram fielmente as ordens do barqueiro, não tocando em coisa alguma. Aos poucos, porém, vencidos pela curiosidade, resolveram dar uma olhada dentro do cesto que continha as enguias e o porquinho. O bichinho até parecia vivo. Ali estava, inteirinho, como se dormisse, aguardando o momento de ser levado ao forno para assar. Com dificuldade, retiraram-no do cesto, a fim de examiná-lo melhor. Foi então que, por azar, ele escorregou de suas mãos e caiu no rio, sendo arrastado pela correnteza.

Ah, que tragédia! Ib saltou para a margem e pôs-se a correr atrás do porquinho flutuante, deixando para trás a menina, que se pôs a gritar:

— Espere! Quero ir com você!

Voltou até a barcaça, deu-lhe a mão, e os dois dispararam pela margem, atrás do porquinho fujão. Em poucos minutos, já não enxergavam a barca, e nem mesmo o rio, pois o caminho se afastava da margem, embrenhando-se na floresta. Cristininha tropeçou, foi ao chão e começou a chorar. Ib acalmou-a dizendo:

— Não se preocupe. Estamos indo na direção da casa do ajudante. Ela deve estar logo ali em frente.

Mas a casa não ficava para aquele lado, e logo as duas crianças estavam perdidas. Caminharam sem descanso, em silêncio, escutando apenas os estalidos dos galhos caídos e das folhas secas que iam pisando. Depois de algum tempo, escutaram uma voz ao longe. Era alguém que gritava. Pararam para tentar localizar de onde vinha o som, mas logo escutaram o pio agudo e assustador de uma águia, pondo-se novamente a correr.

Pouco depois, chegaram a um lugar onde cresciam muitos pés de amora-preta. As árvores estavam carregadas de frutos maduros e convidativos. Cansados e esfomeados, os dois sentaram-se no chão e se deliciaram com as amoras-pretas, ficando com os dentes e os lábios manchados de azul. Foi então que ouviram de novo a voz de alguém que gritava.

— Vamos apanhar uma boa coça, por causa do porquinho — choramingou Cristininha.

— É verdade. Acho melhor irmos para a casa de meus pais. Não deve estar longe daqui.

Voltaram a caminhar, até que alcançaram uma estrada. Seguiram por ela, mas não chegaram a casa alguma. Começou a escurecer. Um sentimento de medo apoderou-se das duas crianças. O silêncio terrível da floresta que os circundava só era quebrado de vez em quando pelo pio lúgubre das corujas e pelos sons de outros animais que eles não sabiam reconhecer. Ambos puseram-se a chorar. Foi um pranto sentido e contínuo, que durou cerca de uma hora, até que os dois resolveram deitar-se debaixo de um arbusto, adormecendo logo em seguida.

O sol já ia alto no céu, quando acordaram, sentindo frio. Quem sabe estaria mais quente no alto de uma colina que avistavam ali perto? Além disso, Ib esperava poder enxergar dali sua casa. Não sabia que tinha caminhado para bem longe dela, na direção da parte mais despovoada de toda aquela área. Do alto da colina, avistaram, logo no sopé do lado oposto, um laguinho de águas transparentes, tão cristalinas que deixavam ver os peixes que ali nadavam. Era uma visão tranquila e repousante. Perto dali havia umas aveleiras carregadas de frutos, que lhes matou a fome e dissipou o medo. Ficaram ali longamente, quebrando as avelãs e comendo-as. Elas ainda não haviam amadurecido de todo, mas seu sabor era bem agradável. Tão entretidos estavam, que não notaram a aproximação de alguém. De repente...

De repente, uma mulher alta e forte saiu dos arbustos, parando à frente das duas crianças. Tinha o rosto moreno e os cabelos lisos e muito negros. Trazia nas costas uma trouxa, e nas mãos um grosso cajado. Era uma cigana. Dirigindo-se aos dois, disse-lhes umas palavras que eles a princípio não compreenderam. Então, metendo a mão no avental, ela tirou de lá três castanhas e disse:

— Estão vendo essas castanhas? São mágicas. Cada uma delas contém no seu interior alguma coisa fantástica e maravilhosa.

Ib olhou para a cigana por longo tempo, e ela lhe pareceu ser uma pessoa gentil. Ele então perguntou-lhe se ela lhe daria aquelas "castanhas mágicas". A cigana disse que sim, deu-lhe as castanhas, e em seguida foi até os arbustos que ali estavam, catando vários daqueles frutos e enchendo com eles o bolso de seu avental.

As duas crianças, de olhos arregalados, ficaram contemplando as "castanhas mágicas" que tinham nas mãos.

— Será que posso tirar de uma delas uma carruagem puxada a cavalos? — perguntou Ib.

— Claro que sim — respondeu a mulher. — Nessa aí do meio há uma carruagem de ouro, puxada por cavalos dourados.

— Me dê essa castanha, Ib — pediu Cristininha, recebendo-a em seguida.
— Será que alguma delas tem um colar tão bonito como esse que está no pescoço da Cristininha? — perguntou Ib.
— Claro que sim — respondeu a mulher. — Na castanha da esquerda há dez colares, além de roupas, meias, sapatos e chapéus.
— Quero essa castanha também — pediu Cristininha, recebendo-a em seguida.
A terceira castanha era escura, quase preta.
— Essa você pode guardar — disse Cristininha. — Deve ter alguma coisa bonita dentro dela.
— Que será que ela tem? — perguntou Ib.
— Tem o que será melhor para você — respondeu a cigana.
Ib guardou a castanha no bolso. A cigana disse-lhes que iria indicar o caminho de sua casa, mas mostrou justamente a direção errada, fazendo-os seguir em sentido contrário ao que deveriam tomar. Não se pode dizer, porém, que estava agindo de má fé, pois o mais certo é que se houvesse enganado, achando que eles moravam em outro lugar.
Caminhando através da floresta, os dois acabaram encontrando um guarda-florestal chamado Cristiano, que os conhecia. Tomando as duas crianças pelas mãos, levou-as para

casa, entregando-as a seus pais, que já estavam apavorados com o sumiço de ambos. Os três ficaram tão alegres quando reencontraram os filhos, que nem lhes deram castigo, embora eles o merecessem, por terem perdido o porquinho e saído de onde deveriam permanecer, perdendo na floresta.

À noite, depois que Cristininha e seu pai já tinham ido para casa, Ib tirou do bolso a "castanha mágica", que continha o melhor de seus desejos, e espremeu-a contra a porta, quebrando-lhe a casca. Ao olhar o que havia dentro dela, que decepção! Só viu um pó preto, que não prestava sequer para comer...

"Bem que eu devia saber disso", pensou Ib. "Como poderia caber alguma coisa grande dentro de uma castanha? Posso até ver a cara da Cristininha, quando quebrar as que ela levou, coitada. Carruagem, roupas...como é que uma castanha pode conter tudo isso?..."

Passaram-se os anos, e Ib chegou à idade de ser crismado. Aos domingos, ele tinha de caminhar uma longa distância até a igreja, onde recebia instrução religiosa. Certo dia, apareceu em sua casa o barqueiro, com grandes novidades para contar. Cristininha já estava em idade de trabalhar, e tinha conseguido um emprego na casa de um rico estalajadeiro, perto da cidade de Herning. Ela deveria seguir para lá daí a dois ou três dias.

No dia da partida de Cristininha, "os dois namoradinhos", como eram conhecidos, despediram-se um do outro. Ela mostrou-lhe as duas castanhas, que ainda estavam inteiras, e os dois recordaram o dia em que a tinham recebido da cigana, rindo-se daquelas lembranças. Disse também que levava consigo, bem guardados dentro da mala, os dois sapatinhos de madeira que ele fizera para ela, quando tinha sete anos. Depois de um longo abraço, lá se foi Cristininha para seu novo endereço.

Ib recebeu a Crisma, mas continuou vivendo em sua casa, pois seu pai havia morrido, e ele tinha de cuidar da mãe. Tornou-se um bom fabricante de sapatos de madeira, como o pai, e no verão dedicava-se aos trabalhos de plantio e colheita. Raramente chegavam notícias de Cristininha; quando as recebia, porém, eram sempre boas. Ela escreveu para o pai dizendo que tinha sido crismada, descrevendo com detalhes as roupas novas e bonitas que sua patroa lhe tinha dado de presente naquela ocasião.

Ao chegar a primavera, num dia particularmente bonito, alguém bateu à porta da casa onde Ib morava. Surpresa: eram o barqueiro e Cristininha! Seu patrão tinha-lhe pedido para seguir de carruagem até a cidade de Tem, a fim de resolver uns assuntos de negócio, e ela aproveitara a oportunidade para visitar o pai e seu querido amigo de infância, já que o caminho passava ali perto. Estava linda e bem vestida, parecendo uma dama da sociedade. Ib ficou constrangido ao vê-la, pois estava usando roupas de trabalho, rústicas e deselegantes. Sem conseguir pronunciar uma palavra, como se sua língua estivesse presa no céu da boca, apertou-lhe as mãos timidamente, embora ela o saudasse com efusão, falando sem parar. Cristininha estranhou o tratamento formal do velho amigo, respondendo-lhe com um beijo nos lábios e a pergunta:

— Que é isso, Ib? Então é assim que você me recebe depois de tanto tempo de ausência? Não me conhece mais?

O beijo que ela lhe deu deixou-o ruborizado, sem conseguir de modo algum pronunciar alguma palavra. Com esforço, balbuciou:

— Que bom vê-la, Cristina. Estava com saudade... Desculpe minha falta de jeito, mas é que você me aparece aqui de repente, vestida como uma dama, enquanto eu estou com minhas roupas de trabalho, feias, sujas, grosseiras, parecendo um matuto...

— Que bobagem... Acha que ligo para isso? Venha cá, vamos conversar e lembrar nossos bons tempos.

— Ah, Cristina, que bom que você não mudou... Quantas vezes fico pensando em você e nas nossas travessuras infantis...

De braços dados, caminharam até o topo do morro atrás da casa, de onde podiam ver o rio deslizando por entre suas margens arenosas, e até mesmo o lugar onde se erguia a cabana do pai da jovem. Durante todo o caminho, só ela falou, enquanto ele se limitava a observá-la, rindo aqui e ali de algum comentário. Por fim, cada qual regressou para sua própria casa. Só então sua língua se destravou, e ele começou a conversar consigo próprio, falando sobre como a amava e sobre como desejaria tê-la por esposa. Afinal de contas, não eram conhecidos por todos como "os dois namoradinhos"? Há coisas que não precisam ser ditas, e Cristina certamente havia entendido seus sentimentos, podendo-se considerar sua noiva, mesmo que nenhuma palavra tenha sido trocada entre ambos nesse sentido.

Cristina não podia demorar-se ali. Tinha de estar pela manhã na cidade de Tem, de onde regressaria sem paradas para a estalagem de seu patrão, em Herning.

Ib e o barqueiro acompanharam-na até Tem. A noite estava calma e encantadora, e a lua cheia rebrilhava no céu. Durante todo o percurso, Ib e Cristina seguiram de mãos dadas. Ao chegarem ao seu destino, foi com má vontade que ele a deixou , a fim de que ela fosse tratar dos assuntos dos quais tinha sido incumbida. O que seus olhos gritavam, a boca tinha dificuldade de sussurrar. Por fim, ele conseguiu murmurar, meio desajeitadamente:

— Se você aceitar a vida modesta que lhe posso proporcionar, e não se importar em vir morar em nossa casa simples, junto com minha mãe, aceitando-me como seu marido, você me tornaria o mais feliz dos homens... Mas não quero apressar sua resposta. Pense no que lhe proponho...

— Sim, Ib, acho que devemos esperar um pouco, antes que eu tome uma decisão nesse sentido — respondeu a jovem, beijando-o nos lábios. — Confio em você e sei que o amo muito, mas quero um tempo para me decidir.

Depois disso, despediram-se, voltando Ib e o barqueiro para casa, na diligência de carreira. No caminho, o jovem confidenciou ao pai de Cristina que já estava praticamente noivo de sua filha, coisa que não o surpreendeu, mas que, ao contrário, deixou-o bastante satisfeito. Depois disso, os dois não mais tocaram no assunto, falando de outras coisas.

Passou-se um ano. Duas cartas tinham sido trocadas nesse meio tempo entre Ib e Cristina, tendo ele assinado a sua com os dizeres "*Seu até a morte*", e ela da mesma forma, apenas trocando o "*Seu*" pelo "*Sua*". Foi então que, um belo dia, apareceu em sua casa o barqueiro, trazendo notícias da filha. As primeiras, ele não teve dificuldade em transmitir: ela enviava lembranças para todos, e mandava dizer que estava bem de saúde. A última notícia, porém, era mais difícil, deixando o barqueiro um tanto constrangido ao contá-la. Acontece que o filho do estalajadeiro fora passar as férias na casa do pai. Era moço, solteiro e bem-sucedido na vida, possuindo um bom emprego em Copenhague. Tinha simpatizado muito com Cristina, e ela também simpatizado muito com ele. O moço propôs-lhe casamento, e seus pais aprovaram sua decisão. Só que Cristina não sabia como agir, pois tinha um antigo compromisso com Ib. Por causa disso, pedira um tempo para pensar, antes de se decidir.

— O mais certo, porém, é que ela acabe dizendo não, pois é uma jovem honesta e de palavra. É uma pena... — disse o barqueiro, sem coragem de fitar Ib. — É... um casamento

466

desses seria uma mão na roda para uma moça de origem pobre... Enfim, que se pode fazer?...

Ib ouviu tudo aquilo sem dizer uma só palavra, mas seu rosto ficou pálido como uma folha de papel branco. Esfregou as mãos, coçou a cabeça, e por fim disse:

— Não quero que Cristina perca uma oportunidade dessas só por minha causa. Ela merece ser feliz...

— Isso mesmo, rapaz — concordou o barqueiro, com os olhos brilhando de esperança. — Eu sabia que você iria compreender. Por que não lhe escreve umas palavras, liberando-a de seu compromisso?

Ib disse que sim, e pôs-se a escrever uma carta, tão logo o barqueiro se despediu. Foi difícil. Tudo o que escrevia lhe parecia malfeito e deselegante, e ele riscava as palavras, amassava o papel e o atirava longe. Depois de várias tentativas, finalmente conseguiu terminar a missiva — já era de manhã! —, despachando-a logo que pôde para a jovem. A carta dizia o seguinte:

"Tomei conhecimento do que você escreveu para seu pai. Gostei de saber que está bem de saúde, mas não gostei de pensar que eu possa estar tirando sua oportunidade de ser feliz. Não, minha cara Cristina; não quero que me culpe por isso. Consulte seu coração e tome a decisão que lhe parecer mais acertada. Casar-se comigo significará viver modestamente, pois outra coisa não se pode esperar de um marido pobre. Você é responsável apenas pelos seus sentimentos, e não pelos meus. Nosso compromisso jamais chegou a ser firmado; portanto você não tem a obrigação de cumpri-lo. O que mais desejo é a sua felicidade, e se souber que você a alcançou, isso bastará para me consolar da mágoa de tê-la perdido. Deus haverá de dar-me força e resignação. Seja feliz, Cristina, é o que lhe desejo, de coração,
Seu amigo fiel e devotado,
Ib."

Não demorou muito para que ela recebesse e lesse essa carta. Poucos meses depois, os proclamas de casamento foram lidos na igrejinha do lugar e na catedral de Copenhague. Os compromissos do noivo impediam-no de ir se casar na terra da noiva; por isso, a cerimônia seria realizada em Copenhague, onde o casal iria morar. Para lá seguiu Cristina, acompanhada de sua futura sogra. Por carta, ela convidou o pai a encontrá-la na aldeia de Funder, próxima de sua casa, por onde as duas passariam quando se dirigissem à capital. Ele não iria seguir até Copenhague, despedindo-se dela naquele local. E foi assim que se sucedeu.

De vez em quando, alguém mencionava o nome de Cristina na presença de Ib, mas este, por seu turno, jamais voltou a falar dela. Tornou-se um sujeito caladão e cismador. Costumava lembrar-se das "castanhas mágicas" que um dia a cigana lhes tinha dado, tentando descobrir um significado naquilo que ela dissera. Com efeito, Cristina tinha conseguido o que almejara: vivia na capital do reino, tinha sua própria carruagem e todas as roupas que um dia desejara possuir. As "castanhas mágicas" que recebera tinham cumprido sua destinação. A que lhe coubera, porém, continha apenas um pó preto, e no entanto a cigana lhe dissera que dentro dela havia "o que seria melhor para ele". Só agora compreendia o significado daquelas palavras proféticas: o melhor que lhe poderia acontecer seria morrer e ser enterrado sob a terra, representada pelo pó negro que saíra de dentro do fruto.

467

Passaram-se mais alguns anos; não muitos, mas que a Ib pareceram intermináveis. Os antigos patrões de Cristina morreram, deixando para o filho único uma herança estimada em milhares de coroas de prata. Com isso, Cristina poderia ter a carruagem de ouro de seus sonhos, além de encher seu guarda-roupa com os trajes mais luxuosos que quisesse.

Nos dois anos que se seguiram, ela parou de mandar notícias para seu pai. Ele não sabia o que pensar, até que chegou uma carta. Infelizmente, não trazia boas novas. Entusiasmado com a fortuna que recebera de herança, o marido tinha entrado em negócios vultosos, que acabaram por fracassar, levando-o às portas da ruína. Fácil vem, fácil vai — concluía ela na carta dirigida ao pai.

As urzes medraram e feneceram, e muitas tempestades de neve assolaram a região, poucos danos causando à fazenda de Ib, que era protegida dos ventos pela cadeia de montanhas que a delimitava. Ao chegar a primavera, quando ele arava sua terras, preparando-as para o plantio, sentiu que a lâmina do arado tocou algo duro sob o chão, produzindo um som metálico. Intrigado com o que seria aquilo, viu que se tratava de uma peça redonda de metal, enegrecida pelo tempo. No lugar onde a lâmina do arado havia batido, via-se que o objeto era dourado. Pois não é se tratava de um escudo de ouro do tempo dos reis vikings? Naquele lugar, ficara soterrado durante séculos o precioso tesouro, agora descoberto por acaso por um modesto camponês, descendente daqueles antigos heróis dos tempos imemoriais.

Ib acabou de desenterrar o escudo e foi correndo até a aldeia, mostrá-lo ao ministro da igreja. Vendo que se tratava de algo muito precioso, o ministro aconselhou-o a levá-lo até a cidade, a fim de mostrá-lo ao comissário distrital. Este, por sua vez, fez um relatório sobre o encontro da peça e sugeriu que Ib a levasse pessoalmente a Copenhague, dando-lhe o endereço do Museu Nacional. Ele ali receberia uma boa recompensa pelo seu achado.

— Você não poderia ter encontrado algo melhor e mais precioso do que isso!

"O melhor e mais precioso dos tesouros", pensou Ib. "E onde o encontrei? Enterrado sob a terra escura. Eis o significado do pó negro que havia dentro da castanha mágica! A cigana tinha razão!"

Ib seguiu até Aarhus, onde embarcou num navio com destino a Copenhague. Para ele, cuja única experiência náutica era uma pequena viagem de barcaça pelo Rio Gudenaa, aquilo parecia um longo cruzeiro pelo oceano. Chegando à capital, dirigiu-se imediatamente ao Museu Nacional, onde seu achado foi examinado e considerado autêntico pelos peritos, que o cumprimentaram pela descoberta, destinando-lhe uma recompensa de seiscentas coroas de prata. Tornando-se subitamente possuidor de uma razoável fortuna, Ib passou o resto do dia caminhando pelas ruas da cidade, orladas de prédios, contemplando aquela paisagem que em nada se parecia com todas as que ele até então conhecia. E como seu navio de volta só zarparia no dia seguinte, não se preocupou com o adiantado da hora, caminhando noite alta por ruas e bairros distantes. Foi assim que acabou passando pelas vielas escuras e tortuosas de um bairro pobre chamado Porto de Cristiano. Só então decidiu regressar ao hotel onde estava hospedado, sem ter a mínima ideia de por onde seguir.

Procurou alguém para se informar, mas a rua estava deserta. Finalmente, alguém saiu da porta de uma das casas mais miseráveis que ali havia. Era uma menininha. Ib abordou-a, perguntando para que lado ficava o centro. Só então notou que a garotinha estava chorando.

— Que foi, menininha? Por que está chorando?

468

A menina engrolou uma resposta qualquer, que ele não conseguiu compreender. Ib tomou-a no colo e fitou-a, levando um susto ao reparar a estranha semelhança que a garota tinha com Cristina, em seus tempos de infância. Era a própria Cristininha em pessoa!

A menina apontou para a casa de onde havia saído, e ele resolveu voltar com ela até lá. Subindo os degraus carcomidos de uma velha escada estreita, chegaram até a porta de um sótão. Havia ali um quarto estreito e escuro, sem qualquer tipo de laje ou de forro, coberto apenas pelo telhado da casa. O ar era pesado e malcheiroso, e nem mesmo a luz de uma vela iluminava o pequeno aposento. Riscando um fósforo, Ib enxergou um catre, sobre o qual estava deitada uma mulher. Devia ser a mãe da menina. Aproximando-se dela, com o chapéu na mão, ofereceu-lhe seus préstimos, dizendo:

— Boa noite, senhora. Esta menina deu-me a entender que a senhora está precisando de ajuda. Creio não poder ser de grande utilidade, porque sou de fora e não conheço a cidade. Se quiser, posso chamar algum de seus vizinhos. Que me diz?

Riscando outro fósforo para poder ver o rosto da mulher, recuou para trás ao reconhecer quem ali estava.

— É você! Cristina!

Há quantos anos não mencionava seu nome! Mesmo os conhecidos comuns evitavam dar-lhe suas notícias, sabendo do sofrimento que isso lhe causaria. Mesmo assim, aqui e ali havia escutado fragmentos de conversa, sabendo por alto o que lhe havia acontecido. Deslumbrado com a herança que recebera, o marido começara a gastar desbragadamente, fazendo viagens dispendiosas e dando festas a torto e a direito. Com o pouco que sobrou, meteu-se em negócios arriscados, acabando por dar cabo de todo o seu capital. Repetiu-se com ele a velha história do carro que perde o freio na ladeira, vindo a capotar quando chega embaixo. Os amigos que frequentavam sua mansão, ao saberem que ele estava arruinado, desapareceram subitamente. Entre si, aqueles que antes o cortejavam e elogiavam passaram a reprovar sua irresponsabilidade, dizendo que ele fizera por merecer aquele destino. Afundado em dívidas e sem ter a quem recorrer, ele desapareceu, até que seu corpo foi encontrado boiando num canal perto do porto.

Nessa ocasião, Cristina estava nos últimos dias de sua segunda gravidez. Concebido nos tempos de fartura, o bebê iria nascer num catre miserável, mal tendo como sobreviver. E ele, de fato, pouco durou, vindo a morrer alguns dias depois de ter nascido. E agora ali estava Cristina, num quartinho mais modesto que o de sua infância, aguardando a morte que estava prestes a vir. Depois de experimentar o luxo e a riqueza, sucumbia ante a miséria, não tendo forças para enfrentá-la. A garotinha que estava ao lado de Ib e que o trouxera até ali era sua filha mais velha, também chamada Cristina.

— Acho que estou morrendo — sussurrou ela ao vulto que via parado a sua frente, na escuridão do quarto. — Que vai ser de minha filha? Onde encontrar alguém que queira criá-la?

Vendo um toco de vela ao lado da cama, Ib acendeu-o, e sua chama tímida iluminou o quartinho desolado. Volvendo os olhos para a menina, enxergou de novo as feições da Cristininha que havia conhecido em criança. Decidiu-se a levá-la consigo para sua casa. Ali seria seu novo lar. Antes de exalar o último suspiro, a agonizante olhou para ele, fitando-o com uma expressão de súplica, que aos poucos se transformou em surpresa. Tê-lo-ia reconhecido? Ib jamais ficou sabendo, pois ela nada mais disse, fechando os olhos e entregando a alma a Deus.

ೞ৪೧ೞ৪೧

Estamos de volta à floresta que se estende às margens do Rio dos Deuses, como costumam chamar o Gudenaa, perto da casa onde outrora viveu um barqueiro. Agora que ele morreu, são outras pessoas que a habitam. As tormentas de outono já começaram a desabar. O vento sopra forte, agitando as folhas do arvoredo. Perto, na fazendinha protegida dos ventos pela cadeia de montanhas que se ergue nos fundos do terreno, a lareira está acesa. Ali dentro é quente e confortável, como se fosse verão. Há luz no interior de recinto; não proveniente dos raios de sol, mas sim do brilho de dois olhos infantis. O mês de outubro ainda não terminou, mas o canto da cotovia ainda está presente no riso alegre daquela criança. Reina nesse lar a alegria, sem jamais dar lugar à dor e à tristeza. É Cristininha quem ali está, sentada sobre os joelhos de Ib, que é seu pai e sua mãe ao mesmo tempo. Seus verdadeiros pais desapareceram e, como os sonhos de um adulto, nada mais deixaram senão uma vaga lembrança. A fazendinha é limpa e acolhedora. A mãe da menina repousa em paz em Copenhague, no cemitério dos indigentes.

Dizem que Ib é dono de uma considerável fortuna, proveniente de um tesouro descoberto sob o seu chão. Para ele, porém, o maior de todos os tesouros é esse que ele agora traz ao colo: a sua Cristininha.

Hans, o Palerma
Uma Antiga História Recontada

Longe, bem longe daqui, numa velha herdade, viviam o dono daquelas terras e seus dois filhos, ambos inteligentíssimos, capazes de responder a qualquer pergunta que lhes fosse formulada, além de outras que ninguém saberia como formular. Como a princesa havia proclamado oficialmente que estava disposta a se casar com o pretendente mais espirituoso que lhe fosse apresentado, os dois resolveram candidatar-se ao cargo de príncipe consorte, que é como se chama quem tem a sorte de se casar com uma princesa.

Os dois tinham apenas uma semana para se preparar, mas tempo suficiente para eles, jovens cultos e educados. Assim sendo, não teriam de aprender, mas apenas de recordar, o que não deixava de ser uma grande vantagem. Um deles sabia de cor, e de trás para a frente, todo o dicionário de Latim, podendo também repetir todas as notícias publicadas no jornal da cidade nos últimos três anos. Já o outro havia decorado todas as leis, normas e regulamentos referentes às relações trabalhistas, conhecendo até mesmo os decretos e resoluções que nem os presidentes de sindicato sabiam, ou dos quais tivessem ouvido falar. Acreditava que isso lhe dava condição de discutir política, o que calha bem a um candidato a príncipe. Além disso, sabia bordar suspensórios, habilidade que nem todas as pessoas possuem. Nesse particular, era um artista.

— Eu serei o escolhido! — afirmavam ambos, categoricamente.

Cada qual recebeu um cavalo, dado pelo pai. O que sabia de cor o dicionário de Latim e os jornais recebeu um cavalo negro; o perito em leis e que sabia bordar suspensórios recebeu um branco como leite. Para poderem falar com desenvoltura, esfregaram nos lábios óleo de fígado de bacalhau. Depois disso, prepararam-se para partir. Todos os criados da herdade formaram-se em fila, para as despedidas. Justamente no momento em que montavam, chegou correndo o irmão mais novo. Ué, então eram três irmãos? Sim, eram.

Havia um terceiro. Não foi mencionado no início da história, porque era uma espécie de "carta-branca" na família. Não havia estudado, não tinha instrução, não passava de um "bobo alegre". E tanto era assim, que todos só se referiam a ele chamando-o de *Hans, o Palerma.*

— Onde é que vocês vão nessa elegância toda? — perguntou.

— Vamos ao castelo, ora — respondeu o irmão mais velho. — Não ouviu o arauto anunciar na praça que a princesa pretende escolher seu esposo? Os candidatos irão apresentar-se hoje à tarde, e o mais espirituoso será o escolhido. Só você que não sabe disso...

— É isso aí, Palerma — confirmou o outro irmão. — A princesa entrevistará cada candidato pessoalmente, escolhendo por fim aquele que for mais desinibido, sagaz e dotado de espírito.

— Então, é comigo mesmo! — exclamou Hans, o Palerma, — também quero ir!

Os dois irmãos desataram a rir, encerrando as despedidas e pondo-se a galope.

— Me dá um cavalo, pai! — implorou Hans. — Quero ir com eles. Estou em idade de casar, e já escolhi a noiva: é a princesa.

— Deixe de falar asneiras! — rosnou o pai. — Não vou dar cavalo nenhum para você! Onde já se viu? Você nada tem de espirituoso, e, além do mais, nem sabe falar direito! Não se enxerga? Nem apresentação você tem!

— Ah, não quer me dar o cavalo? Então, tá — retrucou Hans, — deixe para lá. Eu tenho um bode... Ele me aguenta... Eu monto nele.

Dito e feito: Hans montou no bode, meteu-lhe os calcanhares nas ilhargas e lá se foi atrás dos irmãos. O bode saiu em disparada, enquanto o cavaleiro — ou melhor, o "bodeiro" — gritava a plenos pulmões:

— Lá vou eu! Sai da frente!

Enquanto isso, os dois irmãos cavalgavam lado a lado, sem trocar uma palavra sequer. Estavam ambos concatenando suas ideias e separando aquelas que lhes pareciam mais espirituosas. Seguiam tão calados e taciturnos que até parecia estarem acompanhando um funeral. De repente, seu silêncio foi quebrado pelos gritos de Hans, que conseguira alcançá-los:

— Peguei vocês! Ha, ha, ha! Tô aqui, manos! E olhem o que encontrei ali atrás!

E exibiu-lhes um corvo morto que havia encontrado à beira da estrada.

— Ah, Palerma! — exclamaram os irmãos. — Um corvo morto... Que pretende fazer com essa porcaria?

— Vou levar de presente para a princesa.

— Oh, mas que presentaço! — zombaram os irmãos, incitando os cavalos a trotarem mais rápido, pois não queriam ser vistos em sua companhia.

Não demorou muito, e ele de novo alcançou os irmãos, saudando-os em voz alta:

— Peguei vocês outra vez! E olhem o que acabo de encontrar! Não é todo dia que se acha um tesouro desses na beira da estrada!

Os irmãos voltaram-se para ele, curiosos de saber do que se tratava.

— Mas que que é isso, Palerma? — estranharam os dois. — Um tamanco velho e estragado! Outro presente para a princesa?

— Adivinhou! — respondeu Hans.

Nova gargalhada dos irmãos, que outra vez espicaçaram os cavalos, deixando-o para trás.

472

Passado mais algum tempo, lá vem ele de novo:

— Oi, manos! Cheguei! Vejam o que achei desta vez: é demais!

— Que foi? — perguntaram, curiosos.

— Aqui no meu, bolso, olhem — mostrou Hans. — Não acham que a princesa vai adorar?

— Argh! Lodo tirado de alguma vala! — exclamaram, enojados.

— Isso mesmo! Mas não é lodo vagabundo, e sim da melhor qualidade! Finíssimo! Até escorrega entre os dedos, de tão fino! Enchi meus bolsos com ele.

Dessa vez, os irmãos nem acharam graça. Trataram foi de sair a galope, alcançando as portas da capital do reino uma hora antes de Hans. Vários candidatos já haviam chegado, e todos recebiam uma senha numerada, tendo de dispor-se em fila, tão agarrados uns nos outros, que sequer conseguiam mover os braços. Foi uma prudente medida, pois do contrário poderiam engalfinhar-se, já que naquele concurso havia muitos candidatos, disputando uma só vaga.

Enquanto isso, os demais moradores da capital aglomeravam-se em redor do castelo real, na esperança de poderem ver e acompanhar as entrevistas de cada candidato. E esses eram admitidos um a um na antessala, deslumbrando-se com o luxo dos tapetes, dos quadros e da mobílias que ali havia. Sua arrogância logo desaparecia, e os candidatos mal conseguiam tartamudear alguma resposta, quando a princesa lhes dirigia a palavra. Assim, iam sendo rapidamente despachados, não conseguindo causar boa impressão.

— Não serve — concluía a princesa. — Fora! Que entre o próximo.

Chegou a vez de entrevistar o irmão mais velho de Hans, aquele que sabia de cor o dicionário de Latim e os jornais de sua terra. Todos os seus conhecimentos, porém, parece que se haviam evaporado, enquanto estivera na sala de espera, onde o soalho rangia a cada passada, e um espelho no teto revirava de cabeça para baixo tudo o que nele se via. Entrou ressabiado no grande salão. Junto à janela, três escriturários e um fiscal anotavam tudo o que era dito, fornecendo a informação aos jornais, que no dia seguinte teriam assunto de sobra para publicar. Para aumentar o desconforto, a lareira estava acesa, espalhando no salão um calor terrível.

— Está quente aqui dentro — queixou-se o rapaz.

— É que meu pai hoje resolveu assar uns frangos — respondeu a princesa.

— Ah, é? — foi tudo o que ele conseguiu dizer, ficando ali de boca aberta, sem que nenhum dito espirituoso lhe viesse à mente.

— Não serve! — declarou a princesa. — Fora! Que entre o próximo.

O mais velho saiu, cabisbaixo, enquanto o segundo irmão entrava no salão amplo e assustador.

— Aqui dentro está quente, hein? — disse, tentando puxar assunto.

— Estamos assando uns franguinhos — respondeu a princesa.

— Fran... franguinhos? — foi tudo o que ele soube dizer.

Os escriturários imediatamente anotaram que o candidato número tanto havia respondido: "Fran... franguinhos?"

— Não serve — disse mais uma vez a princesa. — Fora! Que entre o próximo.

E foram entrando, um a um, até que chegou a vez do Palerma. Ele entrou no salão montado no bode, e logo foi exclamando:

— Que raio de salão mais quente, sô!

— É que mandei assar uns franguinhos — disse a princesa.

473

— Boa pedida! Sou chegado a um frango! Que tal assar também esse corvo? Bota ele lá, moça.

— Só tem um probleminha — respondeu a princesa. — As panelas e os caldeirões já estão cheios. Não temos vasilhame sobrando.

— Bota aqui dentro — disse Hans, mostrando o tamanco velho, que era do tipo fechado.

A princesa disparou a rir, ao ver Hans tentando enfiar o corvo no tamanco, coisa que ele afinal conseguiu.

— Muito bem — comentou ela, esforçando-se por ficar séria. — Já dá para o almoço. Mas você vai assar o corvo a seco, sem um molho, um creme?

— De jeito nenhum! — respondeu Hans. — Vai ser corvo assado ao creme natural! Tenho um montão dele aqui no bolso!

— Gostei desse! — exclamou a princesa. — Enfim, um candidato que sabe falar sem inibição. Vou casar-me com você! Mas é bom que fique sabendo: tudo o que aqui se diz está sendo anotado para sair publicado amanhã nos jornais. Para tanto, ali estão três escriturários e um fiscal. Mesmo quando não entendem o que se diz, eles anotam. Quem menos entende é o fiscal, e é o que mais anota.

A princesa estava testando Hans, no intuito de ver se ele ficaria desapontado ou assustado. Às suas palavras, os escriturários explodiram em gargalhadas, que mais pareciam relinchos de cavalo. Um deles sacudiu-se tanto, que a pena caiu-lhe da mão, sujando o soalho de tinta. Ao invés de se intimidar com aquilo, Hans riu também e arrematou:

— Então, convido os quatro para provar do meu corvo. E como o magrelo ali é o mais importante da turma, vou servir-lhe uma porção extra de creme natural.

Dizendo isso, tirou do bolso uma boa mãozada de lodo e atirou-a na cara do fiscal. A princesa até virou a cabeça para trás, de tanto rir.

— Boa! Essa foi demais! — disse ela, sem conseguir recompor-se. — Eu nunca teria ideia de fazer isso; mas pode deixar, que ainda hei de aprender!

Para resumir: Hans casou-se com a princesa, que nunca o chamou de palerma, tornando-se o rei daquela terra. E como ficava imponente, sentado no trono, de cetro na cabeça e coroa na mão!

Como é que fiquei sabendo desta história? O fiscal anotou, o jornal publicou, e eu li o jornal. Só que a gente não deve confiar em tudo o que lê nos jornais...

474

A Vereda dos Espinhos

Existe um antigo conto de fadas chamado "A Vereda dos Espinhos", que descreve a estrada cheia de percalços e obstáculos que um verdadeiro herói tem de trilhar antes de receber sua recompensa: honra, glória e fama. Muitos de nós escutamos essa história quando éramos crianças. Agora, na idade adulta, quando a relembramos, não podemos deixar de refletir acerca de nossa própria vereda dos espinhos, do caminho escabroso que tivemos de percorrer anonimamente, dos tormentos e tribulações que tivemos de suportar e superar durante nossas vidas. A ficção e a realidade caminham juntas, mas paralelamente, já que o conto possui um desfecho e uma moral, coisa que só encontramos na realidade se ultrapassarmos os limites da existência terrena, projetando-nos na eternidade intemporal e imaterial.

A história do mundo é a projeção de um lanterna mágica sobre o fundo escuro do passado, mostrando-nos a trajetória percorrida pelos grandes homens, pelos verdadeiros benfeitores da humanidade, através de suas veredas de espinhos.

As cenas projetadas referem-se a todas as épocas, a todas as partes do mundo. Numa rápida síntese, desfilam ante nossos olhos os episódios que assinalaram existências longas e sofridas, mostrando-nos vicissitudes, conquistas, defeitos, êxitos. Examinemos algumas cenas das vidas de alguns mártires dessa longa procissão, que só terá fim no dia em que também o mundo chegar ao término de sua existência.

Estamos num anfiteatro. Os atores representam *As Nuvens*, de Aristófanes. Situações ridículas e frases sarcásticas fazem a assistência explodir em gargalhadas. A peça satiriza as ideias e a própria figura do mais estranho morador de Atenas — o único que era o escudo do povo contra os tiranos, aquele que no campo de batalha salvou a vida de Alcibíades e Xenofonte: Sócrates, cujo gênio sobrelevou até mesmos aos deuses da Antiguidade. Ele próprio encontra-se entre os assistentes. Nesse momento, põe-se de pé, e os atenienses, entre risotas de galhofa, podem cotejar o modelo com sua caricatura mostrada no palco, constatando a semelhança que existe entre ambos. Ali está ele, entre seus compatriotas, porém acima, muito acima deles.

O símbolo de Atenas não devia ser a folha da oliveira, mas sim a da cicuta, verde, suculenta e venenosa.

Sete cidades disputaram a glória de ser o berço de Homero, mas isso apenas bem depois da morte do bardo. Observemo-lo enquanto vivia: ei-lo a pervagar pelas ruas dessas sete cidades, recitando seus versos em troca de pão. O medo do amanhã encaneceu seus cabelos. Aquele que, entre todos os cidadãos, enxergava mais longe, era um cego que vivia solitário. Os espinhos da existência dilaceraram o manto do Rei dos Poetas, reduzindo-o a trapos.

Mas seu canto ainda ecoa até hoje, mantendo vivos os deuses e os heróis da Antiguidade.

Seguem-se as cenas, uma após outra, como ondas do mar; algumas ocorreram outro dia mesmo; outras tiveram lugar em épocas longínquas e quase esquecidas. Muda o tempo, mudam os lugares, mas nunca muda a vereda dos espinhos, a senda tortuosa e áspera onde o cardo somente floresce depois que enfeita o túmulo daquele que a trilhou.

Camelos carregados de tesouros seguem em caravana à sombra das tamareiras. Foram enviados pelo governante do país, como um presente ao poeta cujos versos encantaram os cidadãos e o transformaram na glória nacional. Inveja e mentiras empurraram-no ao exílio. A caravana detém-se ante a porta da cidadezinha onde o poeta procurou refúgio, a fim de dar passagem a um pequeno cortejo fúnebre, que segue em sentido contrário. Era enterro de pobre. O falecido era justamente a pessoa que a caravana buscava: o poeta persa Firdusi. Sua trajetória pela vereda dos espinhos havia chegado ao fim.

Um negro está sentado nas escadarias de mármore de um palácio em Lisboa, apelando para a caridade dos que por ali passavam. É o fiel escravo de Camões. Sem as moedas que, por caridade, alguns lhe atiravam, o maior dos poetas portugueses teria morrido à míngua. Um suntuoso jazigo recobre hoje seus restos mortais.

Projeta-se outra cena. Através das grades de uma janela, avista-se um homem, sentado ao fundo de um cela. Seu rosto é pálido e descarnado, sua barba é suja e comprida. Súbito, ele ergue-se e esbraveja:

— Por que me meteram no cárcere? Por que estou aqui, aprisionado, há mais de vinte anos? Sou o autor da maior descoberta destes últimos séculos!

Você deve estar curioso em saber de quem se trata.

— Esse sujeito aí? — responde o guarda do manicômio. — É um louco. Doido varrido! Ele acredita que o vapor tem uma força escondida dentro dele, veja só que absurdo!

Aquele é Salomão de Caus, o homem que descobriu a força do vapor. Seus contemporâneos desconfiaram de sua sanidade mental, aprisionando-o num asilo de lunáticos.

Segue Cristóvão Colombo pelas ruas, caminhando por entre as vaias e o deboche da molecada. Quando regressou do Novo Mundo, trazendo a notícia do seu descobrimento, os sinos badalaram jubilosos. Mas pouco depois retiniram as campainhas da inveja, cobrindo com seu som estrídulo os repiques festivos. O homem que revelou a existência de um novo continente, afrontando o mar desconhecido, e com isso cobrindo seu rei de glória e opulência, teve grilhões de ferro como recompensa. Antes de morrer, exigiu que esses grilhões fossem enterrados junto com ele, como testemunho do reconhecimento que seu achado lhe granjeou.

Mais e mais cenas são projetadas. Foram muitos os que caminharam pela vereda dos espinhos.

É difícil divisar quem é aquele que ali está sentado, em meio à mais profunda escuridão. É um homem velho, cego e surdo. No tempo em que ouvia e enxergava, foi quem primeiro mediu a altura das montanhas lunares, viajando em espírito pela imensidão do espaço, por entre estrelas e planetas. Como ninguém antes dele, Galileu Galilei compreendeu que a Natureza é regida por leis, deduzindo daí os movimentos da Terra. Ei-lo sem forças para prosseguir sua caminhada através da trilha do sofrimento. Pesam como chumbo seus pés, aqueles mesmos que um dia ele bateu com força no chão, irritado por ver negada e condenada a verdade, e por ouvir o veredicto que declarava ser a Terra imóvel. No impulso de sua reação, não se conteve e murmurou:

— Mas ela se move...

Surge agora uma mulher dotada da fé e do entusiasmo próprios de uma criança. Empunhando um estandarte, segue à frente de um exército. Sob seu comando, o país se reergueu, recuperando o orgulho perdido e os territórios invadidos. Ainda ecoavam os gritos de júbilo da nação renascida, quando se ergueu o poste presa ao qual ela foi queimada. Joana d'Arc, a heroína; Joana d'Arc, a feiticeira... E dizer que, passados três séculos de sua morte, ainda se cuspia no túmulo daquela flor-de-lis virginal, como o fez Voltaire, o cáustico satírico, quando escreveu sobre a "Donzela de Orleans"...

Em Viborg, os nobres estão queimando as leis promulgadas pelo rei. Erguem-se as chamas no ar, deixando entrever o espírito daquele tempo e daquelas leis, e formando um halo acima da cabeça de quem as promulgou, então aprisionado na cela escura de uma torre. Ei-lo, velho, encurvado, de cabelos grisalhos, sentado junto à mesa que tantas e tantas vezes rodeou, escavando no tampo um sulco profundo, com a unha de seu polegar. Anos antes era aclamado como o soberano de três reinos, o monarca do povo, o amigo dos fazendeiros e dos mercadores: o rei Cristiano II. Tinha um temperamento áspero e rigoroso, em nada diferente do que se exigia de um monarca naqueles tempos. Pelo menos, é o que consta em sua biografia, escrita por seus inimigos. Vinte e sete anos passou encarcerado; não podemos nos esquecer disso, quando relembramos o sangue que ele derramou.

Um navio levanta ferros, deixando a Dinamarca. Parado junto ao mastro principal, um homem contempla pela derradeira vez a Ilha de Hveen. É Tycho Brahe, aquele que ergueu o nome de sua terra natal à altura das estrelas. Como recompensa, recebeu insultos e injúrias, sendo condenado ao exílio. Ao saber da sentença, apenas comentou:

— Para onde quer que eu vá, lá haverá um céu, e isso é tudo de que preciso.

O filho mais célebre da Dinamarca foi expulso de seu país. Lá se vai para terras estranhas, onde receberá as honras e homenagens que não teve no seu próprio torrão natal.

Agora, estamos na América, à beira de um dos grande rios que cortam aquele continente. Ao longo de suas margens, aglomera-se uma verdadeira multidão. Todos estão curiosos para ver um navio tentar a proeza de navegar contra o vento e a correnteza. O nome de seu inventor é Robert Fulton. A embarcação faz-se ao largo, mas pouco depois para. Risos e vaias partem da multidão. No meio do povo, vexado e confuso, está o pai de Fulton. Como devem doer-lhe os assovios, os apupos e as frases sarcásticas que todos proferem:

— Bem feito para o fanfarrão!

— Cai na real, idiota. Isso é loucura!

Foi um parafuso mal-apertado que caiu nas máquinas, paralisando-as. Mas a possante engrenagem acaba por esmagá-lo, e novamente a enorme roda dotada de pás retoma seu movimento. O barco está andando! Está subindo o rio! O vapor derruba o tempo e a distância, reduz as horas e minutos e aproxima os continentes.

Pergunto a todos que me leem: acaso já imaginastes qual deva ser o sentimento de júbilo que se apossa daquele que contribuiu para o progresso científico, para o enriquecimento do espírito, para o aperfeiçoamento das artes, no instante em que vê reconhecido seu trabalho? Aquele exato momento em que todos os sofrimentos enfrentados em sua jornada pela vereda dos espinhos — mesmo os auto-inflingidos — se transformam em conhecimento, verdade, poder, clarividência e saúde? É então que a desordem se torna harmonia, e que Deus revela a um determinado ser humano um conhecimento que ele, por sua vez, em seguida haverá de partilhar com todos os seus semelhantes.

A vereda dos espinhos é longa, estendendo-se ao redor de todo mundo. Bem-aventurados aqueles que foram escolhidos para percorrê-la, pois são eles os construtores da ponte que estabelece a ligação entre Deus e o Homem.

Ruflando suas asas gigantescas, o espírito da História sobrevoa o Tempo, projetando suas cenas brilhantes sobre um fundo escuro como a noite. A história real da vereda dos espinhos, diferente daquela do conto de fadas, não tem um final feliz aqui na Terra, estendendo-se interminavelmente pelo espaço adentro e pela eternidade afora.

A Criada

Entre os alunos da Escola Pública, havia uma garota judia. Além de excelente aluna, sempre atenta e bem-comportada, era ela a criança mais bonita dentre todas as que ali estudavam. Entretanto, todo dia, durante uma aula inteira, ficava inteiramente alheia ao que o professor dizia, sem prestar a mínima atenção aos seus ensinamentos. Isso acontecia durante a aula de Instrução Religiosa, já que se tratava de uma escola cristã. O próprio mestre ordenava-lhe passar o tempo resolvendo o para casa de Aritmética ou estudando a lição de Geografia. Acontece que ela era boa de contas, e logo resolvia todos os problemas; depois, abria o livro de Geografia, e em poucos minutos repassava toda a lição, que em geral era curtinha. Durante todo o restante da aula, embora mantivesse o livro aberto sobre a carteira, apenas fingia lê-lo, enquanto ficava escutando o que o professor dizia, e mais atentamente que qualquer outro de seus colegas. Ao notar que ela prestava atenção às suas palavras, o mestre admoestava, com brandura:

— Vamos, Sara, leia seu livro.

Às vezes, para ver se ela realmente havia estudado a lição de Geografia, o mestre interrompia sua aula de Instrução Religiosa e lhe formulava algumas perguntas sobre a matéria. Fitando-o com seus olhos escuros e brilhantes, Sara respondia-lhe tudo, mostrando que de fato havia aprendido bem aquela lição.

O pai era um homem pobre e gentil. Concordara em deixar que a filha estudasse naquela escola, mas com a condição de não lhe ser ministrado qualquer ensinamento sobre o Cristianismo. No início, o professor pensou em mandá-la para o pátio de recreio, durante a aula de Instrução Religiosa, mas logo desistiu da ideia, receando que essa atitude acabaria provocando a inveja nos outros alunos. "Vai ficar parecendo que estudar Religião é um castigo", pensou, "e isso em nada contribuirá para a formação desses jovens. Não, é melhor deixar que ela fique dentro da sala, mas sem participar da aula." E foi assim que ele agiu.

Um dia, o professor resolveu fazer uma visita ao pai da menina.

— Receio que sua filha acabará por se tornar uma cristã — disse ele, — se continuar frequentando a escola. Por mais que eu tente impedir, ela insiste em escutar minhas lições, demonstrando tal interesse, que é como se sua alma estivesse sequiosa de aprender os ensinamentos de Cristo. Como assumi um compromisso com o senhor, quero mantê-lo, mas não sei como poderia agir.

— Nesse caso, professor, não tenho outra alternativa senão retirá-la da escola. Até que não me importo muito com isso que o senhor me contou. Não sou praticante de minha religião, e entendo muito pouco do assunto. Mas com minha falecida mulher era diferente. Ela sempre conservou a fé de nossos pais. Em seu leito de morte, fez-me prometer que nunca deixaria nossa filha converter-se ao Cristianismo. Dei-lhe minha palavra, invocando Deus por testemunha.

Foi por esse motivo que a pequena garota judia teve de abandonar escola.

※

Anos depois, numa das casas mais modestas de uma cidadezinha da Jutlândia, vamos encontrar uma criada judia de nome Sara. Pelos seus cabelos, negros como ébano, e por seus olhos brilhantes, via-se que era uma filha do Oriente. O lampejo de seu olhar ainda possuía a mesma expressão aguda e cismadora dos tempos em que ela frequentava a escola.

A casa em que Sara trabalhava ficava defronte à igreja. Aos domingos, enquanto cumpria seus afazeres matinais, ela podia escutar o som do órgão e dos cânticos que ali eram entoados.

"Lembra-te de santificar o dia do sábado", dizia o Mandamento que ela devia observar; não obstante, para os cristãos, o sábado era um dia de trabalho como outro qualquer, e o máximo que ela podia fazer era guardá-lo internamente, em seu coração. Muitas vezes perguntou-se se esse seu modo de agir era suficiente para santificar aquele dia, duvidando de que o fosse. Certo dia, porém, ocorreu-lhe que, para Deus, horas e dias possivelmente teriam um significado diferente daquele que têm para nós, mortais. Daí em diante, passou a não se perturbar com os sons do órgão e dos cânticos, aos domingos, ouvindo-os com prazer, na certeza de que, ali onde se encontrava, junto à pia da cozinha, era um lugar sagrado, e que seu trabalho silencioso era uma forma digna de guardar o dia santificado.

Da Bíblia, Sara leu apenas o Velho Testamento, o maior tesouro pertencente ao seu povo. Estivera presente à conversação travada entre o pai e o professor, da qual resultara sua saída da escola, tendo ficado profundamente impressionada ao tomar conhecimento da promessa que ele fizera à esposa, em seu leito de morte, de não permitir que a filha renegasse a fé de seus antepassados.

Certa noite, estando ela no canto da sala onde costumava ficar, num lugar que a luz da lamparina mal iluminava, aconteceu que o dono da casa tomou de um velho livro e começou a lê-lo em voz alta. Como não se tratava de uma obra religiosa, Sara deixou-se ficar por ali, prestando atenção nas palavras lidas pelo patrão. Era a narrativa de uma história acontecida muito tempo atrás, a respeito de um cavaleiro húngaro capturado por um paxá turco. Implacável e cruel, o paxá ordenou que seu prisioneiro fosse tratado como uma besta de carga. Assim, atrelaram-no a um charrua e puseram-no a trabalhar sem descanso, à custa de gritos e chicotadas.

A esposa do nobre húngaro vendeu todas as suas joias, hipotecou seu castelo e as terras de seus antepassados, e, com a ajuda de amigos generosos, conseguiu por fim arrecadar a incrível quantia exigida pelo turco como resgate. Só assim pôde a pobre criatura ser libertada de sua miserável escravidão, regressando enfermo e combalido para o meio dos seus.

Pouco tempo depois, sem que se tivesse recuperado dos maltratos que lhe haviam sido infligidos, sobreveio nova investida dos inimigos da cristandade. Embora sem força, o cavaleiro ordenou que o montassem em seu cavalo, replicando à esposa, que entre lágrimas lhe suplicava permanecer em repouso:

— Não poderei descansar enquanto minha alma não estiver em paz.

Foi só dizer isso, e logo as cores reapareceram-lhe no rosto e o antigo vigor ressurgiu em seu corpo. Seguiu para a batalha, e, dessa vez, regressou vitorioso. Por ironia do destino, um dos prisioneiros que capturou era justamente aquele paxá turco que o havia tratado com tamanha crueldade pouco tempo atrás. Depois de repousar algumas horas, o cavaleiro mandou trazer o prisioneiro a sua presença, perguntando-lhe:

— Sabe o que irá receber de mim?

— Sei — disse o paxá com altivez. — Vingança!

— Isso mesmo — concordou o cavaleiro. — Mas não a vingança à qual você está acostumado, e sim a vingança cristã. Jesus ensinou-nos a perdoar os inimigos e amar o próximo como a nós mesmos. Nosso Deus é clemente e misericordioso. Você está livre, pode voltar em paz para o meio dos seus. No futuro, aprenda a tratar com benevolência aqueles que sofrem.

Surpreso e desconcertado, o prisioneiro desatou em pranto.

— Por essa eu não esperava! Como poderia adivinhar que, depois do tratamento desumano que lhe dispensei, não fosse condenado a padecer o mais pungente castigo? Nesta certeza, e antes de ser submetido à humilhação e à tortura, ingeri um veneno mortal, contra o qual não existe antídoto. Em poucas horas, estarei morto. Antes que isso aconteça, porém, suplico-lhe que me fale desses ensinamentos repletos de amor e misericórdia, pois agora entendo que eles provêm do verdadeiro poder de Deus. Se fosse possível, gostaria de poder tornar-me cristão, antes de morrer.

Seu desejo foi atendido, e ele morreu em paz.

Tratava-se apenas de um lenda, de um história de ficção, que todos escutaram atentamente e apreciaram, mas nenhum tanto quanto Sara, a criada judia, que se mantinha modestamente sentada no canto mais escuro e afastado da sala. A narrativa tocou seu coração, e lágrimas emocionadas escorriam-lhe dos olhos negros e brilhantes. Ali estava ela, com o mesmo interesse que tinha nos tempos de criança, quando escutava a leitura do Novo Testamento na escola. Vieram-lhe à mente as palavras da mãe agonizante: "Não quero que minha filha se torne uma cristã!", enquanto em seus ouvidos ressoava a prescrição divina: "Honrarás pai e mãe." Seu pranto recrudesceu, enquanto ela dizia para si própria:

— Não sou cristã! Não posso esquecer-me do olhar fulminante que me lançaram os filhos do vizinhos, ao me verem parada diante da porta da igreja, contemplando as luzes do altar e ouvindo embevecida os cânticos da congregação; tampouco da maneira irada e desdenhosa com que se dirigiram a mim, murmurando entre dentes: "Judia!" No entanto, o Cristianismo, desde os tempos de escola, influencia fortemente a minha vida, como se fosse um raio de sol, brilhando em meu coração até mesmo enquanto estou dormindo. Mas não pretendo traí-la, Mamãe. Não quebrarei a promessa feita por meu pai. Não, jamais lerei a Bíblia cristã. Hei de adorar o mesmo Deus de meus pais.

Passaram-se os anos. O dono da casa morreu. A família empobreceu, não tendo mais condição de manter uma criada. Mas Sara ficou com eles, ajudando-os, agora que precisavam dela. E foi ela quem os manteve unidos. Arranjou um trabalho à noite, e era com seu pequeno salário que eles agora se sustentavam. Nenhum parente se dispôs a ajudá-los, mesmo sabendo que a viúva havia adoecido, ficando de cama por meses a fio. Nos momentos em que tinha uma folga, Sara sentava-se à beira de seu leito, fazendo-lhe companhia. Sua generosidade e seu carinho eram a maior bênção que aquela família pobre poderia almejar.

Certa noite, a viúva pediu a Sara que lesse para ela. Queria escutar a palavra de Deus, e por isso entregou-lhe uma Bíblia. Ela hesitou a princípio, mas logo depois aquiesceu, abrindo o volume a esmo e lendo alguns trechos para a enferma. E mesmo que as lágrimas lhe tenham assomado aos olhos, sentiu que estes enxergavam melhor, e que sua alma estava bem mais leve do que antes. Enquanto lia, dirigia-se à mãe em pensamento, dizendo-lhe:

— Mantive a promessa de meu pai, querida Mamãe. Não fui batizada. Judia sou, e como judia sou considerada pelos cristãos. Mas lembre-se das palavras divinas: "Ele estará conosco na morte... *Ele visitará a terra, fará dela um deserto, e depois transformá-la-á num lugar fecundo e frutífero...*" Agora compreendo o sentido dessas palavras, embora sem saber de onde provém esta compreensão. Deve ser da graça de Cristo!

Ao murmurar o nome sagrado do Filho de Deus, um tremor perpassou-lhe por todo o corpo. Como se tivesse recebido um golpe, vergou-se e caiu ao chão, desfalecida. Quem há pouco ali assistia uma enferma, agora teria de ser assistida, já que sua vida estava por um fio.

— Pobre Sara — comentaram os que a conheciam. — No afã de ajudar os outros, esqueceu-se de si própria, esforçando-se mais do que podia...

Levaram-na para o hospital dos indigentes, de onde ela saiu pouco depois, para ser enterrada no cemitério. Como não era cristã, seus restos mortais não puderam ser sepultados no campo santo, sendo enterrados numa cova rasa, do lado de fora do muro.

Quando os raios de sol que Deus envia brilham sobre os túmulos cristãos, iluminam também a sepultura humilde da criada judia. E quando os cristãos se reúnem para enterrar um dos seus que acaba de morrer, suas preces chegam até lá, até onde Sara repousa: "*Creio na ressurreição da carne... Em nome de Jesus Cristo*".

Foi esse mesmo Jesus quem um dia disse aos seus apóstolos:

— João batizou com água, mas vós sereis batizados com o Espírito Santo!

A Garrafa

Numa viela tortuosa, entre diversas casas em mau estado de conservação, uma se destacava particularmente, pelo fato de ser muito estreita e alta. Contruída em madeira e alvenaria, muitas de suas vigas estavam estragadas. Pessoas muito pobres moravam ali. Fora da janela do sótão, havia uma gaiola velha e mal-acabada como a casa. O bebedouro do passarinho era um gargalo de garrafa preso de borco ao fundo da gaiola.

A velha criada que morava no sótão estava naquele momento parada à janela, tomando sol. Tinha acabado de alimentar o passarinho, um pequeno pintarroxo, que agora saltitava e cantava alegremente.

— Canta, passarinho, canta — disse o pedaço de garrafa (se bem que não disse coisa alguma, pois garrafas não sabem falar; apenas imaginou que estava dizendo aquelas palavras, como às vezes costumamos fazer). — Canta, passarinho, canta. Tu és saudável, forte e inteiro, e não cortado ao meio como eu. Nem imaginas o que seja perder a parte de baixo, ficando reduzida ao gargalo, e com uma rolha enfiada na boca. Se te acontecesse isso, não estarias aí cantando, nessa alegria toda. Mas é bom ter alguém feliz perto da gente. Além disso, não tenho porque invejar-te, já que nem sei cantar. Mas poderia contar-te muitas coisas a respeito da vida excitante que levei. Ah, como foi bom aquele tempo em que eu ainda era uma garrafa inteira... Lembro-me quando o dono do curtume me levou a um piquenique, por ocasião do noivado de sua filha. Puxa, parece que foi ontem! É, passarinho, já passei por muitas experiências... Fui criada entre fogo e calor, naveguei através do oceano, fui mais fundo na terra e mais alto no céu que a maior parte das pessoas. Agora, aqui estou, tomando sol e vendo a rua lá embaixo... Sim, minha história merece ser contada e ouvida. Infelizmente, sou obrigada a guardá-la comigo, por não saber falar...

De fato, só lhe restava recordar, e era o que ela fazia, enquanto o pintarroxo cantava, e os que passavam pela rua pensavam em seus próprios problemas, ou então não pensavam em coisa alguma.

Lembrou-se do enorme forno de uma fábrica, onde um sopro quente lhe dera a vida. Antes mesmo de esfriar, sentiu um desejo de voltar para o forno, a fim de ser derretida de novo. Aos poucos, porém, foi-se esquecendo daquela fantasia. Dali, foi levada para um lugar onde dezenas de seus irmãos e irmãs, nascidos do mesmo forno, estavam enfileirados.

Havia ali garrafas de vários formatos, cada qual destinada a guardar um tipo de bebida: vinho (como era o seu caso), champanha, cerveja, etc. Depois de consumido o líquido que havia em seu interior, cada qual ainda poderia ter uma segunda utilização. As garrafas de cerveja, por exemplo, costumavam ser aproveitadas para guardar aquele vinho caro chamado *Lachryma Christi*, produzido no sopé do Monte Vesúvio. Já as garrafas de champanha eram geralmente reaproveitadas para guardar tinta de sapatos. Mas não vão pensar que elas se sentiam diminuídas por isso. Pouco importa se contêm ou não tinta de sapato ou algum outro líquido; seu formato revelava sua origem nobre, e quem foi rei é sempre majestade.

Dali, as garrafas foram embaladas em caixas e despachadas para seus destinos. A da nossa história seguiu numa dessas caixas, sem jamais imaginar que um dia seria transformada num bebedouro de passarinho, perdendo sua parte de baixo. Mas antes isso do que ser reduzida a cacos, deixando de ter qualquer serventia.

Depois de dias e dias de monótona escuridão, a tampa da caixa em que ela estava foi aberta, e a garrafa se viu, ainda vazia, no amplo estabelecimento comercial de um engarrafador de vinhos. Ali foi lavada (experiência interessantíssima!) e depois colocada numa prateleira. Faltava-lhe algo, bem que ela sentia, mas não sabia especificar o que seria. Não demorou para que ficasse sabendo: encheram-na de vinho, meteram-lhe uma rolha na boca, pregaram-lhe um selo em cima e um rótulo no meio, no qual se dizia: "Vinho de finíssima qualidade". A garrafa sentia-se como se houvesse acabado de sair de um exame, no qual tirara a nota máxima. Eram novos, tanto o vinho como a garrafa, e os jovens têm a tendência de ser líricos. Dentro dela borbulhavam canções falando de montanhas revestidas de relva e banhadas de sol, enfeitadas de videiras de cachos suculentos, por onde passavam casais de namorados, colhendo as uvas entre os beijos que trocavam. Ah, como a vida é linda! A garrafa estava repleta de paixão e amor, como o são os poetas jovens, antes que esses dois sentimentos se transformem em seu tormento.

Um dia, foi vendida. Um empregado do curtume viera ao depósito de vinhos, com ordens de comprar uma garrafa "do melhor que houvesse". Pouco depois, estava acondicionada dentro de uma cestinha de piquenique, ao lado de uma peça de presunto, um queijo, um pacote de salsichas, um pote de manteiga e diversas fatias de pão. Quem arranjou a cesta foi a filha do dono do curtume. Era uma jovem gentil e encantadora, sempre com um lampejo nos olhos castanhos e um sorriso feliz nos lábios rubros. Suas mãos eram macias e alvas, e seu pescoço era ainda mais alvo e macio do que elas. Embora fosse uma das moças mais belas da cidade, ainda não tinha ficado noiva.

A moça seguia com a cesta ao colo, enquanto o carro rodava em direção à floresta. Através da toalha que cobria a cesta, a garrafa conseguiu divisar seu semblante, enxergando também um jovem marinheiro que estava sentado ao seu lado. Os dois eram amigos desde os tempos de infância. Ele era filho de um pintor de retratos. Acabava de ser nomeado oficial da Marinha, devendo embarcar já no dia seguinte para terras longínquas. Enquanto ela estava preparando a cesta de piquenique, os dois ficaram conversando sobre essa viagem, e naquele instante a garrafa não viu alegria ou riso no rosto da moça.

Ao chegarem à floresta, a cesta foi deixada no banco do carro, e o jovem casal saiu para dar um passeio. Sem coisa alguma para ver, ouvir ou fazer, a garrafa esperou pacientemente, imaginando o que eles estariam conversando naquele momento. Depois de um longo tempo, alguém a tirou do cesto, e então tudo pareceu diferente. Alguma coisa muito agradável devia ter acontecido naquele intervalo, pois o ambiente era agora de risos e

satisfação. A filha do curtidor tinha as bochechas coradas, e seus olhos refulgiam de contentamento. Segurando-a pelo gargalo, o pai enroscou-lhe uma espécie de parafuso comprido na rolha, puxando-a — flup! — e derramando o vinho nos copos. Que experiência estranha, a de ser aberta pela primeira vez! Foi um momento solene, do qual ela jamais iria se esquecer, pelo resto de sua vida.

— Aos noivos! — disse o curtidor, erguendo seu copo.

— Que sejam felizes para sempre! — completou a mulher do curtidor, repetindo seu gesto. Todos beberam do vinho, e depois o jovem oficial beijou a moça cuja mão acabava de pedir. Encheram os copos de novo, e agora foi o rapaz quem ergueu um brinde:

— Ao nosso casamento, daqui a um ano!

E assim continuaram, brindando e bebendo, até que a garrafa ficou vazia. Foi então que o noivo, segurando-a pelo gargalo, contemplou-a sorridente, dizendo:

— Oh, garrafa bendita! Você participou do dia mais feliz de minha vida. Que seja essa a única serventia sua. Você não servirá a mais ninguém!

E, dizendo isso, atirou-a para cima com toda força. A filha do curtidor acompanhou com os olhos o percurso aéreo que ela descreveu, sem poder imaginar que um dia teria oportunidade de ver novamente aquela garrafa a voar. Mas isso eu conto depois.

A garrafa subiu, fez uma curva, desceu e foi cair num charco escondido entre as árvores da floresta. Ah, como ela ainda se lembrava daquele vôo. Recordava até o que pensou, logo depois de ter caído no charco: "Vejam como são as coisas: dei-lhes vinho do bom, e como recompensa eles me deram água suja de lodo... Mas sei que não fizeram por mal".

Pobre garrafa... não pôde ver o restante do piquenique. Mas pelo menos podia ouvi-los a rir e a cantar. Decorridas algumas horas, passaram por ali dois meninos que moravam nos arredores. Vendo-a entre os caniços, apanharam-na e levaram-na para sua casa. Ela agora tinha outro dono.

A casa para onde foi ficava no meio da floresta. O filho mais velho tinha ido visitar os pais, e estava de partida para uma longa viagem. Era um marinheiro. Sua mãe estava preparando um farnel para ele levar, escolhendo algumas iguarias que lhe seriam úteis a bordo. Resolveu mandar, junto com os alimentos, um frasco com um chá feito de ervas, "um santo remédio para as dores de estômago". Ao ver os filhos mais novos chegando com a garrafa que haviam encontrado, achou melhor enchê-la com o chá, depois de lavá-la cuidadosamente. E assim foi que a garrafa, depois de conter vinho tinto, passava agora a servir de vidro de remédio, trazendo dentro de si outro tipo de líquido, escuro e amargo, mas igualmente de "finíssima qualidade", preparado com esmero e carinho de mãe.

Embalada com um queijo e um pacote de salsichas, a garrafa foi colocada no farnel de Peter Jensen, o marinheiro, prestes a embarcar no navio que teria, como imediato, o rapaz que acabara de ficar noivo da filha do curtidor de couros. É bom que se diga que ele não viu a garrafa. Aliás, mesmo que a visse, não a teria reconhecido, nem imaginado que ela pudesse ser a que servira para brindar a aceitação de seu pedido de casamento.

Ainda que não contivesse vinho, a garrafa foi muito apreciada por Peter Jensen e por seus companheiros, pois o remédio logo se mostrou extremamente eficaz contra suas dores de estômago. Em pouco, o rapaz já era apelidado de "Boticário", e o remédio foi sendo consumido pouco a pouco, até que um dia acabou.

Perdida a sua segunda serventia, a garrafa ficou longo tempo esquecida num canto do navio. Foi então que ocorreu a terrível tragédia. Se foi na ida ou na volta, isso ela não sabia, pois até então não havia saído de seu canto. Mas eis que, um dia, o navio se viu no meio de uma tempestade. Ondas gigantescas quebravam sobre seu casco, invadindo o convés, provocando pânico e desordem. O mastro principal quebrou-se, e uma das tábuas da quilha rachou-se, deixando a água entrar aos borbotões na casa de máquinas. Era inútil tentar bombeá-la. O naufrágio era iminente. Vendo que nada seria possível fazer, o jovem imediato tomou de um papel e escreveu: "Estamos perdidos. Que Jesus nos proteja", escrevendo em seguida o nome do navio, o seu próprio e o de sua amada. Em seguida, dobrando o papel, enfiou-o numa garrafa que encontrou por ali, arrolhou-a fortemente e atirou-a nas ondas enfurecidas. Jamais poderia imaginar que garrafa era aquela...

O navio afundou, a tripulação pereceu, mas a garrafa flutuou. Não continha vinho ou remédio, mas era portadora de uma carta de amor trágica e pungente. Ela agora tinha um coração.

Durante dias e dias, a garrafa viu o sol nascer e se pôr, tépido e rubro, redondo como a boca do forno de onde ela havia saído. Um dia, flutuando em sua direção, achou que seria engolida por aquele disco vermelho, mas ele logo desapareceu, deixando-a de novo sozinha, rodeada pelo mar imenso e negro.

Sucederam-se os dias, ora calmos, ora tempestuosos. Mais de uma vez ela escapou por pouco de se despedaçar contra os rochedos ou de ser engolida por algum tubarão voraz. Mas nada disso aconteceu, continuando a flutuar por anos a fio, ao sabor das correntes do mar. Era seu próprio comandante, mas mesmo essa circunstância, a princípio interessante, com o passar do tempo foi-se tornando enfadonha.

O bilhete, o último adeus de um noivo a sua amada, nada mais traria senão dor, caso um dia caísse nas mãos de sua destinatária. Onde estariam agora aquelas mãos alvas e delicadas, que um dia ela vira enquanto estendiam sobre a relva uma toalha? Que teria sido feito da filha do curtidor de couros? Ela sequer sabia o nome do lugar, ou mesmo do país onde se dera aquele piquenique. Sua sina era apenas vogar ao sabor do vento e das ondas do mar. E isso, convenhamos, não lhe podia causar prazer algum, já que ela não tinha sido fabricada para esse fim.

Um dia, finalmente, a garrafa foi atirada a uma praia. Como ansiara por aquilo! Infelizmente, não conseguiu compreender uma só palavra do que escutou, pois estava em terra estrangeira. Isso deixou-a bastante aborrecida, pois muito se perde quando não se entende a língua do lugar.

Alguém recolheu-a do chão, destampou-a e retirou de dentro dela o bilhete. Dava para notar que o sujeito não entendeu uma palavra sequer do que ali estava escrito. Era de se presumir, contudo, que se tratava de alguma mensagem, proveniente de algum navio em perigo. Sem saber traduzir o que leu, o sujeito recolocou o bilhete na garrafa e levou-a para um cômodo escuro, onde a deixou guardada. Cada vez que chegava algum visitante em sua casa, mostrava-lhe a mensagem, na esperança de que aquela pessoa entendesse o seu significado, mas sempre em vão. Escrita a lápis e manuseada com frequência, a mensagem foi-se tornando pouco a pouco ilegível, e um dia a garrafa foi levada para o sótão e relegada ao esquecimento.

Poeira e teias de aranha cobriram-na, enquanto ela sonhava com o passado, aquele tempo bom que não voltaria mais, quando ela continha vinho finíssimo em seu interior. Lembrou-se de seu dia de glória: aquele do piquenique. Mesmo seus dias passados no navio ou boiando sobre o vasto oceano pareciam-lhe agora bem mais agradáveis. Naquela ocasião, pelo menos havia dentro dela uma mensagem, contendo um suspiro de adeus.

Vinte anos permaneceu a garrafa naquele sótão, e ali teria ficado durante mais tempo ainda, não fosse um dia ter o dono da casa decidido ampliar a casa. Tudo o que havia no sótão foi retirado. Ao depararem com aquela garrafa velha, sua história foi relembrada. Pena que ela não entendia o que diziam as pessoas ao contemplá-la, pois sua longa estada na solidão escura do sótão não lhe permitiu sequer acostumar-se com a língua que se falava naquele país. Quem não escuta, não aprende a compreender o que se diz numa língua estrangeira, e esse era o seu caso.

Mais uma vez, a garrafa foi escovada e lavada, e ela bem que estava precisando de um bom banho. Depois de secar, ficou tão limpinha e transparente, que era como se tivesse renascido e estivesse jovem outra vez.

Encheram-na de uns grãos que ela não sabia o que seriam. Em seguida, arrolharam-na e envolveram-na em papel. Pronto: novamente iria ficar na total escuridão. Depois, foram balanços e solavancos, dando-lhe a entender que estaria viajando. Mas de que vale viajar, quando não se enxerga se faz sol ou se chove, se é lua cheia ou lua nova? Por fim, cessaram os balanços, fazendo supor que a viagem havia chegado ao fim, e ela ao seu novo destino. E, de fato, não demorou para que fosse desembrulhada e trazida de novo à luz. Enquanto lhe tiravam o papel, escutou alguém dizer, na língua que ela conhecia:

— Vejo que tomaram cuidado, mas receio que ela esteja quebrada.

Não, ela estava inteira, e satisfeitíssima de ouvir de novo sua língua, aquela que havia escutado mesmo antes de se esfriar, recém-saída do forno; a que se falava na loja do mercador de vinhos, na casa de seu primeiro dono, durante o piquenique e a bordo do navio: sua língua natal, a única que ela compreendia! Quase pulou de alegria, escapando das mãos que a seguravam pelo gargalo. Mal notou quando lhe tiraram a rolha e despejaram os grãos sobre uma mesa, tamanha era a sua felicidade.

Tirado o que ela continha, perdeu-se de novo sua serventia, e lá se foi ela para um porão, onde voltou a ficar esquecida de todos. Tudo bem: estava em sua pátria, ainda que num porão. Passaram-se dias, semanas, meses, anos — quantos? perdeu a conta. A monotonia de sua existência foi quebrada no dia em que alguém foi ali e recolheu todas as garrafas, inclusive ela.

O jardim da casa estava todo decorado. Lâmpadas coloridas pendiam de todas as árvores e de todos os arbustos, parecendo tulipas cintilantes. A noite era calma e encantadora, e o céu estava pontilhado de estrelas. Era noite de lua nova, e seu disco pálido estava rodeado por uma fímbria delgada de prata. Era uma bela visão, para aqueles que amam contemplar o belo.

As alamedas que circundavam o jardim também estavam iluminadas; não feericamente, mas com luz suficiente para que não se tropeçasse ou não se perdesse o caminho. Para tanto, tinham espalhado por ali diversas garrafas, com velas acesas presas em seus gargalos. Uma dessas era a garrafa desta história. Tudo ali parecia-lhe maravilhoso: o verde das plantas, a alegria da festa, o som das conversas, dos risos e das músicas. É bem verdade que estava longe do centro dos acontecimentos. Tinham escolhido para ela um lugar bem distante e solitário. Por outro lado, isso dava-lhe tempo para meditar e refletir. Sentiu que fazia parte da decoração, que voltava a ter utilidade, contribuindo para o encanto e a alegria daquela festa. Essa sensação despertou-lhe o orgulho, fazendo-a esquecer os vinte anos que passara num sótão escuro e solitário — e esse tipo de lembrança nem vale a pena ser guardado.

Um casal veio caminhando pela alameda, aproximando-se do lugar onde ela estava. Era um par jovem, e vinha de braços dados, lembrando-lhe a dupla de noivos que há tempos vira naquele piquenique. Era como se estivesse revivendo toda aquela cena outra vez.

Como a garrafa, havia também uma pessoa que contemplava o jovem casal, tendo na mente a mesma lembrança que ela. Era uma velha empregada, que não havia sido convidada para a festa, mas cuja presença ali não causava espanto ou constrangimento, já que ela prestava serviços naquela casa. Ao ver o casal, lembrou-se do dia em que ela, depois de ser pedida em casamento por um jovem imediato de navio, saíra com ele a passear pelo bosque, de braços dados. Aquele fora o momento mais feliz de sua vida, aquele que ninguém esquece, por mais que passem os anos. Sim, era ela, a filha do curtidor de couros. A mulher passou pela garrafa, mas não a reconheceu, nem foi reconhecida.

Ah, as voltas que o mundo dá... Quantas vezes passamos por uma pessoa sem notá-la, até que um dia lhe somos apresentados. A garrafa e a mulher, agora que viviam na mesma cidade, por certo iriam ver-se doravante com frequência. Reconhecer-se-iam algum dia?

A garrafa foi recolhida e, junto com várias outras, vendida para um fabricante de vidros caseiros, que a escovou, lavou e a encheu novamente com a bebida de sua fabricação. Pouco depois, foi comprada por um balonista que, no domingo seguinte, iria fazer uma experiência aérea, subindo com ela num balão. À hora da exibição, uma grande multidão reuniu-se no parque onde seria realizada a ascensão. A banda do regimento tocava com estardalhaço. Da cesta onde foi colocada, a garrafa acompanhou todos os preparativos, ao lado do coelho que seria atirado de paraquedas quando o balão estivesse no alto. O pobre coelhinho parecia adivinhar o que lhe estava reservado, pela cara desalentada que exibia.

O balão foi inchando, tomando corpo, arredondando-se, até se desprender do solo, pronto para subir nos ares. Foram então cortadas as amarras, e ele ascendeu lentamente, levando consigo o balonista e a cesta que continha a garrafa de vinho e o coelhinho assustado. Embaixo, a multidão aplaudia e explodia em hurras.

"Estranha sensação", pensou a garrafa. "É como se eu estivesse navegando, mas sem medo de encalhar ou de despedaçar-me contra um rochedo."

Entre as milhares de pessoas que assistiam à exibição estava a velha empregada que morava no sótão. O parque era próximo de sua casa, e da janela ela pôde ver o balão ganhando altura. Ao lado, estava a gaiola com o passarinho, cujo bebedouro, nessa ocasião, era uma velha xícara de asa quebrada. No peitoril da janela havia um vaso de flor, que ela teve de afastar para poder ver melhor as evoluções do balão. Dali, pôde assistir a tudo, rindo no momento em que o coelhinho foi atirado para fora do balão, descendo lentamente tão logo o paraquedas se abriu.

Então, o balonista tirou a rolha da garrafa, ergueu-a nas mãos, como se levantando um brinde aos espectadores, tomou um gole e, ao invés de guardá-la de novo na cesta, atirou-a para bem alto. A velha empregada viu tudo aquilo, mas nem podia supor que se tratasse da mesma garrafa que, tempos atrás, vira sendo atirada para o alto, indo cair no meio do bosque, na tarde do dia mais feliz de sua vida.

A garrafa nem teve tempo de pensar, quanto mais de falar alguma coisa! Havia chegado ao ponto mais alto de sua existência, e isso de maneira súbita e inesperada. No ápice de sua trajetória, avistou as torres e os telhados da cidade — como as pessoas lhe pareceram pequenas!

Então, teve início a descida, numa velocidade alucinante, bem diferente da que fora experimentada pelo coelhinho. Girando vertiginosamente, logo perdeu o resto do vinho que fora deixado dentro dela. Sentiu-se leve, jovem, tonta e feliz. Estava voando! Reflexos de sol chispavam de seu corpo, enquanto milhares de olhos acompanhavam sua descida.

Enquanto o balão sumia de vista, ela caiu num telhado e se quebrou. Dali, veio rolando, passou por sobre a calha, precipitou-se de novo no ar e só parou quando seus pedaços foram dar no chão de uma horta. Seu bojo estilhaçara completamente, mas o gargalo ficou inteiro, como se tivesse sido cortado com um diamante e separado do resto do seu corpo. O morador, que havia acompanhado toda a sua descida, tirou-o de entre as verduras e murmurou:

— Isso aí daria um belo bebedouro de pássaros...

Acontece que ele não tinha gaiola, nem criava pássaros, e tampouco iria dedicar-se a esse passatempo, só porque tinha nas mãos um gargalo de garrafa que poderia servir como bebedouro. Foi então que se lembrou de sua amiga que morava ali perto, num sótão, e resolveu dar-lhe de presente o gargalo caído do céu, para que ela o pusesse na gaiola que ficava em sua janela.

Depois de lavado e arrolhado, lá se foi ele para a gaiola do pintarroxo que cantava divinamente. Sua vida mudou inteiramente, bem como seus pontos de vista, pois agora, em vez de vinho, continha água fresca, e tudo o que ficava "em cima", passou a ficar "embaixo". Não são raros no mundo esses tipos de mudança.

— Canta, passarinho, canta — suspirou a ex-garrafa, cujas aventuras e desventuras eram desconhecidas de todos. — Se eu pudesse, cantaria também...

De fato, sua única peripécia conhecida era aquela recente, da subida do balão e descida no vazio. Agora, na função de bebedouro, ali estava na gaiola, escutando o rumor dos carros que passavam embaixo. Em meio ao burburinho, distinguiu a voz de sua dona, conversando com uma amiga, e apontando para a janela. Pensou que estariam falando dela, mas enganou-se: era do vaso que tratavam. A patroa estava dizendo:

— Que bobagem! Para que gastar duas coroas na compra de um buquê de noiva para sua filha? Tenho um vaso plantado com murta lá em casa; faremos um belo arranjo com ele. Aliás, você deve lembrar-se dessa planta, pois foi presente seu para mim, no dia em que fiquei noiva. Plantei uma muda no vaso, e ela cresceu e lá está até hoje. Era de suas folhas que eu tinha planejado compor meu buquê de noiva... Pena que tudo deu errado. Fecharam-se para sempre aqueles olhos que teriam brilhado de emoção ao ver-me com o buquê, os olhos de quem teria sido a felicidade de minha vida. Meu bem-amado está dormindo lá no fundo do mar... A murta envelheceu, e eu mais ainda. Quando notei que seu fim estava próximo, retirei uma muda e plantei-a no vaso. Estava escrito que ela ainda serviria para compor um buquê de noiva. Já que não pôde ser o do meu casamento, que seja o de sua filha.

Encheram-se de lágrimas os olhos da velha mulher, ao recordar o amor de sua juventude. Veio-lhe à mente a lembrança do brinde de noivado e do primeiro beijo que ele lhe deu, mas sobre isso ela não quis falar, pois achava que não convinha a sua situação atual. Por mais que deixasse seu espírito reviver o passado, jamais lhe ocorreu imaginar que, bem ali na sua janela, dentro da gaiola do pintarroxo, havia uma testemunha daquele dia de glória: o gargalo da garrafa de vinho aberta para comemorar seu noivado...

Quanto à garrafa, ou melhor, ao que restava dela, igualmente não reconheceu na velha empregada a jovem que ainda trazia na lembrança. Embora tivesse escutado sua voz, não prestou atenção nas palavras que ela dissera. Se houvesse atentado nelas, talvez ligasse os fatos. Mas era difícil que isso tivesse acontecido, porque os gargalos de garrafa, como todos sabem, não pensam em outra coisa senão em si próprios.

A Pedra do Filósofo

Será que vocês se lembram da história de Holger, o Danês? Não, não vou contá-la; quero apenas saber se vocês se recordam de como aquele herói conquistou as Índias, que se estendem para o Oriente até o fim do mundo, e onde cresce a Árvore do Sol. Como diz Christian Pedersen — sabem quem é Christian Pedersen? Não? Então deixem para lá. Vamos esquecer o que disse Christian Pedersen. Acontece que Holger, o Danês, fez do Preste João o soberano daquela fabulosa terra. Já ouviram falar do Preste João? Também não? Então, esqueçam; isso igualmente não tem importância, já que esse fulano não toma parte na história que lhes vou contar. A principal personagem do conto é a Árvore do Sol, que cresce nas Índias, terra que se estende para o Oriente até o fim do mundo. Tempos atrás, qualquer um compreenderia o que estou tentando dizer, mas isso foi bem antes de se ensinar Geografia da maneira que hoje se ensina — e isso, de maneira idêntica, não tem a menor importância para a nossa história.

A Árvore do Sol era magnífica, se bem que eu nunca a tenha visto, do mesmo modo que vocês. Sua copa estendia-se por milhas e milhas, cobrindo a área de uma floresta. Seus galhos eram tão gigantescos, que suas protuberâncias e reentrâncias se pareciam com vales e colinas. Eram revestidos por um musgo macio como veludo, em meio ao qual cresciam as mais lindas flores. Cada ramo que se desprendia dos galhos principais era uma verdadeira árvore, em tipo e em tamanho, e cada árvore era diferente uma da outra. Aqui, era uma palmeira; ali, uma faia; acolá, um plátano; enfim, todas as árvores do mundo ali estavam representadas. O sol sempre brilhava sobre essa árvore fantástica, circunstância que justificava seu nome. Era visitada por aves de todo canto do mundo: das matas da América, dos jardins de rosas da Dinamarca, das florestas africanas, de onde os elefantes e leões presumem ser os reis. Vinham aves até das regiões polares — tanto do Polo Norte, como do Polo Sul. E, naturalmente, ali não iriam faltar as andorinhas e as cegonhas, que tanto gostam de viajar. E não eram só as aves que viviam em seus ramos; ali também se encontravam veados, antílopes, esquilos e milhares de outros quadrúpedes.

A copa da Árvore do Sol era como um jardim de suave fragrância. Bem no meio dela, no ponto onde os galhos se erguiam mais altos, formando verdadeiras montanhas, havia um palácio de cristal. Que palácio! De cima de suas torres era possível avistar todos os países do mundo. E que torres! Para começar, abriam-se no topo, tendo o formato de lírios. Para chegar até lá, bastava subir pelo interior das torres, onde havia uma escada em espiral. Pelas seteiras abertas ao longo dessas escadas, podia-se sair da torre e andar sobre as folhas enormes que cresciam do lado de fora, amplas como varandas. Na parte de cima, onde a torre se abria em forma de lírio, havia um salão redondo, tendo por teto o céu, e por lâmpadas o sol e as estrelas.

Os cômodos da parte de baixo do castelo eram também magníficos, embora bem diferentes. Suas paredes polidas refletiam imagens de todo o mundo, podendo-se assistir ali a tudo o que acontecia em qualquer lugar que se quisesse. As figuras móveis que nelas apareciam dispensavam inteiramente a leitura de jornais. Bastava querer saber o que estava acontecendo num certo local, e pronto: logo surgia aquela imagem. Tudo isso chegava a ser demais até para o mais sábio dos homens, e era justamente o mais sábio entre os sábios que ali vivia. Seu nome é tão difícil de pronunciar, que evitarei mencioná-lo, já que se trata de mero detalhe sem importância.

Esse sábio sabia de tudo que alguém poderia saber. Conhecia todas as invenções e descobertas, mesmo as que ainda viriam a ser inventadas e descobertas. E mais não sabia, porque, afinal de contas, até o saber tem limites. Era duas vezes mais sábio que o Rei Salomão, cuja fama adveio justamente de sua sabedoria. Não só conhecia, como dominava as forças da Natureza. A própria Morte submetia à sua decisão a lista daqueles marcados para morrer.

Só um pensamento trazia inquietude ao poderoso senhor daquele castelo: o mesmo pensamento que levou à morte o Rei Salomão. Era a certeza de ter de morrer um dia, por mais que se houvesse erguido acima dos homens, em conhecimento e sabedoria. De que valia ter até mesmo superado o Rei Sábio naquilo que este tinha de mais elevado, se, como as folhas das árvores, acabaria por murchar, baixar à terra e transformar-se em pó, como sucedera a seus pais e sucederia a seus filhos? Sim, pensava ele, as gerações humanas são como as folhas: surgem sempre as novas, para substituir as velhas que murcharam e caíram, e que nunca mais renascerão, servindo tão-somente para fertilizar o solo onde outras plantas haverão de nascer.

E que aconteceria ao ser humano, depois da visita do Anjo da Morte? Afinal de contas, que significaria morrer? Depois de desintegrar-se o corpo, que seria feito da alma? Para onde iria? E em que consistiria essa alma?

A religião, consolo dos homens, tinha uma resposta: "A alma seguirá para a vida eterna". Mas como seria possível essa transição? Qual o destino da alma, e que tipo de existência futura lhe estaria reservado? As pessoas dotadas de fé respondiam: "A alma dos justos irá para o céu", apontando para cima.

"O céu, lá em cima...", cismava o mais sábio dos homens, fitando o firmamento. Mas ele sabia que o mundo era redondo, e os conceitos de "em cima" e "embaixo" dependiam do lugar onde se estivesse. Sabia também que, se escalasse o pico culminante da Terra, aquilo que se mostrava como "o claro céu de anil", para nós, parecer-lhe-ia escuro, negro. Sem seus raios fulgurantes, o Sol não passaria de um globo incandescente, e a Terra ficaria como que envolta por uma névoa alaranjada. Assim como nossa visão tem alcance limitado, grande parte do conhecimento encontra-se fora do alcance de nosso espírito. Quão pouco sabe o homem, ainda que seja o mais sábio dentre os sábios. Como são poucas as respostas que temos para a maior parte das questões fundamentais da existência...

Num pequeno aposento do palácio estava guardado o maior de todos os tesouros: o Livro da Verdade. Ele podia ser lido por qualquer pessoa, desde que se lesse apenas um pequeno capítulo, de cada vez. Para muitos olhos, as letras oscilavam e tremiam, impedindo-lhes juntá-las em palavras inteiras. Em certas páginas, a impressão era tão esmaecida, que mal se enxergavam as letras, tendo-se a impressão de que nada estaria ali escrito. Quanto mais sábio o leitor, mais capítulos conseguia ler. E quem mais lia naquele livro era justamente o mais sábio dos homens, aquele que vivia no centro da copa da Árvore do Sol. Ele dominava a arte de reunir, num único feixe, a luz do sol, a das estrelas e a dos poderes

491

ocultos do espírito, iluminando com elas aquelas páginas, e desse modo lendo mesmo os capítulos cujas letras ninguém mais enxergaria. Mas o capítulo intitulado "Da Vida após a Morte", esse nem ele mesmo jamais conseguira ler. Suas páginas pareciam estar inteiramente em branco. Isso causava-lhe profunda tristeza. Por mais que especulasse, não encontrava uma luz que lhe permitisse tornar nítidas as letras que teimavam em permanecer ocultas, vedando-lhe a compreensão daquele trecho do Livro da Verdade.

Dizem que o Rei Salomão entendia a linguagem dos animais. O mais sábio dos homens também possuía esse dom, mas isso de nada lhe valia para a compreensão daquele assunto. Ele entendia de plantas e de metais, sabendo fabricar remédios que curavam quase todas as doenças, adiando por longo tempo a morte, sem contudo conseguir eliminá-la definitivamente. Seu maior empenho, entretanto, estava voltado para a busca da luz que lhe permitisse ler o capítulo sobre a vida após a morte. Mas seus esforços eram em vão, e por mais que tentasse lê-lo, suas páginas permaneciam imutavelmente em branco. A promessa bíblica de uma consoladora vida eterna parecia-lhe vaga, imprecisa, e seu maior anseio era conhecer os pormenores dessa existência imortal, contidos nas folhas em branco do Livro da Verdade. Como fazer para enxergar as letras que teimavam em permanecer ocultas?

O homem mais sábio tinha cinco filhos: quatro meninos, criados como apenas um pai sapientíssimo poderia educar, e uma filha. A menina era bela, gentil e inteligente, porém cega. A falta de visão não parecia perturbá-la; o pai e os irmãos eram seus olhos, e sua natureza doce e pura orientava seu julgamento com respeito às coisas que ouvia e percebia.

Os filhos jamais se haviam afastado muito do palácio, indo somente até onde se estendiam os ramos principais da Árvore do Sol. Já sua irmã pouco se afastava dos arredores. Eram todos felizes, desfrutando sua infância no mundo mágico e perfumado em que viviam. Como todas as crianças, também gostavam de escutar histórias, e as que seu pai lhes contava talvez nem fossem compreendidas pela maior parte dos garotos, porque os filhos do maior de todos os sábios possuíam um entendimento que, entre nós, geralmente só se encontra nos adultos mais maduros e esclarecidos. O pai mostrava e explicava as figuras móveis que desfilavam nas paredes do palácio, discutindo com eles os acontecimentos que se desenrolavam no mundo e a maneira de viver e de se comportar das pessoas.

Às vezes, os meninos demonstravam desejo de tomar parte nas batalhas que lhes eram mostradas, e de realizar façanhas e feitos valorosos. Nesses momentos, seu pai suspirava e dizia:

— Os caminhos do mundo são ásperos e repletos de dor. Isso que estão vendo não é a realidade dos fatos, mas sim a versão que lhes confere sua mentalidade infantil. Entre as duas, existe uma grande diferença.

Em seguida, falava-lhes da Beleza, da Bondade e da Verdade, os três grandes conceitos que preservam o mundo de sua destruição.

— A pressão do mundo contra essas três maravilhas do espírito humano — Bondade, Beleza e Verdade — transformou-as numa gema preciosa, mais bela e mais rara que qualquer diamante. Essa joia é que constitui a tão falada *pedra filosofal*.

E o pai prosseguia, dizendo-lhes que, à medida que o estudo da natureza reforça no homem a certeza da existência de Deus, o estudo do homem levava fatalmente à certeza da existência dessa pedra filosofal. E mais não dizia, pois mais não sabia a esse respeito.

Convenhamos que seria bem mais difícil para qualquer outra criança entender essas explicações. Mas seus filhos compreendiam-nas perfeitamente, e é de se esperar que, nos tempos vindouros, outras crianças também haverão de entendê-las.

Os filhos pediram-lhe certa vez para dizer onde estaria a Bondade, a Beleza e a Verdade, e ele então lhes contou como Deus havia criado o homem, formando-o do barro, dando-lhe cinco beijos: cada qual transformou-se num dos nossos cinco sentidos, com os quais podemos compreender, sentir e proteger a Bondade, a Beleza e a Verdade. São eles que interligam nosso corpo com o mundo exterior e com nossa alma interior, constituindo a raiz e a flor da planta humana.

Aquelas palavras deram muito o que pensar às crianças, nunca lhes saindo da mente. Certa noite, o filho mais velho teve um sonho maravilhoso. Quando o relatou aos irmãos, soube que os outros três meninos também haviam tido o mesmo sonho. Todos os quatro sonharam que haviam saído pelo mundo, encontrado a pedra filosofal e regressado ao palácio com ela, que brilhava como uma chama viva em suas frontes. Chegaram montados em cavalos, galopando sobre a relva aveludada que recobria os galhos e ramos da Árvore do Sol, no instante em que o astro-rei despontava no horizonte. A luz emanada da joia preciosa incidiu sobre as páginas abertas do Livro da Verdade, fazendo aparecer as letras ocultas do capítulo que tratava da vida de além-túmulo.

Apenas a filha não partilhou daquele sonho, talvez porque não conhecesse outro mundo que não fosse seu lar.

Ao escutar o relato desse sonho, o filho mais velho tomou uma decisão:

— Vou sair pelo mundo afora, a fim de participar das ocupações normais dos homens. Em tudo que fizer, agirei com bondade e defenderei a verdade, já que ambas contêm em si a beleza. Quando eu deixar o mundo, muita coisa ali terá mudado.

Palavras atrevidas e corajosas, do tipo que se costuma dizer quando se é rapaz e se vive na casa do pai, à sombra de sua proteção, antes de enfrentar as agruras e vicissitudes do mundo.

Como se disse, a menina era destituída do sentido da visão, mas seus irmãos tinham todos os cinco sentidos bem desenvolvidos. Cada um deles, porém, destacava-se excepcionalmente em um desses sentidos. O mais velho possuía uma visão extraordinária, que lhe permitia enxergar não só o presente, como o passado. Podia ver, de um só relance, todos os países do mundo, além de enxergar embaixo da terra, descobrindo os tesouros escondidos no subsolo. Para ele, era como se o peito das pessoas fosse de vidro, pois ele via o seu interior, entendendo imediatamente o porquê de um rubor nas faces ou de uma lágrima que aflorava aos olhos.

O veado e o antílope acompanharam-no até a fronteira ocidental do reino; dali, ele seguiu o voo dos cisnes selvagens rumo a Noroeste, e logo estava bem distante dos domínios de seu pai.

Como arregalou os olhos! Havia uma porção de coisas para se ver. E era bem diferente enxergar pessoalmente as cenas que ele até então só havia visto refletidas nas paredes do palácio, mesmo se tratando de imagens móveis e nítidas. Extasiou-se diante dos ouropéis baratos, considerados bonitos pela maior parte dos homens, arregalando os olhos a ponto de quase saltarem das órbitas. Mas teve o bom senso de segurá-los em seu lugar, pois deles precisaria para os grandes feitos que intentava realizar.

Decidido a trabalhar pela causa da Verdade, da Beleza e da Bondade, arregaçou as mangas com empenho e entusiasmo, mas logo constatou que, na maior parte das vezes, era a fealdade que recebia os louvores e elogios, e não a beleza. Mal se notava aquilo que era de fato bom, ao passo que a mediocridade, ao invés de críticas, era sempre saudada com aplausos. Valorizava-se antes o nome, que os feitos; antes a aparência, que o caráter; antes a posição e o cargo, que a competência. Que fazer? O mundo é assim, e infeliz de quem tentar mudá-lo.

— Vejo que terei trabalho demais por aqui — disse ele, de si para si, sem esmorecer.

E o jovem saiu em busca da Verdade, acabando por encontrá-la. Mas ao lado dela, também encontrou Satanás, o pai de todas as mentiras. Bem que o Maligno teria gostado de arrancar os olhos daquele jovem que enxergava tão bem, mas esse não é seu modo de agir. Ele prefere lançar mão da astúcia e da sutileza. Assim, deixou que o rapaz contemplasse a Verdade e a Beleza, bem como a Bondade que nelas está contida; então, sem que ele o notasse, soprou-lhe um cisco em cada olho. Em seguida, por artes de magia, fez o cisco crescer, até cobrir-lhe toda a vista. Aquele que muito via, não mais enxergava: estava cego. E deixou-o ali, em meio ao vasto mundo, desconfiando de tudo e de todos, inclusive de si próprio. Quando não se confia sequer na própria pessoa, então está tudo terminado.

— Tudo terminado — cantaram os cisnes selvagens, sobrevoando o oceano e rumando para Leste.

— Tudo terminado — chilrearam as andorinhas, levando a má notícia para a Árvore do Sol.

— Nosso irmão que tão bem enxergava fracassou em seu intento — comentou o segundo filho do mais sábio dos homens. — Espero sair-me melhor do que ele, pois sou aquele que tudo pode escutar.

Era tão desenvolvido seu sentido de audição, que ele era capaz de ouvir o som da grama a crescer.

Despedindo-se do pai, dos dois irmãos e da irmã, montou seu cavalo e saiu de casa, pleno de boas intenções. Seguiram-no as andorinhas, e ele seguiu os cisnes, afastando-se de casa e ganhando o vasto mundo.

O que lhe parecia ser uma vantagem, acabou por tornar-se um estorvo. Com seu sentido de audição ultradesenvolvido, o jovem, que antes se divertia ouvindo a grama crescer, agora quase estourava os tímpanos, escutando o bater dos corações humanos sem parar. Era como se estivesse numa relojoaria com milhões de relógios a tiquetaquear e a badalar as horas, ininterruptamente. A coisa começava a ficar insuportável para ele. Além disso, havia os gritos e assovios da molecada, e nessa categoria ele entendia não apenas os meninos da rua, mas também os adultos sem compostura, sempre a vociferar, gargalhar e contar bazófias. As fofocas e os mexericos soavam-lhe como assovios estridentes; as mentiras, como ladridos estentóreos; as fanfarronices, como badaladas de sinos — e eram essas coisas o que ele mais ouvia, em toda rua, em cada esquina. Era demais para o pobre rapaz!

Desesperado, tapava os ouvidos com os dedos, mas em vão: continuava escutando o cantor desafinado que esgoelava ali por perto, o clamor dos maledicentes, as vozes arrogantes dos contadores de vantagens, o sibilar dos difamadores, os gritos peremptórios dos que defendiam ideias absurdas ou inócuas, fundindo-se tudo isso num ronco surdo e contínuo, como o de uma trovoada sem fim. Por onde quer que andasse, sentia-se em meio a um inferno sonoro, onde se misturavam barulhos de marchas, gritos, tinidos, ganidos, uivos e estrondos. Era de levar qualquer um às portas da loucura. De tanto tapar os ouvidos com os dedos, cada vez com mais força, acabou por estourar os tímpanos. Agora, nada escutava. Com isso, o som da Verdade, da Beleza e da Bondade também silenciou. Foi-se a audição, que constituía a ponte que ligava seus pensamentos ao mundo exterior. O jovem refugiou-se no mutismo e na desconfiança, suspeitando de tudo e de todos, inclusive de si próprio. Isso deu cabo de vez da esperança que acalentava no íntimo: achar a pedra filosofal e levá-la para o palácio de seu pai. Interrompeu sua busca, esqueceu-se de si próprio e fracassou tanto ou mais que seu irmão mais velho.

Os pássaros que migraram para o Oriente, rumo à Árvore do Sol, levaram consigo aquela informação. E foi tudo o que se soube a seu respeito, pois naquelas paragens não havia correio, sendo impossível enviar para lá qualquer correspondência escrita.

— Chegou a minha vez — declarou o terceiro irmão. — Vamos à luta, eu e meu nariz.

Não foi um modo muito elegante de se expressar, mas era essa sua maneira de falar, e cada qual tem seu estilo próprio. O fato é que ele era um rapaz de temperamento jovial, além de inspirado poeta, sabendo dizer em versos aquilo que não podia ser dito em prosa. Tinha ainda o dom de perceber antes dos outros muitas coisas que estavam para acontecer.

— Adivinho as coisas no ar, pelo cheiro — costumava afirmar, não sem uma ponta de vaidade quanto à excelência de seu olfato, que lhe proporcionava pressentir ao longe o que era de fato bom e belo. — Alguns apreciam o aroma das macieiras em flor; outros, o fartum de um chiqueiro. No domínio da Beleza, cada cheiro tem seus aficionados. Há pessoas que se sentem inteiramente à vontade no ambiente enfumaçado de uma taberna, iluminada a velas de sebo, onde o ar está impregnado do cheiro azedo de cerveja e da morrinha dos cigarros de palha. Outros apreciam a fragrância penetrante dos jasmins, quando não esfregam patchuli no corpo, deixando-o com um perfume que custa a se evolar. Há os que procuram o cheiro de maresia do litoral, ou o ambiente quase inodoro das altas montanhas, quedando-se lá de cima a contemplar o dia a dia dos que vivem aqui embaixo...

Disse tudo isso antes de deixar o lar. Quem o escutasse, até poderia pensar que ele era um grande conhecedor do mundo exterior — qual o quê! Tudo isso não passava de tiradas poéticas. Ele estava apenas pondo para fora as ideias que brotavam de sua imaginação fértil, esse belo dom de Deus que recebera desde que havia nascido.

E foi assim que o filho do poeta despediu-se do pai e dos irmãos, deixando o palácio construído sobre a Árvore do Sol. Em vez de seguir a cavalo, montou uma avestruz, que corria mais rápido que um corcel. Ao avistar os cisnes selvagens, agarrou-se às patas do que lhe pareceu mais forte e veloz, sobrevoando desse modo o oceano e atingindo as terras distantes, onde extensas florestas circundavam lagos profundos, e onde cidades orgulhosas se erguiam à sombra de montanhas altaneiras. Atravessando o véu de nuvens que cobria o céu, o sol iluminou as flores e os arbustos do chão, e estes encheram o ar com suas fragrâncias, como se saudando aquele que, dentre todos, era quem mais sabia apreciá-las. Até mesmo as roseiras fenecidas rebrotaram, impregnando o ambiente com seu doce aroma. Uma delas chamou particularmente a atenção do rapaz. Nela desabrochava uma única rosa, mas excepcionalmente encantadora. Tão linda era a flor, que até mesmo uma lesma que por ali passava não deixou de notá-la.

— Oh, que bela rosa! — exclamou a lesma. — Vou assinar meu nome em cima dela.

E arrastou-se sobre a flor, deixando-a marcada com seu rastro viscoso, única maneira que conhecia de demonstrar sua admiração.

— Eis o destino da Beleza, neste mundo — filosofou o poeta. — Prefiro homenageá-la a meu modo: cantando uma canção composta por mim.

Ninguém o escutou. Ele então procurou o arauto da cidade, deu-lhe em pagamento duas moedas de prata e uma pena de pavão, e mandou-o sair pelas ruas, cantando a música e rufando seu tambor. Assim, todos puderam escutá-la, comentando entre si:

— Bela canção, não acha?

— Acho, sim. E que letra, hein? Profunda, inteligente...

Animado pelo sucesso obtido, o poeta compôs outras canções que falavam sobre a Bondade, a Beleza e a Verdade. Foram cantadas e escutadas nos botequins sórdidos, iluminados a vela de sebo; nas campinas perfumadas, nas florestas e no oceano sem fronteiras. Tudo levava a crer que o terceiro irmão estava sendo mais bem-sucedido que os outros dois.

Isso aborreceu Satanás, que logo apareceu, trazendo consigo incenso de vários tipos: do que se queima nos palácios reais, do que se esparge nos templos, e do mais forte de todos, que ele próprio destila pessoalmente, extraindo-o da Honra, da Glória e da Fama. Seu aroma é tão forte, que entontece até os anjos — faça-se ideia do efeito que produz num simples poeta! Sim, Satanás sabia como conquistar alguém, e o incenso foi o anzol que fisgou o poeta pelo nariz. O jovem não resistiu àquela fragrância, e logo esqueceu o que viera buscar, de onde vinha, quem era. Seus ideais desfizeram-se em fumaça, em fumo de incenso.

Entristeceram-se os passarinhos ao ouvirem tal notícia, e foi tamanho o pesar que sentiram, que pararam de cantar por três dias inteiros. A lesma da floresta tornou-se ainda mais escura, mas não por estar desgostosa pelo fracasso dos ideais do jovem, e sim pela inveja que sentia do sucesso de suas composições.

— Fui eu quem teve a ideia de homenagear a rosa, e não ele — clamava em alta voz. — Mas o incenso foi para ele, que apenas se inspirou em mim para compor sua canção! Posso apresentar provas e testemunhas de ter melado a rosa antes que o arauto saísse alardeando a sua composição!

Longe, no coração das Índias, que se estendem para o Oriente até a extremidade do mundo, ninguém ficou sabendo dessas notícias. De luto, os passarinhos emudeceram por três dias, mergulhados numa tão profunda melancolia, que, ao fim desse tempo, acabaram por esquecer-se do motivo de sua tristeza, e assim não transmitiram a mensagem que deveriam levar. Essas coisas costumam acontecer em nosso mundo.

— Creio que chegou minha vez de sair pelo mundo e me perder — disse o quarto irmão, que era dotado de senso de humor.

Esse não era poeta, razão pela qual talvez fosse tão bem-humorado e feliz. De fato, a alegria reinante naquele palácio devia-se em grande parte aos dois irmãos mais novos, sempre prontos a rir e a pilheriar. Um já se fora; o outro estava prestes a ir.

Visão e audição sempre foram considerados os dois sentidos mais nobres, merecedores de atenções especiais, podendo até ser corrigidos e melhorados, por meio de aparelhos e instrumentos. Já os outros três sentidos são considerados menos importantes, e relegados a um segundo plano de atenção. Não era assim, porém, que pensava o quarto irmão. Ele tinha desenvolvido o paladar, na acepção mais ampla da palavra, preferindo chamá-lo de "gosto", alegando ser esse o sentido que de fato governava todas as coisas. Para ele, era o gosto que distinguia a qualidade, não só daquilo que entrava pela boca, como de tudo que chegava até a alma. Por isso, enfiava o dedo em tudo que havia nos potes, panelas e caçarolas, frigideiras, compoteiras, caldeirões, barricas e garrafas, a fim de provar o sabor de seu conteúdo; mas essa era a parte desagradável de suas tarefas. Considerava que cada ser humano era uma panela, na qual estava sendo preparado um guisado, e que cada país era uma grande cozinha — no sentido espiritual, evidentemente. Agora, sim, viria a parte agradável de seu trabalho: provar o sabor desses guisados, conhecer essas cozinhas, avaliar sua qualidade. E ele estava ansioso para dar início a essas provas.

— Talvez tenha mais sorte que meus irmãos — comentava. — Mas que meio de transporte devo usar? Diga-me, meu pai: já inventaram o balão?

— Ainda não, meu filho — respondeu o pai, que sabia tudo sobre invenções e descobertas, mesmo aquelas que ainda não tinham sido feitas. — Ainda não chegamos à época dos balões, dos navios a vapor e das locomotivas. Falta muito, ainda.

— Mas o senhor sabe como construir um, não é? Então, faça um balão para mim, por favor. Durante o vôo, aprenderei a manobrá-lo. Ao me avistarem no céu, as pessoas julgarão estar vendo uma miragem. Quando chegar ao meu destino, tratarei de queimá-lo. Ah, preciso também de outra coisa que ainda não foi inventada: fósforos. Poderia providenciar alguns para mim?

O pai fez o que ele pediu, e o quarto irmão alçou-se aos ares. As aves seguiram-no, indo mais longe do que o tinham feito com seus três irmãos — queriam saber como terminaria aquele vôo. Durante o percurso, outros pássaros juntaram-se à comitiva, curiosos com que novo tipo de ave seria aquela que estavam vendo flutuar pelos ares. Companhia era o que não lhe faltava: o céu estava coalhado de pássaros, formando uma nuvem escura que, vista de longe, parecia ser uma praga de gafanhotos, como aquela que, nos tempos bíblicos, assolou o Egito.

Não demorou para que ele deixasse a região da Árvore do Sol e alcançasse o vasto mundo exterior. "O vento leste foi meu amigo", pensou ele, "e me prestou um grande favor."

Como se entendendo seu pensamento, os ventos corrigiram:

— Somos os Vento Leste e o Vento Oeste. Reunimos nossas forças para impulsioná-lo em direção noroeste.

Mas ele não os escutou, e isso pouco importa para o desenrolar de nossa história.

Nesse meio tempo, os pássaros que o acompanhavam começaram a sentir-se cansados. Um deles comentou com seu vizinho:

— Não estamos valorizando demais a proeza desse balonista? O sujeito, como o balão, está todo inchado, vendo esta comitiva de aves que o acompanha.

— É isso aí, companheiro. Afinal de contas, que vantagem há em voar? Fazemos isso todo dia, e nem por isso somos acompanhados por um séquito de aves — concordou o outro.

— Sabem de uma coisa? — disseram vários outros. — Estamos bancando os bobos, seguindo esse balão ridículo, que nem sabe bater asas. Vamos parar por aqui?

A concordância foi geral, e em pouco o quarto irmão voava sozinho pelos céus. Finalmente, sobrevoou uma grande cidade, resolvendo pousar ali. Para tanto, escolheu o topo de uma torre de igreja, que lhe pareceu ser o ponto culminante daquele lugar. Dali poderia observar tudo o que acontecia lá embaixo, na grande cidade. Antes que pudesse recolher o balão, porém, este foi colhido por uma rajada de vento e levado para longe. Onde foi parar, é coisa que ignoro completamente, mas isso não tem a menor importância, já que, naquele tempo, o balão ainda não havia sido inventado.

Sentado no topo da torre, o jovem contemplava as chaminés, que expeliam fumaça e cheiros diversos.

— Veja os altares queimando incenso em sua homenagem — disse o vento, querendo adulá-lo.

Olhando para baixo, o rapaz analisou os que via passar pelas ruas: esse orgulhava-se de seu dinheiro, que não tivera de fazer força para ganhar; aquele, de sua bela voz, que só usava para dizer asneiras; essa, de suas belas roupas, que um dia seriam comidas pelas traças; aquela, de seu corpo, que um dia seria devorado pelos vermes.

— Vaidade! — exclamou o rapaz, falando em voz alta consigo mesmo. — Acho que terei de enfiar minha colher nessa sopa, para experimentá-la. Mas tem tempo. Por ora, ficarei aqui mais um pouco. Está tão agradável sentir a brisa que sopra em minha nuca... Enquanto ela não virar, permanecerei aqui. Preciso pôr minhas ideias no lugar, antes de partir para a luta.

Desfrutando do ventinho gostoso que soprava em sua nuca, ele se deixou ficar por ali, enquanto pensava: "O preguiçoso costuma dizer: já que terei um dia duro pela frente, vou ficar na cama até bem tarde. Não é o meu caso, pois não sou preguiçoso; aliás, não há vícios em minha família. A ociosidade é a mãe de todos os vícios, e nenhum de nós é ocioso. Estou aqui sem nada fazer, mas é só por pouco tempo, enquanto o vento soprar em minha nuca".

Quando o vento mudou de direção, ele virou-se também, de modo a continuar de costas para ele. Deixemo-lo ali, curtindo a brisa, pois parece que tão cedo ela não vai parar de soprar em sua nuca.

Enquanto isso, o palácio de cristal parecia vazio, agora que os quatro irmãos tinham saído de lá.

— Receio que meus filhos não tenham sucesso — disse o pai. — Posso desistir de ter em minhas mãos a pedra filosofal. O mais certo é que todos morram, antes de encontrá-la.

Desconsolado, abriu o Livro da Verdade na página em branco, aquela que tanto ansiava por poder ler. Como sempre, nada enxergou.

A filha cega era seu único consolo, sua única alegria. Ela devotava ao pai todo o seu amor. Ansiava por rever os irmãos, esperando que pelo menos um deles conseguisse trazer para o pai a pedra preciosa que tinham ido buscar. Estariam mortos? Como saber, se nem em sonhos conseguia vê-los? Certo dia, porém, sonhou que escutava suas vozes, sussurrando seu nome e chamando-a para ir até onde estavam. No sonho, saiu em sua procura. Às apalpadelas, tateando aqui e ali, suas mãos tocaram em algo estranho, como se fosse uma rocha quente, ardente, mas cujo calor não lhe provocava qualquer tipo de dor. Não teve dúvidas: era a pedra filosofal! Enfim, encontrara aquilo que o pai tão angustiadamente queria possuir. Entusiasmada com seu achado, segurou a joia nas mãos, e então acordou.

Sim, trazia algo nas mãos, mas não era uma pedra, e sim um fuso de sua roca de fiar. Durante a noite, enquanto dormia, tecera um fio de seda finíssimo, mais tênue que os de uma teia de aranha, a ponto de não poder ser enxergado por olhos humanos. Apesar de tão fino, era forte e resistente como um cabo de âncora, devido ao fato de ter sido fiado por entre as lágrimas que ela derramara enquanto estava sonhando.

Levantou-se, sem que o sonho se esvaísse de sua lembrança. Tinha de partir. Ainda estava escuro, e o pai dormia. Depois de beijar suas mãos, tomou do fuso no qual o fio estava enrolado, e amarrou uma de suas pontas à parede do palácio, a fim de poder encontrar o caminho de volta. Feito isso, colheu quatro folhas da Árvore do Sol e saiu rumo ao vasto mundo. Se não conseguisse encontrar os quatro irmãos, pediria ao vento que levasse aquelas folhas a cada um deles, como lembrança de seu lar.

Como poderia uma pobre criança cega sair-se bem naquela empresa? Além do fio invisível, o que possuía de sobra era uma qualidade que faltava a seus irmãos: a devoção. Era essa qualidade que punha olhos em seus dedos, fazendo com que ela, além do mais, soubesse escutar com o coração.

E, assim, a menina seguiu seu caminho pelo mundo estranho e turbulento. Por onde passava, o sol deixava cair sobre ela seus raios tépidos e acariciantes. Pena não poder ver seu brilho, nem o arco-íris que se estendia de uma à outra ponta do céu. Podia, contudo, escutar o canto dos pássaros e sentir o aroma desprendido pelas laranjeiras e macieiras, tão intenso que chegava a lembrar-lhe o gosto das frutas que delas pendiam. De longe chegava a seus ouvidos uma música suave e encantadora, entoada por vozes alegres e joviais; logo em seguida, porém, vozes de outro tipo, esganiçadas e dissonantes, se faziam ouvir, numa estranha intermitência, como se fosse um desafio musical entre dois grupos oponentes. O que ela estava escutando eram os pensamentos dos homens, alternando-se entre o otimismo esperançoso e o pessimismo sarcástico. Começou a prestar atenção nas mensagens, e pôde distinguir que as vozes dissonantes cantavam:

> *"A vida é uma cisterna escura,*
> *Noite de dor e de amargura."*

As outras vozes replicaram:

> *"A vida é uma roseira em flor,*
> *Dia de luz e de esplendor."*

As primeiras retrucaram, com azedume:

> *"O homem só vive para si;*
> *Da dor dos outros, zomba e ri."*

Uma voz suave contrapôs:

> *"No coração em que há o amor,*
> *Até no inverno faz calor."*

As vozes esganiçadas voltaram a fazer-se ouvir:

> *"Num mundo em que há só pequenez,*
> *A verdade nunca tem vez."*

A réplica não demorou:

> *"O Mal desabrocha e fenece;*
> *O Bem, ao final, prevalece."*

Contra-atacaram as outras vozes, antes gritando que cantando:

"*Viva o deboche e a zombaria!*
Quem manda mesmo é a maioria!"

Ante o berreiro, as vozes suaves emudeceram, mas a resposta veio de uma voz solitária, proveniente do fundo do coração da menina cega, dando um desfecho ao desafio:

"*Confia em ti, e em Deus também,*
E Ele há de proteger-te. Amém."

Onde quer que ela fosse, entre velhos e moços, entre homens e mulheres, sua devoção fazia emergir a Verdade, a Beleza e a Bondade. Sua presença era como que um raio de luz — um fulgor de esperança — fosse no ateliê de um artista, fosse nos salões dos ricos, ou mesmo no interior mal-iluminado e barulhento de uma fábrica, por entre enormes rodas e engrenagens, a girar e a ranger ensurdecedoramente. Era como uma gota de orvalho, caindo sobre a planta ressequida.

Aquilo foi demais para Satanás. Pondo a funcionar seu cérebro, que equivale ao de dez mil homens, acabou engendrando um plano para levar ao descrédito aquela mensageira do Bem. Tomando as bolhas que se formam nas águas pútridas do pântano, levou-as até o lugar onde as mentiras ecoavam sete vezes, a fim de torná-las mais resistentes. Em seguida, reduziu a pó os necrológios hipócritas publicados nos jornais, algumas poesias laudatórias feitas por poetas mercenários, que sobreviviam de vender seus versos, além de uma dúzia de sermões de encomenda. Num caldeirão, dissolveu esse pó em lágrimas provocadas pela inveja, pondo tudo aquilo a cozinhar, e acrescentando-lhe por cima pó de arroz tirado das bochechas de uma velha dama fútil. Depois de pronta a infusão, fez uma réplica perfeita da menina cega, que a essa altura já era conhecida como "O Anjo da Devoção", dando uma gargalhada maldosa, quando terminou seu trabalho. E agora, quem poderia dizer qual era de fato a verdadeira filha do mais sábio dos homens? Eram idênticas, ela e sua réplica. Não havia como distinguir uma da outra.

Enquanto isso, a inocente criatura repetia para si própria as palavras proferidas há pouco pela voz de seu coração:

"*Confia em ti, e em Deus também,*
E Ele há de proteger-te. Amém."

Ao mesmo tempo, lançou ao vento as quatro folhas que havia retirado da Árvore do Sol, pedindo-lhe que as levasse para seus quatro irmãos. Tinha certeza de que elas chegariam a seus destinatários, assim como não tinha dúvida de que haveria de encontrar a gema preciosa que seu pai tanto ansiava possuir.

— Hei de levar comigo essa joia, e entregá-la a meu pai — disse em voz alta. — Sei que ela está escondida aqui mesmo, neste mundo. Chego a sentir seu calor, quando fecho minha mão. Quase posso alisá-la, quase posso senti-la pulsar. Guardei comigo cada grãozinho da Verdade trazido pelo vento, expondo cada qual ao som das batidas dos corações repletos de Bondade, e deixando que cada um absorvesse o aroma da Beleza. Por enquanto, é só poeira o que trago comigo, mas é desse pó que a joia é formada. Ei-lo aqui em minhas mãos!

Com a rapidez do pensamento, voltou ao palácio do pai, seguindo o fio invisível. Ali chegando, sorriu e estendeu-lhe a mão. Nesse instante, o Maligno desencadeou uma tormenta, e ventos desenfreados sopraram furiosos sobre a Árvore do Sol, derrubando as portas do palácio e entrando com violência por todos os aposentos.

— A poeira da Verdade será levada pelo vento! — alarmou-se o sábio, apertando as mãos da filha contra as suas.

— Não importa, meu pai — respondeu-lhe a menina. — Seu ardor e sua força já entraram dentro de minha alma, e é isso o que importa.

O vento não conseguiu arrebatar-lhe a poeira das mãos, e ela dirigiu-se com o pai à sala onde estava o Livro da Verdade, espargindo-a na página em branco que ele tanto ansiava poder ler. De onde até então nada se lia, ressaltaram então duas letras douradas e cintilantes, formando uma única e bela palavra:

FÉ!

Passado algum tempo, os irmãos retornaram. Quando as folhas foram depositadas em seus colos pelo vento, sentiram saudades do lar, e obedeceram ao chamado de seu coração. Houve alegria geral quando da chegada dos quatro, compartilhada também pelas aves, pelo veado, pelo antílope; enfim: por todos os animais da floresta. E não era para menos.

Certamente, pequeno leitor, você já deve ter visto o que acontece quando um raio de sol penetra num aposento escuro: dentro do feixe de luz, milhares de grãozinhos de poeira refulgem e dançam. Mais esplêndidas do que isso, e mais coloridas que um arco-íris, eram as duas letras da palavra *FÉ*, que cintilavam na página aberta do Livro da Verdade, como se escritas com a purpurina brilhante da Beleza e da Bondade. Aquela palavra pequena e solitária refulgia mais que a coluna de fogo que se ergueu naquela noite em que Moisés iniciou sua peregrinação, deixando o Egito com o povo de Israel e levando-o através do deserto, para a Terra de Canaã. O mais sábio dos homens e seus filhos compreenderam imediatamente o significado daquela palavra que, sozinha, constituía todo o capítulo que tratava da vida após a morte: a Fé é o esteio que sustenta a Ponte da Esperança, aquela que liga a existência terrena do homem à bem-aventurança da Eternidade.

Como Fazer Sopa Com um Pino de Salsicha

Em todos os países existem antigas expressões populares de uso generalizado, empregadas até mesmo pelas crianças, porém inteiramente desconhecidas em outras terras. É difícil compreender como podem os demais povos ignorar tais expressões. Uma dessas, por exemplo, é a que se usa na Dinamarca, quando se quer dizer que a pessoa fez um grande alarde em razão de alguma ninharia: "Fulano fez uma sopa com um pino de salsicha". Quem é useiro e vezeiro em "fazer sopa com pinos de salsicha" são os boateiros e os jornalistas, que têm nessa "iguaria" seu prato predileto. Mas que negócio é esse de "pino de salsicha"? — há de perguntar o leitor. Explico: é uma presilha de madeira, um toquinho cilíndrico, que serve para fechar a pele que envolve a salsicha, depois de recheada. Convenhamos que não se pode preparar uma sopa muito substancial com base nisso aí...

Bem, até aqui foi a introdução, sem a qual seria difícil compreender a história que agora vou contar.

— Ah, menina, pena que você não esteve lá — dizia uma velha ratinha a uma amiga. — Precisava ver: que ceia sensacional! Que noite! Tive a honra de ocupar o vigésimo primeiro lugar à direita de Dom Ratolfo, nosso velho e bom rei; lugar de distinção, como pode ver. Quer que lhe diga o que serviram? Ah, foi uma refeição supimpa! Tinha pão mofado, torresmo rançoso, velas de sebo, salsichas... Cada conviva era servido duas vezes, de modo que a ceia já valeu também para o almoço do dia seguinte. O ambiente era dos mais agradáveis: todos palestravam entre si, jogando conversa fora e tratando de futilidades, como se estivessem em suas próprias casas. O pessoal estava com fome, pois comeu tudo, tudo. Aliás, não: sobraram os pinos das salsichas. Por brincadeira, alguém disse que aqueles pinos iam servir para fazer uma sopa. Todos rimos do gracejo, e um dos convivas ergueu um brinde à pessoa que tinha inventado aquela expressão, dizendo: "O sujeito que inventou isso merecia ser nomeado diretor do asilo dos indigentes!" Foi uma pilhéria, é claro, mas até que tinha sua lógica. Foi então que Dom Ratolfo se levantou e assumiu um compromisso: estava viúvo e pretendia casar-se de novo; assim, a escolhida seria a ratinha que preparasse a sopa mais gostosa, tendo como ingrediente apenas... um pino de salsicha! As candidatas poderiam treinar à vontade, pois ele lhes concedia o prazo de um ano e um dia, até que se sentissem aptas a enfrentar o desafio.

— Fantástico! — exclamou a outra, que até então ouvira tudo calada. — Mas, diga-me: será possível fazer uma sopa com apenas esse ingrediente?

— Foi o que todas as ratas ficaram a perguntar-se uma às outras, tanto as mais velhas, como as mais novas. Cada qual bem que gostaria de tornar-se a rainha dos ratos, mas nenhuma sabia como fazer uma sopa com um pino de salsicha, e poucas estavam dispostas a sair pelo mundo, a fim de aprender o segredo desse preparo culinário. E sem sair para fazer essa pesquisa, como seria possível descobrir a receita? Por isso, a desistência foi imediata e quase geral. Não é fácil deixar para trás a família e aqueles cantinhos secretos que só com o tempo cada rato vai descobrindo, nos quais ora se topa com uma bela casca de queijo e ora se fareja um pedaço de toucinho: e tudo isso em troca de quê? Do risco e desconforto de uma viagem pelo mundo desconhecido, onde se está sujeito ao frio, à fome e até mesmo à morte, nas garras de um gato voraz...

Levadas por esse tipo de pensamentos, a maior parte das ratinhas jovens desistiu da ideia de sair em busca da receita que poderia transformar uma delas em rainha. Apenas quatro se apresentaram candidatas, e todas muito pobres. Cada uma iria para um dos quatro cantos do mundo, tentar a sorte. Antes de partir, cada qual recebeu um pino de salsicha, para não se esquecer da finalidade de sua viagem. Ademais, aquele toquinho de madeira não lhes seria de todo inútil durante a viagem, pois poderia servir muito bem como bengala ou cajado, peça importante para quem pretende percorrer longas distâncias.

Saíram as quatro no dia primeiro de maio, devendo regressar exatamente um ano depois, na mesma data. E foi isso o que aconteceu, pelo menos para três daquelas ratinhas, porque a quarta não apareceu, no dia marcado para o julgamento real. Essa ausência foi sentida por Dom Ratolfo, que exclamou dramaticamente, enquanto expedia convites para todos os seus súditos:

— Oh! Por que tem sempre a tristeza de derramar uma gota de fel nas doçuras da alegria?

O concurso teria lugar na cozinha do palácio real, palco mais do que conveniente para esse tipo de certame. As três candidatas alinharam-se em fila. No lugar que deveria ser ocupado pela quarta ratinha, foi colocado um pino de salsicha, envolto em crepe negro, em

sinal de luto. Os assistentes mantiveram-se em completo silêncio, aguardando respeitosamente que as candidatas dessem seu recado e o rei proferisse sua decisão. Vejamos então o que foi que aconteceu.

*O que a primeira ratinha ouviu e
aprendeu durante a sua jornada*

— Quando saí pelo mundo afora — disse a ratinha, — eu imaginava, como aliás todas as jovens ratinhas imaginam, ser sábia e experiente. Como me enganava! Sabedoria e experiência são coisas que a gente só adquire depois de muito, muito tempo! Embarquei num navio que estava prestes a zarpar para o Norte. Naquelas solidões geladas, não é de se esperar que o cozinheiro seja dotado de grande criatividade, sendo antes um embusteiro do que propriamente um mestre-cuca. Mas a despensa estava atulhada de toucinho defumado e de carne de porco salgada. Comeu-se muito bem durante toda a viagem, e não tive a oportunidade de aprender como preparar sopa com um pino de salsicha. Navegamos dias e noites; o navio sacudia e jogava; o ambiente era úmido e frio; enfim: eu não estava gostando nada daquela viagem. Por fim, o navio ancorou, e eu desembarquei, num porto lá do Extremo Norte.

"Acostumada a viver na penumbra, fosse aqui em casa, fosse lá no navio, como estranhei a nova vida que me aguardava, naquele lugar estranho e desconhecido, a mais de uma centena de milhas de minha terra natal! Grandes florestas estendiam-se a perder de vista, numa sucessão infindável de pinheiros e bétulas. As árvores emitiam um cheiro forte e penetrante, nada agradável para as minhas narinas. O mais terrível era o perfume das flores silvestres, que até me deixava tonta. Ah, que saudades senti do cheirinho de uma boa salsicha! Quando se chegava à beira dos lagos, as águas pareciam límpidas e cristalinas; contempladas de longe, no entanto, elas se tornavam mais escuras que tinta nanquim. Ao avistar esses lagos pela primeira vez, vi umas coisas brancas flutuando na superfície. Pensei que era espuma. Chegando mais perto, descobri que eram umas aves chamadas "cisnes". Além de nadar, eles também sabem voar e caminhar em terra. Quando os vi saindo das águas e andando, logo deduzi que eram primos dos gansos, pelo seu modo de caminhar, rebolando as ancas. Por mais que se queira disfarçar, cada qual acaba revelando a família

à qual pertence. E isso valeu para mim, pois acabei encontrando uma família de ratos do campo, que me receberam como se eu fosse sua parente próxima, hospedando-me enquanto foi necessário. Eram bonzinhos e simpáticos, mas nada entendiam de arte culinária; desse modo, não contribuíram de modo algum para o objetivo de minha viagem. Falei-lhes a respeito da sopa de pino de salsicha, mas eles declararam ser impossível preparar qualquer iguaria com tão mesquinho ingrediente. A ideia pareceu-lhes tão absurda, que logo foram espalhá-la por toda a floresta, fazendo com que todos se rissem a valer da falta de bom senso daquela ratinha estrangeira. Mal sabiam eles que, naquela mesma noite, eu iria aprender a tal receita...

"Estávamos em pleno verão, e era por isso que a floresta recendia tanto, que as flores estavam abertas, que os lagos pareciam escuros e profundos, e que os cisnes nadavam placidamente sobre suas águas. Numa aldeia situada junto à borda da floresta, estava erguido um poste alto como um mastro de navio, enfeitado de fitas coloridas e grinaldas de flores. Em torno dele, rapazes e moças dançavam e cantavam, ao som de violinos. Era uma cena alegre e divertida, e eu ali fiquei a contemplar tudo aquilo, enquanto o sol descambava no horizonte. Quando a lua surgiu, eles continuaram a festa, e até cheguei a pensar em entrar naquela dança, mas acabei desistindo. Ratinhas não costumam ser bem recebidas em bailes e comemorações. Continuei sentada na relva, tendo nas mãos meu pino de salsicha.

"Um feixe de raios de luar projetava-se especialmente sobre um determinado local, ao redor de uma árvore enorme. Ali, a relva parecia ser ainda mais macia e delicada; tão fofinha, que me lembrou, com o perdão do atrevimento, o pelo de Vossa Majestade. Que prazer eu sentia só de contemplar aquela maravilha! Foi então que apareceu por ali, saído não sei de onde, um bando de criaturinhas estranhas, lembrando seres humanos no aspecto, só que minúsculas, dando mais ou menos na altura do meu joelho. Como eram engraçadinhas aquelas criaturas, que davam a si próprias o nome de "elfos". Suas roupas eram tecidas de pétalas de flores e enfeitadas com asas de insetos: um verdadeiro mimo! As criaturinhas iam e vinham, como se estivessem procurando alguma coisa — que poderia ser?

"Num dado momento, dois elfos vieram até onde eu estava e, vendo meu pino de salsicha, o que parecia ser mais velho exclamou: *Veja! Ali está! É exatamente do tamanho que precisamos*, enquanto o outro batia palmas, satisfeito. *É isto que estão procurando?* — perguntei. — *Posso emprestar, mas não posso dar*. Nessa altura, todos já me rodeavam, e disseram numa só voz: *Só queremos emprestado*, e logo em seguida apossaram-se da

505

presilha, levando-a até o local de relva fofa. Ali, fincaram-na no chão, como se fosse um poste semelhante àquele em torno do qual os jovens humanos cantavam e dançavam. De fato, para a alturinha deles, aquilo era um verdadeiro mastro de festa. Logo trataram de enfeitá-lo com fitas e flores. Depois, pequenas aranhas teceram em torno do pino teias de

fios dourados e prateados, refletindo a luz do luar tão fortemente, que chegava a doer nas vistas. Por cima delas, espargiram um pozinho colorido, retirado de asas de borboletas, e o efeito foi fantástico! O poste ficou multicor e rebrilhante, parecendo cravejado de diamantes! Se eu não tivesse acompanhado todos os preparativos, jamais teria adivinhado que, embaixo de tudo aquilo, estava meu modesto e singelo pino de salsicha. Certamente, ninguém jamais vira um mastro de festa tão maravilhoso como aquele!

"Estava na hora de começar a festa. Os elfos tiraram suas roupas, pois é assim que procedem quando querem mostrar-se elegantes. Por cortesia, convidaram-me para participar da dança, mas desde que ficasse longe, pois do contrário poderia pisá-los e machucá-los.

"A música começou a tocar. Que música! Era como se milhares de sininhos de vidro estivessem tilintando. Pios, trinados e gorjeios enchiam o ar de melodias. Podia-se distinguir o som do canto dos cisnes, dos tordos e dos cucos. Pensei: toda a floresta está a cantar! E o mais incrível é que aqueles sons se misturavam harmonicamente, como se provindos de uma gigantesca orquestra bem ensaiada e regida. Mas de onde saía aquela música? Do mastro de festa, que, afinal de contas, era meu velho pino de salsicha. Como poderia um objeto tão insignificante produzir sonoridade tão linda e maviosa? Aí entendi que, mais importante do que o material, são as mãos que o trabalham. E isso vale tanto para a arte, como para a culinária, e tudo o mais. No auge do entusiasmo, soltei um guincho de alegria, daqueles que só ratinhos e camundongos sabem emitir.

"Pena que a noite foi curta, como acontece durante o verão, naquelas altas latitudes. Quando o dia raiou, soprou uma brisa suave, encrespando a superfície do lago e desfazendo todos os enfeites do minúsculo mastro de festa. Então, seis elfos arriaram o pino de salsicha e o trouxeram para mim, perguntando-me se eu teria algum desejo que quisesse ver realizado. Pedi-lhes que me ensinassem como fazer sopa com aquele toquinho, e o chefe deles me respondeu, rindo maliciosamente: *É fácil: faça como nós. Não viu como transformamos esse simples pino de salsicha num belo mastro de festa?* Cocei a cabeça e retruquei:

Mastro de festa é uma coisa; sopa, outra muito diferente, e em seguida expliquei o motivo que me levara a estar ali, tão longe do meu lar. Ao concluir, disse: *De que me vale apresentar-me perante a corte e contar tudo isso que acabei de presenciar? A narrativa até que pode servir como bom motivo de distração, mas desde que se esteja de barriga cheia.* E para isso, continuei, seria necessária enchê-la primeiro; de preferência, com uma boa sopa. E como fazê-la com um simples pino de salsicha?

"O elfo enfiou o dedo na corola de uma violeta e respondeu: *Vou passar meu dedo sobre seu cajado, a fim de conferir-lhe poderes mágicos. Quando regressar à sua terra, encoste-o no peito do rei, e o pino imediatamente se encherá de flores, de lindas violetas, mesmo que faça isso em pleno inverno. É meu presente número um. Vou dar-lhe outro: o número dois*".

Antes de prosseguir com sua narrativa, a ratinha tocou o peito de Dom Ratolfo com o cajado, ou melhor, o pino de salsicha, e este logo se encheu de violetas, dispostas em forma de ramalhete. O perfume das flores espalhou-se pelo ar, fazendo com que vários ratos tapassem o nariz, enojados. Ratos detestam cheiro de violeta, e o próprio rei, demonstrando asco, ordenou que a ratinha pusesse a ponta do rabo na lareira, para que o cheirinho agradável de pelos chamuscados afastasse o odor nauseabundo daquelas malditas flores.

Depois de cumprir a ordem e arrancar as flores do pino de salsicha, queimando-as na lareira, a ratinha retomou a sua narrativa, dizendo:

— Como se costuma falar, terminou o primeiro tempo. Vamos ao segundo. Já disse que o chefe dos elfos me deu um outro presente, não foi? Aquele que mostrei tinha relação com a visão, o olfato e o tato. Esse outro tem a ver com a audição e o paladar. Vamos a ele.

Então, ergueu o pino, como se fosse a batuta de um maestro, e logo a cozinha se encheu de música; não daquele tipo que soou durante a festa dos elfos, porém de um gênero mais adequado àquele ambiente. A bem dizer, era antes zoeira, que música. Lembrava o som do vento, quando entra zunindo e assoviando pelas chaminés dos fogões e das lareiras. Tudo o que havia nas panelas e nos caldeirões começou a ferver e a transbordar. A frigideira pôs-se a chocalhar, como se estivesse querendo saltar para o chão. Súbito,

507

cessou todo o barulho, ouvindo-se apenas o assovio solitário da chaleira, executando uma estranha música, que não tinha princípio nem fim, apenas meio. Mas, pouco depois, as panelas e caçarolas voltaram a trepidar e chiar, cada qual executando sua própria canção, sem se preocupar com a harmonia. A ratinha agitava a batuta ferozmente, como se estivesse chicoteando o ar; os conteúdos das panelas ferviam sem parar; o vento uivava desesperadamente; a barulheira era ensurdecedora; ela própria estava assustada com o som; por fim, atirou para longe a pequena batuta, que desse modo voltou à sua condição primitiva de pino de salsicha, e a algazarra cessou de uma só vez.

— Eta, sopa danada de barulhenta! — comentou o rei, sentando-se para recuperar o fôlego. — Já está na hora de ser servida?

— Acabo de servi-la, Majestade — respondeu a ratinha, fazendo uma curvatura. — Espero que tenham gostado.

— Então a sopa foi isso aí? — estranhou Dom Ratolfo. — É... sopa bem apimentada!... Vamos ouvir agora o que a segunda candidata tem a dizer.

O que tinha a dizer a segunda ratinha

— Nasci e fui criada na biblioteca real — começou ela. — Nem eu, nem ninguém de minha família, jamais tivemos a oportunidade de conhecer uma sala de jantar ou uma despensa. Antes de minha viagem, nunca havia visitado uma cozinha igual a esta onde agora estamos reunidos. Para dizer a verdade, vivíamos na miséria, passando uma fome dos diabos; em compensação, adquirimos cultura e conhecimentos. Um dia, chegou até nós o boato de que o rei pretendia dar um prêmio a quem soubesse preparar uma sopa com um pino de salsicha. Minha avó mostrou-me então um velho volume, no qual estava escrito que os poetas eram mestres em fazer sopa com pino de salsicha. Ela não sabia ler, mas certa vez tinha escutado alguém que lera aquilo em voz alta, naquele velho livro. Por isso, perguntou-me: "Você é poetisa, minha neta?" Eu disse que, infelizmente, não; mas ela não se deu por vencida, e ordenou: "Então trate de ser." Retruquei: "Mas como? Isso parece ser tão difícil como cozinhar esse tipo de sopa!" E ela, então, com sua sabedoria adquirida de tanto escutar a leitura em voz alta de livros e mais livros, disse-me: "Para alguém tornar-se poeta, a receita é simples, pois bastam três ingredientes: inteligência, fantasia e sentimento. Consiga tê-los dentro de si, e então será uma poetisa. Com isso, o problema da sopa será solucionado num piscar de olhos.

"Assim, senhores, saí pelo mundo afora, escolhendo a direção oeste. Sabia que, dos três ingredientes, o mais importante era a inteligência. Os outros dois eram simples acessórios. Assim, tratei de encontrar um meio de tornar-me inteligente — mas que deveria fazer? Lembrei-me das palavras de um antigo rei dos judeus: Quem tem a formiga dentro de si, sábio será. Eu escutara aquilo na biblioteca; assim, caminhei até o formigueiro mais próximo, escondi-me ali por perto e aguardei a oportunidade de tornar-me sábia.

"As formigas são um povinho digno de respeito e admiração. Em tudo o que fazem, demonstram sua excepcional inteligência. Tudo em seu mundo é resolvido como se se tratasse de um problema de aritmética: basta fazer as contas, e pronto. Para elas, viver é trabalhar e botar ovos, nada mais, e é só para isso que elas vivem. Dividem-se em duas classes: a das formigas limpas e a das formigas sujas. Cada posição social tem um número, começando pela rainha, que é a número um do formigueiro. Suas ordens jamais são discutidas, e sua opinião é a que sempre prevalece, visto que ela concentra em si toda a sabedoria que as outras possuem.

"Comecei a desconfiar de toda aquela sabedoria. Quem vive a apregoar que é inteligente, no fundo não passa de um grande estúpido. A rainha afirmava, por exemplo, que a borda exterior de seu formigueiro era o ponto culminante do mundo. Ora, logo ali ao lado havia um enorme carvalho, que se erguia muito acima do formigueiro. Seria possível ignorá-lo? Pois era o que as formigas faziam, fingindo que o carvalho não existia, e jamais tratando dele em suas conversas. Um belo dia, uma delas, extraviando-se de seu caminho, acabou subindo no tronco daquela árvore. Nem precisou chegar até as grimpas: já na metade da subida, enxergou o formigueiro lá embaixo. Ao chegar em casa, comentou com as outras sua descoberta, dizendo que o carvalho se erguia muito acima do formigueiro. Para as outras formigas, aquela afirmação era um desacato à rainha, um insulto a sua sabedoria, um desaforo para toda aquela sociedade. Amordaçaram a coitada e condenaram-na à prisão perpétua, numa cela isolada. Não demorou muito, e um formigão subiu por acaso no tronco do carvalho, chegando à mesma conclusão da infeliz prisioneira. Ao voltar para o formigueiro, comentou sobre sua descoberta, mas de maneira vaga, usando palavras difíceis e complicadas. Como era um formigão muito respeitável, pertencente à classe dos limpos, dessa vez acreditaram no que ele disse. Quando esse formigão morreu, enterraram-no com honras, pondo sobre seu túmulo uma casca de ovo virada de borco, como um monumento àquele grande cientista.

"Outra coisa que observei foi que as formigas carregam seus ovos nas costas. Uma delas deixou cair os seus e, por mais esforços que fizesse, não conseguiu repô-los no lugar. Duas companheiras vieram ajudá-la. Empurra daqui, empurra dali, e quase deixaram também cair os próprios ovos que carregavam. Assim, desistiram de prestar socorro à outra, e saíram dali depressa, resmungando: *Cada qual que trate de si*. Ao saber do acontecido, a rainha elogiou seu procedimento, dizendo que ambas tinham demonstrado possuir coração e cérebro. *Razão e sentimento*, disse ela, *são dois atributos de nossa espécie, e nos colocam entre as criaturas mais respeitáveis do universo. Mais importante que elas, contudo, é a inteligência. Nesse particular, distingo-me entre todas vocês, por ser a número um em inteligência.* Ao dizer isso, ergueu-se sobre as patas traseiras, a fim de ficar mais alta que todas as outras formigas, o que não era necessário, pois ela era de fato a maior daquele formigueiro. Aborrecida com tamanha presunção, e ao mesmo tempo querendo adquirir a tal sabedoria que ela dizia possuir, comi-a, já que, afinal de contas, queria *ter uma formiga dentro de mim,* como prescrevia o antigo sábio.

"Fui até o carvalho. Era uma árvore antiga, imponente, de tronco bem grosso e copa ampla. Nos livros da biblioteca, tinha aprendido que, dentro de cada árvore, vive uma criatura chamada "dríade". Ela é uma espécie de alma do vegetal: nasce com ele, morre com ele. Quando aquela dríade me viu, deu um grito de pavor. Não estranhei, porque todas as mulheres têm medo de ratos, e as dríades não seriam exceção àquela regra. No caso dela, ainda era pior, pois, sabendo que eu era da classe dos roedores, receou que me desse na telha roer aquela árvore, derrubando-a, o que fatalmente iria provocar sua morte. Para tranquilizá-la, dirigi-me a ela com palavras gentis e amistosas, e a dríade por fim permitiu que eu galgasse o tronco até a altura de suas mãozinhas delicadas. Disse-lhe o porquê de ter saído pelo mundo, e ela prometeu ajudar-me, confidenciando-me que naquela mesma noite, possivelmente, me seria dada a oportunidade de aprender aquilo que tanto almejava. Isso porque a Fantasia, como costumava fazer, talvez aparecesse por ali, a fim de descansar sobre os ramos do velho carvalho.

" A Fantasia é linda, disse-me a dríade. — Rivaliza em beleza com a Deusa do Amor. Trata-me com muito carinho, dizendo sempre que sou sua dríade favorita. Este carvalho robusto e altaneiro, belo e antigo, deixa-a encantada. Como admira suas raízes grossas, que se enfiam pelo chão, e sua copa majestosa, que se ergue até o céu! Por um lado, ele já enfrentou turbilhões de neve e fortes rajadas de vento; por outro, ficou exposto à carícia da brisa e à ternura do sol. Com tudo isso, não se vergou, não perdeu a fibra. Uma experiência dessas é de fato digna de ser admirada.

"Foi isso o que a dríade me disse; mas eu queria saber mais. Ela então prosseguiu: "As aves que aqui pousam contam histórias de terras distantes. Ali em cima há um ninho de cegonha. Quando ela está aqui, conta-me casos da terra das pirâmides, que conhece bem. A Fantasia compraz-se em escutar esses relatos, mas também aprecia os meus, acerca dos fatos corriqueiros da vida silvestre. Indaga sobre minha vida, querendo saber como eu me sentia na infância, quando esta árvore não passava de um brotinho, menor que as próprias urtigas que a rodeavam. Faça o seguinte: esconda-se aí no chão, debaixo de um cogumelo. Quando ela chegar, arrancarei uma pena de suas asas, para dar-lhe de presente. Assim, você será possuidora de algo que nenhum poeta jamais teve, até hoje.

"E foi assim mesmo que aconteceu. Ela deu-me a pena da Fantasia, e eu levei-a comigo, deixando-a de molho na água, para amaciar, pois pretendia comê-la, como acabei fazendo. Não é fácil tornar-se poeta por via oral: o interessado tem de engolir muita coisa!

"Assim, já tinha ingerido a sabedoria e a fantasia, faltando-me apenas o terceiro ingrediente, para que me tornasse poetisa. E onde encontraria o sentimento? Na biblioteca, é claro. Ali, certa vez, um crítico renomado havia comentado que os romances existem para fazer extravasar as lágrimas supérfluas da humanidade. Mal comparando, são uma espécie de esponja que absorve os sentimentos. Desse modo, separei dois livros cuja leitura, conforme eu havia testemunhado, tinham arrancado muitas lágrimas de seus leitores, e preparei-me para devorá-los. Pareciam apetitosos: de tanto serem lidos, suas páginas estavam amassadas e engorduradas, cheias de marcas de dedos. Comi apenas a parte macia dos tais livros, deixando as capas de lado, pois sabia que elas só tinham finalidade decorativa. Depois de engolir os dois volumes, senti que algo se movia dentro de mim. Já está fazendo efeito, pensei. Como reforço, engoli um terceiro livro, do mesmo gênero lacrimejante. Sim, eu já estava a ponto de me tornar uma poetisa: comecei a sentir dores de cabeça e de barriga, tonteiras, vertigens, ânsias; enfim, as sensações que os poetas costumam ter.

"Enderecei meus pensamentos para os pinos de salsicha. Comecei a enxergá-los à minha frente; grandes, pequenos, grossos, finos, fechando a boca das diversas salsichas que carregamos em nossa mente: salsichas de esperanças desfeitas, salsichas de dores esquecidas, salsichas de anseios impossíveis, salsichas de idealismo, de ingenuidade, de pureza de intenções; tantas, cada qual com sua história. E como eu me tornei poetisa, posso contar-lhes todas as minhas histórias, servindo-lhes uma salsicha por dia. Essa é a minha sopa de pino de salsicha. São servidos?"

— Humm... muito bem — disse o rei. — Que fale agora a terceira candidata.

Nesse instante, assomou à porta da cozinha uma ratinha esbaforida, dizendo:

— Alto lá! Cheguei!

Era a quarta candidata, aquela que todos julgavam morta. Sem se deter para cumprimentar os presentes, tratou de ocupar seu lugar junto ao pino de salsicha envolto em

crepe negro, mas tão afobadamente que até o derrubou no chão. Havia dias estava percorrendo seu caminho de volta, com toda rapidez de que era capaz. Tinha até pegado carona num trem de carga, e mesmo assim quase não conseguia chegar a tempo e a hora. Finalmente, ali estava. Abrindo caminho entre os assistentes, postou-se diante do rei. Como não tivera tempo de se banhar e se arrumar, estava com péssima aparência, qual uma roupa usada e amarfanhada. Tinha perdido o pino de salsicha que levara consigo, mas não a língua, como em seguida se viu. Sem preâmbulos, entrou diretamente no assunto, imaginando que todos ali estivessem ávidos para ouvir seu relatório. Foi tão súbita e inesperada sua intervenção, que a candidata indicada para falar nem se atreveu a contestá-la, consentindo tacitamente em que a recém-chegada tomasse a palavra. Vamos ver o que ela disse.

O que disse a quarta ratinha, que, sem essa ou aquela, se antecipou à terceira

— Dirigi-me imediatamente à cidade grande — começou. — Não me lembro qual era o seu nome; aliás, tenho dificuldade para guardar nomes. Segui até a estação ferroviária e embarquei num vagão carregado de artigos contrabandeados. Quando dei por mim, tiraram de lá todos os caixotes, inclusive aquele onde me instalei, e os levaram para o Tribunal de Justiça. Enquanto aguardava meu destino, escutei um carcereiro que estava conversando com um sujeito a respeito dos prisioneiros sob sua guarda. Falou especialmente de um desses condenados, um indivíduo que tinha cometido o crime de falar demais, proferindo palavras duras e ácidas, que foram publicadas e comentadas por toda a cidade. Depois de relatar o fato, o carcereiro concluiu:

— Tudo o que ele disse não passa de sopa de pino de salsicha; só que essa sopa poderá custar-lhe a cabeça...

"Como é natural, logo me interessei por conhecer aquele prisioneiro, procurando um modo de conseguir entrar em sua cela, onde certamente encontraria algum buraco de rato — qual a cela de cadeia que não possui um? Foi o que fiz. O sujeito parecia muito pálido. Tinha barba comprida e dois olhos bem brilhantes. Uma lamparina ardia ali dentro, e sua fumaça tentava em vão enegrecer ainda mais as paredes e o teto daquela cela. Sobre a camada preta da fuligem, o prisioneiro rabiscava versos e garatujava figuras, fazendo reaparecer a cal branca que outrora recobria a parede. Pena que não sei ler. Como ele ali estava solitário, imaginei que fosse bem-recebida, e tratada como uma visita de cerimônia. E, de fato, o fui. Com pedaços de pão e assovios insinuantes, ele tentou atrair-me para perto de si. Vi que não tinha más intenções a meu respeito; assim, adquiri confiança e fui para perto dele. Tornamo-nos amigos. Ele passou a dividir comigo suas refeições, dando-me pão, água, salsichas e queijo.

"Passei a levar uma boa vida, mas não foi por isso que me deixei ficar na cadeia: foi pelo prazer de sua companhia. Ele não se importava de que eu corresse por ali, subindo em sua cama, quando não pelas suas pernas acima. Não levou susto mesmo quando me atrevi a entrar por dentro de sua manga. Enfiava-me por debaixo de sua barba, e ele sorria, chamando-me de sua amiguinha. Logo se estabeleceu entre nós uma amizade profunda e cordial. Juro que me esqueci de minha missão e do que viera fazer ali. Até perdi meu pino de salsicha. Creio que ele caiu numa das gretas do soalho, onde deve estar até hoje. Sim, o que me prendia ali era um sentimento de dó, porque, se fosse embora, o pobre coitado voltaria a ficar triste e solitário, sem ter com quem compartilhar suas queixas e esperanças. Um amigo faz muita falta, e pobre de quem não tem o seu.

"Eu não me importaria de ficar ali para sempre; ele é que não pôde ficar. Na véspera de sua saída — e não tenho a mínima ideia de para onde o levaram —, conversou comigo durante toda a noite, numa tristeza que até dava pena! Naquela noite, recebi ração dupla de pão e queijo. De madrugada, ele mandou-me um beijo na ponta do dedo, e foi-se embora. Gostaria de saber o que lhe aconteceu depois disso.

"Lembrei-me de que o carcereiro se referira à sopa de pino de salsicha; assim, mudei-me para o quartinho onde ele dormia. Foi burrice minha confiar nele, pois, tão logo me viu, agarrou-me e me meteu dentro de uma gaiolinha esquisita, em cima de uma roda que girava sem parar, enquanto eu caminhava. Eu andava, andava, andava e nunca saía do lugar. Era um verdadeiro suplício aquilo, de desesperar qualquer um.

"O carcereiro levou-me para sua casa, dando-me de presente para a neta, uma garotinha doce e encantadora, com lindos cabelos louros encaracolados, olhos espertos e alegres, e uma boca sempre disposta a abrir-se numa boa risada. *Pobre camundongo*, foi o que ela disse ao ver-me naquela gaiola de enlouquecer ratos. Então, destrancou a portinhola e me deixou sair. Tratei de escapulir depressa, pulando no peitoril da janela, galgando a calha e subindo até o telhado da casa. Livre! — exclamei, exultante, esquecendo-me completamente da razão que me tinha levado até ali.

"Em plena madrugada, numa escuridão atroz, desci pela calha, caminhei pelas ruas e acabei encontrando abrigo numa velha torre, onde vivia um vigia noturno, em companhia de uma coruja. Nele, eu não confiei; nela, muito menos. Os olhos das corujas rebrilham que nem os de um gato; além disso, elas também têm o mesmo mau gosto dos felinos: adoram comer ratos. Escondi-me bem, numa fenda não muito distante de seu ninho. Dali, podia observá-la, e cheguei à conclusão de que era uma senhora coruja muito respeitável, sábia e educada. Sem dúvida, sua sabedoria era maior que a do vigia noturno, e quase tão grande quanto a minha.

"Havia filhotes no ninho da coruja, e eles viviam a altercar e discutir, a troco de nada. *Parem de fazer sopa com um pino de salsicha*, advertia a mãe, que, embora carinhosa, não perdia a oportunidade de ensinar-lhes educação e boas maneiras. Observando bem seu modo de ser e de pensar, fui adquirindo confiança e respeito por aquela ave, e um dia atrevi-me a dar um guincho, revelando o lugar do meu esconderijo. Entendendo que eu queria aproximar-me e conversar, e não sem uma ponta de orgulho de ver que uma ratinha confiava nela, a coruja saudou-me e me tranquilizou quanto a suas intenções, afirmando que não iria fazer-me mal algum, e que até poderia proteger-me dos outros inimigos que me ameaçassem. *Mas isso só até a chegada do inverno*, ressalvou, *pois então a comida escasseia, e a fome há de me fazer esquecer o compromisso*. Muito honesto de sua parte, não acham?

"Sim, a coruja era sábia e inteligente. Logo aprendi com ela que o assovio do vigia noturno não era produzido por sua boca, e sim por uma espécie de chifre que ele trazia pendurado ao ombro, e que soprava de vez em quando, para emitir aquele som. *Coitado dele*, comentou comigo; *pensa que é sábio como uma coruja... Essa é a ideia que todos os homens fazem de si: julgam-se sapientes e sagazes, quando não passam de uns pobres diabos, ingênuos e ignorantes. Vivem a fazer sopa com um pino de salsicha...*

"Lembrei-me então do que estava fazendo ali, e perguntei-lhe qual seria a receita daquela sopa. Eis o que ela me respondeu:

— Fazer sopa com um pino de salsicha é uma expressão inventada pelos humanos. Cada qual interpreta a seu modo, mas seu verdadeiro significado é um só: nada.

Então era isso: nada! A verdade golpeou-me violentamente, como se fosse a mola de uma ratoeira. Comentei o fato com ela, dizendo que a verdade, ainda que doesse, era sempre irremediável, predominando acima de todas as coisas. E ela concordou comigo. Assim, depois de muito cogitar sobre o assunto, decidi voltar, trazendo comigo aquela verdade, o que seria bem melhor que trazer a receita da sopa de pino de salsicha. Vim a toda a velocidade, a fim de não chegar atrasada — e consegui!"

Depois de tomar fôlego, concluiu:

513

— A nação dos ratos é esclarecida, e Dom Ratolfo prima pela sabedoria. Assim, serei declarada a vencedora deste concurso, pois que, entre nós, todos amam e respeitam a Verdade.

— Terminou, irmãzinha? — perguntou a ratinha que não pudera falar quando chegara a sua vez. — Espero que sim, pois estou cansada de ficar ouvindo seu papo furado. Acontece que sei preparar a sopa, e é o que farei.

— Não viajei — disse a ratinha, iniciando seu relato. — Fiquei aqui mesmo, certa de que seria a maneira mais sensata de agir. Afinal de contas, o que existe lá fora existe aqui também. Não tive contato com entidades sobrenaturais, nem comi o pão que o diabo amassou, para tornar-me poetisa, e tampouco andei batendo papo com corujas. O que sei, aprendi comigo mesma. Portanto, vamos lá: toma-se uma panela, enche-se de água até a borda e leva-se ao fogo. Deixa-se ferver bastante, depois deita-se um pino de salsicha dentro da água. Pronto. Faça Vossa Majestade a fineza de enfiar a ponta da cauda na sopa, para dar uma provadinha. Quanto mais tempo deixar a cauda dentro dela, mais forte ficará a sopa. É isso aí, meu povo; não são necessários outros ingredientes — basta mexer e tomar.

— Tem de ser a minha cauda? — perguntou o rei. — Não pode ser a de um outro rato?

Enfim, a sopa

— Não, não — disse a ratinha. — Tem de ser uma cauda real. Só ela dará à sopa esse tipo de força.

Na panela, a água fervia furiosamente. Dom Ratolfo chegou o mais perto que podia, e esticou a cauda, raspando-a por cima das bolhas, como fazem os ratos quando querem retirar a nata do leite. O calor era tal, que ele não suportou ficar por mais tempo ali, pulando imediatamente para longe.

— Pensando bem, não vou enfiar minha cauda aí dentro. Mas já percebi que se trata de uma excelente receita. É que, agora, não estou com muita fome. Vamos combinar o seguinte: faremos essa sopa quando comemorarmos nossas bodas de ouro. Aí, vamos preparar um panelão bem cheio, para distribuir entre os pobres do reino.

Pouco depois, o casamento foi realizado. Alguns ratos comentaram entre si (não durante a solenidade, mas bem mais tarde, quando já se achavam em suas casas) que a ratinha fora esperta, pois, em vez de fazer sopa de pino de salsicha, fizera uma sopa de rabo de rato.

Muitos criticaram a maneira de explicar da nova rainha, achando que, se fossem elas próprias, teriam feito um relato bem mais interessante e curioso. Pode até ser que fosse verdade, mas o fato é que elas não o fizeram, e isso é o que importa.

A história deu a volta ao mundo. A reação dos ouvintes variou, mas ela não. Nada lhe tiraram, nada lhe acrescentaram. E é assim que deve ser, quer se trate de uma grande realização, quer de uma insignificante, como fazer sopa de pino de salsicha. Sirva-lhe de lição, leitor, e passe-a para a frente, mas sem esperar agradecimentos, porque eu também não espero que você me agradeça por ela.

A Touca do Solteirão

Existe uma rua em Copenhague cujo nome você vai achar difícil de ler, e mais ainda de pronunciar: *Hyskenstraede*. A palavra é a tradução dinamarquesa do nome alemão que essa rua tinha, centenas de anos atrás: *Häuschenstrasse*. Para descomplicar, vou dizer o que significam ambos os nomes: "Rua das Casinhas". De fato, antigamente, só havia casinhas nessa rua; aliás, nem eram "casinhas", mas sim casebres, meros abrigos de madeira, parecidos com grandes barracas de feira. Havia janelas, mas sem vidros. Eram tão pequenas, que lembravam as seteiras dos castelos. Como seus moradores eram muito pobres, não tinham condição de colocar vidraças nessas janelinhas, recobrindo-as com bexigas de porco. Você deve estar estranhando tamanha pobreza, mas lembre-se de que isso aconteceu há muitos, muitos anos, numa época que até mesmo nossos tataravós chamariam de "velhos tempos".

Nessa ocasião, os ricos mercadores de Bremen e Lubeck mantinham ativo comércio com a praça de Copenhague. Eles próprios nunca iam até aquela cidade, preferindo mandar seus representantes comerciais, que eram os moradores da Rua das Casinhas. Era ali que faziam seus negócios, acertando a venda dos artigos que representavam, especialmente os tonéis de cerveja e sacos de especiarias. A cerveja alemã, melhor que a dinamarquesa, era de vários tipos: cerveja clara, cerveja preta; cervejas amargas, adocicadas, maltadas, etc. Quanto às especiarias, as mais vendidas eram açafrão, anis, gengibre e pimenta, especialmente esta última. Devido a isso, os agentes eram conhecidos popularmente como "vendedores de pimenta".

Pensando apenas em seus interesses, os ricos mercadores de Bremen e Lubeck exigiam de seus representantes que eles não se casassem no exterior. Achavam que, se os vendedores arranjassem uma esposa e constituíssem família, deixariam de ser leais a seus patrões. Ora, muitos desses vendedores passavam a maior parte de suas vidas no estrangeiro. Assim, não se casavam jamais, tornando-se velhos solteirões, cheios de manias, que preparavam sua comida e costuravam suas roupas, tendo por única companhia noturna o fogo aceso em sua lareira. Devido ao fato de terem hábitos e costumes diferentes dos naturais da terra, não conseguiam fazer amizades, nem mesmo entre si, já que eram rivais, do ponto de vista profissional. É por isso que, na Dinamarca, quando alguém quer referir-se a um solteirão, usa a mesma palavra que significa "vendedor de pimenta", mesmo que o sujeito jamais tenha vendido ou comprado pimenta, em toda a sua vida.

Tudo isso que acabei de explicar tem a ver com a história que a seguir será contada.

Os vendedores de pimenta eram muito ridicularizados naquele tempo. Sabendo que eles conservavam o costume alemão de dormir de touca, a molecada costumava gritar, ao ver um deles passando pela rua:

— Esqueceu a touca em casa, hein?

Outros costumavam cantar:

> *Solteirão já vai dormir:*
> *Sopra a vela, apaga a chama,*
> *Bota a touca na cabeça,*
> *Dorme, só, na sua cama.*

Embora cantassem esses versos para zombar do pobre solteirão, jamais o tinham visto de touca, pois ele só a usava dentro de sua casinha, naquela rua da qual falei há pouco. Quanto aos naturais da terra, de modo algum usariam uma touca para dormir. Isso, nem pensar! E sabem por quê? Leiam a história, e ficarão sabendo.

Naquele tempo antigo, a Rua das Casinhas não era calçada. O piso era de terra batida, cheio de buracos e de lama, lembrando as estradinhas de terra que existem no campo. A rua era tão estreita, e as casinhas tão próximas umas das outras, que no verão, para proteger os passantes do sol ardente, costumava-se estender uma lona entre os telhados, a fim de fazer sombra. Era então que o cheiro acre da pimenta, do açafrão e do gengibre se fazia sentir mais fortemente. Embaixo dessas lonas, os vendedores recebiam seus fregueses, fechando negócios e acertando pagamentos. Já viram os quadros que representam a vida de nossos tataravós? Observaram que eles usavam perucas, calças justas e casacos compridos, cheios de botões de prata? Pois era assim que se vestiam os compradores que iam até a Rua das Casinhas, mas não os vendedores, cujas roupas eram extremamente simples e modestas. Isso, vocês não irão ver nos quadros antigos, porque os artistas só pintavam as pessoas que pagavam para ter seus retratos, não se preocupando em representar as figuras daqueles vendedores de pimenta, pobres demais para se darem a tais luxos. Pelos documentos da época, porém, nós podemos saber como é que eles se vestiam, fosse quando estavam atrás do balcão, fosse quando iam à igreja aos domingos. Na cabeça, usavam um chapéu de abas largas e copa alta, que os mais jovens costumavam enfeitar com penas coloridas. Usavam blusa de lã, encimada por um largo colarinho de pano de linho, vestindo sobre ela um paletó muito justo, por cima do qual ainda punham uma capa ampla, que lhes pendia dos ombros. Usavam calças largas e compridas, que desciam até os sapatos de bico chato, cobrindo-os quase completamente. Esses sapatos eram usados sem meias. Presas ao cinto, levavam uma colher e uma faca, que usavam para suas refeições, geralmente feitas ali mesmo, na rua. A faca servia ainda como arma de defesa, sendo bastante necessária naqueles tempos de desordem e violência.

Era desse modo que estava vestido Anton, um dos mais velhos vendedores de pimenta da Rua das Casinhas. A única diferença era que, em vez do chapéu de abas largas, estava usando um boné, tendo por baixo dele sua touca de dormir. Anton tinha duas toucas, absolutamente idênticas. Uma, deixava em casa; outra, levava sempre na cabeça. Anton era magro como um varapau, tinha a cara toda enrugada, e as mãos finas e compridas. Suas sobrancelhas eram grossas, especialmente a que ficava sobre o olho esquerdo. Esse detalhe podia não aumentar sua beleza, mas certamente servia para distingui-lo. "Conhece o Anton? É um sujeito que tem uma sobrancelha mais grossa que a outra" — bastava isso para que ele fosse reconhecido, quando alguém ia até a Rua das Casinhas a sua procura.

Dizia-se que Anton era natural de Bremen, o que não era verdade. Quem era de Bremen era seu patrão. Anton nascera na Turíngia, numa pequena cidade chamada Eisensach, não distante de Wartburg. Era raro falar com alguém sobre sua terra natal, embora ela não saísse de suas recordações.

Como os vendedores de pimenta quase não conversavam entre si, ao cair da tarde, depois de guardarem os mostruários e livros, entravam em casa, fechavam as portas, e a Rua das Casinhas ficava inteiramente deserta.

Pelas janelinhas da casa de Anton, coava-se uma luzinha fraca. Se alguém chegasse perto, poderia vê-lo lá dentro, sentado à cama, com seu livro de orações aberto no colo; ou remendando suas roupas; ou mesmo arrumando a casa e deixando-a limpa e bem apresentável para receber de raro em raro alguma visita. Como se vê, não levava uma vida das mais invejáveis. É duro sobreviver num país estrangeiro. Só se dá conta da existência do forasteiro quando ele cruza o caminho de alguém, e, nesses casos, o infeliz ainda corre o risco de ser injuriado, se não mesmo agredido...

Era uma noite de inverno, e chovia. O aspecto da rua era sombrio e ameaçador. Ali não havia postes de iluminação; a única luz era a de uma pequena lâmpada de azeite, aos pés de um quadro representando a Virgem Maria, que pendia de uma parede, numa de suas esquinas. Do outro lado, ouvia-se o rumor melancólico e monótono da água que batia contra a amurada do ancoradouro de barcos.

Ah, como eram compridas essas noites solitárias! O único modo de fazer com que o tempo passasse era inventando tarefas, como brunir os pratos das balanças, desembalar e arrumar as mercadorias, remendar as roupas, consertar os sapatos — e era isso o que Anton fazia, até que o sono chegasse, quando então trocava de touca e ia para a cama. Se dormisse logo, ótimo; caso contrário, levantava-se e ia assegurar-se de que a vela apagada não estava fumegando, ou de que a porta estava bem trancada. Feito isso, voltava para a cama, puxava a touca sobre os olhos e ficava aguardando o sono. Se ainda assim não dormisse, levantava-se para ver se o fogo da lareira estava bem apagado, extinguindo as últimas brasas e cobrindo-as com cinzas, para que alguma fagulha mal-intencionada não provocasse um desastre. Ouvindo os rangidos da velha escada, prometia dedicar um dia ao seu conserto, tarefa que invariavelmente adiava, já que ela teria de ser executada à luz do sol. Verificava a lareira, esmagava e apagava a última brasinha, e já caminhava para a cama, quando se lembrava de verificar se havia de fato trancado bem a porta da rua. Depois, ia ver se todas as janelas estavam fechadas; só depois disso tudo é que se recolhia ao leito, sentindo um frio atroz.

Anton puxava os cobertores e enfiava a touca até cobrir os olhos, tirando da mente qualquer lembrança referente aos problemas comerciais e aos aborrecimentos daquele dia. Deixava a mente vagar pelas memórias do passado, o que também não lhe causava grande prazer, pois suas recordações eram repletas de espinhos que costumavam espetar-lhe o coração, sem dó nem piedade. Ai! Como aquelas espetadelas doíam! Chegavam a arrancar-lhe lágrimas dos olhos!

E Anton chorava de verdade! O cobertor chegava a ficar molhado de lágrimas. Às vezes, ele as enxugava com a touca, mas isso não fazia cessar a fonte de onde elas haviam jorrado, que jazia no fundo de seu coração, minando sem parar.

As lembranças não lhe ocorriam na sequência normal, alternando as boas com as más. Eram estas que teimavam em ocorrer-lhe com maior frequência. Estranhamente, contudo,

518

também as boas lembranças causavam-lhe tristeza, cobrindo sua alma com a sombra da mais dolorosa saudade.

"Veja como são lindas as florestas da Dinamarca", diziam os locais, apontando para as encostas recobertas de faias. Para ele, porém, linda mesmo era a floresta que existia perto de Wartburg. Os carvalhos de lá possuíam uma dignidade, uma grandiosidade que não encontrava nos que por aqui se viam. As macieiras alemãs de sua lembrança cheiravam mais que as dinamarquesas. E a paisagem que via era sempre a mesma, plana e monótona. Ah, que alegria sentiria se pudesse de novo contemplar os rochedos abruptos de sua terra natal, revestidos de musgos e trepadeiras... De olhos fechados, ainda enxergava aquelas cenas coloridas, que conservava indeléveis em seu coração.

Era assim que ele se encontrava naquela noite. Uma lágrima rolou de seus olhos, e ele viu nitidamente um menino e uma menina a brincar. O garoto tinha as faces coradas, cabelos louros e cacheados, e dois olhos sinceros e azuis. Era ele próprio, o velho Anton de hoje. Já a menina tinhas olhos castanhos e cabelos negros, aparentando ser disposta e corajosa. Era Molly, a filha do burgomestre. Tendo nas mãos uma maçã, divertiam-se em agitá-la com força, para escutar o som das sementes, entrechocando-se dentro da fruta. Então, dividiram-na ao meio, e cada um devorou sua metade. Comeram também as sementes, exceto uma, que ela resolveu guardar, para plantá-la depois.

— Você vai ver — dizia ela; — dessa sementinha aqui vai nascer uma macieira de todo tamanho! Só que demora um pouco até crescer.

A semente foi plantada num vaso. O pequeno Anton fez um buraquinho na terra, Molly atirou lá dentro a semente, e depois os dois cobriram-na de novo, afofando a terra com cuidado.

— Não me vá cavucar a terra amanhã, só para ver se a semente já deitou raízes, ouviu? — advertiu ela. — Fiz isso uma vez, com uma flor que plantei, e ela morreu.

Anton levou o vaso para casa, guardando-o durante todo o inverno. Todo dia, lá vinha ele para verificar os progressos da planta, mas apenas via a terra escura, sem qualquer indício de vida embaixo dela. Chegou a primavera, e o tempo começou a esquentar. Um dia, surpresa! — duas folhinhas apontaram. "Uma, sou eu; outra, a Molly", pensou Anton. "Como são lindas!"

No dia seguinte, outra folhinha despontou. E essa, quem seria? Daí em diante, novas folhinhas foram surgindo sobre a terra. Aos poucos, a plantinha foi tomando corpo e mostrando que era de fato um broto de macieira. Tudo isso foi refletido na lágrima que escorreu dos olhos do velho Anton. Logo ela secou e desapareceu, mas uma nova lágrima brotou de seus olhos, saída da fonte que jorrava em seu coração.

Perto de Eisenach havia uma cadeia de montanhas muito escarpadas. Uma delas destacava-se pelo seu formato arredondado, e pelo fato de não ser recoberta por árvores ou qualquer outro tipo de vegetação. Chamavam-na a "Montanha de Vênus", e acreditavam que uma deusa pagã, chamada Frau Holle, vivia ali dentro. Todos conheciam a lenda de Tannhauser, o cavaleiro-trovador de Wartburg: ele um dia passara perto daquela montanha, e Frau Holle apareceu, atraindo-o lá para dentro, de onde ele nunca mais saiu.

Molly e Anton costumavam passear até o sopé da Montanha de Vênus. Um dia, ela o desafiou:

— Duvido que você tenha coragem de bater com os nós dos dedos nesta montanha, ao mesmo tempo em que diz: "Abre, Frau Holle: Tannhauser chegou!"

Anton não se atreveu a fazer aquilo, mas Molly, enchendo-se de coragem, bateu e falou:

— Abre, Frau Holle!

O resto, se ela disse, foi em voz tão baixa, que Anton não escutou, podendo até jurar que a menina não tinha mencionado o nome de Tannhauser. Mesmo assim, ficou admirado de sua ousadia.

Sim, ela era corajosa e segura de si. De certa feita, quando brincava com suas amiguinhas, Anton chegou, e elas resolveram provocá-lo, ameaçando dar-lhe um beijo. Todas as vezes que faziam isso, ele se encostava num muro e cerrava os punhos, disposto a dar um sopapo na primeira que se atrevesse a cumprir a ameaça. Elas riam de sua atitude defensiva e, por via das dúvidas, acabavam deixando-o em paz. Daquela vez, repetiram a brincadeira, e já se preparavam para deixá-lo ali junto ao muro, de punhos cerrados, quando Molly avançou e disse:

— Pode bater, Anton, que eu te beijo assim mesmo!

Aproximando-se dele, passou-lhe os braços em torno do pescoço e lascou-lhe um beijo estalado, sem que ele nada fizesse para impedi-la. Pode-se até dizer que gostou daquele beijo, porque, no fundo de seu coração, achava Molly a garota mais bonita de todas as que conhecia. Molly devia ser tão bela quanto Frau Holle, pensava; só que a deusa era má, e Molly era uma boa menina. Agora: bonita, mesmo, era a Santa Isabel, a padroeira de sua cidade. As histórias sobre a piedade e os poderes miraculosos dessa princesa eram contadas de boca em boca, não só ali, mas em todo o país. Na igreja local havia até um quadro, embaixo do qual ardia constantemente uma lâmpada votiva. Seu rosto era de fato muito belo, e nada parecido com o de Molly.

Enquanto isso, a pequena macieira crescia a olhos vistos. Finalmente, teve de ser transplantada no jardim. Ali poderia desfrutar do vento fresco, do orvalho benfazejo e do calor do sol. Ela sobreviveu ao inverno e, quando veio a primavera, floresceu. Ao chegar o outono, duas maçãs pendiam de seus galhos: uma seria de Molly; outra, dele. E nem poderia ser diferente.

Nesse meio-tempo, Molly também desabrochou, encantadora como uma flor-de-maçã. Pena que Anton não pôde contemplá-la por muito tempo, pois o pai dela se mudou para longe, indo morar em Weimar, uma cidade que, naquele tempo, ficava a um dia inteiro de viagem de Eisenach. Hoje, de trem de ferro, chega-se lá em poucas horas, mas naquele tempo era diferente.

Ah, quantas lágrimas os dois derramaram, no dia da separação! Todas elas, anos mais tarde, juntaram-se numa só: aquela que escorreu dos olhos do velho Anton, o vendedor de pimenta, o solteirão. Ele lembrou-se com saudade do que ela lhe dissera naquela ocasião:

— Todo o esplendor de Weimar não será suficiente para encobrir a tristeza que sinto por te deixar!

Passaram-se três anos, durante os quais Anton apenas recebeu duas cartas, trazidas por viajantes vindos de Weimar até Eisenach. As duas cidades eram separadas então por uma estradinha sinuosa, que passava por diversos povoados, aldeias e vilas, em seu percurso, e não havia correio regular entre ambas.

Quando haviam contado para Molly e Anton a história de Tristão e Isolda, ele achara que aquela era a história deles dois, embora soubesse que o nome "Tristão" significava "triste demais", coisa que ele, Anton, não era. Outra diferença: Tristão havia imaginado que Isolda o esquecera, desconfiança que jamais ocorreria a Anton, com relação a Molly.

520

Tratava-se, contudo, de mera suspeita, porque Isolda nunca o esquecera. O final da história era belíssimo: os dois morreram e foram enterrados no mesmo cemitério, mas em túmulos distantes. Ao lado de cada sepultura cresceu uma tília. As duas árvores desenvolveram-se tanto, que suas copas por fim se tocaram, florescendo juntas e deixando cair suas folhas secas sobre o telhado da igreja. Essa parte da lenda, embora melancólica, era de extrema beleza, mas nem por isso ele desejava que fosse esse o final da história de Anton-Tristão e Molly-Isolda.

Bastava lembrar-se dessa lenda, para assoviar a canção que fora composta pelo trovador Walther von der Vogelweide sobre o tema, aquela que começava com as palavras:

Na charneca, sob a tília...

O trecho de que mais gostava era aquele que dizia:
Lá na mata, ao pôr-do-sol,
Titiriti!
Canta o rouxinol.

Essa era a sua canção favorita, e ele a trauteava à luz do luar, enquanto seguia pela estradinha rumo a Weimar, onde esperava encontrar-se com Molly. Não tendo avisado que ia, chegou inesperadamente. Foi bem recebido; serviram-lhe vinho; todos foram amáveis e hospitaleiros. Apresentaram-no às pessoas importantes do lugar; cederam-lhe o quarto de hóspedes, onde havia uma boa cama. Mas as coisas não corriam do jeito que ele tinha imaginado. Havia qualquer coisa de misterioso no ar, algo que ele não sabia como interpretar.

Mas é fácil para nós, que estamos de fora, entender o que estava acontecendo. Às vezes, a gente vive numa casa, com uma família, relacionando-se bem com os hospedeiros, mas sem fazer parte de sua estrutura familiar. Cumprimentamo-nos, conversamos, mas é como se estivéssemos nos dirigindo a companheiros de viagem, de conhecimento recente e temporário, cujo relacionamento acaba no momento em que cada qual chega ao seu destino e se despede para sempre. Era mais ou menos assim que Anton se sentia naquela casa.

— Vamos conversar francamente, Anton — disse-lhe Molly certo dia. — Tenho adiado esse assunto, mas agora acho que é hora de lhe falar sem rodeios. Muita coisa mudou, desde o tempo em que éramos crianças. Assim como mudamos de aparência, mudamos também nossos modos de encarar as coisas. Nossos hábitos já não são os mesmos do passado, bem como nossos sonhos e aspirações. Não quer dizer que nos tenhamos tornado inimigos; isso, não! Mas a verdade é que não o amo mais. Gosto de você, guardo as mais ternas recordações do nosso tempo de infância, mas isso é tudo. O amor verdadeiro, aquele que uma mulher dedica a um homem, eu não sinto por você, e acho mesmo que nunca senti. Espero que não se magoe com isso, e que aceite os fatos como eles são. Tenho planos para um futuro próximo, planos que não o incluem. Devo mudar-me daqui em breve, e partir para bem distante. Assim, Anton, é melhor que nos separemos já. Adeus.

Anton escutou aquelas palavras com aparente frieza. Arrumou suas coisas, despediu-se e foi-se embora da vida de Molly, para sempre. De agora em diante, lembrar-se-ia dela como se de uma inimiga. Seja aquecida ao rubro, seja resfriada a temperaturas baixíssimas, uma haste de ferro sempre haverá de ferir os lábios de quem se atrever a beijá-la. A alma de Anton latejava de dor, causada pelo contato ardente da paixão e pela extrema frialdade do ressentimento.

Cavalgou de volta a Eisenach, cobrindo a distância em menos de um dia. Pobre montaria: ficou estropiada, inutilizando-se para sempre. "Perdi um cavalo — e daí?", pensou ele. "Dano maior sofreu minha alma, que para sempre há de viver torturada. Vou destruir tudo que me lembre Molly, que me lembre aquela Frau Holle cruel, aquela Vênus insensível! Cortarei a macieira que plantamos juntos; arrancarei até suas raízes. Ela nunca mais dará flores e frutos."

Entretanto, antes que cumprisse sua ameaça, caiu de cama, tomado de febre altíssima, e quase morreu. Que medicamento seria capaz de curá-lo? Só mesmo o mais amargo de todos, extraído da dor e do sofrimento — foi desse que ele tomou. Seu pai meteu-se em negócios arriscados, vindo a perder toda a antiga fortuna. Sobreveio a pobreza, e logo em seguida a miséria. Sucediam-se os infortúnios, como ondas que se quebrassem sem parar, abalando a estrutura daquela casa, outrora tão rica. Não resistindo à adversidade, seu pai caiu de cama, tendo ele de se tornar o chefe da família. Assim, não teve mais tempo de pensar em Molly, imerso que estava em problemas e preocupações. Finalmente, quando viu que nada mais havia a fazer, decidiu sair pelo mundo, a fim de cavar seu sustento.

Seguiu para Bremen, esperando encontrar ali o fim de suas provações, mas não foi isso o que aconteceu. Insucessos e frustrações pareciam tê-lo escolhido como parceiro, nunca lhe dando trégua. A constância do sofrimento nem sempre enrijece o espírito; muitas vezes, acaba por debilitá-lo. Oh, como haviam mudado o mundo e as pessoas... Eram outros, em seu tempo de menino... "E eu que acreditava nas palavras cantadas pelo trovador", costumava pensar. "Vejo agora que não passavam de balelas." Mesmo assim, costumava trauteá-las de vez em quando, e aquelas canções acabavam por acalmar seu coração repleto de amargura.

Um dia, lembrando-se de Molly, pôs-se a pensar: "Deus sabe o que faz. Foi melhor que Molly não me amasse. Imagino o tipo de vida que teria comigo, agora que a Fortuna me virou as costas. Ainda bem que me recusou, quando eu ainda era rico, pois minha angústia seria dobrada, se hoje estivéssemos juntos. Mesmo assim, não consigo perdoá-la".

Passaram-se alguns anos. O pai de Anton morreu. A velha casa teve de ser vendida, para pagar as dívidas. Ele ainda teve oportunidade de vê-la, quando seu patrão, o rico mercador, enviou-o a Eisenach, em viagem de negócios. No caminho, contemplou a velha fortaleza de Wartburg, erguendo-se altiva sobre os rochedos, e os carvalhos seculares, estendendo seus ramos sobre as encostas alcantiladas das montanhas. Essas visões trouxeram-lhe à mente sua infância. Ali estava a Montanha de Vênus, rochosa e desnuda, isolada no meio da planície. O antigo sorriso, quase esquecido, voltou a aflorar-lhe nos lábios. Teve de conter-se, para não gritar: "Abre, Frau Holle! Sai daí de sua montanha!"

Aquele pensamento fê-lo estremecer. Era como se estivesse cometendo um pecado. Nesse instante, um passarinho cantou, e seu gorjeio trouxe-lhe a lembrança da velha canção do trovador:

> *Lá na mata, ao pôr-do-sol,*
> *Titiriti!*
> *Canta o rouxinol.*

Eram muitas as lembranças de seus tempos de menino e de rapaz. A casa de seus pais não havia mudado, mas o jardim que se estendia nos fundos estava diferente. Uma estrada

522

nova tinha sido construída ali, cortando parte do antigo terreno. A velha macieira, que um dia escapara de ser destruída, não mais ficava no jardim, e sim do outro lado da estrada. Isso, porém, não impedia que o sol a aquecesse e que o orvalho lavasse suas folhas pela manhã. Parecia ser muito frutífera, pois seus ramos agora pendiam até quase tocar o solo. "Essa aí teve mais sorte do que eu, cresceu e prosperou."

Notou, porém, que um de seus galhos maiores tinha sido quebrado. "É o que acontece com as árvores que crescem à beira das vias públicas. Ninguém as respeita, ninguém agradece pelas frutas e flores que delas são tiradas. Por mero espírito de destruição, quebram seus galhos, já que não há mais quem as proteja. Sua história começou bonita — e agora, como irá terminar? Sem ter quem cuide dela e a proteja, exposta à chuva e aos ventos, sem ser regada ou podada, aos poucos irá perdendo a pujança e a beleza, produzindo frutos menores, até que morra, e então sua história terminará."

Foram esses os pensamentos que lhe vieram à mente naquele dia, sentado à sombra da macieira, e eram os mesmos que lhe ocorriam agora, naquele quartinho solitário, em sua pobre morada da Rua das Casinhas, em Copenhague. Tinha sido mandado para lá pelo patrão, o rico mercador de Bremen, a quem dera a palavra de não se casar, enquanto estivesse a seu serviço, no estrangeiro.

— Eu, casado! — exclamou subitamente, dando uma gargalhada antes amarga que alegre.

Naquele ano, o inverno chegou cedo. Já em novembro, desabaram fortes tempestades de neve. Quem podia, não saía de casa. Assim, ninguém estranhou quando viu que a porta da casa de Anton se manteve fechada durante dois dias seguidos.

Os dias eram curtos, nublados e cinzentos. Através das janelas da casinha de Anton, não se via qualquer luz, depois que a noite caiu. Havia dois dias que ele não saía da cama, sem forças para se levantar. Sentia-se como se a frialdade do tempo tivesse entrado pelos seus ossos, congelando-o por dentro. Era tal sua fraqueza, que sequer conseguia pegar a moringa de água, colocada ao lado da cama. Doente, propriamente, não estava, já que não tinha febre. Era a velhice que o tornava fraco. Sentiu que a morte estava próxima. Uma aranha teceu sua teia, ligando seu corpo à parede do quarto. Não teve ânimo para impedi-la. Aquela seria sua mortalha.

O tempo transcorria lento, monótono. Uma estranha sonolência tomou conta de Anton, deixando-o sem saber se estava acordado ou dormindo. Não sentia dor, nem vontade de chorar. Não se lembrava mais de Molly. Era como se não estivesse mais neste mundo. Tudo estava quieto e silencioso. No início, chegara a sentir fome e sede; agora, porém, nada mais sentia. Pouco a pouco, foi se formando uma lembrança em sua mente: a de Santa Isabel, padroeira de sua cidade natal. Enquanto viveu, Isabel fora uma princesa da Turíngia, conhecida por sua bondade. Sempre que podia, visitava os pobres e os enfermos, em seus casebres, levando-lhes o alimento, transmitindo-lhes mensagens de esperança e resignação. Ao saber daquilo, seu marido ficara zangado, proibindo-a de deixar o castelo. Dizia a lenda que, desafiando suas ordens, ela certa vez saíra para uma de suas visitas, levando uma cesta cheia de iguarias. Alertado do fato, o marido saiu pessoalmente atrás dela, alcançando-a e exigindo que ela lhe mostrasse o que levava naquela cesta. Temendo sua reação, a princesa mentiu, dizendo que ali dentro não havia senão rosas, que ela há pouco colhera no jardim. A evidente mentira ainda mais enfureceu o príncipe, e ele imediatamente arrancou o pano que cobria a cesta, a fim de desmascará-la e repreendê-la por sua desobediência. Foi então que, surpreso e constrangido, que viu na cesta? Lindos botões de rosa, rubros e perfumados! Apiedara-se Deus da bondosa mulher, agindo de modo poético e miraculoso.

De tanto pensar na santa princesa, Anton acabou por vê-la ali ao lado, parada junto a sua cama. Em sinal de respeito, tirou a touca que lhe cobria a cabeça, recebendo em troca um sorriso gentil. Olhando para os lados, Anton viu seu quarto cheio de rosas, cujo perfume, entretanto, lembrava antes o da flor-de-maçã. Volvendo os olhos para o teto, viu ali um enorme galho da macieira que ele e Molly um dia haviam plantado. As pétalas de suas flores começaram a cair-lhe sobre a testa e sobre os lábios ressequidos. Sugou o néctar que dentro delas havia: tinha o sabor de vinho, e logo aplacou sua sede. Outras pétalas caíram-lhe sobre o peito, fazendo com que sua respiração ofegante se tornasse tranquila e regular como a de uma criança.

— Agora posso dormir — sussurrou ele. — O sono vai me fazer bem. Amanhã mesmo, poderei levantar-me e voltar à vida normal. Estou feliz por ter podido ver mais uma vez a árvore que plantamos com tanto amor.

Dormiu.

Raiou o dia. Era o terceiro dia em que Anton não abria sua porta. A neve havia cessado, e o vento amainara. Intrigado com aquela porta sempre fechada, um vizinho veio ver o que estava acontecendo, e encontrou o velho Anton morto, ainda segurando a touca de dormir na mão. Não foi com essa que o enterraram, mas sim com a outra, a que estava na gaveta, limpa.

Onde estavam todas as lágrimas que ele chorou? Todas aquelas pérolas? Estavam na touca, pois nunca se perde a essência das lágrimas, mesmo que o lenço — no caso, a touca — seja lavado no tanque. Ali estavam elas, naquela touca de dormir, ao lado de seus velhos sonhos e tristes lembranças. Não ponham essa touca na cabeça, senão... já imaginaram o que poderia acontecer? Os pesadelos terríveis, os suores frios, o pulso acelerado? Pois um sujeito atreveu-se a usá-la, uns cinquenta anos depois da morte do velho solteirão. Foi o burgomestre de Copenhague — ou, como se diz em linguagem de nossos dias, o prefeito de lá. Era um homem rico, bem casado, com doze filhos. Naquela noite, porém, sonhou com amores desfeitos, com a tristeza da solidão, com os horrores da ruína e de uma vida repleta de privações de toda espécie! Em suma: sonhou que era Anton.

— Caramba! Esta maldita touca ferve os miolos da gente! — exclamou ao acordar, tirando-a da cabeça e atirando-a com força ao chão. — Estou sentindo uma coisa ruim dentro de mim! Será reumatismo?

Ao atirar a touca no chão, umas espécies de faíscas desfilaram diante de seus olhos. Impressionado, esfregou-os com força, e elas então desapareceram. Não sabia o burgomestre que eram as cintilações das lágrimas vertidas por Anton mais de cinquenta anos atrás. E como poderia saber disso, se não podia vê-las?

Outros que se atreveram a usar a touca passaram pela mesma provação. Ao dormirem com ela na cabeça, transformavam-se em Anton, e reviviam toda a sua história nos sonhos, sentindo-se como se fossem ele.

E é por isso que repito o conselho há pouco dado, no final da história: que ninguém se atreva a usar a touca do solteirão! Evitem fazê-lo, senão...

"Alguma Coisa"

Quero ser alguma coisa na vida — declarou o mais velho dos cinco irmãos. — Alguma coisa útil, bem entendido. Quero ser profissional competente, que faça bem feito seu serviço, sem se preocupar se vai ou não alcançar altas posições. Vou fabricar tijolos, porque o mundo não pode crescer sem eles. Depois de prontos, poderei olhar para eles, bater no peito com orgulho e dizer: fiz alguma coisa!

— Mas isso é muito pouco! — replicou o segundo irmão. — É um serviço banal, que não exige habilidade especial, podendo ser executado muito bem por uma máquina. Quanto a mim, quero ser pedreiro. Isso, sim, é um ofício. Os pedreiros têm sua própria corporação, e são cidadãos respeitados. Têm seu emblema, têm uma sede onde se reúnem, etc. Com o tempo, tornar-me-ei mestre de obras, e outros pedreiros trabalharão para mim. Assim, poderei casar-me, e minha mulher terá condições de usar vestido de seda até nos dias úteis.

— Pedreiro? Bah! — zombou o terceiro irmão. — O melhor que lhe poderá acontecer é pertencer à classe dos remediados. O nível social dos pedreiros é bem inferior ao de diversas outras profissões, mesmo que se chegue a mestre de obras. No fundo, você não passará da categoria de "gente simples". Meus sonhos vão muito além disso. Quero ser arquiteto, para planejar e construir casas. Minha profissão estará relacionada com a arte e a beleza, e eu pertencerei à camada dos intelectuais. Terei de começar de baixo, é claro. No início, serei apenas aprendiz de carpinteiro, de gorro na cabeça, executando pequenas tarefas, sob o comando de um mestre de ofício, que por certo não haverá de ser um cavalheiro de maneiras gentis. Mas farei de conta que esteja representando uma peça teatral, uma farsa qualquer. Isso me dará ânimo para enfrentar as adversidades do início da carreira. Quando, por fim, der por encerrado meu período de aprendizagem, nem me lembrarei mais daqueles colegas e superiores grosseiros e mal-encarados. Poderei então entrar para a faculdade, tornando-me um engenheiro, ou então um arquiteto. Isso, sim, é ser alguma coisa! Serei tratado com deferência, e só atenderei quando me chamarem de "Doutor". As casas que construir serão sólidas e belas, como já não se usa mais fazer. Entendeu o que significa ser "alguma coisa" na vida?

— Pois não estou nem aí para essa tal de "alguma coisa"! — exclamou o quarto irmão. — Navegar em águas já singradas por outros navios? Copiar o que já foi feito? Qual o quê! É pouco para mim. Quero ser um gênio — sim, um gênio, um sujeito iluminado, mais inteligente que todos vocês juntos. Também pretendo construir casas, mas não do tipo "que já não se usa mais fazer", copiando traços antigos, repetindo experiências alheias. Comigo não! Hei de inventar um novo estilo, edificando moradias de fato adequadas às condições do nosso clima. Usarei materiais novos, mais de acordo com nosso espírito nacional e o nosso tempo. No topo do prédio mais alto do mundo, edificado por mim, ainda acrescentarei um andar extra, apenas para demonstrar minha genialidade!

— E que vai fazer — perguntou o quinto irmão — se seu novo estilo e seus materiais diferentes não forem aprovados? Nem sempre as novidades dão certo. E esses tão falados conceitos de "espírito nacional" e de "uma nova era" não passam de embromação, de conversa mole. Nada significam. A juventude imagina um progresso desenfreado, que jamais acontece. Ele é lento e gradual. Aposto que nenhum de vocês será "alguma coisa", ainda que sonhem sê-lo. Façam o que quiserem, não é da minha conta. Não pretendo seguir seus passos; ao contrário, quero ficar de fora, assistindo ao que vai acontecer e fazendo minhas críticas. Tudo o que o homem faz é imperfeito, e estarei mostrando essa imperfeição, à medida que ela for ocorrendo. Parece pouco, não é? Mas é "alguma coisa"...

Ele de fato agiu exatamente como disse que ia fazer, e todos comentavam: "Esse rapaz é realmente alguma coisa. Ele sabe como reduzir qualquer coisa a nada". Vejam como é a vida: por saber dizer que este ou aquele não passavam de "ninguém", ele era considerado "alguém"; por mostrar que isso ou aquilo não passavam de "coisa alguma", era considerado "alguma coisa!"

Esta história curta há de repetir-se enquanto o mundo for mundo.

Mas... e quanto aos cinco irmãos? Que lhes terá acontecido depois dessa conversa? Vou contar-lhes, e vocês verão que sua história até lembra um conto de fadas.

O mais velho logo começou a fabricar tijolos. Cada um custava uma moedinha de cobre. Isso não era muito, mas, à medida que se iam acumulando, as modestas moedinhas acabavam sendo trocadas por uma bela moeda de prata. E, para uma moeda dessas, sempre estavam abertas as portas do açougueiro, do padeiro, do alfaiate. Pode-se mesmo dizer que raras são as portas que não podem ser abertas com uma moeda de prata. É a melhor chave que existe. Os tijolos proporcionaram a ele aquilo que se chama de "subsistência", o que não deixava de ser uma recompensa razoável aos seus esforços. É bem verdade que um tijolo e outro saíam defeituosos ou se quebravam, mas mesmo esses tinham sua utilidade.

Havia por ali uma mulher velha e pobre, de nome Margrethe. Todos gostavam dela, chamando-a costumeiramente pelo apelido de "Mãezinha". Seu maior desejo era construir sua própria casinha, junto ao mar, sobre o dique que ali havia. O irmão mais velho, que tinha bom coração, cedeu-lhe todos os tijolos quebrados de sua olaria, e com isso ela acabou construindo sua morada, pequena, estreita, de janela empenada, porta muito baixa, teto revestido com palha, mas, sem dúvida, uma casa, capaz de protegê-la dos ventos e das tempestades, além dos respingos salgados da água do mar, provenientes do choque das ondas contra o dique. Assim, quando o fabricante de tijolos morreu, a casinha ainda estava firme em seu lugar.

526

O segundo irmão — aquele que se tornou pedreiro — conhecia bem seu ofício. Tão logo terminou o estágio de aprendiz, arrumou a mochila e saiu pelo mundo afora, a fim de ver como era a vida no estrangeiro. Quando regressou, já era um hábil mestre de obras, e construiu diversas casas; tantas, que davam para encher toda uma rua. Com o que ganhou, construiu também a sua própria casa. Daí vocês podem concluir que casas constroem casas, o que não é difícil de entender.

Era uma casa pequena e modesta, de um só pavimento. Entretanto, quando ele a mostrou para a bela jovem da qual ficara noivo, ela a considerou um verdadeiro palácio, e, na salinha pequena e ainda sem móveis, os dois dançaram uma valsa, como se estivessem num salão iluminado e luxuoso. Cada pedra da parede parecia-lhes uma flor, tal o carinho com que a tratavam, limpando-a, brunindo-a. A casa foi toda caiada, ficando branquinha e reluzente, mais bonita do que se tivesse sido forrada com papel de parede. Era, de fato, uma bela casinha, que logo passou a abrigar um casal simpático e feliz. O estandarte da corporação dos pedreiros flutuava junto à porta de entrada. No dia de seu casamento, os pedreiros que trabalhavam sob suas ordens e os aprendizes juntaram-se diante da casa e, à chegada dos recém-casados, saudaram-nos efusivamente, com hurras e vivas. O segundo irmão, sem dúvida, havia feito "alguma coisa".

O tempo passou, e ele morreu, o que também não deixa de ser alguma coisa.

Vamos ver agora o que aconteceu ao terceiro irmão, aquele que sonhava tornar-se um arquiteto. Seguindo seus planos, ele tornou-se primeiro um aprendiz de carpinteiro, levando vida modesta, usando gorro e cumprindo as tarefas ordenadas pelo mestre do seu ofício. Quando achou que estava em condições de melhorar de situação, entrou na faculdade e se formou em Arquitetura. Logo planejou e construiu todas as casas de uma rua, inclusive a sua própria, que era a maior de todas. Acabou dando seu próprio nome àquela rua. Esse, sim, fizera "alguma coisa"! Tratavam-no por "Doutor", tiravam-lhe o chapéu, diziam que sua família era "gente fina", e por aí afora. Quando morreu, sua esposa continuou sendo recebida com mesuras e rapapés, e apresentada aos outros como sendo a excelentíssima senhora Fulano de Tal, "viúva de nosso famoso e pranteado arquiteto". É ou não é "alguma coisa"? Claro que é! Só o fato de ser nome de rua já o demonstra suficientemente.

E agora vamos ao quarto irmão, o gênio, que sonhava construir algo novo e diferente. Estava quase realizando seus planos, quando levou um tombo, quebrou o pescoço e morreu. Seu funeral foi majestoso: teve cortejo, banda de música, muitas coroas de flores e três discursos fúnebres, cada qual mais comprido que o outro. Isso deve tê-lo deixado feliz, pois seu maior prazer era saber que estavam falando a seu respeito. O mausoléu onde repousam seus restos mortais é um dos mais belos do cemitério. Sua história foi curta, é bem verdade, mas ele não deixou de ser "alguma coisa".

Tendo morrido os quatro irmãos, sobrou apenas o crítico. Era ele quem sempre dava a última palavra a respeito de qualquer assunto, e isso o deixava bastante satisfeito. "Esse sujeito tem os pés no chão", diziam todos, o que foi verdade, até o dia em que ele morreu, e iniciou seu caminho rumo ao céu.

Segundo o costume, as almas se apresentam no Céu aos pares. Assim, a do quinto irmão esperou junto ao portal do Paraíso sua parceira, que não demorou a chegar. Sabem quem era? Mãezinha Margrethe, aquela velhinha pobre que tinha construído sua casinha sobre o dique, junto ao mar.

"Vejam só que companheira mais bisonha e miserável fui arranjar!", pensou o crítico. "Eu e a Mãezinha — poderia haver contraste maior?"

— Que faz por aqui, criatura? — perguntou à velha. — Acha que vão deixá-la entrar no Paraíso?

Pensando que quem lhe falava era São Pedro, a velha inclinou-se o melhor que podia e respondeu:

— Bom dia, Santidade. Sou apenas uma pobre mulher sem família: a velha Margrethe, que morava na casinha do dique.

— Sei, sei. Qual é seu currículo? Quer dizer, que atos realizou para pretender ser admitida no Céu?

— Nada fiz que me trouxesse qualquer merecimento. Levei uma vida simples e comum. Confio apenas na graça de Deus.

— E como foi que você morreu? — perguntou o crítico, unicamente para passar o tempo, pois estava cansado de tanto esperar.

— Não sei direito como o foi que aconteceu — respondeu a velha. — Tenho estado muito doente nestes últimos dois anos. Embora estivesse muito resfriada, achei que podia enfrentar o frio, e teimei em sair da cama. O tempo estava gelado. Meus ossos doíam. De repente, não vi mais nada e, quando dei por mim, estava aqui. Agora, não sinto mais dor, nem desconforto. Ah, se o senhor tivesse visto os dois últimos dias... Que frio! O ar estava parado, e o mar parecia coberto por uma camada de gelo. E estava mesmo, pois teve gente que patinou. Acho que alguns até dançaram, pois escutei música vindo de lá. Bem debaixo da janela de minha casa, armaram uma barraca de vender cerveja; o senhor precisava estar lá para escutar a zoeira que faziam! Nesse meio-tempo, eu fiquei de cama. Foi então que, num dia, ao anoitecer, quando a lua cheia despontou pálida no céu, olhei através do vidro da janela e avistei ao longe, lá onde o firmamento se encontrava com a superfície gelada do mar, uma estranha nuvem branca. No meio dela, notei que havia um pontinho preto, que começou a crescer, crescer, até ficar enorme. Eu sabia o que aquilo significava.

"Sim, meu santo, sou bastante vivida e já passei por muita experiência. Já tinha visto aquela mesma nuvem, duas vezes antes. Fui tomada de pavor. Aquilo era o prenúncio de uma tempestade horrorosa, dessas que acontecem em dias de maré de lua cheia. Estava prestes a desabar. Quando isso acontecesse, já imaginou o desastre? Que seria feito daquelas pessoas que ali estavam, desprevenidas do perigo que as rondava, patinando, dançando, bebendo e se divertindo? A ideia que dava era a de que toda a cidade, todos os moradores, velhos e moços, ali estavam. Eu tinha de avisá-los, mas como? Provavelmente nenhum deles sabia o que significava aquela estranha nuvem branca de centro todo negro, pois todos continuavam como antes, rindo e brincando animadamente. O terror que me assaltou devolveu-me as forças. Levantei-me da cama, abri as janelas, e pus-me a gritar desesperadamente. Mas eles estavam muito longe, e a gritaria cobriu minha voz. Em questão de minutos, a água do mar iria subir, quebrar a crosta de gelo e arrastar para o fundo todas aquelas pessoas. Mesmo que eu conseguisse arrastar-me até a praia, não seria capaz de alertá-los do perigo. Que fazer? Foi então que tive uma ideia, e acho que foi Deus quem me inspirou: eu poderia atear fogo à palha do meu colchão. Logo, a casa iria arder em chamas, e o incêndio atrairia as pessoas, tirando-as do meio do mar. Antes perder a casa, do que ver a morte de tantos inocentes. Peguei a vela e queimei o colchão. Uma chama ergueu-se, brilhante e vermelha, e eu tratei de sair da casa, antes que morresse queimada. Mas foi então que as forças me abandonaram, e caí no chão. A multidão viu o fogo e, sabendo que

eu morava naquela casinha, tentou tirar-me de lá de dentro. Ouvi seus passos apressados, as ordens, os gritos e, ao longe, o rumor da tempestade, que se avizinhava. De repente, escutei o barulho terrível do gelo que se rompia, reboando como se fossem tiros de canhão. A maré de lua cheia desfez a crosta de gelo em pedacinhos. Por sorte, todas as pessoas já haviam saído do mar, e ninguém foi tragado pelas águas. Estavam todos no dique, tentando salvar minha vida. Já mais tranquila, perdi os sentidos, e não sei o que aconteceu depois. Será que conseguiram tirar-me da casa em chamas? Nesse caso, o frio da noite deve ter-me matado. Seja como for, agora aqui estou, diante das portas do Céu, que certamente não se haverão de fechar para uma pobre coitada que nada possui, nem mesmo uma casinha, já que a minha ficou reduzida a cinzas."

Nesse instante, as portas se abriram, um anjo saiu e, dando o braço à velha Mãezinha, entrou com ela no Paraíso. Uma palha de colchão, que estava presa em sua saia, caiu, transformando-se imediatamente em ouro puríssimo. O anjo recolheu-a do chão e mostrou-a para o crítico, dizendo:

— Veja o que ela trouxe, para pagar sua entrada no Paraíso. E quanto a você? Que atos ou realizações pode alegar em seu favor? Que eu saiba, nenhum. Nem mesmo um tijolo você foi capaz de fabricar. Se eu permitisse que você voltasse à terra só para fazer um e trazê-lo para cá, mesmo que fosse tosco e mal-acabado, aí, sim, você teria alguma coisa para apresentar em seu favor. Infelizmente, isso não é mais possível. Sinto muito.

A pobre velha, penalizada, voltou-se e intercedeu:

— O irmão dele deu-me os tijolos quebrados de sua olaria, e com eles pude construir minha casinha. Juntei os pedaços e os cacos, e os transformei em tijolos inteiros. O senhor não poderia transferir pelo menos um desses tijolos recuperados para a conta desse pobre infeliz? Faça isso, meu anjo, faça essa caridade. Afinal de contas, aqui não é a casa do perdão e da misericórdia?

— Veja como são as coisas — disse o anjo, dirigindo-se ao crítico: — seu irmão mais velho, aquele que você mais desprezou, por ser o que levou a vida mais modesta, labutando de sol a sol para cavar seu sustento, é quem agora pode salvá-lo, com a esmola de sua boa ação. Não posso deixar que você volte ao mundo, nem que seja admitido no Paraíso em virtude de seus próprios atos. Mas posso permitir que fique aqui, do lado de fora, refletindo sobre a inutilidade de sua vida e a falta de merecimento de suas ações. Se, enquanto espera, conseguir realizar uma boa ação, então será admitido no Céu. Só então, finalmente, você terá feito "alguma coisa".

"Essas ideias poderiam ter sido expressas com frases mais fortes e mais bem construídas", pensou o crítico, contendo-se a tempo, antes de dizer aquilo em voz alta. Foi a primeira vez que conseguiu conter-se, o que, convenhamos, não deixava de ser "alguma coisa".

O Último Sonho do Velho Carvalho
(Conto de Natal)

Junto à borda da floresta, numa colina à beira-mar, crescia um velho carvalho, de trezentos e sessenta e cinco anos de idade. Esse tempo de vida não pode ser comparado com a idade de um ser humano. Nós ficamos acordados de dia e dormimos à noite, quando sonhamos. Já as árvores ficam acordadas durante três estações, dormindo e sonhando apenas durante a quarta: o inverno. Só então, descansam. O inverno é sua noite, aquela que se segue ao prolongado dia, composto de três partes: primavera, verão e outono.

Durante os dias quentes, os efêmeros, insetos de vida muito curta, dançavam ao redor de seus ramos, pairando até mesmo acima de sua copa frondosa, enquanto agitavam suas asas frágeis e diáfanas. Como pareciam felizes aqueles insetos! Quando se cansavam, pousavam numa das folhas do carvalho, para descansar. Um dia, a velha árvore não se conteve, e comentou com um deles:

— Oh, pobre inseto, que destino triste o seu: ter apenas um dia de vida... Isso deve ser tão triste...

— Triste? — estranhou o efêmero. — Por que diz isso, meu amigo? De onde foi tirar essa ideia? Tudo é tão belo, quente e encantador! Você está enganado: eu sou muito feliz.

— Mas você só tem um dia de vida, e depois... fim!

— Fim? E daí? Você também não vai ter um fim?

— Sim, mas não tão cedo. Minha vida dura milhares de dias, e meus dias de vida são longos, muito mais longos que os seus. Cada dia dura quase um ano, tempo que você nem consegue conceber, nessa sua cabecinha.

— Não compreendo você. De que lhe vale viver milhares de dias, se não tem as milhares de oportunidades que tenho de ser feliz? Acaso pensa que, com sua morte, toda a beleza do mundo também desaparecerá?

— Claro que não. A beleza do mundo haverá de durar mais do que posso imaginar.

— O mesmo digo eu — concluiu o efêmero. — Portanto, é tudo uma questão de como cada um de nós encara a vida e tira proveito do que ela lhe pode oferecer. Desse modo, minha vida não é tão curta quanto lhe parece, mas tão longa e cheia de experiências como a sua.

Dito isso, o efêmero alçou voo novamente, rejubilando-se por ser dotado de asas tão ágeis e tão belas. O ar estava impregnado de fragrâncias diversas, provenientes dos trevos que floresciam nos campos, das rosas silvestres que vicejavam junto às sebes, dos sabugueiros em flor, das galantes madressilvas, das aspérulas, prímulas e hortelãs. O cheiro era tão intenso, que o efêmero até se sentia inebriado. O dia estava lindo, repleto de felicidade, transbordante de alegria. Quando o sol finalmente se pôs, o pequeno inseto sentiu-se cansado, tantas foram as experiências que acabava de viver tão intensamente. Suas asas já não tinham forças para mantê-lo no ar, e ele se deixou afundar na relva macia do chão, sorrindo e meneando a cabeça para a frente e para trás, como se estivesse dizendo "sim". E desse modo adormeceu, num estado pleno de paz e felicidade. Esse foi seu primeiro e último sono.

— Pobre criatura — suspirou o carvalho. — Como foi breve sua existência...

Nos verões que se seguiram, novos efêmeros surgiram, repetindo seus voos e danças, e o carvalho sempre mantinha com um deles a mesma conversa. Gerações e gerações de efêmeros se sucediam, vivendo e morrendo num só dia, e sempre esbanjando felicidade e despreocupação. Enquanto isso, o carvalho prosseguia vivendo seus longos dias, cujas manhãs duravam uma primavera; os meios do dia, um verão; as tardes, um outono; e aí sobrevinha a noite do inverno, tempo de dormir e de sonhar.

Pouco antes da chegada dessa longa noite, as tempestades e os vendavais apareciam, e diziam para ele:

— Boa noite, meu amigo! Vamos arrancar suas folhas. Veja, já caiu a primeira. Caiam, folhinhas, caiam. Durma, velho carvalho, que vamos cantar para você uma cantiga de ninar. Vamos tirar sua roupa de folhas e agitar seus ramos. Alguns vão quebrar e cair, mas não se preocupe: é para seu bem. Durma agora, nesta sua tricentésima sexagésima quinta noite, o que significa que você ainda é uma árvore jovem. Durma, que a neve já vem revestir seus galhos despidos de folhas, como um cobertor branco e fofinho. Tenha bons sonhos, meu amigo. Descanse.

E ali ficou o carvalho, com seus braços desnudos voltados na direção do céu, preparando-se para dormir durante a sua longa noite, e esperando que seus sonhos fossem doces e agradáveis.

De um fruto semelhante aos que ele agora produzia, uma bolota, é que ele nascera. Aquela bolota fora seu primeiro berço. Dela brotara, alçando-se timidamente como uma pequenina haste verde, que aos poucos se fora encorpando, até se tornar enorme, gigantesca. Agora, era a mais alta de todas as árvores da floresta, e sua copa se erguia acima de todas as outras, tornando-a conhecida dos marinheiros, que em alto-mar a avistavam, usando-a como ponto de referência para suas navegações. E era entre seus ramos que os pombos-torcazes costumavam construir seus ninhos. No outono, quando suas folhas tornavam-se cor de bronze, essas aves migratórias ainda ali se achavam, fazendo seus preparativos para o longo voo que em breve iriam empreender rumo ao Sul. Agora que era inverno, porém, já se tinham ido, e os galhos sem folhas do velho carvalho somente serviam de poleiro para os corvos e as gralhas, que ali ficavam em esganiçadas discussões, tratando dos tempos difíceis e da dificuldade de encontrar alimento.

Enquanto isso, o carvalho dormia e sonhava, e seu sonho mais lindo ocorreu justamente naquele inverno, por ocasião do Natal. Vejamos como foi.

O gigante da floresta tinha o pressentimento de que algo de sagrado, solene e repleto de júbilo estava acontecendo. De todo lado chegavam-lhe os sons dos sinos bimbalhando. Em seu sonho, já era verão, e o dia estava quente e aprazível. Seus galhos ostentavam viçosa folhagem verde, sobre a qual batiam os raios de sol, produzindo reflexos e cintilações. O ar estava impregnado da fragrância das flores, que se abriam nas árvores e arbustos de toda a floresta. Borboletas multicores brincavam de esconde-esconde, e os efêmeros executavam sua dança, como se o mundo tivesse sido criado apenas para seu entretenimento. Tudo o que a árvore já vira durante sua vida desfilava ante seus olhos, numa sucessão que parecia nunca ter fim. Viu passarem cavaleiros e damas seguindo para suas caçadas, com chapéus enfeitados de penas e segurando falcões adestrados. Escutava os latidos dos cães e o som dos chifres soprados pelos caçadores. Num dado momento, soldados de aspecto estranho acamparam a sua sombra. Logo armaram barracas de campanha e acenderam fogueiras. Reflexos de sol chispavam de suas armas polidas. Eles comiam, bebiam e cantavam, como se fossem os conquistadores definitivos daquele território. Dois namorados tímidos inscreveram seus nomes no seu tronco, abaixo do desenho de um coração. Depois disso, vários outros casais repetiram aquele gesto. Tempos atrás, um jovem havia pendurado num de seus galhos uma harpa eólia, que já fora tirada dali, mas que agora reaparecia em seu sonho, produzindo um som suave e mavioso. Pombas-torcazes passaram arrulhando, enquanto o cuco se punha a cantar, emitindo tantos gritos quantos anos de vida dava para o carvalho. Mas não passaram de cem, demonstrando o que todos sabem: não se deve confiar nos cucos.

O carvalho sentia como se uma onda de força e de vida o estivesse atravessando, fazendo-o agitar-se todo, desde as raízes, até as últimas vergônteas de sua copa. Ele era todo calor e animação. Sentia-se crescer, expandir seus ramos, tornar-se espantosamente enorme. À medida que crescia, era invadido por um crescente sentimento de felicidade. A impressão que tinha era a de que seus raminhos mais altos estavam prestes a tocar a esfera quente do sol, talvez devido à saudade que sentia dos dias ensolarados do verão.

E o sonho prosseguia. Seus galhos furavam as nuvens, erguendo-se a uma tal altura, que nem mesmo os pássaros conseguiam alcançá-los, contentando-se em contemplá-los lá de baixo. Os próprios cisnes, que voam tão alto, receavam atingi-los.

Cada uma de suas folhas tornou-se um olho, trazendo para ele milhares de imagens diferentes. Embora fosse de dia, as estrelas brilhavam no céu, cintilando como olhos de crianças, faiscando como os olhares trocados pelos namorados que vinham encontrar-se debaixo de seus galhos.

Que sensação maravilhosa! Que momento de júbilo e felicidade! Só uma pequena tristeza transparecia em meio a sua alegria: ele se sentia muito solitário, naquela altura em que se encontrava. Ansiava por poder compartilhar seu regozijo com suas compa- nheiras da floresta, desejando que elas também crescessem como ele, acima das nuvens, próximas do sol. Só assim sua felicidade seria de fato completa. Esse desejo foi crescendo e tomando conta de toda a árvore, acabando por sufocar o sentimento de júbilo que pouco antes a dominava.

Para enxergar melhor o que havia lá embaixo, o carvalho vergava-se todo, inclinando a copa o mais que podia. Ah, que saudade sentia do perfume das aspérulas, das violetas e das madressilvas, que não mais podia sentir. Até mesmo o grito agudo do cuco não mais lhe chegava aos ouvidos, e isso o deixava muito infeliz.

534

Mas eis que as outras árvores também começaram a crescer, e suas folhas passaram acima das nuvens. Algumas desprendiam-se da terra e flutuavam no ar. Uma bétula, como um raio de luz branca, passou zunindo por ele, perdendo-se entre as estrelas. Eis que toda a floresta flutuava, vindo em sua direção. Eram árvores e árvores, eram arbustos, eram até mesmo os juncos do brejo, todos voando, soltos no espaço, seguidos de aves de todo tipo, aos bandos, aos milhares. Pousado numa folha de grama, um gafanhoto esfregava as asas nas pernas, ziziando sem parar. Besouros e abelhas, além de vários outros insetos, também foram-se chegando, a fim de compartilhar com o carvalho seu estado de êxtase.

— Estou sentindo falta das florzinhas azuis que crescem à beira do lago — reclamou o carvalho. — Onde estão elas? E as campânulas vermelhas, por que não vieram? Também não vi as prímulas por aqui!

— Mas nós viemos! Estamos aqui! — disseram em coro diversas vozes.

O velho carvalho ficou satisfeito, pois não queria que faltasse uma só plantinha ao seu redor.

— Mas onde estão as aspérulas do verão passado, e os lírios-do-vale do verão anterior? Lembro-me do ano em que as macieiras floresceram maravilhosamente. Ah, quanta beleza pude ver durante todos os anos de minha vida! Se aquelas plantas pudessem renascer e juntar-se a nós... Mas aí seria querer demais...

— Não é, não! Estamos aqui também! — gritaram vozes acima dele.

Por certo, aquelas plantas já se achavam naquelas alturas há mais tempo que o carvalho.

— Que maravilha! — exclamou ele, jubiloso. — Todas as plantas e aves que conheci estão aqui! Como é possível tal alegria? É uma felicidade inconcebível!

— Tudo é possível no céu — gritaram milhares de vozes.

Nisso, a árvore sentiu que suas raízes se desprendiam do solo.

— Melhorou ainda mais! — exultou o carvalho. — Estou livre! Posso voar até alcançar a luz perpétua, a glória eterna! Posso estar ao lado de tudo aquilo que sempre amei! Aves, plantas, insetos: nenhum foi esquecido, todos estão comigo! Todos!

Foi esse o sonho do velho carvalho. Enquanto dormia, um temporal desabou sobre o mar e sobre a terra. As ondas erguiam-se a enormes alturas, rugindo ameaçadoramente e avançando devastadoramente sobre o litoral. O vento soprava furioso, fazendo vergar o tronco secular. No instante em que sonhava ter se desprendido do solo, ele de fato tombou, caindo pesadamente sobre o chão. Seus trezentos e sessenta e cinco anos de vida terminavam ali, como se fosse aquele o único dia da existência de um efêmero.

Na manhã de Natal, a tempestade já havia cessado, e o mar estava sereno. Os sinos da igreja bimbalhavam alegremente. De todas as chaminés, mesmo aquelas das casas mais modestas, saía uma fumacinha azulada, lembrando as que subiam das fogueiras dos druidas, no dia de sua festa de ação de graças. A bordo dos navios, aliviados, depois da noite tempestuosa que acabavam de enfrentar, os marinheiros hasteavam bandeiras coloridas sobre os mastros, a fim de celebrar o dia santo.

— Vejam! O carvalho tombou! Lá se foi a árvore que nos servia de referência! — gritou o vigia, fazendo com que todos olhassem para o local onde outrora se erguia a árvore gigantesca.

— Que pena! — lamentaram os marujos.

— Ele deve ter caído durante a tempestade de ontem. E agora, que vamos usar como sinal de referência, aqui neste litoral? Não vejo coisa alguma que sirva — resmungou o comandante.

Essas palavras serviram-lhe de sermão fúnebre. Foram poucas, mas sinceras. Enquanto isso, o velho tronco jazia caído sobre a praia coberta de neve. Do navio chegaram até ele os cânticos entoados pelos marinheiros. Eram canções de Natal, e falavam sobre o nascimento do Menino-Deus, que veio trazer para os homens a salvação e a vida eterna. Era uma cantiga de esperança, idêntica à que povoara o sonho do velho carvalho, na véspera do Natal, naquela que fora a última noite de sua vida.

O Talismã

Era uma vez um príncipe e uma princesa que acabavam de se casar. Os dois estavam no auge da felicidade, e sua única preocupação era a de que não pudessem ser para sempre tão felizes quanto o eram naquele momento. Gostariam de possuir um talismã que os protegesse contra algum aborrecimento que acaso viesse estragar seu casamento. Tinham ouvido falar de um sábio eremita que vivia no interior da floresta, afastado do convívio humano, e que, segundo diziam, teria remédios eficazes contra quaisquer desgostos ou tristezas. Assim, o casal resolveu procurá-lo, a fim de pedir-lhe ao menos um conselho. Por fim, encontraram-no, abrindo-lhe seu coração e contando-lhe a preocupação que afligia seus corações.

O eremita escutou-os atentamente, e em seguida lhes falou:

— Saiam pelo mundo e entrem em contato com todos os casais que puderem. Quando encontrarem um casal que de fato nada tenha a reclamar com relação a sua vida de marido e mulher, peça que lhe deem um pedacinho de sua roupa de baixo — dele ou dela, tanto faz. Guardem esse retalho para sempre com vocês, pois ele é, efetivamente, um poderosíssimo talismã.

O príncipe e a princesa fizeram como ele sugeriu, e saíram pelo mundo. Não demorou muito, e ouviram comentários sobre um certo cavaleiro ali das redondezas que se considerava deveras feliz em seu casamento. Os dois saíram a sua procura e, ao encontrá-lo em seu castelo, pediram, a ele e à esposa, que confirmassem o que acabavam de escutar. Eles formavam, de fato, um casal feliz?

— Sim, é verdade— respondeu o cavaleiro. — Eu e minha mulher somos felizes em nosso casamento. Só há um porém: não temos filhos, e isso nos desgosta um pouco.

Não era ali que iriam encontrar seu talismã; assim, decidiram prosseguir sua busca.

Chegando a uma grande cidade, indagaram dos moradores sobre qual seria o casal mais feliz que ali vivia, e eles lhes indicaram a casa de um honrado cidadão que há tempos vivia em perfeita harmonia com sua esposa. O casal principesco bateu à porta, apresentou-se e perguntou se era verdade o que se comentava a respeito dos donos da casa.

— Sim, é verdade — respondeu o cidadão. — Eu e minha mulher vivemos em perfeita harmonia. Mas a vida seria melhor para nós, se não tivéssemos tantos filhos. Ai, quanta dor de cabeça que eles nos dão!

Não era ali também que iriam encontrar seu talismã.

E lá se foram eles, buscando, indagando, sem nunca encontrar um casal do jeito que desejavam: marido e mulher que tivessem encontrado a felicidade perfeita e completa no casamento.

Um dia, quando atravessavam uma campina, depararam com um pastor que tocava sua flauta, sentado no chão. Nesse exato momento, chegava ali sua mulher, trazendo uma criança no colo e outra pela mão. Tão logo a avistou, o pastor levantou-se e saiu correndo para encontrá-la. Abraçou-a, beijou-a, tomou-lhe a criança e pôs-se a brincar com ela. Enquanto isso, o outro menino, que vinha a pé, estalou os dedos para o cão do pastor, que veio latindo e abanando a cauda, e os dois puseram-se a brincar e a rolar pelo chão. A mulher, tirando dos ombros um embornal, sorriu para o marido e disse:

— Veja aqui o que eu trouxe: a comidinha do meu querido!

O pastor olhou e fez uma cara satisfeita, pois estava com fome. Apesar disso, antes de comer, deu um pedacinho para o bebê e entregou um bom naco de carne para o filho, dizendo-lhe que desse uma parte para o cão.

Depois de assistir a tudo aquilo, o príncipe e a princesa desceram de suas montarias, caminharam até aquela pequena família e perguntaram:

— Temos a impressão de que vocês dois se consideram um casal muito feliz, não é?

— Perfeitamente, senhor — respondeu o pastor. — Mais felizes do que nós, nem mesmo os príncipes e princesas.

— Então, queria pedir-lhes um pequeno favor — disse o príncipe. — Será que me poderiam dar um pedacinho da roupa de baixo que um de vocês dois usa? Dar é maneira de dizer: quero pagar por ele, e muito bem pago.

O pastor e a sua esposa enrubesceram, entreolhando-se embaraçadamente. Depois de uma pausa, foi ele quem respondeu:

— Sem que Vossas Senhorias tenham de pagar, podemos dar-lhes com prazer qualquer pedaço de nossas roupas de cima, e até a peça inteira, se for necessário. Mas, da roupa de baixo, infelizmente não pode ser, porque... não usamos...

Outra vez viam frustradas suas esperanças, tendo de prosseguir a infindável viagem. Por fim, cansados e desesperançosos, resolveram voltar para casa. Chegando quase ao final de sua viagem, atravessaram a floresta e passaram perto da morada do eremita, parando para lhe dar conta do fracasso de sua busca.

Depois de escutar seu relato, o eremita sorriu e disse:

— Acham de fato que sua viagem terá sido em vão? Acaso não lhes valeu de nada a experiência?

— Sim, valeu — respondeu o príncipe. — Tomei consciência de que a satisfação plena no casamento é uma bênção que muito raramente se pode encontrar no mundo.

— Quanto a mim — disse a princesa, — aprendi que a satisfação plena não é um estado temporário, mas sim uma condição permanente. Não é uma questão de estar, mas sim de *ser*.

O príncipe tomou as mãos da princesa e os dois se olharam com terno e profundo amor. O sábio eremita abençoou-os e disse:

— Não falei que iam encontrar seu talismã? Ei-lo aí, bem no fundo de seu coração. Preservem-no com todo cuidado, e o espírito mau da discórdia, não importa quão longa seja a sua vida, jamais haverá de prevalecer entre vocês dois.

A Filha do Rei do Pântano

As cegonhas gostam de contar histórias para seus filhotes. Em geral, são casos acontecidos nos atoleiros e pântanos, onde essas aves gostam de viver. Trata-se de narrativas simples, bem acessíveis à idade daqueles que as escutam. Assim, os menorzinhos se satisfazem com histórias bobinhas, sem pé nem cabeça, que terminam com uma frase engraçada ou uma bicadinha carinhosa na cabeça. Já os filhotes maiores não se contentam com tão pouco, exigindo um conto mais bem elaborado, com um significado mais profundo, ou então algum relato de façanhas de alguém de sua própria família.

Dentre as histórias que as cegonhas conhecem, duas são muito antigas e compridas. A primeira é a de Moisés, posto a flutuar nas águas do Nilo por sua mãe, e depois encontrado e adotado por uma princesa. Criado com carinho maternal e tendo recebido boa educação, tornou-se um grande homem. Não se sabe onde foi enterrado. Essa história, toda criança conhece.

A segunda não é muito conhecida, talvez por se tratar de uma história regional. Há milhares de anos vem sendo contada pelas mamães cegonhas a seus filhotes. À medida que vai sendo relatada, recebe alguns acréscimos e melhoramentos; desse modo, vamos ouvir agora a última versão, que é a melhor de todas.

As primeiras cegonhas que contaram esta história foram as que tomaram parte nela. Sua casa de verão era um ninho construído sobre o teto da cabana de madeira de um chefe *viking* que morava junto ao grande pântano de Vendsyssel, no norte da Jutlândia. Esse pântano, conforme descrevem os livros dinamarqueses de Geografia, foi outrora coberto pelo mar, tendo posteriormente aflorado à superfície. Ainda é muito extenso, mas já foi bem maior, cobrindo milhas e milhas, onde só se viam atoleiros, charcos e turfeiras. Quase não tinha árvores, mas apenas a vegetação própria dos pântanos. Uma densa neblina recobria-o quase que o tempo todo. No final do Século XVIII, ainda se viam lobos vagando por ali; imagine-se como devia ser ainda mais perigoso mil anos atrás. Seu aspecto geral, porém, ainda era o mesmo de hoje em dia: os juncos não eram maiores, e tinham as mesmas flores felpudas e folhas delgadas que conhecemos. A casca das bétulas era tão branca como hoje, e seus galhos pendiam graciosamente, tendo as mesmas folhas verdes e fininhas que tanto os embelezam. Também a vida animal não era diferente: as moscas ali estavam, incômodas como sempre, e as cegonhas ostentavam sua plumagem branca e preta, caminhando sobre pernas compridas e vermelhas. Diferentes eram as vestimentas dos homens, mas não o destino daqueles que se atreviam a penetrar no pântano: tanto há mil anos, como hoje em dia, seus pés afundariam no lamaçal, e atrás deles todo o corpo, até que as pessoas fossem dar nos braços do Rei do Pântano. É ele quem governa toda aquela extensão de charcos, lamaçais e lagos de água estagnada. O pântano tem suas regras, e é o rei quem as aplica. Se são boas ou más, não interessa — o fato é que são elas que ali vigoram.

Próximo ao pântano, junto ao litoral escarpado e rochoso que caracteriza a Jutlândia, um chefe *viking* edificou sua moradia. Tinha três pavimentos, uma torre de vigilância e uma ampla adega revestida de pedra. No alto do telhado, um casal de cegonhas construiu seu ninho. Mamãe Cegonha estava chocando, na certeza de que todos os ovos iriam vingar.

Certa tarde, Papai Cegonha demorou a voltar para casa. Quando chegou, disse, de olhos baixos e aparência desolada:

— Tenho algo horrível para lhe revelar.

— Então não conte! — exclamou Mamãe Cegonha. — Lembre-se de que estou chocando. Se levar um susto, posso prejudicar os ovos!

— Mas tenho de contar — insistiu Papai Cegonha. — Sabe quem veio para cá? A filha do rei daquela terra onde passamos o inverno: o Egito. Acontece que ela desapareceu!

— Quê? Aquela jovem linda, que parece uma fada? Logo ela? Vamos, conte-me tudo, tudo! Não me deixe em suspenso, pois isso não faria bem nem a mim, nem aos ovinhos.

— Pois foi isso que lhe disse. Para curar a doença de seu pai, os médicos disseram que o único remédio seria levar-lhe uma certa flor, colhida aqui nas terras nórdicas. Por isso, ela veio voando até aqui, vestida com um manto de penas de cisne. Vieram com ela duas princesas que gostam de banhar o corpo em nossas águas, na crença de que elas preservam sua juventude. Pois não é que a princesa chegou, e de repente sumiu?

— Vá direto ao assunto, criatura — reclamou a cegonha. — Estou suando frio, querendo saber o que aconteceu, e você fica aí enrolando! Sem calor no corpo, como poderei chocar os ovos?

— Então vamos lá. Você sabe que eu sempre estou atento a tudo o que acontece, não é? A noite passada, estive no pântano, naquele local de lama dura, capaz de resistir ao meu peso. Vi então três cisnes. Reparando em seu voo diferente, pensei com minhas penas: "esses aí não são cisnes, mas sim pessoas vestidas de cisne". Quem repara nos detalhes, como eu, não deixa passar despercebido um fato desses.

— Sei, sei — interrompeu a cegonha, já impaciente com tantos rodeios. — Deixe de falar nessas plumagens de cisne, que nada têm a ver com o assunto. Fale logo da princesa.

— Está certo. Sabe aquele lago que existe bem no meio do pântano, não é? Daqui mesmo se pode vê-lo, desde que se fique na ponta das patas. Perto dos caniços que crescem junto à margem, há um tronco caído de um velho amieiro. Foi sobre ele que os três cisnes pousaram. Um deles tirou o manto de plumas que o cobria, e então reconheci quem era: a princesa que vive no palácio do Egito. Estava completamente despida, e seus longos cabelos cobriam-lhe o corpo. Voltando-se para suas duas companheiras, pediu-lhes que vigiassem seu manto, para que ela pudesse mergulhar no lago e colher uma flor que acabava de ver debaixo das águas. Então, os outros dois cisnes, ou seja lá o que fossem, tomaram o manto nos bicos e saíram voando. Não entendi por que fizeram aquilo, e a princesa também não, conforme imagino. Mas o fato é que o fizeram, enquanto ela se preparava para mergulhar, e um deles disse assim: "Mergulha, tola, nessa água escura! Nunca mais haverás de ver o Egito! Permanecerás para sempre neste pântano atroz!" E sabe o que fizeram em seguida? Despedaçaram o manto de plumas com seus bicos, e as penas caíram como flocos de neve sobre o lago! Depois, saíram voando e desapareceram ao longe.

— Que coisa mais horrível! — gemeu a cegonha. — Não suporto escutar esse tipo de coisa! Isso não me faz bem... Mas conte-me o que aconteceu depois, vamos!

— A princesa pôs-se a gritar, e suas lágrimas molharam o tronco da velha árvore caída. Ele então começou a mover-se! Não era um amieiro, mas sim o próprio Rei do Pântano, em carne e osso! De repente, já não parecia um tronco caído, mas sim um ser vivo, monstruoso, meio sapo e meio homem, com braços em lugar de galhos, enorme e de aparência terrível. A jovem princesa arrepiou de medo e tentou escapulir, saltando para a margem. Ali, porém, a lama é pouco consistente, e até eu me afundaria, se pousasse naquele lugar. Assim, ela começou a afundar, ao mesmo tempo em que a criatura desaparecia, talvez para puxá-la para o fundo do lamaçal. Bolhas brancas surgiram à superfície, logo se desfazendo. Pouco depois, tudo serenou, e a princesa desapareceu para sempre, tragada pelo atoleiro. Nunca mais poderá regressar ao Egito com a flor que veio buscar para o pai. Você não teria aguentado presenciar aquela cena pavorosa!

— E você nem devia ter-me contado tudo isso! Os ovos podem desandar, e aí, nada de filhotes. Quanto à princesa, estou certa de que saberá cuidar de si, e que surgirá alguém que queira e possa ajudá-la. Com esse tipo de gente, é sempre assim que acontece. Agora, se fosse você ou fosse eu que afundássemos no atoleiro, então não tinha jeito: era morte na certa.

— Mesmo assim, irei lá de vez em quando, para ver o que acontece.

Depois de muito tempo, um talo verde aflorou à superfície do lago. Uma folha flutuante ali se desenvolveu, tendo no centro um botão. Com o passar dos dias, a folha e o botão foram crescendo, até se tornarem enormes. Certa manhã, Papai Cegonha viu que o botão se abria, transformando-se numa flor, dentro de cuja corola estava uma garotinha, parecida em tudo e por tudo com a princesa do Egito. Ele logo concluiu que aquela deveria ser a filha que ela tivera com o Rei do Pântano. E então pensou: "Essa menina não pode ficar aqui. Também não posso levá-la para meu ninho, que no momento se acha superlotado. Mas há lugar de sobra na casa do chefe *viking*; além do mais, sua mulher não tem filhos, coisa que a deixa muito pesarosa. Quantas vezes ouvia-a soluçar, lamentando a falta de crianças em seu lar! Ora, os humanos não brincam entre si, dizendo que são as cegonhas que lhes trazem os bebês? Posso transformar isso numa realidade, levando-lhe o filho que ela sempre quis ter. Isso haverá de fazê-la muito feliz.

A ave tomou a criancinha no bico e voou para a casa do chefe viking. Ali chegando, fez um buraco na vidraça da janela — coisa fácil de fazer, pois o que havia ali não era vidro, e sim uma bexiga de porco esticada — e depositou a criancinha ao lado da cama da mulher, que naquele instante estava dormindo. Em seguida, voltou para seu ninho, a fim de contar à Mamãe Cegonha o que acabara de fazer. Os filhotes já estavam crescidos, por isso puderam escutar todo o seu relato.

— Portanto, querida, a princesa não morreu, já que sua filhinha, por assim dizer, desabrochou perto do local onde ela desapareceu. Fiz o que achei ser certo: dei-lhe um lar.

— Não lhe disse que a princesa sempre encontraria quem quisesse ajudá-la? — interrompeu a cegonha. — Seria bom se você se preocupasse tanto com sua própria família, quanto se preocupa com a dos outros. Minhas asas já estão coçando, sinal de que se aproxima a época de migrarmos. O cuco e o rouxinol já deram o fora, e as codornizes também estão de saída. Se nossos filhotes estão aptos a voar e aprenderam bem as manobras aéreas que terão de executar, agradeça a mim, que lhes ensinei tudo isso. Se fôssemos esperar por você...

A mulher do chefe *viking* não coube em si de alegria, ao acordar. Vendo aquela criancinha a seu lado, tomou-a nos braços e beijou-a carinhosamente. O bebezinho pareceu não apreciar aquelas carícias, pois desatou a chorar e a espernear, que não foi brincadeira. A custo, adormeceu, enquanto sua nova mãe olhava para ela embevecida, certa de que não haveria no mundo nenhum outro bebê tão lindo e encantador.

O marido não se achava em casa. Tinha saído com seus homens para uma incursão de guerra, devendo voltar a qualquer momento. Ela logo tratou de arrumar as coisas, ordenando aos criados que polissem os escudos que decoravam as paredes e lavassem os tapetes pintados com as imagens dos deuses *vikings*: Odin, Thor e Frida. Os bancos foram cobertos com peles e a lareira recebeu uma grande quantidade de gravetos secos, ficando pronta para ser acesa tão logo os ausentes retornassem. Ela não se limitou a dar ordens, mas fez questão de participar de todas as tarefas, sentindo-se esfalfada ao final do dia. Assim, ao chegar a noite, deitou-se e dormiu pesadamente.

Antes que o sol despontasse, acordou, procurou pela criança e não a encontrou. A menina desaparecera! Assustada, saiu da cama e foi à sua procura. Acendeu um graveto seco para enxergar melhor, e então avistou, aos pés da cama, não a criança, mas um enorme e horrível sapo. Enojada ante aquela visão, tomou de uma acha de lenha, decidida a dar cabo do feioso animal. Mas quando viu os olhos tristonhos com que o sapo a fitava, desistiu da ideia. Foi então que o sapo coaxou, emitindo um som tão comovente, que a mulher até arrepiou. Vendo que o sol já despontava, ela abriu as janelas, deixando que seus raios penetrassem no aposento. Ao tocarem no local onde o sapo se encontrava, o animal foi modificando seu aspecto, tomando aparência de gente, até se transformar na criancinha do dia anterior.

— Que coisa mais fantástica! — gritou a mulher. — Devo ter tido algum pesadelo. Aqui está meu bebezinho lindo!

Tomou-o nos braços e beijou-o ternamente, estreitando-o junto ao coração. Para quê! O bebê reagiu como se fosse uma gata selvagem! Chiou, esperneou, unhou e mordeu, como se estivesse louco!

O chefe *viking* não chegou aquele dia, nem no seguinte. Estava voltando para casa, mas o vento que soprava em direção ao Sul impedia que seus navios avançassem rapidamente. Entretanto, esse mesmo vento favorecia a migração das cegonhas. O que é benéfico para uns, pode ser prejudicial para outros.

Nesse ínterim, a mulher chegara à conclusão de que aquela criança estava enfeitiçada. De dia, era linda como uma fada, mas dotada de uma índole selvagem e má; de noite, transformava-se num sapo horrendo, mas de olhos tristonhos e de temperamento tranquilo e passivo.

Essa transformação sofrida pela criatura que a cegonha trouxera devia-se às duas naturezas que existiam dentro dela. De dia, sua aparência exterior lembrava a de sua encantadora mãe, mas o temperamento era o do pai, selvagem e agressivo. De noite, invertiam-se as coisas: seu corpo assumia o aspecto horrendo do Rei do Pântano, enquanto seu interior adquiria o caráter doce e bondoso da princesinha do Egito.

A esposa do chefe *viking* estava preocupada, sem saber como agir. No fundo, amava aquela criaturinha que lhe fora dada de presente. Estava decidida a não revelar ao marido aquele segredo, receosa de que ele a atirasse aos lobos para ser devorada — era assim que os *vikings* agiam com relação às crianças que nasciam defeituosas. A pobre mulher tinha intenção de só deixar que ele visse a criança de dia, em sua forma humana, escondendo-a dele quando chegasse a noite.

Um belo dia, ao amanhecer, ouviu-se o ruflar das asas das cegonhas. Elas tinham repousado nos dias anteriores, preparando-se para a sua longa migração, e agora estavam prontas para iniciar seu voo rumo às terras do sul. Eram mais de duzentas cegonhas, preparadas para a partida.

— Todos prontos? — perguntou a cegonha-chefe. — Fêmeas e filhotes, fiquem ao lado dos maridos e pais!

— Sinto-me tão leve — comentou um dos jovens para seu irmão. — É como se houvesse uma porção de rãzinhas subindo e descendo ao longo de minhas pernas. Ah, que maravilha deve ser viajar!...

— Guardem seus lugares — ordenavam as mães e os pais. — E evitem conversar, porque isso tira o fôlego e prejudica o desempenho.

Poucos minutos depois, o bando alçou voo.

Nesse momento, ouviu-se o som dos chifres de caça. As embarcações dos *vikings* estavam chegando. Vinham repletas de presas e despojos. Acabavam de voltar das costas da Gália, cujos moradores, assim como os da Terra dos Anglos, rogavam aos céus: "Livrai-nos desses selvagens guerreiros do Norte!''

Uma grande celebração teve lugar no salão da casa do chefe, construída nas proximidades do grande pântano. Levaram para lá um barril de bebida, e acenderam uma grande fogueira. Cavalos foram abatidos, e seu sangue, ainda quente, foi espargido sobre os novos escravos aprisionados, em homenagem a Odin — era assim o batismo, entre aqueles pagãos. A fumaça produzida pela fogueira formava uma camada de fuligem sobre as traves do teto, sem que ninguém se importasse com isso.

A casa estava cheia de convidados, e cada qual recebia um precioso presente. Velhas desavenças foram esquecidas, e ninguém se lembrou das promessas quebradas. Todos comiam e bebiam sem cerimônia, atirando os ossos roídos na cara dos vizinhos, gesto considerado engraçado, senão mesmo galante entre eles. Pediram ao trovador que cantasse algumas baladas, falando sobre suas recentes aventuras. Esse poeta — *skjald*, como o chamavam — era guerreiro também. Participara da incursão, como os outros, e conhecia os assuntos sobre os quais compunha seus versos e canções. Estivera junto com os outros *vikings* na hora do perigo e das batalhas, sabia do que falava. Por isso, seus versos traziam-lhe de fato prazer e entusiasmo. E sempre terminavam com as mesmas palavras:

> *Esvai-se a riqueza,*
> *Morrem os amigos;*
> *Tudo o que hoje existe desaparece,*
> *Menos a grandeza*
> *Que arrosta os perigos,*
> *Pois um feito heroico jamais perece.*

Dito isso, os guerreiros entrechocavam suas facas, ou batiam nos escudos com os ossos que acabavam de descarnar, de modo que o barulho podia ser ouvido ao longe.

A esposa do chefe estava sentada no banco reservado às mulheres, trajando seu vestido de seda, tendo nos braços ricos braceletes de ouro, e no pescoço um colar de âmbar. O *skjald* não se esqueceu de mencioná-la em seus versos, referindo-se ao presente que ela acabava de dar para seu rico e famoso esposo. Realmente, o chefe havia ficado satisfeito de ver a criança, não se importando com seu temperamento selvagem, mas antes apreciando-o e rindo de sua braveza. Depois de receber uma boa unhada e uma mordida bem aplicada, dera gostosas gargalhadas, comentando:

543

— Gostei de você, menininha brava! Quando crescer, vai tornar-se uma valquíria, e vai guerrear tão bem como um de meus homens. Não vai assustar-se com o tinido das espadas, nem com o zunido das clavas, no calor das batalhas!

Quando o barril de bebida se esvaziou, trouxeram outro para a sala. Como bebiam aqueles homens! Pareciam nem se lembrar de seu próprio provérbio, que dizia: "O gado sabe a hora de parar de pastar, mas um homem insensato desconhece o tamanho de seu próprio estômago." Quando bebiam, mostravam claramente que a sensatez não era o seu forte. Tinham também um outro provérbio, que costumavam igualmente esquecer nas ocasiões de festas: "O amigo é bom quando o visita; é melhor quando vai embora cedo, antes de tornar-se importuno". Enquanto durasse a comida e a bebida, eles dali não arredavam o pé, permanecendo naquela casa por dias e dias seguidos!

Naquele ano, os *vikings* ainda saíram para outra incursão guerreira; dessa vez, mais curta, indo até às costas da Terra dos Anglos, que é a Inglaterra de hoje. Novamente ficou a mulher sozinha com a sua filha adotiva. Nessa ocasião, porém, seu amor estava mais voltado para o sapo de olhos tristonhos e amáveis, do que para a garotinha selvagem que só sabia morder e espernear.

A cerração de outono, que, mesmo não tendo boca, mordia e roía as folhas das árvores, cobria toda a paisagem. Os primeiros flocos de neve começaram a cair. Avizinhava-se o inverno. Os pardais já haviam tomado posse dos ninhos das cegonhas, zombando dos donos e chamando-os de covardes, por não se atreverem a enfrentar o mau tempo. Que teria sido feito do casal de cegonhas e dos seus filhos? É o que vamos ver a seguir.

Aquela família de cegonhas estava então no Egito, onde o sol do inverno é tão quente quanto o do verão, na Dinamarca. Os tamarindos e acácias estavam em flor. Sobre a cúpula da mesquita, brilhava a lua crescente, o símbolo dos seguidores de Maomé. No alto daquelas torres altas e delgadas, casais de cegonhas descansavam da longa viagem que acabavam de realizar. Outros preferiram construir seus ninhos nas ruínas dos templos abandonados, que outrora regurgitavam de gente, mas que agora estavam desertos e esquecidos. As tamareiras ostentavam suas folhas largas, como se fossem gigantescos guarda-sóis. As silhuetas das pirâmides acinzentadas pareciam estar desenhadas na atmosfera límpida do deserto. Ali, a avestruz demonstra que sua incapacidade de voar é compensada pela velocidade da corrida, enquanto o leão, com seus olhos tristonhos e pensativos, contempla a esfinge de mármore semienterrada na areia. Era tempo de vazante, e o leito lodoso do Nilo fervilhava de rãs. Não podia haver visão mais prazenteira para uma cegonha. Os jovens, que iam ao Egito pela primeira vez, acreditavam ser uma ilusão de ótica, uma miragem, de tão extasiados que estavam ante aquele espetáculo.

— Não! — exclamou a mãe. — Podem crer, meus filhos, isso é real. Aqui é nossa residência de inverno, e o que estão vendo existe de verdade.

— Não vamos prosseguir viagem? — perguntou um dos filhos. — Não há mais nada para ver?

— Claro que há — respondeu a mãe. — Mais além, estende-se a selva africana, exuberante, impenetrável. As árvores ficam juntinhas umas das outras, e o chão está coberto de espinheiros. Somente os elefantes, com sua pele grossa e suas patas largas, entram no meio desses espinhais. As serpentes são grandes demais para que as possamos comer, e os lagartos muito ágeis, para que os possamos apanhar. E se seguirem na outra direção, penetrando no coração do deserto, enfrentarão as tempestades de areia, que incomodam

544

demais a vista. Assim, o melhor é ficarmos por aqui mesmo, onde há fartura de rãs e gafanhotos. É o que vamos fazer.

E ali ficou a pequena família das cegonhas. Os mais velhos encontraram um ninho no topo de um minarete, e era ali que descansavam, alisando as penas e afiando os bicos contra suas longas pernas vermelhas. Quando outras cegonhas passavam por perto, erguiam as cabeças e dirigiam-lhes um cumprimento distinto e cortês. O resto do tempo, ficavam contemplando a paisagem, com seus olhos pardos que pareciam rebrilhar inteligentemente. As fêmeas mais novas gostavam de passear pelo brejo, palestrando com as amigas e comendo uma rã, a cada três passos que davam. Consideravam elegantíssimo desfilar com uma cobrinha presa ao bico, antes de devorá-la. Ah, que petisco saboroso! Já os machos jovens divertiam-se lutando uns contra os outros. As asas ruflavam, e os bicos se entrechocavam, buscando beliscar a carne do oponente. Os duelos não eram mortais, mas de vez em quando o sangue jorrava das feridas mais profundas.

Depois de algum tempo, novos casais se formavam, conforme ordenava a natureza. Os pares construíam seus ninhos, e ali trocavam carícias, ou mesmo algumas bicadas, de acordo com o estado de espírito do momento. Nos países de clima quente, todos ficavam mais expansivos e calorosos, mas toda aquela agressividade não passava de aparência, pois, no fundo, todos estavam se divertindo. Já as cegonhas mais velhas preferiam ficar vigiando tudo e todos, orgulhando-se especialmente daquilo que diziam e faziam os membros de sua própria família.

Os dias sucediam-se, sempre iguais: o sol brilhava, a comida era abundante, e a única coisa a fazer era curtir a vida.

No palácio real, porém, a vida não era divertida. O soberano quedava-se parado como uma múmia em seu divã, no meio do grande salão de reuniões. As paredes eram cobertas de pinturas murais, dando a impressão de que se estava no meio de uma gigantesca tulipa. Criados e cortesãos rodeavam-no solicitamente, dirigindo-lhe perguntas e oferecendo-lhe seus préstimos. Ele não dava sinal de si. Morto, não estava, mas não se podia dizer que estivesse vivo. O lírio-d'água das terras nórdicas, que poderia devolver-lhe o ânimo, não lhe fora trazido. Sua jovem e bela filha tinha ido buscá-lo, vestindo-se de cisne e transpondo o oceano e as cordilheiras; entretanto, não pudera regressar. As duas princesas que tinham ido com ela voltaram ao Egito, espalhando a terrível notícia:

— A princesinha morreu! Desapareceu para sempre!

Escutem como foi a história que elas contaram:

— Estávamos voando, nós três, quando um caçador nos avistou e disparou uma flecha em nossa direção. A princesinha foi ferida, e caiu num lago. Ouvimos sua voz, cantando adeus para nós. Era seu canto de cisne. Descemos, tomamos seu corpo e o enterramos sob uma bétula. Planejamos uma vingança: amarramos um pavio aceso sob as asas de uma andorinha, que tinha feito seu ninho no telhado da casa daquele caçador desalmado, e depois a soltamos. Ela voou para o ninho, que logo se queimou. O fogo espalhou-se por toda a casa. Sem tempo de fugir, o caçador morreu queimado. As chamas subiram tão alto que puderam ser vistas de onde a princesinha estava enterrada. Feito isso, voltamos para cá. Foi uma pena não termos podido trazê-la de volta. Naquela terra selvagem, repousam seus ossos, juntamente com suas esperanças, que também eram as nossas.

E as duas puseram-se a chorar, dando gritos lancinantes. Papai Cegonha, escutando tudo aquilo, ficou furioso e começou a bater o bico, ameaçando:

— Quanta mentira! Estou revoltado! Vou perfurá-las com meu bico, para que aprendam a contar a verdade!

— Deixe de dizer asneiras — repreendeu Mamãe Cegonha. — Se fizer isso, só vai conseguir ficar com o bico quebrado! E de que vale uma cegonha com meio bico? Pense um pouco mais em si e em sua família. O que acontece aos humanos não é de sua conta.

— Amanhã os sábios da corte vão se reunir para tratar da doença do rei. Quero escutar o que irão dizer. Quem sabe irão chegar mais perto da verdade?

No dia seguinte, houve a tal reunião. Sábios e doutores falaram, durante horas e horas. Papai Cegonha quase não compreendeu o que diziam, tantas eram as palavras difíceis que usavam. Como gostaria de poder ajudar o soberano doente e sua filha perdida no grande pântano! Vamos escutar um pouco do que discutiram naquela reunião? Isso faz parte do aprendizado da vida, pois uma vez ou outra cada um de nós terá de passar por esse tipo de experiência. Mas não vamos repetir tudo o que ali foi dito, só uma ou outra coisa mais importante. A frase que mais impressionou Papai Cegonha foi essa:

— O amor engendra a vida. Quanto mais sublime o amor, mais sublime será a forma de vida que ele engendrará. E é apenas pela intervenção do amor que nosso soberano poderá recuperar seu ânimo vital.

Todos aplaudiram esse pensamento, depois que o sábio encerrou suas palavras. Papai Cegonha também concordou com elas, repetindo-as para Mamãe Cegonha, e comentando:

— Belo pensamento, não acha?

— Não entendi nada, e estou pouco me lixando para isso — replicou sua esposa. — Tenho coisas mais importantes para me preocupar.

Depois daquela frase, os sábios e doutos passaram a discutir as diferentes formas de amor: a que sentem entre si os amantes, a que os pais dedicam aos filhos, e mesmo as mais complexas, que têm lugar entre a luz e as plantas, e que se manifesta quando os raios de sol beijam a terra fecunda, provocando o rompimento das sementes. Nessa parte da discussão, os sábios se esmeraram no emprego de palavras difíceis, muito além da compreensão da pobre ave, que nem pôde repeti-las para Mamãe Cegonha, por não se lembrar de quais eram. Na tentativa de recordá-las, ficou quieto durante um dia inteiro, de olhos semicerrados, apoiado numa só pata. Erudição excessiva é muito difícil de ser absorvida.

Uma coisa, porém, ele tinha entendido muito bem, pois a escutara várias vezes, dita tanto pelos cortesãos como pelas pessoas do povo. Eram palavras saídas do coração; por isso, nada tinham de complicado ou incompreensível. Todos concordavam em que a doença do soberano representava um terrível desastre para a nação, e que sua cura seria uma bênção para todos eles. Mas onde estaria aquela flor capaz de devolver-lhe a saúde? Essa era a questão em que todos davam tratos à bola para resolver, um ano antes do início desta história. Foram consultados os livros, as estrelas, o tempo, as nuvens. "A vida deriva do amor", repetiam os sábios, mas isso de nada valia para trazê-la de volta ao seu soberano. Por fim, concordaram todos em que somente a princesa poderia curar seu pai, pelo tanto que o amava. Fora assim que, naquele ano, a princesa tinha ido até a esfinge, numa noite de lua nova, retirado a areia que cobria a base da estátua e caminhado através dos longos corredores subterrâneos, até alcançar o centro de uma das grandes pirâmides. Ali jazia a múmia de um faraó dos velhos tempos. Ela penetrou na câmara mortuária e encostou a cabeça no grande caixão parecendo um estojo, que encerrava a múmia. Foi então que escutara a revelação de como deveria agir para devolver ao pai a saúde perdida.

546

Fizera em seguida o que lhe tinha sido ordenado, indo buscar a flor de lótus que devolveria ao pai a saúde. Para tanto, teria de mergulhar no lago escuro do pântano e colher a primeira flor que lhe tocasse o seio. Por isso, havia retirado o manto de plumas, despindo-se para executar sua missão.

Tudo isso, como disse, havia ocorrido um ano antes do início desta história. As cegonhas tinham conhecimento de toda essa aventura, que, agora, vocês também já sabem. Já lhes contei o que aconteceu depois: como foi que o Rei do Pântano tinha raptado a princesa, levando-a para seu castelo. Mamãe Cegonha achava que a princesa deveria cuidar de si própria, opinião compartilhada pelo mais sábio de todos aqueles que acabavam de se reunir. Enquanto isso, Papai Cegonha propunha:

— Acho que devemos roubar os mantos de cisne das duas princesas traidoras. Elas não precisam mais deles, mas talvez a princesinha precise, caso ainda esteja com vida. Vou escondê-los conosco, até que surja a necessidade de usá-los.

— Onde é que você pensa escondê-los? — perguntou Mamãe Cegonha.

— Em nosso ninho perto do pântano, lá na Dinamarca. Nossos filhos ajudarão a carregá-los. Como são muito pesados, vamos deixá-los no meio do caminho, terminando o transporte no ano que vem. Talvez bastasse levar só um manto, mas você sabe como são as coisas lá no Norte: quanto mais roupas, melhor.

— Acho muito maluca essa sua ideia — replicou a cegonha, — mas que posso fazer? Você é o chefe da família, e é quem profere a última palavra. Minhas opiniões só são levadas em conta na ocasião da postura de ovos. Fora disso, ninguém me escuta...

CRBOCRRD

Voltemos à casa do chefe *viking*, perto do grande pântano. A menina adotada ali está, sentada na sala. Deram-lhe um nome: Helga. Seu caráter agressivo não combinava com esse nome tão doce. Passaram-se os anos desde que ela ali chegou. Nesse meio tempo, as cegonhas migraram e retornaram várias vezes, indo para o Egito no final do outono, e regressando à Dinamarca no início da primavera. Helga já estava com dezesseis anos. Por fora, era linda; por dentro, dura e cruel. Mesmo naqueles tempos de ferocidade e selvageria, sua agressividade dava o que falar. Sua maior diversão era lavar as mãos no sangue dos cavalos sacrificados em honra de Odin. Certa vez, presenciando o sacrifício de um galo preto, que seria oferecido ao deus Thor, irritou-se com a demora e, antes que a faca do sacrificador cortasse o pescoço da ave, ela própria arrancou-lhe a cabeça, com uma dentada. Por uma bofetada que o pai lhe aplicara anos atrás, guardara forte rancor, costumando dizer-lhe, quando enfurecida:

— Podem seus inimigos virem até aqui arrancar o teto desta casa, que nada farei para acordá-lo. Ficarei quieta e calada, pois meu rosto ainda está ardendo por causa daquele tapa que você me deu.

O chefe *viking* ria daquelas explosões de cólera, não acreditando que ela tivesse coragem de fazer aquilo. A seu modo, tratava-a com carinho, e não enxergava nela senão virtudes e beleza. Sua esposa tinha sabido ocultar-lhe o terrível segredo da transformação noturna da menina.

Helga era excelente amazona. Quando montava, ela e o cavalo formavam um único ser. E se acaso sua montaria resolvia lutar contra um outro cavalo, mantinha-se firme na sela, rindo satisfeita, enquanto os dois animais trocavam coices e mordidas.

Ao ver que os guerreiros estavam regressando de alguma incursão, mergulhava nas águas frias do mar e nadava agilmente até a embarcação, a fim de saudá-los antes de desembarcarem. Outra coisa que fazia era arrancar os fios de seus cabelos para com eles fabricar arcos de atirar flechas. A quem estranhava esse procedimento, retrucava:

— O cabelo é meu, e faço com ele o que quiser. Se achar ruim, faço com os seus.

Sua mãe de criação, a mulher *viking*, não era nenhuma dama emproada e frágil, mas sim uma mulher decidida e ativa. Em relação à filha, no entanto, procedia com timidez e não usava de pulso firme, talvez penalizada com o terrível destino daquela infeliz criança. Helga gostava de atormentá-la, inventando mil diabruras, só pelo prazer de ver a cara assustada que a pobre mulher fazia. Se estava perto da cisterna e via sua mãe avizinhar-se, fingia que estava caindo lá dentro, gritando por socorro. A mãe corria, apavorada, e ao se debruçar à beira da cisterna, via Helga lá no fundo, boiando tranquilamente e rindo do susto que acabava de lhe pregar. Então, escalando as paredes de pedra da cisterna, com a agilidade de uma rã, saía de lá ensopada e entrava pela casa adentro, pingando água da roupa e molhando as folhas secas que era costume espalhar no chão, para servirem de tapete.

Na hora do lusco-fusco, quando o sol estava prestes a desaparecer, Helga mudava de atitude, tornando-se quieta e pensativa. Nesses momentos, não mais agredia as pessoas, portando-se de maneira respeitosa e obediente, e escutando tudo o que lhe diziam. Seguia atrás da mãe, entrava no quarto e, quando o sol acabava de se pôr, seu aspecto exterior modificava-se, assumindo a forma e as feições de um sapo de corpo comprido, que melhor seria descrito como se fosse um anão horrendo, com cara, mãos e pés de sapo. No meio daquela carantonha repulsiva, porém, brilhavam dois olhos ternos e tristonhos. O pequeno monstro não falava, apenas coaxava de vez em quando, emitindo um som que lembrava o soluço de uma criança adormecida. A mãe adotiva, nesses momentos, tomava-o no colo e, sem se importar com sua aparência pavorosa, olhava-o dentro dos olhos tristes e lhe segredava:

— Preferia que você fosse sempre meu sapinho calado e bondoso, e nunca mais se transformasse naquela menina linda, mas de alma terrível. Ela, sim, é que me assusta; você, não.

E a mulher rogava aos deuses da sua religião que desfizessem o encanto maléfico daquela pobre criatura, sem nada conseguir.

CR⊗D⊗CR⊗D

— Ninguém jamais poderia imaginar que ela iria tornar-se tão pequena, a ponto de caber na corola de um lírio-d'água — disse Papai Cegonha. — Agora, aquele minúsculo ser cresceu, transformando-se numa mulher de verdade, em tudo e por tudo idêntica a sua mãe, a princesa do Egito, cujo paradeiro desconhecemos. Assim como você errou, também erraram os sábios egípcios: ela não podia cuidar sozinha de si própria. Durante todos estes anos, tenho voado por aí, cruzando o pântano em todas as direções — nem sinal dela. Lembra-se daquela noite em que tive de reparar o ninho, que ameaçava desabar? Depois que terminei o serviço, tendo perdido o sono, pus-me a voar por aí, como se fosse uma coruja ou um morcego, e fui até o lugar onde a princesa havia desaparecido. Nada vi. Os mantos de plumas que trouxemos três anos atrás continuam inúteis, e acho que jamais serão usados. Até já nos acostumamos a tê-los como forro do nosso ninho. Se esta casa de madeira pegar fogo, e nosso ninho também arder, adeus mantos...

— Lamentarei antes a perda do nosso ninho, do que a desses tais mantos — replicou Mamãe Cegonha, aborrecida. — Onde já se viu preocupar-se mais com essas porcarias feitas de penas, e com essa tal de princesa do brejo, do que com sua própria família? Já que gosta tanto dela, por que não mergulha no lago e fica lá para sempre? Você não é um bom marido, e nem um bom pai, e não é a primeira vez que lhe digo isto. Temos tido a sorte de que a filha dela, a *viking* maluquinha, ainda não tenha atirado flechas contra um de nossos filhos. Que mocinha levada! Parece desesperada! Não sente o menor respeito por nós, que somos de uma família antiga e tradicional, e que moramos aqui há muito mais tempo que ela! Esquece que pagamos nosso imposto anual: uma pena, um ovo e um filhote. Morro de medo dela. Quando a vejo por perto, não me atrevo a sair do ninho. Há tempos não pouso ali embaixo, no pátio, para pegar algum petisco deixado nos potes e panelas. Qual o quê! Fico quietinha aqui no meu canto, cada vez mais irritada com aquela sirigaita, e com você também. Que ideia a sua, de querer bancar o herói, retirando o bebê que viu naquele lírio-d'água! Fez o que não era de sua conta, e agora fica aí, preocupado, tentando resolver um problema que não é seu.

— Sei que, no fundo, você não pensa assim — retrucou Papai Cegonha. — Conheço-a muito bem, melhor do que você mesma.

Dito isso, deu um pulinho, bateu as asas duas vezes e deixou-se levar pela brisa que soprava. Depois de planar um pouco, voltou a bater as asas e desferiu um círculo sobre o ninho. A luz do sol bateu em cheio sobre suas penas alvas, realçando sua silhueta elegante, com o pescoço e o bico apontados para a frente. A mulher contemplou-o, orgulhosa de sua bela figura, e murmurou baixinho, sem que pudesse ser ouvida:

— É o mais bonito de todos; ah, se é! Mas nunca há de saber que é isto o que eu acho.

Os *vikings* regressaram de sua incursão logo no início do outono. Entre os prisioneiros, havia um sacerdote cristão, um daqueles que combatiam o culto a Thor e Odin. A nova religião, à qual muitos moradores das terras do Sul já se haviam convertido, era por vezes motivo de discussão entre os guerreiros da tribo e as mulheres da casa. Um sujeito chamado Ansgar, o Santo, andava ali por perto, nas cercanias de Hedeby e de Slien, pregando a nova ideia. Até Helga já ouvira falar de Cristo, que dera sua vida por amor aos homens. Mas aqueles comentários tinham entrado por um ouvido e saído pelo outro. A palavra "amor" nada significava para ela, a não ser à noite, quando se transformava em sapo e se mantinha quieta e pensativa, trancada em seu quarto. Já sua mãe adotiva tinha ficado muito impressionada, ao ouvir os relatos acerca da vida daquele estranho homem que era considerado o Filho de Deus.

Os guerreiros recém-chegados descreveram os templos construídos em honra daquele Deus que pregava a mensagem do amor. De um deles, tinham trazido dois estranhos vasos de ouro, cheios de inscrições e desenhos artísticos, dos quais emanava um perfume exótico, produzido por certas especiarias desconhecidas. Eram turíbulos, dentro dos quais se queimava incenso. Os sacerdotes cristãos agitavam aqueles vasos diante de seus altares, espargindo no ar aquela fumaça aromática. Estranhos altares aqueles: neles não se faziam sacrifícios de sangue, mas apenas se ofereciam pão e vinho, dizendo que eles se transformavam na carne e no sangue Daquele que dera a Sua própria vida, por amor aos homens das gerações que ainda não haviam surgido neste mundo!

O jovem sacerdote cristão foi levado para a adega de pedra da casa do chefe *viking*, ali ficando preso, com as mãos e os pés amarrados. Era um rapaz bem-apessoado, "bonito como um deus", conforme o definiu a mulher do chefe.

549

Sua situação aflitiva não comoveu Helga. Ao contrário, o que ela sugeriu foi que lhe dessem morte atroz, perfurando-lhe as pernas, passando dentro delas uma corda e amarrando-a à cauda de um touro, para que o animal arrastasse o infeliz prisioneiro.

— Basta soltar os cachorros, para que o touro dispare pela campina, puxando-o atrás de si. A gente segue atrás, a cavalo. Ah, vai ser muito divertido!

Nem os bárbaros *vikings* teriam imaginado uma pena tão cruel. Mas o jovem devia morrer, pois havia ofendido os deuses. Assim, seria oferecido a eles em sacrifício, para aplacar sua cólera. A cerimônia seria realizada num pequeno altar erigido em homenagem a Odin, situado no interior de um bosque. Era a primeira vez que ali seria realizado um sacrifício humano.

A jovem implorou que lhe concedessem o privilégio de espargir o sangue ainda quente do sacrificado sobre as estátuas dos deuses. Conseguida a permissão, pôs-se a afiar sua faca numa pedra. Nesse instante, passou por perto de um cão, dos muitos que existiam nas proximidades da casa. Com um golpe certeiro, Helga cravou-lhe a faca no ventre, matando-o incontinente. Aos que se assustaram com seu procedimento, explicou, rindo:

— Foi só para experimentar se a faca estava mesmo bem afiada.

A mãe sentia verdadeiro horror por aquela mocinha tão má. À noite, quando seu corpo e seu coração se metamorfoseavam, a mulher se lembrava das terríveis maldades praticadas por Helga, comentando-as com o monstrinho, que a fitava com olhos tristonhos e arrependidos, como se fato entendesse tudo o que ela lhe dizia.

— Ninguém, nem mesmo meu marido — queixava-se ela, — tem conhecimento de quanto você me faz sofrer duplamente. Nunca pensei que pudesse sentir tanta pena de alguém como sinto de você. De dia, seu coração é insensível, e nunca sentiu amor por quem quer que fosse. Sim, você deve ser feita da lama dura, negra e fria do pântano! Por que será que você veio parar em minha casa?

A deprimente criatura estremeceu, como se aquelas palavras tivessem tocado a corda invisível que liga a alma ao corpo. Grossas lágrimas formaram-se em seus olhos. A mãe prosseguiu com seu lamento:

— Vêm aí tempos difíceis para você, e para mim também. Melhor teria sido abandoná-la ao relento, quando ainda era bebê, deixando que o ar frio da noite acalentasse seu sono.

Um pranto amargo interrompeu suas palavras. Levantando-se, caminhou até a cama, que ficava atrás de uma cortina de couro que servia de divisória no quarto. Seu coração estava cheio de amargura e ressentimento.

Sentindo-se desamparado, o pequeno monstro sentou-se em seu canto, afundando a cabeça de sapo entre os braços. Soluços abafados passaram a sair de seu peito, como se a pobre criatura estivesse chorando, arrependida. De repente, levantou a cabeça, como se alguém a chamasse. Arrastando-se pelo chão, chegou até à porta e, com dificuldade, removeu a tranca que a fechava. Com as mãos membranosas, segurou uma vela que ardia sobre a mesa, seguiu até o alçapão que levava à adega, destrancou-o e desceu as escadas, silenciosamente. Num canto do cômodo subterrâneo, estava dormindo o sacerdote cristão aprisionado. Tocou-o com sua mão fria e pegajosa. O sacerdote acordou e, ao ver diante de si aquela criatura monstruosa, estremeceu, acreditando tratar-se de algum espírito maligno. O sapo tomou de uma faca e cortou as cordas que o prendiam, fazendo-lhe um sinal com a mão, para que o seguisse. O sacerdote murmurou os nomes de todos os santos de que se lembrou, fazendo cruzes com a mão, a fim de exorcizar o monstro, que todavia continuou ali, parado a sua frente, sempre acenando para que ele o acompanhasse. Lembrando-se das palavras do Livro dos Salmos, o jovem sacerdote lhe disse:

— "Bendito seja aquele que sente comiseração pelos pobres. O Senhor o livrará, no tempo da aflição". Quem és, afinal? Como pode alguém, tão cheio de misericórdia no coração, ter um aspecto tão monstruoso?

O sapo não respondeu, repetindo seu gesto e levando-o através de um corredor que dava no estábulo. Ali chegando, apontou para um cavalo. O sacerdote tirou o animal do estábulo, levou-o para fora em silêncio e montou. Com surpreendente agilidade, o sapo também montou, sentando-se à frente e segurando a crina do cavalo. O sacerdote compreendeu que seu estranho companheiro queria guiá-lo em sua fuga, e deixou-o dirigir a cavalgadura. Em breve, estariam em pleno campo, bem distante da casa do chefe *viking*.

Para louvar o Senhor, cuja graça e misericórdia se haviam manifestado por meio daquela estranha criatura, o sacerdote orou e entoou um hino. O sapo estremeceu ao escutar aquelas palavras. Será que teriam tocado seu coração? Ou seria um tremor decorrente do medo, já que o sol dava indícios de estar prestes a raiar? Que se passava com ele? Logo em seguida, o sapo retesou-se e puxou o freio do animal, fazendo-o deter-se. Ia desmontar. Ao notar isso, o sacerdote entoou outro hino sagrado, na esperança de quebrar o encanto do qual, tinha certeza, aquela criatura estava possuída. O sapo largou o freio, e o cavalo voltou a galopar.

O horizonte começou a clarear. Em pouco, o primeiro raio de sol rompeu o véu de nuvens baixas. No mesmo instante, o monstro metamorfoseou-se, voltando a ser a bela jovem de coração insensível. O sacerdote ficou estarrecido, ao ver que tinha junto de si não o monstro de aspecto repulsivo, mas uma beldade de aparência sedutora. Estacando o cavalo, desmontou, convencido de que as forças do Mal estavam pregando-lhe uma peça. Helga também apeou e, sacando da faca que trazia no cinto, avançou sobre ele, decidida a matá-lo.

— Vou picá-lo todo com esta faca, idiota! — gritou, enquanto tentava atingi-lo. — Quero ver o sangue tingir essa pele desbotada!

O sacerdote esquivou-se do golpe e recuou até junto de um regato. Helga avançou em sua direção, mas seu pé ficou preso na raiz de uma árvore, fazendo-a cair ao chão. Imediatamente, ele mergulhou a mão na água cristalina e, fazendo o sinal-da-cruz na testa, nos lábios e no peito da jovem, ordenou ao espírito imundo que saísse, batizando-a em nome de Nosso Senhor Jesus Cristo. Pena que a água do batismo não tenha poder sobre a criatura destituída de fé.

Se a ela faltava, ao sacerdote sobrava aquela fé, e Helga logo o notou, sentindo-se fascinada pelo destemor com que o moço a enfrentava, logo ele, pálido, de barba raspada e cabelos tosados. Imaginou que se tratasse de um mágico poderoso, conhecedor de encantamentos e sortilégios. Suas preces e cânticos soaram para ela como fórmulas de enfeitiçamento, e o sinal da cruz como terrível bruxaria. Nesse momento, não teria forças para reagir, caso ele resolvesse tomar-lhe a faca e cravá-la em seu peito. Assim, quando sentiu aqueles dedos molhados que traçavam sobre sua testa o desenho de uma cruz, um tremor perpassou-lhe pelo corpo, e ela fechou os olhos. Enquanto ele orava, Helga sentou-se na relva, como um pássaro assustado, deixando a cabeça pender sobre os joelhos.

Vendo-a daquele jeito, inteiramente a sua mercê, o sacerdote exaltou a beleza de seu gesto, quando ela, sob a aparência de um sapo, o libertara da prisão, proporcionando-lhe a fuga e devolvendo-lhe a vida. Agora, porém, via que ela tinha o coração atado por cordas tão fortes, que não poderiam ser cortadas por uma faca. Entretanto, estava em seu poder alcançar a liberdade, aprendendo a amar a Deus e a volver os olhos para a Sua luz eterna. Ele iria levá-la até Hedeby, a cidade onde vivia e pregava o santo homem Ansgar. Só ele seria capaz de desfazer o encantamento que a possuía.

Helga fez que sim com a cabeça e, ao montar, quis ficar à frente, como ficara o sapo, mas o sacerdote não permitiu, dizendo-lhe:

— Senta-te atrás. Não quero ver-te, pois tua beleza provém do Maligno, e receio contemplá-la. Ao final, a vitória será minha, em nome de Cristo!

Em seguida, prostrou-se de joelhos e orou fervorosamente. Toda a floresta transformou-se num enorme templo: as aves cantavam, como se formassem um coro, e a hortelã recendia, incensando o ar com sua fragrância penetrante. O jovem sacerdote recitou em voz alta as palavras do Evangelho:

— Recaia a luz sobre aqueles que se acham perdidos nas trevas do pecado e na sombra da morte, e guie nossos passos na senda da paz.

Em seguida, falou com entusiasmo sobre a natureza de Deus e sobre o Seu amor, e era tal o calor e a sinceridade de suas palavras, que até o cavalo parou de pastar, olhando para ele como se estivesse prestando atenção a suas frases.

Sem reclamar, Helga montou à garupa, postando-se ali de olhos esgazeados, como se fosse uma sonâmbula. O sacerdote atou dois galhos secos, formando uma cruz e, empunhando-a diante de si, pôs-se a cavalgar, embrenhando-se na floresta. O arvoredo foi-se adensando, e o caminho ficando cada vez mais estreito, até não passar de uma trilha. Sarças espinhosas surgiam em profusão, arranhando os viajantes obrigados a atravessá-las. Seguiram ao longo de um regato, que mais abaixo desaguava num brejo. Com dificuldade, tentaram rodeá-lo.

Durante todo o percurso, o sacerdote falava, usando palavras saídas do fundo de seu coração repleto de fé no meigo Deus de sua crença, com o desejo incontido de salvar a alma da jovem. Aquelas gotas insistentes de fé começaram a perfurar a barreira de pedra que defendia a alma de Helga, deixando que o orvalho da graça divina começasse a nela penetrar. Nem ela própria estava consciente disso, de modo idêntico ao da semente enterrada sob o solo, que ignora o quanto representa a ação conjunta do sol e da chuva, no sentido de fazê-la abrir-se, para que possa irromper de dentro de si a planta verde ali contida.

Assim como a cantiga de ninar penetra na mente da criança, e esta, embora sem compreender o significado das palavras, aprenda a repeti-las com prazer, as frases candentes do jovem sacerdote invadiam a alma de Helga, impregnando-a de amor.

Uma clareira aberta na floresta permitiu-lhes prosseguir mais rapidamente; em seguida, porém, tiveram de atravessar novo trecho de mata fechada. Quando o sol estava prestes a desaparecer, foram abordados por um bando de salteadores.

— Alto lá! — gritou um deles, segurando o cavalo pelo freio. — Onde foi que você raptou essa donzela?

Os salteadores obrigaram os dois a descerem do cavalo. Eram muitos, e a única arma do sacerdote era a faca que havia tomado de Helga. Mesmo assim, procurou defender-se. Um dos salteadores desferiu-lhe um golpe com um machado. Ele esquivou-se, mas a lâmina afiada do instrumento acabou atingindo o cavalo no pescoço, abrindo-lhe ali uma profunda ferida. O sangue borbotou, e o animal caiu prostrado no chão. Helga, que até aquele momento parecia estar em transe, acordou de repente, atirando-se ao animal, na intenção de estancar-lhe o sangue. O sacerdote postou-se à sua frente, procurando dar-lhe proteção. Um dos

552

homens, porém, tomou de uma marreta e acertou-lhe uma tremenda pancada na cabeça, rachando-a e esmagando seus miolos. Foi um golpe mortal.

Os assaltantes agarraram Helga, revistaram-na e tiraram dela uma pequena adaga, que ela trazia escondida dentro de suas roupas. Nesse exato momento, o sol se pôs, e a moça transformou-se num horrendo monstro com aspecto de sapo. Seu rosto delicado achatou-se, passando a ostentar uma boca verde-esbranquiçada; seus braços adelgaçaram e suas mãos se crisparam, surgindo membranas entre seus dedos, enquanto sua pele se tornava áspera, verruguenta e viscosa. Os ladrões recuaram, apavorados, e o monstro, como só os sapos sabem fazer, projetou-se num salto ágil, passando por cima deles e se internando na floresta. Imaginando que ele fosse a encarnação de Loke, o diabo medonho e vingativo, fugiram em debandada.

A lua cheia já estava alta no céu, quando Helga, em sua amedrontadora forma noturna, saiu das moitas onde se escondera e regressou ao local do assalto. Parada à frente do corpo do sacerdote e do cavalo morto, ficou a contemplá-los com olhos tristonhos, nos quais dir-se-ia tremeluzir uma lágrima sentida. O som que saiu de seu peito lembrava o soluço de uma criança prestes a chorar. Estreitou contra o peito a cabeça do sacerdote, depois a do pobre animal, e depois foi até o regato próximo, trazendo água na concha das mãos e espargindo-a sobre os dois cadáveres, talvez na esperança de que isso lhes devolvesse a vida. De nada adiantou, pois ambos já estavam frios e definitivamente mortos. Veio-lhe à mente o temor de que as feras silvestres poderiam aparecer, atraídas pelo cheiro do sangue, e os devorassem. Para impedir que isso acontecesse, começou a escavar o chão, a fim de enterrá-los. Seu único instrumento era um galho seco de árvore, que encontrou caído no chão. As membranas que ligavam seus dedos começaram a arder e sangrar. Ela logo viu que não seria capaz de cavar uma cova grande o suficiente para abrigar os dois corpos. Então, limpou o sangue espalhado pelo rosto do sacerdote, cobrindo-o de folhas. Em seguida, juntou ramos de árvores e escondeu completamente os dois corpos. Sabia que isso seria insuficiente para despistar os lobos e as raposas; por isso, empilhou sobre os ramos todas as pedras que pôde encontrar, espalhando sobre elas grande quantidade de musgo. Só então ficou certa de que aqueles corpos poderiam repousar em paz, sem temer o ataque das feras.

Passou toda a noite fazendo aquele trabalho. Quando deu por si, raiou a aurora, e ela voltou a assumir sua forma humana. Dessa vez, porém suas mãos estavam sangrando, e lágrimas rolavam pelas suas faces rosadas, coisa que nunca lhe acontecera até então.

As duas naturezas lutavam agora dentro de si. Seu corpo tremia todo, como se tomado por uma febre alta. Os olhos assustados não conseguiam fixar-se num ponto, girando a esmo, cheios de medo e espanto. Parecia alguém que acabava de acordar de um pesadelo. Tentando controlar-se, agarrou-se ao tronco de um amieiro. Sem saber como, trepou por ele acima, com a agilidade de um esquilo. Ganhou o topo da árvore e ali passou o resto do dia, em completa imobilidade.

A seu redor, reinava a solene tranquilidade da floresta. É assim que se costuma descrevê-la; contudo, se alguém observar detidamente esse ambiente verde, notará que ele nunca se encontra de fato silente e imóvel. Duas borboletas voavam, circulando-se mutuamente: seria uma espécie de luta, ou simplesmente uma brincadeira? Junto à raiz daquela árvore havia dois formigueiros, e centenas de seus pequenos moradores andavam para lá e para cá, numa faina incessante. Moscas e mosquitos voejavam pelo ar, formando verdadeiras nuvens. De vez em quando, passava voando uma libélula, exibindo suas asas douradas e cintilantes. Vermes arrastavam-se sobre o solo úmido, e toupeiras jogavam terra para fora de suas tocas, formando montículos de proteção, junto a suas entradas. Nenhum desses animaizinhos notou a presença de Helga ali na árvore, e, se notou, não se importou. Apenas um casal de pegas lhe deu atenção. Curiosas de saber do que se tratava, as aves pousaram no galho onde ela estava, mantendo a distância que a prudência exigia. Vendo que a jovem não se mexia, aproximaram-se mais um pouco. Aí, ela piscou, causando-lhes grande susto. Trataram de voar, antes que aquele estranho ser humano, encarapitado na árvore, lhes pregasse alguma peça. Seguro morreu de velho, e as pegas também.

Quando o sol descambou no horizonte, Helga lembrou-se de que chegava a hora de sua metamorfose, e desceu para o chão. Logo depois, readquiria o formato de sapo. As mãos ainda doíam e tinham as repulsivas membranas entre os dedos. Mas seus olhos já não eram os de um sapo, e sim os de um ser humano: aqueles que de fato refletem a alma de quem os possui.

Perto do túmulo rústico estava a cruz feita pelo jovem sacerdote. Fora a última coisa que ele fizera com suas próprias mãos. Helga cravou-a sobre o monte que o cobria. Ao fazer aquilo, seus olhos encheram-se de lágrimas, pela lembrança da tragédia que haviam presenciado na tarde anterior. Achando belo o efeito daquela cruz sobre o monte de galhos, pedras e musgo, Helga decidiu fazer diversas cruzes semelhantes, rodeando com elas as duas sepulturas. À medida que as fazia, as membranas foram caindo de seus dedos, deixando-os livres como os de uma mão humana. Para limpar as casquinhas que ainda permaneciam em suas mãos, foi lavá-las no regato, e espantou-se ao vê-las suaves e alvas, como as de uma donzela. Imitando o gesto do sacerdote, fez no ar o sinal da cruz, com a mão voltada para os túmulos. Sua boca de sapo estremeceu, sua língua pareceu engrossar, e ela tentou articular uma palavra, um nome, aquele que tantas vezes escutara durante sua viagem pela floresta. Por fim, conseguiu o que queria, e pronunciou clara e distintamente:

— Jesus Cristo!

A pele verruguenta que a recobria desprendeu-se de seu corpo, e ela se viu livre daquele invólucro incômodo, resplandecente em sua beleza feminina e juvenil. Todo aquele esforço produziu-lhe extremo cansaço. Inclinando a cabeça, deixou-se cair sobre a relva e adormeceu, na margem do regato.

À meia-noite, acordou. Diante dela estava o cavalo morto. Pequenas chamas desprendiam-se do ferimento em seu pescoço, e seus olhos pareciam fulgurar. Ao lado dele, estava o jovem sacerdote, "mais bonito que um deus", conforme dissera a mulher do chefe *viking*. Também ele emitia uma estranha luminosidade. Seus olhos fitavam Helga, tristes, graves, mas gentis. Ela sentiu como se estivesse sendo submetida a um julgamento, e que aqueles olhos penetravam-lhe o corpo como uma verruma, enxergando o fundo de seu coração. Ante seus próprios olhos, toda a sua vida desfilou. Cada carinho recebido, cada palavra terna que lhe fora dirigida, tornaram-se terrivelmente reais. Ela compreendeu que o amor tinha saído vitorioso do combate travado em seu íntimo, conseguindo libertar do lamaçal do rancor sua alma, que até então ali chafurdava-se de dia, e desfazendo a crosta repulsiva que revestia seu corpo, quando a noite caía. Ela própria, sem auxílio externo, jamais teria sido capaz de alterar seu destino. Se o conseguira, fora porque alguém a tinha guiado naquela direção. Humildemente, inclinou a cabeça e deu graças Àquele que pode enxergar os cantos mais recônditos de nossos corações. Nesse momento, sentiu que uma espécie de fogo perpassava por ela, purificando-a do pecado — era a chama do Espírito Santo.

— Tu, filha do pântano — disse-lhe o espírito do sacerdote — do barro foste formada, e do barro ressurgirás. O raio de sol que rebrilha em teu interior retornará a teu Criador, que não é o sol, mas Deus. Nenhuma alma será condenada, mas a vida terrena pode ser longa, e o voo para a eternidade pode parecer infinito. Venho da terra dos mortos, onde as montanhas rebrilham e onde vive toda a perfeição. Um dia, terás de transpor os vales escuros que te separam dessa terra. Sinto não poder levar-te a Hedeby, onde pretendia batizar-te em nome de Cristo. Mas tens um dever a cumprir no pântano. Deves ir até lá, para quebrares o escudo de água que cobre e esconde a raiz viva da qual germinaste. Vem comigo.

Dito isso, montaram, e ele lhe entregou um turíbulo dourado, igual a um daqueles que tinham sido trazidos pelos *vikings* de sua última incursão guerreira. Um aroma doce e penetrante emanava de dentro dele. A ferida na cabeça do jovem sacerdote refulgia como uma joia, enquanto ele disparava a galope, empunhando a cruz em suas mãos. Os cascos do cavalo não tocaram o chão, mas sim um caminho invisível, que levava às alturas, acima e além da floresta. Helga olhou para baixo e avistou as pequenas elevações, sob as quais jaziam os restos mortais dos antigos chefes *vikings*, enterrados junto com seus cavalos. Os gigantescos espectros desses chefes apareciam agora, montados nos corcéis, sobre aqueles velhos túmulos arredondados. À luz do luar, as faixas douradas em torno de suas testas rebrilhavam, e suas capas flutuavam ao vento. O monstruoso minhocão que guardava o tesouro ali enterrado punha a cabeça para fora de sua toca e vigiava atento tudo o que acontecia. Anõezinhos corriam para todos os lados, portando suas lanternas. Velozes e leves, pareciam fagulhas desprendidas das cinzas de um monte de papel queimado.

E lá se foram pelos ares, sobrevoando as urzes, a floresta, os lagos e os regatos, seguindo na direção do grande pântano. Ao atingirem suas imediações, o sacerdote ergueu a cruz. Iluminados pelo luar, os dois galhos secos que a formavam pareciam ser de ouro. Ali do alto, diante do pântano que se estendia a perder de vista, ele celebrou a missa. Na hora dos cânticos, Helga juntava sua voz à dele, como uma criança que estivesse tentando imitar a mãe. Ele agitou o turíbulo, e a fragrância do incenso espalhou-se ao longe, impregnando tão fortemente a atmosfera, que as flores dos caniços brotaram, e os lírios-d'água rebentaram à superfície das águas barrentas, encobrindo-as inteiramente, como se formassem um tapete colorido. No centro do lago, onde a densidade das flores aquáticas era maior, jazia adormecida uma bela mulher. Helga julgou estar vendo seu próprio reflexo, sem saber que aquela era a esposa do Rei do Pântano, sua mãe, a princesa do Egito.

A um gesto do espectro do sacerdote, a mulher flutuou no ar e subiu até eles, sendo colocada nas costas do cavalo. O animal oscilou e começou a descer, vergado pelo peso excessivo que carregava. Fazendo o sinal da cruz, o sacerdote incutiu-lhe novas forças, e ele então voltou a voar rapidamente, levando-os sãos e salvos para a margem.

No instante em que desmontavam, o galo cantou. Àquele som estrídulo, sacerdote e cavalo desfizeram-se numa poeira tênue, que logo se dissipou, levada pelo vento. Helga e sua mãe ficaram sozinhas, olhando intrigadas uma para a outra.

— É minha própria imagem que estou vendo, refletida num espelho? — perguntou a mãe.

— Será meu reflexo, ou uma miragem? — perguntou a jovem.

As duas estenderam as mãos, tocaram-se, reconheceram quem deviam ser e se estreitaram num carinhoso abraço.

— Oh, minha filha, flor do meu coração! Você é o lótus das águas profundas — disse a princesa, deixando que suas lágrimas caíssem sobre os ombros de Helga, como um batismo de amor. — Vim até aqui envolta num manto de plumas de cisne. Ao mergulhar no lago, fiquei presa no lodo do pântano, e nele afundei, como se descesse por um poço de paredes escuras. Alguma coisa puxava meus pés, arrastando-me cada vez mais para baixo. Meus olhos pesavam de sono, e um torpor estranho invadiu-me toda. Dormi e sonhei que tinha regressado ao Egito, encontrando-me na câmara mortuária da pirâmide maior. Via diante de mim o tronco caído do amieiro, sobre o qual me postara, ao alcançar o pântano. Reparando melhor nas rachaduras e fendas de sua casca, notei que formavam hieróglifos, semelhantes aos que se veem nos ataúdes das múmias dos faraós. De repente, a casca se rompeu, e de dentro dela saiu uma múmia, negra e fosforescente como as lesmas da floresta. Que seria aquela estranha aparição? Eu não saberia dizer. De repente, ela estreitou-me em seus braços, e desfaleci, pensando que iria morrer. Mas isso não aconteceu. Meu coração continuou a bater, e senti uma espécie de calor dentro de mim. A múmia — seria o Rei do Pântano? — desapareceu, e em seu lugar, pousado em meu peito, estava um passarinho, cantando e agitando as asas. Súbito, voou e foi pousar nas vigas escuras do teto. Um longo cordão verde ligava-o a mim. Entendi que seus gorjeios significavam: "A luz do sol! Liberdade!" Era um cântico em homenagem ao astro-rei, o pai de todas as coisas. Lembrei-me de outro rei, meu pai, que jazia inerte na terra ensolarada do Egito. Desatando os laços do cordão verde, libertei o pássaro, deixando que ele voasse até o palácio. Depois disso, caí num sono profundo, do qual só despertei há pouco, quando o cheiro de incenso invadiu minhas narinas, e o som dos cânticos sacros me trouxe de volta à luz, retirando-me das trevas subterrâneas.

Onde estaria agora o cordão verde que ligava o coração da princesa às asas do pássaro? Atirado ao chão, como um objeto usado e sem serventia. Só a cegonha o viu, notando que tinha sido feito do talo da flor que servira de berço para a criança que, há tempos, a ave retirara dali, e que agora se transformara na linda jovem ali parada, sorrindo para sua mãe.

Enquanto as duas voltavam a abraçar-se, Papai Cegonha ficou desferindo círculos acima delas. Então, lembrando-se dos dois mantos de pena de cisne que estavam guardados em seu ninho, voou para lá, a fim de buscá-los. Logo voltou, entregando-os à mãe e à filha. Elas vestiram-nos, e em pouco alçavam ao ar, como se de fato fossem dois cisnes.

— Agora podemos conversar — disse a ave, voando ao lado delas. — Embora vocês não tenham bico, como eu, podemos entender o que cada qual de nós fala. Que sorte eu estar aqui hoje de manhã, quando vocês se encontraram! Se tivessem adiado esse encontro para amanhã, eu já teria migrado, e estaria longe daqui. Sim, hoje é o dia da partida das cegonhas para o Sul. Não me reconhecem? Sou uma daquelas cegonhas que frequentam o Nilo no inverno. Temos ido lá durante todos esses anos; eu, minha mulher e meus filhos. Ela também é amiga de vocês. Embora sempre afirme ser melhor deixar que a princesa cuide de si própria, no fundo não pensa desse modo. Foram meus filhos e eu que trouxemos os mantos de penas de cisne para cá. Ah, como estou feliz, vendo-as juntas, satisfeitas! Valeu a pena o sacrifício de trazer esses mantos, pesadíssimos! Nossa partida será em poucas horas, logo que o sol esteja a pino no céu. Não é só nossa família que vai migrar, mas todo um bando de cegonhas. Somos muitas. Para que não se percam, é melhor que nos sigam, pois conhecemos bem o caminho. E se tiverem algum problema durante o voo, não se preocupem: estaremos de olho em vocês, prontos para lhes darmos uma mãozinha, ou melhor, uma asinha.

— Agora já sei qual era a flor que eu devia levar para o Egito — disse a princesa, sorrindo. — Decifrei o enigma: é você, minha filha, a flor que brotou no meu coração. Vamos voltar para nossa casa.

Mas Helga insistiu que não devia sair dali antes de dar adeus à mulher que a criara, sua mãe adotiva. Sempre a tratara com grosseria e rispidez, mas agora reconhecia quanto lhe devia, quantas lágrimas a havia feito chorar, quanta decepção lhe causara. Naquele momento, sentiu que a amava mais do que a própria mãe.

— É isso mesmo, minha jovem — intrometeu-se Papai Cegonha na conversa. — Vamos até a casa grande do chefe *viking*. Realmente, tenho de ir para lá, pois minha mulher e meus filhos esperam-me no ninho. Quando as virem, vão arregalar os olhos e bater os bicos de espanto. Vocês gostarão de conhecer minha esposa. Ela não é de fazer estardalhaço, nem de falar pelos cotovelos. Ao contrário, fala só o estritamente necessário. Mas acerta na mosca, sempre que comenta alguma coisa. Vou avisá-los de nossa chegada.

E começou a abrir e fechar o bico, batendo fortemente a parte de cima contra a de baixo, e assim produzindo um som semelhante ao de uma matraca.

Na casa, todos ainda estavam dormindo. A esposa do chefe tinha custado a pregar o olho na noite anterior, preocupada com o destino de Helga, que tinha desaparecido três dias antes, levando consigo o sacerdote cristão. Notando que um cavalo tinha sido tirado do estábulo, desconfiou que a jovem o tivesse ajudado a escapar. Por que fizera aquilo? A mulher havia cismado longo tempo, procurando uma resposta. Alguém já lhe dissera que Jesus Cristo operava milagres no coração daqueles que recorriam a Ele. Mesmo dormindo, sonhou com aquele novo Deus, tão diferente dos que até então conhecia. No sonho, viu-se sentada em sua cama, bem protegida da tempestade furiosa que rugia lá fora. O vento sibilava; as ondas do mar quebravam-se com estrondo contra os rochedos da costa; Midgar, o verme gigantesco que vive no interior da terra, contorcia-se todo, tomado de fortes convulsões. Chegava a seu final o dia da glória e do esplendor dos deuses antigos; estava sendo travada sua última batalha, e eles lutavam denodadamente contra sua extinção, mas ela era inevitável. Avizinhava-se Ragnarok — o fim do mundo, a morte dos deuses. Os chifres de guerra soavam, lamentando a derrota iminente. Os deuses cavalgavam além do arco-íris, vestindo suas armaduras rebrilhantes. À frente seguiam as valquírias, e à retaguarda os chefes *vikings*, cuja fama havia chegado até o palácio de Odin. O sol da meia-noite refulgia, enchendo o céu de clarões; entretanto, a noite de sua derrota estava prestes a cair. Era um sonho terrível, e a mulher arfava no leito, tomada de medo e angústia.

No sonho, viu a seu lado a forma noturna de Helga, o monstro de cara de sapo, que também tremia, procurando sua proteção. Sem se importar com seu aspecto horrendo e com sua pele viscosa e repugnante, estreitou-o com ternura junto ao peito. Chegava até ela o fragor da batalha. As setas cruzavam os ares sem parar, deixando rastros de fogo por onde passavam. Chegara o momento em que o céu e a terra iriam inflamar-se, e em que as estrelas se desprenderiam do firmamento, derretendo-se na enorme fogueira que tudo iria consumir. Mas um novo céu e uma nova terra ressurgiriam das cinzas dessa catástrofe. Onde agora o mar bravio cobria as planícies, o centeio e a cevada haveriam de vicejar. O deus Balder, terno e amável, preso há séculos e séculos no Reino das Sombras, libertar-se-ia, subindo gloriosamente aos céus. Eis que ele chegava! No sonho, a mulher avistou-o, belo e radiante, reconhecendo em suas feições as do sacerdote cristão que o marido trouxera prisioneiro.

— Jesus Cristo! — exclamou, estreitando mais fortemente contra o peito a cabeça do pequeno monstro, e beijando-o carinhosamente.

Nesse instante, o sapo desapareceu, e em seu lugar surgiu Helga, linda como sempre, mas agora com uma aparência amável e bondosa, que ela nunca havia visto antes. A jovem beijou-lhe as mãos com ternura, agradecendo-lhe pelo amor e pelos cuidados que sempre lhe dispensara. Falou-lhe das ideias e dos princípios que havia plantado em seu coração, dizendo que eles agora começavam a frutificar. Espantada ante todas aquelas revelações, a mulher *viking* nada fez, senão sussurrar o nome que ultimamente corria de boca em boca, entre os do seu povo:

— Jesus Cristo!

Nesse momento, Helga transformou-se num cisne e alçou voo, saindo pela janela. O rumor de suas asas acordou a mulher. Abrindo os olhos, reconheceu que acabara de ter um sonho muito estranho, e interpretou as batidas de asas que acabara de ouvir como sendo das cegonhas, que deveriam estar iniciando sua migração. Saiu do quarto e foi para fora de casa, a fim de ver o bando de aves a passar, rumando para as terras quentes do sul. O céu estava coalhado de cegonhas, que voavam em círculos. Junto à cisterna do pátio, onde tantas vezes tremera de susto, devido às brincadeiras de mau gosto de Helga, avistou dois cisnes. Um deles, não teve dúvida, era aquele que acabara de ver em seu sonho. Era Helga! Lembrou-se também do semblante do deus Balder, idêntico ao do sacerdote cristão, e seu coração encheu-se de uma inexplicável alegria.

Os dois cisnes bateram as asas e curvaram seus longos pescoços na direção da mulher, como se a estivessem saudando. Ela correspondeu ao cumprimento, abrindo seus braços num gesto de abraço, enquanto as lágrimas desciam-lhe pelas faces.

As últimas cegonhas seguiram o bando, e os derradeiros ruídos de seus bicos a bater e de suas asas a ruflar perderam-se ao longe.

— Vamos embora — disse Mamãe Cegonha. — Nada de esperar pelos dois cisnes. Eles que nos sigam, se assim desejarem. E que não queiram misturar-se a nós, pois somos uma família, e sempre voamos unidos. Detesto o costume dos tentilhões, de irem os machos à frente e as fêmeas atrás. É tão deselegante! Já os cisnes vivem mudando de formação, sem se fixarem numa só. Desconfio que seja falta de organização.

— Ora, querida, que é isso? — repreendeu Papai Cegonha com carinho. — Cada ave tem sua maneira de voar. Os cisnes formam uma linha diagonal; os grous formam-se em triângulo; as tarambolas voam numa linha sinuosa, lembrando a silhueta de uma serpente.

— Não fale essa palavra enquanto estivermos voando! — advertiu Mamãe Cegonha. — Pode despertar a fome, principalmente nos menores, e agora não é hora de procurar comida.

Enquanto isso, Helga e sua mãe voavam sozinhas, conversando animadamente.

— Aquelas massas negras que vejo ali à frente são as tais altas montanhas de que tanto escuto falar? — perguntou a jovem.

— Não, filha, são nuvens de chuva. Vamos passar por cima delas.

— E aquelas massas brancas ao longe, são nuvens feitas de neve?

— Aquelas, sim, são as altas montanhas. São os picos recobertos de neve da Cordilheira dos Alpes. Além delas, estende-se o Mediterrâneo, com suas águas azuis-escuras.

E a princesa ia indicando os acidentes geográficos, à medida que surgiam ante seus olhos. "Eis a costa africana"; "Estamos sobrevoando o deserto", "Lá, ao longe, já é o Egito".

À menção do nome da terra natal, seus olhos rebrilharam de alegria. Passaram a voar mais rapidamente, ao avistarem aquela terra milenar. Também as cegonhas bateram as asas mais velozmente, quando notaram que a estavam sobrevoando.

— Já estou sentindo o cheirinho da lama do Nilo — comentou Mamãe Cegonha.

— E eu das rãzinhas saborosas que lá estão aguardando minha chegada — brincou um de seus filhos.

Os filhotes mais novos avistavam aquela terra pela primeira vez. De olhos arregalados, nada diziam, prestando atenção às palavras da mãe, que ensinava:

— Já devem estar morrendo de fome, não é? Tenham calma. Comida é que não falta nesta terra. E quanta coisa para se ver! Vamos conhecer outras cegonhas, além de diversas aves que pertencem a nossa família, embora não sejam tão bonitas e elegantes como nós. Tem o marabu, tem o grou, tem a garça, tem o íbis. Esse último é muito paparicado pelos egípcios; não consigo entender por que razão. Quando um íbis morre, eles o empalham e enchem seu corpo de especiarias aromáticas. Pena que ele próprio não pode sentir o cheirinho gostoso delas... Quanto a mim, prefiro outro tipo de recheio: rãzinhas verdes e saborosas. Podem encher minha barriga com elas, que não me importo. Antes modesta e sem fama, mas viva e bem alimentada, que cheia de glória e especiarias, porém morta. É assim que penso, e tratem de pensar do mesmo modo, que é a maneira ditada pela bom senso e pela experiência.

— Lá vêm as cegonhas! — gritaram os criados do palácio à beira do Nilo.

Num divã recoberto por peles de leopardo, jazia o soberano, mais morto que vivo, aguardando ansiosamente a prometida flor de lótus das terras nórdicas, capaz de devolver-lhe a saúde. De repente, dois cisnes entraram voando no salão. Tinham chegado ao Egito junto com as cegonhas. Pousaram, retiraram as penas que os cobriam, e de sob o manto surgiram duas belíssimas mulheres, tão parecidas uma com a outra como o seriam duas gotas de orvalho entre si. Curvando-se sobre a figura inerte que jazia no divã, tocaram-na com as mãos. Quando os dedos de Helga encostaram-se no rosto pálido e seco do avô, o sangue coloriu suas faces, seus olhos voltaram a brilhar e seu corpo readquiriu ânimo e vitalidade. O soberano levantou-se, rejuvenescido, e envolveu filha e neta num abraço carinhoso, como se fossem ambas as portadoras da aurora, despontando em sua existência após uma escura e prolongada noite.

Voltou a reinar a alegria naquele palácio, há pouco tão desolado. Júbilo semelhante notava-se no ninho das cegonhas, embora por outro motivo: é que aquele lugar estava fervilhando de rãs. Como elas eram apreciadas por aqueles estômagos mantidos vazios durante tantas horas seguidas!

Enquanto os sábios e letrados juntavam-se para escrever a história das duas jovens princesas e da flor que devolvera a saúde ao soberano, trazendo a alegria para o palácio e a felicidade para toda a nação, as duas cegonhas contavam-na aos filhos e aos amigos, a seu modo. Mas só fizeram isso depois de estarem todos de barriga cheia, pois tudo tem sua hora certa.

— Só quero ver o que lhe darão, como recompensa pelos seus sacrifícios — disse Mamãe Cegonha baixinho, de modo que só seu companheiro a escutasse.

— Não precisam dar-me recompensa alguma — retrucou Papai Cegonha. — Fiz apenas o que achei ser correto. Não acho que mereça prêmio por causa disso. Foi tão pouco...

— Pouco? Que modéstia é essa? Se não fosse por você, ajudado por nossos filhos, as duas jamais teriam retornado ao Egito! Claro que isso merece recompensa, e das boas! No mínimo, terão de lhe conferir o título de Doutor! E título hereditário, desses que passam de pais a filhos, e de filhos a netos. Já estou até vendo: "Cegonhildo, Doutor em Filosofia"!

Redigida a história, viu-se que, em todo o seu desenrolar, estava realçada a ideia fundamental de que "a Vida decorre do Amor", que também lhe servia de desfecho e moral. Assim foram feitas as comparações:

> *"O amor engendra a vida. A princesa é o raio de sol que iluminou a escuridão do pântano. Do convívio entre sua luz e a escuridão, representada pelo Rei do Pântano, brotou a flor", etc., etc.*

— Posso repeti-la palavra por palavra — disse Papai Cegonha, depois de escutar a leitura, pousado no teto da torre onde os sábios e doutos se reuniram. — O soberano ficou felicíssimo ao escutá-la, e conferiu medalhas e distinções a todos os seus autores. Até o cozinheiro real ganhou uma condecoração, mas acho que foi pela sopa que preparou, e que o soberano tomou com grande satisfação.

— E o que sobrou para você? — perguntou Mamãe Cegonha. — Não me diga que o esqueceram. Será possível que os sábios não reconhecem a importância de sua participação, abiscoitando uma glória que não era deles? Vamos dar um tempo para ver se reconhecem a injustiça que acabam de cometer.

Quando a noite caiu e todo o palácio ficou escuro e silencioso, houve alguém que não dormiu. Não, não era Papai Cegonha. Embora ele estivesse montando guarda do lado de fora do ninho, apoiado numa de suas pernas, já se acostumara tanto com aquilo, que até ressonava. Quem estava acordada era Helga, parada junto à grade da varanda, contemplando as estrelas. Achou-as mais claras e brilhantes que as da terra de onde acabara de chegar; entretanto, eram as mesmas estrelas que também lá cintilavam à noite. A jovem pensava em sua mãe de criação, a mulher *viking*, que vivia perto do grande pântano. Lembrou-se de seus olhos doces e gentis, e das lágrimas que derramava quando a abraçava de noite, sem se importar com seu aspecto repulsivo. Considerava como devia ser repleto de amor e bondade aquele coração, capaz de sentir afeição por uma criatura tão monstruosa, e de suportar sua agressividade e falta de carinho, quando assumia a aparência humana. Uma estrela rebrilhou subitamente, fazendo-a lembrar-se de como refulgira o ferimento na cabeça do sacerdote cristão, quando a carregara pelos ares. Pensou nas palavras que ele lhe dissera quando ainda estava vivo, explicando-lhe a origem do amor e ensinando-lhe que sua mais sublime expressão era quando ele abarcava, num único e mesmo sentimento, todos os seres vivos.

Quanto lhe fora dado, quanto bem lhe fora feito! Toda a sua vida fora uma sucessão de presentes, que nada fizera por merecer. Como uma criança, ela só se detinha na contemplação do que tinha recebido, sem dar atenção a quem dera o presente. Tinha certeza de que dádivas ainda maiores haveriam de chegar-lhe às mãos, presentes mais esplêndidos que os recebidos até então. Não era a menina predestinada, em cujo favor até mesmo milagres tinham sido realizados?

Tais pensamentos mantiveram-se em sua mente pelos dias que se seguiram. Jamais lhe passou pela cabeça lembrar-se do responsável por tantos e tamanhos benefícios. A arrogância da juventude tomava conta de seu coração, e seus olhos faiscavam de autoconfiança e satisfação. Certa vez, escutou um barulho que vinha do pátio do palácio. Olhando da varanda, viu duas avestruzes, correndo em círculos, uma ao redor da outra. Nunca vira antes aquelas estranhas aves, enormes, roliças e pesadas, com asas tão curtas, que pareciam cortadas. Pensando que alguém tivesse feito a maldade de aparar-lhes as asas, para impedi-las de voar, pediu esclarecimentos a um cortesão, que lhe contou a velha lenda egípcia referente às avestruzes. Vamos ouvi-la.

Antigamente, a avestruz tinha asas grandes e fortes. Foi então que outras aves, grandes como ela, convidaram-na para ir ao rio, no dia seguinte, tomar um banho refrescante. Ela aceitou. Assim, logo que amanheceu, voaram todas na direção do sol, que é o olho de Deus. No afã de chegar primeiro, a avestruz voou mais rápido que as outras aves. Em seu orgulho, esqueceu-se de que devia sua força e sua capacidade de voar ao Ser Superior que a tinha criado. Ao ser convidada, na véspera, escutara sua companheira dizer que iria ao rio "se Deus quiser"; ao responder-lhe, entretanto, afirmara que iria, sim, na certeza de que bastava sua vontade para concretizar aquela intenção. Foi então que o anjo corregedor puxou o véu que amenizava o ardor do sol, e as chamas que se desprenderam do astro queimaram as asas da avestruz, fazendo-a precipitar-se no chão. Ela nunca mais poderia voar, e o castigo reverteu também aos seus descendentes. É por isso que ela gira em círculos, correndo, a fim de lembrar aos seres humanos que, ao se referirem aos seus planos futuros, nunca deixem de dizer: "Se Deus quiser."

Helga baixou a cabeça, pensativa, enquanto olhava as duas avestruzes que corriam lá embaixo, no pátio. Notou como as aves pareciam assustar-se, ao verem projetada sua sombra sobre o muro branco, iluminado pelo sol. Na mente da jovem formaram-se subitamente novas e graves ideias. Que lhe estaria reservado para o futuro? Que novas alegrias iriam coroar sua existência rica e feliz? Veio-lhe a resposta prontamente, e ela murmurou para si própria:

— O que tiver de vir, virá, se Deus quiser.

CROGO

Ao início da primavera, quando as cegonhas se preparavam para regressar a sua terra natal, Helga separou uma pulseira de ouro e mandou gravar nela seu nome. Indo à janela, acenou para Papai Cegonha, chamando-o. Ele atendeu, e Helga então perguntou-lhe se poderia levar aquele presente para sua mãe de criação, pois desse modo a mulher *viking* ficaria sabendo que ela estava bem, e que não a tinha esquecido.

— É bem desconfortável — reclamou a ave, quando ela lhe pôs a pulseira no pescoço; — contudo, ouro e glória não devem ser atirados na lama. Depois disso, haverão de dizer, lá nas terras nórdicas, que as cegonhas são as mensageiras da fortuna.

Saindo dali, foi mostrar a pulseira para sua companheira, contando-lhe todo o ocorrido.

— Já vi tudo — disse ela, com azedume. — Você vai prestar mais um favor, sem que sequer lhe agradeçam. Sempre prestativo, sempre serviçal; recompensa, que é bom, nada...

— Pedidos desse gênero não podem ser recusados. Questão de consciência, querida.

— Ninguém iria lembrar-se de dar-lhe um desses, para enfeitar seu pescoço. Só se lembram de você para servir de leva-e-traz. Isso não enobrece, nem enche a barriga.

E lá se foram as cegonhas.

O pequeno rouxinol que cantava entre os tamarindos logo seguiria também para as terras do Norte. Quando ali vivera, Helga muitas vezes tinha ouvido esse pássaro cantar, em seu ninho próximo do pântano. Lembrou-se de pedir-lhe para enviar uma mensagem. Quando voara usando o manto de plumas, aprendera a linguagem das aves. Depois disso, tinha tratado de treinar, conversando com as cegonhas e as andorinhas. Portanto, o rouxinol não teria dificuldade em compreendê-la. Assim, procurou-o e solicitou-lhe que, ao chegar à Jutlândia, procurasse o lugar onde havia um túmulo grande, coberto de galhos, pedras e musgo, e ali cantasse uma canção, pedindo a seus companheiros que fizessem o mesmo. O pássaro fez que sim com a cabeça, e de fato cumpriu o prometido.

಩ೞಂೞ಩

Meses depois, a águia que estava pousada no topo de uma pirâmide avistou uma caravana que cruzava o deserto. Os camelos vinham ricamente carregados. Soldados guardavam-na, usando magníficas couraças e montando cavalos árabes brancos, de focinhos rosados, longas crinas e caudas peludas. Podia-se ver que se tratava de visitantes de alta consideração. De fato, aquela caravana trazia o príncipe da Arábia, herdeiro do trono real, altivo e bem-apessoado como se espera que sejam os príncipes. Seu destino era o palácio real do Egito.

Os ninhos das cegonhas estavam vazios, pois seus donos ainda não tinham voltado do norte. Contudo, esperava-se que chegassem por aqueles dias. Por uma feliz coincidência, elas estavam a caminho, chegando ali naquele mesmo dia, só que mais tarde.

Era um dia alegre e festivo. A corte egípcia preparava-se para realizar um suntuoso casamento. E quem era a noiva? Helga. Vestida de seda e coberta de joias, ela ocupava a cabeceira da mesa, ao lado do noivo, o jovem príncipe da Arábia. Sua mãe sentava-se a seu lado direito, e seu avô à esquerda do noivo.

Helga mal reparava no rosto trigueiro de seu futuro esposo, nem nos olhares repassados de paixão que ele lhe lançava. Seus olhos voltavam-se para a grande janela do palácio, detendo-se no céu escuro, no qual cintilavam milhares de estrelas.

De repente, o ar encheu-se do barulho de asas que batiam. Eram as cegonhas que estavam chegando. Embora o velho casal que tão bem conhecemos estivesse cansado da longa viagem, antes de irem para o ninho pousaram no peitoril da varanda do quarto de Helga, e ali ficaram, esperando pela jovem. Um marabu já lhes tinha contado sobre o motivo da festa que se realizava justamente naquele dia. Falara também sobre um mural que fora pintado numa das paredes do palácio, relatando a história de Helga, e no qual foram pintadas as figuras das duas cegonhas.

— Oh, que delicadeza! — comentou Papai Cegonha, orgulhoso.

— Nem tanto — contestou Mamãe Cegonha. — Isso era o mínimo que podiam fazer.

Helga pediu licença, deixou a mesa e dirigiu-se à varanda. Ao ver o casal de aves, bateu-lhes afetuosamente nas costas, e os dois se inclinaram, num cumprimento. Seus filhos, que ali também se encontravam, sentiram-se muito honrados com a atenção da princesa.

Olhando de novo para o céu, Helga avistou uma figura que flutuava ali perto. Era o sacerdote cristão, que tinha vindo do Paraíso para assistir ao casamento da jovem. Ao vê-la, ele falou:

— Que linda festa, Helga! Glória e esplendor maiores, só mesmo no Paraíso.

E ela, que nunca havia pedido coisa alguma, mas sempre exigido, rogou, suplicou que ele a levasse até lá, nem que por um breve momento, para que ela pudesse contemplar a face de Deus.

O jovem sacerdote atendeu sua súplica, levando-a até aquele lugar, que ninguém consegue descrever, ou mesmo imaginar como seja. Helga extasiou-se ante tudo o que via, ante aquele esplendor que, de tão fantástico, fazia a pessoa sentir-se como se estivesse também esplendorosa dentro de si.

— Pronto, Helga — sussurrou-lhe o sacerdote. — Não podemos ficar mais. Temos de regressar.

— Não, espere! — exclamou a jovem. — Só mais um minutinho.

— O tempo de visita é curto, e já se esgotou. Temos de ir.

— Só uma última olhadinha, por favor!

Mas, nesse instante, ela estava de volta à varanda do palácio. As luzes já haviam sido apagadas. O salão de festas estava vazio, e as cegonhas já se tinham retirado. Como explicar aquilo? Ela não ficara no Paraíso senão uns três minutos, quando muito! Onde estavam o noivo, os convidados, a festa e tudo mais?

Intrigada e receosa, Helga atravessou o salão vazio e entrou num quartinho, onde alguns soldados, vestidos de maneira estranha, estavam dormindo. Abriu outra porta, que deveria dar para o quarto do avô, e viu que ela agora dava para o pátio. O sol começava a despontar no horizonte. Afinal de contas, tinham transcorrido três minutos ou toda uma noite?

Vendo as cegonhas que voavam por ali, chamou-as em sua própria língua. Uma delas espantou-se com aquilo e se aproximou:

— Um ser humano que conhece nossa linguagem! Incrível! Quem é você? De onde veio?

— Ora, não me conhece? Sou Helga. Estivemos conversando pouco tempo atrás, ali na varanda!

— Conversando comigo? Só se for em sonho. Jamais conversei com um ser humano — protestou a cegonha.

— Mas não foi você quem me ajudou a deixar o grande pântano, na terra dos *vikings*, e a voltar para o Egito? Não levou para minha mãe a pulseira de ouro que lhe pus no pescoço?

A cegonha piscou os olhos, franziu a testa e respondeu:

— Isso que você está me dizendo é uma história antiga, antiquíssima, que minha tataravó dizia ter-se passado no tempo da tataravó dela! É a história da princesinha do Egito que desapareceu no dia de seu casamento. Aconteceu há centenas de anos e está representada no mural que fica ali no jardim. Nele podemos ver as pinturas de cisnes e cegonhas, embaixo de uma estátua, que é a da própria princesa do Egito.

563

Só então Helga compreendeu a extensão do que havia acontecido, caindo ao chão de joelhos.

O sol surgiu inteiro no céu, e seus raios iluminaram a jovem prostrada de joelhos no jardim. Os mesmos raios de sol que, no passado, tinham o poder de transformar o pequeno monstro com cara de sapo numa bela jovem, agora metamorfosearam Helga num brilhante raio de luz, que subiu ao céu, indo encontrar-se com Deus.

Seu corpo desapareceu, reduzindo-se a pó. Onde ela há pouco estava ajoelhada, via-se agora uma flor de lótus, murcha e seca.

— Quem diria! — filosofou a cegonha. — A velha história ganhou um final novo. Fui apanhada de surpresa, mas, sabe de uma coisa? Gostei.

— Então vamos contá-la para os filhotes — disse seu companheiro, que acabava de chegar.

— Claro! Eles vão gostar de ouvir, mas só depois que estiverem de barriguinha cheia.

Os Vencedores

Acabava de ser anunciado o nome do vencedor do prêmio anual. Na realidade, não foi um nome só: foram dois, pois houve o primeiro prêmio e o prêmio de consolação. Foram conferidos aos vencedores da Grande Corrida Anual, que não era um páreo simples, iniciando-se na linha de partida e terminando na linha de chegada, mas sim a longa corrida pela sobrevivência, aquela que dura todo o ano. Ganharam-nos os dois animais considerados os mais velozes.

— Ganhei o primeiro prêmio — comentava a lebre. — Nada mais justo: afinal de contas, tenho parentes e amigos na comissão julgadora. Mas não entendi como puderam dar o segundo prêmio para o caracol. No meu modo de ver, isso foi um insulto!

— Discordo — disse o mourão de cerca, que assistira à entrega dos prêmios. — Velocidade não é tudo. Há que se considerar também a diligência, a perseverança e o empenho. Isso é o que dizem os sensatos, e eu assino embaixo. O caracol levou meio ano para percorrer a distância que você leva meia hora para cruzar, e isso porque estava andando depressa! Coitado, até deslocou a bacia, de tanto esforço que fez para se arrastar com tamanha rapidez! Ah, como ele estava preocupado com essa corrida anual! Só pensava nisso. Temos ainda de considerar que o pobre coitado carrega a casa nas costas, o que não é brincadeira. Foi pela soma de todos esses motivos que lhe conferiram o segundo prêmio.

— A comissão julgadora deveria ter-se lembrado de mim — interrompeu a andorinha. — Existe alguém mais veloz do que eu? Tanto voando reto, como em círculos, que eu conheça, não existe. E o tanto que viajei, não é para ser levado em conta?

— Aí é que são elas, minha cara — respondeu o mourão. — Você está sempre viajando, sempre fora do nosso país. Por causa dessa falta de patriotismo, sempre será descartada.

— Ah, é? Então, digamos que eu não tivesse viajado durante o inverno, mas que tivesse passado toda a estação fria no pântano, em estado de hibernação — contrapôs a andorinha. — Isso proporcionaria condição para que eu pudesse participar da disputa?

— Se nos trouxer um atestado de permanência no pântano, assinado pela Bruxa dos Pântanos, prometo-lhe que, no próximo ano, você entrará na lista dos candidatos ao prêmio.

— Pois quanto a mim — resmungou o caracol, — acho que merecia o primeiro prêmio, e não o segundo. Todo mundo sabe que essa correria de lebre não passa de um ato de covardia. A infeliz tem medo até da própria sombra! Eu, não: vou para cá e para lá porque estou ocupado, em plena labuta. Foi por isso que fiquei descadeirado: acidente de trabalho. Bastava isso, para que me concedessem o primeiro prêmio. Mas não vou fazer escândalo. Sinto o maior desprezo por quem toma esse tipo de atitude.

E cuspiu no chão, com ar de desdém.

— Posso explicar e defender os votos que dei, pois foram justos e criteriosos — disse o marco, cravado na terra pelo topógrafo, para indicar as divisas entre as duas propriedades. — Creio na ordem, na constância e no cálculo. Faz doze anos que teve início a distribuição desse prêmio, e essa foi a terceira vez que me convidaram para compor a banca de julgamento. Portanto, 12 e 3. Ora, qual é a décima segunda letra do alfabeto? É o L, de lebre. E qual a terceira? O C, de caracol. Foi a primeira vez que meu voto influiu na decisão final. No ano que vem, deverei votar num animal iniciado com a letra M, e num outro com a letra D. É assim que se deve escolher: com critério, dentro de um sistema lógico e racional.

— Fiz parte da comissão, e também dei meu voto para a lebre — comentou o burro. — Concordo com quem disse que a velocidade é apenas um dos critérios a serem considerados, mas que não é tudo. Há outras qualidades a serem levadas em conta, como a capacidade de tração, por exemplo. Em questão de transporte de carga, a lebre iria tirar nota zero. Mas isso não influenciou meu julgamento, e tampouco fiquei analisando a extensão de seu salto e sua capacidade de se esquivar dos perseguidores, correndo e saltando em zigue-zague. O item que mais me impressionou e que inclinou meu voto para ela foi apenas um: a beleza estética. Acho a lebre mimosa e elegantíssima. Ah, que lindas orelhas compridas ela tem! Não me canso de contemplá-las. Lembra meu próprio perfil, quando era mais jovem. Foi isso que me motivou a lhe dar meu voto.

— Zzzz! — disse a mosca. — Não vou fazer discurso, mas só dizer uma coisinha.

Mais de uma vez, venci a lebre na corrida. Outro dia, persegui uma e, quando a alcancei, ela acabou quebrando a perna. É que eu estava pousada na frente de uma locomotiva, lugar excelente para se voar sem bater as asas, podendo-se contemplar a paisagem com todo conforto. De repente, surgiu uma lebre. Quando ela me viu voando em sua direção, apavorou-se e saiu correndo, saltando sobre os dormentes. Ao ver que eu me aproximava, tentou esquivar-se, saltando de lado, mas o limpa-trilhos da locomotiva colheu sua perna, quebrando-a. Ela ficou à beira dos trilhos, e eu prossegui, sem reduzir a velocidade. Ganhei ou não ganhei a corrida? Mas deixe isso para lá. Não estou chateada por não ter recebido o prêmio.

Também a roseira silvestre deu seu palpite, mas não o fez em voz alta, contentando-se em sussurrar, conforme é do seu feitio. Foi pena, pois o que ela disse merecia ser escutado:

— Acho que a premiação não deveria restringir-se apenas aos animais, porque quem merecia o primeiro prêmio, e o segundo também, era o raio de sol. Numa velocidade fan-

tástica, ele percorre a enorme distância que separa o sol de nós, e ainda consegue chegar aqui com força suficiente para estimular toda a natureza. Ele carrega dentro de si uma beleza tal, que nos faz florescer e desprender nossa suave fragrância. Os senhores membros da comissão, embora dignos e honrados, nem sequer cogitaram de considerar sua participação. Se eu fosse o raio de sol, provocaria neles uma insolação tal, que os deixaria de miolo mole, se é que eles têm miolos... Cala-te, boca; estou falando demais. Quero paz e sossego. Basta-me a felicidade que tenho, de poder gerar flores lindas e perfumadas, de inspirar os poetas e os amantes, de viver nas lendas e nas canções. E o raio de sol pouco se importa com honras e glórias, pois haverá de sobreviver, mesmo quando todos nós já não estivermos aqui.

— Afinal de contas — perguntou a minhoca, que só então acabava de sair de sob a terra, — em que consistem esses prêmios?

— Entrada franca e liberada numa plantação de cenouras, para o primeiro colocado — respondeu o burro. — Fui eu quem sugeriu o prêmio, já que a vencedora foi a lebre. Havia outras propostas, mas a minha foi vitoriosa, por ser a mais racional. Sou um burro, mas não sou burro. Ela, agora, vai tirar a barriga da miséria. Quanto ao caracol, recebeu permissão de ficar um dia inteiro tomando sol num muro de pedras. Além disso, foi convidado para ser membro permanente do júri de todos os próximos concursos. É sempre interessante ter um especialista em premiações na comissão julgadora. Como se vê, desta vez tudo foi feito com critério e bom senso. No ano que vem, será ainda melhor. Quem viver, verá. E boa sorte para todos os concorrentes.

O Poço do Sino

Blem, blão! Blem, blão!

As badaladas saíam do Poço do Sino, no Rio Odense. Que rio é esse?

Não sabe? Todos os moradores da cidade de Odense, até as crianças, conhecem-no muito bem. Pode ser que elas não saibam onde estão suas nascentes, que ficam muito longe dali; em compensação, todas já exploraram cada recanto do trecho que vai das comportas até o moinho, cruzando os jardins e pomares e chegando até a ponte de madeira.

Ali, as águas são quase paradas, deixando crescer pequenas plantas aquáticas, que eles chamam de "botões-do-rio" — são lírios-d'água. Ao longo das margens crescem moitas de caniços, acenando seus penachos, e os arrogantes juncos, que se erguem negros e retos, desafiando os ventos. No trecho em que as águas atravessam o lugar conhecido como Campina dos Frades, que é onde se costuma estender o linho para alvejar, as margens são orladas de salgueiros, tão antigos e encurvados, que seus ramos até tocam o leito do rio.

Nas cercanias da cidade, estendem-se pomares, hortas e jardins, cada qual diferente do outro. Alguns são inteiramente recobertos de flores, entre as quais surgem pequenos caramanchões, que lembram casas de bonecas. Outros, mais voltados para o lado prático, mostram renques de repolhos, alinhados como soldados em formação.

Em certos trechos, o rio torna-se tão fundo que os varejões não conseguem tocar o leito. O lugar de maior profundidade é perto de onde outrora se erguia um mosteiro. É ali que vive o Velho do Rio. Durante o dia, quando os raios de sol atravessam a água, ele dorme. Mas à noite, especialmente quando é lua cheia, costuma aparecer. Não se sabe há quanto tempo vive ali. Minha avó dizia que a avó dela já contava histórias do Velho do Rio. Solitário e arredio, ele não tem com quem conversar, a não ser um velho sino de igreja, que jaz no fundo das águas há séculos. Tempos atrás, era o sino que ficava na torre da igreja de Santo Albano, da qual nada sobrou, nem os alicerces.

Numa tarde, quando a igreja e sua torre ainda existiam, o sino soou: "Blem, blão! Blem, blão!" No exato instante em que o sol se punha, quando o sino se encontrava no máximo de sua inclinação, quebrou-se a trave que o sustinha, e ele mergulhou no espaço, chispando em reflexos rubros.

— Blem, blão! Blem, blão! Agora, vou dormir — badalou, desaparecendo em seguida no ponto mais fundo do rio.

Foi assim que aquele lugar ganhou o nome que tem até hoje: o Poço do Sino.

Sua intenção, porém, não se concretizou. Seu destino não era dormir eternamente sob as águas. O Velho do Rio gosta de fazê-lo soar, batendo-o às vezes com tanta força, que suas badaladas podem ser ouvidas longe das margens do Odense. Dizem alguns ser aviso de que alguém está para morrer, mas não é verdade. Ele soa para contar histórias, que o Velho do Rio escuta com prazer. Depois que o sino ali chegou, ele nunca mais ficou sozinho.

Que tipo de histórias pode um sino contar? Daquelas bem antigas, velhas como ele mesmo. Afinal de contas, ele já existia antes de minha tataravó ter nascido. Mais antigo que ele, porém, é o Velho do Rio, que deve ter a mesma idade do rio. Que figura curiosa! Suas calças são feitas de pele de enguia, e seu casaco é de escama de peixe. Os botões da roupa são botões de verdade — só que botões de flor: de lírios-d'água. Sua basta cabeleira é cheia de lascas de taquara, e sua barba, de folhas de lentilha-d'água, enfeites que não o tornam muito atraente.

Eu teria de levar mais de um ano para contar todas as histórias que o sino conhece. Umas são curtas, outras são compridas, e o sino costuma modificá-las cada vez que as conta, conforme seu estado de espírito. Mas todas elas são narrativas de fatos acontecidos há muitos e muitos anos, nos tempos sombrios e cruéis do passado distante. Ouçamos uma delas.

ૹૹ૰ૡ૰

"Era uma vez um monge que costumava subir até o alto da minha torre. Ele era jovem e bem-apessoado, mas um tanto tristonho. Ali de cima, gostava de ficar olhando para a outra margem, onde se erguia o convento das freiras. Nessa época, o rio era bem mais largo do que hoje. Uma daquelas freiras tinha sido sua namorada, antes de se recolher à vida monástica. Foi por causa disso, parece, que ele tinha decidido tornar-se monge. Mas nunca se esquecera dela. E era assim que, à hora de acender as velas, ele subia ao alto da torre e ficava olhando de longe, vendo as freiras que iam e vinham pelos corredores. Por causa das roupas pesadas e da distância, não podia reconhe-cê-las; entretanto, sabia que uma delas era a *sua* freira. Quando imaginava avistá-la, seu coração batia forte: Blem, blão!'"

Esse era o som que o sino imaginava ser o do coração de um homem tristonho e apaixonado.

"O bispo era de origem nobre, e fazia questão de cercar-se de secretários e criados, como se fosse um príncipe. No seu palácio havia até um bobo da corte. Era um homenzinho esquisito, que gostava de sentar-se no alto da torre, enquanto eu badalava. Embora o badalo quase raspasse sua cabeça, podendo rachar seu crânio, se ele se erguesse um pouquinho, isso não parecia preocupá-lo. Ficava ali sentado, com duas varinhas nas mãos, batendo uma contra a outra para marcar o ritmo, enquanto cantava, ou antes gritava:

— Posso berrar, que ninguém me escuta. Posso dizer em voz alta aquilo que não me atrevo a sussurrar lá em baixo. Posso pôr para fora tudo o que trago escondido aqui dentro do meu peito, trancado a sete chaves. Ninguém me escuta, exceto os ratos, que passam correndo atrás de seu alimento. Enquanto o sino estiver tocando, posso dizer tudo o que me vem à cabeça. Toca, sino; toca, meu amigo! Blem, blão! Blem, blão!

"Aquele bobo da corte era mesmo muito bobo..."

Eis uma outra história:

"Havia um rei chamado Canuto. Os monges e os bispos eram seus aliados, mas não os fazendeiros, por causa dos altos impostos que ele lhes cobrava. Um dia, revoltados com aquela injustiça, os fazendeiros tomaram armas e resolveram apeá-lo do trono. Ele fugiu, mas os homens saíram em sua perseguição, caçando-o como se fosse um gamo. Canuto refugiou-se na igreja e mandou que trancassem todas as portas. A multidão reuniu-se do lado de fora, fazendo grande algazarra. Fiquei sabendo de tudo isso porque as gralhas, os corvos e as pegas, assustados com a vozearia, procuraram abrigo no alto da torre, onde eu ficava. O susto não impediu que uma daquelas aves, movida pela curiosidade, fosse espiar o que estava acontecendo, através das janelas da igreja. E ela viu o rei Canuto ajoelhado diante do altar, orando, enquanto seus dois irmãos, os príncipes Érico e Benedito, postavam-se a seu lado, brandindo as espadas, prontos para defendê-lo. Um dos criados do rei, agindo traiçoeiramente, avisou a turba de que o rei estava naquela parte da igreja. Logo, centenas de pedras foram atiradas ali, quebrando as vidraças e matando o rei e seus dois irmãos. A gritaria dos homens e das aves era tamanha, que resolvi tomar parte na balbúrdia, badalando com todas as minhas forças: Blem-blão, blem-blão, blem-blão!

"Nós, os sinos, somos postos em lugares bem altos, para podermos ser vistos e ouvidos de longe. Os pássaros gostam de visitar-nos, e acabamos entendendo sua linguagem. Mas nosso melhor amigo é o vento, que sabe de tudo o que acontece. Ele é irmão do ar, que não só rodeia os seres vivos, como entra dentro deles, já que têm de respirar. Tudo o que se fala, ele escuta: tudo o que se faz, ele vê, e tudo o que ele vê e escuta, conta para seu irmão, que acabava contando para mim. Era desse modo que eu podia transmitir a notícia de todos os acontecimentos, por meio de minhas badaladas: Blem, blão! Blem, blão!

"O peso de tudo o que ouvi e aprendi foi demais para mim. A viga que me sustentava não suportou meu peso e rompeu-se. Voei como um pássaro, e fui cair no Rio Odense, bem no lugar do poço profundo onde vive o Velho do Rio. Vi que se tratava de um sujeito solitário, sem ninguém para conversar. Por isso, conto para ele as histórias que sei. Blem, blão! Blem, blão!"

Minha tataravó contou essas e tantas outras histórias para minha avó, que as contou para mim, nos dias em que se ouvia o sino tocar no fundo do Poço do Sino, lá no Rio Odense. Quando mencionei o assunto com o mestre-escola, ele sorriu e disse:

— Não existe sino algum lá no fundo do rio. E, mesmo se houvesse algum, ele não poderia soar, já que estaria debaixo da água. Também não existe o Velho do Rio. Isso não passa de invenção, de crendices.

E quando argumentávamos que todos da cidade já haviam escutado o som do sino, ele retrucava que aquilo era o zunido do vento, explicando ainda que, sem o ar, o som não poderia ser propagado. Pensando bem, não era isso que o sino havia dito para a avó de minha avó? Que era o ar quem espalhava todas as notícias, todos os rumores? Portanto, no final das contas, ela e o mestre-escola concordavam nesse ponto, e não hei de ser eu quem vá discordar dos dois, que também concordavam em várias outras coisas, como por exemplo nos conselhos que davam, ensinando-nos a ser cuidadosos, previdentes, honestos e diligentes.

É verdade, meus amigos: o ar tudo sabe, tudo conhece. E tem de ser assim, pois ele está tanto ao redor, como dentro de nós. O que fazemos, o que pensamos, nada lhe escapa. Sua canção pode ser ouvida ao longe, bem além de onde alcança o som das badaladas do sino que jaz no fundo do Rio Odense, a única companhia do Velho do Rio. Sua mensagem é espalhada por todo canto, chegando até o céu. E ele assim permanecerá para sempre, ou pelo menos até que o mundo deixe de existir, quando então se escutará o som dos sinos do Paraíso, bimbalhando festivamente:

Blem-blão! Blem-blão! Blem-blão!

O Rei Perverso
(uma lenda)

Houve uma vez um rei perverso e arrogante, cuja ambição era conquistar todos os países do mundo e tornar seu nome temido por toda parte. A ferro e fogo, espalhou a devastação. Seus soldados saíam pelos campos, destruindo as plantações e incendiando as propriedades. Nem mesmo as macieiras carregadas escapavam de sua sanha avassaladora. No lugar onde antes ostentavam seus frutos e flores, só se viam troncos enegrecidos, galhos desfolhados e restos de maçãs queimadas pelo chão. As mães, apavoradas, fugiam com seus filhinhos nos braços, procurando esconder-se atrás das ruínas fumegantes de suas casas. Mas eles saíam a sua procura, e, quando as encontravam, debochavam de seu pavor, dando-lhes morte instantânea. Seu prazer era semear o medo, a miséria e a morte. Isso não trazia preocupação alguma ao rei perverso, já que ia ao encontro de seus planos. A cada dia que passava, seu poder tornava-se maior, e seu nome mais temido. A sorte parecia sorrir-lhe, ajudando-o em suas pretensões. Pilhava as cidades conquistadas, carreando para sua capital todos os tesouros que encontrava. Logo tornou-se indescritivelmente rico. Com a fortuna que amealhou, passou a construir palácios luxuosos, igrejas majestosas, edifícios suntuosos. Quem via aquelas construções, não continha o espanto, exclamando:

— Nenhum rei pode igualar-se a esse!

Esqueciam-se dos sofrimentos que ele havia causado, fingiam não escutar os ecos dos soluços, dos gritos de dor e dos lamentos, saídos das ruínas de tantas cidades arrasadas por ele.

Contemplando seu tesouro e suas obras, ele dava razão a seus admiradores, murmurando para si mesmo:

— Nenhum rei pode igualar-se a mim!

Mas logo em seguida acrescentava:

— Porém, ainda não estou satisfeito. Quero mais, muito mais! Quero ser o rei mais rico e poderoso que jamais houve ou haverá neste mundo!

E enviou seus exércitos para mais longe, conquistando novas terras e espalhando ainda mais o medo, a miséria e a morte. Os monarcas derrotados eram trazidos até sua capital, tendo de desfilar pelas ruas presos por correntes de ouro à sua carruagem. À noite, quando ceava, submetia-os à humilhação de ficarem de quatro no salão de refeições, andando como cães por entre as pernas dos convivas, e tendo de se contentar com os restos que lhes eram atirados.

O rei perverso mandou que erigissem estátuas representando a sua pessoa em todas as praças e castelos das cidades sob seu domínio. Ordenou também que fossem postas nas igrejas, acima dos altares, mas dessa vez encontrou a resistência dos sacerdotes, que se recusaram a cumprir tal ordem, dizendo-lhe:

— Sois um grande rei, Majestade, mas lembrai-vos: Deus é maior do que vós.

— Ah, é? — esbravejou o rei perverso. — Então não me resta outra alternativa: vou combater Deus e derrotá-Lo.

Em sua arrogância sem limites, ordenou que construíssem um navio que podia voar. Fizeram-no. Era uma embarcação colorida como a cauda de um pavão, parecendo possuir mil olhos. Cada um desses "olhos", porém, era a boca de um canhão. O rei quis experimentar pessoalmente a eficiência do armamento, e, sentado no meio do navio, apertou um botão, disparando simultaneamente mil balas. Se quisesse, poderia logo em seguida repetir a saraivada de tiros, pois os canhões se recarregavam automaticamente. Para singrar os ares, o navio seria puxado por uma centena de águias, treinadas especialmente para isso. A intenção era voar na direção do sol.

E lá se foi o navio, deixando a Terra debaixo de si. Ao início da viagem, o mundo parecia um campo preparado para a semeadura, pois as montanhas lembravam a terra revirada pelo arado, e as florestas davam a impressão de formar os trechos de relva deixados intatos no chão. À medida que o navio ganhou altura, foram aparecendo os contornos das terras, como num mapa, até que tudo ficou encoberto por nuvens e névoa.

As águias subiam cada vez mais. Por fim, avistaram um dos incontáveis anjos de Deus, voando em sua direção. O rei perverso logo ordenou que atirassem contra ele. Disparados ao mesmo tempo, mil projéteis partiram em direção ao mensageiro de Deus, que se cobriu com suas asas alvas e reluzentes, a fim de se proteger. Ao atingi-lo, as balas se espatifavam como se fossem de granizo, ricocheteando para todos os lados. Uma única e solitária gota de sangue verteu de seu corpo, caindo sobre o navio. Embora não passasse de uma simples gota de sangue, seu impacto foi tremendo. Era como se toneladas de chumbo tivessem desabado sobre a embarcação. As águias não conseguiram resistir ao peso, e o navio começou a cair. O vento passava zunindo pelas orelhas do rei, que se viu rodeado por nuvens de formas estranhíssimas, resultantes da fumaça das cidades que ele havia mandado incendiar. Uma delas tinha o formato de um gigantesco caranguejo, com as pinças prestes a agarrá-lo; outra, o de um dragão furioso. Para sua sorte, o navio não se despedaçou sobre os rochedos, tendo sua queda amortecida pelas copas das árvores de uma floresta. Prostrado semimorto no chão, o rei não se deu por vencido, e, contemplando os destroços de sua embarcação, ainda teve forças para rosnar:

— Hei de derrotar Deus! Juro que o farei!

Nos sete anos que se seguiram, ordenou que construíssem toda uma frota de navios voadores, dotados de armas que disparavam raios de puro aço, com os quais planejava destruir as fortalezas celestes. Convocou guerreiros em todos os países que conquistara, formando o maior exército que jamais se viu. Quando as tropas se dispunham em formação de desfile, até se perdiam de vista, cobrindo milhas e milhas em todos os sentidos.

Todos embarcaram nos navios aéreos, sólidos e bem equipados, esperando apenas que chegasse o rei perverso, para seguir com eles até seu destino. O rei preparou-se para embarcar, quando ali também chegou uma nuvem de mosquitos, enviada por Deus. Os insetos enxamearam em redor do monarca, picando-o no rosto e nas mãos sem a menor cerimônia. Furioso, ele desembainhou a espada, pondo-se a desferir golpes a torto e a direito, mas sem conseguir ferir um único mosquito. Vendo-se impotente para espantá-los, mandou trazer cobertas caríssimas, enrolando-se nelas para impedir que os vorazes insetos o atacassem. Quase deu certo seu plano, exceto por um pequeno detalhe: um mosquito conseguiu esconder-se numa das dobras do tecido, ficando do lado de dentro da proteção. Dali, voou até a altura da orelha do rei, picando-a o mais fundo que podia e deixando verter todo o veneno que trazia dentro de si. A picada ardeu como fogo, e o veneno misturou-se ao seu sangue, subindo até o cérebro, deixando-o ensandecido de dor e desespero. Sem ver o que fazia, o rei arrancou as cobertas, rasgou as roupas e pôs-se a berrar desesperadamente, dando pulos de dor. Assistindo àquela dança ridícula, entremeada de pulos e gritos, a soldadesca não se conteve, explodindo em gargalhadas maldosas e zombeteiras. E era mesmo para se rir: onde já se viu pretender enfrentar e derrotar o poder de Deus, quando não era capaz de se defender do ataque de um simples e minúsculo mosquito?

O Que o Vento Contou Sobre Valdemar Daae e Suas Filhas

Quando o vento cruza o campo aberto, a relva se encrespa, lembrando as águas de um lago, e os colmos do trigo ondeiam como as vagas do mar. É a dança do vento. Tente escutar seu canto, que soa diferente, conforme o lugar por onde ele passa. Tem uma sonoridade na floresta, e outra quando se intromete por entre as frinchas e gretas das paredes.

Olhe para cima e veja as nuvens sendo tangidas pelo vento, como as ovelhas de um rebanho. Ouça como ele zune ao passar pelo portão entreaberto: parece o apito do vigia noturno. Eis que penetra pela chama, fazendo o fogo crepitar e se erguer, lançando fagulhas. Por um minuto, a chaminé excitada projeta um clarão que ilumina todo o recinto. Um ambiente fechado, quente e acolhedor, é o ideal para se escutar a canção do vento. Deixemos que ele cante para nos e conte as histórias que sabe. São muitas, tantas, mais do que todas as que conhecemos. "Vvvv... ssss... se não passou, passará" — esse é o estribilho de todas as suas canções.

⊗≈⊗

— Junto ao Grande Cinturão — começa o vento, referindo-se ao braço de mar que separa a Fiônia da Selândia, as duas principais ilhas dinamarquesas — ergue-se um velho castelo. Sua muralha é vermelha. Eu conheço cada pedra usada na construção. A maior parte proveio de um castelo muito antigo, o castelo de Marsk Stig, que há tempos foi demolido por ordem de um certo rei. Derrubaram as paredes, tirando pedra por pedra, mas elas foram usadas para erguer, perto dali, outro imponente castelo, que passou a ser chamado Castelo de Borreby — e é desse que estou falando.

"Muitas famílias fidalgas foram donas do castelo, e todas eu conheci. Vou falar só de uma delas: a que era a de Valdemar Daae e suas três lindas filhas.

"Ele tinha porte altivo e sangue real nas veias. Não era daqueles nobres que dissipam todo o tempo divertindo-se em caçadas, em festas e bebedeiras. Sabia cuidar de si, o nobre Valdemar Daae.

"Tinha uma esposa orgulhosa, que andava de queixo erguido, trajando seda e veludo. Das paredes do castelo pendiam tapeçarias e quadros de artistas célebres. Móveis sóbrios e distintos enfeitavam seus salões. Nas refeições, só se usavam baixelas de ouro e prata. Sua adega estava cheia de tonéis, pipas, barris e no estábulo se viam elegantes corcéis negros. Tudo era luxo e esplendor, tudo era farto e abundante; pelo menos, nos bons tempos.

"Mas quero falar das filhas, de cujos nomes me lembro bem: Ida, Joana e Dorotéia, três lindas flores mimosas, em pleno desabrochar. Era uma bela família, da qual ele se orgulhava. Gente fina, sangue nobre, sem recear que o futuro trouxesse desilusões. É pena que tudo passa. Vvvv... ssss... se não passou, passará.

"Era comum, nesse tempo, ver as damas do castelo trabalhando juntamente com as criadas, na sala, fosse sentadas à roca, tecendo panos de linho, fosse fazendo bordados de primoroso lavor. Em Borreby, todavia, jamais se vira tal coisa. As mãos da nobre senhora dedicavam-se somente a dedilhar o alaúde, e as canções que ela cantava não eram dinamarquesas, mas sim de terras distantes.

"Todo dia, no castelo, reinava um clima de festa. Sempre havia convidados, vindos de todo lugar. A algazarra que faziam não deixava que me ouvissem, mesmo que eu soprasse forte. Eram senhores ilustres, eram damas refinadas; era uma gente arrogante, incapaz de se curvar; daquelas que o povo diz (aliás, não sei por quê): pessoas cheias de vento.

"Eu vinha de muito longe e acabava de chegar. Era primeiro de maio, a festa da primavera. Vinha de oeste; ao passar pelas costas da Jutlândia, provoquei ondas tão altas, que um navio de passeio foi engolido por elas, naufragando em pouco tempo. Prossegui soprando forte, atravessei a Fiônia, alcancei de novo o mar, lá no Grande Cinturão, cujas ondas encrespei, e ao me internar na Selândia, cansado de tanto esforço, fui repousar na floresta vizinha de Borreby.

"Os moradores da aldeia, justo naquele momento, estavam catando lenha para armar uma fogueira, que devia arder, à noite, na festa da primavera. Levando os feixes nas costas, em pouco estavam voltando, entre risos e canções. Segui-os, discretamente. Vi acender-se a fogueira, escutei suas pilhérias; notei que cada rapaz carregava um galho seco — para que seria aquilo? É que, num dado momento, todos, num gesto conjunto, acenderiam seus galhos, para verem de qual deles se ergueria a maior chama. O felizardo seria coroado o rei da festa, podendo então escolher, entre as donzelas presentes, a que seria seu par durante a próxima dança. Era o ponto culminante daquela festividade, e o sonho de toda moça era tornar-se rainha; ao menos, por uma noite.

"Apreciando a brincadeira, sem que ninguém me notasse, reparei que um casalzinho trocava olhares furtivos. Simpatizei com os dois. Pelo galho que ele tinha, vi logo que sua chama não seria das maiores. Mas eu podia ajudá-lo. Quando todos os rapazes se postaram junto ao fogo para acender os seus galhos, soprei particularmente no dele, que se inflamou, erguendo uma chama viva que ofuscou todas as outras. Que riso alegre ele deu! A jovem foi mais discreta, e sorriu, baixando os olhos, enrubescendo-se em seguida. Ele foi eleito o rei e escolheu sua rainha, bem do jeito que eu queria.

"E a festa continuou, numa animação geral. Nos olhos daquela gente via-se mais alegria que nas altas gargalhadas e nos gritos incontidos que vinham de Borreby. Os convivas festejavam o início da primavera, embora ali não se achassem a dama e suas três filhas. Estavam sendo aguardadas ainda naquela noite. Tinham feito uma viagem, mas já estavam de regresso.

"E, de fato, a carruagem puxada por seis cavalos passava naquele instante pela aldeia engalanada. Vinham nela a nobre dama e as três filhas do casal, que três flores pareciam: a rosa, o lírio e o jacinto. Também a dama lembrava uma flor: rubra tulipa, de formosura sem par, e contudo sem fragrância. Vai passando a carruagem pela praça principal. Cessa a dança, e os aldeões saúdam respeitosamente a senhora do castelo. Ela não correspondeu, não lhes dirigiu sequer um meneio de cabeça. Era uma flor de haste rija, que não sabia curvar-se. Talvez seu modo de agir não fosse arrogante, se soubesse o que lhe estava reservado pela sorte. Por mais viçosa e altaneira que seja a flor, chega um dia em que ela também fenece. Vvvv... ssss... se não passou, passará.

"Quando o pessoal da aldeia encerrou a sua festa, dirigi-me a Borreby. Por incrível que pareça, lá não havia algazarra; estava tudo em silêncio; só uma vela solitária ardia num aposento: era o quarto do casal. Por uma frincha, esgueirei-me, e fui ver o motivo dessa luz acesa. A nobre dama, parece, não tinha passado bem, recolhendo-se ao seu leito. Deitou-se, e logo dormiu. Foi o seu último sono. Valdemar Daae lá estava, sentado à beira do leito, com a cabeça entre as mãos. O talo rijo da flor curvara-se finalmente. Choravam suas três filhas, num pranto triste e saudoso. Todos os que ali se achavam tinham lágrimas nos olhos. Era debalde o seu pranto, pois ela tinha passado, como tudo um dia passa; se não passou, passará... Vvvv... ssss...

"Quantas vezes retornei à floresta de carvalhos; quantas vezes embalei os ninhos do corvo-azul, do gavião-pescador, das torcazes barulhentas, da rara cegonha-negra. Num dia em que ali cheguei, ao início do verão, escutei o som ritmado do machado a trabalhar. As aves, que então estavam chocando os ovos nos ninhos, ficaram em polvorosa, gritando em grande agonia, num furioso protesto. De nada valeu chiar: prosseguiu a derrubada das árvores seculares. Valdemar Daae decidira empreender a construção de um navio portentoso, poderosa belonave, na certeza de que o rei haveria de comprá-la. Para tal, não hesitou em mandar que derrubassem os carvalhos altaneiros, refúgios da passarada. Em pânico, o corvo-azul teve de deixar seu ninho, chorando os filhos perdidos. A fêmea do gavião desferia tristes pios, ao ver as cascas quebradas dos ovos quase chocados. Ecoavam pelos ares gritos de raiva e pavor. Só as gralhas, irreverentes, pareciam debochar de toda aquela agonia, não compartilhando a dor das companheiras aladas.

"Valdemar Daae e as três filhas assistiam a essa cena, parecendo nem notar o desespero das aves. Só Dorotéia, a caçula, confrangia-se ao ouvir os pios lamuriosos do bando de aves sem lar. Ao notar que os lenhadores iam derrubar um carvalho, em cujos galhos a infeliz cegonha-negra vigiava seus filhotes, rogou a Valdemar Daae que poupasse as avezinhas, nem que fosse unicamente por serem de espécie rara. Ele acedeu ao pedido, mas só para aquele caso; nos demais, foi inflexível. A mata foi posta abaixo, sem qualquer contemplação.

"Durante os meses seguintes, martelos, serras, machados, trabalharam sem descanso. Tomava corpo o navio. O seu mestre-construtor era modesto de origem, mas nobre de sentimentos. Seu semblante e seu olhar denotavam seriedade e profunda inteligência. Era um perito no ofício. Valdemar Daae apreciava conversar com o rapaz, e também a filha Ida, a mais velha, de quinze anos. Enquanto ele construía um navio de madeira, edificava um castelo de sonhos em sua mente, imaginando que um dia iria pedir a mão da jovem de sangue azul. Pobre mestre-construtor... não passava de um plebeu, e de nada lhe valia ser ativo e competente. Quem diz que os falcões aceitam a companhia de pardais? Vvvv... ssss... se não passou, passará. Dali passei para longe, e ele também foi-se embora, levando a doce saudade do seu amor impossível. Ida tratou de esquecê-lo, pois não tinha outro remédio.

"O navio ficou pronto. Foi oferecido ao rei, que mandou seu emissário, para ver se a embarcação valia o preço pedido. O negócio dependia só de sua decisão. Ao ver os corcéis fogosos que Valdemar Daae criava, ele os gabou em voz alta, não lhes poupando elogios. Compreendi sua intenção: se os ganhasse de presente, autorizaria a compra, pelo preço pretendido. Valdemar Daae escutou, mas fez de desentendido; com isso, perdeu a chance de vender o seu navio, que ficou abandonado na praia fria e deserta, sem jamais poder zarpar. Era uma arca de Noé, na esperança de um dilúvio que a tirasse do estaleiro. O dilúvio nunca veio, e o navio apodreceu. Mais um sonho que passou. Vvvv... ssss... se não passou, passará.

"No inverno, quando a paisagem cobriu-se toda de neve, e no Grande Cinturão viam-se placas de gelo, empurrei-as contra a praia, acumulando-as de encontro ao casco da embarcação. Bandos de corvos e gralhas, rivalizando em negrume, pousavam nas amuradas frias, inúteis, desertas. Crocitando sem parar, enfim caíram em si, lamentando o triste fim da floresta e dos filhotes, a perda de tantos ninhos e a desolação geral. Tudo isso, para quê? Para construir um barco que não ia navegar...

"Rodopiei sobre a neve, fazendo-a erguer-se bem alto, e atirei-a contra a quilha do navio abandonado. Minha intenção foi apenas fazer com que a embarcação imaginasse encontrar-se no meio de uma tormenta, aprendendo a resistir ao fragor da tempestade. Dei-lhe a lição de presente, e acho que foi proveitosa, pois ela aprendeu que tudo, se não passou, passará. Vvvv... ssss...

"O inverno, por fim, passou; passou também o verão; passaram as estações, muitos anos se passaram. Então, passei por ali, e sempre volto a passar. Vvvv... ssss.... As meninas cresceram, tornando-se lindas moças. Ida era a rosa mais viçosa, de feições encantadoras. Eu gostava de afagar-lhe a cabeleira castanha, quando ela se refugiava à sombra das macieiras. No tempo da floração, eu cobria seu regaço de alvas flores-de-maçã. Perdida em seus pensamentos, ela mal se dava conta desse meu gesto galante.

"Sua irmã Joana era um lírio, de haste ereta como a mãe. Contemplava com orgulho os quadros dos ancestrais, que pendiam das paredes dos salões de Borreby. Via as damas altaneiras, trajando veludo e seda, cabelo arrumado em tranças, véus cravejados de pérolas. Via os senhores garbosos, trazendo espadim à cinta, cotas de armas sobre o peito, mantos de pele de esquilo. A sorrir, imaginava que também o seu retrato estaria um dia ali. Pode ser que até pensasse que haveria outro retrato pendente ao lado do seu: o do príncipe encantado que iria pedir-lhe a mão. Pobre Joana, não sabia que tudo aquilo era um sonho prestes a desvanecer...

"Dorotéia era o jacinto, de apenas quatorze anos. Jovem quieta e pensativa, de olhos grandes e azuis-claros, sempre trazia nos lábios um sorriso de criança, que eu jamais quis desfazer. Eu costumava encontrá-la no jardim, colhendo flores e procurando umas erva, que levava para o pai. Com elas, Valdemar Daae preparava estranhos fluidos que ninguém sabia ao certo a que fim se destinavam. Datava já de algum tempo aquela excentricidade: trancava-se ele no quarto, ficando dias e dias a preparar tais poções. Eram artes de alquimista, que ele ali desenvolvia. Mantinha a lareira acesa, mesmo durante o verão, e com ninguém comentava o que fazia trancado, numa total solidão. Eu logo desconfiei que ele estava procurando uma fórmula secreta de transformar chumbo em ouro: a pedra filosofal.

"Mesmo de portas trancadas, não lhe seria possível impedir minha presença, pois um dia eu ali entrei, por entre o fumo e os vapores saídos da chaminé. Vi-o, sujo de fuligem, remexendo um caldeirão; seus olhos brilhavam tanto quanto as brasas da lareira; ele transpirava fé, acreditando naquilo... Ah, pobre Valdemar Daae, que acalentava no peito mais outro sonho impossível...

"Pouco a pouco o patrimônio, há tempos acumulado, foi-se desfazendo em fumo, perdido nos caldeirões. Foram-se o gado e os corcéis, foi-se sua plantação; foram-se suas baixelas de ouro e prata, os seus cristais, os vinhos de sua adega, os móveis, tapeçarias, foi-se tudo, pouco a pouco. E o ouro, tão ansiado, nunca vinha, nunca vinha. Teve de empenhar as joias, de dispensar os criados, de passar por privações. Uma vidraça quebrou, e ele não teve dinheiro para mandar consertá-la. Eu não tive mais problemas para entrar lá no castelo. Entretanto, o tempo todo saía da chaminé uma fumaça constante. Reza o dito popular: fumaça na chaminé, comida farta na mesa — pode ser, mas não ali, pois naqueles caldeirões não se fazia outra coisa que tentar matar a fome de ouro de Valdemar Daae.

"De cada vez que eu entrava, mais aumentava a impressão de pobreza e de abandono. Ratos passeavam sem medo, portas saíam dos gonzos, pouca comida na mesa, sujeira por toda parte, dava pena ver aquilo. Entre cinzas e fumaça, Valdemar Daae insistia em seu sonho tresloucado. Passava noites em claro; seu cabelo embranqueceu, sua pele se enrugou, mas seus olhos não perderam o brilho febril da fé. Ah, que saudades senti dos tempos de pompa e fausto, das vestes de seda pura, dos risos e das canções! Essas já não mais soavam; somente a minha cantiga ecoava nos salões: vvvv... ssss... se não passou, passará.

"Quando o inverno retornou, fui visitá-los de novo. Que quadro desolador! Não havia o que queimar, não havia o que comer, e as cobertas que restaram mal aqueciam seus corpos, que tiritavam de frio. Mas tudo isso que falei era com respeito às moças, visto que

Valdemar Daae parecia nem notar o frio enregelador. Junto de seus caldeirões, escutei-o murmurar: Deixe estar, que, ao temporal, segue-se sempre a bonança. Este inverno há de passar. O tempo das vacas magras está perto de acabar. Estou afundado em dívidas, já hipotequei o castelo, mas se até o dia da Páscoa eu conseguir obter ouro, poderei recuperar tudo o que outrora possuí. Mas, se até lá fracassar, perco tudo, tudo, tudo!

"Tive pena do coitado e resolvi não sair. Em pouco, voltando os olhos para uma teia de aranha, ele sorriu tristemente e voltou a murmurar: Ah, tecelã diligente, tua lição aprendi: a lição da persistência, de sempre recomeçar, sem jamais desanimar. Assim é que tem de ser, com perseverança e fé, na certeza inabalável de que um dia os seus esforços hão de ser recompensados.

"Chegou a manhã de Páscoa. O som dos sinos festivos enchia o ar de alegria. O sol brincava no céu, e uma modorra gostosa tomava conta de tudo. Valdemar Daae, entrementes, não desperdiçava o tempo: trabalhava febrilmente, num afã desesperado. Destilava, misturava, resmungava sem cessar. Não dormia há vários dias. Escutei os seus gemidos, seus soluços, suas preces. As velas já não ardiam, sem que ele desse por isso. Soprei as brasas dormentes e elas logo reviveram, lançando um clarão vermelho sobre seu semblante tenso. De repente, alguma coisa reluziu numa retorta. Seus olhos se arregalaram de forma descomedida. Ele ergueu-a contra a luz, fazendo um exame detido, e estremeceu de emoção. Será ouro? — perguntou-se, e ele mesmo respondeu: Ouro dos bons, ouro puro! Finalmente, consegui!

"Seu corpo oscilou de lado e ele quase desmaiou. Se eu lhe desse um sopro forte, ele cairia ao chão. Mas não quis fazer tal coisa. Quando a vertigem passou, pois tudo passa, afinal (se não passou, passará), ele seguiu para o quarto onde as três filhas dormiam. Elas tremiam de frio, sob as cobertas rasgadas. Entrou lá, vitorioso, exibindo seu tesouro. Que figura: todo roto, sujo, barba desgrenhada, cabelos em desalinho. Assumindo sua antiga postura, cheia de garbo, ergueu bem alto a retorta, mostrando o que havia dentro: em meio ao líquido turvo, lâminas de ouro brilhavam. Nesse instante, a mão erguida vacilou, e ele não pôde segurar aquele vidro, que se espatifou no chão, quebrando-se em mil pedaços! O líquido ainda quente borbulhou por uns segundos, logo desaparecendo entre as frinchas do assoalho. Vvvv... ssss... se não passou, passará. Sem querer presenciar o desfecho de tal cena, saí por uma janela e tratei de espairecer na liberdade dos campos.

"Lá pelo final do ano, quando os dias ficam curtos e as noites intermináveis, chega o tempo da faxina, das arrumações das casas. Eu também limpei a minha, soprando as nuvens do céu, arrancando os galhos secos, soprando o pó dos caminhos. Borreby passou então por uma dessas limpezas, mas de tipo diferente: Ove Ramel, homem rico, rival de Valdemar Daae, tornara-se proprietário do castelo e dos terrenos que ele não pôde manter. Não gostei daquela compra, e tentei dissuadir o novo proprietário de morar naquela herdade. Entrei lá como um tufão, bati portas e janelas, assoviei pelas gretas, até reboco arranquei. Creio ter dado a Ove Ramel uma péssima impressão de como seria a vida passada lá no castelo. Ida desatou em pranto, e Dorotéia também; Joana roeu as unhas, a ponto de tirar sangue, mas de modo algum chorou. Num gesto cavalheiresco, Ove Ramel declarou que Valdemar Daae podia residir em Borreby até o final de seus dias. Orgulhoso como sempre, ele recusou a oferta, e sequer agradeceu. Saiu de cabeça erguida, levando consigo as filhas. Solidário com seu gesto, soprei com fúria dobrada um olmeiro que havia junto à porta do castelo. Um galho — e era dos mais grossos! — não resistiu: desabou, caindo em frente

ao portão, qual gigantesca vassoura pronta para varrer tudo que havia no castelo. E ele foi mesmo varrido. Não sobrou qualquer resquício de presença da família que acabava de sair. A tudo isso eu assisti.

"Sem adeus, foram-se os quatro, levando a roupa do corpo, pois nada mais possuíam. Iam para não voltar. Que pena senti do velho, vendo-o apoiado a um bordão! Soprei-lhe rajadas frias nas faces afogueadas, alisei os seus cabelos e sua barba grisalha, sussurrando, em despedida, a canção que sei cantar: vvvv... ssss... se não passou, passará.

"Passando pelo portão, só Joana se voltou, contemplando as velhas pedras que um dia foram dos muros do castelo de Marsk Stig. Pelo corpo perpassou-lhe um tremor, pois pressentiu que, doravante, a pobreza nunca mais os deixaria. Voltou-se e alcançou os outros, seguindo junto com eles, a pé, pela mesma estrada onde, outrora, só passavam a cavalo ou de carruagem.

"Depois de um longo percurso, chegaram ao vilarejo de Smidstrup, onde alugaram uma casinha modesta, de pau-a-pique e sem forro: era o seu novo castelo, sem cortinas, sem tapetes, sem quadros e sem mobília, sem assoalho encerado, sem panela ou mantimentos. Gralhas e corvos voavam sobre a cabana, a gritar: Cró! Cró! Perdi minha casa! Era, por certo, a vingança pela perda de seus ninhos, quando a mata de carvalhos tinha sido derrubada por ordem de Valdemar. Não sei se eles entenderam o que as aves lhes diziam, nem sei se compreenderam o que em seguida eu lhes disse, a minha eterna lição: vvvv... ssss... se não passou, passará.

"Deixei-os em seu casebre e fui para outros lugares; visitei terras distantes, e só uma vez ou outra voltei ali para ver o que tinha acontecido ao velho Valdemar Daae, a Ida, Joana e a Doroteia. Esta, foi a que mais vi. Lembro-me dela bem velha, chegando aos seus setenta anos, já curvada pela idade, sem nada que recordasse o jacinto que ela fora nos tempos da mocidade. Tudo passa neste mundo. Se não passou, passará.

"Junto ao campo que rodeia a cidade de Viborg, situava-se um sobrado de construção esmerada, onde morava a família do ministro do lugar. A fumaça que saía da chaminé da cozinha anunciava a mesa farta, pronta para ser servida. Ao lado das duas filhas, a senhora do ministro, junto ao beiral da varanda, contemplava o panorama. Algo atraía os olhares de todas três — que seria? Sobre as ruínas de um casebre que existia ali por perto, via-se um ninho construído de maneira caprichosa: era um ninho de cegonha. Do antigo teto de palha, quase nada mais restava, mas o ninho protegia quem ali embaixo ficasse. Eu soprava com cuidado, quando por ali passava; não queria derrubar o resto da construção. O ministro já teria ordenado que botassem abaixo aquela ruína, se não fosse pelo ninho. Ele foi a salvação da velha que ali morava. Ela devia às cegonhas o abrigo que desfrutava. Quem sabe isso não seria uma espécie de justiça, já que ela, tempos atrás, salvara a vida e a ninhada da irmã selvagem dessa ave? A velha era Dorotéia, que outrora fora o jacinto do jardim aristocrático. Transformando-me em aragem, afaguei-a suavemente e escutei-a sussurrar:

— Oh, pobre Valdemar Daae! Teve enterro de indigente, sem cortejo, sem discursos, sem alguém que o lamentasse. Foi bem triste o seu final. Qual não foi sua amargura, quando minha irmã mais velha se casou com um campônio, homem bronco, destituído de qualquer refinamento... Jazem ambos sob a terra, meu pobre pai, minha irmã... Eu queria estar com eles, na paz de uma sepultura... Dai-me essa paz, Jesus Cristo!

"Era a prece que fazia Dorotéia, ao fim da vida, sob o ninho da cegonha, no casebre miserável.

"Quanto a Joana, a resoluta, sobre cujo paradeiro jamais alguém deu notícia, vou revelar um segredo: fui eu quem dela cuidei. Ela transvestiu-se de homem e engajou-se num navio. Por maior que fosse o empenho que dedicava ao trabalho, vi que não ia dar certo. Para poupar-lhe o vexame de que fosse descoberta, aproveitei certa vez em que ela subiu ao mastro, e soprei-a lá de cima, fazendo-a cair ao mar. Foi assim que ela morreu, e creio ter feito bem.

"Foi numa manhã de Páscoa que Valdemar Daae pensou ter descoberto o segredo de como fabricar ouro; foi noutra manhã de Páscoa que Dorotéia morreu. Ouvi seu canto de cisne, um hino sagrado que ela tanto apreciava cantar. No casebre em que vivera, um buraco na parede substituía a janela. O sol penetrou ali, formando um feixe comprido, qual enorme barra de ouro. Como estava rebrilhante! Foi nesse exato momento que seu coração parou. Se fosse um dia nublado, talvez ela não morresse, segundo tenho a impressão.

"A cegonha bateu asas, abandonando seu ninho, pois a sua protegida não morava mais ali. O canto de despedida sobre a sua sepultura, fui eu mesmo que entoei, como há alguns anos fizera sobre a cova de seu pai. Agora, as coisas mudaram. Estradas recém-abertas passam hoje justamente sobre os túmulos dos dois. Numa delas, passam carros; na outra passa o trem de ferro e o cortejo de vagões. Ninguém mais hoje se lembra de quem foi Valdemar Daae. Tanto ele como as três filhas passaram por este mundo, como passa tudo, tudo. Se não passou, passará.

"Já contei a minha história, e é tempo de ir-me daqui. Se quiserem repeti-la, tentem contá-la melhor. Já me vou, e até mais ver."

E, mudando de rumo, o vento — vvvv... ssss... — desapareceu na distância.

A Menina Que Pisou no Pão

Suponho que todos conheçam a história da menina que pisou no pão, para não sujar os sapatos, e do que lhe sucedeu em consequência desse ato. Não? Então vamos ouvi-la.

Era uma menina pobre, mas orgulhosa e arrogante, daquelas que se costuma chamar de "mau-caráter". Quando menorzinha, seu prazer era arrancar as asas das moscas, para vê-las tendo de rastejar. Ao encontrar um besouro, gostava de fincar-lhe um palito sobre o dorso e pôr um pedacinho de papel ao alcance de suas patas, divertindo-se em assistir às tentativas vãs que o pobre inseto fazia para arrancar o finco com aquele inútil papelzinho, empurrando-o por cima de sua cabeça.

— Vejam, o besouro está lendo — dizia ela, entre risos. — Agora, está virando a página! Ha, ha, ha!

Inger — esse era seu nome — não melhorou de procedimento à medida que crescia. Pode-se mesmo dizer que piorou. Era muito bonita, e isso talvez a tenha prejudicado, fazendo com que as pessoas acabassem perdoando suas maldades e não lhe aplicando uns bons corretivos.

— Seria preciso usar sal e vinagre para limpar a maldade desse seu coração — disse-lhe a mãe mais de uma vez. — Quando pequena, você não podia ver meu avental estendido ao sol, depois de lavado, que ia sapatear sobre ele, pelo prazer de sujá-lo de novo. Receio que, quando crescer, acabe pisoteando o meu coração...

E foi isso o que ela fez!

Já mocinha, foi mandada para uma fazenda, para trabalhar como empregada doméstica. Ali residia uma família rica e distinta. Os patrões tratavam-na gentilmente, antes como uma filha que como criada. Deram-lhe boas roupas, que ainda mais valorizaram sua beleza, deixando-a cada vez mais arrogante e presunçosa. Passado um ano, sua patroa disse-lhe:

— Vou dar-lhe umas férias, Inger, para que você possa visitar seus pais.

E ela foi, não tanto para matar as saudades, mas pelo orgulho de mostrar suas belas roupas. Ao chegar à entrada de sua aldeia natal, avistou um grupo de pessoas a palestrar junto à lagoa que ali havia. Entre elas, estava sua mãe, descansando sentada sobre uma laje, pois acabava de chegar da mata, onde fora colher lenha. Ao seu lado estava o feixe de galhos secos que havia trazido de lá. Inger sentiu vergonha dela. Como poderia uma moça tão bem trajada ser filha daquela mulher que pouco faltava para parecer uma mendiga? Dali mesmo de onde estava, deu meia-volta e regressou à fazenda, sem qualquer remorso por esse seu modo de agir.

Meio ano mais tarde, a patroa disse:

— Você já deve estar com saudade de seus pais. Vá visitá-los amanhã. Eles ficarão felizes por vê-la. Leve esse pão para comer no caminho.

Inger vestiu a melhor roupa que tinha e calçou sapatos novos. Enquanto caminhava, tomava todo cuidado para não se sujar, erguendo a barra da saia nos trechos poeirentos e pisando o mais leve que podia. Foi desse modo conseguindo seu intento, até que deparou com uma poça de água que atravessava a estrada de lado a lado. Para passá-la, seria preciso dar ao menos um passo dentro dela, o que iria emporcalhar um de seus sapatos. Não teve dúvidas: jogou o pão no meio da poça e preparou-se para pisar sobre ele. Foi só encostar o pé, e o pão afundou, levando-a junto. Era uma poça profunda, e Inger desapareceu dentro dela. Ao fim de alguns segundos, a única coisa que se via eram umas bolhas escuras na superfície da água barrenta.

E aqui termina a história, da maneira como costuma ser contada. Mas, e o resto? Que terá acontecido a Inger? Onde foi parar? Vou contar. Ela foi dar nos domínios da Bruxa do Pântano. Essa feiticeira é tia dos elfos, pelo lado paterno. Estes, todos conhecem. Já foram cantados em prosa e verso, já foram temas de quadros e gravuras. Quanto à Bruxa do Pântano, porém, muito pouca coisa se sabe a seu respeito.

Quando os brejos estão recobertos pela neblina, é comum dizer-se:

— Vejam! A Bruxa do Pântano está fermentando cerveja!

Pois foi justamente na fábrica de cerveja da Bruxa do Pântano que Inger foi dar, depois de descer pela poça adentro. E lá não é nada agradável para se estar, posso garantir.

Perdoem a comparação, mas um esgoto é mais iluminado e arejado do que a cervejaria da tal bruxa. A catinga que sai dos barris é tão terrível, que a pessoa até desmaia, só de aspirá-la. E os barris ficam juntos uns dos outros, dificultando a passagem. Além disso, quando se consegue esgueirar-se por entre eles, o chão da passagem está coalhado de sapos e serpentes viscosas. Haja estômago para suportar!

Pois foi nesse antro repugnante que Inger veio parar. O contato com as peles geladas e melosas dos sapos e serpentes fê-la estremecer. Mas o tremor não durou muito tempo: seu corpo começou a enrijecer-se cada vez mais, até que ela ficou rígida e sólida como uma estátua. Curiosamente, o pão ainda se encontrava sob seus pés.

Naquele momento, a Bruxa do Pântano estava ali, porque era dia de inspeção da cervejaria. A inspetora era a bisavó do Diabo, uma velha mal-humoradíssima, que detestava perder seu tempo. Sempre que saía de casa, levava consigo alguma costura para fazer, pois detestava ficar ociosa. Dessa vez, ganhava tempo bordando mentiras e cerzindo maledicências que tinha colhido numa de suas visitas a uma grande cidade. Tudo o que a bisavó do Diabo faz é perverso e nocivo. E seus trabalhos de costura e bordado são perfeitos. Ah, velha danada!

Quando ela viu Inger, parou, tirou seus óculos, encavalou-os sobre o nariz, olhou de novo atentamente e exclamou:

— Com mil diabos! Essa garota tem talento! Gostaria de levá-la comigo, como recordação desta visita. Vou colocá-la num pedestal, bem na antessala do palácio de meu bisneto.

A Bruxa do Pântano nem hesitou em entregar Inger à bisavó do Diabo. E foi desse modo que ela foi parar no inferno, para onde, em geral, as pessoas seguem diretamente, sem ter de dar voltas. No caso dela, como se vê, foi diferente, o que demonstra como é importante ter talento.

A antessala do palácio do Diabo era um corredor que se estendia até perder de vista, deixando tonto quem tentasse ver seu final. Inger foi colocada ali, mas não era a única peça de decoração: várias outras estátuas estavam enfileiradas, esperando que um dia se abrisse para elas a Porta da Misericórdia. Pena que estavam de pé, pois isso era uma coisa que se podia esperar sentado...

A seus pés, aranhas enormes e gorduchas teciam suas teias, de fios grossos como correntes, dando a impressão de que não iriam enferrujar antes que se passassem uns mil anos. Cada estátua conservava dentro de si sua alma, mantida em constante inquietude e apreensão. O avarento não parava de se lembrar de que deixara a chave do cofre na fechadura, e que a qualquer momento alguém poderia abri-lo, esbanjando tudo aquilo que ele levara tantos anos para amealhar. Ih, seria longo e cansativo enumerar e descrever os tormentos e aflições que cada alma padecia. No caso de Inger, o que não cessava de atormentá-la era a sensação desagradável de estar com os pés enfiados no pão.

— Eis o que se ganha por tentar manter os sapatos limpos — disse para si própria. — Tornei-me motivo de curiosidade e deboche. Todos estão olhando para mim, com ar zombeteiro.

E era verdade. A recém-chegada atraía todos os olhares, e seus pensamentos transpareciam naqueles rostos imóveis, mesmo que seus lábios não se mexessem sequer para sussurrar. Não era um castigo suave, como pode parecer à primeira vista — era terrível!

Para tentar consolar-se, ela continuou a conversar consigo mesma:

— Ao menos, todos terão de reconhecer que sou uma moça elegante, graciosa e linda, um prazer para os olhos, digna de ser admirada e cortejada.

Mas logo caiu em si, voltando a sentir-se péssima. Baixando os olhos, reparou que estava imunda, toda breada de lodo, limo e espuma de cerveja. Suas roupas estavam em petição de miséria. Uma cobra tinha se enfiado em seus cabelos, deixando a cauda pender por sua cara abaixo, até a altura do pescoço. Sapos e pererecas tinham se aninhado nas pregas de sua saia, coaxando de um modo tal que lembrava o latido de cachorrinhos pequineses. Ah, ela não era uma visão de modo algum agradável. Mas, ainda assim, consolou-a o pensamento de que seus companheiros de provação estavam igualmente horrorosos e repulsivos.

Súbito, sentiu-se invadida por uma fome desesperada. Oh, como seria bom se pudesse curvar-se e arrancar um pedacinho do pão que estava sob seus pés! Mas era impossível, pois estava rígida, e apenas seus olhos podiam mover-se. E, coisa fantástica, podiam olhar tanto para fora como para dentro, permitindo-lhe enxergar o seu interior, coisa que a deixou bastante desapontada, senão mesmo horrorizada.

Foi então que chegaram as moscas, zumbindo, pousando-lhe no rosto e subindo até seus olhos. Ela piscou para afugentá-las, mas nada conseguiu, pois suas asas tinham sido arrancadas, e os insetos nada podiam fazer senão rastejar. Além desse incômodo, a fome continuava a azucriná-la. Seu estômago contraía-se, provocando-lhe cólicas terríveis. Não tendo o que digerir, ele passou a devorar todos os seus órgãos e vísceras, deixando-a com uma apavorante sensação de vazio interior.

— Será que isso vai durar muito tempo? Não aguento mais! — exclamou para si própria.

Mas teve de aguentar, porque seus tormentos prosseguiram.

Foi então que sentiu uma lágrima cair-lhe sobre a cabeça, escorrer-lhe pelo rosto, depois pelo corpo abaixo, descendo até o pão sob seus pés. Depois, outra, e mais outra, e outras muitas. Quem estaria chorando por causa dela? Era sua mãe, lamentando a perda da filha. Mesmo os piores filhos arrancam lágrimas das mães, mas elas de nada servem, a não ser para mostrar a extensão de sua maldade e falta de amor.

"Ah, essa fome que não passa! Se eu ao menos pudesse pegar um pedacinho que fosse desse pão..."

Sentia-se cada vez mais vazia por dentro. Seu corpo, qual uma concha acústica, passou a transmitir o eco de tudo o que se dizia a seu respeito no mundo exterior. Todos os comentários eram ásperos, críticos, condenadores. As lágrimas continuaram a gotejar sobre sua cabeça, tilintando como se dissessem: "Orgulho e vaidade foram as causas de tua condenação. Quanto desgosto causaste a tua pobre mãezinha!"

A essa altura, todos, inclusive sua mãe, já sabiam de como ela tinha afundado na poça de água barrenta, depois de pisar no pão. Um pastor de ovelhas tinha assistido à cena, e saíra a espalhar a notícia pela aldeia.

— Estou arrasada, Inger! Por que foi fazer isso comigo? — escutava a mãe a lamentar-se, entre soluços. — Mas eu já esperava que isso fosse acontecer...

"Melhor seria se eu nunca tivesse nascido", pensou Inger. "Assim, não teria feito minha mãe chorar."

Em seguida, escutou a voz de seus patrões, que tinham sido verdadeiros pais para ela:

— Inger não mereceu o que fizemos por ela. Era tão ingrata, que até desdenhou da dádiva de Deus, pisando no pão. Não será fácil para ela obter o perdão de seus pecados.

"Eles deviam ter sido mais rigorosos comigo", pensou Inger, "castigando-me quando fiz por merecer..."

Um menestrel compôs uma canção sobre ela, que logo se tornou muito popular. Chegou até ela o som das vozes a cantar:

"Não vou tirar meu sapato;
Por isso, piso no pão."

"Até parece que cometi um crime", pensou Inger, "quando o que fiz foi apenas uma bobagem, um ato impensado. Esses outros daqui, sim, têm pecados de sobra para serem punidos. Mas, eu, que fiz de tão errado para receber tamanho castigo?"

Sua alma também começou a endurecer, igualando-se ao corpo. "Pode alguém arrepender-se e melhorar, em companhia desses pecadores? E as pessoas lá de cima, acaso serão melhores? Só sabem enxergar os defeitos dos outros. Dei-lhes motivo de sobra para tagarelarem durante muitos dias. Que façam bom proveito!"

O rancor contra todos os seres humanos passou a dominá-la, somando-se a suas dores e desconfortos. Cada vez que sua história era contada para uma criança, ela era obrigada a escutá-la, tendo de ouvir em seguida suas palavras de condenação, pois os pequenos são muito severos em seus julgamentos. Seus comentários eram quase sempre desse tipo:

— Essa tal de Inger era malvada!
— Bem feito para ela! Recebeu o que merecia.

E assim foi. Num dia em que a fome e o rancor estavam particularmente insuportáveis, ela escutou pela milésima vez sua história, sendo contada para uma menininha doce e inocente, que, ao término do relato, chorava copiosamente, compadecida do destino da vaidosa Inger.

— Ah, tia — perguntou a menina, — ela nunca mais vai voltar aqui para cima?

— Não. Nunca mais.

— E se ela se arrependesse e prometesse que nunca mais iria fazer aquilo de novo?

— Ela jamais se arrependeu.

— Então, eu me arrependo por ela — retrucou a menina, voltando a desatar em pranto. — Estou morta de pena da pobrezinha da Inger. Eu daria minha casa de bonecas, só para ela voltar a viver entre nós!

Essas palavras atingiram em cheio o coração de Inger, fazendo-a esquecer-se por alguns instantes de seu sofrimento. Era a primeira vez que alguém não condenava seu procedimento e demonstrava compaixão, chamando-a de "pobrezinha". Uma criancinha inocente chorava e intercedia por ela. Invadiu-a uma sensação estranha, e ela teve de chorar, mas viu que não podia, o que acrescentou um novo tormento aos muitos que já sofria.

À medida que os anos iam passando, Inger foi deixando de escutar comentários a seu respeito. Só de raro em raro alguém mencionava seu nome. Um dia, porém, ouviu um soluço, seguido de uma voz que dizia:

— Oh, Inger, Inger! Como você me fez sofrer! Mas eu já sabia que isso iria acontecer.

Era sua mãe, que naquele momento agonizava.

Uma vez ou outra, escutava a voz de seus antigos patrões, referindo-se a ela. Suas palavras, quase sempre, eram saudosas, especialmente quando era a patroa que mencionava seu nome. De certa feita, ouviu-a sussurrar:

— Onde você está, Inger? Tenho a impressão de que ainda haverei de revê-la. Será verdade?

Inger achava que não. A patroa dificilmente acabaria chegando até ali onde ela se encontrava.

Passaram-se mais anos, longos e amargos. Inger custou a ouvir de novo o seu nome. Quando isso aconteceu, pareceu-lhe enxergar, acima dela, duas estrelas rebrilhantes. Eram dois olhos, de alguém que naquele instante preparava-se para fechá-los pela última vez. Eram os olhos de uma anciã, que há muito tempo atrás, quando ainda criança, mencionara seu nome com carinho, chamando-a de "pobrezinha". Agora, já idosa, estava sendo chamada por Deus para fazer-Lhe companhia. Nesse instante derradeiro, quando desfila pela mente a lembrança de toda uma existência, ela lembrou-se do dia em que chorou ao escutar a história da moça que pisou no pão. Revivendo a sensação daquele episódio de sua vida, a anciã balbuciou:

— Oh, Senhor, acaso não terei desdenhado vossas dádivas, do mesmo modo que Inger? Quantas vezes não pequei, por ter sido arrogante, presunçosa, ingrata e vaidosa! Perdoai-me, Senhor, e tende compaixão de mim!

Quando os olhos da anciã se cerraram, abriram-se os de sua alma, e ela enxergou toda a provação por que passava Inger, a moça da qual acabava de se lembrar, instantes antes de exalar o último suspiro. Essa visão fê-la prorromper em pranto, derramando lágrimas idênticas às que vertera ao tomar conhecimento do destino de Inger. E foi banhada em

591

lágrimas que ela entrou no Paraíso. Seu pranto sentido ecoou no interior da estátua que há tempos fora colocada na antessala do inferno. A alma torturada de Inger sentiu-se afogar nas lágrimas de um dos anjos de Deus, que chorava por sua causa. Sabia que não era merecedora daquele pranto. Recordando-se de tudo o que havia feito em vida, arrependeu-se amargamente, e mais ainda quando se lembrou que não lhe haviam faltado admoestações e bons conselhos. Era ela própria que tinha índole má. "Para mim, não há salvação possível", pensou, torturada pela angústia.

Nesse exato instante, uma luz mais forte que a do sol desceu do céu e pousou sobre ela. Como se fosse um boneco de neve exposto aos raios de sol, a estátua de Inger começou a derreter-se, desvanecendo por completo. Em seu lugar surgiu um pássaro, que logo alçou voo, dirigindo-se para o mundo exterior.

Morto de medo e de vergonha, o pássaro escondeu-se no recanto mais escuro que pôde encontrar: um buraco num muro em ruínas. Seu corpinho tremia. Todo ser vivo causava-lhe pavor. Nem mesmo podia gorjear, pois faltava-lhe voz. Ficou ali naquele buraco escuro durante um bom tempo, até que se arriscou a sair, para contemplar o esplendor do espaço aberto — porque o mundo é, realmente, um esplendor de beleza.

Era de noite. A lua flutuava no céu, e o ar era fresco e ameno. O pássaro aspirava com satisfação o cheiro gostoso das plantas verdes. Relanceando o olhar por seu corpo, notou como sua plumagem era bonita, e como tudo na natureza fora criado com amor e capricho. Bem que gostaria de expressar seu entusiasmo por meio do canto, como o rouxinol e o cuco, mas não era capaz de fazê-lo. Todavia, Deus, que podia escutar a louvação silenciosa dos vermes, ouviu e compreendeu a sua, assim como entendeu os salmos de Davi, quando esses apenas existiam no coração do poeta, antes de se transformarem em versos e cânticos.

Durante dias e noites, essas canções mudas floresceram no coração do passarinho, e, embora não fossem expressas em cantos ou em palavras, podiam ser demonstradas pelas suas ações.

Depois do outono, chegou o inverno. Aproximavam-se os festejos natalinos. Os camponeses prenderam molhos de aveia nos mastros erguidos no meio dos terrenos das fazendas, a fim de não deixar que as aves ficassem sem alimento no dia do nascimento do Menino Deus.

Quando o sol surgiu na manhã de Natal, iluminou aqueles molhos e todos os pássaros que gorjeavam alegremente, voando ao seu redor. Nesse instante, o passarinho que não se atrevia a aproximar-se dos outros, escondendo-se sempre no buraco do muro arruinado, deixou a timidez de lado e arriscou-se a piar, ainda que discretamente:

— Pip!

Quem porventura escutou, achou que se tratava apenas do pio de um pardal; no céu, porém, sabia-se bem quem era aquela pequena e tímida ave.

Aquele inverno foi particularmente rigoroso. Os lagos ficaram recobertos de uma casca de gelo, e os animais silvestres passaram por maus momentos, pois o alimento escasseou. O passarinho procurava o que comer nas estradas, encontrando grãos de aveia nos sulcos deixados pelas rodas das carruagens e pela passagem dos trenós. Nos lugares onde os viajantes tinham parado para descansar, costumava achar restos de pão e migalhas de alimentos. Sem egoísmo, avisava os outros pardais, chamando-os para compartilhar o escasso alimento que encontrava. Nas cidades, deparava também com pessoas caridosas, que atiravam miolo de pão para os pássaros, e sempre dividia o que encontrava com seus companheiros alados.

Ao final do inverno, se pudesse juntar todo o farelo e todos os pedacinhos de pão que havia encontrado, daria para compensar, e com vantagem, o pão que Inger um dia havia pisado, para não sujar seus sapatos. Foi então que, sofrendo uma metamorfose, seu corpo se avolumou, suas penas tornaram-se brancas, e o passarinho se transformou numa gaivota.

— Olhem! — disseram as crianças que estavam à beira do lago, apreciando o derretimento das placas de gelo que o recobriam. — Uma gaivota! Que estará fazendo aqui, em vez de estar voando sobre o mar?

A ave mergulhou nas águas do lago, e logo em seguida voltou à tona, voando em linha reta na direção do céu. Sua plumagem branca reluzia à luz do sol, perdendo-se de vista pouco depois.

— Lá vai ela! — exclamaram as crianças, batendo palmas. — Vai direto para o sol!

E, de fato, foi para lá que ela seguiu.

O Vigia da Torre

"A vida é cheia de altos e baixos", dizia meu amigo Ole. "Agora, estou por cima; mais alto do que isso, não posso ir." Por que falava assim? Por duas razões: primeiro, porque era o vigia da torre, sempre a contemplar o mundo abaixo de seus pés; segundo, porque era bem-humorado e falante, pronto a troçar de tudo e de todos, embora fosse uma pessoa honesta e responsável. Diziam que era de boa família, e que seu pai teria sido vereador, ou coisa parecida. Quando jovem, tinha concluído seus estudos, chegando a ser professor assistente de uma escola secundária. Parece que alguém cuidava dele, pois suas roupas estavam sempre limpas e passadas, e suas botinas engraxadas, providências que ele não poderia tomar na torre. Era pacato, nunca se envolvendo em distúrbios e confusões. Ainda era jovem, e gostava, nos momentos de folga, de se arrumar e dar umas voltas pelo bairro, raramente indo até o centro da cidade. Aos que elogiavam a aparência impecável de suas botinas, dizia só usar graxa inglesa legítima, mas o diácono local contestava essa afirmativa, garantindo que ele usava mesmo era banha de porco. Brincadeira ou não, o fato é que, por essa ninharia, ele e o diácono acabaram rompendo relações, acusando-se mutuamente de pão-durismo e presunção. Por causa de uma botina lustrosa, acabaram pisando e esmagando uma antiga amizade, que vinha dos tempos em que ambos trabalhavam no mesmo colégio.

A vida é assim: a gente quer que ela nos dê graxa inglesa legítima, e acaba recebendo apenas banha de porco. Foi isso que transformou Ole num ermitão, levando-o a se empregar como vigia da torre de uma igreja. Ali, a sós, e tendo um salário que provia a sua subsistência, passava horas e horas, fumando seu cachimbo e contemplando a vida da cidade, que se desenrolava lá embaixo.

Às vezes, perdia o tempo olhando para o céu; então, tomava de um livro e punha-se a lê-lo; depois, fechava-o e refugiava-se em seus pensamentos. Quando saía, gostava de conversar, falando sobre o que tinha visto e discorrendo sobre o que ainda não vira. Comentava o que havia lido nos livros ou as conclusões a que chegara, após suas longas meditações solitárias. Eu mesmo emprestei-lhe muitos livros, e dos bons, já que o homem pode ser julgado por aquilo que gosta de ler. E Ole demonstrava bom gosto. Não apreciava os romances ingleses, especialmente aqueles cuja personagem principal era a governanta de uma rica mansão. Dizia que eles, assim como seus similares franceses, eram insossos e repletos de falsidade, tratando de assuntos e ambientes com os quais o autor demonstrava não ter familiaridade, e escritos sem o tempero essencial às iguarias literárias: talento. Seus assuntos preferidos eram biografias e temas ligados à História Natural.

Eu costumava visitá-lo pelo menos uma vez por ano; geralmente, um ou dois dias depois da passagem do ano, pois ele sempre tinha algo interessante a dizer sobre aquela data. Vou narrar-lhes duas dessas visitas, tentando usar as próprias palavras de Ole, que tinha um jeito muito particular de falar.

A PRIMEIRA VISITA

Entre os livros que lhe emprestei, havia um sobre seixos rolados, aquelas pedras que a natureza torna lisas e arredondadas, muito utilizadas na pavimentação de ruas. O assunto interessou-o especialmente, e eis como foram seus comentários:

— Esses seixos rolados são verdadeiros matusaléns das pedras. Quantas vezes pisei neles, sem lhes prestar a menor atenção. Nos litorais e nas beiras dos rios, são encontrados aos milhares. Quando caminhamos numa rua calçada com pedras, estamos pisando em testemunhas de nossa história primordial. Por isso, de agora em diante, tirarei o chapéu para cada seixo rolado que encontrar. Obrigado por ter-me emprestado esse livro, meu amigo. Por causa dele, repensei velhas noções e passei a enxergar o mundo sob um novo prisma. Quero continuar lendo livros desse gênero. O maior de todos os romances é a história de nossa velha e querida Terra. Mas é uma pena que os primeiros volumes dessa história estejam escritos numa linguagem que ainda não aprendemos. Só depois de lermos as pedras e conhecermos as camadas do subsolo que se foram formando a cada novo período de alterações climáticas, é que podemos seguir os passos dos personagens desse fascinante romance. O Sr. Adão e Dona Eva só aparecem lá pelo sexto volume dessa obra. E é por esse volume que muitos iniciam sua leitura!

"Sim, trata-se de um romance magnífico, o mais maravilhoso de todos, sendo importante lembrar que nós mesmos fazemos parte da lista de seus personagens. Arrastamo-nos e rastejamos sem sair do lugar, enquanto a grande bola gira, sem contudo deixar que os oceanos transbordem e se despejem sobre nós. A crosta que sustenta nosso peso é sólida e resistente o bastante para que não afundemos. São milhões de anos de modificações e progresso. Ah, meu amigo, renovo meus agradecimentos. Se esses seixos rolados pudessem contar-nos tudo o que presenciaram e viveram, já pensou quanta coisa teriam a relatar?

"É maravilhoso experimentar, nem que por alguns segundos, a sensação de nada valer, de ser um zero, especialmente no caso de alguém que, como eu, vive a contemplar o mundo abaixo de si. É divertido pensar que todo mundo, mesmo as pessoas que lustram as botinas com graxa inglesa, são meras formiguinhas, e que suas vidas correspondem apenas um minuto, em relação ao ano que constitui a existência da Terra. É verdade que existem graduações sociais neste formigueiro. Há formigas emproadas, que ostentam comendas no peito e títulos pomposos à frente de seus nomes. Seja como for, não passam de formigas. Comparados a esses seixos rolados, que existem há sei lá quantos milhões de anos, que somos? Nada. Li esse livro na véspera do ano-novo, e achei-o tão fascinante, que me esqueci de assistir à Grande Corrida da Turba Selvagem, seguindo para o Sabá do Ano-Novo, conforme faço todos os anos. Sabe a que me refiro?

"Parece que não. Então, vou explicar. Como deve ser do seu conhecimento, as feiticeiras, no dia do solstício de verão, voam todas para uma certa montanha da Alemanha chamada Brocken, e ali, à noite, realizam seu encontro anual, conhecido como o *Sabá das Bruxas*. Temos por aqui um acontecimento semelhante. Dei-lhe o nome de *Corrida da Turba Selvagem para o Sabá do Ano-Novo*. Ocorre na passagem do ano, e dela tomam parte todos os poetastros da terra, além de jornalistas e pintores, dotados ou não de talento e notoriedade. Montados em seus pincéis ou em suas canetas, voam até a primeira colina que encontram, e ali realizam sua reunião anual. O percurso é curto, de apenas umas dez milhas ou pouco mais. Bem que gostariam de voar até Brocken, mas pincéis e canetas não

595

são tão eficientes para voar como as vassouras das bruxas. Assisto a sua revoada todo ano, e poderia citar os nomes de quase todos os participantes dessa corrida, mas prefiro não fazê-lo, por tratar-se de gente muito perigosa, que não ficaria nada satisfeita se o grande público tomasse conhecimento dessa sua peregrinação anual.

"Tenho uma parenta distante que vende peixe no mercado, e que, como bico, fornece a dois ou três dos nossos jornais mais respeitáveis um farto sortimento de boatos, mexericos, maledicências, perjúrios, calúnias e outras informações do gênero. Ela foi convidada a participar da festa, mas teve de ser levada na garupa, já que não tinha sua própria caneta voadora. Vou repetir o que ela me contou, embora saiba que metade do que diz é mentira; entretanto, como a outra metade é verdade, vamos dar um crédito de confiança a essa segunda parte. Quando todos estavam reunidos na colina, tiveram início as canções. Cada participante compôs a sua, e fez questão de cantá-la em solo, julgando-a a melhor de todas. O problema é que todos cantavam ao mesmo tempo, entoando a mesma melodia — só mudava a letra. Depois disso, cada qual procurou juntar-se a um grupo, conforme seus interesses. Os que viviam de espalhar mexericos, ficaram num canto; os que escreviam sob pseudônimo, em outro. Gosto de comparar esse grupo à banha de porco, tentando passar por graxa inglesa.

"Formou-se ainda um grupo à parte, o dos críticos literários. Um dos participantes era aquele que todos conhecem como Carrasco. Ele trazia pela mão seu pupilo dileto, aquele que segue à risca os ensinamentos do mestre, chegando a superá-lo em rigor e falta de compaixão. Suas roupas eram um misto de beca de catedrático e uniforme de lixeiro, e seu passatempo era dar notas a tudo o que viam pela frente.

"Quando o entusiasmo da festa chegou ao auge, brotou da terra um enorme cogumelo, cobrindo todos os participantes. Era formado pelo conjunto de tudo o que eles haviam escrito ou pintado durante o ano que findava. Dele escapavam centelhas de fogo, e eram tantas, que parecia tratar-se de um espetáculo pirotécnico. Eram os pensamentos e ideias que os aprendizes de feiticeiro tinham roubado, e que agora retornavam a seus legítimos donos.

"Na sequência da festa, todos brincaram de esconde-esconde, mas não deu certo, porque nenhum deles queria esconder-se; apesar de sobrarem motivos para que o quisessem. Ao contrário, todos queriam aparecer e ser encontrados, o que transformou a brincadeira num fiasco.

"Em vista disso, cada grupo resolveu brincar separado. Os poetinhas jovens combinaram disputar um *Jogo do Amor*, mas logo desistiram, porque não conheciam suas regras. Além disso, ninguém lhes prestou a mínima atenção. Os literatos mais espirituosos puseram-se a fazer trocadilhos infames, explodindo em gargalhadas a cada um que era dito, mas logo viram que só eles mesmos poderiam achar graça naquilo.

"Apesar de tudo, era uma festa alegre e barulhenta. Minha parenta afastada divertiu-se a valer. Contou-me vários outros detalhes, todos engraçados e maliciosos. Tenho para mim, porém, que as pessoas seriam mais felizes se não se preocupassem em viver criticando o próximo.

"Desde que tomei conhecimento dessa festa, passei a interessar-me por ela, aguardando com aflição a chegada do Ano Novo, para saber quem foi convidado a participar dela. De cada vez, há pelo menos seis novos participantes da *Corrida da Turba Selvagem*. Anteontem, porém, esqueci-me de que era véspera de ano-novo, tão absorto estava na leitura desse livro, e acabei perdendo a oportunidade de assistir ao desfile dos participantes.

596

"Ao invés disso, acompanhei o trajeto dos seixos, sendo arrastados para o norte, depois para o sul, pelas geleiras, um milhão de anos antes que Noé construísse sua arca. Vi-os depositando-se no fundo do mar, e depois reaparecendo à superfície. Lá estavam eles, aflorando à tona e dizendo: "Um dia, formaremos a ilha da Selândia". Aves de aparência estranha, já extintas, faziam seus ninhos entre eles; depois, chefes de tribos selvagens, dos quais nunca ouvimos falar, erigiram com eles seus tronos. Foi só em tempos recentes que as machadinhas inscreveram neles letras rúnicas. Só então alcançaram os tempos históricos, saindo do anonimato de milhões de anos, diante dos quais me sinto um ninguém, um zero, e ainda por cima, perplexo."

Nesse exato momento, quatro estrelas cadentes riscaram o céu, desviando o pensamento de Ole para outras direções.

— Sabe o que é uma estrela cadente? — perguntou, respondendo em seguida: — se não sabe, não se preocupe, pois mesmo os sábios não estão bem certos do que elas representam. Tenho minhas próprias ideias a esse respeito. Quantas vezes, no íntimo de seu coração, as pessoas agradecem e abençoam aqueles que nos deixaram algo de bom e de belo? Esses agradecimentos silenciosos não se perdem. A meu ver, são colhidos pelos raios de sol e levados até as pessoas a quem foram dirigidos. Imagine agora se numerosas pessoas, talvez mesmo toda uma nação, experimentarem esse sentimento de gratidão: cada agradecimento irá transformar-se numa estrela cadente, precipitando-se sobre o túmulo daquele benfeitor da humanidade. Quando avisto esse fenômeno, especialmente na véspera de ano-novo, divirto-me em ficar especulando a quem se endereça cada um desses tributos de gratidão. Uma dessas que acabou de cair, no lado sudoeste do firmamento, brilhava de maneira peculiar. Seu brilho revelava a extensão do sentimento de quem a produziu. Gratidão em relação a quem? Pela direção da queda, imaginei que iria atingir a Terra à altura dos rochedos litorâneos de Flensborg, onde se encontram os túmulos de Schleppegrel, Laessoe e seus camaradas. Já uma outra dirigiu-se para o centro da ilha da Selândia, creio que no rumo de Soroe. Seria mais uma rosa a juntar-se à coroa de flores depositada sobre o esquife de Holberg, representando a gratidão de tantos que se divertiram com suas maravilhosas comédias.

"Sei que se trata de uma ideia meio maluca, talvez até assustadora, mas não deixa de trazer felicidade o pensamento de que uma estrela dessas possa um dia cair sobre nosso túmulo. Sobre o meu, tenho certeza de que não, já que não fiz por merecer sequer um raio de sol de agradecimento. Se for por uma questão de mérito, não haverei de fazer jus à graxa inglesa, mas tão somente à banha de porco..."

E deu uma gostosa risada.

A SEGUNDA VISITA

A última visita que fiz a Ole foi no próprio dia de ano-novo. O assunto de nossa conversa foram os brindes trocados em homenagem à "gota nova", que vinha substituir a "gota velha". Era como ele se referia ao ano que começava e ao que acabava. Suponho que, para Ole, um filósofo que via o mundo e a vida abaixo dos pés, cada ano não passava de uma gota do oceano do tempo. Sem sair do assunto, pôs-se a falar de copos, e havia grande dose de bom senso em tudo o que disse. Ouçamos como foi:

— Na véspera de ano-novo, quando soam as badaladas da meia-noite, as pessoas ficam de pé e, copo na mão, brindam o início de uma nova dúzia de meses. Bela maneira de se começar um ano: de copo na mão, como um beberrão. Outros agem diferente, iniciando o ano novo na cama, dormindo. Belo início, para um preguiçoso. Cama e copo desempenharão importante papel para um e outro desses tais, durante todo o ano em início de curso.

"Sabe o que se pode encontrar dentro de um desses copos que saúdam o ano-novo? Saúde, felicidade, alegria. Mas também podem estar ali contidas a miséria e a dor. À medida que se vão esvaziando e enchendo de novo, há que se considerar o que contêm e quem os esvazia.

"O primeiro copo contém a saúde. Dentro dele existe uma erva com poderes medicinais. Se for colhida e plantada, brotará e dará frutos.

"Dentro do segundo copo está escondido um passarinho. A pessoa escuta seu canto singelo e pensa: a vida é bela! Nada de pessimismo: o importante é viver!

"O terceiro copo esconde uma criança alada, metade anjo, metade duende. Quem o bebe passa a brincar com as pessoas, sem contudo zombar delas. O pequeno ser alado chega às alturas de nossos ouvidos e nos sussurra pensamentos divertidos, que aquecem nossos corações, fazendo-nos sentir jovens e alegres, capazes de dizer frases espirituosas e bem-humoradas, todas bem recebidas pelos nossos amigos presentes à festa.

"Dentro do quarto copo, depende: às vezes, lá está um ponto de exclamação; de outras vezes, um ponto de interrogação. Esse ponto assinala o limite, além do qual se estende o território situado fora do domínio da inteligência e do bom senso.

"Depois do quinto copo, quem o tomou torna-se sentimental, ou mesmo choramingas. Momo, o rei do carnaval, salta do copo, arrastando-o para uma dança que lhe faz esquecer sua dignidade, se é que ele a possui. Além disso, muitas outras coisas são esquecidas, coisas que melhor seria jamais esquecer. Tudo é música, tudo é alegria, tudo é maravilhoso. O cordão dos mascarados passa por ele e o arrasta pelo salão. As filhas do demônio, vestidas de seda, com suas longas cabeleiras soltas ao vento e suas pernas esculturais, juntam-se à dança. Sair dali é preciso, mas a pessoa não consegue.

"Quem está comodamente sentado dentro do sexto copo é o próprio diabo em pessoa. É um homenzinho bem vestido, charmoso e de fala macia. Compreende tudo o que você diz e concorda com todas as suas ideias. Traz consigo uma lanterna, para iluminar seu caminho; não o que leva para sua casa, mas o que leva à casa dele.

"Conta uma lenda que, certa vez, um santo teve a permissão de se entregar a um pecado mortal, para experimentar a sensação do pecador. Analisando os pecados um a um, achou que a embriaguez seria o menos grave de todos, e começou a beber. Quando ficou inteiramente bêbado, cometeu todos os sete pecados capitais, um atrás do outro.

"O fato é que, depois do sexto copo, uma gota de sangue do demônio entra nas veias do infeliz, e ali prospera como o grão de mostarda da parábola do Evangelho, alastrando-se por todo o corpo e trazendo à tona toda a maldade existente dentro dele. Depois disso, a pessoa corre o risco de apreciar a sensação, ficando sempre pronta a submeter-se de novo àquela transfusão de sangue.

"É assim que vejo a sequência dos copos esvaziados, seja no Ano-Novo, seja numa outra ocasião qualquer. Pode-se dar lustro a esta história, passando-lhe graxa inglesa, ou então banha de porco. Eu usei as duas."

Foi isso o que me disse Ole, o vigia, da última vez que o visitei, no alto isolado de sua torre.

Ana Elisabete

Ana Elisabete era feita de leite e de sangue: jovem, alegre e encantadora, um colírio para os olhos. Os seus, aliás, eram inteligentes e brilhantes, assim como eram brilhantes seus dentes, de uma alvura sem par. Quando dançava, parecia flutuar. Ah, Ana Elisabete, frívola e insensata... Que poderia resultar de tanta beleza e despreocupação?

— Esse pirralho nojento!

De fato, o neném não era bonito. Uma criança que não é desejada acaba sendo entregue a alguém, e aquela o foi. Em troca de paga modesta, a mulher do limpador de fossas encarregou-se de criá-la.

Concluído o arranjo, Ana Elisabete mudou-se para o castelo do conde. Ali, vestia trajes de domingo durante todos os dias da semana. Era tratada com todo carinho e proteção. Não se deixava que a mais leve corrente de ar soprasse sobre ela, e jamais lhe dirigiam palavras ásperas ou zangadas, a fim de não magoá-la. Por que isso? Por que ela era a ama-de-leite do condezinho recém-nascido, que, aliás, viera ao mundo no mesmo dia que seu filho. Ah, como ela adorava aquele bebezinho de sangue nobre! Era delicado como um príncipe e lindo como um anjo!

E quanto ao seu próprio filho? Esse, coitado, vivia na cabana do limpador de fossas, onde as discussões frequentes, mais acesas que o fogo, faziam o sangue ferver mais do que o que havia nas panelas, e onde insultos e palavrões eram parte integrante do cardápio de todo dia. Às vezes, saíam todos, e a casa ficava vazia. O bebê chorava e se esgoelava, mas pranto que não se escuta não causa aflição. O próprio choro embalava seu sono, e ele dormia feliz, já que não se sente fome ou sede quando se dorme. Como se costuma dizer, o tempo é o adubo da erva daninha, e o filho de Ana Elisabete cresceu e se desenvolveu, embora sempre fosse um pouco menor que os outros garotos de sua idade. Era considerado membro da família do limpador de fossas, já que esta, afinal de contas, tinha sido paga para criá-lo. Ana Elisabete esqueceu-o definitivamente: mudou-se para a cidade e arranjou para si um bom casamento.

Em sua casa, o ambiente era sempre quente e acolhedor; se fazia frio lá fora, e ela precisasse sair, não lhe faltavam agasalhos para aquecer-se. Jamais visitou a cabana do limpador de fossas: era distante demais. Além disso, o menino não era mais dela, e sim de seus pais adotivos. Fora entregue a eles, como se diz, de papel passado. E que apetite tinha o danado, reclamavam seus novos pais. Assim, mandaram-no trabalhar, para que pudesse prover o seu próprio sustento. Sua tarefa era vigiar a vaca criada pelo vizinho, impedindo que ela fosse pastar nos trigais.

O cão de guarda do castelo ficava rondando ao sol, latindo para qualquer um que ali chegasse. Quando chovia, entrava em sua casinha, que era quente e seca. Já o filho de Ana Elisabete sentava-se dentro da vala, quando o sol estava ardente, e ali ficava aparando gravetos com uma faquinha. Num dia de primavera, encontrou três pés de morangos silvestres. Passou a vigiá-los todo dia, na esperança que dessem frutos. Não deram. Chegou o tempo das chuvas, e ele não tinha onde se abrigar, pois não podia perder de vista a vaca.

Molhava-se até os ossos, e seu único recurso era secar-se ao vento, quando a chuva cessava. Além disso, tinha de submeter-se às brincadeiras das criadas e dos diaristas, sempre prontos a atazaná-lo, pregando-lhe peças ou aplicando-lhe cascudos.

— Sai para lá, antipático! — diziam-lhe. — Não tem vergonha de ser assim tão feio? Até já se acostumara a escutar esse tipo de comentário.

Que sucedeu ao filho de Ana Elisabete? Fazem alguma ideia? Qual o destino reservado àqueles cuja sina é nunca receberem carinho, afeto e amor?

Como a terra sempre lhe foi adversa, partiu para o mar. Alistou-se na marinha mercante, indo servir como grumete num navio, ou melhor, numa banheira velha. Enquanto o capitão bebia, era ele quem assumia o leme. Sua aparência era péssima: estava sempre sujo e vestido com roupas amarfanhadas, sempre mal agasalhado, sempre com cara de fome. Quem o via, imaginava que ele não tivesse comida suficiente — e acertava na mosca, porque o que lhe davam era sempre insuficiente para satisfazer seu apetite.

O ano chegava ao fim. O tempo era frio e úmido, e o vento penetrava dentro de suas roupas. As rajadas eram fortes; por isso, apenas uma vela tinha sido içada. Não era de se estranhar, já que a embarcação, simples chalupa, só tinha mesmo uma vela. A equipagem era constituída de apenas duas pessoas; para ser mais exato, de uma e meia: o capitão e seu ajudante. O dia estivera nublado e cinzento: agora, já se avizinhava a noite, e o frio começava a tornar-se insuportável. O capitão serviu-se de uma bebida, para aquecer-se por dentro. Usava uma estranha taça, cuja base era de madeira pintada de cor azul. É que a base original, de vidro, tinha-se quebrado, e ele a substituíra por aquele arranjo pouco estético. A primeira taça que tomou trouxe-lhe uma ligeira sensação de calor. Nada mais justo que tomar uma segunda, para confirmar o efeito. Enquanto isso, o "filho do limpador de fossas" (era assim que o chamava, embora seu registro de batismo o desse como filho de Ana Elisabete) assumia o leme, com as mãos sujas de graxa e de óleo. O capitão mirou com repulsa sua cara feia e assustada, de cabelos esgrouvinhados e olhos vesgos.

O vento soprou pela popa, e a vela inchou, fazendo a chalupa investir de proa contra uma enorme onda, que vinha em sentido contrário. Ela explodiu contra a quilha do convés, encharcando o rapazinho. O vento continuava soprando forte, vindo carregado de umidade. De repente, ouviu-se o ruído de alguma coisa que se partia. Que teria sido?

A pequena embarcação deu uma guinada e fez uma curva de noventa graus, dando de costado para as ondas. O mastro acabava de quebrar-se. Vela e cordame vinham abaixo. Junto ao leme, o rapazinho gemeu:

— Valei-me, Jesus Cristo!

A chalupa tinha batido contra um rochedo, adernado, e agora afundava como um sapato atirado a um lago. O naufrágio foi rápido, e nele pereceram ratos e homens, como se costuma dizer. Os ratos, realmente, eram muitos a bordo; os homens, nem tanto: apenas um e meio. Só as gaivotas e os peixes testemunharam o desastre, se é que assistiram à cena, já que, devido à fúria do vento e das ondas, cada qual tratava de assegurar sua própria sobrevivência. O barco ficou coberto por dez pés de água, o suficiente para escondê-lo inteiramente. O único vestígio que restou da catástrofe foi a taça encaixada na base de madeira pintada de azul, que flutuou na superfície por algum tempo, até despedaçar-se contra um recife. Enquanto existira, teve utilidade e foi amada, coisa que não podia ser dita do filho de Ana Elisabete. Para onde vão aqueles que, durante toda a sua vida, não se lembram de jamais terem recebido amor e carinho? Para o céu, evidentemente.

ᢒᢇᢇᢇᢇᢇ

Ana Elisabete viveu na cidade por muitos anos. Ali, adquiriu respeito e consideração. Gostava de lembrar o tempo em que servira no castelo, convivendo com baronesas e duquesas, só andando de carruagem e sendo tratada a pão de ló. Até revirava os olhos ao referir-se ao filho do conde, lindo como um anjo, a quem tanto amara, e por quem tanto fora amada. Como era bom recordar o tempo em que o trazia ao colo, enquanto ele passava as mãozinhas ao redor de seu pescoço e a cobria de beijos! Aquela criança era a sua paixão, a alegria de sua vida!

Agora, o filho do conde estava crescido. Já tinha quatorze anos, estava estudando, era tão inteligente e culto como os rapazinhos de sua idade, porém mais bonito que qualquer um deles. Pelo menos, era isso que ela imaginava, embora nunca mais o tivesse visto, desde que deixara o castelo e fora morar na cidade. Não mais o visitara, porque o castelo ficava muito longe, a quase um dia inteiro de viagem.

— Qualquer dia desses, irei lá — costumava dizer. — Quero ver meu queridinho mais uma vez. Estou certa de que ele também morre de saudade de mim, e que se lembra com carinho de sua "Lili", que era como me chamava. Como me lembro de sua vozinha doce, sussurrando aquele nome: Lili! Qualquer dia desses, irei lá.

Um dia, decidiu-se e foi fazer a tão sonhada visita. Pegou carona numa carroça de carga e seguiu até a aldeia situada perto do castelo. O resto do percurso teria de ser feito a pé. E lá se foi Ana Elisabete, pelo caminho do qual tanto se lembrava.

Enfim, avistou o castelo, que lhe pareceu tão imponente quanto da primeira vez que o vira. Nada havia mudado: ali estavam o mesmo portão de entrada e o mesmo jardim imenso e florido. Mas os empregados eram outros. Nenhum deles jamais havia ouvido falar em Ana Elisabete. Ao contrário, pareciam tratá-la com algum desdém. "Deixa estar, cambada", pensou ela, "a condessa há de me tratar com respeito e deferência". E isso sem falar no filho do conde, que ela tanto ansiava rever.

Ana Elisabete foi levada para a sala de espera, que era tão comprida como o tempo que ela teve de esperar. Por fim, pouco antes do jantar, a condessa recebeu-a e a tratou com cortesia, mandando-a retornar à sala de espera, para poder ver o "seu bebezinho" depois do jantar.

Enfim, chegou o momento de encontrá-lo. Que emoção! Tinha-se tornado um rapazinho alto e magro, mas conservara os mesmos olhos angelicais e a mesma boca bem torneada, de que ela tanto se lembrava. O jovem ficou parado, olhando para ela, sem nada dizer. Parecia não ter reconhecido sua antiga ama-de-leite. Pouco depois, virou-se para ir embora. Antes que o fizesse, Ana Elisabete segurou sua mão e levou-a aos lábios.

— Pára com isso, dona! — disse ele rispidamente, soltando a mão e retirando-se em passos rápidos.

Ela ficou estática, vendo ir-se aquele a quem dedicava todos os seus pensamentos saudosos, todo o amor de seu coração, todo o orgulho de suas recordações.

Cabisbaixa, saiu do castelo e voltou a pé para a aldeia vizinha. Sentia-se extremamente infeliz. Ele agira como se ela fosse uma estranha, sem sequer conceder-lhe a delicadeza de um gesto afetuoso ou uma palavra gentil. Esquecera-se por completo daquela que o havia carregado nos braços tantas vezes, e que não passava um dia sequer sem se lembrar dele.

Súbito, passou à sua frente um grande corvo negro, crocitando sem parar.

601

— Deus do céu! — exclamou ela. — Que deseja de mim, ave agourenta?

Notou então que passava diante da cabana do limpador de fossas. A mulher estava junto à porta. Ana Elisabete parou para conversar com ela.

— Oh, como você está bem! — disse-lhe a outra. — Parece saudável e bem disposta. Pode-se ver que prosperou.

— Não posso queixar-me — respondeu Ana Elisabete.

— Pena que seu filho não teve sorte igual à sua. Foi tentar a vida no mar, e morreu afogado. Eu tinha esperança de que ele me ajudasse na minha velhice, mas nada feito. Para ele, talvez tenha sido melhor que acabasse assim.

— Quer dizer que ele morreu? — perguntou ela, em tom consternado, talvez nem tanto pela perda do filho, mas pela decepção que acabara de passar no castelo.

Gastara dinheiro para fazer aquela viagem, e que lucro tivera? Nenhum, mas isso ela não iria contar para a mulher do limpador de fossas. O fato de seu bem-amado garoto nem lhe dirigir a palavra deixara-a arrasada, e estava disposta a guardar consigo o segredo de que sua presença no castelo não era mais vista com bons olhos. Nesse instante, o corvo crocitou perto dela.

— Sai para lá, monstrinho preto! — exclamou. — Está querendo me assustar?

Já pensando na possibilidade daquele encontro, tinha trazido consigo café e chicória. Entregou-os à dona da casa, que entrou com eles na cozinha, a fim de preparar alguma coisa. Enquanto aguardava, Ana Elisabete sentou-se numa cadeira e logo adormeceu.

Surgiu em seu sonho uma pessoa com a qual jamais sonhara antes: seu filho, que tantas vezes sentira fome e frio ali naquela cabana, e que agora repousava em paz, no fundo do mar, só Deus sabia onde. No sonho, a situação era idêntica à que então acontecia: ela estava sentada na mesma cadeira, enquanto a mulher do limpador de fossas tinha ido à cozinha preparar o café, cujo cheirinho chegou a sentir. Então, apareceu à porta um menino, tão bonito como o filho do conde, que se dirigiu a ela, dizendo:

— Eis que o fim do mundo se aproxima. Vem e fica sob minha proteção, já que, não obstante tudo o que aconteceu, és minha mãe. Tens no céu um anjo que vela por ti: sou eu. Hei de proteger-te; confia em mim.

Dizendo isso, segurou-a pelo braço, no instante em que se escutou um ruído formidável — devia ser o fim do mundo. O anjo tentou erguê-la da cadeira, mas uma espécie de força impedia-a de se levantar, pesando-lhe sobre os ombros e agarrando-a pelas pernas. Era como se uma centena de mulheres a estivessem segurando, enquanto gritavam:

— Como tu, também temos o direito de sermos salvas! Iremos todas juntas! Me leva! Me leva! — gritavam, em uníssono.

O anjo puxou-a pela manga da blusa, que não resistiu e — rrrec! — rasgou-se, deixando Ana Elisabete estatelar-se no chão. Nesse momento, acordou.

O sonho fora tão real e apavorante, que ela de fato quase caiu da cadeira. Esfregou os olhos com força, sentindo-se tonta e confusa, logo esquecendo o que havia sonhado, embora soubesse que se tratara de um pesadelo.

Pouco depois, chegou a mulher com a bandeja de café. Enquanto o tomavam, as duas conversaram sobre assuntos diversos, até que chegou a hora de Ana Elisabete se despedir e tomar o rumo da aldeia vizinha, a fim de encontrar o carroceiro e regressar à cidade. Infelizmente, a roda da carroça tinha-se partido, e o conserto levaria um dia inteiro para ser feito. Seria muito caro pernoitar no hotel, por isso, ela preferiu prosseguir a pé, caminhando

602

pela praia, ao invés de tomar a estrada, pois assim atalharia o percurso em uma milha, podendo chegar em casa por volta do amanhecer.

O sol já se tinha posto, e ela estranhou que os sinos continuassem a tocar. Mas não eram badaladas, e sim o coaxar das rãs, numa lagoa próxima. Aos poucos, aquele som foi ficando para trás. Então sobreveio o silêncio. Não se ouvia sequer o pio de algum pássaro insone. As próprias corujas estavam mudas naquela noite. Até o mar estava calmo e silencioso, liso como um espelho. O único som que Ana Elisabete escutava era o dos seus passos sobre a areia úmida. Também não se via qualquer coisa movimentar-se, pois os próprios peixes pareciam estar dormindo sob as águas imóveis do mar.

Ela caminhava sem pensar em coisa alguma em particular, mas os pensamentos fervilhavam em sua mente, aguardando apenas alguma lembrança ou motivação, para virem à tona. De vez em quando, uma frase solta aflorava em seu espírito, sem que ela se detivesse em analisá-la, deixando-a evolar-se sozinha. "A recompensa da virtude é o prazer de praticá-la", sussurrava uma voz; "só a morte paga e apaga o pecado", murmurava outra, mas a nenhuma das duas ela dava atenção. Apenas prosseguia seu caminho.

Virtudes e vícios convivem em nossos corações, como sementes invisíveis, em vida latente. Num dado momento, uma visão qualquer, uma lembrança fortuita, age como um raio de sol sobre uma dessas sementes, fazendo com que ela se abra, ramificando-se através de nossas veias. E é devido a sua influência que optamos por dobrar à direita ou à esquerda, ao chegarmos a uma esquina. Isso dificilmente acontece quando caminhamos com sono, mas as sementes ali estão, nunca morrem.

Ana Elisabete sentia-se cansada. Sua mente estava entorpecida, como a de quem cochila, mas seus pensamentos estavam vivos e despertos. Num único ano de nossa vida, quanta coisa fica registrada em nossos corações! Quantos maus pensamentos, quantas imprecações, quantas palavras que nunca deveríamos ter dito... Por sorte, acabamos por esquecer tudo isso, e era o que Ana Elisabete fazia naquele momento. Esquecia. Sentia a consciência limpa, não se culpando por qualquer desacato às leis e julgando-se merecedora da consideração que recebia por parte de seus amigos e conhecidos.

Num certo momento, avistou algo estranho sobre a areia da praia. Chegando mais perto, viu tratar-se de um chapéu, que as ondas haviam atirado naquele local. Quanto tempo teria flutuado no mar? De que navio teria caído? Chegou mais perto e notou que havia alguma coisa perto do chapéu. Sentiu um princípio de medo, mas logo deu de ombros — que poderia haver ali para se recear? Com efeito, era apenas uma grande pedra, recoberta de musgos e algas. De longe, lembrava o formato de um corpo humano; daí o medo que havia sentido, e que ainda não perdera de todo. O sono esvaiu-se, e os pensamentos começaram a aflorar-lhe na mente. Lembrou-se das histórias de fantasmas e assombrações que escutara em criança, especialmente aquelas que se referiam às almas penadas dos náufragos, que abordavam os passantes, suplicando-lhes que providenciassem o enterro de seus corpos comidos pelos peixes.

"Me leva! Me leva!", gritavam os fantasmas, nas histórias que lhe haviam contado. Essas palavras ressoaram em seus ouvidos, fazendo-a recordar-se do sonho que há pouco tivera, na cabana do limpador de fossas. A lembrança foi tão real, que a fez vergar, sentindo o peso das mulheres que se agarravam a seus braços, ombros e pernas, suplicando desesperadamente:

— Me leva! Me leva!

Tudo voltou-lhe à mente: o fim do mundo a aproximar-se, as mangas de sua blusa sendo rasgadas, o filho que se esforçava por salvá-la, no dia do Julgamento Final, sem contudo consegui-lo. Sim, a criança a quem dera à luz, sem jamais amá-la ou dedicar-lhe um único e mísero pensamento... Agora, repousava no fundo do mar. E se sua alma viesse até ali e lhe implorasse: "Quero ser enterrado num cemitério cristão! Me leva! Me leva!" — qual seria sua reação?

Dominada por esses pensamentos, sentiu os joelhos entrechocando-se e, com o coração disparado, voltou a caminhar apressadamente. O pavor invadiu seu peito, chegando a causar-lhe dor. Relanceou os olhos sobre o mar, encoberto por tênue neblina, que parecia avançar em sua direção. Em pouco, a névoa cobriu toda a paisagem, dando às árvores e arbustos uma aparência fantasmagórica. No céu, a lua despontava como um disco pálido. Sentia-se cansada e ofegante, como se estivesse carregando um fardo pesado, enquanto em sua mente não paravam de ecoar vozes sussurrando sempre as mesmas palavras:

— Me leva! Me leva!

Olhou de novo para cima. A lua parecia estar perto, muito perto. Retalhos de neblina pareciam pender de seus ombros, como uma mortalha. A todo momento, esperava escutar nitidamente uma voz, adivinhando que ela iria dizer:

— Me leva! Quero ser enterrado no cemitério!

Foi então que ouviu de verdade uma voz cavernosa, segredando-lhe: "Quero ser enterrado! Quero ser enterrado!" Não, não era o coaxar das rãs, nem o crocitar de um corvo ou uma gralha. Era mesmo uma voz humana, clara, distinta. Era a voz do filho que repousava no fundo do mar. Ele não encontraria paz, a não ser que fosse enterrado no solo sagrado de um cemitério cristão. E era ela, a mãe, quem teria de escavar seu túmulo. Pensando assim, caminhou na direção em que pensava existir uma igreja, sentindo-se leve, livre da carga que há pouco a oprimia.

Depois de alguns passos, veio-lhe a consciência de que estava agindo como uma tola, deixando-se levar por crendices e sendo movida pelo pavor do desconhecido. Mudando de direção, retomou o caminho de casa. No mesmo instante, voltou a sentir o peso que lhe vergava as costas, e a escutar a estranha voz, que, como o coaxar de uma rã monstruosa, ou o crocitar de uma ave assustada, repetia sem parar:

— Me leva! Me leva para o cemitério! Quero ser enterrado!

O nevoeiro era frio e úmido, e suas mãos e seu rosto suavam de medo. Sentia-se espremida pelo ambiente que a rodeava, enquanto sua cabeça fervilhava, como se todos os pensamentos que guardava em seu íntimo estivessem forcejando para sair.

Nos países nórdicos, não é incomum acontecer que, numa única noite quente de primavera, brotem folhas em todas as faias de uma floresta. Assim, quando o sol desponta, seus raios caem em cheio sobre uma paisagem verde e gloriosa, bem diferente da que tinha sido iluminada por eles apenas um dia antes. O mesmo pode ocorrer dentro de nós, não durante uma noite, mas num simples segundo em que a consciência desperta. Como num passe de mágica, todos os pecados cometidos durante nossa existência desfilam de uma só vez diante de nossos olhos. Nesse instante, não nos ocorrem desculpas ou atenuantes: transformamo-nos em nossas próprias testemunhas de acusação, assumimos nossa culpa e curvamo-nos ante a evidência de nossos erros, não hesitando em declará-los em voz alta, para que todo mundo tome conhecimento deles. Num misto de asco e horror de nós mesmos, contemplamos a imensidão do mal que guardamos em nosso interior, sem nunca tentar

604

destruí-lo, e abjuramos as inúmeras vezes em que nos deixamos levar pela arrogância e pela insensatez. Virtudes e vícios são como as plantas: aquelas são exigentes, e só medram em solo fecundo; esses, ao contrário, crescem até mesmo nas terras estéreis. E as sementes de todos eles — virtudes e vícios — estão plantadas em nossos corações.

Tudo isso que acabamos de dizer passou pelo pensamento de Ana Elisabete, provocando-lhe um tal impacto na mente, que ela perdeu o equilíbrio, caindo ao chão, e não teve forças para se levantar, vendo-se obrigada a rastejar de quatro, como um animal. "Quero ser enterrado", sussurrava a voz, incessantemente. De bom grado teria ela própria entrado numa sepultura vazia, se isso significasse o término das terríveis lembranças que naquele momento a enchiam de angústia e aflição.

Aquele involuntário exame de consciência deixou-a transida de pavor. Todas as suas crendices e superstições vinham-lhe à mente, fazendo seu sangue ferver e congelar ao mesmo tempo. Velhas histórias, há anos esquecidas, voltavam a ocorrer-lhe. Como as nuvens que passavam silenciosamente pelo disco pálido da lua, sentia a presença de um espectro rondando a sua volta. Vultos fantasmagóricos passaram a surgir diante de seus olhos. Soltando fogo pelas ventas, passaram a galope quatro cavalos negros, puxando uma carruagem fosforescente. Dentro dela vinha o senhor feudal que, com mão de ferro, havia dominado aquela região, século e meio atrás. Sua sina era ir e vir por aquele caminho, do castelo para o cemitério, do cemitério para o castelo, numa ida e volta sem fim. Sim, era ele, o terrível conde cujas maldades até hoje ressoavam na memória dos que ali viviam. Não era pálido como se imagina que sejam as assombrações. Seu rosto era negro e opaco como carvão. Ao passar diante de Ana Elisabete, saudou-a com um aceno e disse:

— Me leva! Me leva! Só depois que fizeres isso, poderás andar de novo na carruagem de um conde, sem te lembrares da existência de teu filho!

Reunindo todos seus esforços, ela levantou-se e correu até alcançar o cemitério. As cruzes negras que assinalavam a presença dos túmulos metamorfosearam-se em corvos, gritando em uníssono, num alarido ensurdecedor. As fêmeas dos corvos são conhecidas pelo descaso com que tratam seus filhotes. Por isso, o povo costuma dizer: "Agiu como um corvo", quando se refere às mães desnaturadas que abandonam seus filhos ao deus-dará. Um pensamento terrível passou pela mente de Ana Elisabete: tornar-se-ia um corvo, depois que morresse?

Tomada de desespero, ajoelhou-se no chão e começou a cavar um buraco, usando as mãos, até que o sangue começou a sair-lhe por debaixo das unhas. Durante todo esse tempo, a voz não parava de suplicar: "Quero ser enterrado! Quero ser enterrado!" Trabalhava compulsivamente, receosa de que o galo cantasse anunciando o amanhecer, já que a luz do sol daria por perdido todo o seu esforço.

Então, o galo cantou, e logo em seguida o lado oriental do céu tingiu-se de vermelho. Só a metade da cova estava aberta. Uma mão gelada acariciou-lhe o rosto, e uma voz suspirou: "Meio túmulo, apenas..." Era a alma do filho, vinda das profundezas do mar. Ana Elisabeth caiu prostrada no chão, desfalecida.

Despertou quando já era quase meio-dia. Dois jovens tinham-na encontrado. Estava na praia, e não no cemitério. Diante dela estava o buraco que havia escavado com as mãos. A ferida que tinha nos dedos fora causada por uma taça quebrada, encaixada numa peça de madeira pintada de azul que lhe servia de base.

Ana Elisabete estava doente. As superstições esquecidas tinham-se aninhado em seu cérebro, dominando inteiramente seus pensamentos. Sentia-se vazia por dentro, com somente meia alma, já que a outra metade fora levada pelo filho para o fundo do mar. Não lhe seria permitido entrar no Reino dos Céus senão depois de recuperar aquela parcela de seu espírito, que agora jazia no fundo do mar.

Pessoas caridosas levaram-na para casa. Ela não era mais a mulher que tinha sido. Os fios de seu pensamento enovelavam-se no cérebro, e uma ideia a dominava: encontrar o espírito do filho, levá-lo para o cemitério e enterrá-lo no campo santo.

Quando anoitecia, costumava fugir sorrateiramente de casa, mas todos sabiam onde encontrá-la: na praia, invocando a alma penada do filho. Assim, passou-se um ano inteiro. Certa noite, porém, ela sumiu, e não houve modo de encontrá-la, embora muitos o tentassem, durante o resto daquela noite e do dia que se seguiu.

Ao entardecer, foi vista pelo sineiro, quando este entrou na igreja para tocar as vésperas. Ela estava prostrada diante do altar principal. Havia chegado ali pela manhã. Não tinha forças sequer para se levantar, mas seus olhos rebrilhavam de contentamento. O derradeiro raio de sol pousou-lhe sobre o rosto, dando-lhe uma falsa aparência de saúde. Parte do feixe solar também iluminava a página aberta de uma Bíblia, fazendo realçar um versículo do livro do profeta Joel, aquele que diz:

> *"Rasgai vossos corações, e não vossas*
> *vestes e convertei-vos ao Senhor vosso Deus."*

Como sempre acontece, todos afirmaram não passar de pura coincidência o sol incidir justamente sobre aquele trecho do Livro Santo.

No semblante banhado de sol de Ana Elisabete, via-se que ela por fim havia encontrado a paz. Num fio de voz, disse que estava bem e que já não sentia medo. Tinha estado com a alma do filho, que lhe dissera:

— No chão em que se enterram os corpos, cavastes para mim apenas a metade de um túmulo, mas em vosso coração, durante um ano e um dia de sofrimento, erigistes um mausoléu, onde hoje repouso em paz. Esse é o lugar certo onde uma mãe dever guardar a memória de seu filho.

Em seguida, devolvera a metade da alma que tinha guardado consigo, e a guiara até a igreja, onde ela agora se achava.

— Eis-me na Casa de Deus — disse ela, dessa vez em voz alta. — Que Sua misericórdia recaia sobre mim.

Quando o sol descambou no horizonte, sua alma deixou o mundo, seguindo para onde não se conhece o medo e cessam todas as discórdias. Na luta que travara consigo própria, saíra vitoriosa. Descanse em paz, Ana Elisabete.

Tagarelice Infantil

Na casa do rico comerciante estava sendo realizada uma festa de crianças. Os pais dos meninos presentes eram todos gente de fortuna e posição. Além de rico, o dono da casa era culto, possuindo diploma de curso superior. Quando jovem, seu pai insistira muito para que ele estudasse, e foi isso que o levou a concluir seu curso universitário. O velho, ao contrário, não tivera essa sorte, pois havia começado a vida como vendedor de gado. Honesto e decente, conseguiu amealhar um bom capital, que o filho herdou e multiplicou, transformando-o em sólido patrimônio. E era somente à sua riqueza que se fazia menção, quando alguém se referia a ele, deixando de lado suas qualidades de homem inteligente, culto e gentil.

A casa estava cheia de gente importante. Muitos possuíam sangue nobre; outros, nobreza de espírito; uns poucos eram dotados de ambas as qualidades; alguns, porém, não possuíam nenhuma das duas. A maior parte dos presentes, contudo, era constituída de crianças, já que se tratava de uma festa de aniversário. E as crianças, como é sabido, têm hábito de dizer o que pensam.

Uma das convidadas era uma menina linda, mas terrivelmente presunçosa. Esse defeito não lhe fora incutido pelos pais, que formavam um casal sensato e ponderado, mas sim pelos criados da casa, que viviam a cercá-la de mimos e bajulação. Seu pai ostentava o título de Cavaleiro da Câmara Real, que soava aos ouvidos da filha como algo de extraordinária importância, levando-a a crer que isso lhe daria livre acesso ao próprio quarto de dormir de Sua Majestade. Se fosse assim, quem estaria feito era o Cavaleiro da Adega Real! Mas vamos deixar isso para lá, porque, afinal de contas, ninguém pode escolher seu próprio pai, e muito menos o título que ele possui.

A tal menina estava, naquele instante, explicando às outras crianças o que significavam a palavra "bem-nascido" e a expressão "ter berço".

— Se você não for bem-nascido, nunca será coisa alguma — afirmava com convicção. — Por mais que a pessoa estude, trabalhe ou ganhe dinheiro, isso de nada vale, se ela não tiver berço.

Notando o efeito de suas palavras nos rostinhos mudos e curiosos, prosseguiu:

— Se o sujeito for daqueles que têm o sobrenome terminado em *sen* — Petersen, Nielsen, Andersen — coitadinho dele! Pode desistir de ser alguém. Trate, sim, é de ficar entre os seus semelhantes, porque deles o que quero é distância!

E, juntando o gesto à palavra, pôs as mãozinhas na cintura e estendeu os cotovelos para os lados, mostrando a distância mínima que permitiria, a um desses pobres diabos de sobrenome terminado em *sen*, de chegarem perto dela. Apesar de sua empáfia, a danadinha era mesmo bonita e graciosa!

607

Quem não gostou daquela conversa foi a filha do dono da casa. Seu pai, o rico comerciante, chamava-se Madsen, e também ela portava aquele sobrenome, terminado em sen. Não seria por causa disso que ela teria de pertencer à ralé, de não ser bem-nascida e de não ter berço. Por isso, interrompeu a fala da outra e afirmou com orgulho:

— Meu pai, se quiser, pode comprar cem marcos de bombons e atirá-los na rua, para os meninos pobres. Ia sobrar bombom para todos! Seu pai pode fazer isso?

— Em compensação — alardeou a filha do dono do jornal, — meu pai, se quiser, pôde por o seu, o seu e todos os outros pais desta cidade, nas páginas do jornal. É por isso que todo mundo morre de medo dele, como minha mãe costuma dizer. O jornal só publica o que ele quer.

Ao dizer isso, ergueu o queixo bem alto, como se fosse a filha do dono do mundo, e não do dono de um jornal.

Enquanto isso, atrás de uma porta entreaberta, um menino pobre assistia à festa, sem ter permissão para tomar parte nela. Que estaria fazendo ali, na parte interna da casa? Estivera o tempo todo girando um espeto, para assar por igual uma leitoa que seria servida aos convidados. Além dos trocados que recebeu, tivera permissão de assistir à festa, dali onde se encontrava. E aquilo o deixara bastante feliz.

"Ah, se eu fosse um desses meninos ricos", suspirava, enquanto escutava o que as outras crianças conversavam, ainda que muitas de suas palavras pudessem antes causar-lhe pesar e humilhação. Os pais do garoto mal conseguiam ganhar para seu sustento; por isso, jamais compravam o jornal, pouco se importando com o que fosse escrito naquelas folhas. Além do mais, o sobrenome do seu pai terminava em *sen*. Coitado, nunca iria ser alguém na vida... Mas numa coisa a menina bonita estava errada: ele era bem-nascido, porque certa vez escutara sua mãe dizendo que sempre tivera partos normais, e além disso tinha berço, embora, naquela ocasião, estivesse servindo para seu irmãozinho caçula.

E foi isso o que aconteceu aquela noite.

Passaram-se os anos, e as crianças cresceram, tornando-se adultas.

No centro de Copenhague foi construído um palácio, só para guardar certos tesouros que todos gostavam de ver e admirar. Pessoas vinham de longe, apenas para dar uma espiada naquelas maravilhas. O palácio pertencia a uma das crianças presentes àquela festa. A qual delas? Parece uma questão fácil de responder, mas não é. O palácio pertencia àquele menino pobre, que assistira à festa escondido atrás da porta que dava da copa para a sala. Como teria conseguido que lhe construíssem um palácio? É que ele, com o tempo, se tornara um escultor, ou melhor, um grande escultor; melhor ainda: o maior escultor da Dinamarca, e um dos maiores do mundo. O palácio era um museu, destinado apenas a guardar e expor suas obras de arte. O mais estranho de tudo era que seu nome terminava em *sen*: Thorvaldsen. Pois, apesar disso, ele conseguira impor-se, granjeando fama e respeito pelo mundo afora. Suas esculturas estavam expostas nos mais importantes museus do mundo, inclusive no do Vaticano, em Roma!

E quanto às outras crianças, nascidas em berço de ouro, orgulhosas da importância de seus pais, cheias de saúde, beleza, inteligência e arrogância — que foi feito delas? Cresceram e viveram suas vidas, sem nada de excepcional a ser dito a respeito dessa ou daquela. Tornaram-se adultos decentes e educados, já que, na realidade, não eram crianças más — eram apenas crianças, e nada mais. E tudo aquilo que disseram durante aquela festa não tinha a menor importância — era apenas tagarelice infantil.

608

Um Colar de Pérolas

A única ferrovia que existe na Dinamarca parte de Copenhague, cruza toda a ilha da Selândia e alcança a cidadezinha de Korsoer, seu ponto final. A linha de trem é como se fosse um fio, e as povoações que ela atravessa são como as pérolas de um colar. Ah, como existem dessas pérolas na Europa! As mais caras chamam-se Paris, Londres, Viena, Nápoles... Mas há muitas pessoas que não consideram essas grandes pérolas como as mais bonitas que existem, antes preferindo perolazinhas miúdas, modestas, sem brilho e desconhecidas. É que nesses lugarejos está seu lar, e é ali que vivem seus entes queridos. E há aqueles para quem a pérola mais linda não passa de uma casinhola perdida no campo, rodeada de cercas vivas, que a gente mal enxerga da janela do trem, quando o comboio passa por elas velozmente.

Quantas pérolas existem no colar que se estende entre Copenhague e Korsoer? Muitas. Vamos falar apenas de seis delas: as seis mais importantes e conhecidas, já cantadas em verso e em prosa, presentes na memória popular e ostentando a marca da fama e da tradição.

Perto da colina onde se ergue o castelo de Frederico VI, protegida pelas árvores da floresta de Sundenmarken, está a primeira pérola: uma edificação modesta, conhecida pelo apelido carinhoso de "choupana de Filemón e Báucis". Ali viveram Rahbek e sua esposa Kamma. Sob aquele teto hospitaleiro, durante toda uma geração, reuniam-se os poetas e artistas da movimentada Copenhague. Ali era um refúgio do espírito, onde sempre reinava a inteligência e a animação. E hoje em dia, o que é? Por favor, não me venham dizer: "Oh, como tudo mudou!" Não é verdade! Naquela casa, o espírito e a mente ainda encontram refúgio e proteção. Ali é uma espécie de estufa, não para plantas, mas para aqueles seres humanos cujo intelecto se desviou da estrada real, adentrando por sendas e veredas desconhecidas e misteriosas. Como plantas exóticas, que não poderiam desenvolver-se naturalmente em nosso clima, aquelas mentes delicadas e frágeis ali encontraram guarida, recebendo o trato carinhoso de que tanto necessitam. O sol que recai sobre elas ilumina as trilhas tortuosas que escolheram, possibilitando, às vezes, que essa ou aquela retorne à estrada real da qual se desviou. Fruto do amor e da generosidade, essa casa é um lugar sagrado, abrigo e viveiro de plantas doentes, que um dia serão replantadas no jardim de Deus. Os pobres de espírito reúnem-se hoje no lugar onde outrora se encontravam os ricos de inteligência, que ali podiam esbanjar seu talento e criatividade. Portanto, de certo modo, pode-se dizer que a "choupana de Filémon e Báucis" manteve sua destinação original, sendo até hoje um refúgio seguro para as mentes e as almas.

A cidade das tumbas reais, a "fonte de Hroar", hoje conhecida como Roskilde, surge diante de nós. As torres delgadas da catedral apontam para o céu, erguendo-se acima do casario baixo, e mirando sua própria imagem no braço de mar que banha o seu litoral rochoso e escarpado. Vamos visitar apenas um túmulo — uma de suas pérolas. Não será o da poderosa rainha Margarida, que reuniu sob um único cetro a Dinamarca, a Noruega e a Suécia. O que escolhemos é um túmulo singelo, logo atrás do muro caiado do cemitério. Pode-se avistá-lo de relance, quando o trem passa por ali. Apenas uma lápide indica sua localização. Sob ela repousam os restos mortais de um rei — um rei da música, um exímio organista, que renovou a romança dinamarquesa, transformando em melodias antigas lendas que hoje fazem parte de nossa cultura popular. Em Roskilde, a cidade das tumbas reais, visitamos apenas um túmulo discreto, assinalado por uma lápide singela, na qual foram insculpidas a figura de uma lira e apenas um nome: Weyse.

Agora o trem de ferro passa por Sigersted, perto de Ringsted. O nível do regato está baixo. Onde um dia atracou o barco de Hagbarth, estendem-se agora os trigais. Quem não conhece a história de amor e paixão de Hagbarth e Signe? Quem nunca ouviu falar do fim trágico desses dois amantes: ele, enforcado; ela, queimada; tudo isso por causa de seu amor proibido?

"A bela Soroe, orlada de florestas", cidade-mosteiro, agora já dispõe de uma fresta, pela qual pode contemplar o mundo exterior que a rodeia. Com avidez juvenil, ela observa, de sua antiga academia, do outro lado do lago, a nova "estrada do mundo", onde o dragão dos novos tempos bufa e resfolega, lançando ao ar a fumaça branca de vapor, enquanto arrasta o comboio de vagões através da floresta. Soroe é uma pérola literária, pois aí repousam os restos mortais de Holberg. Qual gigantesco cisne branco, sua academia, casa do saber, ergue-se junto ao lago e à floresta. Não distante de seus muros, uma choupana modesta atrai nossos olhares. Em meio ao verde dos musgos, lembra uma flor, alva e rebrilhante. Ali são compostos os hinos que todos um dia cantaremos. Camponeses e operários ali aprendem sobre seu passado e sua história. Assim como não se entende a floresta sem o canto dos pássaros, não se podem dissociar os nomes de Soroe e Ingemann.

Que reflexo provém dessa pérola que é a cidadezinha de Slagelse? O mosteiro de Antvorskov já foi demolido há tempos. Não mais se podem ver seu esplêndido salão, seus longos corredores, suas celas. Resta ali, contudo, um testemunho das priscas eras, que o tempo teima em destruir, mas os homens se empenham em restaurar e preservar. É a cruz de madeira que se ergue na colina bem defronte à povoação, derramando sobre ela sua bênção, e assinalando o lugar onde teria estado, por uma noite, o rei cruzado André, transportado de Jerusalém, conforme reza a lenda.

Korsoer! Aqui nasceu Baggesen, mestre das palavras e da sagacidade. Os baluartes da fortaleza abandonada são as últimas testemunhas do lar de sua infância. Ao pôr do sol, sua sombra aponta para o lugar onde se erguia a casa em que ele nasceu. Desses diques, em sua meninice, ele avistava o braço de mar denominado "Grande Cinturão", e "vigiava a lua, deslizando atrás daquela ilha". Com palavras imortais, cantou as paisagens que encheram seus olhos, especialmente as montanhas da Suíça, quando percorreu o labirinto do mundo e descobriu que:

> Neste lugar, onde a rosa é mais rubra,
> Mesmo os espinhos não sabem ferir;
> Entre almofadas macias, descubra
> Sua inocência infantil a florir.

Ó grande poeta das sensações e dos sentimentos: comporemos para ti uma grinalda de aspérulas e atirá-la-emos ao mar, para que as ondas a arrojem nas margens do fiorde de Kiel, onde repousam teus restos. Recebe a saudação de Korsoer, tua cidade natal, última pérola desse colar.

II

— Um colar de pérolas! — exclamou vovó, depois de escutar minha leitura em voz alta. — É isso mesmo o que representa a estrada que se estende entre Copenhague e Korsoer! Imagine o que era isso há quarenta anos! O mesmo colar, talvez ainda mais precioso. Naquele tempo, não havia trilhos e vagões. Em 1815, quando eu estava com meus vinte anos — quanta saudade! — como a vida era bela! Não que agora seja pior, mas o fato é que estou com sessenta anos, e isso muda bastante o modo de encarar a vida de uma pessoa.

"Nos meus tempos de moça, uma viagem a Copenhague era uma verdadeira aventura! Oh, que ideia fazíamos da capital! Grande, enorme, majestosa, a maior cidade do mundo — era assim que a imaginávamos então. Meus pais só tinham ido lá uma vez, e isso vinte anos atrás. Agora, tinham de voltar ali, e iriam levar-me com eles. Quantas vezes tínhamos comentado sobre essa possibilidade, que agora se tornava uma realidade. Para mim, era como se minha vida estivesse recomeçando, o que, de certo modo, era verdade.

"Foi um tal de fazer roupa nova, consertar as melhores que já tínhamos, arrumar a bagagem; uma trabalheira, até que tudo ficou pronto para a grande viagem. Todos os nossos amigos vieram despedir-se de nós. Até parecia que estávamos de mudança. De manhãzinha, deixamos Odense, num coche alugado. A cada janela que passávamos, acenos e cumprimentos saudavam nossa partida. Por fim, saímos da cidade. O tempo estava excelente. As aves cantavam, e tudo era alegria na natureza. Nem sentimos o desconforto do longo trajeto que nos separava de Nyborg. Só chegamos ali ao entardecer. A mala postal estava atrasada, e a chalupa na qual iríamos embarcar só deveria zarpar depois que ela chegasse. Entramos a bordo.

"Diante de nós estendia-se o Grande Cinturão. Só se via água, até onde a vista alcançava. A noite era calma, e o mar também. Deitamo-nos sem sequer trocar de roupa, adormecendo logo em seguida. De manhãzinha, subi ao convés. Um nevoeiro espesso recobria tudo, não me deixando ver coisa alguma. Pelo canto do galo, deduzi que o sol já nascera. Um sino soou, e fiquei tentando saber onde estaríamos àquela altura. Quando o nevoeiro se dissipou, pude ver que ainda estávamos ao largo de Nyborg. Pouco depois, começou a soprar uma brisa, mas no sentido contrário àquele em que deveríamos navegar, obrigando o navio a bordejar durante todo o percurso. Resultado: levamos vinte e duas horas para cobrir uma distância de apenas quinze milhas!

"Ah, que emoção, desembarcar! Pena que a noite estava muito escura, e as lâmpadas das ruas iluminassem tão pouco. Era tudo muito estranho para mim, que nunca tinha saído de Odense até então.

— Estamos na terra natal de Baggesen — disse papai.

"Ao escutar essas palavras, a velha cidade, com suas casinhas estreitas, pareceu-me bem maior, e não tão escura. Estávamos felizes por pisar em terra firme novamente. Nem consegui dormir aquela noite, de tão excitada que fiquei por tudo o que acontecera, desde que deixamos nossa casa em Odense.

"Levantamo-nos cedo, na manhã seguinte. Teríamos de enfrentar um mau pedaço de caminho, até Slagelse. As ladeiras eram íngremes, e a estrada era cheia de buracos. E o pior de tudo era que a situação seria idêntica, mesmo além de Slagelse. Nosso plano era chegar ainda com a luz do sol a uma hospedaria chamada Estalagem dos Pescadores de Lagostim, de onde seguiríamos a pé até Soroe, onde poderíamos visitar nosso amigo

Emilzinho, o filho do moleiro. Sabe quem era ele? Seu avô Emil, meu finado marido, que foi reitor da faculdade; mas isso bem depois, porque, naquele tempo, ele ainda não passava de um jovem estudante daquela escola.

Chegamos à Estalagem dos Pescadores de Lagostim no início da tarde. Era um lugar confortável, a melhor hospedaria que encontramos durante toda a viagem. Sei que hoje ela está velha e decadente, mas seus arredores ainda são bonitos e tranquilos; isso você tem de admitir. Quem administrava a casa era Madame Plambek, esposa do dono. Executava muito bem essa tarefa, mantendo a hospedaria sempre limpa e asseada. Baggesen tinha escrito para ela uma carta, da qual Madame Plambek muito se orgulhava, tendo mandado emoldurá-la e protegê-la com um vidro, e pendurando-a na parede da sala. Não havia hóspede que não se detivesse à frente daquele interessante quadro.

"Fomos a pé até Soroe, onde encontramos Emil, que ficou satisfeitíssimo ao ver-nos. Nós também apreciamos sua companhia, pois ele era um rapaz educado e gentil. Mostrou-nos a igreja onde estavam enterrados Absalon e Holberg. Vimos ali as velhas inscrições feitas pelos monges. Depois, demos uma volta de barco pelo lago. Ah, aquela foi a tarde mais linda de que me lembro! Existe algum lugar no mundo mais adequado para se escrever poesia do que a região bela e aprazível que se estende ao redor de Soroe?

"Voltamos à estalagem seguindo a pé pela estreita vereda conhecida como o Caminho dos Filósofos. Chegamos à hora do jantar, e Emil nos fez companhia. Meus pais ficaram admirados de como ele se desenvolvera desde a última vez que o tínhamos visto, tornando-se um rapaz distinto, elegante e simpático. Prometeu que iria visitar-nos em Copenhague, onde deveria chegar daí a uns cinco dias, a fim de estar com seus pais, que se tinham mudado para lá. Aquelas horas que passei em Soroe e na Estalagem dos Pescadores de Lagostim foram as pérolas mais preciosas de toda a minha vida.

"Pela manhã, saímos cedo. Tínhamos uma longa distância a percorrer até Roskilde. Queríamos chegar àquela cidade a tempo de visitar a igreja; além disso, meu pai conhecia um sujeito que morava lá e tinha a intenção de fazer-lhe uma visita. Tudo correu conforme o planejado, e pernoitamos em Roskilde.

"Na manhã seguinte, prosseguimos a viagem. Só chegamos a Copenhague depois do meio-dia, em razão do estado precário em que se achava a estrada.

"Veja, meu filho, quanto tempo foi preciso para viajar de Korsoer até Copenhague: nada menos que três dias! Para cobrir o mesmo percurso, gastam-se hoje umas poucas horas. Por isso é que eu disse: as pérolas não se tornaram mais preciosas; o que melhorou foi o fio do colar, que hoje é novo e maravilhoso.

"Fiquei com meus pais em Copenhague durante três semanas, e Emil esteve conosco durante dezoito dias. Na viagem de volta, ele acompanhou-nos até Korsoer. Ali chegando, pediu minha mão em casamento, voltando em seguida para Soroe.

"Entendeu agora por que também eu considero que o caminho entre Copenhague e Korsoer seja um magnífico colar de pérolas?

"Quanto a Emil, tornou-se ministro de Deus e foi servir na igreja de Assens. Fui encontrá-lo lá, onde nos casamos. Muitas vezes relembramos aquela nossa viagem, planejando refazê-la, mas nunca deu certo. Os filhos foram chegando, a situação complicando; você pode imaginar como são essas coisas. Depois, seu avô foi nomeado reitor, e tudo até que correu muito bem para nós, exceto no tocante à viagem, que acabamos não podendo fazer, embora nunca tenhamos deixado de sonhar com ela. Agora, eu teria de fazê-la sem ele, mas perdi

612

a vontade. Além do mais, estou muito velha para viajar de trem. Basta-me a ideia de saber que posso fazê-lo, se assim fosse necessário. Sim, esse trem de ferro foi uma verdadeira bênção, pois permitiu que meus filhos e netos me viessem ver com maior frequência, despendendo poucas horas em sua viagem. Pode-se dizer que Odense, hoje, está tão distante de Copenhague quanto estava de Nyborg, na minha infância. No mesmo tempo que então se gastava para ir até lá, pode-se chegar à Itália, hoje em dia! Quando é que eu poderia imaginar uma coisa dessas? Mas nem por isso tenho vontade de viajar. Nada disso! Quero ficar por aqui mesmo, na paz do meu cantinho. Vocês é que têm de viajar até aqui — e tratem de vir sempre!

"Achou graça, não é? Está aí sorrindo, vendo a vovó que já não tem ânimo e disposição para viajar, não é? Pois saiba que me estou preparando para fazer um viagem bem longa, maior do que qualquer uma que você já fez. E num meio de transporte bem mais veloz que o trem de ferro. Assim que Deus quiser, vou fazer companhia a seu avô. Um dia chegará a sua vez de fazer companhia a nós. Então, reunidos, poderemos conversar sobre tudo o que nos aconteceu aqui na Terra, e eu certamente haverei de dizer a mesma coisa que hoje digo:

— Você tinha razão, meu filho; o caminho que se estende entre Copenhague e Korsoer é, de fato, um belo colar de pérolas!"

A Pena e o Tinteiro

Vendo o tinteiro que estava sobre a mesa do escritor, alguém comentou: — Quanta coisa bonita está contida aí dentro, apenas aguardando o momento de ser posta para fora! Qual será a próxima? Ah, que vontade de saber!

— Palavras sensatas, meu amigo — concordou o tinteiro. — Está tudo aqui, guardadinho, esperando o momento de ser passado para o papel. Concorda comigo, querida?

A querida, no caso, era a pena de pato que descansava sobre a mesa, onde também havia vários outros objetos. E o tinteiro prosseguiu:

— É de fato estranho e maravilhoso que tanta coisa bela esteja contida em meu interior. Chega a ser incrível! Às vezes, eu mesmo não sei o que vai acontecer depois que um ser humano introduz você dentro de mim, retira uma pequena porção de meu conteúdo e o espalha em cima de uma página em branco. Basta uma gota de minha tinta, para encher meia página! Eu sou o maior! É de mim que provêm lindas poesias, belos e profundos pensamentos, maravilhosas descrições da natureza, histórias de pessoas que nunca existiram, e que todavia são mais vivas do que muitos que andam por aí sobre duas pernas. Como posso imaginar tanta coisa que nunca vi? Mas o fato é que está tudo aqui dentro, desde os galantes cavaleiros montados em seus magníficos corcéis, até as lindas e encantadoras damas pelas quais eles são capazes de dar a própria vida. Eu sou a matéria-prima de toda criação literária. Tudo o que está nos livros veio de mim. Às vezes, até eu mesmo me assusto com este poder que possuo! Chego a nem compreender como é que isso é possível!

— Custou, mas você por fim disse uma verdade — retrucou a pena de pato. — É claro que você não pode compreender como isso seja possível: você não pensa! Nunca lhe ocorreu que nada mais contém senão um líquido escuro chamado tinta? Quando ela cai no papel, que acontece? Transforma-se numa feia mancha, nada mais. A beleza não está na tinta, e sim nas palavras — e essas, quem escreve sou eu. Sua serventia é fornecer a tinta que torna visíveis as palavras que tiro de dentro de mim, expressando-as por meio de meus movimentos. Não é você, mas sou eu que as escrevo. Ninguém tem dúvida quanto a isso. É mais fácil encontrar talento poético num ser humano do que num velho tinteiro...

— Oh, como você é jovem e inexperiente, mesmo já estando um tanto gasta... — retrucou o tinteiro. — Então acredita mesmo que a poesia está dentro de você? Ora, que ideia! Você não passa de um instrumento auxiliar, como tantas penas que conheci antes de sua chegada. Já forneci tinta para penas de aço estrangeiras, de origem inglesa, e para penas mais nobres, provenientes de gansos. Até perdi a conta de quantas penas já abeberaram em minha fonte. E sei que muitas ainda virão aqui matar sua sede de tinta. O ser humano que executa o trabalho braçal de escrever o que trago dentro de mim mal se importa com o tipo de pena que usa. Dá cabo delas, joga-as fora e arranja logo outra. E quando minha tinta acaba, renova o conteúdo, sem jamais dispensar meus serviços. Brevemente estará aqui de novo. Só quero ver o que lhe fornecerei como assunto, dessa próxima vez.

— Deixe de ser tolo! Você não passa de um recipiente, ouviu? De um mísero e simples re-ci-pi-en-te! — rosnou a pena.

Tarde da noite, o poeta chegou em casa. Acabava de chegar do teatro, onde fora assistir a um concerto executado por um violinista famoso. Ainda estava empolgado com o que há pouco tivera a oportunidade de ouvir. O músico estivera de fato soberbo, extraindo de seu instrumento sonoridades verdadeiramente maravilhosas. Em certa peça que executara, o som lembrava o de gotas de chuva desprendendo-se das árvores e caindo uma a uma como pérolas líquidas na terra. Em outra, as notas musicais lembravam o ruído do vento, soprando por entre uma floresta de pinheiros. O poeta sentira tal enlevo, que chegara a chorar. Não eram somente as cordas que tocavam, mas todo o instrumento: a madeira, a cola, o verniz, as cravelhas; tudo, enquanto o arco ia e vinha, deslizando com graça e leveza sobre aqueles fios retesados. E os movimentos do violinista eram tão naturais, tão desprovidos de esforço aparente, que davam a impressão de se tratar de uma tarefa simples, ao alcance de qualquer pessoa. Era como se o violino tocasse sozinho, acionado por um arco que se movia por conta própria — mal se notava a existência e presença de um executante. E, todavia, ali estava ele, conferindo alma e sentimento a esses dois objetos inanimados. Esse fato não passou despercebido ao poeta, que veio para casa pensando nisso, e fez questão de deixar por escrito as ideias que então lhe tinham ocorrido. Eis o que ele descreveu:

"Absurdo dos absurdos seria se o arco e o violino creditassem a si próprios o mérito dessa performance, ficando inchados de orgulho e presunção. Pois quantas vezes vemos esse absurdo ocorrer entre os seres humanos! Poetas, pintores, cientistas e até mesmo generais não costumam arrogar-se em únicos responsáveis por seus êxitos? Entretanto, não passamos de instrumentos da execução divina. A Deus, tão somente, deve ser creditada toda a honra e toda a glória de nossos eventuais sucessos. Nada que fizemos decorreu de nossa própria competência."

Em seguida, escreveu uma parábola intitulada "O Gênio e Seu Instrumento".

— E então, meu caro tinteiro — perguntou a pena, depois que escutou a leitura em voz alta daqueles escritos, — entendeu o espírito da coisa? Aprenda a lição e recolha-se à sua insignificância.

— Mas que é isso, peninha? — replicou o tinteiro. — Você, sim, não captou a essência da questão! Foi sua tola arrogância que me inspirou esse assunto. Eu idealizei, você escreveu, sem sequer se dar conta de que aquelas palavras expunham ao ridículo suas ideias insensatas acerca do mérito e da responsabilidade dos pensamentos escritos. Tudo aquilo era dirigido contra você! E de onde saiu? De mim, da tinta que guardo em meu interior. Sei que fui um pouco sarcástico, mas achei que era necessário.

— Ah, garrafinha de tinta pretensiosa... — zombou a pena.

— E você, esqueceu de onde saiu? Do rabo do pato! — desfechou o tinteiro, com raiva.

O desabafo deixou-os satisfeitos, pois nada nos alegra mais do que proferir a última palavra numa discussão. É tão agradável, que até ajuda a conciliar o sono. E foi o que ambos fizeram, adormecendo logo depois. Mas o poeta não dormiu. Como notas desferidas por um violino, os pensamentos bailavam em sua mente, gotejando como pérolas líquidas, penetrando na mata como o sopro do vento tempestuoso, fazendo seu coração bater mais forte, iluminado pela centelha de vida e sabedoria que provém do Mestre dos Mestres.

A Ele, tão somente, deve ser creditada toda a honra e toda a glória!

A Criança Morta

A casa estava de luto. Reinava a tristeza no coração de cada um de seus morado res. O filho mais novo, um menino de apenas quatro anos, acabava de morrer. Era o único filho homem, o caçulinha, orgulho e esperança de seus pais. As duas filhas eram meninas doces e gentis. A mais velha deveria ser crismada ainda naquele ano. Mas o que morrera era a alegria da casa, o xodó da família.

Era um momento de dor. As duas meninas choravam e o que mais as comovia era a tristeza estampada nos semblantes dos pais. O pai caminhava para um lado e para o outro, como se oprimido pelo peso da dor, enquanto a mãe era a própria imagem da angústia e da desesperança. Tinha passado um dia inteiro à cabeceira do filho doente, tratando dele, deitando-o em seu colo, ninando-o. Considerava-o como parte integrante de sua própria existência, e agora não podia acreditar que ele estivesse morto, e que em breve seria deitado num caixão e enterrado num túmulo.

Por que teria Deus tirado dela a sua criança querida? Como pudera fazer aquilo? Mas o fato é que o fizera, e quando ela por fim se convenceu disso, sentiu-se invadida pelo tormento da dor, clamando:

— Deus não deve estar sabendo disso! É obra de seus servos, que agem por conta própria, sem Lhe prestar contas e sem dar ouvidos às súplicas de uma mãe! Eles não têm coração!

Dominada pela angústia, esqueceu-se de Deus. Pensamentos tenebrosos invadiram sua mente, pensamentos voltados para a morte inexorável, o fim de todas as coisas, o corpo desfazendo-se em pó e misturando-se ao pó da terra. Sem vislumbrar amparo e consolo, mergulhou no mais profundo desespero.

Não conseguia sequer chorar. As filhas chegaram-se perto, e ela nem as viu, assim como não notou as lágrimas nos olhos do marido. Só tinha o pensamento voltado para a criança morta, tentando lembrar-se das gracinhas que ele tinha feito ou tinha dito.

Chegou a hora do funeral. Ela passara a noite em claro, adormecendo apenas por uma hora, já de madrugada, prostrada pelo cansaço. Aproveitando o cochilo, tinham tirado o caixão de seu lado, levando-o para um quarto nos fundos da casa e pregando-lhe a tampa. Ao acordar, ela quis ver de novo sua criança, mas o marido a impediu, dizendo que o esquife já tinha sido fechado.

— Já estava na hora, querida. O corpo não podia ficar exposto por mais tempo.

— Eu já devia esperar esse tratamento — soluçou ela. — Se Deus não tem pena de mim, por que você é que iria ter?

Terminado o enterro, ela voltou para casa e afundou-se numa cadeira, alheia a tudo o que acontecia a sua volta. As filhas tentavam em vão consolá-la, mas seus pensamentos estavam perdidos e distantes. Deixara que a dor a dominasse, e agora se debatia num mar encapelado, como uma embarcação que perdeu o leme. Nos dias que se seguiram, sua atitude permaneceu a mesma. O pai e as filhas cuidavam dela, preocupados com sua apatia e com seus olhos sempre vermelhos. Suas palavras, porém, não tinham o dom de consolá-la, quiçá porque eles próprios também estivessem oprimidos pela dor.

Se dormisse, isso talvez lhe trouxesse alívio, fazendo-lhe recobrar o ânimo do corpo e o sossego da alma, mas ela parecia ter rompido relações com o sono. A custo, o marido conseguiu que ela se deitasse para repousar. Para poder ficar a sós, fingiu que dormia, fechando os olhos e respirando funda e compassadamente. Convencido de que a mulher por fim conciliara o sono, ele também se deitou e logo adormeceu. Assim, não notou quando ela se levantou da cama, vestiu-se e saiu de casa, dirigindo-se a passos rápidos para o cemitério. Ninguém a viu seguindo para lá, nem quando caminhou por entre as lápides, até encontrar o túmulo do filho que não lhe saía da cabeça.

O céu estava límpido e recamado de estrelas. Era o início de setembro, e as madrugadas ainda não eram frias. O jazigo do filho ainda estava coberto de flores, e seu perfume recendia forte no ar calmo da noite. Ela sentou-se e olhou fixamente para aquele pequeno túmulo, na louca esperança de conseguir enxergar o filho que jazia em seu interior. Se não o viu de verdade, conseguiu visualizar sua imagem, mirar o seu sorriso, fitar a expressão de amor sempre presente em seu rosto. Quem poderia esquecer a tristeza estampada em seus olhos, quando ela o contemplara já doente, deitado em seu leito de morte? Oh, como foi terrível o momento em que ele, já sem forças, tentou segurar sua mão, sem contudo o conseguir... Ela então contivera o pranto, para não assustar ainda mais aquele pequenino ser. Ali, porém, sentada à beira de seu túmulo, nada a impedia de chorar, e ela deixou que as lágrimas corressem copiosamente pelo seu rosto, molhando a terra do túmulo.

— Quer visitar seu filho? — perguntou alguém que ela não vira chegar.

A voz do estranho soava grave e nítida, como se saísse de dentro do próprio coração daquela mãe angustiada. Volveu os olhos para o estranho e viu um homem vestido de capa preta, tendo sobre a cabeça um capuz que lhe cobria parte do rosto, lançando sombra sobre suas feições. Com dificuldade, vislumbrou seu semblante, que lhe pareceu ser de uma pessoa velha e austera, embora seus olhos brilhassem como os de um rapaz. O sujeito inspirava antes confiança que medo.

— Visitar meu filho — seria possível?

— Depende de você. Se quiser, acompanhe-me. Eu sou a Morte.

Ela meneou a cabeça, concordando, e de repente todas as estrelas pareceram brilhar com o esplendor da lua cheia. Notou ainda que as flores sobre o túmulo recuperavam o viço matinal. Então, a terra foi perdendo a consistência e amolecendo, enquanto ela afundava lentamente. A Morte acompanhou-a, cobrindo-a com sua capa. E ela foi descendo, sem se deter no nível que era alcançado pela pá do coveiro, mas indo mais fundo. Por fim, o próprio cemitério formava como que um teto sobre sua cabeça.

Então, a Morte retirou a capa que a cobria, e ela se viu dentro de um enorme salão. A iluminação era fraca, lembrando antes o lusco-fusco do ocaso, mas o lugar era confortável e acolhedor. E quem estava ali? Seu filho.

Ela correu para o menino, estreitando-o nos braços. Ele encostou-lhe a cabeça contra o peito e riu gostosamente. Como estava bonito! Mais do que quando era um ser vivo! De tão feliz, ela até gritou, assustando-se quando não escutou ruído algum sair de seus lábios. Ao invés disso, chegou-lhe de longe o som de uma música bela e estranha, parecendo aproximar-se cada vez mais, até que recuava, voltando depois a soar mais próximo dela. Notou que o som provinha de um lugar atrás de uma cortina longa, negra como a noite, que se estendia de fora a fora no salão, separando-o da terra da eternidade.

— Ah, mamãe, mamãezinha querida — sussurrou a criança.

Sim, era a sua voz! A voz que ela tanto gostava de escutar! Era seu filho amado, sem dúvida; era ele! Beijou-o demoradamente, numa alegria sem fim. Então, o menino apontou para a cortina e disse:

— Sabe como é do lado de lá, mamãe? Muito mais bonito do que aqui na terra. Estou adorando ter ido para lá. Nunca imaginei que fosse tão bom. Olhe lá, mãe: está vendo?

Ela olhou, mas nada viu, a não ser a cortina negra como a da noite. Seus olhos ainda pertenciam ao mundo, não tendo o poder de enxergar o Além. Quanto à música que provinha de lá, escutava os cantos, mas não entendia as palavras.

— Agora eu posso voar, mamãe! — exclamou o menino. — Eu e as outras crianças poderemos voar e chegar onde está Deus. Sabe por que ainda não voei até lá? Porque suas lágrimas me prendem aqui. Cada vez que você chora, eu sou puxado para baixo, e não posso voar até onde Deus está. Oh, mamãe, pare de chorar! Eu quero ir para lá! Um dia, você também passará para trás dessa cortina, e haverá de encontrar-me lá em cima, com Deus, esperando-a com um beijo e um abraço. Adeus!

— Não! Não! — implorou a mulher. — Fique um pouco mais! Só mais um pouquinho! Apenas o tempo necessário para que eu dê uma olhadinha em você, para que possa abraçá-lo e dar-lhe um beijo.

E estreitou-o nos braços fortemente, cobrindo-o de beijos. Súbito, uma voz tristonha chamou seu nome, vinda lá de cima, da superfície da terra. Quem seria?

— Ouviu, mãe? É papai que está chamando você.

Em seguida, ouviram-se suspiros e soluços, como os que saem do peito após um choro prolongado.

— E agora, escutou, mãe? São minhas irmãs. Estão chorando porque você se esqueceu delas.

Só então recobrou a consciência de tudo que havia deixado para trás. Notou a presença de algumas sombras vagando pela antessala da Morte, reconhecendo em três delas as figuras do marido e das filhas. Mas não, não podiam ser eles, pois acabara de escutar a voz dele e os soluços delas, provando que ainda estavam vivos. Como pudera esquecer aqueles três entes queridos, que a amavam tanto quanto ela amava seu filho e ele a tinha amado?

— Escute, mãe! — disse o menino. — Os sinos do céu estão tocando! O sol deve estar prestes a nascer. Tenho de ir!

Uma luz ofuscante rebrilhou, e ele se foi para sempre. A mãe enxugou as lágrimas e voltou para a superfície. Sentiu um frio cortante e ergueu a cabeça para ver onde estava. Oh, sim, estava no cemitério, sentada junto ao túmulo do filhinho morto. Acabava de sair de um sonho, no qual Deus lhe devolvera o dom do amor e da compreensão. Prostrando-se de joelhos no chão, orou fervorosamente:

— Oh, Senhor, Senhor! Perdoai meu egoísmo! Deixei-me dominar por ele, impedindo que aquela alma que chamastes custasse a poder libertar-se de sua prisão terrena, e esquecendo meus deveres para com os que permitistes continuar vivendo.

Depois de murmurar essa prece, seu coração encontrou a paz. O sol despontou, e os pássaros começaram a cantar. Os sinos da igreja chamaram os fiéis para as orações matinais. Invadiu-a a consciência de que tudo a seu redor era sagrado, e de que o sopro de Deus havia tocado seu coração. Era o momento de assumir seus deveres de esposa e mãe, bem como os de filha de Deus. Rapidamente, retomou o caminho de casa, chegando lá sem

618

que ninguém desse por sua saída. O marido dormia. Com um beijo, despertou-o, e o casal passou a conversar e a trocar ideias, pondo em dia os assuntos que até então tinham estado pendentes. Ele sentiu que ela era a mulher forte que sempre havia administrado com eficiência aquela casa, e ao mesmo tempo a mulher simpática e gentil que nunca faltara com seus deveres de esposa. O que lhe devolveu a força foi a crença de que Deus sempre age em nosso benefício. O marido sorriu, encantado.

— Onde foi que você encontrou tanta força, capaz de trazer a todos nós o conforto e o carinho de que tanto necessitamos?

Ela sorriu antes de responder, porque as filhas tinham chegado ao quarto, satisfeitas por vê-la disposta como antes. Beijou-as com ternura e só então falou:

— Esta força? Foi Deus quem a devolveu para mim. Deus e nosso filho, que repousa em paz sob a terra.

O Galo e o Cata-vento

Havia dois galos na fazenda. Um vivia sobre o teto (era o galo do cata-vento); outro, junto à cerca da esterqueira — era o rei do galinheiro. Ambos eram arrogantes e presunçosos. Teriam razão para isso? E, caso tivessem, qual dos dois teria mais razão? Cada leitor pode ter sua opinião, e pode até expressá-la, se quiser, o que tanto faz, como tanto fez, porque temos a nossa, e não vamos mudá-la por causa disso.

O galinheiro era dividido da esterqueira por uma cerca de madeira, sobre a qual o galo de baixo costumava empoleirar-se. Dentro da esterqueira brotou e cresceu um pepino. Ele tinha plena consciência de ser um vegetal comestível, e isso lhe dava orgulho.

— Sou pepino, sim, e desde que nasci — murmurava para si próprio. — Nem todos podem nascer pepinos como eu; tem de haver também outras espécies. Galinhas e patos, por exemplo: fazem falta numa fazenda. E, quando olho para cima, vejo o galo encarapitado na cerca, a cantar. Isso o torna diferente e mais importante que aquele outro galo, o do cata-vento, que fica em cima da casa. Apesar de estar mais alto, não sabe piar, quanto mais cantar! Além do mais, é um galo solitário, enquanto esse daí reina sobre o galinheiro, onde há galinhas, frangos e pintos. Quando esquenta, o de lá de cima começa a suar, e logo fica verde. Vive apenas para si próprio. Pensando bem, é um galinho bem chinfrim. Já o da cerca, ah, esse sim, é um galo caprichado. Quando sai andando por aí, exibe graça e elegância: até parece estar dançando um balé. E, quando canta, que musicalidade! É um senhor corneteiro, e todos o respeitam por causa disso. Se lhe desse na telha vir até aqui e me devorar inteirinho, com talo, folhas e tudo o mais, até que eu não acharia ruim. Seria um honroso fim para um pepino. Parte de mim passaria a fazer parte dele.

Quando anoiteceu, desabou uma terrível tempestade. Todos os galináceos trataram de procurar abrigo. A cerca de madeira caiu, fazendo um barulho que os deixou aterrorizados. Algumas telhas foram arrancadas pela ventania, mas o cata-vento permaneceu firme em seu lugar. O galo de lá nem sequer virou, permanecendo firme no seu lugar. Desde que fora consertado, pouco tempo atrás, nunca mais tinha saído de sua posição. Isso não era de se estranhar. A pintura renova aparentemente o objeto, mas ele continua velho por dentro. E aquele galo já nascera sisudo e conservador, características da personalidade que o tempo apenas fez realçar. Nunca havia demonstrado afinidade com as aves aladas, chegando mesmo a desprezá-las. Referia-se aos pardais e andorinhas como "passarinhos reles e ordinários". Identificava-se antes com as pombas, apreciando suas penas cor de madrepérola e sua personalidade mais tímida e menos expansiva, lembrando a dele próprio. Num aspecto, porém, costumava criticá-las: no tocante à mania que tinham de estar sempre procurando alimento para encher a barriga. "Se não fossem tão comilonas", comentava, "não seriam tão gordas e estúpidas." Resultado: embora as apreciasse à distância, não queria saber de sua companhia.

De vez em quando, alguma ave migratória conversava com o galo do catavento, contando-lhe histórias acerca das terras distantes e descrevendo-lhe as águias e as aves de rapina que lá viviam. Interessou-se por aqueles casos da primeira vez que os escutou, mas depois começou a cansar-se deles, à medida que iam sendo repetidos, sem nunca variar. Com isso, passou a achar a vida muito tediosa, e a tagarelice das aves migratórias bastante aborrecida. "Esta vida é vazia e cansativa", costumava filosofar, "e jamais encontrei um companheiro interessante que me desse prazer e alegria. Tudo o que escuto são disparates e baboseiras."

O galo do cata-vento era extremamente exigente. Talvez o pepino até gostasse dele, se o conhecesse, mas a distância que os separava impossibilitava o contato entre ambos. Assim, sua admiração voltou-se para o galo da cerca. E já que esta tinha sido derrubada pela fúria da tempestade, surgia a oportunidade de que se encontrassem. O galo, de fato, foi lá depois que o tempo se acalmou, acompanhado de sua corte. Enquanto caminhavam, ele disse:

— Ouviram como ontem a natureza cantou de galo? Só que o canto dela é muito escandaloso, grosseiro e deselegante, não acham?

Depois de ultrapassar a cerca caída, galgou a esterqueira em passos firmes, como um hussardo russo. Dava até a impressão de que suas esporas tilintavam. Chegando perto do pepino, mostrou-o para as galinhas que o seguiam, dizendo laconicamente:

— Vegetal comestível.

O pepino achou aquela maneira concisa de se expressar o máximo do refinamento e da distinção; assim, nem notou quando o galo o arrancou da terra, devorando-o em questão de segundos. "Isso é que é uma morte digna", foi o único pensamento que teve tempo de formar em sua mente vegetal e comestível.

Frangos e galinhas ajuntaram-se em torno do rei do terreiro, cacarejando de admiração. Que porte! Que ar altivo! E pensar que aquela garbosa ave pertencia a sua própria espécie! Erguendo o pescoço, o galo cantou:

— Cocoria-có! Escutai meu canto, frangos e galinhas de todos os galinheiros do mundo! Ouvi o que tenho a dizer.

Pintos, frangos e galinhas chegaram-se mais perto, piando e cacarejando, ávidos em tomar conhecimento das declarações do chefe. E ele assim falou:

— Nós, os galos, podemos botar ovos — sabíeis disso? E por acaso sabeis o que sai de dentro dos ovos de galo? Pois digo-vos: um basilisco! Ninguém se atreve a enfrentar o olhar desse monstro. Os seres humanos sabem disso há tempos, e agora vós também sois conhecedores desse segredo. Não é fantástico este meu poder? Sim, meu povo, eu sou sensacional!

Agitou as asas, balançou a crista e desferiu novamente seu canto de triunfo. A revelação assustou seus cortesãos, provocando-lhes um frêmito de emoção por estarem ao lado de uma criatura tão fenomenal. Os pios e cacarejos voltaram a soar tão alto, que o galo do cata-vento os escutou, embora fingisse nada ter ouvido, mantendo-se impassível em seu posto.

"Mas que absurdo!", pensou. "Onde já se viu isso? Galos botando ovos... essa foi demais! Se ele se referisse a mim, até que seria possível. Posso botar um ovo, se assim quiser. Mas não quero. O mundo não é digno de um ovo meu. Tudo é tão enfadonho, tão sem graça... A vida é um tédio... Não aguento mais ficar aqui onde estou..."

Nesse exato momento, sua base quebrou, e ele despencou lá de cima, caindo bem no meio do pátio. Se fosse um minuto antes, teria caído bem em cima do galo. No instante em

621

que bateu no chão, porém, nenhuma ave estava ali, e sua queda não provocou senão susto nas galinhas, que comentaram entre si:

— A intenção dele era matar nosso chefe! Não conseguiu: bem feito para ele.

E qual é a moral dessa história? É esta:

antes ser cheio de vento,
cabotino e fanfarrão
que cair do cata-vento,
só por mera afetação.

"Uma Beleza!"

Talvez você já tenha ouvido falar do escultor Hans Alfred. É um artista muito conhecido. Pouco depois de se graduar na Academia de Artes, recebeu uma medalha de ouro. Em seguida, foi aperfeiçoar-se na Itália, regressando depois à Dinamarca. Isso já faz cerca de dez anos, mas Alfred ainda pode ser considerado jovem.

Logo depois de seu regresso, ele visitou uma das menores cidades da Selândia. Como já era célebre, promoveram uma festa em sua homenagem, na casa de uma das famílias mais ricas daquela cidadezinha. A sociedade local compareceu em peso. Nem foi preciso mandar o arauto avisar o dia, a hora e o motivo da festa, pois a notícia correu de boca em boca, espalhando-se rapidamente entre todos os moradores. Evidentemente, nem todos puderam entrar na casa onde seria realizado o evento, mas apenas quem era alguém, ou dono de alguma coisa. Assim, uma verdadeira multidão foi barrada na porta, tendo de ficar do lado de fora da casa. Em sua maioria, eram rapazes e crianças, embora alguns adultos também ali estivessem, tentando enxergar o que acontecia por detrás das cortinas da mansão iluminada. Era tanta gente na rua, que dava para imaginar tratar-se de uma festa promovida pelo vigia noturno. A cada vez que o vento agitava as cortinas, permitindo que se visse um lampejo do que ocorria lá dentro, todos se assanhavam, como se estivessem participando da comemoração. E era compreensível essa reação, porque, afinal de contas, quem ali estava era uma celebridade: era o famoso escultor Alfred!

No interior da casa, o artista era o centro das atenções. Além de muito sociável, sabia prender a atenção dos ouvintes, relatando suas viagens de maneira curiosa e divertida. Todos escutavam suas palavras com prazer, senão mesmo com fascínio. Uma viúva já entrada em anos, cujo marido tinha sido funcionário público, estava particularmente impressionada com o rapaz. Não só escutava, como bebia suas palavras, sem jamais conseguir saciar sua sede. Se ele fazia uma pausa, lá vinha ela com perguntas sobre esse ou aquele detalhe, obrigando-o a falar de novo. O problema é que era tão ingênua, ou melhor, tão ignorante, que Casper Hauser pareceria um sábio perto dela...

— Ah, Roma, Roma — dizia ela, virando os olhos para cima; — deve ser uma cidade muito bonita. Dizem que basta ter boca para ir lá. Descreve-a para nós, por favor. O que é que se vê, logo que se transpõe a porta da cidade?

— Ih, tanta coisa! — respondeu o jovem escultor. — É até difícil descrever. Há uma praça enorme, no meio da qual se vê um obelisco que tem mais de quatrocentos anos de idade!

— Quatrocentos anos! — exclamou a viúva. — Não sabia que os romanos gostavam de beliscar há tanto tempo assim!

Alguns dos hóspedes sorriram disfarçadamente, enquanto outros estiveram prestes a estourar de riso — e entre eles o escultor. Mas conteve-se a tempo, especialmente quando notou dois olhos que o fitavam com interesse, dois olhos azuis da cor do mar. Pertenciam à filha da viúva. Tendo uma filha daquelas, ela até que tinha o direito de ser um tanto ingênua e faladeira. De fato, Mamãe era uma fonte inesgotável de perguntas cretinas, borbotando sem parar; em compensação, a filha era a ninfa encantadora daquela fonte. Sim, encantadora! Uma beleza! Para a sua sensibilidade de escultor, bastava-lhe olhar para ela e admirá-la, sem ter de puxar conversa. E isso não seria fácil, porque a beldade se manteve calada o tempo todo, não ousando abrir a boca. Por seu turno, a viúva não lhe dava trégua:

— E a família do Papa, é muito grande?

Para não deixá-la em má situação, o rapaz respondeu de maneira diplomática, como se a pergunta tivesse sido mal formulada:

— Creio que não. Acho que ele é filho único.

— Não foi o que perguntei — replicou a viúva. — Quero saber sobre a mulher dele e os filhos do casal.

— Bem, é que o Papa não quis saber de se casar.

— Humm... solteirão, hein? Pois não devia ser! — dogmatizou.

Ela poderia ter sido mais inteligente e brilhante em suas perguntas e seus comentários; porém, se assim fosse, teria sua filha acompanhado com tanto interesse suas palavras, sorrindo-lhe de maneira tão doce e gentil?

Alfred prosseguiu, falando sobre as cores esplêndidas dos cenários italianos, especialmente o azul, que é claro e pálido nas montanhas, escuro e profundo no Mediterrâneo. Concluiu o comentário com um galanteio:

— De todos os azuis que conheço, só um ultrapassa em beleza os que vi na Itália: o que colore os olhos de nossas belas conterrâneas!

Era uma evidente alusão aos olhos azuis da jovem, mas ela agiu como se não tivesse compreendido o galanteio, atitude que o escultor considerou "uma beleza".

— A bela Itália! — suspiraram alguns.

— Viajar! — sussurraram outros. — É bom demais! É uma beleza!

— Quando eu ganhar o primeiro prêmio da loteria — comentou a viúva, — farei uma viagem dessas com minha filha. Quero que o senhor venha conosco, para ser nosso guia. Já pensaram? Eu, minha filha e o Sr. Alfred, viajando para o exterior... E o dinheiro dará para levar um ou outro de nossos velhos amigos.

E cumprimentou com a cabeça cada um dos que estavam na roda, como se fosse levar consigo um verdadeiro séquito para o estrangeiro. Antes que outro tomasse a palavra, ela prosseguiu:

— Então, está combinado: vamos à Itália. Mas não quero saber de visitar aqueles lugares que estão cheios de bandidos e salteadores. Ah, isso não! O negócio é seguir diretamente para Roma, tomando apenas as estradas principais, onde a gente se sente em segurança.

Nisso, a filha suspirou. Oh, quanta coisa pode ser expressa num suspiro! E quanta coisa se pode imaginar que ele expresse, mesmo que não esteja expressando coisa alguma! Para o jovem escultor, aquele suspiro pareceu cheio de promessas, desejos e sonhos. O brilho daqueles olhos azuis devia provir dos fabulosos tesouros escondidos na mente e no coração de sua dona. Toda a riqueza de Roma não valia a beleza daquele olhar!

Quando a festa acabou e o artista foi se deitar, não havia mais remédio: estava perdidamente apaixonado por aquela jovem.

Nos dias que se seguiram, era fácil encontrar o escultor: bastava ir procurá-lo na casa da viúva. Todos logo viram que o motivo dessas visitas frequentes não era a dona da casa, embora só ela falasse, durante todo o tempo em que ele ali se encontrava. Não, ele ia lá por causa da filha da dona, por causa de Kala. Esse não era seu nome, e sim seu apelido. O nome verdadeiro era Karen Marlene, mas todos só a tratavam por Kala. E todos concordavam que

624

ela era "uma beleza", embora costumassem criticá-la por ser um tanto preguiçosa, nunca saindo da cama antes que o sol já estivesse bem alto no céu. A mãe sabia desses comentários, mas desculpava a filha, dizendo:

— Ah, ela sempre foi assim, desde criança. É a natureza dela, e não se pode lutar contra o que é natural. Além do mais, dormir até tarde deixa os olhos claros e brilhantes!

E que poder havia naqueles olhos! Lembravam o mar, não só na cor, como também em sua profundidade e mistério. O rapaz já havia enfrentado o mar de verdade, e agora se via encalhado naquele outro, de águas tão plácidas e serenas. Por isso, virtualmente ancorou naquele porto, prosseguindo suas explanações à viúva, enquanto esta continuava desfechando perguntas e mais perguntas, com a desenvoltura que havia demonstrado quando o conhecera.

Ah, era um prazer escutar o Sr. Alfred! Um dia, ele descreveu Nápoles e narrou a visita que fizera ao Vesúvio, exibindo a gravura colorida de uma erupção vulcânica. A viúva jamais ouvira falar em tal fenômeno da natureza, sequer imaginando que uma loucura daquelas pudesse existir.

— Deus me livre e guarde! — exclamou. — Uma montanha que solta fogo por cima! Deve ser danado de perigoso!

— Se é! — concordou o moço. — Cidades inteiras já foram soterradas sob as cinzas do Vesúvio. Foi o caso de Pompéia e Herculano.

— Coitados dos moradores delas! Você assistiu à destruição?

— Essa daí, não. A erupção que vi foi menorzinha. Vou desenhar como foi, para a senhora ver.

E tomando de um lápis e de um bloco, começou a desenhar. Impressionada pelas cores vivas da gravura que acabara de olhar, a viúva estranhou os traços suaves do lápis de desenho, comentando:

— Ué? Dessa vez o vulcão cuspiu fogo branco?

O resto de respeito que Alfred tinha pela velha desvaneceu-de de vez, naquele momento. Mas logo lembrou-se de Kala, e desculpou a viúva, entendendo que ela por certo não sabia distinguir bem as cores. E que importava isso, se ela, afinal de contas, tinha algo bem mais importante que uma visão aguçada e uma mente atilada? Tinha Kala, e Kala era uma beleza!

E assim foi que, sem surpreender quem quer que fosse, os dois acabaram ficando noivos. Os proclamas foram publicados no jornal, e Mamãe comprou trinta exemplares, enviando-os aos seus amigos mais diletos. O jovem casal exultava de felicidade, e Mamãe mais ainda. Conversando com o futuro genro, disse-lhe que sentia então como se tivesse parentesco com Thorvaldsen, explicando:

— Parente, sim, por que não? Você não é o sucessor dele?

Pela primeira vez, Alfred concordou inteiramente com seu raciocínio. Kala nada disse, mas expressou sua satisfação com o brilho do olhar, a suavidade do sorriso e a graciosidade de seus movimentos. Oh, ela era uma beleza!

Alfred moldou dois bustos: um de sua futura sogra e um de Kala. Enquanto posava, vendo o artista manuseando a argila, a viúva comentou:

— Você está pondo a mão no barro por uma questão de delicadeza para conosco, não é? Se fossem outros os modelos, você certamente pagaria a alguém para que fizesse esse trabalho sujo, em seu lugar.

— Não é bem assim. O artista tem de moldar a argila desde o início da obra.

— Acha que caio nessa? Não, você fez isso por cavalheirismo, eu sei...

Para demonstrar seu reconhecimento, Kala tomou-lhe as mãos entre as suas, ficando também toda suja de argila.

Enquanto trabalhava, o escultor explicava sua teoria de como a criação artística conseguia captar o mistério da natureza. A matéria viva, dizia ele, era mais importante que a morta. Assim, as plantas eram superiores aos minerais, os animais superiores às plantas, e o homem superior aos animais. O espírito e a beleza podiam tomar forma nas mãos do escultor, que tinha no corpo humano o modelo ideal da perfeição da natureza.

Kala nada dizia, mas às vezes piscava repetidamente, meio desnorteada com aquelas palavras que não conseguia alcançar. Já a futura sogra preferia expressar-se claramente, sem meias palavras:

— É difícil acompanhar a rapidez de seus pensamentos, Sr. Alfred! Os meus caminham mais devagar. Mas eu chego lá, pode estar certo. Só que demora...

A beleza e a aparência sonhadora de Kala deixavam o jovem escultor tonto, seduzido, fascinado e cego. E não era por causa desse ou daquele detalhe, era pelo conjunto, pelo todo — uma beleza! Tudo nela era lindo: seu corpo, seu olhar, sua boca, até mesmo o movimento suave dos dedos. E disso ele entendia, porque tinha a sensibilidade do artista, a visão do escultor. Kala invadiu e capturou sua mente: só falava nela, só pensava nela, considerando-a parte integrante de seu próprio ser. E os dois conversavam longamente, durante horas a fio, embora, para quem os visse, era somente ele quem falava, enquanto ela se limitava a acompanhá-lo com gestos, olhares e sorrisos, numa espécie de eloquência muda.

Depois do noivado, veio o casamento, com direito a damas de honra, presentes, discursos e recepção. Mamãe fez questão de pôr o busto de Thorvaldsen à cabeceira da mesa, colocando-lhe no pescoço a gravata borboleta do falecido, simbolizando com isso que ele estava incluído entre os convivas, além de cumprir a exigência do traje a rigor. Foram compostas diversas canções alusivas ao evento, além de erguidos numerosos brindes ao jovem casal. Foi um casamento memorável, uma festa esplêndida, tudo excelente. E a noiva, hein? Uma beleza! "Pigmalião encontrou por fim sua Galatéia", dizia a letra de uma das canções compostas para aquela ocasião. Mamãe achou linda aquela comparação, explicando às amigas:

— Isso aí é mitologia, sabe?

No dia seguinte, o casal deixou a cidadezinha, rumando para Copenhague, que doravante seria seu ninho. Não era bem um casal, era um trio, porque Mamãe fez questão de acompanhá-los. "Quero dar boa vida aos pombinhos", explicava, "encarregando-me do trabalho pesado." E foi o que fez: assumiu a direção da casa, enquanto Kala ficava no bem-bom.

Tudo naquela casinha de bonecas era novo, reluzente, encantador. E ali viviam os três, em conforto e harmonia. Vocês hão de perguntar: e o Sr. Alfred, como se sentia? Ainda que pareça incrível, como um paxá. A magia da beleza exterior tinha-o deixado encantado, fascinado, sem conseguir reparar que o recipiente era lindo; já o conteúdo... E isso, num casamento, é ruim, muito ruim. Quando se prova do vinho e se constata que seu sabor é bem inferior ao que se supunha ser, em vista da beleza da garrafa, aí o comprador lastima o mau negócio que fez. A sensação que se tem é de desconforto, mais ou menos como a do sujeito que, em plena festa, nota que perdeu os dois botões do suspensório, e aí se lembra de que está sem cinto.

Foi assim que se sentiu Alfred, ao constatar que mãe e filha não paravam de dizer asneiras, uma atrás da outra, retrucando suas críticas, desdenhando seus conselhos e não entendendo quando ele usava de ironia ou sarcasmo para mostrar a insensatez de seus comentários.

Às vezes, o artista tentava ensinar a Kala coisas, sentando-se com ela de mãos dadas e falando, falando, enquanto ela apenas dizia uma ou outra palavra, eventualmente, e sempre as mesmas, como as notas de um pequeno carrilhão, tocando sempre a mesma melodia. Quando sua amiga Sophie vinha visitá-la, só então a conversa ganhava animação e colorido. Sophie era uma rajada de ar fresco naquele ambiente abafado.

Kala gostava de Sophie, embora costumasse dizer que a amiga era "um tanto mal-acabada". De fato, ela não era bonita, ainda que não chegasse a ser feia. Havia mesmo quem preferisse usar, referindo-se a ela, adjetivos mais gentis, como "simpática" e "engraçadinha". Sophie era uma moça inteligente e sensível, jamais suspeitando que sua presença na casa de bonecas de Kala poderia representar um perigo para sua amiga. Assim, ia lá sempre, levando consigo sua rajada de ar fresco, do qual o artista sentia tanta necessidade. E já que falamos duas vezes em ar, não custa falar mais uma: os três decidiram mudar de ares, fazendo uma viagem à Itália. Permaneceram por lá algum tempo, e, quando regressaram ao lar, Mamãe comentou:

— Arre! Graças a Deus que estamos em casa de novo!

A filha concordou, sem dizer coisa alguma.

— Isso de viajar não é nada agradável — prosseguiu a viúva. — Para falar a verdade, é bem enfadonho. Desculpe a franqueza, meu genro, mas é isso que penso. Fiquei aborrecida a maior parte do tempo, mesmo estando em companhia de meus dois queridinhos. E como se gasta! Como se desperdiça o tempo! É um tal de ficar visitando galerias e museus, que nunca acaba! E anda para cá, e anda para lá, e olha isso, e olha aquilo, só para depois responder às perguntas que os amigos não cansam de fazer, depois que a gente volta. E aí, o que é que acontece? Criticam você, dizendo que deixou de ver o que era mais bonito, o que era mais interessante! Ora... Cansei de ficar olhando aquelas madonas, todas iguaizinhas. Bastava ver uma, para ter visto todas.

— E a comida, hein, Mamãe? — interrompeu Kala.

— Ah, nem fale! Não se consegue encontrar uma tigela decente de sopa! Bem que costumo dizer: estrangeiro não sabe cozinhar.

Kala voltara estafada da viagem, não tendo ânimo para desempenhar nem mesmo as poucas tarefas que lhe cabiam. Assim, Sophie veio ajudá-la, e ela agradeceu, sem supor o risco que estava correndo. A amiga era de fato eficiente, a ponto de despertar a admiração de Mamãe, que comentou:

— Não é que Sophie entende do assunto? Sabe como administrar uma casa, e muito bem! É daquelas moças cuja educação está além de sua fortuna e sua posição. Tenho de admitir: é uma jovem prendada, decente e leal.

E essa lealdade foi mais uma vez demonstrada, quando Kala caiu de cama, enfraquecendo a olhos vistos. Garrafas bonitas costumam ser frágeis. Foi o caso de Kala, que em pouco estava morta.

— Ela era uma beleza de filha! — lamentou-se a mãe. — Linda, linda; mais do que qualquer daquelas estátuas gregas e romanas que vimos, fora a vantagem que tinha sobre elas, de ser inteira, não lhe faltando pedaço algum do corpo.

Alfred chorou, e Mamãe chorou mais ainda. Ambos guardaram luto, mas a viúva guardou por mais tempo, pois achava que o preto lhe caía muito bem. Além disso, teve um

627

motivo a mais para carpir sua dor: seu genro não demorou muito a casar-se em segundas núpcias. E com quem? Com Sophie! Logo com quem... com aquela sirigaita mal-acabada! Bem que ela tinha desconfiado!

— Ele foi de um extremo ao outro! — comentava a ex-sogra. — Foi da beleza para a feiúra! Como pôde esquecer minha Kala? Ah, esses homens... são todos infiéis e desleais. Só meu marido foi diferente. E tinha de ser, já que morreu antes de mim.

Diferentes eram os comentários de Alfred:

— Como dizia a canção composta para meu primeiro casamento, "Pigmalião encontrou a sua Galatéia" — era verdade, porque me apaixonei por uma estátua belíssima, que se tornava viva quando estava em meus braços. Mas só agora encontrei aquela alma gêmea que o céu nos destina: um anjo que nos escuta, que nos entende, que nos consola e reanima. Agora tenho a presença terna e companheira de Sophie! Ainda que ela não seja "uma beleza", é simpática, é meiga, é graciosa. Com ela aprendi que somente a beleza exterior pode ser representada, moldando-se a argila ou talhando-se a pedra, mas não a interior, que se esconde no fundo do coração. É essa que importa, é essa que vale a pena procurar. Pobre Kala! Nossa vida a dois não passou de uma viagem. Se nos encontrarmos um dia, no lugar onde as almas se reúnem, convivendo por toda a eternidade, seremos quase estranhos um para o outro.

— Não fale assim, querido — admoestou Sophie, quando o escutou. — Não é muito cristão. Lá em cima, onde não há casamento, mas apenas a eterna convivência, como você acabou de dizer, as almas desabrocham completamente, revelando toda a beleza que não puderam exibir aqui neste mundo. Pode ser, então, que a alma de Kala ostente qualidades tais, que ofusquem inteiramente as poucas que eu acaso possa ter. E aí, quando você a vir, radiante e esplendorosa, por certo haverá de dizer, com o mesmo entusiasmo do dia em que a conheceu: "Você é uma beleza! Uma beleza!"

Uma História das Dunas

Esta história tem lugar nas dunas da Jutlândia, mas começa bem longe dali, na Espanha. É o mar que estabelece a ligação entre esses dois lugares tão distantes. Imagine-se naquele país, ao entardecer de um dia límpido e quente. As flores de romãzeiras destacam-se escarlates entre os loureiros verde-escuros. Das montanhas desce uma brisa refrescante, que penetra pelo vale, passa por entre os laranjais e circula pelas cidades, infiltrando-se nos palácios mouriscos, por baixo de seus domos dourados e por entre suas paredes pintadas em cores vivas.

Crianças seguem pela rua em procissão, levando velas de cera nas mãos, precedidas por estandartes dourados e vistosos. Sobre suas cabeças, ostenta-se a gigantesca abóbada celeste de cor acinzentada, toda pontilhada de estrelas. Escuta-se o som de cantos e castanholas. Rapazes e moças dançam sob as acácias em flor. Nos degraus de uma escadaria de mármore, está sentado um mendigo, entretido em devorar uma melancia. Sua vida resumia-se em comer e dormir. E, com efeito, este mundo é como um sonho, ao qual você deve se entregar — isso é tudo o que ele lhe pede. E era exatamente isso o que faziam os dois jovens recém-casados naquele momento. Era um casal bafejado pela sorte, pois ambos tinham recebido de Deus tudo o que alguém pode desejar para si: saúde, disposição, alegria de viver, riqueza, bom conceito e retidão de caráter.

— Somos felizes como o quê! — exclamavam ambos, do fundo de seu coração.

Só uma alegria da vida ainda não tinham experimentado: a bênção de um filho, no qual pudessem projetar toda a sua alegria, lançando sobre seu corpo e sua alma o reflexo de sua própria felicidade. Quando lhes chegasse esse presente de Deus, seria saudado com explosões de júbilo, e criado com todo amor e carinho. Herdaria seu nome e sua fortuna, além de tudo o que decorre dessas duas dádivas, que a pessoa pode ou não receber quando nasce.

Como uma festa que nunca se acaba, a vida transcorria num mar de rosas para o jovem casal.

— A vida é uma coisa incrível, é um dom de amor — comentou a recém-casada. — E pensar que esse presente divino há de durar por toda a eternidade... Oh, isso está além da minha compreensão.

— Essa ideia talvez não passe de presunção humana — retrucou o rapaz. — Não será nosso orgulho que nos faz crer que iremos viver eternamente? Não seria apenas o sonho pretensioso de nos igualarmos a Deus? Foi isso que a serpente prometeu a Eva. Mas a serpente, lembre-se, era apenas um disfarce do Mestre da Mentira.

— Você duvida de que haja vida depois desta? — perguntou a jovem, alarmada.

Pela primeira vez, uma sombra toldou seu mundo ensolarado.

— A religião e os padres assim o afirmam— respondeu ele; — todavia, quando paro para pensar no quinhão excessivo de felicidade que me foi destinado, reconheço não passar de presunção aspirar que esta situação invejável permaneça comigo por toda a eternidade. Já não é suficiente o que recebemos, para querermos ainda mais?

— Sim — concordou sua esposa, — já recebemos muito. Mas que me diz daqueles pobres diabos cuja vida não passa de tormento e privações? Quantos não estão destinados a conhecer apenas a pobreza, a infâmia, a doença e o infortúnio? As dádivas de Deus não são distribuídas equitativamente. Se não houver uma outra vida, então Deus não estará agindo com justiça.

— O mendigo pode desfrutar de prazeres similares aos dos reis — contestou o rapaz. — E que me diz da vida do pobre asno, que se resume a trabalho contínuo, fome constante, chicote no lombo e nada de prêmios e satisfação? Acha que ele compreende o porquê de ser tratado tão mal? E, caso compreenda, acha que tem o direito de reclamar dessa injustiça, exigindo retornar à Terra sob a forma de uma criatura de vida menos deplorável, ou mesmo invejável?

— Cristo disse que há muitos cômodos em sua morada — replicou a mulher. — O Reino do Céu é tão infinito quanto o amor divino. Também os animais são criaturas de Deus; por isso, não creio que a vida se perca para sempre, qualquer que seja ela. Também os animais haverão de receber o prêmio que fizeram por merecer.

— Pois, quanto a mim, basta-me a vida que tenho neste mundo — disse o rapaz, enlaçando-a num abraço.

Os dois estavam numa varanda, comodamente sentados. Ele acendeu um cigarro. A brisa noturna trazia consigo um perfume de cravo e de flor de laranjeira. De longe chegava até eles o som de canções e de castanholas. No céu cintilavam milhares de estrelas. A jovem contemplava o rapaz com olhos cheios de um amor eterno como a vida.

— Vale a pena nascer, apenas para desfrutar de um momento como este! — comentou ele. — Viver este instante, e depois morrer!

Sorriu para ela, que fingiu zangar-se com aquela frase, admoestando-o com o dedo em riste. A nuvem que ensombrara sua felicidade já se havia dissipado inteiramente.

Tudo parecia concorrer para que aquele jovem casal crescesse em honra e glória. Houve mudanças em sua vida, mas apenas de ordem física, e não espiritual. O moço foi indicado pelo Governo como embaixador de seu país junto à corte russa. Era um cargo honroso, ao qual ele fazia jus, em virtude de seu berço e educação. Era rico, e o casamento ainda mais aumentara sua fortuna. Sua jovem esposa era filha de um negociante próspero e respeitado, dono de uma frota de navios mercantes. Um deles deveria zarpar para Estocolmo, e recebeu ordens para estender a viagem até São Petersburgo, a fim de levar o casal a seu destino.

A cabine destinada a eles era decorada com luxo e bom gosto. Tudo era luzidio, macio e encantador. O chão era coberto de tapetes finos, e as poltronas tinham almofadas revestidas de seda. Para um dinamarquês, a viagem do jovem diplomata certamente lembraria a canção popular intitulada "O Filho do Rei da Inglaterra", que fala do embarque de um príncipe num navio cuja âncora era folheada a ouro, e cujos cabos eram fios de seda. Na embarcação que zarpava da Espanha, tripulação e passageiros certamente acalentavam o mesmo sonho daquela outra, podendo igualmente repetir os versos:

Fazei, Senhor, com que todos possamos
Singrar no rumo da felicidade.

O vento levou-os rapidamente ao longo da costa espanhola, mal lhes permitindo ver de relance sua terra natal. Se continuasse a soprar daquele jeito, a viagem não iria demorar senão duas semanas. Infelizmente, sobreveio a calmaria. Nem a mais ligeira vaga agitava a superfície do mar, que se tornou lisa como um espelho, refletindo as estrelas do céu. Toda noite havia festa na cabine luxuosa. Apesar da alegria reinante, todos estavam ansiosos para que o vento voltasse a enfunar as velas. Quando isso acontecia, porém, era sempre na direção contrária à que seria desejável. Finalmente, depois de dois longos meses de espera, o vento resolveu soprar de sudoeste. Nessa altura, o navio encontrava-se a meio caminho entre a Escócia e a Jutlândia. Ao mudar o vento, mudou também o tempo, desencadeando-se uma tempestade, fazendo novamente lembrar a canção, no trecho que diz:

> *Erguem-se as ondas, ruge o temporal,*
> *Fazendo quase soçobrar a barca;*
> *O vento sopra como um vendaval*
> *E impele a nau rumo à Dinamarca.*

A história que estamos contando ocorreu muitos anos atrás, quando Cristiano VII ocupou por curto espaço de tempo o trono dinamarquês. De lá para cá, muita coisa mudou em nossa paisagem: pântanos foram drenados e lagos foram aterrados, transformando-se em campos férteis; boa parte das extensas charnecas da Jutlândia foi sulcada pelo arado, revestindo-se agora de pomares e jardins. Protegidas pelas paredes das casas, macieiras e roseiras brotam do chão, sem contudo se desenvolverem completamente, pois o vento oeste está sempre a fustigá-las. Essas modificações, porém, quase não afetaram a costa ocidental da Jutlândia, onde tudo ainda lembra os tempos do reinado de Cristiano VII. Ali, a charneca continua como antes, estendendo-se a perder de vista. As colinas que cobrem os túmulos dos antigos chefes *vikings* ainda são vistas ao longe, e as estradas rasgadas sobre o chão arenoso não passam de trilhas estreitas e precárias, seguindo sinuosamente por aquelas extensões quase despovoadas. Nas proximidades do litoral, os riachos e regatos se espraiam, formando brejos e tremedais. No tempo da chuva, avolumam-se as águas, transformando aqueles pequenos cursos de água em verdadeiros rios, que despencam no mar em cachoeiras, nos trechos de litoral rochoso e escarpado. Nas praias, erguem-se as dunas de areia, como se fossem uma cadeia de montanhas em miniatura. Aqui e ali, as encostas de argila enfrentam sem sucesso as ondas do mar, que as desgastam durante os dias de tempestade, arrancando-lhes blocos gigantescos e modificando sem parar o contorno da costa. O cenário desse litoral ainda é o mesmo de anos atrás, quando aquele casal, até então bafejado pela sorte, por ali passou, a bordo de seu luxuoso navio.

Isso aconteceu no final de setembro, num domingo quente e ensolarado. Ao longo do fiorde de Nissum, podia-se escutar o som dos sinos, saudando o dia do Senhor. Naquela região, todas as igrejas eram — e ainda são — construídas com blocos de granito. As que ficam à beira-mar parecem rochedos escarpados, contra os quais o mar investe inutilmente, sem conseguir solapá-los. Em sua maioria, não possuem torres, e o sino é pendurado entre dois postes de madeira, erguidos do lado de fora dos muros. Vistas de longe, essas armações lembram forcas.

O culto havia terminado, e os fiéis estavam saindo da igreja. Ao lado dela, o cemitério parecia desolado, sem um arbusto sequer que quebrasse sua monotonia. Ainda hoje, é essa a sua aparência. Também não havia flores em nenhum daqueles túmulos. Montículos de terra assinalavam os locais onde os mortos estavam enterrados. A única vegetação que se via era a da relva esturricada e descontínua que se espalhava sobre a terra fofa dos túmulos. Em poucos deles havia a indicação de quem seria o falecido, assinalada por uma tábua em forma de caixão, tendo inscrito no meio o nome de quem ali repousava em paz.

De onde teria vindo a madeira que servira para fazer essas placas, se por ali não havia florestas? Era recolhida do mar, onde sempre se achavam pranchas, tábuas, caibros e vigas, procedentes de navios naufragados naquela área. É do mar que os pescadores retiram a madeira para construir suas choupanas e para fazer fogo.

Àquela manhã, uma mulher estava parada diante de uma dessas lápides de madeira, imersa em seus pensamentos. O vento oeste e a maresia já tinham desgastado tanto a tábua, que mal se conseguia ler o nome ali inscrito. O marido chegou até onde ela estava, e os dois nada disseram um para o outro. Por fim, ele tomou-lhe a mão e caminhou com ela em direção às dunas.

— Foi um bom sermão — comentou o homem. — Se não tivéssemos Deus, estaríamos sozinhos e desprotegidos neste mundo.

— Sim — concordou a mulher. — Ele sabe a hora de dar e a hora de tirar. Se nosso filhinho estivesse conosco, amanhã iria fazer cinco anos.

— Chorar não irá trazê-lo de volta — disse o marido. — Afinal de contas, ele hoje está onde teremos de rezar muito para ali também podermos entrar.

Depois disso, continuaram a caminhar em silêncio, como sempre faziam, depois de tocar naquele assunto. Sua casa era entre as dunas. Súbito, do topo de uma colina arenosa, onde não crescia vegetação alguma, ergueu-se uma pequena nuvem de areia fina. Era uma lufada de vento que a fizera levantar-se. Outra rajada mais forte agitou as postas de bacalhau penduradas para secar, fazendo-as bater contra a parede de tábuas da choupana. Em seguida, tudo retornou à calma e ao silêncio de antes. O sol estava alto, e a areia escaldava sob os pés.

O casal entrou em casa e tirou a roupa de domingo, trocando-a pela de todo dia. Logo em seguida, foram para as dunas, que pareciam ondas gigantescas. As lâminas verde-azuladas da vegetação rasteira que as cobria quebravam a monotonia branca da paisagem. Chegando à praia, encontraram ali alguns de seus vizinhos, puxando os barcos para a terra firme. Agora, o vento já soprava mais forte e começava a esfriar. Grãos de areia fustigavam-lhes os rostos. Ao longe, no mar aberto, as ondas encrespavam-se, e sua espuma era carregada pelo vento e trazida para a terra.

Por volta do entardecer, a tempestade ameaçava desencadear-se. Seu rugido lembrava um exército de espíritos desesperados, gemendo e ululando no céu. Tão altas eram as suas vozes, que cobriam o barulho das ondas, quebrando-se contra o litoral. O som da areia atirada contra as vidraças da choupana lembrava o da chuva. De vez em quando, uma rajada mais violenta sacudia as paredes da casa, como se o vento estivesse querendo lembrar a todos sua força e seu poder de destruição. Lá fora, tudo era escuridão. A lua só deveria surgir por volta da meia-noite.

O céu estava limpo, sem nuvens, mas a ventania furiosa lembrava as tempestades de alto-mar. O pescador e sua mulher já tinham ido para a cama há algum tempo, mas não conseguiram pregar o olho. Nesse instante, alguém bateu à porta. Era um vizinho, que foi logo avisando:

632

— Há um navio adernado no trecho mais afastado dos bancos de areia!

O pescador e sua mulher saltaram da cama imediatamente e vestiram as roupas.

A lua já havia surgido no céu, iluminando o caminho; para enxergá-lo, porém, era preciso manter os olhos abertos, o que a areia impelida pelo vento impossibilitava de fazer. A ventania era tão forte, que os dois não conseguiram manter-se de pé quando alcançaram o topo das dunas, tendo de prosseguir de gatinhas. Os flocos de espuma que passavam voando lembravam um bando de cisnes em migração. O mar parecia estar fervendo, e só uma vista aguçada seria capaz de perceber o vulto do navio adernado. Era uma bela embarcação de dois mastros.

Tão logo o pescador e sua mulher juntaram-se aos outros, avançando pelo mar adentro até onde seu atrevimento permitia, uma onda gigantesca ergueu o navio, atirando-o contra o primeiro banco de areia, dos três que ali havia. Seu casco afundou no chão, fazendo-o encalhar definitivamente. No momento, era impossível sequer pensar em proceder ao resgate dos náufragos. O mar estava furioso, e as ondas se sucediam uma após a outra, quebrando-se com estrondo contra a quilha da embarcação. Os que estavam na praia julgavam escutar os gritos de pavor dos que se achavam a bordo. A proximidade do navio permitia que vissem a azáfama inútil dos marinheiros, num corre-corre incessante. Uma onda enorme explodiu contra o tombadilho, derrubando um mastro e o gurupés. Em seguida, outra vaga gigantesca suspendeu a popa da embarcação, arrastando consigo duas pessoas, que logo desapareceram de vista.

Então, no bojo de uma onda que quebrou na praia, viu-se um corpo de mulher. Estaria morta? Os pescadores correram para ela, puxando-a para a terra firme. Ainda parecia respirar. Correram com ela para a choupana do pescador. Ao ser deitada na cama, uma das mulheres presentes comentou:

— Vejam como é bonita e delicada! Deve ser uma dama nobre.

O leito, simples e modesto, estava forrado apenas com uma coberta de lã, mas era quente e macio. A mulher abriu os olhos, sem compreender onde estava. Ardia em febre e parecia delirar. Talvez fosse melhor para ela ficar fora de si para sempre, pois a pessoa a quem dedicava todo o seu amor jazia sem vida no fundo do mar. Era a única sobrevivente daquele naufrágio, em tudo por tudo semelhante ao descrito na canção "O Filho do Rei da Inglaterra", que em certo trecho dizia:

> *A embarcação desfez-se em mil pedaços!*
> *A cena atroz a todos comoveu.*

Os restos do navio vieram dar à praia, mas não se encontrou nem mais um corpo. O vento continuava uivando e gemendo, como costuma ocorrer na costa da Jutlândia. A mulher adormeceu, mas pouco depois acordou assustada, prorrompendo em gritos de pavor. Aos que a rodeavam, disse algumas palavras incompreensíveis, numa língua que eles não entendiam.

O ingente esforço que havia feito não visava a salvar apenas sua vida, mas também a da criança que trazia no ventre. Aquele que, pela ordem natural das coisas, deveria dormir em berço nobre, coberto por finos lençóis e colchas, assistido por enfermeiras e cuidado por babás, acabou nascendo numa pobre cabana de pescadores, não recebendo sequer um beijo de sua mãe, já que Deus a levou antes mesmo que ela o visse.

633

A mulher do pescador colocou o recém-nascido junto ao peito da mãe, mas seu coração já havia parado de bater. O mar interferiu no seu destino, desfazendo a trama urdida pela sorte e atirando-o ali tão longe, para experimentar o gosto amargo da pobreza e enfrentar as vicissitudes de uma vida de privações. Vale a pena relembrar mais alguns versos daquela antiga canção popular:

> *Era o naufrágio! A morte nos rondava*
> *Fosse no mar, fosse no litoral;*
> *Se o alcançássemos, nos esperava*
> *Gente inimiga, que nos devotava*
> *Ódio mortal!*
> *Se ao menos fosse a terra dominada*
> *Por Mestre Bugge, seria normal*
> *Que nos poupassem de passar a espada.*

A embarcação naufragara um pouco a sul do fiorde de Nissum, próximo a uma praia que, no passado, fazia parte dos domínios do suserano citado na canção, o célebre Mestre Bugge. Naquela época, ai dos náufragos que conseguissem nadar até a costa da Jutlândia! Sem embargo de terem escapado da fúria das ondas, eram ali sumariamente executados pelos salteadores que infestavam aquela região. Mas isso foi no passado remoto. Eles agora ali encontrariam ajuda e abrigo, e isso não apenas nos domínios de Mestre Bugge, mas em toda a extensão daquela costa. Foi o que aconteceu à mãe agonizante e à criança que ali foi dada à luz. Além da solidariedade espontânea que qualquer um daqueles pescadores lhe iria dispensar, o recém-nascido veio ao mundo na choupana de um casal que ainda chorava o filhinho morto, e no mesmo dia de seu nascimento. Era coincidência demais para que os seus salvadores não o considerassem uma dádiva de Deus.

Ninguém ficou sabendo quem era aquela mulher, e de onde ela teria vindo. Os destroços do navio não lançaram qualquer luz sobre aquele enigma. Assim, não houve como comunicar o infortúnio aos possíveis parentes. Na casa do rico comerciante espanhol, tudo o que se soube foi que o navio não havia chegado ao seu destino, perdendo-se no mar durante uma tempestade, sem notícia de qualquer sobrevivente.

O infortúnio de uns foi a felicidade de outros. Na choupana construída entre as dunas da Jutlândia, ouvia-se novamente o riso de uma criança. Onde comem dois, comem três; sem esquecer que há sempre peixe no mar, e que Deus provê o sustento dos inocentes. Aquela criança foi batizada, recebendo o nome de Jurgen.

— Esse menino deve ser judeu — comentavam os vizinhos. — Vejam como é moreninho.

— Mas também pode ser de origem italiana ou espanhola — ponderava o ministro da igreja.

Para a mulher do pescador, pouco importava quem seriam seus ancestrais. Ele agora era seu filho, e acabava de ser batizado em sua igreja. O menino cresceu forte e saudável, alimentando-se com o peixe seco e as batatas de cada dia. O dialeto dinamarquês falado na costa ocidental da Jutlândia tornou-se sua língua nativa. A semente de romã desabrochou como a relva ressequida das dunas, uma vez transplantada da Espanha para o litoral do Mar do Norte. Às vezes acontece esse tipo de coisa com as pessoas. No caso de Jurgen, seu novo lar — e é o lar infantil que constitui a raiz de toda uma existência — marcou-o

634

profundamente, fazendo-o experimentar a fome e o frio que rondam a vida dos pobres, a sonhar com eles, a ter suas mesmas aspirações e a tomar parte em suas brincadeiras e diversões.

Os períodos de felicidade da infância rebrilham em nossa mente com luminosidade especial, durante toda a nossa vida. Jurgen dispunha de um quintal enorme, cheio de brinquedos: a extensa praia, onde ele adorava divertir-se, passando ali boa parte de seu tempo. Era ali que encontrava um variado mosaico de pedras coloridas; algumas, vermelhas como coral; outras, amarelas como âmbar, e ainda as brancas e arredondadas, que lembravam ovos de pássaros. Eram pedras de todos os formatos e cores, que o oceano desgastara, alisando-as completamente. E também havia os esqueletos secos de peixes e algas marinhas atirados à praia, com suas formas curiosas e estranhas. Tudo isso eram os seus brinquedos de todo dia.

Era um menino inteligente, como logo se pôde ver. Possuía diversos talentos adormecidos, prontos para desabrochar quando fossem requisitados. Lembrava-se de todas as canções e histórias que escutava, e sabia fazer gravuras de navios em conchas e pedras, tão bonitas que mereciam ser penduradas nas paredes. Com uma faquinha, desbastava tocos de pau, dando-lhes a forma que bem desejasse. E sabia cantar, também tendo uma voz afinada e agradável, e conhecendo de cor as letras de diversas melodias. Eram talentos que certamente se teriam desenvolvido a ponto de assombrar o mundo, não fosse o fato de pertencerem a uma criança nascida na choupana de um pobre pescador, perdida na desolada costa ocidental da Dinamarca.

Um dia, um navio naufragou naquelas águas, e uma caixa cheia de bulbos de uma flor muito rara foi atirada à praia. Os pescadores experimentaram cozinhar alguns, mas a maior parte foi deixada na areia, apodrecendo pouco depois. Nenhum dos bulbos pôde desabrochar e ostentar as cores alegres e toda a beleza que continham em seu interior. Seria esse o destino de Jurgen? Só o tempo poderia dizer. Ele fora curto para as flores, que logo se corromperam; já o menino, ao contrário, tinha diante de si anos de provação.

Nem Jurgen, nem qualquer morador daquelas paragens, jamais cogitou que seus dias fossem monótonos e iguais. Havia sempre algo a fazer e alguma coisa que merecia ser vista. O próprio oceano era como um grosso volume ilustrado, cujas páginas iam sendo viradas uma a uma, a cada novo dia. Ora eram os prenúncios da tempestade, avistados à distância; ora os temporais; hoje a brisa, amanhã a calmaria — não, nunca o mar era o mesmo, em dois dias sucessivos. Navios que encalhavam não eram raros por ali, e cada qual representava um marco inesquecível na vida de uma criança. Até mesmo os cultos dominicais eram alegres e festivos. Mas o que Jurgen mais apreciava eram as visitas do tio de sua mãe adotiva, dono de uma fazendola naquelas imediações, que vivia de pescar e vender enguias. Ele chegava numa carroça pintada de vermelho, trazendo um caixote comprido, que mais parecia um caixão, todo decorado com tulipas azuis e brancas. Era ali que guardava suas enguias. A estranha carroça era puxada por dois bois, e o tio sempre permitia que Jurgen a dirigisse.

O vendedor de enguias era um sujeito inteligente, sendo sempre recebido com alegria por todos da casa. Trazia consigo, invariavelmente, um barrilzinho de *schnapps*, fazendo questão de que todos tomassem ao menos um gole. Como na casa não havia copos, a bebida era servida em canequinhas de café. Para Jurgen, que era muito pequeno, o tio punha apenas algumas gotas dentro de um dedal.

— Para segurar as enguias dentro da gente, é preciso tomar *schnapps* — explicava ele. — Elas são muito escorregadias!

Em seguida, contava sempre a mesma história. Se os ouvintes rissem, contava-a de novo, um mau hábito que as pessoas falantes costumam ter. Como essa história influenciou muito a vida de Jurgen, vamos fazer o pequeno sacrifício de escutá-la:

— No fundo do ribeirão, vivia uma família de enguias. Um dia, as filhas de Mamãe Enguia pediram permissão para subir até a superfície. A mãe concedeu, recomendando que não se afastassem de casa, pois do contrário o malvado pescador de enguias iria apanhá-las todas, uma por uma.

"Sem dar ouvidos aos conselhos da mãe, as enguiazinhas nadaram para bem longe, indo até onde lhes deu na telha. Das oito que saíram, apenas três voltaram para casa.

— Mal tínhamos saído da porta de casa — choramingaram, — e apareceu um sujeito malvado, passando a mão em cinco de nossas irmãs.

Mamãe Enguia apenas comentou:

— Deixem estar, que elas vão voltar.

— Não, mamãe, não vão! — soluçaram as três irmãs. — O desalmado arrancou a pele delas, partiu-as em postas e fritou-as.

— Elas vão voltar — insistiu a mãe.

— Mas ele as comeu! — replicaram as filhas, desatando em pranto.

— Não importa. Elas vão voltar.

— Depois de comê-las, ele lambeu os beiços e tomou um gole de *schnapps*.

— De quê? De *schnapps*? — voltou-se Mamãe Enguia, agora com cara assustada. — Então, não tem jeito. Dessa vez, não voltam mais... Com *schnapps* por cima, não há enguia que resista...

"Por isso, meus amigos, não há o que discutir: depois de comer enguia, *schnapps* por cima dela."

Como se disse, essa história tola representou importante papel na vida de Jurgen. Era uma espécie de piada familiar, não sendo em geral apreciada pelos de fora. Como as enguiazinhas, também ele queria afastar-se de casa, pedindo permissão à mãe para embarcar num navio. Fazendo referência à história, ela sempre respondia:

— Lá fora há muita gente má, pronta para capturar as enguias ingênuas.

Certa ocasião, porém, surgiu sua oportunidade de conhecer o mundo que existia além daquelas dunas. Foram dias mágicos, concentrando num curto espaço de tempo os momentos mais felizes de sua infância. Era como se toda a beleza da Jutlândia, toda a felicidade de sua casa, tivessem sido reunidas de uma só vez, naquela curta excursão. O motivo da saída foi o convite para participar de uma festa. Bem, não era propriamente uma festa; era um velório, seguido de um funeral. Mas isso não deixa de ser um tipo de festa. Havia morrido um parente rico, dono de uma fazenda situada a leste daquela região. Leste é um modo de dizer, pois a fazenda ficava "dois pontos a norte", como o pai esclareceu. Achando que não ficaria bem deixarem de comparecer ao funeral, eles resolveram levar Jurgen consigo.

Atravessaram as dunas, depois a charneca e o pântano, até que alcançaram as campinas verdejantes que se estendem ao longo do ribeirão Skaerum. Era ali que viviam as enguias da história, aquelas que foram tão maltratadas pelo pescador. E quantas vezes os homens não tratam seus semelhantes como se não passassem de enguias ingênuas?

636

Mestre Bugge, o cavaleiro mencionado na antiga canção, perdera a vida assassinado por seus inimigos. Teria sido tão bom como era descrito na canção? Jurgen e seus pais atravessavam o lugar onde se erguia outrora seu castelo, perto do ponto em que o ribeirão Skaerum se precipitava no fiorde de Nissum. Rezava a lenda que Mestre Bugge desconfiava da competência do construtor de seu castelo, e estava decidido a matá-lo por causa disso. Assim, depois que ele deu por terminado o trabalho e se foi embora com o pagamento no bolso, o cavaleiro chamou um de seus criados, recomendando:

— Segue atrás do mestre construtor. Logo que o avistares, grita-lhe de longe: "A torre do castelo está inclinando!" Se ele olhar para trás, mata-o, tira-lhe o dinheiro que lhe paguei e traze-o para mim. Todavia, se ele não se voltar, deixa-o prosseguir em paz.

O criado cumpriu a ordem à risca, mas o mestre construtor não se voltou, dizendo apenas isso:

— Não é verdade. A torre está firme, sólida e vertical. Um dia, porém, virá do ocidente um homem trajando uma capa azul, e fará com que a torre se incline.

Cem anos mais tarde, durante uma terrível tempestade, o Mar do Norte invadiu a terra, destruiu o castelo e derrubou a torre. Quem depois adquiriu aquelas terras foi Predbjorn Gyldenstjerne, que mandou construir um novo castelo num local mais elevado, fora do alcance da ressaca. Ele ainda está ali, e é conhecido como o Castelo de Norre Vosborg.

Durante as longas noites de inverno, Jurgen tinha ouvido falar nos lugares que agora percorria. Seus pais adotivos tinham-lhe contado sobre o castelo rodeado por um fosso duplo e renques de árvores e arbustos, e dotado de baluartes revestidos de hera. O que ele achou mais bonito foram as altas tílias que alcançavam o teto do castelo, enchendo o ar com sua fragrância suave. Na parte noroeste do jardim havia uma árvore que parecia estar coberta de neve. Era um sabugueiro em flor, o primeiro que via em toda a sua vida. A lembrança dessas árvores ficou preservada em sua memória, para alegrar os dias de sua velhice.

A viagem prosseguiu mais agradavelmente depois que encontraram outros companheiros que também seguiam para o funeral, e que lhes ofereceram um lugar no carro onde estavam. Não que fosse confortável o assento que lhes coube: um caixote na parte traseira do carro. Mas que era melhor do que seguir a pé, ah, isso era. Ali tinha início a extensa charneca que se estende pela maior parte da Jutlândia central. A estrada era precária e esburacada, e os animais que puxavam o carro não tinham pressa alguma, não podendo ver uma touceira de erva sem que parassem para pastar.

O sol dardejava ardente sobre suas cabeças, e a atmosfera era límpida e seca. Podia-se avistar bem ao longe. Na direção do horizonte, erguia-se uma pequena coluna de fumaça, fazendo revoluteios no ar.

— É o Duende Pastor, conduzindo suas ovelhas — comentou alguém.

A frase destinava-se a mexer com Jurgen. E ele, de fato, sentia-se como se estivesse entrando no reino dos contos de fadas, embora tudo o que acontecesse fosse real.

A charneca estendia-se por todos os lados, como se fosse um tapete gigantesco. Em meio às urzes floridas, zimbros e sobreiros se destacavam, como se fossem ramalhetes verdes. O local convidava a uma corrida, e certamente Jurgen teria saído do carro e seguido a pé, não fossem os conselhos em contrário que lhe deram, alertando-o para a presença de cobras venenosas por ali. Contaram também sobre os lobos que no passado infestavam aquela região, a ponto de ser ela conhecida pelo nome de "Castelo dos Lobos". O velho que guiava o carro repetiu as histórias que lhe foram contadas por seu pai, o qual, em seus tempos de rapaz, ainda vira muitas daquelas feras nas paragens que agora percorriam. Os lobos costumavam atacar os cavalos, que se defendiam como era possível. Seu pai, certa vez, presenciara a cena chocante de um cavalo que pisoteava com as patas traseiras um lobo já morto, enquanto as dianteiras estavam em petição de miséria, lanhadas e mordidas, a ponto de se deixarem ver os ossos.

Para Jurgen, o trecho de estrada que atravessava a charneca foi muito curto, e em pouco já estavam chegando à casa onde era realizado o velório. Gente vinda de todo lugar enchia o interior da fazenda, espalhando-se também pelos campos ao redor. O pátio estava repleto de carroças, carruagens e charretes. Bois e cavalos pastavam lado a lado, dividindo as touceiras de erva ressequida. Ao lado da casa viam-se grandes dunas de areia, como as que havia nos arredores de seu lar. Como poderiam ter vindo parar ali, a quinze milhas de distância do mar? Tinham sido trazidas pelo vento, conforme era voz corrente.

Durante a cerimônia do velório, foram cantados hinos religiosos e derramadas algumas lágrimas, mas apenas por umas poucas pessoas, todas idosas. Para os demais, tudo parecia representar uma grande diversão. Havia fartura de bebidas e comidas. O prato mais servido e consumido eram enguias fritas, acompanhadas do inevitável *schnapps*. "Essas daí podem desistir de voltar para casa", pensou Jurgen.

Deslumbrado com tanta novidade, ele entrava e saía, sendo visto em todos os lugares. Ao final do terceiro dia em que ali estavam, já se sentia familiarizado com o lugar, como se estivesse em meio à charneca ou às dunas do litoral. Ali no interior, a vegetação era mais rica e variada que à beira-mar. Entre as urzes cresciam pés de amora silvestre e framboesa, e seus frutos eram doces e suculentos. Os pés do menino até ficaram azuis, de tanto pisar nos caroços jogados no chão.

Viam-se por toda parte pequenas colinas encimadas por uma pedra: eram os túmulos dos antigos chefes vikings. A fumaça das queimadas erguia-se em rolos pelo ar, e à noite podia ser visto o clarão vermelho de uma ou de outra mais próxima.

No quarto dia, encerrou-se a festa do funeral, e a família deixou as dunas do interior, voltando para as do litoral.

— As nossas dunas são dunas de verdade — comentou o pescador. — Estas daqui não têm razão de ser.

À pergunta do filho, explicou-lhe como aquelas dunas tinham parado lá. Há muito, muito tempo atrás, encontrou-se um corpo atirado à areia da praia. Os pescadores levaram-no para o cemitério e lhe deram um enterro cristão. Naquele mesmo dia, o vento começou a soprar, carregando nuvens de areia para o interior da Jutlândia. Seguiu-se uma terrível tempestade, e o mar embatia com força contra as dunas. Um sujeito que morava na região, conhecido pela sua sabedoria, sugeriu que se abrisse o túmulo, para ver se o defunto estaria chupando o dedo, pois, nesse caso, não se trataria de um ser humano, mas sim de um tritão, ser que vive no mar e que não gosta de jazer sob a terra. Fizeram o que ele sugeriu e constataram que era verdade: o falecido estava chupando o dedo polegar! Trataram então de colocar o corpo num carro de boi e levá-lo às pressas para a praia, atirando-o depois no meio do mar. A tempestade cessou no mesmo instante. As dunas que se formaram no interior, porém, lá ficaram, e ainda estão até hoje.

Tudo o que Jurgen escutou durante aqueles quatro dias, os mais felizes de sua infância, ficou guardado em sua mente pelo resto da vida. E dizer que, nesse período de tempo, o que ele fizera foi comparecer a um funeral...

Que viagem maravilhosa! Como foi bom conhecer novas paisagens e encontrar pessoas até então desconhecidas para ele! Mas Jurgen ainda teria de viajar muito, pela vida afora. Ainda não passava de um menino de apenas quatorze anos, quando conseguiu persuadir os pais a deixá-lo sair para o mar. Iria descobrir por conta própria como o mundo é, enfrentar as procelas e vendavais, aprender o que significa ser um servo, tendo de curvar-se ante os caprichos dos brutos e dos maus. Sim, ele tornou-se um camareiro de navio. Vivia mal alimentado e sempre recebia punições, maltratos e mesmo castigos físicos. Seu nobre sangue espanhol revoltava-se com aquilo, fervendo por dentro. Impropérios e palavras de indignação subiam-lhe do peito, chegavam à boca, mas não transpunham o limite dos lábios. Sentia-se como uma enguia: esfolado, cortado em postas e deitado numa frigideira. "Hei de voltar para casa", repetia para si próprio, sempre que estava a sós.

O navio singrava rumo à Espanha, a terra de seus pais. Se olhasse pela escotilha, talvez avistasse a cidade onde, em outras circunstâncias, teria vivido com abastança e satisfação. Mas ele nada sabia acerca dessas coisas, e sua família sabia menos ainda acerca de sua existência.

Ao infeliz cabineiro não foi permitido descer à terra, a não ser no último dia da estadia da embarcação, e mesmo assim apenas para ajudar a carregar as compras de alimentos, que deveriam ser trazidas do mercado para a embarcação.

Ali estava Jurgen, sujo e esfarrapado, como se o tivessem mergulhado numa poça de lama, e depois secado numa chaminé. Era a primeira vez que o menino das dunas via uma verdadeira cidade. Como as casas eram altas! Como aquelas ruas estreitas eram apinhadas de gente! Empurrando-se e acotovelando-se, a multidão caminhava, lembrando um turbilhão humano. Eram cidadãos comuns, camponeses, padres e soldados, todos falando e gesticulando, num enorme alarido. Todos pareciam falar em voz alta, ou mesmo gritar, enquanto os sinos tocavam e os cincerros dos asnos tilintavam sem parar. Um sujeito cantava a plenos pulmões, enquanto outro martelava desesperadamente uma barra de ferro, pois os artífices usavam as calçadas como local de trabalho. A atmosfera era pesada e ardente. Jurgen tinha a impressão de ter entrado num forno povoado de insetos, pois o ar estava coalhado de moscas, abelhas e escaravelhos.

Caminhava sem saber onde estava e para onde ia. Passando diante de uma construção imponente, viu que se tratava de uma catedral. Lá dentro parecia estar fresco, e da penumbra do templo chegou a suas narinas a fragrância de incenso. A entrada parecia ser franca, pois viu mendigos andrajosos entrando e saindo, sem qualquer problema. O marinheiro que, na falta de um jumento, tinha levado Jurgen para carregar as compras, também resolveu entrar na catedral. O cabineiro acompanhou-o, deslumbrando-se ante os quadros coloridos encerrados em molduras douradas. Sobre o altar, entre flores e velas, via-se uma estátua da Virgem, trazendo nos braços o Menino. Os sacerdotes, trajando sotainas e sobrepelizes, rezavam a missa, enquanto os coroinhas, com suas vestes talares, espargiam incenso no ar, balançando turíbulos de prata. A cerimônia solene e pomposa deslumbrou Jurgen. Uma corda de sua alma parecia ter sido vibrada à visão daquele templo e à revelação da fé que era guardada pelos seus antepassados. Seus olhos inundaram-se de lágrimas.

Da catedral, seguiram para o mercado, onde as cestas vazias que ele carregava voltaram cheias para o navio. A carga era pesada, e o caminho longo. Os dois pararam para descansar junto aos muros de um palácio de escadarias largas, ornado de colunas de mármore e estátuas. Jurgen depositou as cestas sobre a mureta que rodeava o edifício, mas logo apareceu por ali um lacaio uniformizado, ameaçando-o com uma bengala de castão de prata. Humildemente, apanhou as cestas e prosseguiu seu caminho, sem de longe imaginar que aquele palácio pertencia a seu avô, coisa que também o lacaio ignorava.

Retornando ao navio, voltou à rotina das reprimendas e dos safanões, do pouco dormir e do muito trabalhar. Agora, já estava acostumado. Dizem alguns que é bom sofrer quando jovem, mas isso só é verdade quando a idade adulta e a velhice reservam para a pessoa uma vida amena e tranquila.

A viagem de volta terminou, e o navio aportou em Ringkobing, na Dinamarca. Jurgen juntou seus pertences e rumou para sua casa, na região das dunas. Durante sua ausência, a mãe havia falecido.

Seguiu-se um inverno rigoroso e cruel. Tempestades de vento e de neve varriam todo a região. Fora das casas, as pessoas mal conseguiam manter-se de pé. Como os elementos do tempo são distribuídos de maneira estranha neste mundo! Enquanto aqui no Norte o frio era gelado e cortante, na Espanha o sol brilhava ardentemente. Num dos dias claros daquele inverno gelado, Jurgen viu um bando de cisnes a voar, cruzando o fiorde de Nissum e dirigindo-se para Norre Vosborg. Então entendeu que, apesar do frio, era possível respirar mais livremente em sua terra, e que, mais cedo ou mais tarde, o verão acabaria por voltar a reinar. Lembrou-se de como era a paisagem local, quando a charneca florescia e as amoras silvestres amadureciam; recordou-se de quando se encantara com as tílias altaneiras e o sabugueiro em flor, da vez que estivera em Norre Vosborg. Naquele momento, prometeu para si próprio: "No próximo verão, voltarei àquele lugar."

Com a chegada da primavera, o trabalho de pesca recomeçou. Jurgen acompanhou o pai dessa vez. Durante o ano que passara, havia crescido e encorpado. Além de trabalhar bem, era um latagão esperto e um excelente nadador, o melhor que havia por ali. Quando se aventurava pelo mar adentro, os mais velhos alertavam-no para o perigo que ele corria de encontrar um cardume de cavalas, e de ser arrastado por elas para o fundo do mar e ali devorado. Não era esse, porém, o destino que fora reservado ao rapaz.

Numa casa vizinha à sua, vivia um moço chamado Morton. Jurgen e ele tornaram-se amigos. Um dia, combinaram de embarcar juntos num navio. Foi fácil conseguir seu intento, e ambos zarparam para a Noruega, seguindo depois para a Holanda. Os dois jamais trocaram uma palavra mais áspera, mas isso não impediu que um dia surgisse entre ambos uma discussão, causada por motivo banal. Isso acontece mesmo entre amigos de fé, especialmente quando um deles possui gênio forte, como era o caso de Jurgen. Uma palavra impensada, um gesto mal compreendido, e se estabelece a desavença. Num dia em que ambos dividiam o mesmo prato de sopa, passaram a discutir acaloradamente por uma questão de somenos importância. Jurgen enfureceu-se e, brandindo o canivete que usava nas refeições, ameaçou golpear o amigo com ele. Seu rosto estava pálido como cera, e seus olhos fuzilavam de ódio incontido.

— Ah, você é um desses que não sabem discutir sem puxar a faca, não é? — foi tudo o que Morton comentou.

Ao ouvir a crítica, Jurgen abaixou a mão e a cabeça, voltando a comer, em completo silêncio. Ao acabar, retomou suas tarefas. Só quando as terminou, caminhou até Morton e disse:

640

— Pode esbofetear-me, vamos! Fiz por merecer. Tenho um caldeirão dentro de mim, que de vez em quando ferve.

— Esqueça — disse Morton.

Depois disso, tornaram-se melhores amigos do que antes. Ao regressarem à Jutlândia, quando comentaram os acontecimentos havidos durante a viagem, não deixaram de relatar o incidente. Aos amigos, Morton confidenciou:

— Quando o caldeirão de Jurgen começa a ferver, sai de perto! Mas, fora dessas ocasiões, que são raras, pode-se provar da sopa sem receio, que ela é rica e tem muita substância.

Ambos eram igualmente jovens e fortes, mas Jurgen era mais ágil.

Na Noruega, quando chega o verão, os fazendeiros sobem com o gado para as montanhas, deixando-o lá sob a guarda de seus filhos menores, que se abrigam em cabanas construídas para esse fim. Já na costa ocidental da Jutlândia, quando chega a primavera, os pescadores também passam a viver em cabanas à beira-mar. Elas são construídas de tábuas, turfas e urzes, servindo para abrigá-los durante a melhor época de pesca. Os pescadores não dispensam a ajuda de uma "anzoleira", nome que se dá às mocinhas que preparam os anzóis, cozinham, levam-lhes uma caneca de cerveja quente ao chegarem da pescaria, carregam os peixes para a cabana, limpam-nos; enfim: têm sempre muito serviço para fazer.

Jurgen, seu pai e dois outros pescadores, além de duas "anzoleiras", viviam numa dessas cabanas. Morton ficava numa outra, construída ali perto. Entre as anzoleiras, havia uma de nome Else, que Jurgen conhecia desde que ambos eram criancinhas. Eram bons amigos e tinham as mesmas opiniões acerca de vários assuntos. No aspecto exterior, porém, ele e ela eram opostos. O rapaz era moreno, enquanto a moça era muito clara, loura e de olhos azuis como o mar durante o verão.

Num dia em que caminhavam pela praia de mãos dadas, ela lhe confidenciou:

— Jurgen, gostaria de lhe dizer uma coisa: deixe-me ser sua anzoleira, pois você é como um irmão para mim. Morton e eu estamos namorando, mas é segredo; peço-lhe que não o conte a quem quer que seja.

Aquela revelação fez Jurgen sentir-se como se a areia estivesse cedendo sob seus pés; mesmo assim, nada disse, apenas meneando a cabeça afirmativamente. Invadiu-o no mesmo instante um sentimento de ódio em relação a Morton. Sentia-se lesado, roubado; entretanto, nunca até então lhe havia passado pela cabeça que nutria por Else algo mais que uma profunda amizade. A iminência de perdê-la para sempre fê-lo compreender que seu sentimento era bem maior: era amor.

Quando o mar está agitado, é fascinante contemplar as manobras dos pescadores quando passam pelos bancos de areia. Um dos homens posta-se de pé à proa do barco, enquanto os outros ficam sentados empunhando os remos, prontos para utilizá-los no instante certo. Logo que chegam diante do primeiro banco de areia, mantêm o barco parado. O homem postado à proa fica atento ao mar, aguardando que surja uma onda mais alta. Quando a avista, faz um sinal, e então os outros passam a remar com toda força. Quando estão quase atingindo o banco de areia, a onda os colhe, suspendendo o barco e fazendo-o atravessar o obstáculo, sem encalhar. Há vezes em que a embarcação é erguida tão alta, que se chega a ver sua quilha. Quando a onda passa, o barco desaparece atrás dela, deixando os assistentes em suspenso quanto ao seu destino, mas, logo em seguida, como um monstro marinho, ei-lo que ressurge na crista de uma nova onda, os remos enfiando-se na água em movimentos frenéticos, como se fossem as perninhas de uma estranha lagarta

641

marinha. Os dois outros bancos de areia são transpostos dessa mesma maneira. Por fim, quando a quilha toca a areia da praia, os pescadores saltam da embarcação, puxando-a agilmente para a terra, ajudados pelo fluxo das ondas seguintes.

Uma ordem mal calculada, um instante de hesitação, são suficientes para que a manobra redunde em fracasso, e o barco vire de borco, perdendo-se todo o produto da pescaria. "Então, tudo estaria acabado para mim e para Morton também", pensou Jurgen, no momento em que ambos regressavam da pesca. Seu pai adotivo também estava no barco, sentindo-se mal e ardendo em febre. Quando chegaram diante do primeiro banco de areia, Jurgen saltou para a proa do barco e bradou:

— Estou assumindo o comando. Preparem-se para atravessar.

Enquanto observava atentamente o mar, olhou de relance para Morton, sentado entre os outros remadores, pronto para entrar em ação quando o voga ordenasse.

Uma onda mais alta surgiu no horizonte. Enquanto aguardava sua aproximação, Jurgen olhou para a face pálida e contraída em sofrimento do pai, e então, no momento certo, deu a ordem de remar. O barco transpôs o banco de areia sem problemas, mas o mau pensamento ainda permanecia em sua mente, envenenando-lhe o sangue. Recordou uma a uma as pequenas desavenças que tivera com Morton desde o início de sua amizade, mas viu que não passavam de fios tênues, insuficientes para se trançarem formando uma corda, e assim acabou por bani-los da mente. Mesmo assim, estava convencido de que Morton havia "estragado sua vida", razão mais que suficiente para devotar-lhe ódio mortal. Alguns pescadores notaram seu rosto transtornado, adivinhando o mau pensamento que o dominava; Morton, porém, não se deu conta disso, permanecendo com sua disposição de espírito habitual, alegre e falante, e até mesmo um tanto maçante.

Os outros dois bancos de areia também foram transpostos, e o pai de Jurgen levado para casa, onde o deitaram no leito. A doença progrediu, e uma semana depois ele estava morto, deixando para o filho adotivo sua casa nas dunas. Não era grande coisa, mas era mais do que o que Morton possuía.

— Agora, você não precisa mais cavar seu sustento como embarcadiço — aconselhou um velho pescador. — Tem sua casa, e deve ficar aqui conosco.

Essa ideia não havia passado pela mente de Jurgen, que ainda planejava viajar mais e conhecer outros países. Aquele tio que vivia de apanhar e vender enguias propôs que ele seguisse numa viagem a Skagen, situada no extremo norte da península da Jutlândia. Além de pescador, ele também era transportador de cargas, e tinha uma escuna que utilizava para esse fim. Todos diziam que, como patrão, era o mais correto e honesto que conheciam, além de ser uma pessoa afável e divertida. Embora Skagen ficasse na mesma península em que ele vivia, era um lugar distante de suas dunas, e ele se interessou em seguir naquela viagem, especialmente porque, daí a duas semanas, deveria realizar-se o casamento de Morton e Else.

Um de seus vizinhos tentou dissuadi-lo daquela ideia, dizendo:

— Por que fazer essa viagem, quando você agora tem sua própria casa? Isso talvez faça Else mudar de ideia a seu respeito.

Jurgen resmungou qualquer coisa, que o vizinho não compreendeu. Para sua surpresa, horas depois, o vizinho voltou, trazendo consigo Else. Sem fazer rodeios, ela foi direto ao assunto que a trouxera até ali, dizendo:

— Você tem casa, e isso é uma coisa que a gente tem de pensar e medir.

642

— Também seremos pesados e medidos no dia do Juízo Final — retrucou Jurgen.

No mar do seu coração ergueram-se grandes ondas, fazendo seus sentimentos fluírem e refluírem, num constante vaivém. Após uma pausa, ele perguntou:

— Se Morton também tivesse uma casa, com qual de nós dois você iria casar-se?

— Morton não tem casa, e nunca terá uma.

— Mas imagine que ele tivesse uma.

— Nesse caso, eu me casaria com ele, visto que o amo. Mas ninguém pode viver só de amor.

Jurgen ficou remoendo aquelas palavras durante toda a noite. Algo dentro dele, um sentimento que não sabia explicar o que seria, mas que sabia ser mais forte que o amor e o desejo que sentia por Else, levou-o a decidir que iria ter uma conversa com Morton logo na manhã seguinte. Imaginou cada palavra que lhe iria dizer: queria vender-lhe a casa, por um preço bem baixo, e em condições extremamente facilitadas. E foi o que fez, argumentando que agia assim porque não queria fixar-se ali, antes desejando percorrer o mundo e conhecer novas terras.

Ao saber dessa atitude, Else correu para vê-lo, beijando-o muitas e muitas vezes; não porque o amasse, mas porque amava Morton.

Jurgen preparou sua viagem e, na noite da véspera, resolveu procurar Morton para despedir-se. Enquanto seguia para a casa do amigo, encontrou-se com o vizinho que tentara dissuadi-lo de seu intento de viajar. Trocaram algumas palavras, e o vizinho comentou:

— Esse Morton deve ter uma isca especial para atrair as moças, porque todas ficam caidinhas por ele!

Tal observação irritou Jurgen, que logo se despediu, retomando o caminho para a casa de Morton. Ao se aproximar de lá, escutou duas vozes no interior. Morton não estava sozinho. Jurgen não percebeu quem estaria com ele, mas imaginou que Else fosse uma dessas pessoas, logo ela, a quem não queria mais ver. Além do mais, os dois certamente iriam renovar os agradecimentos pelo seu gesto cavalheiresco, coisa que ele já estava cansado de escutar. Assim, desistiu de sua intenção e voltou para casa.

Na manhã seguinte, antes que o sol raiasse, arrumou seus pertences numa trouxa, preparou um farnel e seguiu para a praia, preferindo seguir por ali, ao invés de tomar as estradas esburacadas da região. Além de ser um caminho mais curto, dava-lhe oportunidade de visitar o pescador de enguias, que morava nas proximidades de Bovbjerg, junto ao mar.

O ar estava parado, e o oceano parecia um lençol azul-escuro. As conchas espalhadas pela areia úmida lembraram-lhe suas brincadeiras de infância. Enquanto caminhava, ouvia-as estalando sob seus pés. Num dado momento, seu nariz começou a sangrar. De vez em quando acontecia de sobrevir-lhe aquele incômodo, que durava pouco tempo, logo passando. Duas gotas de sangue pingaram em sua manga. Jurgen parou, limpou as narinas com água salgada e retomou seu caminho. A pequena perda de sangue parece que lhe fez bem, pois sentiu-se mais otimista e bem-disposto. Vendo na areia da praia uma flor solitária, colheu-a e a enfiou na aba do chapéu. Não via a hora de deixar sua terra e sair pelo mundo. "A enguia está deixando sua casa", pensou. "Terá de tomar cuidado com o pescador maldoso, que está a fim de apanhar, esfolar, retalhar e pôr para fritar a pobre coitada." Aquele pensamento divertiu-o, fazendo-o soltar uma boa gargalhada. Não, ele não era uma enguia ingênua e desprevenida. Sabia defender-se, pois tinha consigo duas excelentes armas: atrevimento e coragem. Ninguém seria capaz de tirar-lhe a pele.

O sol já estava bem alto, quando alcançou o estreito canal que liga o fiorde de Nissum ao mar aberto. Avistou ao longe alguns homens que cavalgavam em sua direção, vindo a galope, sem se preocupar com quem seriam eles ou o que estariam pretendendo.

Finalmente, chegou ao local onde se tomava a barca para atravessar o fiorde. Fez um sinal ao barqueiro, e pouco depois já estava fazendo a travessia. Ao atingir o meio do canal, viu que os cavaleiros acabavam de chegar ao local de embarque, acenando freneticamente em sua direção e gritando palavras que ele não pôde entender. Prestando atenção ao que diziam, pareceu-lhe escutar a expressão "em nome da lei". Intrigado com o que estariam querendo, ordenou ao barqueiro que regressasse ao ponto de embarque, tomando ele mesmo um dos remos da embarcação. Quando embicaram na praia, antes mesmo que descesse, os homens invadiram o barco, agarraram-no, fizeram-no pôr as mãos para trás e as amarraram.

— Você vai pagar com a vida pelo crime que acabou de cometer! — gritaram, enquanto se congratulavam por sua prisão.

Jurgen estava sendo acusado de assassinato! Morton tinha sido encontrado morto, com um talho profundo na garganta. Seu vizinho tinha contado às autoridades que ele estava indo à casa do falecido na noite anterior; além do mais, todos conheciam o episódio da ameaça que certa vez Jurgen tinha feito a Morton, brandindo uma faca. Ele próprio já havia comentado aquele fato, mais de uma vez. Ninguém tinha dúvida: Jurgen era o assassino. Agora que o tinham capturado, porém, não sabiam o que fazer. O correto seria levá-lo até Ringkobing, para trancafiá-lo no xadrez, mas aquela cidade era muito distante. Assim, pediram emprestado o barco e costearam o fiorde. Como o vento estava contrário, levaram meia hora para atingir a embocadura do ribeirão Skaerum. Ficava bem perto dali o castelo de Norre Vosborg, cujo supervisor era irmão de um daqueles homens. Eles talvez obtivessem permissão para deixar Jurgen no calabouço do castelo, até que surgisse melhor oportunidade de levá-lo para Ring-kobing. Nesse mesmo calabouço estivera presa a cigana Tall Margrethe, antes de ser executada.

Jurgen tentou convencer os captores de sua inocência, mas as gotas de sangue na manga de seu casaco depunham contra ele. Logo compreendeu que não valia a pena insistir no assunto. Mais cedo ou mais tarde a verdade seria revelada. Assim, desistiu de argumentar e se deixou levar sem qualquer resistência.

Desembarcaram no mesmo local onde outrora se tinha erguido o castelo de Mestre Bugge. Jurgen lembrou-se do lugar, quando por ali passara em companhia de seus pais adotivos, durante aqueles que foram os quatro melhores dias de sua vida. Voltava agora a passar pelo mesmo caminho trilhado em sua infância, mas em circunstâncias absolutamente diferentes. Viu de novo o sabugueiro em flor e as altas e cheirosas tílias que rodeavam o castelo. Tudo era tão familiar, que lhe parecia ter estado no local na véspera daquele dia.

Sob o íngreme lance de escada que levava ao castelo havia uma portinhola que dava para uma adega. Aquele mesmo lugar servira de prisão para Tall Margrethe, acusada de matar cinco crianças e devorar seus corações, na certeza de que com isso poderia adquirir o dom de voar e de se tornar invisível. Faltaram dois corações para completar o número prescrito pela receita das bruxas.

Havia apenas uma fenda estreita na parede daquela prisão improvisada, insuficiente para arejar o ambiente úmido e pesado, ou deixar que ali entrasse o aroma das tílias. O mobiliário consistia apenas de um banco comprido de madeira. Se é verdade o ditado popular que afirma ser a consciência limpa o melhor dos travesseiros, então Jurgen não teria problema para descansar ali em paz e tranquilidade.

644

A pesada porta de carvalho foi fechada e trancada por fora. Os receios e temores gerados pela superstição penetram facilmente pelas fechaduras dos castelos e das choupanas dos pescadores, e certamente não teriam dificuldade em se imiscuir para dentro de um calabouço. Jurgen sentou-se no banco e começou a pensar em Tall Margrethe e em seus terríveis crimes, imaginando que seus derradeiros pensamentos ainda deveriam estar pairando por ali. Lembrou-se também das histórias que escutara em criança, sobre as cerimônias de bruxaria que eram realizadas naquele castelo, ao tempo em que ali vivia o cavaleiro Svanwedel. Isso fora há muito, muito tempo; no entanto, ainda havia pessoas que afirmavam ter visto o cão de guarda pertencente àquele nobre vigiando o acesso à ponte levadiça, durante as noites de lua cheia. O terror despertado por essas lembranças era aumentado pela penumbra que ali reinava. A escuridão só não era total porque um raio de sol teimava em penetrar pela fenda da parede, trazendo consigo a lembrança das tílias altaneiras e do sabugueiro em flor.

Jurgen não permaneceu ali por longo tempo. Poucos dias depois, foi levado para Ringkobing. A cela em que o trancafiaram parecia-se bastante com o calabouço de onde tinha sido trazido.

Aqueles eram outros tempos, bem diferentes dos nossos. Os pobres quase não tinham direitos. Movidos pela ganância, os nobres às vezes invadiam pequenas propriedades, ou mesmo arrasavam aldeias inteiras, a fim de ampliar seus domínios. Sob tal regime, não era raro que servos e cocheiros fossem arvorados em juízes, condenando os acusados a penas incompatíveis com as pequenas faltas que tinham cometido. Com frequência, os réus eram punidos com a perda de suas casas, além de terem de passar pela humilhação de serem vergastados em público. Ali era muito distante da corte, onde o rei, influenciado pelo Iluminismo, prescrevia mudanças sábias e salutares para todo o restante do país. Em Ringkobing, a Lei era antiquada e, consequentemente, muito morosa, para sorte de Jurgen.

Sentado na cela fria e escura, o prisioneiro ficou a imaginar quando é que tudo aquilo teria fim. Apesar de inocente, estava exposto à miséria e à vergonha. Tempo era o que não lhe faltava para analisar sua vida e fazer um exame de consciência. Por que teria de estar passando por tudo aquilo? Talvez nunca viesse a saber, exceto depois que morresse e alcançasse a vida eterna. Essa era a fé que guardava em seu íntimo, e que lhe fora instilada entre as paredes da pobre choupana em que vivera desde seu nascimento. Mesmo agora, em meio à penumbra e à solidão, nenhuma dúvida pairava em sua mente, no tocante à veracidade daquela ideia. O que seu pai verdadeiro se recusava a crer, na quente e ensolarada Espanha, representava luz e calor naquela cela escura e fria, trazendo até ele consolo e esperança. A graça divina agia sobre ele, incutindo-lhe força e resignação.

Vieram as tempestades de primavera. O estrondo das ondas quebrando-se contra os rochedos do litoral podia ser ouvido da cela, e, quando o vento amainava, escutava-se até mesmo o marulho das vagas sobre a areia das praias, lembrando o estrépito das rodas de uma carroça pesada sobre uma rua calçada de pedras. A alternância desses sons era o único divertimento do prisioneiro. Nenhuma melodia era capaz de tocá-lo mais do que o rumor do oceano em perpétuo movimento, daquele mar inquieto que nos pode levar a todos os cantos do mundo, e sem que saiamos de casa, pois o navio no qual seguimos é sempre um prolongamento de nossa terra natal. Quando navegamos, tornamo-nos como caracóis, carregando nosso lar.

Ele escutava o ronco profundo do mar, como um trovão que reboa ao longe, enquanto as memórias do passado desfilavam diante de seus olhos. "Estar livre! Quer coisa melhor?

É algo que vale a pena, mesmo quando não se dispõe senão de uma camisa remendada e um par de sapatos furados."

Às vezes, sentia-se invadir por uma angústia e um desespero tais, que cerrava os punhos e se punha a socar as paredes da cela.

Passaram-se semanas, meses, um ano inteiro. Foi então que um conhecido rufião chamado Niels, que ganhava a vida vendendo cavalos de origem suspeita, foi preso, e acabou confessando ser o autor do assassinato de Morton. Segundo suas palavras, ele havia encontrado Morton aquela tarde, numa taberna clandestina, pertencente a um pescador que morava na parte norte do fiorde de Ringkobing. O sujeito mantinha aquela tasca, onde vendia aguardente que ele mesmo fabricava. "O fulano parecia feliz", explicou Niels; "tanto, que me convidou para tomar um copo, e acabamos tomando três ou quatro. Não foi suficiente para nos embebedar, mas serviu para torná-lo falante e dar com a língua nos dentes, contando vantagem, dizendo que fazia e acontecia, que devia casar dentro de alguns dias, mas que antes disso iria fechar negócio com certo trouxa que queria vender sua fazenda."

Quando Niels duvidou da história, perguntando onde estaria o dinheiro para a transação, ele se levantou, arrogante, bateu no bolso e alardeou:

— Está tudo aqui, companheiro! Tudo aqui dentro!

Esse estúpido exibicionismo custou-lhe a vida. Quando saiu, Niels seguiu-o, viu onde era sua casa, aguardou a noite e o assassinou, tudo isso por causa de um dinheiro que, na realidade, não existia.

Como foi que conseguiram essa confissão, é assunto que não nos interessa; o fato é que Jurgen foi libertado. E que lhe deram como compensação pelo ano inteiro de sofrimento que ele penou? Disseram-lhe tão somente que deveria dar-se por feliz pelo fato de ter sido considerado inocente, podendo agora ir para onde bem entendesse. O burgomestre da cidade deu-lhe dez marcos, para as despesas de viagem. Alguns moradores, condoídos de sua situação, serviram-lhe comida e bebida, porque eram pessoas decentes. Como se vê, nem todos queriam "esfolar, retalhar e fritar a enguia". Mas sorte mesmo teve ele quando encontrou o negociante Bronne, de Skagen, que era a pessoa a quem deveria procurar, na viagem frustrada que não chegara a realizar. Por acaso, ele se encontrava em Ringkobing, quando Jurgen foi libertado. Ouvindo o relato do caso, imaginou o sofrimento do rapaz e resolveu mostrar-lhe que no mundo também existem pessoas boas e direitas.

Depois de padecer na prisão, ele estava para desfrutar de uma liberdade sem fronteiras e de uma amizade irrestrita. Ninguém seria capaz de oferecer ao seu semelhante uma taça de fel; assim, como imaginar que Deus, todo bondade, fosse fazer isso?

— Esqueça tudo o que lhe aconteceu no ano que passou — disse-lhe Bronne; — enterre-o no cemitério de sua memória. Risque esse ano do calendário de suas lembranças. Daqui a dois dias, partiremos para a velha e hospitaleira Skagen. Dizem que é um lugar meio fora de mão, mas eu contesto, asseverando que se trata de um lugar agradável, ao pé do fogo da hospitalidade e com janelas abertas para todo o mundo.

Ah, que viagem agradável! Poder respirar de novo o ar da liberdade! Sair do ambiente abafado da prisão e desfrutar do calor do sol! A charneca estava em plena floração. Sobre o antigo túmulo *viking*, o pastorzinho estava sentado, tocando a flauta que ele mesmo esculpira num osso. O calor era tal, que Jurgen avistou uma miragem: uma floresta que flutuava no ar, ao lado de jardins que desapareciam quando ele se aproximava. Como nos tempos de criança, avistou as colunas de fumaça, que os moradores daquelas terras diziam ser obra do Duende Pastor, sempre a levar seu rebanho para não se sabia aonde.

646

Os dois seguiam pelo extenso fiorde que quase divide a Jutlândia ao meio. Depois que o deixaram, penetraram na antiga terra de onde tinham saído os longobardos, os bárbaros de barbas compridas. Na época do rei Snio, houve um período de fome de tal intensidade, que ele cogitou de mandar matar as crianças e os velhos. Foi Gambaruk, mulher rica e sagaz, dona de extensas terras, quem imaginou outra alternativa, sugerindo que os rapazes e moças do seu povo emigrassem para as terras meridionais, onde certamente haveriam de encontrar melhores condições de vida.

Jurgen conhecia aquela lenda e, embora nunca tivesse estado na terra que os longobardos — ou lombardos — haviam conquistado, hoje conhecida como Lombardia, podia imaginar como ela seria. Afinal de contas, já estivera na Espanha, quando rapazinho, e recordava as flores, as frutas expostas no mercado, os sinos das igrejas, o alarido da multidão, na grande cidade que havia visitado. Aquela gente que fervilhava nas ruas e praças, indo e vindo num zumbido sem fim, lembrou-lhe uma colmeia de abelhas. De todos os lugares que conhecia, porém, nenhum era mais encantador que sua terra natal, a Dinamarca.

Por fim alcançaram "Vendilskaga", como Skagen era designada nas antigas sagas norueguesas e islandesas. Uma paisagem composta de dunas e planícies arenosas, estendia-se por milhas e milhas, até terminar na pequena península denominada "Galho", onde se erguia um farol.

Casas e fazendas espalhavam-se pelas dunas que lembravam o deserto, e nas quais o vento brincava de levantar a areia branca. Ouviam-se por todo lado os gritos das gaivotas, das andorinhas-do-mar e dos cisnes selvagens, soando às vezes tão alto, que até doíam nos ouvidos. Cinco milhas a sul do Galho ficava a velha Skagen, onde residia o negociante Bronne. Ali seria o novo lar de Jurgen. A casa tinha paredes alcatroadas, além de pequenos anexos, sobre os quais se viam botes virados de borco, à guisa de telhado. Ao lado, havia um pequeno chiqueiro, construído com restos de naufrágios. O terreno não era rodeado por qualquer espécie de cerca, já que nada havia ali que precisasse de ser cercado. Os peixes eram pendurados em postes, para secar ao vento. As praias do lugar eram juncadas de esqueletos de peixes. O pescado ali era tão farto, que bastava deixar a rede por curto espaço de tempo dentro da água, para que ela logo estivesse apinhada de peixes, especialmente de arenques. Todo dia, toneladas de peixes eram trazidas para a praia. Não raro a pesca excedia a necessidade, sendo as sobras devolvidas ao mar, ou mesmo atiradas à praia, onde acabavam apodrecendo.

À chegada do negociante, vieram saudá-lo sua esposa, sua filha e os empregados da casa. Era uma gente muito cordial, e a recepção acabou se transformando numa sucessão de apertos de mão e de abraços sem fim. A moça tinha um belo rosto, e seus olhos externavam a satisfação que sentia com a chegada daquele hóspede.

A casa era ampla e confortável. A refeição constou de peixe: um linguado que não faria má figura na mesa de um rei. Jurgen elogiou o vinho, e Bronne brincou, dizendo que era dos vinhedos locais, "onde a uva não tem de ser pisada, pois já nasce em garrafas ou em tonéis".

Quando mãe e filha ouviram o relato dos sofrimentos injustos que o rapaz tinha passado, passaram a olhar para ele com maior simpatia e afeto. Os olhos da jovem Clara até se umedeceram de compaixão. Ali na velha Skagen, Jurgen viu que seria o lugar certo para cicatrizar as feridas de seu coração. Ah, quanta dor aquele coração havia experimentado! E uma das mais pungentes fora a dor amarga de um amor desfeito, que tanto poderia endurecê-lo, como torná-lo mais brando. O dele ainda não havia enrijecido, pois Jurgen

647

ainda era jovem; por isso, talvez tenha sido bom que Clara estivesse para deixar Skagen dentro de três semanas, a fim de passar o inverno com sua tia, em Cristiânia. Essa viagem já havia sido combinada há muito tempo.

No domingo antes da partida de Clara, todos foram à igreja e receberam a Santa Comunhão. Era um templo grande, que tinha sido construído séculos atrás pelos escotos e batavos. Ficava distante da cidade, e o tempo tinha provocado nele grandes estragos. A estrada corria sobre o areal, e não passava de uma trilha, mas o desconforto era compensado pela satisfação de se visitar a Casa de Deus, de participar dos cânticos e de escutar a pregação do ministro. A areia acumulava-se do lado de fora do cemitério lateral, quase alcançando o alto do muro, sem contudo prejudicar os túmulos que ali havia.

Era a maior igreja existente nas províncias setentrionais da Jutlândia. A imagem da Virgem Maria sobre o altar, com uma coroa de ouro na cabeça e o Menino Jesus nos braços, parecia fitar os assistentes como se estivesse viva. No coro, viam-se as figuras dos Apóstolos, esculpidas em madeira, e ao longo das paredes pendiam os retratos de todos os burgomestres e conselheiros da cidade de Skagen. Penetrando pelas janelas, os raios de sol eram refletidos pelos lustres de metal que pendiam do teto. Na nave do templo, como em todas as igrejas dinamarquesas, via-se o modelo de um navio.

Jurgen estava dominado por um doce sentimento de fé infantil, o mesmo que o assaltara no dia em que visitou a catedral espanhola. Ali, porém, sentia-se mais à vontade, entre os fiéis de sua própria congregação.

Depois da prática, distribuiu-se a Comunhão. Só depois de receber o Pão e o Vinho, Jurgen percebeu que estivera ajoelhado ao lado de Clara. Durante a cerimônia, nem havia notado sua presença, tão alheio tinha ficado em relação ao que acontecia a seu redor, tendo a mente voltada apenas para o ritual sagrado e para a presença de Deus em seu coração. Vendo-a agora, de relance, notou que uma lágrima solitária escorria pelo seu rosto. Daí a dois dias, ela partiu para a capital da Noruega.

Jurgen ajudava tanto nos trabalhos da fazenda como nos da pesca. Os peixes eram abundantes, muito mais do que hoje em dia. Os cardumes de cavalas brilhavam na noite escura, revelando sua posição. Quando apanhadas nas redes, as cabrinhas roncavam, pois nem todo peixe é silencioso. Tudo para Jurgen era prazeroso e divertido, mas ele guardava no coração um segredo, aguardando que chegasse o dia certo em que haveria de revelá-lo.

Todo domingo, quando ia à igreja, olhava com admiração o quadro da Virgem, mas não deixava de pousar os olhos durante alguns momentos sobre o lugar onde vira Clara ajoelhada, lembrando-se com saudade de sua meiguice e do tratamento gentil que ela lhe dispensara.

Chegou o outono, com chuvas de granizo. Havias poças por todo lado, e o areal quase desaparecia sob as águas. Em certos trechos, a travessia só podia ser feita de barco. Vieram as tempestades, e mais de um navio foi atirado contra os perigosos bancos de areia da costa, encalhando ou mesmo naufragando. E houve nevascas, e tempestades de areia, tão fortes que quase cobriam as casas, obrigando os moradores a saírem pela chaminé. Mas nada disso causou espanto entre os locais, pois eram fenômenos normais naquela região.

Na casa do negociante, o ambiente era quente e acolhedor. O fogo ardia sem parar nas lareiras, produzido pelas pranchas de madeira recolhidas na praia, ou por urzes e pedaços de turfa. À noite, a diversão era escutar o dono da casa, que gostava de ler em voz alta antigos relatos e crônicas. Uma dessas histórias era sobre o príncipe Hamlet da Dinamarca, que, regressando da Inglaterra, aportou em Bovbjerg, onde participou da batalha que ali

648

estava sendo travada, nela perdendo a vida. Foi enterrado em Ramme, a apenas dez milhas da casa do pescador de enguias. Havia muitos túmulos *vikings* naquela região, e o negociante já havia visitado o de Hamlet.

Era comum surgirem discussões sobre os acontecimentos do passado; especialmente os que tinham a ver com seus "vizinhos", separados dali pelo Mar do Norte: os ingleses e os escoceses. Às vezes, pediam a Jurgen que lhes cantasse "O Filho do Rei da Inglaterra", e ele não se fazia de rogado. Quando chegava ao trecho que dizia:

> *Então o príncipe, num gesto terno,*
> *Entre seus braços estreita a donzela,*

sua voz tornava-se mais suave, e seus olhos escuros rebrilhavam mais fortemente.

Entre leituras e canções, transcorriam as noites. Era uma casa de família, onde havia abundância, ordem e limpeza. Todos os pertences — objetos, víveres e criações — eram bem guardados, dentro e fora daquela morada. As vasilhas e bandejas, limpas e polidas, brilhavam nas prateleiras; fieiras de salsichas e bexigas de presunto pendiam do teto; a despensa estava abastecida para enfrentar o inverno. Na costa ocidental ainda se encontram esses ricos fazendeiros pescadores, e dá gosto visitar suas casas confortáveis e acolhedoras, embora sem luxo. É um povo inteligente e dotado de senso de humor, e sua hospitalidade lembra a dos árabes em suas tendas.

Excetuando-se aqueles quatro dias de sua infância, quando fora assistir a um funeral, Jurgen jamais se sentira tão satisfeito e alegre quanto agora estava, ainda que Clara ali não se encontrasse. Em seus pensamentos, porém, ela era uma presença constante.

Em abril, um navio deveria zarpar para a Noruega, e Jurgen iria embarcar nele. Sua disposição de espírito era ótima, e sua aparência animada e saudável. Mãe Bronne elogiou seu aspecto, dizendo que ele era um prazer para os olhos.

— Você também, minha querida — emendou o marido. — Em boa hora tive a ideia de trazer Jurgen para cá. Ele alegrou nossas noites de inverno, e fez até que você rejuvenescesse! Sim, você parece estar com dois anos a menos! Ficou mais jovem e mais bonita. Quando nos casamos, você era a garota mais bela de Viborg — e olhe que as moças de lá são as mais bonitas de toda esta terra!

Jurgen nada disse, pois achou que não chegara o momento de fazê-lo, mas pensou numa garota que havia conhecido ali em Skagen, e que ele agora se preparava para navegar a seu encontro.

A viagem transcorreu tranquilamente e, em apenas meio dia, o navio cobriu a distância que separava Skagen de Cristiânia, atracando no porto.

Pela manhã, o negociante Bronne saiu de casa e seguiu para o farol. Era uma boa caminhada até lá. A fogueira já não ardia há muito tempo, e o sol estava alto no céu, quando ele por fim subiu os degraus da torre. Lá de cima, pode-se ver como a península se prolonga pelo mar adentro, por cerca de cinco milhas, como uma fita de areia submarina. Além do ponto onde ela desaparecia, viam-se diversas embarcações. Tomando do binóculo, ele viu que, entre elas, estava o seu navio, o *Karen Bronne*.

Clara e Jurgen vinham a bordo. O farol e a torre da igreja de Skagen, vistos de onde se achavam, pareciam uma garça e um cisne flutuando sobre as águas azuis. Clara estava parada no tombadilho. As dunas mais altas começaram a ser vistas, logo acima do horizonte.

Se o vento continuasse soprando naquela direção, em uma hora estariam em casa. Achavam-se tão próximos da felicidade, e todavia ignoravam que mais próximo ainda estava o perigo, trazendo a reboque o terror e a morte.

Uma prancha da quilha rompeu-se, e o navio começou a fazer água. Os marinheiros fizeram o que era possível: içaram todas as velas e hastearam a bandeira indicativa de pedido de socorro. Entretanto, havia ainda cinco milhas entre eles e a terra firme. Os barcos de pesca que navegavam por ali não se achavam tão próximos que lhes pudessem prestar auxílio imediato. O vento e as correntes marinhas eram favoráveis, mas não houve tempo suficiente, e o navio afundou. Jurgen envolveu Clara pela cintura, ergueu-a e saltou com ela, mergulhando no mar. Só então ela gritou de pavor.

Como o príncipe inglês da canção, ele, naquele momento de perigo e pavor, "entre seus braços estreita a donzela". Por sorte, era excelente nadador. Usando os pés e apenas um braço, empregou toda a sua habilidade, ora nadando, ora boiando para recuperar as forças, na tentativa de chegar à praia. Sentiu que a jovem tremia e soluçava como se estivesse sofrendo uma convulsão, mas que subitamente sossegou, deixando-se levar sem qualquer resistência. Ele então estreitou-a ainda mais fortemente contra seu corpo. Uma onda quebrou sobre eles; em seguida, outra os ergueu bem alto. A água estava limpa, naquele trecho profundo. Algo passou por debaixo deles; seria um cardume de cavalas, ou algum monstro marinho, disposto a devorá-los? As nuvens projetavam sombras enormes sobre a água, mas de repente o sol voltava a brilhar, e as ondas rebrilhavam e chispavam, ofuscando-lhe a vista. Gaivotas gritavam acima de suas cabeças, e os patos selvagens, que boiavam preguiçosamente sobre as águas, alçavam voo alvoroçadamente, quando avistavam o nadador a se aproximar. Com o passar do tempo, as forças de Jurgen começaram a faltar. A terra ainda estava distante, mas um bote de pescadores já vinha celeremente em sua direção. De repente, ele avistou uma figura branca que parecia fitá-lo sob as águas. Uma ondulação do mar suspendeu-o, levando-o para perto daquele estranho vulto. Então, sentiu que alguma coisa o golpeava, e tudo em torno de si escureceu.

Preso à fita de areia submarina, jazia um navio naufragado. O vulto que Jurgen havia entrevisto era o da imagem de madeira que ficava na proa da embarcação, representando uma mulher, aprisionada ao fundo do mar pela âncora que se soltara, e cuja lâmina aguçada quase aflorava à superfície. Quando a onda passou e ele desceu, sua cabeça bateu de encontro àquela lâmina, deixando-o inconsciente. Sem soltar a jovem, ele foi para o fundo. Uma nova onda suspendeu-os, no momento em que ali chegavam os pescadores, prontos para resgatá-los. Com dificuldade, agarraram-nos, puxando-os para bordo do bote. O sangue escorria pela face de Jurgen, que aparentava estar morto. Seu braço ainda estreitava a jovem com tamanha força, que foi difícil retirá-la. Por fim, conseguiram-no, deitando-a pálida e sem vida no fundo do barco.

Por mais que tentassem, os pescadores não conseguiram que Clara voltasse a respirar. Estava morta. Todo o esforço de Jurgen fora perdido, pois estivera carregando um cadáver, o tempo todo em que viera com ela a nado, enfrentando a imensidão do mar.

Ele ainda respirava. Levaram-no às pressas para a casa mais próxima, tendo sido o ferreiro local quem lhe pensou as feridas. Era um sujeito habilidoso, e sempre se costumava recorrer a ele quando havia alguém necessitando de primeiros socorros. O médico foi chamado em Hjorring, mas levou dois ou três dias para aparecer.

650

O cérebro do rapaz parecia ter sido afetado pela pancada. Ele não parava de se agitar, urrando como um possesso. No terceiro dia, porém, sossegou, mantendo-se inerte na cama, com dificuldade para respirar. Sua vida estava por um fio, conforme afirmou o médico, quando finalmente o examinou. E talvez fosse melhor para ele que esse fio se rompesse, disse o doutor, concluindo:

— Peçamos a Deus que tire a vida desse rapaz, pois ele nunca mais será uma pessoa normal.

Mas a vida grudou-se a Jurgen, e o fio não se rompeu, embora sua mente e sua memória se tenham ido para sempre. Era terrível pensar que aquele rapaz se transformara num corpo vivo e forte, mas tão somente nisso.

Bronne fez questão de abrigá-lo em sua casa.

— Ele ficou prejudicado desse jeito — explicava — porque tentou salvar a vida de nossa filha. Agora, será tratado por nós como um filho.

As pessoas referiam-se a ele chamando-o de "doido" ou de "abobado", mas nenhum desses termos lhe encaixava bem. Ele era antes como um violino cujas cordas estavam tão frouxas, que não mais produziam som. Só por instantes — questão de segundos — elas pareciam retesar-se, voltando a vibrar, tocando algumas notas soltas, ou mesmo pequenos trechos de melodias; logo em seguida, porém, ele recuperava seu olhar fixo, ficando alheio a tudo o que o rodeava. Seus olhos escuros perdiam o brilho, tornando-se opacos, como se escondidos atrás de lentes enfumaçadas.

— O pobre Jurgen endoidou — comentava o povo.

Quem poderia imaginar que ele fora concebido para viver no luxo e na abundância, desfrutando de uma situação tão invejável, "que seria presunção aspirar mantê-la consigo por toda a eternidade"? Em que foram gastos todos os seus talentos, toda a sua inteligência? Na luta pela sobrevivência, em dores, amarguras e desapontamentos. Ele era o bulbo de uma flor rara, apodrecendo na areia da praia, sem poder abrir-se como o teria feito, se pudesse ter sido cultivado num solo rico e fértil. Poderia valer tão pouco a vida de alguém feito à imagem e semelhança de Deus? Seria essa vida um simples jogo de azar, no qual poucos ganham, enquanto muitos perdem — e isso é tudo? Não! Deus, que possui a plenitude do amor, teria de compensar tudo o que aquele ser havia sofrido durante esta vida. "O Senhor é bom para todos, e Sua misericórdia paira sobre todos os Seus atos" — era o versículo de um dos Salmos de Davi que Mãe Bronne gostava de repetir, na plena convicção de sua verdade. Em seu íntimo, pedia a Deus que o levasse deste mundo, a fim de que o pobre rapaz pudesse finalmente receber a recompensa divina da vida eterna.

Junto à igreja de Skagen ficava o cemitério. A areia soprada pelo vento já recobria parcialmente os túmulos. Um desses era o de Clara, mas Jurgen não parecia ter consciência disso. Entre os destroços do naufrágio que às vezes chegavam à praia de sua mente, fazendo aflorar fragmentos esparsos de seu passado, nunca se vira uma prancha inscrita com o nome de Clara. Todo domingo ele acompanhava o casal Bronne à igreja, sentando-se a seu lado num dos bancos, com os olhos focalizados no infinito. Certa vez, durante um dos cânticos, começou a soluçar, enquanto fitava o altar, detendo seu olhar no local onde, um ano atrás, estivera ajoelhado junto da jovem. Nesse instante, seu olhos readquiriram o brilho antigo, e ele pronunciou seu nome, nítida e angustiadamente. Em seguida, empalideceu, e grossas lágrimas lhe escorreram pelas faces.

Levaram-no para fora do templo, mas logo que ali chegou já parecia ter-se esquecido de tudo o que acabara de acontecer. Somente palavras engroladas e incompreensíveis passaram a sair de sua boca, como acontecia habitualmente. Será que Deus se esquecera dele? Tê-lo-ia abandonado? Mas como, se Deus é nosso Pai, nosso Criador, se é todo amor? Quem pode duvidar disso? Nosso coração assim o diz; nossa razão assim o entende; as palavras da Bíblia assim o confirmam:

E Sua misericórdia paira sobre todos os Seus atos.

Na Espanha, a brisa cálida perpassava por entre as laranjeiras e os loureiros, acariciando as cúpulas mouriscas dos palácios e trazendo consigo o som de castanholas e de canções. No jardim de um desses palácios estava sentado um ancião, o negociante mais rico daquela cidade. Pelas ruas passavam crianças em procissão, empunhando velas e erguendo bem alto seus estandartes. Que fortuna ele não teria dado para ter a seu lado a filha que perdera, ou mesmo o neto que talvez nem tivesse chegado a nascer, já que dele jamais tivera notícia... E, se porventura houvesse nascido, mal tivera tempo de desfrutar da vida... pobre criança!

Sim, pobre criança!... Pobre menino de trinta anos, vagando a esmo pelos corredores da velha Skagen!

O tempo foi passando, sem que Jurgen se desse conta. Bronne e sua mulher morreram, sendo enterrados no velho cemitério. A areia não mais respeitava a altura do muro, invadindo o campo santo e cobrindo todos os túmulos. Apenas o caminho que levava até a igreja estava livre dela.

Chegou o início da primavera, época de tempestades. Ondas enormes ergueram-se no mar, chocando-se estrepitosamente contra o litoral. O vento soprava sobre as dunas, fazendo-as deslocar-se para o interior. Bandos de aves abandonavam aquela terra, refugiando-se em locais mais calmos e seguros. Em toda a linha da costa, de Skagen até as dunas de Husby, onde Jurgen tantas vezes brincara em seus tempos de criança, vários navios naufragaram ou encalharam.

Numa tarde em que ele estava sentado sozinho em sua casa, sentiu como se um feixe de luz penetrasse em sua mente, tirando-a da escuridão em que ela sempre se achava. Invadiu-o uma inquietação, como as que o assaltavam na juventude, levando-o a empreender longas caminhadas pela charneca ou através das dunas, até que seu espírito sossegasse. Olhou em torno de si e, sem reconhecer onde estava, murmurou:

— Vou para casa.

Ninguém o escutou, nem viu quando ele saiu. O vento atirava poeira e areia em seu rosto, enquanto ele seguia pela estradinha que levava à velha igreja. Não demorou muito para chegar. O templo estava rodeado de areia, que se acumulava junto às paredes, alcançando até a altura das janelas. A fachada, entretanto, estava limpa, pois os moradores tinham ido lá na véspera, a fim de desobstruir a entrada. A porta estava apenas cerrada. Jurgen entrou e fechou-a atrás de si.

Naquela noite, a tempestade redobrou de força, o vento assoviava e gemia, fustigando as casas e assustando os moradores. Era um vendaval, um furacão, o pior que já havia varrido aquela região. Mas Jurgen estava a salvo dentro da Casa de Deus, envolto pela escuridão, mas sentindo a alma iluminada. A pesada pedra que parecia esmagar-lhe o cérebro quebrou-se com um estalo. O ruído da arrebentação e da tempestade transformou-se no som melodioso do órgão. Sentado num dos bancos da igreja, viu de repente todas as velas se acenderem. Eram velas e mais velas; tantas como ele nunca mais vira naquele templo, lembrando antes as que certa vez avistara numa catedral, muito longe, lá na Espanha.

Os retratos dos burgomestres e conselheiros adquiriram vida, saindo de suas molduras e indo ocupar os lugares do coro. A porta da frente abriu-se, e por ela entraram os mortos que jaziam no cemitério, trajando suas melhores roupas. A música do órgão tornou-se vibrante e solene. Entre os mortos, reconheceu seus pais adotivos, sem estranhar que eles ali se encontrassem, embora tivessem sido enterrados junto às dunas de Husby. Eles iam entrando e ocupando os lugares nos bancos. Sentaram-se a seu lado Bronne, sua mulher e a filha Clara. Então, tomando de sua mão, a jovem caminhou com ele até junto do altar, ajoelhando-se no mesmo lugar onde estivera anos atrás. O ministro sorriu para eles, tomou suas mãos, abençooou-os e os uniu em matrimônio, recomendando-lhes que deixassem o amor guiar seus passos por toda a vida. Soaram trombetas, e um coro de crianças entoou uma canção repleta de júbilo e de esperança. O som do órgão juntou-se às vozes, enchendo o templo de uma música majestosa, magnífica, que fazia trepidar as paredes, tilintar os candelabros, calar o vendaval e rachar as lápides dos túmulos.

A réplica de um navio que pendia do teto do templo passou a flutuar, pousando diante do casal. Jurgen notou que era o mesmo navio descrito na canção que narrava a epopeia do filho do rei da Inglaterra. Suas velas eram de seda; os mastros e vergas, de prata; a âncora, de ouro maciço; os cabos, de veludo. O noivo e a noiva embarcaram, e atrás deles toda a congregação. Havia alojamentos suficientes para todos. Das paredes da igreja brotavam flores, alvas como as do sabugueiro, enquanto o aroma das tílias impregnava o ar. O navio ergueu-se no ar e zarpou para a eternidade. As velas do templo tornaram-se as estrelas do céu, e o vento sussurrou um cântico sacro, que dizia:

Nenhuma vida há de perder-se para sempre.

Foram as últimas palavras que Jurgen proferiu. Por fim, rompera-se o fio que prendia sua alma à vida terrena. Dentro da igreja jazia um corpo sem vida. Lá fora, a tempestade uivava e gemia.

Amanheceu. Era domingo. A tempestade não havia cessado. Com dificuldade, o ministro e os fiéis seguiram até a igreja. Não puderam entrar: a areia cobria as portas e as janelas. O ministro limitou-se a ler uma oração, declarando em seguida que Deus havia fechado a porta de Sua casa, indicando com isso que eles deveriam construir outra para Ele. Todos juntaram suas vozes num cântico, e em seguida regressaram para seus lares.

Dando pela falta de Jurgen, procuraram-no por todo lado, por todas as casas, por entre as dunas, mas em vão. Por fim, chegaram à conclusão de que ele deveria ter ido até a praia durante a tempestade, onde por certo as ondas o tinham arrebatado e levado para o fundo do mar.

Não sabiam que seu corpo repousava num mausoléu enorme, do tamanho de uma igreja. Deus tinha tratado de enterrá-lo, ordenando que o vento soprasse sobre o seu sarcófago, cobrindo suas paredes, seus arcos e abóbadas, e todo o seu teto, mas poupando a torre, que ali ficou assinalando o local daquele túmulo, como lápide gigantesca. Ela ainda pode ser vista a milhas de distância, e os visitantes costumam chegar até lá, para colher as rosas silvestres que vicejam em seus arredores. Seus ossos estão ali até hoje, e nenhum rei jamais foi enterrado em túmulo tão nobre. Ninguém perturba o seu repouso eterno, mas também ninguém sabe que ele ali se encontra. Só eu fiquei sabendo, no dia em que a tempestade me contou esta história, zumbindo em meus ouvidos por entre as dunas do litoral.

O Titereiro

Entre os passageiros do vapor, havia um senhor já de certa idade, com um semblante tão jovial que — salvo se estivesse representando — deveria ser o sujeito mais feliz de todo o mundo. Indaguei dele se isso seria verdade, e ele o confirmou. Era um indivíduo afável e cordial, que dirigia um teatro ambulante. Trazia consigo toda a companhia, guardada numa caixa de madeira. Como já devem ter entendido, era o diretor de um teatro de marionetes. Conversamos, e ele contou que já nascera com um temperamento alegre, mas que essa sua qualidade inata fora apurada e reforçada, depois do contato que teve com um estudante do Instituto Politécnico. Vendo meu interesse pelo assunto, contou-me então a seguinte história:

— Aconteceu em Slagelse, onde eu estava levando uma peça na hospedaria principal. O público era ótimo: somente guris de menos de quatorze anos, com exceção de duas matronas já entradas em anos. Foi então que chegou um rapaz vestido de preto, aparentando ser um intelectual. Assentou-se na plateia e passou a assistir ao meu espetáculo. Era um espectador de tipo raro: sabia rir nas horas certas e aplaudir nos momentos necessários. Às oito horas, a peça terminou. Criança deve ir cedo para a cama, e um bom diretor teatral tem de adequar seus horários às necessidades da audiência. Estava programada uma conferência para daí a uma hora, às nove. O tal rapaz seria o conferencista. O assunto versaria sobre Ciências Naturais, e seria ilustrado com demonstrações práticas. Interessei-me por aquilo, e fiquei na plateia, transformando-me em espectador.

"A maior parte do que escutei e vi não era para meu bico, como se costuma dizer. Mesmo assim, achei interessante. Eu não podia deixar de pensar que, se nossas mentes podem entender os assuntos complicados que eram abordados naquela conferência, isso era sinal de que não somos tão rasteiros como às vezes damos a impressão de ser...

"O jovem estudante apenas realizou alguns pequenos milagres, todos de acordo com as leis da natureza. Se tivesse vivido no tempo de Moisés e dos profetas, teria sido um dos sábios da época, mas se tivesse vivido na Idade Média, certamente seria queimado numa estaca. Tive dificuldade de conciliar o sono aquela noite. No dia seguinte, na hora do meu *show*, vi de novo o estudante entre a assistência. Isso me deixou extremamente feliz. Tempos atrás, em conversa com um famoso ator, ele me disse que, quando tinha de representar o papel de um amante, então escolhia uma determinada mulher entre os espectadores, representando apenas para ela. Para mim, naquele momento, o estudante do Politécnico foi essa pessoa, a única para quem eu me voltei, durante todo o espetáculo.

"Depois de terminada a peça, quando minhas marionetes já tinham retornado à cena para agradecer os aplausos, o estudante convidou-me para tomar um copo de vinho. Ele falou sobre minha comédia e sobre sua ciência, e penso que a conversa foi tão agradável para ele quanto o foi para mim, embora o primeiro assunto fosse melhor de se conversar, pois havia muita coisa em sua ciência que ele não era capaz de explicar. Por exemplo: por que uma barra de ferro se tornava imantada, quando passada através de uma espiral contendo eletricidade? Podia-se dizer que ela acabava de adquirir um espírito, uma alma, ou algo desse gênero. Mas... por quê? Como? De onde provinha aquela qualidade que ela passara a possuir? Ocorre coisa semelhante com os seres humanos. Deus introduz nosso corpo por entre a espiral da época em que vivemos, e o espírito do tempo toma conta de nós. Presto! Eis que surge um Napoleão, um Lutero, ou seja lá quem for.

"Nosso mundo é cheio de milagres, disse ele, prosseguindo: estamos tão acostumados a vê-los, que não nos damos conta deles, relegando-os à condição de ocorrências triviais.

"À medida que ele falava, senti como se meu cérebro tivesse erguido a tampa, deixando que todas aquelas explicações se infiltrassem dentro dele. Disse-lhe então que apreciaria se pudesse estudar no Instituto Politécnico, para aprender as maravilhas da ciência que ali eram ensinadas, mas que estava um pouco velho para isso. Ah, se eu fosse mais jovem, não iria perder aquela oportunidade, mesmo que minha profissão fosse muito gratificante, e me trouxesse muitas alegrias.

"Então ele perguntou se eu era de fato feliz em minha profissão, e respondi que sim, pois era sempre bem recebido onde quer que chegasse. Confessei-lhe, porém, que guardava bem lá no íntimo um desejo oculto, um sonho que teimava em me atazanar de vez em quando, como se fosse um diabinho tentador, deixando-me às vezes um tanto frustrado e infeliz: eu gostaria de dirigir uma companhia de atores de verdade — gente de carne e osso.

"*Você gostaria de que seus títeres adquirissem vida, tornando-se atores de verdade?* — perguntou ele. — *Se isso acontecesse, então você seria um homem realmente feliz. É assim mesmo?*

"Afirmei que sim, mas ele discordou, dizendo que eu estava enganado — veja você! Começamos uma discussão, cada um contestando a ideia do outro, mas pacificamente, sem brigarmos; ao contrário, cada um de nós bebia à saúde do outro. O vinho era de excelente qualidade, mas acho que lhe tinham misturado algum pozinho mágico, e é melhor que você acredite nisso; se não, vai pensar que fiquei embriagado, coisa que não fiquei, e isso estragará o resto da história. Posso garantir que, apesar de ter tomado alguns copos, eu estava em plena posse de minhas faculdades mentais, enxergando tudo com clareza e nitidez.

"Notei então que todo o quarto parecia estar invadido por uma luz como a do sol, que se irradiava do rosto do estudante do Instituto Politécnico, fazendo-me lembrar as antigas lendas dos deuses que desciam do céu para se misturar aos mortais. Disse-lhe isso, e ele sorriu, dando-me não a impressão, mas a certeza absoluta de que, se ele não fosse um deus, disfarçado, seria ao menos parente bem próximo deles.

"E ele o era, de fato! Iria realizar meu desejo, conferindo vida aos meus títeres e permitindo que eu me tornasse diretor de uma companhia teatral de verdade, com atores vivos. Tomamos um último copo de vinho, e ele me ajudou a guardar os bonecos na caixa e a prendê-la em minhas costas. Em seguida, mandou-me saltar dentro da espiral. Fiz como ele ordenava, e ainda posso escutar e sentir o baque de minha queda no chão.

"Ali estava eu, sentado, com a caixa de marionetes a meu lado. A tampa se abriu, e os bonecos saíram de dentro da caixa, todos vivos, agindo e falando como se possuíssem um espírito dentro de si. Foram logo dizendo que eram atores excepcionais. Sim, agora eu era diretor de uma companhia de atores de verdade!

"Estava tudo pronto para a primeira exibição; entretanto, cada um dos atores insistia em querer falar particularmente comigo. A graciosa bailarina queria apenas ressaltar ser ela o ponto alto do espetáculo. Todos os assistentes compareciam ao teatro especialmente para vê-la equilibrar-se numa só perna. Assim sendo, que eu nunca me esquecesse de que, se ela falhasse em seu ato e caísse ao chão, derrubaria junto todo o *show*. A mulher que representava o papel de imperatriz gostaria de ser tratada como tal, mesmo fora do palco, para se acostumar com a personagem e não perder a prática. Um coadjuvante, cujo papel se limitava a uma ligeira aparição durante o segundo ato, trazendo uma carta nas mãos, declarou que seu papel era tão importante quanto o do ator principal, argumentando:

— A qualidade artística de uma peça reside em seu conjunto; portanto, não existem papéis mais ou menos importantes: todos têm o mesmo peso.

"O mocinho queria que se introduzissem modificações no texto, enchendo-o de frases de efeito, para que ele pudesse ser aplaudido em cena várias vezes. A heroína sugeriu alterações na iluminação: nada de luzes azuis; apenas vermelhas, que combinavam mais com sua tez, conferindo-lhe uma aparência mais sedutora. Era um tal de sugerir, de criticar, de reclamar, que não tinha fim. Todos pareciam moscas presas numa garrafa, e eu também estava ali dentro, já que era o diretor. Minha cabeça estalava de dor. Comecei a respirar com dificuldade, e a me sentir como o mais miserável dos seres humanos. Aquele povinho que me rodeava era uma caricatura grotesca do gênero humano, com a qual eu jamais tivera a oportunidade de conviver. Ansiei por vê-los regressar a sua condição de bonecos, quietos, calados e bem guardados dentro da caixa. Então, tomado de fúria, passei a xingá-los de tudo quanto é nome, lembrando-lhe que todos não passavam de títeres, de marionetes, de bonecos, e nada mais. Por que fui fazer aquilo! Eles investiram contra mim e me mataram!

"Foi então que acordei. Estava em meu quarto, deitado na cama. Como havia chegado ali, é coisa que não sei explicar. Talvez o estudante soubesse, mas, eu, não. O luar penetrava pela janela, incidindo sobre a caixa de bonecos, virada de borco no chão, enquanto todas as marionetes jaziam espalhadas por ali, numa total confusão. Pulei da cama e comecei a guardá-las atabalhoadamente, pondo algumas de pé, outras deitadas e outras de cabeça para baixo. Não havia tempo de ser caprichoso. Depois de jogá-las ali dentro, fechei a tampa e sentei-me sobre ela.

"Imagine a cena! De minha parte, jamais poderei esquecê-la. Pena que não havia por ali um pintor, para eternizá-la num quadro. Num desabafo, olhei para baixo e disse em voz alta:

— Agora, danadinhos, tratem de ficar aí, e bem quietinhos! Nada de viver outra vez, entenderam?

"Senti-me, então, completamente feliz. Como lhe disse, aquele estudante apurou e reforçou minha alegria de viver, que já era inata em mim. Transbordante de felicidade, acabei dormindo ali mesmo, sentado sobre a tampa da caixa. E ali ainda estava, quando acordei, pela manhã — manhã o quê! já era meio-dia! Despertei em estado de graça, glorioso, feliz. Acabara de aprender que o único sonho acalentado por mim durante tantos anos não passava de uma grande tolice.

"Saindo do quarto, perguntei pelo estudante. Ninguém sabia de seu paradeiro. Tinha desaparecido, como os deuses gregos e romanos gostam de fazer, quando saem de cena. Desde então, tenho vivido num estado de perene e completa felicidade, com a certeza de ser o mais ditoso diretor teatral que jamais existiu. Meus atores nunca se queixam, e meu público é o melhor que pode haver. Eles vêm ver-me para se divertir, e se divertem mesmo! Posso inventar, produzir e encenar minhas próprias peças, copiando o que há de melhor nas outras, sem que me considerem desonesto por causa disso. Lembra-se daquelas tragédias que eram levadas nos teatros trinta anos atrás, atraindo multidões e despertando lágrimas e entusiasmo? Hoje em dia, ninguém se atreve a encená-las, a não ser eu, que as reescrevo e produzo para crianças. E os pequenos choram do mesmo modo que seus pais e avós o

658

fizeram, quando as viram no passado. Já produzi, por exemplo, Joana de Montefalco e Dyveke, numa versão condensada. A garotada não gosta de prolongadas cenas de amor desvairado; por outro lado, umas pitadas de tragédia e infelicidade, salpicadas aqui e ali, ah, isso ela aprecia! Já viajei por toda a Dinamarca, conheço todo mundo e todos me conhecem. Agora, vou tentar fazer meu nome na Suécia. Se for bem-sucedido e conseguir juntar dinheiro, passarei a defender a ideia da união dos países nórdicos; se não der certo, serei contra. Estou contando isso porque você é meu compatriota."

E, agora, seu compatriota está contando esta história para vocês, apenas pelo prazer de contá-la.

Os Dois Irmãos

Numa das ilhas da Dinamarca, onde os túmulos dos *vikings* ainda sobressaem entre os trigais, à sombra das faias gigantescas, existe uma cidadezinha de casas baixas, com telhados vermelhos. Numa delas estavam acontecendo coisas muito estranhas. Em tubos de vidro, líquidos eram fervidos e destilados, enquanto ervas diversas eram esmagadas e reduzidas a pó em grandes almofarizes. Todo esse trabalho estava sendo feito por um homem já de certa idade.

— É preciso procurar a verdade — dizia ele, — pois ela pode ser encontrada em tudo o que existe, e sem ela nada pode ser realizado.

Na sala de estar, sentavam-se sua mulher e seus dois filhos. Ainda eram crianças, mas tinham ideias de adulto. A mãe já lhes tinha falado sobre a importância do certo e do errado, e eles sabiam a diferença entre um e outro. Falara também da verdade, definindo-a como sendo "o reflexo da face de Deus".

O irmão mais velho era falante e brincalhão. Gostava de ler livros sobre a natureza e a ciência. Dava-lhe maior prazer a leitura de assuntos sobre o sol e as estrelas, que a de um conto de fadas. Como seria maravilhoso se pudesse tornar-se um explorador, ou estudar o voo dos pássaros, aprendendo com eles a também voar. "Sim", pensava, "meu pai e minha mãe estão certos: as leis da natureza são verdadeiras, porque foram criadas por Deus".

O irmão mais novo era mais sossegado. Também gostava de livros, lendo-os com avidez. Quando leu na Bíblia como foi que Jacó, usando de um estratagema, obteve para si o direito de primogenitura, tirando-o de Esaú, ficou revoltado, cerrando os punhos com raiva. Sempre que deparava com a narrativa de atos de tirania, crueldade e injustiça, seus olhos se enchiam de lágrimas.

A Justiça e a Verdade guiavam seus pensamentos. Certa noite, ao se deitar, mesmo estando com sono, resolveu prosseguir a leitura que havia interrompido pouco antes, aproveitando a luz que a cortina entreaberta deixava passar. Estava lendo um livro que narrava a história de Sólon.

Deixando-se levar pela imaginação, empreendeu uma estranha viagem. A cama transformou-se num barco, pondo-se a flutuar sobre um mar imenso. Ele não sabia se tudo aquilo seria verdade, ou se não passaria de um sonho. O barco singrou pelo oceano do tempo, levando-o à época de Sólon, no momento em que o arconte discursava. Embora ele falasse numa língua estrangeira, o menino compreendeu perfeitamente suas palavras, ouvindo-o citar uma frase que tantas vezes já escutara em seu país:

— Uma nação deve ser construída sobre o alicerce da Lei!

Nesse instante, o Gênio da Humanidade entrou no quarto daquela casinha modesta, beijou a fronte do menino e disse:

— Não lhe faltarão bravura e força para enfrentar a batalha da vida. E que sua existência represente um voo rumo à Terra da Verdade.

O irmão mais velho ainda não tinha ido para a cama. Estava parado junto à janela, contemplando os campos encobertos por uma ligeira neblina. Uma velha tinha-lhe dito certa vez que a neblina era produzida pelos elfos, pois eles gostavam de dançar à noite, levantando poeira do chão. Mas o garoto não lhe deu ouvidos; sabia que aquilo não passava de um fenômeno natural, produzido pelo calor, que fazia evaporar a água contida na terra. Ao ver uma estrela cadente, deixou que sua mente se desprendesse, voando até aquele meteoro em chamas. As estrelas cintilavam e piscavam, como se estivessem ligadas à terra por fios de ouro.

"Venha para cá", chamou-o o pensamento. Rápido como um raio, ele subiu para o espaço, onde se concentra a luz do universo. De lá avistou a Terra a girar, cercada pela delgada camada de ar, e as grandes cidades, que agora pareciam tão perto uma das outras. "Não importa que estejam longe ou perto", pensou, "mas sim que tenham sido erguidas por obra do Gênio da Humanidade."

Ei-lo de novo postado à janela, enquanto seu irmão mais novo por fim adormeceu. Contemplando-o com ternura, a mãe murmurou seus nomes:

— Anders e Christian!

A Dinamarca conhece bem esses dois irmãos, e sua fama já se espalhou por todo o mundo: são os irmãos Oersted!

O Velho Sino Da Igreja

(Escrito para o "Álbum de Schiller")

Num distrito da Alemanha chamado Wurttemberg, onde as estradas são ladeadas por acácias em flor, e as macieiras e pereiras se enchem de frutos no outono, existe uma cidadezinha chamada Marbach. É um dos lugares mais pobres daquele distrito, apesar de estar localizado num belo sítio, às margens do rio Neckar. Esse curso de água banha várias cidades, castelos e montanhas recobertas por vinhedos, antes de lançar suas águas no majestoso rio Reno.

Aproximava-se o fim do ano. As folhas das vinhas já se tinham tornado vermelhas. Caía a chuva e soprava um vento frio. Essa época do ano não é das mais agradáveis para os pobres, dentro de cujas choupanas reinava a mesma escuridão lúgubre que se via do lado de fora. Uma dessas casinhas tinha um sótão que se projetava sobre a calçada. Suas janelas eram estreitas, e toda a casa dava uma impressão de extrema pobreza, combinando com a miséria da família que ali residia. Embora pobres, os membros daquela família eram educados, trabalhadores e tementes a Deus. Uma criança acabava de ser dada à luz, e a mãe ainda guardava o leito.

No momento em que a criança despertava para o mundo, soou o sino da igreja, em badaladas graves e solenes, e ao mesmo tempo confortadoras. A mulher sentiu-se extremamente feliz, e o sino parecia querer alardear sua felicidade, espalhando-a por toda a cidade. Dois olhinhos brilhantes fitavam-na, e o cabelo do recém-nascido parecia brilhar, como se estivesse recebendo a luz do sol. O menino nascera numa noite escura de novembro... A mãe e o pai beijaram-no, tendo ele escrito em sua Bíblia: "Aos dez dias de novembro de 1759, o Senhor concedeu-nos um filho". Dias depois, acrescentou o nome que lhe tinha sido dado na pia batismal: Johan Christoph Friederich.

Que aconteceu à criança nascida na pobre casinha de Marbach, depois que cresceu? Ao nascer, ninguém poderia prever que aquele bebê haveria de tornar-se famoso um dia, nem mesmo o velho sino, ainda que estivesse no alto de uma torre, de onde se podia enxergar longe. Mas fora aquele sino o primeiro a saudá-lo, tocando no instante de seu nascimento. Por sua vez, ele um dia iria devolver a gentileza, compondo a encantadora canção chamada "O Sino".

O garoto cresceu, enquanto o mundo também crescia, ou pelo menos lhe dava essa impressão. Seus pais mudaram-se para outra cidade, deixando muitos amigos em Marbach. Quando fez seis anos, voltou com sua mãe à terra natal, a fim de visitá-los. Todos ficaram admirados com a esperteza do garoto, que conhecia vários salmos de cor e sabia contar as fábulas de Gellert, que seu pai costumava ler para ele e sua irmãzinha. Contara também para ambos a história de Nosso Senhor, e ambos choraram quando ouviram a passagem de Sua morte na cruz.

A cidade de Marbach quase não havia mudado. Ali estavam as mesmas casinhas com empenas altas, janelas estreitas e paredes tortas, rentes à calçada. Ao lado da igreja, no cemitério, novos túmulos tinham sido abertos, e no chão, junto à parede, jazia o velho sino, que se desprendera do alto da torre, tendo-se quebrado ao cair. Estava morto, portanto, e um novo sino já fora providenciado para substituí-lo.

Mãe e filho detiveram-se diante dele, e ela lhe contou como aquele sino, durante centenas de anos, tinha sido útil aos moradores da cidade. Ele soara durante os batismos, os casamentos, os funerais; avisara a população quando irrompia algum incêndio; enfim, desempenhara seu papel, em todo evento local importante, fosse alegre, fosse triste, fosse aterrorizante.

O garoto jamais esqueceu aquelas palavras. Sentia como se o sino agora badalasse dentro de sua mente e de seu coração. A mãe contou-lhe ainda como suas badaladas lhe tinham trazido conforto, amenizando seu medo e suavizando sua dor, no momento em que ele estava nascendo, e como ele havia repicado jubilosamente, depois que ela finalmente o dera à luz. O garoto lançou-lhe um olhar cheio de afeto. Então, curvando-se, beijou o velho sino, que ali jazia inerte, entre urtigas e ervas daninhas.

O sino era parte de suas memórias. Ele cresceu e tornou-se um rapaz alto e magro, sardento e de cabelos ruivos, tendo um par de olhos claros como as águas profundas do mar. E que lhe aconteceu? Muita coisa boa; algumas, até invejáveis. Ele foi aceito na Academia Militar. Em sua maior parte, os outros cadetes eram de origem nobre. Assim, era uma honra pertencer àquela instituição, tendo de se contar com uma boa dose de sorte para ser ali aceito. Os cadetes usavam botas, golas de seda e cabeleiras empoadas. Ao lado dos estudos, havia os exercícios de ordem-unida: "Ordinário, marche! Alto! Meia-Volta, volver!" — mas esse lado do aprendizado militar não lhe agradava muito.

O velho sino da igreja, que jazia esquecido, recoberto por ervas e musgo, acabou sendo derretido. Em que seria transformado? Impossível adivinhar, assim como não se poderia prever o fim que teria o sino guardado dentro do peito daquele jovem militar. O certo é que seu som era grave e solene, e no futuro suas badaladas seriam escutadas com respeito em todo o mundo.

Os muros da academia foram-se tornando para ele progressivamente mais estreitos, e os comandos militares cada vez mais aborrecidos e ensurdecedores. Outros tipos de sons brotavam dentro do peito do rapaz, traduzindo-se em canções que ele compunha e cantava para seus camaradas, e que acabaram ecoando além das fronteiras de seu país. Mas não fora para tornar-se poeta que ele tinha recebido estudo gratuito, um uniforme e mesmo sua própria manutenção. No mundo prático, aquele jovem estava destinado a ser apenas uma rodinha do grande relógio. Se já nos é tão difícil compreendermos a nós mesmos, como poderão os outros, mesmo aqueles que nos amam, chegar a essa compreensão? Os diamantes são formados à custa de uma grande pressão, e isso foi o que não lhe faltou, naquela quadra de sua vida. Será que essa pressão, com o tempo, acabaria produzindo uma joia preciosa?

Houve uma celebração na capital. Milhares de lâmpadas iluminavam a cidade, e foguetes espocavam no ar. Podemos ainda ler sobre esse evento, pois foi naquela mesma noite que o jovem abandonou sua terra, com o coração oprimido pela tristeza e pela dor. Teria de deixar para trás tudo o que lhe era mais caro, ou do contrário acabaria afundando no rio da mediocridade.

O velho sino da igreja ainda jazia esquecido junto ao muro do cemitério. O vento que soprava sobre ele bem que poderia ter-lhe contado o que estava acontecendo ao jovem que um dia ele saudara pelo seu nascimento. Poderia ainda contar-lhe como soprava frio sobre

663

ele, enquanto o jovem mal se aguentava de pé, cruzando as florestas de uma terra que não era a sua. A única riqueza, sua única esperança para o futuro, eram as páginas de um manuscrito que guardava consigo. O vento ainda poderia contar-lhe como seus únicos amigos — artistas e poetas como ele próprio — evitavam-no a todo custo, alegando pretextos banais, com receio de serem vistos lendo seus escritos. Oh, sim, o vento sabia tudo sobre aquele jovem exilado, empobrecido e pálido, obrigado a viver numa hospedaria sórdida, dirigida por um beberrão que toda noite promovia reuniões barulhentas, nas quais se bebia a mais não poder. Num sótão, ele escrevia e compunha canções exaltando seus ideais de vida. Foram dias escuros, mas o coração tem de aprender a sofrer, ou nunca será capaz de cantar o sofrimento.

Também o velho sino experimentava dias negros e tristonhos. Por sorte, não podia realmente senti-los. Apenas os sinos guardados dentro do peito têm essa capacidade de sentir e de sofrer. Mas, e depois, que teria acontecido ao jovem? E ao sino da igreja? Falemos deste, que viajou para longe, muito mais longe do que se podia enxergar, quando repicava no alto da torre, solene e majestoso. Já o sino que existia no peito do rapaz foi ouvido em terras que seus pés jamais iriam trilhar, e que seus olhos nunca haveriam de contemplar. E ainda hoje pode ser ouvido em todos os continentes deste mundo.

Mas vamos conhecer os pormenores do que sucedeu ao velho sino da igreja. Um dia, foi vendido a peso de metal, e levado de Marbach para a Baviera, onde foi derretido. Os detalhes dessa viagem, ele próprio poderia contar-nos, mas não têm grande importância. O fato é que ele chegou à capital bávara muitos, muitos anos depois que caiu da torre, e seu metal foi usado para fundir uma estátua, um monumento dedicado a uma grande figura que trouxe orgulho e honra para todo o povo alemão.

Mas escutem outras coisas que aconteceram antes disso. São muito estranhas as voltas que o mundo dá. Numa das ilhas da Dinamarca, onde se encontram os túmulos dos *vikings* e crescem as faias, vivia um entalhador, cujo filho lhe trazia diariamente uma cesta, contendo seu lanche. Esse menino, de origem humilde, destinava-se a ser o orgulho de sua nação. Ele aprendeu a esculpir o mármore, fazendo-o com tal perfeição, que passou a ser admirado em todo o mundo. Concederam-lhe a honra de moldar em argila a imagem daquele célebre alemão, para servir de fôrma à estátua de bronze que lhe queriam dedicar. E o homenageado era nada mais, nada menos, que aquele menino pobre, cujo nome um dia o pai anotou em sua Bíblia: Johan Christoph Friederich.

O bronze derretido foi despejado na fôrma. Era uma vez um sino de igreja — ele agora se transformara num busto. O monumento foi erguido na praça central de Stuttgart, defronte ao velho castelo, por onde tantas vezes havia caminhado aquele cujo busto de bronze agora ali se achava: o garoto de Marbach; o estudante da Academia Militar; o exilado; o grande escritor; o imortal poeta alemão que cantara em versos a saga de Guilherme Tell, o libertador da Suíça, e a história da donzela Joana, a santa padroeira da França.

A inauguração da estátua foi num dia quente e ensolarado. Em todos os tetos e em todas as torres içaram-se bandeiras, para comemorar o evento. Os sinos das igrejas bimbalharam festivamente. Cem anos haviam transcorrido, desde que o velho sino da torre da igreja de Marbach soara, trazendo conforto e alívio àquela mãe que acabava de dar à luz um filho, nascido em berço modesto, mas que ao morrer pudera legar uma fortuna ao mundo: ele, o grande poeta do coração, o imortal cantor de todas as coisas belas e grandiosas — Johan Christoph Friederich Schiller.

Os Doze Passageiros

O frio entrava pelos ossos. A noite era clara, o vento soprava brandamente, o céu estava salpicado de estrelas. "Pou! Pou!" — espocaram os foguetes. Era o último dia do ano, e o relógio começava a bater meia-noite.

"Tará-tatá! Tará-tatá!" — soou a corneta do cocheiro, avisando que a diligência estava entrando na cidade. Era uma diligência de doze assentos, todos ocupados, pois eram exatamente doze os passageiros que nela vinham.

— Viva! Viva! — gritavam os moradores de todas as casas. — Viva o ano-novo!

Todos erguiam copos e cálices, trocando brindes:

— Saúde e prosperidade neste ano!

— Agora, vamos ter casamento, não é? Felicidades!

— Que seja um ano de alegria e de fartura!

— Que acabem todas as mentiras e asneiras deste mundo!

Esse último, evidentemente, era um desejo inalcançável.

Enquanto todos saudavam o ano que nascia, o cocheiro esperava do lado de fora da cidade, juntamente com seus doze passageiros. Quem seriam aqueles forasteiros? Todos traziam passaportes e bagagem, na qual havia presentes para você, para mim e para todos os moradores daquela cidade. Mas, afinal de contas, que queriam? Que traziam consigo?

— Bom dia — cumprimentaram a sentinela postada à porta de entrada da cidade.

— Bom dia — respondeu o guarda, sem estranhar a saudação, já que havia passado da meia-noite.

Dirigindo-se ao primeiro passageiro que desceu da carruagem, disse-lhe:

— Nome e profissão.

— Leia aí no passaporte — rosnou o passageiro. — Eu sou eu!

Era um sujeito grande e ríspido. Usava um capote de pele e botas de andar na neve. Depois desse rompante, prosseguiu:

— Sou aquele em quem muita gente deposita suas esperanças. Venha dar uma volta comigo amanhã, e veremos o que promete o ano-novo. Atirarei moedas de cobre e de prata por aí: trate de apanhar algumas. Promoverei grandes bailes: trinta e um ao todo, pois esse é o número de noites de que disponho. Sou um negociante. Meus navios estão presos no gelo, mas meu escritório sempre está quente. Meu nome é Januário, e minha bagagem está cheia de contas vencidas.

O segundo passageiro aparentava ser um folgazão. Era um diretor de teatro especializado em encenar comédias e promover bailes de máscaras. Sua bagagem compunha-se apenas de um barril vazio.

— Vivo para o prazer, seja meu, seja dos outros. Minha vida é curta, dura só vinte e oito dias. Às vezes, fazem uma vaquinha entre os membros da família, e acabo conseguindo um dia extra, mas não ligo muito para isso. Quero é divertir: alegria, alegria!

— Não grite tão alto! — advertiu a sentinela.

— Por que não? O que eu quero é farrear! Sou o Rei do Carnaval! Meu nome é Februário.

O terceiro passageiro saiu da diligência. Era alto e magricela. Dava a impressão de estar mal alimentado. De fato, gostava de fazer jejum, e parecia orgulhar-se disso. Pelo seu aspecto, podia-se adivinhar como seria o tempo durante o resto do ano, mas esse tipo de profissão não enche a barriga. Vestia um terno preto e trazia algumas violetas na lapela, mas todas muito pequeninas. Antes que se apresentasse, o quarto passageiro deu-lhe um empurrão e prorrompeu em risadas, dizendo:

— Sai para lá, Márcio! Vou contar um segredo: estão preparando ponche aqui perto. Vai lá ver.

Era mentira. Ele estava apenas pregando um primeiro de abril no magricela. Já esse quarto passageiro parecia alegre e bem-disposto. Era de pouco trabalhar e vivia planejando o que fazer durante os feriados. Seu humor variava muito, conforme o momento.

— Comigo é assim: ou chove, ou faz sol. Posso rir e chorar ao mesmo tempo. Meu guarda-roupa está cheio de roupas leves, mas há que se ter cuidado ao vesti-las: de repente, pode esfriar. Comigo, não há meio-termo, é oito, ou oitenta. Quem quiser sair comigo, tem de usar camisa de seda e cachecol de lã. Meu nome é Abreu.

Saiu então uma jovem da carruagem.

— Sou a senhorita Maia — apresentou-se.

Usava trajes de verão, mas seus sapatos estavam protegidos por galochas. A roupa era verde-clara, toda de seda. Trazia anêmonas nos cabelos e cheirava a aspérulas. O perfume era tão forte, que a sentinela até espirrou.

— Saúde! — disse ela, e não de forma displicente, mas com efetiva sinceridade.

Era uma bela moça a senhorita Maia, e gostava de cantar, mas não na ópera ou no teatro, e sim na floresta, entre as árvores recém-revestidas de verde. Cantava por prazer, dispensando os aplausos. Trazia na bolsa um livro de poesias.

— Agora é a vez da beldade! — gritaram de dentro da diligência, enquanto uma mulher jovem, bela e altiva descia do estribo para o chão.

Via-se logo que era uma pessoa nascida na abundância. Sempre dava uma festa no dia mais longo do ano, pois queria que seus convidados tivessem tempo de sobra para dar cabo de todos os doces e salgados. Poderia ter viajado em sua própria carruagem, pois era muito rica, mas tinha preferido vir de diligência, junto com os outros onze companheiros, para não parecer orgulhosa. Seu nome era Júlia, e vinha acompanhada de seu irmãozinho, chamado Júlio. Era um garoto simpático, todo vestido de branco, trazendo uma chapéu panamá na cabeça. Sua bagagem era mínima: apenas um par de calções de banho.

Veio em seguida o Sr. Augusto, dono de uma quitanda especializada na venda de maçãs e frutas em geral, cultivadas em suas fazendas. Era um sujeito grande, gordo e bem-disposto. Gostava de trabalhar junto com seus empregados, fazendo questão de levar-lhes um barril cheio de cerveja, na época da colheita. "Comerás o pão com o suor de teu rosto", está escrito na Bíblia. Mas nem só de pão vive o homem: haja também festas e danças. Era assim que pensava o Sr. Augusto, sujeito franco e leal.

O passageiro seguinte era Setembrino, pintor de profissão. Suas telas eram as árvores da floresta, que ele mudava de cor, tornando-as belíssimas. As cores que mais apreciava eram o vermelho, o amarelo e o castanho. Sabia assoviar como um estorninho, e gostava de tomar cerveja numa caneca decorada com uma guirlanda de lúpulo. O efeito era lindo,

666

porque ele de fato tinha o senso da beleza e da arte. Sua bagagem resumia-se em tintas e pincéis.

O seguinte era um fazendeiro, preocupado com o preparo da terra para o plantio, embora também tivesse tempo para se dedicar às caçadas. E tanto era verdade, que trazia uma espingarda na mão, e vinha acompanhado por um cão de caça. Sua valise estava cheia de nozes e amêndoas. Aliás, sua bagagem era volumosa, constando de víveres e objetos, inclusive de um arado de fabricação inglesa! Ao descer, pôs-se a fazer longos comentários sobre Economia, mas não houve tempo para escutá-lo, pois logo desceu outro passageiro, tossindo e espirrando, acometido por um forte resfriado.

Era o décimo primeiro que descia da diligência. Estava tão resfriado, que, em vez de lenço, usava um lençol; mas esse mal-estar não parecia preocupá-lo. Para debelar o incômodo, brandia um machado e se punha a rachar lenha — essa era sua profissão.

— Quem desceu por último foi uma senhora de nome Natalina, trazendo numa das mãos um braseiro. Ela tremia de frio, mas seus olhos reluziam como se fossem duas estrelas. Na outra mão, carregava um vaso, tendo plantada uma muda de pinheiro.

— Vou cuidar dessa plantinha com todo cuidado — disse. — Quando chegar o Natal, ela estará tão alta, que seus galhos tocarão o teto da casa. Então, vou enchê-la de velas, de bolas, balas e maçãs. Meu braseiro vai aquecer-me, como se fosse uma lareira. Tirarei da bolsa um livro de contos de fadas e começarei a lê-lo em voz alta. As crianças sentar-se-ão em minha volta, caladas e atentas, enquanto os presentes que as aguardam vão adquirir vida, cantando e brincando alegremente. O anjo postado no alto da árvore baterá as asas e descerá de lá, beijando cada pessoa que ali estiver, tanto as crianças como os adultos. Depois, sairá para a rua e beijará todas as crianças pobres que ali estão, entoando canções de Natal que falam sobre a estrela que um dia pairou sobre a cidadezinha de Belém.

— Missão cumprida, cocheiro — avisou a sentinela. — Pode regressar. Os passageiros estão liberados e já podem entrar na cidade.

— Mas não todos juntos — disse o capitão da guarda, que acabava de examinar os passaportes. — Um de cada vez. Cada passaporte só vale por um mês. Os outros ficarão aqui, aguardando seu momento. Quando o primeiro sair, entrará o segundo, e assim por diante. Senhor Januário, pode entrar.

Entrou o primeiro passageiro.

Quando o ano chegar ao seu término, contar-lhes-ei o que cada um deles nos trouxe de presente. Ainda não sei o que poderá ser, e creio que eles também não sabem, pois a verdade é que estamos vivendo numa época muito estranha, mas muito estranha mesmo.

O Escaravelho

O cavalo favorito do imperador tinha sido condecorado com quatro ferraduras de ouro, uma para cada pata. Era um belíssimo animal, reluzente, e com uma crina que parecia feita de fios de seda, caindo displicentemente sobre seu pescoço. Mas seus olhos eram tristes. Quando se olhava dentro deles, tinha-se a certeza de que aquele cavalo, se pudesse falar, seria capaz de responder a mais perguntas do que a gente poderia formular. No campo de batalha, muitas vezes carregara o imperador através de chuvas de balas e nuvens de fumaça. Esse, sim, era aquilo que se costumava chamar de um "cavalo de batalha". Certa vez, quando o imperador fora cercado pelo inimigo e tudo parecia estar perdido, ele distribuíra mordidas e coices, e, com espantosa agilidade, saltara sobre os cadáveres que juncavam o solo, conseguindo fugir da refrega, e desse modo salvando a vida do soberano. Além disso, salvou também a coroa imperial, valiosíssima, mas que de bom grado o imperador teria entregue, em troca de sua vida. Foi por isso que ordenara ao ferreiro que fizesse quatro ferraduras de ouro, uma para cada casco do valente animal.

O escaravelho escalou um monte de esterco, para ver o ferreiro concluindo a tarefa.

— Primeiro os grandes, depois os pequenos — disse, esticando uma de suas perninhas na direção do ferreiro, — embora você saiba que tamanho não é documento.

— Você por aqui, besourinho? — perguntou o ferreiro. — Está querendo o quê?

— Ferradurinhas de ouro — respondeu o escaravelho, apoiado em cinco de suas patas.

— Eu, hein? Você deve estar maluco! Desde quando fez por merecer ferraduras de ouro? — disse o homem, coçando a cabeça, intrigado.

— Minhas ferraduras de ouro, vamos! — ordenou o escaravelho, com maus modos. — Acaso não valho tanto quanto aquele animal desajeitado que precisa de um criado para arreá-lo, e até mesmo para lhe dar de comer? E também não pertenço à cavalariça do imperador?

— Escute aqui, besourinho: você faz ideia do motivo que levou o cavalo a merecer suas ferraduras de ouro?

— Faço ideia é de como mereço ser tratado, e de como na realidade me tratam. Estou cansado desses insultos! Só me resta uma alternativa: sair daqui e ir-me por este mundo afora.

— Pois já vai tarde — retrucou o ferreiro.

— Mal-educado! — retrucou o escaravelho, sem que o ferreiro o escutasse, pois já tinha voltado a seus afazeres.

O escaravelho deixou o estábulo e voou para o jardim, um lugar aprazível, que recendia a rosas e lavanda.

— Que lugar lindo, não acha? — perguntou uma joaninha que também acabava de chegar ali, guardando suas asas frágeis sob a casca marchetada de pintas negras. — É tão doce e suave o perfume dessas flores, que penso ficar aqui para sempre.

— Estou acostumado a aspirar perfumes melhores — respondeu o escaravelho, fungando. — Sinto falta do aroma de esterco...

Para descansar, sentou-se à sombra de um lírio-do-vale. Uma lagarta estava subindo pela haste da planta. Ao ver o escaravelho, disse:

— O mundo é lindo, não? O sol está quente, e já me preparo para dormir. Meu sono é uma meia morte; quando despertar, estarei transformada numa borboleta.

— Quê? Borboleta? — espantou-se o escaravelho. — Essa é muito boa! Não se enxerga, criatura? Lá no estábulo de onde acabo de chegar, ninguém, nem mesmo o cavalo, jamais ouviu falar de tal coisa! Você nasceu para rastejar, e nunca há de passar de um rastejador. Voar é só para quem pode.

E, dizendo isso, saiu voando.

"Quanto mais tento fugir dos aborrecimentos, mais eles teimam em me perseguir", pensou o escaravelho, pousando na relva macia. O lugar era tão agradável, que ele se acomodou e logo adormeceu.

670

Começou a chover a cântaros. O besourinho acordou assustado e tentou esconder-se em algum buraco, mas foi colhido pela enxurrada e teve de nadar para não morrer afogado. Vendo que não conseguia escapar da correnteza, virou-se de costas e boiou, deixando-se levar pelas águas velozes.

— É azar demais! — gritou, arrependendo-se em seguida, pois a água entrou em sua boca, quase fazendo-o sufocar.

Quando a chuva parou e a enxurrada passou, o escaravelho secou a água dos olhos e olhou ao redor. Viu uma coisa branca e grande estendida sobre a relva molhada, ali bem perto. Era um pano de linho, posto no chão para alvejar. "Na falta de coberta melhor, serve essa aí mesmo", pensou. "Pena que não seja um monte de esterco, quentinho e fofo... Enfim, quando se é viajante, tem de se aceitar o que se encontra..."

Assim, enfiou-se sob o tecido e ali passou um dia e uma noite, protegendo-se da chuva que voltou a cair incessantemente. Na manhã seguinte, notando que havia estiado, pôs a cabeça para fora, viu que o céu continuava cor de chumbo, e isso deixou-o bastante aborrecido. Duas rãs conversavam, sentadas sobre o pano. Disse a primeira:

— Isso é que é tempo bom! E esse pano encharcado é uma delícia! Ficar aqui em cima é quase tão gostoso quanto nadar.

— Gostaria de saber — disse a segunda — se as andorinhas, que são tão viajadas, conhecem alguma terra de clima melhor que o nosso. Aqui não pára de chover, e venta que é uma gostosura, sem falar nos nevoeiros, no sereno... É fantástico! Melhor que isso, só mesmo numa lagoa. É por causa deste clima que adoro esta terra!

— Ei! — chamou o escaravelho. — Já esteve alguma vez nas cocheiras do imperador? O ambiente de lá é úmido, quente e cheiroso que dá gosto! Esse é o tipo de clima ao qual mais me adapto. Quando se viaja, contudo, não se pode levá-lo junto... Que fazer? Poderiam informar-me se existe neste jardim uma estufa, onde uma pessoa de minha classe, meu nível intelectual e minha sensibilidade possa sentir-se em casa?

Por não saberem, ou porque não o tinham entendido, as rãs permaneceram caladas. O escaravelho insistiu mais duas vezes, sem obter resposta — logo ele, que nunca repetia uma pergunta!

Aborrecido, pôs-se a caminhar, até chegar junto de um caco que outrora pertencera a um vaso de flores. Normalmente, aquele caco não estaria ali, pois o jardim era bem cuidado; entretanto, como o jardineiro não dera por ele, ali estava, servindo de abrigo para diversas famílias de lacrainhas. Esses insetos não necessitam de cômodos espaçosos, preferindo antes viver amontoados. Gostam uns dos outros, e, além disso, suas fêmeas são carinhosas e maternais. Assim, debaixo daquele caco de cerâmica, viviam diversas mamães lacrainhas, cada qual achando que seus filhinhos eram os mais bonitos e inteligentes de todo o mundo.

— Meu filho ficou noivo — comentou uma delas, demonstrando orgulho. — Tão novo, tão inocente ainda... Sua maior ambição era entrar na orelha de um ministro. É uma criança encantadora, e acho bom que tenha ficado noivo, pois assim não sairá de casa, e isso traz alívio e conforto para uma mãe.

— Já o meu — disse outra — saiu do ovo com uma agilidade que só vendo! É animado, esperto — dá gosto ver. Passa o dia inteiro fazendo estripulias, o que demonstra saúde e inteligência. Tenho ou não razão de estar orgulhosa, Sr. Escaravelho?

— Creio que ambas têm justo motivo de se orgulharem de seus filhos.

A resposta agradou as lacrainhas, que o convidaram a entrar e a sentar-se.

— Vou apresentar-lhe meus filhos — disse uma terceira lacrainha.

—Antes disso, veja os meus — intrometeu-se uma quarta. — São alegres e simpáticos, e só ficam malcriados quando estão com dor de barriga, coisa muito natural em sua idade.

Todas as mamães lacrainhas falavam, e seus filhos também, enquanto puxavam os bigodes do pobre escaravelho com as pequenas pinças que têm na ponta da cauda.

— Ah, que gracinhas! — diziam as mães. — Estão sempre aprontando alguma... Não são encantadores, Sr. Escaravelho?

Aborrecido com aquela exibição de orgulho materno e falta de educação filial, o escaravelho perguntou como faria para chegar à estufa mais próxima.

— Ih, é longe demais — respondeu uma delas. — Fica do outro lado do rego, perto do fim do mundo. Se um de meus filhos entender de querer ir lá, acho que vou morrer de preocupação.

— Pois é para lá que eu vou — disse o escaravelho secamente, esquecendo os bons modos e saindo sem se despedir.

Chegando ao rego, encontrou vários escaravelhos, inclusive alguns parentes e conhecidos.

— Bem-vindo a nossa casa — saudaram-no. — Vai gostar daqui: é morno e úmido, muito confortável. Venha descansar, primo, aqui nesta terra da promissão. Você deve estar cansado da viagem.

— E como! — assentiu o recém-chegado. — Tive de passar um dia e uma noite embaixo de um pano encharcado, suportando aquele detestável fedor de limpeza. Argh! Depois, fiz uma parada embaixo de um caco de vaso, e apanhei uma corrente de ar que até me deixou com artrite nas asas! Que coisa boa estar agora junto de minha própria gente!

— De onde você está vindo? Da estufa? — perguntou um escaravelho idoso que ali estava.

— Oh, não! — respondeu ele. — De um lugar bem mais nobre: das cavalariças imperiais. Ali, eu era tratado a pão de ló. Recebi até ferradurinhas de ouro, como prêmio pelos meus méritos. Fui incumbido de uma missão secreta, e estou viajando disfarçado de escaravelho comum. E não adianta implorar que eu conte do que se trata, porque pretendo manter absoluto segredo a esse respeito.

Dizendo isso, enfiou-se na lama e se espojou todo, confortavelmente.

Perto dele estavam três fêmeas jovens, rindo e cochichando entre si, doidas para entrarem na conversa, mas sem terem o que dizer.

— São bonitinhas, não são? — perguntou a mãe das três. — E ainda estão solteiras.

O comentário da mãe fez as filhas prorromperem em risinhos nervosos. Se fossem seres humanos, teriam ficado coradas.

— Mesmo nas cavalariças do imperador — disse o escaravelho, reassumindo o estilo galante, — jamais vi três criaturinhas tão lindas quanto essas três.

Sua opinião causou impacto, pois ele era o mais viajado de todos os que ali estavam. Com zelo de mãe e oportunismo de escaravelho, Mamãe arrematou:

— As três são jovens, bonitas e virtuosas. Não me vá desonrá-las! Só lhes dirija a palavra se tiver boas intenções. Mas vejo que não preciso ficar preocupada quanto a isso: o senhor demonstra ser um perfeito cavalheiro. Aceito seu pedido de noivado, e desde já lhes dou minha bênção.

672

— Viva! Hurra! — gritaram em coro os outros escaravelhos, saudando o recém-chegado pelo seu tríplice noivado.

Noivo agora, casado sem demora — para que ficar adiando as coisas?

O primeiro dia da vida de casado foi maravilhoso; o segundo, muito bom; no terceiro, porém, ele se viu às voltas com a responsabilidade de providenciar alimento para as três esposas, já imaginando como teria de fazer quando a família aumentasse. "Fui apanhado de surpresa", pensou o escaravelho. "Mas deixa estar: agora sou eu quem vai causar-lhes uma boa surpresa."

E fez mesmo. Saiu para buscar comida e não voltou. As esposas ficaram esperando o resto do dia e toda a noite. Vendo que ele não regressava, assumiram a condição de viúvas. Os outros escaravelhos não gostaram nada daquilo, comentando raivosamente entre si que o primo vindo das cavalariças não passava de um tratante, muito do sem-vergonha. O que mais os aborrecia era a incumbência que agora lhes cabia de terem de sustentar aquelas jovens viúvas desvalidas.

— Tratem de proceder como se tivessem voltado a ser donzelas — ordenou a mãe. — São minhas filhinhas solteiras e inocentes. E nada de lamentar a ausência daquele pilantra que as deixou na mão!

Nesse meio tempo, o escaravelho navegava pelo rego abaixo, sobre uma folha de couve. Ao sol da manhã, cochilava tranquilamente, e nem notou quando dois seres humanos o avistaram, apressando-se a pegá-lo entre os dedos. Viraram-no de um lado para o outro, e examinaram-no detidamente, pois eram cientistas. O mais jovem disse:

— O olho de Alá enxerga um escaravelho negro, pousado sobre uma pedra preta, no meio da montanha escura — eis o que está escrito no Alcorão.

— Já o meu olho enxerga aqui apenas um coleóptero vulgar — comentou o mais velho.

— Um escarabeídeo dos mais comuns.

— Bah! Pertence ao gênero *Scarabaeus*...

— E, além do mais, trata-se de um repugnante coprófago!

— Temos em nossa coleção outros bem mais interessantes.

— Oh, sem dúvida, caro colega!

Ferido em seus brios, o escaravelho escapou das mãos de seu captor e voou para bem alto. Agora que suas asas já estavam secas, nada o impedia de procurar a estufa, e logo a encontrou. Por sorte, uma janela estava aberta, e lá dentro havia um belo monte de esterco, onde ele logo se aninhou.

"Ah, que fofura!", pensou, afundando-se o mais que pôde no esterco. "Vou tirar uma soneca."

Pouco depois, sonhava que o cavalo do imperador havia morrido, deixando-lhe de herança as quatro ferraduras de ouro, além de mais duas sobressalentes. Esse sonho deixou-o reconfortado. Ao acordar, satisfeito, subiu à superfície e examinou o ambiente. Era magnífico! No meio da estufa erguiam-se duas palmeiras delgadas, de folhas muito verdes, que a claridade do sol fazia parecer translúcidas. Pelo chão, espalhavam-se flores de todos os tipos, cor e formato. Umas eram vermelhas como fogo; outras, amarelas como âmbar; ainda outras, brancas como flocos de neve.

— Que espetáculo! — exclamou. — Pena que estão viçosas. Se estivessem podres, ah, que delícia! Aqui dentro é uma verdadeira despensa, cheia, farta! Vou rodar por aí, para ver se encontro algum parente. Não quero fazer amizade com qualquer pé-rapado, mas só com alguém do meu nível.

Enquanto andava pela estufa, lembrava-se do sonho glorioso que tivera. Oh, se fosse verdade!

Nisso, dois dedinhos apanharam-no, e ele outra vez foi virado, revirado e examinado. Era o filho do jardineiro, que ali estava com um amiguinho. Ao verem o escaravelho, resolveram apanhá-lo para se divertirem com ele. Envolveram-no numa folha de videira, e o filho do jardineiro guardou-o no bolso. Ele tentou escapulir daquela prisão, mas o menino apertou a folha com a mão, deixando-o numa situação bastante desconfortável.

Os garotos correram para a lagoa que havia na outra extremidade do jardim. À margem, encontraram um tamanco velho, cujo couro fora arrancado, e que os dois imediatamente promoveram à condição de navio, fincando-lhe um graveto para servir de mastro, ao qual prenderam o escaravelho, com uma tira de pano. Equipada e tripulada, a embarcação foi lançada à água para navegar.

A lagoa até que era grande, e o pobre coitado sentiu-se como se vogasse pelo oceano. Assaltou-o tal medo, que caiu de costas, ali ficando com as perninhas tesas apontando para o céu.

As águas não estavam paradas, e carregaram o tamanco para longe da margem. Vendo que se afastava, um dos garotos enrolou as calças e entrou na água, para buscá-lo. Antes de alcançá-lo, porém, ouviu-se uma voz autoritária, que fez os garotos se esquecerem do barco, tomando rapidamente o caminho de volta para casa. E lá se foi o tamanco, ao sabor das ondinhas. O pobre escaravelho tremia de medo, especialmente porque estava amarrado ao mastro, não tendo como fugir daquela nau sem rumo.

Uma mosca veio fazer-lhe companhia.

— Tempo excelente, não acha? — perguntou, puxando conversa. — Acho que vou descansar ao sol aqui no tombadilho. Gostei desse seu navio; parece bem confortável.

— Santa ignorância! — exclamou o escaravelho. — Como será possível sentir-se confortável, estando-se amarrado ao mastro? Quem diz uma asneira dessas deve ser um rematado idiota.

— Você esqueceu um detalhe: eu não estou amarrada...

E, para prová-lo, saiu voando.

— Quanto mais se vive, mais se aprende — resmungou o escaravelho, — e estou aprendendo a conhecer o mundo: é cruel! O único ser decente sou eu. Primeiro, recusam-me as ferraduras de ouro; em seguida, sou obrigado a me abrigar sob um lençol de linho encharcado, e sob um caco de cerâmica, exposto à corrente de ar. Por fim, sou casado à força, vendo-me coagido a fugir pelo mundo, e que me acontece? Sou capturado por um fedelho, amarrado ao mastro de um navio e deixado a vogar pelo mar-oceano! Nesse meio tempo, aquele cavalo emproado desfila por aí com ferraduras de ouro, coisa que me irrita a mais não poder. Neste mundo, é cada um por si, e nada de esperar favores e benefícios. Uma vida interessante como a que tenho, e não há a relatar minhas aventuras e desventuras... E, mesmo que tivesse, valeria a pena? Quem mereceria escutar minha história? Quem, neste mundo injusto, me recusou as ferraduras de ouro? No final, quem perdeu não fui eu, foi o estábulo que me perdeu, e, em breve, o mundo, pois o fim já se aproxima.

O fim não devia estar tão perto assim, porque duas meninas que remavam numa canoa avistaram o navio do escaravelho. Uma delas exclamou:

— Olhe ali um tamanco flutuante!

— E tem um besourinho amarrado no mastro — disse a outra, estendendo a mão e tirando o tamanco da água.

Com uma tesourinha, uma delas cortou a tira de pano que prendia o inseto, tomando cuidado para não machucá-lo. Em seguida, rumaram para a margem, desembarcaram e puseram-no sobre a relva, dizendo:

— Vá para onde quiser, besourinho. A liberdade é uma dádiva inestimável.

O besouro voou sem parar, até que divisou um grande galpão, entrando pela primeira janela aberta que encontrou. Foi pousar justamente sobre a crina comprida, sedosa e macia do cavalo do imperador, pois aquele galpão era o estábulo de onde ele havia saído dias atrás. Enfiou-se entre aqueles fios, e só então relaxou o corpo, matutando sobre as voltas que o mundo dá.

— Aqui estou, montado no cavalo do imperador — falou em voz alta. — Sim, eu sou o cavaleiro e ele a montaria. Gente! Como foi que nunca pensei nisso? Agora é que estou enxergando as coisas, de maneira nítida. Não me perguntou o ferreiro se eu fazia ideia do motivo que o levava a pôr ferraduras de ouro neste animal? Agora entendi por quê! Foi para me homenagear! Ele que use ferraduras de ouro, e não eu, ora! Eu monto o cavalo que usa ferraduras de ouro, isso sim!

Um sentimento de júbilo invadiu o peito do escaravelho, que prosseguiu com suas conclusões:

— Como valeu a pena ter viajado! Viajar alarga o horizonte, desenvolve o raciocínio e aumenta o poder de observação. Foi isso que clareou minhas ideias.

Um raio de sol penetrou pela janela, lançando um foco de luz sobre o cavalo e o escaravelho.

— Pensando bem, o mundo não é tão ruim. Tudo depende da maneira como enxergamos as coisas.

De fato, o mundo é belo para aquele que pode montar um cavalo calçado com ferraduras de ouro.

— Chega de cavalgar. Vou desmontar e procurar os outros escaravelhos, para lhes contar as peripécias de minha viagem e a honraria que me foi prestada. E vou dizer também que pretendo permanecer neste lugar, até o dia em que as ferraduras do meu cavalo, de tão gastas, tiverem de ser trocadas.

"Este Meu Velho Sabe o Que Faz!"

Agora vou contar-lhe uma história que escutei quando era criança. Desde então, a cada vez que a relembro, ela me parece mais bonita. Histórias são como certas pessoas, que vão ficando mais belas, à medida que o tempo passa. Nem todas são assim, claro; mas para as que são, e para nós que as conhecemos, isso é uma verdadeira bênção.

Se você já visitou a zona rural da Dinamarca, certamente teve a oportunidade de ver a casinha típica dos nossos camponeses, de teto de palha, revestido de musgo, tendo na cumeeira um ninho de cegonha. As paredes não são muito certas, as janelas são pequenas, e só uma delas é dotada de dobradiças, podendo ser aberta. Junto à parede externa fica o forno de assar pão, desprendendo-se dela como se fosse uma barriguinha cheia. Há uma cerca viva de sabugueiros, e um laguinho rodeado por salgueiros, onde sempre se vê uma família de patos a nadar. E, no quintal dos fundos, há sempre um cachorro velho, que late para todos que passam por ali.

Numa dessas casinhas, perdida na imensidão do campo, vivia um casal de camponeses. Os dois possuíam apenas o essencial, exceção feita a um cavalo, que na realidade não lhes fazia grande falta. Como o camponês não podia dar-se ao luxo de cultivar um pasto, o animal era obrigado a se satisfazer com o capim que nascia à beira da estrada. Quando ia à vila, seguia a cavalo, naturalmente, emprestando-o ao vizinho, sempre que este necessitava. No campo, é assim: quem pode, ajuda o outro, e será ajudado, quando chegar sua vez e sua precisão.

Um belo dia, porém, o camponês chegou à conclusão de que seria mais vantajoso vender aquele cavalo, ou então trocá-lo por alguma coisa mais útil e necessária, embora não soubesse o que poderia ser. Pedindo um conselho à esposa, esta respondeu:

— O que você decidir será o melhor para nós. Você é que sabe das coisas, meu velho. Aproveite que hoje é dia de feira lá na vila. Vá lá e veja se encontra um negócio que valha a pena. O que fizer será bem feito, porque você sabe o que faz.

Arrumou-lhe a gravata, porque isso ela sabia fazer melhor do que ele. Dessa vez, caprichou: fez um nó duplo, pois achava que assim ele ficava mais distinto. Em seguida, pôs-lhe o chapéu, depois de limpá-lo com a mão, deu-lhe um beijo estalado, e lá se foi ele, montado no cavalo que queria vender ou trocar. "Acho melhor trocar", pensava, "pois sou danado de bom para fazer uma barganha."

O sol brilhava, radiante, e não se via uma única nuvem no céu. A estrada poeirenta estava cheia de gente, todos a caminho da feira. Alguns seguiam em carroças, outros a cavalo, e a maior parte não tinha outro remédio senão gastar a sola do sapato. O calor era sufocante, e não havia a menor sombra ao longo da estrada.

O camponês notou que um dos transeuntes ia tangendo uma vaca de bom aspecto, pelo menos tão bom quanto o que uma vaca pode ter, e pensou: "Essa vaca tem jeito de que dá bom leite." Dirigindo-se para perto do tal sujeito, disse-lhe:

— Ei, você aí, da vaca, quero propor um negócio.

O outro olhou para ele e ficou esperando a proposta.

— Sei que um cavalo vale mais que uma vaca, mas sei também que, para mim, uma vaca terá mais utilidade que um cavalo. Quer trocar?

— Claro que quero!

É neste ponto que a história deveria terminar, mas aí não valeria a pena contá-la. O camponês fizera o que dele se esperava, devendo então regressar para casa, levando consigo a vaca. Mas achou que, já estando a caminho da feira, não custava chegar até lá.

Caminhou rapidamente, e a vaca também. Pouco depois, encontrou um homem que levava consigo uma ovelha. Era um belo animal, trajando um grosso capote de lã. "Valia a pena ser dono de uma ovelhona bonita como essa daí", pensou. "No inverno, bastaria sentar-se com ela ao colo, para ficar aquecido. No verão, ela que procurasse seu sustento à beira da estrada. Seria mais fácil alimentar uma ovelha, do que uma vaca."

Ficou olhando o animal furtivamente, e, quanto mais o olhava, mais gostava dele. Depois de matutar um pouco, abordou o dono da ovelha e propôs:

— Que tal trocar sua ovelha pela minha vaca?

O outro nem titubeou, e a troca foi feita.

Agora, dono de uma ovelha, continuou seu caminho, quando deparou com um sujeito que parecia cansado, pois havia parado para descansar, sentado numa pedra à beira da estrada. Seu cansaço era explicável: enquanto caminhava, trazia embaixo do braço um belo ganso, grande e gordo.

"Eta ganso bonito!", pensou o camponês. "É de se tirar o chapéu. Ah, se ele estivesse lá em casa! Podia nadar no poço, e minha velha teria um destino a dar às cascas de batata. Mais de uma vez ela disse que gostaria de ter um ganso. Pois chegou a hora! Posso trocá-lo pela ovelha!"

— Ei, você aí, do ganso — dirigiu-se ao sujeito. — Quer fazer um negócio? Seu ganso pela minha ovelha. Pau a pau.

— Um ganso por uma ovelha? É negócio da China! Claro que topo!

O camponês enfiou o ganso debaixo do braço e prosseguiu seu caminho. À medida que se aproximava da vila, o movimento da estrada aumentava a olhos vistos. Eram pessoas, veículos, cargas e animais que dava até gosto ver. A estrada era insuficiente para tamanho trânsito. Os caminhantes seguiam pelas valetas, pelo acostamento, e até mesmo pelos campos que a ladeavam. Aquela multidão até assustou o vigia que guardava a porta de entrada da vila, e mais ainda sua galinha, que ameaçou fugir, logo que avistou a primeira leva de recém-chegados. Não querendo perdê-la, o vigia amarrou-a junto ao canteiro de batatas, ao lado da cancela. Era uma bela galinha, de cauda cheia de penas, lembrando um rabo de galo. Chamava a atenção. Assustada com a presença de tanta gente, ela só fazia "có... có... có!" — prefiro não dizer o que significava aquele cacarejo. Mas sei o que pensou o camponês quando a viu. Foi isso: "Eta, galinhola bonita! Essa daí, equiparo à do Sr. Ministro, aquela poedeira que até ganhou um prêmio na exposição! Ah, se eu fosse o dono dela... Galinha é bicho danado de esperto, sempre acha o que comer. Além do mais, bota ovo! Acho que vou propor uma barganha."

Nem bem tinha pensado, e já havia proposto a troca ao vigia, que não hesitou: ficou com o ganso. E lá se foi o camponês para o centro da vila, levando a galinha debaixo do braço.

É, aquele fora um dia bem proveitoso. Caminhara um bocado, e fizera negócios um atrás do outro. Era motivo de sobra para estar com sede e com fome. O sol ardente ainda aumentava a sensação de desconforto, parecendo até que tinha sido encomendado pelo dono da venda, para despertar a sede dos visitantes. O jeito era entrar naquela venda, e foi o que ele fez.

Ao transpor a porta, quase trombou com um empregado da casa, que estava saindo, carregando um saco sobre os ombros.

— Que tem aí nesse saco? — perguntou o camponês.

— Maçãs estragadas. — respondeu o rapaz. — Vou jogá-las para os porcos, lá no chiqueiro.

— Menino, mas é muita maçã! Ah, se a velha pudesse ver esse desperdício! Sabe de uma coisa? No ano passado, a macieira lá de casa só deu uma maçã, veja você! Umazinha só! Não deu nem para comer! A velha pôs aquela maçã na fruteira, e ela ali ficou, e foi murchando, murchando, até virar uma noz! Perguntei para ela por que fazia aquilo. Sabe o que me respondeu? "Só de ver maçã na fruteira, fico achando que sou rica." Agora, imagine se ela tivesse não uma, mas um monte de maçãs!

— Não seja por isso. Quanto me dá por esse saco de maçãs estragadas?

— Que tal esta galinha?

Nem bem fez a proposta, e o empregado já lhe entregava o saco, levando consigo a galinha.

Concluído o negócio, entrou ele numa venda que estava cheia de gente. Misturavam-se ali açougueiros, fazendeiros, sitiantes, negociantes de cavalos, verdureiros, tudo quanto é tipo de gente. Havia até mesmo dois negociantes ingleses; tão ricos, que seus bolsos até estavam estufados, de tantas moedas de ouro. Os ingleses, como todo mundo sabe, gostam de fazer apostas. Essa é uma velha tradição em seu país. Então, vejam o que foi que aconteceu.

O salão da venda dava para a cozinha, onde o fogão estava aceso, preparando os tira-gostos. O calor chegava até o salão, providência muito útil no inverno, dispensando a compra de um aquecedor. Isso é uma esperteza dos donos das vendas, que estão sempre alertas, quando se trata de fazer economia. Nosso camponês, sem ter onde guardar o saco de maçãs estragadas, deixou-o encostado no fogão. Não demorou muito para que as frutas começassem a assar, chiando e estalando. O barulho atraiu a atenção dos negociantes ingleses, que logo perguntaram:

— O que ser isso?

O camponês apressou-se a contar-lhes toda a sua história, de como havia trocado um cavalo por uma vaca, uma vaca por uma ovelha, uma ovelha por um ganso, um ganso por uma galinha, e uma galinha por um saco de maçãs estragadas, que agora estavam assando junto ao fogão.

— Você ser péssimo negociante! — exclamaram os ingleses. — Seu mulher vai bater em seu cabeça com um rolo de pastel! Espere só quando chega em casa!

— Quê? — retrucou o camponês. — Rolo de pastel na minha cabeça? Nem de longe! Ela vai é me dar um beijo, e elogiar o que eu fiz. Posso até escutar o que ela vai dizer: "Este meu velho sabe o que faz!"

— *Impossible*! — exclamaram os ingleses, a uma só voz. — Nenhum mulher vai fazer isso! Quer apostar?

— Ué! — respondeu o camponês. — Quanto?

— Um saco cheio de moedas de ouro e de prata — responderam os ingleses.

— As de prata eu não quero, bastam as de ouro. De minha parte, dou-lhes um saco de maçãs e, de quebra, eu e minha velha, como criados.

— Estar oquei! — concordaram os ingleses.

Não era uma aposta das melhores, mas apostar é coisa que está no sangue dos filhos da Inglaterra; assim, o trato estava feito. Os negociantes alugaram a carroça e o cavalo do vendeiro, mandaram que o camponês subisse com seu saco de maçãs estragadas, e rumaram para sua casa.

Chegaram. O velho cão latiu, como sempre, e a mulher do camponês veio receber os visitantes.

— Estou chegando, minha velha — disse o camponês.

— Graças a Deus que chegou bem — respondeu a mulher.

— Sabe o que fiz? Barganhei o cavalo.

— Garanto que fez bom negócio. Nisso, você sabe o que faz.

Sem dar atenção aos forasteiros, estreitou-o num abraço.

— Troquei-o por uma vaca.

— Oba! Vamos ter leite! Vamos ter manteiga! Vamos ter queijo!

— É... mas troquei a vaca... Dei-a em troca de uma ovelha...

— Melhor ainda! Ovelha come menos, e dá leite também. E queijo de leite de ovelha é delicioso! Fez um bom negócio, meu velho. Com a lã dela, posso fazer meias, agasalhos, um montão de coisas! Vaca não dá lã, não é? Perde o pelo, e fica por isso mesmo. É, ovelha é muito melhor. Graças a Deus tenho um marido inteligente, que sabe pensar no bem-estar de sua família.

— Pois é, mulher... Mas acontece que não fiquei com a ovelha. Troquei por um ganso...

— Eta, coisa boa! Estamos chegando perto da festa de São Martinho, e eu já estava preocupada, porque não temos um ganso para assar! Festa de São Martinho sem ganso assado é como Natal sem castanhas e avelãs! Você está sempre pensando em como me fazer feliz.... Vamos alimentá-lo bem, para que esteja gordo quando chegar a hora de botá-lo no forno...

— Mas acabei trocando o ganso por uma galinha....

— Beleza! Excelente negócio! Ela vai botar ovos, chocar; os pintinhos vão nascer, e em pouco tempo teremos um galinheiro, coisa que sempre quis ter.

680

— Só que não vai ter... Troquei a galinha por um saco cheio de maçãs, que um sujeito ia jogar fora.

— Essa troca merece um beijo, e daqueles bem dados! Enquanto você esteve fora, pensei em preparar um jantar caprichado, para você comer quando voltasse, e resolvi fazer uma omelete com cebolinhas. Ovos, eu tinha; cebolinha, não, mas o mestre-escola tem, porque ele planta. Fui até lá, mas quem me recebeu foi a mulher dele, que, como todo mundo sabe, é unha de fome até mais não poder. Pedi-lhe emprestado um molho de cebolinha, e sabe o que a ranzinza me respondeu? "Emprestado, como, se lá no seu quintal não nasce nem mesmo uma maçã podre?" Ah, mas agora a jabiraca vai ver: vou levar para ela não uma maçã podre, mas dez, vinte, um saco cheio! Esse foi o melhor negócio de todos os que você fez, meu velho! Merece um beijo bem gostoso!

E lascou-lhe um beijo bem ardente, enquanto os ingleses contemplavam o casal, estupefactos.

— Isso ser maravilhoso! — exclamou um deles, enquanto o outro prorrompia em gargalhadas. — Quanto mais o negócio piora, mais satisfeitos os dois ficar! Eu perder essa aposta com prazer!

E entregou um saquinho cheio de moedas de ouro ao camponês, que, em vez de sopapos, recebera beijos.

É o que acontece, sempre que a mulher reconhece ter um marido mais inteligente e sagaz do que ela.

E aqui termina a nossa história, que eu escutei quando era menino. Agora que você também a conhece, trate de lembrar-se sempre: nada de recriminar as atitudes de seu pai, porque "o velho sabe o que faz".

O Boneco de Neve

Dentro de mim chia e estala. Faz muito frio — que delícia!", pensava o boneco de neve. "Quando o vento me fustiga, sinto a vida dentro de mim. Enquanto isso, aquele esquentado ali fica olhando para mim, todo embasbacado" (estava referindo-se ao sol, prestes a desaparecer no horizonte). "Coitado, está tentando ofuscar-me e fazer-me piscar. Pois não vai conseguir. Posso olhá-lo firme e de frente."

O boneco de neve tinha dois cacos triangulares em lugar dos olhos, e um ancinho de brinquedo no lugar da boca. Portanto, era uma boca com dentes. Seu nascimento fora saudado pelos meninos com gritos de alegria, estalos de chicotes no ar e tilintar dos guizos de trenós.

O sol cedeu seu lugar à lua, que surgiu no céu redonda e linda, realçando sua silhueta contra o fundo azul-escuro do firmamento.

— Lá vem o esquentado de novo — murmurou o boneco de neve. — Saiu por um lado, entrou pelo outro. Deve ter-se cansado, porque esfriou. Antes assim, iluminando a paisagem, para que eu possa enxergá-la, sem que seu calor me derreta. Ele é sortudo: desliza pelo céu, enquanto eu não sei como sair deste lugar. Ah, se eu pudesse mover-me... Desceria até o lago e iria patinar no gelo junto com as crianças. Mas se nem sei andar, quanto mais correr ou patinar...

— Au-au-au! — latiu o velho cão de guarda, acorrentado do lado de fora da casa. No passado, vivia lá dentro, até o dia em que resolveram prendê-lo ali na corrente. Desde então, ficara rouco. Ah, como era bom naquele tempo, quando ele podia cochilar junto à lareira. O cão voltou-se para o boneco de neve e falou:

— Gostaria de sair daí, não é? Não se preocupe, o sol vai ensiná-lo a correr. Foi isso o que aconteceu ao boneco que estava aí no ano passado, e ao que aí esteve no ano atrasado. Estou dizendo isso porque vi. Au-au-au! Todos sumiram...

— Não estou entendendo, companheiro — disse-lhe o boneco de neve. — É aquele disco redondo, lá em cima, que me vai ensinar a correr? Como poderia? Quando olhei fixamente para ele, desapareceu num canto do céu, e agora vem voltando sorrateiro pelo outro, como quem não quer nada...

— Nossa, como você é ignorante! — exclamou o cão. — Também, pudera: ainda não completou nem um dia de vida! O que você chama de "coisa redonda, lá em cima" é a Lua, e o que antes brilhava no céu é o Sol, que há de reaparecer amanhã. É ele que vai ensiná-lo a correr, ou, melhor dizendo, a escorrer, descendo a ladeira e indo direto para o lago. Estou sentindo uma fisgada na pata traseira esquerda, e isso é sinal de que o tempo vai mudar.

"Não compreendi bem o que esse cara disse", pensou o boneco de neve, "mas tenho a impressão de que suas previsões eram um tanto negativas para mim. O disco quente, que estava aqui antes e depois desapareceu, aquele que ele chama de Sol, parece não ser meu amigo. Até agora, ele nada me fez, mas devo tratá-lo com alguma desconfiança..."

De fato, o tempo mudou. Quando amanheceu, um pesado nevoeiro cobria a paisagem. Com o passar das horas, foi se dissipando; então, o vento começou a soprar, trazendo consigo o frio. Só aí surgiu o sol — que linda visão! A geada que cobria as árvores e os arbustos fazia a floresta lembrar um recife de coral. Pingentes de gelo pareciam pender dos galhos e dos ramos. No verão, quando se revestem de folhas, não se pode ver o emaranhado desses galhos, formando figuras fantásticas e encantadoras. Agora, porém, pareciam toalhas de renda, de um branco brilhante que dava a impressão de irradiar luz. Os ramos pendentes das bétulas oscilavam ao vento, como costumavam fazer no verão. Era bonito demais! À medida que o sol avançava no céu, sua luminosidade aumentava, e seus raios incidiam mais fortemente sobre toda a paisagem, revestindo-a de uma tênue poeira refulgente, como se formada de diamantes pulverizados. No tapete de neve que recobria o chão surgiam aqui e ali enormes diamantes, cintilando como velas acesas, que ardiam aos milhares, lançando uma luz branca como a neve.

— Não é de uma beleza indescritível? — perguntou uma jovem ao rapaz que caminhava com ela pela neve. — Acho o inverno mais lindo do que o verão.

Seus olhos rebrilhavam, como se a beleza da paisagem neles se refletisse.

Os dois pararam junto ao boneco de neve para apreciar a visão da floresta. Olhando para ele, o rapaz comentou:

— Você tem razão. No verão, não temos por aqui esse galã — disse sorridente, apontando para o boneco.

A moça riu, fazendo uma curvatura graciosa para cumprimentar o boneco de neve. Em seguida, dando-se as mãos, o casal começou a dançar sobre a neve, fazendo-a ranger sob seus pés, como se estivessem pisando sobre grãos de trigo.

— Quem eram esses dois? — perguntou o boneco de neve ao cão. — Você vive aqui há mais tempo que eu. Já os tinha visto?

— Já. Ela costuma afagar-me, e ele traz ossos para mim. Esses dois são legais. Eles, eu não mordo.

— Mas por que caminham de mãos dadas? Os outros humanos são menores e não fazem isso.

— É que eles são noivos — respondeu o velho cão, fungando. — Em breve, estarão morando numa casinha igual a esta minha, partilhando o mesmo osso.

— E são pessoas importantes, como você ou como eu?

— São. Eles moram dentro das casas grandes, e são nossos donos. Para quem já tem um dia de vida, seu entendimento é curto demais! Custo a crer que alguém possa ser tão ignorante. Enfim, não me custa ensinar-lhe, já que tenho idade, experiência e sabedoria. Conheço todos que moram na casa grande, e eu mesmo já morei lá, antes de ter de ficar aqui, ao relento, acorrentado e morrendo de frio... Au-au-au! Isso é mau!

— Adoro sentir frio. Fale-me sobre seu tempo de juventude, mas pare de ficar arrastando a corrente para um lado e para o outro, porque esse barulho me dá arrepios.

— Au-au-au! Lembro-me de quando eu ainda não passava de um filhote. "Que cachorrinho lindo!", diziam todos. Sabe onde eu dormia? Numa poltrona de veludo. Meu dono costumava pegar-me no colo e limpar minhas patas com um lenço bordado. Todos

queriam beijar-me, chamando-me de "tiuzinho", "teteia", "gracinha" e outros apelidos carinhosos. Aí eu cresci, e fiquei grande demais para me carregarem no colo. Deram-me à empregada, e fui morar no quarto dela, que fica lá no porão. Daí de onde você está, é possível ver a janela desse quarto. Ali dentro, eu era o rei. O mobiliário de lá era bem mais simples do que o da casa grande, mas o conforto era bem maior. Tinha minha própria almofada, e continuava a comer do bom e do melhor, como antes. E o quartinho tinha uma vantagem: ali não havia crianças, que são uma verdadeira peste para os cães. Estão sempre atazanando a vida da gente, puxando as orelhas, apertando, abraçando, carregando, como se nós, os cães, não tivéssemos pernas e patas para andar... E havia ali um fogão, que era até mais agradável que a lareira da casa grande. Ah, quando chegava o inverno, como era bom ficar deitado perto dele! Quando esfriava mais, eu até costumava enfiar-me por baixo daquele fogão, só para sentir o calorzinho gostoso que saía de lá... Oh, isso faz muito tempo que aconteceu, mas ainda me lembro como se fosse ontem... Pena que acabou... au-au-au!

— Esse tal de fogão deve ser uma beleza. Parece comigo?

— Nem um pouquinho. É tão diferente de você como o dia o é da noite. O fogão é preto como carvão, e tem um pescoço negro e comprido, vestido com um colarinho de metal. O fogo fica na barriga dele. Para se alimentar, ele engole lenha até se empanzinar, e aí começa a vomitar fogo pela boca. Nesses momentos, a gente fica diante dele, ou melhor, debaixo dele, e você não faz nem ideia do quanto isso é confortável! Talvez você possa vê-lo, se olhar bem lá no fundo daquela janela aí em frente.

O boneco de neve olhou para lá, e de fato viu o fogão, grande e negro, tendo pés, braçadeiras e puxadores de metal polido. Pela portinhola aberta, viu até o fogo que ardia dentro dele. Uma estranha sensação, misto de alegria e tristeza, tomou conta dele. Era um sentimento que jamais havia experimentado, e que todas as pessoas sabem como é, exceto aquelas que são feitas de neve.

— Por que resolveu sair de perto dele? — estranhou o boneco de neve. — Como pôde abandonar um lugar tão acolhedor e confortável?

— Não foi por meu querer — respondeu o cão de guarda. — Expulsaram-me de casa, puseram-me uma corrente no pescoço, e aqui estou. Sabe por quê? Porque mordi o filho caçula do dono da casa, quando ele veio tirar o osso que eu estava roendo. Aquilo me deixou indignado, e então pensei: é osso por osso, e lhe cravei uma dentada na perna. Erramos os dois, mas toda a culpa recaiu em mim. Desde então, vivo aqui, acorrentado. A umidade do ar estragou minha voz, deixando-me rouco. Meu latido atual mal lembra o antigo, que era forte e retumbante. Au-au-au! Esta é a minha história.

Enquanto o cão narrava suas desventuras, o boneco de neve ficou contemplando o fogão, que podia entrever pela janela, no quartinho da empregada. Lá estava ele, ereto sobre os quatro pés de metal, como se de lá também o estivesse fitando. "É exatamente da minha altura", pensou o boneco de neve.

— Sinto uns estalos estranhos dentro de mim — queixou-se. — Será que nunca poderei entrar naquele quarto e ficar pertinho do fogão? É um desejo inocente, que tenho aqui dentro, e todo desejo desse tipo deveria ser atendido. Além do mais, é meu maior, mais caro e único desejo. Seria uma terrível injustiça se ele não pudesse ser realizado. Tenho de entrar lá dentro, seja como for, ainda que, para isso, seja necessário arrombar a janela.

— Trate de desejar outra coisa, porque você nunca haverá de entrar ali. E é melhor que não tente. Se entrar e se aproximar do fogão, num minutinho estará acabado para sempre. Au-au!

— Não me resta muito tempo! — gritou o boneco de neve. — Sinto como se estivesse prestes a me partir em dois!

Durante todo o resto daquele dia, o boneco de neve ficou espiando o interior da janela do quarto da empregada, achando-o cada vez mais atraente. A luz das brasas, que saía de sua boca, era suave, bem diferente da que se irradiava da lua ou do sol. "Só mesmo o fogão tem essa luminosidade maravilhosa", pensou. Nos momentos em que sua porta era aberta, para que lhe enfiassem uma nova pazada de lenha, as chamas saíam daquela boca, lançando um clarão mais vivo, que fazia o boneco de neve enrubescer.

— É lindo demais! — exclamou. — Fico até extasiado quando o vejo pondo a língua para fora!

A noite foi comprida, mas não para ele, que estava sonhando acordado, na maior felicidade. Além do mais, fazia tanto frio, que tudo parecia tiritar.

Pela manhã, a janela do porão estava coberta por uma camada fina de gelo, formando lindas flores, mas o boneco de neve não apreciou aquela decoração, pois ela lhe encobria a visão do fogão. O frio impedia o gelo de se derreter, formando sincelos que escorriam dos beirais dos telhados e da alavanca da bomba de água, que assim ficava com a aparência deselegante de um nariz escorrendo. Era o tipo do tempo que deveria deixar um boneco de neve no auge da felicidade, mas não era isso o que acontecia com o nosso, que padecia de um terrível mal: o desejo incontido de ficar perto do fogão.

— Essa doença é muito grave, especialmente para um boneco de neve, comentou o cão de guarda, balançando a cabeça. — Já tive isso, e sei como é duro... Mas hoje estou curado. Au-au-au! Tenho a impressão de que o tempo vai mudar...

E foi o que aconteceu. Começou a esquentar, enquanto o boneco de neve ia diminuindo de tamanho. Ele o notou, mas nada queixou, o que não era bom sinal.

Na manhã seguinte, ele se desfez. Sua cabeça desprendeu-se do corpo e rolou pela encosta, e uma coisa parecida com um cabo se vassoura ficou espetada no chão, assinalando o lugar onde ele antes de encontrava. Era aquilo que os meninos tinham usado para servir-lhe de esqueleto, mantendo-o inteiro e ereto.

"Agora compreendo por que ele tinha tanta saudade do fogão", raciocinou o cão. "Puseram dentro dele um velho atiçador de fogo. Isso explica tudo: quanto mais derretia, mais au-au-aumentava a sua sau-au-audade..."

Em pouco, o inverno já tinha ido embora, e as menininhas cantaram:

> *Anêmonas brancas, brotai já do chão;*
> *Estende teus ramos, salgueiro-chorão;*
> *Cantai, passarinhos, alegres, sem medo,*
> *Porque a primavera despontou mais cedo.*

E ninguém se lembrou do boneco de neve. Nunca mais.

No Viveiro dos Patos

No viveiro de aves... bem, as galinhas que ali viviam chamavam aquele lugar de "galinheiro", mas ele bem poderia ser chamado de "pateiro", já que ali havia mais patos que galinhas. Então, recomecemos:

No pateiro, havia uma pata que fora trazida de Portugal. Ela chegou ali, botou ovos, chocou-os, depois foi abatida, assada e comida: eis sua biografia. Por isso, os patinhos que saíram daqueles ovos eram chamados de "portuguesinhos", e se orgulhavam muito desse apelido. Nossa história começa quando aquela ninhada já estava reduzida a apenas um único membro, a pata Portuguesa, grande e muito gorda, e por isso mesmo considerada um tipo de beleza entre os outros patos.

— Có-coria-có! — trombeteou o galo, que tinha doze esposas e era arrogante e muito aparecido.

— Ai, Jesus! — reclamou a Portuguesa. — Esse alarido dói-me nos ouvidos! Bem que esse galo poderia aprender a modular sua voz. Não obstante, seu canto soa bem. Não posso negá-lo, ainda que ele não pertença à raça dos patos. Mas trata-se de um gajo inculto e bárbaro, que não sabe como fazer para modular sua voz. Quem domina essa arte são aqueles passarinhos que estão a construir seu ninho na tília. Ai, como cantam divinamente! Existe algo em seu canto que me toca fundo no coração. Sim, há um toque português em suas canções. Gostaria de criar um deles, com ternura e carinho, como se fosse sua mãe... Ser amorosa é parte de minha natureza, é uma coisa que está no meu sangue português...

Nem bem tinha acabado de falar, quando um passarinho despencou do telhado, vindo a cair de ponta-cabeça no chão do pateiro. Tinha sido atacado pelo gato e, sabe-se lá como, conseguiu escapar de suas garras, porém com uma asa quebrada.

— Eis o que se pode esperar de um felino: brutalidade! — exclamou a pata. — Conheço bem esse maroto: não foi ele quem devorou dois filhotes que pus neste mundo? Como se pode permitir que uma criatura dessas fique a andar livre por aí, especialmente sobre os telhados? Isso nunca teria sido permitido em Portugal, ora pois...

Todos os patos do terreiro, mesmo os que não eram de origem portuguesa, apiedaram-se do destino do pobre pássaro. Fazendo um círculo ao redor de seu corpinho estendido no chão, comentaram entre si:

— Pobre criatura infeliz! Não sabemos cantar, mas somos amantes da música.

— Isso mesmo! Somos sensíveis à Arte, embora poucas vezes falemos sobre esse assunto.

— De nada vale ficarmos por aí a lamentar — disse a Portuguesa. — Tratemos de fazer algo por essa desventurada criaturinha. Tentarei reanimá-la.

Passando das palavras à ação, entrou no tanque e espadanou água com as asas, jogando-a sobre o passarinho. Ele tomou, ao mesmo tempo, um banho e um susto, mas logo entendeu a boa intenção da pata, dirigindo-lhe um olhar agradecido.

— Estão a ver? — disse a Portuguesa, satisfeita. — Era disso que ele precisava!

— Pip! — piou a avezinha, cuja asa quebrada dificultava seus movimentos, impedindo-a de secar-se. — Muito obrigado, madame. A senhora tem um bom coração. Não precisa dar-me outro banho; este já bastou.

— Então tenho um bom coração? Pois não é que devo ter mesmo? Amo todas as criaturas deste viveiro, exceção feita ao gato. A esse lá, jamais dedicarei meu amor. Sinta-se em casa, ó avezinha. Eu não sou daqui; sou estrangeira, como você bem pode ver, pela beleza de minhas penas e pelo meu porte. Meus companheiros, porém, são todos nativos. Só eu tenho sangue nobre, mas isso não me sobe à cabeça, ora pois... Por isso, digo-lhe: pode confiar em mim. De todos daqui, sou eu quem melhor o entende.

— Ela é estrangeira, nasceu em "Patugal" — brincou um dos patos, que era muito espirituoso. — Já aquele que está lá no telhado nasceu em "Portugato".

Os outros patos grasnaram alegres, dando-se cotoveladas com as asas e repetindo os trocadilhos do companheiro brincalhão:

— Quac, quac, quac! Patugal e Portugato! Quac, quac, quac!

— Essa foi muito boa!

Em seguida, porém, lembraram-se do passarinho ferido e voltaram para ele suas atenções.

— Nós, os patos da terra, não gostamos de falar difícil, nem de espalhar aos quatro ventos nossas boas ações, mas também somos sensíveis e temos bom coração. Nosso lema é: fazer o bem, sem fazer quem-quem.

— Você canta com bela voz, passarinho, disse um pato mais velho. — Deve ser gratificante saber que se causa prazer aos outros quando se canta, e é o que você sempre faz. Como não sou entendido em arte, prefiro ficar de bico calado, quando se trata desse assunto. Antes silenciar, que ficar por aí grasnando um monte de asneiras. Pena que nem todos pensem assim...

— Basta de importunar o pobrezito — ralhou a Portuguesa. — Não estão a ver que ele precisa de repouso e cuidados? Ouça cá, passarinho, que me diz de tomar outro banho?

— Oh, não! Prefiro ficar seco — respondeu prontamente o passarinho.

— Água é o melhor remédio que existe — retrucou a Portuguesa. — É indicada para todo tipo de mal. É como sempre digo: água e boa companhia, trazem saúde e alegria. E, por falar nisso, vejam quem está chegando: as galinhas chinesas. Elas têm penas nas pernas, mas são muito distintas, apesar disso. Como acontece comigo, nasceram aqui, mas corre sangue estrangeiro em suas veias. Só por isso, devemos tratá-las com todo respeito.

À frente delas vinha o galo chinês.

— Você passalinho, non? — perguntou, tentando ser gentil, atitude que não lhe era comum, visto ser um galo agressivo e brigão. — Passalinho canta bonito, e galo gosta muito. Pena passalinho ter peito muito pequeno. Non pode cantar alto como galo.

Dizendo isso, estufou seu próprio peito, orgulhosamente.

— Passalinho palece pintinho saído do ovo, non? — comentou uma das galinhas chinesas, vendo-o ainda molhado do banho que acabara de tomar.

Curvando as cabeças a cada frase que diziam, as outras galinhas chinesas dirigiram-se a ele, obedecendo à ordem de chegada:

— Somos da mesma "laça" de passalinho. Temos dedinhos sepalados. Pato é de "laça" diferente: tem pele entle os dedos.

— Todo pato é assim, até mesmo os nascidos em Poltugal.

— Somos galinhas nobles, de família impoltante, mas lespeitamos todas as outras galinhas deste galinheilo.

— Lespeitamos, sim, mesmo sabendo que todas são muito idiotas. Só as galinhas chinesas é que são intelizentes.

— Passalinho non deve confiar em pato, ave muito peligosa.

— Aquele pato ali, de pena amassada no labo, é muito mentiloso.

— Aquele de pena velde na asa é muito palpiteilo, gosta de dar opinion soble tudo, mas non sabe nada.

— Aquele goldo é fofoqueilo. Está semple falando mal da vida alheia.

— Galinha chinesa non fala mal dos outlos, só fala coisa boa.

— Cuidado com pato, passalinho. Ave muito maldosa, viu? Só aquela pata Poltuguesa é que tem um pouquinho de educaçon, mas ela é muito abolecida: só sabe falar de Poltugal...

— Gente do céu — comentou um dos patos com um companheiro, — que será que essas galinhas chinesas tanto cochicham no ouvido do passarinho?

— Sei lá — respondeu o outro. — Boa coisa não deve ser. Acho todas elas muito metidas. Até hoje, nunca fiz questão de dirigir a palavra a uma delas.

O pato mais velho entrou na conversa e comentou, sem se preocupar em ser ouvido:

— Acho que estamos exagerando nas atenções para com esse passarinho. Fiquei reparando nele, e acho que não passa de um pardal. Sei que tudo é passarinho, mas há os artistas e os sem graça. Esse aí me parece ser do segundo tipo.

— Não lhe dê ouvidos — sussurrou-lhe a Portuguesa. — Esse aí é um interesseiro que só pensa em negócios. É hora de tirar uma soneca. O sono é benéfico a quem, como eu, tem de engordar, para um dia ser recheada e levada ao forno. Ou não é esta a finalidade de nossa existência? Venha aninhar-se junto a mim.

O passarinho seguiu-a, manquitolando. A pata arranjou um lugar, ajeitou-se ali, e logo já estava ressonando. Ele aconchegou-se junto a ela, pensando: "Aqui estarei bem protegido. Taí: gostei deste lugar".

Não tendo mais coisa alguma a fazer por ali, as galinhas chinesas voltaram para seu canto. O pato que gostava de fazer trocadilhos, vendo o passarinho e a Portuguesa que ressonavam tranquilamente, voltou-se para um companheiro e comentou:

— O passarinho foi promovido a "patarinho"...

— Quac, quac, quac! Essa eu tenho de contar para os outros.

Em breve, todos grasnavam alegremente, repetindo a piada:

— Essa foi demais: "patarinho"... Esse pato tem cada uma...

Continuaram a rir, até que foram vencidos pelo sono, recolhendo-se cada qual em um canto. Seguiu-se silêncio completo, até que ali chegou uma empregada da casa, trazendo uma cesta com os restos do almoço, e atirando-os dentro do galinheiro. Foi só escutarem o barulho, e todos os patos despertaram, abrindo as asas. A Portuguesa também acordou, pondo-se de pé e pisando sem querer no passarinho, que logo estrilou:

— Piiip! Cuidado, madame! A senhora é muito pesada!

— Ora, pois! Então, a culpa é minha? Quem lhe manda ficar no caminho e ser tão susceptível? Ademais, faça-me um favor: nunca me diga "piiip!" com esse tom de voz, entendeu?

— Desculpe, madame. Não quis ser grosseiro, mas é que escapou...

A Portuguesa não escutou suas palavras, pois já se achava entre as outras aves, tratando de comer o mais rápido que podia. Nesse meio-tempo, o passarinho compôs uma canção em sua homenagem. Quando ela voltou e se preparava para dormir mais um pouco, ele cantou:

Tuí, tuí, tuí!
Ela tem um bom coração.
Tuí, tuí, tuí!
Vou fazer-lhe uma canção
Tuí, tuí, tuí!
Não existe pata igual,
Nem nascida em Portugal!
Tuí, tuí, tuí!

— Oh! — queixou-se a pata, — isso é hora de cantar? Depois de nos alimentarmos, o que queremos é dormir. Aqui neste pateiro, é assim que fazemos. Aprenda a viver como um pato, se quiser ficar conosco.

O pobre pássaro ficou sentido e desconcertado. Quisera fazer-lhe um agrado, e só conseguira aborrecê-la.

Enquanto a Portuguesa dormia, ele avistou um grão de trigo. Com dificuldade, tomou-o no bico e o depositou diante dela, para que a pata o encontrasse ao acordar. Acontece que ela dormiu mal e despertou mal-humorada. Vendo o grão de trigo, explodiu:

— Ora, de que me serve isso? Pensa que sou galinha? Veja se pára de importunar-me o tempo todo.

— Tudo o que quis foi fazê-la feliz — queixou-se o passarinho. — Em vez disso, a senhora ficou enfezada!

— Quê? Enfezada? Ah, maroto, como ousa chamar-me disso? Esses são modos de se dirigir a uma senhora?

— Ontem, tudo era sol e alegria — continuou o passarinho, fungando. — Hoje, tudo é cinzento e triste. Como estou infeliz...

— Qual "ontem" e "hoje" o quê! O dia nem terminou ainda! Além de não saber contar o tempo, fica você aí com essa cara de choro. Deixe-se disso, vamos!

— Oh, não me olhe assim, por favor! — implorou o passarinho. — Era assim mesmo que aqueles dois olhos maldosos me fitavam, antes que eu caísse do telhado aqui embaixo!

— Raios que o partam! — explodiu a Portuguesa. — Onde já se viu comparar-me ao gato, um animal carnívoro! Logo eu, que não tenho a menor maldade dentro de mim! Eu, que o tenho tratado com desvelo maternal! Vou ensinar-lhe a ter boas maneiras, ora se vou!

Então, com o bico, arrancou a cabeça do pobre passarinho, cujo corpo ali ficou, inerte e sem vida.

"Ai, Jesus, que estou a fazer?", pensou, preocupada. "Terei sido por demais severa? Perdi a cabeça, e ele ainda mais... Também, pudera: se não podia mantê-la sobre o pescoço, é porque não merecia ser deste mundo. Além do mais, por que me ofendeu, se eu estava sendo uma mãe para ele? Tenho bom coração, e, se assim agi, foi porque não me restava outra alternativa."

Nesse momento, o galo esticou a cabeça sobre a cerca e cantou tão alto, que poderia ser ouvido até no bairro vizinho.

— Esse seu canto escandaloso vai acabar matando-nos a todos! — grasnou a Portuguesa. — Veja lá o que fez: a pobre avezita perdeu a cabeça, e eu também quase perco a minha!

— É — admitiu o galo, vendo o corpo decapitado do passarinho, — esse aí parece que não vai cantar nunca mais...

— Veja lá como fala! — zangou-se a pata. — Trate-o com respeito, ora pois! Seu peito era pequeno, mas ele cantava com efetivo talento artístico. Além do mais, era dotado daquela natureza terna e afetuosa que todos os animais, inclusive os seres humanos, deveriam possuir, mas que muitas vezes não possuem...

Todos os patos reuniram-se em torno do corpinho do pássaro cantor. Os patos têm um temperamento apaixonado, que sempre aflora quando movido por sentimentos como a inveja ou a compaixão. Era este último sentimento que agora os dominava, à vista do passarinho morto. Enquanto o contemplavam, balançando as cabeças gravemente, chegaram as galinhas chinesas.

— Foi o passalinho mais malavilhoso que zá vimos — disseram elas. — Até palecia ser um cinês...

Tanto elas, como as galinhas da terra, puseram-se a cacarejar tristemente, chorando sobre o pequeno cadáver. Os patos não choraram, mas ficaram com os olhos vermelhos, de tanto os esfregar.

— Não resta dúvida — disse um deles, — nós, os patos, temos coração muito mole.

— Quase tão mole quanto o dos patos de Portugal — arrematou a Portuguesa.

Mas o velho pato interesseiro, que só pensava em negócios, além de não estar com os olhos vermelhos, logo desgarrou-se do bando, resmungando:

— Por que tanta celeuma, tanto escarcéu? Um cantor a menos, que falta faz? De onde veio, há muitos outros, tão bons ou melhores que ele. Que fiquem lá, chorando e lamentando; de minha parte, vou tratar de encontrar alguma coisa para comer. Encher a pança — isso sim, é que é importante.

A Musa Do Século XX
(Escrito em 1861)

Não chegaremos a conhecer a Musa do Século XX. Nossos filhos, talvez; nossos netos, certamente. Nada impede, contudo, que especulemos sobre sua aparência, sobre os temas de suas canções, sobre como ela deverá influenciar o espírito humano, sobre a que altura haverá de erguer a cultura e a civilização, nesse século que está por chegar.

Quantas perguntas poderíamos dirigir-lhe, agora que a poesia apenas engatinha, e que os nossos poetas, hoje considerados "imortais", compõem obras que, no futuro, interessarão apenas a uns poucos, e que serão preservadas, se o forem, apenas sob a forma de inscrições, garatujadas nas paredes das prisões...

A poesia deve interessar-se por aquilo que está por vir. Ela tem de ser o estopim que deflagra lutas e guerras, fazendo correr rios de sangue e de tinta.

Talvez você ache que eu esteja expressando apenas minha opinião pessoal, e queira protestar, dizendo que a poesia não está de modo algum esquecida nestes nossos tempos. Com efeito, admito haver ainda pessoas que, de vez em quando, nos momentos de ócio, sentem necessidade de ler alguma poesia. Se essa espécie de "fome" chegar a produzir-lhes uma sensação de incômodo, serão até capazes de mandar um empregado à livraria da esquina, com ordem de comprar a última produção de um poeta laureado pela crítica. Pode ser, contudo, que se contentem com a poesia que recebem de graça em suas casas, nas folhas de papel em que vêm embrulhadas suas compras de armazém. Os editores costumam vendê-las como papel velho, e o merceeiro paga uma ninharia por elas.

Preço módico é coisa que conta muito, especialmente numa época voltada para os interesses comerciais, como é a nossa. Só pagamos por aquilo que nos é efetivamente necessário, e o resto não importa. A poesia do futuro, e talvez a própria música, são assuntos que antes interessam a um Dom Quixote. Gastar nosso precioso tempo especulando sobre esses temas equivale a discutir os pormenores de uma viagem ao remoto planeta Urano. Além de valioso, nosso tempo é curto para tais devaneios. Quando será que nos decidiremos a, de uma vez por todas, analisar a Literatura, mas de forma racional? Em que consiste o impulso poético? Na arte de compor sons que tentam expressar ideias e sentimentos provocados pelo movimento e vibração de nossos nervos. Toda alegria, toda felicidade, toda dor — sim, e até mesmo nossas ambições materiais — são, segundo nos dizem os entendidos, determinadas pelo funcionamento de nosso sistema nervoso. Somos apenas instrumentos de cordas: todos nós, sem exceção!

Mas quem é que dedilha essas cordas? Quem as faz vibrar? É o espírito, o invisível espírito de Deus que existe dentro de nós, enquanto os outros instrumentos de corda, inspirados por Seus movimentos e Sua disposição, respondem, seja em harmonia, seja em dissonância. É assim que tem sido, e é assim que sempre será, mesmo no próximo século, quando os homens haverão de caminhar a passos largos rumo ao progresso, já que estarão mais conscientes de sua liberdade.

Cada século — e cada novo milênio — reflete sua grandeza na Poesia. Traz consigo as marcas deixadas pelo século anterior e, enquanto transcorre, adquire sua própria personalidade, que vai legar ao século seguinte. Aquela que será a musa do próximo século certamente já nasceu, nesta era das máquinas, ativa e movimentada. A ela, nossas saudações, que haverão de chegar-lhe algum dia, nem que lidas entre as inscrições da parede de uma cela de prisão.

Seu berço, enorme, estende-se na direção do sul, passando por onde nossos exploradores já alcançaram e indo até onde nossos astrônomos apontaram seus telescópios. Não conseguimos escutar o vaivém do seu balanço, pois ele é encoberto pelo barulho constante das máquinas de nossas fábricas, dos apitos das locomotivas e das explosões, tanto aquelas que despedaçam os rochedos, como as que desfazem os laços que nos prendem ao passado. Ela nasceu dentro dessas fábricas, entre jatos de vapor e movimentos contínuos de máquinas, onde Mestre Sem-Coração e seus ajudantes trabalham dia e noite, sem parar.

Ela tem capacidade de amar e, diferente daquele mestre, possui coração de mulher, ardoroso, virginal, candente das chamas da paixão. Sua inteligência refulge, difratando-se em todas as cores do espectro, uma vez que, depois de milhares de anos de discussões, chegou-se por fim à conclusão de que a beleza dessa ou daquela cor é mera questão de gosto. Seu poder e seu orgulho são as asas de cisne de sua fantasia, construídas pela Ciência e reforçadas pelas leis da natureza.

Nas veias da musa, misturam-se dois tipos de sangue bem diferentes. Do lado paterno, ela é da mesma estirpe do povo. Sua alma e seus pensamentos são saudáveis; a expressão do olhar é atenta, mas há sempre um sorriso bailando em seus lábios. Já sua mãe é de origem nobre, e teve educação acadêmica. Sendo filha de imigrantes, essa dama lembra com saudades dos tempos dourados do Rococó.

Ao nascer, a musa recebeu presentes extravagantes. Entregaram-lhe tantos segredos da natureza, que até pareciam não passar de balas e caramelos, para serem chupados e esquecidos. Das profundezas do oceano, o sino do mergulhador trouxe-lhe as mais esquisitas espécies submarinas. Seu cobre-leito foi um mapa dos céus — esse oceano silencioso, juncado de milhões de ilhas, cada qual um mundo.

Sua babá cantou-lhe lindas canções de ninar. As letras das músicas eram retiradas dos versos do grande escaldo Eivild, de Firdusi, dos trovadores germânicos e de Heine, que cantava com açodamento infantil, extraindo as palavras do fundo de uma alma verdadeiramente poética. Ela recitou os *Edas*, contos de sangue e de vinganças, compostos pelos nossos primitivos ancestrais. Em um quarto de hora, resumiu-lhe todas *As Mil e Uma Noites*. Sim, a musa aprendeu muita coisa com sua babá.

A musa do século que está para chegar ainda é uma criança, embora não mais durma num berço. É uma garota voluntariosa, determinada, caprichosa, pois ainda não se decidiu pela direção que deverá tomar. Por ora, diverte-se no grande jardim de infância repleto de tesouros do Rococó e do passado remoto. As personagens da Tragédia Grega e da Comédia Romana estão ali, esculpidas em mármore, para lhe servirem de brinquedo. Todas as cantigas folclóricas entoadas até hoje também estão ali, como flores secas, esperando pelo beijo de um gênio, para que possam desabrochar e recender mais docemente que nunca. Acordes de Beethoven, de Gluck, de Mozart e de todos os outros grandes compositores musicais são mostrados para ela. Suas estantes estão repletas de livros que, na época de sua publicação, foram considerados obras imortais, mas que hoje se acham esquecidos. E ainda existe lugar para os livros de nossa época, aqueles cuja imortalidade é proclamada pelos fios telegráficos, mas que estarão mortos antes que o telegrama seja aberto, contendo aquela falsa informação.

A musa já leu muitos livros; a bem da verdade, livros em demasia. Com isso, está aprendendo a arte de esquecer, tão cara e necessária nesses nossos tempos.

Até o presente momento, ela ainda não se preocupou em compor sua própria canção, a grandiosa obra que haverá de inspirar, e que será legada ao milênio que haverá de seguir-se a este, a obra que deverá ombrear-se aos livros de Moisés e às fábulas de Pilpay. Enquanto ela se diverte, as nações se engalfinham, fazendo retumbar nos ares o ruído ensurdecedor de suas batalhas. Canhões e canetas inscrevem na terra runas e hieróglifos que talvez nunca sejam decifrados.

Com o chapéu de Garibaldi sobre a cabeça, ela se compraz com a leitura de Shakespeare, até que, num dado momento, ergue o olhos do livro e murmura para si própria:

— Este aqui permanecerá, depois que eu crescer, e só então será efetivamente compreendido.

Calderón de la Barca repousa num sarcófago edificado sobre suas próprias obras e decorado com palavras de homenagem e tributo. Holberg — oh, sim, a Musa do Século XX é cosmopolita, e também ouviu falar do teatrólogo dinamarquês — lá está, num volume que ainda contém obras de Plauto, Molière e Aristófanes. Quando ela o retira da estante, porém, geralmente só lê Molière.

Em sua busca do significado da vida, ela é tão objetiva como a camurça que esquadrinha a montanha atrás de sal, embora não seja atormentada pela inquieta ansiedade que guia os passos desse animal arisco. A paz que domina sua alma é como aquela descrita no conto hebreu — e nem mesmo os corações dos alegres guerreiros da Tessália eram tão cheios de força como os daquela tribo nômade que vivia numa planície verdejante, sob o céu claro e estrelado.

Você haverá de perguntar: e quanto à religião — ela é cristã? Bem, ela conhece os rudimentos da Filosofia. A teoria do átomo fez cair um de seus dentes de leite, mas já nasceu outro em seu lugar. Ela comeu da maçã, enquanto estava no berço, e isso lhe deu a sabedoria. Foi então que voltou seu pensamento para a imortalidade, conscientizando-se de ser aquela ideia a mais bela jamais concebida pela mente humana.

Quando terá início sua era? Quando teremos ocasião de ver e ouvir a Musa do Século XX?

Uma bela manhã, ela haverá de aparecer. Chegará montada sobre o dorso de um dragão moderno, a locomotiva, transpondo túneis e pontes de aço. Navegará através dos oceanos, cavalgando um golfinho que solta vapor pelas ventas. Ou então chegará pelos ares, trazida pelas asas do pássaro de Montgolfier, aquele *Pássaro-Roca* que um dia pousará na terra, no exato local onde a divindade da musa será um dia reconhecida.

Mas onde será isso? Em que país? Seria no continente descoberto por Colombo? Aquela Terra da Liberdade, cujos nativos foram caçados como animais selvagens, para aonde os africanos foram levados a fim de servir como bestas de carga; a nação de onde nos vieram os sons da *Canção de Hiawatha*? Seria no lado oposto do planeta, naquela ilha dourada dos Mares do Sul, a terra dos contrastes, o avesso da nossa, onde a noite é dia, e cisnes de asas negras cantam nas florestas de mimosas? Ou surgirá primeiramente junto à estátua de Mêmnon, a esfinge do deserto, que ainda entoa seu canto ao nascer do sol, recitando

695

palavras que não podemos compreender? Ou escolherá a Ilha de Hulha, onde Shakespeare reina absoluto, desde os tempos elisabetanos? Ou seria naquele país que Tycho Brahe dizia ser a sua terra, mas de onde um dia foi expulso? Ou na Califórnia, aquela terra do faz de conta, onde a sequóia se ergue altaneira, alçando-se acima de todas as outras formas de vida?

Não temos condição de responder a qualquer uma dessas indagações, seja onde, seja quando aquela luz, aquela estrela que rebrilha na fronte da musa será avistada pela primeira vez, fazendo desabrochar a flor em cujas pétalas estará inscrita a concepção de beleza que dominará o Século XX, estabelecendo o seu gosto com relação às formas, às cores e aos sons.

— Quais serão os planos dessa nova musa? — haverão de perguntar os políticos mais sagazes, com uma ponta de nervosismo. — Que deverá constar de seu programa?

Talvez fosse melhor se perguntassem: que será que ela não pretende fazer?

Ela certamente não irá representar o papel de um espectro do passado. Não pretende escrever novos dramas utilizando temas já abandonados. Não tem intenção de remendar a beleza com poesia de ocasião, enredos de carregação e tragédias de dramalhão. Ela irá superar-nos em muito, assim como o anfiteatro de mármore ultrapassou o palco ambulante dos saltimbancos. Não irá desfazer em pedaços a fala natural do homem, para depois juntá-los de maneira artificial, fazendo-a soar como se fosse uma caixinha de música, nem tampouco irá recheá-la de frases bajuladoras, como as que os trovadores eram obrigados a compor, a fim de agradar a seus patronos. Não fará distinção entre a poesia e a prosa, atribuindo àquela a condição de fidalga, e a esta a de plebeia; ao contrário, haverá de considerá-las como iguais em força e importância, ambas plenamente capazes de transmitir o senso da Beleza.

Não tentará esculpir novos deuses no bloco granítico das *sagas* islandesas. Os antigos deuses já morreram. O século vindouro virtualmente os desconhecerá, relegando-os ao acervo das velhas tradições. Quanto a sua morada, não poderá sentir-se à vontade nos quartos de aluguel dos romances franceses que retratam épocas passadas, nem nos cômodos mesquinhos tão a gosto de nossos contemporâneos, que pretendem anestesiar os leitores narrando histórias "realistas", e tendo como personagens "gente comum". Há de trazer, isso sim, a essência da vida, para a Arte e a Literatura. Sua prosa e sua poesia serão claras, objetivas e variadas. Um novo alfabeto será desenvolvido, cada letra representando o pulsar do coração de cada povo. A musa amará com o mesmo ardor cada uma dessas letras, formando palavras que haverão de reunir-se compondo uma canção, o hino do futuro.

E quando ocorrerá seu aparecimento? Para aqueles que já se foram antes de nós, e que estão familiarizados com a eternidade, ela haverá de surgir em breve; para nós, porém, ainda deverá demorar bastante, até que ela chegue. Logo a Grande Muralha da China irá desmoronar-se. As ferrovias europeias não custarão a desvendar o segredo guardado nos arquivos da cultura asiática. Do choque dessas duas correntes de cultura erguer-se-á uma enorme onda, reboando em sonoridades nunca até então escutadas. Nós, os velhos de nosso próprio tempo, tremeremos de medo, escutando nessa música nova a voz de Ragnarok e a queda dos antigos deuses. Esse é o destino inexorável de toda civilização — como poderíamos esquecer? Toda nação e toda época acabam por desaparecer, deixando apenas uma imagem gravada na cápsula do tempo, composta de palavras que flutuam no Rio da Eternidade, como se fossem flores de lótus. Essas flores flutuantes fazem-nos lembrar que todas as eras são carne de nossa carne, e que apenas suas roupagens diferem umas das outras. A flor dos hebreus é o Velho Testamento; as flores dos gregos são a *Ilíada* e a *Odisséia*. Qual será a nossa flor? Perguntem à Musa do Século XX, quando chegar a época de Ragnarok, e um novo céu surgir, revelando o significado de sua mensagem.

Toda a potência do vapor, toda a força do presente, nada mais representam que a alavanca do futuro. Mestre Sem-Coração e seus ajudantes, considerados hoje em dia como os regentes do mundo, serão reduzidos à condição de servos, de escravos, incumbindo-se da tarefa de limpar e decorar os salões, e de servir a mesa do grande banquete presidido pela Musa do Século XX. Esta, então, sentar-se-á à cabeceira da mesa, tendo no coração a inocência de uma garotinha, a honestidade de uma donzela, a confiança e a sabedoria de uma mulher. Dali mesmo ela acenderá a lâmpada maravilhosa da Poesia. E a chama da santidade arderá no coração humano da nova musa.

Com ansiedade, aguardamos a chegada da Musa da Poesia, do século que está por vir. Nossos gritos de boas-vindas reboarão nos céus, ainda que sejam tão mudos como os lamentos e as preces dos vermes que a lâmina do arado corta ao meio. Entretanto, quando chega a primavera, o arado volta a sulcar a terra, acabando de esfacelar os vermes, e desse modo fazendo com que as plantas dali venham a brotar, para alimentar as gerações futuras.

Saudemos a Musa do Século XX! Ela está para surgir! Ave!

A Donzela de Gelo

CAPÍTULO UM: O PEQUENO RUDY

Vamos fazer uma visita à Suíça. Vamos viajar por essa maravilhosa terra situada entre as montanhas, verdadeiras muralhas de granito revestidas por densas florestas. Vamos escalar essas montanhas, até alcançarmos seus altos platôs recobertos por neve. Em seguida, desceremos até as campinas verdejantes, onde os rios e regatos escorrem tão docemente, que se poderia dizer estarem com receio de chegar ao oceano e desaparecer. Embaixo, nos vales, o sol é tórrido, mas o ardor de seus raios também alcança o topo das montanhas. Ali dardejam sobre a profunda camada de neve, derretendo-a e fazendo-a condensar-se em gigantescos blocos de gelo, alvos, reluzentes: as geleiras.

Duas dessas geleiras foram formadas logo abaixo dos píncaros de duas montanhas: a Schreckhorn e Wetterhorn, preenchendo as ravinas e fendas de seus flancos que dão para a cidadezinha de Grindelwald. São duas geleiras estranhas e impressionantes, causando espanto aos visitantes que, no verão, acorrem de todo o mundo, alguns apenas para contemplá-las.

Os visitantes chegam ali pelo alto, atravessando as montanhas revestidas de neve, ou vêm dos vales situados lá embaixo, subindo durante horas e horas por uma estradinha em ziguezague. No meio da ascensão, costumam parar e contemplar a paisagem, como se estivessem na cestinha de um balão. Com frequência, os topos das montanhas ficam encobertos por uma névoa que parece uma cortina de fumaça, enquanto se avista lá embaixo o vale banhado de sol, com suas casinhas pardas destacando-se no meio das plantações. As campinas verdejantes rebrilham tanto, que até parecem estar salpicadas de cacos de vidro. Embaixo, a água espadana, gorgoleja e espirra; em cima, chia e murmureja, escorrendo pelas encostas como fitas de prata.

De ambos os lados da estrada veem-se chalés de madeira, cada qual tendo ao lado um canteiro cultivado com batatas. Isso é necessário para a sobrevivência das famílias que ali habitam, e que geralmente são numerosas — haja batatas!

Logo que se avista um estrangeiro seguindo montanha acima, acorre uma chusma de crianças para saudá-lo. São pequenos negociantes, pois junto com a saudação vem a proposta de que o forasteiro compre as casas de bonecas que elas mesmas constroem, miniaturas fiéis e encantadoras das suas próprias casas.

Cerca de vinte anos atrás, avistava-se, de vez em quando, entre aquele bando de crianças, um menino que em geral se mantinha um pouco à parte. Tinha uma aparência séria, e sempre carregava consigo um caixotinho tosco, onde guardava seus artigos comerciais. Segurava-o com tanto ciúme, que até parecia não querer desfazer-se de seu conteúdo. Embora sua atitude não fosse assumida de caso pensado, era justamente essa falta de jeito para o comércio que atraía o interesse dos compradores, e o garoto de cara fechada acabava vendendo mais do que todos os outros pequenos negociantes.

Bem no alto da montanha vivia o avô do garoto, o artífice que fabricava as casinhas que o neto vendia na estrada. A morada do velho estava repleta de pequenas esculturas de madeira, trabalhadas com extremo capricho: eram quebra-nozes, talheres em miniatura, antílopes em posição de salto e caixinhas decoradas com altos relevos, imitando folhas de videira. Tudo que podia causar prazer aos olhos de uma criança estava ali, mas o pequeno Rudy — esse era o nome do menino — só via com interesse o velho rifle que pendia dos caibros da casa. O avô havia prometido dar-lhe a arma, quando ele fosse grande e forte o bastante para manejá-la.

Embora Rudy ainda fosse muito pequeno, era-lhe confiada a guarda das cabras, e podia ser considerado um excelente pastor, pois sabia grimpar agilmente o flanco da montanha, atingindo lugares que nem mesmo aqueles animais eram capazes de alcançar. Gostava também de trepar nas árvores, em busca de ninhos de pássaros. Era um menino ousado e confiante, mas nunca sorria, exceto quando se detinha à frente da enorme cachoeira, ou escutava ao longe o rumor de uma avalanche de neve. Com as outras crianças, não gostava de brincar, e só ia para o meio delas quando tinha de vender os artigos de artesanato fabricados pelo avô. Considerava aquilo uma obrigação, e nada mais. Preferia muito mais escalar as montanhas ou ficar em casa conversando com o avô. O velho gostava de contar-lhe histórias do passado, especialmente as relacionadas com seus ancestrais, a gente de Meiningen.

— Houve um tempo em que nossos antepassados não viviam na Suíça — explicava para o neto. — Viviam bem ao Norte, onde ainda vivem nossos parentes, os suecos.

Rudy aprendia muitas coisas com seu avô, mas também tinha outros mestres, que talvez lhe tenham ensinado coisas ainda mais importantes. Eram eles o cão Ajola, que herdara de seu pai, e um gatinho, que Rudy amava especialmente, pois fora com ele que havia aprendido a escalar as montanhas e subir nas árvores.

— Sobe aqui, no teto — disse-lhe o gato certa vez, quando ele era tão novo, que ainda não sabia falar.

Rudy compreendera perfeitamente as palavras do gato, pois as criancinhas têm o dom de compreender o que é dito pelos animais domésticos. E, de fato, os animais conversam com as crianças, do mesmo modo que seus pais o fazem. Quando a criança é bem novinha, até os seres inanimados conversam com ela. No caso de Rudy, a bengala do avô travava com ele longas palestras. E ela ainda possuía outras habilidades, como a de transformar-se num cavalo relinchante, de pernas ágeis e crina esvoaçante.

Algumas crianças retêm esse dom por mais tempo que outras. Quando isso acontece, os adultos balançam as cabeças e dizem que ela está com um retardo de desenvolvimento, comentando desconsoladamente já ser tempo de parar com essas infantilidades. Os adultos estão sempre fazendo esse tipo de comentário. Nesses casos, porém, não vale a pena dar-lhes ouvidos.

— Vem cá, menino, aqui em cima no teto — foram as primeiras palavras que o gato lhe disse, e que ele imediatamente compreendeu. — Nada de ter medo. Quanto a cair, é simples questão de não botar essa ideia na cabeça. Se achares que não vais cair, então não cairás. É o medo de cair que provoca a queda. Vem cá onde estou. Faz assim: primeiro, uma pata; depois, a outra. Mantém os olhos sempre para a frente. Quando chegares a um espaço vazio, salta-o, e agarra bem a saliência seguinte, com toda a força. Faz assim, e chegarás aqui sem problemas.

Foi assim que ele fez, tornando-se companheiro constante do gato, com o qual ficava ora em cima do telhado, ora sobre os galhos mais altos das árvores. Com o passar do tempo, acabou superando seu amigo, galgando os rochedos e chegando a pontos inacessíveis até mesmo para um felino.

— Mais alto! Mais alto! — incentivavam as árvores. — Veja como meus galhos avançam dia a dia para o alto, na direção do céu! Veja como nossas raízes conseguem grudar-se firmemente nas bordas e gretas das rochas!

Às vezes, sua escalada era tão veloz, que ele chegava ao topo da montanha antes que os raios de sol ali tocassem. Era então que desfrutava do mais sadio café da manhã que existe, preparado pelas mãos de Deus, de acordo com a receita que o homem conhece: mistura-se a fragrância das ervas dos píncaros com o aroma de menta e tomilho, que recende dos vales. Tudo o que é pesado e opressivo as nuvens absorvem, à medida que são levadas pelo vento para além dos pinheirais, roçando os topos das árvores. A própria essência desses olores dispersa-se no ar, tornando-o leve e refrescante, e Rudy enchia com ele seus pulmões, saciando com isso sua sede de viver.

Os filhos do Sol, que são os raios que ele envia à Terra, beijavam-lhe as faces, e a invisível Vertigem, embora rondando pelas proximidades, não se atrevia a tocá-lo. O bando de andorinhas que viviam nos ninhos construídos na casa do avô — nunca havia ali menos de sete ninhos! — juntava-se a Rudy e a seu rebanho de cabras. "Tu-e-eu! Tu-e-eu!", chilreavam, trazendo mensagens de todos os animais que viviam junto à casa, até mesmo das galinhas, as únicas aves às quais o pequeno Rudy não prestava a mínima atenção.

Embora ainda fosse uma criança, Rudy já havia viajado muito. Nascera no cantão de Valais, fora levado através da cordilheira para a casa do avô, e há pouco tinha ido a pé até o topo do Staubbach, a montanha que se ergue defronte de sua irmã mais velha, conhecida como Jungfrau: a "Donzela", escondendo parte de sua face alvíssima com um véu prateado, como se estivesse cobrindo o rosto de uma donzela árabe. Durante sua primeira viagem, Rudy havia atravessado a grande geleira situada perto de Grindelwald, mas não tivera tempo de apreciar sua beleza. Era uma jornada triste, pois sua mãe acabara de morrer. Lembrando esse fato, seu avô comentou:

— Aquela geleira sempre lembrará a Rudy a perda de sua alegria infantil.

Quando ainda era bebê, a mãe tinha escrito uma carta para seu pai, descrevendo o filho como "uma criança que ria mais do que chorava".

— Acho que sua alma sofreu uma transformação — disse o avô certa vez a um amigo. — Quando ficou aprisionado no precipício, sua capacidade de rir congelou-se em seu peito.

Só muito raramente o avô comentava esse episódio dramático da vida do neto. Entretanto, todo mundo estava a par da história do menino. Seu pai tinha sido carteiro, encarregado de levar correspondências através do Desfiladeiro de Simplon, tendo apenas a companhia de um cão. Naquele mesmo cantão de Valais, no vale do Ródano, vivia seu irmão, hábil caçador e renomado guia de viajantes por aquelas paragens.

Quando perdeu o marido, a mãe de Rudy decidiu voltar para a casa do pai, no Oberland Bernês, situada a poucas horas de Grindelwald, seguindo para lá com seu filho, então com apenas um ano de idade. Partiu num dia de junho, acompanhada de dois caçadores que também seguiam para Grindelwald.

Depois de cobrirem a maior parte do percurso, ao alcançarem os campos nevados do platô, de onde se avistava a casa do pai e as encostas verdejantes onde ela passara sua infância, os quatro pararam para descansar. Faltava apenas transpor um obstáculo: a parte superior da geleira. A neve que caíra recentemente havia forrado o chão, ocultando uma fenda da montanha — não um precipício fundo, com uma torrente embaixo, mas apenas uma brecha estreita, pouco maior que a altura de uma pessoa. A jovem viúva, com a criança nos braços, não reparou onde pisava e acabou caindo naquela fenda. Ela, mesma, nem teve tempo de gritar, mas seus acompanhantes escutaram o choro da criança, e acorreram ao lugar, vendo que seria impossível retirá-los dali, sem ajuda. Mais que depressa, foram em busca de socorro, voltando daí a uma hora, com cordas e uma escada. Não foi fácil resgatar os dois corpos. A mulher estava morta, mas a criança conseguira sobreviver.

Desse modo, o entalhador de madeira perdeu a filha, mas ganhou um filho. O menino, porém, já não era o mesmo de antes. Tinha mudado. Não era mais aquela criança que "ria mais do que chorava", como a mãe o tinha descrito certa vez. Sua visita ao mundo gelado, onde os montanheses suíços acreditam que as almas dos condenados ficam retidas até o Dia de Juízo, tinha modificado inteiramente sua personalidade.

Blocos esverdeados de gelo, empilhados desordenadamente uns sobre os outros, como se resultassem do congelamento de águas enfurecidas: esse é o aspecto que a geleira ostenta. Bem abaixo, no fundo do precipício, correm velozmente as águas de um rio, resultante do derretimento das neves, levando consigo grandes pedaços de gelo. Essas águas serpenteiam pelo interior da geleira, escavando túneis, corredores e cavernas, e desse modo conformando um magnífico palácio de gelo. É ali que vive a Donzela de Gelo. Ela, que esmaga e mata todos os seres vivos que lhe chegam perto, é a filha do ar, e é também a soberana dos rios caudalosos. É por isso que pode alcançar, mais rápido que as cabras monteses, os picos mais altos, aqueles que os alpinistas, para poderem atingir, têm de escavar furos no gelo, onde consigam apoiar os pés. É por isso que pode navegar sobre um simples galho flutuante, descendo rio abaixo por entre os vórtices e corredeiras. E é por isso que salta de rocha em rocha, deixando flutuar ao vento seus cabelos brancos como a neve e seu manto azul-esverdeado, cintilante como as águas revoltas de uma torrente.

— Sou poderosa! — exclama a Donzela de Gelo. — Ai daquele que cair em minhas mãos: será implacavelmente esmagado! Uma única vez deixei escapar a presa: aquele menino bonito, que já se achava em meus braços, quando conseguiram tirá-lo de mim. Eu já lhe tinha dado o beijo da morte, mas mesmo assim ele conseguiu sobreviver, retornando ao convívio dos humanos. Sei onde vive, sei o que faz: ele pastoreia cabras nas montanhas e escala as encostas íngremes, subindo até onde ninguém se atreve a chegar. Ali, ninguém pode alcançá-lo, a não ser eu. E é o que farei, algum dia, pois ele é meu. Foi-me roubado, mas hei de retomá-lo.

Para ajudá-la nesse propósito, convocou Vertigem, que tem mais facilidade para circular no ambiente úmido dos campos onde medra a menta. Vertigem veio nadando rio acima, trazendo consigo duas irmãs — a família é grande. A Donzela de Gelo escolheu aquela que sabia atuar tanto a céu aberto como a portas fechadas, para ser sua ajudante. Ela gostava de instalar-se ora no alto de um lance de escada, ora no peitoril da torre de uma igreja. Era ágil como um esquilo, sabendo varar os ares com a facilidade de um nadador que cruza as águas. Convencia as vítimas a subirem até as alturas, para então empurrá-las, atirando-as às profundezas do abismo.

701

Vertigem e a Donzela de Gelo são como os pólipos que vivem no mar: sabem agarrar-se a qualquer coisa que passe dentro de seu alcance. Agora, Vertigem tinha a incumbência de capturar Rudy.

— Não sei como poderia fazê-lo — ela replicou. — Já o tentei, mas em vão. O gato ensinou-lhe todos os truques que conhece. Aquele menino tem seu próprio poder, e sempre me repele, quando dele me aproximo. Desdenha de mim, até quando se acha nas grimpas das árvores mais altas. Ah, se eu pudesse fazer-lhe cócegas na sola do pé, desequilibrá-lo, fazê-lo precipitar-se no ar... mas não tem jeito...

— Sozinha, talvez não — interrompeu a Donzela de Gelo. — Mas se juntarmos nossas forças, aí será possível. Você e eu vamos capturá-lo.

— Não! Não! — soaram protestos no ar, como se fossem ecos de um dobre de sinos.

Eram as vozes de outros espíritos da natureza, aqueles que são gentis, amáveis, bondosos, e que então se reuniam em coro, externando sua desaprovação. Eram os protestos dos últimos raios de sol, aqueles que se refugiam nos topos das montanhas, quando a noite vem, abrindo de par em par suas asas rosadas, que aos poucos se vão avermelhando e escurecendo, à medida que o sol se põe. Só são vistos naqueles momentos que os homens dizem ser "ao cair da tarde". Quando o sol finalmente desaparece atrás da linha do horizonte, esses derradeiros lampejos recolhem-se ao regaço da noite, somente reaparecendo quando seu astro-pai está prestes a ressurgir no céu. Os raios de sol amavam as flores, as borboletas e as criaturas humanas, tendo pelo menino Rudy uma predileção especial.

— Vocês duas jamais conseguirão capturá-lo! — exclamaram indignados.

— Por que não? — retrucou a Donzela de Gelo, com desdém. — Já arrastei para baixo homens muito maiores e mais fortes do que ele!

Como resposta, os raios de sol juntaram suas vozes numa canção que falava de um explorador das montanhas, perseguido pela ventania, que debalde tentou arrebatá-lo, não conseguindo senão tirar-lhe a capa que trazia sobre os ombros.

> Sua capa, e nada mais
> Pôde o vento arrebatar;
> Muitos outros vendavais
> Ele soubera enfrentar.
> O homem tem poderes tais,
> Que domina o vento e o mar;
> Os mais temíveis rivais,
> Sempre há de sobrepujar,
> Sejam frios glaciais
> Da longa noite polar,
> Ou calores estivais
> De uma inclemência sem par!

A cada nova manhã, os raios de sol penetravam na janelinha da casa do avô de Rudy, despertando com seu beijo terno o menino que dormia. Com essa carícia, esperavam poder apagar a marca do beijo gelado que a Donzela de Gelo lhe dera, no dia em que ele, no colo da mãe, fora precipitado no abismo, sendo retirado milagrosamente da mortalha de neve que o encobria.

702

CAPÍTULO DOIS: A JORNADA PARA UM NOVO LAR

Quando Rudy completou oito anos de idade, seu tio paterno, que vivia no vale do Ródano, mandou buscá-lo. Ele ali teria oportunidade de estudar, preparando-se melhor para enfrentar a vida de adulto. Seu avô relutou a princípio, mas acabou convencendo-se de que assim seria melhor para o garoto, deixando-o partir.

Chegou o dia da partida. Não era apenas do avô que Rudy queria despedir-se. Havia outros amigos, a começar por Ajola, o cão, que assim lhe falou:

— Seu pai levava a correspondência, e eu era seu ajudante. Muito subimos e muito descemos. Conheço os homens e os cães que vivem do lado de lá da cordilheira. Não sou de ficar falando; agora, porém, ao início de nossa longa separação, quero dizer-lhe uma coisa. Trata-se de uma história. Penso nela muitas vezes, embora nunca a tenha compreendido. Provavelmente, você também não irá compreendê-la, mas ela servirá para mostrar-lhe que homens e cães nem sempre procedem corretamente.

"Certa vez, vi um cachorrinho viajando numa diligência. Ele ocupava um lugar no assento do carro, como se fosse um passageiro normal. Sua dona — não sei dizer se era casada ou solteira — levava nas mãos uma mamadeira, e de vez em quando lhe oferecia leite. A certa altura da viagem, tirou da bolsa um pedaço de bolo e o deu para o cãozinho. Ele apenas cheirou a guloseima, recusando-se a comê-la. Vendo isso, sua dona retomou o pedaço de bolo e, sem se dar ao trabalho de cheirá-lo, comeu-o todinho. Vi tudo isso porque seguia ao lado da carruagem, correndo à beira da estrada. Era tempo de primavera, e o chão estava coberto de lama. Eu estava morrendo de fome — uma fome de cachorro! Ah, que vontade de comer aquele pedaço de bolo. Ela me viu, mas não me ofereceu o petisco. Por quê? Não acho que ela tenha agido corretamente. Penso nisso muitas vezes. Espero que um dia você possa guiar sua própria carruagem, pequeno Rudy. Já me disseram que isso nunca irá acontecer, que você não nasceu para ser dono de carruagem. Quando muito, poderia dirigir as carruagens dos outros. Mas não acredito que seja assim. No meu caso, sim, isso seria impossível, mas, no seu, não. Prometo que, no dia em que você estiver guiando sua carruagem, hei de seguir à frente, latindo bem alto para avisar que saiam do caminho, porque o Rudy vai passar."

Foi isso o que Ajola disse. Rudy deu-lhe um beijo na ponta fria e úmida do focinho, e em seguida tomou o gato nos braços, esquecendo-se de que os gatos não gostam de ser carregados.

— Cuidado! Não vá me apertar! — avisou o gato. — Você está ficando muito forte. Mesmo que me aperte, porém, eu nunca iria usar minhas unhas para machucá-lo. Vá para aonde tiver de ir, Rudy, e escale todas as montanhas que encontrar a sua frente. Não lhe ensinei a arte de escalar? O segredo está em ter certeza de que não irá cair. Com essa ideia na cabeça, você nunca cairá.

E nada mais disse, saltando de seus braços e fugindo em disparada, para que Rudy não notasse a tristeza estampada em seu olhar.

As duas galinhas do avô ciscavam ali por perto. Uma delas tinha perdido a cauda, em razão de um tiro disparado por um turista que, ao vê-la à distância, julgou tratar-se de uma águia.

— Rudy vai atravessar as montanhas — disse uma delas.

— Ele está sempre indo e vindo, não para nunca. Mas não quero dizer palavras de despedida, porque sou capaz de ficar muito emocionada.

E saíram as duas, esquadrinhando o chão atrás de algum petisco.

Por fim, Rudy despediu-se das cabras, que lhe responderam com berros sentidos.

Dois guias da região, encarregados de resolver um negócio no vale do Ródano, seguiram com ele. Era uma longa caminhada para um menino tão novo, mas Rudy era forte, corajoso e incansável.

As andorinhas acompanharam-no durante a primeira parte da jornada, aos gritos de "tu-e-eu! tu-e-eu!'". A estrada atravessava o rio Lutschine, que brota de diversas nascentes, todas nas cavernas escuras da geleira de Grindelwald. O único modo de cruzá-lo era passando sobre as árvores caídas e as alpondras que tinham sido carregadas pelas águas, acumulando-se numa de suas passagens estreitas.

Próximo a um bosque de amieiros, começaram a subir a encosta da montanha, tendo em seguida de caminhar sobre a própria superfície da geleira. Quando podiam, contornavam os grandes blocos de gelo, mas aqui e ali era preciso escalá-los. Nem sempre podiam caminhar, tendo às vezes de prosseguir de gatinhas, nos trechos mais escabrosos. Os olhos de Rudy brilhavam de entusiasmo, enquanto ele caminhava sempre em frente, pisando com tanta decisão, que os tacões de suas botas deixavam marcas profundas na superfície congelada.

Uma terra escura, que a neve derretida havia trazido dos topos das montanhas, depositava-se sobre a geleira, cobrindo boa parte de sua superfície. Aqui e ali, porém, rebrilhava o gelo azul-esverdeado, como se fosse uma capa de vidro. Poças de água formavam-se entre os blocos de gelo, sendo necessário contorná-las. Num determinado trecho, Rudy e os guias avistaram uma enorme pedra escura que o gelo não conseguira reter, despencando-se fragorosamente pela encosta íngreme, até desaparecer com um baque surdo no fundo de uma brecha forrada de neve. O som repercutiu no ar, repetindo--se nos ecos produzidos nos profundos túneis e corredores da gigantesca geleira.

Para cima, sempre para cima! A geleira parecia estender-se até alcançar os picos mais altos, lembrando o aspecto de um rio enfurecido, pontilhado de torres de gelo e encerrado entre vertentes alcantiladas. Rudy lembrou-se do que lhe haviam contado sobre o dia em que despencara no abismo, seguro pelos braços de sua mãe, caindo ambos no fundo de uma daquelas gargantas geladas. Para ele, aquilo era apenas uma história, como tantas que havia escutado, e logo varreu-a da mente. Num trecho de ascensão particularmente difícil, um dos guias estendeu a mão para Rudy, a fim de ajudá-lo a subir. O menino sorriu e, para mostrar-lhe que dispensava sua ajuda, tomou por um atalho escorregadio, correndo com a agilidade de um cabrito montês.

Em pouco, caminhavam por entre rochas desnudas, até que alcançaram uma floresta baixa, num trecho muito exposto aos ventos. Em seguida, chegaram a uma pastagem, de relva tenra e verde. A paisagem não cessava de mudar de aspecto, exceto no tocante às sentinelas distantes, os enormes picos recobertos de neve, cujos nomes todas as crianças conheciam de cor: "Montanha do Frade", "Eiger", "Pico da Donzela", etc. Nunca antes Rudy alcançara topos tão elevados. Jamais pisara aquele mar de neve com ondas imóveis, varridas pelo vento, que retirava da superfície apenas uma tênue camada de pó, como se estivesse lançando ao ar a espuma das águas de um oceano turbulento. Era aí nas alturas que as geleiras, por assim dizer, se davam as mãos. Cada uma delas era um dos palácios da Donzela de Gelo, que se compraz em ostentar seu poder, capturando e lançando em suas masmorras geladas tudo o que chega ao seu alcance.

704

O sol estava quente, e seu reflexo sobre a neve chegava a ofuscar as vistas, como se aquele tapete branco estivesse recamado de diamantes branco-azulados, coruscando incessantemente. Abelhas, insetos diversos e borboletas de todas as cores tinham sido trazidos até ali pelo vento, jazendo mortos pelo chão. Uma nuvem escura envolvia o topo do Monte Wetterhorn, como um chumaço negro de algodão. Escondido dentro dele estava o vento de sudeste, que os suíços chamavam de "foehn", vento terrível, capaz de espalhar o terror, quando deixa seu abrigo e sopra furioso sobre a cordilheira.

Rudy nunca esqueceu aquela jornada, especialmente a cena que entreviu na penumbra da tarde, ao contemplar a estrada sinuosa que teriam de seguir e as ravinas profundas, formadas pela água que descia das montanhas, escavando pacientemente aquelas rochas durante tantos milhares de anos, que até deixaria tonto quem se atrevesse a calculá-los.

Do outro lado do oceano de neve, uma casa de pedra, vazia e abandonada, seria seu abrigo durante aquela noite. Dentro dela havia carvão e lenha para os viajantes. Os homens acenderam o fogo e sentaram-se diante da lareira, fumando seus cachimbos e tomando uma caneca de vinho aquecido. Rudy também tomou um pouco do vinho, e ficou escutando a conversa dos guias, que falavam dos mistérios e segredos dos Alpes. Descreveram as grandes serpentes que viviam no fundo dos lagos, comentaram sobre os ciganos que ali acampam, falaram dos fantasmas que carregam pelos ares os viajantes adormecidos, levando-os para uma estranha cidade flutuante chamada Veneza. Contaram ainda histórias sobre o estranho pastor que andava à noite por aquelas paragens, guiando um rebanho de ovelhas negras. Era raro avistá-lo, mas muita gente já havia escutado os cincerros presos aos pescoços dos animais, bem como seus balidos assustadores. Rudy escutava tudo aquilo com curiosidade, sem demonstrar medo algum, pois esse era um sentimento que ele desconhecia inteiramente. Teve a impressão de escutar, ao longe, um som estranho e abafado, como se fosse grito de algum animal. Aos poucos, aquele som foi se tornando mais nítido, e os guias também o escutaram, mostrando-se um pouco alarmados e avisando a Rudy que ele não deveria dormir por enquanto. Era o uivo do "foehn". Era o vento tempestuoso, que desce irado pelo flanco da montanha, com uma fúria tal que pode até rachar os troncos de árvores enormes, ou deslocar as casas de seus sítios originais, como se não passassem de peças de xadrez.

A tormenta durou cerca de uma hora. Por fim, amainou, e os homens disseram a Rudy que ele agora já podia dormir. Era tal seu cansaço, que bastou aquela permissão para que imediatamente se pusesse a ressonar.

Logo que amanheceu, levantaram acampamento. Rudy agora avistava campos de neve, geleiras e montanhas cujos nomes desconhecia. Estavam no cantão de Valais, do outro lado das montanhas. Enormes picos cobertos de neve separavam-nos de Grindelwald. Havia ainda um longo caminho a percorrer, até seu novo lar, através de vales, florestas e campinas. Rudy olhava para aquela paisagem desconhecida, tomado pela curiosidade.

À aproximação dos viajantes, os moradores daquelas paragens aproximavam-se, para vê-los. Rudy nunca vira antes uma gente tão estranha. Todos pareciam deformados: eram balofos, pálidos, de pele flácida e engelhada. O sorriso alvar e os olhos esgazeados atestavam sua idiotice. Eram portadores da deficiência denominada "cretinismo". As mulheres pareciam ainda mais monstruosas que os homens. "Será com esse tipo de gente que irei conviver em meu novo lar?", pensou Rudy, preocupado.

CAPÍTULO TRÊS: O TIO DE RUDY

Felizmente para Rudy, as pessoas que viviam na casa de seu tio não eram "cretinas" como aquelas que ele há pouco encontrara, mas gente normal, como a que estava acostumado a ver. Só um deles era atacado dessa deficiência, tão comum de ser encontrada no cantão de Valais. Esses pobres diabos são em geral pessoas solitárias, que vivem da caridade dos parentes, indo da casa de um para a do outro, sem nunca se fixarem numa única. Na época em que Rudy chegou à casa de seu tio, ali estava um desses enjeitados, passando uma temporada. Seu nome era Saperli.

O tio ainda era um renomado caçador. Além disso, ganhava a vida fazendo barris, atividade na qual também era muito hábil. Sua esposa era uma mulher pequena e vivaz, com aspecto de ave, pois tinha olhos de águia e um pescoço esguio e comprido, recoberto de pelos muito finos, como se fossem uma penugem.

Tudo era novo para ele: as roupas, os costumes e até mesmo a língua, que em pouco aprendeu, já que as crianças têm essa facilidade. Em comparação com seu avô, o tio podia dizer-se rico. Os cômodos da casa eram espaçosos, e as paredes eram decoradas com armas e troféus de caça. Sobre a porta de entrada havia um quadro representando a Virgem Santíssima, debaixo do qual havia uma lâmpada sempre a arder e um ramalhete de azaleias.

Além de ser o melhor caçador de camurças do distrito, o tio de Rudy era considerado o guia mais experiente daquela região. Em sua casa, Rudy logo veio a ser o favorito de todos, cercado de mimos e atenções. Só um membro da família rivalizava com ele nesse particular: o velho cão de caça, agora aposentado, mas tratado com o respeito que merecem aqueles que deixaram atrás de si um rastro de glórias e de bons serviços prestados. Todos gabavam suas façanhas de outrora, considerando-o de fato como um dos membros daquela família. Agora que estava velho e cansado, podia desfrutar seus últimos anos em paz e tranquilidade. Rudy tentou tornar-se seu amigo, embora o cão não correspondesse aos seus esforços, visto não gostar de estranhos. Mas o garoto não permaneceu muito tempo nessa situação, logo se adaptando ao novo sistema e ganhando o respeito e afeto de todos, inclusive do velho animal.

— Não é má a vida no cantão de Valais — dizia-lhe o tio. — Ainda temos camurças por aqui, e espero que elas não acabem extintas, como as cabras monteses, das quais não resta mais uma sequer. As coisas melhoraram bastante, de uns tempos para cá, embora ainda haja aqueles que teimem em falar nos "velhos bons tempos" — bons, coisa nenhuma! Aqui era um saco fechado, mas agora já fizeram nele um buraco para podermos respirar. Sim, as coisas mudaram, e para melhor! Agora, o ar fresco já circula por aqui. E, como se sabe, um gomo novo vale mais que uma folha caída.

Por vezes, o tio ficava muito falante, e contava a Rudy episódios de sua própria infância, quando seu pai era pouco mais que um rapaz. Nessa época, o cantão de Valais ainda era um "saco fechado", como ele dizia, e cheio de coisas desagradáveis, entre as quais o enorme número de "cretinos" que havia por tudo quanto era lado.

— Quando os franceses vieram — dizia, — foi ruim, mas também foi bom. Eles mataram muita gente, é verdade; por outro lado, deram cabo dessa terrível doença. Eles atacaram diversos adversários ao mesmo tempo. Enfrentaram as montanhas, por exemplo, e os rochedos tiveram de ceder ao seu ataque, deixando que se rasgasse uma estrada através do Passo de Simplon. Ouça o que lhe digo: hoje, posso ordenar a uma criança de três anos que vá até a Itália, e ela ali chegará sozinha, desde que siga a estrada, sem dela sair. E não há como negar: eles se mostraram competentes, quando houve necessidade de guerrear para valer!

E, nesse ponto, punha-se a rir, olhando maliciosamente para a esposa, que era francesa de nascimento. Em seguida, cantava uma canção em francês, terminando o canto com um estentóreo "Viva Napoleão Bonaparte!"

Foi essa a primeira vez que Rudy ouviu falar da França e de uma cidade chamada Lyon, que ficava às margens do Ródano, e que seu tio certa vez havia visitado.

— Não vai demorar muito para que esse pirralho se torne um bom caçador — disse ele mais de uma vez, enquanto ensinava Rudy a empunhar o rifle, fazer a mira e disparar. — Ele leva jeito!

Durante a estação de caça, levou-o para o alto das montanhas e deu-lhe sangue de camurça para beber (os caçadores e guias acreditam que isso seja um antídoto contra as vertigens). Ensinou-lhe como prever se uma avalanche estaria ou não prestes a despencar, pela verificação do estado da neve e observação do ar e do sol. Disse a Rudy para prestar atenção aos movimentos executados pela camurça ao galgar as encostas, ao saltar os precipícios e ao cair do outro lado sem se deixar escorregar, pois aquele animal era um verdadeiro mestre nessa arte. Explicou como agir quando um rochedo não oferecesse pontos de apoio para a escalada, ensinando-o a se sustentar sobre os calcanhares, a usar os músculos das pernas, especialmente os das coxas, e até mesmo os do pescoço, a fim de evitar escorregões e quedas.

A camurça é um animal esperto. Uma delas costuma ficar de atalaia, avisando as outras da chegada dos caçadores. Para caçá-la, é preciso ser mais esperto do que ela, sempre avançando contra o vento, para evitar que seu faro apurado revele a presença do caçador. O tio de Rudy lançava mão de artifícios curiosos, como o de vestir uma vara com seu casaco e seu chapéu, deixando-o num ponto visível, e indo atacar o animal pelo lado oposto, apanhando-o desprevenido.

Certo dia, Rudy e seu tio estavam caçando. Este avistou uma camurça na encosta da montanha. A neve estava úmida e escorregadia. A trilha da encosta era estreita, não passando, em certos trechos, de uma simples saliência da largura do corpo, tendo abaixo um formidável abismo. O tio deitou-se e foi-se arrastando por ela.

Numa plataforma segura, a uns cem pés abaixo da trilha, ficou Rudy, aguardando o desfecho da perseguição. Súbito, ele avistou um enorme abutre, daqueles com força suficiente para arrebatar um pequeno carneiro e voar com ele pelos ares. A ave fazia círculos acima do local onde se encontrava o tio do menino. Rudy adivinhou sua intenção: a qualquer momento, o abutre desceria como uma flecha e empurraria o caçador pelo desfiladeiro abaixo, onde mais tarde poderia refocilar-se em seu cadáver despedaçado. Enquanto isso, o tio tinha toda a atenção voltada para a camurça, que pastava um pouco além, tendo ao lado um filhote. Rudy tomou da arma e esteve a ponto de desfechar um tiro contra o abutre, mas, nesse instante, a camurça mudou de posição, ficando ao alcance do rifle do caçador. Este não perdeu tempo, desferindo-lhe um tiro certeiro. Quanto ao filhote, escapuliu no mesmo instante, escapando da morte certa, se lhe faltassem a presença de espírito e a reação imediata. O estampido assustou o abutre, que voou para longe. O tio de Rudy, em momento algum, teve consciência do risco que havia corrido. Só quando voltou a se encontrar com o sobrinho é que ficou sabendo de tudo.

Satisfeitos, voltaram para casa, carregando a presa. O tio assoviava uma cantiga aprendida na infância. Num dado momento, escutaram um barulho assustador, mas que lhes era bastante familiar: o ribombar de uma avalanche. Voltando os olhos para cima, avistaram a camada de neve sendo erguida pelo vento, como se fosse uma toalha de linho. Ela logo partiu-se em dois, como uma pedra-mármore que estivesse rachando. Blocos de gelo, montes de neve e uma saraivada de pedras começaram a rolar pela encosta, com o fragor de um trovão, passando muito perto de onde os dois se achavam naquele instante.

— Segure-se, Rudy! — gritou o tio. — Agarre-se no que puder, com toda a força!

Dizendo isso, trepou numa árvore com agilidade de gato, agarrando-se aos seus galhos, enquanto Rudy se abraçava ao tronco, com os braços e as pernas. Os blocos de pedra e de gelo passaram não muito distante deles, mas a turbulência provocou ventos de tal intensidade, que as árvores próximas vieram ao chão, como se fossem caniços secos. Rudy ficou prostrado sob o tronco ao qual se agarrara, e que agora não passava de um toco, que já se rachara na parte de cima, sendo os galhos atirados para longe. Sem dificuldade, desvenci-lhou-se e ficou de pé, avistando o corpo do tio entre os galhos que jaziam no chão. Sua cabeça fora esmagada, e o rosto ficara irreconhecível. As mãos, crispadas, ainda se seguravam firmemente aos ramos. Pálido e trêmulo, Rudy contemplou-o de olhos arregalados, sendo aquela a primeira vez na vida em que experimentava a sensação de medo e do horror ante a morte.

Só tarde da noite chegou em casa, trazendo a mensagem do terrível acidente, e enchendo aquele lar feliz de angústia e tristeza. A tia nada disse, e só desatou em pranto no dia seguinte, quando o corpo do marido foi trazido para casa.

O pobre "cretino" que ali estava morando não quis sair da cama durante todo aquele dia. De noite, porém, levantou-se e foi até Rudy, pedindo-lhe:

— Rudy, pode escrever uma carta para mim? Saperli não sabe escrever, mas sabe levar carta ao correio.

— Uma carta para quem, Saperli? — perguntou Rudy.

— Para Nosso Senhor Jesus Cristo.

Ante o espanto do menino, o pobre idiota lançou-lhe um olhar suplicante, tomou-lhe das mãos e disse, com ar patético:

— Escreva assim: Saperli pede a Jesus Cristo que não leve para o céu o dono desta casa, mas que leve Saperli em seu lugar.

— Agora é tarde, Saperli. Jesus Cristo já fez sua escolha — disse Rudy, com um sorriso triste, estreitando as mãos do coitado.

— De agora em diante, Rudy — disse-lhe a tia, — será você o dono da casa.

E assim foi: Rudy tornou-se o chefe daquela família.

CAPÍTULO QUATRO: BABETTE

— Quem é o melhor caçador do cantão de Valais?

Até as camurças saberiam responder:

— Procure por Rudy.

— E quem é o caçador mais bonito?

— É o Rudy, sem dúvida! — responderiam as moças, sem contudo mandar que a autora da pergunta fosse procurá-lo.

— E é também o mais educado de todos — completariam as mães das moças, lembrando-se de como ele as saudava galante e cortesmente, com o mesmo sorriso que dirigia a suas filhas.

Sim, ele estava sempre sorrindo, sempre ostentando a sua felicidade. Seu rosto era queimado de sol, seus dentes eram alvos e bonitos, seus olhos eram negros como carvão. Era um belo rapagão, de apenas vinte anos de idade. A água gelada dos lagos não lhe causava medo, e ele nelas mergulhava, nadando como um peixe. Rastejava pelas rochas graníticas escarpadas como se fosse uma serpente, e ninguém rivalizava com ele na arte de escalar as montanhas. Seus músculos e tendões eram fortes e perfeitos. Os melhores alpinistas espantavam-se ante sua agilidade, sem saber que seus mestres tinham sido, primeiro, um gato; depois, as camurças.

Seu renome como guia seguro e experiente crescia dia a dia, e ele poderia ter feito fortuna, caso se dedicasse exclusivamente a esse mister. Embora tivesse aprendido com o tio a técnica de fazer barris, não quis ganhar a vida com isso. Gostava mesmo era de caçar, especialmente quando a presa era a camurça, que exigia dele todas as manhas e habilidades que havia desenvolvido com o tempo. Bons caçadores não são pobres, e todos no distrito concordavam em que Rudy era um bom partido, desde que não almejasse casar-se com moças de fortuna e posição.

— Ele me deu um beijo, numa vez em que estávamos dançando — confidenciou Annette, a filha do mestre-escola, à melhor amiga.

Ela nunca devia ter revelado esse segredo, nem mesmo à melhor amiga. Coisas desse gênero são difíceis de guardar. É a mesma coisa que farinha num saco furado. Em pouco tempo, era voz corrente que Rudy, apesar de ser um rapaz honesto e respeitador, tinha roubado um beijo de sua parceira de dança. Entretanto, ele jamais havia beijado a garota que, de fato, mais desejaria beijar.

— Olho nele! — brincou um caçador veterano. — Por enquanto, só beijou a Annette, que começa com "A"; em pouco tempo, já terá completado todo o alfabeto...

Para os mexeriqueiros que se reuniam no mercado, aquele beijo era um prato cheio. Ah, se soubessem que Annette não era a flor pela qual ansiava seu coração...

No vale, a jusante, próximo de Bex, entre duas enormes nogueiras e banhada pelas águas velozes de um regato que descia da montanha, ficava a casa de um rico moleiro. Era uma verdadeira mansão: tinha três pavimentos, cantos ornados por torreões e teto coberto por telhas chatas, presas por tiras de chumbo, que refletiam tanto a luz do sol como o luar. A torre mais alta tinha em cima um catavento com a figura de uma maçã transpassada por uma flecha, em homenagem a Guilherme Tell. O moinho era de linhas simples e elegantes. Com um pouco de habilidade, seria fácil descrevê-lo, ou mesmo desenhá-lo. Já a descrição ou o desenho da filha do moleiro exigiriam a pena de um renomado artista, coisa que Rudy não era. No entanto, sua figura ressaltava nítida dentro de seu coração, tendo olhos de um brilho tal que chegavam a incendiá-lo de paixão. Aquele fogo havia brotado subitamente, como é frequente acontecer em caso de incêndio. O mais estranho de tudo era que a filha do moleiro, Babette, nem desconfiava daquelas chamas, uma vez que jamais havia trocado sequer uma palavra com Rudy.

O moleiro era um homem rico, o que fazia de Babette um alvo além do alcance de um simples caçador. "Mas nada está tão alto que não possa ser alcançado", pensava Rudy. "Quem escala, chega ao topo, a não ser que tenha medo de cair. Quem não tem esse medo, não cai." Essa era a filosofia que havia aprendido desde a primeira infância.

Certo dia, Rudy teve de ir resolver um negócio em Bex. Naquela época, antes que os trilhos da ferrovia se estendessem até ali, levava-se quase um dia inteiro de viagem para cobrir o pequeno percurso. Da geleira do Ródano, ao longo dos contrafortes do Simplon, rodeado por montanhas de silhuetas curiosas, estende-se o vale do Valais, ao fundo do qual corre o caudaloso rio Ródano. Esse curso de água é o rei daquele vale. Durante a estação das águas, é comum transbordar, alagando os campos e destruindo as estradas. Entre as cidades de Sion e St. Maurice, seu vale se estreita, afunilando-se tanto nesta última, que nele só cabem mesmo o rio e a estradinha que o margeia.

Uma antiga torre monta guarda na encosta, diante da ponte que leva à alfândega, na margem oposta. Aí termina o cantão de Valais e começa o de Vaud. A cidade seguinte é Bex. Daí em diante, o vale parece alargar-se cada vez mais, tornando-se ao mesmo tempo mais fértil e rico. Em suas margens viceja um verdadeiro pomar, destacando-se as nogueiras, as castanheiras e os altos ciprestes. Até mesmo as romãzeiras dão o ar de sua graça. É uma região quente, que chega a lembrar a Itália.

Rudy logo terminou o que tinha a fazer, resolvendo dar uma volta pela cidade. Esperava encontrar pelo menos algum dos empregados do moinho, senão mesmo a própria Babette, mas só deparou com pessoas que lhe eram inteiramente desconhecidas. A Sorte, que geralmente o tratava tão bem, dessa vez parecia estar de mal com ele.

Caiu a noite. O ar estava impregnado da fragrância do tomilho e das tílias em flor. Um véu azulado parecia encobrir as montanhas revestidas de florestas. Tudo era silêncio, não como se a natureza estivesse adormecida ou morta, mas como se tivesse prendido a respiração, posando para uma fotografia.

Através do vale, corriam as linhas telegráficas. Os postes podiam ser vistos entre as árvores. Havia alguém apoiado num deles. À distância, parecia um toco de madeira, de tão imóvel, mas era Rudy, quieto, parado, como tudo que o rodeava. Seria tão impossível adivinhar seus pensamentos, como tentar saber o que estava sendo transmitido por aqueles fios. Embora sua fisionomia não o refletisse, ele, naquele instante, pensava na felicidade, na vida, nas razões e finalidades de sua existência. Essas ideias tendiam a tornar-se uma constante em seus pensamentos, volta e meia voltando a intrigá-lo.

Fitava ao longe uma luz que saía da casa do moleiro, lá onde vivia Babette. Estava estático como quando prendia a respiração, antes de disparar um tiro contra a camurça. Naquele momento, porém, sentia-se antes como o antílope em estado de alerta, quando o animal assume uma postura de estátua, pronto para saltar e soltar-se em desabalada carreira ao primeiro ruído que escute, mesmo que seja o de uma simples pedra desprendida da montanha. E foi com a rapidez de uma pedra a cair que uma ideia lhe aflorou na mente.

— Não vou desistir! — exclamou em voz alta. — Irei agora mesmo visitar o moinho, cumprimentar o moleiro e trocar um dedo de prosa com Babette. Mais cedo ou mais tarde, ela terá de me conhecer, já que um dia serei seu marido.

Rindo, satisfeito, pôs-se a caminho. À medida que caminhava, mais otimista ficava. Sabia bem o que queria: Babette.

O caminho ladeava o rio, com suas águas revoltas e amareladas. Salgueiros e tílias cresciam ao longo das margens, e seus galhos pendiam como tranças sobre as águas velozes. Veio-lhe à mente a cantiga popular que tinha a ver com o que estava fazendo:

Lá na casa do moinho
Eu não encontrei meu bem;
Tinha um gato e um ratinho,
E não tinha mais ninguém.

E não é que ele encontrou um gato, sentado na escada que dava para a porta da entrada? Ao vê-lo, o bichano esticou-se todo, arqueou as costas e miou preguiçosamente. Rudy não lhe deu atenção, galgando as escadas com dois pulos e batendo à porta. "Miau!", repetiu o gato. Se ele ainda fosse criança, teria entendido que aquele miado significava: "Desista; não tem ninguém em casa". Mas ele já era um adulto, e não mais compreendia a linguagem dos gatos. Assim, dirigiu-se a um dos trabalhadores do moinho que passava por ali, sendo informado de que a casa estava vazia. Os donos tinham ido a Interlaken, palavra que, como o pai de Annette gostava de lembrar, significava "entre os lagos".

— O termo vem do latim — explicava o mestre-escola — *Inter*, "entre"; *lacus*, "lago".

No dia seguinte, Interlaken assistiria ao início das competições de tiro ao alvo, devendo receber visitantes de todos os cantões, especialmente daqueles em que se falava o alemão. As provas deveriam durar uma semana. Pobre Rudy: planejara mal a época de sua viagem a Bex, e agora não lhe restava outra alternativa, senão a de regressar a casa, revendo St. Maurice e Sion e cruzando de novo as montanhas que acabara de transpor, até alcançar sua casa, no vale distante. Desanimado com essa perspectiva, foi-se deitar, planejando para a manhã seguinte seu retorno.

Quando o dia amanheceu, encontrou-o com outro estado de espírito, bem-disposto e animado. "Babette está em Interlaken", pensou. "Daqui até lá, é uma longa viagem, de vários dias, pelas vias normais. Mas posso atalhar, seguindo em linha reta, através das montanhas. Essa, sim, é a rota ideal para um caçador. Além do mais, estou acostumado a escalar montanhas. Não era lá em cima que eu morava, nos meus tempos de menino? Não foi lá que convivi com meu velho e querido avô? Pois é o que farei: vou transpor a cordilheira, alcançar Interlaken, entrar na competição, abiscoitar o prêmio e conquistar o coração de Babette... depois que ela me conhecer, é claro!"

Dobrou cuidadosamente sua roupa domingueira, guardou-a numa mochila, pôs nos ombros a bolsa contendo os petrechos de caça, empunhou o rifle e partiu no rumo de Interlaken, sem recear a escalada que teria de fazer. No mapa, o caminho era curto; na realidade, nem tanto. Animava-o, contudo, a ideia de que a competição deveria estar começando naquele dia, e de que Babette e seu pai deveriam passar ali toda a semana, na casa de uns parentes. O caminho que planejava seguir transpunha a grande geleira de Gemmi, pois desse modo ele passaria por Grindelwald, que ficava exatamente do lado oposto.

Feliz e bem-disposto, fazia uma figura que daria prazer contemplar, se ali houvesse alguém com essa disposição. À medida que caminhava, o vale desaparecia e o horizonte se alargava. Foi avistando, uma a uma, as altas montanhas de picos nevados que tão bem conhecia. Seguiu no rumo do monte Schreckhorn, que apontava para o céu azul, como se fosse um dedo de pedra, com a unha recoberta de neve.

Finalmente, atravessou a cumeada, e de novo deparou com a visão das campinas verdejantes de sua infância. Os vales estavam revestidos das flores da primavera, e seu coração encheu-se de entusiasmo juvenil, levando-o a saltar e dançar, enquanto gritava:

— Nada de morrer! Nada de envelhecer! O negócio é viver! O que importa é desfrutar das coisas boas e belas da vida! Quero ser livre como um pássaro!

Como nos tempos de criança, ali também as andorinhas voejavam sobre sua cabeça, aos gritos de "tu-e-eu! tu-e-eu!"

Destacando-se no tapete verde e aveludado das colinas, viam-se abaixo as pequenas casas de madeira e o rio Lutschine. Ao longe, imponente e ameaçadora, erguia-se a geleira, coberta de neve pardacenta. Suas bordas, que pareciam de vidro esverdeado, eram orladas de buracos profundos, gargantas e cavernas prestes a engolir o desavisado que ali por perto se aventurasse. O som do sino da igreja chegava-lhe aos ouvidos, trazendo-lhe as saudações de boas-vindas. Por um momento, as memórias da infância invadiram de tal modo seu coração, que Rudy chegou a esquecer-se de Babette.

De novo caminhava pela mesma estrada em que, nos tempos de menino, esperava pelos viajantes, na esperança de vender-lhes as pequenas obras de arte esculpidas pelo avô. A casa do velho ficava lá no alto, entre os pinheirais, mas agora estava ocupada por pessoas estranhas. Não demorou para que um pequeno bando de crianças o abordasse, querendo vender-lhe casinhas de madeira. Rudy sorriu, e uma das crianças ofereceu-lhe uma azaleia.

— Tome — sussurrou, — esta é a rosa das montanhas.

— É uma flor de bom augúrio — respondeu, agradecendo, enquanto a lembrança de Babette voltava a aflorar-lhe na memória.

Cruzou a ponte construída sobre a confluência dos dois regatos que se juntam para formar o rio Lutschine. As árvores perenifólias deram lugar à bétula, ao carvalho e ao olmo, e, depois de algum tempo, ele caminhava à sombra das nogueiras. À distância, avistou bandeiras desfraldadas ao vento: sobre fundo vermelho, destacava-se a cruz branca — suíços e dinamarqueses usam as mesmas cores e símbolos para seus estandartes nacionais. Logo abaixo, Interlaken estendia-se a sua frente.

Para Rudy, aquela era uma das mais belas paisagens que até então contemplara: uma cidade suíça, enfeitada para o domingo. Não se parecia com qualquer outra cidade. Ali não se via um conjunto de edifícios sólidos, pesados, imponentes e tristonhos. Ao contrário, parecia que todas as casinhas de madeira existentes nas encostas das montanhas tinham decidido descer para o vale verdejante, alinhando-se algo desordenadamente ao longo das margens do rio de águas límpidas.

As casas pareciam exatamente com as miniaturas que seu avô construía, e que guardava no quarto de despejo do lar em que vivera sua infância. Por um momento, Rudy imaginou que aquelas casinhas tinham crescido como árvores, dispondo-se agora tortuosamente umas ao lado das outras, como as castanheiras que orlavam as ruas daquela cidade.

Cada casa possuía janelas e balcões decorados em madeira lavrada, formando caprichosos arabescos. As varandas eram cobertas por telhados, a fim de ficarem livres da chuva e da neve. Rudy havia visitado Interlaken uma vez, quando criança, quando ainda não existia a rua encantadora que agora contemplava, orlada de casas construídas há bem pouco tempo. Eram hotéis, todos tendo à frente um jardim florido. O piso da rua era macadamizado, o que lhe dava um aspecto diferente das outras ruas, todas calçadas com pedras. As casas ficavam todas de um só lado da rua, deixando ver do outro lado as pastagens onde as vacas perambulavam, trazendo cincerros ao pescoço, do mesmo modo como se costumava fazer nas montanhas. Essa área verde terminava junto à encosta alcantilada de uma cadeia de montanhas, entre as quais se destacava o imponente monte denominado "Donzela", que todos de língua alemã chamavam de "Jungfrau". Era a mais bela de todas as montanhas da Suíça, e os outros picos pareciam reconhecer isso, dispondo-se ao lado dela mais modestamente, a fim de não impedir a visão de seu pico branco e reluzente.

As ruas estavam cheias de visitantes, vindos dos diversos cantões da Suíça, todos exibindo roupas alegres e vistosas. Os caçadores que participavam da competição de tiro usavam uma faixa em torno do chapéu, indicando o número de sua inscrição. Em todas as casas e sobre as pontes viam-se faixas e estandartes, alguns contendo dísticos e versos alusivos ao evento. Ouvia-se por todo lado o som de música, proveniente de cornetas, clarins e realejos. Crianças corriam e gritavam, e os adultos erguiam as vozes, saudando os velhos conhecidos ou apresentando-se aos moradores. Mas o som que dominava o ambiente era o do espocar de tiros, sucedendo-se os estrondos sem parar. Aquela era a música de que Rudy mais gostava, e ele logo se animou, esquecendo mais uma vez que viera a Interlaken exclusivamente para encontrar-se com Babette.

Dirigindo-se ao local da competição, juntou-se aos outros atiradores. Deram-lhe a vez, e ele logo exibiu sua excepcional pontaria, acertando o centro do alvo a cada tiro que disparou. Sua eficiência logo chamou a atenção dos assistentes, que começaram a comentar entre si:

— Todos os tiros na mosca! Quem é esse rapaz?

— Não sei. Nunca o vi por aqui. Deve ser um excelente caçador.

— Conversei rapidamente com ele. Fala francês, com sotaque do cantão de Valais. Mas quando se expressou em alemão, até parecia ser daqui mesmo!

— Ouvi dizer que ele morava perto de Grindel, quando era menino.

Alheio aos comentários, Rudy vivia um instante de glória e entusiasmo. Ereto, firme, atento, a arma nem lhe tremia nas mãos, e a cada novo tiro, mais uma bala ia cravar-se no círculo negro que assinalava o centro do alvo. Enfrentar desafios sempre o deixara feliz, e ele estava então no auge da felicidade. De temperamento afável, logo se viu rodeado de amigos e admiradores. Tapinhas no ombro e elogios a sua pontaria enchiam-no de orgulho e satisfação, e a lembrança de Babette nem de longe aflorava em sua mente. Foi então que uma mão firme segurou-o pelo ombro, e alguém lhe perguntou em francês:

— O amigo é do cantão de Valais?

Rudy voltou-se para ver quem lhe dirigia a palavra, deparando com um sujeito gordo, de rosto vermelho e aspecto cordial: era o rico moleiro de Bex. Seu corpanzil quase escondia a filha, que teve de erguer-se na ponta dos pés, para olhar acima dos ombros do pai, a fim de ver o jovem caçador que se transformara no tema de todas as conversas. Os comentários tinham chegado até o moleiro, que logo se assanhou, ao saber que um caçador suíço de língua francesa era um sério candidato ao prêmio de melhor atirador, saindo imediatamente a sua procura. A sorte sorria para Rudy: viera procurar o moleiro, e agora era o moleiro quem o procurava.

Quando a gente está num país estrangeiro e encontra um compatriota, é como se houvesse encontrado um amigo de longa data. Ali em Interlaken, Rudy era um homem importante, pois sua pontaria lhe granjeara respeito e consideração, assim como o moleiro era respeitado e considerado em Bex, devido a sua fortuna e posição. Assim, os dois apertaram-se as mãos como se fossem iguais, o que não aconteceria em outras circunstâncias. Babette também estendeu-lhe a mão, que ele apertou com um sorriso, olhando-a com tal intensidade, que ela até enrubesceu.

713

Começaram a conversar, e o moleiro descreveu a Rudy os percalços da longa viagem de Bex até Interlaken, feita em navio, trem de ferro e carruagem, perguntando-lhe se ele também tivera de enfrentar os mesmos problemas.

— Oh, não, eu vim por um caminho mais curto — respondeu Rudy. — Vim em linha reta, cruzando as montanhas. Elas não são tão altas que não possam ser transpostas.

— Para quem está disposto a quebrar o pescoço, é o caminho ideal — contestou o moleiro. — E você acabará quebrando o seu, se for tão temerário quanto parece ser.

— A pessoa não cai, se tiver certeza de que não vai cair — disse o rapaz com convicção.

Os parentes do moleiro, em cuja casa ele e a filha estavam hospedados, convidaram Rudy a visitá-los — afinal de contas, era um conterrâneo. Ele aceitou prontamente. A sorte estava a seu lado, como sempre está ao lado daqueles que confiam em si próprios, vivendo conforme o ditado que diz: "Deus dá a noz, mas o homem é quem tem de descascá-la."

Rudy sentou-se à mesa como se fosse um membro daquela família. Alguém lembrou-se de fazer um brinde ao melhor atirador de Interlaken. Todos ergueram suas taças, inclusive Babette, e o rapaz pronunciou algumas palavras de agradecimento. Já quase ao entardecer, resolveram sair a passeio, indo visitar a rua dos hotéis. Eram tantas pessoas passeando por ali, que ninguém estranhou ao ver Rudy oferecendo o braço a Babette.

— Estou feliz de encontrar por aqui alguém do cantão de Vaud — disse ele, puxando conversa. — Valais e Vaud são cantões vizinhos e irmãos.

As palavras do jovem soaram tão sinceras, que Babette não viu mal algum em dar-lhe a mão. Logo a conversa se animou, e os dois passaram a palestrar como se já fossem velhos conhecidos. Rudy escutava com enlevo a voz suave de Babette, que, com graça e encanto, comentava as roupas e as maneiras ridículas de certas damas estrangeiras.

— É claro que não me refiro a todas — dizia ela. — Existem aquelas que são elegantes, além de honestas e gentis. Aliás, ninguém sabe disso melhor do que eu. Minha madrinha é inglesa. Quando nasci, ela estava visitando Bex, tendo-se tornado muito amiga de minha mãe.

Babette usava um broche de ouro que a madrinha lhe tinha dado de presente. Mostrou-o a Rudy e continuou:

— Minha madrinha já me escreveu duas vezes. Eu esperava encontrar-me com ela este ano, aqui em Interlaken. Ela prometeu que viria e que traria consigo suas duas filhas, moças mais velhas, de quase trinta anos, ambas solteiras.

Quanto a Babette, estava então com apenas dezoito anos.

A moça falava sem parar, mas tudo o que dizia parecia ser de grande importância para Rudy. Quando chegou sua vez, ele também não perdeu a oportunidade, falando pelos cotovelos. Contou-lhe que estivera em Bex por diversas vezes, e que já a tinha visto ali, sem que ela provavelmente tivesse reparado nele. Por fim, revelou que fora visitar o moinho com o intuito de conhecê-la, e foi então que ficou sabendo de seu paradeiro, vindo até Interlaken a sua procura.

— Ah, como fiquei triste, ao saber que vocês estavam tão longe... Mas, depois, pensei bem, e vi que vocês estavam apenas do outro lado do muro. Para contorná-lo levaria muito tempo; mas se eu o saltasse, logo, logo iria encontrá-los...

Disse ainda muitas outras coisas, e ela também. Mas uma coisa quis ele deixar bem claro: não viera ali para destacar-se numa competição de tiro, mas tão somente por causa dela.

Aquela inesperada declaração de amor fez Babette emudecer.

Enquanto passeavam, o sol se pôs, e seus últimos raios fizeram rebrilhar em todo o seu esplendor o pico nevado do Jungfrau. Era um espetáculo tão majestoso, que todos pararam para contemplá-lo. Babette não se conteve, e exclamou:

714

— Não existe no mundo nada mais lindo!

— Não, não existe — concordou Rudy, olhando para Babette, e não para a montanha. Pouco depois, disse-lhe em voz baixa:

— Devo partir amanhã.

— Quando estiver em Bex, não deixe de visitar-nos — sussurrou ela, completando: — Meu pai ficará muito satisfeito com sua visita.

CAPÍTULO QUINTO: O REGRESSO

Quanta coisa Rudy teria de carregar na viagem de volta ao lar! Além da bagagem com que viera, agora teria de levar consigo três taças de prata, dois rifles novos e uma cafeteira, também de prata, que lhe haveria de ser útil, quando montasse sua própria casa. Dentro de si, porém, havia algo ainda mais valioso do que tudo isso, algo que não tinha peso e até parecia ajudá-lo a subir as montanhas com maior disposição.

O tempo estava longe de ser chamado de bom. Nuvens escuras e ameaçadoras toldavam o céu, encobrindo a face das montanhas como se fossem um véu de luto. O ar estava cheio de umidade. Rudy escutava ao longe o som do machado do lenhador, vendo de vez em quando um tronco rolar pela encosta da montanha. De onde estava, pareciam palitos, embora fossem grandes o bastante para servir de mastros de navios. O marulho das águas do rio Lutschine e a canção monótona do vento combinavam com o movimento lento e constante das nuvens, singrando o céu sobre sua cabeça.

De repente, surgiu a sua frente uma garota, seguindo na mesma direção, rumo às montanhas. Seus olhos pareciam ser dotados de um estranho poder. Rudy fitou-os demoradamente, notando que eram transparentes como vidro e profundos como um abismo sem fim. Sorrindo para ela, perguntou-lhe:

— Você tem namorado?

— Não tenho e nem quero ter — respondeu a moça, rindo, embora algo em sua voz sugerisse que estava mentindo. — Ei, rapaz, não vá por aí. Esse caminho é mais longo. Vamos atalhar ali pela esquerda.

— Boa ideia: assim cairemos os dois no fundo de uma garganta — replicou Rudy. — Quem não conhece bem as montanhas, não deve meter-se a guia.

— Ora, conheço bem o caminho — retrucou a moça. — Além disso, tenho intuição, coisa que você não parece ter. Aqui em cima, há que se ter cuidado com a Donzela de Gelo. Sabe-se que ela não é amiga dos seres humanos.

— Ela não me mete medo — disse Rudy, com arrogância. — Quando eu era criança, consegui escapar de seus braços; agora que sou adulto, ela que não se atreva a tocar em mim!

A escuridão aumentava. A chuva caía, pesada, e aos poucos foi-se transformando em neve, reduzindo ainda mais o campo de visão dos caminhantes.

— Vou ajudá-lo a subir — disse-lhe a jovem. — Segure minha mão.

Estendeu-lhe o braço e tocou-o com os dedos, que eram frios como gelo.

— Não se enxerga, menina? — protestou Rudy. — Quem disse que preciso da ajuda de uma garota para escalar as montanhas? Ora veja...

Em passos firmes, distanciou-se da jovem. A neve caía tão profusamente, que parecia formar um lençol a sua frente. Em meio aos silvos do vento, ele escutou a voz da jovem, rindo e cantando. "Deve ser alguma emissária da Donzela de Gelo", pensou, rememorando as histórias que um dia ouvira dos guias, quando deixara a casa do avô e atravessara as montanhas.

A tempestade de neve estava prestes a passar. Ele já se achava acima das nuvens. De baixo, ainda lhe chegavam ao ouvido os sons de risos e canções, mas as vozes não lhe pareciam ser humanas.

Quando alcançou o topo do desfiladeiro, no ponto em que começa a descida em direção ao vale do Ródano, Rudy avistou uma nesga de céu azul na direção de Chamonix. Duas estrelas cintilaram no céu, trazendo-lhe a lembrança de Babette, e de como a sorte tinha agido no sentido de aproximá-los um do outro.

CAPÍTULO SEIS: UMA VISITA AO MOINHO

— Você há de trazer honra e respeito para a sua família — disse-lhe a tia, com lampejos de orgulho em seus estranhos olhos de águia, enquanto movia mais rapidamente do que de costume seu longo pescoço, que lembrava o de uma ave. — Será maior e mais famoso do que o foram seu pai e seu tio. Você é um sujeito de sorte, Rudy. Deixe-me beijá-lo, pois você é tão bom para mim, que até parece ser um filho de minhas próprias entranhas.

Rudy ofereceu-lhe o rosto para que ela o beijasse, mas sua expressão revelava que fazia aquilo apenas por dever, e não por efetivo afeto.

— Que rapagão bonito você se tornou, Rudy — disse-lhe a tia, mirando-o com satisfação.

— Não repita isso, tia, que acabo acreditando — disse ele, em tom de pilhéria, mas orgulhoso com o elogio.

— Repito, sim, e digo mais: você é um moço de sorte — disse a tia, sorrindo.

— Nisso, concordo com a senhora! — exclamou Rudy, pensando em Babette e ansiando pelo momento em que poderia voltar a vê-la.

"Nesta altura, eles já devem estar em casa", pensou. "Talvez tenham chegado ontem ou anteontem. Amanhã ou depois, irei até Bex."

E foi o que fez. Chegando lá, foi logo procurar o moleiro, encontrando-o em casa. O moleiro recebeu-o prazerosamente, dizendo-lhe que seus parentes de Interlaken lhe haviam enviado abraços e saudações. Babette quase não conversou com ele, mas seus olhos lhe pareceram eloquentes o bastante para dispensar quaisquer palavras.

O moleiro estava acostumado a ser sempre o centro das atenções, numa roda de que participasse. Geralmente, todos riam de suas piadas e ficavam atentos às histórias que gostava de contar. Dessa vez, porém, inverteram-se as posições, e era ele quem demonstrava interesse no que Rudy tinha a dizer. E o rapaz não se fez de rogado, narrando-lhe as dificuldades e perigos da vida de caçador, especialmente quando se tratava de perseguir as camurças. Era excitante escutá-lo contar como várias vezes tivera de apoiar os pés em estreitíssimas saliências rochosas, para transpor as vertentes lisas e alcantiladas, e de como fizera uso de pontes naturais, formadas apenas por gelo e neve, cruzando despenhadeiros formidáveis, dispostos a engoli-lo ao primeiro passo em falso que desse. Rudy demonstrava entender bem do que falava, e seus olhos brilhavam, quando descrevia os lances da caçada da camurça. Gostava também de falar sobre o próprio animal, esse pequeno antílope que parece um cabrito montês, e que habita as partes elevadas dos Alpes. Admirava sua esperteza e sua coragem. Gostava também de falar sobre o *foehn*, o terrível vento alpino, sobre as avalanches e sobre os deslizamentos de terra, que podem soterrar toda uma aldeia situada no sopé das montanhas. Esmerava-se nos relatos, caprichava nas descrições, na certeza de que, quanto mais o moleiro gostasse de suas histórias, maior seria sua admiração e seu respeito pelo rapaz que as contava.

O moleiro parecia ter um interesse especial por tudo que se referia a abutres, falcões, gaviões e águias. Rudy falou-lhe sobre um ninho de águia que havia não longe do cantão de Valais. Fora construído inteligentemente sobre uma cornija de rocha, num ponto praticamente inacessível, protegido da chuva, da neve e da ganância dos homens. Vivia ali um filhote de águia, e um inglês, poucos dias antes, havia oferecido a Rudy um saquinho cheio de moedas de ouro, para que ele o capturasse e o trouxesse vivo de lá.

— É arriscado demais, até mesmo para mim — comentou o rapaz, sorrindo. — A aguiazinha pode crescer em paz, que ninguém irá até lá perturbá-la. Seria loucura tentar uma empresa dessas.

Enquanto isso, o vinho corria com fartura, as línguas se destravavam e a visita se estendia pela noite adentro. Já passava de meia-noite, quando Rudy deixou aquela casa e voltou para o hotel onde estava hospedado.

Pouco depois que as luzes se apagaram, o gato que vivia na sala de estar saiu para dar seu passeio noturno. Subindo ao telhado, chegou até a calha do beiral, onde encontrou o gato que vivia na cozinha da casa. Depois dos cumprimentos de praxe, puseram-se a conversar. O gato da sala falou primeiro:

— Está acontecendo algo de novo lá na casa, sabia?

— Não notei... O que é?

— Uma pessoa da família acaba de ficar noiva, mas em segredo! E o patrão não sabe de nada, nada... Estou falando de Babette e desse tal de Rudy. Os dois ficam sentados à mesa, dando-se as mãos por baixo da toalha, sem que ele veja. Ficam tão absortos, que duas vezes me pisaram na cauda, sem darem por isso. Eu quase miei, mas me contive, para não chamar a atenção.

— Pois devia ter miado. Se fosse eu, miava.

— O que é certo na cozinha, nem sempre é correto na sala de estar — retrucou o gato da sala. — Nem sei o que o patrão dirá, quando ficar sabendo desse noivado...

Sim, que diria o moleiro ao saber de tudo? Era o que Rudy também gostaria de saber, pensando nisso dias depois, quando de novo vinha na diligência, a caminho de Bex. Com um sorriso de confiança nos lábios, ouviu quando as rodas do veículo cruzaram com estrépito a ponte sobre o Ródano, deixando o cantão de Valais e entrando no de Vaud. No íntimo, visualizava a cena da oficialização de seu noivado, que deveria ocorrer naquela mesma noite.

Quando a diligência regressou, tarde da noite, Rudy estava nela outra vez, de regresso ao lar. Enquanto isso, lá no moinho, o gato da sala rodava pela casa, espalhando a novidade.

— Olá, mano do borralho, tudo bem? Quer saber o que aconteceu? Agora, o patrão já sabe de tudo. Rudy chegou à tarde, e ficou cochichando com Babette durante um tempão, lá na sala de visitas. Como quem não quer nada, enrosquei-me junto a seus pés e escutei tudo o que disseram. O Rudy falou assim: "Acho que chegou o momento de conversar com seu pai." Então, a Babette disse: "Posso ir junto, para dar uma força?", e ele então respondeu: "Tenho coragem suficiente para enfrentá-lo sozinho, mas acho melhor que você venha junto, pois assim ele não terá como negar meu pedido. Vendo que eu e você desejamos a mesma coisa, não terá outro remédio senão aprovar nosso noivado".

717

"Dito isso, entraram os dois no quarto do patrão. Esse Rudy é bem desastrado: pois não é que acabou pisando de novo no meu rabo? Dessa vez, miei para valer, mas ele nem percebeu, como se tivesse ficado surdo! Por isso, resolvi entrar antes deles no quarto, e logo fui tratando de subir numa cadeira, para ficar longe daqueles pés perigosos. Aqui, que eu queria receber outro pisão, ou mesmo um pontapé! E foi isso o que aconteceu; não comigo, mas com o Rudy. O patrão deu-lhe um belo pontapé, no sentido figurado, acabando com as suas pretensões. Fechou-lhe a porta na cara, e mandou-o de volta para as montanhas. Que vá ele atrás de suas camurças, e não de nossa Babette!"

— Mas conte-me os detalhes. Que foi que disseram um ao outro? — pediu o gato da cozinha.

— Ah, o Rudy falou aquelas coisas que os candidatos a noivo costumam dizer. Você sabe com é: "Nós nos amamos", patati-patatá, "onde come um, comem dois", e essas baboseiras de costume.

— E o patrão?

— Ih, ele foi duro! "Sua pretensão é descabida! Quem acha que é? Não vê que Babette está sentada no alto de uma pilha de sacos cheios de grãos de trigo, e que esses se assentam numa pilha de sacos cheios de moedas de ouro? Quem é você, para pretender chegar lá em cima?" É bem verdade que o Rudy não ficou calado, pois ele é muito cheio de vento, e retrucou: "Nada está tão alto que não possa ser alcançado, desde que haja vontade férrea de consegui-lo". Ouvindo isso, o patrão sorriu e disse: "E quanto àquela águia da qual você falou, hein? Não disse que ela era inacessível até mesmo para você? Pois Babette é ainda mais inacessível que ela!" Pois nem assim o Rudy desistiu, afirmando com arrogância: "Nem o ninho da águia, nem o trono de Babette são inacessíveis para mim!"

— Irra, que o rapaz é mesmo atrevido! E ficou nisso?

— Não, mano, teve mais. O patrão encerrou a discussão, dizendo: "Está bem, então. Você terá Babette, desde que me traga aquele filhote de águia — vivo, bem entendido", e disparou a rir, a ponto de saírem lágrimas de seus olhos. "De qualquer maneira, obrigado pela visita. Se voltar amanhã, não irá encontrar-nos em casa. Adeus, Rudy." Babette também despediu-se dele, num tom de voz tão lamentoso, que mais parecia chiadeira de gatinho que perdeu a mãe. Rudy consolou-a: "Não chore, Babette. Assumi um compromisso, e não voltarei atrás com a palavra dada. Voltarei, sim, de corpo presente, com o filhote de águia nas mãos". O patrão escutou o rompante dele e desfechou: "Faço votos de que você quebre o pescoço nessa empreitada, pois assim não teremos o desprazer de vê-lo aqui de novo!" Como lhe disse, o atrevido levou um pontapé daqueles bons...

— Então tudo voltou a ser como antes? — perguntou o gato da cozinha.

— O Rudy caiu fora; a Babette não para de chorar; enquanto isso, o patrão está cantando uma canção alemã que aprendeu lá em Interlaken. Quanto a mim, agora me arrependo de ter miado, quando o Rudy me pisou na cauda. De que adiantou o espalho que aprontei? Não serviu para nada...

— Nada disso. Você fez bem. Quando nos pisam, temos de miar, nem que seja para salvar as aparências — pontificou o gato da cozinha.

CAPÍTULO SETE: O NINHO DA ÁGUIA

"Iorolô, iorolô, iorolô" — entoando uma canção típica dos Alpes, alguém subia a montanha, aparentando a mais completa despreocupação. Era Rudy, seguindo em direção à casa de seu amigo Vesimand. Lá chegando, pediu ao companheiro:

— Preciso de sua ajuda. Espero que Ragli esteja em casa, porque preciso dele também. Tenho de pegar um filhote de águia que vive num ninho escondido lá no topo do desfiladeiro, e conto com vocês dois para chegar até lá.

— Não acha que seria mais fácil alcançar a face oculta da Lua? — perguntou Vesimand, em tom de pilhéria. — Estou gostando de ver sua alegria e disposição. Qual o motivo de tamanho entusiasmo?

— Estou pensando em me casar. Dessa vez é para valer, meu amigo. Vou contar-lhe os detalhes, enquanto seguimos até a casa de Ragli.

Daí a menos de uma hora, Vesimand e Ragli estavam a par da razão que levava Rudy a querer capturar o filhote de águia. Os dois menearam a cabeça com pessimismo, tentando dissuadi-lo de sua intenção:

— É arriscado demais, Rudy. Não há como chegar até lá. É pescoço quebrado, na certa!

— Quem não receia cair, não cai. E eu não receio.

Por volta da meia-noite, saíram os três, levando cajados, cordas e escadas de mão. O caminho seguia através de mato fechado, interrompido aqui e ali por gigantescos matacões, que eles transpunham agilmente, apesar da escuridão da noite. Escutava-se ao longe o marulho do rio e o rumor das águas que se despencavam das encostas. Nuvens pesadas e escuras toldavam o céu. Depois de um longo percurso, alcançaram um penhasco escarpado, impossível de ser escalado. Acima de suas cabeças, dois paredões de granito quase se encontravam, deixando visível apenas uma nesga de céu. A escuridão parecia aumentar. Os três sentaram-se na saliência estreita do rochedo, esperando a chegada da manhã. Bem abaixo, na ravina, rugiam as águas de um riacho caudaloso. Era o momento de poupar as forças, preparando-se para a parte mais difícil da empresa. Antes de capturar o filhote, seria necessário acertar um tiro na águia adulta, que vigiava o ninho com zelo maternal. Quietos e silenciosos, os três rapazes mantinham-se tão imóveis quanto a rocha sobre a qual se sentavam. Rudy não desviava os olhos da cornija rochosa que escondia o ninho e o filhote da águia. Seu rifle estava à mão, pronto para ser usado. Mas ainda faltava muito tempo para que a aurora tingisse de rosa o firmamento.

Finalmente, escutaram o som sibilante das asas da águia, voando ali por perto. Contra a nesga de céu, avistaram a silhueta da enorme e perigosa ave. Dois rifles logo se ergueram em sua direção, mas só um disparou. Depois do estrondo, as asas ainda bateram durante uns poucos segundos, até que cessaram, e a águia começou a cair lentamente. Era tão grande, e suas asas tinham tal envergadura, que eles temeram não haver espaço suficiente no estreito desfiladeiro para que ela caísse sem arrastar um deles, ou mesmo todos os três, para o fundo do abismo. Mas a ave atingida passou pelos três rapazes sem os tocar, e logo se escutou o barulho de galhos quebrados no fundo do despenhadeiro.

Agora, não havia tempo a perder. Amarrando firmemente as três escadas uma sobre a outra, imaginaram que o topo da última alcançasse a cornija do ninho. Entretanto, quando apoiaram seus pés sobre a borda do penhasco, viram que ainda seria necessário atar-se uma quarta escada, para alcançar seu objetivo. Acima do degrau superior, a muralha de granito ainda se erguia verticalmente por alguns pés, até curvar-se no topo, formando a cornija que protegia o ninho da águia.

Os rapazes confabularam, chegando à conclusão de que só haveria um modo de alcançar o ninho: teriam de retroceder e encontrar um ponto de apoio no paredão oposto, onde poderiam assentar os pés da escada tríplice, acrescentando-lhe outras duas, para aumentar-lhe a altura.

Com grande dificuldade, levaram a escada comprida até o ponto culminante do precipício. Depois de prender as outras duas, baixaram a escada dupla pela fenda do abismo. Rudy sentou-se no degrau inferior, enquanto os dois companheiros baixavam-no lentamente.

O frio da manhã penetrava nos ossos. Vapores espessos escondiam o fundo do desfiladeiro. Rudy até parecia uma mosca pousada numa tira de palha, descendo pelo tubo de uma chaminé de fábrica. Só que não tinha asas para voar, se a palha se soltasse. Nesse caso, estaria irremediavelmente morto. O vento fustigava seu rosto, e aos seus ouvidos chegava o ronco das águas turbulentas que corriam lá embaixo, formadas pela neve derretida que provinha da enorme geleira — o palácio da Donzela de Gelo.

Como uma aranha que oscila na ponta de um fio, Rudy balançava-se nos degraus, procurando um ponto de apoio onde pudesse assentar os pés da escada. Num dado momento, seus dedos encontram um ressalto que lhe pareceu adequado. Com um sinal, ordenou que baixassem a escada tríplice, amarrando firmemente sua parte superior aos pés da escada dupla, e desse modo formando uma escada gigantesca, que logo ficou apoiada no ressalto de granito, erguendo-se como um caniço gigantesco até a borda oposta do precipício. Agora, sim, seria possível subir até o ninho da águia, imaginando-se que seu peso não faria a escada dobrar-se e quebrar.

Era a parte mais perigosa da empresa. Era o momento de agir como um gato, coisa que Rudy bem sabia fazer, pois tivera um felino como seu mestre em escaladas difíceis. Vertigem, a criada da Donzela de Gelo, abriu seus braços por debaixo dele, como se fosse uma anêmona-do-mar, mas Rudy não lhe deu atenção.

O topo da escada alcançava apenas a parte de baixo da cornija. Se subisse até ali, Rudy poderia tocar o ninho com as mãos, embora sem vê-lo. E ele subiu até lá. Na ponta dos pés, ergueu os braços e tateou a superfície da cornija, até tocar com os dedos nos ramos e galhos que formavam a parede externa do ninho. Continuando a tatear, encontrou um galho assentado firmemente nas paredes do ninho, notando que seria capaz de suportar seu peso. Apoiando-se nele, Rudy ergueu o corpo, conseguindo altear a cabeça acima da borda da cornija. Suas narinas aspiraram o mau cheiro que provinha dos restos de cordeiros, camurças e aves que jaziam por todo lado. Vertigem aproveitou-se da oportunidade e soprou-lhe contra o rosto aquele fedor nauseabundo, na esperança de deixá-lo tonto. Lá embaixo, por entre as águas do rio furioso, esperava-o a Donzela de Gelo, com seus cabelos esverdeados e seus olhos fixos como os de um atirador pronto a disparar.

— Desta vez, não me escapas! — exclamou ela.

Sem entender o que estava acontecendo, o filhote de águia estava pousado junto à borda do ninho. Ainda não sabia voar, mas já estava bem crescido. Rudy mirou-o fixamente e, soltando uma das mãos, conseguiu passar-lhe um laço entre as pernas, capturando-o. Puxando-o com força, arremessou-o por cima dos ombros, deixando-o pendente abaixo de seus pés. Segurando novamente o galho com as duas mãos, Rudy baixou o corpo, até sentir que seus pés tocavam de novo os degraus da escada. "Segure-se firme! Apóie-se bem! Não tenha medo de cair!" Esses conselhos soavam-lhe nos ouvidos, enquanto descia a escada oscilante, por entre as muralhas de granito. Certo de que não poderia cair, ele de fato não caiu.

Por fim, seus pés pisaram em terreno sólido. Os três rapazes abraçaram-se, eufóricos, arrumaram seus pertences e iniciaram o caminho de volta. Dessa vez, levavam consigo algo que não possuíam no caminho de ida: o filhote de águia. Agora, eram três as vozes que entoavam a típica canção dos Alpes, enquanto desciam a montanha:

— Iorolô, iorolô, iorolô!

CAPÍTULO OITO: O QUE O GATO DA SALA NÃO CONSEGUIU ENTENDER

— Eis o que me pediu — disse Rudy junto à porta da casa do moleiro, depositando no chão uma cesta coberta com um pano.

Quando a descobriu, viram-se ali dentro dois olhos selvagens, orlados de negro, detendo-se em cada pessoa e em cada objeto que fitavam, inflamados de ódio, sequiosos de atacar tudo e todos. Um bico semiaberto revelava a intenção de estraçalhar o que lhe chegasse ao alcance. A penugem que recobria o pescoço rubro estava toda eriçada.

— O filhote de águia! — balbuciou o moleiro, de olhos arregalados.

Babette não conteve um grito, recuando dois passos, sem tirar os olhos de Rudy e da ave.

— É, rapaz, você não se assusta facilmente — disse o moleiro, retomando o autocontrole e encarando Rudy.

O rapaz devolveu-lhe o olhar e retrucou:

— E o senhor não volta atrás em sua palavra. Cada um de nós tem uma característica de personalidade marcante e conhecida.

— Seria preferível que tivesse quebrado o pescoço — replicou o moleiro, com um sorriso nos lábios.

— Se eu quebrasse o pescoço, não poderia me "enforcar" com Babette — retorquiu Rudy, sorrindo também.

A tirada fez o moleiro explodir numa gargalhada. "Isso é bom sinal", pensou Babette.

— Vá com calma, jovem, que ela ainda não é sua. Por agora, o que temos a fazer é tirar essa águia da cesta. Que olhar selvagem, hein? Diga-me: como foi que a capturou?

Rudy narrou com detalhes seu feito, sob o olhar cada vez mais espantado do dono da casa. Ao final do relato, o moleiro comentou:

— Quem tem tanta coragem e tanta sorte bem pode sustentar três esposas!

— Fique com as outras duas. Só quero esta daqui.

— Muito bem, muito bem. Mas lembre-se: ela ainda não é sua — disse o moleiro, dando-lhe um tapinha nas costas.

Mais tarde, quando se encontrou com o gato da cozinha, o gato da sala comentou:

— Bicho, hoje tem novidade de sobra! Não é que o Rudy trouxe o filhote de águia, para trocá-lo pela Babette? Os dois beijaram-se sob as vistas do patrão, o que significa já estarem noivos. Dessa vez, ele não levou um pontapé. Ao contrário, o patrão é que teve de recolher as garras, indo para seu quarto fazer a sesta, enquanto os dois ficavam sentados na sala, ronronando um para o outro. Assunto era o que não lhes faltava, e ele poderiam ficar ali a conversar, até depois do Natal.

De fato, o Natal se aproximava. O vento soprou forte e desfolhou as árvores. A neve começou a cair, forrando os vales e as montanhas. O castelo da Donzela de Gelo ficou maior e mais amplo, com a chegada do inverno. Os rochedos ficaram encapados de gelo, e nos locais em que, durante o verão, a água escorria, formando cachoeiras, viam-se agora sincelos gigantescos, tão grossos que não poderiam ser abarcados por um homem. Cristais de neve decoravam os galhos dos pinheiros e ciprestes. A Donzela de Gelo cavalgava no vento, através das ravinas profundas. Um manto de neve recobria toda a região de Bex, e ela assim podia ir até lá e espiar pelas janelas da casa do moleiro, onde enxergava Rudy, que nunca passara tanto tempo seguido dentro de uma casa fechada. Lá estava ele, sempre

721

sentado ao lado de Babette. Seu casamento estava marcado para o início do verão. Seria normal que suas orelhas estivessem ardendo, pois aquele casamento era o assunto do dia na cidade.

Finalmente, o sol recuperou seu ardor, fazendo as flores desabrocharem, espalhando perfume e beleza pelo ar. Mais bela e feliz que elas era Babette, que vivia a navegar num mar de rosas. Ela era a própria imagem da primavera, e os passarinhos pareciam saber disso, cantando alegremente em honra do verão que estava para chegar, e daquele casamento que então seria realizado. Só quem parecia não estar muito feliz com tudo aquilo era o gato da sala, que um dia comentou com o companheiro da cozinha:

— Como é possível ficarem duas pessoas o tempo todo abraçadas, numa conversação sem fim? Haja assunto! Não consigo entender o que esses dois tanto arranjam para conversar. Passo perto deles, enrosco-me a seus pés, e os dois nem se dão conta da minha presença. Esse noivado está me deixando muito aborrecido... Miaaau...

CAPÍTULO NOVE: A DONZELA DE GELO

Era o auge da primavera. As castanheiras e nogueiras formavam uma grinalda verdejante, que ia da ponte de St. Maurice ao lago de Genebra, estendendo-se ao longo do Ródano, cujas nascentes estão nos porões do palácio da Donzela de Gelo, lá na geleira verde e descomunal. Ali nas alturas, tendo atrás de si os picos revestidos de neve perene, ela se estende ao sol e fica contemplando os vales distantes, onde os seres humanos caminham afobados de um lado para o outro, como formigas sobre um matacão banhado de sol.

— Basta que brilhem os raios de sol, para que vocês saiam de casa e se mostrem cordiais e bem dispostos — dizia consigo mesma. — No fundo, não passam de vermes. Uma simples bola de neve que eu faça rolar pela encosta, e será o fim de vocês, de suas casas, de suas cidades. Posso esmagá-los todos, seres arrogantes e desprezíveis!

A Donzela de Gelo ergueu a cabeça e fitou a paisagem, com seus olhos frios como a morte. Chegou-lhe aos ouvidos, vindo de lá de baixo, o som de uma explosão. Eram operários empenhados em construir uma nova ferrovia, rasgando um túnel através das montanhas.

— Ei-los brincando de toupeiras, abrindo passagens nas rochas, enchendo o ar com o barulho de suas explosões... Ah, humanos, basta que eu queira mover um só de meus castelos, e aí, sim, vocês haverão de ouvir um estrondo de verdade, mais forte que o de mil trovões!

Num ponto do vale, ergueu-se uma fita de fumaça, como se fosse uma pena espetada num chapéu. Depois veio outra, e mais outra, todas saindo da chaminé de uma locomotiva, que seguia pela ferrovia recém-construída, silvando e resfolegando, enquanto puxava atrás de si uma fileira coleante de vagões, como anéis da cauda de uma serpente gigantesca.

— Pobres seres racionais — prosseguiu a Donzela de Gelo, — brincando de donos do mundo, fingindo não saber que estão sob o comando das forças da natureza...

E então pôs-se a gargalhar e a cantar ao mesmo tempo, fazendo com que os sons estentóreos de sua voz ecoassem pelos vales.

— A avalanche! — gritaram assustados os moradores das baixadas.

Os filhos do sol — seus raios dourados — ergueram suas vozes, cantando em homenagem aos feitos gloriosos dos humanos. Do cérebro do homem haviam brotado as ideias que lhe permitiram transpor os oceanos, remover as montanhas e aterrar os vales. Em coro uníssono, cantavam:

A mente humana é a dominadora da natureza.

Nesse momento, a Donzela de Gelo observava um grupo de exploradores caminhando através de um campo de neve. Para que pudessem ajudar-se mutuamente, caso um deles escorregasse e caísse dentro de uma fenda do terreno, estavam amarrados entre si por uma corda bem grossa.

— Vermes! — vociferou ela. — Como ousam julgar-se os dominadores da natureza? Desviou seus olhos, pousando-os no vale, onde o trem corria veloz.

— Onde está o poder do cérebro humano? Lá vão os pensadores, sentados em poltronas, ruminando suas ideias, enquanto os carros são puxados pelo poder da natureza. Posso vê-los daqui. Aquele ali, por exemplo: quanta empáfia! Senta-se ereto, como se fosse algum rei! Ei-los refestelados em suas poltronas, cheios de si. Metade deles está dormindo. Quando o dragão resfolegante estacar, todos deixarão seus lugares e sairão pelo mundo, orgulhosos da inteligência que julgam possuir — e a Donzela de Gelo soltou outra gargalhada retumbante.

— Avalanche! — gritaram os moradores do vale.

— Não se preocupe — disse um dos passageiros do vagão, — aquela avalanche não vai nos atingir.

Sua companheira sorriu, já sabendo que ele iria dizer aquilo, pois aquele casal tinha, como acontece entre os que se amam, duas cabeças com um só pensamento. Eram Rudy e Babette. Na poltrona de trás, ia o moleiro.

— Sigo com eles como bagagem — explicava. — Sou incômodo, mas necessário...

— Aquele casal não perde por esperar — continuou a Donzela de Gelo, conversando sozinha. — Desta vez, não os alcancei. Apenas matei algumas camurças e cabritos monteses, destroquei milhões de rododendros, arranquei árvores com raízes e tudo, esmagando-os sem dó, sob toneladas de neve. A qualquer momento, voltarei minha atenção para os seres pensantes, esses pobres presunçosos que imaginam dominar a natureza com o poder de seus cérebros!

E explodiu numa sonora gargalhada.

— Outra avalanche! — gritaram os moradores do vale.

CAPÍTULO DEZ: A MADRINHA

Em Montreux — uma das cidades que, ao lado de Clarens, Vernex e Crin, engrinaldam a margem nordeste do lago de Genebra — estava de passagem a madrinha de Babette. Chegara havia poucas semanas da Inglaterra, trazendo consigo as duas filhas e um sobrinho. O moleiro tinha-a visitado, pondo-a a par do noivado de Babette. Depois de ouvirem o relato daquele romance, desde seu início, em Interlaken, até o episódio da captura do filhote de águia, os quatro ingleses ficaram tão interessados, que pediram que ele voltasse a vê-los, acompanhado do casal de noivos. Além disso, não se podia esquecer que a madrinha e a afilhada estavam ansiosas por se reencontrarem.

Na cidadezinha de Villeneuve, na extremidade do lago, os viajantes deixaram o trem e tomaram um vapor, que em meia hora iria deixá-los em Vernex, bem próximo de Montreux. O vapor seguiu ao longo daquelas margens tão cantadas pelos poetas. Era ali ao lado, à sombra de uma nogueira, que Byron, contemplando aquelas mesmas águas verde-azuladas, tinha composto seus versos melodiosos, descrevendo as agruras do prisioneiro do lúgubre castelo de Chillon. Em Clarens, onde os salgueiros-chorões contemplam sua imagem refletida no espelho daquelas águas, Rousseau vagara pela praia, com o pensamento voltado para Heloísa.

No ponto em que o Ródano despeja no lago as águas que trouxe das montanhas geladas da Savoia, existe uma ilhota. Quem a vê da margem pode confundi-la com um bote, embora ela seja constituída de um bloco rochoso. Cerca de cem anos atrás, uma dama mandara construir um muro rodeando a ilhota, cobrindo as rochas com terra trazida das margens do lago. Ali ela plantara três pés de acácia, que agora já haviam crescido, deixando a ilhota sob a sombra perpétua de suas folhagens. Bem que Babette quis visitá-la, encantada com seu aspecto sombrio e verdejante, mas o vapor não podia desviar-se de seu curso, seguindo diretamente até Vernex, onde os passageiros tiveram de descer.

Agora, teriam de subir a montanha, para alcançar Montreux. A encosta estava coberta de vinhedos, escondidos por detrás de muros caiados de branco. No caminho ladeado por esses muros, que se sucediam em fileiras contínuas, seguiam os três viajantes. As casas ficavam à sombra das figueiras, e nos jardins cresciam, entre as flores, loureiros e ciprestes. A pensão onde se hospedara a madrinha de Babette ficava a meio caminho entre o lago e Montreux.

Ao chegarem, foram saudados efusivamente pela dama inglesa, uma senhora alta e simpática, de rosto redondo e sorridente. Quando criança, devia ter-se parecido bastante com um dos anjos de Rafael, e, mesmo então, com seus cabelos já embranquecidos, ainda tinha algo de angelical em sua aparência. As filhas eram altas, delgadas e bonitas. Quanto ao seu primo, estava vestido de branco dos pés à cabeça. Era um rapaz louro, e suas costeletas eram tão largas e compridas, que ele poderia reparti-las com três outros cavalheiros, e ainda sobraria o bastante para seu uso pessoal. Sua atenção logo se voltou inteiramente para Babette.

Sobre a grande mesa da sala viam-se livros ricamente encadernados, partituras musicais e gravuras. As portas da varanda estavam abertas, oferecendo uma bela vista do lago, em cujas águas calmas e brilhantes refletia-se a imagem invertida das montanhas da Savoia, com seus picos revestidos de neve, bem como das aldeias e florestas existentes em suas margens.

Rudy, que em geral era afável, desinibido e alegre, sentiu-se deslocado naquele ambiente. Ficou sem saber o que dizer ou fazer, andando cautelosamente para cá e para lá, como se estivesse pisando em ovos. O tempo parecia uma rocha compacta que nunca se desgastava. Sua sensação era a de estar sobre uma roda d'água, tentando fazê-la mover-se. Foi então que alguém sugeriu que saíssem todos, para um passeio pelo castelo.

Ah, como era difícil para Rudy, acostumado a caminhar depressa, acompanhar o passo vagaroso dos demais. Para manter-se junto ao grupo, era obrigado a dar dois passos para frente e um para trás. Além disso, todos paravam para contemplar qualquer coisa diferente que havia no caminho: o pelourinho, as celas dos condenados, as lajes que lhes serviam de leito, o alçapão através do qual eram arremessados, encontrando a morte nos fincos de ferro semiocultos pelas águas. Considerava-se divertido contemplar essas criações da crueldade humana, verdadeira câmara de horrores, que o estro de Byron conseguiu alçar à condição de temas poéticos.

Rudy encostou-se aos muros do castelo, horrorizado ante o que acabava de ver. Espiando por uma seteira, avistou o lago e a ilhota aprazível, ostentando os três majestosos pés de acácia. Como desejaria ir para lá, deixando a companhia aborrecida dos componentes daquele grupo! Já Babette estava com outra disposição de espírito, satisfeita e sorridente.

Mais tarde, quando deixaram a companhia dos ingleses, ela comentou o que tinha achado do sobrinho de sua madrinha: ele era "perfeito".

— Sim — concordou Rudy, — um perfeito... asno!

Foi a primeira vez que suas palavras deixaram Babette irritada. O rapaz tinha-lhe ofertado um livro: *O Prisioneiro de Chillon*, de Byron, traduzido em francês, o que lhe permitiria lê-lo.

— O presente — comentou Rudy, — parece bom; quanto ao presenteador, tenho lá minhas dúvidas...

— Branquinho daquele jeito — ironizou o moleiro, — parecia uma saca de farinha de trigo, só que sem farinha de trigo por dentro.

E explodiu numa gargalhada, rindo de sua própria piada. Rudy juntou-se a ele nas risadas, achando que, ao menos daquela vez, seu futuro sogro tinha sido espirituoso e sensato.

CAPÍTULO ONZE: O PRIMO

Quando Rudy foi visitar a casa do moleiro, dias depois, ali encontrou o rapaz inglês, no momento em que Babette lhe servia uma truta grelhada. A travessa estava decorada com salsa, e Rudy logo imaginou que ela própria a tinha colhido e arrumado, de modo tal a dar ao prato a aparência das iguarias servidas nos restaurantes de luxo. Por que tanto requinte? Afinal de contas, que pretendia aquele rapaz? Por que Babette se mostrava tão solícita e atenciosa? Tudo aquilo parecia ultrapassar os limites da simples hospitalidade.

Rudy demonstrou estar enciumado, o que deixou Babette satisfeita e divertida. Queria conhecer tudo a respeito do amado, tanto os pontos fortes, como os fracos. Era jovem, e o amor ainda era uma espécie de jogo para ela. Fique bem claro, porém, que ela, embora estivesse brincando com os sentimentos de Rudy, considerava-o o condutor de sua felicida- de, o centro de suas atenções e a fonte de sua alegria. Quanto mais furioso ele ficava, mais ela se divertia, rindo com os olhos. Seria até capaz de dar um beijo no inglês louro de costeletas bastas, apenas para ver desencadear-se a ira de Rudy, sabendo que ele logo iria sair dali, explodindo de raiva. Não seria uma atitude sensata e elegante, mas Babette tinha apenas dezenove anos. Não se dava conta das consequências de seu procedimento, sem de longe imaginar que poderia estar provocando má impressão no estrangeiro, levando-o a tê-la por frívola e sem juízo, mormente pelo fato de ter ficado noiva há tão pouco tempo.

O moinho situava-se na estrada para Bex, à sombra de um grupo de montanhas que os locais denominavam "Os Diabretes". Perto dele corriam as águas turbulentas de uma torrente que descia daqueles montes, cheias de espumas e de bolhas na superfície. Não eram essas as águas que moviam a grande roda do moinho. Para tanto, havia um regato menor, que despencava em cascata do rochedo, passando depois sob a estrada, dentro de um bueiro, e seguindo a céu aberto, dentro de um bicame, até o moinho, donde se despejava sobre as pás de sua roda, fazendo-a girar. As bordas desse bicame bem poderiam servir de atalho retilíneo entre a estrada e o moinho, não fosse a água frequentemente transbordar, deixando-as limosas e escorregadias. Pois foi exatamente por ali que o inglês resolveu passar, depois do jantar, para espairecer e fazer a digestão. Guiado pela luz que saía da janela do quarto de Babette, e sem avisar o que pretendia fazer, equilibrou-se sobre a passagem estreita de uma daquelas bordas de madeira e seguiu em frente. Viu-se logo que o equilibrismo não era o seu forte, pois, no quarto ou quinto passo que deu, escorregou no limo e caiu dentro da calha, sujando a roupa branca que invariavelmente usava.

Molhado até os ossos, voltou até a casa, maquinando um modo de entrar ali sem chamar a atenção do moleiro, a fim de não lhe servir de motivo de troça. Assim, subindo na tília que crescia junto à janela da moça, pôs-se a piar como uma coruja, única ave que sabia imitar. Atraída pelo som, Babette abriu as cortinas, olhou e viu o inglês ali fora, tentando chamar sua atenção. Sem saber o que lhe havia acontecido, imaginou que ele estivesse ali tentando invadir seu quarto, o que a deixou não só assustada, como extremamente irritada com tal ousadia. Soprando a vela, deixou o quarto às escuras e, com os dedos, certificou-se de que a janela estava bem trancada, murmurando entredentes:

— Pode piar e ulular a noite inteira, coruja sem-vergonha, que aqui dentro você não há de entrar!

Súbito, invadiu-a o receio de que Rudy estivesse por perto, presenciando toda aquela cena. Oh, isso seria terrível!

E, com efeito, Rudy estava por ali, bem embaixo de sua janela, espairecendo no jardim. Ela logo escutou as palavras ásperas que ele dirigiu ao inglês, criticando seu atrevimento e ameaçando dar-lhe uns bons cascudos. Oh, meu Deus, os dois iriam travar uma briga feia! Um deles até poderia morrer! Antes que o pior acontecesse, ela teria de fazer alguma coisa para impedi-los de brigar! Sem pensar bem no que fazia, Babette abriu a janela e gritou para baixo:

— Rudy! Pare com isso! Faça-me o favor de ir embora daqui!

— Então, quem tem de ir embora sou eu? — voltou-se Rudy, espantado. — Ah, entendo; a senhorita tinha um encontro marcado, e eu estraguei tudo, não é? Você é uma descarada, Babette!

— E você é nojento e desprezível! — explodiu a jovem. — Pode tratar de ir embora! Já!

— Nem precisava dizer. Eu nunca deveria ter vindo aqui.

Seu rosto ardia, e seu coração batia descompassadamente. Sem mais dizer, deu as costas e pôs-se a caminho. Vendo-o partir, Babette pensou, ainda abalada com o incidente: "Sujeito ingrato! Como pode dizer tais coisas de mim, que o amo tanto?"

Tomada pela indignação, deitou-se e logo adormeceu. Se esperasse mais um pouco, deixando que suas ideias se assentassem, talvez tivesse caído em si, e nesse caso o remorso não a deixaria conciliar o sono.

CAPÍTULO DOZE: O PODER DO MAL

Deixando Bex no caminho de volta para casa, Rudy seguiu pelas montanhas, bem alto, onde o ar é leve e frio, onde a neve forra o chão, onde reina a Donzela de Gelo. As copas folhadas das árvores pareciam não ser maiores que pés de batata. Apenas os pinheiros e ciprestes conseguem medrar naquelas alturas, e mesmo assim apresentando pequeno desenvolvimento. De vez em quando, uma moita de rododendros conseguia despontar por entre os campos de neve. Uma genciana floria, solitária. Num assomo de mau humor, Rudy deu-lhe com o cabo do rifle, quebrando-lhe o caule.

Duas camurças passaram a sua frente. Seus olhos fuzilaram quando as notou. Por um instante, esqueceu-se das lembranças que o atormentavam, interessando-se em capturar os dois animais. Mas eles estavam fora do alcance de seus tiros, e ele logo os esqueceu. Continuou a subir, alcançando as altitudes nas quais, mesmo durante o verão, a vegetação se resume em umas poucas folhinhas de gramíneas que brotam entre os matacões.

Ali estavam as duas camurças, andando serenamente, sem se importarem com a presença do rapaz. Seguiam rumo a um extenso campo de neve. Rudy correu para capturá-las, quando de repente foi envolvido pelas nuvens, que desceram da montanha sobre ele, toldando inteiramente sua visão. Ele arriscou uns poucos passos para a frente, detendo-se ao encontrar uma sólida muralha de pedra.

Começou a chover. Rudy sentiu-se extremamente incomodado: a cabeça ardia, como se estivesse acometido de febre, enquanto o resto do corpo tiritava de frio. Ao mesmo tempo, sentia a garganta seca, como se estivesse morrendo de sede. Tomando do cantil, notou que estava vazio — esquecera-se de abastecê-lo antes de empreender a viagem. Ele, que nunca tinha adoecido, sentia agora o mal-estar da doença. Um cansaço tremendo tomava conta de seu corpo. Seu único desejo era deitar e dormir, mas isso seria impossível, naquele lugar frio e úmido. Tentou reanimar-se, mas era como se pequenos objetos trêmulos dançassem a sua frente.

Subitamente, notou algo que se lembrava de ter visto anteriormente naquele mesmo local. Era uma casinha, construída bem junto ao paredão rochoso. À porta de entrada, estava uma jovem, que lhe pareceu ser Annette, a filha do mestre-escola. Reparando melhor, viu que não era a jovem que certa vez beijara enquanto dançavam, mas sim outra moça, que se recordava vagamente de já ter visto. Devia ser a que encontrara perto de Grindel, no dia em que estava voltando de Interlaken.

— Olá! — saudou-a. — Que faz por aqui?

— Esta casa é minha — respondeu ela, sorrindo. — Estou vigiando um rebanho de cabras.

— Logo aqui, onde não há pastagens, apenas rochas e neve? Onde estão as cabras?

A moça riu e respondeu maliciosamente:

— Você não parece conhecer bem estas paragens. Existe uma campina não distante daqui. É lá que minhas cabras estão pastando. Não precisa preocupar-se, pois cuido muito bem delas. Nunca até hoje perdi uma só que fosse. Sei tomar conta do que é meu.

— Então cuide bem dessa sua língua afiada — retrucou ele.

— A sua também não é das mais corteses.

Mudando de tom, Rudy pediu:

— Tem leite aí em sua casa? Estou com uma sede terrível!

— Tenho algo melhor do que leite. Um grupo de excursionistas passou por aqui ontem, e deixou para trás meia garrafa de vinho, dos bons. Não haverão de voltar aqui só por causa dele; quanto a mim, não gosto de vinho. A ter de jogá-lo fora, prefiro dá-lo a você, que certamente haverá de apreciá-lo.

Dizendo isso, trouxe a garrafa, encheu uma tigela de madeira e entregou-a a Rudy, que a levou aos lábios em seguida, sorvendo o vinho com sofreguidão.

— Esse é mesmo bom! Nunca tomei um vinho que me aquecesse tão rapidamente. Há um minuto, eu estava tremendo até os ossos, e, agora, sinto-me como se estivesse sentado diante de uma lareira acesa!

Os olhos de Rudy voltaram a brilhar, cheios de vida. A angústia que trazia no peito desapareceu, como que por encanto, e em seu lugar brotaram desejos até então adormecidos.

— Custei a reconhecê-la, mas agora vejo que você é Annette, a filha do mestre-escola. Posso beijá-la?

— Pode, mas com uma condição: quero que me dê essa aliança que traz no dedo.

— Mas esta aqui é minha aliança de noivado! — protestou Rudy.

— E daí? É essa mesma que eu quero — retrucou a moça, enchendo-lhe de novo a tigelinha.

Rudy tomou mais um gole, sentindo o sangue correr mais rapidamente em suas veias, enquanto uma sensação de força e satisfação tomava conta de seu peito. Ah, como o mundo é belo, e como a vida é boa! Tudo foi criado para proporcionar prazer ao homem! O rio da vida é uma torrente de paixões; deixe-se levar por ele, e a alegria de viver tomará conta de sua existência. Seus olhos pousaram na jovem, que era e não era Annette, ao mesmo tempo que era e não era a "garota-fantasma", nome que dava à criatura que tinha encontrado perto de Grindelwald. Havia nela o frescor da neve recém-caída, a beleza de uma azaleia em flor, a graciosidade de uma camurça em movimento; contudo, não tinha dúvida: tinha sido criada da costela de Adão, e era tão humana quanto ele.

Envolvendo-a num abraço, olhou por um segundo dentro de seus olhos maravilhosamente claros. Como descrever o que ali viu, durante aquela simples fração de tempo? O fascínio que ela possuía! — seria uma fada, um fantasma? Teria apenas aquela partícula de vida que existe na morte? Que estava acontecendo com ele — estaria subindo ao céu, ou mergulhando na caverna gelada da morte?

Viu a seu redor paredes verde-azuladas e um abismo que não tinha fundo. Escutou a água que gotejava ali dentro, produzindo um som de carrilhões. Cada gota que caía rebrilhava como se fosse uma pequena chama azulada. A Donzela de Gelo beijou-o, e a frialdade eterna penetrou-lhe pela espinha, subindo em seguida até sua fronte. Rudy gritou de dor. Escapou de seus braços e tentou correr, mas tropeçou e caiu. A noite fechou seus olhos. Um momento depois, conseguiu abri-los, mas já era tarde: o Mal já havia encerrado sua representação.

A jovem tinha ido embora. A casa tinha desaparecido. A água gotejava do paredão de pedra. Rudy jazia na neve, tremendo de frio. Suas roupas estavam encharcadas, e o anel de noivado não mais estava em seu dedo. Caído ao lado, o rifle de caça. Apanhou-o do chão e puxou o gatilho, mas a arma não disparou. No despenhadeiro próximo viam-se nuvens pesadas, com aparência de neve sólida. Dentro, estava Vertigem, esperando que alguma presa desavisada passasse ali por perto. Ouviu-se um ruído surdo, como se uma pedra enorme estivesse rolando pela encosta da montanha, arrastando consigo tudo o que se antepunha em seu caminho.

Enquanto isso, na casa do moinho, Babette chorava. Há seis dias não via Rudy, começando a perder a esperança de que ele ali surgisse de repente, pedindo perdão pelo que tinha feito. E ela iria perdoá-lo, pois o amava de todo o coração.

CAPÍTULO TREZE: NA CASA DO MOINHO

— A vida dos humanos é uma bagunça danada! — exclamou o gato da sala, conversando com o gato da cozinha. — Rudy e Babette desfizeram seu noivado. Ela não para de chorar. Quanto a ele, sumiu e, provavelmente, já a esqueceu.

— Humm... isso é mau...

— Concordo, mano — comentou o gato da sala, enquanto lambia a pata dianteira esquerda. — Eu é que não vou perder meu tempo com choro e lamentação. O que a Babette tem de fazer é trocar de noivo, ficando com o tal de costeleta grossa. É bem verdade que ele nunca mais deu as caras, desde o dia em que tentou subir ao telhado da casa.

As forças do Mal têm suas próprias regras. Brincam conosco e atuam dentro de nós. Rudy tinha aprendido essa lição enquanto estava no alto da montanha, e desde então não pensava em outra coisa. Que acontecera? Será que tudo não passara de imaginação, de uma visão provocada pelo seu estado febril? Foi a primeira vez em sua vida que se sentira doente e tivera febre. Mas, depois daquela noite em que julgara Babette tão severamente, passou a encarar as coisas sob um novo prisma. Lembrou-se de como seu coração havia batido descompassadamente sob efeito do ciúme, que, como o foehn, fizera um verdadeiro estrago dentro dele. Ah, se pudesse contar a Babette o que sentia!... Como gostaria de contar-lhe a transformação que sofrera, depois da tentação que o havia dominado... Vão-se os anéis, mas ficam os dedos — fora-se sua aliança de noivado, mas ele recuperara seu amor por Babette.

E ela, será que tinha alguma confissão a fazer? Cada vez que Rudy pensava na jovem, temia que se coração se rasgasse de alto a baixo. Eram tantas as lembranças que desfilavam em sua mente... Recordava seu riso de criança feliz, as palavras doces que trocavam, tão inocentes, tão ternas... Essas memórias eram como raios de sol que penetravam dentro de seu peito, inundando seu coração com o brilho e o calor de Babette.

Sim, ela iria fazer-lhe uma confissão, iria declarar-lhe seu amor, disse ele tinha certeza!

E ele voltou à casa do moinho. A confissão começou com um beijo, e terminou quando Rudy admitiu ser fraco e ter caído em tentação. Seu maior erro fora duvidar da fidelidade de Babette. Tal desconfiança era imperdoável! Como pudera abrigar uma suspeita tão indigna! Em sua paixão desvairada, quase acarreta para ambos uma catástrofe! Só agora tinha caído em si e tomado consciência da enormidade de seu erro. Babette escutou-o e pregou-lhe um sermão carinhoso. Num ponto, porém, concordava inteiramente com o noivo: o sobrinho de sua madrinha não passava de um tolo pretensioso. Ela iria queimar o livro que recebera dele de presente, a fim de nunca mais ter consigo algo que lhe trouxesse a lembrança daquele infeliz.

— Veja, mano, como é que tudo acabou bem — comentou o gato da sala: — Rudy está de volta. Os dois voltaram a entender-se, e dizem agora que é na compreensão mútua que se pode encontrar a felicidade perfeita.

— Isso é questão de ponto de vista — replicou o gato da cozinha. — Eu estava escutando ontem a conversa dos camundongos, e eles estavam justamente comentando sobre a busca da felicidade. Depois de muita discussão, acabaram concordando em que ela pode ser encontrada numa despensa, onde haja muita vela de sebo e muito naco de toucinho rançoso. Com quem estará a razão: com os camundongos, ou com os dois enamorados?

— Com nenhum deles, no que se refere aos gatos. Cada qual siga sua cabeça, sem dar tento ao que os outros pensam. Quem assim procede, jamais incorre em erro.

Faltava pouco para que chegasse o dia em que Rudy e Babette alcançariam a plenitude de sua felicidade; ou seja, estava próximo o dia de seu casamento.

A cerimônia não seria realizada na igreja de Bex, nem na sala da casa do moleiro. A madrinha de Babette exigiu que eles se casassem em Montreux, na bela igrejinha que ali havia. Depois da cerimônia, haveria uma recepção na pensão em que ela se hospedava. Entendendo que essa fora a maneira idealizada pela madrinha de presentear a afilhada, compensando-a dos dissabores que indiretamente lhe tinha trazido, o moleiro concordou com a proposta, apesar do pequeno inconveniente que representava a viagem até Montreux. Acertada a data do enlace, ele e o casal combinaram de seguir na véspera para Villeneuve,

729

tomando o barco que os levaria a Montreux pela manhã. Assim, as filhas da dama inglesa teriam tempo de vestir a noiva, conforme era seu desejo.

— Já que não vamos ter festa aqui — disse o gato da sala, — não darei sequer um miau em honra desse casamento.

— Quem disse que não teremos festa? — contestou o gato da cozinha. — A despensa está cheia de patos e pombos, sem falar numa carcaça de veado, inteirinha! Só de pensar, fico com a boca cheia de água... hum! Eles partem amanhã.

Sim, partiriam já no dia seguinte. Naquela tarde, Babette e Rudy sentaram-se pela última vez como um casal de noivos, no banco que ficava no terreiro, contemplando a paisagem. Ao longe, as montanhas pareciam estar em chamas. Os sinos começaram a tocar as vésperas. Os últimos raios de sol iluminaram seus semblantes, cantando:

Tudo que acontece é sempre para o melhor!

CAPÍTULO QUATORZE: VISÕES NOTURNAS

O sol desapareceu no horizonte. As nuvens desceram para os vales ao longo do Ródano. O vento soprava do sul: vinha da África. Uivando em rompantes selvagens, esfrangalhou as nuvens, e depois seguiu para longe. Na calmaria que se seguiu, elas voltaram a se refazer, conformando figuras fantásticas de animais pré-históricos, de águias gigantescas e de rãs descomunais. Não pareciam flutuar, mas antes navegar, ondulando sobre águas invisíveis. Um pinheiro, arrancado com raízes e tudo pela tormenta, era levado pela correnteza do rio. Na esteira que deixava, as águas remoinhavam. Vertigem e suas irmãs dançavam e rodopiavam na correnteza veloz. A lua, despejando sua luz sobre os picos recobertos de neve, sobre as florestas das encostas e as nuvens do céu, dava a tudo uma aparência fantasmagórica — os espíritos da natureza estavam soltos. Os montanheses viam-nos, quando espiavam pelas janelas de suas casas. Em grupos compactos e numerosos, os fantasmas desfilavam diante da Donzela de Gelo, que os passava em revista. Ela tinha vindo de seu palácio na geleira. O tronco de pinheiro era seu barco, e as águas que a conduziam para o lago provinham do derretimento das neves alpinas.

— Chegaram os convidados para as bodas!

A mensagem foi transmitida pelo ar, podendo ser escutada nas águas.

Aparições! Podem tanto estar fora, como estar dentro de nós. Babette estava tendo um sonho muito estranho. Nele, ela e Rudy já estavam casados há tempos. Ele fora para as montanhas, à caça das camurças, e ela estava em casa, sentada ao lado do jovem inglês de costeletas louras. Conversavam. Ele falava com voz mansa, olhando-a com ternura. Suas palavras pareciam deixá-la enfeitiçada. Segurando-lhe a mão, ele levantou-se e a levou para fora. Os dois começaram a descer, a descer, enquanto um sentimento de culpa lhe oprimia o coração. Aquilo era uma traição para com Rudy, e um pecado para com Deus. Então, ela se viu sozinha. O rapaz desapareceu. Tentou encontrar o caminho de volta, atravessando espinheiros que deixavam suas roupas em frangalhos. Seus cabelos tornaram-se grisalhos. Parando por um momento, olhou para cima. Lá estava Rudy, parado à borda do rochedo. Ergueu os braços em sua direção, sem contudo se atrever a gritar seu nome. E de nada teria adiantado se o fizesse, pois o que via não era Rudy, mas sim um toco de madeira, sobre o qual foram postos o casaco e o chapéu do caçador. Aquele era um estratagema empregado para enganar as camurças.

Ela desatou num pranto angustiado. "Teria sido melhor se eu tivesse morrido no dia de meu casamento", pensou. "Assim, morreria no auge da felicidade. Oh, Senhor, por que não me concedestes essa graça? Para Rudy e para mim, isso teria sido uma bênção. Ninguém sabe o que o futuro lhe reserva..."

A boca de um abismo profundo abria-se diante dela. Assaltada pelo remorso, ela se atirou ali dentro. Um som triste subiu das profundezas, como se a corda de um violino tivesse arrebentado.

Babette acordou, e pouco depois já não se lembrava direito do que havia sonhado, embora tivesse consciência de que fora um pesadelo terrível, e que tinha a ver com o rapaz inglês. Há meses não o via, nem pensava nele. Será que estaria em Montreux? Acaso iriam encontrar-se, no dia do casamento? Uma sombra de preocupação desceu sobre seu rosto delicado, fazendo-a ficar de cenho cerrado. Mas logo a espantou, voltando a sorrir, enquanto seus olhos brilhavam de felicidade. O dia estava lindo. O sol brilhava no céu, saudando o dia seguinte, quando ela e Rudy enfim estariam casados.

Ele já se levantara, esperando por ela na parte de baixo da casa. Daí a pouco deveriam partir para Villeneuve. A felicidade estava estampada em seus semblantes. Também o moleiro estava radiante, sorrindo e pilheriando com todos que encontrava. Afinal de contas, era um sujeito honesto, além de um bom pai.

— Lá se vão eles — comentou o gato da sala. — Agora, os donos da casa seremos nós.

CAPÍTULO QUINZE: FIM

Ainda não era meio-dia, quando os três alegres viajantes chegaram a Villeneuve. Depois de almoçarem, o moleiro sentou-se comodamente numa espreguiçadeira e acendeu seu cachimbo. Pouco depois, cochilava. De braços dados, o casal de noivos saiu para dar uma volta pela cidade. Seguiram pela estrada, tendo de um lado penedos revestidos de musgo, e do outro o lago profundo e verde-azulado. As pesadas muralhas e altas torres do vetusto castelo de Chillon refletiam-se em suas águas claras. Não longe dali, viram a ilhota aprazível, com seus três pés de acácia. Seu reflexo na água lembrava um ramalhete de flores.

— Como deve ser belo o panorama, visto daquela ilha — disse Babette, sentindo novamente um desejo incontido de visitá-la.

Agora não seria difícil atender ao seu desejo. Junto à margem havia um bote. De quem seria? Não havia vivalma por perto. Por certo, o dono não se importaria em emprestá-lo. Rudy desamarrou-o, mostrou a Babette onde se sentar, e tomou dos remos. As pás deslizavam através das águas tranquilas como as barbatanas de um peixe. A água é forte e poderosa, e ao mesmo tempo tão dócil! Suporta no dorso o peso de toneladas, mas pode a qualquer momento abrir a boca, engolir aquilo que até então transportava, e em seguida fechá-la, sorrindo gentilmente. Pode exibir a mais perfeita serenidade, ao mesmo tempo em que é dona do mais horripilante poder de destruição. Na esteira do bote vinha um rastro de espuma. Em poucos minutos, alcançaram a ilhota, cuja terra firme tinha apenas o espaço suficiente para que os dois ali ficassem a dançar.

Rudy atirou Babette para cima três vezes, fazendo-a rodopiar no ar. Depois, sentaram-se no banquinho que havia sob as acácias, dando-se as mãos e olhando-se nos olhos. O sol poente conferia um brilho especial a todas as coisas que os rodeavam. A floresta de pinheiros sobre as faldas da montanha tornou-se da cor da lavanda, como se ali houvesse um campo de urzes em flor. Mais acima, as rochas desnudas pareciam quase transparentes. As nuvens davam a impressão de estar filtrando fogo, e as águas do lago assumiram a aparência de uma gigantesca pétala de rosa. À medida que as sombras do vale deslizavam pela montanha acima, coloriam a neve das encostas de uma tonalidade azul-escura, enquanto os picos se mostravam rubros, como se despejassem lava incandescente. Por um breve instante, o cenário lembrou uma tela representando a Criação, quando a crosta ainda mais ardente da Terra passou a soerguer-se, a fim de formar as cadeias de montanhas. Rudy e Babette jamais haviam contemplado um pôr do sol como aquele. O pico do Dent du Midi, todo coberto de neve, brilhava como a lua cheia, erguendo-se acima da linha do horizonte.

— Este lugar transpira beleza e felicidade — disseram-se um ao outro.

Num assomo de paixão, Rudy exclamou:

— O mundo nada mais me pode oferecer! Um entardecer desses vale toda a existência! Não é a primeira vez que me sinto assim. Em outras oportunidades idênticas, sempre disse para mim mesmo: "Se eu morresse agora, levaria da vida uma belíssima recordação!" Pois repito agora essa frase. Como o mundo é belo, e como a vida é boa! Termina um dia, e outro vem em seguida, ainda mais belo que o anterior. Nisso se mostra a grandeza e a bondade de Deus. Concorda, Babette?

— Estou tão feliz! — foi tudo o que ela respondeu.

— O mundo nada mais me pode oferecer! — gritou Rudy.

Os sinos tocaram as vésperas, e suas badaladas ecoaram pelas montanhas da Savoia, espalhando-se pelas demais montanhas da Suíça. Para oeste, emolduradas em ouro, estavam as montanhas da Cadeia do Jura, de silhueta azul-escura.

— Que Deus lhe dê tudo de bom e de belo, e que realize todos os seus desejos — disse a moça, numa prece.

— É o que Ele irá fazer amanhã, quando você se tornar minha esposa!

Súbito, ela empalideceu, exclamando:

— O bote!

A pequena embarcação fora mal amarrada, e agora vagava solta nas águas do lago, afastando-se da ilhota.

— Vou nadar até lá — disse Rudy, tirando o paletó e os sapatos e atirando-se na água.

Profunda e fria era aquela água verde-azulada, que tinha vindo das montanhas, resultando do derretimento de suas geleiras. Olhando para baixo, ele viu um objeto brilhante e redondo, rolando, cintilando e faiscando, como se estivesse brincando com ele. "Parece minha aliança de noivado", pensou, "aquela que perdi." Foi então que ela começou a crescer, até transformar-se num círculo rutilante, no centro do qual havia uma geleira.

Enormes gargantas escancaram-se diante dele. As gotas caíam, repercutindo como som de carrilhão. Cada uma que pingava parecia uma pequena língua de fogo branco-azulada. Num simples relancear de olhos, o que ele viu não daria para ser descrito em poucas palavras. Viu homens e mulheres, jovens e adultos, que tinham encontrado a morte na geleira, e que agora ressurgiam a sua frente. Seus olhos estavam arregalados, e suas bocas se abriam num sorriso alvar. Das profundezas subia o som de sinos bimbalhando: eram os sinos que havia nas cidades e aldeias soterradas pela neve. Numa espécie de catedral, os fiéis rezavam ajoelhados, enquanto se ouvia o som de um órgão colossal, cujos tubos eram formados de estalagmites de gelo, e cujas teclas eram tocadas não por dedos humanos, mas por torrentes que escorriam das montanhas. No chão liso e transparente, estava sentada a Donzela de Gelo. Ao ver Rudy, ergueu-se para saudá-lo, ajoelhando-se em seguida, para beijar-lhe os pés. Como um choque elétrico, um tremor frio perpassou-lhe por todo o corpo. Gelo e fogo: ao simples toque, não se sente a diferença entre ambos.

— Voltaste a ser meu! Só meu!

O grito ecoou por todos os lados, repercutindo dentro dele.

— Beijei-te quando eras criança de colo. Sim, beijei-te na boca, daquela vez. Agora, beijo-te os pés, para retomar-te definitivamente!

Fez-se o silêncio. Os sinos pararam de tocar. A última badalada desfez-se no cor-de-rosa esmaecido das nuvens.

— Agora, és meu! — chegou-lhe o grito, vindo das profundezas do lago.

— Agora, és meu! — ouviu-se o eco, vindo das montanhas distantes.

É maravilhoso flutuar na esteira do amor, seguindo da terra para o céu.

Uma corda de violino arrebentou. Ouviu-se um som de lamento. O beijo gelado da morte derrotou a corrução. O prólogo terminou; agora, podia ser encenado o drama da vida. O que era discórdia, desfez-se no bojo da harmonia.

Acha que foi uma história trágica?

Pobre Babette! Nada poderia ter sido mais terrível, mais horripilante, que as horas passadas a sós naquela ilhota. Ninguém sabia do paradeiro do casal. Envolta pela escuridão, ela pôs-se a soluçar desesperadamente, enquanto via a tempestade que se formava sobre a Cadeia do Jura.

Clarões de relâmpagos reluziam sobre os montes, podendo ser vistos na Suíça e na Savoia. Raios riscavam o céu, um atrás do outro. Trovões ribombaram; a princípio, isolada-mente; depois, numa sequência contínua. A cada novo relâmpago, a paisagem ressurgia por entre a escuridão, como se batida pelo sol do meio-dia. No instante seguinte, tudo desaparecia, como se o negrume da noite tivesse redobrado de ansiedade. Os raios cruzavam o ar, ora em zigue-zague, ora em fitas, ora como se fossem bolas de fogo, formando estra-nhos desenhos, como luzes refletidas pelas águas do mar. O ronco do trovão parecia aumentar, reforçado por seus ecos. Nas margens do lago, todos trataram de puxar seus barcos para a terra firme, amarrando-os fortemente. A chuva caiu, e cada qual procurou abrigar-se como podia.

— Por que Rudy e Babette inventaram de sair logo agora? — clamava o moleiro. — Que falta de juízo! Onde estarão?

Babette estava sentada no banco, de mãos cruzadas e cabeça inclinada sobre o peito. Não mais chorava, não mais gemia; mantinha-se muda, numa angústia atroz. Dentro dela, uma voz repetia: "Rudy está no fundo das águas, lá no fundo, embaixo de uma geleira." Recordou-se do que havia escutado sobre a morte de sua mãe e de como ele fora resgatado, escapando por um triz de morrer. Os guias que o retiraram da fenda coberta de neve chegaram a julgá-lo morto. "A Donzela de Gelo retomou-o", balbuciou.

Súbito, um clarão fantástico, reluzente como a neve batida pelo sol, desceu sobre ela, iluminando a ilhota e o lago a seu redor. Ofuscada pela luminosidade, Babette olhou para as águas, vendo-as erguer como se fossem uma geleira. No meio dela, postava-se majestosamente a Donzela de Gelo, vestida com uma túnica branco-azulada que parecia tremeluzir. A seus pés, jazia o corpo inanimado de Rudy.

— Ele é meu! — gritou ela, apontando para o cadáver.

Logo em seguida, voltou a reinar a escuridão, céu e água fundindo-se num único negrume.

— Isso não é justo! — clamou a jovem, tomada de indignação. — Por que teria ele de morrer, logo às vésperas de nossa felicidade? Oh, Deus meu, ajudai-me a compreender! Iluminai meu coração! Ponde-me a par de Vossos desígnios! Estou tateando às cegas na escuridão, sem encontrar um ponto de apoio ou um motivo de consolação. Oh, Senhor, dai-me entender Vossa Sabedoria!

Deus iluminou seu coração, enviando-lhe um raio de graça que a fez refletir e compreender. O sonho da noite anterior ressurgiu-lhe na mente nesse instante, e ela recordou as palavras que pronunciara, exprimindo o desejo de que Rudy e ela morressem no auge de sua felicidade. "Oh, infeliz que sou! Estaria a semente do pecado enterrada no fundo do meu coração? O que o sonho mostrou teria sido meu futuro, se não fosse arrebentar-se a corda do violino, impedindo-o de realizar-se? Oh, mísera sorte que me estava reservada!"

Seus gemidos e ais aumentavam a melancolia da escura solidão. No silêncio profunda da natureza, imaginou escutar a voz de Rudy, dizendo mais uma vez:

— O mundo nada mais me pode oferecer!

Aquelas palavras, poucas horas atrás bradadas jubilosamente, agora repercutiam de modo dolorido em seu coração.

ஐ๛๛ஐ

Passaram-se alguns anos. Sorri o lago, sorriem suas margens; os ramos das videiras dobram-se ao peso de seus cachos sumarentos. O vapor, com suas bandeiras desfraldadas ao vento, navega placidamente. Os veleiros, como borboletas alvas, brincam de flutuar sobre o espelho do lago. Os trilhos da ferrovia já chegaram até ali. Agora passam por Chillon e prosseguem pelo vale, acompanhando o curso do Ródano. Em cada estação veem-se forasteiros, carregando embaixo do braço seus guias de viagem, encapados de vermelho. Quando se sentam nas poltronas do trem, abrem os pequenos volumes e se põem a ler sobre o que já viram e o que em breve estarão vendo. Visitam o castelo de Chillon e, quando contemplam a paisagem que dele se avista, notam a ilhota plantada com acácias. Abrem o guia, em busca de informações, e deparam com a história do casal de noivos que, numa tarde primaveril de 1856, resolveu visitar a ilha, e de como esse passeio acabou resultando na morte do rapaz. "Só na manhã seguinte", diz o texto sucinto, "foram ouvidos da margem os gritos desesperados da jovem noiva, que ali passara a noite em angustiosa solidão."

O guia não se estende em seu relato, omitindo o que depois sucedeu a Babette. Nada diz sobre a vida pacata que ela e o pai passaram a levar daí em diante, não na casa do moinho, que foi arrendada por estrangeiros, mas numa casinha encantadora, próxima à nova estação de trem. À noite, da janela do sótão, ela costumava postar-se por horas a fio, contemplando, acima da copa do castanheiro, o pico recoberto por neve que Rudy tantas vezes havia escalado. Ao entardecer, via os derradeiros raios de sol em sua última aparição, matizando de tons rubros os topos das montanhas, numa esplendorosa saudação à noite que chegava. A brisa vespertina sussurrava então em seus ouvidos a história do homem que se atrevera a enfrentar o tufão, perdendo a capa, mas conservando a vida.

A neve das encostas rebrilha em tom rosado, a mesma tonalidade do coração daquele que abriga a crença de que Deus deseja sempre o melhor para nós. Mas poucos são tão afortunados como Babette, para quem essa verdade foi revelada por meio de um sonho.

A Borboleta

Era uma borboleta chamada Borbolúcio; portanto, do sexo masculino. Era jovem, e estava a fim de arranjar uma namorada. Mas não queria de sua própria espécie: seu desejo era namorar uma flor. Qual poderia ser? Voou sobre o jardim, examinando uma por uma. Eram todas recatadas, postando-se quietinhas sobre seus talos, como é próprio de mocinhas bem-educadas. Ih, mas eram tantas! Seria difícil escolher uma, e que trabalho mais fatigante! Pousou junto ao malmequer. Tanto faz chamá-lo de "malmequer" como de "bem-me-quer". Dizem que essa flor sabe prever o futuro. Rapazes e moças, quando estão apaixonados, fazem-lhe uma pergunta, e encontram a resposta arrancando suas pétalas uma a uma. Enquanto vão despetalando a flor, costumam recitar um verso, que geralmente é assim:

> *Bem-me-quer, malmequer,*
> *Me responda, se puder,*
> *Se meu bem ainda me quer,*
> *Onde for que ela estiver.*

Há outros versos parecidos. Pode-se perguntar ao malmequer qualquer coisa que se quiser. Borbolúcio não quis arrancar suas pétalas; preferiu beijar a flor, pois era de opinião que a gentileza é sempre mais proveitosa do que a violência.

— Ó florzinha mimosa, conhecedora do nosso futuro, a primeira entre todas as outras flores; você que é tão inteligente e sagaz, responda-me: que flor devo escolher para ser a minha namorada? Esta daqui, ou aquela dali? Diga-me qual é, para que eu possa ir agora mesmo declarar-me a ela.

O malmequer não respondeu. Irritado, Borbolúcio começou a ofendê-la, chamando-a de solteirona. Em seguida, repetiu a pergunta uma e duas vezes, sempre sem resposta. Aborrecido, saiu voando, prosseguindo sua busca.

Era o início da primavera. Galantos e açafrões ainda estavam floridos. Ao vê-los, Borbolúcio comentou consigo mesmo:

— São doces e singelas essas flores, sem dúvida, mas ainda não formaram sua personalidade.

Como acontece a tantos rapazes, ele também preferia garotas mais velhas. Voou para junto das anêmonas, mas achou-as muito cáusticas. As violetas eram excessivamente românticas, e as tulipas um tanto espalhafatosas para seu gosto.

Flor bonitinha era o lírio-do-vale, que floresce por ocasião da Páscoa, mas muito sistemática, e de hábitos um tanto burgueses. As flores de tília eram muito pequeninas, embora sua família fosse muito numerosa. As flores-de-maçã eram tão bonitas, que até podiam ser confundidas com as rosas; mas hoje estão aqui, abertas e viçosas, e amanhã já terão morrido. "Nosso casamento iria durar muito pouco", pensou a borboleta.

Uma flor que muito o atraiu foi a ervilha-de-cheiro. Era vermelha e branca, pura e delicada; além disso, era uma daquelas raras beldades que conhecem como é uma cozinha por dentro. Ele já ia pedi-la em casamento, quando notou a presença de uma vagem de ervilha com uma flor murcha na ponta.

— Quem é essa daí? — perguntou, alarmado.

— É minha irmã — respondeu a ervilha-de-cheiro.

— Quer dizer que você, mais tarde, acabará parecida com ela! Estou de saída. Adeus!

A madressilva tinha espalhado seus ramos pela cerca. Lá estavam suas flores, sorridentes, um bando de garotas de rosto comprido e pele amarela. A borboleta nem ligou para elas. Afinal de contas, quem ele iria querer? Só perguntando seria possível saber...

Passaram a primavera e o verão, chegou o outono. Borbolúcio ainda não havia casado. As flores estavam vestidas deslumbrantemente, mas já haviam perdido o frescor da inocência e o viço da juventude. À medida que o coração envelhece, é necessário que haja fragrância, aromas, olores e perfumes, para que ele desperte, e isso era coisa inexistente nas dálias e nas malvas-rosas.

Borbolúcio topou com um pé de menta de folhas enroscadas. "Essa planta não dá flor, mas ela é a própria flor, da raiz à pontinha das folhas. Além disso, cheira como uma flor. Vou pedi-la em casamento." E foi o que ele fez.

Depois de escutar sua proposta, a plantinha manteve-se silente e imóvel. Estava pensando. Por fim, respondeu:

— Amizade, é tudo que lhe posso oferecer. Não somos mais jovens. Podemos até viver um para o outro, mas nada de casamento. Em nossa idade, seria ridículo.

E foi assim que Borbolúcio acabou não se casando. Tanto procurou, que só foi encontrar quando já era tarde. Desse modo, tornou-se um solteirão.

Aproximava-se o final do outono. As chuvas já tinham chegado, e os ventos faziam vergar as copas dos salgueiros. O tempo não convidava a sair de casa, e muito menos a usar roupas leves e frescas. Borbolúcio não estava propriamente fora de casa: é que tinha entrado numa sala, dentro da qual havia uma lareira acesa, sentindo-se ali aquecido como se estivesse no auge do verão.

— Calor, e nada mais: isso é vida? — lamentou-se. — Viver é mais do que isso: é desfrutar do sol, da liberdade e do convívio de uma florzinha gentil.

Entediado, voou e pousou sobre a vidraça de uma janela. Alguém notou-o, apreciou-o, capturou-o e enfiou-lhe um alfinete. Pronto: ele acabava de ser "colecionado" — é assim que os seres humanos costumam demonstrar sua admiração pela beleza das borboletas.

— Preso na ponta desse alfinete, até que fico parecendo uma flor — disse ele. — Não é lá muito confortável, mas a gente se acostuma. Deve ser mais ou menos como o casamento...

Seus comentários, feitos em voz alta, foram escutados pelas plantas que viviam dentro dos vasos enfileirados sobre o beiral da janela. Entreolhando-se, elas comentaram, com um sorriso:

— Cada qual se consola como pode...

"Talvez tenham razão, talvez não", pensou a borboleta. "Prefiro fingir que não ouvi. Não, não confio em plantas cultivadas em vasos. De tanto conviverem com os seres humanos, acabam ficando muito parecidas com eles..."

Psique

Ao amanhecer, quando a própria atmosfera parece adquirir tons rubros e róseos, uma grande estrela refulge no céu. É a estrela da manhã. Sua luz incide sobre os muros brancos da cidade, como se quisesse gravar neles todas as histórias que ela conhece, todas as que teve oportunidade de testemunhar lá do alto, observando este nosso mundo durante milhares e milhares de anos.

Escutem! Ela agora irá contar-nos uma de suas histórias. Silêncio!

Pouco tempo atrás (entendam o que ela está querendo dizer: não é "no ano passado", ou "no ano atrasado", mas sim "há algumas centenas de anos"), minha luz resolveu acompanhar um jovem pintor que vivia nos Estados Pontifícios, ou seja, na capital do mundo — em Roma. A cidade estava bastante modificada, mas não tanto quanto estaria se fosse um ser humano, que, entre a infância e a velhice, passa em poucos anos por profundas modificações. O palácio dos césares já estava em ruínas. Figueiras e loureiros cresciam entre suas colunas quebradas, esticando seus ramos para dentro do recinto dos banhos, cujas paredes, segundo consta, teriam sido um dia revestidas de ouro. Também o Coliseu estava em ruínas. Por outro lado escutava-se o som dos sinos e aspirava-se o aroma do incenso. Havia sempre alguma procissão passando pelas ruas, num desfile constante de velas acesas e baldaquins coloridos. A Igreja era santa e todo-poderosa, e sob sua proteção se abrigava a Arte, já que ela também era sagrada. Vivia então em Roma o maior pintor do mundo, Rafael, e o principal escultor da época, Michelangelo. Entre seus admiradores estava o próprio Papa, que não deixava de visitá-los em seus locais de trabalho. Os artistas, às vezes, são estimados, honrados e recompensados; outras vezes, porém, vivem anônimos e na miséria, sem que seus talentos sejam reconhecidos.

Numa rua estreita havia uma casa velha, que no passado tinha sido um templo pagão. Vivia ali um artista pobre e desconhecido. Seus amigos, porém — artistas como ele, com as esperanças e os ideais da juventude — diziam-lhe que ele era dotado de talento e habilidade, e que era louco por duvidar disso. Com efeito, o jovem artista nunca estava satisfeito com seu trabalho. Cada figura de argila que moldava, destruía no dia seguinte. Desse modo, jamais completara uma obra. Ora, como tornar-se conhecido e receber encomendas, quando não se tem coisa alguma para mostrar?

— Você é um sonhador — disse-lhe um dia um de seus amigos. — Esse é seu azar, e a causa dele é o fato de que você até hoje não viveu, não provou do sabor da vida. Você comete um erro, deixando de desfrutar da vida e da juventude que possui. Veja, por exemplo, o grande Rafael, mestre dos mestres, honrado pelo Papa, admirado pelo mundo: vá oferecer-lhe pão e vinho, e verá se ele recusa um ou outro...

— Dizem por aí — acrescentou Ângelo, o mais atrevido daqueles jovens artistas — que ele não recusa mesmo é a moça que faz o pão, a jovem e deliciosa *fornarina*...

Seus companheiros estavam sempre tentando persuadi-lo a compartilhar com eles de seus prazeres, daquelas farras juvenis que alguns preferem chamar de loucuras. E ele até que gostava, pois era um rapaz de sangue ardente e imaginação borbulhante, que gostava de pilhérias e chalaças, como é normal em sua idade. No entanto, quando certa vez deparou com um dos quadros de Rafael, ficou estático e atônito, como se tivesse acabado de vislumbrar a face de Deus. No mesmo instante, aquilo que seus amigos chamavam de "vida boêmia de Rafael" evolou-se de sua mente como a névoa da manhã. Também os mestres antigos exerciam a mesma influência sobre ele. Sentia dentro de si uma pureza, uma manifestação de piedade, um reflexo da força do Bem, levando-o a desejar imprimir no mármore a mesma beleza que aqueles mestres deixaram gravada em suas telas. Gostaria de poder exprimir o modo como seu coração buscava e entendia o sentimento de eternidade, mas como fazê-lo?

A argila branca tomava a forma que seus dedos lhe imprimiam. No dia seguinte, porém, a figura era destruída, mais uma vez.

Certo dia, quando passava diante de um dos mais esplêndidos palácios de Roma, deteve-se ante sua entrada. Olhando através da arcada decorada com afrescos, avistou um pequeno jardim, onde havia rosas em profusão. No centro dele havia uma fonte. A água despejava-se sobre uma pia de mármore, onde floresciam grandes lírios-d'água brancos, de folhas verdes e lustrosas. Uma jovem caminhava ali perto. Caminhava não era bem a palavra; ela antes flutuava, tão leves eram seus passos. Devia ser a filha do figurão a quem pertencia aquele palácio. O artista jamais avistara algo tão belo, tão delicado, tão gracioso, tão encantador, quanto a figura daquela jovem... não: já avistara, sim. Veio-lhe à lembrança a tela Psique, de Rafael, dotada de todas aquelas qualidades. Só que era um quadro, uma pintura que pendia da parede de um palácio, enquanto que a jovem que ora contemplava estava viva!

Enquanto prosseguia, caminhando em direção de seu *atelier*, a imagem da moça permanecia viva em sua lembrança. Ali chegando, tomou da argila e moldou a "sua" *Psique*, imprimindo-lhe as feições da jovem de beleza etérea. Pela primeira vez, um trabalho seu deixou-o satisfeito. Agora, sim, conseguira moldar algo que tinha efetivo valor.

Quando seus amigos viram o trabalho, exultaram de satisfação. Bem que diziam: ele tinha, de fato, um talento excepcional. Ali estava a prova disso. Aquela pequena obra de arte iria revelar sua grandeza para todo o mundo.

A argila possui uma textura plástica que lembra a da carne, mas não é duradoura como o mármore, nem ostenta a sua brancura e o seu brilho. Se houvesse esculpido, e não moldado, aquele busto, por certo sua Psique pareceria mais viva. E por que não poderia fazê-lo? No pátio de sua casa havia um bloco de mármore, há anos jogado no chão, sem serventia, quase escondido embaixo de garrafas quebradas, restos de lixo, tufos de funcho e folhas secas de alcachofra. Tudo aquilo deixara sua superfície suja, encardida; logo abaixo dela, porém, a rocha continuava sendo branca como a neve das montanhas.

Um belo dia, passou pela rua humilde onde o artista morava um grupo de pessoas da alta sociedade romana. Deixando seu carro numa das ruas mais largas, seguiram a pé por aquelas ruelas, a fim de conhecer o trabalho do jovem sobre quem já tinham escutado alguns comentários. Entre os visitantes, estava a jovem que, sem o saber, servira de modelo ao seu trabalho mais comentado. Logo ela, ali parada, examinando sua obra de arte. Seria sorte ou azar? É o que veremos.

Olhando a figura em argila, o pai exclamou;

— Veja, filha! É você!

738

A moça sorriu, envaidecida. Oh, como o artista gostaria de poder captar a essência daquele sorriso, para reproduzi-lo no mármore! Parecendo ler seus pensamentos, o pai da jovem lhe disse:

— Essa figura merecia estar esculpida em mármore. Faça-o, que a comprarei.

Aquelas palavras trouxeram vida nova para o artista e seu *atelier*. Ali tornou-se um lugar de risos e de alegria. A estrela matutina acompanhava o progresso diário da obra. Era como se a argila houvesse sido inspirada pela visita da jovem, desejando ela própria perenizar no mármore a figura cujo modelo enfim pudera ver.

— Agora, sim, sei o que é a vida — regozijava-se o artista: — é o amor! Viver é ser capaz de apreciar o encanto das coisas e deleitar-se com o prazer da beleza. Aquilo que meus amigos chamam de "vida" nada mais é que vaidade, frivolidade; bolhas produzidas pela fermentação do bagaço, e não este vinho puro que estou apreciando, bebido no altar onde se consagra a existência.

O bloco de mármore foi trazido para lá, e os instrumentos providenciados. O primeiro desbaste foi feito rapidamente. Em seguida, ele tomou as medidas marcou-as e deu prosseguimento ao trabalho de desgaste, agora com maior capricho e cuidado. Por fim, chegou a fase do acabamento, quando o artista teve de lançar mão de toda habilidade e engenho, para retirar da pedra a figura que ali estava encerrada. E a bela imagem de Psique apareceu. Era tão leve, tão diáfana, que parecia estar prestes a alçar voo. Ela dançava, ela sorria, e em seu sorriso se refletia toda a inocência do jovem artista.

A estrela da manhã, brilhando no firmamento cor-de-rosa, sabia o que estava acontecendo dentro do coração do moço, entendendo por que seus olhos rebrilhavam e seu semblante ostentava ânimo e júbilo: era devido à sua satisfação interna, ao prazer de usar o dom de Deus para reproduzir Sua obra.

— Você é um mestre da escultura! — diziam-lhe os amigos. — É um dos grandes, dos maiores, ao nível dos antigos artistas gregos. Em breve, todo o mundo haverá de admirar sua Psique!

"Minha Psique" — as palavras ecoavam em seu pensamento. "Sim, minha, a obra-prima que executei, inspirado pela graça de Deus. Ela haverá de tornar-se imortal e de granjear-me fama e respeito."

Caindo ao chão de joelhos, chorou, enquanto balbuciava uma prece de agradecimento a Deus. Logo em seguida, porém, esqueceu-se de tudo, para só se lembrar da Psique que o encarava sorridente, com sua tez de alvura nívea refletindo a tonalidade rosicler da aurora. Já era tempo de voltar a ver o modelo, a Psique de carne e osso, aquela que parecia flutuar enquanto andava, e cujas palavras inocentes soavam para ele como música.

Foi ao palácio contar que a estátua de mármore estava concluída. Caminhou pelo pátio repleto de rosas e passou diante da fonte, contemplando a água que esguichava das bocas de dois golfinhos de bronze, despejando-se sobre a pia de mármore, onde floresciam lírios-d'água. Deteve-se ante a porta de entrada, olhando para o interior, cujas paredes, e também o teto, eram decorados com pinturas. Sobre a porta estava pintada a cota-d'armas da família. Vestidos de libré, os criados andavam para lá e para cá arrogantemente, mantendo as cabeças erguidas, como os cavalos que levam guizos ao pescoço durante o inverno. Alguns davam-se ao luxo de ficar sentados indolentemente sobre os bancos de madeira lavrada, como se fossem os donos da casa.

739

Dirigindo-se a um deles, o jovem se apresentou, revelando o motivo que o trouxera até ali. O criado levou-o por uma escada de mármore recoberta por um tapete vermelho e ladeada de estátuas, fazendo-o entrar num salão com assoalho de mosaicos e paredes revestidas de quadros e tapetes. Aquele esplendor deixou o artista constrangido, sem saber o que dizer ou onde pôr as mãos, enquanto era recebido pelo fidalgo. Este, porém, tratou-o com simpatia e amizade. Ao final da conversa, o fidalgo perguntou se ele não gostaria de cumprimentar pessoalmente a *signorina*, pois ela havia manifestado vontade de revê-lo. Ele inclinou a cabeça, concordando, e pouco depois seguia pelo palácio, precedido de um criado. Passou por salões majestosos e vários corredores, até que finalmente foi introduzido no quarto da jovem.

Ela conversou com ele, e suas palavras tocaram seu coração mais profundamente que qualquer cântico sagrado o teria feito. Num arroubo incontido, ele tomou-lhe as mãos e beijou-as. Ao fazê-lo, sentiu que aquelas mãozinhas suaves, mais macias que pétalas de rosa, eram, no entanto, quentes como fogo, inflamando seu coração. Tomado de uma estranha excitação, perdeu toda a timidez e começou a falar pelos cotovelos. As palavras fluíam de sua boca como lava de vulcão, candentes, insofreáveis. Quando deu por si, acabava de declarar à jovem todo o seu amor.

A princípio, ela pareceu surpresa; em seguida, ofendida; por fim, orgulhosa, mas ao mesmo tempo cheia de desdém, como se sua mão, por engano, tivesse tocado a pele fria e visguenta de um sapo. Seu rosto enrubesceu, os lábios empalideceram, e seus olhos, embora escuros como a noite, pareciam dardejar fagulhas.

— Você está louco! — exclamou a jovem. — Saia daqui! Fora!

Deu-lhe as costas, e a expressão de seu rosto lembrava a da criatura de pedra, que tem serpentes em lugar dos cabelos.

O artista deu meia-volta e, rápido como não podia deixar de ser, deixou o palácio e seguiu pelas ruas, caminhando como um sonâmbulo. Ao chegar à oficina de trabalho, caiu em si, enchendo-se de raiva e de vergonha. Tomando de uma marreta, ergueu-a sobre a cabeça, na intenção de despedaçar a estátua recém-concluída. Por sorte, Ângelo, que ali o aguardava, notou sua intenção e segurou-o a tempo, impedindo-o de levar a cabo seu intento.

— Que é isso, meu amigo? Enlouqueceu?

Irritado com a intervenção do colega, o jovem artista atirou-se contra ele, mas foi imobilizado e atirado sobre uma cadeira, pois o outro era bem maior e mais corpulento.

— Que deu em você? Está fora de si! Vamos, sossegue, rapaz. Sou seu amigo, ora. Confie em mim. Vamos lá, conte-me o que aconteceu.

Mas como revelar o que tinha acontecido? A pergunta de Ângelo recebeu o silêncio como resposta, e ele logo desistiu de tentar desvendar aquele segredo trancado a sete chaves. Em tom de repreensão, disse ao artista:

— Continue nessa vida de sonhos, e verá: seu sangue vai tornar-se espesso e deixar de correr em suas veias! Você parece esquecer-se de sua natureza humana, rapaz! Se viver exclusivamente para seus ideais, mais certo será que encontre a morte. Vamos, mude de procedimento! Beba uns goles de vinho, deixe que a bebida lhe suba à cabeça, e verá como vai dormir muito melhor. E que uma bela garota seja seu médico! As beldades da Campanha Romana são tão encantadoras como a tal princesa que você avistou no palácio de mármore. São filhas de Eva, como ela, e nem no Paraíso seria possível distinguir essas daquela... Venha comigo, deixe-me ser seu guia, seu anjo da guarda. Venha divertir-se, antes que o

740

tempo passe, que você envelheça e que seu corpo desmorone como uma cabana abandonada. Aí, de nada adiantará arrepender-se. O sol estará brilhando, o mundo será cheio de risos e alegria, mas nada disso lhe servirá, pois você se tornará um junco quebrado, incapaz de sugar a seiva do chão. Quanto a mim, não acredito nas balelas que os padres dizem a respeito da vida de além-túmulo. Creio que não passam de contos de fadas, destinados a consolar os crédulos. Não quero saber de sonhos, e sim da vida real. Vamos, lembre-se de sua natureza humana: siga-me!

As palavras de Ângelo caíram como semente em solo fecundo. Um fogo estava ardendo nas veias do artista, e sua alma parecia ter mudado de essência. Ele agora queria romper com seus antigos hábitos, adotando um estilo de vida inteiramente diferente do que até então tinha levado. Assim, sem hesitar, levantou-se e seguiu o amigo.

Nos arredores de Roma havia um pequeno restaurante, instalado entre as ruínas de uma antiga casa de banhos. O lugar logo se tornou o ponto de reunião dos artistas jovens. Limões enormes e amarelos pendiam dos ramos folhudos que quase escondiam os antigos muros de tijolos. A antiga abóbada da casa de banhos servia de teto ao restaurante, que desse modo parecia situar-se no interior de uma gruta. Uma lâmpada ardia diante de uma efígie da Madona, vendo-se mais ao fundo o enorme fogão, sobre o qual as iguarias eram assadas, cozidas e fritas. Do lado de fora ficavam as mesas, à sombra dos limoeiros e loureiros frondosos.

À medida que chegavam, os rapazes eram saudados com gritos de júbilo pelos que ali já se encontravam. Até que comiam pouco, mas bebiam muito, e era o vinho que os tornava assim tão cordiais. Um grupo começou a cantar, e logo apareceu alguém tocando um violão. A música era animada, era um *saltarello*, e em pouco todos estavam a dançar. Duas jovens romanas, que ganhavam a vida posando como modelos para os artistas, entraram na dança, rindo alegremente como as antigas bacantes. Nada nelas lembrava a figura ou o porte de Psique, pois não eram duas rosas, mas antes dois cravos encarnados, de perfume forte e penetrante.

O dia continuava quente, embora já começasse a anoitecer. O ar, o sangue, tudo estava aquecido; havia calor até mesmo nos olhares furtivos trocados aqui e ali. A atmosfera vibrava de tanta vida, parecendo estar cheia de ouro e de rosas.

— Ora, viva! Vejam quem chegou: o grande artista! Venha, amigo, junte-se a nós! Deixe-se levar pelos fluidos vitais que estão fora e dentro de você. Solte-se!

— Já não tenho amarras! Estou solto e feliz, como nunca me senti antes! Como vocês tinham razão, todo esse tempo! Fui um tolo, um sonhador. A realidade está aqui, e não no mundo imaginário que idealizei.

Saindo dali, os rapazes seguiram pelas ruelas tortuosas de Roma, cantando e tocando violão. Os dois cravos encarnados seguiam com eles. Chegando ao estúdio de Ângelo, entre esboços semiacabados e quadros vivos e coloridos, suas vozes se abrandaram, sem contudo perder o sentimento. O que mais se via por ali eram desenhos e pinturas das filhas da Campanha, captadas em seu encanto agreste; na realidade, porém, elas eram muito mais belas. O candelabro de seis braços foi aceso, espalhando luz por todas as direções. Os rostos apaixonados dos jovens brilhavam, como se todos ali fossem deuses.

— Apolo! Júpiter! Prefiro o Olimpo ao Paraíso! Sinto agora, pela primeira vez, que a vida desabrocha em meu coração!

Sim, a vida desabrochou, qual uma flor, e logo em seguida perdeu o brilho e o viço, inclinou-se e murchou. Um cheiro fétido de flores podres misturou-se ao aroma das rosas, turvando-lhe a vista e embotando-lhe o cérebro. Os fogos de artifício da sensualidade já não mais enchiam o céu de luzes, e a escuridão tomou conta de seu coração. Sem que o notassem, saiu dali e voltou para sua casa. Ali chegando, sentou-se na cama e afundou a cabeça entre as mãos, murmurando:

— Oh, que vergonha! Não passo de um miserável! Fez ela bem quando me disse: "Saia daqui! Fora!"

Seu corpo dobrou-se sobre a cama. Os pensamentos foram-se tornando turvos, até que ele adormeceu.

Acordou ao alvorecer. Que tinha acontecido? Ah, fora tudo um sonho: a ida ao restaurante, as canções, as danças, as garotas... Mas, não! Aquilo fora real! Pela primeira vez, tinha experimentado tudo que até então havia evitado, se não mesmo desdenhado...

Através da aurora cor-de-púrpura, luzia a estrela da manhã. Sua luz caía sobre ele e sobre a Psique de mármore. Ao contemplar a divina inocência da escultura, o artista estremeceu. Convencido de que seu olhar impuro poderia conspurcar a candidez daquela alvura, cobriu-a com um pano. Por instantes, deixou que suas mãos tocassem a estátua, deslizando sobre ela, mas sem atrever-se a olhá-la de novo.

Silencioso e imóvel, voltado apenas para seus pensamentos, passou todo o restante daquele dia alheio ao que ocorria lá fora. Por outro lado, ninguém tinha conhecimento do que estava ocorrendo dentro de sua alma.

Passaram-se dias e dias, compondo semanas compridas e monótonas. As noites tornavam-se cada vez mais longas. Certa manhã, a estrela avistou-o deixando o leito, pálido e febril. Viu-o dirigindo-se até a estátua de mármore, descobrindo-a e apreciando sua obra. Rugas de angústia e medo vincavam seu rosto. Reunindo suas forças, carregou a pesada imagem, levando-a até uma cisterna abandonada, que havia no pátio. Ela havia secado, sendo então usada apenas como depósito de lixo. Pois foi ali dentro que o artista atirou sua Psique de mármore. Em seguida aterrou o resto do poço, espalhando ramos e galhos sobre a improvisada sepultura.

— Saia daqui! Fora! — foi tudo o que ele disse, à guisa de oração fúnebre.

A estrela avistou tudo isso, por entre os laivos róseos e rubros da aurora, chegando a enxergar seu próprio reflexo, nas duas lágrimas que lhe escorreram pela face.

Todos que vieram vê-lo concordaram: o artista estava agonizando. Mandaram chamar um sacerdote num mosteiro vizinho, e de lá veio o Irmão Inácio, amigo e médico. O homem de Deus trouxe consigo o conforto e o consolo da religião. Falou dos pecados que afligem a alma do homem, da graça e do perdão de Deus, da paz e felicidade que a doutrina da Igreja proporciona a quem a ela recorre. Suas palavras caíram sobre aquela alma como raios de sol sobre a terra úmida em fermentação. Uma espécie de névoa formou-se ante seus olhos, fazendo-o enxergar estranhas figuras, verdadeiras "ilhas" flutuantes, reflexos dos episódios de sua própria existência. O artista pôde então fazer sua autocrítica. Toda a sua vida fora assinalada por erros e desapontamentos. A Arte não passara para ele de uma fada sedutora, que lhe despertara sonhos vãos de glória mundana. Por causa dela, vivera uma vida de falsidade, de ilusão. Atendendo a seu conselho, ele provara do fruto proibido, na esperança de tornar-se igual aos deuses.

Mas, agora, havia encontrado por fim a estrada que levava à Paz e à Verdade: a Igreja. Ali, a luz de Deus brilhava em toda a sua glória. Na tranquilidade da cela de um convento, sua alma iria certamente conhecer o segredo da Eternidade.

Irmão Inácio exultou com sua confissão, incentivando-o a deixar a vaidade do mundo, tornando-se um servo da Igreja. E foi isso mesmo o que fez o jovem artista, dando adeus ao mundo e recolhendo-se ao claustro.

Com que satisfação e alegria seus novos irmãos saudaram sua chegada! O dia de sua ordenação foi o mais esplendoroso de toda a sua existência. "Aqui", pensou, "Deus é nossa luz, nossa alegria, nosso alimento."

Ao pôr do sol, ele costumava postar-se à janela de sua pequena cela, de onde podia avistar a antiga cidade, com seus templos pagãos em ruínas e o enorme e silente Coliseu. Na primavera, quando havia rosas por toda parte, quando todas as árvores ostentavam folhagens verdes, quando as acácias floresciam, quando as laranjas e os limões despontavam por entre as folhas, e as palmeiras ondulavam ao sabor da brisa vespertina, ele se sentia renascer, como se recuperasse o vigor e o entusiasmo do passado. A vasta Campanha silenciosa estendia-se até as montanhas distantes e azuladas, recobertas por neve. Tudo se mesclava e se fundia, tudo falava de paz e de beleza; tudo era um conto de fadas, um sonho colorido.

Sim, o mundo era um sonho. Os sonhos podem durar horas, e podem voltar à mente, tempos depois. Enquanto isso, a vida continua, e a que se leva num convento é longa, dura anos, muitos anos, longos anos.

Começou a ser assaltado por pensamentos impuros e maus, que vinham do íntimo de seu ser. Que seriam aquelas estranhas chamas que pareciam deixar seu corpo em brasa? Onde estaria a fonte da qual jorrava aquele mal? Ele castigava o corpo, na intenção de arrancar da pele aquela maldade, mas ela não estava ali, na superfície, e sim no fundo, no âmago, onde ele não poderia alcançar. Uma parte de sua alma era flexuosa como uma serpente, enroscando-se em sua consciência de modo tal a formar com ela um só conjunto, para assim poder imiscuir-se sob o manto do amor celeste, dos santos e da Virgem, que oram por nós, e de Jesus, o Filho de Deus que deu Sua vida pelos homens. Perguntava-se se seria sua inocência infantil ou seu estouvamento juvenil — que ora considerava sérias todas as coisas, ora nenhuma — que o tinham feito buscar refúgio na misericórdia e na graça de Deus, fazendo-o sentir-se um ser especial, escolhido entre muitos para abandonar a vaidade do mundo, tornando-se um servo da Igreja.

Passados muitos anos, ele um dia encontrou seu amigo Ângelo, que imediatamente o reconheceu.

— Meu velho amigo! — saudou-o o outro, efusivamente. — Então, como vai passando? Está feliz? Como consegue conciliar sua vida com a parábola dos dez talentos de prata? Sim, porque você deitou fora a enorme dádiva que Deus lhe deu. E que ganhou com isso? Apenas uma vida de sonhos, contemplativa, alienada, ao lado de um bando de frades também inúteis e sonhadores.

— Vade retro, Satanás! — exclamou, dando as costas ao amigo e escapulindo dali.

"Era ele, o diabo, meu demônio particular", pensou, enquanto se afastava. "Pude reconhecê-lo. Certa vez, fiz a asneira de dar-lhe um dedo, e ele me puxou toda a mão, querendo arrastar-me para a perdição."

Enquanto caminhava apressadamente, prosseguia com seus pensamentos: "Oh, por que estou querendo ocultar a verdade? Não foi assim como eu disse. O mal está dentro de mim mesmo, assim como está dentro de Ângelo. No caso dele, porém, não lhe causa opressão; ao contrário, Ângelo continua encarando o mundo de frente, e aparenta estar próspero. Quanto a mim, busco a felicidade e o conforto espiritual no consolo da religião. Tudo não passa de um sonho vão, seja no convento, seja no mundo exterior; tudo não passa de uma ilusão, que aos poucos se desvanece, tal como a bela cor rosada do pôr do sol, ou muda de aspecto e tonalidade, como ocorre com a cor azul das montanhas, à medida que delas nos aproximamos. Ó, Eternidade, és um vasto oceano de quietude infinda. Por tua causa, enchemo-nos de curiosidade e fazemos mil suposições. De longe, tu nos acena, chamando-nos; entretanto, se caminhamos em direção a tuas águas plácidas, desaparecemos, morremos, deixamos de existir. Uma fraude! Mera tapeação! Sai daqui! Fora!"

Sem lágrimas nos olhos, mergulhado em seus próprios pensamentos, pôs-se de joelhos sobre a enxerga. Por que escolhera aquela posição? Para honrar a cruz de pedra pendente da parede? Não, ele se ajoelhara por uma simples questão de hábito. Seu corpo estava acostumado a assumir aquela postura.

Quanto mais fundo examinava sua alma, mais ela lhe parecia escura. "Não existe nada dentro de mim, e também nada fora de mim. Pensando bem, estou jogando fora minha vida."

Aquele pensamento cresceu como uma bola de neve, ameaçando esmagá-lo. "Não tenho coragem de contar a quem quer que seja sobre esse verme que me rói por dentro. Este segredo é só meu. Se o revelar, corro o risco de tornar-me cativo de outrem."

A fé e a dúvida engalfinhavam-se dentro dele. "Ó Mestre!", orou intimamente. "Tende piedade de mim! Dai-me a fé, Senhor! Arrojei para longe de mim o talento de que me dotastes. Ignorei Vossos desígnios a meu respeito. Sobrou-me habilidade, mas faltou-me o poder. Ó Imortalidade, Psique que trago dentro de meu coração: saia daqui! Fora! Por que não posso enterrá-la, como o fiz com aquela outra Psique, a que outrora criei? Um dia, ela foi parte de minha vida, mas agora prefiro que permaneça enterrada para sempre, sem que jamais ressuscite."

A estrela da manhã cintilou, resplandecente. Mesmo ela, um dia, daria adeus a sua existência. Imortal, só mesmo a alma humana. A luz distante da estrela recaiu sobre as paredes caiadas da cela, sem escrever ali qualquer mensagem sobre a grandeza e a graça de Deus, e tampouco sobre o amor que abarca todas as coisas e que vive dentro do coração daqueles que possuem a verdadeira fé.

"A Psique que trago no coração jamais morrerá", pensou ele, perguntando-se em voz alta:

— Será ela minha própria consciência? Aquilo que está além de nossa compreensão pode um dia acontecer? Sim, claro que pode! Incompreensível, mesmo, é minha alma! Ó Deus, ó Mestre, Vós e o mundo que criastes estais além de minha compreensão. Mas prefiro que este mundo assim permaneça, como testemunho de Vosso poder, Vossa glória e Vosso amor!

Seus olhos brilhavam tanto, que pareciam fulgurar. As badaladas dos sinos foram o último som deste mundo que ele escutou, antes de morrer repentinamente. Seu caixão foi coberto por terra trazida de Jerusalém, sobre a qual espargiram cinzas tiradas de túmulos de pessoas piedosas.

Passaram-se os anos; então, seguindo o costume, seu esqueleto foi exumado, vestido com hábito de frade, levado para a cripta do mosteiro e ali colocado num nicho, ao lado de outros monges falecidos, todos tendo nas mãos um rosário. Do lado de fora, o sol brilhava, mas ali dentro reinava a eterna penumbra, o som dos cantochões e o aroma de incenso.

744

Muitos anos se passaram. Os esqueletos foram-se desfazendo, tornando-se apenas montes de ossos. Com os crânios, os frades construíram um muro ao redor do convento. Um desses crânios era o do monge que desistira de ser artista. Nessa altura, ninguém mais se lembrava dele, ou de qualquer outro ao qual um daqueles crânios um dia pertencera. Súbito, algo se moveu por ali. Que seria? A luz do sol refletiu-se na pele colorida de um lagarto, que escolhera justamente aquele crânio para sua morada. Pelos orifícios da caveira, o réptil entrava e saía, sendo a única forma de vida que ocupava aquele espaço outrora povoado por nobres pensamentos, sonhos felizes, amor à arte, paixão pela beleza. Por onde o lagarto agora saía, quantas lágrimas foram vertidas no passado... No lugar onde o réptil costumava repousar, tempos atrás se abrigava o anseio da imortalidade.

Havia séculos que ele morrera. A estrela matutina brilhava então como em seu tempo, e como vinha brilhando seguidamente há milhares de anos. O firmamento estava vermelho como sangue, da cor de uma rosa encarnada, por obra e graça dos raios do sol nascente.

Onde uma vez existira uma ruela, passando à frente das ruínas de um templo pagão, erguia-se agora um convento. Uma noviça acabara de morrer, e seu túmulo estava sendo aberto no jardim dos fundos. A pá que cavava a sepultura bateu em algo duro, como se fosse uma pedra, e logo começou a aparecer sob a terra alguma coisa branca e luzidia. O serviço passou a ser feito com cuidado, e logo apareceu um ombro, seguido de uma cabeça feminina. Era uma escultura de mármore.

Na bela manhã rósea de verão, desenterrou-se a escultura de Psique, no lugar onde estava sendo cavado o túmulo de uma noviça. A obra de arte deixou todos extasiados. "Uma obra-prima daquele período em que se atingiu o ápice do acabamento artístico", foram os comentários que se ouviram. Mas quem seria o autor daquele esplêndido trabalho? Ninguém saberia dizê-lo, a não ser a estrela matutina, que conhecia o artista, que acompanhara seus embates íntimos, suas angústias, suas fraquezas, seus temores. Disso tudo, nada mais restava — estava morto, fora reduzido a pó. Só não morrera o resultado de toda aquela luta, de toda aquela busca: Psique. Fora-se até o nome do artista, mas não a sua obra. A centelha de seu gênio ainda rebrilha sobre a terra, sendo até hoje admirada, apreciada, amada.

A luz da estrela matutina dardejou sobre a estátua e sobre o pequeno ajuntamento de pessoas que a rodeavam, impressionados pela perfeição de seus traços, como se a própria alma do modelo tivesse sido esculpida no mármore.

O que pertence à terra é varrido pelo vento e logo esquecido. Só as estrelas guardam para sempre sua memória. O que pertence ao céu reluz no coração de seu autor, cuja lembrança poderá desaparecer, mas cuja obra haverá de perdurar para sempre, testemunhando a força de seu gênio criador, capaz de transformar a pedra informe numa Psique de deslumbrante beleza.

O Caracol e a Roseira

O jardim era rodeado por uma cerca viva de aveleiras. Além, estendiam-se campos lavrados e pastos naturais, em meio aos quais se viam vacas e ovelhas. Bem no centro do jardim, porém, havia uma roseira, no auge de sua floração. Embaixo dela, um caracol parecia muito satisfeito, desfrutando sua própria companhia. Num dado momento, notando que a roseira estava ali perto, dirigiu-se a ela em voz alta, dizendo:

— Ah, você vai ver, quando chegar a minha vez! Sim, vai ver o que vou aprontar. Não vou me contentar em produzir flores, como você, ou avelãs, como aquelas árvores, ou dar leite, como as vacas e ovelhas. Oh, não; isso é pouco para mim...

— Nem posso imaginar o que você fará quando chegar a sua vez! — disse a roseira, com ar de admiração. — Pode me adiantar o que será?

— Vamos dar tempo ao tempo — respondeu o caracol. — A pressa é inimiga da perfeição. Cada coisa tem seu tempo certo de acontecer.

No ano seguinte, o caracol voltou a postar-se ali, tomando sol embaixo da roseira. O arbusto estava carregado de botões, alguns já começando a abrir, cada qual apresentando um pequeno detalhe que o tornava diferente dos outros. O caracol pôs metade do corpo fora de sua casa, esticou os chifrinhos para a frente, e depois recolheu-se de novo, filosofando: "Nada mudou, tudo continua igual. Não houve modificações, nem progresso. Que faz a roseira? Produz rosas, como sempre, já que isso é a única coisa que ela sabe fazer..."

Passou o verão, passou o outono. Enquanto a neve não começou a cair, a roseira continuou a florescer. Então, o tempo mudou, tornando-se frio e úmido. A roseira inclinou seus ramos, e o caracol enfiou-se na terra.

Veio de novo a primavera. A roseira abriu-se em flores, e o caracol pôs a cabeça fora de sua casa. Olhando para a roseira, falou:

— Olá. Você está ficando velha, hein? Já deve estar chegando a hora de murchar e morrer. Você já deu ao mundo aquilo que poderia dar. Se sua existência valeu ou não a pena, aí é outra questão, com a qual prefiro não perder tempo. Mas uma coisa é certa: durante toda a sua existência, você jamais desenvolveu seu próprio eu, nunca se questionou, ou se indagou se poderia fazer algo mais que tão somente florescer. Em breve, você não

passará de um ramo seco. E aí? Valeu a pena? Que há para ser dito a seu respeito, senão aquilo que se diz de qualquer outra roseira? Então: que pensa disso?

— Você me assusta com essas ideias — respondeu a roseira, estremecendo de medo. — Nunca pensei nessas coisas antes...

— Acho que você nunca pensou foi em coisa alguma. Porventura já fez uma análise de sua vida? Já se perguntou acerca dos motivos de sua existência? Esse negócio de todo ano se abrir em flores: para quê? Se fosse uma planta que não dá flor, seria inferior só por causa disso?

— Jamais pensei nessas coisas! — soluçou a roseira. — Minhas flores se abrem em assomos de alegria! Não posso impedi-las de desabrochar! O sol é quente, o ar é fresco; sou regada pela chuva e pelo orvalho; retiro minha força do solo e do ar — pronto: é por isso que me alegro e desabrocho; é assim que minhas flores se abrem. Não sei agir de maneira diferente...

— É, minha cara, sua vida tem sido confortável e indolente — repreendeu-a o caracol.

— Isso é verdade — concordou a roseira. — Não me falta coisa alguma. Acho, porém, que você recebeu mais do que eu. Você é um pensador, um filósofo. Tem ideias profundas, enxerga longe... é um privilegiado, um eleito. Sim, você ainda haverá de estarrecer o mundo!

— Eu, estarrecer o mundo? Isso nunca! — replicou o caracol, recolhendo os chifrinhos e depois esticando-os de novo. — O mundo nada significa para mim. Não me interessa, não me preocupa. O que trago dentro de mim é o bastante para que eu me preocupe, sem necessitar de ajuda externa quanto a isso.

— Mas a solidariedade para com nosso próximo não é um dever? Todos temos de dar alguma coisa, em troca daquilo que recebemos de graça. Realmente, a única coisa que dou

são as rosas que brotam de mim. É pouco, eu sei, mas já é alguma coisa. Mas, e você, que tanto recebeu, que coisa dá em troca? Qual a sua contribuição para melhorar o mundo?

— Ora, quanta tolice! O que você deu, o que terá de dar... Dar, coisa nenhuma! Onde já se viu? Do mundo, quero é distância! Sabe o que faço com o mundo? Cuspo nele! Desisto de torná-la consciente. Vá, minha cara, vá rebentar-se em rosas, já que é a única coisa que sabe fazer. Continuem vocês todos fazendo o que sempre fizeram. Sigam as aveleiras produzindo suas avelãs; sigam as vacas e ovelhas dando seu leite; é isso aí: cada qual tem seu público, até eu. Só que meu público sou apenas eu. Vou retirar-me deste mundo, vou tornar-me um ermitão.

Assim dizendo, o caracol entrou dentro de sua casa e lacrou a porta de entrada.

"Oh, que tristeza", pensou a roseira. "Mesmo que me desse vontade, acho que jamais me recolheria dentro de mim mesma. Meus galhos estão sempre crescendo para fora; minhas folhas estão sempre se desenrolando, e minhas flores sempre se abrindo. Um dia, minhas pétalas caem ao chão, e o vento as carrega para longe. Mas uma ou outra de minhas rosas tem sua serventia: essa serve para marcar a página de um livro de orações, aquela para enfeitar os cabelos de uma jovem ou a lapela de um rapaz, sem falar nas que servem para ser vistas, apreciadas, ou mesmo beijadas por uma criança repleta de alegria de viver. São poucas lembranças, mas são muito boas — esta é a minha vida."

A roseira continuou a florir inocentemente, enquanto o caracol se retirava do mundo, coisa facílima para ele, já que bastava recolher-se ao interior de sua casca, e ali ficar hibernando.

Passaram-se os anos. A roseira desfez-se, voltando a ser pó. O mesmo aconteceu ao caracol. Também a rosa que tinha sido posta entre as páginas do livro de orações acabou-se para sempre. Mas havia no jardim outras roseiras e outros caracóis; aquelas florescendo, estes cuspindo no mundo e recolhendo-se a suas casas, desdenhando de tudo que existia ao seu redor.

Querem que conte esta história de novo? Posso fazê-lo, mas vai sair igualzinha, igualzinha.

"Os Fogos Fátuos Estão na Cidade",
Disse a Bruxa do Pântano.

Era uma vez um sujeito muito familiarizado com os contos de fadas. Eles costumavam vir atrás dele, batendo em sua porta a sua procura. Nos últimos tempos, entretanto, essas visitas haviam cessado, coisa que o estava deixando um tanto preocupado. A bem da verdade, ele não tinha pensado em contos de fada durante os últimos anos, pois sua mente estava voltada para a guerra, que então assolava o país, e para as angústias e o desespero que enchiam o interior de todas as moradas de sua terra.

Indiferentes aos perigos, a cegonha e a andorinha tinham migrado de volta à terra natal, percorrendo longas distâncias, para terem o desprazer de encontrar seus ninhos destruídos, as aldeias queimadas, as cercas derrubadas e os campos arrasados. Nos cemitérios, os cavalos do inimigo pastavam por entre as sepulturas. Foram tempos árduos e difíceis de suportar, mas chega o dia em que tudo acaba, até mesmo o infortúnio. E foi assim que, um belo dia, acabou-se a guerra e voltou a reinar a paz, mas os contos de fada não mais voltaram a bater em sua porta.

Um ano inteiro transcorreu, e nada de eles voltarem a visitá-lo. "Talvez não reapareçam nunca mais", pensou o sujeito, lembrando-se nitidamente das maneiras variadas com que eles outrora se lhe apresentaram. Um deles viera até ele, muito tempo atrás, sob a forma de uma garota encantadora, com uma grinalda de flores no cabelo e um ramo de bétula nas mãos. Era linda e fresca como a primavera, e seus olhos eram profundos e límpidos como as lagoas que se escondem no interior das florestas. Outras vezes, os contos de fadas chegaram sob a forma de um mascate, abrindo seu baú na sala de estar, e dele tirando lindas fitas de seda, cada qual tendo um verso inscrito. Os melhores, porém, tinham assumido a forma de uma velhinha de cabelos cor de prata, com olhos que a idade aguçou, repletos de sabedoria e conhecimentos. A velhinha sabia contar histórias ocorridas no passado remoto, naqueles tempos em que as princesas fiavam em rocas de ouro e eram vigiadas por dragões. E que vida imprimia a essas histórias! A gente até parecia ver o sangue, fosse como manchas que dançavam diante dos olhos, fosse como marcas negras sobre o chão. Deus do céu, eram contos terríveis, medonhos, assustadores, mas que no entanto causavam prazer, visto que se passavam num tempo muito, mas muito antigo mesmo!

"Gostaria de saber se eles de fato ainda virão até aqui", pensou o sujeito, fitando a porta com tal intensidade, que até imaginou estar enxergando nela as manchas negras de sangue que o relato das histórias aterrorizantes o fazia ver. "Talvez não seja o sangue daquelas histórias", imaginou, "mas sim retalhos das faixas de luto, que tantas vezes vi durante os últimos tempos..."

Súbito, passou-lhe pela cabeça que os contos de fada poderiam estar escondidos, como as princesas dos contos antigos. Se assim fosse, eles teriam de ser encontrados, para ressurgirem mais brilhante e lindamente do que antes.

"Onde será que um conto de fadas iria esconder-se? Poderia estar, por exemplo, debaixo de uma palha agarrada à roda de uma carruagem. Ou então dentro de uma flor seca, guardada entre as páginas de um desses livros enormes que tenho em minhas estantes..."

Pensando assim, ele encaminhou-se para sua pequena biblioteca, tirando de uma das estantes um volume grosso e pesado. Pelo aspecto, via-se ser um livro que tratava de coisas muito sérias. Não, ali não tinha sido posta nenhuma flor seca. Aquele era um ensaio erudito — eruditíssimo — acerca do herói nacional da Dinamarca, o célebre Holger, o Danês. Parece que esse homem bravo e audaz nunca existiu, mas que teria sido inventado por um monge francês, que a seu respeito escreveu um romance, "traduzido em língua dinamarquesa e amplamente divulgado no país". Portanto, Holger, o Danês, jamais participou de qualquer batalha, e nunca estaria pronto a salvar sua terra natal, se esta um dia se achasse em perigo mortal. De nada valia que as crianças dinamarquesas cantassem seus feitos, ou que os adultos acalentassem a esperança de seu retorno — Holger não passava de uma lenda, e nisso não diferia de Guilherme Tell, outra personagem de ficção, segundo o mesmo autor daquele ensaio eruditíssimo.

"Não creio que seja assim como ele diz", pensou o sujeito, devolvendo o livro à estante. "Só se forma uma trilha, se o lugar já foi pisado."

Foi até à janela, apoiou-se no peitoril e ficou a contemplar as plantas que ali estavam. Talvez um conto de fadas estivesse escondido dentro da tulipa vermelha de pétalas orladas de ouro, ou na rosa, ou na camélia colorida. Ali também não encontrou contos de fada, mas tão somente os raios de sol, que brincavam entre as folhas.

"É curioso: as flores que desabrocharam durante os dias de angústia eram mais belas que estas. Infelizmente, serviram apenas para formar as coroas que depositamos sobre os caixões de nossos mortos. Talvez os contos de fada tenham sido enterrados juntamente com aquelas flores. Se assim aconteceu, eles não se perderam, mas haverão de ressurgir um dia, trazidos do fundo da terra pelas plantas que ali um dia nascerão."

Seus pensamentos prosseguiram. "Talvez eles tenham estado aqui, tenham batido na porta, mas eu é que os não escutei. Eram tempos difíceis, e nossos pensamentos estavam voltados para o lado escuro da existência. A própria primavera parecia uma intrusa, com seus cantos de aves e suas folhas verdes que, ao invés de nos alegrarem, antes nos entristeciam ainda mais. Quanta coisa pusemos de lado, naqueles dias sombrios: até as antigas canções que tanto amávamos foram abandonadas, tornando-se insuportáveis para os nossos corações. Se os contos de fada tivessem vindo aqui, eu não os teria escutado ao baterem na porta. Pior: se os ouvisse, provavelmente não lhes daria boas-vindas. Sim, foi isso: eles estiveram aqui; bateram à porta, ninguém os atendeu; então, deram meia-volta e se foram embora. Devo procurá-los. Devo ir atrás deles, através dos campos, das florestas e do mar aberto."

Longe, muito longe dali e de qualquer cidade, existe um velho castelo, com muros de tijolos, empenas rendilhadas e torres altaneiras, cada qual com uma bandeira no topo. Junto dele, o rouxinol costuma pousar no galho de uma faia, fitando as flores-de-maçã, que lhe parecem rosas. No verão, as abelhas enxameiam ao redor de sua rainha, zumbindo suas canções. No outono, tempestades desabam sobre a floresta, açoitando as folhas das árvores e deixando os seus galhos desnudos, para desse modo anunciar o destino do homem. No Natal, chega de alto-mar o som do canto do cisne selvagem. É então que, no castelo, todos se ajuntam perto da lareira — é hora de escutar as velhas baladas e sagas da terra.

Na parte mais antiga do jardim existe uma alameda de castanheiras. Atraído pela sombra dessas árvores, ali caminhava o sujeito que estava à procura de um conto de fadas. Fora ali mesmo que, certa vez, o vento lhe havia sussurrado a história de Valdemar Daae e suas filhas. Também ali uma criatura, a mãe de todas as histórias, que vivia no oco de uma árvore, lhe revelara o último sonho de um velho carvalho. Quando sua avó materna ainda era viva, havia ali perto sebes que eram cuidadosamente podadas todos os anos. Agora, porém, fetos e urtigas cresciam livremente, escondendo quase inteiramente uma estátua que ali havia. Até mesmo em seus olhos cresciam musgos, sem que ninguém os retirasse. Apesar disso, eles ainda enxergavam muito bem, vendo aquilo que o homem já não podia avistar: os contos de fada. Onde poderiam estar?

Da copa das árvores centenárias, bandos de corvos respondiam:

— Aqui! Aqui! Aqui!

Cruzando a pontezinha sobre o fosso, ele saiu do jardim e entrou num pequeno bosque de amieiros. Era ali que ficavam o galinheiro, o tanque dos patos e a pequena casa hexagonal onde vivia a mulher que governava aquele pequeno mundo. Ela sabia exatamente quantos ovos as aves tinham botado, quantos pintos tinham sido chocados, e muitas outras coisas, mas ela não era um conto de fadas, e sim uma pessoa de carne e osso, batizada, vacinada. Se alguém duvidasse disso, ela iria até a gaveta de cima de sua cômoda e de lá tiraria os documentos que podiam comprovar tudo aquilo.

Não longe de sua casinha havia uma colina coberta com pilriteiros vermelhos e encantadores laburnos amarelos. Sobre ela descansava uma velha lápide, trazida para lá muitos anos atrás, antes de ter sido construído o cemitério da aldeia. A pedra fora talhada em homenagem a um antigo conselheiro municipal. Lá estava sua figura, gravada na lápide, rodeado pela esposa e por suas cinco filhas, todas usando golas folhadas e trazendo as mãos cruzadas. Se a pessoa ficar olhando durante muito tempo para uma dessas pedras, ela acaba se tornando parte de seu pensamento, como se sua mente tivesse entrado dentro dela, formando um conjunto. Aí, a lápide passará a falar-lhe acerca dos tempos que não voltam mais. E foi isso o que aconteceu ao sujeito que saiu em busca de um conto de fadas.

Naquele dia, ele encontrou uma borboleta que descansava sobre a cabeça de pedra do conselheiro. Ela desceu voando, como se quisesse mostrar-lhe o que crescia bem junto aos pés da estátua. O sujeito olhou para baixo e viu onde a borboleta havia pousado: num trevo de quatro folhas. Esse tipo de trevo, como se sabe, traz sorte, e ali havia não só um, mas sete exemplares! "Desta vez, a sorte veio de montão", pensou ele, colhendo todos os trevos e enfiando-os no bolso. "Dizem que a boa sorte vale tanto quanto dinheiro em caixa. Tenho-a aqui comigo, mas preferia ter encontrado um conto de fadas."

O disco vermelho do sol descambou no horizonte. Vapores subiam das baixadas, encobrindo as campinas. A Bruxa do Pântano devia estar cozinhando alguma coisa...

Caiu a noite. O tempo foi passando. Parado junto à janela, o sujeito olhava a paisagem, conseguindo divisar o jardim, os campos lavrados, as campinas e até mesmo o litoral, no último plano. A lua estava quase cheia. Seus raios dançavam por entre a neblina, fazendo as campinas parecerem um lago prateado. De fato, rezava a lenda que ali, outrora, fora um lago, e os raios do luar deviam estar querendo mostrar a verdade daquela tradição. O sujeito pensava no livro que tinha lido, e nas palavras de seu cético autor, que afirmava serem, tanto Guilherme Tell como Holger, o Danês, figuras lendárias, personagens folclóricos. "Assim como o luar pode fazer ressurgir o lago que aqui um dia existiu, assim as tradições guardadas pela mente popular podem dar vida às antigas figuras lendárias. Portanto, Holger, o Danês, não está morto! Quando sua terra estiver correndo perigo mortal, ele haverá de voltar!'' — foi essa a sua conclusão.

De repente, ele escutou um barulho na janela. Talvez fosse algum passarinho, atraído pela luz do interior do quarto — uma coruja, quem sabe? Ou talvez fosse algum morcego desorientado. Em qualquer um dos casos, ele não iria abrir a janela, para receber um desses hóspedes tão indesejáveis. Mas não foi preciso que tomasse a iniciativa, pois ela se abriu sozinha, deixando-o ver quem é que estava batendo: uma velha, com cara de zangada.

— Oh, minha senhora — disse ele, cortesmente, embora tomado de surpresa. — Desculpe não ter aberto a janela. Mas quem é a senhora? Deve ter errado de pavimento: aqui é o segundo andar.

— Você tem sete trevos em seu bolso — disse a velha, sem responder a suas perguntas. — Seis deles são de quatro folhas, e um é mais raro ainda: de seis folhas.

— Sim, é verdade — disse ele, olhando intrigado para a velha, que continuava de cara fechada, encarando-o sem parar. — Mas quem é a senhora, posso saber?

— Sou a Bruxa do Pântano — respondeu a velha. — Estou lá embaixo, fermentando cerveja. Acontece que um de meus ajudantes, num acesso de raiva, tirou a tampa do barril e atirou-a aqui em cima, tentando quebrar a vidraça da janela. Daí o barulho que você ouviu. Resultado: sem tampa, a cerveja está escorrendo para fora do barril, prejudicando todo o meu trabalho.

— Ah, então a senhora é a Bruxa do Pântano? Muito prazer. Diga-me aqui: será que poderia...

— Ai, ai, ai, não tenho tempo de atender pedidos. Tenho coisa bem mais importante para fazer agora. Talvez, numa outra hora. Adeus.

E desapareceu. Quando o homem já ia fechar a janela, eis que a velha reapareceu, dizendo:

— É, não tem jeito. Danou-se tudo. Metade da cerveja escorreu para fora do barril. Tenho de fazer mais um tanto, amanhã, se o tempo continuar como está. Muito bem, diga-me agora o que queria saber de mim. Voltei só para isso, já que você é dono de sete trevos de sorte. E um deles é de seis folhas, raridade que muito me encanta. Costumo até dizer: quem acha um trevo de seis folhas, é como se fosse condecorado pela natureza. Não é qualquer pessoa que acha um trevo desses. Muito bem, e então? Que deseja saber? Não faça cerimônias, vá, mas pergunte logo, pois não tenho todo o tempo do mundo para lhe dispensar. Lembre-se: sou uma cervejeira, e estou em pleno trabalho de fermentação.

O homem perguntou-lhe se ela tinha visto algum conto de fadas.

— Pelos tanques eternos de fermentação! — exclamou a Bruxa do Pântano, soltando uma gargalhada. — Contos de fada... quem se preocupa com isso hoje em dia? Os tempos mudaram, compadre! Nem as crianças querem saber mais dessas histórias antigas e fora de moda! As meninas estão mais preocupadas com roupas e sapatos; os meninos acham mais graça em fumar escondido, do que em ficar escutando essas histórias. Hoje em dia, ninguém mais quer ouvir, todos querem é fazer! Deixe de saudosismo, meu caro! Adapte-se aos novos tempos!

— De onde foi que a senhora tirou certeza tão absoluta a esse respeito? Como pode pretender que entenda tanto do mundo e das pessoas, quando só convive com rãs, sapos e fogos-fátuos?

753

— Olhe, moço, não brinque com essas coisas! — alertou a velha. — Os fogos-fátuos estão à solta por aí! Venha comigo até a campina, e lhe falarei deles. Não posso ficar mais tempo por aqui. Se quer falar sobre isso, apresse-se; venha enquanto seus trevos de quatro folhas estão frescos e a lua está alta no céu.

Foram-se os dois. Na torre da igreja, o sino deu doze badaladas. Antes que soasse a música que indicava meia-noite e quinze, ele já havia transposto todo o jardim e se aproximava da campina. A neblina já se dissipara, indicando que a Bruxa do Pântano acabara de fermentar toda a sua cerveja.

— Quanto tempo você levou para chegar até aqui! — comentou a Bruxa do Pântano, ao vê-lo. — Criaturas fantásticas, como eu, são bem mais rápidas que os seres humanos. Sorte minha que não nasci humana.

— Vim ouvir o que tem a me dizer — disse o homem, ainda esbaforido pelo esforço que acabava de fazer. — Tem a ver com os contos de fada?

— Ih, lá vem você com o mesmo assunto, sempre e sempre! Será que não sabe pensar em outra coisa?

— Sim. Gostaria de saber, por exemplo, como será a poesia do futuro.

— Não arrisque voos tão altos! Desça para a terra, e talvez eu até lhe responda — retrucou a Bruxa do Pântano. — Já vi que você deve ser um daqueles que endeusam a Poesia, atribuindo-lhe a condição de rainha das musas, e sei lá mais o quê... Bobagem. Ela é mais velha do que eu, embora pareça bem mais jovem. Conheço-a muito bem. Afinal de contas, já fui jovem um dia, ainda que isso possa parecer incrível. Sim, também já padeci dessa doença que ataca as meninas e as moças: a doença da juventude. Eu vivia entre os elfos, e era um deles, ou melhor, uma delas. Como as outras, dançava à luz do luar e me comprazia em escutar o canto do rouxinol. Vagava pelas florestas, e foi ali que muitas vezes encontrei os contos de fada. Eles estavam sempre perambulando por lá, ora dormindo dentro de uma rosa ou de uma tulipa, ora envoltos nos crepes negros que costumam pôr em torno das velas, nas igrejas, em sinal de luto.

— Nossa! Quanta coisa bonita a senhora conhece! — exclamou o sujeito, aparentando humildade.

— Não sei mais do que você — replicou a bruxa, franzindo o nariz adunco que um dia tinha sido pequenino e delicado. — Na verdade, as poesias e os contos de fada são farinha do mesmo saco. Pelo que sei, ambos podem andar por aí, entrando e saindo onde e de onde quiserem. No final de contas, pouco valem, elas e eles, pois tudo o que produzem pode ser obtido de modo mais rápido e mais barato por outras fontes e outros fornecedores. E tanto é assim que vou lhe dar, de graça, uma coisa que talvez lhe interesse: poesia engarrafada. Tenho um cesto cheio de frascos contendo poesia. Ali está a essência delas, produzida a partir de ervas amargas e doces. Cada frasco contém toda a poesia de que um homem necessita. Para usar, basta derramar uma ou duas gotas no lenço, num dia de folga — domingos e feriados — e pronto!

— Mas isso é interessantíssimo! — exclamou o sujeito. — É verdade? A senhora de fato possui poesia guardada em frascos?

— Mais do que você conseguiria cheirar durante toda a sua vida — respondeu a Bruxa do Pântano. — Já ouviu a história da menina que pisou num pão só para não sujar seus sapatos? Parece que alguém chegou até a escrever e publicar essa história...

— Esse alguém fui eu.

754

— Foi? Então deve estar familiarizado com ela. Lembra-se do que aconteceu com a menina? De como ela afundou no chão? Pois bem, ela só foi parar ao chegar a minha cervejaria, exatamente no dia em que a bisavó do diabo viera visitar-me. Foi só ver a menina, e ela me pediu: "Oh, que linda garota! Quero-a para mim, pode ser? Gostaria de guardá-la como recordação dessa visita. Hei de colocá-la sobre um pedestal, para sempre poder lembrar-me deste dia tão feliz". Quem poderia recusar um pedido desses? Entreguei-lhe a menina, e ela, em compensação, deu-me sua caixa de remédios. Dentro dela, em vez de medicamentos, havia os tais frascos contendo poesias. Agora, diga-me: de que me serve isso? Melhor uso teriam para mim os sete trevos de quatro folhas que você traz no seu bolso. Aliás, um deles é de seis folhas!

No meio da campina estava algo que parecia um toco de amieiro: era a caixa que tinha pertencido à bisavó do diabo.

— Qualquer pessoa poderia vir aqui e roubar esses frascos — disse a velha, — mas teria de saber que esse aparente toco de árvore é uma caixa, e não o que parece ser.

Com efeito, a caixa podia ser aberta tanto nos lados como nos cantos, com a maior facilidade. Era um belíssimo trabalho artesanal, disfarçado habilmente em toco de amieiro. Ali dentro havia a essência da poesia de todo o mundo, especialmente da produzida pelos poetas dinamarqueses. Com paciência e habilidade — poder-se-ia mesmo dizer: com genialidade — a bisavó do diabo tinha conseguido sintetizar o cheiro e o sabor da poesia de cada um de nossos poetas, preservando-os para a eternidade, dentro daqueles pequenos frascos.

— Quero olhar dentro da caixa — pediu o sujeito.

— Para quê? Bobagem. Vamos falar de coisas mais importantes — protestou a velha.

— Já que me trouxe até aqui, nada mais lógico que mostre por dentro aquilo que já vi por fora — insistiu o homem, abrindo a tampa e espiando os frascos. — Hum... é curioso! Eles são de tamanhos diferentes! Este daqui: o que tem dentro? E aquele ali?

— Este aqui é chamado "Fragrância de Maio" — explicou a Bruxa do Pântano, tomando de um pequeno frasco verde. — Dizem (não sei se é verdade) que, quando se despejam uma ou duas gotas dessa essência no chão, surge ali um belo lago, como aqueles que existem no meio das florestas, rodeado de pés de menta e cheio de lindos lírios-d'água flutuantes. Uma gotinha num caderno, mesmo que seja de um escritor medíocre, e logo aquelas linhas se encherão com o texto de uma comédia boa o bastante para ser encenada, e longa o bastante para o fazer dormir. Não deixa de ser honroso saber que, no rótulo, está escrito: "Fórmula Criada pela Bruxa do Pântano".

Outra garrafa era chamada "Escândalo". Parecia não conter senão água suja (e de água suja não passava o que havia ali dentro), mas tinham acrescentado a ela uma boa porção de mexericos da cidade, que era um pó composto de dois grãos de verdade e dois barris de mentira, a fim de torná-la efervescente. Para misturar, tinha sido utilizada uma vara de vidoeiro, não das que se usam para vergastar os criminosos ou castigar os meninos malcomportados, mas sim uma que tinha sido tirada de uma vassoura usada para varrer as sarjetas.

Havia também um frasco que continha poesia edificante, escrita no estilo dos salmos, podendo até servir como letra de hinos religiosos. Cada gota daquele líquido poético tinha sido inspirada nos portais do inferno, e destilada do suor e do sangue de terríveis penitências. Diziam alguns que ali dentro havia tão somente fel de pomba, embora outros afirmassem, demonstrando com isso nulo conhecimento zoológico, que as pombas não tinham fel dentro de si.

Um frasco destacava-se entre todos, por seu tamanho: só ele ocupava metade do espaço existente dentro da caixa. Continha uma boa porção de histórias retratando a realidade do dia a dia. Para não perder o cheiro e o sabor, tinha recebido dois revestimentos: um, de pele de porco; outro, da bexiga do mesmo animal. Com o conteúdo, toda nação poderia preparar seu próprio caldo, sua sopa nacional, dependendo apenas do modo como se segurasse e se emborcasse o frasco para despejá-lo. Dali poderia sair, por exemplo, uma sopa de sangue alemão antigo, boa para se servir com biscoitos, já que quem toma dessa sopa logo fica querendo abiscoitar tudo o que vê. Poderia sair um belo caldo de tutela inglesa, que deve ser servido bem quente, para que não se note sua absoluta falta de sabor. Ou então uma sopa francesa, a "*potage à la coque*", feita com pernas de frango e ovos de pardal — aqui na Dinamarca costumamos chamá-la de "sopa cancã". Ou ainda um consomê muito apreciado pelos que frequentam a alta sociedade, cheio de condes e fidalgos no fundo do prato, e tendo uma mancha gordurosa de filosofia boiando na superfície. Ah, mas aquele frasco poderia produzir um sem-número de tipos de sopas e caldos. O melhor de todos, porém, era o caldo de Copenhague — pelo menos, era isso o que afirmavam todos os dinamarqueses...

As tragédias tinham sido envasadas em garrafas de champanha, para que sempre pudessem começar com um estouro. As comédias ligeiras não eram senão um frasco cheio de areia, para ser jogada nos olhos da assistência. Havia também garrafas cujos rótulos indicavam tratar-se de comédias vulgares. Dentro delas, porém, só havia programas, com os títulos das peças escritos em letras garrafais. Viam-se ali, por exemplo, "Quem Tem Coragem de Cuspir na Máquina?", "Um Direto no Queixo", "O Asno Meigo" e várias outras.

O homem olhava atentamente cada frasco ali existente, enquanto a Bruxa do Pântano se mostrava impaciente, como quem tem coisas muito mais importantes para tratar. Por fim, ela falou, com voz aborrecida:

— Chega, não é? Você já teve tempo suficiente para apreciar todo esse bricabraque. Já sabe o que pode ser encontrado aí nessas gavetas. O mais importante, porém, eu ainda não lhe contei. Fique sabendo que os fogos-fátuos estão na cidade. Alguns estão atrás deles: são pessoas que têm mais bom senso nas pernas do que na cabeça. Tem gente que até afundou no brejo, na ânsia de capturar um dos fogos-fátuos. Vê? — essa notícia é mais importante do que ficar falando de poesia ou de contos de fada. Talvez eu nem devesse contar-lhe isso, mas alguma coisa me obrigou a fazê-lo. Tentei ficar calada, mas era como se aquilo estivesse atravessado em minha garganta, doido para sair. Por fim, não aguentei, e tive de dizer: os fogos-fátuos estão na cidade! Sim, estão lá, e soltos! Cuidado, seres humanos, muito cuidado com eles!

— Não estou entendendo coisa alguma do que a senhora diz — interrompeu o homem.

— Vou explicar melhor. Assente-se aí, diante dessa caixa. Cuidado para não esbarrar nela, viu? Não me vá quebrar os frascos e garrafas. Ninguém melhor que você sabe como são preciosos. Pois bem: vou contar-lhe agora a respeito do grande evento que ontem ocorreu. Veja que foi a segunda ou terceira vez na história que aconteceu uma coisa dessas! Então, vamos lá. São passados trezentos e sessenta e quatro dias que... a propósito: suponho que você saiba quantos dias tem um ano.

Depois dessa longa introdução, a Bruxa do Pântano finalmente começou a narrar seu conto, que foi assim:

"O pântano, ontem, foi palco de um grande evento: o nascimento de um fogo-fátuo. Na realidade, não nasceu apenas um, mas doze, pois esse é o número de uma ninhada de fogos-fátuos. O nascimento de fogos-fátuos não é nenhuma raridade, mas esse de que estou falando foi, pois ocorreu sob circunstâncias muito especiais. Esses doze fogos-fátuos que nasceram poderão, se assim o quiserem, transformar-se em seres humanos, vivendo entre vocês como se tivessem nascido de mulher. Esse fato causou grande excitação entre os outros fogos-fátuos, que se puseram a dançar pelos campos, tanto os masculinos, como as femininas. Sim, existem fogos-fátuos de ambos os sexos. Na ninhada que nasceu ontem, porém, todos eles eram do sexo masculino.

"Eu estava sentada exatamente aí onde você está, com aqueles doze filhotinhos de fogo-fátuo no colo. Eles brilhavam como se fossem pirilampos, e já estavam começando a saltitar. Cresciam a olhos vistos; tanto assim que, apenas em um quarto de hora, já estavam do tamanho de um fogo-fátuo adulto. Ora, existe uma antiga lei — um privilégio concedido há milênios aos fogos-fátuos — segundo a qual, quando a lua está em posição em que se encontrava ontem, e quando o vento está soprando na direção em que soprava ontem, então os fogos-fátuos nascidos naquela hora e naquele minuto poderão tornar-se seres humanos. Durante um ano inteiro, terão a oportunidade de mostrar como poderão usar seus poderes. Um fogo-fátuo pode mover-se com uma rapidez tal que é capaz de dar uma volta completa ao mundo, em pouco tempo. Só tem de estar precavido contra o mar e as tempestades, que podem apagar sua luz. E sabe como ele terá de fazer para se transformar num ser humano? Bastará que entre no corpo de um indivíduo qualquer que tenha escolhido — homem ou mulher, não importa — e, durante um ano, viva como se fosse aquele sujeito, falando, gesticulando e se comportando como se fosse ele. Se, durante esse ano, ele conseguir que trezentas e sessenta e cinco pessoas cometam pecados terríveis, daqueles bem cabeludos, abandonando a estrada da verdade e da decência, então será recompensado, podendo ser promovido à mais alta distinção que se confere a um fogo-fátuo, ou seja, à condição de batedor do coche do diabo. Receberá um uniforme alaranjado e aprenderá a cuspir fogo. Como se vê, é de deixar qualquer fogo-fátuo com água na boca.

"Mas os fogos-fátuos ambiciosos também correm seus riscos. Se o ser humano perceber sua tramoia, poderá apagá-lo com um sopro, devolvendo-o ao pântano de onde saiu. E pode ser também que lhe dê saudade de sua gente e do lugar onde nasceu: nesse caso, sua luz começa a tremeluzir, até se apagar definitivamente — e isso representa o fim do fogo-fátuo, já que ele não pode ser reacendido. E mesmo que consiga permanecer durante um ano entre os homens, ele ainda corre o risco de fracassar, isso é, de não levar trezentas e sessenta e cinco pessoas a se desviarem da senda do Bem. Aí, ele será condenado à prisão, tendo de ficar o resto da vida dentro de um tronco podre, cintilando sem poder sair dali. Não há punição mais terrível para os fogos-fátuos, já que eles adoram ficar perambulando por aí.

"Enquanto estiveram sentados em meu colo, falei-lhes da honra que poderiam alcançar, mas não deixei de alertá-los quanto aos riscos que iriam correr. Avisei que seria mais confortável e seguro se ficassem aqui mesmo no pântano, ao invés de saírem por aí em busca da fama e da glória. Mas eles não me deram ouvidos, com a mente voltada para o sucesso, imaginando-se vestidos de uniforme alaranjado e cuspindo fogo. Os conselhos dos outros fogos-fátuos foram discordantes. Os mais velhos recomendavam que eles ficassem no pântano, mas outros incentivavam-nos a sair, dizendo:

— Ide viver entre os homens. Pregai-lhes todas as peças que puderdes. Eles drenaram nossos pântanos, secaram os brejos, acabaram com as várzeas. Que será de nossos descendentes?

"Depois de ouvir os dois tipos de conselho, os recém-nascidos gritaram:

— Queremos cuspir fogo! Queremos cuspir fogo!

"Assim, nada mais havendo a discutir, resolveram celebrar a decisão com uma dança ligeira — tão ligeira, que não durava mais que um minuto. As filhas donzelas dos elfos participaram da dança, mas apenas para não parecerem orgulhosas, pois na verdade preferiam dançar sozinhas. Depois, chegou a hora dos presentes. As filhas dos elfos deram a cada fogo-fátuo um pedaço de seu véu, dizendo-lhes:

— Com esse retalho mágico nas mãos, vocês dominarão todos os passos de dança; saberão deslizar, saltar e rodopiar nos momentos corretos, mantendo sempre a elegância e o *donaire* do perfeito dançarino.

"O corvo ensinou-os a gritar, habilidade que pode ser bem útil, conforme a ocasião. Também a coruja e a cegonha trouxeram seus presentes, mas pediram que eu não revelasse quais eram; por isso, tenho de manter segredo a esse respeito.

"Enquanto a comemoração estava transcorrendo, chegou o Rei Valdemar, acompanhado de seus cavaleiros. Como se sabe, ele foi condenado a caçar até o Dia de Juízo. Ouvindo falar do evento, quis participar, dando de presente dois de seus cães de caça, velozes como o vento e capazes de conduzir até três fogos-fátuos nas costas, de uma só vez.

"Dois velhos pesadelos, que ganhavam a vida fazendo carreto para os moradores do pântano, ensinaram aos fogos-fátuos a arte de se imiscuírem nos buracos de fechadura. Assim, nenhuma porta jamais estaria fechada para eles.

"Duas feiticeiras — sem qualquer parentesco comigo — ofereceram-se para mostrar-lhes o caminho para a cidade. Normalmente, elas se sentam sobre as próprias tranças dos cabelos, pois têm de montar em algo sólido para poderem voar. Naquele momento, porém, preferiram montar nos dorsos dos cachorros do Rei Valdemar, levando no colo os fogos-fátuos. E foi assim que teve início a sua viagem, com destino à cidade e com o objetivo de confundir e desencaminhar os seres humanos. Zuuum! E lá se foram eles.

"Foi isso, portanto, o que aconteceu aquela noite. Agora você já sabe que os fogos-fátuos estão na cidade e já começaram a desincumbir-se de sua missão. O que estão fazendo e como estão agindo, bem, isso não sei dizer com exatidão. Mas tenho sentido uma dor aguda no dedão do meu pé esquerdo, e isso sempre indica que alguma coisa ruim está para acontecer.

— Mas que história! Melhor que um conto de fadas! — exclamou o homem, que até então se contivera para não interromper a fala da Bruxa do Pântano.

— Ora — replicou ela, — isso é apenas o começo. O melhor está por vir. Acaso sabe quais foram as formas que os fogos-fátuos assumiram, e quais os corpos que escolheram, a fim de levar as pobres criaturas humanas para o mau caminho?

— Nem imagino! Só sei que isso daria motivo para escrever doze romances, um para cada fogo-fátuo! Também poderia servir de tema bem interessante para uma comédia musical...

— E por que não tenta escrevê-la? — perguntou a Bruxa, respondendo ela mesma: — Talvez seja melhor não tentar...

— Tem razão. É melhor deixar para lá. Se eu publicar essa comédia, no dia seguinte estarei à mercê dos críticos que escrevem para os jornais. Não há pior castigo para um autor. Isso é tão terrível para ele quanto o é, para um fogo-fátuo, ser condenado à prisão perpétua dentro de um toco podre.

— Quanto a isso, você é quem decide. Quem quiser e puder, que escreva sobre esse assunto. Estou às ordens. Posso fornecer até mesmo poesia engarrafada, para aqueles que vierem me procurar. De fato, meu caro, você já escreveu bastante. É hora de parar. Seus dedos já estão manchados de tanta tinta. Você já passou da idade de andar por aí à procura de contos de fadas. Espero que tenha entendido a mensagem que lhe transmiti.

— Sim, entendi. Os fogos-fátuos estão na cidade. Mas que posso fazer? Se eu sair por aí revelando a verdade, ou seja, que certos figurões respeitados não passam de fogos-fátuos disfarçados, corro o risco de ser apedrejado!

— Não só figurões, como também figurinhas. Lembre-se de que eles podem também encarnar numa mulher. Não hesitam mesmo em entrar numa igreja, penetrar furtivamente no corpo do ministro e prosseguir com seu sermão. No dia das eleições, ficam atarefadíssimos, fazendo discursos inflamados e promessas mirabolantes. Alguns preferem encarnar-se em artistas, iludindo todos com a falsa arte que produzem.

"Mas estou falando pelos cotovelos. Aquilo que estava atravessado em minha garganta já saiu. Sem dar por mim, falei até contra minha própria família, já que os fogos-fátuos são meus primos distantes. Eis-me aqui assumindo o papel de protetora da humanidade! Ao invés de guardar esse segredo, acabei revelando-o a um ser humano; pior do que isso, a um poeta! Em pouco tempo, todo o mundo estará ciente dele.

— Ora — replicou o homem, — a senhora não precisa se preocupar. Ninguém prestará atenção ao que eu disser. Todos irão achar que estou apenas contando uma história, quando sair pelas ruas apregoando: "Cuidado! Os fogos-fátuos estão na cidade! — disse a Bruxa do Pântano!"

O Moinho de Vento

No topo da colina havia um moinho de vento. "Que vista linda!", diziam os moradores do lugar, olhando para o moinho de vento e deixando-o inchado de orgulho com esse comentário.

— Orgulhoso, eu? Absolutamente! — protestava ele. — Se dissessem "iluminado", aí, sim, teriam acertado. Sou iluminado por fora e por dentro. Por fora, recebo a luz do sol e da lua; por dentro, estou cheio de velas e lamparinas. Luz é o que não me falta. Além disso, sou capaz de pensar e tenho uma silhueta elegante e graciosa. Duas mós giram em minhas entranhas, enquanto quatro pás — prefiro chamá-las de "asas" — se movem logo abaixo do meu chapéu. Os pássaros só possuem duas asas, e têm de carregá-las nas costas — eis a diferença entre mim e eles. Nasci na Holanda, assim como o famoso "Holandês Voador" da lenda, mas nada tenho de misterioso ou sobrenatural. Pelo contrário: sou natural, sou normal e, acima de tudo, modesto.

"Em redor de minha barriga estende-se uma varanda, e na parte de baixo de meu corpo há um pequeno apartamento, onde vivem os meus pensamentos. Desses, o mais estranho — aquele que manda em todos os outros — é um que o povo chama de *Moleiro*. Até os grãos de trigo e a farinha obedecem a suas ordens.

"Quase tão importante quanto o Moleiro é um outro pensamento, que ele ora chama de *Mãe*, ora de *Cara-Metade*. É um pensamento dotado de mais sensibilidade e delicadeza, mas que tem os pés no chão e sabe o que quer. Pode ser brando como a brisa de verão, e forte como uma tempestade de novembro. Sabe como conseguir o que deseja pela persuasão. Posso dizer que é a porção suave de minha alma.

"É curioso: o Moleiro e a Cara-Metade são dois, e ao mesmo tempo são um! Isso chega a quase constituir um mistério, não é? É que eles formam um casal, e, por isso, tiveram seus filhotes, pequenos pensamentos que estão crescendo e se desenvolvendo. Atualmente, estão numa fase da vida bem difícil de se controlar.

"Outro dia aconteceu comigo uma coisa interessante. Vou contar. Foi num dia em que decidi deixar que o Moleiro e seu ajudante me examinassem por dentro. Havia algo errado comigo, eu podia sentir. Por isso, deixei que me examinassem. Enquanto os dois examinavam minhas mós, os pequenos pensamentos faziam um alarido infernal dentro de mim, gritando e correndo para todo lado, de maneira deselegante e indelicada. Ora, eu fico no alto de uma colina, onde todo mundo pode me ver. Tenho minha reputação de calmo, tranquilo, silencioso. Eis que aqueles diabinhos subiam no meu chapéu e se punham a gritar e a cantar tão alto, que eu até sentia cócegas! O que mais me aborrecia era pensar que aqueles pequenos pensamentos eram meus, eram parte de minha família. Na vizinhança existem outros pensamentos, mas nada têm a ver comigo. Eles moram no interior de casas que não têm asas e nem mós na barriga. Às vezes, costumam vir visitar-me. Recentemente, dois desses pensamentos estranhos ficaram noivos — foi o que disseram, e, para dizer a verdade, nem sei direito o que significa isso.

"Ultimamente, as coisas estão mudando dentro de mim. Algo estranho parece estar acontecendo. Quem mais modificou foi a cara-metade do moleiro, que a cada dia se torna mais suave e gentil. O tempo parece ter varrido dela tudo o que era áspero e amargo, deixando-a cada dia mais jovem. Não sei se me explico bem; ela continua a mesma, só que mais terna e cordial.

"À medida que os dias vão passando, o ambiente melhora, em termos de felicidade e compreensão. Já se disse — mais importante ainda: já se escreveu — que algum dia eu não mais serei, e contudo ainda existirei. Serei derrubado, e em seguida reconstruído. Minha existência cessará, e ao mesmo tempo terá continuidade. Tornar-me-ei um outro moinho de vento, sem deixar de ser o moinho que hoje sou. Sei que é difícil compreender isso, mesmo para quem é iluminado por dentro e por fora. Meus tijolos e minhas vigas serão reerguidos do pó. Só espero poder guardar dentro de mim meus velhos pensamentos, os mesmos que tenho hoje: o Moleiro, a Cara-metade e os Filhotes de Pensamento. Formam o que chama de "família": muitos que compõem um só. Sem eles, não vale a pena viver.

"Não gosto dessa ideia de ter de mudar. Gostaria de continuar sendo como sou, com mós nas entranhas, pás na cabeça e uma varanda ao redor de minha barriga. Se mudar, não mais poderei reconhecer-me, nem ninguém me reconhecerá. Quero que continuem dizendo: 'Que vista linda!', sempre que me avistarem, coisa que de modo algum me deixa orgulhoso, mas tão somente satisfeito."

O moinho de vento disse tudo isso, e ainda muitas outras coisas, pois era um moinho muito falante. Tive de resumir o que ele disse, transcrevendo apenas as frases mais importantes. Assim, os dias foram passando, um atrás do outro, até que chegou a vez do último, ou seja, do dia em que o moinho pegou fogo.

Sim, ele se incendiou! As chamas erguiam-se cada vez mais alto no céu, saíam pelas janelas, projetavam-se para fora, lambiam as paredes e o madeirame, destruindo-os inexoravelmente. A construção veio abaixo, e em pouco não passava de um monte de cinzas. A fumaça continuou erguendo-se das brasas, enquanto o vento se encarregava de espantá-la para longe.

Nada aconteceu ao moleiro e a sua família. Nem mesmo o gato ficou chamuscado. Pode-se até dizer que tiveram lucro com aquele incidente, pois logo depois foi construído ali mesmo um outro moinho, maior e mais moderno, e eles voltaram a residir dentro dele. Como antes, ali estava a família: muitos, pensando como se fossem um só.

Embora mais moderno, o novo moinho tinha o mesmo aspecto altivo e belo do anterior. "Que bela vista", continuavam a dizer todos os que olhavam para ele. Os aperfeiçoamentos eram todos internos; nenhum alterou seu aspecto externo. Quanto às velhas vigas, meio apodrecidas e comidas pelo caruncho, viraram cinzas e se perderam no ar. Nunca foram reaproveitadas, conforme imaginava o velho moinho. Mas não vamos condená-lo por isso. Ele apenas interpretou literalmente o que não passava de linguagem figurada. Muita gente boa faz isso, e não deixa de ser boa só porque costuma agir assim. O fato é que ele lá está, no topo de uma colina, compondo uma bela vista — é isso o que importa.

A Moedinha de Prata

— Viva! Lá vou eu pelo vasto mundo afora! — exclamou a moedinha recém-cunhada. Era um xelim de prata, que rolou e tilintou logo que foi posto em circulação. Sendo aquilo que se chama "um trocado", passou por muitas mãos: primeiro, pelas quentes e suadas das crianças; depois, pelas frias e pegajosas de um avarento. Por mais de uma semana, ficou guardada dentro de um jarro pertencente a um casal de velhos, até que eles se atrevessem a gastá-la. Quando entrava na bolsa ou na carteira de uma pessoa jovem, não esquentava lugar: saía logo.

Como disse, era um xelim de prata. Não era de prata puríssima, pois tinha um pouquinho de cobre em sua composição. Mas era de prata quase pura. Um dia, ficou esquecido no fundo da bolsa de uma pessoa que viajou para o exterior, e ali permaneceu durante mais de um ano, longe de seu país. Só depois desse tempo, o dono da bolsa virou-a para ver o que havia dentro dela, e encontrou o xelim.

— Ah, uma moedinha lá da minha terra natal! Já que veio de tão longe, merece continuar viajando comigo, como se fosse turista.

A moeda quase pulou de alegria. O dono devolveu-a à carteira, juntamente com várias outras moedas estrangeiras. Essas iam e vinham, enquanto o xelim de prata ali permanecia, achando que isso era uma enorme deferência que lhe faziam.

Passaram-se várias semanas. A moeda continuou viajando, cada vez para mais longe, para locais que nem sabia exatamente quais eram. As outras moedas diziam-lhe que ela estava ora na França, ora na Itália, mencionando nomes de cidades de que ela nunca ouvira falar. Mas como seriam essas cidades, se ela não podia vê-las? Tudo o que podia ver era o fundo daquela carteira, e esse jamais mudava.

Certa manhã, ela notou que a bolsa não ficara bem fechada, e resolveu dar uma olhadinha para fora. Por que foi fazer aquilo? Agora teria de pagar caro pela sua curiosidade. Pressurosa por ver o que havia do lado de fora da carteira, acabou caindo no fundo do bolso do viajante. Quando chegou a noite, ele esvaziou os bolsos e entregou a roupa para ser escovada e passada. Nisso, a moedinha caiu no chão, sem que ninguém visse ou ouvisse, e ali ficou, perdida e esquecida.

De manhã, o homem vestiu-se, recolocou a carteira no bolso e partiu, dessa vez sem a moedinha. Não demorou para que alguém a encontrasse e a enfiasse num porta-níqueis, juntamente com duas ou três moedas da terra. Antes que se apresentasse às companheiras, escutou alguém que dizia:

— Vejam: uma moeda falsa!

Foi nesse ponto que tiveram início as aventuras do xelim de prata. Deixemos que ele próprio nos narre sua história.

"Essa moeda é falsa! Não vale nada!" Um calafrio perpassou por dentro de mim. Como poderiam dizer uma mentira daquelas? Eu tinha sido feita na Casa da Moeda, e era inteiramente de prata. Ou quase inteiramente, para ser mais exata. Bastava escutar meu tilintar, para se ver que eu era de prata. E a efígie cunhada em mim, não era genuína? E meu verso — a coroa — não mostrava meu valor? Quem disse que eu era falsa deveria estar se referindo a alguma outra moeda. Mas não: ele falava era de mim! Chamava-me de moeda falsa, sem valor! Logo uma outra voz aconselhou:

— Tente passar essa moeda de noite, aproveitando a escuridão.

Essa seria doravante a minha sina: aceita de noite, amaldiçoada de manhã. A cada vez que era trocada de mãos, tremia de pavor. Sabia que alguém estaria agindo de maneira desonesta, passando a perna em seu semelhante, impingindo-lhe uma moeda falsa. De que valia o rosto do rei estampado em mim, se ninguém o respeitava no país onde eu estava? Claro, aquilo não era culpa do rei, e muito menos minha, mas o fato é que minha consciência doía e não me dava paz. Cada vez que me tiravam de uma carteira ou uma bolsa, eu estremecia, esperando o momento em que seria vista. Sabia o que iria acontecer. Seria rejeitada, devolvida, recusada, como se fosse a personificação da fraude.

Certa vez, fui dada como pagamento a uma pobre mulher, após um longo dia de labuta. A infeliz não sabia o que fazer para livrar-se de mim. Oh, eu fui um verdadeiro desastre para ela, que, entre lágrimas, dizia para si própria:

— Terei de passar a perna em alguém! Oh, mas não posso fazer isso: além de sentir vergonha por esse malfeito, sei que estaria cometendo um pecado... Por outro lado, não é justo não ser paga por um dia inteiro de trabalho! Já sei: vou passá-la para o padeiro, que é um homem rico. Uma moedinha como essa não haverá de trazer-lhe prejuízo.

Por minha causa, a mulher, de agora em diante, teria de carregar na consciência o peso daquela má ação. Lá se foi ela até a padaria, onde tentou usar-me para pagar uma pequena compra. Para quê! O padeiro, experiente, logo adivinhou sua intenção e, sem sequer me examinar mais detidamente, atirou-me de volta no rosto da mulher, deixando-a morta de vergonha, e a mim mais ainda. A mulher abaixou a cabeça, apanhou-me do chão e voltou comigo para sua casa, murmurando:

— Bem feito para mim. Nunca mais tentarei ludibriar o próximo. Já sei o que farei com você, moedinha: vou furá-la, para que todos vejam que é falsa. Pode até ser que você sirva

como moedinha da sorte! Sim, é isso! Vou passar-lhe um cordão e dá-la de presente à filha do vizinho. Desse modo, ela poderá usá-la como um talismã.

E foi o que ela fez. Não é agradável ser furada, mas a gente suporta tudo, quando sabe que é por uma boa causa. A mulher passou por dentro de mim um cordão, e desse modo eu me tornei uma espécie de medalha, indo enfeitar o pescoço de uma garota simpática, que me olhou sorrindo e me carregou durante todo aquele dia, levando-me consigo para a cama, quando foi deitar. Antes que amanhecesse, porém, a mãe da menina, que tinha outra ideia acerca de minha serventia, chegou de mansinho até a cama da filha e, com uma tesoura na mão, cortou o cordão que me prendia ao pescoço da menina e me levou para a sala, colocando-me dentro de uma vasilha cheia de vinagre. Em pouco, eu estava toda verde. Ela então tirou-me de lá e me calafetou, fechando o buraco de tal modo, que ninguém mais percebeu que eu era uma moeda furada. Depois, ela me poliu e guardou em sua bolsa. Quando escureceu, levou-me até a casa lotérica.

Ah, que sensação horrível! Lá ia de novo ser trocada de mãos, numa operação fraudulenta! Quando dei por mim, já tinha sido atirada dentro da gaveta de uma caixa registradora, cheia de moedas de todo tipo e valor. A casa lotérica estava cheia, pois era véspera de sorteio, e ninguém prestava muita atenção nas moedas que ali chegavam. Desse modo, fui trocada por um bilhete de loteria. Só pela manhã descobriram o logro, e me separaram das demais moedas, esperando um momento propício para me impingir a alguma pessoa desprevenida. Como é difícil tomar parte numa fraude, quando se é uma moeda honesta!

O tempo passou, enquanto eu também passava de mão em mão, de bolsa em bolsa. Acostumei-me a ouvir as imprecações daqueles que descobriam minha condição de falsa e sem valor. Oh, foi um tempo bem difícil!

Um dia, deram-me como troco a um estrangeiro. Era um turista, que não conhecia direito o dinheiro que corria naquele país. Coitado, pagou por sua ingenuidade e boa fé. Quando tentou usar-me como pagamento de uma compra, escutou logo o protesto e a recusa do vendedor:

— Que é isso, senhor? Está tentando usar uma moeda falsa para me pagar?

Só então ele reparou mais detidamente em mim, e seus lábios se abriram num sorriso largo. Há quanto tempo ninguém sorria para mim! Enquanto me examinava, ele disse:

— Vejam só: um xelim do meu país! Que está fazendo por aqui? Não espanta que tenham achado que você é uma moeda falsa, quando na verdade é um bom e honesto xelim de prata: é que não conhecem o rosto do nosso rei, estampado em sua cara. Mas deixe estar: vou levá-lo comigo de volta para nossa terra.

Ah, que maravilha ser chamada de "boa" e "honesta"! Além do mais, regressaria a minha terra! Ali, sim, ninguém diria que eu era falsa. Todos veriam que eu era uma moeda de prata pura — ou quase pura, para ser mais exata. Todos conheceriam a efígie cunhada em mim. Eu até teria coruscado de alegria, se soubesse como fazê-lo. Infelizmente, coruscar era privilégio do aço, e não da prata.

O turista embrulhou-me em papel de seda, para que eu não me misturasse com as outras moedas e acabasse perdida no mundo outra vez, e pôs-me em sua carteira, só me mostrando em ocasiões especiais, quando encontrava algum conterrâneo seu. Seu, vírgula: nosso. Aí, costumava dizer, antes de me mostrar:

— Quer ver uma coisa mais interessante?

E então me desembrulhava e me mostrava, contando como foi que me tinha encontrado. Eu sorria por dentro, satisfeita por ser considerada uma "coisa interessante".

Finalmente, o turista voltou para sua terra natal — quer dizer, para a nossa terra natal — e, desse modo, acabaram-se de vez meus tormentos e tribulações. Voltei a achar que a vida era boa. Sim, eu era de prata, era autêntica. Fizeram um furo em mim, para simbolizar e proclamar uma falsidade que eu não possuía. Isso agora não me importava. Que minha experiência lhe sirva de lição, amigo: não desanime, não perca a esperança, porque, no final, a Justiça sempre triunfará. Essa é a minha filosofia.

E era desse modo que o xelim de prata encerrava invariavelmente sua história.

O Bispo do Mosteiro de Boerglum
e Seus Parentes

Estamos na costa ocidental da Jutlândia, um pouco a norte da grande turfeira. Deste ponto pode-se escutar o fragor das ondas arrebentando na praia, mas não se enxerga o oceano, porque uma extensão contínua de dunas, como uma cordilheira, tolda a visão. Nossos cavalos estão esfalfados. Trazer a carruagem até aqui, através da estrada rasgada na areia, foi uma tarefa deveras árdua. Mas, finalmente, tínhamos chegado. No topo da colina de areia veem-se as edificações: é uma fazenda, cujas paredes aproveitaram as ruínas do mosteiro de Boerglum, cuja capela ainda se mantém de pé.

Já é tarde, mas estamos no verão, e a noite está clara e esbranquiçada. Alcançamos o alto da colina. Daqui, olhando-se em direção ao leste, avista-se o fiorde de Alborg. Para oeste, bem além das charnecas e das campinas, chega-se a ver as águas azuis-escuras do mar.

Passamos pelas edificações e seguimos até o velho portão do mosteiro, entrando no cemitério. Como sentinelas, as tílias postam-se em fileiras ao longo dos muros, formando eficiente proteção contra o vento oeste. Com o tempo, essas árvores cresceram tanto, que seus galhos escondem inteiramente as janelas da fazenda.

Galgamos a velha escadaria circular, de degraus carcomidos, e seguimos pelos antigos corredores, sob vigas e travas seculares. A voz do vento soou estranhamente, lembrando o cantochão tristonho dos monges do passado. Quando se está com medo, ou quando se quer fazer medo em alguém, começam-se a notar as coisas que não haviam sido observadas anteriormente, e lendas antigas passam a tomar vulto em nosso pensamento. Dizem os moradores que os monges costumam deixar seus túmulos e vir até a capela, a fim de assistir à missa. De vez em quando, a sombra de um deles desliza pelo corredor da nave, e sua voz ressalta em meio ao cantochão do vento. Seguíamos por ali tomados por uma estranha sensação. Era como se de fato estivéssemos recuando no tempo, e revivendo novamente os fatos que a memória dos homens já quase esqueceu.

O navio está adernando, e em breve deverá ser engolido pelas águas turbulentas do mar. Postados na praia, os homens do bispo de Boerglum aguardam a chegada dos sobreviventes. Os que conseguirem escapar da fúria do mar não sobreviverão à sanha assassina dos que ali os aguardam. Dos crânios rachados por golpes potentes escorre o sangue que as ondas logo se encarregam de limpar. Tudo o que é arrastado para a praia pertencerá ao bispo, se não houver sobreviventes que possam reclamar seus direitos. Através dos anos, o mosteiro vem sendo abastecido pelo mar, naquele trecho de difícil navegação. Nas adegas, enfileiram-se odres, tonéis e barris, cheios de cerveja, de vinhos finos, de bebidas trazidas de terras distantes. Das traves do teto da cozinha pendem não só as veações da terra, como presuntos e salsichas de sabor exótico. Os tanques do pátio fervilham de carpas.

Sim, a Diocese de Boerglum é rica, e Olaf Glob, o bispo, é um homem poderoso, dono de vastos cabedais. Mas ele ainda deseja ter mais. Parecem-lhe poucas as rédeas do poder que detém nas mãos; parecem-lhe poucas as cabeças que se curvam a sua passagem e cedem ante seus desejos.

Chega-lhe a notícia de que, não longe dali, em Thy, acabara de falecer seu primo, o dono daquelas terras. "As piores guerras são as travadas entre parentes", diz o antigo ditado. O primo era rico e dono de vastas terras. Todos os terrenos do distrito de Thy que não pertenciam à Igreja faziam parte da herança deixada pelo falecido. O bispo de Boerglum alega ser o herdeiro legítimo de todos aqueles bens, uma vez que o filho do morto não reside na Dinamarca. Há anos deixara o país e fora estudar no estrangeiro. Há muitos meses não chegava notícia de seu paradeiro. Talvez estivesse morto. Nesse meio tempo, era a viúva quem se encarregava da guarda e do usufruto dos bens.

— A mulher deve obedecer, e não mandar — diz o bispo enquanto assina a convocação para que a viúva compareça diante da assembleia.

Ela vem, no dia marcado, e prova que não infringiu qualquer lei, nem cometeu qualquer erro. Seu procedimento é inatacável, e nada justifica as acusações que lhe fizeram. A queixa é retirada.

Dize-nos, bispo de Boerglum, por que estás tão concentrado no que fazes? Que estás escrevendo nesse pergaminho? Enquanto o lacras com teu selo, sorris. Que mensagem estará encerrada sob o lacre derretido, que ostenta o sinete da Diocese de Boerglum? O prelado entrega a mensagem a um de seus cavaleiros, que parte em disparada, levando-a para longe, para Roma, para o Papa.

Termina o verão. As folhas tornaram-se amarelas; em breve, cairão. Aproxima-se a época das tormentas: a estação dos naufrágios. Dois invernos se sucedem, até que o criado do bispo retorna de Roma, trazendo consigo a resposta do Papa, sob um selo ainda mais importante que o do bispo de Boerglum.

A mensagem de Roma traz a excomunhão da viúva, em razão de sua ofensa intencional a um piedoso servo da Igreja. Com um sorriso, o bispo lê os termos da condenação, tomando conhecimento de que sua contraparente está *expulsa da congregação e proibida de participar dos Sacramentos da Santa Madre Igreja*. Qualquer um que lhe dê ajuda ou guarida, seja amigo, seja parente, *também estará banido, recomendando-se a todos que evitem qualquer contato com ela, como se a excomungada estivesse atacada de peste ou lepra*.

— Eis como faço vergar aqueles que se recusam a submeter-se — diz Olaf Glob, rilhando os dentes.

Só uma velha criada permanece junto à viúva. Ninguém se atreve a prestar-lhe ajuda. Amigos e parentes afastaram-se, mas ela não perdeu sua fé em Deus. Sozinhas, as duas mulheres aram a terra, e o trigo se reproduz, ainda que frutificando em solo condenado pelo bispo e pelo Papa.

— Ah, maldita! — exclama o bispo de Boerglum, ao saber que a viúva não quis abandonar a terra que lhe pertencia. — Ensinar-te-ei a obedecer! Com a autoridade de que fui investido pelo Papa, intimo-te a comparecer ante a Corte Eclesiástica! Ali serás julgada e condenada pelos teus atos de rebeldia.

Ao receber a intimação, a viúva atrela a um carro seus dois últimos bois e foge na calada da noite, levando consigo a amiga fiel. Vai embora da Dinamarca. Vai para terras estranhas, onde será uma estrangeira, entre costumes e hábitos exóticos, escutando uma língua que não compreende. As duas viajam rumo ao Sul, para as terras onde as colinas verdejantes assumem o aspecto de altas montanhas, e onde medra a uva suculenta. Enquanto prosseguem, cruzam com viajantes ricos, mercadores que temem perder suas cargas preciosas, nas mãos dos assaltantes que se escondem no recesso das florestas escuras. Esse receio não assalta a viúva. A modéstia dos seus pertences não atrai a cobiça dos ladrões. Pelas estradas infestadas de salteadores, passam sem medo duas mulheres pobres, num carro antigo puxado por uma velha junta de bois.

As duas entram na França. Certa manhã, cruzam com um viajante que, pelos trajes e pelo séquito, demonstra ser um jovem nobre e muito rico. Ele estaca ao ver a viúva, como se a tivesse reconhecido. Ela também reconhece no jovem o filho que há tempos saíra de casa, e que Deus agora lhe mostrava, ali tão longe. O rapaz estende-lhe as mãos, e ambos se abraçam, entre lágrimas. Oh, há quantos anos ela não chorava! Mesmo quando havia sofrido as mais torpes injustiças, nada mais fizera que morder os lábios, com tanta força, que até arrancara sangue. Não obstante, seus olhos se mantiveram secos. Naquele momento, porém, lágrimas quentes e copiosas escorreram-lhe pelas faces, indo molhar os ombros do filho, que a estreitava em carinhoso abraço.

Chega de novo a época em que as árvores perdem suas folhas. Desabam as tormentas. Navios naufragam junto à costa, e suas cargas vão atulhar os celeiros e adegas do mosteiro. Na cozinha do bispo, arde o fogo, e o cheiro de carne assada se espalha pelo ar. Enquanto o vento frio açoita os muros do convento, ali no interior é quente e confortável. Durante a refeição, alguém traz a novidade:

— Jens Glob, de Thy, regressou do estrangeiro, trazendo consigo sua mãe viúva. Dizem que ele pretende intimar Vossa Eminência a comparecer diante da Corte Eclesiástica e do Tribunal do Reino.

— Ah, é? — indaga o bispo, displicentemente. — Pois que intime. Se meu priminho fosse sensato, esqueceria nossa pendência e trataria de seus negócios, sem se preocupar com os meus.

Passa-se mais um ano. É outono de novo. Os primeiros flocos de neve flutuam no ar e fustigam os rostos dos passantes, como se fossem abelhinhas brancas, picando e derretendo logo em seguida. "Este ano, o inverno vai ser daqueles!...", dizem todos. Isso não preocupa Jens Glob, que passou o dia sentado diante de sua lareira, imerso em profundos pensamentos. Num dado momento, murmura para si próprio:

— Vou derrotar-te, bispo de Boerglum. Enquanto estiveres sob o manto protetor do Papa, estarás fora do alcance da Lei, mas não fora do meu alcance!

Em seguida, escreve uma carta a seu cunhado, Olaf Hase de Salling, pedindo-lhe que esteja na igreja de Hvidberg, na véspera de Natal, quando o bispo de Boerglum deverá rezar ali a Missa do Galo.

As campinas e turfeiras estão recobertas de uma espessa camada de neve. A casca de gelo que cobre as águas pode sustentar facilmente o peso de um cavalo. O bispo e seu séquito de padres, monges e guardas armados seguem pelo caminho mais curto, cavalgando através da floresta de caniços amarelos, saudados pelo som tristonho do vento.

— Toque a trombeta — ordena o bispo.

Um dos criados, usando uma capa de pele de raposa, leva o instrumento aos lábios. O ar límpido encarrega-se de levar para longe o aviso da chegada do bispo, que cruza as campinas e os pântanos gelados, no rumo da igreja de Hvidberg.

Agora é o vento que toca a sua trombeta e rufa os tambores. O som da tempestade enche os ares. A cada nova rajada, mais forte é a tormenta. O séquito enfrenta a ira de Deus, seguindo no rumo de Sua casa. Por fim, alcançam-na, sãos e salvos.

A jornada de Olaf Hase de Salling é mais árdua. Ele está com seus homens do outro lado do fiorde. O vento sopra furioso, erguendo as águas do estreito que separa Salling de Thy. As ondas se elevam, iradas e espumantes.

Jens Glob queria que o cunhado estivesse presente ao julgamento do bispo de Boerglum. A Casa de Deus seria seu tribunal, e o altar seria o banco dos réus. As velas estão acesas nas extremidades dos castiçais de bronze. A Bíblia está aberta numa página do Livro dos Juízes, mas apenas o vento lê as palavras que ali estão escritas. Estranhos e pavorosos são os sons que vêm da charneca e do pântano. Além, as águas enfurecidas continuam não permitindo que os navegantes as atravessem.

Olaf Hase detém-se junto à costa. Já se decidiu: mandará seus homens de volta para casa, com ordem de avisar a sua esposa que ele tentará atravessar sozinho o estreito. É o que diz a seus homens, despedindo-se deles, talvez para sempre. Ali mesmo, libera-os de seus compromissos, deixando a cada um a arma que traz e o cavalo que monta.

— Sois testemunhas — diz a todos, em voz alta — de que estou tentando fazer o possível e o impossível para estar com Jens Glob na igreja de Hvidberg, hoje à noite. Receio, porém, não conseguir chegar ali a tempo.

Mas seus homens são leais. Arrostando o perigo, seguem-no corajosamente através das águas escuras e profundas. Dez deles são arrastados, perecendo na correnteza. Somente Olaf e mais dois alcançam o lado oposto do estreito. E ainda falta um longo trecho a ser percorrido até a igreja.

Já é alta madrugada. Dentro de pouco tempo, romperá a aurora, saudando o dia de Natal. O vento parou de soprar. A luz da igreja coa-se através dos vitrais da janela, colorindo a neve. A Missa do Galo já deve ter terminado há muito tempo, pois o templo está vazio. As velas estão no fim, gotejando cera nas lajes do piso. Só agora Olaf Hase consegue chegar à igreja. Jens Glob ali está, junto ao pórtico. Ao ver o cunhado, saúda-o com a mão erguida e lhe diz:

— Feliz Natal! Eu e o bispo já nos reconciliamos.

— Quê? — rosna Olaf Hase. — Tiveste coragem de fazer as pazes com aquele homem pérfido e vil? Pois nem tu, nem ele mereceis continuar vivos!

— Calma, esposo de minha irmã! Guarda a espada que desembainhaste! Vê primeiro como foram os termos de nossa reconciliação — replica Jens Glob, abrindo a porta da igreja e mostrando os corpos decapitados do bispo e de seus sequazes. — Como vês, eu e o bispo nada mais temos a discutir quanto às injustiças que ele praticou contra minha mãe.

Sobre o altar, as chamas das velas rebrilham com tonalidades rubras, como se estivessem tentando imitar as manchas de sangue espalhadas pelo chão. Os corpos do bispo e dos homens de seu séquito estão prostrados inertes, silentes, comemorando macabramente a madrugada festiva de Natal.

Três dias mais tarde, soam os sinos no mosteiro de Boerglum. Sob um pálio negro, jazem os corpos do bispo e de seus homens. Os candelabros estão envoltos em panos negros de luto. Eis ali o outrora poderoso bispo de Boerglum, vestido com seu manto de zibelina prateada e tendo nas mãos o báculo de sua autoridade. O ar está impregnado do cheiro de incenso. Escuta-se o cantochão lamentoso dos monges, misturando-se ao silvo do vento, num som misto de queixume, dor, julgamento e condenação.

O vento, aqui, nunca cessa de soprar. Quando muito, faz um pequeno repouso para logo em seguida recomeçar sua cantilena. Quando sobrevêm as tempestades de outono, ele parece chorar, como se recordasse os relatos das maldades do bispo de Boerglum e da vingança de que ele foi vítima, urdida e levada a cabo por seus próprios parentes. Nas noites de inverno, os camponeses que se arriscam por aquelas estradas arenosas costumam ouvir o vento a sussurrar essa história, fazendo com que estremeçam, mesmo que estejam bem agasalhados. Também aqueles que dormem protegidos pelas paredes do velho mosteiro escutam a canção do vento. Algo se move ao longo do corredor, do outro lado do quarto de dormir. Era ali, outrora, a passagem para a capela, mas a porta de entrada há tempos foi fechada. Eis que o medo e a imaginação conseguem reabri-la. Acendem-se novamente as velas dos castiçais e candelabros. A igreja recende de novo a incenso. Os monges entoam seu cantochão em homenagem ao bispo morto, aquele que foi enterrado vestido de zibelina prateada, empunhando na mão crispada o báculo episcopal, símbolo de um poder que já não mais possuía. Sua fronte pálida e orgulhosa apresenta um profundo ferimento, e o sangue que escorre da ferida rebrilha rubro como se fossem as chamas do inferno, consumindo os pecados deste mundo — filhos da cobiça e da maldade.

Fica em seu túmulo, bispo de Boerglum. Desaparece na noite, mergulha no esquecimento dos homens e some da memória dos tempos!

É noite, e o vento sopra com fúria, abafando o rumor da arrebentação do mar. Uma tempestade ruge ao longe, agitando as ondas que em breve haverão de reclamar seu quinhão de vidas humanas. O tempo passou, mas a natureza do mar não se modificou. Nessa noite, ele parece uma boca escancarada, ávida e esfomeada; amanhã, será um espelho no qual nos poderemos mirar. Já era assim naqueles tempos que acabamos de reencontrar, e assim será para todo o sempre. Não se apoquente com seus bramidos. Durma em paz.

É de manhã. O sol brilha no céu. O vento continua a soprar. Alguém traz um comunicado: houve um naufrágio na costa, durante a madrugada. O mar continua fazendo das suas.

Um navio encalhou próximo da pequena aldeia de pescadores chamada Lokken, não longe dali. Das janelas da fazenda podem-se avistar os telhados vermelhos das casas, a praia e o mar. Ao longe, sobre um banco de areia, enxerga-se a embarcação encalhada.

Durante toda a noite, foguetes iluminaram o céu, ajudando a resgatar as vítimas do naufrágio. Por fim, todos foram trazidos para a terra, bem como a carga guardada nos porões. Tudo e todos foram salvos. Os náufragos foram consolados, e agora descansam nas camas quentes dos aldeões. Muitos foram levados para a fazenda, e agora descansam ali onde outrora se erguia o mosteiro de Boerglum. O proprietário é homem culto, e sabe falar a língua daqueles homens. Em homenagem ao bom sucesso de seu resgate, hoje à noite haverá uma festa naqueles salões. Alguém tocará piano, e as jovens dinamarquesas dançarão com os tripulantes e passageiros do navio naufragado. O telégrafo, mensageiro mágico, já levou para o estrangeiro a notícia do resgate dos homens. Hoje à noite aqueles corredores compridos haverão de encher-se do som de risos e de canções.

Bendita a era por que passamos! Que a luz do sol dos nossos tempos espante para sempre as sombras tétricas e negras do passado, e que estas levem consigo as histórias sinistras daqueles tempos terríveis e cruéis.

No Quarto das Crianças

Papai e Mamãe foram ao teatro com os filhos mais velhos, deixando em casa apenas a pequena Ana, em companhia de seu avô.

— Já que não pudemos ir ao teatro — diz o velho, sorridente, — o teatro virá até nós. Vai começar o espetáculo. Prepare-se.

— Mas, Vovô! — protestou a menina, — nós não temos palco, nem atores! Minha boneca velha não pode representar, porque está suja e estragada, e minha boneca nova também não, para não amarrotar sua roupa.

— Ora, minha neta, atores são fáceis de encontrar, desde que não se seja muito exigente. Quanto ao palco, é fácil de construir, veja — disse o avô, retirando alguns livros da estante e formando com eles duas pilhas. — Esse livro maior fica aqui atrás, formando o pano de fundo.

Pronto o palco, o avô continuou, caprichando na entonação da voz:

— A cena se passa numa sala de estar, como se vê pelo cenário. Quanto aos atores... vamos ver... Que temos aqui nessa arca? Hum... pelas características e pelas personalidades dos atores, a peça acabará compondo-se sozinha, não acha? Vejamos, então: um cachimbo velho. Está incompleto: só tem o fornilho. Falta-lhe o tubo. E aqui temos uma luva que perdeu seu par. Ótimo: são dois atores. Ele será o pai, e ela será a filha.

— Mas dois atores, só? É pouco — reclamou a pequena Ana. — Use este outro aqui, o colete do meu irmão. Ficou pequeno para ele, e foi deixado aqui, na arca das velharias.

— Pode ter ficado pequeno para seu irmão, mas é meio grande para um ator. Enfim, vá lá. Vamos aproveitá-lo. Ele pode ser um pretendente à mão dessa jovem luva. Vejamos seus bolsos... estão vazios. Isso é interessante. Bolsos vazios são, muitas vezes, a causa de desavenças amorosas. Mas vamos procurar mais um ator. Olhe o que temos aqui: uma bota fina, de cromo alemão, e com espora! É bota de homem; por fim, terá um papel masculino. Será Von Botta, o outro pretendente à mão da luva. Vê-se que essa bota sabe dançar a valsa e a mazurca, e sabe também sapatear. A senhorita parece não se dar bem com esse pretendente, que é muito arrogante e cheio de si.

"Pronto: temos os atores. Diga-me agora: que tipo de peça prefere? Uma tragédia, ou uma comédia ligeira, que sirva de entretenimento para toda a família?

— Quero uma peça para toda a família! — gritou a menina. — Mamãe e Papai dizem que essas são as melhores.

— Então, está bom. Conheço quase uma centena dessas peças. As mais populares são as traduzidas do francês, mas essas não são apropriadas para uma menininha de sua idade. Vamos escolher entre as mais bonitas, embora as histórias sejam quase todas iguais. Vou colocar neste saquinho os enredos e sacudir bem. Você escolhe um. Vamos lá? Pronto, escolheu. Vejamos qual é... aqui está: "história velha, com título novo". Muito bem escolhido. Vamos agora ler o programa.

E Vovô, segurando o jornal, fingiu que lia o seguinte:

O FORNILHO DO CACHIMBO

ou

NUNCA SÃO JOGADOS FORA OS SACRIFÍCIOS FEITOS EM NOME DO AMOR

Peça familiar em um ato

Lista de personagens:
Senhor Fornilho.......................................Pai
Senhorita Luva..Filha
Senhor Colete...Pretendente Simpático
Senhor Von Botta................................. Pretendente antipático

— Vamos dar início à representação. A cortina vai-se abrindo lentamente. Infelizmente, não temos cortina de verdade, mas não custa fazer um pequeno exercício de imaginação. Há pessoas que dão muita importância a essas ninharias — trata-se de gente de mentalidade estreita e tacanha. Mas vamos à peça.

"Como você vê, todos os personagens estão no palco. O primeiro a falar é o pai da moça. Aparenta estar zangado. Se houvesse fumo dentro dele, estaria soltando fumaça. Ouçamos o que ele diz":

"Não admito insolências! Aqui nesta casa mando eu! Aprecio o Senhor Von Botta, dono de uma personalidade fulgurante. É tão polido, que até posso mirar-me nele, como se fosse um espelho. Ele sabe onde pisa. Tem o pé no chão. Pela espora, vê-se que é um perfeito cavaleiro. Não tenho mais dúvidas: aceito seu pedido e lhe concedo a mão de minha filha."

— Agora é a vez do Colete. Ele não é tão pobre como o Fornilho imagina. Não: seu forro é de seda, mas isso não o torna arrogante. Ao contrário, o Colete é bem modesto, conquanto decidido e corajoso. Vamos escutar o que ele tem a dizer:

"Sou discreto e não gosto de aparecer. Mas repare bem em mim: não tenho manchas, nem nódoas. Por dentro sou de seda, e por fora ostento debruns de fino lavor."

O Fornilho então replica:

"Ter ou não ter manchas e nódoas é mera questão de tempo. Se hoje não tem, amanhã terá. E aí será lavado, esfregado, secado ao sol, passado a ferro, e suas cores logo irão desbotar. Já o Senhor Von Botta é à prova de água. Sua cor é firme, sua pele é resistente. Não é discreto, pois tem o que mostrar. Range quando anda, e faz tilintar suas esporas. Além do mais..."

Nesse momento, a pequena Ana interrompeu e disse:
— Por que eles não falam em versos? Mamãe disse que é a maneira mais encantadora de representar.
— Se o público exige, os atores têm de atender. Assim será. Façamos de conta que o pai acabou de falar, e vamos escutar o que a sua filha tem a dizer. Veja: ela estende os braços em direção ao Colete e canta:

772

"Viver sozinha no mundo
É sofrimento profundo,
Mas prefiro esse tormento,
A ter mau casamento.
A casar com um perneta,
Antes a morte,
Ou a má sorte
Da prisão numa gaveta."

— O Fornilho franze o cenho, mas nada diz, pois agora é a vez do Colete. Eis o que ele diz à Senhorita Luva:

"Ó linda Luvinha,
Suave e branquinha,
Ó meiga pombinha,
Você vai ser minha!
Com sol ou com chuva,
Eu amo essa Luva!"

— Nesse meio tempo, Von Botta começa a sapatear no chão. Ouça o barulho que ele faz! Está terrivelmente irritado! Suas esporas estão tilintando!

— Ah, que peça boa! — exclamou Ana, batendo palmas.

— Nada de comentários desse tipo! — repreendeu o avô. — Durante uma representação teatral, o melhor aplauso é o silêncio do público. Fique quietinha e mostre sua boa educação. Quem se porta assim, merece sentar-se na orquestra. Vamos escutar a Senhorita Luva. Ela agora vai cantar sua ária:

"Dispenso festança e banquete,
Música, danças e folia;
Ou me caso com o Colete,
Ou ficarei para titia!"

— Agora, começa a intriga. É a parte mais importante da peça. É dela que depende a originalidade do enredo. O Sr. Colete caminha como quem não quer nada e vai-se aproximando do Sr. Fornilho. Lá vai ele, dissimulado, pé ante pé. De repente, agarra o Fornilho e o enfia em seu bolso! Nada de aplausos, por favor. É uma atitude deseducada (mas os atores bem que gostam). É vez de escutarmos novamente o Sr. Colete:

"Senhor Fornilho, lamento
Deixá-lo na escuridão;
Para fim de seu tormento,
Basta evitar dizer não,
E dar seu consentimento
e aprovação
ao casamento,
a nossa união!"

— Que beleza de peça, Vovô!

— Mas ainda não acabou. De dentro do bolso do Colete, chega a voz abafada, mas audível, do Fornilho, cantando:

"Só porque não quis ser sogro
Do Colete, veja o logro
Em que me meti!
Preso nesta escuridão,
Eu não desejo senão
Escapar daqui!

Se assim desejam,
Se é assim que pensam,
Felizes sejam,
Dou-lhes a bênção!"

— Terminou? — perguntou Aninha, demonstrando um certo desapontamento.

— Não! Só terminou para Von Botta. Quanto aos outros, ainda têm uma longa peça a sua frente. Vamos ao grande final. O casal ajoelha-se ante o Sr. Fornilho, e a Srta. Luva canta:

"Ó meu pai, que maravilha!"

— E o Sr. Colete continua a canção:
"Escuta, Senhor Fornilho:
Não perdeste tua filha,
Mas ganhaste um novo filho!"

— Em seguida, o Sr. Fornilho lhes dá sua bênção, e todos saem de cena, como se seguindo para uma festa de casamento. Um coral de muitas vozes canta:

"Faz bem a nossas almas
Um final feliz;
Portanto, batam palmas,
Mas não peçam bis!"

— Agora, batemos palmas e chamamos de volta ao palco os atores. Eles retornam, curvam-se e recebem nossos aplausos, extensivos a todos os móveis, pois foram eles que formaram o coro final.

— Acho que essa peça deve ter sido quase tão boa como a que Papai e Mamãe foram assistir no teatro, não é, Vovô?

— Oh, não! Nossa comédia foi muito melhor! Foi curta, cheia de emoção e muito inspirada. Eles é que perderam, não nós. E agora vamos correr até o fogão, pois acho que a água para o chá já deve estar fervendo.

O Tesouro Precioso

Toda povoação que julga merecer o nome de "cidade", e não de "vila" ou "aldeia", tem de ter seu arauto. E todo arauto tem de ter dois tambores. Um, ele toca quando dá os avisos normais e comuns, do tipo:

"Hoje tem peixe fresco lá no mercado!";

outro, é um tambor mais largo, de som mais grave, usado apenas quando se convoca o povo a enfrentar alguma calamidade, especialmente se se trata de debelar algum incêndio. Por isso, costumam chamá-lo de "tambor de fogo".

A esposa do arauto tinha ido à igreja ver o novo retábulo do altar, cheio de anjinhos; uns, pintados; outros, esculpidos em madeira. Suas auréolas eram brilhantes e douradas, assim como os cabelo, que pareciam raios de sol. Ah, que maravilha! Ela saiu de lá encantada com tanta beleza.

Ao chegar à rua, porém, mudou de ideia: mais bela ainda era a luz do sol poente, fulgurando em raios rubros através das árvores escuras. Olhar para o disco vermelho do sol era a mesma coisa que contemplar a face radiante de Deus. Com o rosto banhado de luz, a mulher do arauto pensou na criança que em breve lhe seria trazida pela cegonha. "Ah, Senhor", implorou, enquanto fitava o sol, "deixai com que parte desse fulgor se reflita no rosto de meu filho, e que ele se pareça com um daqueles anjinhos do retábulo."

Quando a criança nasceu, ela a tomou nas mãos e mostrou-a ao marido, pondo-se ambos a contemplá-la e admirá-la. O bebê de fato se parecia com um dos anjinhos, e seu cabelo era da cor do sol poente.

— Oh, meu tesouro precioso, meu sol, minha vida! — disse a mãe, beijando a cabeça do filho.

Suas palavras soaram como uma canção, e o arauto logo foi espalhar a novidade, fazendo rufar o tambor pequeno, próprio para divulgar notícias alegres.

O tambor grande — "tambor de fogo" — tinha uma opinião diferente, achando que era melhor bater nele, já que o pirralho tinha cabelos vermelhos. Sem nada dizer, pensava: "Boas coisas não devem ser esperadas — bum! — de um menino de cabeça vermelha — bum!" A maior parte dos moradores da cidade concordava com ele.

Dias depois, levaram o menino à igreja e ele foi batizado. Deram-lhe um nome comum: Peter. Mas ninguém se referia a ele por esse nome. Todos, inclusive o "tambor de fogo", mencionavam-no como sendo "o ruivinho do arauto". Nem mesmo sua mãe o chamava de Peter, preferindo tratá-lo por "meu tesouro precioso".

No talude da estrada, muitas crianças — e muitos adultos também — inscreveram seus nomes, na esperança de perpetuá-los. "Vale a pena ser famoso", pensou o arauto, inscrevendo seu nome e o de seu filho entre os outros que ali estavam.

As andorinhas chegaram junto com a primavera. Como viajam essas aves! Acabavam de chegar do Hindustão, onde tinham visto inscrições feitas nos rochedos e nos muros dos templos, narrando os feitos e as façanhas dos poderosos reis. Entretanto, ninguém sabia decifrar aquelas letras, desconhecendo inteiramente os nomes dos reis e seus feitos heroicos. A fama é assim...

As andorinhas construíram seus ninhos na argila dos taludes, que, desse modo, ficaram cheios de buracos. Quando as chuvas vieram e a água escorreu pela sua superfície, lá se foram os nomes ali inscritos.

— O nome que desapareceu por último foi o de Peter — afirmou orgulhosamente o arauto. — Ele ali permaneceu por um ano e meio!

Seu entusiasmo não foi compartilhado pelo tambor de fogo, que nada disse, mas ribombou em pensamento.

O "ruivinho do arauto" era cheio de vida. Tinha uma bela voz e vivia a cantar. Suas canções eram como as das aves da floresta: tinham melodia, e, ao mesmo tempo, não tinham.

— Quando estiver na idade, ele irá cantar no coro da igreja — dizia a mãe. — Quando isso acontecer, quero vê-lo embaixo dos anjos do retábulo, com os quais ele tanto se parece.

"Cabeça de cenoura", chamavam-no os espirituosos da cidade. Até a mulher do vizinho chamou-o um dia desse nome, mas só o tambor de fogo escutou.

— Não vá para casa, Peter — disseram-lhe os moleques da rua, com ar zombeteiro. — Se você dormir no porão, sua cabeça acabará incendiando a casa, e seu pai terá de tocar o tambor de fogo!

— Vou mostrar como é que ele toca o tambor! — replicou Peter, tomando de um pedaço de pau e zurzindo-o com tanta força contra um dos moleques, que ele até caiu.

Intimidados ante sua reação, os meninos de rua fugiram em disparada.

O maestro da orquestra era um músico de nascença, pois seu pai tinha tocado para o rei. Gostava de Peter e mantinha com ele longas conversas, que duravam horas e horas. Um dia, deu-lhe de presente um violino, e começou a ensiná-lo a tocar. O menino empunhou o instrumento como se já fosse um músico experiente. Sim, ele saberia fazer algo mais do que apenas tocar tambor. A quem lhe perguntava o que queria ser quando crescesse, porém, ele afirmava que seria um soldado, pois nada lhe parecia mais maravilhoso do que usar uniforme, ter espada e rifle, e marchar: "um, dois; um, dois".

— Ele vai aprender a obedecer ao nosso comando — disseram os dois tambores.

— Ele fará carreira militar — dizia o pai. — Começará como soldado, acabará como general. Para tanto, basta acontecer uma guerra.

— Deus nos livre e guarde disso! — exclamou a mãe, apreensiva.

— Por que diz isso, mulher? Não temos coisa alguma a perder!

— Como não temos? E o nosso filho?

— A guerra será sua oportunidade de se tornar um general! — replicava o pai, rindo, porque não estava falando seriamente.

— Se ele não perder a vida — prosseguiu a mulher, sem entender que se tratava de uma brincadeira, — poderá perder um braço ou uma perna. Não quero que isso aconteça! Quero meu tesouro precioso saudável e inteiro.

CRBOCRSO

— Bum! Bum! Bum! — soou o tambor de fogo.

O mesmo fizeram todos os tambores de fogo do país. Era a guerra. Os soldados seguiram para o campo de batalha, e o filho do arauto era um deles.

— Até a vista, cabeça de cenoura! — despediram-se os moradores da cidade.

— Até breve, meu tesouro precioso — despediu-se a mãe.

O pai sonhava em ver o filho coberto de glória e honrarias. O maestro desaprovou sua ida. Achava que ele deveria ficar ali mesmo, aprendendo música, uma das artes da paz.

Quando os outros soldados chamaram-no de "Vermelho", ele riu. Mas quando um deles chamou-o de "Raposa", não gostou, mordendo os lábios com força e fingindo não ter escutado, a fim de não ser obrigado a tomar satisfação.

Era um bom rapaz, o tempo todo bem-humorado e cordial, "como um cantil cheio de vinho", conforme o definiam seus companheiros de caserna.

Às vezes, a noite estava úmida, e a tropa mesmo assim era obrigada a dormir ao relento. Quando chovia, todos ficavam molhados até os ossos, mas o soldado ruivo não desanimava, e logo fazia rufar seu tambor: tarará-tatá; tarará-tatá enquanto os companheiros formavam fileiras ou marchavam. Oh, sim, ele era o tocador de tambor do regimento.

Chegou o dia da batalha. O sol ainda não havia aparecido, mas já era de manhã. O ar era úmido e frio. A paisagem estava encoberta pela neblina resultante da fumaça das explosões. Obuses e balas voavam sobre as cabeças dos soldados. A seus pés, rostos lívidos e inertes olhavam sem ver as manchas escuras de sangue que cobriam o chão. Os sobreviventes marchavam em frente. O jovem tocador de tambor ainda não fora ferido, e se divertia com o cãozinho que era a mascote do regimento. O animal corria e saltava a seu redor, imaginando que as balas e obuses que zumbiam no ar não passavam de brinquedos.

"Em frente, marche!", tinha sido a ordem, logo traduzida em rufos de tambor e toques de corneta. Depois de dada essa ordem, o comandante não volta atrás, e muitas vezes agiria sensatamente se assim o fizesse. "Vamos fugir, gente!", gritou alguém, assustado, mas o tambor continuou rufando a ordem de seguir em frente, e os soldados preferiram obedecer a ele. O toque incessante impeliu-os para a frente, evitando que retrocedessem e levando-os a uma expressiva vitória, ao final do dia.

Naquela batalha, foram perdidas muitas vidas e amputados muitos membros. Explosões, projéteis e estilhaços dilaceraram as carnes, transformando-as em postas sangrentas. Propagaram-se incêndios, levando a morte a muitos que se haviam escondido sob ruínas ou pilhas de feno. Não houve tempo de cuidar dos feridos, que ficaram sem atendimento por horas e horas, até não mais precisarem de assistência. É terrível ficar pensando nessas coisas, mas é o que fazem aqueles que estão distantes do campo de batalha, especialmente quando se trata de gente como o arauto e sua mulher, cujo filho lá estava, exposto às balas e ao azar.

"A choradeira desses dois me deixa doente", pensou o tambor de fogo.

Chegou de novo o dia da batalha. O sol ainda não havia aparecido, mas já era de manhã. Depois de uma noite passada em claro, o arauto e sua esposa por fim adormeceram. Durante a madrugada, tinham conversado sobre o filho e implorado a Deus que o protegesse, onde quer que ele estivesse naquele momento. Dormindo, o arauto sorria, pois sonhava que a guerra havia acabado, e que seu Peter regressava a casa, trazendo ao peito uma condecoração: a Cruz de Prata, conferida aos que se distinguiram por seus atos de bravura.

A mãe também dormia e sorria. Sonhou que tinha ido à igreja, e que contemplava o retábulo. Um daqueles anjos era seu filho. Ele olhou para ela e começou a cantar, com uma voz que somente os anjos possuem. Ao terminar, ele também sorriu e a cumprimentou, inclinando a cabeça. "Ah, meu tesouro precioso", murmurou ela, despertando em seguida. Tomada de apreensão, disse em voz baixa:

— Já sei o que aconteceu: Deus levou-o para sempre.

Juntou as mãos em prece e, escondendo a cabeça no cortinado da cama, chorou, enquanto se lamentava:

— Onde será que ele está repousando? Será na cova rasa onde enterram todos os que pereceram durante uma batalha? Ou quem sabe estará afogado nas águas paradas e profundas de algum pântano... Ninguém jamais saberá onde ele está enterrado... Jamais alguém dirá uma prece sobre seu túmulo!...

Num sussurro inaudível, rezou o Pai-Nosso. Depois disso, sua cabeça pendeu novamente sobre o travesseiro, e ela adormeceu, vencida pelo cansaço.

Passaram-se os dias, entre sonhos e receios.

Entardecia. Um arco-íris emoldurava o campo de batalha. Suas extremidades tocavam a floresta e o pântano. O povo acredita que haja um tesouro precioso enterrado na ponta de um arco-íris. Esse tesouro devia ser seu filho, pensava a mãe do soldado que tocava o tambor. E os dias continuaram a passar, entre sonhos e receios.

Eram vãos os maus pressentimentos da mulher. Nada lhe havia acontecido. Não lhe fora arrancado sequer um único fio de cabelo. O tambor parecia ter contado isso para ela, entre rufos e repiques: "Ratatatá-ratatatá: ele está vivo, ele está vivo!" Mas ele preferiu guardar para si essa informação, adiando a alegria e o júbilo da pobre mulher.

Entre fanfarras, foguetes e festas, eles regressaram. Eram vencedores. A guerra tinha terminado, e a paz voltara a reinar. O cão que era a mascote do regimento vinha à frente da tropa, andando em círculos, como se desejasse multiplicar por três o percurso da viagem de volta.

Passaram-se semanas, e com elas os dias.

Enfim: Peter voltou para casa! Ei-lo, tisnado como um selvagem, olhos claros e rebrilhantes, rosto refletindo a luz do sol. Em passos firmes, entrou em casa. Sua mãe envolveu-o em seus braços e beijou-o calorosamente. Seu menino estava ali, novamente. É bem verdade que não tinha recebido a Cruz de Prata, conforme o pai sonhara, mas estava vivo e gozava de boa saúde, como ela havia imaginado. Era felicidade demais para que os três não contivessem o pranto, misturado aos risos de alegria pelo reencontro.

— Ah, patife, voltei a encontrá-lo! — disse ele sorrindo para o velho tambor, enquanto o alisava, numa carícia.

O pai não perdeu a oportunidade: bateu com força no tambor de fogo, alardeando a novidade: "Bum-bum-bum-bum-bum! Incêndio nos corações! O tesouro precioso voltou para casa! Brrrum!"

E o que foi que aconteceu depois disso? Deixemos que o músico nos conte:

— Peter superou a fase do tambor. Ele vai tornar-se um músico e bem maior do que eu. Em seis meses, aprendeu mais do que eu aprendi durante toda a minha vida!

Uma coisa não se podia negar: era um rapaz gentil, e sempre bem-humorado. Pelo brilho de seus olhos, dir-se-ia que eles jamais haviam contemplado algo que não fosse belo e agradável. E seus cabelos continuavam como sempre: ruivos e brilhantes.

— Ele devia tingi-los — dizia a vizinha. — A filha do policial tingiu os dela, e teve seu lucro: está noiva.

— Mas e a trabalheira que ela tem? — replicou seu marido. — É obrigada a pintá-los toda semana, senão eles ficam verdes como a grama...

— E daí? O gasto é pouco. Acho que Peter faria bem se pintasse seus cabelos. Ele agora frequenta as casas das melhores famílias da cidade. Está até ensinando a filha do prefeito a tocar piano!

Peter tocava maravilhosamente. As mais belas peças brotavam de seu coração, e ainda não tinham sido postas em pauta. Em casa, ele tocava sempre que podia, geralmente à noite, fosse durante as curtas de verão, fosse durante as longas de inverno.

— É bonito, mas cansa... — reclamavam os vizinhos.

O tambor de fogo concordava com eles.

Lotte, a filha do prefeito, estava sentada ao piano. Seus dedos delicados percorriam as teclas velozmente, e a música que ela executava saía do instrumento e entrava no coração de Peter, fazendo suas cordas repercutirem. E ele então batia acelerado, como se houvesse pouco espaço no peito para encerrá-lo.

Isso aconteceu não uma, mas muitas vezes. Certa noite, o professor não resistiu: segurou a mão da aluna, levou-a aos lábios e beijou-a apaixonadamente. Em seguida, olhando para dentro de seus olhos castanhos, disse-lhe... não, para que repetir o que ele disse? Só Deus sabe o que foi, mas cada um de nós bem pode adivinhar as palavras.

Lotte nada respondeu, mas enrubesceu, ficando quase da cor dos cabelos de Peter. Nesse exato momento, foi anunciada a entrada de um convidado. Era o filho de um dos conselheiros do rei. Sua testa era alta e lisa, como se tivesse sido encerada. Seu crânio reaparecia no alto da nuca, liso e encerado como a testa. Peter ficou, e Lotte dividiu sua atenção entre ambos os hóspedes, mas seus olhares mais ternos eram dirigidos ao professor de piano.

Quando voltou para casa, tarde da noite, Peter conversou com o tambor, dizendo-lhe o que esperava lucrar com seu violino: fama e imortalidade. O tambor nada respondeu, mas pensou: "Bum! Brrrrrum! Ele está ficando doido! Seu cérebro incendiou!"

No dia seguinte, ao voltar das compras, a mãe lhe disse:

— Sabe da novidade, Peter? Lotte, a filha do prefeito, ficou noiva! Ela vai se casar com o filho do conselheiro. O noivado foi acertado ontem.

— Quê? Não! — exclamou Peter, erguendo-se num salto da cadeira.

A mãe confirmou a notícia. Quem lhe contara aquilo fora a mulher do barbeiro, que ouvira a novidade do marido, o qual, por sua vez, ficara sabendo de tudo pelo próprio prefeito.

O rosto de Peter empalideceu, e ele sentou-se de novo, arrasado.

— Que houve? Diga, meu filho, está passando mal?

— Não, não! Estou bem. Só quero ficar sozinho — respondeu Peter, enquanto as lágrimas lhe escorriam pelo rosto.

— Ah, meu filhinho, meu tesouro precioso — disse a mãe, entendendo a aflição do jovem. — É melhor esquecê-la.

— Lotte se foi! Lotte se foi para sempre! — ribombou o tambor de fogo. — Não haverá mais lições de piano. Bum! Brrum-de-Ninguém o escutou.

⁕

Mas não foi verdade o que disse o tambor de fogo. Houve lições; mais do que isso, houve exibições. A vida do tesouro precioso foi cantada em verso e prosa.

— Ela está toda metida — dizia a vizinha, — toda cheia de nove horas! Sua vida, agora, é vangloriar-se e contar vantagens. Vive com as cartas do filho nas mãos, mostrando-as para todo mundo. Ah, porque o Peter fez isso e fez aquilo, tocou nesse e naquele lugar, porque ele está famoso, porque os jornais estão falando dele; ih, parece não ter outro assunto! Só fala no seu "tesouro precioso", que está tocando violino pelo mundo afora. Ainda bem que ele lhe manda dinheiro, pois ela bem que precisa, depois que o marido morreu.

— Peter está sendo convidado a tocar para os reis e os imperadores — afirmava orgulhosamente o maestro. — Não nasci para ser famoso, mas ele nasceu; mesmo assim, nunca se esqueceu de seu velho professor de música! Ah, Peter, meu querido pupilo!

— O pai dele sonhou que ele voltaria para casa trazendo no peito uma condecoração: a Cruz de Prata. Isso não aconteceu, infelizmente — dizia sua mãe. — Em compensação, o rei lhe conferiu o título de Cavaleiro do Estandarte Nacional. Embora não seja uma distinção heroica, mesmo assim seu pai ficaria orgulhoso se pudesse vê-lo.

— Ele agora é famoso! — ribombou o tambor de fogo, acompanhado por todos os moradores da cidade.

Sim, o "ruivinho do arauto", que todos haviam conhecido quando criança, usando tamancos de madeira; o rapaz, que todos viam a tocar tambor no regimento, agora era famoso!

— Antes de tocar para o rei, ele tocou para nós — dizia orgulhosamente a mulher do prefeito. — E sabe de uma coisa? Ele era apaixonado pela nossa Lotte. Ah, coitado, sempre teve ambições altas demais para sua condição modesta... Quando nos pediu sua mão em casamento, até nos rimos de sua impertinência e pretensão. Era um pedido absurdo e ridículo, conforme definiu meu marido. Lotte, hoje, está casada com o conselheiro real!

Havia um tesouro precioso no coração e na alma daquele jovem nascido na pobreza; naquele pequeno tocador de tambor, que rufara seu instrumento num instante de perigo, ordenando "em frente, marche!", e assim restaurando a coragem da tropa, que já se preparava para debandar. E o tesouro que ele agora dividia com os outros brotava dos sons mágicos de seu violino. Quando o tocava, era como se um órgão estivesse escondido dentro daquela pequena caixa de madeira. Eram tão doces os acordes que arrancava de seu instrumento, que quem o escutava dizia estar ouvindo o farfalhar dos pés de mil fadas, dançando durante uma noite de verão, enquanto o tordo cantava ao longe, escondido no seio da floresta. As notas pungentes lembravam ainda o som de uma voz humana, tão pura, bela e cristalina, que levava o ouvinte a sentir o êxtase da arte. Seu nome passou a ser conhecido e comentado em todos os países, e sua fama se alastrava como fogo, incendiando os corações de todos que o escutavam.

— E vejam como ele é bonito! — segredavam entre si as moças, bem como as senhoras.

— Houve até aquela, com mais de setenta anos, que tinha um álbum no qual guardava "os cachos e madeixas dos homens célebres", e que fez questão de aumentar sua coleção com um pequeno tufo tirado da cabeleira do jovem violinista.

O jovem transpôs as portas da casa modesta do arauto. Estava elegante como um príncipe e mais feliz que um rei. Abraçando a mãe, ergueu-a no ar e beijou-a. Ela gritou, como se costuma fazer quando se está no auge da felicidade. Em seguida, ele cumprimentou tudo o que havia naquela sala: a arca, o guarda-louças, os copos de cristal e as chávenas que estavam dentro dele, e o bercinho no qual ele havia dormido tantas vezes, quando era criança. Em seguida, pegou o velho tambor de fogo e o colocou no meio do cômodo. Sob o olhar sorridente da mãe, dirigiu-se ao velho instrumento, dizendo-lhe:

— Se meu pai estivesse aqui, ele agora faria você rufar bem alto, para comunicar sua alegria a toda a cidade. Em sua homenagem, é isso que irei fazer.

E ele tocou o tambor de fogo, fazendo-o rufar e ribombar, como se fosse uma tempestade. Tocado pela homenagem, o velho tambor não resistiu, e seu couro rasgou. "Ele sabe tocar tambor muito bem!", pensou; "tão bem quanto seu pai tocava. Não vou poder esquecer-me nunca mais deste dia. Até rasguei de alto abaixo, de tanto orgulho. Receio que o mesmo venha a ocorrer com sua mãe..."

Mas ela não se rasgou de alto a baixo, embora seu orgulho e sua alegria fossem maiores que os do tambor de fogo. Por isso, nada impede que encerremos por aqui a história feliz do seu tesouro precioso.

Como a Tempestade Mudou
as Placas de Lugar

Nos velhos tempos, quando o Vovô era um garotinho, ele usava calças vermelhas, paletó da mesma cor, uma faixa em torno da cintura e uma pena no chapéu. Não estranhem a indumentária: era assim que se vestiam os meninos daquele tempo.

Então, muitas coisas eram diferentes. Eram muito mais frequentes os desfiles e as paradas pelas ruas da cidade. Hoje, quase não assistimos a esse tipo de coisas: estão fora de moda. É divertido escutar o vovô descrevendo como eles eram. Ouçamos suas palavras.

"Quando a Corporação dos Sapateiros mudou de sede, e teve de levar sua placa do antigo prédio para o novo, ah, que dia! Que desfile! Na frente, vinha o porta-estandarte, empunhando a bandeira da corporação. Ela era de seda, tendo como emblema o desenho de uma bota de cano alto, sob uma águia de duas cabeças. Vinha em seguida o decano dos sapateiros, trazendo na mão um espadim erguido, tendo fincado na ponta um limão. Depois, vinham os aprendizes de sapateiro, trazendo faixas vermelhas e brancas sobre a camisa. O mais jovem deles trazia nas mãos uma grande taça de prata, e ajudava a carregar o cofre, no qual estavam guardadas as economias da Corporação.

"É claro que havia música — onde já se viu desfile sem banda? O instrumento que mais me atraía a atenção era aquele que todos chamavam de *pássaro*. Sabe em que consiste? Num pau comprido, em cima do qual fica uma espécie de meia-lua de metal, da qual pendem diversas peças metálicas, de todo tipo e formato. Essas peças entrechocavam-se, tilintando e retinindo de modo tal, que pareciam estar tocando algum tipo de música turca. O pássaro erguia-se acima das cabeças dos músicos, oscilando para cá e para lá, e o sol se refletia nas peças de metal polidas e reluzentes, produzindo chispas que doíam os olhos.

"Precedendo até mesmo o porta-estandarte, vinha um palhaço que era chamado de Arlequim. Suas roupas eram feitas de retalhos, lembrando aquelas colchas multicoloridas usadas como cobre-leito. O rosto era pintado de preto. Do barrete, pendiam guizos, cujo som lembrava o dos que se penduram nos cavalos que puxam trenós. Arlequim dançava e dava pulos, e às vezes se imiscuía entre os assistentes, batendo-lhes com sua vara. Ouvia-se um ruído, como se algo estivesse rachando, mas ninguém jamais se machucou com esses falsos golpes.

As pessoas tentavam avançar, mas eram empurradas para trás. Meninos gostavam de acompanhar a parada, correndo ao lado dos que desfilavam. Não era raro tropeçarem, caindo de cheio nas sarjetas laterais. As senhoras mais velhas costumavam abrir caminho entre a multidão, usando para tanto os cotovelos, enquanto olhavam de cima para baixo, azedas como leite talhado. Entre os assistentes, alguns riam, outros tagarelavam. Havia gente em toda parte, observando das portas, das janelas, e até mesmo encarapitadas nos telhados das casas.

"O sol brilhava e o céu era claro... bem, quase sempre. Às vezes, acontecia de chover. Se fosse chuva miúda, todo mundo ficava satisfeito; se fosse um aguaceiro, ao menos os fazendeiros ficavam alegres."

Oh, sim, o Vovô contava essas histórias com muita graça. E que memória ele tinha para as coisas bonitas que havia visto em criança! Daquele dia da mudança de sede da Corporação dos Sapateiros, por exemplo, ele ainda podia contar muitos pormenores, como o discurso proferido pelo decano dos aprendizes. Aproveitando que tinham sido erguidos andaimes à frente da sede nova da Corporação, a fim de pendurar a placa em seu novo lugar, o orador subiu neles e começou a deitar falação. O discurso era feito em versos, e, pela maneira como ele lia a peça, via-se não ter sido o seu autor. De fato, os autores eram três jovens sapateiros, que tinham gastado uma noite inteira em sua elaboração, e consumido uma tigela cheia de ponche, para garantirem a continuidade de sua inspiração. Ao terminar o discurso, todos aplaudiram educadamente. Então, o Arlequim trepou no andaime e começou a fazer uma paródia da fala, imitando os gestos e o tom de voz do orador. Aí, os aplausos foram estrepitosos. A paródia era bem mais interessante e engraçada que o discurso original. Enquanto discursava, Arlequim bebia cerveja dentro de cálices de licor. A cada gole que dava, esvaziava o cálice e o atirava para a multidão, que o disputava entre gritos e risos. Vovô tinha um desses cálices, mas não fora ele quem o pegara, e sim um pedreiro amigo, que depois lhe dera de presente aquela recordação.

Por fim, a placa foi pendurada no lugar, defronte à nova sede da Corporação dos Sapateiros, onde até hoje se encontra. Para enfeitá-la, encheram-na de festões e de guirlandas de flores. Foi mesmo uma festa espetacular, e todos se divertiram a valer. Vovô costumava encerrar sua descrição dizendo:

— A gente nunca esquece um dia desses, mesmo que viva cem anos.

E ele, de fato, nunca o esqueceu, ainda que tenha visto muitas e muitas coisas interessantes e divertidas, durante sua vida. E a história mais curiosa, dentre as tantas que ele contava, era a da formidável tempestade que um dia desabara sobre a cidade, fazendo com que o vento trocasse de lugar todas as placas.

Isso tinha acontecido no dia em que os pais do Vovô se mudaram para Copenhague. Ele era, então, um garotinho, e aquela era a primeira vez que visitava a capital do país. Sua primeira impressão, ao ver tanta gente andando pelas ruas, foi a de achar que se tratava de algum desfile, parada ou procissão. Quem sabe alguma corporação profissional estava se transferindo para uma sede nova, como da outra vez? Aliás, uma coisa que o estarreceu foi a quantidade de placas que via à frente dos prédios. Ele nunca poderia imaginar que houvesse tantas placas num só lugar. Se as arrancassem das frentes das casas e as pusessem todas juntas num só cômodo, teria de ser um salão imenso, para poder comportá-las.

A placa dos alfaiates, por exemplo, mostrava uma tesoura enorme e uma porção de roupas, desde as mais simples, para o dia a dia, até as mais sofisticadas, para as festas e recepções. Quem olhava para a placa, já sabia: aquele oficial era capaz de cortar e costurar qualquer tipo de indumentária.

Outras placas mostravam os artigos que eram vendidos nesse ou naquele estabelecimento. Numa, via-se um enorme barril de manteiga; noutra, um arenque seco; naquela outra, um caixão pintado, não deixando dúvidas de que se tratava do escritório de um papa-defunto. A placa da tabacaria mostrava um lindo garotinho fumando um enorme charuto — era apenas uma alegoria, mas alguns meninos levavam o desenho a sério, imitando-o às escondidas.

Além das placas, havia ainda quadros e cartazes, escritos e desenhados. Na realidade, era possível passar um dia inteiro perambulando pelas ruas, apenas para ler todos esses cartazes e placas, e ao final do dia a pessoa não teria lido todos. Mas teria aprendido muita informação, como o nome e a profissão de cada morador, "coisa muito importante de saber, para quem mora numa cidade grande", conforme asseverava o Vovô.

Voltando à tal tempestade: ela desabou justo na noite do dia em que ele chegou a Copenhague, da primeira vez em que ali esteve. Quando me contou essa história, seus olhos não brilharam maliciosamente, como costumavam fazer quando ele estava apenas brincando e pilheriando. Portanto, era uma história séria. Vou repetí-la para vocês.

A tempestade que desabou aquela noite foi a pior de todas as que vocês até hoje tiveram notícia. Os que a testemunharam garantem que jamais o vento soprou tão forte como naquela noite. No dia seguinte, as calçadas estavam cheias de telhas, caídas dos tetos durante a noite, e todas as cercas jaziam deitadas pelo chão. Alguém afirmou ter visto um carrinho de mão descendo a rua em desabalada carreira, sem que ninguém o empurrasse. Não se sabia se era o vento quem o impelia, ou se era ele próprio quem fugia sozinho, na ânsia de escapar daquela tempestade. O ruído que se escutava era aterrador: o uivo do vento misturava-se ao som dos objetos que eram rolados pela rua, entrechocando-se, quebrando-se, despedaçando-se, rompendo-se, num alarido infernal. As águas dos canais transbordaram, inundando as ruas da parte baixa. De vez em quando, uma chaminé despencava sobre a rua, com estrépito. Muita torre de igreja, altaneira e orgulhosa, curvou-se naquele dia, nunca mais recuperando seu aprumo e elegância.

O chefe dos bombeiros voluntários era um velho manso e gentil, o último que chegava ao local, sempre que havia um incêndio. Do lado de fora de sua casa havia uma guarita de sentinela. A tempestade virou-a de lado e a rolou pela rua, até depositá-la, novamente de pé, defronte à casa de um pobre carpinteiro. Num dos últimos incêndios acontecidos na cidade, fora esse homem humilde que tinha arrostado o fogo, entrando numa casa em chamas e tirando de lá, com vida, três pessoas, antes que elas morressem queimadas. Agora, sim, a guarita estava em seu devido lugar.

A placa do barbeiro era uma enorme bandeja de metal, semelhante àquela que se coloca sob o queixo de quem está se barbeando, a fim de que o sabão não lhe suje as roupas. O vento arrancou-a dali e a levou pelos ares, indo depositá-la no peitoril da janela da casa do juiz de direito. Todos os vizinhos sorriram ao verem aquilo, pois a mulher do juiz era famosa pela maledicência, e todos diziam dela que "tinha a língua mais afiada que uma navalha de barbeiro". De fato, ela sabia mais coisas sobre cada pessoa de Copenhague, do que as pessoas sabiam a respeito de si próprias.

Uma placa na qual estava pintado um bacalhau seco foi carregada pelo vento e depositada diante da porta da casa do dono de um importante jornal. Aqui na Dinamarca, o bacalhau simboliza a estupidez. Será que o vento sabia disso, e quis fazer uma piada de mau gosto?

O galo de um catavento voou do telhado de uma casa e foi cair no da casa vizinha, só que de cabeça para baixo, como se quisesse abrir um buraco para espiar o que acontecia lá dentro.

A placa de um tanoeiro, com a figura de um barril, foi parar diante da oficina de um fabricante de espartilhos.

O cartaz do "Prato do Dia", afixado diante da porta de um famoso restaurante, atravessou a praça e foi parar diante do teatro, que há tempos não conseguia ficar lotado, funcionando sempre com meia-casa. Todos estranharam a peça que ia ser encenada na noite seguinte: "Sopa de Rabanete e Repolho Recheado". Os ingressos se esgotaram, e dessa vez o teatro lotou.

"O Raposão" era o nome de uma loja onde se vendiam casacos de peles. Diante daquela loja, a placa com esse nome até causava boa impressão. O problema é que o vento a carregou, deixando-a pendurada junto à porta de uma casa onde morava um rapaz muito bem apessoado, dono de boa situação econômica, considerado um bom partido pelas moças, embora fosse muito namorador. Depois que a placa ali ficou pendurada, só mesmo sua tia continuou acreditando em sua sinceridade e seriedade de propósitos.

Uma placa com a inscrição "Academia de Estudos Superiores" foi carregada pelo vento e deixada diante de um salão de bilhar. Em seu lugar original, encaixou-se outra, com os dizeres: "Preparo de Mamadeiras para Bebês". Parecia antes uma travessura, do que uma crítica séria; todavia, como a culpada era a tempestade, nada se pôde fazer, pois ninguém teve como repreendê-la e ensinar-lhe boas maneiras.

A verdade é que foi uma noite terrível. Só pela manhã, a população constatou o fato de que praticamente todas as placas da cidade tinham mudado de lugar. E a mudança fora feita com tanta malícia e velhacaria, que algumas meu avô preferia manter em segredo, apenas sorrindo maldosamente, quando delas se lembrava. Nesses momentos, sim, lembro-me de ver um brilho alegre faiscar em seus olhos.

Aquela confusão transtornou a vida de todos, especialmente dos forasteiros. Um grupo de professores, que veio a Copenhague discutir assuntos de extrema seriedade, foi orientar-se pelas placas, e acabou se encontrando no interior de um jardim de infância, tendo de suportar um bando de crianças que corriam e gritavam, puxando-os pelas roupas e pelas barbas, e chamando-os de "vovô" o tempo todo. Outro quiproquó que muito deu o que falar foi o das pessoas que entraram na igreja imaginando estar num teatro, e acabaram vaiando o sermão. Esse foi bastante constrangedor.

Nunca tinha havido, e nunca houve depois, uma tempestade como aquela em Copenhague. Vovô talvez seja o último vivente que dela se lembra, pois era bem novinho quando se deu o fato. Creio que outro cataclismo semelhante não mais irá acontecer em nossa vida, mas talvez ocorra na de nossos netos. Por isso vale a pena dar-lhes um conselho, baseado na experiência de meu avô: se a tempestade mudar as placas de lugar, o melhor que vocês fazem é não sair de casa — a não ser que seu interesse seja apenas o de se divertirem.

O Bule de Chá

Era uma vez um bule de chá muito orgulhoso. Orgulhoso de quê? De ser de porcelana, de ter um bico e uma asa, um na frente, outra atrás. Ah, como ele contava vantagem por causa disso! De uma coisa, porém, não falava: da tampa, que tinha quebrado, e depois fora colada. Nisso, fazia bem. Para que falar de nossos defeitos? É melhor deixar que os outros falem deles. E era isso o que faziam as xícaras, a manteigueira e o açucareiro: preferiam falar da tampa quebrada do bule, do que sobre seu bico bem torneado e sua asa resistente. E ele sabia que era assim.

"Sei o que pensam", dizia baixinho para si próprio. "E conheço meus próprios defeitos. Afinal, ninguém é perfeito. Cada qual tem seus pontos fortes e fracos. As xícaras têm asas, e o açucareiro tem tampa; só eu, porém, tenho asa e tenho tampa, ao mesmo tempo. E tenho algo mais, que nenhum deles tem: um bico. Por isso, sou especial, sou o rei deste aparelho de chá. O açucareiro e a manteigueira são servos do sabor, são responsáveis pelo detalhe do gosto. Mas eu sou o dono desse sabor. Eu é que trago o chá, elemento principal de um lanche. Sou eu que mato a sede da humanidade. Dentro de mim é que a insípida água fervente transforma-se na deliciosa bebida aromática, espalhando a fragrância daquelas maravilhosas folhinhas provenientes da China."

Era assim que ele pensava e falava, quando apenas sua tampa não era perfeita. Foi então que, um belo dia, uma delicada mãozinha ergueu-o da bandeja e, segurando-o descuidadamente, acabou deixando-o cair ao chão. Desastre: seu bico e sua asas se quebraram! O pobre bule desmaiou, enquanto a água corria pelo chão, continuando a ferver. Foi então que aconteceu o pior: os que estavam sentados à mesa dispararam a rir! E não estavam rindo do descuido de quem o deixara cair no chão, mas sim dele, do pobre bule, ali de borco no chão, de bico e de asa quebrados, sem falar na tampa, que voltou a quebrar-se no mesmo lugar.

"Nunca me esquecerei daquele momento", murmurava ele para si próprio, tempos depois. "Eles disseram que eu tinha perdido a serventia, e me deixaram esquecido num canto do armário. Mas não fiquei ali muito tempo. Pouco depois, fui dado de presente a uma mendiga que costumava passar por ali para pedir restos de comida. Tinha chegado a hora de conhecer a pobreza, e aquilo até me deixou sem fala. Agora vejo, porém, que naquele instante estava começando para mim uma vida melhor. Eu ia me transformar num utensílio diferente.

"Primeiro, encheram-me de terra. Para um bule de chá, aquilo era o mesmo que ser enterrado. Então, puseram um bulbo dentro de mim. A terra e o bulbo deveriam substituir a água fervente e as folhinhas de chá, que eu estava acostumado a guardar. Não deixava de ser um consolo. Eu sentia aquele bulbo dentro de mim, e ele se tornou meu coração. Voltei a sentir-me orgulhoso. Dentro de mim havia força e poder. Havia um coração que pulsava.

"Um dia, o bulbo se rompeu. Um estranho sentimento me assaltou. Quase me rompi também, de alto a baixo. Do bulbo saiu um talo, deste nasceram folhas, e um dia ele floresceu. Ah, que flor linda! Eu não sabia que tinha carregado dentro de mim toda aquela beleza, que agora se revelava para o mundo. Cheguei a esquecer-me de mim próprio.

"Esquecer-se de si próprio, para só pensar no próximo — pode haver sentimento mais nobre e lindo? A flor nada me disse, nem bom dia, nem muito obrigada. Acho que nem me notou. Todos que chegavam elogiavam-na, admiravam-na. Se eu, que nada tinha com aqueles elogios, me sentia feliz ao escutá-los, faça ideia o orgulho e a alegria da flor!

"Um dia, escutei alguém dizendo que aquela flor era bonita demais, e que merecia estar dentro de um vaso decente, e não de um bule estragado. Para tirá-la de dentro de mim, quebraram-me em dois — oh, como doeu! A planta foi tirada de mim e transferida para um vaso elegante. Quanto a mim, fui atirado aqui no pátio, nesse monte de velharias, e aqui estou até hoje, reduzido a cacos. Não sirvo mais para coisa alguma. A única coisa que me restou foram as minhas memórias. Podem tirar-me tudo, menos elas. Hei de guardá-las para sempre, enquanto existir um caquinho de mim".

O Passarinho do Povo

Inverno. O chão, coberto de neve, lembra uma peça de mármore branco extraída das montanhas. O céu é claro e brilhante. O vento sopra cortante, fustigando o rosto, como se fosse uma espada dos elfos, lanhando a pele sem parar. Forradas de gelo, as árvores parecem feitas de coral branco, lembrando o aspecto de amendoeiras em flor. O ar é tão fresco como o das partes elevadas dos Alpes. As noites são encantadoras, especialmente por causa da aurora boreal e das incontáveis estrelas que recamam o céu.

Avizinha-se a tempestade! As nuvens ficam inquietas. Por todo lado, veem-se flocos de neve a flutuar, como penugem de cisne. Pouco depois, toda a paisagem está recoberta por uma camada contínua de neve.

Estamos sentados na sala de estar, defronte da lareira, falando dos velhos tempos. Alguém conta a saga de um lugar do litoral, onde existe uma antiga colina tumular. À meia-noite, o fantasma do velho rei *viking* ergue-se do reino dos mortos e surge no topo da colina, sentando-se sobre uma velha laje, entre soluços e gemidos. Traz na cabeça a faixa dourada da realeza. Sob ela, saem seus bastos cabelos, que ondulam ao vento. Ele está vestido de ferro e aço, usando a mesma armadura que protegeu seu corpo durante as batalhas.

Certa noite, um navio ancorou nas proximidades, e sua tripulação desceu à terra. Entre os marujos havia um poeta, que se aproximou do espectro e perguntou:

— Por que sofres? Que estás a esperar?

O fantasma respondeu:

— Ninguém jamais cantou meus feitos. Assim sendo, sei que a morte ainda não conseguiu desfazê-los. Se tivessem sido cantados, os versos tê-los-iam levado pelo mundo, conservando-os vivos no coração dos homens. Por isso, não encontro a paz e não posso repousar.

Em seguida, relatou seus feitos heroicos, suas aventuras, os atos de coragem que lhe deram renome em vida, mas que agora não mais eram lembrados ou conhecidos. Tudo isso, porque nunca houve um poeta que se preocupasse em cantá-los.

O bardo tomou da lira e cantou a coragem juvenil do herói, lembrando seu poder e suas façanhas. O rosto do rei tornou-se brilhante como a borda de uma nuvem iluminada pelo clarão da lua. Ele ergueu-se e relanceou os olhos para o alto, com ar de intenso júbilo. Sua figura fantasmagórica reluziu como o sol da meia-noite, e depois desapareceu. Agora tudo o que se via no alto da colina eram os rochedos desnudos, sobre os quais ninguém jamais fizera qualquer inscrição.

Quando ressoou o último acorde da lira, um pássaro alçou voo, como se houvesse saído de dentro do próprio instrumento. Era uma avezinha pequena, mas de extrema beleza. Sua voz maviosa tinha a sonoridade do gorjeio do tordo, lembrando as batidas angustiadas do coração humano. Sua canção chamava à terra natal a ave migratória. Bastava ouvi-la, para que ela voltasse pelos ares, sobrevoando montanhas e vales, campinas e florestas, de retorno ao lar. Era o passarinho do povo, a ave que canta as canções tradicionais, aquelas que jamais perecem na memória popular.

Sentados no aposento quente e confortável, escutamos aquela canção, enquanto a neve continuava a cair, e a tempestade parecia aumentar de intensidade. Variam as canções, sendo ora marciais e heroicas, ora ternas e suaves, falando de amor, de lealdade e de brio. São histórias bonitas, contos de fada cantados. São como os ditados populares, como as letras rúnicas, que fazem com que tornem a falar as línguas de pessoas há séculos falecidas, relatando seu dia a dia e revelando seus sonhos.

Nos tempos pagãos, durante a Era dos *Vikings*, o pássaro do povo construiu seu ninho dentro da lira do poeta. Mais tarde, na Era da Cavalaria, quando a justiça era executada com mão de ferro, já que a força determinava o direito, quando um camponês e um cão de caça eram considerados como possuindo o mesmo valor, onde se escondeu o pássaro do povo? Os governantes cruéis e tacanhos jamais lhe dispensaram um único pensamento. Todavia, em algum lugar recôndito, dentro daqueles castelos de pedra, uma mulher, sentada à mesa, escrevia num pergaminho as letras das baladas que aprendera nos tempos de criança. Diante dela estava sentada uma velha que vivia numa choça, protegida do tempo por um telhado de capim, ou então um bufarinheiro, que ia de lugar em lugar carregando nas costas a arca contendo suas mercadorias. Enquanto eles conversavam e contavam suas histórias, o pássaro imortal voava através do quarto e cantava. Essa ave nunca morrerá, e sempre haverá de encontrar um local onde construir seu ninho.

Ela agora está cantando para nós. Do lado de fora há escuridão e ruge a tempestade. O pássaro coloca em nossas línguas suas mágicas letras rúnicas, de modo que possamos compreender o espírito de nossa terra natal. Deus nos fala em nossa língua nativa, usando a linguagem dos contos populares e das canções tradicionais. As velhas memórias ganham vida. Cores que já se encontravam desbotadas tornam a brilhar. As sagas e as antigas canções populares são uma espécie de licor abençoado, que enche nossa alma de alegria e nossos pensamentos de grandeza, tornando as noite jubilosas como a véspera de Natal. Os flocos de neve redemoinham lá fora, o gelo estala e range; ruge a tormenta, que é mestra, mas que não é Deus.

Inverno. O vento corta a pele, como se fosse uma espada manejada pelos elfos. A neve durante dias seguidos, durante semanas. Já cobriu toda a cidade, escondendo-a inteiramente. Só não encobriu a cruz dourada que se ergue sobre o campanário da igreja. O símbolo de nossa fé destaca-se contra o céu azul, refletindo em chispas o sol poente.

Acima da cidade soterrada pela neve, voam as aves do céu, grandes e pequenas. Cada qual entoa seu canto. Passa primeiro um bando de pardais. A letra de seu canto fala de pequenos incidentes, coisas corriqueiras que ocorrem nas ruas e nos becos, nos ninhos e na casas, no porão e no sótão. "Pip! Pip! Sabemos da vida de todo mundo, mas ninguém sabe da nossa vida. Pip! Pip!"

Vinham em seguida os corvos e as gralhas. "Crá! Crá! Crá! É preciso cavar para comer! Crá! Quem não cava, não come! Crá! Crá!"

Depois, é a vez dos cisnes selvagens. Ouçam o farfalhar de suas asas. Escutem seu canto, que exalta as maravilhas criadas pelo homem, ainda que estejam momentaneamente encobertas pela neve.

Não se vê ali a morte, apenas a vida. Sentimos isso nos sons que nos chegam como se fossem notas desferidas por um enorme órgão. Escutamos esse som, e nele distinguimos o rufar das asas das valquírias, a canção do bardo Ossian, a música produzida pelos elfos. Os sons ressoam harmonicamente, falando diretamente aos nossos corações e trazendo alívio e esperança para todos nós. O que escutamos é o pássaro do povo, enquanto sentimos o rosto batido pelo hálito quente de Deus. Os raios de sol novamente caem sobre a cidade, fazendo estalar a neve das montanhas.

Chegou a primavera. As aves migratórias regressaram, trazendo consigo os filhotes recém-emplumados. Ouvem-se os cantos populares, aquelas melodias singelas que tão bem conhecemos. Eis que se desenrola o drama que se repete todo ano: a força da tempestade de neve, resgatando o sonho e a esperança na longa noite de inverno. E quem nos conta isso é aquela ave que nunca morre ou desaparece: o pássaro do povo.

Os Verdinhos

No peitoril da janela havia um vaso, e dentro dele uma roseira, que uma semana atrás parecia viçosa e prestes a explodir em rebentos. Agora, porém, tem aspecto doentio. Que lhe terá acontecido?

Uma tropa de soldados estava acampada naquele vaso. Eram pequeninos soldados de uniforme verde, numerosos e elegantes em sua farda. Eram elas que estavam devorando a roseira e tirando-lhe o viço e a saúde. Sim, eram insetos verdes. Há pessoas que costumam chamá-los de "soldadinhos". Quem cultiva rodas detesta esses animaizinhos, consideran-do-os verdadeiras pragas.

Conversei com um deles. Tinha apenas três dias de vida, mas já era avô. Querem saber o que ele disse? Falou sobre si e sobre o exército que estava acampado naquele vaso. Vamos escutar suas palavras:

"Entre os habitantes da Terra, somos considerados dos mais estranhos. No verão, quando esquenta, nascem nossos filhos. Em menos de uma hora, cada um deles já ficou noivo e casou. Quando o tempo esfria, as fêmeas botam ovos. Os filhotes que vão nascer ficam aquecidos ali dentro. A formiga, que é o mais sábio de todos os animais, e à qual dedicamos nossa melhor estima, conhece perfeitamente nossa utilidade e importância. Tanto é assim, que não nos come. Apenas recolhe nossos ovos e os leva até o formigueiro. Ali, no piso inferior, deixa-os armazenados, um ao lado do outro, formando camadas. Os ovos mais altos estão mais prestes a rachar. Quando nascem os filhotes, estes são postos em seu estábulo, a fim de fornecer leite para o formigueiro. Sim, nossas fêmeas são ordenhadas, de maneira firme mas gentil, de modo a não serem machucadas. Por isso, entre as formigas, nosso nome é "vaquinhas de leite", e elas jamais se referem a nós usando aquele nome horroroso que alguns homens costumam empregar para se referirem a nós.

"Com efeito, há homens que não sentem por nós o menor respeito, a mínima consideração. Aquele nome que não ouso repetir constitui um enorme insulto, verdadeira afronta. Não gosto nem de lembrar-me dele. Quero deixar aqui o meu protesto veemente. Será que você poderia repeti-lo por escrito? Obrigado. Nesse caso, faça o favor de explicar que não merecemos esse tratamento por parte dos homens. Por que esse desdém? Por que essas bocas torcidas, sempre que nos veem? Só porque comemos as folhas da roseira? Ora, e o ser humano? Não come tudo que é vivo? Entretanto, ninguém os chama por um nome odioso e vil como aquele. Sim, um nome efetivamente nojento. Nem posso repeti-lo, de tão feio. Faz-me sentir engulhos. E há que se levar em conta minha honra de militar, não é? Não ficaria bem para mim, que uso uniforme, pronunciar aquele nome grosseiro e desrespeitoso.

"Agora, vamos a minha história. Nasci numa folha de roseira. Eu e meus irmãos, componentes deste regimento, alimentamo-nos desta roseira. Com isso, ela fenece, ou chega mesmo a morrer; entretanto, cabe lembrar que ela continua vivendo dentro de nós.

"Pertencemos a uma das ordens mais elevadas, na escala geral dos animais. O homem sente ojeriza por nós. Está sempre nos perseguindo e tentando matar-nos com água de sabão. Argh, que sabor horrível que ela tem! Até o cheiro é péssimo! Mas não vá ninguém imaginar que não sejamos asseados, só porque detestamos água de sabão! Cada qual tem sua natureza, e o sabão não faz parte da nossa.

"Ah, seres humanos, que agora me examinais com esses olhos de água de sabão... Tratai de levar em conta o lugar que ocupamos na ordem natural das coisas, bem como nossa estranha capacidade de gerar filhos e pôr ovos, simultaneamente. É que também se aplica a nós outros a ordem divina do "crescei e multiplicai-vos". Nascemos numa rosa, e nela haveremos de morrer. Como se vê, nossa vida é poesia pura. Não nos trateis por aquele nome que nos destes, tão feio e repugnante. É uma verdadeira afronta que nos fazeis. Nem tenho coragem de repeti-lo, tão horrível ele é. Chamai-nos antes de "vaquinha de leite das formigas", ou de "soldadinhos da roseira", ou então de um apelido do qual gostamos muito: chamai-nos de "verdinhos".

Depois de dizer isso, calou-se. Fiquei a contemplar aquele regimento de "verdinhos", que estava acampado no vaso, e desisti de usar contra eles a água de sabão que havia trazido comigo, na intenção malvada de dar cabo deles. O jeito, agora, seria utilizá-la para fazer bolhas de sabão. Quem sabe, dentro de uma delas, eu enxergaria um conto de fadas ali escondido?

Foi o que fiz. A primeira bolha cresceu tanto, mas tanto, que até me espantei com seu tamanho. Em sua superfície, viam-se as cores mais lindas e radiosas, e, no fundo dela, uma pérola prateada. A bolha soltou-se do canudo, flutuou através da sala de estar, chocou-se contra a porta e — pop! — arrebentou. A porta foi-se abrindo até ficar escancarada, e do lado de fora apareceu a Fada dos Contos, em pessoa. Já que ela ali estava, por que não lhe deixar a incumbência de nos contar a história dos... ui! quase disse aquele nome horroroso! — dos... "verdinhos"? Pedi-lhe que o fizesse, e ela sorriu, corrigindo-me:

— O nome desse inseto é "pulgão". A gente sempre deve empregar a palavra certa, ao invés de ficar com rodeios, metáforas e eufemismos. Se não puder seguir esse conselho na vida cotidiana, siga-o pelo menos quando estiver contando uma história.

O Duende e a Mulher do Jardineiro

Duendes, você conhece, mas será que já ouviu falar da mulher do jardineiro? Vou apresentá-la. A mulher do jardineiro gostava de ler. Já lera uma enorme quantidade de livros, e sabia uma porção de poesias de cor. Chegava até mesmo a escrevê-las! Sua única dificuldade era com as rimas, que dizia serem "o grude que se passa na cola dos versos".

Ela possuía talento, tanto para escrever, como para conversar. Deveria ter sido um ministro religioso, ou então a esposa de um ministro religioso.

"A terra fica encantadora, quando enverga seu traje domingueiro", escreveu ela certa vez, e tratou de procurar diversas palavras terminadas em "eiro", para usá-las em outras frases, a fim de compor uma balada. Acabou conseguindo, e o resultado foi uma bela composição, que não faria vergonha a nenhum poeta profissional.

O mestre-escola, Sr. Kisserup (ou talvez o nome fosse outro, mas isso não importa), era sobrinho do jardineiro. Visitando o casal, teve oportunidade de escutar o poema recém-composto, e ficou verdadeiramente extasiado, ao constatar que a mulher de seu tio "tanto tinha espírito, como tinha talento", conforme disse. O marido parece não ter gostado da observação, pois replicou:

— Você e ela bem que podiam ser mais práticos e sensatos. Espírito e talento... onde já se viu? Está querendo incentivá-la a acalentar seus sonhos absurdos? Lembre-se de que a mulher é a metade do casal — a metade recatada e discreta. Sua obrigação é estar sempre atenta à janela, para ver se o mingau não queimou.

— Se o mingau queimar — retrucou a mulher, com um sorriso, — tomo de uma colher de pau e retiro a parte queimada. Mas quando quem fica "queimado" é você, o jeito é tentar apaziguá-la com um beijo. Ora, querido, quem escuta sua fala há de pensar que você vive às voltas com repolhos e batatas! Só que não é verdade. Você não é um hortelão, é um jardineiro. Sua paixão são as flores, e elas são o espírito do jardim.

E deu-lhe um beijo carinhoso, que parece não ter conseguido apaziguá-lo, pois ele voltou à carga, dizendo:

— Trate de cuidar das panelas e das caçarolas.

E saiu pisando duro, dirigindo-se para o jardim. O mestre-escola não se importou com a cena, continuando a conversar com sua tia.

— Gostei daquela sua frase, tia: "A terra fica encantadora". De fato, fica, pois o homem é capaz de subjugá-la e impor-lhe sua própria vontade. O mesmo ocorre conosco. Tem aquele que é como é pelo poder de seu espírito, e aquele que é de outro jeito, pelo poder de seu corpo. Há pessoas que são a imagem de um ponto de interrogação, enquanto outras vivem deslumbradas, como se fossem pontos de exclamação. Esse torna-se bispo, aquele não passa de mestre-escola. Mas, seja como for, a terra fica encantadora, quando enverga seu traje domingueiro — ou seja: sempre. Gostei de seu poema, tia, pois faz pensar, desperta o sentimento e ensina geografia.

— Quem tem espírito é você, meu caro sobrinho. E uma boa dose, posso lhe assegurar. Depois de conversar com você, a pessoa passa a se conhecer bem melhor.

E assim os dois continuaram conversando e trocando ideias a respeito de uma série de assuntos, revelando cultura, discernimento e bom humor. Enquanto isso, na cozinha, o duende que morava naquela casa não parecia muito satisfeito. Você sabe como ele é: sua roupa é cinzenta, e ele usa na cabeça um barrete de lã vermelha. Naquele momento, estava conversando com o gato da casa, um gato preto que atendia pelo nome de "Ladrão de Creme de Leite", conforme fora batizado pela mulher do jardineiro.

O duende estava aborrecido com a dona daquela casa, porque ela simplesmente não acreditava em sua existência. É bem verdade que ele nunca lhe tinha aparecido; não obstante, considerando-se os livros que ela já havia lido, era de se esperar que soubesse de sua existência — pelo menos, era assim que ele raciocinava. Bem que ele teria apreciado um pouco de atenção de sua parte. Quanto a ela, nada! Mesmo na véspera de Natal, quando manda a tradição que se deixe num pires uma porção de mingau de leite para o duende, ela nunca lhe havia feito aquela delicadeza. Seus antepassados costumavam ganhar não um pires, mais sim uma tigela cheia de mingau. E de parte de quem? De mulheres simples, que sequer sabiam ler, mas que tinham a consideração de untar as bordas da tigela com creme de leite, e ainda pôr uma boa colherada de manteiga no mingau, para derreter. Isso, sim, é que era saber como tratar um duende.

Só de ouvir a descrição do prato natalino, o gato lambeu os beiços e os bigodes, fechando os olhos sonhadoramente.

— Sabe o que ela diz que sou? Um mito! Uma lenda! Uma crendice popular! Bem que eu gostaria de entender o que significa tudo isso; só sei que não é boa coisa. O fato é que ela nega que eu exista, disso tenho certeza. Que é que ela está fazendo agora? Está lá na sala, conversando fiado com esse tal de mestre-escola, que não passa de um verdugo de crianças. Bem que o marido lhe disse o que ela devia estar fazendo: cuidando das panelas e caçarolas. Mas isso ela não quer fazer. Quer é conversar. Deixe estar: vou fazer as panelas ferverem, e vai ser agora.

Juntando à palavra a ação, o duende assoprou no fogão e fez as chamas crescerem e se avermelharem, apressando a ebulição de água que tinha sido posta a ferver, para fazer um chá. Mas a desforra do duende não iria parar por ali:

— Agora vou lá em cima, no quarto dela, para desfiar as meias do jardineiro. Vou fazer buracos nos dedos e no calcanhar, para que ela tenha muito trabalho de cerzido nos próximos dias. Quero ver se ela consegue remendar as meias com suas poesias — e prorrompeu uma gargalhada maldosa.

O gato espirrou e preferiu nada dizer. Embora usasse constantemente um casaco de pele, tinha apanhado um resfriado. Antes de subir, o duende lhe disse:

— Ei, amigo, vou lhe fazer um favor. Vou deixar aberta a porta da despensa. Lá dentro há uma vasilha cheia de creme de leite. Eu vou dar uma provadinha. E você?

— Claro que vou, também. No final das contas, quem vai arcar com a culpa e o castigo serei só eu, não é? — disse o gato, espreguiçando-se.

— Primeiro a daqui, depois o de lá — rosnou o duende. — Meu próximo passo será ir até o quarto do mestre-escola, que mora na casa que dá fundos para a nossa. Vou pendurar seus suspensórios no espelho, pôr suas meias dentro da pia — enfim: vou aprontar! Ele vai até pensar que o ponche que lhe serviram era forte demais! Veja, meu caro bichano: ontem à noite, eu estava sentado sobre a pilha de lenha, provocando o cão. O animal dava pulos terríveis, tentando alcançar minhas pernas, sem contudo o conseguir. Que pulasse, pois jamais me alcançaria. O animal era tão estúpido, que não entendi por que não conseguia me alcançar. Desesperado, latia sem parar, fazendo um barulho dos diabos. O mestre-escola pôs a cabeça para fora da janela, a fim de ver o que estaria acontecendo, para o cão latir daquele modo. Evidentemente, não me avistou, embora estivesse de óculos. Tenho a impressão de que ele dorme com os óculos, a fim de enxergar melhor seus sonhos.

— Depois você me conta o resto — disse o gato. — Agora, vou aproveitar que a dona da casa está distraída, para roubar um pouquinho de creme de leite. Se ela se levantar e caminhar em direção à despensa, dê um miado, para que eu saia de lá a tempo de não ser apanhado com a boca na tigela.

— Fique à vontade — disse-lhe o duende, — mas não se esqueça de lamber os bigodes depois, para não deixar evidências de seu roubo. Quanto a mim, vou escutar o que os dois estão conversando lá na sala de estar.

O duende aproximou-se da porta, que estava apenas encostada. Lá dentro, o mestre-escola e a mulher do jardineiro conversavam. Ele dizia, então, que a melhor iguaria que se encontra dentro das panelas e caçarolas de uma casa era a compreensão entre os seus moradores. Nesse momento, a mulher tomou coragem e lhe disse:

— Acho que posso lhe mostrar uma coisa, algo que jamais mostrei a quem quer que seja, até hoje: meus poemas. Alguns são meio compridos; outros, nem tanto. Se um dia ousar enfeixá-los num livro, até já escolhi o título: "*Poemas de Uma Matrona Dinamarquesa*". Gosto muito das palavras antigas, como "matrona", por exemplo.

— Devemos prestar homenagem ao vernáculo — concordou o mestre-escola. — Há que se evitar o uso de palavras estrangeiras.

— Também acho, sobrinho. Fico aborrecida quando escuto "*hot dog*", ao invés do simpático "cachorro-quente", fora tantos termos estrangeiros desnecessários, já que nossa língua é tão rica...

Em seguida, abriu a gaveta e tirou de dentro um caderno de capa verde, dizendo:

— Eis meu livrinho manuscrito. Há muito "pathos" nele. Tenho uma certa queda para o trágico. Uma de minhas poesias tem por título "Soluços na Noite"; outra, "Meu Ocaso". Quando você chegar à página que traz a intitulada "Quando Desposei Clemmensen", salte-a: é sobre meu marido, uma poesia muito terna e sentimental. A melhor de todas, a meu ver, é "O Dever da Dona de Casa". Mas o que predomina, como disse, é trágico. Essa é a temática para a qual revelo maior inclinação. Raras vezes incursiono no gênero humorístico. Como vê, sua tia tem lá suas veleidades poéticas. Por outro lado, sou muito envergonhada. Só eu e minha gaveta conhecemos essas poesias. Você acaba de ser inscrito no clube fechado — fechadíssimo! — dos meus leitores. Amo a poesia: ela me procura, me provoca, me assedia e me conquista.

Enquanto o mestre-escola passava os olhos pelos poemas, ela prosseguiu:

— Descrevi meus sentimentos numa poesia chamada "O Pequeno Duende". Você conhece a crendice dos camponeses a respeito do duende doméstico, sempre a pregar peças aos donos da casa onde reside. Fiz uma comparação: a casa seria eu; a poesia, o duende que inferniza a vida da casa, o espírito que está sempre fazendo das suas. Por mais que ele me perturbe, porém, eu adoro esse pequeno duende. Peço-lhe por favor que leia essa poesia em voz alta para mim. Quero escutá-la. Espero que entenda minha letra. Peço ainda uma coisa:

795

prometa-me mais do que isso: jure! — que jamais contará a meu marido ou a quem quer que seja sobre o que está aí nesse caderno.

O mestre-escola leu em voz alta a poesia, e a mulher do jardineiro ficou a escutá-lo. O mesmo fez o duende, que já se preparava para dar início a suas traquinadas, quando escutou a voz do professor dizendo: "O Pequeno Duende". Aquilo deixou-o de orelha em pé. "Epa!", pensou. "Isso tem a ver comigo. Que será que a danada escreveu a meu respeito? Boa coisa não deve ser. Ah, madame, se eu não gostar do que for lido, pode tratar de esperar minha desforra. Roubo suas galinhas, destruo seus ovos, faço suas criações desandarem... você vai ver só!"

Franzindo os lábios, ergueu as orelhas compridas e se pôs a escutar. Com que surpresa ouviu que a poesia tratava do estranho poder e fascínio que o "pequeno duende" tinha sobre a dona daquela casa! Ora, vejam só! Quem diria... Seu olhos até piscavam de felicidade. A linguagem da poesia era alegórica, simbólica, mas o duende tomou tudo aquilo literalmente. Seu queixo ergueu-se, e seu rosto assumiu um ar de orgulho, um expressão de nobreza. Para ganhar altura, pôs-se sobre os dedos dos pés — aumentou quase uma polegada! Aquele poema deixou-o, de fato, mais do que satisfeito: deixou-o jubiloso.

"Vejam só: a senhora ali é dotada de invulgar cultura! E eu que não havia notado isso antes, hein? Quase cometo uma injustiça para com ela! Nem podia imaginar que ela tinha composto um poema em minha homenagem. Quem sabe, algum dia, ele será impresso e lido por todos? Não vou deixar nunca mais que esse gato ladrão roube seu creme de leite. O único que pode entrar na despensa, de agora em diante, sou eu. Isso vai representar uma grande economia para ela. E ela merece, ah, se merece!"

O gato leu seu pensamento e comentou filosoficamente: "Esse duende até que é bem parecido com um ser humano. Bastou escutar um elogio, e pronto: derreteu-se todo... A dona da casa é bem esperta!"

Se ela era esperta, não sei, mas que ele era quase humano, lá isso era verdade.

Então, entendeu a moral desta história? Não? Então peça a alguém que lhe explique. Serve qualquer um, salvo a mulher do jardineiro e o duende.

Pedro, Pedrinho e Pedroca

É inacreditável o tanto de coisas que sabem as crianças de hoje em dia. É até difícil imaginar o que é que elas não sabem. Numa coisa, porém, estão muito erradas: em não acreditarem que foram trazidas pela cegonha, e que esta as tirou de um poço ou de uma cisterna. É uma pena que não acreditem nisso, pois é a pura verdade.

E como será que os bebezinhos chegaram àquele poço ou àquela cisterna? Isso é algo que nem todo mundo sabe, só umas poucas pessoas. E eu sou uma delas. Vou contar.

Você já viu o céu durante uma noite bem clara, quando todas as estrelas estão brilhando? Então, já viu as estrelas cadentes. Elas parecem que estão caindo, caindo, e de repente desaparecem. Não é preciso ser estudado para saber por que essas estrelas fazem assim, como se fossem luzinhas de árvore de Natal, caindo do céu. Aquilo é o brilho de uma alma, saindo do regaço de Deus e vindo para a Terra. Quando entra em nossa atmosfera pesada, seu fulgor se torna tão tênue, que nossos olhos já não conseguem enxergá-la. Aquele anjinho que vem dos céus é pequenino e frágil, e não tem asas, pois seu destino é tornar-se um ser humano. Lentamente, desliza pelo ar. O vento carrega-o consigo, até depositá-lo no interior de uma flor, que pode ser uma violeta, uma rosa ou um dente-de-leão. E ele ali permanece durante algum tempo. É tão pequeno e leve, que até mesmo uma mosca — melhor dizendo, uma abelha — poderia carregá-lo e levá-lo para longe.

Quando os insetos vêm colher o pólen da flor, a criancinha etérea ali está, estorvando o seu caminho. Mas eles não passam por cima dela, nem a empurram para o lado, pois são muito gentis. O que fazem é pegar aquela semente de bebê e levá-la pelos ares, até depositá-la sobre um lírio-d'água. Ali, elas rastejam pela corola adentro, escondendo-se na parte submersa, onde ficam dormindo e crescendo, até atingirem a idade certa de nascer. É então que chega a cegonha, apanha a criancinha pelo bico e voa com ela, levando-a para uma família que esteja querendo recebê-la. Conforme o que ela bebeu enquanto esteve adormecida no poço, será mansinha ou brava. Se bebeu água limpinha e clara, será mansa; se bebeu água suja de barro ou de restos de plantas aquáticas, será brava.

Quanto aos pais, a cegonha não os escolhe, nem os submete a qualquer tipo de teste. A ave sempre acha que o primeiro lugar é o melhor. Assim, há crianças que recebem pais maravilhosos, enquanto outras são levadas para casais brigões e mal-educados. Às vezes acontece de os pais escolhidos pela cegonha serem tão ruins, que melhor seria para a criancinha ter permanecido lá mesmo no poço.

Os bebês não se lembram do que sonharam enquanto estavam sob os lírios-d'água e as rãs cantavam para eles: croc... croc... croc! Isso, em língua de gente, significa: "Dorme e sonhe, criancinha!"Outra coisa de que não se recordam é qual a flor que os abrigou antes que a cegonha os pegasse. Quando se tornam adultos, porém, é possível que gostem mais dessa ou daquela flor — geralmente, é a flor em cujo interior estiveram dormindo, quando não passavam de sementes de bebês.

As cegonhas vivem muito, e jamais perdem o interesse pelas crianças que trouxeram do poço e entregaram para algum casal. É verdade que elas nada podem fazer pelos seres humanos que trouxeram ao mundo, pois têm sua própria família para cuidar. Mas elas nunca os perdem de vista, e sempre acompanham seus passos durante toda a sua existência.

Conheci uma velha cegonha, ave muito honesta e muito culta. Durante sua vida, fora responsável pelo nascimento de centenas de bebês, e dava notícia da vida de cada um deles. Todos tinham bebido água contendo alguma impureza, fosse lama, fosse folhas de ervas daninhas. Pedi-lhe para me contar a vida de um deles, e ela me contou a de três, todos com o mesmo sobrenome: Peitersen.

A família Peitersen era muito respeitável. O pai era um dos trinta e dois conselheiros da cidade, coisa que lhe dava grande orgulho; tanto assim, que passou a vida toda como conselheiro, aconselhando todos, e nunca precisando de pedir conselhos a quem quer que fosse. Quando a cegonha lhe trouxe um bebê pela primeira vez, ele lhe deu o nome de Pedro, pois havia um com esse nome em cada geração dos Peitersen. No ano seguinte, a mesma cegonha lhe trouxe outro bebê, e ele lhe deu um nome que era apenas uma variação do primeiro: Pedrinho. E quando chegou o terceiro, um ano depois, não teve dúvidas: deu-lhe o nome de Pedroca. Assim, já que tinham o mesmo sobrenome — Peitersen — nada impedia que tivessem o mesmo nome: Pedro e sua variações.

Eram três irmãozinhos, três estrelas cadentes. Cada qual tinha sido depositado numa flor, e depois levado para um lírio-d'água que flutuava no tanque do moinho. Dali, a cegonha os trouxe para a família Peitersen, que morava numa casa de esquina, conhecida de todos da cidade.

Os três cresceram em corpo e em espírito, e sonhavam em tornar-se algo mais que um dos trinta e dois conselheiros da cidade.

Pedro dizia que seu sonho era tornar-se um ladrão. Acontece que ele havia assistido a uma comédia chama Fra Diavolo, e ela o convenceu de que a profissão de ladrão era a mais nobre e digna que existia. Já Pedrinho queria ser um trompetista, enquanto Pedroca, o mais simpático dos três, fofo e gordinho, cujo único defeito era roer as unhas, sempre dizia que, quando crescesse, "queria ser pai".

Ao chegarem à idade, foram mandados para a escola. Um deles era adiantado, outro, mais ou menos; e o outro, o piorzinho. Entretanto, os três eram igualmente estudiosos e inteligentes. E quem dizia isso eram seus pais, pessoas dotadas de perspicácia e conhecimento de causa. O tempo foi passando. Cada qual foi ao seu primeiro baile, cada qual fumou escondido, e de modo geral os três foram ficando mais cultos e cada vez mais educados.

Pedro era o de temperamento mais difícil, coisa não muito rara entre os ladrões. Era uma criança muito levada, o que, segundo sua mãe dizia, era devido aos vermes. Toda criança levada tem vermes. Deve ser porque há lodo em seus estômagos. O fato é que sua teimosia acabou acarretando um desastre: estragou inteiramente o vestido novo de seda de sua mãe. Vou contar como foi.

— Pare de sacudir a mesa de café, meu queridinho — disse ela um dia. — Assim, você pode derrubar a vasilha de creme e manchar meu vestido novo de seda.

Ouvindo isso, o queridinho tomou a vasilha e a virou de borco no colo da mãe. A pobre nada pôde fazer senão lamentar-se:

— Ah, queridinho da mamãe, por que fez isso?

Mas ela sabia o porquê. O queridinho era dono de uma personalidade muito forte. Sim, ele tinha caráter, coisa que deixa as mães muito orgulhosas de seus pimpolhos. Mesmo quando perdem seus vestidos novos por causa disso.

Pedro podia ter-se tornado um ladrão, mas acabou não se tornando. Ele apenas se vestia como um ladrão. Deixou o cabelo crescer e sempre usava um chapéu velho e gasto. Deu-lhe na cabeça de ser pintor, mas tudo o que fez foi vestir-se como um deles. Quem o via de longe, chegava a confundi-lo com uma malva-rosa, de tão amarfanhado e amarrotado. E ele não acharia ruim se alguém lhe dissesse isso, pois a malva-rosa era a sua flor predileta. Antes de ir para o lírio-d'água, foi numa malva-rosa que ele repousou, segundo me confidenciou a cegonha. E foi ela que continuou a descrição, dizendo:

— Já Pedrinho tinha repousado num copo-de-leite. Talvez fosse por isso que os cantos de sua boca davam a impressão de estar lambuzados. Sua pele era tão oleosa e amarelada, que eu poderia jurar: se o barbeiro desse um lanho em seu rosto, não iria sair sangue, e sim manteiga. Acho mesmo que ele devia ter entrado no ramo do comércio, tornando-se um atacadista de manteiga, mas não foi isso o que ele quis. Corria em sua veias sangue de músico. Seu sonho era ser um trompetista. Era ele o membro musical daquela família, e vivia ensaiando seus solos. Segundo os vizinhos, Pedrinho era mais barulhento que todo o resto dos Peitersen. Quando cresceu, compôs dezessete polcas numa só semana, enfeixando-as todas numa sinfonia para trompete e tambores. Uau! Foi um estouro!

Pedroca era um menino pálido, pequeno e sem coisa alguma de especial. Quando era semente de bebê, repousou numa margarida. Nunca reagia quando os outros meninos lhe batiam. Era sensato, e as pessoas sensatas sabem se vale ou não a pena lutar por alguma coisa. Quando menininho, colecionava pedaços de giz. Mais tarde, colecionou selos. Finalmente, deram-lhe de presente um armário, e ele ali passou a guardar sua coleção de espécimes zoológicos. Dentro pôs um peixe seco, três ratinhos cegos recém-nascidos, conservados em álcool, e uma toupeira empalhada. Pedroca era um cientista, um naturalista. Seus pais tinham muito orgulho dele, que também se orgulhava muito de si próprio. Pedroca preferia ficar caminhando pela floresta, ao invés de frequentar a escola. Sentia-se mais atraído pela natureza do que pela educação.

Os irmãos mais velhos ficaram noivos, enquanto Pedroca só se preocupava em completar sua coleção de ovos de aves palmípedes. Para dizer a verdade, ele entendia muito mais dos animais que das pessoas. Na realidade, achava que os homens eram inferiores aos animais, especialmente com respeito ao amor. "Vejam o rouxinol, por exemplo", dizia ele. "O macho pode passar uma noite inteira cantando para a sua amada, enquanto ela está no ninho, chocando os ovos. Nenhum homem é capaz de fazer isso — nem mesmo eu."

Outra coisa que não poderia fazer era passar toda uma noite sobre uma perna só, em cima de um telhado, vigiando seu ninho e sua família, como o fazem os machos das cegonhas. "Eu poderia ficar, quando muito, uma hora seguida — e olhe lá!" — era o que ele dizia.

Num dia em que estava observando uma aranha em sua teia, desistiu de vez da ideia de se casar. Viu que o macho da aranha constrói sua teia com o objetivo de apanhar moscas distraídas, sejam jovens ou velhas, gordas ou magras. Existe unicamente para essa finalidade: construir teias e sustentar sua família. Já a fêmea só tem um pensamento na cabeça: seu companheiro. Gosta tanto dele, que acaba por devorá-lo: isso é que é amor! Come-lhe o corpo, a cabeça, o coração. Só não engole as pernas longas e magras, que ficam pendendo da teia, ali onde ele antes se sentava, preocupado com o bem-estar da família. Se duvidam disso, consultem um livro de zoologia, e vejam se não é verdade. Pedroca observou-o, e ficou matutando a respeito daquilo. "Adorar o companheiro, a ponto de devorá-lo — não há esposa que proceda assim, entre os seres humanos. E é melhor que não haja."

Pedroca decidiu nunca se casar; pior: jurou que jamais daria um beijo numa garota, pois é assim que se dá o primeiro passo rumo ao matrimônio. E não deu, mesmo. Mas recebeu aquele beijo do qual nenhum de nós escapa: o beijo da Morte. Quando a gente já viveu o suficiente, a Morte recebe a ordem de: "Vá até ele e lhe dê o beijo da despedida". E ela vem, e a gente se vai. A luz que emana de Deus bate de cheio em nossos olhos, cegando-nos inteiramente. Tudo escurece. A alma humana, que desceu do céu como uma estrela cadente, volta a alçar voo, mas não para descansar no interior de uma flor. Seu destino, agora, é outro: ela voa para a Eternidade, que ninguém sabe onde fica, nem como é. Ninguém a viu até hoje, nem mesmo a cegonha, que enxerga longe e que conhece tanta coisa.

Foi isso o que ela me contou a respeito de Pedro, Pedrinho e Pedroca. Talvez soubesse mais, mas achei que era o bastante, e penso que vocês também nada mais precisam saber sobre eles. Assim, disse-lhe muito obrigado. Pois não é que aquela ave esperta queria pagamento pela história que acabara de contar? E não queria pagamento em dinheiro, mas sim em espécie: três rãs e algumas cobrinhas — vejam vocês! Dá para imaginar uma coisa dessas? Aquilo me deixou bastante aborrecido. Dei-lhe as costas e fui-me embora, sem pagar. Mesmo que quisesse, não teria como recompensá-la — por acaso ando com os bolsos cheios de rãs e de cobrinhas? Espero que ela tenha entendido isso, pois a última coisa que quero na vida é ficar com fama de ser mau pagador.

Escondido, Sim; Esquecido, Não

Era uma vez um antigo castelo, rodeado por um fosso e dotado de uma ponte levadiça. A ponte ora estava baixada, ora erguida, pois nem todo visitante que chegava era bem-vindo. Na parte superior das muralhas havia seteiras, por onde se vigiava a chegada de estranhos. Conforme o caso, era por ali que se derramava água fervente ou chumbo derretido sobre o inimigo que se atrevia a cruzar o fosso, tentando invadir o castelo.

Dentro do castelo, o salão tinha o teto muito alto, e isso era bom, para impedir que a fumaça da lareira tornasse o ambiente sufocante. Das paredes pendiam retratos de cavaleiros vestindo armaduras, bem como de suas nobres esposas, com trajes pesados e bordados. A mais nobre e mais honrada dessas mulheres ainda estava viva. Seu nome era Mette Mogens, e era ela a atual proprietária daquele castelo.

Certa noite, ladrões conseguiram invadi-lo. Mataram três criados, além do cão de guarda. Em seguida, entraram no castelo, prenderam a dona e passaram-lhe no pescoço a corrente do cachorro, prendendo-a no canil. Depois disso, refestelaram-se no salão principal, festejando o sucesso de seu assalto, com vinho e cerveja trazidos da adega.

A dona do castelo nada pôde fazer. Sentada no canil, aguardava silenciosamente a sorte que lhe estaria reservada. Um rapaz, que estava entre os ladrões, saiu do meio deles e, sem que o vissem, esgueirou-se até lá. Se soubessem de sua intenção, os ladrões certamente o teriam assassinado. Ali chegando, ele sussurrou:

— Não se assuste, Dona Mette Mogens, vim ajudá-la. Há tempos, meu pai foi condenado pelo dono deste castelo, seu finado marido, ao suplício do tronco. A senhora intercedeu por ele, porém em vão. Seu marido estava furioso, e ordenou que meu pai ficasse ali, com as pernas presas no tronco, pouco lhe importando se aquilo iria deixá-lo aleijado para o resto da vida. Foi então que a senhora se esgueirou até ele, como acabei de fazer, e pôs duas pedras sob os pés de meu pai, para que eles descansassem. Ninguém viu aquilo, ou então fingiu que não viu, já que, afinal de contas, a senhora era a jovem esposa do dono do castelo. O fato é que meu pai jamais se esqueceu desse seu gesto. Foi ele mesmo quem me contou essa história, e eu nunca a esqueci. Guardei-a esse tempo todo no fundo do meu coração. E é por causa disso que agora aqui estou para libertá-la, Dona Mette Mogens.

Depois de soltá-la da corrente, levou-a até o estábulo, selou dois cavalos e fugiu com ela até encontrar amigos que lhes deram proteção.

— Não resta dúvida, meu rapaz: pagaste com juros a dívida de gratidão que herdaste de teu pai. Jamais imaginei que seria recompensada por aquele ato de caridade, do qual até já me havia esquecido.

— Quanto a mim — replicou o rapaz, — continuarei a lembrar-me dele, por todos os dias da minha vida. Escondido, sim; esquecido, não.

Poucas horas depois, os ladrões estavam presos; poucos dias depois, enforcados.

CRROGRO

Era uma vez um castelo muito antigo. Para dizer a verdade, ele existe até hoje. Não é o de Mette Mogens, é outro, pertencente a uma família tão nobre e distinta quanto a dela.

Esta história não transcorre no passado, mas sim em nossos dias atuais. O sol está brilhando no alto da torre dourada. Perto do castelo cintilam as águas de um lago tranquilo, juncado de ilhotas revestidas de bosques. Entre elas, nadam cisnes brancos. Nos jardins, as roseiras estão em flor. Mas a rosa mais linda de todas é a dona daquele castelo, cujas boas ações provêm de seu generoso coração. O que ela está fazendo não é visto, mas é sabido por muitos.

Ela sai do castelo e caminha em direção a uma pobre choupana, onde vive uma garota inválida. Ainda ontem, o sol não entrava no casebre modesto, pois sua única janela era voltada para o norte. A única paisagem que a garota podia ver era uma nesga de campo, já que a janela dava para uma sebe alta e compacta. Mas hoje os raios de sol já penetram em seu cômodo, pois a dona do castelo mandou que abrissem ali outra janela, dessa vez voltada para o Sul. Agora, a pobre inválida pode sentar-se ali, banhada de sol, e ficar olhando para o lago e para as florestas que se entendem até perder de vista. Seu mundo ampliou-se consideravelmente, além de se ter tornado muito mais belo. E bastou uma ordem da senhora do castelo, para que esse milagre acontecesse.

— Não precisa agradecer-me — dizia ela à jovem, que entre lágrimas lhe exprimia sua gratidão. — Isso nada me custou. O importante foi a felicidade que pude lhe proporcionar com tão pouco.

É assim a dona desse castelo: está sempre pensando nos infelizes, quer morem na choupanas miseráveis, quer nas mansões ricas, já que o infortúnio e a tristeza não são privilégio dos pobres. A dor pode viver escondida, mas nunca é esquecida por Deus.

೮೮ಬಿ೧ಬಿ೮

Era uma vez um casarão luxuoso, em plena cidade grande. Havia nele muitos quartos e salas, todos luxuosos, mas não será num deles que vamos entrar, e sim na cozinha desse casarão. Ali é um lugar confortável, quente, iluminado, arejado e imaculadamente limpo. As panelas e os tachos de cobre rebrilham, o chão reluz, de tão envernizado, e a tábua da pia refulge, de tão esfregada. Todo esse trabalho era feito por uma moça, que, no entanto, tinha tempo de estar sempre arrumada, como se estivesse pronta para ir à igreja. Ela usava uma touca preta, símbolo de luto. Por que isso, se não tinha pais, ou qualquer parente morto? E nem era noiva, embora já tivesse sido, certa vez. Ela era pobre, e pobre tinha sido o rapaz a quem ela amara. Um dia, ele lhe dissera:

— Somos pobres, você e eu. Nada temos. A viúva rica que mora lá no final da rua gostaria de casar comigo. Se eu aceitasse, ficaria rico. Acontece que não gosto dela, gosto é de você. Que devo fazer?

— Faça o que julgar ser o melhor para você — respondeu ela. — Se achar que deve casar com a viúva, faça isso. Seja gentil com ela, trate-a com carinho. Mas lembre-se: daí em diante, não nos poderemos ver. Nunca mais.

Passados alguns anos, eis que ela encontrou o antigo noivo. Sua aparência era doentia e infeliz. Ela não pôde deixar de sentir pena, nem de perguntar-lhe como é que ele estava.

— Estou bem. Dinheiro não me falta. Não tenho coisa alguma de que me queixar. Minha esposa é boa e gentil. Entretanto, é você quem trago no coração. Sou vencedor apenas na aparência. Em breve, estarei morto. Até que isso aconteça, creio que nunca mais nos haveremos de encontrar.

Uma semana depois, ela leu a notícia de seu falecimento, no jornal. Era por isso que estava usando uma touca negra de luto. Seu amado tinha morrido. O jornal acrescentava que o pranteado cidadão tinha deixado viúva e três enteados. O sino dobrou, com som de latão, embora fosse de puro bronze.

A cor da touca fala de luto. A expressão de seu rosto, também. Ninguém sabe o porquê de sua dor, que está guardada no fundo de seu coração. Escondida, sim; esquecida, nunca.

CRSOCRSO

Três historinhas, curtas e singelas, três folhinhas do mesmo talo. Gostaria de ouvir mais? Há tantas no livro do coração, tantas... Lá estão elas, todas escondidas, nenhuma esquecida.

O Filho do Zelador

O general vivia no andar de cima, e o zelador no de baixo, no porão. Era grande a distância que havia entre ambos: todo um andar, além da diferença de classes. Entretanto, dormiam ambos sob o mesmo teto, e tinham a mesma vista da rua e do pátio dos fundos. Nesse pátio havia um espaço recoberto por grama, tendo no meio uma acácia em flor. Embaixo dessa árvore costumava sentar-se a ama-seca que trabalhava na casa do general, cuja filha, a pequena Emilie, ali ficava brincando. A ama-seca vestia-se muito bem; Emilie vestia-se ainda melhor. Chegava então o filho do zelador e dançava para as duas.

O filho do zelador estava sempre descalço, quando era verão. Tinha olhos castanhos e cabelos negros. A garotinha ria para ele e lhe esticava os bracinhos. Olhando da janela de seu apartamento, o general apreciava aquela cena. Sempre que a via, abanava a cabeça e comentava, embora ninguém o escutasse:

— *Charmant*!

A esposa do general, tão jovem que poderia ser sua filha, nunca aparecia junto àquela janela dos fundos do apartamento. Não se importava de que o filho do zelador brincasse com sua filhinha, "desde que não a tocasse", conforme tinha ordenado à ama-seca. E sua ordem era cumprida à risca.

O sol brilhava, atravessando as janelas do andar de cima, bem como as do andar debaixo. À medida que os anos passavam, a acácia florescia e perdia as folhas, enquanto o filho do zelador crescia e se desenvolvia, como se fosse uma tulipa viçosa.

A filhinha do general era pálida e delicada como uma pétala da flor da acácia. Já não costumava sentar-se à sombra da árvore, com sua babá. Agora, saía pra espairecer com a mãe, sentada na carruagem do general. Mas não deixava de cumprimentar George, o filho do zelador, sempre que o via, fazendo-lhe um aceno de cabeça. Há não muito tempo, mandava-lhe beijos com a ponta dos dedos, até que sua mãe proibiu-a de fazer aquilo, dizendo que ela estava muito crescida.

Certa manhã, quando o rapazinho estava levando a correspondência para o general — pois o carteiro deixava todas as cartas e jornais na portaria do prédio — escutou um som que vinha do armário embutido, existente no primeiro andar. Era como se houvesse ali dentro um passarinho. Ele abriu a porta e viu não uma ave, mas a filha do general, vestida de rendas e musselina, sentada sobre a caixa de areia fina, utilizada para esfregar os ladrilhos do chão. Ela olhou para ele com ar aflito, e pediu:

— Não conte para meus pais, senão eles ficam furiosos.

— Não devo contar o quê, menina?

— Não conte que está pegando fogo! Está incendiando!

George correu para o quarto dela e abriu a porta. As cortinas estavam em chamas, e o fogo já havia atingido as sanefas de madeira. Com presteza, George arrancou-as dos trilhos e deu o alarme, gritando por ajuda. Não fosse por ele, e toda a casa teria sido devorada pelas chamas.

Passado o susto, o general chamou a filha e a submeteu a um interrogatório.

— Eu só risquei um fósforo! — justificou-se ela, em prantos. — Ele acendeu de repente, e eu fiquei assustada. Sacudi, mas ele não apagou. Então cuspi, mas também não adiantou. Cuspi, cuspi, e nada. Então, joguei o fósforo para longe, e a cortina pegou fogo. Aí, tratei de esconder, pois sabia como o Papai e a Mamãe iam ficar zangados comigo...

— Devia ter soprado o fósforo, e não cuspido nele. Onde já se viu cuspir num fósforo? Você nunca me viu cuspir! Sua mãe, também, jamais cuspiu. Então, onde foi aprender esse gesto feio, deselegante, sujo? Deve ter sido lá embaixo, não é?

Mesmo assim, o pequeno George foi recompensado com quatro moedas de cobre. Em vez de gastá-las na confeitaria, guardou-as no seu cofre em forma de porquinho. Com o tempo, ajuntou tantas moedinhas, que deu para comprar um estojo de tintas. Desde então, passou a colorir todos os desenhos que fazia. E como ele gostava de desenhar! Era como se as figuras escorressem de seus dedos, passando pelo lápis que ele segurava. O primeiro desenho que coloriu deu de presente para a pequena Emilie. Ela correu a mostrá-lo ao pai, que comentou:

— *Charmant*!

Até sua mãe admitiu que o desenho era bem feito, dizendo em voz alta:

— Esse menino tem talento!

A mulher do zelador estava passando por perto e escutou o comentário, tratando de espalhar a novidade no porão.

O general e sua esposa eram um casal bastante distinto. Provinham ambos de famílias nobres; por isso, tinham dois brasões de armas em sua carruagem, um sobre cada porta. A mulher era tão orgulhosa de seu brasão, que mandara bordá-lo em todas as suas roupas, até mesmo nas camisolas de dormir. Sua cota d'armas era cara: tinha sido comprada pelo pai, e custara um dinheirão. Não era dessas que já se têm desde que se nasce. O mesmo se podia dizer de sua filha, nascida sete anos antes que seu pai tivesse comprado aquele brasão. Curioso: todos se lembravam desse fato, exceto ela e sua família. Já o escudo do general era antigo e famoso, uma cota d'armas de peso, difícil de se carregar. E tanto era assim, que a esposa do general estremecia até a medula dos ossos quando se sentava, ereta como uma vareta de espingarda, na carruagem que tinha seu escudo de um lado, e o do general do outro.

Quanto ao general propriamente dito, este era já um tanto idoso e grisalho, mas ainda montava com *aplomb* — e sabia disso. Todo dia saía para um passeio a cavalo. Atrás, seguia um cavalariço, para o que desse e viesse, mas numa distância suficiente para manter-se discreto. Quando cavalgava juntamente com outros cavaleiros, dir-se-ia que o general voltava a comandar um regimento, tal a imponência de sua figura. Até faltava espaço em seu peito para tantas medalhas com que fora agraciado, mas isso não era culpa dele, e sim de quem lhe dera tantas condecorações.

Quando jovem, fora do exército e tinha participado de uma daquelas "Grandes Manobras" que costumam ser realizadas em tempos de paz. Foi nesse período que lhe aconteceu um fato curioso, que passou a constituir a única anedota que ele sabia contar. E como gostava de contá-la! Foi assim: um de seus sargentos conseguiu surpreender um pequeno grupo de combate "inimigo", aprisionando seus componentes, entre os quais havia um príncipe de verdade! Assim, todos os prisioneiros — inclusive o príncipe, evidentemente — tiveram de entrar na cidade cavalgando à frente do general. Ah, que experiência inesquecível! Toda

805

vez que o general recontava essa história, gostava de encerrá-la citando suas próprias palavras, ditas quando devolvera o sabre ao príncipe, encerradas as cerimônias da manobra:

— Só mesmo um de meus oficiais não comissionados poderia ter ousado aprisionar Vossa Alteza. Se dependesse apenas de mim, isso jamais teria ocorrido.

Ao que o príncipe respondera, curvando a cabeça:

— Não existe outro igual a você!

Em guerras de verdade, o general jamais havia estado. Quando deflagrou aquela que arrasou nossa terra, ele estava no estrangeiro, já que havia abraçado a carreira de diplomata, devido à qual rodou por três cortes diferentes. Falava o francês tão frequentemente, que quase esqueceu a língua natal. Também dançava e cavalgava muito bem. Não custou para que as condecorações começassem a encher-lhe o peito, crescendo e multiplicando a olhos vistos. Os guardas apresentavam armas a sua passagem e se mantinham em posição de sentido enquanto ele estivesse por perto. Numa de suas visitas à terra natal, notou que uma bela jovem também acompanhava seus passos atentamente, numa insistência que acabou dando seus frutos, já que ela se tornou sua esposa pouco depois. Não demorou para que nascesse a filha, ornato e alegria de sua existência. Ela era como um anjo caído do céu. E o filho do zelador dançava para ela, fazendo-a bater palminhas com suas mãos rechonchudas e rosadas de bebê. Mais tarde, ele passou a dar-lhe de presente seus desenhos coloridos. Ela só olhava, brincava com eles e depois os rasgava. Coisas de criança, pois era uma menina educada e gentil.

— Ah, botãozinho de rosa do papai! — exclamava o general, embevecido. — Você ainda vai casar-se com um príncipe!

Mal sabia ele que o príncipe encantado já rondava ali por perto. De modo geral, as pessoas não conseguem enxergar senão um palmo à frente de seu nariz. Isso vale também para os generais e os diplomatas condecorados.

— Outro dia, nosso filho ofereceu a ela um pedaço do seu sanduíche, e ela aceitou! — comentou a mulher do zelador. — E era um sanduíche bem simples, de salame. Nem queijo tinha! Mas ela o devorou como se fosse sanduíche de rosbife! Se o general ou sua mulher vissem aquilo, teriam dado a maior bronca! Sorte que não viram, nem ficaram sabendo.

George dividira o sanduíche prazerosamente. Com maior prazer teria dividido seu coração e dado a ela um pedaço, se isso a fizesse feliz. Ele era um bom rapaz, esperto e inteligente. Como tinha queda para o desenho, mandaram-no para o curso noturno da Academia de Artes e Ofícios. A pequena Emilie também estudava, só que em outro estabelecimento, em outro horário e com outros objetivos. Sua governanta conversava com ela em francês, e dia sim, dia não, vinha a sua casa um professor de dança.

CR&ORE&O

George ia ser crismado na Páscoa seguinte.

— Já é hora de arranjar um ofício, meu filho — dizia-lhe o zelador. — Vou procurar um oficial que queira contratá-lo como aprendiz, em troca de cama e mesa.

— Cama, não! — protestou a esposa. — Prefiro que ele durma aqui em casa. Afinal de contas, somos nós que continuaremos a comprar suas roupas, não é? Seu patrão quase não terá despesa com ele, pois George é de pouco comer. Contenta-se com umas batatas cozidas, e nada mais. Pensando bem, não sei que vantagem terá sendo aprendiz de alguma profissão. Melhor fará ficando aqui conosco e continuando a estudar. Afinal de contas, a Academia é grátis, e os professores estão entusiasmados com seu progresso. Um deles me disse que, um dia, George ainda representará um grande conforto para nós.

O tecido para seu terno de crisma foi comprado pelo pai, cortado por um alfaiate e costurado pela mãe. Um alfaiate amigo responsabilizou-se pelo corte. Na verdade, não era um oficial, propriamente, pois não tinha sua oficina. O que fazia eram consertos de roupas. Entretanto, como dizia a mulher do zelador, só lhe faltava sorte, porque talento ele tinha para dar e vender. "Se ele tivesse tanta sorte quanta habilidade", costumava afirmar ela, "provavelmente seria o alfaiate do rei."

Enfim, o terno ficou pronto. Chegou o dia do Crisma. O padrinho de George deu-lhe de presente um belo relógio de bolso. Não era novo, é bem verdade, e nem muito pontual, pois costumava adiantar. Dos males, o menor: antes adiantar que atrasar. Esse padrinho era um velho que trabalhava num armazém vizinho, e seu presente foi muito apreciado. George também recebeu uma lembrança da família do general: um livro de hinos encadernado em couro. A garotinha a quem ele dava os desenhos escreveu com sua letrinha redonda, na página de rosto: "Com os votos de felicidade de sua protetora e amiga, Emilie". A frase fora ditada por sua mãe. O general leu, aprovou e comentou:

— *Charmant*!

Ao examinar o presente, a mãe de George disse:

— Foi muita consideração deles mandar-lhe um presente, meu filho. Eles são de sangue nobre. Vá lá em cima e agradeça.

George obedeceu. Chegando à sala de estar do general, viu sua esposa sentada num sofá, envolta num xale. Estava com uma de suas "terríveis dores de cabeça", que sempre a acometiam nos dias em que se sentia aborrecida. Apesar do mal-estar, ela tratou George com gentileza, desejou-lhe muitas felicidades e fez votos para que ele nunca tivesse dores de cabeça tão terríveis como as que ela sentia.

O general também estava por lá, vestido de maneira exótica: na cabeça, trazia uma touca de dormir, com uma borla na ponta caída; sobre o tronco, uma camisola de dormir; quanto aos pés, trazia-os calçados com botas de montar, de pelica vermelha. Caminhava para lá e para cá, imerso em seus pensamentos. Num dado momento, deteve-se diante de George e disse:

— Muito bem, meu rapaz, agora você vai tornar-se um verdadeiro cristão. Seja um homem bom e honesto, e sempre respeite seus superiores. Um dia, quando já estiver velho, terá orgulho de contar para seus netos que o general lhe deu esse conselho.

Foi uma das falas mais longas do general, em toda a sua vida. Dito isso, voltou a sua introspecção, assumindo um ar pensativo e nobre.

Foi para a pequena Emilie, porém, que George destinou a maior parte de suas atenções. Como era linda! Como era gentil! Emilie não andava: flutuava! Se fosse desenhá-la, o melhor modo de representá-la seria colocando-a dentro de uma bolha de sabão. De seus cabelos encaracolados e de suas roupas emanava uma fragrância de rosas. George lembrou-se com saudade do dia em que dividira com ela seu sanduíche. Ela comera com apetite, agradecendo-lhe com um sorriso feliz. Será que ainda se lembrava daquele dia? Ele achava que sim, e que era por aquela razão que ela lhe dera de presente o livrinho de hinos.

Na primeira lua nova depois da passagem do ano, George saiu para o jardim com uma moeda, um pedaço de pão e o livro de hinos. Havia uma antiga crendice segundo a qual, se a pessoa saísse naquele dia, levando consigo aqueles objetos, e abrisse o livro de hinos ao acaso, o salmo que aparecesse indicaria o que se poderia esperar daquele novo ano. George abriu o livro e deparou com um hino de agradecimento pelos benefícios que Deus nos propicia. Achou então que poderia adivinhar também o que estaria reservado para Emilie durante aquele ano, e abriu o livro pela segunda vez, tomando o cuidado de evitar as páginas onde estavam os hinos que falavam de morte e doenças. Apesar de sua precaução, foi justamente num desses que seus olhos pousaram. Ele deu de ombros, dizendo para si próprio que aquilo não passava de superstição, de insensatez, mas tremeu de medo quando a menina adoeceu e caiu de cama, logo no dia seguinte. Daí em diante, todo dia vinha o coche do médico e ficava estacionado diante da casa durante quase uma hora. Pessimista, a mulher do zelador agourava:

— Pelo visto, não tem mais remédio que a cure. Chegou sua vez. O Senhor dá. o Senhor tira. Seja feita a Sua vontade.

Mas nada disso aconteceu. Ela se recuperou, e George mandou-lhe de presente mais um desenho; dessa vez, representando o palácio do Kremlin, em Moscou, onde morava o czar. Lá estava o castelo, cheio de torres e domos, lembrando pepinos verdes e dourados contra o céu azul. A ilustração divertiu-a tanto, que George teve de fazer desenhos semelhantes durante todo o resto daquela semana. E assim foi que desenhou uma série de edifícios, sabendo que Emilie se entretinha imaginando como eles seriam por dentro. Por assim dizer, ela conseguia avistar através das portas e janelas daqueles prédios. Um deles era um pagode chinês de dezesseis andares, todo enfeitado de sininhos. Outro, era um templo grego, com escadaria de mármore e colunas elegantes. Um terceiro era uma igreja noruequesa, toda de madeira lavrada. As vigas curvas, em forma de meias-luas, davam aos andares do templo uma aparência de berços de balanço. Mas o melhor de seus desenhos foi o que ele intitulou "Castelo da Pequena Emilie". Esse não fora copiado, mas sim idealizado pelo próprio George. Em seu íntimo, gostaria de um dia ter uma casa igual àquele castelo. Na realidade, o "castelo" tinha muita coisa emprestada dos outros edifícios que ele havia desenhado. Da igreja norueguesa, tinha as vigas em formato de meia-lua; do templo grego, as colunas delgadas; do pagode chinês, os sininhos. O teto era uma sucessão de cúpulas verdes e douradas, como as do palácio do czar. No conjunto, era um palácio bem impressionante. Sob cada janela havia uma tabuleta indicando a finalidade do cômodo. Eis o que elas diziam: "Aqui é o quarto de dormir de Emilie"; "Aqui é o salão onde Emilie dança"; "Aqui é a sala de jogo, onde Emilie brinca de casinha", e assim por diante. A ilustração causou furor, e todos elogiavam o talento do jovem desenhista, predizendo-lhe um futuro brilhante. Até o general dignou-se a examinar o desenho. Olhou, sacudiu a cabeça e, como era de se esperar, comentou:

— *Charmant!*

Nesse ponto, surge em nossa história um personagem novo — novo na história, não na idade: um velho conde, pessoa mais nobre e mais distinta que o próprio general. O conde morava em seu próprio palácio. Ouviu o que lhe contavam a respeito do jovem e promissor artista, e nada disse. Informou-se melhor, e ficou sabendo que se tratava do filho de um zelador que morava ali nas proximidades, um rapazinho novo, que acabava de ser crismado. Trouxeram-lhe alguns de seus desenhos, e o velho conde os examinou atentamente, formando sua opinião, mas não a transmitindo a seus informantes.

O dia seguinte foi frio e enevoado, mas George o considerou um dos mais lindos de toda a sua existência. À noite, na Academia, o diretor mandou chamá-lo e lhe disse:

— Nunca deixe de agradecer a Deus o talento que lhe concedeu. Aproveite e agradeça também o bom amigo que acaba de surgir em sua vida. O conde que mora no palácio da pracinha veio procurar-me e me falou de você. Apreciou seus desenhos. Ele entende do assunto. Sabe que você ainda tem muito que aprender, muitos defeitos a corrigir. Mas reconheceu seu talento, e decidiu patrocinar seus estudos. Assim, quero que você passe a frequentar minhas aulas de desenho, duas vezes por semana. Vou tentar ensinar-lhe o que sei. Não creio que sua vocação seja a pintura. Acho que o melhor para você seria tornar-se um arquiteto. Mas essa é uma decisão que só a você compete tomar. Seja como for, não deixe de visitar o conde e agradecer-lhe por esse favor. E agradeça também a Deus, pois uma amizade dessas é uma verdadeira bênção.

A residência do conde não era propriamente um castelo. Não chegava sequer a ser um palácio. Mas era um belo casarão antigo, uma confortável mansão. As janelas era decoradas com figuras de camelos e dromedários, esculpidos em estuque. Mais interessante que a decoração, porém, era o velho conde, homem sem preconceitos, que sabia apreciar o que era bom e belo, independente de provir dos salões, dos sótãos ou mesmo dos porões.

— Acho — comentou a mulher do zelador — que a pessoa situada nos altos escalões sociais não se preocupa muito com essas diferenças de classe. Veja-se o conde: é um homem simples, sem afetação, completamente diferente do general. George conversou com ele ontem, e eu conversei hoje. Ambos saímos da entrevista felizes e emocionados. Não lhe disse, marido, que era melhor esquecer aquela ideia de transformar George em aprendiz de uma profissão qualquer? O negócio dele é outro: George tem talento.

— É verdade — concordou o zelador, — mas o talento só dá frutos se receber ajuda externa. Do contrário, nada feito.

— Mas ele está recebendo essa ajuda! — replicou a mulher. — O conde não deixou dúvidas quanto a isso.

— É devido ao general que ele está recebendo essa ajuda. Temos de agradecer a ele também.

— Não seja por isso — disse a mãe, — embora eu não veja o que teria o general a ver com a decisão do conde. Mais importante que sua intercessão, que não acredito tenha havido, é a de Deus. Ao Senhor, sim, temos de expressar nosso reconhecimento, não só pelo sucesso de George, como pela cura da pequena Emilie.

Realmente, Emilie já estava inteiramente recuperada, o que ainda mais aumentou o júbilo de George. Estudando com afinco, logo recebeu a medalha de prata, e, pouco tempo depois, a de ouro.

— Teria sido melhor se você tivesse conseguido para ele uma colocação de aprendiz — queixava-se a mulher ao zelador. — Desse modo, ele teria ficado em casa, em vez de estar indo para o estrangeiro. Que vai fazer lá em Roma? Se acaso voltar à Dinamarca, por certo já estarei morta quando isso ocorrer. Oh, nunca mais verei meu filhinho!

— De que te queixas, mulher? Devias estar levantando as mãos para o céu! Ir para Roma será para ele uma honra, um grande privilégio, uma sorte formidável!

— Sorte? Desde quando? Você não está sendo sincero, marido. No fundo, no fundo, está tão aborrecido e desesperado quanto eu.

Podia não ser sorte para o casal, mas todos concordavam em que era uma oportunidade de ouro para George.

809

No dia da partida, ele subiu ao segundo andar, para despedir-se do general e de sua família. A mãe de Emilie não apareceu: estava com uma de suas "terríveis dores de cabeça". O general mostrou-se alegre e falante, contando-lhe mais uma vez a única anedota que conhecia, e terminando com a frase do príncipe: "Não existe outro igual a você!". Por fim, despediu-se de George, que achou sua mão frouxa demais para um comandante.

Emilie também despediu-se dele, aparentando estar triste, embora a tristeza de George fosse bem maior.

ೞೢೲೞಲ

O tempo passa, quando se trabalha. Para ser correto, passa também quando não se trabalha. Para o tempo, tanto faz se a pessoa sabe ou não utilizá-lo bem — ele não para nunca. George, por exemplo, soube como usar seu tempo, e ele passou depressa, exceto nos momentos em que o rapaz recordava sua casa. Como estariam as coisas por lá? Que estaria acontecendo ao pessoal de baixo e ao do andar de cima? As notícias chegavam por carta, e o envelope tanto podia conter um dia de sol radioso, como uma noite escura e triste. As notícias alegres eram ensolaradas; as tristes, como a da morte do pai, por exemplo, ensombreavam seu coração. Agora a mãe estava sozinha, e confidenciava para ele:

"Emilie tem trazido para mim conforto e alegria. Ela é um verdadeiro anjo, e vem visitar-me quase todo dia."

Coube à mulher prosseguir o trabalho de zelador, desempenhado pelo falecido marido. Daí a poucos meses, porém, também ela despediu-se da vida.

ೞೢೲೞಲ

A mulher do general tinha um diário, no qual anotava todas as festas a que comparecia, além do nome de todas as pessoas que vinham visitá-la. Colava em sua páginas os cartões de visitas de todos que ali vinham, especialmente se fossem diplomatas ou nobres. O diário era um de seus motivos de orgulho. Com o tempo, foi-se tornando volumoso e massudo, atravessando períodos de "terríveis dores de cabeça" (dias sem festas e sem bailes) e de "completa satisfação" (dias de festa), ou mesmo de "maravilhosas disposição" (dias de baile no palácio real).

Por falar em baile, Emilie por fim fora ao seu primeiro. Sua mãe usara um vestido cor-de-rosa, enfeitado com rendas pretas de estilo espanhol, enquanto ela usara um traje inteiramente branco, confeccionado em tecido lustroso e delicado. Fitas de seda verde enfeitavam seus cabelos louros, arrumados em tranças. Para completar o adorno, uma guirlanda de lírios-d'água enfeitava-lhe a cabeça. Seus olhos eram tão claros e azuis, e sua boca tão rubra, que ela até estava parecendo uma sereiazinha, linda a mais não poder. Durante o baile, três príncipes tiraram-na para dançar — um de cada vez, evidentemente. Quanto a sua mãe, parece ter ficado muito satisfeita, pois não teve nenhuma de suas "terríveis dores de cabeça" durante uma semana inteira.

O primeiro baile não é o último, e muitos outros bailes seguiram-se àquele, a ponto de começarem a aborrecer Emilie. Foi um alívio para ela quando chegou o verão. A família do general tinha sido convidada para passar uma temporada na casa de campo do velho conde. Ali ela poderia repousar e desfrutar do refrigério da vida rural.

Rodeando o castelo havia um bosque que valia a pena explorar. Parte dele lembrava os antigos parques cercados por sebes compactas, parecendo biombos verdes providos de vigias. Essas sebes eram compostas de buxos e teixos podados de forma a parecerem pirâmides, estrelas e sólidos geométricos. No centro do bosque havia uma gruta, tendo o chão coberto de conchas marinhas, do meio da qual minava uma fonte, rodeada por imagens de pedra. Os canteiros ali plantados tinham formas de peixe, de cotas d'armas, de letras, etc. Um deles reproduzia as iniciais do conde, outros as de seus ancestrais. A isso se dava o nome de "jardim francês".

Numa outra área, as árvores cresciam livremente, sem que se lhes tentasse modificar a forma ou reduzir o crescimento. Esse pedaço era maior e mais bonito. A relva parecia um tapete macio. Dava gosto passear descalço sobre ela. Esse outro lado era o chamado "jardim inglês". Mostrando o parque para seus convidados, o conde disse:

— Aqui o velho e o novo se encontram; mais do que isso: se entrelaçam e complementam. Esse castelo já está merecendo uma reforma. Tenho tudo planejado para isso. Vou mostrar-lhes as plantas, elaboradas por um arquiteto que é meu amigo. Você vão conhecê-lo, pois convidei-o para jantar conosco hoje à noite.

— *Charmant!* — disse o general.

— Oh, senhor conde — disse a mulher do general, — este lugar é um verdadeiro paraíso. Vejam: tem até um castelinho ali!

— É o viveiro, minha senhora — explicou o conde. — Os pombos vivem na torre, e os perus embaixo. Há um cômodo ali, e é onde mora a velha Else, governanta desse castelinho. Crio também galinhas, ali nos fundos. De um lado ficam as poedeiras, do outro as reprodutoras. E naquele anexo, junto ao laguinho, crio patos.

— *Charmant!* — repetiu o general.

Caminharam todos na direção do castelinho. A velha Else veio recebê-los. Ao lado dela estava o arquiteto ao qual o conde se referira. Era um jovem, de nome George. Sim, o velho conhecido da família. Depois de tantos anos, era ali, naquele galinheiro, que ele reencontrava seus antigos amigos — Emilie, especialmente.

Ali estava ele. Tinha encorpado e se tornado um belo rapaz, tão bem apessoado que não se importava de ser reparado atentamente, como então estava sendo. Sua expressão era jovial, mas determinada. O rosto era emoldurado por uma basta cabeleira negra. Em sua boca brincava um sorriso, como se ele estivesse dizendo: "Conheço vocês! Sei tudo a seu respeito!"

A velha Else tinha tirado seus tamancos e ficado apenas de meias, em homenagem aos hóspedes importantes. Assustadas, as galinhas puseram-se a cacarejar, enquanto o galo cantou, com o intuito de tranquilizá-las. Os patos não se impressionaram muito com os visitantes, continuando a andar por ali com seu passo gingado, fazendo "quen-quen", como sempre fazem. Quanto à mocinha pálida e delicada, sua amiga de infância, a bela Emilie, enrubesceu ligeiramente, adquirindo uma ligeira tonalidade de pétala de rosa na bochechas. Os olhos se abriram um pouco, e a boca ameaçou dizer alguma coisa, embora se mantivesse silente. Para o jovem, aquela foi a melhor saudação que ele poderia esperar receber de uma senhorita que não era sua parenta, e com a qual ele até então nunca tinha dançado. Com efeito, ambos já estavam acostumados a frequentar bailes, mas nunca tinha ido juntos à mesma festa.

O conde saudou George alegremente, apresentando-o aos hóspedes:

— Este aqui é meu amigo George. Creio que já o conhecem.

A mulher do general inclinou a cabeça, gentilmente. A jovem ameaçou dar-lhe a mão, mas depois desistiu do gesto, ficando sem saber como agir naquela circunstância. Por sorte, o general deu um passo à frente, saudando o rapaz cortesmente:

— Ora, ora, então aqui está o pequeno George, agora um homem feito. Sim, senhor: um velho amigo da família. É um prazer revê-lo, meu rapaz. Uma agradável surpresa.

— E então, George — disse a mulher do general, — que achou da Itália? Creio que deve estar falando o italiano como um nativo, não é?

— Minha esposa canta em italiano — comentou o general para o conde, — mas não sabe falar a língua.

Ao jantar, George sentou-se à direita de Emilie, e o general à esquerda. Foi o rapaz quem a escoltou até a mesa. Quanto à esposa do general, entrou acompanhada pelo conde.

George falou bastante, sem se tornar aborrecido. Brilhante e espirituoso, dominou a conversação, embora o conde, nos momentos em que intervinha, sabia fazê-lo com graça e distinção. Emilie manteve-se silenciosa, mas atenta, conforme se notava pelo lampejo de seus olhos.

Terminada a refeição, foram todos para a varanda. O jovem casal distanciou-se dos outros, ficando deles separado por uma barreira de rosas. Aproveitando-se da circunstância, George falou:

— Queria agradecer-lhe por sua gentileza para com minha mãe. Sei que você lhe fez companhia várias vezes, depois que meu pai morreu. Muito obrigado.

Tomando-lhe as mãos, beijou-as, num gesto simpático e elegante. Ela enrubesceu, apertou suas mãos e sorriu para ele, olhando-o com seus grandes olhos azuis.

— Sua mãe tinha uma alma generosa, repleta de amor. Seus pensamentos eram todos voltados para você. Deixou-me ler suas cartas, de modo que fiquei a par de tudo o que lhe acontecia. Nunca me esqueci de nossos tempos de criança, quando você me dava seus desenhos de presente.

— Você os olhava, ria e, logo em seguida, rasgava-os.

— Nem todos! O do meu castelo, por exemplo, guardo comigo até hoje.

— Ah, sim? Que acha de construí-lo, agora?

Ele mesmo se espantou com seu atrevimento, quase perdendo o fôlego depois que disse essa frase.

Enquanto isso, o general conversava baixinho com a esposa. O assunto era o filho do zelador. Ambos concordaram em que ele se tinha tornado um rapaz distinto e bem-apessoado.

— Fala bem, o jovem. Creio mesmo que poderá tornar-se um professor catedrático, qualquer dia desses...

— É verdade — concordou a mulher. — Esse moço tem *esprit...*

O jovem arquiteto voltou muitas vezes durante aquele verão ao castelo do conde, a ponto de se sentir sua falta, quando estava ausente. Numa dessas vezes, Emilie lhe disse:

— Deus lhe deu muito mais do que concedeu a nós, pobres mortais. Nunca deixe de agradecer-lhe por isso.

George sentia-se lisonjeado por essa admiração, especialmente porque achava a jovem sagaz e inteligente.

Quanto ao general, começou a duvidar que ele fosse de origem plebeia, senão mesmo rude. Comentando com a mulher a esse respeito, disse-lhe:

— Sua mãe não era uma pessoa vulgar, mas sim uma mulher muito respeitável. E esse até que poderia ser seu epitáfio — não é mau.

Passou o verão e chegou o inverno. O nome de George voltou a ser mencionado na casa do general, pois este o tinha encontrado no palácio real, durante um baile. Com efeito, aquele rapaz estava frequentando os círculos mais fechados e refinados da cidade. Aproximando-se a formatura de Emilie, o general planejava dar um baile em sua homenagem. Deveria ou não convidar George? "Ora", pensou, "se o próprio rei já o convidou, por que não eu?" Sorriu ante seu próprio argumento e empertigou-se todo, ficando uma polegada mais alto.

O excelentíssimo senhor George foi convidado, e veio, como também vieram príncipes e condes. Todos dançaram com graça e elegância, menos Emilie, que deu o azar de torcer o tornozelo logo que o baile teve início. Não era nenhum acidente grave, mas com esse tipo de coisa não se brinca, e ela desse modo teve de se contentar em ficar olhando os outros, sem poder participar ativamente da dança. O pretexto veio a calhar para o jovem arquiteto, que passou toda a festa fazendo-lhe companhia. Vendo-os em conversa animada, o general brincou com eles, dizendo:

— Até já sei o que você está dizendo aí com tanto entusiasmo: está descrevendo para ela o interior da catedral de São Pedro, não é?

Dito isso, sorriu-lhe amistosamente. Esse mesmo sorriso voltou a aflorar-lhe na face no dia seguinte, quando o rapaz apareceu em sua casa, provavelmente para agradecer a deferência do convite. Mas não era por isso que ele ali tinha aparecido. Não, a razão era outra. O que o rapaz desejava era algo insano, inacreditável, inimaginável. O general estava estarrecido. Pois não é que George viera até sua casa com o objetivo de pedir a mão de Emilie?

— Moço! Que está dizendo? — perguntou o general, rubro como uma lagosta em água fervente. — Não posso acreditar no que estou escutando. É o cúmulo do atrevimento! Quem é você para achar que pode vir a minha casa fazer-me uma proposta assim tão indecorosa?

E, dando-lhe as costas, entrou em seu quarto e trancou a porta, deixando o rapaz sozinho, no meio da sala de visitas. Depois de esperar algum tempo, George desistiu e saiu dali. No corredor, encontrou-se com Emilie, que lhe perguntou:

— E então, que foi que meu pai lhe disse?

Sua voz apresentava um ligeiro tremor. George tomou-lhe as mãos e disse:

— Ele não respondeu se aceitava ou não. Apenas deixou-me plantado no meio da sala e foi embora para dentro de casa. Deixe estar, hei de encontrar um momento mais adequado para lhe fazer o pedido.

Havia lágrimas nos olhos da jovem, mas obstinação e coragem nos do rapaz. O sol atravessava a vidraça da janela e derramava sobre o casal sua bênção.

Enquanto isso, o general estava sozinho em seu escritório, fervendo de indignação. Fervendo é pouco: o velho estava a ponto de explodir. "Que loucura! Que atrevimento!", murmurava de si para si.

Passada cerca de uma hora, contou à esposa o acontecido e chamou Emilie a sua presença. Quando ela chegou, foi a mãe quem falou:

— Pobre criança! Aquele rapaz insultou-a, e insultou-nos também. Vejo que você até tem lágrimas nos olhos. Pois chore, queridinha, chore. O pranto alivia e acalma. Não se envergonhe de chorar.

813

— Chorarei, sim, mas se a senhora e o papai não disserem sim ao pedido de George.

— Quê? Escutei bem? — chiou a mãe. — Você está doente! Está com febre! Está delirando! Ai, ai, ai, lá vem mais uma de minhas terríveis dores de cabeça! A vergonha está prestes a abater-se sobre nossa casa! Isso vai me matar! Se insistir nessa ideia, pode estar certa de que ficará órfã muito em breve!

A esposa do general tinha lágrimas nos olhos, pois odiava pensar em sua própria morte.

Lia-se, no jornal, entre os atos oficiais, que o jovem George fora nomeado professor catedrático de 1º grau, nível VIII. O novo zelador, que vivia no porão da casa do general, leu a notícia e comentou:

— É uma pena que os pais desse rapaz não tenham vivido o bastante para poderem ler isso. E dizer que ele nasceu e cresceu aqui onde nós hoje moramos...

— É bonito ver uma pessoa de origem modesta tornar-se importante assim — comentou sua esposa.

— De fato! Ele agora até terá de pagar o imposto de renda! Seu salário deve ser aí por volta de dezoito marcos de ouro por ano. É uma bela soma!

— Não me refiro ao dinheiro — replicou a mulher, — e sim a seu sucesso, a sua... como é que se diz? — a sua escalada social. Ah, se nós tivéssemos um filho, como iria orgulhar-me dele, se fosse um arquiteto e um professor catedrático. Quanto ao dinheiro, é secundário. O simples prestígio poderá propiciar-lhe um casamento rico...

Não era só no porão que se falava bem de George. Também no andar de cima seu nome era mencionado com simpatia. O velho conde ali estava, visitando seu amigo general. Por acaso, um deles tinha feito menção a Moscou e ao Kremlin, e a mulher do general se lembrou dos desenhos que George dava de presente para Emilie, quando criança. O conde tinha visto um desses desenhos: aquele intitulado "Castelo de Emilie".

— Nosso jovem amigo é um rapaz deveras inteligente — comentou ele. — Acredito que em breve haverá de tornar-se conselheiro do rei. Quem sabe não irá construir aquele castelo que ele desenhou um dia?

Depois que ele se despediu, a mulher do general comentou:

— Não achou meio estranho aquilo que o conde disse a respeito do George?

O general nada respondeu, apenas balançou a cabeça gravemente e saiu para seu passeio diário. Nesse dia, porém, parecia mais garboso e satisfeito do que o normal. Até o cavalariço que seguia atrás notou seu desempenho, seguindo a cavalo como se estivesse passando em revista alguma tropa.

No dia do aniversário de Emilie, não paravam de chegar flores, livros, cartas e cartões de visitas. O pai e a mãe beijaram-na carinhosamente, pois eram bons pais e tinham por ela grande afeto. À noite, chegaram os convidados para a festa, inclusive dois príncipes da família real. A conversa girou sobre as últimas festas, os mais recentes espetáculos teatrais, a diplomacia dinamarquesa, política e situação nacional. Depois, começaram a falar sobre capacidade e talento e logo se mencionou o nome do jovem e brilhante professor de Arquitetura.

— O rapaz promete. Sua reputação é cada dia mais sólida.

— Ouvi dizer por aí — disse alguém, em tom um tanto confidencial — que ele entrará em breve para uma de nossas melhores famílias.

Terminada a festa, já a sós, o general voltou-se para a esposa e perguntou, repetindo o que tinha ouvido:

— Uma de nossas melhores famílias — sabe a quem estavam se referindo, querida?

— Posso imaginar — respondeu ela, com ar evasivo, — mas prefiro nem dizer.

— Já eu sequer imagino quem possa ser — concluiu o general, enrugando a testa pensativamente.

Feliz daquele que caiu nas graças de Deus. Feliz daquele que caiu na graças do rei. Duplamente feliz aquele que caiu nas graças de Deus e do rei. E George era um desses. Mas voltemos a falar na festa de aniversário de Emilie.

O quarto da jovem estava repleto de flores, enviadas por seus amigos. Sobre a cama estavam também diversos presentes. Nenhuma daquelas ofertas, porém, tinha sido mandada por George. Mesmo assim, em todo canto daquela casa havia algo que lembrava o rapaz. Mesmo no armário embutido sob a escada havia um vaso de miosótis, como recordação daquele dia em que ele a tinha encontrado ali, debulhada em pranto e morta de medo, por ter ateado fogo à cortina de seu quarto. Pela janela, via-se a acácia, então inteiramente desfolhada. A neve recobria seus galhos desnudos, através dos quais brilhava o luar, dando à árvore a aparência de um coral. Fora embaixo daquela árvore que George dividira com ela seu sanduíche, anos atrás.

Abrindo uma gaveta, tirou de dentro o velho desenho do castelo do czar, depois o de seu próprio castelo. Eram outras lembranças de George. Quanto mais os olhava, mais lhe vinham à mente recordações ligadas a ele. Lembrou-se da noite em que a mãe do rapaz morrera, e de como ela, sem que seus pais soubessem, estivera com a agonizante sentada à beira do leito, escutando suas últimas palavras. A derradeira fora "George", tão distante, naquele momento, e todavia tão perto de seu coração. Como agora, em que Emilie sentia como se ele ali estivesse, muito embora não tivesse comparecido a sua festa.

No dia seguinte, outra festa de aniversário; dessa vez, o dia de anos do general. Era até curioso dizer que o pai tinha nascido um dia depois da filha. Quanto à diferença de idade entre ambos, era de quase quatro décadas.

Novos presentes chegaram. Um deles, muito caro, era uma sela elegante e confortável. Quem a teria mandado? Certamente algum príncipe, pensou o presenteado. Havia um cartãozinho, que certamente indicaria o nome do generoso amigo. O general abriu-o, mas a única coisa que leu foi um recado curto, sem qualquer assinatura:

"Ao General, oferece alguém que ele não conhece."

E era tudo. "Que eu não conheço?", pensou o general, intrigado. "Mas eu conheço todo mundo!" E começou a pensar em um por um de seus conhecidos, imaginando qual deles seria capaz de fazer aquela brincadeira com ele. De repente, seus olhos brilharam, e ele sorriu, certo de ter desvendado o mistério: "Eureca! Já sei quem é: minha mulher! Ela sempre adorou fazer surpresas e pregar peças. Ah, danadinha!"

Enganava-se o general. O tempo das surpresas e das peças já havia passado para ela.

CS80CB80

De festa em festa, lá vamos para outra, mas dessa vez em outro lugar: na casa de um príncipe. Era um baile à fantasia. O uso de máscaras era facultativo.

O general ali chegou, fantasiado de Rubens: um traje típico espanhol, com gola plissada, espadim à cinta, semblante aparentando altivez e arrogância. Sua mulher ia fantasiada de "esposa de Rubens": traje de veludo negro, abotoado até o pescoço, gola redonda e enorme,

815

qual roda de moinho. Não se podia dizer que fosse um fantasia confortável, pois era muito pesada e quente. A mulher ali representada tinha lindas mãos, que todos elogiavam, dizendo serem parecidas com as da esposa do dono do quadro. Devia ser por isso que ela mesma sugerira que se vestissem daquele modo.

Quanto à Emilie, foi fantasiada de Psique: túnica de seda, manto de musselina, rendas na gola e nos punhos. Leve como penugem de cisne, ela até parecia flutuar através do salão. As asas de sua fantasia mais aumentavam essa impressão.

O ambiente era brilhante e luxuoso. Centenas de luzes, enfeites de bom gosto, *buffet* finíssimo, fantasias ricas e curiosas. Com tanta coisa para se ver, ninguém teve tempo de prestar atenção nas mãos de Madame Rubens, e de ver como elas eram belas e delicadas.

Um cavalheiro, fantasiado de dominó, com uma flor de acácia espetada no capuz, dançava com Psique-Emilie.

— Quem é a figura? — perguntou a mulher do general.

— Sua Alteza Real — respondeu o marido. — Reconheci-o imediatamente, pelo aperto de mão que me deu.

A mulher demonstrou alguma dúvida, mas o General Rubens estava tão certo do que acabara de afirmar, que caminhou até onde estava o par de dançarinos, tomou a mão do dominó e, sem nada dizer, escreveu com seu dedo as iniciais do príncipe que ele julgava estar escondido debaixo daquela fantasia. O dominó fez que não com a cabeça, e então falou, com voz ciciada e irreconhecível:

— Eu sou alguém que o general não conhece.

— Como não? Claro que conheço! Foi o senhor quem me deu de presente aquela belíssima sela!

O dominó nada respondeu. Ergueu a mão, num gesto aparentemente sem significação, e esgueirou-se por entre os convidados, desaparecendo no meio do salão. Emilie voltou para perto da mãe, que lhe perguntou:

— Quem é aquele dominó preto que dançou com você?

— Não perguntei o nome dele, mamãe.

— E nem precisava perguntar. Você sabia muito bem que aquele dominó é o professor, não é?

Nesse momento, passou ali por perto o velho conde. A mulher do general chamou-o e lhe disse:

— Seu protegido está aqui, senhor conde. Está fantasiado de dominó preto e traz uma flor de acácia no barrete.

— Pode ser, pode não ser, minha senhora — respondeu o conde, sorrindo maliciosamente. — Há duas pessoas aqui com essa mesma fantasia. Posso garantir-lhe que uma delas é um príncipe.

— Ah, sim, um príncipe! — concordou o general, que acabara de se juntar ao pequeno grupo. — Reconheci-o imediatamente, pelo aperto de mão que me deu. Foi ele quem me deu de presente uma belíssima sela, no dia do meu aniversário. Para mostrar-lhe meu reconhecimento, vou convidá-lo agora mesmo para ir a nossa casa.

— Tenho certeza de que ele aceitará prazerosamente seu convite — disse o conde, continuando a sorrir matreiramente.

— E se por acaso eu errar de dominó — argumentou o general — e convidar o outro, ele haverá de ver que se trata de um engano, recusando gentilmente o convite.

816

E lá se foi o general pelo salão, até avistar o dominó negro. Não restava dúvida: era um príncipe; tanto assim que estava naquele momento conversando com o rei. O general chegou-se aos dois, pediu licença e, respeitosamente, convidou o fantasiado a visitá-lo no dia seguinte, "a fim de que os dois se conhecessem melhor", conforme explicou, certo de que sua alusão seria imediatamente entendida pelo outro. Tão certo estava ele de que se tratava de um príncipe, que fez o convite em voz alta, parecendo até que queria ser escutado por todos os que estavam ali perto.

Ao invés de responder, o dominó negro voltou-se para ele, tirou a máscara e mostrou quem era: George. Só então, falou:

— Agora que sabe quem sou eu, quer ter a gentileza de repetir seu convite?

Tomado de surpresa, o general recuou dois passos, mas logo em seguida se recompôs, avançando um e curvando a cabeça em assentimento. A impressão que se tinha era a que ele estava ensaiando os primeiros passos de um minueto. Em seguida, encarando o rapaz com firmeza, numa atitude típica de um general, falou em tom grave:

— Não me enganei de pessoa, nem de intenção. Sabia perfeitamente que estava falando com o prezado professor, a quem reitero o prazer que teria em receber sua visita a minha modesta residência, seja amanhã, seja quando melhor lhe convier.

Dito isso, encolheu a barriga, estufou o peito e ergueu o queixo, aproveitando para olhar de esguelha o rei, que provavelmente não estava dando qualquer importância àquela cena ou ao que acabava de ser dito.

Daí a poucos dias, teve lugar a recepção íntima na casa do general. Apenas o conde e seu protegido tinham sido convidados. "Em cima do alicerce desta recepção", pensou George, "vou erigir toda a minha vida futura". E foi realmente o que ele fez.

O rapaz voltou a tornar-se o centro das atenções, conversando fluente e brilhantemente durante todo o jantar. Eram tão interessantes as histórias que contava, que muitas delas tiveram como remate o infalível comentário do general:

— *Charmant!*

Nos dias que se seguiram, sua esposa alardeou para todas as suas amigas como tinha sido agradável a recepção oferecida ao jovem professor. Uma delas, que era dama de companhia da corte, rogou-lhe encarecidamente que a convidasse também da próxima vez em que recepcionasse o professor. Agora, não havia mais jeito: ele teria de ser convidado novamente. E o foi. E veio. E contou suas histórias, todas seguidas do indefectível *"Charmant!"*. E, para cúmulo da satisfação do velho general, o rapaz gostava de jogar xadrez — e jogava bem!

— Engana-se quem imagina que ele seja um novo-rico, um sem-berço — pontificava o general, conversando com os amigos. — Conheço-o bem. Conheci seu pai, um homem às direitas, de boa família, conquanto pobre. Esse tipo de coisa costuma acontecer. Nem sempre coexistem na mesma pessoa berço e fortuna.

Ora, se ele era convidado ao palácio do rei, nada obstava que fosse também convidado à casa do general.

— Isso não quer dizer que ele esteja querendo entrar na família — explicava o general. — Trata-se apenas de um velho amigo, uma pessoa a quem devotamos afeição e simpatia. E só.

Isso ele dizia. Só que ninguém acreditava.

E ele acabou entrando na família. Quando foi nomeado conselheiro do Estado, já estava casado com Emilie. E que dizia o general?

— A vida pode ser uma tragédia ou uma comédia. No primeiro caso, os dois morrem; no segundo, casam-se e são felizes para sempre.

Esse segundo caso foi o que aconteceu com George e Emilie, e com os três filhos que em breve vieram aumentar a família, tornando-se a alegria e o orgulho de seus avós. Ei-los no velho prédio, no andar de cima, montando garbosamente seus cavalos de pau, e seguidos por um cavalariço, para o que desse e viesse. Cavalariço general. O protetor dos filhos do conselheiro do rei. Vovô.

No sofá, sorrindo, a avó contempla a cena. Às vezes só contempla, sem sorrir: isso significa que está padecendo de uma de suas terríveis dores de cabeça.

E George? Ah, George tornou-se uma pessoa importantíssima. Um figurão. Progrediu, cresceu, enriqueceu, tornou-se célebre, famoso, renomado, conhecido, respeitado, sei lá o que mais. E tinha de ser assim, pois do contrário não teria valido a pena contar a história do filho do zelador. Não é?

O Dia da Mudança

Antigamente, as pessoas costumavam mudar-se uma vez por ano. Bem, não era todo mundo que se mudava; se assim fosse, não haveria carroças e cavalos suficientes para carregar todas as mobílias trocar de casa, só que todos no mesmo dia. Era nesse determinado dia que venciam todos os contratos de aluguel. Quem conseguia renovar o seu, ficava na mesma casa; quem não conseguia, mudava-se. Esse dia era assinalado no calendário, e era quase um feriado: era o Dia da Mudança.

Lembra-se de Ole, o vigia que mora na torre? Falei dele poucas páginas atrás, relatando duas visitas que lhe fiz. Contarei agora o que aconteceu durante uma outra visita.

Em geral, vou vê-lo por ocasião da passagem do ano; dessa vez, porém, visitei-o justamente num Dia da Mudança. Por isso, todas as ruas da cidade estavam repletas de trastes e restos de mudanças: panelas e potes quebrados, trapos, palha de colchão, etc. No meio desse lixo, encontrei duas crianças que brincavam despreocupadamente. Tinham juntado um monte de palha e fingiam que iam dormir. Como cobertor, já tinham separado alguns trapos imundos. Aquela cena deixou-me algo perturbado, e foi por isso que resolvi fazer uma visita a meu velho amigo Ole.

Como sempre, encontrei-o em casa. Pareceu entender o motivo de minha visita, pois foi falando, logo que me sentei:

— Hoje é Dia da Mudança.

Disso eu já sabia; assim, apenas meneei a cabeça, concordando.

— Todas as ruas e becos estão parecendo latas de lixo, de tão sujas que estão. Tenho pena é dos lixeiros, no dia seguinte. Ah, a trabalheira que têm...

"Por falar em lixeiro, lembrei-me de uma cena que vi, alguns anos atrás. Era um dia úmido e frio, pouco depois do Natal. Dia excelente para se apanhar um resfriado. A carroça de lixo passou por mim: vinha carregada até a borda. Até lembrava as carroças de lixo que vão passar amanhã pelas ruas da cidade. Mas falemos daquela. No meio do lixo, havia uma árvore de Natal, contendo restos de enfeites dourados e prateados. O lixeiro tinha-a fincado no lixo que entulhava a carroça, de modo a deixá-la em pé e a ser vista por todos os que passavam pela rua. A visão daquela árvore produzia sentimentos diferentes, conforme as pessoas: umas achavam graça, e até riam; outras, ficavam tristes e pensativas, chegando quase a chorar.

"No meu caso pessoal, aquela árvore deixou-me cismado. O mesmo deve ter acontecido aos objetos que havia naquele lixo, se é que eles possuem sentimentos. Havia ali, por exemplo, uma velha luva feminina. Quais seriam seus pensamentos? Eu sei; e quanto a você, também gostaria de saber? Então, vou contar-lhe. O dedinho mindinho da luva estava apontado para a árvore de Natal, e a luva filosofava, dizendo para si própria:

— Fico comovida quando vejo uma árvore dessas jogada no meio do lixo. Como ela, eu também já participei de uma noite de festa, num salão iluminado por uma profusão de candelabros e castiçais. Foi a única festa a que compareci, em toda a minha vida. Um

819

desastrado aperto de mão e — reec! — rasguei, de cima abaixo. Não me lembro de mais nada depois disso. E para que haveria de lembrar-me? Pouco importa o que aconteceu em seguida, depois que perdi minha serventia...

"Foi isso o que a luva pensou, se é que as luvas pensam.

"Perto dela havia uns cacos de cerâmica. Eis o que devem ter comentado entre si:

— Ih, é tão desagradável ter de viajar ao lado desse pinheiro velho...

"Ah, os cacos de cerâmica... Vivem a queixar-se de tudo:

— Quando algum objeto acaba tendo de viajar na carroça de lixo, o melhor que tem a fazer é não se mostrar, é ficar bem discreto em seu canto. Nós, por exemplo: durante nossa vida, tivemos utilidade muito maior que a dessa árvore velha. Essa utilidade acabou, é verdade. Que fazer? Nada. Acabou, paciência. Viramos lixo. Mas lixo discreto, restos distintos, sem exibicionismos ridículos, que só servem para dar pena...

"Era isso o que pensavam aqueles cacos, e estou certo de que muitos objetos naquela carroça compartilhavam da mesma opinião. Entretanto, a árvore de Natal ali estava, ereta, altiva. Destacava-se entre os restos, com sua silhueta bonita, ilha de poesia, rodeada por um oceano prosaico de restos inúteis. A carroça estava cheia de lixo, e no entanto aquele era um dia comum. Se você reparar bem, verá que nossas ruas estão cheias de lixo todo dia, e não só no Dia da Mudança. É por isso que prefiro ficar aqui em minha torre, longe de toda essa sujeira. Daqui posso observar tudo o que acontece, sem me sujar e sem perder o bom humor.

"Mas hoje é um dia especial, reconheço. Todos estão se divertindo, levando seus trastes de uma casa para outra. Entre os pertences, carregam o duende da família, responsável pelos aborrecimentos da vida doméstica: desgostos, problemas, aflições. O duende não pertence à casa, como se pensa; pertence à família. Por isso, muda-se juntamente com as pessoas. Mudam os lugares, muda o cenário, mas a vida continua a mesma. Lembro-me de um poema que li, tempos atrás, num jornal, no qual o autor comparava a morte com um grande Dia da Mudança. De fato, tem muito a ver.

"Sim, meu amigo, morrer é mudar — de estado, de ponto de vista, de residência, de tudo. Espero que não fique amofinado só porque estou falando em morte. É um assunto como outro qualquer. Na realidade, Dona Morte é uma de nossas funcionárias públicas mais corretas e eficientes. Cumpre suas tarefas com exatidão, indo atrás das pessoas no momento certo, sem esperar que a chamem e sem aceitar qualquer tipo de propina. Já parou para pensar nisso?

"No dia marcado, lá vem ela, na boleia de seu carro, pronta para levar-nos na derradeira viagem. É ela quem visa nossos passaportes para o Além e assina registros de vida, a conta corrente do deve e do haver de nossa existência. É ela quem cuida dessa escrituração. Tudo o que fizemos durante nossa vida está registrado, na coluna própria. Quando ela chega e nos convida — ou melhor, nos intima — a entrar em seu carro para a última viagem, entrega-nos esse registro, para que o apresentemos na fronteira da Eternidade. O fiscal que ali está examina o registro e, conforme o que vê, indica a direção que teremos de seguir, no restante do percurso. Tudo depende do saldo existente entre os bons e maus feitos realizados durante a vida. Para uns, a viagem prossegue por estradas amenas, alegres e excitantes; para outros, por sendas pedregosas, sombrias e terríveis.

"Que se saiba, ninguém deixa de seguir nessa viagem, embora se conte uma história acerca de um sapateiro de Jerusalém, que perdeu o carro, tendo de correr atrás dele para alcançá-lo. A Morte não permitiu que ele entrasse atrasado, tendo o coitado de ficar vagando pelo mundo, alvo da sanha dos poetas.

"Tente imaginar como é o interior do coche da Morte, e como agem os passageiros que ali estão. É um grupo heterogêneo. Sentam-se todos juntos, sem distinção de classe, fortuna ou grau de instrução. O rei segue ao lado do mendigo; o sábio, do idiota. Tudo o que tinham lhes foi tirado. Só lhes deixaram seus registros de vida, com os quais terão de cobrir as despesas do restante de sua viagem. Qual será o valor desse ou daquele feito, dessa ou daquela ação? Quem sabe é a Morte. Às vezes, feitos considerados importantes e meritórios não têm para ela qualquer valor, enquanto outros, insignificantes como um grão de ervilha, recebem elevada cotação. Não é de se espantar: o que hoje não passa de um grão de ervilha, poderá ser, amanhã, uma planta viçosa, cheia de folhas, de flores e de frutos.

"O pobre bode expiatório, cujo único conforto em vida era sentar-se à noite junto à lareira, relembrando os sofrimentos de um dia árduo, marcado por reprimendas injustas e punições imerecidas, talvez possa trocar o tamborete tosco em que se sentava por uma poltrona confortável, prosseguindo sua viagem com todo conforto e tranquilidade, até onde o banquinho cambado seja substituído por um trono fulgurante e belo, todo de ouro, rodeado por um caramanchão florido e perfumado.

"Já o fulano que esteve sempre metido em farras e bebedeiras, sorvendo o doce vinho do divertimento contínuo, destinado a fazer esquecer sua inútil vida de omissões e egoísmo, também terá o que beber durante sua última viagem. Na taça de madeira que lhe entregarem haverá uma bebida pura e cristalina como água de fonte. Ao invés de embriagá-lo, porém, seu efeito é justamente o contrário: ela traz sua mente de volta à realidade, fazendo-o enxergar as coisas com clareza, dentro de suas devidas proporções. Sentimentos esquecidos, como a emoção de fazer o bem e de proceder honestamente, voltarão a despertar em seu íntimo. Seu olhar passará a deter-se sobre aquilo que ele antes olhava de relance ou fingia ignorar. Essa consciência despertada será o verme que doravante irá roê-lo por dentro, como castigo por sua vida dissipada e inútil. Enquanto viveu, tomou da bebida que lhe produzia o esquecimento constante; a que agora bebe provocará nele a perpétua recordação.

"Quando leio um livro de História, não posso deixar de imaginar o valor que terão os feitos dessa ou daquela figura, na hora de sua morte. Pensemos, por exemplo, naquele célebre rei francês, cujo nome agora me escapa. É mais fácil lembrar os nomes do pérfidos e dos cruéis, do que os dos bons e virtuosos. Talvez eu venha a lembrar-me dele, no decorrer da conversa. Pois bem: esse soberano reinou durante um período de fome, e não poupou esforços para reduzir a penúria do povo, ajudando todos, de todo modo que pôde. Em sua homenagem, erigiram uma estátua de neve, tendo embaixo essa inscrição: *Mais certos estamos de receber sua ajuda, do que de ver esta estátua derreter-se um dia.* Quer homenagem mais linda que essa? Que prêmio mereceu esse rei, após sua morte? No mínimo, uma auréola nívea e reluzente, a iluminar o seu caminho sem tropeços para o interior dos domínios da Eternidade.

"Outro rei daquele mesmo país foi Luís XI — o nome desse eu não esqueço. Ele é um daqueles soberanos cujos nomes jamais escapam de nossa memória. Quando penso nesse rei, gostaria de que os registros históricos fossem falsos e mentirosos, para não ter de acreditar nas atrocidades que ele cometeu. Certa vez, ele ordenou que um dos conselheiros reais fosse executado. Como monarca absoluto, tinha poder de vida ou de morte sobre seus súbitos, independente de serem ou não culpados de algum crime. Esse conselheiro tinha dois filhos: um de oito, outro de sete anos. O rei ordenou que ambos estivessem presentes à execução, devendo postar-se tão perto do condenado, que seu sangue não deixasse de respingar-lhes nas roupas. Cumprida a exigência, ordenou que levassem os dois meninos para a Bastilha, e que eles fossem encerrados numa jaula com grades de ferro, não se lhes dando sequer um trapo para que pudessem cobrir o corpo. Uma vez por semana, o carrasco iria até a jaula e arrancaria, a frio, um dente de cada um. Isso tudo era para demonstrar a seus inimigos o que estaria reservado para quem ousasse traí-lo ou abusar de sua confiança.

Ao ficar ciente da punição que os aguardava, o menino mais velho disse ao carrasco:

— Minha mãe vai morrer de tristeza quando souber que seu filho caçula está passando por tal provação. Não faça isso com ele, peço-lhe, por caridade. Arranque dois dos meus dentes, e mostre-os ao rei, dizendo que um deles é do meu irmãozinho.

"Embora fosse um homem curtido e insensível, o carrasco não pôde conter a emoção ao escutar tais palavras, deixando rolar uma lágrima daqueles olhos que há tempos não sabiam o que era chorar. Mas nada pôde fazer. A ordem do rei tinha de ser cumprida, sem contestação. E a prescrição era clara: uma vez por semana, teria o carrasco de levar-lhe um dente de cada uma daquelas crianças. Apesar da lágrima, ele cumpriu o que fora determinado, levando ao rei, semanalmente, os dois dentes, numa bandeja de prata. Ordens são ordens.

"Acho que o rei Luís XI só pôde apresentar dois dentes, para cobrir seus gastos de viagem. E eles devem estar lhe rendendo elevados dividendos em sua vida eterna, atormentando-o continuamente com dentadas e mordidas em todo o corpo, o tempo todo, para todo o sempre.

"Sim, meu amigo, o dia da morte é nosso grande Dia da Mudança, aquele em que embarcamos num coche escuro, seguindo por estradas que nunca trilhamos antes, rumo ao desconhecido. Quem sabe o que será de nós depois disso?

"Vale a pena, de vez em quando, pensar nesse assunto, imaginando quando será que o coche da Morte chegará, a fim de levar-nos para a Grande Mudança. E qual será o valor de nossos feitos, na hora de apresentá-los para a cobertura dos gastos da viagem? Sim, amigo, temos de pensar nisso, sabendo que esse dia não está assinalado no calendário, podendo tanto estar longe de acontecer, como ser questão de horas, senão de minutos. Na dúvida de quando será esse dia, é melhor estar sempre preparado, pronto para partir.

"Quando chegar a sua hora, desejo-lhe uma boa viagem".

A Anêmona

Era inverno. Lá fora, o ar estava frio, e o vento soprava cortante. Dentro de casa, porém, era quente e confortável. E a flor estava dentro de casa. Não uma residência, de madeira ou de tijolos, mas a "sua" casa: o bulbo que constituía sua semente. Ele, por sua vez, estava enterrado na terra, e esta, por seu turno, estava recoberta por uma camada de neve.

Um dia, a chuva começou a cair. As gotas penetraram na camada de neve, entrando pela terra adentro e chegando até a casca do bulbo, levando consigo a mensagem do mundo exterior. Depois, um raio de sol pousou sobre a neve, derretendo-a, e fez seu calor chegar até o bulbo, despertando-o de sua inércia. Embora não pudesse vê-lo, a flor sentiu sua presença, e convidou:

— Entre.

— Não posso — respondeu o raio de sol. — Não tenho força suficiente para arrombar essa porta. Mas deixe estar: quando o verão chegar, estarei em condições de fazer-lhe uma visita.

— E quando é que chegará o verão?

O raio de sol não respondeu, e ela repetiu aquela pergunta para os que se lhe seguiram, cada vez que um deles chegava até a porta de sua casa. Eles também não respondiam, porque faltava muito para a chegada do verão. O tempo ainda estava muito frio. De vez em quando, caía neve, e quase sempre as poças de água formadas durante o dia congelavam durante a noite.

— Oh, como estou demorando a sair daqui! — queixava-se a flor. — Meu corpo formiga, e sinto alfinetadas. Estou ansiosa por poder espichar-me e desdobrar minha pétalas. Quero sair daqui! Tenho de sair! Preciso saudar o verão quando ele chegar. Oh, como deve ser delicioso poder fazer isso!

E a flor esticou-se toda dentro de seu bulbo, conseguindo romper a casca, que a água tinha amolecido. Em seguida, foi transpondo a terra e a camada de neve semiderretida, até chegar ao ar livre, sob a forma de um broto branco sustentado por um talo verde, onde já pespontava um botão de flor, envolto em folhas compridas, estreitas e dobradas. A neve era fria, mas era porosa, deixando a luz atravessá-la. A flor pôde então perceber que os raios de sol já estavam mais fortes do que da primeira vez em que conseguiram chegar até perto dela.

— Seja bem-vinda! — cantaram eles, recepcionando-a tão logo ela aflorou à superfície.

Em seguida, acariciaram-na e beijaram-na, fazendo com que ela se abrisse. A flor que então surgiu era branca como a neve, raiada de finos veios esverdeados. Apesar de feliz, era uma flor muito modesta, como se podia ver pelo fato de se manter de cabeça baixa.

— Ó florzinha linda — disseram os raios de sol, — você é fresca e pura. É a primeira que brotou, a única flor que podemos beijar. Amamos você! Deixe que soe esse seu sininho branco, anunciando a chegada do verão, o derretimento da neve e o término dos ventos frios. De agora em diante, nós, os raios de sol, é que governaremos o mundo. Tudo haverá de tornar-se verde, e logo você terá companhia. Os lilases e os laburnos também florescerão, e não demorará para que as rosas desabrochem. Mas você, pequena anemonazinha, não perderá a glória de ter sido a primeira flor a brotar do chão ainda coberto pela neve. Deve ser por isso que é tão pura, tão alva, tão brilhante.

Era enorme o prazer que a anêmona sentia. Parecia que o próprio ar cantava para ela, enquanto os raios de sol penetravam em suas folhas e no interior de seu talo. E ali estava ela, tão delicada, tão frágil, e contudo tão poderosa, dotada de tamanha beleza e juventude. Vestida de branco, com detalhes em verde, era a própria alegoria da chegada do verão.

Mas faltava algum tempo para que a estação quente se instalasse definitivamente sobre a terra. As nuvens ainda toldavam o sol, e o vento cortante ainda soprava, dizendo-lhe:

— Você chegou cedo demais, florzinha. Isso foi erro fatal, e logo você haverá de sentir isso em sua própria pele. O melhor que teria feito era ficar dentro de sua semente, aguardando a oportunidade certa para vir exibir sua graça e elegância aqui fora.

E o tempo voltou a piorar. Os dias tornaram-se de novo tão escuros, que nenhum raio de sol se atrevia a chegar à terra. O frio era enregelante, bem inadequado para uma flor. Mas ela possuía dentro de si mais força do que imaginava ter. Sua fé na chegada próxima do verão, da ansiada estação cujo calor já havia experimentado, proporcionava-lhe confiança, e ali estava ela, vestida de branco por entre a brancura da neve, inclinando a cabeça sempre que os flocos gelados caíam por perto e os ventos frios sopravam ao seu redor.

— Você vai acabar se quebrando — avisavam os ventos. — Mas pode ser que, antes, congele e murche. Por que se deixou levar pela sedução dos raios do sol? Por que se abriu antes da hora? Eles fizeram muito mal de não avisá-la do perigo que iria correr, se desabrochasse antes do tempo. Fizeram-na de boba, dizendo que o verão estava prestes a chegar, quando ainda estávamos em pleno inverno. Você caiu no "logro de verão".

— Caí no logro de verão — repetiu a anêmona, sussurrando as palavras no ar gelado da manhã.

— Caiu no logro de verão ! — disseram umas crianças que tinham vindo ao jardim e avistado aquela flor temporã.

Uma delas, porém, comentou com simpatia:

— Que florzinha mais graciosa e gentil! É a primeira que desabrochou este ano, e a única que está aberta aqui neste jardim.

Aquelas palavras deixaram-na tão alegre, que a anêmona nem sentiu que estava sendo colhida pela menina que as havia pronunciado. Uma aconchegante mão de dedos rosados envolveu-a, beijando-a em seguida e levando-a para o interior de uma residência. Ali, num cômodo quente, a anêmona foi colocada num vasinho cheio de água, o que a fez sentir bastante reconfortada. Para ela, aquilo já era o verão.

Era uma garota simpática e gentil. Tinha quatorze anos e acabara de ser crismada. Seu maior amigo, crismado no ano anterior, estava agora estudando na cidade. Lembrando-se dele, ela imaginou passar-lhe uma peça, um "logro de verão", conforme o costume dinamarquês. Em nossa terra se usa mandar para algum amigo a primeira anêmona que se encontra, acompanhada de um verso. A carta não é assinada, e o destinatário tem de adivinhar quem é o remetente. São os jovens que gostam de fazer essa brincadeira, o "logro de verão". E foi o que a garota fez, enrolando a flor num papel onde estava escrito um poema, colocando-a num envelope e despachando-a pelo correio.

Ali dentro estava muito escuro, tão escuro como tinha sido quando ela estava no interior do bulbo, antes que este se abrisse. Além do mais, o lugar não era muito confortável. Havia horas em que ela imaginava estar sendo jogada para baixo ou para cima, e outras em que se sentia amassada e espremida. Mas tudo chega ao fim, mesmo as sensações desagradáveis, e eis que um dia acabou-se aquela tortura. O envelope foi aberto, e a folha de papel lida por um rapazinho. Pelo semblante, via-se que ele estava agradavelmente surpreso com a chegada daquela carta. Depois de sorrir e beijar a flor, ele a colocou, juntamente com a carta, dentro da gaveta de sua escrivaninha. Havia ali dentro várias outras castas, mas só uma contendo junto uma flor. Portanto, ali também ela era a única, como fora no jardim. E essa situação continuou para a anêmona por longo tempo, pois ela ali ficou durante todo o verão e todo o inverno seguinte. Só foi retirada quando um novo verão chegou. Dessa vez, porém, o semblante do rapaz não mostrava a mesma satisfação de antes. Ao contrário, ele parecia bastante aborrecido; tanto, que amassou o poema, com a pobre florzinha ali dentro, e o atirou ao chão, aparentando estar tomado de ira. E a flor ali ficou, murcha e amarrotada, esperando que alguém viesse apanhá-la e levá-la para algum outro lugar.

Mal sabia ela que sua situação ainda era bem melhor que a da carta, que foi apanhada e atirada na lareira, sendo logo consumida pelo fogo. Quanto à anêmona, ficou ali mesmo no chão.

Que teria acontecido? Oh, uma ninharia: aquele ano, a garota resolvera passar o "logro de verão" em outro amigo. E pensar que esse tipo de coisa acontece tão frequentemente neste mundo...

Na manhã seguinte, o sol atravessou a vidraça da janela, e seus raios pousaram na pobre florzinha esmagada no chão. Tinha-se a impressão de que estava desenhada nas tábuas do assoalho. Quando a empregada veio arrumar o quarto, encontrou-a, apanhou-a e a colocou entre as páginas de um livro que estava sobre a escrivaninha. E ali ficou ela, voltando a ter a companhia de poemas. Estes, porém, eram impressos, e não escritos a mão. Portanto, eram mais importantes, já que tinham dado mais despesa.

Passaram-se os anos. O livro estava numa estante, juntamente com vários outros. Às vezes, alguém o retirava dali e lia algumas de suas páginas. Era um livro bom, contendo as poesias de Ambrosius Stub, um poeta dinamarquês que vale a pena ser lido. Mas ninguém que lia aquele livro deparava com a anêmona, abrindo-o apenas em outras páginas.

Um dia, um homem que passava os olhos pelos poemas de Ambrosius Stub, ao virar uma página, avistou-a, exclamando:

— Ué! Uma anêmona! É aquela florzinha que se costuma enviar quando se passa um "logro de verão"!

Quedou-se pensativo, com um sorriso nos lábios, e prosseguiu, falando de si para si:

— É muito apropriado este livro para guardá-la, florzinha. Ambrosius Stub tinha algo a ver com você: era um jogral, um bufão, um ingênuo que se deixava iludir por todos, caindo sempre nos "logros de verão". Ele desabrochou antes da hora; por isso, só foi devidamente reconhecido depois de sua morte, depois que os ventos gelados o fustigaram e o frio o congelou. Ele foi um poeta temporão, um escritor precoce, um gênio incompreendido. Só hoje em dia temos consciência de que talvez tenha sido o único poeta dinamarquês que soube conferir a seus versos um frescor primaveril. Por isso, anêmona, você combina bem com este livro. Agiu bem aquele que a colocou entre estas páginas.

E a flor voltou para o lugar de onde tinha saído, sentindo-se honrada e feliz por servir de marca num volume de poesias escritas por alguém que, nem ela mesmo sabia, foi o primeiro a cantar as anêmonas precoces que desabrocham antes do final do inverno. Aquele poeta, como ela, desabrochara em pleno inverno, com um sonho de verão no coração. Veio antes do tempo, caiu no "logro de verão". Foi essa a interpretação da anêmona, dadas as palavras que acabara de escutar. Não é desse mesmo modo que nós também costumamos agir?

Eis a história da anêmona, a florzinha que se abre antes da hora, porque cai no "logro de verão". Fui eu quem a encontrou dentro daquele livro de poesias. Acho que você já sabia disso, não é?

Titia

Vocês deviam ter conhecido a irmã de minha mãe! Ah, Titia era uma pessoa encantadora! Não me refiro ao seu aspecto exterior, pois ela não era um tipo de beleza, mas a seu temperamento ameno e gentil, além de sua habilidade invulgar para contar histórias. Ela poderia ter sido atriz, pois era dotada de talento e aptidão, especialmente para a comédia. Devia ser por isso que amava o teatro, podendo-se dizer que vivia em função dele. Um seu amigo, o agente Pinjay (que ela chamava de "Papagaio"), dizia que Titia "era atacada de teatrolatria".

— O teatro é minha escola — explicava ela. — É a fonte de onde retiro meus conhecimentos. Frequentando o teatro, pude até relembrar as histórias que aprendi em criança, quando ia aos domingos ao catecismo. Refiro-me às óperas "*Moisés*" e "*José e Seus Irmãos*", que há pouco tive a oportunidade de assistir. Sim, o teatro é uma escola. Tudo o que sei sobre História, Geografia e a natureza humana, foi nele que aprendi. Com as peças francesas, aprendi que a vida em Paris é obscena, mas interessante. Ah, como chorei ao assistir à peça "*A Família Rigquebourg*"! Conta a história de um sujeito que teve de beber até morrer, a fim de deixar que sua esposa pudesse casar-se com seu jovem amante. É triste de cortar o coração. Oh, quantas lágrimas tenho derramado durante os últimos cinquenta anos, especialmente depois que adquiri o hábito de comprar com antecedência uma assinatura anual para toda a temporada do Teatro Real...

Titia conhecia todas as peças ali apresentadas, todos os cenários e panos de fundo, sem falar em todos os atores e atrizes. Pode-se dizer que sua vida só recomeçava de fato quando o teatro estava em funcionamento. Nos recessos, ela hibernava, ou melhor, veraneava, já que o recesso teatral é nos meses mais quentes.

— Talvez fosse por isso que ela não gostava de morangos. Essa frutinha brota quando o verão está para chegar, prenunciando os meses quentes e, infelizmente para ela, o fechamento da sua querida casa de espetáculos — seu segundo lar.

Nesse tempo de paralisação, ela contava os dias que a separavam do outono. E quando aquela estação se aproximava, só vendo o prazer com que ela se referia ao fato:

— Já anunciaram a venda de camarotes! Em breve, teremos a abertura da temporada. Bendito outono!

Segundo seu modo de entender, a proximidade do teatro aumentava consideravelmente o valor de uma casa. Assim, quando teve de mudar-se de seu apartamento, situado num beco logo atrás do Teatro Real, para um outro bem maior e mais confortável, numa avenida larga e movimentada, a algumas quadras dali, ela achou que sua situação passara a ser muito pior do que antes. Além de longe do teatro, a nova residência não lhe permitia enxergar o que acontecia nas casas situadas do lado oposto, em razão da largura daquela avenida.

— A janela é o palco do meu teatro doméstico — explicava. — Não vale a pena ficar em casa às voltas apenas com seus próprios problemas. Temos de participar da vida do próximo! Onde moro, sinto-me tão solitária como se estivesse vivendo no campo. Quando quero ter contato com outros seres humanos, sou obrigada a entrar no armário embutido, pois só tenho vizinhos do lado de trás! Ah, bons tempos aqueles, quando eu morava no beco perto do Teatro... Da janela, eu enxergava bem dentro da sala de estar do dono do armazém, que morava em frente... Além do mais, bastava-me dar trezentos passos, e estava na bilheteria. Agora, tudo piorou: não enxergo os vizinhos, e tenho de caminhar três mil passos para assistir a um espetáculo...

Quando adoecia, ia ao teatro assim mesmo. Só em caso extremo deixaria de fazê-lo. Um dia, o médico receitou-lhe um emplastro de aveia para pôr nos pés. Ela cumpriu a ordem, mas foi ao teatro. Assistiu à peça daquela noite com emplastro nos pés.

Só ela mesmo, para gostar de teatro tanto assim... Quando o grande escultor dinamarquês Thorvaldsen morreu, ela definiu sua morte como sendo uma "gloriosa saída de cena": é que Thorvaldsen morreu em pleno teatro, durante a representação de uma peça...

Era curioso seu conceito de céu. Não podia acreditar que lá não houvesse teatro, embora admitisse nunca ter lido algo a esse respeito nas Escrituras. Justificava-se, porém, perguntando:

— Mas que será que Deus reserva aos atores e às atrizes que já se foram deste mundo? Se sua felicidade na terra era representar, o mesmo deve ocorrer no céu, depois de sua morte.

Titia tinha uma "linha-direta" com o teatro, conforme costumava dizer. Essa "linha-direta" costumava visitá-la aos domingos, à hora do café. Seu nome era Sivertsen. Ele trabalhava no teatro, e era o que se costuma chamar de "diretor de bastidores". Era ele quem fazia o sinal ordenando que baixasse o pano, e quem coordenava os trabalhos de mudança de cenário. Seus pontos de vista sobre peças e autores eram muito pessoais, e Titia gostava de escutá-los. O lacônico crítico costumava dizer:

— A "Tempestade", de Shakespeare? Um monte de asneiras, que exige uma trabalheira danada nos bastidores. Já na primeira cena temos de achar um jeito de representar um temporal... oh, como é difícil!...

Se alguém lhe perguntasse quais eram as melhores peças que conhecia, respondia no ato:

— Aquelas que começam e terminam com o mesmo cenário, sem necessitar "acessórios" de qualquer espécie. Essas, sim, são sensatas e... artísticas.

Tempos atrás, cerca de trinta e poucos anos ("Aqueles sim, é que eram os bons tempos", dizia a Titia), ele e ela eram jovens, e ele já era diretor de bastidores, além de já ter sido nomeado sua "linha direta". Nessa época, o diretor do teatro tinha dado permissão para que algumas pessoas assistissem às peças no "sótão", isso é, no tablado que fica sobre o palco. Dali, tinha-se uma visão vertical da peça — um ponto de vista bastante curioso. Havia pessoas que só queriam assistir ao espetáculo dali. Citam-se como exemplos um general e a esposa de um conselheiro do rei, useiros e vezeiros em conseguir com o diretor uma autorização nesse sentido. O mais fascinante daquela posição era que se podia ver o que faziam os atores enquanto as cortinas ainda não tinham subido, ou logo depois que elas baixavam. Para conseguir essa autorização, era preciso conhecer o diretor do teatro, ou alguém que lá trabalhasse. E até mesmo um funcionário modesto como um assistente de diretor (nome do cargo do Sr. Sivertsen) tinha direito a destinar a um ou dois amigos esses "lugares exclusivos".

Pois bem: Titia era uma das mais assíduas frequentadoras dos assentos superiores do "sótão", por obra e graça de sua amizade com o então jovem Sivertsen. Dali já assistira a muitas peças, sem falar nos espetáculos de balé e de ópera. Quanto maior o número de atores ou participantes, mais interessante era assistir à representação naquela espécie de varanda. Reinava ali a quase completa escuridão. Os assistentes mantinham silêncio total, não podendo sair do lugar nem mesmo durante intervalos. Assim, eram obrigados a levar seu lanche. Foi por causa disso que, certa vez, três maçãs e uma salsicha caíram lá de cima, e justo sobre a cela de Ugolino, para hilaridade geral do público pagante. Cabe lembrar, para quem não conhece a peça, que Ugolino ali estava condenado à morte por inanição. Se fossem apenas as maçãs, talvez o diretor acabasse perdoando; a salsicha, porém, foi demais! Por causa dela, nunca mais foi permitido ao público assistir às peças "na vertical".

— Estive ali trinta e sete vezes — costumava lembrar-se Titia. — Digam-me: isso só não basta para que eu sinta pelo Sr. Sivertsen uma profunda amizade e um eterno reconhecimento?

Um pormenor, porém, ela não gostava de recordar. Numa das últimas vezes em que foi permitido assistir à representação daquele lugar, ela tinha conseguido com o Sr. Sivertsen uma entrada para outro amigo, o agente Pinjay. Nessa ocasião, ela ainda não o chamava de "Papagaio". A peça que estava sendo levada na ocasião era *O Julgamento de Salomão*. Na verdade, Pinjay não merecia aquela deferência, pois sempre tratara a arte teatral com certo desdém. A intenção de Titia era a de "convertê-lo", transformando-o num apreciador dos espetáculos. Ela sempre teve prazer em praticar esse tipo de caridade. Quanto a ele, somente aceitou a oferta pelo fato de poder assistir à peça de uma posição inusitada.

— Quero ver o teatro do lado de dentro — explicava aos amigos que estranhavam sua ida a uma casa de espetáculos.

E lá foi ele, assistir ao *Julgamento de Salomão*, não propriamente "de dentro", mas antes "de cima". Acontece que ele dormiu. Pelo modo como caiu no sono, dava para suspeitar que tivesse precedido sua ida ao teatro de um lauto jantar, regado a bons vinhos. Os espectadores, a princípio, estranharam aquele som que parecia provir do proscênio, uma espécie de ronco, seguido de um bufo. Aos poucos, porém, acabaram se acostumando. E ele ali ficou dormindo, naquela escuridão, não acordando quando a peça terminou. Seus companheiros de "sótão", sem darem por sua presença, trataram de dar o fora quando a peça chegou ao fim, enquanto ele ali permaneceu por horas a fio, no teatro escuro e vazio. Só foi acordar bem depois da meia-noite. Como foi que ele saiu dali ninguém sabe ao certo, pois o agente Pinjay gostava de relatar o fato de um modo muito particular, enfeitando-o com alguns detalhes criados por sua própria imaginação. Titia, diga-se de passagem, jamais acreditou nessa sua versão, mas teve de escutá-la uma e muitas vezes. Dizia ele que, ao acordar, assistiu a uma outra representação teatral. Dessa vez não era o *"Julgamento de Salomão"*, mas o *"O Dia do Julgamento Final no Teatro"*. Vamos escutar como é que o "Papagaio" contava essa história, demonstrando com isso ser um sujeito muito mal-agradecido:

— Ih, mas como estava escuro ali em cima! Eu já ia me preparando para sair, quando teve início a representação mágica de uma nova peça:*"O Dia do Julgamento Final no Teatro"*. Os porteiros já estavam a postos, e só permitiam a entrada dos espectadores que tivessem trazido seus boletins morais e espirituais. Se neles estivessem registradas notas baixas, o dono tinha as mãos atadas e a boca amordaçada, para que não pudesse aplaudir ou fazer qualquer comentário. Os que chegaram tarde — coisa que os jovens têm o mau hábito de fazer — só puderam entrar depois que o primeiro ato já tinha acabado.

— Pare de dizer tolices, Pinjay! — repreendeu-o Titia. — Isso é muito feio! Além do mais, toda essa sua conversa me cheira a desrespeito e desconsideração para com as coisas sagradas.

Mas o agente Pinjay dava de ombros, e prosseguia:

— Entraram os pintores de cenários. Para subirem ao céu, teriam de galgar os degraus das escadarias que eles próprios um dia haviam pintado. Ih, nenhum deles conseguia subir! Aqueles degraus certamente não tinham sido feitos para pernas humanas. Pois esse era o castigo que recebiam por sua falta de estética e de perspectiva.

"Os diretores de palco, bem como seus assistentes, tinham de corrigir todos os seus erros históricos e geográficos, fazendo retornar aos lugares e época certos todas as plantas, edificações e vestimentas utilizadas em sua peças. E isso teria de ser feito antes que o galo cantasse, pois, ao primeiro cocoricó, as portas do Céu haveriam de fechar-se inexoravelmente."

E a história de Pinjay prosseguia ainda por muito tempo. Ele relacionava o que é que os atores e dançarinos tinham permissão de levar consigo para o céu. Era nesse momento que Titia explodia, dizendo que ele, sim, deveria preocupar-se com a chance remota que tinha de alcançar o Paraíso. E foi numa das vezes em que ela perdeu as estribeiras que acabou chamando Pinjay pelo apelido que daí em diante passou a usar, sempre que se referia a ele: "Papagaio". Ah, como ela ficou furiosa nessa dia! Disse-lhe na cara que ele não era merecedor da entrada especial que ela lhe tinha conseguido. Além disso, não pensasse que ela iria repetir aquela história sem pé nem cabeça para quem quer que fosse. Nunca! A isso, o cruel Pinjay retrucava que tinha escrito toda aquela história, a fim de não esquecê-la, e que pretendia publicá-la um dia num jornal, embora só se arriscasse a fazê-lo depois de sua morte, para não ser esfolado vivo.

Certa vez, Titia passou por um episódio aterrador, num dia em que assistia a uma representação teatral. Era um dia de inverno, um daqueles em que a luz solar se resume a uma claridade tênue, durando não mais que duas horas. Estava muito frio, e estivera nevando. Acontece que estavam levando a ópera em um ato *"Herman von Unna"*, seguida de um grandioso balé, precedido de prólogo e seguido de epílogo. O espetáculo não deveria terminar antes da meia-noite. Era de fato imperdível! Com o inquilino que alugava seu quarto de hóspedes, conseguiu emprestado um par de botas de caminhar na neve, forradas de lã. É bem verdade que o número era um pouco maior que o de seus pés, e o cano das botas ia acima de seus joelhos; todavia, era um calçado confortável e quente, ótimo para aquela ocasião.

830

E lá se foi ela com aquelas botas enormes para o Teatro Real. Lá dentro, tratou de encontrar seu lugar, na torrinha do lado esquerdo. Esse lado era o melhor, e era também nele que a família real tinha seu camarote. Dali se tem a melhor vista do cenário.

Corria tudo bem, até que alguém gritou: "Fogo!" Não demorou para que se visse fumaça atrás do palco. O pânico tomou conta da multidão. Titia não tinha tirado as botas durante a representação, pois estava com os pés frios. De fato, elas eram excelentes para aquecer os pés, mas péssimas para correr. Ela começou a arrastar-se em direção à porta do camarote, quando a pessoa que seguia diante dela, tomada de terror, bateu a porta com tamanha força, que ela trancou! Titia ficou presa ali dentro, sem conseguir abrir a porta, e muito menos subir para o camarote superior ou saltar para o do lado, já que a distância era bem grande entre eles.

Ela gritou como possessa, mas ninguém a escutou. Debruçou-se sobre o parapeito do camarote, olhou para o de baixo, e achou que poderia saltar e cair nele, sem se machucar. A necessidade de ser ágil fez com que a juventude lhe voltasse de repente, e ela passou uma perna sobre a balaustrada. No momento de passar a outra, porém, as forças lhe faltaram, e ela ali ficou, com apenas uma perna atravessada sobre o peitoril, como se estivesse montando um cavalo, a saia arregaçada até o meio da perna, e esta pendendo no vazio, calçada com botas enormes, que logo se viam terem sido emprestadas por alguém bem maior. Se não fosse a circunstância, quem a visse morreria de tanto rir. O fato é que, depois de algum tempo, viu-se que se tratava de rebate falso, e que o teatro não estava incendiando. O fogo pegara apenas dentro de uma lata de lixo, produzindo muita fumaça, mas praticamente nenhuma chama. Assim, Titia foi salva, sem grande dificuldade.

Mas aquela foi, sem dúvida, a noite mais emocionante de sua vida. Gostava sempre de rememorar aquele fato, narrando-o com a graça e o encanto da comediante frustrada que era. Para sua sorte, não lhe foi dado contemplar sua figura, encarapitada na balaustrada do camarote. Se tivesse visto o aspecto ridículo que então apresentara, por certo teria morrido de vergonha.

Sua "linha-direta", o Sr. Sivertsen, assistente do diretor, sempre vinha visitá-la aos domingos. Mas, entre um domingo e outro, sempre havia seis dias da semana; assim, Titia, nos últimos anos, passou a convidar uma menina pobre, das que trabalhavam como figurante no teatro, para fazer-lhe companhia às quintas-feiras. A pequena chegava pela tarde, já a tempo de regalar-se com as sobras do almoço. Tanto era ela ávida pela comida, como o era Titia pelas novidades do teatro. Essa menina já tinha representado papeizinhos relativamente importantes, figurando certa vez como elfo e outra como pajem. Seu papel mais difícil, porém, fora o de leão, na ópera "A Flauta Mágica". Na realidade, ela fizera papel de meio-leão, encarregando-se de representar a parte de trás do bicho. Quando resolveram reencenar a ópera, ela já tinha crescido, não cabendo mais na armação traseira; por isso, tivera de trocar de papel, passando a representar a parte da frente. O que poderia parecer uma promoção, na realidade, era um rebaixamento pois o papel dianteiro só lhe havia rendido três coroas, enquanto que ela antes recebia cinco por apresentação. Explica-se: para representar a parte de trás do leão, a "atriz" tinha de ficar curvada, além de enfrentar o desconforto de "não ter ar puro para respirar", conforme explicou a menina para Titia, que se deliciava com essas histórias, desde que tinham a ver com o teatro.

Se fosse pelo merecimento, Titia deveria viver tantos anos quanto o próprio Teatro Real. Infelizmente, nem todos recebem aquilo que efetivamente merecem. E ela não veio a falecer em seu camarote, como imaginava que iria acontecer, mas morreu de modo digno e decente, em casa, no leito. Suas últimas palavras foram daquelas que de fato merecem ser citadas numa biografia:

— Que estão encenando hoje à noite?

Ela deve ter deixado uma herança razoável, acredito que umas quinhentas coroas, a julgar pelos rendimentos, que montavam a vinte coroas por ano. Segundo especificou em seu testamento, a soma deveria reverter para uma mulher solteira, entrada em anos, e que gostasse de teatro, a fim de comprar uma permanente para o camarote situado na torrinha esquerda, aos sábados (quando são encenadas as melhores peças). Em contrapartida, a herdeira teria como única obrigação ser assídua e pontual, nunca deixando de se lembrar de Titia nessa hora, especialmente no momento em que o pano se abrisse, para início da representação.

Como se vê, o teatro foi efetivamente a sua religião.

O Sapo

A cisterna era funda; por isso, a corda que puxava o balde era comprida, e o sarilho difícil de ser girado. A água que vinha lá de baixo era límpida e fresca, uma água que o sol nunca tinha tocado até então. A parte batida pelo sol, porém, era coberta de plantas.

No fundo da cisterna vivia uma família de sapos. Eram imigrantes, que tinham chegado ali há algum tempo. Os da nova geração já tinham nascido ali. A única forasteira remanescente era a velha avó, que ainda se lembrava dos tempos em que vivia num lugar distante, que um dia ficara seco, obrigando-a a fugir, juntamente com seus pais.

Ao chegarem ali, os sapos imigrantes encontraram uma família de rãs que já ocupava o lugar. Foram recebidos como parentes distantes, sem efusões de alegria, mas também sem animosidade. Para as rãs, a estada dos sapos era temporária, e eles um dia deixariam aquele lugar apenas para elas, seus primitivos habitantes. Não era essa, contudo, a intenção dos sapos, que não se misturavam às rãs, vivendo no que chamavam a "parte seca" da cisterna, ou seja, nas pedras situadas acima do lençol-d'água.

Mamãe Rã tinha feito uma viagem, tempos atrás. Aproveitando a subida do balde, entrara dentro dele, chegando até a parte externa do poço. A luz tinha sido ofuscante para ela, doendo sobremodo em seus olhos. Para sua sorte, tinha conseguido escapar, retornando ao fundo, num mergulho espetacular. É bem verdade que suas costas doeram durante três dias, mas ela sobreviveu. Como praticamente nada vira do mundo exterior, nada tinha a dizer sobre sua viagem, a não ser a certeza, que transmitira aos filhos, de que a cisterna não era tudo o que havia neste mundo. Quem poderia contar algo sobre a parte desconhecida do mundo era a velha Vovó Sapa, que, entretanto, tinha o mau hábito de não gostar de tocar nesse assunto, nem de responder às perguntas que as rãs porventura lhe dirigissem. Por isso, elas a achavam uma velha muito antipática. Entre si, as rãs costumavam comentar, em voz baixa:

— A coisa mais feia que existe é essa sapa velha e gorda. Depois dela, vêm seus filhos e netos.

Um dia, a velha escutou esses comentários, resmungando alto para poder ser escutada:

— Sei que não somos bonitos. Mas temos uma coisa que as rãs não têm: um de nós possui uma pedra preciosa na cabeça. Talvez seja eu mesma a dona dessa pedra preciosa.

As rãzinhas, escutando aquilo, olharam-na com curiosidade. Depois de um rápido exame, porém, baixaram os olhos, horrorizadas com a aparência da velha sapa, tratando de mergulhar na água fresca do poço. Já os sapos apreciaram o que a velha avó tinha dito, erguendo as patas traseiras em sinal de orgulho. Ao fim de algum tempo, um deles voltou-se para a mãe e perguntou:

— Afinal de contas, mamãe, que significa "pedra preciosa"?

— É uma coisa linda, rara, difícil de obter. Nem sei como poderia descrevê-la. Quem possui uma pedra preciosa, nada tem a fazer com ela, senão ficar olhando, admirando, apreciando, sabendo que todos o invejam por possuí-la. E é tudo o que tenho a dizer a esse respeito. Não me perguntem mais coisa alguma sobre tal assunto.

— Tenho certeza de que, se um de nós possui uma pedra preciosa na cabeça, esse um não sou eu — disse o menorzinho dos sapos, que era particularmente feio. — Não nasci para ser dono de um objeto tão magnífico e esplendoroso assim. Além disso, odiaria possuir uma coisa que iria despertar inveja no próximo. Isso não me daria qualquer prazer. O único desejo que guardo no fundo do coração é o de poder um dia subir até a parte de cima do poço e dar uma olhada no mundo exterior. Não precisava ser uma olhada comprida; podia ser curtinha, uma única vez. Oh, isso seria o máximo!

— Pois trate de ficar aí mesmo onde está — repreendeu a mãe. — Você conhece a cisterna. Aqui, está seguro. Evite ser atingido pelo balde, isso sim. Quando ele desce, o golpe pode até matar; quando sobe, se por acaso você for colhido por ele, salte imediatamente! Siga meu conselho, pois falo com base na experiência da comadre Rã. Ela esteve lá fora uma vez, e me contou: não é nada agradável. Por sorte, sobreviveu à experiência, mas lembro-me bem de como sofreu! Escapou por pouco de perder uma perna, ou mesmo de se espatifar toda na queda. Nunca mais quis voltar!

— Croc! — respondeu o sapinho, com uma expressão que poderia ser traduzida por "Oh, mamãe!".

Apesar disso, sua vontade de conhecer o mundo exterior não cessou. Na manhã seguinte, quando o balde subiu pela primeira vez, passando nas proximidades da pedra onde ele se encontrava, a tentação foi demais, e o sapinho acabou pulando dentro dele, subindo vagarosamente até a borda da cisterna.

— Uá! Que bicho feio! — disse o rapaz que girava a manivela, fazendo o balde subir. — É nojento demais!

Derramou a água no chão e tentou esmagar o sapo com a sola do tamanco que estava usando. O animal, porém, escapou, escondendo-se entre os arbustos e fugindo para dentro de uma moita mais fechada que encontrou. Dali, contemplando a paisagem por entre as folhas, admirou-se daquele mundo brilhante e esverdeado, do qual sequer fazia ideia lá

embaixo. As folhas pareciam translúcidas. A luz do sol incidia sobre elas, atravessando-as e conferindo uma tonalidade verde a todo o ambiente. O animalzinho sentia-se como nós nos sentimos quando estamos no interior de uma floresta fechada, contemplando os raios de sol que se coam por entre as frinchas das copas das árvores.

— Aqui é muito mais bonito do que eu havia imaginado — murmurou para si próprio. — Penso que poderia viver para sempre aqui neste ambiente.

Embevecido ante aquela paisagem maravilhosa, deitou-se para contemplá-la melhor, e ali ficou, imóvel, durante mais de uma hora seguida. Depois disso, achou que devia estender sua pesquisa, conhecendo novas paisagens. Assim, deixou o abrigo das folhas e saiu a céu aberto, chegando a uma estrada. O sol batia-lhe de rijo sobre o dorso, e o pó da estrada logo encardiu sua barriga branca. "Que lugar mais seco", pensou. "Aqui é pior do que aquele abrigo verde de onde saí. Minhas costas estão ardendo e coçando."

Atravessando a estrada, saltou para o acostamento lateral, e daí para a vala que ficava pouco além. O fundo da vala estava recoberto de miosótis e de ulmárias em flor. Sua margem externa era uma sucessão contínua de sabugueiros e pilriteiros, cujos troncos e ramos eram entremeados por trepadeiras, formando uma espécie de cerca viva.

Ah, que lugar lindo! Ali, todas as cores podiam ser vistas. Uma borboletinha passou voando, dando-lhe a impressão de se tratar de uma flor que decidira largar sua planta de origem e sair pelo mundo afora — assim como ele acabava de fazer. Pena que tinha de se arrastar pelo chão, não podendo seguir pelos ares, como aquela florzinha mimosa.

E por ali ficou o sapo, durante oito dias e oito noites. A única coisa ruim foi a fome, pois ele praticamente nada encontrou que pudesse ser comido. No nono dia, resolveu sair e procurar outro lugar. Ali era maravilhoso, mas ele estava se sentindo muito solitário. É bem verdade que, na noite anterior, o vento lhe trouxera de longe um som que lhe lembrou o coaxar de suas primas rãs. "Vou tentar encontrar companhia", pensou. E lá se foi novamente, pelo vasto mundo desconhecido.

Atravessou uma campina extensa, até chegar à beira de um lago, rodeado por uma floresta de caniços. Foi saudado pelas rãs que ali viviam:

— Seja bem-vindo, forasteiro. Talvez aqui seja muito úmido para você. Diga-nos: você é macho ou é fêmea? Estamos perguntando apenas por curiosidade, porque, para nós, tanto faz.

À noite, as rãs convidaram-no para um concerto familiar. Todos sabem como é que funciona um coral de rãs: todas cantam com grande entusiasmo, mas falta-lhes conjunto, ritmo e voz. Além disso, ali não havia coisa alguma para se comer, apenas para se beber. O jeito era ir embora de novo.

O sapinho olhou para cima e viu as estrelas cintilando no céu. Era dia de lua nova, e a noite estava bem escura. Foi então que lhe passou uma ideia pela cabeça: "Estou numa cisterna, igual àquela onde vivia até poucos dias atrás! Na realidade, esta daqui é bem maior, mas não deixa de ser uma cisterna. Bom mesmo deve ser lá em cima, onde aquelas luzinhas estão piscando. Vou encontrar um modo de subir até lá".

Sentiu-se cansado e inquieto. Uma estranha sensação tomava conta de seu peito, deixando-o angustiado, sem saber por quê. Não tendo para onde ir, deixou-se ficar por ali mesmo.

Um dia, a lua cheia despontou brilhante e redonda no céu. "Enfim", pensou o sapo, "lá está o balde que tira água desta cisterna. Quando o baixarem, aproveitarei a oportunidade e entrarei dentro dele". Logo em seguida, porém, uma dúvida assaltou-o: "E se aquele não for o balde que estou imaginando? E se esse balde for o sol? Ele é tão grande e brilhante! Deve haver espaço suficiente dentro dele para que um sapo possa viver ali, confortavelmente. Seja como for, o negócio é esperar que desçam o balde, coisa que até agora não aconteceu. Minha cabeça está ardendo, de tanto que os pensamentos se atropelam dentro dela. Acredito até que ela esteja brilhando por dentro, como o sol. Quem sabe isso se deve à tal pedra preciosa? Oh, não, não tenho pedra preciosa dentro de mim. O que tenho, mesmo, é uma vontade danada de sair daqui do fundo desta cisterna enorme, e conhecer o mundo lá de cima, que deve ser belo e glorioso. Ao mesmo tempo, morro de medo de subir até lá. Mas já me decidi: não perderei a oportunidade. Basta o balde descer, para que eu embarque nele, em sua viagem de volta".

Talvez fosse melhor mudar de lugar. Ali ele nunca vira o balde descendo. Então, voltou à estrada e foi seguindo por ela, até chegar ao lugar onde viviam os seres humanos. Entrou nos fundos de um quintal, passou por um jardim, chegou a uma horta e ali ficou, abrigado sob um pé de couve.

— Que lugar estranho, este daqui! — murmurou. — Quantas criaturas desconhecidas acabo de encontrar! Este mundo é mesmo vasto e glorioso. Não vale a pena viver sempre no mesmo lugar, com tanta coisa bonita para se ver por aí. Aqui onde estou, por exemplo: que lugar aprazível!

— Ainda bem que você gostou daí de baixo — disse uma voz acima dele — e não daqui de cima, onde estou. Esta folha de couve é minha, e é a maior da horta. Ela é a minha casa, e ao mesmo tempo é o meu alimento. Sou uma lagarta. Pode ficar aí, à sombra, mas nada de querer vir cá para cima, ouviu?

De repente, ambos escutaram vozes estranhas, dizendo:

— Cocoró, cococó!

Eram duas galinhas que estavam dando umas voltinhas pela horta. Uma delas logo enxergou a lagarta. Bicando a folha de couve, arrancou-a, fazendo a lagartinha cair ao chão. O bichinho começou a se contorcer, enquanto a galinha contemplava aquele estranho espetáculo, ora com um olho, ora com o outro. Por fim, cansada da exibição de acrobacia, desferiu uma bicada certeira na lagarta. Antes que a devorasse, porém, o sapo pulou em sua direção, causando-lhe um enorme susto.

— Que é isso? Que monstro horrível! Deve ser o guarda-costas dessa contorcionista! — exclamou a galinha.

— Deixe-a de lado, minha amiga! — disse a outra. — Não vale a pena comer um bichinho desses. Ele deixa a garganta da gente coçando.

Dito isso, as duas trataram de dar o fora dali, deixando a lagartinha sã e salva. Ao invés de agradecer ao sapo a ajuda, ela se vangloriou:

— Viu? Comigo é assim: não dou moleza. Enfrentei as duas sem medo algum. O importante é ter presença de espírito, e isso eu tenho para dar e para vender. Só não sei como é que vou fazer para voltar à folha de couve. Onde está ela? Sumiu...

Satisfeito com o feliz desfecho daquele incidente, o sapo disse à lagarta que podia contar com ele sempre que necessitasse. Ela estranhou o oferecimento, retrucando:

— Você por acaso está imaginando que teria afugentado aquelas galinhas? Ora, ora, que pretensão descabida! Fui eu quem as assustou, contorcendo-me sem parar, enquanto elas me olhavam, sem saber como iriam me apanhar com seu bico. Se eu ficasse parada, já estaria no papo de uma delas há muito tempo. De fato, sapo, sua aparência é horrorosa, senão mesmo amedrontadora. Mas não foi isso que assustou as galinhas, e sim meus movimentos. Não preciso de ajudantes, nem de guarda-costas. Sei defender-me sozinha, ouviu? Não lhe devo nada. Só não entendi direito como foi que minha folha de couve desapareceu. O jeito é procurar outra, e bem no alto.

— Sim, bem no alto — concordou o sapo, saindo dali. — Eu também quero encontrar meu lugar, bem no alto.

Dizendo isso, olhou para cima. No telhado da casa havia um ninho de cegonha. O macho estava de sentinela, matraqueando com seu bico comprido, enquanto a fêmea fazia contracanto, deitada dentro do ninho.

Ali era uma fazenda. Dentro daquela casa viviam dois jovens estudantes. Um era poeta; outro, cientista. O poeta encarava a vida com otimismo, cantando as belezas da natureza e agradecendo a Deus por sua obra. O cientista encarava a vida com curiosidade, examinando as coisas atentamente, dissecando-as, se fosse preciso. Para ele, a obra de Deus podia ser reduzida a fórmulas matemáticas, até que nossa mente fosse capaz de compreendê-la completamente. Como se vê, ambos apreciavam a natureza, mas cada qual a sua maneira. E ambos eram bons rapazes, embora diferentes um do outro.

837

Caminhavam os dois lado a lado, quando um disse:
— Olhe ali, mano, um belo exemplar de batráquio. Vou pegá-lo e conservá-lo em álcool.
— E para quê? — protestou o outro. — Deixe o sapinho em paz. Você já tem dois lá em casa.
— Mas esse espécime é deveras interessante, mano. Tem uma feiúra muito particular. Chega a ser bonito, de tão feio!
— Quem sabe, ele não seria aquele famoso sapo que tem uma pedra preciosa na cabeça? — brincou o irmão poeta.
— Lá vem você com essas crendices populares... Pedra preciosa na cabeça — onde já se viu? Vê-se que o povo não entende coisa alguma de zoologia. Aliás, você também não entende muita coisa...
— Em compensação, mano, você não possui qualquer sentimento poético. Não capta a beleza que existe nessa crendice? Não vê como é belo acreditar que uma criatura tão repulsiva possa guardar na cabeça uma gema rara, uma joia belíssima, como elemento de compensação à feiúra que lhe caracteriza o exterior? Isso não lhe traz à mente as figuras inestéticas de Sócrates e Esopo, feios a mais não poder, e todavia possuidores de um talento tal, que se poderia comparar a uma pedra preciosa contida em seus cérebros?
Foi tudo o que o sapo escutou, e ele só compreendeu metade do que ouviu. De qualquer modo, os dois seguiram seu caminho, deixando o feio animal em paz.
— Ih, outra vez essa história de pedra preciosa na cabeça — murmurou ele. — Ainda bem que não tenho uma dentro de mim, pois do contrário eles teriam me decapitado apenas para ficar com ela.
Do alto do telhado ouviu-se o matraquear do bico do macho da cegonha, que tinha acompanhado atentamente a conversa dos dois rapazes. Voltando-se para seus familiares, disse ele em tom professoral:
— O ser humano é o mais conceituado de todos os animais. E é também o que mais fala. Vive a orgulhar-se de tudo o que tem e de tudo o que faz. Entretanto, basta que um humano viaje durante um dia inteiro, para chegar a uma terra onde não entende aquilo que seu semelhante diz. Ah, se tivessem de viajar como nós... Se tivessem de migrar para o Egito, todo ano... Para nós, não há qualquer problema. A língua que falamos aqui, falamos lá, e todas as aves nos entendem. Outra deficiência dos humanos: eles não sabem voar. Quando estão com pressa, são obrigados a recorrer a uma invenção barulhenta chamada "trem de ferro".

Só de pensar nessa engenhoca, sinto um calafrio por todo o corpo. A verdade é a seguinte: o mundo poderia existir muito bem sem a presença dos humanos. Eles não fazem falta alguma, especialmente para nós. Importante, mesmo, são os vermes e as rãs. Sem esses, o mundo não pode passar.

De seu lugar, o sapo escutou aquele discurso, ficando muito bem impressionado com o orador. "Sim, senhor", pensou, "como fala bem! Gostei! Vê-se que a cegonha é um dos animais mais importantes que existem. Deve ser por isso que mora lá nas alturas."

Foi então que o chefe daquela família resolveu sair para providenciar comida, e bateu as asas, dirigindo-se para um brejo próximo. Vendo-o a voar, o sapo ficou extasiado, exclamando:

— Nossa! Como ele nada bem!

Enquanto isso, a fêmea contava para seus filhotes histórias sobre o Egito e o Rio Nilo. Em seguida, descreveu os diversos tipos de lama e de lodo existentes pelo mundo afora, citando as qualidades de cada um. De onde estava, o sapo conseguiu ouvir tudo aquilo, ficando cada vez mais deslumbrado com o que estava aprendendo. Por fim, não resistiu, dizendo em voz alta:

— Quero visitar o Egito! Hei de ir até lá! Tomara que uma dessas cegonhas queira me levar no bico. Hei de servi-la fielmente, até o fim de meus dias. É isso o que me aflige o coração: o desejo de ir ao Egito. Só agora entendi a razão de minha agonia. Para mim, vale mais realizar esse desejo do que possuir uma pedra preciosa.

E era essa a sua pedra preciosa, aquilo que ele guardava dentro de sua cabeça: o eterno anseio de subir, sempre, sempre, cada vez mais alto. Era essa a gema, a joia rebrilhante: a chama que refulgia, cintilando de alegria e desejo.

Foi então que a cegonha voltou e avistou o sapo parado ali sobre a grama. Com o bico, apanhou-o, sem demonstrar gentileza. Ao contrário, quase esmagou o animalzinho. Ele sentiu-se desconfortável e assustado, enquanto o vento assoviava a seu redor. Por outro lado, sentia-se feliz, sabendo que seria levado para o Egito; por isso, seus olhos brilhavam de expectativa e seu corpo até tremia, de tanta emoção.

— Croc!

Foi a última coisa que disse. Seu coração parou de bater. O corpo enrijeceu, e o sapo morreu. Que teria acontecido à centelha que faiscou em seus olhos? Os raios do sol recolheram-na cuidadosamente, sabendo que aquele era o brilho da pedra preciosa que o animal trazia dentro da cabeça. E para onde o levaram? Essa pergunta não deve ser feita ao cientista, mas sim ao poeta. A resposta será dada sob a forma de uma fábula ou um conto de fadas. A lagarta fará parte dessa história, e também a família das cegonhas. A lagarta acabará sofrendo uma metamorfose e se transformando em linda borboleta. As cegonhas seguirão pelos ares, transpondo as montanhas e o oceano, até alcançarem a distante África, para depois retornarem à Dinamarca pela rota mais curta. Regressarão então ao mesmo lugar onde se achavam, antes de sua partida: o ninho sobre o telhado da casa de fazenda, ali onde o sapo tinha encerrado sua peregrinação pelo mundo. Trata-se de um fato mágico e inexplicável, e que todavia ocorre. Até mesmo o cientista tem de admitir isso, por mais que tente negá-lo, já que não conhece sua explicação. Mas quem pode recusar-se a aceitar um fato tão testemunhado e tão evidente?

E quanto à pedra preciosa guardada na cabeça do sapo?

Procure-a no sol. Ela deve estar ali.

Não, não olhe para ele. Sua luz é intensa demais. Nossos olhos não podem fitar essa glória criada por Deus. Talvez venham a poder um dia — quem sabe? Quando tivermos olhos capazes de fitar o sol, esse será o mais maravilhoso de todos os contos de fada, pois seremos nós os personagens de sua história.

O Álbum de Gravuras do Padrinho

Ah, como o Padrinho sabia contar histórias! Conhecia muitas; algumas, bem compridas. Tinha a mania de recortar figuras dos jornais. Também desenhava muito bem. Pouco antes do Natal, costumava montar um álbum. Para tanto, comprava um caderno de desenho e colava em suas páginas as diversas figuras que havia recortado de livros e de jornais. Se não encontrava a figura que combinava com a história que queria contar, ele então a desenhava. Esses álbuns eram depois dados de presente de Natal a alguma criança. Eu mesmo ganhei alguns, quando menino. Os assuntos variavam. O que mais me encantou foi um que ele intitulou: "O Ano em que as Lamparinas de Azeite de Copenhague Foram Substituídas por Lampiões de Gás". Ele gostava desses títulos compridos, escrevendo-os em letras artísticas na capa do álbum.

Quando meus pais viram aquele álbum, feito com tanto esmero, logo recomendaram que eu cuidasse dele muito bem, e que só o abrisse depois de lavar as mãos.

Na página de rosto, abaixo do título, vinha um versinho:

> *Se, ao examinar, uma página rasgar-se,*
> *Nada de assustar: vire a página e disfarce.*

Era realmente um belo álbum, digno de ser visto. O melhor de tudo foi quando o próprio Padrinho o mostrou para mim. Aí, sim, a história ficou interessantíssima, pois ele não somente leu o que estava escrito, como acrescentou explicações particulares sobre essa ou aquela figura, transformando a sequência de imagens numa história de verdade.

Logo na primeira página, vinha uma gravura recortada do "Correio Volante". Era um esboço do centro de Copenhague, mostrando a Torre Redonda e a igreja de Nossa Senhora. No lado esquerdo da página fora colada a gravura de um poste de iluminação, com a legenda indicando que se tratava de uma "lâmpada de azeite". Do outro lado via-se um poste com braços, indicando-se embaixo que se tratava de "iluminação a gás".

— Essa página — explicou ele — é a apresentação do álbum, como aqueles folhetos que recebemos no teatro, antes do espetáculo. É a introdução da história que vai ser contada nas páginas seguintes. Se fosse transformada em peça teatral, seu título poderia ser: "Da Luzinha de Azeite à Luz Brilhante do Gás", ou "De como Copenhague Cresceu e Apareceu". Qualquer dos dois constituiria excelente título para essa peça, que seria ótima!

Vamos ouvir como foi que ele me mostrou e explicou seu álbum, página por página.

— Na parte de baixo dessa página vê-se uma figurinha que, na realidade, ficaria melhor no final do volume. É o Cavalo Infernal, um demônio que gosta de ler os livros de trás para a frente, e que está sempre insatisfeito, com a certeza de que aquela obra teria sido mais bem escrita se fosse ele o seu autor. Durante o dia, esse animal fica preso às colunas dos jornais, tendo de lê-las de baixo para cima. Só é solto de noite, e então sai a galope, somente parando diante da casa de um poeta, onde fica a bufar e relinchar, dando a entender que o

841

pobre morador está morto, coisa que, de fato, não ocorreu. Esse Cavalo Infernal, na realidade, simboliza certas pessoas que não têm onde cair mortas, pobres diabos incapazes de ganhar seu próprio sustento, de garantir o pão, ou melhor, o feno de cada dia. Tenho certeza de que o Cavalo Infernal não vai gostar de ler este álbum, mas isso não significa que ele não valha o papel no qual foi escrito, ilustrado e colado.

"Bem, então é esta a primeira página, a tal que contém o programa da obra.

"Era a última noite em que seriam acesas as lamparinas de azeite sobre os postes de iluminação pública. Nessa noite, os lampiões de gás foram acesos também, e sua luz era tão forte, que as pobres lâmpadas antigas pareciam inteiramente inúteis, não colaborando de modo algum para aumentar a luminosidade. Posso dizê-lo, pois fui testemunha ocular desse fato.

"Naquela noite, saí para dar um passeio pela cidade. Como eu, muita gente resolveu fazer o mesmo, e as ruas estavam apinhadas de pessoas. Curioso: havia duas vezes mais pernas do que cabeça, naquele amontoado de gente. O motivo do ajuntamento era um só: todos queríamos despedir-nos daquelas velhas amigas, que por tantos e tantos anos haviam iluminado nossas noites: as lamparinas de azeite. Ao mesmo tempo, queríamos conhecer suas substitutas, as novas e modernas lâmpadas de gás.

"Entre os que ali estavam, alguns pareciam bastante deprimidos: eram os acendedores das lâmpadas, que imaginavam ser despedidos no dia seguinte, já que não teriam mais serventia, assim como as lamparinas que estavam sendo acesas pela última vez.

"As lamparinas tinham suas mentes voltadas para o passado, o que é muito natural, nada havendo de condenável nessa atitude. Com efeito, não seria de se esperar que elas fossem fazer plano para o futuro. Sua memória vinha de séculos atrás, sendo carregadas de lembranças das muitas noites hibernais, longas e rigorosas, e muitas estivais, curtas e calmas. Apoiei-me num poste e escutei o pavio da lâmpada estalando. Entendi o que ele estava dizendo, e agora vou contar a vocês o que ouvi naquele momento:

— Fizemos o que podíamos — dizia a velha lamparina. — Servimos nossa época, e ela agora acabou. Iluminamos os passos dos transeuntes, independente de serem alegres ou tristes. Quanta coisa estranha pudemos testemunhar, durante todo este tempo! Sim, nós fomos os olhos noturnos desta cidade. Chegou o momento de passar a incumbência de fiscalizar a noite aos novos postes de iluminação. Um dia, eles também estarão obsoletos e serão substituídos por outros mais modernos, mas só o tempo poderá dizer em que consistirá essa modernidade. De fato, eles brilham mais do que nós. São candelabros de metal, conectados entre si por tubos subterrâneos, através dos quais corre o gás que se queima, produzindo luz. Assim, cada qual reforça o outro, já que todos estão interligados. No nosso caso, é diferente: cada uma tem seu azeite, não podendo recorrer à vizinha, quando ele acaba. Mas foi assim mesmo que conseguimos iluminar as ruas de Copenhague, desde épocas assaz remotas. Agora, temos de nos curvar ante vossa maior eficiência, ó postes de lâmpadas a gás. Seja esta a nossa última noite de esplendor. Não vamos gastá-la remoendo nossa inveja. Ao contrário, vamos saudar-vos efusivamente, irmãos, como as novas sentinelas das noites de Copenhague. Viestes substituir-nos, pois agora é vossa vez de trabalhar. Vosso uniforme é novo, brilhante, bem mais bonito que o nosso, já gasto e surrado. Aproveitaremos este convívio de uma noite para contar-vos o que conhecemos acerca de Copenhague, seja porque o vimos, seja porque nos foi contado pelos postes que nos precederam. Vamos contar-vos a história desta capital. Um dia, chegará vossa vez de relatar esses fatos, mais aqueles que de hoje em diante havereis de testemunhar, para os vossos sucessores, no dia em que a iluminação a gás for substituída por outra fonte de luz mais poderosa. Podeis estar certos de que isso haverá de acontecer um dia. Os seres humanos estão sempre a descobrir novidades. Ouvi um estudante comentar outro dia que, no futuro, o homem será capaz de queimar a água do mar — vede que coisa!

"Ao pronunciar essas palavras, a lamparina crepitou alto, como se houvesse caído água do mar em seu pavio".

O Padrinho asseverava que tudo isso era verdade, e quem o escutava ficava de fato interessado em ouvir a história de Copenhague, conforme interpretada e narrada pelas lamparinas de azeite, naquela noite em que se deu o acendimento conjunto delas e das lâmpadas a gás. Ouçamos, então, como foi que ele prosseguiu a apresentação de seu álbum.

— Quando uma boa ideia nos ocorre, não devemos deixá-la escapulir. Depois de escutar a conversa das lamparinas, corri para casa e comecei a montar este álbum. Fiz a história recuar no tempo, bem antes do início das memórias das lâmpadas de azeite. E aqui está o resultado: a biografia da cidade de Copenhague. Sabendo quanto você iria apreciá-lo, trouxe-lhe este álbum de presente e sugiro que você o vá completando, à medida que novos fatos forem ocorrendo e mereçam ser acrescentados a essa história.

"Não estranhe o fato de que esta primeira página seja toda colorida de preto. É que a história de Copenhague começa nas trevas, na escuridão. Viremos a página, e vejamos o que vem depois.

"Aqui está a gravura de um mar encapelado. É o oceano bravio, soprado pelo vento noroeste. Sua força arrasta pelo mar agora aquelas grandes banquisas que se veem ao fundo do desenho. Algumas delas contêm em seu bojo enormes matacões de granito, provenientes das montanhas norueguesas. Os grandes blocos de gelo seguem para o Sul, pois o vento noroeste deseja exibir às montanhas da Alemanha os formidáveis matacões que rolaram das montanhas setentrionais.

"A frota de geleiras atravessou o estreito de Sund, encalhando nos bancos de areia que então existiam naquela região. Bem que o vento tentou com que prosseguissem em sua viagem, mas as banquisas dali não quiseram sair. Irado, o vento amaldiçoou os bancos de areia, chamando-os de larápios e de ladrões, e rogando-lhes uma terrível praga: se um dia aquelas terras recém-formadas abrigassem seres humanos, esses não passariam de salteadores e patifes, e que ali haveria mais patíbulos e forcas do que casas de moradia.

"Enquanto o vento praguejava, o sol apareceu, dardejando seus raios quentes sobre os blocos de gelo encalhados nos bancos de areia da costa do Sund. O gelo foi se derretendo, e os blocos de granito acabaram por depositar-se sobre o chão de areia molhada, assentando-se ali firmemente. O vento voltou suas imprecações contra os raios de sol, tornando a amaldiçoar aquele lugar e a predizer-lhe um futuro triste e tenebroso. Mas os raios de sol gritaram mais alto do que ele, retrucando:

— Tu amaldiçoas o lugar, mas nós o abençoamos. Um dia, esse banco de areia haverá de aflorar acima das águas do mar, e nós iremos protegê-lo. Aqui florescerá o que é bom, o que é belo, o que é verdadeiro.

— Deixem de papo furado! — replicou o vento. — Vai ocorrer exatamente o contrário disso. Esperem e verão.

"É claro que as lamparinas de azeite não tinham conhecimento desse diálogo. Mas eu tinha, e quis reproduzi-lo, dada a sua grande importância para a sequência da história de nossa capital.

"Vamos virar a página. Agora, muitos séculos já se passaram. Os enormes matacões de granito já se mostram acima do nível das águas do mar. Eis uma gaivota, pousada tranquilamente sobre um deles.

"Deste outro lado, mais séculos se passaram. Agora, o próprio banco de areia já aflora sobre as águas. O mar acaba de atirar peixes mortos sobre a praia, e já se veem cordões de plantas rasteiras estendendo-se sobre a areia. Amanhã, essas plantas murcharão, apodrecerão e acabarão por fertilizar a areia, transformando-a aos poucos num solo delgado de marga, sobre o qual outros tipos de ervas e arbustos começarão a medrar.

"Veja: os *vikings* acabam de ancorar na ilhota. Ali é um bom ancoradouro, um porto seguro, tendo por cima a vantagem de estar perto da grande ilha da Selândia. Trata-se de um lugar excelente para suas disputas pessoais, seus combates singulares, que muitas vezes só iriam terminar com a morte de um dos lutadores. Ou de ambos.

"Data dessa época a primeira lâmpada de azeite que ali foi acesa. Talvez nem tivesse servido para iluminar a noite, e sim para assar um peixe. O lugar era muito piscoso. Os cardumes de arenques eram tão compactos, que às vezes até dificultavam a travessia dos botes. Suas escamas cintilavam, refletindo a luz do sol, como se a aurora boreal estivesse aprisionada ali nas águas do estreito de Sund. Em virtude da abundância de peixes, o litoral da Selândia foi sendo povoado, dando origem a diversas comunidades de pescadores. As florestas próximas forneciam o material de construção: barrotes de madeira, para as paredes; cascas de carvalho, para os tetos.

"Navios chegavam frequentemente, sempre procurando novos e melhores ancoradouros. De seus cordames pendiam lamparinas de azeite. O vento nordeste soprava através da ilha, entoando sempre a mesma canção: "Vá embora! Para longe!" E parecia que a antiga praga rogada pelo vento noroeste estava dando certo, pois todos chamavam aquela terra de "Ilha dos Ladrões", visto que ali era um esconderijo muito procurado por assaltantes e contrabandistas. À noite, podia-se ver, à distância, o brilho trêmulo e tênue de suas pequenas lâmpadas de azeite.

"O vento nordeste ali plantou uma semente, e esperou pacientemente que ela se transformasse em árvore e crescesse, enquanto murmurava:

— Logo estarás grande e terás galhos fortes; então eu soprarei e farei balançar teus frutos.

"Olhe aqui essa ilustração: é a árvore que servia de forca, naqueles tempos bárbaros. Chamavam-na *árvore dos enforcados*. De seus galhos pendiam os corpos dos condenados: ladrões, perjuros e assassinos. Eram esses os frutos que o vento agitava, fazendo com que dançassem. O luar os iluminava, tornando o espetáculo tétrico, macabro. Depois, o sol ressecava suas carnes, até que os ossos caíam ao chão, tornando-se pó e misturando-se à poeira. Vendo isso, os raios de sol diziam:

— Por enquanto, é assim. Já sabíamos que isso iria acontecer. Com o tempo, porém, tudo isso irá mudar, fazendo com que floresçam a Verdade e o Bem.

— Baboseiras! — replicava zunindo o vento nordeste.

"É isso que esta página nos tem a mostrar. Passemos à próxima.

"Os sinos tocam na cidade de Roskilde. Vive ali o bispo Absalon, que tanto sabe ler a Bíblia, como brandir a espada. Alguns atrevidos pescadores vinham se estabelecendo na ilha, juntamente com suas famílias. Já se formara ali uma povoação, dentro da qual até havia um largo denominado *Praça do Mercado*. O bispo resolve protegê-la dos piratas e dos estrangeiros, e sabe como fazê-lo. Assim, consagra a *Ilha dos Ladrões* com água benta, transformando-a num local digno de ser habitado por cristãos tementes a Deus. Pedreiros e carpinteiros põem mãos à obra e, sob as ordens de Absalon, constroem um edifício de tijolos. Os raios de sol beijam os muros vermelhos, símbolos do novo tempo que estava por chegar.

"Aquele era o castelo de Absalon. Quanto à aldeia que se formou ao seu redor, era conhecida simplesmente como *Havn*, palavra dinamarquesa que significa *porto*. Os mercadores que ali chegavam trataram de construir suas vendas, e elas logo se tornaram muitas, fazendo com que os de fora passassem a se referir à aglomeração com sendo o *Porto dos Mercadores,* ou *Koebenhavn*, conforme se diz em dinamarquês. Os estrangeiros tinham dificuldade em pronunciar aquele nome, e acabaram por estropiá-lo, transformando-o em Copenhague. Assim foi a aldeia denominada pelos primeiros alemães que ali se fixaram, e é este o nome que a cidade ostenta até nossos dias.

"A aldeia cresceu, tornou-se conhecida, e o vento nordeste passou a soprar por entre suas ruas e seus becos, às vezes com violência, arrancando um ou outro telhado mal-assentado. O próprio castelo do bispo mais de uma vez sofreu os efeitos desse vento devastador. Para proteger-se dele, foi erguida uma paliçada a seu redor, conforme se vê nesta gravura que colei aqui no canto da página.

"Um dia, desafiando o poder do bispo, um navio pirata atracou no porto. Os homens desceram, dispostos a pilhar tudo o que ali havia. Para seu azar, o bispo Absalon achava-se em seu castelo, acompanhado de todos os seus homens. Ao tomar conhecimento da investida dos bucaneiros, vestiu-se com sua armadura, embainhou a espada e soprou o corne recurvo, para chamar seus homens à luta. Só então os piratas caíram em si, tratando de bater em retirada. Já não havia tempo. Uma chuva de setas caiu sobre eles, perfurando seus corpos e deixando-os exangues. Foram todos capturados e decapitados. Seus crânios foram espetados sobre as estacas da paliçada que rodeava o castelo, como advertência a todos aqueles que alimentassem a esperança de saquear o Porto dos Mercadores, atraídos por sua crescente prosperidade. Aquela noite, o vento nordeste soprou com violência incontida, impedindo de dormir todos os marujos que por ali navegavam. Quem prestasse atenção ao que o vento estava murmurando, poderia escutá-lo a dizer:

— Depois disso, posso espreguiçar-me e descansar, aguardando tranquilamente o que está para vir.

"E muitos anos se passaram, enquanto eu viro esta página.

"Eis aqui um guarda, de sentinela na torre. Ele olha atento para todos os lados. Que vê? Vê as costas da Selândia; chega mesmo a divisar a cidade de Koege, assim como várias aldeias distantes. Abaixo dele, estende-se a cidade, que vem crescendo sem parar. As casas mais novas não são apenas de madeira, mas ostentam partes de alvenaria, e muitas delas são dotadas de empenas. Cada ofício tem sua rua. Os clientes não têm problemas para encontrar a Rua dos Sapateiros, a dos Curtidores, a dos Marceneiros, ou essa, ou aquela. Existe ainda um mercado, e também um paço municipal. A cidade ergue-se tão próxima do mar, que suas águas refletem as torres e os domos de uma de suas igrejas, a dedicada a São Nicolau. Não longe dali ergue-se a igreja de Nossa Senhora. Neste instante, reza-se a Missa. A atmosfera do templo está carregada do cheiro de incenso e de velas. A cidade de Copenhague ainda não é sede de bispado, e está sob a dependência da Diocese de Roskilde.

"O bispo de Roskilde chama-se Erlandsen, e se acha, nesse momento, de visita a Copenhague, ocupando o antigo castelo de Absalon. Os cozinheiros estão atarefados, preparando uma refeição à altura do distinto visitante. Os criados servem vinho e cerveja ao séquito de Sua Eminência. No salão, escuta-se o som de alaúdes e tambores. Velas e lampiões estão todos acesos. De longe, o castelo parece um farol, para o navegante que passa ao largo. O vento nordeste fustiga suas paredes, mas em vão, pois elas são sólidas e resistentes. Ele então tenta investir contra as paredes das casas dos cidadãos, mas também elas resistem bravamente ao seu embate. A cidade tornou-se mais forte do que o vento.

"Cristiano I, rei da Dinamarca, está junto à porta da cidade. Há pouco, foi derrotado pelos rebeldes, numa batalha travada em Skelskoer, e agora busca refúgio dentro dos muros de Copenhague. Não sabe que ali se encontra o bispo Erlandsen. Se o soubesse, teria ido atrás de outro lugar. Erlandsen não gosta do rei, e ordena que a ponte levadiça não seja baixada. O vento sopra e murmura:

— Vá embora! Para bem longe! Não adianta bater, que a porta não vai ser aberta.

"É tempo de alerta e de desassossego. Tempo difícil, em que cada qual não confia senão em si próprio. No alto da torre flutua o estandarte dos Holstein. O país está sendo devastado pela guerra e por sua aliada e irmã, a Peste Negra. É como uma noite sem fim, cheia de medo e de tristeza.

"Mas eis que chega um novo rei. Seu nome é Valdemar. O povo passa a chamá-lo de *Atterdag,* que significa *o novo dia.* Com ele, o sol voltou a brilhar sobre a Dinamarca.

"Copenhague não é mais propriedade da diocese. Agora, a cidade pertence à coroa dinamarquesa. Novas casas foram construídas. Novas ruas foram abertas. Vigias noturnos protegem a segurança dos cidadãos. Um prédio abriga a prefeitura. Próximo à entrada ocidental, foi erguido um patíbulo feito de tijolos. Ali somente podem ser enforcados os naturais da cidade. É privilégio dos criminosos nativos morrerem naquela forca, contemplando o belo visual da baía. Aos forasteiros está reservada morte menos aprazível, em locais sem vista para o mar.

— Belo patíbulo — suspira o vento nordeste.

— Já se prenuncia o tempo em que o Bem e a Verdade irão prevalecer — sussurram os raios de sol.

"Agora é tempo de distúrbios e de escassez. Sente-se nisso o poder da Liga Hanseática. Quem domina o país são os ricos mercadores de Rostock, Lubeck e Bremen. O rei Valdemar ordenou que pusessem um ganso dourado sobre a torre de seu castelo em Vordingborg, a fim de debochar desses mercadores, que o povo apelidava de *gansos.* Mas de nada adiantou, pois logo os grasnidos dos gansos erguiam-se mais alto que as ordens gritadas pelo rei.

"Uma frota navega em direção a Copenhague. Nela vem Erik, neto de Valdemar, o novo soberano do país. O jovem rei não deseja lutar contra seus parentes germânicos. Além do parentesco, eles são numerosos e bem armados. O rei seguiu com seus homens até Soroe, à beira do lago tranquilo e da floresta silente. Ali, ele e sua corte passavam os dias ociosamente, ao som das cantigas de amor, por entre brindes e tinidos de taças.

"Mas nem toda a corte estava ali. Pelo menos um de seus membros tinha permanecido na cidade. Era uma pessoa de sangue real, de coração nobre, de espírito superior. Era uma mulher. Veja sua figura: jovem, bela, delicada; quase frágil. Seus olhos são azuis como as águas do oceano; seus cabelos louros lembram os raios dourados do sol: É Filipa, a rainha da Dinamarca, aquela que um dia tinha sido uma princesa inglesa. Ela permaneceu ali,

846

naquela cidade dominada pelo terror. Ela caminhava por entre suas ruas e seus becos, passando diante das cabanas e barracas dos cidadãos, que não sabiam como agir: deviam ficar ali mesmo, ou fugir? A rainha conversava com todos, fossem camponeses, fossem mercadores ou artífices. Trazia-lhes a mensagem da esperança, devolvendo-lhes a fé, a confiança no futuro. Aos poucos, botes foram sendo equipados e armados, e as defesas da cidade foram sendo restauradas. Chegou o dia da batalha, e ela foi travada. Pela graça de Deus, a vitória coube aos cidadãos. O sol brilhou de novo sobre Copenhague! Bendita rainha Filipa! Ela estava em toda parte: nas cabanas, nas choupanas, nas casas. Atendendo a sua ordem, os feridos foram trazidos para seu castelo, onde eram tratados e pensados, muitas vezes pelas próprias mãos daquela nobre mulher. Foi por isso que recortei e colei sobre sua figura essa coroa de louros, que também lhe haverá de servir como auréola. Rainha Filipa: Que Deus a tenha em sua santa glória!

"Vamos agora dar um salto no tempo. Cristiano I regressou de Roma, onde foi abençoado pelo Papa. Um grande edifício está sendo erigido na cidade. Aqui será um estabelecimento de ensino. As aulas não serão ministradas em dinamarquês, mas sim em latim. Todos terão acesso à educação, inclusive os pobres. Atraídos pela perspectiva de se tornarem doutos, eles abandonam suas terras e suas oficinas, matriculando-se naquela escola. Para sobreviverem, têm de mendigar. Vestidos com suas capas negras, seguem pelas ruas de Copenhague, detendo-se ante as casas dos ricos mercadores, para solicitarem uma esmola.

"Não longe dali ergue-se outro edifício, bem mais modesto. Ali se fala dinamarquês e se observam os costumes da terra. Não é um estabelecimento de ensino, mas ali também se aprende, e muito! De manhã, toma-se um mingau temperado com cerveja. Almoça-se às dez horas. O sol penetra pelas vidraças, iluminando as prateleiras da despensa e as estantes de uma sala apinhada de livros. Ali estão guardados verdadeiros tesouros: *O Rosário de Nossa Senhora*, de Mikkel; a *Divina Comédia*, além do *Livro da Cura,* de Henrik Harpenstreng, e o famoso volume contendo as crônicas em versos que contam a história da Dinamarca, escritos pelo Irmão Niels, monge do convento de Soroe.

"Qualquer um que soubesse ler tinha acesso a esses livros. Pelo menos, é o que diz o dono daquela casa. Quem é ele? O sujeito que os imprimiu. Ele é holandês, e seu nome é Gotfred van Gehmen. Profissão: impressor de livros. Foi o primeiro que praticou na Dinamarca a bendita e maravilhosa arte da impressão de livros.

"Agora, livros não são mais privilégio dos castelos reais. Podem ser encontrados também nas casas dos cidadãos comuns. Provérbios e canções populares estão agora preservados em letra de forma, para todo o sempre. O que os homens não se atreveram a enunciar — na alegria ou na tristeza —, a canção folclórica sabe como dizê-lo, de modo velado, porém compreensível e claro. Ela é uma ave cujas asas nunca foram cortadas. Voa livremente por entre as paredes acanhadas do cômodo único da choupana do camponês, e por entre as de pé direito alto dos salões do poderosos. Como um falcão, pousa na mão da nobre dama; como um pardal, pipila na morada tosca do servo.

— Tudo isso é conversa fiada! Tagarelice, e nada mais! — protesta o vento nordeste.

— Não, não! — discordam os raios de sol. — Isso é a primavera. Não vê como tudo está florescendo?

"Viremos outra página. Veja como Copenhague está linda nesta gravura! Estão sendo realizados torneios, disputas e jogos. Observe essa procissão, formada por nobres cavalei-

847

ros com armadura, seguidos por damas com trajes de seda, bordados de ouro. Elisabeth, a filha do rei Hans, vai se casar com o duque de Brandenburgo. Note como ela é jovem e airosa, nessa ilustração que a mostra parada de pé sobre um tapete de veludo. Está cismando acerca de seu futuro. A seu lado está o príncipe Cristiano, seu irmão. Ele tem os olhos melancólicos, fruto de sua natureza apaixonada. É amigo dos mercadores e artífices, conhece seus problemas, partilha de suas preocupações, sofre com a miséria do povo. Em que estará pensando? Numa frase: *só mesmo Deus pode proporcionar-nos a felicidade*.

"Viremos mais uma página. O vento sopra cortante, zunindo como se fosse uma espada brandida com ferocidade. É tempo de luta, de guerra civil.

"Estamos num dia de abril, frio como gelo. Diante do palácio real, aglomera-se uma multidão. O povo também está reunido junto à velha alfândega, em cujas proximidades se acha ancorado o navio de Sua Majestade. Rostos assomam em todas as janelas, e nenhum deles está sorrindo. Os olhos estão fixos no palácio do rei, aparentando tristeza. Ali não se dança, não se festeja, não se comemora coisa alguma. Ao contrário, ele parece vazio, abandonado. Não se vê vivalma na sacada onde o rei Cristiano II gostava de ficar contemplando a paisagem, detendo seu olhar para além da estrada real, na pequena casa onde vivia sua *pombinha*. Quem sabe se a jovem holandesa que ele amava tanto teria sido efetivamente envenenada por Thorben Oxe? O fato é que ele tinha sido decapitado por causa disso. Mas, e se não fosse ele?

"Abre-se o portão do palácio. A ponte é abaixada. Surge o rei, tendo ao lado sua esposa, a rainha Elisabeth. Ele foi abandonado por todos, exceto por ela.

"Cristiano II procede temerariamente e pensa irrefletidamente. Seu desejo é acabar com as leis mantidas pela tradição. Anseia por libertar os camponeses e proteger os artesãos. Tentou atar as asas da nobreza, o *falcão voraz*, conforme mencionada nas cantigas populares. Mas os filhotes desse falcão eram mais fortes do que ele, e outra alternativa não lhe restou senão deixar a Dinamarca e procurar refúgio em outra nação. Há lágrimas nos olhos dos cidadãos em Copenhague, pela tristeza que sentem de separar-se de seu rei.

"Vamos ouvir as vozes de quem participou desses eventos. Algumas se erguem para defender, outras para atacar. É um coro, constituído de três vozes distintas. Ouçamos a parte declamada pela nobreza. As palavras foram anotadas, escritas e impressas:

> *"Recaia sobre vós a desgraça, ó Rei Cristiano.*
> *Por vossa culpa, Estocolmo presenciou um banho*
> *de sangue. Devido a vossas ordens, foram*
> *massacrados nossos nobres parentes suecos. Maldito*
> *seja o vosso nome!"*
> *O clero concordava com essas palavras, acrescentando:*

> *"Deus condenou-te, e nós também te condenamos.*
> *Trouxeste para cá a doutrina herética de Martinho*
> *Lutero, introduzindo-a nas igrejas dinamarquesas.*
> *Deixaste que o diabo pregasse em nossos*
> *púlpitos. Maldito seja teu nome!"*

Mas os plebeus — mercadores, camponeses, operários, artífices — choravam amargamente. Suas palavras eram de desolação:

*"Cristiano é amigo do povo. As leis que
promulgou não permitem mais que os
camponeses sejam tratados como animais.
Agora, o servo não pode ser vendido, ou
mesmo trocado por um cão de caça. As leis
de Cristiano são o testemunho de sua virtude."*

"Mas ninguém escuta as palavras dos pobres. E, se escuta, não as leva a sério.

"O navio desliza pelo mar e passa diante do palácio real. O povo sobe nos muros que rodeiam a cidade, a fim de ver de relance seu rei. Pela última vez.

"Os tempos difíceis custam a passar. São tempos de desconfiança. Não confieis em vossos amigos, e menos ainda em vossos parentes. O tio de Cristiano, Frederico de Holstein, mais ambicionava usurpar a coroa, que ajudar seu sobrinho. O reino cai em suas mãos. Somente Copenhague permanece leal ao rei Cristiano II. O duque usurpador promove o assédio à cidade. Copenhague está cercada. Os longos meses de seu sofrimento — ó Copenhague, mui leal — foram cantados e declamados, e também registrados na História.

"Nas canções populares, Cristiano II era a *águia solitária*. Quer saber o que lhe aconteceu? Quem sabe dizer são as aves, que migram para longe, transpondo céus e mares. Quem me contou foi a cegonha, depois que chegou das terras distantes do Sul. Eis o que ela disse:

— Quando sobrevoei a extensa charneca da Alemanha setentrional, vi o rei Cristiano. Ele ali encontrou uma mulher, dirigindo uma carroça, puxada por um matungo sarnento. Era sua irmã, aquela que tinha sido outrora a duquesa de Brandeburgo. Fora expulsa de casa pelo marido, por ter-se mantido fiel à doutrina de Lutero. Na desolada charneca, os dois irmãos se abraçaram. Quem os visse, jamais imaginaria tratar-se dos filhos do rei Hans, da Dinamarca. Sim, aqueles eram tempo difíceis, tempos de desconfiança. Não se podia então confiar nos amigos, e muito menos nos parentes...

"A andorinha veio do castelo de Sunderborg, e chilreou seu lamento, que era assim:

— O rei Cristiano foi traído. Meteram-no num calabouço, que mais parece um poço, escuro e profundo. Ele agora é prisioneiro. Nada mais faz senão caminhar em círculos, dentro de sua cela estreita. Seus passos cavaram um sulco no chão. A unha de seu polegar cavou uma ranhura na tábua de mármore que lhe serve de mesa.

"O gavião-pescador sobrevoa o mar aberto. Ao longe, avista a nau do bravo Soeren Nordby, que luta em prol de Cristiano II. Até então, a sorte está com ele. Mas a sorte é instável. Como o tempo e como o vento, ela está sempre sujeita a mudar.

"Na Jutlândia e na ilha de Fyn, gralhas e corvos crocitam:

— Tudo bem! Tudo bem! Temos guerra! Guerra é bom!

"Cadáveres de soldados e de corcéis bóiam sobre as águas, servindo de alimento às aves de rapina.

"Ninguém se sente seguro. O camponês não abandona o porrete; o morador da cidade não sai às ruas sem sua faca afiada.

— Vamos matar todos os lobos — dizem eles. — Nenhum de seus filhotes há de sobreviver!

"Nuvens de fumaça encobrem os céus. São as cidades que estão sendo queimadas. É a guerra civil!

"O duque Frederico assume o título de rei. Mas pouco sobrevive para desfrutar de tal privilégio. Agora, é seu filho Cristiano quem prossegue a luta. O velho rei Cristiano II continua preso no castelo de Sunderborg. Ele jamais será libertado. Nunca mais poderá rever sua leal Copenhague.

"O jovem rei Cristiano III está ali, no mesmo lugar onde seu pai esteve, junto às portas de Copenhague. Reina o desespero na cidade assolada pela fome. Veja uma mulher que se apoia nos muros da igreja de Nossa Senhora. Não é uma mulher, mas apenas seu corpo. Duas crianças esfomeadas sugam avidamente o sangue que mina de seus seios secos e mortos.

"Ó Copenhague, cidade mui leal! Tua resistência agoniza. Tua coragem já se foi.

"Ouça as trombetas! Escute os tambores! É uma fanfarra. Trajados esplendidamente de seda e veludo, sobre alimárias com arreios tauxiados de ouro, os nobres cavalgam pelas ruas de Copenhague, seguindo em direção à praça do mercado. Os homens do povo também estão trajando roupas domingueiras, seguindo naquela mesma direção. Será dia de feira? Ou haverá novamente os torneios que costumavam ser promovidos no passado? Afinal de contas, que está acontecendo, para atrair tanta gente ao mesmo lugar? Ao que parece, haverá ali uma *fogueira das vaidades*, na qual serão consumidos pelo fogo os livros dos seguidores do Papa. Ou, então, vai haver uma execução de algum herege, condenado à fogueira ou ao empalamento, como nos tempos do bispo Slaghoek. E então, que será que vai acontecer?

"Cristiano III vai fazer hoje sua profissão de fé. E quer que ela seja divulgada por toda a terra que ele governa. Ele é um protestante, um seguidor de Lutero. Saibam todos disso.

"Das janelas, nobres damas contemplam o espetáculo, usando roupas sisudas, de altos colarinhos brancos, cobertos com xales adornados de pérolas. Sob um pálio, estão os membros do conselho real, usando as vestes exigidas pelo seu ofício. No centro, sentado no trono, está o rei Cristiano III, em silêncio. O conselheiro chefe lê os decretos, escritos em dinamarquês, e não em latim. As palavras são duras, palavras compostas sob domínio da cólera, palavras de julgamento contra o povo, reprovando e punindo sua oposição à nobreza. Mercadores e artífices perdem os direitos aos quais começavam a acostumar-se. Os camponeses readquirem sua condição de servos. Os homens do clero — monges, frades, bispos, padres — são destituídos da força e do poder que até então ostentavam. Os bens móveis e imóveis pertencentes à Igreja de Roma são divididos entre o rei e os nobres.

"Hoje é o dia do ódio e da arrogância. O dia da desforra. Regras rígidas recaem sobre os ombros do povo, que a tudo assiste, silencioso e acabrunhado.

> *"Lá vem o passarinho coxeando*
> *— caminha mancando.*
> *No alto, o falcão voraz aguça o olhar:*
> *é hora de atacar!*

"Nesses tempos de mudança, nuvens escuras toldam os céus, mas mesmo assim a luz do sol teima em vará-las, durante alguns breves instantes. Hans Tausen e Peter Plade não passam de filhos de gente humilde. Seus pais são ferreiros. Hans, nascido na ilha de Fyn, vem a tornar-se o "Lutero dinamarquês". Peter Plade, que assina seu nome em latim — Petrus Palladius —, vem a tornar-se bispo de Roskilde. Também entre os nobres surgem nomes dignos de ser lembrados, como o de Hans Friis, o primeiro-ministro, que muito se empenhou em aperfeiçoar o ensino em nosso país, com a ajuda do rei, Cristiano III, que tanto incentivou o crescimento da universidade nacional. Sim, os tempos eram escuros, mas aqui e ali os raios de sol conseguiam imiscuir-se entre as nuvens, produzindo lampejos fugazes que afastavam temporariamente a melancolia reinante.

"Uma nova página, uma nova era. Próximo à costa de Samsoe, uma sereia de cabelos verdes como o mar emerge das águas e entoa para um camponês uma canção que fala sobre um príncipe que está para nascer, e que mais tarde se transformará num poderoso soberano. Reza a lenda que esse príncipe nasceria em campo aberto, sob um pilriteiro.

"Multiplicam-se as canções e as lendas a respeito de Cristiano IV, que se tornou o mais amado de todos os reis da Dinamarca. Sua memória haverá de perdurar por séculos, pois os mais belos prédios de Copenhague foram construídos em sua época, tendo muitos deles sido planejados pelo próprio rei. Qual o dinamarquês que nunca ouviu falar de Rosenborg, o Castelo das Rosas, tão belo como a flor que designa? Ou do prédio da Bolsa de Valores, com sua torre espiralada, formada como se fossem três caudas de dragões entremeadas? Quem não ouviu falar do conjunto residencial construído para uso dos estudantes da Universidade? Ou da Torre Redonda, que aponta para o céu como se fosse uma coluna dedicada à Urânia?

"Dessa torre pode-se avistar a ilha de Hveen, onde no passado se ergueu o Castelo de Urânia, com suas cúpulas cintilando ao luar. Era ali que vivia o grande astrônomo Tycho Brahe, cuja origem era nobre. As sereias cantaram seus feitos, pois suas canções não falam apenas de reis, mas também daqueles cujo conhecimento enobrece a cultura do homem. Assim, até mesmo elas foram àquela ilha, conhecer o grande homem que pesquisava os astros, erguendo a tal altura o nome de sua terra natal, que chegou a inscrevê-lo nos céus. Pois, apesar disso, a Dinamarca não lhe foi reconhecida, e Tycho Brahe se viu obrigado a passar o resto de seus dias no exílio. Dominado pela melancolia, escreveu, a fim de ocultar seu pesar:

> *"Se há sempre um céu por cima de mim,*
> *onde quer que eu esteja, que mais me*
> *pode faltar?"*

"Seus poemas e canções possuem o espírito das cantigas populares, o mesmo que havia na canção da sereia acerca de Cristiano IV.

"Vejamos uma nova página do álbum. Esta aqui quero que a examine atentamente. Há muitas gravuras coladas nela, e suas legendas foram retiradas das nossas velhas sagas em versos. A história contada nesta página começa alegre e termina triste.

"Examinemos a primeira ilustração. Que temos aí? Uma princesa a dançar. Nota-se que ela está no castelo do rei. Ei-la de novo, aqui ao lado; dessa vez, sentada no colo do rei Cristiano IV, seu pai. É Eleonora, a filha que ele tanto ama. À medida que cresce, mais aumenta sua graça, mais realça sua feminilidade. Seu caráter é firme, seu sorriso é encantador. Ainda não passava de uma criança, quando foi prometida ao jovem Corfits Ulfeldt, nobre entre os mais nobres. Sua governanta é rigorosa, e não lhe poupa a vara. Ela queixa-se disso a seu futuro marido, que sai em sua defesa. Eleonora é culta e inteligente. Sabe grego e latim. Canta em italiano, acompanhando-se ao alaúde. É capaz de discutir com os doutos sobre religião, sabendo analisar as causas do rompimento entre Martinho Lutero e o Papa.

"O rei Cristiano IV repousa em sua câmara mortuária, na catedral de Roskilde. Quem agora reina é o irmão de Eleonora. Sua corte é conhecida pela elegância e pela pompa. Quem comanda a moda e o estilo dos cortesãos é a bela Sofia Amália de Luneburg — alçada à condição de rainha da Dinamarca. Pergunte-se ao espelho mágico se existe na corte alguma mulher mais encantadora que a rainha. Pergunte-se a ele se alguém monta com mais audácia e graça. Pergunte-se ainda se há alguma pessoa no reino dotada de maior conhecimento e mais cheia de espírito que ela. Qual seria a resposta? O espelho respondeu pela boca do embaixador da França:

— Ora, se existe! É Eleonora Cristina Ulfeldt! Em questão de beleza e inteligência, não há quem seja capaz de superá-la!

"No chão encerado do salão de festas do palácio real um espinheiro criou raízes. Nele despontam os espinhos agudos da inveja, que rasgam a pele, que ferem fundo. Depois que se cravam em alguém, não há mais como arrancá-los. Ao redor da ferida do insulto, forma-se o roxo da vingança. Que dizem dela? Que é infame, indigna, sem caráter. Que não pode transpor a ponte levadiça em sua carruagem, pois a rainha passou por ali, e onde a rainha passa, só restaria a ela caminhar a pé. São calúnias, são mexericos, são acusações infundadas. São mentiras, que flutuam como flocos de neve, entrecruzando-se durante uma tempestade.

Uma noite, Corfits Ulfeldt toma sua esposa pela mão e segue com ela até uma das portas da cidade, da qual só ele tem a chave. Do lado de fora, esperam-nos cavalos arreados. O casal cavalga pela praia. Um navio está a sua espera, preparado para zarpar. Os dois embarcam, e o navio segue para a Suécia.

"Viremos mais uma página. A sorte continua voltada de costas para aquele casal. Estamos no outono. Tempo de dias curtos e noites compridas. Tempo de céu nublado e atmosfera úmida. Sobre os parapeitos das defesas que protegem a cidade, crescem árvores. O vento brinca com as folhas murchas que teimam em segurar-se nos ramos. Elas caem e sujam o chão do pátio que se estende diante da mansão de Peder Oxe. O chão parece recoberto por um tapete de folhas secas. O vento também brinca ao redor da casa de Kal Lykke, próximo do porto. A casa foi transformada numa prisão, e seu dono banido para o exílio. Seu escudo de armas foi quebrado, e seu retrato pendurado na forca. Enforcar um retrato: um modo muito estranho de proceder...

"Espantado com essa atitude? Então escute qual a razão que levou a ela: Lykke recriminou o modo de agir da rainha da Dinamarca. Não se pode falar desrespeitosamente da rainha. Isso é um crime, passível de condenação. Na falta do criminoso, enforca-se o seu retrato.

"E onde estará Corfits Ulfeldt, que outrora foi o chanceler do reino? O vento uiva como uma alcateia de lobos. Sopra com força através de uma planície onde tempos atrás se erguia um castelo. Ele foi demolido pedra por pedra, até restar apenas uma laje de granito. O vento ri, ao ver que se trata da superfície de um dos antigos matacões trazidos da Noruega no bojo de uma banquisa. Aquele bloco foi um dos formadores da *Ilha dos Ladrões*, cujo destino decorrera da praga rogada pelo vento. Pedaços daquele bloco tinham sido arrancados para serem usados nas paredes do castelo de Ulfeldt, dentro das quais sua esposa cantava em italiano, acompanhando-se ao alaúde, e lia livros escritos em grego e

852

em latim. Sobre o chão daqueles salões, ela andava orgulhosa, de queixo erguido. E que restou de tudo isso? Aquela laje de granito, ostentando a seguinte inscrição:

"Erigido em memória do traidor Corfits Ulfeldt,
para sua perene vergonha, desgraça e desonra."

"E quanto a sua esposa, a bela e nobre princesa? O vento sibila e responde:

— Vvvvv! Sssss! Está encerrada na Torre Azul, na parte de trás do castelo do rei. As ondas do mar chocam-se contra suas paredes lodosas. Está ali há muitos anos, numa cela escura, na qual a lareira antes produz fumaça que calor. Uma única janela, bem no alto, não permite que ali entre a luz do sol, mas tão-somente uma luminosidade difusa e acinzentada. Quem te viu, quem te vê; onde está a bem-amada filha de Cristiano IV, a menina mimada, a jovem encantadora, a dama elegante, a favorita da corte? Somente a recordação pode reconstruir a glória que um dia existiu, e cobrir as imundas paredes da prisão com o esplendor de sua infância e de sua juventude. Ela relembra a maneira afável e carinhosa com que o pai a tratava, a magnificência de suas bodas, e depois os anos de exílio na Holanda, na Inglaterra e na ilha dinamarquesa de Bornholm.

"Não há sofrimento tão pungente que o verdadeiro amor não possa aliviar — diziam alguns.

"Mas ela agora está sozinha — replicavam outros. — Já não pode contar com o apoio do marido, nem mesmo sabendo onde é que ele está enterrado. Aliás, ninguém sabe.

"Que crime cometeu? Foi leal a seu marido. Por causa disso, amargou vinte e dois anos de prisão. Isolada na torre, Eleonora Cristina não viu o tempo passar, nem escutou a cantiga popular que se referia a ela, dizendo:

Mantive o juramento, e não deploro,
E hoje, na solidão da cela, eu choro.

"Vê esta gravura? Mostra o inverno. O gelo reina sobre as águas, e interliga as ilhas de Laaland e Fyn, por meio de sólida ponte, de modo a permitir a passagem de um exército por ali. Carlos X, da Suécia, não perde essa oportunidade. Assassinato e pilhagem acompanham seus passos. O medo e a miséria espalham-se por toda a Dinamarca.

"As tropas suecas assediam Copenhague, prontas a invadir a cidade, durante aquele inverno rigoroso. Dentro, homens e mulheres, leais a seu rei e a sua pátria, estão dispostos à luta, mesmo com o risco de suas vidas. Ninguém se recusa a ajudar a guarnecer as defesas: nem o artesão, nem o aprendiz; nem o universitário, nem o professor. Aos piores ataques, todos respondem com denodo e bravura. O rei Frederico III jurou não abandonar a cidade de modo algum, dizendo ser ali o seu ninho, pelo qual valia a pena morrer. Levando ao lado a rainha, ele percorre as muralhas que rodeiam sua capital. É um homem dotado de coragem, de fibra e de patriotismo. Os suecos usam de uma artimanha: vestem camisas brancas sobre o uniformes, a fim de se camuflarem, confundindo-se com a neve que cobre toda a paisagem.

— Que o façam — diz o rei, ao ser informado desse fato. — Vai servir-lhes de mortalha!

"O exército sueco ataca. Os soldados tentam tomar de assalto as muralhas. Toras de madeira e blocos de granito são atirados contra eles. As mulheres acorrem em defesa de seus maridos e filhos, trazendo piche e alcatrão ferventes, para serem despejados sobre o inimigo. Durante a noite, o rei e seus súditos se irmanam num único afã, no mesmo objetivo: proteger a cidade. Valeu o esforço: Copenhague foi salva!

Pela manhã, os sinos bimbalham e se escutam as preces de ação de graças dos cidadãos. Aquela noite demonstrou ao rei que seus plebeus mereciam receber a patente de nobreza.

"E que resultou de tudo isso? Olhe para a figura que se segue. Ali está uma senhora, dirigindo uma carruagem fechada. Trata-se de um privilégio reservado às damas da corte. Mas aquela não é uma cortesã: é a esposa do bispo Svane. Os aristocratas rebelam-se contra a ousadia. Param a carruagem, tiram sua ocupante para fora e destroem o veículo. A senhora Svane tem de seguir a pé até a igreja.

"E esse é o fim da história? Não, é apenas o início. Muitas outras carruagens foram quebradas, daí em diante. A nobreza reclamava seus direitos, cada vez mais insolentemente.

"O prefeito de Copenhague, Hans Nansen, e o bispo Svane marcam um encontro. Os dois apertam-se as mãos e concordam em que alguma coisa tem de ser feita para pôr cobro àquela situação. As palavras que pronunciam são sensatas e honestas, sendo logo depois repetidas nas igrejas e nos lares. Selado o acordo, passa-se à ação. Fecham-se as portas da cidade. Cessa o movimento do porto. Todo o poder é entregue ao rei. Ele merece, pois esteve na cidade junto com os cidadãos, arrostando todos os perigos. Não chegou a dizer que ali era seu ninho, pelo qual valia a pena lutar, ou mesmo sacrificar a própria vida? Sim, ele merece o poder. Os sinos tocam, saudando a novidade. Começou a era do direito divino dos reis.

"Viremos mais uma página, e saltemos para bem distante, no tempo.

"Escutam-se vivas e hurras. A urze floresce e se espalha pelos campos que há tempos deixaram de ser arados. Hurra! Ouça as buzinas dos caçadores e os latidos dos cães de caça. Olhe esta gravura: é uma cena de caçada. Entre os caçadores, ali está Cristiano V, o jovem soberano, risonho e cheio de vida. Há alegria por todo lado, tanto nos palácios dos nobres, como nas casas dos homens do povo.

"Nas salas, as velas estão acesas. Nos pátios, ardem tochas e archotes. Nas ruas, as primeiras lâmpadas são acesas. Copenhague já é dotada de iluminação pública. O país parece ter sofrido uma reforma. Tudo é novo e luzidio. Até a nobreza é moderna: foi importada da Alemanha. Os nobres são agora chamados de condes e barões. Seus privilégios são maiores do que antes; sua riqueza, nem se fala. Agora, a língua que se escuta na corte é o alemão. Há alguém, contudo, que não se curva ante a novidade, e teima em falar dinamarquês: é o bispo Kingo, de origem pobre, filho de um modesto tecelão. E não só fala, como escreve belíssimos salmos, que o povo repete de cor.

"A modéstia da origem não impede que muitos subam na vida e adquiram respeito e renome. Quem está codificando as leis do reino é filho de um taberneiro. O código das leis é impresso, o nome de Cristiano V é inscrito em ouro na capa do volume. Serão essas as leis que prevalecerão por gerações e gerações. Seu autor, Griffenfeld, torna-se um dos homens mais poderosos do reino. Multiplicam-se em seu peito as comendas; em suas costas, os inimigos. Aquelas não conseguem protegê-lo desses, e o filho do taberneiro paga caro por sua ascensão social. Seu timbre de nobreza é partido em dois. Ele é condenado à pena de morte. Só no cadafalso, quando a espada do carrasco já se ergue para o derradeiro golpe, chega a ordem contendo a redução da pena. Ao invés da morte, prisão perpétua. Griffenfeld é mandado para uma ilha situada próxima à costa da Noruega: Mun-k-holm, a Santa Helena dinamarquesa.

"Enquanto isso, no palácio do rei, as festividades vinham prosseguindo. O luxo e a magnificência continuavam a imperar. Damas e cavalheiros, escolhei vossos pares, que é hora de dançar.

"Chegamos agora ao reinado de Frederico IV: a época das Guerras Escandinavas. Veja os navios ancorados no porto. Note como parecem não fazer caso das ondas que contra eles se embatem. Ah, se soubessem falar! Quantas histórias de coragem e de honra poderiam contar para nós! Com que cores brilhantes saberiam representar a vitória dinamarquesa! Como saberiam encarecer os nomes dos bravos e heroicos patriotas Schested e Gyldenloeve, além do destemido Hvidtfeldt, que salvou a frota dinamarquesa, mantendo-se a bordo de seu navio em chamas, até que o fogo alcançou os barris de pólvora, mandando para os ares não só o intrépido comandante, como toda a sua brava tripulação. Vale a pena relembrar essa época, esses conflitos, esses heróis. O maior de todos eles foi Peter Tordenskjold. *Torden* que dizer *tormenta; skjold* significa *escudo*. Pedro, o escudo contra as tormentas, o protetor da costa dinamarquesa, embora tenha nascido e passado sua infância nas montanhas da Noruega.

"Uma aragem suave sopra sobre o mar, proveniente da Groenlândia. Chega com ela um aroma que lembra a longínqua Belém da Judeia. Hans Egede está pregando a palavra de Deus naquela ilha longínqua e gelada.

"Agora, olhe bem para a página ao lado. Veja que ela tem duas metades distintas: uma, é dourada; outra, cinzenta, tendo ademais as bordas chamuscadas. O ouro, já vimos: simboliza o heroísmo e a vitória dos dinamarqueses. Mas depois disso vieram as cinzas.

"Em Copenhague, é tempo de peste. As ruas estão desertas, e as portas das casas estão fechadas. Algumas delas foram assinaladas com uma cruz, traçada a giz: os moradores foram atacados pela peste. Já outras mostram uma cruz negra, traçada a carvão: a peste ceifou a vida de todos os que ali residiam.

"Durante a noite, queimam-se os mortos. Os sinos já foram dispensados de dobrar. Os mortos — ou mesmo os moribundos, não raro — são tirados de casa, empilhados em carroças e levados para as valas comuns, sem ritos, sem rezas, sem acompanhantes. Escuta-se apenas o rangido das rodas atravessando as ruas, levando sua carga macabra.

"Chegam das tavernas os sons de cantos obscenos e gritos desatinados. Os sobreviventes tentam esconder a dor e o medo que os assaltam. Se pudessem, hibernariam, até que toda aquela desolação chegasse ao fim. Sim, pois tudo chega ao fim um dia, não importa quão terrível seja. Mas é só uma desgraça acabar, para que outra tenha início. Por isso, aqui acaba esta página, mas não termina a miséria de Copenhague.

"O rei Frederico IV ainda está vivo. Seus cabelos encaneceram. De uma das janelas do castelo, ele contempla a cidade.O ano está perto de terminar, e a atmosfera está carregada de prenúncios de fortes borrascas.

"Numa casinha próxima, da porta ocidental, um garotinho brinca com um bola. Atira-a para cima, e ela cai no sótão. Ele toma de uma vela e sobe até lá, a fim de procurá-la. Por azar, deixa a vela cair, e o fogo se propaga, incendiando a casa. Dali, alastra-se o incêndio, e em pouco todas as casas da rua estão em chamas. O clarão do incêndio reflete-se nas nuvens, iluminando todo o bairro, como se fosse de dia. E o fogo continua a se alastrar. Há muita coisa ali para se queimar: palha, feno, pilhas de lenha, barris cheios de alcatrão. Tudo pega fogo, o caos é geral. Gritos e lágrimas se misturam ao estrondo das vigas queimadas que se despencam do teto, caindo com fragor no chão e arrojando fagulhas para todo lado.

"Em meio a toda aquela tragédia, está presente o rei. Veio a cavalo, gritando ordens e procurando conter o pânico. Algumas das casas são destruídas previamente por precaução, na esperança de que isso impeça as chamas de se alastrarem. A providência não produz o efeito desejado. Agora, o fogo já atingiu as casas dos bairros setentrionais. Nem as igrejas são poupadas: São Pedro e Nossa Senhora estão em chamas. O carrilhão de uma delas executa um hino sacro, cuja letra diz:

"Afastai Vossa ira de nós, ó Senhor dos Exércitos!"

"A Torre Redonda e o castelo real escapam do incêndio, mantendo-se incólumes, por entre ruínas fumegantes. O rei não poupa esforços no sentido de aliviar o sofrimento do povo, estendendo sua proteção àqueles que perderam seus lares. Que Deus o abençoe e guarde.

"Vamos à página seguinte. Eis uma carruagem dourada, precedida e seguida por uma escolta armada. Uma corrente estende-se de fora a fora na praça fronteira ao palácio real. Sua finalidade é manter o povo à distância. Quando um plebeu passa por ali, é obrigado a tirar o chapéu, só podendo repô-lo na cabeça depois de deixar a praça. As pessoas evitam passar por ali. Mas às vezes são obrigadas a fazê-lo. Lá vem um cidadão: traz o chapéu na mão e tem os olhos voltados para baixo. Entretanto, é o homem mais importante de seu tempo: é Ludvig Holberg, autor teatral, escritor inteligente e espirituoso. Sofre por dentro, pois o Teatro Real foi fechado, sob a alegação de não passar de um *antro de iniquidades*. Risos, canções, danças, música: tudo que é alegre passa a ser considerado imoral. Um cristianismo sombrio e sisudo passa a ser praticado, e ai daquele que não se curvar ante suas regras rígidas e puritanas!

"Frederico V é coroado rei. Sua mãe, que nunca aprendeu a língua da terra, chamava-o de *Dänenpriz* — o *príncipe dinamarquês*. A corrente que afastava o povo é retirada da praça. Sente-se prenúncio de uma nova era. O sol começa a despontar no horizonte. As aves gorjeiam, o povo canta, o Teatro Real é reaberto. Volta-se a falar em dinamarquês na corte. Já se escutam risos e canções. Acabou-se tempo da quaresma e do luto; agora é a vez da alegria. Os camponeses voltam a enfeitar o mastro e a dançar a seu redor. As artes vão se desenvolvendo. Tudo floresce, e a safra promete ser excelente. A nova rainha, Luísa, princesa nascida na Inglaterra, parece amar seu novo povo. É terna e gentil. Os raios de sol cantam em homenagem às três grandes rainhas da Dinamarca: Filipa, Elisabeth e Luísa.

"Nossos corpos são mais perecíveis que nossas almas, ou que nossos nomes. De novo nos vem da Inglaterra uma princesa, que pouco depois será abandonada. Os poetas cantarão amanhã o sofrimento da rainha Matilda, tão boa e encantadora. Nesse tempo, é grande a força da poesia sobre o homem. Quando o castelo de Copenhague se incendiou, tentou-se salvar tudo o que era valioso e que estava em seu interior. Dois marinheiros estavam quase saindo de lá, carregando uma canastra repleta de prataria, quando avistaram, entre os rolos de fumaça, o busto de Cristiano IV. No mesmo instante, largaram no chão a canastra e trocaram o que era de prata pelo que era bronze. Conheciam o rei Cristiano devido aos versos de Ewald, musicados por Harmann. Sim, existe um grande poder na Poesia e na Música, e chegará o dia em que a rainha Matilda também será amada por todos, depois que um poeta tiver narrado a sua vida assinalada pela tragédia.

"Viremos mais uma página. A laje que contém a inscrição infamante contra Corfits Ulfeldt ainda continua em seu lugar. Em que outro país do mundo se pode encontrar um monumento similar? Eis que um outro está sendo erguido, para os lados da porta ocidental. Veja-o. Quantos haverá idênticos, pelo mundo afora?

"É um obelisco em homenagem à Liberdade. Os raios de sol beijam a pedra que lhe serve de base. Os sinos badalam, e milhares de bandeiras são desfraldadas. O povo aplaude o príncipe herdeiro Frederico e ergue vivas aos nome de Bernstorff, Reventlow e Colbjornson. Com olhos brilhantes, corações felizes e sentimento de gratidão, todos leem a inscrição, que diz:

> *"O Rei decreta o fim da servidão. De*
> *hoje em diante, as leis sobre a terra*
> *terão por objetivo beneficiar o*
> *camponês, tornando-o um ser humano*
> *culto, operoso, honesto e feliz, um*
> *cidadão honorável desta nossa nação".*

"Cantam os raios de sol:
— O bom, o verdadeiro, o belo estão florescendo, afinal. Logo desaparecerá a laje denegrindo a memória de Ulfeldt, mas o obelisco da Liberdade jamais será derrubado, sendo triplicemente abençoado: por Deus, pelo rei e pelo povo.

> *Existe uma estrada antiga,*
> *Que acaba num poço fundo;*
> *No ponto em que a estrada acaba,*
> *Ali é que é o fim do mundo.*

"O alto-mar é de todos, tanto do amigo como do inimigo. Dessa vez, é o inimigo quem vem. Singrando o estreito de Sund, aproxima-se a esquadra inglesa. A nação poderosa declara guerra ao pequeno e frágil país.

> *Cada soldado valia por cem;*
> *Nunca ninguém*
> *Tratou a morte com tanto desdém.*

"É por isso que até hoje mantém-se o costume de hastear a bandeira nacional no dia dois de abril: é para homenagear a memória do ataque do almirante Nelson à esquadra dinamarquesa.

 ⊗⊗⊗⊗

"Poucos anos depois" — ao dizer isso, o semblante do Padrinho adquiriu um ar severo —, "avista-se novamente uma esquadra de fragatas inglesa transpondo o Sund. Seguem para a Rússia ou para a Dinamarca? Ninguém sabe, nem mesmo os oficiais e os marujos, pois as ordens estão guardadas em envelopes lacrados.

"Corre uma lenda a respeito de um dos capitães ingleses que seguiam naquela missão. Na manhã fatídica, quando o selo do envelope foi rompido e todos tomaram conhecimento das ordens do Comando Superior (que eram no sentido de atacar a frota dinamarquesa estacionada a poucas milhas dali), ele teria dado um passo à frente e declarado:

— Jurei defender o estandarte britânico, lutando até a morte, se necessário for. Mas não jurei que iria um dia agir como um malfeitor, esgueirando-me por entre as sombras da noite, para atacar cidadãos inocentes e desprevenidos.

"E, dizendo essa palavras, atirou-se ao mar. Seu corpo teria sido encontrado dias depois, por pescadores suecos. É o que reza a lenda.

"Sem declarar guerra, as tropas inglesas desembarcaram e sitiaram Copenhague. A cidade estava em chamas. A rendição era inevitável. A esquadra dinamarquesa fora posta fora de combate. Tínhamos perdido tudo, exceto nossa coragem e fé em Deus. Assim como tínhamos sido humilhados, podíamos agora ser exaltados — bastava que Ele o quisesse. As feridas que não matam acabam por curar-se. E logo o sol voltou a brilhar sobre a cidade. Sobre as ruínas fumegantes, foram erguidas novas casas.

"A história de Copenhague é cheia de contradições e compensações. Hans Cristian Oersted, com suas descobertas, constrói uma ponte que leva ao futuro. Para guardar as obras de arte esculpidas por Thorvaldsen, está sendo construído um portentoso edifício. Todos os moradores de Copenhague, ricos e pobres, contribuíram para tornar possível esse sonho.

"Lembra-se dos matacões graníticos que vieram até aqui, provenientes da Noruega, trazidos pelas gigantescas banquisas através do mar? Alguns deles foram usados na construção desse museu, que guarda a beleza plasmada no mármore pelas mágicas mãos de Thorvaldsen. Mas lembre-se do que lhe disse, sobre como o banco de areia aflorou, formando um porto seguro, próximo ao qual um bispo mandou erguer seu palácio, e onde mais tarde um rei ergueu seu castelo. Pois bem: agora, a *Ilha dos Ladrões* abriga um templo dedicado à beleza. Foi esquecida e superada a maldição do vento, enquanto o vaticínio dos raios de sol veio a tornar-se a verdade.

"Muitas tempestades varreram esta cidade, e muitas ainda haverão de desabar. Mesmo a pior de todas elas, porém, será um dia esquecida completamente. Só o que é verdadeiro, bom e belo ficará mantido para sempre na memória dos homens.

"É aqui que acaba o álbum, mas não a história de Copenhague. Quem sabe o que lhe estará reservado, nos dias do porvir? Quantas tempestades essa cidade ainda haverá de arrostar? Quando ocorrer *uma delas, lembre-se de que, por pior que ela seja, sempre acabará passando, deixando que sol volte a brilhar. O sol é mais forte que qualquer tempestade. E Deus é mais forte do que o sol. A ele pertence não só o destino de Copenhague, como o de todas as cidades do mundo."*

Com essas palavras, o Padrinho encerrou sua apresentação e deu-me aquele álbum de presente. Quando o segurei, vi que ele me olhava com ternura. Seus olhos brilhavam, pela satisfação de ter narrado uma história verdadeira e edificante. Ao mesmo tempo, causava-lhe satisfação ver o modo respeitoso com que segurei seu presente, tratando-o com o mesmo cuidado e orgulho que dispensei a minha irmãzinha, no dia em que minha mãe permitiu que eu a tirasse do berço e a carregasse pela primeira vez.

— Não esconda esse álbum. Mostre-o a seus amigos — recomendou ele. — Pode dizer-lhes que tudo o que ele contém, colado, desenhado e escrito, foi feito por mim; entretanto, quem me deu a ideia foram os postes antigos, aqueles que tinham no alto lamparinas de azeite, na última noite em que elas foram acesas. Eles assistiram a tudo isso, e o narraram para mim, naquela noite em que iriam ser substituídos pelos lampiões de gás. Ninguém conheceu Copenhague melhor do que eles.

Balbuciei um agradecimento. Ele sorriu, acariciou-me a cabeça e concluiu:

— Mostre esse álbum àquele amigos seus que de fato se interessarem em vê-lo. Será fácil reconhecê-los: basta atentar para a expressão de curiosidade e satisfação revelada pelos seus olhos. Se assim não for, e se seus olhos revelarem indiferença, ou mesmo aborrecimento, então não lhes mostre o álbum. Esse amigo é o Cavalo Infernal. Vai querer apenas passar os olhos, folheando o álbum de trás para a frente. Antes que a faça, guarde-o, e bem guardado. E se ele reclamar, diga-lhe que está cumprindo as ordens dadas pelo seu padrinho, autor do trabalho. Como afilhado, não lhe resta senão obedecer. E Feliz Natal para você.

Os Trapos

Do lado de fora da fábrica de papel estava amontoada uma pilha de trapos, alta como uma montanha. Cada qual tinha sua história, empenhando-se em contá-la para o trapo vizinho, o qual, por sua vez, tentava fazer o mesmo. Desse modo, a vozearia era geral. Algumas histórias eram interessantes, mas não temos tempo de relatá-las aqui.

Os trapos tinham sido trazidos de ceca e meca. Alguns eram nacionais; outros, estrangeiros. Por isso, aconteceu de um trapo dinamarquês ficar bem ao lado de um trapo norueguês. Era ambos dotados de um acendrado patriotismo. O trapo da Dinamarca era mais dinamarquês que mingau de groselha, enquanto que o da Noruega era mais norueguês que queijo de leite de cabra de pelo castanho! Era esse excesso de patriotismo que tornava aquela situação divertida, conforme qualquer dinamarquês ou norueguês sensato haverá de concordar.

Cada qual se expressou na língua de seu país, o que não impediu que ambos se entendessem muito bem. Por essa razão, não dá pra entender por que o norueguês afirmava que sua língua e o dinamarquês eram tão diferentes quanto o francês e o hebraico... E ainda acrescentava:

— Vocês, dinamarqueses, teriam de visitar a Noruega, para escutarem a língua original, aquela da qual proveio a que vocês falam. O norueguês é áspero e forte como as nossas montanhas, enquanto o dinamarquês é uma língua melosa e açucarada, que se pode comparar a uma chupeta molhada em xarope: no início, parece agradável; em pouco tempo, torna-se choca e monótona.

Venham de onde vierem, trapos não passam de trapos, e ninguém liga ao que eles dizem, a não ser os outros trapos. E aquele gostava de falar, pois prosseguiu:

— Sou norueguês, e basta dizer isso, para dizer tudo. Veja como meu pano é feito de fios bem trançados. Minha qualidade é superior. Sou sólido e resistente como as rochas arqueanas de meu país. Orgulho-me do que sou, e desta língua granítica com a qual expresso meus pensamentos.

— E o que diz de nossa literatura? — contrapôs o trapo dinamarquês. — Sim, temos uma literatura. Compreende o que significa isso?

— Mas só faltava essa! — replicou o outro, com ar de espanto. — Tudo o que você já viu até hoje foi esta terra plana e monótona. Seria preciso que fosse até a minha, que subisse no topo de uma de nossas montanhas, para que a luz do sol da meia-noite atravessasse esse seu pano esgarçado. Na primavera, quando o sol norueguês derrete o gelo que se formou nos fiordes, as "banheiras" dinamarquesas seguem para a Noruega, carregadas de manteiga e queijo, os quais, reconheço, são bastante saborosos. Como lastro, porém, elas levam algumas arrobas de literatura dinamarquesa. Isso é que é carga inútil e supérflua! Quem tem água pura e cristalina nas fontes precisa beber cerveja choca? Lá em minha terra, essa água brota de fontes naturais; na sua, é tirada de poços perfurados artificialmente, e, ainda por cima, vem misturada com gabolice europeia, notoriedade jornalística, elogios mútuos entre os autores e narrativas bisonhas das preciosas experiências de viajantes por terras estrangeiras. Nossa voz é clara e distinta, saindo diretamente dos pulmões, enquanto a sua é empolada, faltando-lhe a espontaneidade do linguajar do homens livres. Querem considerar-se de fato escandinavos? Então tratem de escalar as montanhas primevas e orgulhosas da Noruega.

— Um trapo dinamarquês jamais se expressaria desse modo — replicou o outro. — É contra a nossa natureza. Sou um típico dinamarquês; por isso, sei como somos todos que aqui nascemos. Somos afáveis e modestos; é possível que não nos saibamos valorizar devidamente. Sabemos que ninguém ganha coisa alguma agindo desse modo, mas é essa a nossa natureza, e gostamos de ser assim. Esse modo de agir e pensar tem seu encanto todo especial. Na realidade, apenas não alardeamos nosso valor, mas sabemos perfeitamente o quanto valemos. Eu, pelo menos, sei. Mas que ninguém me acuse de ser um fanfarrão, pois não sou. Sou tratável, sou flexível, posso suportar os maiores reveses. Não invejo quem quer que seja, e falo bem de todos, mesmo de quem não o faz por merecer — o problema é dele, e não meu. Gosto de troçar de tudo, até mesmo de mim, o que demonstra cabalmente minha inteligência superior.

— Argh, como é desagradável escutar essa língua insípida, gutural e viscosa, esse dialeto falado num país que mais parece uma panqueca. Até me dá engulhos!

Dizendo isso, o trapo se postou de maneira tal que, ao primeiro sopro do vento, foi erguido ao ar, vindo a cair em outro lugar da montanha multicolorida.

Como se sabe, trapos transformam-se em papel. O trapo norueguês, por exemplo, foi transformado em papel de carta, devolvido à Noruega, e lá um rapaz o utilizou para escrever uma carta de amor a uma jovem dinamarquesa.

Não foi menos estranho o destino do trapo dinamarquês. Foi transformado em folha de papel almaço e nela um poeta local compôs uma ode, cantando o encanto e a força de um país vizinho: a Noruega.

Isso mostra que até dos trapos podem resultar coisas boas, dependendo do destino que se der ao papel que a partir dele foi produzido. Se for usado a serviço da verdade e da beleza, e se ajudou a causa da compreensão entre os homens, então pode-se dizer que aquele trapo teve uma abençoada destinação.

Esta é a história que eu tinha a contar sobre os trapos. Somente a eles, portanto, cabe sentirem-se ou não ofendidos pelo que aqui se escreveu.

As Duas Ilhas

Nas costas da Selândia, próximo ao castelo de Holstein, havia outrora duas ilhas: Vaeno e Glaeno. Ambas eram recobertas por florestas, campos e terras lavradas. Cada uma abrigava uma aldeia, com sua igrejinha. As duas ficavam bem próximas uma da outra, e ambas ficavam bem próximas do litoral da Selândia. Ali, hoje, só existe uma ilha. A outra desapareceu.

Certa noite, uma terrível tempestade desabou sobre aquela região. As águas subiram a alturas descomunais. Ninguém se lembrava de jamais ter visto algo semelhante, ou mesmo de ter ouvido falar. A ideia que se tinha era a de que o fim do mundo estava acontecendo. O estrépito era tal, que a terra parecia estar se rachando. Sem que ninguém lhes puxasse as cordas, os sinos das duas igrejinhas começaram a soar.

Foi durante aquela noite que Vaeno desapareceu sob o mar. Na manhã seguinte, não havia o menor indício de sua existência. Todavia, nas noites calmas de verão, um ou outro pescador afirma ter avistado a torre branca da igrejinha rebrilhando sob as águas, e escutado o som abafado de seu sino a tocar. Deve ser algum tipo de ilusão. O que se escutou poderia ser o grasnido dos cisnes que costumam nadar por ali. Às vezes, a gente confunde o som dessas aves com o badalar de um sino.

"Vaeno jaz no fundo do mar, à espera de Glaeno, que um dia irá repousar a seu lado" — eis o que diz a lenda popular.

Não faz muito tempo que os velhos de Glaeno ainda se lembravam da época em que havia um par de ilhas naquela costa. Quando crianças, tinham ido de carroça até Vaeno, aproveitando a maré baixa. Mesmo hoje em dia, há uma espécie de ponte submarina, uma fita de areia, permitindo o acesso de carro desde um ponto do litoral, próximo ao castelo, até a ilha de Glaeno. Durante a maré baixa, a água não alcança senão até a metade da altura das rodas do veículo.

Quando sobrevém uma tempestade, as crianças de Glaeno costumam ficar aterrorizadas, escutando com ansiedade o rugido das águas do mar.

— Será que vamos afundar hoje? Será que nossa ilha vai para o fundo do mar?

Nessas noites, suas orações noturnas costumam durar mais tempo que o normal. Por fim, todas adormecem, e, na manhã seguinte, lá está Glaeno onde estava na véspera, com suas florestas, seus campos lavrados, suas casinhas pitorescas, tendo à frente um jardinzinho onde despontam as flores do lúpulo. Os pássaros estão cantando, os veados correm ligeiro, escondendo-se nas moitas, e a toupeira continua escavando suas locas, com habilidade suficiente para jamais atingir o lençol de água salgada.

Independente disso, Glaeno está condenada. Um dia, essa ilha não mais existirá. Isso é inevitável; só não sei dizer é quando haverá de ocorrer.

Talvez você mesmo tenha estado ali há pouco tempo, e avistado a ilha, postado na praia que lhe fica defronte. Quem sabe ficou contemplando os cisnes a nadar pelas águas do

Sund, ou um barco a vela a deslizar placidamente sobre as ondas tranquilas? Ou quem sabe até atravessou o mar de carroça, seguindo até lá, vendo os cavalos espadanando a água e o veículo a ponto de flutuar, o que certamente ocorreria, caso o nível das águas subisse só mais um pouquinho?

Pode ser também que seu caso seja outro: você esteve fora durante muitos anos, e acaba de retornar àquelas paragens, reencontrando a floresta rodeada por campinas, e deixando as narinas se acostumarem de novo ao agridoce cheiro do feno. Vendo as casas novas que foram construídas durante sua ausência, haverá de estranhar o aspecto do lugar, mas logo avistará a torre dourada do castelo de Holstein, visto como sempre, com a única diferença que parecerá ter se deslocado uma milha para o interior da terra. Você seguirá em frente, atravessará a floresta, as campinas, e esperará deparar, como antes, com o mar aberto. Então, a surpresa: onde é que está a ilha de Glaeno? Ante seu olhar espantado, apenas o mar aberto, e nada mais. Será que ela, finalmente, foi se encontrar com sua irmã Vaeno? É o que você se haverá de perguntar. Teria havido, poucos dias atrás, uma tempestade tão forte, capaz de abalar a terra, empurrando o castelo para o interior e arrastando a ilha para o fundo do mar?

Não, nada disso terá acontecido. As modificações terão ocorrido, é verdade, mas à luz clara do dia. Tais alterações não terão sido provocadas pela tempestade, mas pelos seres humanos, que então já terão construído um dique, interligando Glaeno à Selândia e drenando as águas do Sund. Onde sempre houve um areal recoberto pelas águas, teremos dentro em pouco uma campina verdejante, por obra da inteligência e capacidade do homem. Sim, Glaeno deverá brevemente estar interligada à Selândia. As velhas fazendas estarão onde sempre estiveram. O castelo não sairá do local onde foi construído. Apenas a faixa de ligação será o elemento novo da paisagem, que causará perplexidade ao observador que não tiver acompanhado a evolução dos trabalhos de aterro e drenagem dessa área. Portanto, não será Vaeno que terá vindo do fundo do mar para levar consigo sua irmã Glaeno, arrastando-a para o fundo das águas, mas a Selândia que, com as pinças formadas por dois diques de terra, terá aprisionado Glaeno, impedindo-a de uma vez por todas de ser arrebatada e levada para o fundo do mar.

Não estava errada a lenda, ao dizer que Glaeno um dia irá desaparecer. O que faltou dizer foi que a Selândia um dia terá sua área aumentada, passando a abarcar Glaeno dentro de seu território. Se não acredita, vá visitar o lugar dentro de alguns anos. Vá e constate: Glaeno terá desaparecido, igual aconteceu outrora a Vaeno. E, apesar disso, a memória da existência de ambas ainda deverá permanecer viva durante muito tempo. É mais fácil fazer desaparecer uma ilha do que varrê-la da memória dos homens.

Quem Foi a Mais Feliz?

Que lindas rosas! — exclamou a luz do sol, ao tocar a roseira, pela manhã. — Esses botõezinhos logo estarão também lindos como suas irmãs que já se abriram. Considero todas essas flores como minhas filhas, pois sua vida surgiu do beijo que lhes dei, enquanto não passavam de botõezinhos fechados.

— Suas filhas? — protestou o orvalho. — Pura pretensão! São minhas, isso sim! Não fui eu quem as amamentei com minhas lágrimas?

— Alto lá, vocês dois! — contestou a roseira. — Eu é que sou a mãe delas, é claro! Vocês podem, quando muito, ser chamados de padrinhos. O que lhes deram foram presentes, e não a vida. Presente é coisa de padrinho, não é? Então, contentem-se com esse título. Quanto aos presentes, eu, que sou a mãe, agradeço-lhes, em nome de minhas filhas, suas afilhadas.

— Oh, filhas queridas, lindas rosinhas recém-abertas! — disseram ao mesmo tempo a luz do sol, o orvalho e a roseira.

Em seguida, cada qual desejou-lhes toda a felicidade do mundo. Mas isso não seria possível. Somente uma daquelas rosas seria a mais feliz de todas, enquanto que uma delas teria forçosamente de ser a menos feliz. E é exatamente isso o que queremos saber: qual delas foi a mais feliz?

— Pode deixar, que vou tirar isso a limpo — disse o vento. — Sou muito viajado e, além disso, dotado da habilidade de me esgueirar pelas fendas e gretas mais estreitas. Assim, sei de tudo que acontece em toda parte, tanto do lado de fora, como do lado de dentro.

Todas as rosas e todos os brotos escutaram e entenderam suas palavras. Nesse exato instante, uma mulher, vestida de preto — roupa de luto— chegou ao jardim e começou a caminhar por entre as flores. Vendo as rosas, colheu uma que ainda não estava inteiramente aberta. Era por isso que ela havia considerado aquela flor como a mais bela de todas.

Com a flor na mão, a mulher caminhou até o quarto silencioso, onde, poucos dias atrás, sua filha brincava e ria alegremente. Agora, lá estava ela, deitada num caixão, como se fosse a estátua de uma criança adormecida. A pobre mãe beijou as faces da criança morta, depois beijou a rosa e a depositou sobre o peito da filha, aparentando esperar que o frescor daquela flor e seus beijos de mãe tivessem o condão de fazer com que seu coração voltasse a pulsar.

As pétalas da rosa até estremeceram, de tanta felicidade. Era como se uma força estranha a fizesse terminar de abrir-se. "Sou mais do que uma simples rosa", pensou ela, "pois recebi o beijo de uma mãe, como se eu própria fosse a sua filha. Com isso, fui abençoada, e poderei acompanhar essa criança morta em sua viagem ao reino desconhecido do Além, adormecendo junto ao seu regaço. Sem dúvida, sou a mais feliz de todas as rosas daquela roseira".

Enquanto isso, no jardim, a mulher que cuidava das plantas já dera início a seu dia de trabalho. Ocupada em limpar a terra das ervas daninhas, teve sua atenção despertada pela roseira em flor. Apenas uma rosa estava inteiramente aberta. Naquele momento, achava-se no auge de sua beleza. Dentro em pouco, começaria a fenecer. Bastava mais um dia de sol ou mais uma gota de orvalho, e pronto — seria o início do fim. Aquele, portanto, era o momento de aproveitar sua beleza, antes que fosse tarde. Foi assim que a mulher pensou, e foi por isso que colheu a flor, colocando-a dentro de uma folha de jornal dobrada, junto com outras flores que acabava de colher, todas abertas, no esplendor de sua beleza.

Ao chegar em casa, misturou as pétalas da rosa com florzinhas de lavanda, salpicou-as de sal e colocou-as num jarro, formando o que ela gostava de chamar de "uma salada de flores".

"Estou sendo embalsamada", pensou a rosa. "Isso só acontece aos reis e às rosas. Quanta honra! Não resta dúvida, sou a mais feliz de todas as flores daquela roseira."

Enquanto isso, dois moços passeavam pelo jardim. Um deles era um pintor; o outro, um poeta. Cada um colheu uma rosa, imaginando que a sua era a mais bonita de todas.

O pintor levou a sua rosa do estúdio e ali copiou-a, pintando uma flor tão perfeita, que até parecia ser o reflexo da que lhe servira de modelo, num espelho sem brilho, que era a tela. "Agora, sim", pensou ele; "essa rosa viverá por muitos e muitos anos, enquanto milhões de outras haverão de florescer, murchar e morrer, sem sequer deixarem lembrança de sua passagem pelo mundo."

A rosa entendeu seu pensamento — talvez ele o tenha murmurado baixinho — e sorriu, enquanto pensava: "Sem dúvida, sou eu a mais feliz de todas as rosas daquela roseira".

Nesse ínterim, o poeta contemplava a "sua" rosa, e ela lhe trouxe uma inspiração. Era como se ele pudesse ler uma história em cada uma de suas pétalas. Tomando da caneta, ele logo passou para o papel as ideias que lhe ocorriam na mente, redigindo um belíssimo poema, repleto de amor, uma peça imortal. A rosa apreciou aquela função de musa inspiradora, e sorriu, enquanto pensava: "Não resta dúvida de que, dentre todas as rosas daquela roseira, a mais feliz sou eu."

Rosas e mais rosas, todas lindas e cheirosas, todas perfeitas. Todas, exceto uma, umazinha só, que era defeituosa, e que, por acaso — melhor dizendo, por uma sorte enorme — , tinha ficado escondida no meio da roseira. A pobrezinha não era simétrica, isso é, as pétalas de um lado eram diferentes das pétalas do outro lado. Além disso, uma de suas pétalas, justamente a que ficava bem no centro, tinha saído de cor verde, como às vezes costuma acontecer.

— Ah, coitadinha — sussurrou o vento, beijando-a com ternura.

A flor não entendeu que ele fizera aquilo por pena, imaginando que fora por admiração. Ela sabia que era uma rosa diferente das outras, e que tinha uma petalazinha verde despontando em meio às outras. Todavia, jamais havia considerado aquilo uma imperfeição. Ao contrário, supunha tratar-se um sinal de distinção.

Uma borboleta pousou ao lado daquela rosa e beijou cada uma de suas pétalas. Era uma proposta de namoro, mas a rosa nada respondeu, e ela então alçoou voo, um tanto desapontada.

Chegou pouco depois um gafanhoto. Na realidade, ele pousou num outro arbusto, mas bem próximo daquela rosa. Depois de acomodar-se, começou a esfregar as pernas uma contra a outra, sinal seguro de amor; pelo menos, entre os gafanhotos. A planta sobre a qual ele estava pousado não compreendeu o significado de sua mensagem, mas a rosinha defeituosa entendeu perfeitamente o que ele estava querendo dizer. E, de fato, o gafanhoto tinha sido atraído pela petalazinha verde que ela tinha no meio, e olhava para a rosinha com ar de desejo, como se dissesse:

— Amo-te tanto, que até poderia devorar-te.

Amor maior não pode haver. De fato, quando se devora aquilo que se ama, essa é a receita certa para que os dois se tornem um só. Mas a rosinha não desejava de modo algum tornar-se uma só com o gafanhoto. Simpatizara com ele, e isso era tudo.

O rouxinol cantou na noite cheia de estrelas. "Está cantando para mim", pensou a rosinha, que tanto poderia ser chamada de defeituosa como de maravilhosa, dependendo do modo de ver. "Coitadas de minhas irmãs, ninguém se lembra delas, só de mim... Também, que posso fazer? Não tenho culpa de ter nascido excepcional, diferente, linda e maravilhosa. Tomara que todas elas tenham pelo menos a metade da minha felicidade..."

Nesse momento, passaram por ali dois cavalheiros, fumando charutos. Os dois conversavam, e o assunto versava sobre rosas e fumo. Alguém dissera que a fumaça dos charutos fazia com que as pétalas de uma rosa se tornassem verdes, e eles ali estavam para realizar a experiência. Para não estragarem as rosas mais bonitas, estavam procurando alguma bem feiosa, para utilizá-la no experimento. Ao verem a rosinha defeituosa, decidiram-se por ela.

"Esses dois homens aí também me escolheram", suspirou a rosinha. "Sempre eu, sempre eu. Já estou começando a me sentir cansada de tantas homenagens e deferências. É felicidade demais para uma única flor..."

Seja devido à fumaça do charuto, seja por outra razão qualquer, o fato é que ela ficou inteiramente verde.

Uma daquelas rosas era certamente a mais encantadora de todas. Não passava de um botão, quando o jardineiro a colheu. No ramalhete de flores que ele compôs, ela mereceu o lugar de honra. O ramalhete foi entregue ao jovem cavalheiro que era dono daquela propriedade. Ele o tomou nas mãos e o levou consigo em sua carruagem. Era um ramalhete de lindas flores, mas aquele botão de rosa era a mais bela entre as belas.

O jovem cavalheiro seguiu com o ramalhete até o teatro. Havia espetáculo naquele dia, e todos que ali estavam vestiam suas melhores roupas. Milhares de lâmpadas iluminavam o recinto, e uma orquestra enchia o ar de sons belos e harmônicos. Era, com efeito, uma noite de gala. No palco, apresentava-se um balé.

Quando a dança terminou e a primeira bailarina curvou-se para agradecer os aplausos calorosos do público, flores e mais flores foram lançadas sobre o palco, na intenção de homenageá-la. Entre as flores estava o ramalhete levado pelo jovem cavalheiro. Enquanto voava pelo ares na direção do palco, arremessado por ele, o botão de rosa sentiu uma alegria indescritível, diferente de tudo o que até então havia sentido. Ao tocar o chão do palco, deslizou por ele, como se também estivesse dançando, e só parou ao se chocar com outro buquê que ali já se encontrava. No choque, o talo do botão de rosa se partiu. Assim, a bailarina que estava sendo homenageada jamais teria o prazer de ter nas mãos aquela flor, que se desgarrou do ramalhete, rolando sozinha para o lado. Quem a recolheu foi um empregado, depois de terminado o espetáculo, e antes de que o palco fosse varrido. Ele cheirou-a, fechando os olhos, e deplorou que ela não tivesse uma haste, para poder levá-la até sua casa, ou mesmo espetá-la na lapela. Não sabendo como guardá-la, resolveu colocá-la dentro do bolso. E foi assim que ela seguiu até a casa do sujeito que a tinha recolhido do chão.

Chegando em casa, o empregado encheu um copo de água e pôs dentro dele aquele botão de rosa entreaberto. Antes de deitar, levou-a até o quarto de sua mãe e a colocou sobre a mesa, para que ela pudesse vê-la, logo que acordasse. E foi isso o que aconteceu.

A velha senhora, sem forças para deixar o leito e ir até a varanda tomar sol, olhou para a rosa, sorriu e aspirou sua fragrância.

— Pobre rosinha — murmurou ela. — Foste destinada a enfeitar o regaço de uma jovem rica e famosa, e eis-te aqui, servindo de consolo para uma pobre velha. Para ela, não passarias de mais uma flor, entre tantas que lhe foram dadas. Para mim, porém, és a única, e vales tanto quanto um buquê.

Os olhos da anciã brilhavam como os de uma criança. Talvez o frescor da rosa tivesse feito reviver em sua mente a lembrança de seus próprios tempos de juventude.

— A vidraça estava quebrada — explicou o vento, — permitindo-me entrar lá dentro com a maior facilidade. Observei os olhos da velha senhora, e vi que de fato brilhavam como os de uma criança, cheios de fé e esperança. Vi também a rosa, dentro de um copo, sobre a mesa. Então, volto a perguntar: qual daquelas rosas foi a mais feliz? Eu sei a resposta, e vou revelá-la a vocês.

Cada rosa daquela roseira tinha sua própria história, e acreditava ter sido a mais feliz de todas. Não deixa de ser uma bênção acreditar numa coisa dessas. Mas não resta dúvida de que a mais feliz foi a que permaneceu por mais tempo no pé, antes de ser colhida. Com razão, ela assim raciocinava: "Sobrevivi a todas as minhas irmãs. Sou a última, a única que aqui restou. Portanto, sou a queridinha da mamãe, a filha favorita".

— Sua mãe sou eu — lembrou-lhe a roseira.

— Não, sou eu — replicou a luz do sol.

— Ora, eu é que sou sua mãe — retrucou a gota de orvalho.

— Calma, amigas — contemporizou o vento. — Cada qual tem sua parte na origem dessa rosinha. Por isso, vou dividi-la entre vocês três.

Dizendo isso, soprou com força, despetalando a flor e espalhando parte dela onde as gotas de orvalho ficavam pendentes pela manhã, parte onde o sol dardejava durante o dia, e deixando parte no seu galho original. Feito isso, comentou:

— Também tenho minha parcela nessa divisão, pois fui eu quem recolheu as histórias das rosas, levando-as ao conhecimento do público. Então, para concluir, digam-me: qual delas foi a mais feliz? Eu achei que sabia a resposta, mas de repente me dei conta de que estou em dúvida. Confesso que não sei.

Com essas palavras, o vento amainou, recolhendo-se atrás da roseira, enquanto o dia se mostrava radioso e sereno como nunca.

A Ninfa dos Bosques

Estamos indo a Paris, a fim de visitar a grande exposição. Chegamos. A viagem até que foi rápida, embora não tenhamos seguido na garupa da vassoura de uma feiticeira. Quem nos impeliu foi o vapor, tanto no percurso marítimo como no terrestre. É, estamos em outro tempo, na era em que os contos de fada passaram a tornar-se reais.

Eis-nos alojados num grande hotel, bem no coração de Paris. Vasos de plantas enfeitam os degraus das escadarias, e tapetes macios e felpudos recobrem cada um de seus degraus. Nosso quarto é confortável, e dá para uma varanda, onde agora nos encontramos, contemplando a paisagem. Daqui se pode ver a praça fronteira ao hotel. Um fato curioso atrai nossa atenção: amarrada numa carroça, vê-se uma castanheira primaveril, com folhas verdes e tenras; enquanto isso, as demais árvores daquela praça estão todas despidas de folhas, num contraste gritante com a aparência da recém-chegada. Uma delas, aliás, morreu, e foi arrancada, com raiz e tudo, estando agora atravessada no passeio. A castanheira que espera na carroça foi trazida do campo justamente para substituir a árvore que morreu.

Quantos anos tem essa árvore? Cinco ou seis decênios, o que é pouco para uma castanheira. Ela nasceu e cresceu no campo, perto de um carvalho copado, sob o qual havia um banco comprido. Ali, durante os dias quentes de verão, um velho sacerdote gostava de se sentar e contar histórias para as crianças da aldeia situada nas proximidades. A jovem castanheira gostava de ouvir essas histórias. A bem da verdade, não era a árvore que apreciava os relatos do velho padre, e sim a ninfa que vivia dentro dela. Como todos sabem, cada árvore tem sua ninfa, também conhecida como "dríade". Aquela castanheira também tinha a sua, pouco mais que uma criança. Ela lembrava-se de seus tempos infantis, quando a árvore que a abrigava era tão pequena, que mal alcançava a altura das ervas mais altas, não conseguindo sequer sombrear-se aos fetos e arbustos. Datavam de então suas memórias mais remotas. A arvorezinha crescia a olhos vistos, batida pelos ventos, banhada pelo sol, regada pelo orvalho, lavada pela chuva. De vez em quando, o vento a agitava um pouco mais que o normal, mas isso era necessário para ajudar o seu desenvolvimento, razão pela qual ela nunca se queixou desse fato.

A dríade era feliz, e achava seu destino inteiramente satisfatório. Amava o calor do sol e as canções dos pássaros. O que mais apreciava, porém, era escutar vozes humanas. Ela compreendia tanto a linguagem dos homens como a dos animais.

Libélulas, borboletas e até mesmo moscas costumavam vir visitá-la. Os insetos de asas gostavam de contar novidades, e sempre traziam notícias da aldeia, das fazendas, da escola e do velho castelo rodeado por um parque, no qual havia canais de um lago. Ali viviam uns animais estranhos, chamados "peixes", que sabiam voar embaixo da água. Os insetos gabavam sua inteligência e sabedoria, explicando ser esse o motivo pelo qual aqueles animais jamais diziam o que quer que fosse.

Também as aves vinham visitá-la. A andorinha falou-lhe a respeito dos peixinhos dourados, dos lúcios e das carpas, cujo corpo era coberto de algas. A dríade apreciava escutar sua descrições, mas a andorinha era a primeira a reconhecer a necessidade de ver os peixes, para saber de fato como eles eram. Entretanto, como lhe seria possível chegar até o lago? Seu destino estava ligado inexoravelmente àquela árvore, sua morada e prisão perpétua, não lhe restando senão apreciar a paisagem que a circundava. Todo o resto tinha de ser imaginado, e jamais visto.

De todos os que vinham visitá-la, a pessoa de quem ela mais gostava era o velho padre, que se sentava à sombra do carvalho, rodeado pelas crianças da aldeia, às quais relatava suas histórias, falando sobre fatos ocorridos em seu país, e sobre os franceses e francesas cujos nomes sempre eram lembrados com reverência. Foi assim que a ninfa ouviu falar de Joana d'Arc, Charlotte Corday, Henrique IV, Napoleão e outros, conhecendo suas vidas e seus feitos, e aprendendo a venerar e respeitar aquelas figuras célebres. Desse modo ficou sabendo que a França era a terra natal da Liberdade, onde o talento e a competência encontram as melhores condições para se desenvolverem.

As crianças que rodeavam o velho sacerdote escutavam-no com grande atenção, do mesmo modo que a dríade o fazia. Ela sentia-se como se também fosse uma estudante, no meio de seus colegas. Se lhe faltava o livro de leitura, enriquecido com ilustrações, sobrava-lhe a imaginação, que lhe permitia olhar para o céu e enxergar, nas formas mutantes das nuvens, as figuras que ilustravam os relatos que estava escutando.

Sim, a ninfa dos bosques era feliz, e vivia num lugar verdadeiramente encantador. Às vezes, porém, ficava a cismar consigo mesma, chegando à conclusão de que os animais alados — aves e insetos — eram bem mais felizes do que ela. Até a mosca tinha muito mais liberdade de ação, podendo ver muito mais coisas do que ela podia.

A França era um grande país, repleto de paisagens lindas e variadas. Ela sabia disso, mas nada podia fazer a esse respeito, a não ser imaginar como seriam os lugares dos quais ouvia falar. Para uma dríade, podia-se dizer que ela era privilegiada, pois de seu ponto de observação avistava até bem longe, enxergando campos, florestas, vinhedos, estradas e até mesmo a aldeia vizinha. Sabia, contudo, que ela não passava de um vilarejo, não se podendo comparar às grandes cidades. A maior de todas era Paris, conforme as aves lhe haviam contado. As andorinhas costumavam visitar Paris, e sempre voltavam de lá cheias de histórias para contar. A pobre ninfa ardia de desejo, louca para poder visitar aquela cidade, embora soubesse que aquilo não passava de um sonho impossível.

Entre as crianças da aldeia, havia uma menina extremamente pobre. Suas roupas não passavam de trapos. Entretanto, era uma garota muito bonita, sempre a cantar, a rir e a dançar, o rosto delicado emoldurado por uma cabeleira muito negra, contrastando com o vermelho brilhante das florzinhas silvestres que ela gostava de enfiar por entre seus cabelos. Seu nome era Marie.

— Se quiserem levar-te para Paris, pequena Marie — advertia o velho padre, — não aceites a oferta. Não deves ir para lá. Paris seria a tua ruína.

Apesar das advertências do sacerdote, ela um dia mudou-se para lá. A dríade pensava nela de vez em quando, pois também sentia por Paris a mesma atração que fizera Marie esquecer-se das recomendações do velho padre, tão logo fora convidada a ir morar na capital.

Passaram-se alguns anos. A castanheira floresceu pela primeira vez. As aves que se encontravam pousadas em seus ramos, festejando o evento, alçaram voo assustadas, à chegada de uma carruagem que passava por ali. Via-se que se tratava de uma carruagem rica, puxada por belos cavalos. Quem a dirigia era uma dama elegante, enquanto o criado ficava sentado a seu lado, apenas observando a habilidade da patroa. A dríade logo reconheceu quem era a passageira. Era Marie. Também o sacerdote a viu e reconheceu. Ela saudou-o, ao passar, e ele correspondeu à saudação, meneando a cabeça, sem nada dizer. Ao vê-la afastar-se, porém, murmurou para si próprio:

— Bem que te avisei, Marie, bem que te avisei. Por que não me escutaste? Por que foste procurar tua ruína em Paris?

A dríade escutou o que ele disse, mas não entendeu suas palavras. "Ruína?", pensou. "Como pode ele dizer isso? Paris só pode ter-lhe feito bem. Como ela voltou diferente! Pelas roupas, dir-se-ia que se trata de alguma duquesa. Ah, Paris, que cidade mágica não deve ser! Oh, por que não posso ir lá, nem que seja por um rápido instante? Como gostaria de contemplar sua glória e seu esplendor... Lá, até as nuvens ficam iluminadas, quando cai a noite. Sei que é assim, pois vejo isso quando olho em sua direção."

Era o que ela vinha fazendo toda noite, já havia algum tempo. Olhava para os lados de Paris e via uma neblina dourada no horizonte. Eram as luzes de Paris. Numa dessas noites, porém, alguma coisa modificou-se no céu. As nuvens juntaram-se em cúmulos gigantescos, como se estivessem formando uma cordilheira de algodão. Pouco a pouco, foram escurecendo e se espalhando pelo céu, até cobri-lo inteiramente. Agora tinham a aparência de rochedos fantásticos, de coloração azul-escura. Súbito, começaram a emitir clarões seguidos de ribombos formidáveis. Um desses clarões ocorreu bem acima da castanheira. A ninfa olhou para cima e viu sair daquela nuvem uma espécie de dardo incandescente, que veio cair justamente sobre o carvalho a seu lado, fendendo-o em dois, de alto a baixo. Pouco depois, chegou a seus ouvidos um estrondo fortíssimo, mais alto que o disparo de um canhão. Em seguida, a chuva começou a ser despejada do céu em cataratas, enquanto o vento soprava furiosamente, numa das piores tempestades que os moradores da aldeia se lembravam de ter presenciado, em toda a sua vida.

Depois que a tempestade cessou, todos foram contemplar o velho carvalho, lamentando sua sorte. Lá estava ele, prostrado no solo, rachado ao meio. O sacerdote aproveitou a ocasião e fez um rápido sermão, falando sobre como são passageiras as coisas do mundo. Um artista fez um desenho da árvore morta, registrando sua imagem e preservando-a por mais algum tempo. "Tudo passa", pensou a ninfa. "Como as nuvens que passam no céu, tudo passa, e nada volta".

Depois que se foi o velho carvalho, foi-se também o velho sacerdote, que nunca mais voltou até ali. O raio havia destruído não só a árvore, que lhe dava a sombra, como o banco, que lhe propiciava conforto e repouso. Desse modo, também as crianças nunca mais se reuniram por ali.

Veio o outono, veio o inverno, vieram a primavera e um novo verão. As estações iam e vinham, sem que a ninfa perdesse seu hábito de contemplar o firmamento, olhando sempre para os lados de Paris, cuja luminosidade amarelada costumava refletir-se nas nuvens do céu. Foi então que as aves trouxeram notícias de lá, dizendo que todo dia estavam chegando viajantes de toda parte do mundo, a fim de presenciar uma certa maravilha que estava prestes a acontecer. Que seria? As pessoas que passavam por ali costumavam falar sobre esse assunto. Um dia, uma delas disse:

— Está para nascer uma nova flor no solo árido e arenoso do Campo de Marte. É a flor da Arte e da Indústria. Trata-se de um gigantesco girassol, em cujas pétalas se podem ler

870

lições de Geografia e Estatística, tornando o aprendiz mais sábio que um professor. Agora, o conhecimento está invadindo o reino da Poesia, e daí haverá de surgir o poder das orgulhosas nações do futuro.

Já uma outra pessoa assim se expressou:

— Está desabrochando em Paris a flor mágica dos contos de fada, espalhando sobre aquele chão arenoso suas folhas verdes, como se formassem um tapete de veludo. Os botões brotarão na primavera, e a flor estará inteiramente aberta no verão. Quando chegar o outono, porém, nada restará dessa flor. Como o lótus, ela não tem raízes; por isso, não deixa marcas de sua passagem.

Vamos explicar o que essas pessoas estavam querendo dizer com seus comentários. Em Paris, ao lado da Escola Militar, existe uma área vasta e deserta, chamada "Campo de Marte". Ali não se vê sequer uma folhinha de grama. É como se fosse um pedaço do deserto de Saara, transportado para a França. No Saara, é comum que se avistem castelos, fontes e jardins, por efeito da miragem. O mesmo está ocorrendo no Campo de Marte, neste ano de 1867. Ali também estão sendo vistos castelos, jardins e fontes, onde outrora só se via areia, e nada mais. Só que não se trata de miragem. Esses castelos, esses jardins e essas fontes são reais. Existem, de fato. Foram construídos para abrigar a Exposição Mundial. A ser realizada este ano, na cidade de Paris. Maravilhado, o povo comenta:

— O palácio de Aladim está sendo construído a toque de caixa. A cada hora está maior, a cada dia está mais bonito.

Ali dentro é o cenário ideal para uma história das Mil e Uma Noites. São salões enormes e incontáveis, decorados com mármore de toda cor. Um pavilhão inteiro pertence ao Mestre-Sem-Coração, que nele irá exibir seus membros de aço e de ferro. Obras de arte esculpidas em pedra, forjadas em metal e estampadas em tecidos demonstram a diversidade de mentalidade e de ideias dos homens de todo o mundo. Salões de pinturas, de flores: tudo quanto já foi idealizado e produzido pela habilidade e pela inteligência do homem, desde a remota Antiguidade, até nossos dias, ali foi reunido para ser exposto.

Esse fabuloso mercado persa, colorido, brilhante, estonteante, tem de ser devidamente miniaturizado, para ser inteiramente compreendido. A maquete mostra o Campo de Marte reduzido às dimensões de uma gigantesca mesa de Natal, arranjada com tudo que se possa imaginar: bugigangas de toda parte, quinquilharia de todo tipo, cada nação exibindo ali as peculiaridades de sua produção.

Vemos aqui um castelo real egípcio, vigiado e defendido por beduínos, montados em camelos trazidos da terra do sol ardente. Ao lado, estábulos russos, cheios de cavalos peludos, provenientes das extensas estepes. Pouco além, uma cabana coberta de palha, ostentando a bandeira desfraldada da Dinamarca. Junto dela está a casa de Gustav Vasa, esculpida em madeira pelos artesãos de Dalarna. Segue-se uma choupana de troncos do tipo encontrado na América do Norte, bangalôs ingleses e pavilhões franceses, entremeados de quiosques, tendas e tabernáculos, compondo um exótico e maravilhoso caos. Diante de cada uma dessas edificações, veem-se prados verdejantes, arbustos em flor, árvores raras, por entre as quais murmurejam regatos de águas límpidas. Nas enormes estufas crescem árvores das florestas tropicais, ou então roseiras de Damasco, ostentando suas belíssimas flores, inteiramente abertas. Que fragrância! Que cores!

Grutas artificiais, nas quais não faltam sequer as estalactites, podem ser visitadas. Ao lado delas veem-se poços e lagos, uns de água doce, outros de água salgada, repletos de peixes de todo gênero, vindos de todo o mundo. É como se o espectador se achasse no fundo do mar, entre pólipos e peixes. Tudo isso pode ser visto no Campo de Marte. E sobre essa mesa, decorada para uma festa espetacular, move-se sem parar um verdadeiro enxame de seres humanos, alguns a pé, outros em carrinhos que por ali trafegam, já que as pernas logo se cansam de tanto que se tem de andar para lá e para cá.

Desde o raiar do sol até altas horas da noite, vapores repletos de passageiros sobem e descem o Sena. Carruagens chegam continuamente, trazendo viajantes daqui e dali. A cidade parece um formigueiro, de tanta gente que anda pelas ruas. E todos vieram com um único objetivo: assistir à Exposição de Paris.

A entrada é decorada com bandeiras da França. Dentro do parque de exposições, podem ser vistas as bandeiras de todas as nações do mundo, cada qual diante do prédio que lhe foi reservado naquele gigantesco bazar.

No Salão da Técnica, as máquinas tinem, rangem, zumbem. De suas torres, bimbalham sinos. De cada edificação sai o som da música típica de alguma nação. Algumas são animadas; outras, suaves, e de vez enquando se escutam os sons monótonos das músicas do Oriente, especialmente nos cafés. Veem-se pessoas de todos os cantos, escutam-se palavras em todas as línguas — estamos na Torre de Babel, apreciando a maravilhosa síntese do mundo moderno.

Era assim que chegavam as notícias da Exposição, para aqueles que ainda não tinham ido a Paris, ou que talvez jamais pudessem visitar a cidade das cidades. E quem mais se comprazia em escutar essa novidade era a ninfa dos bosques, que sempre pedia às aves que a visitavam:

— Voa, voa, minha amiga, voa até lá e traz para mim as notícias daquele lugar.

Seu desejo de visitar a Exposição foi se avolumando, até se transformar no único sonho de sua vida, no único desejo guardado em seu coração. Certa noite, quando a lua cheia brilhava no céu escuro em meio à noite silenciosa, ela avistou uma centelha que se desprendia do corpo luminoso do astro, dirigindo-se à Terra sob a forma de uma estrela cadente. Os galhos de sua árvore agitaram-se como se batidos por forte tormenta. À frente da dríade surgiu então um enorme espectro, que irradiava luz. Olhando para ela, falou-lhe, e sua voz, embora apenas sussurrada, era tão penetrante como as trombetas que soarão no Dia do Juízo. Eis o que ele lhe disse:

— Tu haverás de entrar na cidade mágica. Tuas raízes estão enterradas no solo de Paris. Respirarás seu ar, escutarás seu clamor, serás banhada pelo seu sol. Mas isso terá um preço, um alto preço: boa parte de teu tempo de vida. Se daqui não saíres, poderás viver ainda por muitos e muitos anos. Indo para lá, todavia, não viverás senão durante pequeníssima fração desse tempo. Oh, pobre dríade, pensa bem se vale a pena, se um prazer tão pequeno pode compensar tal preço. Provavelmente, não te satisfarás com esse pouco que irás viver. Teu desejo de tudo ver, de tudo conhecer, de tudo experimentar será tua ruína. Por causa dele, largarás a prisão em que vives e abandonarás tua árvore. Fora dela, no entanto, tudo o que te restará será uma existência efêmera, de apenas uma noite. E sem ti para dar-lhe a vida, tua árvore também fenecerá, perdendo todas as folhas, logo em seguida a própria vida.

Dito isso, o espectro desapareceu, deixando a dríade imersa em seus pensamentos. As folhas e os ramos da castanheira não pararam de se agitar, revelando a excitação da árvore ante aquela presença tão insólita e aterradora. Mesmo muito tempo depois, suas folhas ainda farfalhavam, numa selvagem e febril expectativa.

872

Depois de muito cismar, a dríade por fim se decidiu, exclamando:

— Estou resolvida a seguir para lá! Quero ir atrás das nuvens do céu, em busca de aventura e de emoções.

Na manhã seguinte, enquanto o sol aparecia e a lua ia ficando desbotada, até desaparecer, chegaram uns homens portando enxadas e pás, e começaram a cavar em torno da árvore. Depois de escavarem ao seu redor um profundo fosso, enfiaram alavancas por baixo de suas raízes e forçaram-na para cima, até arrancá-la do solo. Em seguida, envolveram toda a sua parte inferior em esteiras de junco e a suspenderam com dificuldade, amarrando-a sobre uma carroça comprida. Em pouco tempo, o veículo rodava pela estrada vagarosamente, seguindo em direção a Paris. Sua viagem tinha começado. Excitada com tudo aquilo, sentindo a cabeça latejar, a dríade até se esqueceu de despedir-se do lugar onde passara toda a sua vida, nem se lembrando de acenar para a grama balouçante e para as margaridinhas inocentes, que sempre a contemplaram respeitosamente, imaginando que ela fosse uma princesa disfarçada de pastora.

A castanheira, acomodada na carroça, agitava os galhos. Estaria dizendo "adeus"? Talvez fosse apenas "vamos lá!" Enquanto isso, a dríade sonhava com as novidades que estava para ver, com o encontro daquilo que já conhecia há tempos apenas por ouvir falar. Seu coração batia como o de uma criança empolgada por um brinquedo novo que acabou de ganhar. Nunca sua mente havia divagado tanto como naquele instante. É, não restava dúvida: ela estava bem mais para "vamos lá!" do que para "adeus".

A carroça prosseguia. O distante tornava-se próximo, e logo depois desaparecia. A paisagem modificava de aspecto como as nuvens do céu. Vinhedos, florestas, aldeias, casas, pomares e plantações sucediam-se uns atrás dos outros, sumindo ao fim de certo tempo. As locomotivas passavam ao longe, contando como eram as maravilhas de Paris, através das baforadas saídas de suas chaminés.

E a castanheira continuava a viajar, levando sempre a dríade em seu interior. Ela imaginava que seu destino era conhecido de todos os seres com que cruzava no caminho, e que muitas daquelas árvores plantadas à beira da estrada invejavam-na, suplicando ao vê-la: "Leve-me com você! Leve-me com você!" E isso até podia ser verdade, pois cada uma delas tinha dentro de si uma dríade, que talvez também ansiasse por viajar até Paris.

O cenário continuava a modificar-se sem parar. Para a ninfa, era como se as casas brotassem do chão, surgindo de repente ante seus olhos. Seu número começou a aumentar. Elas passaram a surgir cada vez mais juntas. De cima dos telhados projetavam-se chaminés, alinhando-se umas atrás das outras, como vasos de flor num peitoril de janela. Nas fachadas das casas costumava haver placas ou apenas letras garrafais pintadas, indicando tratar-se de estabelecimentos comerciais. Algumas casas contestavam até figuras pintadas em seus muros. "Será que já estarei em Paris?", pensou a dríade.

O tráfego aumentava. Agora, parecia haver gente em toda parte. Uns andavam a pé, outros a cavalo, outros em carruagens. Lojas e mais lojas apareciam. O som de música estava presente, misturado ao alarido das vozes e aos gritos dos cocheiros. É, não havia mais dúvida: era Paris!

A carroça atravessou diversas ruas, até estacionar numa pracinha. A dríade viu as árvores que ali cresciam, rodeadas por casas enormes, de vários andares, todas com pequenas varandas, ocupadas por pessoas que a espiavam curiosas. Ela era a árvore verde, trazida do campo para substituir a velha, que havia morrido e fora arrancada do chão.

873

Também os que passavam por ali paravam para vê-la, sorrindo ante seu aspecto verdejante e primaveril. As outras árvores saudaram a irmãzinha recém-chegada do campo, agitando seus ramos. A fonte que ficava no meio da praça, atirando para o alto seu jato de água espumante, pediu ao vento que espargisse alguns respingos sobre a castanheira, expressando desse modo seus votos de boas-vindas.

A dríade sentiu que sua morada estava sendo retirada da carroça e replantada numa cova. Depois, a raiz foi novamente coberta com terra, por cima da qual assentaram tufos de relva fresca, cobrindo as cicatrizes deixadas pela árvore morta que fora dali arrancada. Por fim, arbustos e flores terminaram a decoração do lugar, que até ficou parecendo um pequeno jardim.

O tronco seco da árvore morta foi então colocado na carroça que trouxera a castanheira, e levado para longe dali. Quase ninguém a viu sair da praça. Todos que ali estavam só tinham olhos para a castanheira primaveril. Havia pessoas sentadas nos bancos, e outras observando a cena das varandas dos prédios. Entre essas últimas estava o indivíduo que agora narra esta história, ou seja, este seu criado. Vendo aquela filha da natureza, a mensageira da primavera recém-chegada do campo, que de agora em diante, em vez do ar puro e fresco ao qual estava acostumada, teria de respirar um outro, pesado e poluído, concordei com o velho sacerdote, pensando em voz alta: "Pobre criatura... Pobre ninfa do bosque..."

— Oh, mas isto aqui é a glória! — exclamou a dríade. — É uma bênção, uma felicidade! Só não consigo explicar qual é a diferença existente entre o que imaginei e o que agora encontro. Mas sinto que há uma diferença...

A seu redor erguiam-se as casas, todas muito altas, todas muito juntas. O sol banhava de luz uma parede repleta de placas e cartazes. Era ali que as pessoas se apinhavam. O tráfego era intenso: coches, cavalos e carruagens, todas cheias de pessoas, passavam por ali incessantemente. As pessoas caminhavam apressadas, sem se cumprimentar, imersas em suas próprias preocupações. Um desejo passou pela mente da ninfa: "Queria que essas casas se deslocassem um pouco, ou que mudassem de formato, como as nuvens, para que eu pudesse ver as torres de Nôtre Dame, ou as colunas de Vendôme, ou então aquele lugar maravilhoso e deslumbrante, que tem atraído visitantes do mundo inteiro, e que não sei bem do que se trata. Acredito que toda essa gente que passa por aqui esteja indo para lá".

Mas seu desejo não se realizou. O dia transcorreu monótono. Ao anoitecer, as lâmpadas dos postes foram acesas. Das vitrines das lojas também saíam luzes que vinham incidir sobre a castanheira, conferindo-lhe estranhos laivos prateados. As estrelas surgiram no céu, e a dríade notou que eram as mesmas que brilhavam à noite no campo, embora um tanto esmaecidas. A visão de suas velhas amigas trouxe-lhe novo alento. Afinal de contas, ali estava ela em Paris! Ali estava entre seres humanos gentis, rodeada por vozes e músicas, de luzes e cores.

Passou a prestar mais atenção nos sons musicais que chegavam até lá. Eram difusos, intermitentes, lembrando ora clarins, ora realejos. Os instrumentos pareciam dizer: "Vamos dançar! Vamos divertir!" E, realmente, todos pareciam dançar: pessoas, carros, casas, cavalos, árvores. O coração da dríade parecia inundado de tanta felicidade.

— É a glória! Viva! — exclamou, excitada. — Consegui realizar meu desejo: estou em Paris! Paris!

❧❦❧❦

Os dias que se seguiram foram absolutamente iguais àquele primeiro. No cenário fixo, mudavam os personagens, mas a peça representada era sempre a mesma. "Já conheço tudo por aqui", cismava a dríade. "Conheço cada árvore, cada flor, cada casa, cada varanda, cada parede. Só não conheço Paris, por que não posso vê-la. Onde estará o Arco do Triunfo? E os bulevares? Em que consistirá a tal maravilha da qual já tanto ouvi falar? Não posso ver nada disso. Aqui estou, triste e solitária, prisioneira sem saída. Já conheço até o interior dessas casas altas que me rodeiam. Olhei através de suas janelas, li as placas e os cartazes. Já me cansei de ver tudo isso. Quero olhar para outras paisagens. Pensei que tinha realizado meu sonho, mas vejo que ainda falta muito para isso. Ah, como desejaria poder desprender-me daqui de onde vivo, para viver como os seres humanos, indo e vindo, ou então como as aves, voando por onde quer que me dê na telha... Ah, que vontade de abandonar essa vida tediosa e monótona, nem que fosse para trocá-la por uma única noite de liberdade e aventura. Bastava-me isso, para que fosse feliz. Uma única noite de liberdade, e depois não me importaria em me desfazer, como a fumaça que se desvanece no céu."

Aquele desejo cresceu em sua mente, e acabou transformando-se numa prece, que ela sussurrou, fitando o firmamento:

— Não me importaria de trocar toda a minha vida por uma fugaz noite de liberdade: a metade do tempo de vida de um efêmero voador. Como anseio por livrar-me desta prisão, assumir um corpo, viver como um ser humano, mesmo que apenas por uma única e breve noite! Depois, que sobrevenha a morte. Sei que isso há de representar também a morte desta árvore que me abriga, mas que, por outro lado, me aprisiona. Que também ela morra, que seja cortada, transformada em lenha, queimada, e que suas cinzas sejam espalhadas pelo vento, para que dela nada mais reste, depois de minha noite de esplendor.

Um tremor perpassou pela árvore, como se uma labareda a houvesse atravessado, da raiz à copa. Em seguida, uma ventania sacudiu-a, seus ramos se encurralaram, e de dentro dela emergiu uma figura de mulher: era a dríade, assumindo seu corpo. Descalça, ela pisou de leve sobre a relva e se assentou sob a copa iluminada de sua árvore. Era jovem, era bela, e seu semblante lembrava o de Marie, a jovem que um dia deixara sua aldeia e rumara para Paris, sem dar ouvidos aos conselhos do velho sacerdote.

Ela agora não estava mais dentro da árvore, mas sim apoiada em seu tronco, livre, solta. No céu, as estrelas piscavam, impressionadas com sua beleza. Nos postes, as lâmpadas tremeluziam, esforçando-se por iluminá-la um pouco mais. Seu corpo era rijo e delgado, de menina e mulher ao mesmo tempo. Sua túnica era de seda finíssima, verde como as folhas tenras da castanheira. Seus cabelos, evidentemente castanhos, estavam enfeitados com uma flor que acabava de desabrochar em sua árvore. Quem a visse não teria dúvida de que se tratava da própria Deusa da Primavera, espargindo beleza e frescor ao seu redor.

Só por alguns instantes ficou ela ali como em repouso, sob a copa da castanheira. De repente, levantou-se e saiu. Como uma gazela, correu rumo à esquina, deixando a praça para sempre. E lá se foi, tomando por uma rua, seguindo por outra, depois por mais outra, como a luz do sol ricocheteando em espelhos e sendo jogada de um lado para outro. Só se podia avistá-la num relance, e o que se via era verdadeiramente encantador. Nos pontos em que ela acaso se demorava, suas roupas mudavam de cor, combinando com o ambiente, enquanto a luz rebrilhava sobre ela que ficava como se iluminada pelo foco de um holofote.

A ninfa chegou a um dos grande bulevares. As luzes das lojas e dos cafés pareciam formar um oceano de luminosidade. Um renque de árvores novas e esguias orlava a via.

Eram árvores que ela não conhecia, todas com um globo iluminado no topo. Haveria alguma dríade ali dentro daqueles troncos de metal? Era uma coisa que ela não sabia responder.

Largos passeios estendiam-se à beira do bulevar, parecendo estender-se até o infinito. Em certos trechos, cadeiras e mesas espalhavam-se por essas calçadas, cheias de gente a tomar café, licores, champanha ou refrescos. Toalhas de linhos, vasos de flores, pequenas esculturas, tecidos estampados em cores vistosas; ah, como tudo era alegre e colorido!

Parada na calçada, a dríade olhou para a rua e espantou-se ao ver a interessante torrente de tráfego, o rio de carruagens, coches, tílburis, carroças, charretes, além de pessoas a cavalo e regimentos de soldados a desfilar. Era preciso coragem para atravessar e chegar ao lado oposto. Súbito, um clarão, seguido de um chiado: um foguete subiu aos céus e se desfez numa chuva de prata, atraindo todos os olhares dos que ali se achavam. Sim, pensou ela, o bulevar era de fato a grande artéria daquela cidade viva chamada Paris.

Sons de música chegavam-lhe aos ouvidos. De um lado, escutava a música suave da Itália, dedilhada ao bandolim; de outro, a ritmada da Espanha, marcada pelo bater das castanholas. Mais alto que todas, porém, era a canção da moda que soava, o agitado cancã, que nem Orfeu, nem a bela Helena, jamais tiveram a oportunidade de escutar. Seu ritmo forte e sua melodia agradável convidavam à dança, e até mesmo objetos prosaicos, como os carrinhos de mão, pareciam agitar-se quando o som do cancã chegava até eles mais forte.

A dríade escutou aquela música e não resistiu: pôs-se a dançar. Ela flutuava e voava, mudando de cor sem parar, como um colibri ao sol. Como uma flor de lótus, livre de suas raízes, ela deixou-se levar pela correnteza daquele rio, percorrendo a cidade em várias direções, sempre a mudar de forma e de aspecto, de maneira que era impossível segui-la, reconhecê-la, ou até mesmo distingui-la em meio àquele cenário sempre móvel.

Para ela, era como se estivesse vivendo como uma nuvem. Rostos passavam diante dela, misturando-se sem parar. Não reconheceu sequer uma pessoa, entre tantas que viu. Bem que gostaria de ter encontrado Marie, que imaginava estar por ali. Lembrou-se dela no dia em que voltou à terra natal, rica e feliz, e não compreendeu mais uma vez por que teria o velho sacerdote murmurado que ela havia encontrado em Paris a sua ruína. Sem dúvida, ele deveria estar equivocado. Pena não saber onde é que Marie vivia, para poder visitá-la, ou mesmo que fosse apenas para contemplar o rosto de uma pessoa conhecida.

E ela continuou a caminhar, chegando a um lugar onde paravam e saíam carruagens elegantes. Criados vestidos em luxuosas librés abriam as portas e ajudavam os passageiros a descer. Passageiros, não: passageiras, pois só mulheres saíam daquelas carruagens, todas ricamente trajadas. Logo que desciam, seguiam em frente, subindo os degraus de uma escadaria de mármore e entrando numa espécie de palácio, que a dríade não pôde imaginar o que seria. Acaso estaria diante da tal "maravilha do mundo", de que tanto havia ouvido falar? E será que Marie estaria ali dentro? Curiosa, ela se aproximou do edifício e olhou para o seu interior. Subindo as escadas, entrou.

"Santa Maria", cantou o coro. Um cheiro forte de incenso enchia aquela atmosfera parada, onde a penumbra reinava eternamente. Ela acabava de entrar na igreja de Santa Maria Madalena. Parecia que só mulheres estavam ali dentro. Vestidas de negro, roupas talhadas à última moda, damas ricas e refinadas deslizavam suavemente pelo chão de mármore da igreja. Seus livros de orações tinham capas de veludo, e eram adornados com brasões de nobreza, de ouro e de prata. Em seus lenços perfumados, de bordas enfeitadas com rendas de Bruxelas, viam-se os mesmos emblemas de vaidade, ali bordados a ouro.

Algumas damas estavam ajoelhadas junto aos bancos de templo, ou diante do altar, em prece silenciosa. Outras estavam nos confessionários, em busca de perdão e conselho.

A dríade sentiu uma estranha agitação, um receio de que estivesse num lugar onde sua presença não fosse permitida. Ali era a casa do silêncio, do recolhimento, dos sussurros. Era o grande palácio dos segredos. Ali não se devia — mais do que isso: não se podia falar alto.

As roupas da dríade tornaram-se negras, e um véu surgiu diante de seu rosto. Não era possível distingui-la das damas que a rodeavam. Seriam elas, também, frustradas e ansiosas como a ninfa?

Alguém soluçou, externando profundo pesar. Teria sido uma daquelas que se confessavam, ou quem sabe era a própria ninfa quem estaria a soluçar? Nem ela mesmo saberia responder. O fato é que não lhe agradava aquela atmosfera pesada, recendendo a incenso. Não seria ali que seus anseios teriam repouso. Resolveu sair.

Em frente! Para longe! O efêmero não pode descansar. Seu destino é seguir sempre em frente, em voo constante, sem nunca parar. Pobre inseto: para ele, viver é voar.

Ei-la de novo no bulevar, sob um poste, próximo a uma bela fonte. Diz alguém da multidão:

— Nem toda a água que jorra dessa fonte poderia lavar o sangue inocente que empapou o chão deste lugar.

Quem dizia aquilo era um visitante, um dos muitos que ali estavam. Todos falavam alto, sem medo de ser ouvidos. Ali não era o palácio dos segredos, de onde ela acabava de chegar.

Uma grande laje fazia as vezes de porta, abrindo-se para uma galeria estreita e escura, que levava ao subsolo. A dríade desconhecia o que haveria ali no fundo. Os estrangeiros passaram pela laje e seguiram rumo à escuridão, afastando-se das luzes que jorravam dos postes e da luminosidade cintilante das estrelas. Era como se estivessem se afastando da própria vida.

— Estou com medo — disse uma mulher. — Acha que de fato vale a pena ir até lá no fundo?

— Claro, querida — replicou uma voz masculina. — Eu não poderia voltar para casa antes de ver isso. Todos dizem que é a maravilha destes nossos tempos, e que foi criado pelo gênio de um grande homem!

— E eu lá com isso! — retrucou a mulher . — Acontece que estou com medo!

— Mas é uma excursão fantástica! Uma verdadeira maravilha! — insistiu o homem.

A dríade imaginou que ali seria o tal lugar de que tanto havia escutado falar. Era por causa dele que tinha vindo até Paris. E aquela laje era a entrada da "maravilha". Nunca lhe passara pela cabeça que o local seria nos subterrâneos de Paris. Por outro lado, as palavras do homem não deixavam lugar a dúvidas, e ela resolveu acompanhá-los, ao ver que ele tinha convencido a mulher, e os dois já desciam as escadas, seguindo pelo subsolo a dentro.

A escada era de ferro, em forma de espiral. Era larga e confortável. Uma única lâmpada iluminava toda a descida. Só bem lá embaixo se via outra, iluminando as galerias do nível inferior.

Estavam num labirinto de corredores e salões abobadados. Todas as ruas de Paris estavam ali reproduzidas, como num projeção, um reflexo num espelho sujo. Os nomes das ruas podiam ser lidos em placas, bem como o número de cada casa que nela havia. Ali era como se fossem as raízes dessas casas. Ao longo dos canais, por onde escorria uma água

877

lamacenta, havia passeios estreitos, todos cimentados. Acima deles, corriam canos de água limpa, e, mais acima, junto ao teto, via-se um grosso feixe de fios telegráficos e de canos de chumbo, que serviam como gasodutos. Aqui e ali, lâmpadas iluminavam aquele estranho cenário. De vez em quando, chegavam aos ouvidos dos visitantes os roncos surdos da superfície, coando-se por entre as passagens vedadas por lajes, como aquela por onde a ninfa ali havia entrado.

Afinal de contas, que lugar era aquele? Teria alguma semelhança com as catacumbas de Roma? Ah, nem de longe aquelas poderiam comparar-se a estas, a esse mundo subterrâneo fantástico, a essa maravilha conhecida como "a rede de água e esgotos de Paris". Era ali que estava a ninfa, e não no Campo de Marte, onde estava acontecendo a Grande Exposição Mundial de Paris.

Sem saber bem o que estava acontecendo, ela escutou o visitante estrangeiro comentar:

— É daqui que decorre a saúde da cidade. Um bom sistema de esgotos acarretará muitos anos suplementares de vida aos cidadãos que vivem lá em cima. Esgotos subterrâneos: isso é progresso. E viva o progresso!

Essa era a opinião de alguém que não morava naqueles esgotos. Quanto aos moradores, esses tinham uma opinião diferente. O visitante não os escutava, mas a dríade ouvia e compreendia o que eles diziam, clamando e queixando-se atrás das paredes de pedra dos subterrâneos. Um velho rato, de cauda cortada ao meio, chiava aborrecido, lamentando sua sorte. Meneando as cabeças, os membros de sua família concordavam inteiramente com suas opiniões, que eram as seguintes:

— Pior que o miado dos gatos é o miado dos seres humanos. Como vivem a miar, meu Deus! Olhe o que fizeram de nossos antigos esgotos: transformaram-nos num labirinto azulejado, recendendo a gás. Ah, que saudade dos velhos tempos! Onde já se viu um esgoto iluminado e limpo? Isso é uma vergonha! Um desacato! Como eu gostaria de voltar ao passado, ao tempo das velas de sebo, àquele período romântico de esgotos escuros e fedorentos, onde valia a pena viver...

A dríade resolveu interrompê-lo, perguntando:

— Seria possível esclarecer melhor seu pensamento? Não entendi direito o que você disse.

— Ele gostaria de retornar aos velhos tempos — guincharam em coro os outros ratos, — aos tempos maravilhosos de nossos bisavós. Então, era motivo de orgulho para um rato dizer que morava nos esgotos de Paris. Quem vivia então aqui embaixo, conosco? Nossa amiga Peste, que de vez em quando subia à superfície, a fim de dizimar os seres humanos, mas que nunca se voltava contra nós. Tínhamos também por aqui a companhia de gente fina, daquelas pessoas que os próprios humanos chamam de "ratos": ladrões, contrabandistas, fugitivos — a nata da sociedade humana. Sim, menina, aqui era o refúgio dessas personalidades interessantíssimas. Onde estão elas hoje em dia? Onde podem ser encontradas? Apenas nos melodramas teatrais. Os tempos românticos foram embora. O ar fresco e o petróleo deram cabo deles.

No túnel principal, os passeios eram tão largos, que um pequeno carro até podia rodar por ali. Os visitantes embarcaram nele. Dois cavalinhos puxaram-nos pela via que correspondia ao grande bulevar Sebastopol, àquela hora fervilhante de gente, e desapareceram na escuridão. A dríade não embarcou. Já havia compreendido onde se encontrava, e sabia que não seria ali que iria encontrar a maravilha que procurava. Assim, subiu por uma escada e voltou à superfície, onde a luz brilhava, iluminando aquela que seria sua única noite livre. Ao chegar ali, viu que a lua já havia surgido, mas que sua luz, suave e pálida, nem de longe rivalizava com as luzes alegres e brilhantes dos lampiões de gás.

"Deve ser ali", pensou a ninfa, ao ver uma entrada iluminada por um centena de lâmpadas, que pareciam acenar-lhe, chamando-a para lá.

Ela atravessou o portal, entrando num jardim iluminado. Lâmpadas de gás iluminavam pequenos lagos onde flutuavam flores de lótus artificiais. Jorrava água do centro de cada uma dessas flores. Sons de música enchiam o ar. Junto aos lagos, salgueiros curvavam seus ramos, deixando que caíssem como um véu dentro da água. Uma fogueira espalhava seu clarão, fazendo realçar a silhueta dos caramanchões sombrios. E a música tocava sem parar, fazendo cócegas nos ouvidos, encantando, cativando, fazendo o sangue correr mais rápido nas veias.

Havia muitas jovens por ali. Eram lindas e cheias de frescor. Pelas roupas, dir-se-ia que tinham sido convidadas a um baile de gala. Sorriam inocentemente, aparentando des-preocupação. A ninfa observou-as atentamente, e todas lembraram Marie, em algum detalhe de seu aspecto. Seria por que todas traziam rosas nos cabelos? Ou por que dançavam loucamente a tarantela que tocava? Até pareciam tomadas por algum tipo de arrebatamento. Pelo modo como giravam e se contorciam, podia-se dizer que estavam sendo açoitadas por aquela música alegre e ritmada. Pelo modo como riam e gritavam, podia-se dizer que desfrutavam a vida com toda a plenitude da felicidade, estando prontas a abraçar e beijar todos os que delas se aproximassem.

A ninfa dos bosques sentiu-se envolvida por aquela música. Em seus pés, botinhas de seda pareciam convidá-la a dançar. Eram castanhas, da mesma cor de seus cabelos e das fitas que pendiam de seus ombros desnudos. Ela começou a girar. Sua túnica verde ondulava ao ar, enquanto seus pezinhos deslizavam agilmente no chão, parecendo antes flutuar que propriamente pisar. A cada volta, a barra da saia alçava-se, deixando ver suas belas pernas, rijas e bem torneadas.

A bela recém-chegada logo atraiu os olhares dos convidados. Quem seria? Que estaria fazendo ali naqueles local? Por sua vez, ela se perguntava onde estaria, e qual seria o nome daquele lugar alegre e belo. Reparando melhor no portal, verificou haver uma placa informado que ali se chamava "Mabile". Que significaria isso?

As palmas que marcavam o ritmo da música, o chapinhar da água que jorrava nas fontes e o estouro das garrafas de champanha que eram abertas misturavam-se ao alarido das pessoas. Um foguete riscou o céu, explodindo em seguida. A dança tornou-se frenética, como numa festividade pagã. Enquanto isso, a lua minguante flutuava no céu, A atmosfera era fresca, e o céu limpo, sem uma nuvem sequer. Dali de Mabile, era como se fosse possível enxergar até os confins do universo. A dríade sentiu-se consumir por seu próprio desejo ardente de viver, como se estivesse num transe produzido pelo ópio. Tinha de falar com os olhos, pois as palavras que pronunciava não conseguiam superar o som agudo dos violinos e das flautas.

Seu parceiro de dança sussurrou-lhe alguma coisa ao ouvido, enquanto seus corpos ondulavam, ao som do cancã. Ela não compreendeu o que ele lhe disse, dirigindo-lhe um olhar intrigado. Ele então estendeu os braços, na tentativa de abraçá-la, mas nada encontrou senão ar.

Um pé de vento carregou a dríade, como se ela fosse uma pétala de rosa. De cima, ela avistou a luz de um holofote, que brilhava no alto de uma torre. Era o farol do Campo de

879

Marte, indicando a meta de seus anseios. O vendaval amainou, tornou-se brisa e levou-a até lá. Agarrada à torre do farol, a ninfa deixou-se escorregar até o chão. Alguns operários que se achavam por ali conseguiram avistá-la, mas imaginaram que se tratasse de alguma borboleta prestes a morrer, planando no ar pela derradeira vez.

A lua brilhou. Lâmpadas e lanternas iluminavam os amplos salões da exposição, espalhados pelos diversos pavilhões, cada qual destinado a uma das nações do mundo. Holofotes clareavam os caminhos, os espaços cobertos de relva e os altos rochedos construídos naquele local, do alto dos quais despejavam-se cascatas rumorejantes. A água que caía era devolvida ao topo dos rochedos por bombas hidráulicas, acionadas por Mestre-Sem-Coração, num vaivém de repetida e constante beleza. Dentro dos rochedos havia cavernas, e dentro delas belos aquários, contendo peixes de todo o mundo. Era como se os visitantes estivessem passeando pelo fundo do mar, protegidos por um sino de mergulhador. Grossas paredes de vidro separavam os animais aquáticos dos observadores terrestres, permitindo que esses contemplassem aqueles, e vice-versa. Um grande polvo, agitando seus tentáculos viscosos, deixava-se escorregar lentamente para o fundo do aquário, onde já estava deitado um linguado preguiçoso, semiencoberto pela areia. Um caranguejo arrastava-se de lado, qual uma aranha gigantesca, enquanto camarões nadavam velozmente por perto, justificando seu apelido de "mariposas do mar".

Nos aquários de água doce, viam-se lírios-d'água e juncos na superfície. Nas águas, destacavam-se os peixes dourados, formando filas, como se fossem vaquinhas seguindo por uma trilha estreita. Tinham todos as cabeças voltadas na mesma direção e as bocas abertas. Era por causa da corrente, explicou alguém,

Junto ao vidro, carpas gordas fitavam os visitantes, com seus olhos estúpidos. Tinham vindo de longe, e ainda estavam com resto de enjoo, devido à viagem de trem. Ainda não tinham entendido direito por que passavam por ali tantos seres humanos, dia e noite. O jeito era contemplá-los, embora aquele desfile constante já começasse a tornar-se monótono para ela. Com efeito, os humanos eram seres muito estranhos.

— Suas escamas são diferentes — comentou uma delas. — Eles lembram antes nossos irmãos recobertos por couro.

— Mas eles podem trocar de escamas durante o dia — disse uma perca. — Além disso, sabem fazer ruídos com a boca, e chamam a isso "conversar".

— Trocar de escamas? — estranhou um lúcio. — Eu nunca faria isso! — Parece-me um tanto indecente...

— E que atraso demonstram com sua maneira barulhenta de se comunicar — criticou um salmão. — Por que não fazem como nós, que apenas movemos o canto das bocas e dos olhos, comunicando tudo o que necessita ser comunicado?

— Alguns deles aprenderam a nadar — segredou uma truta. — No lago onde nasci, já vi alguns treinando. Eles, antes, tiram as escamas, e só depois disso entram na água. Pela maneira como nadam, acredito que tenham aprendido a técnica com as rãs, pois chutam as águas com as patas posteriores e remam com as anteriores. Com isso, cansam-se logo, e não conseguem ficar na água por longo tempo, nem percorrer longas extensões. Ah, como devem invejar-nos, pobres humanos desajeitados...

Assim, espantados e encantados, os homens contemplavam os peixes, tecendo comentários sobre os mais estranhos, e os peixes contemplavam os homens, espantados ante sua quantidade e condoídos de suas deficiências e incompetências. No aquário de água salgada, por exemplo, conversavam uma enchova e um atum. De repente, um deles comentou:

— Ei, veja ali um curioso exemplar, forte e bem-alimentado. Parece ser fêmea. Seus olhos são belos, veja: parados como os nossos. E sua boca também lembra a dos peixes, curvando-se para baixo de maneira graciosa. Pela conformação redonda, mostra ser bem nutrida. Até nos enfeites demonstra elegância: note as belas algas marinhas que traz em volta do pescoço. E que pele, veja: toda cheia de escamas soltas. Trata-se, sem dúvida, do mais lindo espécime humano que já vi até hoje.

— De fato, o amigo atum tem razão. Mas diga-me: que é daquele humano que estava sentado naquela cadeira aí em frente? Parece que o expulsaram do recinto...

— Está falando daquele que ficava ali sentado, escrevendo numas folhas de papel? Os outros humanos disseram que ele era um escritor.

— Escritor? Coitado... — comentou uma velha carpa de voz muito rouca, devido a ter engolido um anzol quando jovem. — Os homens receiam os escritores, preferindo mantê-los à distância. Tratam-nos como se fossem os polvos de sua sociedade.

Eram esses os assuntos discutidos pelos peixes em suas lagoas artificiais.

A exposição ficava fechada depois de certa hora da noite, mas o barulho dos martelos e das serras continuava sendo escutado dentro das cavernas, pois ainda havia muito trabalho a ser feito. Enquanto os visitantes rodavam por ali, não se podia trabalhar; assim, os serviços eram feitos durante as horas da madrugada. Alguns operários cantavam enquanto executavam suas tarefas, e suas canções formaram parte do fundo musical daquele "Sonho de uma noite de verão", que em breve deveria chegar ao fim.

—Ah, os peixinhos dourados! — exclamou a dríade, cumprimentando-os com a cabeça. — Conheço vocês, amiguinhos. A andorinha me falou a seu respeito. Agora que os estou vendo, posso constatar como são de fato lindos e reluzentes. Oh, como gostaria de beijá-los, um a um. E também reconheço os outros peixes que aqui estão. Aquele ali é o arenque; aquele outro, o espadarte; aquelas duas no outro lado são a perca e a carpa. Como podem ver, conheço vocês. Será que vocês sabem quem sou?

Os peixes ficaram olhando para ela espantados, sem entender uma só palavra que a ninfa dizia.

Dando-lhes as costas, ela saiu da gruta, em busca de ar fresco. Logo estava rodando por entre os jardins onde floresciam plantas trazidas de todos os cantos do mundo. A dríade tentava reconhecer a origem de cada uma delas, pensando: "Esta daqui veio da terra onde se come pão preto. Aquela vem do país onde se salga o bacalhau. Essa é do lugar onde se fabrica a água-de-colônia, e aquela outra é da terra que produz a cânfora. Ah, como são diferentes! Creio que não conseguem comunicar-se entre si, pois cada uma fala uma língua diferente."

Quando a pessoa volta para casa tarde da noite, depois de ter participado de um baile, em seus ouvidos ainda ressoa o eco das melodias que ela acabou de escutar. É até possível que ela cantarole uma ou outra, enquanto caminha ou se reclina no assento de um coche. Dizem também que a última visão de um homem fica fotografada em suas pupilas, logo depois que ele morre, custando algum tempo para desvanecer-se. Para a dríade, o silêncio da noite parecia conter o alvoroço e os ruídos do dia precedente, levando-a a pensar: "Tudo isto vai se repetir amanhã, quando o rio da vida voltar a correr e a murmurejar em seu leito".

Continuando a andar pelo jardim, a dríade chegou ao local onde havia rosas e pôde reconhecê-las. Elas lembravam as que havia no jardim do padre, lá em sua aldeia natal. Olhando para o lado, viu uma romãzeira em flor, lembrando-se de Marie, que costumava enfiar uma flor de romã entre seus cabelos negros e lustrosos. Memórias saudosas povoaram de repente seus pensamento, mas ela logo as espantou. Seus olhos queriam ver mais novidades, e seu corpo não demonstrava qualquer sinal de cansaço, levando-a a deixar o jardim e percorrer velozmente os grandes salões repletos de maravilhas e surpresas.

Aos poucos, o cansaço começou a abatê-la. Veio-lhe a vontade de parar, de espojar-se num daqueles tapetes persas felpudos, ou de sentar-se debaixo de um caramanchão, dos muitos que por ali havia. Mas a efêmera não pode descansar. Seu destino é prosseguir, já que, em questão de minutos, sua vida pode chegar ao fim.

As pernas tremiam-lhe, e os pensamentos misturavam-se em sua mente. Súbito, ela tropeçou e caiu na relva, próximo de um regato.

— Tu que brotas do fundo da terra — murmurou ela para o curso de água, — dá-me de beber; deixa que eu me revigore e me refresque em tuas águas, adquirindo um pouco de tua vida eterna.

— Não tenho vida eterna, ó ninfa — respondeu-lhe o regato. — Não durarei mais que alguns dias. E também não broto do fundo da terra, conforme pensas. O que me faz correr é uma bomba hidráulica, e não a natureza.

A dríade voltou-se então para a relva e implorou:

— Ó vós, talos ondulantes de relva verde, emprestai-me vosso frescor e vossa perene juventude, por piedade!

— Fomos trazidos para cá, e dependemos do trato diário, pois do contrário morreremos — responderam as hastes da grama.

— Então, peço-te, vento: beija-me. Teu beijo haverá de recompor em mim a vida que está prestes a esvair-se.

— Dentro de pouco tempo o sol despontará no horizonte — respondeu o vento — e espantará as trevas. Seus raios beijarão as nuvens, que, tímidas, ficarão enrubescidas. Nesse momento, tu já deverás estar entre os mortos. Também não deverão durar muito todas as maravilhas que aqui se encontram. Questão de dias, e nada mais. Depois que tudo isso desaparecer, então o Campo de Marte voltará a ser todo meu, e eu nele brincarei dia e noite, erguendo nuvens de poeira e fazendo o pó girar em turbilhões.

Um enorme terror apoderou-se da dríade. Ela sentia-se como alguém que visse o sangue a esvair-se de suas veias lentamente, sem nada poder fazer para estancá-lo. Ansiosa por conservar a vida, ela se levantou, tentou caminhar uns poucos passos, mas logo caiu, diante de uma capelinha. As portas estavam abertas. Lá dentro, ela enxergou lâmpadas acesas, e aos seus ouvidos chegou o som de um órgão.

Que música estranha! Ela jamais escutara algo semelhante, e, apesar disso, aquele som tinha alguma coisa de familiar. Era como se aquela música saísse de dentro de si própria, provindo do mais recôndito de sua alma, do âmago de seu ser. Ela distinguiu, em meio àquele som, o vento a brincar por entre os ramos do velho carvalho, a voz do vetusto sacerdote, narrando as vidas dos grandes homens e citando o legado que cada qual havia deixado às gerações futuras, e devido aos quais conseguiram esses beneméritos adquirir renome universal e eterno.

882

As notas musicais tornavam-se cada vez mais altas, parecendo dizer: "Vê, dríade, aonde te levaram teu desejo e tua ânsia! Por causa deles, deixaste o lugar que te foi reservado por Deus, indo para onde não fazia parte de Seus planos. Essa é a tua tragédia, pobre criatura!"

Então, a música tornou-se suave, soando como um lamento, e foi diminuindo de volume, até não mais poder ser ouvida. Para as bandas do Oriente, as nuvens foram tornando-se rubras, enquanto o canto monótono do vento passou a ser ouvido, repetindo sem parar:

— Ide embora, ó vós que morrestes, pois o sol já desponta no horizonte.

O primeiro raio de sol tocou a pele da dríade. Seu corpo resplandeceu, repetindo todas as cores do arco-íris, como uma bolha de sabão, antes de estourar e gotejar no chão. Pobre ninfa dos bosques: como uma lágrima que cai na terra e desaparece, também ela transformou-se numa gota de orvalho, numa pérola líquida, e foi-se para sempre, desaparecendo pelo solo a dentro.

O sol rebrilhou, refletindo miragens sobre o areal do Campo de Marte. Seus raios iluminaram a grande cidade de Paris, recaindo em cheio sobre a praça que tinha uma fonte no centro, e as bordas rodeadas de altos prédios. As árvores que emolduravam seu contorno lá estavam, e entre elas a castanheira, com os galhos arqueados e as folhas murchas e ressecadas. Na véspera, seu aspecto era inteiramente diferente, como se ela fosse a própria representação da primavera. Mas agora estava morta. A ninfa que nela residia tinha ido embora: era assim que o povo falava, querendo explicar a razão de sua morte. Sua vida tinha passado e se perdido para sempre, como as nuvens que passam no céu e se perdem no infinito.

Uma folha murcha de castanheira jazia pelo chão. Nada poderia devolver-lhe a vida, nem mesmo se ela fosse borrifada com água benta. Em breve, algum passante distraído pisaria nela, depois outro, e mais outro, despedaçando-a e fazendo-a misturar-se à poeira do chão.

Isso tudo aconteceu em 1867, durante a Grande Exposição Mundial de Paris. É uma história destes nossos tempos modernos, época das maravilhas, idade em que os contos de fada passaram a tornar-se reais. Tudo o que acabo de contar, tive a oportunidade de ver, de ouvir e de imaginar.

A Família de Guida Galinha

Guida Galinha era o único ser humano que vivia naquela casinha, construída ao lado do galinheiro, nos fundos do pátio de uma antiga e importante propriedade rural. No local da casinha, erguia-se outrora um castelo imponente, com torres, ameias, seteiras, fosso e ponte levadiça. Agora, porém, não se via sequer um resquício dessa antiga construção. O que ali se avistava eram os restos de um jardim, que se estendia até perder de vista, agora reduzido à situação de um brejo, no qual as árvores e os arbustos cresciam ao deus-dará. Gralhas e corvos voavam por entre as velhas árvores, enchendo o ar com o som de seus gritos estridentes. Havia tal número dessas aves, que elas às vezes pareciam formar nuvens negras no céu. O proprietário costumava caçá-las a tiro, e nem assim seu número parecia estar reduzindo.

Os gritos dos corvos e gralhas podiam ser escutados no galinheiro, onde Guida Galinha sentava-se no chão, deixando que os pintinhos e patinhos subissem sobre suas pernas e até entrassem dentro de seus tamancos. Ela conhecia todas as aves que ali havia, chamando-as pelo nome e ciente de suas manias e hábitos. Isso dava-lhe tanto orgulho quanto o fato de morar no cômodo confortável e recém-construído, logo ali ao lado. Fora a dona da casa que ordenara aquela construção, fazendo questão de que o quartinho de Guida fosse limpo e arejado. Guida retribuía, tratando as aves com todo o cuidado e desvelo. Por sua vez, a dona da casa gostava de levar até lá seus hóspedes e visitantes, demonstrando orgulho e satisfação quando escutava elogios à limpeza do lugar e ao aspecto sadio das suas criações aladas. "Isso não é um galinheiro comum", costumava dizer a senhora, em tom de brincadeira; "é um acampamento de aves — e muito bem cuidado".

No quarto de Guida Galinha havia um guarda-roupa, uma poltrona e uma cômoda com gavetas. Em cima dessa cômoda via-se uma bela bandeja de metal cromado, em cujo espelho estava gravada, em letras caprichosamente traçadas, a palavra "Grubbe": sobrenome da família nobre que outrora fora dona do castelo que ali existia. Essa bandeja tinha sido encontrada quando começaram os trabalhos de construção do cômodo ao lado do galinheiro. Levada ao mestre-escola para ver se se tratava de uma peça de valor, ele afirmou que não. Ela não passava de uma bandeja comum, pertencente a uma família nobre da qual sequer restavam descendentes hoje em dia. Quando muito, teria valor histórico.

O mestre-escola tinha estudado em seminário, e era um homem culto e estudioso. Já muito havia pesquisado sobre o antigo castelo que um dia ali existiu, bem como sobre a família de seus proprietários. Tudo o que sabia a esse respeito, porém, era extraído de livros. Seu sonho era um dia poder escrever sobre esse assunto. Para tanto, mais de uma gaveta de sua cômoda regurgitava de anotações. De fato, ele sabia um bocado sobre aquele assunto. Todo o seu conhecimento a esse respeito, contudo, era inferior ao que possuía o mais velho dos corvos do bando que ali vivia. É pena que o mestre-escola não sabia falar a língua dos corvos. Se soubesse, seus conhecimentos iriam aumentar muito, mas muito mesmo.

884

Nos dias de calor, um nevoeiro costumava esconder as árvores do pântano, em cujos galhos os corvos e gralhas gostavam de pousar. Quem não conhecesse o lugar, poderia jurar que haveria um lago debaixo daquele nevoeiro, o que não deixava de ser verdade, visto que ali tinha havido um lago, efetivamente, nos tempos em que o antigo castelo estava de pé. Nessa época, era ali que morava o nobre e respeitado cavaleiro de sobrenome Grubbe. Havia então um fosso e uma ponte levadiça, diante da qual um feroz mastim, preso a uma forte corrente, vigiava a entrada, avisando com seus latidos o aparecimento de qualquer pessoa, ao longe, na estrada. Quer conhecer o castelo? Então vamos entrar e caminhar pelos corredores calçados de pedras. Sigamos por eles e entremos num dos quartos.

Eram bem estreitas as janelas do castelo, mesmo no salão destinado às danças. Durante o tempo do último Grubbe, não se dançou nesse castelo. No salão de festas, a única peça que lembrava um instrumento musical era um velho gongo, ali deixado para efeito decorativo. Outra peça de decoração era uma velha arca de madeira lavrada, na qual a Senhora Grubbe guardava sementes e bulbos de flores raras. Cultivar plantas era a sua diversão. Já o marido mostrava maior interesse em caçadas, especialmente quando se tratava de lobos e javalis. Nessas ocasiões, sua filha Marie acompanhava-o. Desde pequena demonstrara gosto pelas caçadas, sendo hábil amazona e sabendo manejar o chicote com maestria. Os cães evitavam aproximar-se dela, pois todos já tinham experimentado no lombo as vergastadas certeiras daquele látego doloroso. Seu pai achava graça naquilo, e não se teria importado nem mesmo se ela houvesse experimentado o azorrague nas costas dos camponeses, que gostavam de ficar espiando a passagem da comitiva dos caçadores, especialmente nos costados dos rapazes, que dirigiam à sua filha olhares nem sempre respeitosos, como ele gostaria de que fossem.

Numa cabana, não longe do castelo, vivia um camponês que tinha um filho chamado Soren. O garoto era da mesma idade da filha do nobre Grubbe. Subia em árvores como ninguém, e a pequena Marie costumava pedir-lhe que apanhasse ninhos com ovos para ela. Numa dessas vezes, uma ave atacou-o com fúria, bicando pouco acima de um de seus olhos. O sangue jorrou da ferida, e todos pensaram que o garoto iria ficar caolho, mas isso não aconteceu. A jovem Marie assustou-se com aquilo, e fez questão de visitar o ferido, chamando-o de "meu Soren". Sua amizade ao garoto acabou beneficiando o pai, cujo nome era Jon. Este tinha cometido uma falta qualquer, e por causa disso foi condenado à pena do "cavalo-de-pau", que consistia em sentar-se sobre um estrado montado sobre pernas de madeira. Ali ficava o pobre coitado durante horas, com as pernas escarranchadas, tendo ademais de sustentar o peso de duas pedras pesadas que lhe eram amarradas aos pés. Aquilo era de fato uma tortura desumana, aceita como normal naqueles tempos severos e injustos. O rosto do infeliz Jon estava contraído, demonstrando a dor que ele sentia. Em prantos, o pequeno Soren procurou Marie e intercedeu pelo pai. Ela não se fez de rogada, e logo ordenou ao feitor que libertasse o homem. Como ele não lhe deu atenção, ela foi atrás do pai e pendurou-se na manga de seu casaco, rogando-lhe insistentemente que liberasse Jon do castigo. Tanto fez, que acabou rasgando-lhe a manga. Ante a teimosia do pai, bateu os pés no chão com força, gritou, esbravejou, até que finalmente conseguiu que ele perdoasse o erro de seu servo, ordenando retirá-lo de cima do cavalo-de-pau. A mãe aprovou seu gesto, e fez-lhe uma carícia nos cabelos, sorrindo-lhe com ternura. Mas como nada disse, Marie ficou sem compreender o porquê daquele gesto.

O que ela queria era ficar em companhia de seus cães de caça, e não de passear com a mãe no jardim. A Senhora Grubbe gostava de caminhar até o lago, detendo-se diante dele por longo tempo, a contemplar os lírios-d'água e os juncos que ali havia. Aquele cenário luxuriante e verde não causava a mínima impressão em Marie, que costumava referir-se a ele dizendo que era "muito comum e sem graça".

No meio do jardim havia uma árvore imponente, conhecida como "faia-cor-de-cobre". Hoje, é uma árvore relativamente comum. Naquele tempo, porém, era muito rara. Fora a mãe de Marie quem a plantara com suas próprias mãos. Suas folhas destacavam-se entre as demais, pela raridade de sua coloração: era de um marrom avermelhado, como se feitas de cobre. Assim como uma pessoa morena chama a atenção, no meio de um grupo de pessoas louras, assim aquela árvore "morena" realçava em meio às demais. A faia-cor-de-cobre necessita de sol. Se ficar em local sombreado, suas folhas tornam-se verdes, como as das faias comuns. Pois bem: nessa árvore, assim como nas altas castanheiras que ali havia, viam-se diversos ninhos de aves. Elas sabiam que, naquele jardim, estariam em completa segurança, pois a dona da casa não admitia que elas fossem capturadas, ou mesmo incomodadas. Caçadas a tiro, então, nem pensar.

Um dia, a pequena Marie Grubbe foi até o jardim em companhia de Soren, que, como se sabe, era muito hábil em subir nas árvores. Aquele dia não foi seguro para as aves: muitos ovos foram colhidos e muitos filhotes penugentos foram apanhados. Os pássaros fizeram escarcéu, piando agoniadamente, tomados de surpresa e fúria. Foram ouvidos ao longe os gritos e guinchos dos corvos, das gralhas e das tarambolas. A senhora deixou o castelo às pressas e veio ver o que estava acontecendo. Qual não foi seu desapontamento ao tomar conhecimento da má ação de sua filha. Com o dedo em riste, repreendeu-a, dizendo:

— Por que fez isso, Marie? Que maldade!....

Envergonhado, Soren ficou de olhos baixos, sem saber o que dizer. Mas Marie enfrentou o olhar da mãe, replicando taciturnamente:

— Não venha ralhar comigo. Meu pai me deu permissão de vir aqui pegar aves e ovos.

— Vamos embora! Vamos embora! — gritaram as aves negras, fugindo para longe daquele lugar.

No dia seguinte, porém, regressaram, pois aquele jardim era seu lar. Além disso, contavam com a proteção da dona da casa. Mas essa proteção durou pouco. Não demorou para que Deus a chamasse, e ela deve ter ido satisfeita, sentindo-se mais à vontade na casa do Senhor do que naquela em que até então havia vivido. Os sinos dobraram tristonhos na hora de seu enterro, e muitas pessoas pobres devem ter derramado uma lágrima de pesar, pois a nobre senhora jamais tinha sonegado o pão da caridade ao faminto que batesse em sua porta.

Sem a dona da casa, ninguém mais cuidou do jardim, que em pouco tempo acabou transformando-se num verdadeiro matagal.

O nobre Grubbe era um sujeito duro, diziam os camponeses. A única pessoa que podia com ele era sua filha. Ela sabia como fazê-lo rir, fosse por que fosse, e desse modo agia como lhe dava na telha. Tinha apenas doze anos, mas era uma menina ágil e forte. Cavalgava como um cavaleiro experiente, manejava a espingarda como um caçador profissional, e enfrentava qualquer um, olhando-o bem dentro dos olhos.

Certa vez, os dois jovens mais distintos da Dinamarca — o soberano e seu amigo e meio-irmão, *master* Ulrico Frederico Gyldenloeve — tinham vindo caçar javalis naquele distrito, e decidiram passar uma noite no castelo do nobre Grubbe. Na hora do jantar, *master* Gyl-denloeve assentou-se ao lado de Marie. Imaginando que se tratasse de uma menina dócil e gentil, segurou-a pela nuca e pespegou-lhe um beijo nas faces. Não podia imaginar que ela reagisse com fúria, aplicando-lhe uma sonora bofetada e mandando-o procurar alguma sirigaita que apreciasse seus beijos. Sua pronta reação despertou o riso de todos os comensais, inclusive do esbofeteado, que não pareceu ter ficado agastado com o tapa que acabara de levar. E não deve ter ficado mesmo, pois, daí a cinco anos, por ocasião do décimo sétimo aniversário de Marie, ele escreveu para o nobre Grubbe, pedindo a mão de sua filha em casamento. Grubbe ficou encantado com o pedido, comentando diante de todos:

— *Master* Gyldenloeve, sem dúvida, é o mais galante e distinto cortesão de todo o reino! Uma proposta dessa não pode ser recusada. Que pensa disso, Marie?

— Um grande chato, isso é que ele é — replicou a jovem.

Mesmo assim, não recusou seu pedido. Afinal de contas, Gildenloeve era um nobre que se sentava costumeiramente à esquerda do rei. Por isso, prataria, panos de linho e roupas de seda e veludo foram embalados e enviados de navio para Copenhague. Quanto a ela, seguiu por terra. A viagem levou dez dias. Ela chegou à capital bem antes do navio. Enfrentando ventos adversos e longas calmarias, a embarcação não chegou ao seu destino senão quatro meses após a data prevista. Nessa altura dos acontecimentos, Marie já se tornara a Sra. Gyldenloeve, já brigara com o marido, já se separara dele e já havia deixado sua casa. Ao sair do castelo, exclamara, furiosa:

— Prefiro dormir sobre a palha molhada, que dividir com você seus lençóis de seda! E antes andar descalça por estradas pedregosas, que aceitar sentar-me em seu coche!

Era novembro. Tarde da noite, duas mulheres cavalgavam, chegando à cidade de Aarhus. Uma delas era a esposa do meio-irmão do rei. A outra era sua criada. Depois de apearem, subiram os degraus de uma escada e bateram à porta da casa do nobre Grubbe. O dono atendeu. Vendo quem batia, não demonstrou satisfação. Repreendeu a filha com palavras ásperas, mas acabou convidando-a a entrar. Mais tarde, à mesa, novas reprimendas. O pai sabia ser duro, e ela não estava acostumada a esse tipo de tratamento. Por isso, não hesitou em replicar, no mesmo tom de voz. Rebateu as acusações do pai e referiu-se com amargura e rancor a seu marido, dizendo que nunca mais queria vê-lo, pois isso era uma questão de autoestima, coisa que possuía em grau elevado.

Passou-se um ano, e não foram trezentos e sessenta e cinco dias dos mais alegres. Pai e filha trocaram palavras ásperas, e dessa troca de agressões verbais não poderia resultar bons frutos. Como iria terminar tudo aquilo?

— Não podemos viver sob o mesmo teto — disse um dia seu pai. — Nesta casa, ou eu, ou você. E como não pretendo deixar a cidade, quero que você saia daqui e vá morar no castelo, que está abandonado, precisando de alguém que tome conta dele e cuide de tudo. E esse alguém será você. Ali, sem ter com quem conversar, você não terá oportunidade de espalhar suas mentiras e calúnias. O melhor que poderá fazer é morder a língua até arrancá-la da boca.

Desse modo, pai e filha se separaram para sempre. Marie e sua criada foram para o velho castelo, onde ela tinha nascido e onde vivera até a véspera de seu casamento. Era ali que sua mãe — a nobre, recatada e silenciosa dama — repousava em seu túmulo.

Só uma pessoa tinha ficado na propriedade: um velho vaqueiro. Agora, ali viviam três seres humanos: Marie, ele e a criada. E mais ninguém. Os quartos estavam com as paredes revestidas de teias de aranha, e o chão coberto de poeira. No jardim, já não se viam

887

flores, mas tão somente trepadeiras e pés de lúpulo silvestre, disputando espaço com cicutas e urtigas. A faia-cor-de-cobre tornara-se uma árvore comum, com as folhas verdes vulgares e normais. Seu tempo de glória já havia passado.

Corvos, gralhas e tarambolas voavam em bandos sobre as castanheiras imponentes. No dia em que Marie chegou, seus gritos redobraram de intensidade. As aves avisavam-se umas às outras:

— Voltou! Ela voltou!

E o outro ladrão de ovos, onde estaria? O garoto havia crescido, e agora era um marinheiro. Já não trepava nas árvores, mas sim no mastro de seu navio. Uma árvore sem galhos e sem folhas. Não tinha mais que se preocupar com os castigos destinados ao pai, mas sim com os que lhe eram prescritos, devido a seus erros e omissões. De vez em quando, as tardes terminavam para ele com sabor de azorrague.

Foi o mestre-escola quem nos contou tudo isso. Ele tinha recolhido essas informações de velhos volumes ensebados, de antigas cartas amareladas, e as tinha anotado em folhas e cadernos, guardadas de maneira desordenada nas gavetas de sua escrivaninha.

— A vida é uma sucessão de altos e baixos — dizia ele, enquanto procurava alguma anotação em paradeiro ignorado. — No caso de Marie Grubbe, então, essa verdade ainda é mais patente.

Interessa-nos ouvir a história de Marie, mas também não queremos perder de vista a boa Guida Galinha, que hoje vive no lugar onde ela outrora viveu. O lugar pode ser o mesmo, mas o temperamento das duas é inteiramente distinto. Marie nunca teve a disposição alegre que Guida Galinha parece já ter nascido com ela.

Passou-se mais um ano, e de novo chegou o outono. Um nevoeiro frio e úmido chegava continuamente do mar, encobrindo a paisagem. A vida no castelo era monótona, solitária e aborrecida. Um dia, Marie tomou da espingarda e resolveu sair à caça de animais. Tanto lhe fazia se caçasse raposas, lebres ou aves. Queria apenas caçar. E foi ali, entre as urzes, que encontrou outro caçador, o nobre Palle Dugre, de Norrebaek. Ele era grande e forte, e adorava contar vantagem. Para imitar o falecido cavaleiro Brockenhouse de Egeskov, cuja força era cantada em prosa e verso, ele pendurou uma corrente de ferro no alto do portão de entrada de sua propriedade rural, à qual estava preso um chifre de caça. Ao chegar em casa, ele costumava soprar daquele chifre, pendurando-se à corrente e suspendendo-se no ar, juntamente com o cavalo, que ele abarcava com as pernas, numa tremenda exibição de força:

— Se não acredita, minha senhora — dizia ele a Marie, — venha a Norrebaek comigo, e terá oportunidade de ver com seus próprios olhos se consigo ou não suspender o cavalo no ar. Farei isso em sua homenagem. Aproveite o ensejo para desfrutar os ventos frescos que ali sopram.

Não podemos precisar a data em que Marie foi morar em Norrebaek, mas num dos castiçais da igreja local se pode ler que aquela peça foi doada por "Palle Dyre e Marie Grubbe de Norrebaek".

Como se disse, Palle Dyre era um sujeito grandalhão e dotado de força extraordinária. Bebia a mais não poder. Parecia um barril sem fundo, que nunca se conseguia encher. Quando se cansava de beber, caía na cama e roncava como um rebanho de porcos. Tinha o rosto vermelho e a pele esponjosa. Cansada de conviver com uma pessoa, assim, e vendo que não seria capaz de modificá-lo, Marie disse um dia para si própria:

— Esse aí é mais safado e mais velhaco que um javali velho. Vou embora logo que achar um meio de sair daqui.

E foi o que fez. Certa noite, posta a mesa para o jantar, ninguém apareceu. O patrão tinha ido caçar, e a patroa tinha simplesmente desaparecido. Palle Dyre chegou em casa por volta da meia-noite, mas Marie ali não apareceu, nem mesmo no dia seguinte. Tinha selado um cavalo e dado o fora. Saiu sem sequer se despedir.

O tempo era cinzento e úmido. Soprava um vento muito frio. Corvos voavam sobre sua cabeça. Eles, pelo menos, tinham um lugar onde dormir. Marie cavalgou para o sul, no rumo da fronteira da Alemanha. Ali chegando, vendeu seus anéis, sua joias e seu cavalo. De lá, partiu para oeste, depois voltou para leste, sem rumo ou destino. Seu coração estava cheio de rancor, contra tudo e contra todos. Sua alma estava cheia de tristeza e de angústia. Em pouco, o corpo também baqueou, e o cansaço tomou conta dele. Voando por ali, um abibe desferiu seu grito, parecendo dizer:

— Ladra! Ladra!

Marie Grubbe sorriu. Ladra, não era, pois nunca roubara algo de seus vizinhos. É bem verdade, porém, que quando garota tinha ordenado que o filho de um servo trepasse nas árvores e lhe trouxesse os ovos e filhotes de aves que ali encontrasse. Ao escutar o grito da ave, lembrou-se daquele episódio de sua infância.

De tão cansada, perdeu as forças e caiu ao chão. Sem conseguir levantar-se, ergueu os olhos e avistou as dunas de areia na praia. Sabia que ali viviam pescadores, mas não tinha forças para seguir até lá, ou mesmo para gritar pedindo ajuda. As gaivota desferiam pios agudos ao avistá-la, e aqueles sons lembraram-lhe os guinchos dos corvos e das gralhas, no dia em que Soren assaltara seus ninhos. Uma ou duas desceram em voo rasante, passando perto de onde ela estava. Ela viu as aves, de corpo todo branco, e notou que ela começaram a escurecer, até se tornarem inteiramente negras. E foi a última coisa de que se lembrou.

Quando reabriu os olhos, estava sendo carregada por um homem. Notou sua barba espessa e uma cicatriz sobre o olho direito, que parecia partir sua sobrancelha em duas. O homem caminhava, carregando-a ao colo, até que a depositou numa embarcação. O capitão não pareceu ter ficado muito satisfeito de receber aquela carga, mas mesmo assim deixou que ela ali ficasse, e zarpou para o alto-mar.

No dia seguinte, Marie Grubbe ainda não tinha desembarcado. Que lhe teria acontecido? Para onde teria seguido aquele barco? O mestre-escola sabia as respostas, pois as tinha lido num livro escrito por Ludvig Holberg, um escritor dinamarquês. Tanto seus romances como suas peças teatrais são muito interessantes. Depois que morreu, seu editor publicou suas cartas. Numa delas, Holberg conta como e onde conheceu Marie Grubbe, no mesmo estilo vivo e colorido de seus romances e de suas comédias.

Mas não podemos nos esquecer de Guida Galinha, que neste momento se acha sentada em seu galinheiro, feliz e contente.

Onde foi que deixamos Marie Grubbe? Na embarcação? Pois então vamos retomar a história, alguns anos mais tarde.

Estamos em 1711. A peste está dizimando a população de Copenhague. A rainha preferiu partir para sua terra natal, a Alemanha, enquanto que o rei também deixou a capital, rumando para o interior do país. O mesmo fizeram todos os cidadãos que tinham condições de viajar. Um deles era um jovem estudante da Academia Borchs, que ficava perto da Torre Redonda. Certa noite, preocupado com os miasmas doentios que pairavam sobre a cidade, pôs a mochila nas costas (mais cheias de livros que de roupas) e partiu para o campo.

Eram duas horas da manhã quando ele deixou o alojamento onde vivia. As ruas estavam vazias, encobertas por denso nevoeiro. Em algumas portas das residências, viam-se cruzes traçadas a giz ou a carvão: isso significava que ali dentro havia alguém atacado de peste, ou que já não havia mais nenhum morador vivo. Mesmo na avenida principal, que liga a Torre Redonda ao palácio real, não se via vivalma. De repente, um rumor quebrou o silêncio: um veículo vinha pela rua, em disparada. Era uma carroça carregada de cadáveres. O jovem estudante tirou da mochila uma esponja e um vidro de amônia, embebeu-a no líquido e a levou às narinas, para não sentir o cheiro dos corpos em putrefação. De uma taverna chegou-lhe aos ouvidos o barulho de gargalhadas, gritos e canções. Pela entonação das vozes, via-se que todos ali já deviam estar embriagados. As pessoas bebiam para esquecer o pavor que as assaltava, para não pensarem na peste que grassava ali fora ameaçando levá-las no próximo carregamento das carroças que passavam dia e noite pelas ruas, recolhendo os cadáveres.

O estudante alcançou o cais que ficava perto do castelo. Só duas pequenas embarcações estavam ancoradas ali, uma delas pronta para zarpar. Seu destino era a cidade de Groensund. O estudante embarcou e declinou seu nome para o capitão, que o anotou num caderno, como se não passasse do nome de uma pessoa absolutamente comum. Com efeito, nessa época, Ludvig Holberg não passava de um simples estudante, e ninguém poderia supor que ele um dia haveria de tornar-se o mais célebre escritor dinamarquês.

O sol ainda não tinha despontado no céu. O navio deslizou silenciosamente à frente do palácio real, e pouco tempo depois navegava em alto-mar. Uma brisa ligeira enfunava as velas discretamente. O jovem sentou-se no tombadilho, apoiado contra um mastro, e ali, aspirando aquele ar frio da madrugada, logo adormeceu profundamente. Não era prudente agir assim, mas, afinal de contas, há que se dar um desconto, já que ele não passava de um simples e jovem estudante.

Só três dias depois a pequena embarcação passou ao largo da ilha de Falster. O estudante procurou o capitão e perguntou:

— Conhece alguém dessa ilha que me possa oferecer hospedagem barata?

— Hum... — respondeu o capitão, cofiando a barba — tente a casa da mulher do barqueiro, em Borrehuset. Para demonstrar respeito, trate-a por Mãe Soren Sorensem Miller, mas evite excessos de cortesia e palavras empoladas, porque ela não aprecia esse tipo de coisas. Em geral, o marido está preso, pois vive aprontando alguma; assim, é ela quem tem de manobrar a barca, e para isso não lhe faltam muque e disposição.

Pondo a mochila nas costas, tratou o estudante de procurar a mulher do barqueiro. Não tardou a encontrar a casa. Como a porta não estava fechada, entrou sem maior cerimônia. A sala tinha o chão revestido de seixos arredondados, como os que se usam para calçamento de ruas. A principal peça do mobiliário era um banco comprido, forrado de pele, que de noite se transformava em cama. Uma galinha branca estava presa por uma corda ao banco, e em torno dela piavam alguns pintinhos. A vasilha que lhe servia de bebedouro estava virada de borco, e a água tinha escorrido toda pelo chão. Havia um quarto maior, e logo atrás um menor, dentro do qual se via um bebê deitado num berço. O neném parecia

890

ser a única pessoa que ali estava. Depois de constatar que não havia ali mais alguém, o estudante saiu e ficou esperando a chegada de um morador.

A barca atravessava o canal e já se aproximava da margem. Não trazia senão o barqueiro, ou então a mulher do barqueiro — dali não era possível distinguir. O fato é que alguém vinha remando, alguém vestido de casaco comprido e tendo à cabeça um chapéu largo e grande, que lhe cobria todo o rosto. Por fim, a barca embicou no cais. Não era o barqueiro quem remava, e sim sua mulher.

Depois de descer do barco, ela caminhou até a casa modesta e entrou. Tinha ombros fortes e semblante decidido. Olhou para o rapaz com um par de olhos escuros e orgulhosos e perguntou o que ele queria. Sim, era a Mãe Soren, a mulher do barqueiro. Se a vissem, os corvos, as gralhas e as tarambolas a teriam reconhecido, e em seguida desferido gritos agudos e raivosos. Mas ali não havia tais aves, e, mesmo que houvesse, seus gritos nada iriam significar para o jovem estudante.

A mulher não gostava de conversar; assim, o diálogo se limitou ao acerto do preço a ser cobrado por cama e comida, durante todo o tempo que o rapaz ali quisesse pousar. E ele logo se alojou na casinha modesta.

De vez em quando, alguém parava por ali, para tomar um copo de cerveja. Eram cidadãos respeitáveis, que moravam na povoação vizinha. Pelo menos dois deles ficaram mais amigos do estudante, gostando de sentar-se com ele à mesa para conversar. Eram Freands, o amolador de facas, e Sivert, o "Vasculhador" (apelido que lhe deram pelo fato de ser o inspetor da alfândega). Ambos admiravam os conhecimentos daquele jovem estudante, que sabia falar sobre qualquer assunto, além de ler grego e latim. A admiração dos dois não encontrava reflexo em Mãe Soren, que dava de ombros ao ouvi-los gabando os conhecimentos do jovem, comentando com azedume:

— Quanto menos se sabe, mais feliz se é.

Certa manhã, encontrando-se com a dona da casa num momento em que ela estava lavando roupas, depois de cortar uma enorme pilha de lenha, o jovem Holberg lhe disse.

— É, Mãe Soren, não posso negar: sua vida é bem dura...

— Podia ser pior — respondeu ela, secamente.

Apesar de sua resposta não incentivar o prosseguimento da conversação, ele não desistiu e perguntou se ela sempre havia dado duro na vida, desde seus tempos de criança. Um ligeiro sorriso assomou às faces daquela mulher sofrida, que lhe mostrou as palmas das mãos, respondendo misteriosamente:

— Se sabe ler as mãos, responde você mesmo. Isso deve ser mais fácil do que ler grego e latim...

Eram duas mãozinhas pequenas, de unhas roídas. Pareciam fortes, mas havia nelas alguma coisa diferente, que ele não soube precisar o que seria.

Por ocasião do Natal, o tempo esfriou demais. A neve caía sem parar. O vento açoitava o rosto de quem se atrevesse a sair às ruas. Muitos, porém, eram obrigados a fazê-lo, e tinham de atravessar o Sund. Podiam seguir tranquilos. Lá estava Mãe Soren, como se aquele vento cortante, que ardia no rosto como se fosse um ácido, não passasse de brisa suave e refrescante. Metida em seu casação e tendo na cabeça o chapelão, lá ia ela através do canal, remando forte e veloz como se fosse um homem.

Nessa quadra do ano, o dia não durava senão algumas horas. O ocaso era curto, e logo a casinha modesta estava inteiramente às escuras. Então, Mãe Soren punha turfa e lenha na lareira e sentava-se em frente ao fogo, remendando roupas e cerzindo meias. A seu lado, sentava-se o jovem Holberg, tentando entabular uma conversa que nunca passava de umas poucas frases trocadas entre hóspede e hospedeira. Certa noite, porém, ela parecia estar mais falante, e se abriu com o rapaz, contando-lhe alguns detalhes da vida de seu marido:

— Meu Soren está preso em Holmen, condenado a três anos. Foi considerado responsável indireto pela morte de um capitão de Drahor. Se fosse um figurão, a Justiça seria mais branda com ele. Infelizmente, trata-se apenas de um pobre e modesto marujo...

— Que é isso, Mãe Soren? A Lei é uma só, para todos — replicou o estudante.

—Ah, é? Você de fato acredita nisso? Acaso já ouviu falar de Kai Lykke? Ele mandou demolir uma igreja existente em seu feudo. Quando o ministro Mads subiu ao púlpito para criticar aquela atitude, ordenou sua prisão e presidiu a comissão que o julgou, formada apenas por pessoas que ele mesmo escolheu. O veredito foi este: o ministro o tinha ofendido com palavras saídas de sua garganta; esta, portanto, deveria ser cortada ao meio, para reparar a ofensa. E assim se cumpriu. O ministro Mads morreu, e não foi por acidente. Quanto a Kai Lukke, tornou-se ainda mais temido e respeitado. Ninguém jamais pediu algum tipo de punição para seu gesto.

— Ora, mas isso são coisas do passado — retrucou Holberg. — Os tempos mudaram. Ninguém poderia agir assim hoje em dia.

— Guarde suas teorias para os bobocas que vêm aqui escutá-lo de boca aberta — resmungou Mãe Soren, entrando no quarto e tomando o bebê — o "bichinho", conforme costumava chamá-lo — no colo.

Depois de ninar a criança durante algum tempo, devolveu-a ao berço e arrumou a cama do estudante, isso é, o banco da sala, que era forrado de peles. Pôs-lhe por cima um grosso cobertor, o único de que dispunha, já que ele era friorento, mesmo tendo nascido na Noruega.

Na manhã do ano-novo, o dia raiou magnífico, sem uma única nuvem no céu. Durante a noite tinha caído muita neve, e agora havia no chão uma camada branca e dura, sobre a qual se podia caminhar sem qualquer susto. Os sinos da igreja situada na aldeia vizinha soaram alegremente. Ludvig Holberg vestiu seu sobretudo de lã e dirigiu-se para lá, a fim de assistir ao culto.

De repente, um bando de corvos e gralhas sobrevoou a casa. Seus gritos eram tão altos, que não deixavam escutar o badalar dos sinos. Mãe Soren tinha saído com seu tacho de cobre, a fim de enchê-lo com neve. Iria derretê-la mais tarde, para servir-se dela como água de beber. Olhando para cima, ficou a contemplar aquele bando de aves.

Tanto no caminho de ida como no de volta, Holberg teria de passar diante da casa do seu amigo "Vasculhador". Ao cumprimentá-lo, enquanto seguia para a igreja, foi convidado a entrar ali na volta, para tomar um copo de cerveja quente, misturada com melaço e gengibre. Foi o que ele fez. Enquanto bebiam aquela espécie de quentão dinamarquês, conversaram, e o assunto girou em torno de Mãe Soren. O inspetor da alfândega sabia alguma coisa ao seu respeito — pouca, é verdade, mas duvidava de que alguém por ali soubesse mais do que ele. Que ela não era do lugar, isso não constituía novidade. Quando ali se estabeleceu, parece que possuía algum dinheiro; agora, porém, já dera cabo dele. Seu marido servia na Marinha como grumete. Era um sujeito de maus bofes e muito brigão. Há um ou dois anos, tinha-se envolvido em luta corporal com um capitão, resultando disso a morte desse homem e sua condenação à prisão. Todos sabiam que ele costumava aplicar uns cascudos na mulher, mas ela nunca disse uma palavra contra ele; ao contrário, costumava defendê-lo, sempre que alguém tecia comentários críticos a seu respeito.

892

— Eu jamais teria suportado viver com um homem grosseiro como esse tal de Soren! — comentou a esposa de "Vasculhador", olhando para o marido de esguelha. — Também pudera: tenho berço. Meu pai fornecia meias de lã ao palácio real, meias que ele próprio tricotava.

— E foi por ser filha do fornecedor real de meias — concluiu o estudante, fazendo-lhe uma mesura, — que a senhora veio a desposar um alto funcionário da Alfândega Nacional.

Na realidade, o trabalho de Sivert consistia em examinar as cargas das carroças dos camponeses que entravam na cidade, cobrando impostos sobre os produtos que eles pretendiam vender na feira local. Por isso, tinha de vasculhar os veículos de carga, donde o apelido pelo qual era conhecido em todo aquele distrito.

Na noite em que se comemorava a Epifania — a décima segunda noite após o Natal, — Mãe Soren pôs sobre a mesa três velas que ela mesma havia fabricado, e as acendeu, conforme mandava a tradição. Notando aquilo, Holberg sorriu e comentou:

— Ah, o velho costume: uma vela para cada um.

— Cada um? — estranhou ela. — Como assim? Eu, você e o "bichinho"?

— Não estou falando de nós, mas sim dos três sábios que vieram do Oriente. Os Três Reis Magos. Hoje não é o Dia de Reis?

— Ah, sim, os Santos Reis... — disse ela, abrandando sua expressão, até então soturna e zangada.

Naquela noite, Ludvig Holberg aprendeu mais coisas sobre sua hospedeira do que durante toda a sua estada naquele lugar. Sentindo que ela estava disposta a conversar, arriscou-se a dizer:

— Sei que a senhora ama seu marido, mas o pessoal daqui comenta que ele não costuma tratá-la muito bem...

— Esses enxeridos não têm de se meter em minha vida — replicou ela, com azedume. — Se eu tivesse apanhado quando criança, não teria de apanhar agora, que estou adulta. A pessoa tem de pagar pelos erros que cometeu, e os meus não foram poucos. Os mexeriqueiros da aldeia sabem das surras que levei, mas desconhecem o bem que aquele homem já me fez. Disso, só eu sei. Quando caí desfalecida lá no descampado e estive prestes a morrer, sem que ninguém se preocupasse com a minha sorte, podendo até ser bicada pelos corvos e pelas gralhas, que me olhavam com cara de pouco amigos, quem foi que me encontrou e se apiedou de meu estado? Quem foi que me carregou nos braços até a embarcação em que servia, mesmo sabendo que todos iriam repreendê-lo por aquele gesto? Minha sorte foi ter uma boa compleição física, pois em pouco estava restabelecida e forte. Soren não se veste com elegância, nem usa palavras escolhidas, mas não é por causa disso que se deve julgar seu caráter. Ninguém julga um cavalo pelos seus arreios, como se costuma dizer. É o caso dele. À primeira vista, pode parecer um sujeito grosseiro e de maus bofes, mas afirmo-lhe que prefiro viver a seu lado, do que junto àquele que todos chamavam de "o homem mais nobre deste reino". Sim, refiro-me a Gyldenloeve, o Governador da Noruega, aquele que era meio-irmão do rei. Embora de origem modesta, Soren possui maior nobreza de caráter do que o nobre Palle Dyre, esse, sim, um grosseirão de marca maior. Gjldenloeve e Palle Dyre — vivi com os dois; por isso, posso dizer com conhecimento: são farinha do mesmo saco. Cada um é pior que o outro. E eu, provavelmente, sou pior do que ambos. Não gosto de falar nessas coisas, mas você me parece ser uma boa pessoa, e acabei revelando-lhe o segredo de minha existência. Agora, chega. Já falei demais. Trate de ir dormir.

Então, era isso: Mãe Soren era, na realidade, Marie Grubbe, de quem há tempos ninguém escutava falar. E aquela era sua vida atribulada e triste, que, ao contrário das histórias que geralmente se contam, começava bem e acabava mal. Ela não assistiu a muitas outras noites de véspera de Reis. Holberg anotou em seu diário que Mãe Soren teria morrido em junho de 1716, em sua casa modesta de Borrehuset. Um detalhe que não contou, talvez porque o desconhecesse, foi que, no dia de sua morte, um bando numeroso de aves sobrevoou sua casa, não se dispersando enquanto o corpo não foi levado para o cemitério. Eram corvos, gralhas e tarambolas, aves barulhentas e buliçosas, mas que naquele dia se mantinham discretas e silenciosas, como se compreendessem que estavam presenciando um funeral.

Depois de se dispersarem, as aves regressaram a seus ninhos, perto de um velho castelo, lá na Jutlândia. Ali chegando, voltaram a crocitar e gralhar, como de costume. Talvez estivessem contando aos da nova geração como foi que um dia o filho de um camponês daquele lugar tinha trepado nas árvores, recolhido seus ninhos e capturado seus filhotes. Ele agora estava preso na gaiola do rei, enquanto sua mulher, a filha do dono daquele castelo, que um dia lhe tinha ordenado subir nas árvores e perturbar a paz das aves que ali faziam seus ninhos, estava agora enterrada numa terra distante, do outro lado do Sund. Cró! cró!

Tempos depois, seus descendentes também gritaram— cró! cró! — quando o castelo foi posto abaixo.

— Os corvos e gralhas ainda emitem seus gritos raivosos até hoje — concluía filosoficamente o mestre-escola, — embora não tenham mais qualquer razão para se queixar. Ninguém mais se lembra de quem foi o nobre Grubbe ou sua filha. Não há mais qualquer sinal de que se erguia um castelo imponente, no lugar onde hoje existe um galinheiro. Onde outrora viviam aqueles nobres arrogantes, vive hoje a pobre Guida Galinha, feliz, pois onde estaria ela, se não estivesse conseguido esse emprego modesto? Por certo, vivendo em algum asilo de indigentes....

❧❦❧❦

Em torno de Guida Galinha, que distribuía grãos de cevada para eles, ajuntaram-se as aves, cada qual falando em sua língua. As pombas arrulhavam, os perus grugulejavam, as galinhas cacarejavam e os patos grasnavam.

— Quen! Quen — comentou uma pata para sua vizinha . — De onde será que veio essa Guida Galinha? Ninguém sabe. Ninguém conhece sua família. Sua sorte foi encontrar esse lugar. Ela deve a nós a sua felicidade. Mas bem que eu gostaria de saber de que ninho ela veio.

De fato, ela desconhecia quem seriam seus pais. Também o mestre-escola nada sabia a seu respeito, apesar de todas as anotações que trazia guardadas em suas gavetas. Só uma velha gralha sabia alguma coisa sobre ela. Reconhecera Guida Galinha logo que a vira chegar ali. Era a menina que vivia naquele lugar cheio de crianças, que os homens chamavam de "orfanato". E a avó dessa gralha sabia quem eram os pais da menina, e quem eram seus avós. E ela contou tudo isso para a gralha que era sua neta, a qual, por sua vez, guardou o segredo para si, não o revelando para quem quer que fosse.

Se a velha gralha tivesse revelado seu segredo, nós então iríamos saber que a avó de Guida Galinha fora uma menina nobre e arrogante, que gostava de galopar orgulhosamente por ali, há muito e muito tempo, quando ainda existia o velho castelo que anos depois foi derrubado. Nesse tempo, tudo pertencia a seu pai, até mesmo as aves que ali viviam. Anos mais tarde, ela voltou àquele local, e ali passou a reinar sozinha, até que um dia saiu, e acabou dando com os costados em Borrehuset, onde finalmente veio a falecer. Sua neta, o único remanescente da antiga e nobre família, acabara por fixar-se ali mesmo onde outrora se erguia o castelo pertencente aos seus ancestrais. As aves silvestres tinham-na reconhecido, e faziam algazarra quando a viam, mas ela nem se dava conta daquilo, sentindo-se inteiramente à vontade entre as aves de criação. Ela as conhecia, uma por uma, e as aves também e conheciam, além de confiarem nela. Ela nada tinha a reclamar da vida, e ali estava, à espera do dia em que a morte viria buscá-la. E isso não demorou a acontecer.

— Morreu! Morreu! — crocitaram os corvos e as gralhas.

Guida Galinha teve um enterro cristão, mas pouco depois ninguém mais se lembrava de onde era seu túmulo. Só a velha gralha não se esqueceu, mas dentro em pouco também esse segredo será enterrado com ela, se é que já não o foi.

Agora que já contei tudo o que sei, espero que tenham entendido por que reuni nesta mesma história Marie Grubbe e Guida Galinha, duas pessoas tão diferentes e que, pelo menos aparentemente, nada tinham de comum uma com a outra. Mas como tinham!

As Aventuras de Um Cardo

Em torno do antigo solar havia um jardim encantador, com plantas de todo tipo, algumas muito raras, todas belíssimas. Os visitantes sempre manifestavam agradável surpresa quando deparavam com aquele lugar. Aos domingos, os moradores da região costumavam vir de longe apenas para visitar o lugar aprazível e maravilhoso, não sendo raro aparecerem por ali até estudantes das escolas vizinhas, acompanhados de seus professores.

O jardim era rodeado por uma cerca. Junto dela, mas do lado de fora, crescia um cardo. Era tão grande e desenvolvido, que muitos que o viam imaginavam tratar-se de um arbusto. Mas como ele ficava do lado de fora, e nem de longe se equiparava à beleza das plantas do jardim, quase ninguém lhe prestava atenção. Uma exceção era o burrinho que puxava a carrocinha de leite. Sempre que passava por ali, ele esticava o pescoço, voltava-se para o cardo e dizia:

— Ah, planta bonita, eu seria capaz de devorá-la!

Só ameaçava, sem cumprir o prometido, talvez porque sempre estivesse atado a uma corda que não tinha comprimento bastante para deixá-lo aproximar-se daquele cardo.

O solar estava sempre repleto de hóspedes. Muitos desses visitantes pertenciam às demais nobres famílias de Copenhague. Às vezes, reuniam-se ali algumas jovens belíssimas, vindas da capital, deixando os rapazes locais suspirando de paixão. Numa dessas vezes, estava entre as visitantes uma beldade escocesa, dotada de extrema formosura. Em sua terra natal, frequentava a alta sociedade, sendo a herdeira de uma das mais ricas famílias locais. Quem se casasse com aquela moça estaria com a vida arranjada, pensavam os rapazes da região. Nesse ponto, suas mães concordavam inteiramente com eles.

Certo dia, moças e rapazes passeavam pelos prados. Alguns disputavam uma partida de *croquet*. Caminhando entre os canteiros, uma das moças colheu uma flor e deu-a ao moço que a acompanhava, sugerindo que ele a pusesse na lapela. As outras garotas imitaram seu gesto, e mesmo a jovem escocesa quis agir de modo idêntico, mas levou longo tempo decidindo-se entre essa ou aquela flor. Nenhuma parecia satisfazê-la. Olha daqui, espia dali, ela acabou deparando ao longe com o cardo solitário, notando que nele haviam desabrochado lindas flores de cor vermelha brilhante. O problema era que a planta estava do outro lado da cerca, num local inacessível para ela. Sorrindo, a jovem dirigiu-se ao filho do dono do solar, pedindo-lhe que fosse até o outro lado da cerca colher para ela uma daquelas flores.

— Aquela é a nossa flor nacional — explicou ao rapaz. — No brasão de nossa família, ela está presente. Seja bonzinho e colha umazinha para mim, por favor!

O rapaz não se fez de rogado: saltou a cerca, aproximou-se do cardo e colheu a mais linda de suas flores, e com tamanho cuidado, como se estivesse colhendo uma rosa delicadíssima.

Voltando para junto da visitante, entregou-lhe a flor. Com um gesto elegante, ela devolveu-a para ele, sugerindo-lhe que a pusesse em sua lapela, coisa que ele logo fez, sentindo-se profundamente honrado com aquela gentileza.

Os outros rapazes ficaram morrendo de inveja, e qualquer um deles teria de bom grado trocado a flor que trazia na lapela, colhida ali, naquele jardim encantador, pela flor silvestre colhida de um cardo, nascido do lado de fora, ao deus-dará.

Se o filho do dono do solar estava sensibilizado com aquele gesto, como deveria estar-se sentindo o cardo? Ah, ele estava no auge da felicidade. Era como se um balde cheio de gotas de orvalho tivesse caído sobre ele, em pleno calor do meio-dia. "Eu nem imaginava que tivesse tal valor", pensou, estourando de alegria. "Logo eu, que vivo aqui modestamente, deste outro lado da cerca! Entretanto, de todas as flores colhidas lá dentro, a minha é que mereceu ser espetada na lapela do rapaz mais importante, de todos os que ali se encontram!"

Daí em diante, cada broto que nascia naquele cardo tinha de escutar aquela história, tomando conhecimento do tratamento honroso que um dia foi dispensado a uma de suas irmãs mais velhas. Daí a três ou quatro primaveras, o cardo escutou a notícia alvissareira, trazida de longe pelo vento: aquele rapaz que um dia usara a flor de cardo na lapela acabara de se casar com a jovem e bela escocesa. "Um belo par", pensou a planta. "Tanto ela como ele têm muito bom gosto. Estou feliz por ter contribuído para o seu casamento. Oh, que beleza! Primeiro, tenho uma nova história para contar aos brotinhos recém-nascidos; segundo, tenho certeza de que não demorará para que eu seja arrancado daqui e transplantado do lado de lá da cerca, dentro do jardim. Pode até ser — quem sabe? — que me cultivem num vaso. Deve ser meio apertado, imagino, mas que honra! Que privilégio!"

Com o passar do tempo, aquele pensamento foi se tornando tão obsessivo, que o cardo acabou se convencendo de que, sem dúvida, seu futuro já estava traçado e definido: ele em breve seria transplantado para um vaso. A cada nova flor que desabrochava em seus ramos, contava a história da moça escocesa e prometia que ela em breve estaria espetada numa lapela, ou então morando num vaso, a maior honraria que se pode prestar a uma planta. Mas aquela promessa jamais era realizada.

Os dias transcorriam uns após os outros, todos sempre iguais. De dia, os raios de sol o aqueciam; de noite, as gotas de orvalho o refrescavam. Às vezes, as abelhas vinham visitá-lo, tirando o pólen de dentro de suas flores e levando-o para suas colmeias distantes. Aquilo deixava o cardo possesso. Ele chamava os insetos de ladrões e ameaçava espetá-los um a um com seus espinhos. Mas era força de expressão, pois nada podia fazer contra as abelhas, a não ser ameaçá-las.

As flores desabrochavam, abriam-se, depois começavam a murchar, secavam e morriam. Então, novas flores nasciam, e eram sempre saudadas com alegria pela planta, que lhes contava a história de sempre e fazia as mesmas promessas que tinha feito às flores que já haviam secado.

Perto do cardo havia um pé de margaridinhas inocentes e uma bananeira-de-são-tomé. As duas plantas admiravam o cardo, e não faziam segredo disso, acreditando piamente em todas as suas promessas e palavras.

O burrinho que puxava a carrocinha de leite estava preso junto à vala, pastando a relva que ali crescia. De vez em quando, relanceava o olhar para o cardo, lamentando que sua corda fosse curta demais para permitir-lhe chegar até lá.

O cardo havia ficado tão impressionado ao saber que sua flor era o símbolo nacional da Escócia, que acabou acreditando ser originário daquela terra, e que a flor de cardo existente no brasão escocês teria sido colhida do corpo de um seu antepassado. Era uma ideia um tanto absurda; porém, de um grande cardo podem-se esperar conclusões ousadas. Um dia, compartilhou seus pensamentos com uma urtiga que crescia ao alcance de sua voz, e ela lhe deu apoio, dizendo:

— A gente se sente melhor, quando fica sabendo que descende de família nobre. Eu, por exemplo: sabe que meus antepassados eram considerados plantas têxteis? Pois é, dizem que se extraíam um tecido finíssimo das urtigas. Fico satisfeita sempre que me lembro desse fato.

E era verdade. As urtigas tinham sido plantas têxteis no passado. O pano que delas se extraía, porém, era tosco e grosseiro. O "tecido finíssimo" ficava por conta da imaginação das novas gerações.

Ao verão, sucedeu-se o outono. As árvores perderam todas as suas folhas. Aqui e ali, viam-se algumas flores remanescentes, dotadas de cores muito vivas, mas de fragrância discreta. Enquanto arrancava as ervas daninhas do jardim, o aprendiz de jardineiro cantava:

Para a frente ou para trás,
Deus é quem faz e desfaz.

Os abetos jovens da floresta vizinha começaram a trocar votos de feliz Natal, embora ainda fosse final de outubro. Aquelas árvores sempre foram muito apressadinhas. Nesse dia, o cardo sentiu um certo desânimo, um princípio de revolta. Cismado consigo mesmo, pensou: "Estou vendo como é que as coisas são. Aqueles dois, hein? Que papelão! Nem se lembraram de mim! Ficaram noivos, casaram-se há coisa de uma semana, e se esqueceram inteiramente de quem foi o responsável pelo seu namoro. Ah, ingratos!"

Passaram-se algumas semanas. Restava no cardo apenas uma última flor solitária, na parte de baixo de seu caule, próximo da raiz. Era uma flor particularmente colorida e vistosa. O vento frio soprou sobre ela, a flor aos poucos foi perdendo o colorido e a beleza. Por fim, foram-se suas pétalas, restando apenas o pedúnculo, como se fosse um girassol prateado. Foi então que o jovem casal passou por ali, caminhando de braços dados ao longo da cerca da propriedade. Logo que avistou o cardo, a moça sorriu e exclamou:

— Veja! O nosso cardo! Ele ainda está ali! Que pena: está sem flores...

— De fato, flor, propriamente, ele não tem — retrucou o moço, também abrindo um sorriso. — Mas olhe ali embaixo: sobrou o fantasma de uma.

E apontou para o pedúnculo prateado, que se tornara tão belo como uma flor. A jovem avistou-o e bateu palmas, satisfeita:

— É mesmo! Como é encantador! Gostaria de prendê-lo na parede, junto de nosso retrato. Acho que iria ficar muito bonito.

Mais uma vez o moço teve de saltar a cerca e colher uma flor daquele cardo, como nos velhos tempos. Bem feito: para que foi chamar aquele pedúnculo de "fantasma de flor"?

O belo enfeite de cor prateada foi colocado ao lado do retrato do casal, no salão principal, do solar. No quadro, o casal parecia radiante, e o noivo tinha na lapela uma flor de cardo. A quem elogiava a beleza daquele adorno, ambos explicavam que ele tinha sido colhido da mesma planta que um dia os havia aproximado, e cuja flor fora reproduzida na lapela do retratado. O vento encarregou-se de espalhar essas conversas pelos arredores do solar. O cardo ficou inchado de orgulho ao saber da novidade, comentando com as plantas vizinhas:

— Ah, quantas emoções, e tudo tão depressa! Duas de minhas filhas já fazem parte da história desse casal. Qualquer dia desses eles devem chegar aqui e providenciar para que eu seja transplantado.

— E isso lá é homenagem que se preste a um ente querido? — perguntou o burro, amarrado ali perto. — Homenagem maior você iria receber de mim, se chegasse aqui perto, ao alcance de minha boca. Pena que a corda à qual estou amarrado seja tão curta...

O cardo nada respondeu, e também nada aconteceu de diferente nos dias que se seguiram. Ele foi ficando mais e mais pensativo. Quando chegou o Natal, uma conclusão surgiu em seu pensamento, como se fosse uma flor que ali houvesse brotado. Ele então exclamou:

— O sucesso dos filhos é o regozijo dos pais. Se minhas flores foram homenageadas do lado de dentro da cerca, pouco me importa se permaneço aqui do lado de fora.

— Que bela maneira de pensar! — comentou o raio de sol. — Parabéns, cardo. Vê-se que você ainda vai longe.

— Acha mesmo? E para onde será que me haverão de levar? Para um vaso de flor, ou para enfeitar algum retrato?

— Para nenhum desses dois lugares. Você vai tornar-se personagem de uma história, de um lindo conto.

E, como podem ver, o raio de sol estava com toda a razão.

Uma Questão de Imaginação

Era uma vez um rapaz que estava estudando para ser escritor. Pelos seus planos, ele já seria um, antes que chegasse a Páscoa. Só depois disso é que iria pensar em se casar e viver dos rendimentos dessa sua profissão. Era fácil conseguir alcançar esse objetivo: bastava encontrar algum assunto digno de servir como tema de seus escritos. O problema é que não lhe ocorria ideia alguma. Ele achava que tinha nascido tarde demais: tudo o que poderia servir como assunto já tinha sido utilizado pelos escritores que tinham vindo ao mundo antes dele.

— Ah, como foram felizes aqueles que nasceram mil anos atrás — suspirava. — Até mesmo aqueles que nasceram há apenas cem anos foram bem mais felizes que eu. Naquele tempo, ainda havia muito assunto que ninguém tinha explorado. Hoje em dia, porém, não me restou nada para escrever...

De tanto estudar, ler e pensar, acabou ficando doente. Os médicos não sabiam como tratá-lo. Um dia, alguém sugeriu que uma velha sábia viesse vê-lo. Talvez ela pudesse curar o aprendiz de escritor. A velha vivia numa casinha situada no ponto em que a estrada deixava a zona urbana e entrava na zona rural. Era ela quem abria e fechava a cancela que ali havia, quando passava algum cavaleiro ou alguma carroça. Mas ela sabia bem mais do que suspender e abaixar a cancela. Alguns achavam mesmo que ela sabia mais que os médicos, e costumavam recorrer a ela, sempre que a ciência dos doutores não sabia como agir. Até mesmo gente rica e da nobreza costumava recorrer aos conhecimentos da velha. Por isso, o rapaz acabou aceitando o conselho, e resolveu ir procurar a tal mulher.

A casa da velha era pequena e simples, mas bonita e bem cuidada. Dentro dela, porém, não havia uma flor, e nem nos arredores. Perto da porta havia uma colmeia de abelhas — muito útil. Nos fundos, havia um canteiro cultivado com batatas — igualmente útil. Atrás do terreiro havia uma cerca viva formada por abrunheiros. Os frutos já tinham nascido, mas ainda estavam verdes, e permaneceriam amargos até depois das primeiras geadas. "É a própria imagem destes nossos tempos prosaicos", pensou o rapaz, logo que ali chegou e bateu à porta.

— Por que não escreve o que lhe passa pelo pensamento? — perguntou a velha, logo que o viu. — Migalhas também são pão. Sei o que trouxe você até aqui: quer tornar-se um escritor antes da Páscoa, mas não encontra nenhum assunto digno de servir como tema de seus escritos. Não lhe ocorrem ideias na cabeça, não é?

— É verdade — assentiu o rapaz. — Tudo já foi escrito. Acabaram-se os temas. Nossos tempos não são como os antigos.

— Sou obrigada a concordar. Antigamente, o costume era mandar para a fogueira as velhas que, como eu, tinham a fama de ser sábias. Naquele tempo, só uma coisa era mais vazia que os estômagos dos poetas: seus bolsos. Tempos bons são estes de hoje em dia. Só você não enxerga isso, não enxerga e não escuta. Pois trate de agradecer a Deus por viver nestes nossos tempos, na hora de ir para a cama. Ah, meu pobre rapaz, quantas coisas maravilhosas estão a sua volta, pedindo para que você escreva sobre elas! Assim como as flores, também as histórias podem brotar do chão: preste atenção e poderá vê-las, ouvi-las e descrevê-las. Seja na água rumorejante dos regatos, seja nas águas paradas e silentes dos lagos, existem poemas que você até poderia pescar, se se desse ao trabalho de espreitá-los. Tente compreender a linguagem muda das coisas, experimente capturar nas mãos um raio de sol — com o tempo, você aprenderá a fazê-lo. Vou emprestar-lhe duas coisas: meus óculos e meu aparelho de surdez. Observe a natureza com as lentes e ponha o aparelho no ouvido para escutar o som da vida. Mais importante que isso, porém, é parar de pensar em si próprio.

Essa última recomendação era a mais difícil de ser cumprida.

O rapaz pôs os óculos e aplicou a corneta acústica ao ouvido. Nesse momento, ele estava com a velha junto ao canteiro de batatas. Ela colheu uma batata e entregou-a para ele. Foi então que — maravilha! — a batata falou, contando-lhe em poucas palavras toda a sua história.

A batata falou de si própria e de sua família. Contou como é que as primeiras batatas tinham chegado à Europa como imigrantes, como tinham sido recebidas com desconfiança e sofrido perseguições, sendo consideradas plantas insolubres e venenosas, até que finalmente tinham conseguido granjear a reputação de nutritivas e saudáveis, disseminando-se entre todos os campos daquele continente.

— Emissários reais encarregaram-se de distribuir-nos por toda esta nação, levando-nos de cidade em cidade, entregando-nos às autoridades e recomendando que fôssemos cultivadas para alimentar o povo. Mas ninguém acreditou naquilo. Ninguém quis plantar-nos em suas terras. Um sujeito que recebeu algumas amostras, enterrou-as todas juntas num buraco, imaginando que era assim que se devia fazer. Outro, supondo que fôssemos árvores, plantou as mudas bem distantes umas das outras, imaginando que fôssemos crescer como carvalhos. Apesar de tantos erros, acabamos brotando e produzindo, mas ninguém sabia que nossa parte mais importante era a raiz suculenta, que ficava embaixo da terra. Levou tempo para que aprendessem e desfrutassem de nossos benefícios. Oh, como sofreram meus antepassados!... Imagine se coisa semelhante tivesse acontecido com seus avós: você não sentiria pena deles? Pois é o que sinto, quando penso nas primeiros tempos de meus ancestrais.

— Chega de tanta conversa — disse a velha, colocando a batata numa cesta. — Vamos ouvir agora o que têm os abrunheiros a nos dizer.

901

— As batatas nascem daqui para o sul — explicou o abrunheiro, — enquanto nós nascemos daqui para o norte. Fomos descobertas alguns séculos atrás, pelos guerreiros nórdicos chamados *vikings*, numa de suas excursões por mares e terras distantes. Depois de seguirem para o ocidente, através de brumas e tempestades, eles chegaram a uma terra desconhecida, coberta de neve e de gelo. Ali, procurando alimentos, depararam com uma espécie de amoreira, de frutos azuis-escuros, da cor de uvas maduras. Até que caíssem as primeiras neves, aquelas amoras mantinham-se ácidas; logo em seguida, porém, adocicavam-se, tornando-se extremamente saborosas. Eles chamaram o fruto de "abrunho", e as plantas de "abrunheiros", e as trouxeram para cá. E aqui estamos nós. Quanto àquela terra distante, eles a chamaram de "Terra das Videiras", até que por fim lhe deram o nome de "Terra Verde". E como verde, em sua língua, era *"groen"*, o nome da terra tornou-se "Groenlândia".

— Sem dúvida, uma bela história — comentou o rapaz.

— Não lhe disse? — perguntou a velha, chamando-o para outro lugar. — Vamos visitar a colmeia.

Pondo os óculos, ele conseguiu enxergar dentro dela. Que lugar mais movimentado! Em todos os corredores e galerias, as abelhas agitavam suas asas, a fim de renovar o ar e refrescar o ambiente. Essa era a sua obrigação. Aos enxames, as abelhas chegavam ali, provenientes do exterior. As cestinhas que a natureza lhes deu, presas a suas pernas, volta-vam cheias de pólen, que era ali esvaziado, classificado, armazenado e transformado em mel ou em cera. Feito isso, elas regressavam ao exterior, para novas colheitas. A rainha queria voar, como as outras; entretanto, por onde quer quer seguisse, as demais abelhas tinham de acompanhá-la, e ainda não havia chegado a época de mudar de colmeia. Apesar disso, ela insistia em seu desejo de voar; por isso, as abelhas tiveram de cortar-lhe as asas, fazendo-a desistir à força desse desejo insensato.

— Vem comigo — chamou a mulher sábia, batendo nas costas do moço. — Vamos observar os viajantes que passam pela estrada.

Em pouco, estavam à beira da rodovia.

— Quanta gente passa por aqui — comentou ele, — cada qual tendo uma história para contar. Não tenho tempo para escutá-los um a um. Acho melhor ir embora.

— Não, eu não o trouxe aqui para escutar a história de cada um desses viajantes. Quero que entre no meio deles, escute o que estão dizendo e tente compreendê-los com seu coração. Verá, então, que eles têm uma porção de ideias interessantes, sobre as quais valeria a pena escrever. Antes que vá até eles, entretanto, faça o favor de devolver-me os óculos e a corneta acústica.

Ele fez o que a velha pedia, mas logo se sentiu desapontado, queixando-se:

— Ora, não enxergo mais nada! E também não escuto coisa alguma!

— Se continuar sem ver e sem escutar, não conseguirá tornar-se um escritor, nem antes da Páscoa, nem em tempo algum.

— Então, que devo fazer?

— Não sei. Imaginação é uma coisa que, ou se tem, ou não se tem. Não há como ensiná-la.

— Mas meu maior sonho é ganhar a vida servindo as musas. Se não for escrevendo, como poderia ser?

902

— Ah, então é esse seu sonho? — perguntou a velha, demonstrando um certo alívio. — Então, pode-se arranjar. E nem é preciso esperar que chegue a Páscoa: pode ser mesmo na época do Carnaval. Compre algumas máscaras e vá assustar os poetas, fazendo-lhes caretas. Mesmo quando compreender o que eles dizem, não se impressione: critique seus escritos, arrase com eles. Isso haverá de render-lhe polpudos honorários, e você logo estará em condições de sustentar família.

— Não me parece que será muito divertido, mas vou tentar.

E o rapaz seguiu o conselho da mulher sábia, tornando-se um feroz crítico literário. Já que não era capaz de escrever, contentava-se em destruir a reputação literária dos que se atreviam a fazê-lo. E eram os poetas os que mais sofriam com suas críticas ácidas e ferinas.

Foi a velha mulher sábia quem me contou esta história, e ela tem imaginação para dar e vender. E bem que ela gostaria de dá-la ou de vendê-la, mas não acha quem queira recebê-la, e muito menos quem esteja interessado em comprá-la.

A Sorte Pode Ser Encontrada
Num Galho Quebrado

Quero contar-lhes uma história a respeito da sorte. Todos sabemos o que significa "ter sorte", "ser um sortudo", "ser bafejado pela sorte", etc. Para alguns, trata-se de uma experiência que se repete diariamente; para outros, algo que só acontece uma vez a cada ano, e ainda há aqueles para os quais a sorte é algo que só pode lhes acontecer uma vez, durante toda a sua existência. Seja como for, ela acontece na vida de todos nós, nem que seja uma única vez.

Agora vou falar de uma coisa que nem era preciso ser dita, pois todos sabem: é Deus quem envia as criancinhas para sua mãe, e é Ele quem as deposita em seus regaços. Algumas dessas criancinhas nascem num castelo, enquanto que outras vêm ao mundo num lugar desabrigado, batido pelos ventos frios. Entretanto, há uma coisa que nem todos sabem, e que é igualmente verdadeira: ao nascer, cada criancinha recebe de Deus um bocadinho de sorte. Uma pitada. Esse presente não fica à vista de todos; não, Deus prefere escondê-lo, num lugar onde apenas a pessoa poderá encontrá-lo, algum dia. Esse bocadinho de sorte pode estar escondido dentro de uma fruta, por exemplo. A sorte de um grande cientista chamado Newton estava dentro de uma maçã. Um dia, ela lhe caiu sobre a cabeça, e foi nesse dia que toda a sua sorte teve início. Se você nunca escutou essa história, peça a alguém que lhe conte, pois ela é bastante conhecida. Quanto a mim, prefiro contar-lhe outra; não sobre uma maçã, e sim sobre uma pêra. Então, vamos lá.

Era uma vez um sujeito muito pobre. Tinha vivido na pobreza desde que nasceu. Mesmo assim, um dia resolveu casar-se. Sua profissão, não sei que nome deveria ter, pois ele fabricava cabos de guarda-chuva. Seria um "cabeiro"? Bem, isso não importa, pois o fato é que ele ganhava muito pouco pelos cabos de guarda-chuva que fabricava; tão pouco, que mal dava para sustentar a ele e a sua família.

— Nunca tive sorte — costumava lamentar-se.

Antes de prosseguir, quero dizer-lhes que esta história é absolutamente verdadeira. Eu poderia até citar o nome do sujeito e dar seu endereço, mas isso não iria alterar o desfecho; assim, prefiro não revelar esses detalhes. Digo apenas que havia muitas árvores chamadas "sorveiras" perto de sua casa. Essa árvore dá um fruto chamado "sorva", uma espécie de cereja, de sabor muito ácido, mas não era esse o único gênero de árvores que havia por ali. Havia também uma pereira, umazinha só, em meio às sorveiras. Toda pereira dá pêras, mas não aquela, que até então jamais havia frutificado. Entretanto, era numa de suas peras invisíveis que tinha sido guardado o bocadinho de sorte que ao nascer fora reservado ao personagem principal desta história.

Certa noite, desabou por aquelas bandas uma tempestade tão terrível, que o condutor da diligência, não conseguindo enxergar a estrada à sua frente, acabou tombando na vala que ficava ao lado da rodovia. No dia seguinte, os jornais fizeram escarcéu, afirmando que a ventania havia atirado a diligência fora do leito da estrada. A manchete dizia: "Fúria do vendaval atira diligência na vala: , e a notícia entrava em detalhes quanto a perdas, danos e ferimentos. Interessa-nos apenas saber que o vendaval arrancou um enorme galho da pereira, atirando-o ao chão. No dia seguinte, nosso amigo recolheu-o, levou-o para sua oficina e, ao invés de tornear um cabo de guarda-chuva, preferiu esculpir pequenas pêras de madeira, as pêras que aquela árvore jamais havia dado. Fez várias pêras, de tamanhos diversos. As maiores eram do tamanho de pêras de verdade, e as menores eram tão pequeninas quanto uma unha de dedo mindinho. Entregando-as para seus filhos, brincou:

— Estão vendo? Desta vez, a pereira deu pêras!

Guarda-chuvas são muito necessários em lugares onde chove muito. E chove muito na Dinamarca, país onde se passou esta história. Mas nosso herói só tinha um único guarda-chuva, para uso de toda a sua família. Às vezes, acontecia uma ventania, e o pano do guarda-chuva virava pelo avesso, fazendo quebrar as barbatanas. Ele logo providenciava o conserto. Outro defeito que costumava ocorrer — irritante e frequentemente — era estragar-se o botãozinho que segurava as barbatanas juntas, quando o guarda-chuva estava fechado. Nesse caso, era necessário segurar o pano com a mão, ou amarrá-lo, até que se providenciasse um novo botão de segurança.

Um dia, ocorreu mais uma vez essa tragédia: o botão soltou-se do guarda-chuva e se perdeu no chão. Por mais que o procurassem, não conseguiram encontrá-lo. Num determinado instante, o dono da casa julgou que o tinha achado, mas verificou que era apenas a pêra de madeira que tinha esculpido há tempos, a menorzinha de todas, do tamanho de uma unha do dedo mindinho.

— Ora — disse ele, — não achei o botão, mas encontrei a perinha. Já que não temos um, serve a outra mesmo.

Assim, fez um furo através dela, colocou-a na haste do guarda-chuva, e conseguiu que ela deslizasse para cima e para baixo, prendendo as varetas quando subia, e soltando-as quando acionada para baixo. A bem da verdade, a pêra funcionava melhor que o botão original.

Quando enviou uma nova remessa de cabos para a fábrica de guarda-chuvas, mandou também algumas pêras de madeira como amostras, informando que elas poderiam substituir com vantagem o antigo botão que prendia as varetas. O industrial aprovou a ideia, e alguns daqueles guarda-chuvas aperfeiçoados foram mandados para a América. Os americanos, sempre interessados em novidades práticas, logo enxergaram a importância daquele dispositivo, exigindo que, daí em diante, só lhes enviassem guarda-chuvas dotados daquele aperfeiçoamento. Com isso, quem acabou sobrecarregado foi o nosso fabricante de cabos. As encomendas se multiplicavam, e seu torno trabalhava sem parar. Em pouco, a pereira já tinha sido inteiramente desbastada e transformada em perinhas torneadas e furadas, sendo necessário apelar para outras árvores, a fim de atender os pedidos. Ao mesmo tempo, o tilintar das moedas, antes tão raro por ali, passou a se tornar um som familiar aos ouvidos dos moradores daquela casa.

— Devo minha boa sorte a um galho quebrado de pereira — dizia sorrindo o artesão, que agora tinha diversos empregados e aprendizes.

Sim, ele até que tinha razão. Sua sorte estava escondida num galho quebrado pelo vento. E se, enquanto pobre, ele já era bem-humorado, agora, que a fortuna lhe sorria, ele se tornara bem-humoradíssimo.

Eis a história de um homem bem-sucedido, feliz como eu que a estou contando. E por que sou feliz? Já lhes explico. Existe uma crença popular de que, quando alguém põe na

905

boca uma varinha branca, se torna invisível. Isso é verdade, mas desde que a varinha seja da madeira certa, isto é, daquela que Deus escolheu para lhe dar sorte. Se você encontrar essa varinha, será tão feliz como o fabricante de cabos de guarda-chuva. Eu encontrei a minha, e aprendi como transformá-la em ouro, o mais brilhante, o mais valioso de todos: aquele que reluz nos olhos de uma criança, aquele cujo valor pode ser calculado pelo riso que desperta nas bocas infantis. Quando o papai ou a mamãe lê em voz alta uma das histórias que escrevi, para um menino ou uma menina que a escuta de olhos arregalados e sorriso nos lábios, eu estou ali, naquela sala ou naquele quarto, assistindo a toda a cena. Ninguém me vê, porque trago a varinha dentro da boca, permanecendo invisível. E estou ali, sorrindo quando a criança sorri, rindo quando ela ri, satisfeito comigo mesmo, pois são as palavras escritas por mim que lhe trazem aquela felicidade, que então compartilho com ela. Como se vê, de certa maneira eu também esculpi, na madeira que continha minha sorte, uma perinha bem torneada, portadora do sucesso, do bom humor e da felicidade. E é por isso que, ao final, deixo-lhes aqui meu conselho, o mesmo que o antigo fabricante de guarda-chuvas dava a todas as crianças que encontrava: preste bem atenção em tudo o que estiver à sua frente, pois sua sorte pode estar escondida até mesmo num galho quebrado.

O Cometa

O cometa apareceu! Sua cauda flamejante rebrilhou no céu, e ele trouxe consigo anseios e esperanças. Todos o contemplaram: os ricos, postados nas varandas de suas mansões; os pobres, parados no meio das ruas; os viajantes solitários, perdidos na imensidão do mundo. Sua visão despertou pensamentos diferentes em cada pessoa. Gritos de surpresa saudaram seu aparecimento:

— Venham ver! É um aviso dos céus! Lá está ele!

— Como brilha! Como é lindo!

Quase todos o viram, e quem não o viu ouviu falar dele.

Uma mulher estava no quarto de dormir com seu filho. Sobre a mesa ardia uma vela. Seu pavio enroscou-se como se fosse uma apara de madeira.

— Oh — gemeu a mãe, — mau sinal! Isso significa que meu filho não irá sobreviver.

Esse tipo de superstição é muito comum entre o povo, e ela era uma mulher simples e crédula. Em sua ingenuidade, não podia sequer imaginar que aquele menino iria viver muito anos; tantos, que um dia ainda iria ver aquele mesmo cometa, em seu retorno às vizinhanças da Terra, daí a sessenta anos.

O garoto não viu o pavio retorcido, nem teve oportunidade de sair para ver o cometa. A única coisa que naquele momento atraiu sua atenção foi uma tigela rachada que estava à sua frente, cheia de espuma de sabão. Enfiando nela um canudo, chupou um pouquinho daquela espuma e soprou-a no ar, formando bolhas. Elas flutuaram, brilhantes e coloridas. Umas eram grandes, outras eram pequenas. As cores lindas e variegadas, ostentando-se em gradações que iam do amarelo ao vermelho, depois do violeta ao azul, tornando-se então verdes como as folhas das árvores da floresta, quando o sol dardeja sobre elas, tornando-as translúcidas. Ao ver aquilo, a mãe murmurou:

— Oh, Senhor, dai a esse Vosso filho tantos anos de vida quanto essas bolhas de sabão que ele sopra no ar.

O menino riu ao ouvir aquilo, e brincou com ela, dizendo:

— Ah, é? Então vou soprar muitas, muitas! Não vou parar de soprar!

E, mergulhando de novo o canudo na água de sabão, soprou várias vezes, enchendo a sala de bolhas.

— Lá vai um ano da minha vida — dizia, a cada nova bolha, — e outro, e outro, e mais outro.

Algumas bolhas não chegavam a flutuar, estourando próximo a seu rosto e fazendo seus olhos arderem. Em certo instante, o ardor foi tal que uma lágrima lhe escorreu pela face. Mas a maior parte das bolhas soltava-se do canudo e flutuava no ar, permitindo-lhe enxergar nela um futuro colorido e brilhante.

— Ei, saia daí! — chamaram os vizinhos. — Venha ver o cometa. É lindo!

Tomando o filho nos braços, ela saiu. Ele teve de acompanhá-la, mas não foi satisfeito, por ter sido obrigado a deixar no quarto a tigela e o canudo de formar bolhas de sabão.

Chegando lá fora, ele logo esqueceu o aborrecimento, extasiando-se ante a visão daquela bola incandescente, com sua cauda longa e faiscante. Alguns diziam que ela tinha nove pés de comprimento, mas outros afirmavam que seu comprimento era de nove milhões de pés. A diferença era bem grande, mas as pessoas de fato enxergam as coisas bem diferentemente umas das outras.

— Esse cometa vai demorar muito a voltar — diziam os mais sabidos. — Quando regressar, nossos filhos e netos já estarão mortos.

De fato, muitos filhos e muitos netos não viram o retorno do cometa. Mas aquele menino ainda o viu. Aquele menino que estava no quarto de dormir quando o pavio da vela se enrolou como uma apara de madeira, levando sua mãe a imaginá-lo morto dentro de pouco tempo, estava vivo quando o cometa retornou, depois de um longo passeio pelo espaço. É bem verdade que seu cabelo estava branco, e que ele agora era um mestre-escola, não mais se divertindo em fazer bolhas de sabão. Mas seus alunos ainda se compraziam como essa brincadeira, e diziam que o velho mestre era um sábio, um doutor em Geografia, em História, e que conhecia todas as estrelas que existem no céu.

— Tudo que acontece já aconteceu, em outro tempo ou em outro lugar — costumava dizer ele. — O que hoje acontece aqui já ocorreu ali, e vai acontecer acolá, cada vez com uma pequena diferença, uma " roupagem" nova, incapaz de alterar o fato em sua essência.

Ele contava, por exemplo, a história de Guilherme Tell, o herói suíço, aquele que tinha disparado uma flecha contra a cabeça do próprio filho, rachando ao meio a maçã que sobre ela se encontrava. Para o caso de fracassar, ele trazia escondida na manga uma outra flecha, destinada a traspassar o coração do malvado Gessler. Isso que ocorrera na Suíça tinha acontecido séculos antes na Dinamarca, quando Palnatoke fora obrigado a disparar uma seta contra a maçã equilibrada na cabeça do seu filho. Também ele trazia na manga uma seta escondida, pronta para usá-la contra seus inimigos. Pois não é que, há mais de um milênio, essa mesma história tinha acontecido no Egito?

— Esses episódios históricos são como os cometas — explicava ele. — Brilham e desaparecem; depois, são esquecidos, mas um dia regressam, provocando susto e deslumbramento.

Um dia, comentou a respeito do cometa que iria aparecer em breve, o mesmo que ele tinha visto quando criança. O mestre-escola sabia muita coisa sobre Astronomia, tanto quanto sabia sobre História e Geografia. Seu jardim fora arranjado de modo tal a lembrar o mapa da Dinamarca. Os canteiros tinham o mesmo formato das ilhas que compunham o país, e em cada um deles germinavam as plantas típicas do lugares representados. Assim quando ele ordenava a um de seus alunos: "Vá colher ervilhas", o menino logo se dirigia ao canteiro que representava Laaland, e quando dizia a outro: "Onde está o trigo-sarraceno?", ele logo apontava para o canteiro cuja conformação lembrava Lageland.

Murta-do-brejo e genciana-azul eram plantadas na extremidade setentrional do canteiro da Jutlândia, enquanto que os azevinhos eram encontrados nas proximidades de onde estaria Silkeborg, naquele mapa botânico. Pequenas imagens assinalavam o local das cidades. Assim, São Canuto marcava o local de Odense; Absalon, com seus conselheiros episcopais, o de Soroe. Como se vê, aquele jardim constituía uma verdadeira aula de Geografia da Dinamarca, especialmente quando o visitante era levado através de seus canteiros pelo próprio mestre-escola, dele recebendo explicações sobre seus recantos e pormenores.

Quando o cometa estava sendo aguardado por todos, ele relatou aos seus alunos o que se dizia quando de sua primeira aparição. "Ano de cometa é ano de boa safra de vinho", diziam todos, com convicção. Os comerciantes desonestos aproveitavam essa particularidade para acrescentar água aos vinhos, sem que os compradores se dessem conta disso. "Ninguém aprecia mais os cometas do que os vendedores de vinho", costumava brincar.

O tempo tinha estado sempre nublado, durante duas semanas seguidas. O cometa lá estava, mas não podia ser visto. O velho mestre sentou-se em seu escritório, ao lado da sala de aula. Junto ao canto da parede ficava o velho relógio cuco herdado de seus pais. Era apenas decorativo, pois seus dois pesos não subiam e desciam, o pêndulo não se movia, e o cuco jamais saía para avisar as horas, ficando silencioso e imóvel atrás de sua portinha sempre fechada. O silêncio reinava naquele cômodo. Ali era sempre assim, desde que o relógio parara, anos atrás. Havia ali também um piano, outra coisa que herdara de seus pais. Esse ainda podia ser tocado, e o era eventualmente, embora soasse um tanto desafinado. Quando o velho mestre abria a tampa do instrumento e recordava as antigas melodias que sabia executar, as recordações lhe invadiam a mente, trazendo lembranças ora alegres, ora tristonhas, dos fatos ocorridos entre as duas aparições do cometa.

Num desses dias, ele se lembrou nitidamente daquilo que sua mãe havia dito quando o pavio da vela se enroscou. Era como se as antigas bolhas de sabão estivessem rebrilhando diante de seus olhos, como há sessenta anos. Teriam sido sessenta as bolhas sopradas por ele aquele dia? Uma para cada ano de vida... Como resplandeciam, irisando-se sem parar! Pareceram-lhe então encerrar toda a felicidade e beleza do mundo. Como ele ansiou poder entrar dentro de uma delas e sair flutuando pelo ar, rodeado de brilho e de cores! Elas encheram o quarto de beleza, de emoção, de esperança, da mesma forma que agora as notas musicais, bolhas de saudade, traziam aos seus ouvidos o som das antigas melodias que tantas alegrias lhe provocaram no passado. Versos soltos ocorriam-lhe à mente, repuxando-lhe os cantos da boca num sorriso feliz. Como era mesmo a cantiga que sua mãe trauteava, sempre que estava tricotando? Ah, sim, lembrou-se:

> *As amazonas não usam meias*
> *porque não sabem tricotar.*

E como eram mesmo os versos daquela canção que sua ama gostava de cantar? Mais ou menos assim:

> *A barca flutua no mar;*
> *Evita o recife e o rochedo;*
> *Criança, trate de evitar*
> *Tristezas, angústias e medo.*

Agora ele tocava uma música que lhe trazia outras doces recordações: o minueto que havia dançado em seu primeiro baile. A melodia tristonha e suave despertou lágrimas em seus olhos cansados. Em seguida, executou uma marcha vibrante e ritmada, um hino sacro lento e grave, e de novo uma cantiga popular alegre e saltitante. As bolhas de saudade enchiam o cômodo, como aquelas que marcaram o distante dia de sua vida, enchendo seu quarto de cores e brilhos.

Olhou para a janela e viu o céu. As nuvens acabavam de se dissipar, e ele então avistou o cometa, com seu núcleo brilhante e sua cauda nebulosa e cintilante. Era como se estivesse revendo a mesma visão do dia anterior, embora uma vida inteira mediasse entre aquela vez e a última em que o tinha visto. Da primeira vez, as bolhas de sabão fizeram-no entrever o futuro; agora, as bolhas de saudade falavam do seu passado. Ele então parou de tocar, deixando os dedos descansando sobre as teclas do velho piano. E ali ficou, parado, pensativo, cismando sozinho.

— Ei, professor! — chamaram os vizinhos. — Venha aqui fora ver o cometa! O céu abriu, e ele agora está visível. Venha, professor!

Não respondeu. Deixou a cabeça pender sobre o peito, e cerrou os olhos pela última vez. A alma deixou seu corpo e seguiu seu próprio caminho, percorrendo regiões diferentes daquela por onde o cometa costumava passar.

Todos contemplavam o cometa: os ricos, postados nas varandas de suas mansões; os pobres, parados no meio das ruas; os viajantes solitários, perdidos na imensidão do mundo. Nenhum deles viu a alma do mestre-escola, quando ela passou pelo céu, rumando para o seu destino. Mas Deus a viu, e ela também foi vista pelas almas daqueles que em vida o tinham amado, e de quem ele em vida costumava lembrar-se com saudade.

Os Dias da Semana

Os dias da semana queriam tirar uma folga, para poderem dar uma festa. Tinham trabalho o ano todo, e jamais conseguiam reunir-se todos num mesmo momento, nem mesmo nos anos bissextos, quando se acrescenta um dia a mais ao mês de fevereiro, a fim de acertar o calendário. Mas aquele ano ia ser diferente. Dessa vez eles iriam reunir-se todos no dia 29 de fevereiro, o dia extra do ano bissexto. E como fevereiro era o mês do carnaval, sua festa seria à fantasia, como num baile de máscaras. Cada dia da semana iria fantasiado de acordo com seu gosto e sua inclinação. Haveria comes e bebes, muito espírito de camaradagem, e todos deveriam discursar, dizendo o que pensavam sobre seus companheiros, com toda a sinceridade. Não seriam permitidas as grosserias dos tempos dos *vikings*, quando os participantes de uma festa atiravam ossos roídos sobre os outros convivas; ao invés disso, cada qual poderia pilheriar à vontade com seus colegas, fazendo-lhes críticas bem-humoradas, bem ao estilo do carnaval.

Quando o dia 29 de fevereiro começou, os dias da semana chegaram para a festa. Vamos ver o que aconteceu.

O primeiro a chegar foi o Domingo, abre-alas da semana. Veio trajado a rigor: de *smoking* e capa de seda. As pessoas religiosas imaginaram que ele estivesse trajado daquele modo para ir à igreja, mas os mundanos pensavam diferente, sabendo que aquela roupa se destinava a outra finalidade: ele estava vestido de dominó, pronto para ir a um baile de máscaras. O cravo encarnado que trazia à lapela era a lâmpada vermelha que às vezes se coloca à frente de uma casa de espetáculos, para significar que todos os lugares já foram vendidos, e que, naquele momento, os espectadores estão entretidos, divertindo-se a valer.

Segunda-Feira era um rapaz aparentado com o Domingo, e igualmente ávido de diversões. Sempre saía do escritório onde trabalhava, quando escutava lá fora sons que indicassem estar havendo algum desfile pelas ruas. Quanto ao seu gosto musical, dizia-se um fã de Offenbach, cujas melodias "não afetam minha mente, nem tocam meu coração, descendo diretamente para minhas pernas. Basta ouvi-las, para ter vontade de dançar. Ainda estou de ressaca, por ter abusado um pouco da bebida ontem à noite. Não estranhem meu olho roxo, é o sinal que me ficou de uma briga de rua. Após uma boa noite de sono, estarei novo em folha, pronto para o batente. Não me condenem, pois sou jovem..."

Terça-Feira é um homem forte, um trabalhador ativo, aquele homem que se costuma chamar de "pé-de-boi". "Sim, sou forte", concorda ele. "Estou acostumado a trabalhar duro. Sou eu que adapto e prendo as asas de Mercúrio ao calcanhar das botas do mercador. Examino as fábricas, a fim de ver se as rodas estão devidamente lubrificadas, e se as máquinas estão funcionando a contento. Vigio o alfaiate em sua mesa de trabalho, e o marceneiro junto a seu torno. Estou de olho em todo mundo. Ninguém escapa a minha fiscalização. Por isso, uso este uniforme de policial. Sim, senhores, terça-feira é o dia do acerto de contas..."

Aquilo era dito em tom de chacota, mas ninguém entendia tal sentido, uma vez que os policiais não são muito hábeis para fazer ironia.

911

"Viva eu!", gritou Quarta-Feira. "Sou o dia que fica bem no meio da semana, como um vendedor no meio da loja, ou uma flor no meio do vaso. Na fileira dos dias, sou o quarto, tanto de frente para trás, como de trás para a frente. Como se vê, meus irmãos formam minha guarda de honra, já que sou o mais importante de todos os dias.

Quinta-Feira chegou vestido como um ferreiro, aro de ferro numa das mãos, martelo na outra. Esses eram os símbolos de sua nobreza. "Sou o descendente mais nobre dos deuses pagãos. Entre os povos germânicos, sou dedicado ao deus Thor; entre os latinos, a Júpiter. Ambos eram deuses dos relâmpagos e trovões, representados pelas centelhas e estampidos que resultam das marteladas que aplico no ferro".

Sexta-Feira não era um homem, mas sim uma jovem. Entre os germânicos, era o dia dedicado a Frida; entre os latinos, dedicado a Vênus. De personalidade, era tranquila e gentil. Seus trajes eram vistosos e alegres, representando a alegria feminina por esse dia, já que nele as mulheres estão livres, e não precisam ficar sentadas à espera de seus namorados, noivos ou maridos, podendo ir para onde quiserem. Ah, não é assim? Pois devia ser. A tradição daria respaldo a elas, se as mulheres assim quisessem proceder nesse dia.

Por incrível que pareça, Sábado não era homem, e sim uma mulher, vestida como uma velha arrumadeira, tendo nas mãos uma vassoura e um balde. Seu prato favorito era mingau de aveia; não para comer, mas sim para preparar e servir.

Os sete dias da semana tomaram assento junto à mesa. Não vou contar o que disseram durante a refeição, pois prefiro deixar o trabalho de imaginar a conversação aos meus caros leitores. Quem sabe, algum de vocês até resolve escrever uma comédia acerca desse assunto? O tema aí está: dou-o de graça para vocês. O bom ou mau proveito que dele fizerem dependerá da maior ou menor competência de cada um. E se acharem que o dia 29 de fevereiro não seria o mais adequado para servir à reunião dos dias da semana, não há problema: escolham um outro qualquer. Até tenho uma sugestão: que tal primeiro de abril?

A História do Raio de Sol

Agora é minha vez de falar — disse o vento.

— Ah, de modo algum — protestou a chuva. — É a minha vez. Você já ficou sussurrando e assoviando pelas esquinas da cidade durante muito tempo.

— Hm... mas que mal-agradecida! Por acaso já se esqueceu do que faço em sua homenagem? Quebro todos os guarda-chuvas que posso, virando-os pelo avesso. E é assim que você me paga... Agora entendo por que todos praguejam quando você chega.

— Eh, vocês dois aí! — repreendeu o raio de sol. — Vamos parar com essa discussão. Vou contar-lhes uma história.

Seu tom de voz era tão autoritário, que o vento logo se aquietou, cessando de farfalhar as folhas e de levantar poeira do chão.

— Lá vem de novo esse enxerido! Nem bem começo a cair, e ele aparece, não permitindo que eu continue a me divertir. Não passa de um grande desmancha-prazeres. Garanto que a história que pretende contar é tola e desinteressante a mais não poder.

Como ninguém apoiou ou retrucou, ela acabou desistindo de prosseguir, cedendo a palavra ao raio de sol, que assim contou sua história:

— Um cisne sobrevoava o oceano. Sua plumagem brilhava como se fosse feita de ouro puro. Uma de suas penas desprendeu-se do corpo, descendo até cair num grande navio mercante, que singrava as águas, todas as velas brancas enfunadas pelo vento. Ao cair, enfiou-se nos cabelos encaracolados do jovem que estava encarregado de vigiar a carga — "vigilante", como o chamavam os marujos. A pena da ave da sorte tocou em sua fronte e se transformou numa pena de escrever. Pouco depois, ele se transformara num rico mercador, cujo ouro serviu para comprar um título de nobreza e um escudo heráldico. Ah, quantas vezes eu me fiz refletir naquele escudo...

"O cisne sobrevoou as campinas verdes, onde um garotinho de sete anos pastoreava ovelhas. Num dado momento, ele se deitou à sombra de uma velha árvore, para descansar. O cisne beijou uma folha de árvore, e ela caiu ao lado do garoto adormecido. Aquela folha de árvore tornou-se a folha de um livro; não uma folha, mas muitas e muitas, transformando-se num livro que o garoto leu e estudou, aprendendo muito acerca das maravilhas da natureza, das belezas de nossa língua, das diferenças entre a fé e o conhecimento. À noite, ele o guardava sob seu travesseiro, a fim de não esquecer o que lera de dia. Aquele livro levou-o à escola, e dali à cátedra dos eruditos. Li seu nome entre os grandes homens de nosso tempo, ao lado de cientistas e intelectuais.

"O cisne sobrevoou as florestas solitárias, onde as macieiras silvestres deixam que seus ramos venham a pender até o chão, e onde vivem o pombo-torcaz e o cuco. Cansado, ele desceu até um lago profundo, juncado de lírios-d'água, para ali descansar.

"Enquanto isso, uma mulher muito pobre estava colhendo lenha na floresta. Suas costas já estavam vergadas com o feixe de achas que ela trazia, enquanto carregava nos braços uma criança.

A mulher voltava para casa, quando avistou o cisne dourado — a ave da fortuna — alçando voo e ganhando os ares, saindo do meio de seu abrigo de juncos. No lugar de onde a ave acabava de sair havia algo brilhante. Que seria? Ela foi-se aproximando e viu um grande ovo dourado. Sim, um ovo de ouro! Abaixando-se, ela o apanhou e o colocou no bolso do avental, seguindo com ele para casa.

"Ali chegando, examinou o ovo e desconfiou de que ele estivesse choco. Levando-o perto do ouvido, escutou claramente um som que saía de dentro dele: tique-tique-tique, como se houvesse ali um relojinho. O mais certo seria haver uma criatura viva ali dentro, em vias de romper a casca e sair à luz do sol.

"E foi o que aconteceu: a casca do ovo rompeu-se, e de dentro dele saiu um cisnezinho dourado, olhando curiosamente para todos os lados. Suas penas brilhavam como se feitas do ouro mais puro, e seu pescoço era envolvido por quatro argolas de ouro, que a mãe se apressou em retirar, dividindo-as entre seus quatro filhos homens. A quinta criança, uma filha, ficou sem ganhar sua argola de ouro, já que não havia sobrado uma para ela.

"Súbito, o cisnezinho bateu asas e voou. A mãe pegou os anéis, beijou-os um por um e os colocou no dedo anular de cada filho, ordenando-lhes que saíssem pelo mundo e mostrassem que de fato faziam jus àquele presente.

"Um dos filhos seguiu no rumo das jazidas de argila e, ali chegando, pôs-se a moldar uma estátua de Jasão, com seu velocino de ouro. Outro seguiu rumo às campinas, onde as flores desabrocham todas de uma vez, ostentando, uma por uma, as cores que a natureza conhece. Ele colheu-as todas, esmagando-as entre os dedos e formando tintas de cores fortes e vivas, que logo depois se espalharam por tela e quadros de indizível beleza. Não demorou para que seu nome fosse comentado até na capital do país, como um dos maiores pintores daquela nação.

"O terceiro filho esfregou o anel de ouro na boca, e dela começou a sair música, ecos provenientes da caixa de ressonância de seu coração, que se espalhavam pelos ares como cisnes a voar. Dali, os sons mergulharam no lago que constitui a fonte dos pensamentos, reunindo-se para formar peças musicais de excepcional beleza. O jovem tornou-se um dos grandes mestres da Música, escutado e apreciado em todos os cantos do mundo.

"O quarto filho — o mais novo — era o bode expiatório da família. Era ele a criança que a mãe estava carregando, no dia em que tinha encontrado o ovo de ouro. As pessoas costumavam repreendê-lo, dizendo:

— Pare de ficar cacarejando por aí, como se estivesse de gogo! Se não parar com isso, vamos ter de tratá-lo a pimenta e manteiga, como se fosse uma galinha doente.

"Mas quem lhe deu pimenta e manteiga fui eu, e não eles. Beijei suas faces com carinho, um beijo para cada um que ele deu nos outros, durante sua vida. Beijos quentes, beijos de sol. Ele tornou-se um poeta, e, como todos os poetas, recebeu afagos e golpes, em idênticas proporções. No entanto, ele era dono de um anel da fortuna, tirado do pescoço da ave da boa sorte — o cisne dourado. Suas ideias voaram pelo mundo afora, como borboletas de asas douradas. E, como todos sabem, a borboleta simboliza a imortalidade."

— Essa sua história é danada de comprida — queixou-se o vento.

914

— Isso mesmo — concordou a chuva. — Além de longa, é muito aborrecida. Estou que não me aguento. Faça-me um favor, vento: sopre-me para bem longe daqui.

O vento começou a soprar, mas o raio de sol não se deu por vencido e prosseguiu com sua narrativa:

— O cisne dourado sobrevoou a enorme baía onde os pescadores tinham lançado suas redes. O mais pobre de todos tanto sonhara em casar-se que, embora não tivesse condições, acabara realizando seu sonho. Para ele, o cisne trouxe um pedaço de âmbar, substância que atrai felicidade ao lar que a possui. É com âmbar que se fabrica o mais agradável de todos os incensos, aquele cuja fragrância lembra o maior e mais belo de todos os templos: a Natureza. Ele traz para o lar satisfação e enche a vida de luz e calor."

— Chega! Agora, veja se cala essa boca! — explodiu o vento. — Você não para de falar, e não me deu um minuto de paz, desde que começou com essa chorumela!

— Apoiado! Que história mais aborrecida! — concordou a chuva.

E nós, que também acabamos de escutar a mesma história — que temos a dizer? Nada mais que uma palavra:

— Fim!

Bis-Vovô

Bis-Vovô era um velho gentil e inteligente, e nós sentíamos por ele grande afeto e admiração. Pelo que me lembro, ele sempre tinha sido chamado por nós de "Vovô", até o dia em que nasceu o filho do meu irmão Frederik, quando ele se tornou bisavô pela primeira vez, sendo automaticamente promovido a "Bis-Vovô". Creio que ele não terá oportunidade, enquanto vivo, de ascender a graduação mais elevada que essa.

Bis-Vovô amava-nos de todo o coração, mas não via com bons olhos os tempos de hoje.

— Antigamente é que era bom — costumava dizer. — A vida era mais tranquila, e a gente sabia o que podia esperar do dia de amanhã. Hoje, é um tal de andar depressa — depressa o quê: a galope! — e de subverter a ordem natural das coisas, deixando de cabeça para baixo os princípios e os valores, de modo tal, que os jovens perderam a noção de respeito e hierarquia, agindo como se fossem os donos do mundo, e até mesmo dirigindo-se ao rei como se fossem seus iguais! Onde já se viu tal coisa? Em breve os cidadãos decentes não poderão sair à rua, correndo o risco de que algum engraçadinho torça sobre sua cabeça um trapo acabado de ser mergulhado na água que corre pela sarjeta, e sem que sequer tenha a quem recorrer e com quem reclamar!

Quando Bis-Vovô começava a falar desse jeito, suas bochechas ficavam vermelhas de raiva, seus olhos fuzilavam e seus lábios até tremiam de indignação. Mas a zanga logo passava, e minutos depois ele já estava de novo sorrindo, quando não pedindo desculpas pelo que acabara de dizer:

— É, gente, talvez eu esteja errado. Os velhos como eu não sabemos adaptar-nos aos tempos modernos. Assim, queira Deus que eu esteja errado, e que os novos tempos é que estejam rumando na direção certa.

Quando ele começava a descrever os tempos antigos, eu quase me sentia transportado para aquela época. Em minha imaginação, via-me sentado numa carruagem dourada, ladeado por lacaios. Dali, enxergava o desfile das corporações, com seus estandartes vistosos, e escutava as bandas de música que se exibiam nessas ocasiões, geralmente devido a alguma mudança de sede. De outras vezes, via-me tomando parte nas antigas festas realizadas na semana que precedia o Natal, e que atualmente não são mais comemoradas entre nós. Havia então jogos de prendas e encenação de pantomimas, e eu me via participando de tudo isso, tal o colorido que Bis-Vovô imprimia a suas descrições.

É bem verdade que, no passado, também costumavam acontecer coisas horríveis. Por pouca coisa, alguém podia ter a cabeça cortada, sabendo que esta iria ser enfiada numa estaca e deixada à vista de todos, como exemplo. Talvez fosse devido à enormidade dos riscos que se corriam, que algumas pessoas se sentiam tentadas a realizar grandes feitos e atos heroicos. Bis-Vovô contou-me casos de nobres que alforriavam seu servos, falando-me ainda de um certo príncipe dinamarquês que, condoído da situação dos pobres camponeses, acabou definitivamente com o tráfico de escravos em nossa nação.

Era maravilhoso escutá-lo falando sobre seus tempos de juventude. A seu ver, porém, não era essa a época mais interessante de todas as que existiram, e sim o período que antecedeu seu nascimento. Esse tempo, sim, era seu preferido. Como ele se entusiasmava ao falar dessa época que não chegou a conhecer, mas cujos ecos ainda pôde escutar, quando criança. Fora então que haviam surgido no mundo homens de verdade, dotados de coragem e de caráter.

— Foi um tempo de enorme violência e brutalidade. — costumava retrucar meu irmão Frederik, quando o escutava tratando desse assunto. — Graças a Deus que essa época já acabou!

Não era muito delicado de sua parte dizer isso ao nosso querido avô, jogando água fria no fervor de seu entusiasmo. Mas não seria eu quem iria criticar Frederik por isso, pois sentia por ele um profundo respeito. Era meu irmão mais velho, e, tão mais velho, que tinha idade para ser meu pai. Ele mesmo dizia isso para mim, nas poucas vezes em que me atrevi a contestar suas palavras ou desobedecer a alguma ordem sua.

Frederik não pudera prosseguir os estudos, fazendo um curso superior, mas terminara o curso colegial com notas excelentes. Meu pai tratou de arranjar-lhe um emprego, colocando-o no ramo de negócios, para o qual ele demonstrava propensões. Assim, a vida corria bem para ele, e para nós também.

Frederik e Bis-Vovô formavam uma dupla curiosa. Quem os visse e ouvisse em suas discussões constantes imaginaria tratar-se de dois inimigos; entretanto, os dois se amavam profundamente, partilhando seus pensamentos mais íntimos, e sem saberem viver um longe do outro. Acho que meus pais e meus irmãos não entendiam isso, antes imaginando que os dois se hostilizavam, que não se compreendiam e que tinham uma terrível incompatibilidade de gênios. Mas eu sabia que não era nada disso, e que aquelas discussões eram apenas da boca para fora. No fundo, os dois eram mesmo como unha e carne: inseparáveis. É curioso que somente eu, que então não passava de uma criança, fosse o único que entendia isso.

Quando Frederik se punha a gabar os tempos modernos, relatando os avanços científicos mais recentes, Bis-Vovô escutava-o atentamente, sem interrompê-lo em momento algum. Parecia interessar-se bastante sobre o progressivo descobrimento dos segredos da natureza, característica maravilhosa e fascinante de nossos tempos modernos. Ao final, porém, ele costumava comentar:

— Os seres humanos estão ficando mais sabidos, mas não estão se tornando melhores. Seu conhecimento está sendo usado para inventar os meios mais horrendos de se destruírem uns aos outros.

— E isso não é bom? — replicava Frederik, dando de ombros. — Desse modo, as guerras vão ficar cada vez mais curtas. Não mais teremos de esperar sete anos, ou sei lá quanto tempo, para que a paz sobrevenha, encerrando o conflito. E uma guerrinha de vez em quando até que é uma coisa boa, pois o mundo está superpopuloso, precisando de umas pequenas sangrias para corrigir o excesso de gente.

Mas eles também entabulavam conversas normais, sobre assuntos triviais e amenos. Certa vez, Frederik contou-lhe um fato que havia acontecido numa cidadezinha qualquer. Ali, o único relógio público que havia era o da torre da prefeitura. Todo mundo regulava por ele a sua vida, mesmo sabendo que não se tratava de um relógio dos mais exatos, que ora adiantava e ora atrasava. Ninguém ligava para esse pequeno detalhe. Um dia, porém, os trilhos da ferrovia chegaram àquela cidadezinha, interligando-a aos principais centros do

917

país e pondo-a em contato com o exterior. E os trens, como se sabe, têm de respeitar seus horários, não podendo ficar à mercê de um relógio pouco exato. Assim, foi necessário instalar ali um novo relógio, dessa vez na torre da estação ferroviária. Bastou isso para que o antigo relógio perdesse seu prestígio. Agora todos acertavam seus próprios relógios e horários por aquele novo, sem darem qualquer atenção ao velho relógio da torre da prefeitura.

Achei graça naquela história, mas Bis-Vovô não achou. Ao contrário, ficou sério e pensativo, comentando, depois de algum tempo:

— Não foi à toa que você me contou essa história. Ela tem uma moral, e não estou tão velho que não possa entendê-la. Mas não foi por isso que fiquei pensativo, e sim porque ela me trouxe à lembrança um velho relógio de armário que havia na casa de meus pais, quando eu era criança. Era um relógio grande, austero, e tinha dois pesos de chumbo que subiam e desciam, à medida que seus ponteiros avançavam. E era por ele que todos nós regulávamos nosso tempo, mesmo sabendo que não se tratava de um relógio dos mais exatos. Não nos interessávamos em saber se seu mecanismo interno era antiquado e ultrapassado, mas apenas que seus ponteiros marcavam horas e minutos, e que para nós estavam corretos. E por que haveríamos de duvidar de mensagem de tempo que eles nos transmitiam? Afinal, não era assim que procedíamos com relação ao relógio do Estado? Olhávamos cheios de confiança para seus ponteiros, sem jamais duvidarmos de sua exatidão. Agora, nessa época em que tanto se valoriza a transparência, pode-se dizer que o grande relógio do Estado é novo, é de vidro, e que podemos exergar dentro dele e observar todas as peças de seu mecanismo. Vai daí que isso nos enche de medo, pois agora, diante de tantas molas e rodinhas, entendemos a complexidade desse mecanismo, perguntando-nos o que acontecerá se uma dessas peças parar de se mover, ou se por azar soltar-se ou se quebrar. Foi isso, então, o que aconteceu conosco: perdemos aquela antiga fé, e nos tornamos descrentes e medrosos. Essa é a grande falha dos tempos modernos.

Ao terminar seu comentário, de rosto vermelho e cenho franzido, encarou Frederik firmemente, enquanto meu irmão fazia o mesmo, encarando-o desafiadoramente. Ah, aqueles dois nunca combinavam! No entanto, não sabiam viver separados um do outro, do mesmo modo que o presente não pode desvencilhar-se do passado. Essa verdade, que captei antes de todos, veio claramente à tona daí a uns dias, quando meu pai anunciou que Frederik deveria partir em breve para uma longa viagem. Ele iria à América, a fim de acertar uns negócios. Apanhado de surpresa, Bis-Vovô nada disse, mas demonstrou claramente sua apreensão e o desgosto que sentia por se separar do neto querido, já que a América não fica logo ali na esquina, mas sim do outro lado do mar. Notando a angústia do avô, Frederik falou, tentando consolá-lo:

— Que é isso, Vovô? O senhor vai receber uma carta escrita por mim a cada quinze dias. Prometo não deixar de escrever-lhe. Além disso, de vez em quando mandarei um telegrama, quando tiver necessidade de enviar notícias urgentes. Ah, o telégrafo: ele reduz os dias a horas, e as horas a minutos!

Poucos dias depois de sua partida, chegou-nos um telegrama de adeus, expedido da Inglaterra. Nele, Frederik comunicava estar atravessando o Atlântico, a caminho da América. A mensagem chegou mais rápida do que se tivesse sido trazida pelas nuvens que flutuam no céu.

Ao chegar à América, ele mandou outro telegrama, e nós ficamos sabendo que sua viagem tinha transcorrido feliz, poucas horas depois de seu término. Dessa vez, Bis-Vovô teve de dar a mão à palmatória, comentando, enquanto relia a mensagem:

918

— Bendita invenção, esta daqui. Foi Deus quem iluminou o homem que a idealizou e que concedeu à humanidade o privilégio de desfrutar desta maravilha.

— Frederik me contou que foi um dinamarquês quem primeiro vislumbrou essa força da natureza, divulgando suas conclusões para todo o mundo — comentei orgulhosamente.

Bis-Vovô riu e beijou-me na testa, dizendo:

— É verdade, ele era dinamarquês, e eu o conheci. Sim, meu neto, tive o prazer de apertar a mão daquele sábio, o primeiro que pesquisou e entendeu o magnetismo e a eletricidade. Era um sujeito cordial, cujos olhos refletiam disposição e alegria de viver. Pareciam olhos de uma criança — lembravam os seus, meu neto! Ah, como me lembro do dia em que apertei sua mão...

Passados alguns meses, Frederik comunicou que estava noivo. Conhecera uma jovem americana e iria casar-se com ela dentro em breve. Tinha a certeza de que toda a família aprovaria o casamento, tão logo conhecesse a noiva. Por isso, enviava junto com a carta sua fotografia, que logo passou de mão em mão, sendo mirada e remirada, e até mesmo olhada com uma lente de aumento, a fim de que pudéssemos reparar melhor nos pormenores de sua expressão. Coisa maravilhosa, a fotografia: quando se examina uma com lente de aumento, pode-se enxergar detalhes que a vista desarmada não capta. De uma pintura não se pode dizer o mesmo, ainda que seu autor seja o maior artista de todos os tempos.

— É uma pena que essa invenção não tivesse aparecido tempos atrás — lamentou-se Bis-Vovô. — Se assim fosse, poderíamos conhecer a verdadeira expressão de tantos benfeitores da humanidade que viveram nos séculos passados. E quanto à noiva do Frederik, que beleza, hein? Tem um rosto suave e angelical. Agora que já vi sua fotografia, hei de reconhecê-la no exato momento em que a vir frente a frente.

Mas quase lhe foi negada a oportunidade de conhecê-la. Nossa sorte foi que nem ouvimos coisa alguma acerca do perigo que estava acontecendo justamente naquele instante. Os jovens recém-casados tinham alcançado a Inglaterra, de onde embarcaram num vapor rumo a Copenhague. Quando as costas da Jutlândia já estavam à vista, desencadeou-se terrível tempestade. O navio encalhou nos baixios da costa. Não havia como escapar dali: o mar rugia enraivecido, agitando-se em ondas enormes, que facilmente reduziriam a pedaços o bote que se arriscasse a enfrentá-lo. Das areias brancas da praia distante, os moradores olhavam condoídos o navio encalhado, que a fúria do mar ameaçava despedaçar.

Caiu a noite e, com a claridade do dia, foi-se também a esperança dos tripulantes e passageiros da embarcação. Num dado momento, porém, um enorme rojão riscou o céu escuro. Tinha sido lançado da praia e puxava uma corda amarrada em sua haste. Após descrever uma parábola no céu, foi cair do lado oposto ao do navio, sendo logo agarrado por mãos ansiosas. Agora o navio estava ligado à praia, e em pouco tinha sido esticado um cabo forte o bastante para suportar o peso de um homem, envolto num colete salva-vidas. A primeira pessoa a ser puxada pelo cabo foi uma jovem, que pouco depois já estava a salvo na praia, fora do alcance das ondas furiosas. Poucos minutos depois, estampava-se em seu rosto uma felicidade indizível, com a chegada ali de seu jovem marido. Por fim, passageiros e tripulantes foram todos salvos, antes de raiar o sol.

Nesse ínterim, dormíamos tranquilamente em Copenhague, sem imaginar o risco e a angústia que os dois estavam enfrentando. Ao amanhecer, quando tomávamos café, escutamos um boato acerca de um navio inglês que estaria encalhado na costa ocidental da Jutlândia. Alguém tinha recebido um telegrama com essa notícia, e se apressara a nos

919

informar. Um terrível pressentimento tomou conta de nós; entretanto, daí a menos de uma hora, recebíamos um telegrama de Frederik, comunicando que ele e a esposa passavam bem, e que logo estariam conosco.

Aliviados, pusemo-nos a chorar. Eu chorei muito, mas Bis-Vovô chorou ainda mais do que eu. Lembro-me de vê-lo olhando para cima, de mãos postas, certamente abençoando as maravilhas do mundo moderno. Naquele mesmo dia, ele fez uma generosa doação de duzentos marcos à comissão encarregada de arrecadar fundos para a construção de um monumento em homenagem a Hans Cristian Oersted, o célebre físico dinamarquês que descobriu o eletromagnetismo.

Quando Frederik ficou sabendo disso, depois que ele e a esposa já estavam em casa, voltou-se para Bis-Vovô e disse-lhe, com ar zombeteiro:

— Que lhe sirva de lição. Vou ler para o senhor as palavras de Oersted, comparando os tempos antigos com os novos.

— Já sei, já sei — retrucou Bis-Vovô. — Garanto que se derrama em elogios aos tempos modernos e às invenções recentes, não é? As opiniões dele devem coincidir inteiramente com as suas.

— Claro que coincidem! Afinal de contas, ele era um sujeito inteligente — desfechou Frederik, com um sorriso irônico e vitorioso. — E coincidem com as suas ideias também, velho teimoso! Se assim não fosse, estariam faltando duzentos marcos no montante arrecadado para erigir um monumento em sua memória...

Desatando em risos, os dois falsos rivais se estreitaram num abraço amigo e carinhoso.

As Velas

Era uma vez uma grande vela de cera que sabia bem de que material era feita.
— Sou feita de cera, material nobre. Fui derretida e despejada num molde, e não mergulhada em sebo, como as velas plebeias. Minha luz é bem clara, e eu queimo mais que as outras velas. Não nasci para ser posta em cima de um pires, e sim sobre o bocal de um candelabro ou de um castiçal de prata.

Ouvindo aquilo, uma vela de sebo murmurou, imaginando que ninguém pudesse escutar suas palavras:

— Hum, deve ser maravilhoso brilhar num candelabro ou num castiçal! Mas isso não é para mim, uma simples vela de sebo. É bem verdade que recebi oito camadas de sebo, e não apenas duas, como minhas irmãs mais simples. Além disso, capricharam em minha silhueta, deixando-me esguia e bem contornada, apesar de ser feita de material singelo. Bem que eu gostaria de ser de cera, mas ninguém pode escolher onde ou como irá nascer... Já me conformei com isso. As velas de cera são postas na sala de estar; quanto a mim, não devo ir além da cozinha. E daí? Ali também é um bom lugar. Afinal de contas, é de onde sai toda a comida que se consome na casa.

Mesmo tendo sussurrado, suas palavras foram ouvidas pela vela de cera, que retrucou:

— De onde saem as comidas, ah? Há coisas mais importante do que comer. Existe, por exemplo, a vida social. Reuniões, festas, comemorações — ocasiões de brilhar, de aparecer. Hoje teremos um baile aqui nesta casa. É hora de recorrerem a meus préstimos. Meus e de minhas irmãs, velas feitas de cera, como eu.

Nem bem terminara de dizer isso, quando a dona da casa abriu o pacote onde as duas velas estavam e tirou-as de dentro, levando-as para a cozinha. Ali, estendendo a mão que segurava a vela de sebo, entregou-a a um menino que carregava nos braços uma cestinha. Dentro dela havia algumas batatas e maçãs. Dirigindo-se ao garoto, a senhora lhe disse com voz gentil:

— Leve isso também, meu filho. Sei que sua mãe precisa de luz, pois costuma trabalhar até altas hora da noite.

Quando mencionou as "altas horas da noite", sua filha, sentada ali perto, sorriu com ar de felicidade, comentando com o garoto, que era de sua idade:

— Hoje vai haver um baile aqui em casa, sabe? Desta vez, vou poder ficar acordada! Meu vestido está pronto: é branco, com lacinhos vermelhos. Ah, como vai ser bom ficar acordada durante a festa, até altas horas da noite...

A vela de sebo viu que os olhos da menina cintilaram de satisfação, e pensou: "Nem mesmo uma vela de cera pode brilhar tanto como os olhos de uma criança feliz! Nunca haverei de esquecer essa cena. Será que algum dia ainda terei oportunidade de contemplar outro olhar como esse, tão repleto de expectativa e felicidade?"

O garoto agradeceu e saiu, levando consigo a cestinha, as batatas, as maçãs e a vela, que prosseguiu com seus pensamentos: "Para onde será que ele me está levando? Provavelmente para uma casinha tão pobre, que nem sequer possui um candelabro. Enquanto isso, a vela de cera está lá no bem-bom, em seu assento de prata, ao lado de suas irmãs pomposas e arrogantes. Não adianta reclamar: cada qual tem seu quinhão de sorte e de azar".

E a vela de sebo chegou a seu destino: um quartinho pobre num sótão, onde morava uma viúva e seus três filhos. Dali de cima, pela janelinha estreita, era possível ver o outro lado da rua, onde ficava a casa rica, na qual logo mais iria acontecer um baile.

— Que foi que você trouxe, meu filho? — perguntou a viúva, examinando a cestinha que o garoto lhe apresentava. — Oh, quanta coisa boa! A senhora da casa em frente é de fato gentil e generosa. Que Deus a abençoe. Ah, mandou também uma vela! Que bom! Estou realmente precisada, pois preciso entregar uma encomenda amanhã, e ainda não terminei.

Daí a pouco escureceu, e a vela foi acesa.

— Ih, que cheiro insuportável! — disse ela, tão logo começou a queimar. — Esse pauzinho aí deve ser o tal do "fósforo" — é bem fedorento! Garanto que as velas de cera não são acesas com isso, e sim com algum tipo de acendedor de cheirinho agradável. Eh, vida...

Na mansão, nesse mesmo instante, as velas da sala de estar estavam igualmente sendo acesas. A vela de sebo não viu, mas a pessoa que as acendeu também usou fósforos. Das janelas, sua luz derramou-se pela rua. Não demorou para que coches e carruagens começassem a chegar, e que deles descessem cavalheiros e damas trajados elegantemente. Em pouco, escutava-se o som de música a tocar.

— Vai começar o baile — murmurou a vela de sebo. — Como estará se sentindo aquela menina? Será que seus olhos continuam a brilhar, como antes? Gostaria de vê-la novamente, mas sei que isso será impossível. Que pena...

A filha caçula da viúva era uma menininha meiga e alegre. Segurando as mãos dos irmãos mais velhos, sorriu e segredou:

— Sabem da maior? Vamos ter batata no jantar!

Seus olhos, como os da menina vizinha, também pareciam alegres e brilhantes, levando a vela de sebo a pensar: "Não sei qual das duas está mais feliz, muito embora cada qual se tenha alegrado por uma causa bem diferente da outra. Eu não podia imaginar que um prato de batatas fosse fazer alguém assim tão feliz!"

Sentindo-se emocionada, a vela estalou, única maneira que conhecia de expressar seus sentimentos. O estalo, nesse caso, correspondeu a uma fungada de nariz, entre o humanos.

A mesa foi posta. Em pouco, as batatas já haviam sido devoradas. Que delícia! E ainda iriam ter maçãs para a sobremesa! Pena que todas as noites não fossem assim... Ao terminar a refeição, a menina recitou:

> *Estamos fartos, comemos bem;*
> *Muito obrigado, Senhor. Amém.*

Em seguida, voltando-se para a mãe, perguntou:

— Rezei direitinho, mamãe?

A mulher sorriu e meneou a cabeça afirmativamente, dizendo:

— Rezou muito bem. Mais importante que pedir, é agradecer ao Senhor pelo que Ele nos proporcionou.

Depois, as crianças foram para a cama, e cada qual recebeu um beijo da mãe. Em pouco, dormiam, e ela retomava seu trabalho, que iria estender-se até altas horas da noite. Isso era necessário, para lhe permitir prover o sustento de sua pequena família.

Do outro lado, na mansão, as velas permaneciam acesas e a música continuava a tocar. Acima, no céu, as estrelas brilhavam, iluminando tanto a janelinha do cômodo modesto, quanto as enormes janelas da casa dos ricos.

— Sim, senhor, que bela noite estou tendo— sussurrou de si para si a vela de sebo. — Terá sido tão boa a noite de minha companheira aí na casa em frente? Em seu castiçal de prata, estará ela mais feliz do que eu, aqui, equilibrada sobre este pires? Eis uma questão que eu gostaria de responder antes de acabar de queimar...

Pensou então nas duas faces infantis felizes e sorridentes que vira horas antes. Um desses rostinhos ela ainda podia divisar; o outro, apenas imaginar. Um estava sendo iluminado pela luz fraquinha de uma vela de sebo; o outro, pela luz forte de dezenas de velas de cera.

Bem, aqui termina nossa história. No momento em que ela acaba, apagam-se, ao mesmo tempo, as chamas de duas velas: a de cera, na mansão dos ricos, e a de sebo, no modesto cômodo onde moram uma costureira e seus três filhinhos.

O Mais Incrível de Todos os Feitos

Aquele que pudesse executar o mais incrível de todos os feitos iria casar-se com a filha do rei e herdar a metade de todo o reino. Todos queriam tentar, desde os mais jovens, até os mais velhos. Todos deram asas à imaginação e esgotaram seus cérebros, nervos e músculos, na esperança de executar o mais incrível de todos os feitos. Foram realizadas as mais inacreditáveis proezas. Dois sujeitos puseram-se a morder e a se devorar um ao outro, até que ambos morreram. Um outro bebeu tanto, mas tanto, que acabou morrendo afogado. Esse, pelo menos, morreu sorrindo. Até os moleques de rua quiseram tomar parte na tentativa, praticando os atos mais estranhos, como cuspir nas próprias costas, por exemplo.

Marcou-se o dia no qual todos poderiam exibir seu feito. Foram nomeados os juízes, pertencentes a todo tipo de pessoa existente no reino. O mais novo tinha apenas três anos, e o mais velho passava muito de noventa.

Por fim, chegou o dia, e com ele a exibição de feitos e objetos estranhos e inacreditáveis. Não demorou para que tanto os juízes como o público passassem a considerar que o mais incrível de tudo o que ali foi apresentado era um relógio, enorme e verdadeiramente fantástico. Sua fabricação teria sido, de fato, o mais incrível de todos os feitos. Era um relógio tão engenhoso quanto artístico. Era fenomenal, tanto por fora quanto por dentro. A cada hora que dava, saíam de dentro de sua caixa bonequinhos animados, que, por meio de corda, moviam-se e emitiam sons, representando uma pequena peça a propósito daquela hora. Era fabuloso, extraordinário — todos concordaram com isso.

A cada hora, o público corria para a frente do relógio, querendo ver o que iria acontecer. À uma hora, saía da caixa uma figura vestida como Moisés e escrevia numa lousa o número 1, enquanto dizia, com voz cavernosa:

— Eis o Primeiro Mandamento: "Amar a Deus sobre todas as coisas".

Às duas horas, a caixa se abria, deixando ver em seu interior o Jardim do Éden, e nele, felizes como reis, uma dupla de pessoas: Adão e Eva, sem joias, sem roupas e sem qualquer tipo de angústia ou de tristeza.

Quando o relógio dava três horas, saíam de dentro dele os Três Reis Magos, trazendo ouro, incenso e mirra em suas mãos.

Às quatro, viam-se as estações do ano. A primavera era representada por uma boneca que trazia numa das mãos um cuco, e na outra um ramo de bétula cujas folhas tinham acabado de brotar. O verão era representado por um gafanhoto pousado numa palha de trigo maduro, pronto para ser colhido. O outono era simbolizado por um ninho de cegonha vazio, e o inverno por um corvo que sabia contar longas histórias nas longas noites frias.

Às cinco horas, surgiam os cinco sentidos. O bonequinho que representava a visão estava vestido como um oculista. Para simbolizar a audição, lá estava um ferreiro, malhando na bigorna. O olfato era representado por uma vendedora de violetas; o paladar, por um mestre-cuca, de chapelão comprido na cabeça, e o tato por um massagista.

Às seis, surgia um jogador, com um dado na mão. Depois de agitar o dado, ele o atirava, e o número que dava era exatamente o seis!

Depois vinham os sete dias da semana, mas sua fantasia também poderia representar os sete pecados capitais. Ninguém sabia ao certo se era uns ou outros, mas o fato é que os sete andavam juntos, sendo impossível separá-los.

Às oito horas, um coro de monges entoava um cantochão de vésperas, a oito vozes.

Em seguida, vinham as nove musas. Uma delas tinha emprego fixo num observatório astronômico; outra trabalhava num arquivo histórico, e as sete restantes pertenciam ao teatro.

Moisés retornava às dez, trazendo as Tábuas da Lei, nas quais estavam inscritos os Dez Mandamentos.

Na hora seguinte, onze criança saíam da caixa do relógio e brincavam de roda, cantando e dançando.

Por fim, às doze, acontecia a última alegoria. Saía do relógio um guarda-norturno, empunhando seu cassetete. Olhando para cima, como se estivesse contemplando o céu, ele cantava:

Ergo agora aos céus meu pensamento,
Pois Jesus nasceu neste momento.

Então, de dentro da caixa do relógio, brotavam rosas, que aos poucos se transformavam em anjos, cujas asas mostravam todas as cores e todos os matizes do arco-íris.

Era lindo de se ver e maravilhoso de se escutar. Sim, era sem dúvida uma obra de arte, magnífica, e ao mesmo tempo um engenho fantástico. Não havia ali nada que fosse mais incrível que aquilo, e ninguém duvidava disso. Quanto ao artista que havia executado aquele objeto primoroso, era um jovem simpático e bem-apessoado, prestativo, generoso, alegre, gentil — um verdadeiro príncipe! Ele e a princesa iriam sem dúvida formar um belíssimo casal. E no futuro, quando ele sucedesse o rei, certamente iria realizar um governo sábio, prudente e merecedor dos elogios do povo.

No dia seguinte seria anunciado o resultado da competição. A cidade toda decorada com faixas e bandeirolas. No palanque, a princesa estava sentada num trono, enquanto os juízes alinhavam-se atrás dela, sorrindo zombeteiramente e cochichando entre si. Estranho: pareciam estar debochando do jovem artista engenhoso, que todos já consideravam virtualmente como sendo o vencedor incontestável daquela prova. Quanto a ele, sequer notou o ar sarcástico dos juízes, retribuindo sorridentemente os cumprimentos que todos lhe dirigiam. Parecia estar no auge da felicidade, e tinha lá suas razões, pois, indubitavelmente, a construção daquele relógio fantástico tinha sido o mais incrível de todos os feitos.

Subitamente, do meio da multidão, sai um sujeito forte e grandalhão, abrindo caminho às cotoveladas. Ao chegar diante do palanque, cruzou os braços, ergueu o queixo em atitude desafiadora e rosnou:

— Agora, sim, vocês verão qual é o mais incrível de todos os feitos. Olhem bem o que vou fazer.

E, tirando do cinto um machado que ali estava preso, ergueu-o no ar e desferiu um tremendo golpe contra o relógio, reduzindo-o a pedaços. Prááá! O maravilhoso objeto espatifou-se todo, deixando rolar pelo chão estilhaços de madeira, cacos de cerâmica, bonecos esmagados, molas, rodinhas, tudo numa tremenda confusão. O horror foi geral. Ninguém proferiu palavra, a não ser o sujeito grandalhão, que voltou a assumir sua postura desafiadora, dirigindo-se aos juízes nestes termos:

— Então, senhores, que me dizem? O gato engoliu suas línguas? Concordem: acabei de realizar a maior proeza de todos os tempos, o mais incrível de todos os feitos, não foi? Alguém teria coragem de fazer o que fiz? Alguém se atreveria a destruir essa obra de arte? Pois eu me atrevi, e agora estou à espera da decisão que os senhores irão tomar. Qual é?

Um dos juízes adiantou-se e declarou:

— Sem dúvida nenhuma, o ato de destruir, sem sequer pestanejar, uma tão maravilhosa obra de arte constitui o mais incrível de todos os feitos.

Embora horrorizados e consternados, todos os presentes tiveram de concordar com aquelas palavras. Assim, o grandalhão deveria receber o prêmio, podendo desposar a princesa e herdar a metade de todo o reino. Era esse o regulamento, e não havia como modificá-lo.

No mesmo dia, os arautos saíram pelas estradas, anunciando para daí a um mês o casamento da princesa.

Passou-se um mês. Chegou o dia. A princesa parecia infeliz, embora estivesse trajando um vestido de noiva deslumbrante, e fosse uma jovem de rara beleza. A igreja até rebrilhava, de tantas que eram as velas ali acesas. O casamento fora marcado para a noite, já que assim ficaria muito mais chique. Precedida por suas damas de honra, a princesa atravessou a nave da igreja, encaminhando-se para o altar, onde o noivo a esperava, de braços cruzados e ar arrogante. O órgão executava a marcha nupcial. Quando a jovem chegou até onde

estava o noivo, detendo-se a seu lado, a música cessou e toda a igreja foi tomada por um silêncio tristonho e constrangedor. Se naquele momento um alfinete caísse ao chão, todos iriam escutar o barulho. Súbito...

Bam! Bam! O relógio fantástico entrou pela porta da igreja, deslocando-se aos pulos pela nave principal de dentro, até emparelhar-se com o casal de noivos, quando parou, sob os olhares espantados de todos. Que os mortos não voltam à terra para assombrar os vivos, disso todos nós sabemos. Mas as obras de arte podem voltar. E aquela voltou. Uma obra de arte pode ser quebrada, rasgada, desfeita em mil pedaços, mas ninguém poderá jamais quebrar seu espírito.

O relógio parecia exatamente igual a como era, antes de ter sido golpeado pelo grandalhão. Suas horas começaram a bater, uma após outra, e todas as figuras que havia dentro dele vieram para fora. O primeiro que apareceu foi Moisés, trazendo consigo as Tábuas da Lei. Parado diante do noivo, deixou que aquelas duas pedras pesadíssimas caíssem sobre seus pés, dizendo soturnamente:

— Não posso apanhar essas tábuas para livrar teus pés, pois meus braços estão quebrados. Tu sabes bem quem foi que os quebrou.

O noivo tentou inutilmente mover os pés, presos para sempre sob as duas pedras que continham inscritos os Mandamentos do Senhor.

Saíram em seguida Adão e Eva, os Reis Magos, as Quatro Estações e as demais figuras. Todas encaravam o noivo truculento com ar de condenação, rosnando-lhe entre dentes:

— Que vergonha!

Só ele não sentia vergonha pela ação infame que havia praticado.

E as figuras continuaram a aparecer, enchendo os poucos espaços que ainda restavam na igreja, até que, depois das doze badaladas, saiu o guarda-noturno, e, brandindo seu cassetete, desferiu-o com toda a força contra a cabeça do sujeito, deixando-o prostrado no chão.

— Ficarás aí para todo o sempre, malfeitor! — disse ele, com voz irada. — Daí não mais te erguerás. Esta é a nossa vingança pelo que nos fizeste, e pelo que fizeste ao nosso mestre. Agora, finalmente, já podemos ir embora.

Voltaram as figuras uma a uma para dentro do relógio, que em seguida desapareceu para sempre. Nesse momento, as chamas das velas ergueram-se em conjunto, assumindo o formato de flores, enquanto a estrela-guia pintada no teto da igreja rebrilhava, como se fosse um cometa de verdade. Sem que ninguém pressionasse suas teclas, o órgão se pôs a tocar, executando uma melodia suave e encantadora. Para todos os que ali se achavam, aquele momento foi o mais maravilhoso e incrível de todos que já haviam experimentado. Em meio aos sussurros dos assistentes, ergueu-se a voz da princesa, que declarou:

— Prossigamos com a cerimônia, mas, desta vez, com o noivo certo. Que venha até aqui o genial construtor daquele relógio maravilhoso. É a ele que quero como marido e sucessor de meu pai, no comando deste reino.

Postado no fundo da igreja, o rapaz, exultando de felicidade, foi trazido para a frente pelos assistentes, entre cumprimentos e aclamações. Todos estavam felizes, todos lhe davam os parabéns, todos sorriam a sua passagem, e ninguém ali sentiu a menor inveja de sua sorte — e isso, certamente, foi mais incrível de tudo o que aconteceu naquele reino, mais incrível até mesmo que o fantástico relógio que o noivo sorridente um dia conseguira fabricar.

O Que Toda a Família Disse

Que foi que toda a família disse? Ouçamos primeiro o que foi dito pela pequena Maria. Era seu aniversário, ou seja, o dia mais maravilhoso do mundo — para ela, é claro. Todos os amiguinhos vieram visitá-la, e ela estava com um vestido muito bonito, costurado por sua avó. Os presentes que recebeu encheram sua cama. Havia uma linda cozinha em miniatura, com caçarolas e panelas, e uma boneca que chorava, quando se apertava sua barriguinha. Ela ganhou também um livro cheio de figuras e de histórias, cada qual mais linda que a outra. É bem verdade que ela não sabia ler, mas não faltaria quem as lesse para ela. Ah, como gostava de ouvir histórias, lidas ou contadas! Melhor que isso, só mesmo um aniversário. E melhor que um aniversário, só mesmo muitos aniversários!

— Oh, como é gostoso viver! — exclamou.

Seu padrinho, ali por perto, escutou a frase, sorriu e comentou:

— A vida é o melhor de todos os contos de fada!

Seus irmãos estavam no quarto ao lado. Também eles achavam que valia a pena viver, apenas não concordavam com a maneira com que as criancinhas como sua irmã levavam a vida. Viver é muito bom, desde que seja a nosso modo, pensavam. E quais seriam as melhores coisas da vida, de acordo com seu ponto de vista? Ah, muita! Um boa briga com um colega da escola, por exemplo. Quer coisa melhor? Ou a satisfação de chegar em casa com um boletim escolar recheado de notas altas — é ótimo, só que muito difícil... E ainda há que se considerar o prazer de patinar no gelo durante o inverno e andar de bicicleta durante o verão. Isso, sim, é saber viver!

Ler, também, é bom, mas não esses livrinhos bobocas que as criancinhas apreciam. Os melhores são aqueles que falam de cavaleiros, aventuras e castelos, com corredores misteriosos e masmorras soturnas. Ou aqueles que narram expedições a terras e mares distantes. Para ler tais livros, vale a pena aprender o alfabeto. É pena que as terras distantes e misteriosas estão ficando cada dia mais conhecidas e sem mistério. Um dos garotos receava que não houvesse nada mais a descobrir ou explorar, quando ele se tornasse adulto.

Enquanto isso, o padrinho de Maria continuava a conversar com ela:

— Sabe por que a vida é o melhor de todos os contos de fada? Porque é uma história na qual a gente é personagem, tomando parte nela.

Era um prediozinho de três andares, contando com o térreo. Neste viviam Maria, seus irmãos e seus pais. Em cima, moravam outros parentes. Esse outro ramo da família também era formado por um casal e seus filhos. Nessa residência, porém, não havia crianças, pois os filhos do casal já eram crescidos, e mal paravam em casa. O mais novo tinha dezessete anos; depois vinte, e o mais velho (que Maria achava ser muito, mas muito velho) estava com vinte e cinco anos, e trazia no dedo uma aliança de noivado. Os três podiam-se considerar rapazes de sorte, pois tinham bons pais, boas roupas, bons hábitos, e sabiam bem o que queriam.

— Coragem! — costumavam dizer. — Nada de recuar! Derrubemos todos os muros, para que possamos enxergar o mundo à nossa frente! O tio tem razão: a vida é o melhor de todos os contos de fada.

O tio, como já devem ter percebido, era o padrinho de Maria. Quando se referiam aos jovens, costumavam dizer:

— O problema dos jovens é que eles querem que tudo funcione a seu modo, dentro de seu ritmo, e nem sempre pode ser assim. Às vezes, a vida transcorre mais devagar. Seja como for, não resta dúvida: ela é o mais divertido de todos os contos de fada.

E no andar de cima? Ali morava só uma pessoa: o padrinho de Maria, que era tio dos rapazes, assim como dela e de seus irmãos. Ele já era velho, mas seu espírito permanecia jovem. Gostava de contar histórias, e conhecia muitas; algumas, bem compridas. Era um homem muito viajado, e seu pequeno apartamento era repleto de recordações trazidas dos diversos países que já havia visitado. As paredes eram cobertas de quadros, e os vidros da janela pareciam vitrais de igreja, pois eram vermelhos e amarelos. Por isso, os cômodos pareciam estar sempre banhados de sol, mesmo nos dias nublados. No meio da sala havia um aquário, e dentro dele um peixe dourado, que parecia conhecer muita coisa, sem contudo querer ensiná-las para quem quer que fosse. Mesmo no inverno, o lugar parecia recender a flores, enquanto o fogo ardia sem parar em sua lareira. Era gostoso sentar-se diante dela e ficar olhando as chamas a dançar, enquanto se escutava o crepitar das brasas. Era o que o dono da casa fazia muitas vezes, explicando a quem lhe perguntava o porquê daquele hábito:

— As chamas me trazem doces recordações dos velhos tempos. São elas que me contam as histórias que eu depois reconto para vocês.

A pequena Maria entendia muito bem essa explicação, pois ela bem via como as chamas formavam figuras dentro da lareira, figuras vivas que saltavam, corriam e dançavam.

A estante do padrinho era repleta de livros. Um deles estava bastante manuseado, pois ele costumava lê-lo todo dia, chamando-o de Livro dos Livros. Era a Bíblia. Nela estava toda a história do mundo e da humanidade: a Criação, o Dilúvio, as vidas dos sábios e dos reis, bem como a do mais sábio entre os sábios: o Rei dos Reis.

— Tudo o que houve, há ou haverá está escrito neste livro — afirmava. — Como pode caber tanta coisa num livro só? Dá o que pensar. Tudo o que temos a pedir aos céus está contido no Pai-Nosso, pérola de conforto que o próprio Deus nos ofertou, joia que recebemos quando ainda estamos no berço, e que é posta bem junto ao nosso coração. Não a perca quando crescer, menina, pois assim você nunca se sentirá sozinha, ao longo de todas as estradas que tiver de percorrer. Guarde-a dentro do peito, onde ela sempre haverá de fulgurar, iluminando seu caminho e lhe servindo de consolo, nos momentos de tristeza ou de revolta.

O padrinho ficava entusiasmado quando falava sobre esse assunto, e seus olhos até pareciam rebrilhar. Um dia, tempos atrás, aqueles olhos tinham vertido muitas e muitas lágrimas, mas isso era coisa do passado, acerca da qual ele costumava comentar:

— Sofri muito, então, mas foi bom. Aquilo constituiu uma grande provação, verdadeira prova de fogo, que acabei por vencer, depois de derramar todas as lágrimas que trazia guardadas em meu peito. À medida que envelhecemos, passamos a compreender melhor que Deus está conosco, tanto nos momentos de alegria e de sorte, quanto nos de adversidade.

A vida é o melhor de todos os contos de fada, aquele que Deus nos deu e que será nosso por toda a eternidade.

Lembrando-se de tudo isso, Maria sorriu e repetiu:

— Oh, como é gostoso viver!

Quanto a isso, todos concordavam com ela: seus irmãos, seus pais, os primos e tios do andar de cima, e, é claro, seu padrinho, já que, como ele sempre dizia, a vida é o melhor de todos os contos de fada. E é mesmo.

Dance, Dance, Bonequinha!

Que cantiga mais bobinha! — Disse Tia Malle. — Só mesmo criancinhas bem pequenininhas podem gostar dela. Não passa de um amontoado de asneiras.

"Dance, dance, bonequinha" — pois sim!... A pequena Amalie pensava diferente. E daí? Ela só tinha três aninhos, e ainda brincava com bonecas. Passava o dia tentando educá-las, para que, quando crescessem, elas ficassem tão sabidas quanto a Tia Malle.

Havia um estudante que vinha todo dia à casa de Amalie, a fim de ajudar seus irmãos a fazer o para casa. Depois que terminava com eles, gostava de conversar com ela e com suas bonecas. Amalie achava que o estudante era muito divertido, pois sua maneira de falar nada tinha de parecido com a dos outros adultos. Tia Malle torcia o nariz para ele, dizendo que o rapaz não tinha ideia da maneira correta de tratar uma criança.

— Nem mesmo as palavras ele sabe escolher — comentava. — A cabeça de criança acabará estourando, tantas são as palavras difíceis que ele usa.

Mas a cabeça de Amalie nunca estourou, e ela entendia tudo o que o rapaz dizia, apesar das palavras difíceis que ele usava. Foi ele quem lhe ensinou a cantar o "Dance, Dance, Bonequinha!", e ela aprendeu direitinho; tanto, que costumava cantá-la todo dia para as suas bonecas. Uma, aliás, não era boneca, era boneco. Ele e a boneca loura formavam um casal de namorados. E a terceira era a mais antiga de todas. Seu nome era Lisa. A cantiga falava dela, e também do casal de bonecos. Vejam como era a letra:

> *"Dance, dance, bonequinha,*
> *Quero ver você dançar;*
> *Siga até o meio da sala*
> *E comece a rodopiar;*
> *Quem sabe, seu namorado*
> *Vai querer na dança entrar?*
> *Vocês dois tenho certeza,*
> *vão formar um belo par.*
> *E você, Lisa querida,*
> *Não quer vir participar*
> *Desse baile divertido?*
> *Então, comece a girar!*
> *Faça com que suas tranças*
> *Fiquem erguidas no ar,*
> *Junte-se ao casal amigo,*
> *Dance até o sol raiar.*
> *Dancem, dancem, meus bonecos,*
> *Quero vê-los a dançar;*

Saiam pela porta afora,
Braços dados, a saltar,
Pelas ruas passando,
À luz azul do luar;
Mas, antes que o sol desponte,
Não se esqueçam de voltar!

As duas bonecas e o boneco compreendiam a cantiga. A pequena Amalie também a compreendia, assim como o estudante, o que não era vantagem, pois ele é que havia composto aquela música. Todos os cinco achavam a canção excelente. Tia Malle, porém, além de não compreendê-la, porque não gostava dela nem um pouquinho, talvez porque já se passara muito tempo desde o dia em que ela havia transposto a cerca que separa o mundo das crianças do mundo dos adultos.

Mas a pequena Amalie ainda estava do lá de cá da cerca, e por isso, gostava da cantiga, cantando-a todo dia para seus bonecos. E eu, de tanto escutá-la, acabei aprendendo a canção, e agora a estou ensinando a vocês.

Esta Fábula Tem a Ver Com Você!

Antigamente, os sábios conheciam um modo de dizer as verdades para as pessoas, sem ferir seus sentimentos e sem que fossem indelicados. Esse modo era assim: eles seguravam à frente da pessoa um espelho, no qual ela enxergava não sua própria imagem, mas a de animais e de coisas as mais estranhas. As pessoas achavam graça, pois aquele espelho era bem divertido, e acabavam aprendendo muita coisa, só com o simples ato de contemplá-lo. Esse espelho era conhecido pelo nome de "fábula", e as tolices e asneiras feitas pelos animais constituíam, na realidade, preciosas lições para aqueles que nelas prestavam atenção. Depois que terminava de contemplar o espelho, o sujeito parava para pensar, e acabava concluindo: "E não é que essa fábula tinha a ver comigo?" E como era ele mesmo quem tirava tal conclusão de seu próprio raciocínio, sem que ninguém lhe dissesse aquilo, não ficava aborrecido ou agastado, mas sim satisfeito, e um pouquinho mais sábio do que antes. Quer ver um exemplo? Então, vamos lá.

Era uma vez duas montanhas muito altas. No topo de cada uma delas havia um castelo. Lá embaixo, no vale, um cão farejava o chão, tentando encontrar alguma presa com a qual matar sua fome. Quem sabe encontraria o rastro de uma lebre, ou mesmo de uma perdiz? Foi então que, de um dos castelos, escutou-se um toque de trombeta, anunciando que o almoço estava servido. O animal, no mesmo instante, disparou montanha acima, na esperança de chegar a tempo de ganhar as sobras daquela refeição. Quando já havia alcançado o meio da subida, o toque de trombeta cessou, indicando que o almoço já estava encerrado. Nesse instante, porém, começou a tocar outra trombeta, anunciando que acabavam de servir a refeição no outro castelo. Que fazer? Se continuasse por onde estava indo, não encontraria mais o que comer, quando chegasse ao castelo. Melhor faria se voltasse atrás e rumasse para o outro castelo, onde acabava de ser posta a mesa.

Assim pensando, o animal tratou de descer, subindo depois pela outra montanha. Ao chegar ao meio da subida, não mais escutou o som da trombeta. Por certo, a refeição já deveria estar no final, e ele nada mais encontraria, ao chegar lá. Nesse instante, voltou a soar a trombeta do primeiro castelo: hora do jantar. Seguindo seu mesmo raciocínio anterior, o cão desceu a montanha e começou a subir a outra. E assim continuou, num vaivém inútil e desesperado, até que ficou muito tarde, e ambas as trombetas silenciaram. Agora, tanto fazia ir para um ou para outro castelo: não haveria restos de comida em nenhum deles.

Adivinham o que pretendiam ensinar os sábios com essa fábula, e quem estaria sendo representado por aquele cachorro indeciso, que subiu e desceu sem parar, sem alcançar aquilo que pretendia, e sem conseguir senão ficar cansado, e mais morto de fome do que antes?...

A Grande Serpente Marinha

Era uma vez um peixinho de boa família. Seu nome, esqueci qual era. Se você quiser saber, pergunte a alguém que entenda mais de peixes do que eu. Esse peixinho do qual estou falando tinha mil e oitocentos irmãos e irmãs, todos da mesmo idade, já que nasceram da mesma ninhada. Eles não sabiam quem eram seus pais, e nem se preocupavam com isso, pois desde que nasceram já tiveram de prover a seu próprio sustento.

Quando estavam de barriga cheia, esses peixinhos nadavam pelo mar alegres e felizes. Água era coisa que não lhes faltava, porque os oceanos são imensos, enormes! Nesses momentos, pouco se lhes dava saber de onde sairia ou em que consistiria sua próxima refeição. Tinham certeza de que ela acabaria chegando, e isso era o que importava. Cada qual queria seguir suas próprias inclinações e viver sua vida, contando com a sorte para o que desse e viesse.

Os raios de sol penetravam pela água do mar, iluminando até bem no fundo. Aquele eram um mundo estranho, povoado pelas mais fantásticas criaturas. Algumas delas era tão gigantescas, de bocas tão grande e de mandíbulas tão poderosas, que tranquilamente poderiam comer, de uma só vez, todos aqueles mil e oitocentos peixinhos, sem matar inteiramente sua fome. Mas nem isso lhes causava a menor preocupação; aliás, até então, nenhum deles tinha sido comido.

Os peixinhos nadavam juntos, em cardume, como os arenques e as cavalas. Nadavam pelo prazer de nadar, sem pensar em coisa alguma. Foi então que escutaram um ruído muito forte e, da superfície do mar, uma coisa estranha começou a mergulhar, deslizando entre eles. A coisa descia, descia, e jamais parava de descer. Seria infinita? Parecia não ter cabeça ou cauda. Era uma espécie de serpente, grossa, rija, áspera, pesada. Quando encostava num dos peixinhos, atirava-o para longe, deixando-o atordoado, senão mesmo com a espinha quebrada.

Em vista daquilo, todos os peixes, tanto os que viviam próximo à superfície como os que residiam nas partes fundas, e tanto os grandes como os pequenos, fugiram aterrorizados, enquanto a serpente continuava a descer, afundando cada vez mais, estendendo-se já por centenas de milhas, até que tocou o fundo do mar. Aparentemente, ela cruzava o oceano de fora a fora, apoiando suas extremidades nos dois continentes fronteiros.

Os peixes e demais habitantes do mar, inclusive os caramujos, todos ouviram falar, ou mesmo chegaram a ver, a estranha, gigantesca, fantástica e desconhecida enguia que tinha vindo da superfície, e que agora descansava no fundo do mar. Intrigados, perguntavam entre si:

— Que animal será esse?

Os peixes podem ignorar, mas nós sabemos do que se trata: do cabo telegráfico que liga a Europa à América, e que se estende de um lado ao outro do Atlântico, através de muitas e muitas milhas.

Os animais marinhos estavam morrendo de medo desse estranho espécime que passara a viver entre eles. Os peixes-voadores, assustados, mal tocavam nas águas e já se lança-

937

vam de novo para fora do mar, tentando com isso ficar bem longe do monstro. O mesmo faziam as cabrinhas, embora com menor habilidade. Já os peixes abissais, que vivem nas profundezas oceânicas, trataram de vir para perto da superfície, temerosos da presença do novo vizinho. Que susto levaram o bacalhau e o linguado, quando viram aqueles estranhos peixes em debandada, agitando as águas tranquilas e perturbando seu nado calmo e pensativo.

Um casal de holotúrias ficou tão petrificado, que deixou seus estômagos saírem pela boca afora, só não morreram, porque sabiam como engoli-los novamente, o que logo o fizeram, tratando de fugir daquela área. Não foram poucos os caranguejos, as lagostas e as ostras que largaram suas carapaças, fugindo na maior confusão.

Nesse meio tempo, os mil e oitocentos peixinhos acabaram por se separar. A maior parte deles nunca voltou a ver seus irmãos, acabando por esquecer como eram eles. Só uma dúzia deles permaneceu junta, tremendo de medo. Em pouco, porém, seu receio foi se dissipando e sendo substituído por outro sentimento bem diferente: a curiosidade. E esta, como se sabe, é bem mais forte do que o medo. Os doze olharam, para cima, depois para os lados, e finalmente para baixo, avistando o monstro, longe, muito longe. De onde estavam, ele lhes pareceu pequeno, fininho, desprovido de força. Lá estava ele, quieto, quieto, mas talvez pronto para aprontar alguma. Os mais medrosos logo sugeriram:

— Vamos deixar essa coisa para lá. Nada temos a ver com ela.

Mas eram justamente os menorzinhos que estavam determinados a descobrir em que consistiria aquela coisa. E já que ela havia provindo da superfície, era de lá que poderiam vir as informações a seu respeito. Portanto, o negócio era pesquisar nos arredores da tona da água. Assim, eles se dirigiram para cima e chegaram à superfície. O vento estava calmo, e o mar parecia um espelho. Os peixinhos logo encontraram um golfinho. Esse animal marinho gosta de saltar e de dar cambalhotas no ar; além do mais, é muito curioso e esperto.

Os peixinhos perguntaram-lhe o que sabia acerca do monstro, mas logo ficaram desapontados, ao verem que o golfinho só sabia prestar informações a respeito de suas brincadeiras e cambalhotas, o que de modo algum lhes interessava. Enquanto ele continuava a gabar-se de seus feitos, trataram de ir embora.

Poucos depois, chegou uma foca, animal que gosta de comer peixes pequenos. Houve um sobressalto entre os do cardume, mas logo passou, quando verificaram que a foca era bem mais polida que o golfinho. E como, para sorte deles, ela acabava de comer, não havia perigo de que fossem devorados naquele instante, ainda que polidamente.

A foca parecia saber alguma coisa acerca do monstro; pelo menos, mais do que o golfinho sabia. Respondendo a indagação dos peixinhos, ela falou:

— Tenho o hábito de ficar deitada num certo rochedo à beira-mar, bem longe daqui, e ficar observando a terra firme, onde vivem aquelas criaturas traiçoeiras chamadas "homens". Não me arrisco a chegar muito perto, pois esses seres gostam de me caçar, e não só a nós, as focas, como a diversos outros gêneros de animais marinhos. Depois que eles nos apanham, é difícil escapar de suas mãos. Mas às vezes acontece. Foi o que sucedeu, por exemplo, com essa gigantesca serpente sobre a qual vocês me perguntaram. Ela estava em poder deles, mas logrou escapar de suas garras. Vi quando a embarcaram em um de seus navios. Ih, como foi difícil levá-la para bordo! Parece que eles queriam transportá-la para outra terra firme, situada no outro canto do mar. Por que desejavam fazer isso, não sei — quem entende esses tais de "homens"? Pois bem: depois de muito pelejar, eles acabaram pondo-a dentro de um grande navio. Ela bem que reagiu, mas não teve grande sucesso. Nós, os animais marinhos, perdemos boa parte de nossas forças quando ficamos fora da água. Deve ser por isso que ela se deixou embarcar. Como era uma serpente enorme, teve de ser enrolada num carretel gigantesco. Enquanto a enrolavam, ela corcoveou, contorceu-se, deu de banda, gemeu, mas acabou sendo posta lá dentro, e o navio saiu pelo mar. E foi então que ela começou espertamente a escorregar, sem que eles dessem pelo ardil. Quando notaram que a serpente estava escapulindo, tentaram prendê-la, mas aí já era tarde. Ela foi deslizando, deslizando, e o navio prosseguindo em sua rota, e os homens, por mais que se esforçassem para segurá-la, fracassaram inteiramente. Bem-feito! Quem mandou desprezarem a força de uma criatura grande como aquela? A serpente, agora, jaz adormecida no fundo do mar, talvez extenuada pelo esforço que dispendeu, e acredito que ali permanecerá por longo tempo.

— Para seu tamanho, ela é magra demais! — comentou um dos peixinhos.

— Deve ter passado muita fome, enquanto esteve aprisionada entre os homens — replicou a foca. — Mas deixem estar, que ela logo haverá de recuperar sua antiga força e a sua perdida gordura. Eu já havia escutado sobre essa serpente marinha, e cheguei a pensar que eram histórias inventadas, lendas, crendices. Mas agora sei que era tudo verdade, pois pude vê-la com meus próprios olhos.

Com um aceno de cabeça e uma rabanada, a foca mergulhou e foi-se embora. Quando desapareceu de vista, um dos peixinhos comentou:

— Além de saber das coisas, como ela fala bem! Aprendi muito com ela. Só espero que tudo o que ela disse seja verdade.

— É fácil tirar isso a limpo — retrucou um outro, o menorzinho do cardume. — Basta descermos até o fundo do mar e examinarmos de perto o animal.

— Nada disso! — protestaram os outros. — Chega de pensar nesse assunto. Vamos é tratar de nossas vidas.

E foram-se embora todos, exceto o menorzinho, cuja curiosidade ainda não fora inteiramente satisfeita. Lá se foi ele para o fundo do mar; infelizmente, para muito longe de onde se encontrava a grande serpente marinha. Chegando ao fundo, ele nadou em todas as direções, admirando-se da imensidão do oceano. Cardumes de arenques delizavam perto dele, como se fossem botes de prata, e de vez em quando se avistavam centenas de cavalas, ainda mais esplêndidas e brilhantes que eles. Havia peixes de todos os formatos, tamanhos e cores. Como se fossem plantas transparentes, medusas flutuavam nas águas, deixando-se levar pelas correntes submarinas. Verdadeiras florestas de plantas exóticas revestiam o fundo do mar: ora se viam ervas enormes, balançando suavemente, ora árvores que lembravam palmeiras, tendo as folhas inteiramente recobertas por crustáceos,

Num dado momento, o peixinho avistou uma longa linha escura que jazia no fundo, e se dirigiu para lá. Não se tratava da serpente gigantesca, e sim da amurada de um navio naufragado, cujo convés se partira em dois, pela força da águas. Ele entrou na cabine principal, onde muitos passageiros se refugiaram, no instante do naufrágio. Quase todos tinham sido levados pelas correntes, exceto dois: uma mulher jovem e seu filho de colo. Sentada numa cadeira, ela ainda apertava a criança contra o peito, como se quisesse protegê-la da morte. A correnteza do fundo do mar balançava-os delicadamente, como se estivesse querendo niná-los, e os dois realmente pareciam dormir. Ante a cena, o peixinho estremeceu, receando que a mulher acordasse e avançasse em sua direção. Assim, tratou de deixar aquele lugar mórbido, voltando para a luz e a companhia dos outros peixes.

Continuou a nadar, até encontrar uma criatura enorme e ameaçadora: uma baleia jovem.

— Por favor, Dona Baleia, não me coma — suplicou. — Não passo de um peixinho muito pequeno, cujo sabor a senhora nem irá sentir. Assim sendo, deixe-me viver, pois acho que ainda não chegou minha hora de morrer.

A baleia olhou para ele e grunhiu:

— Você não é da raça dos peixes que vivem aqui embaixo. Que está fazendo por essas bandas?

Ele então falou-lhe da curiosidade que tinha de ver a serpente que tinha fugido das garras dos homens e se refugiado no fundo do mar, causando susto e apreensão entre os peixes. Sua história divertiu a baleia, que prorrompeu numa gargalhada, chegando quase a perder o fôlego.

— Então é isso! É uma serpente marinha! Acabei de passar por ela ainda há pouco. Achei que era um cabo de âncora, e cheguei até a esfregar as costas nela, para me coçar. Está muito longe daqui. Agora que sei o que é, acho que vou até lá, dar uma olhadinha, já que não tenho nada para fazer neste momento.

A baleia pôs-se a nadar, seguida pelo peixinho a uma certa distância, para não ser apanhado pela corrente de água que ela deslocava, produzindo turbulência. No caminho, encontraram um tubarão e um velho espadarte. Também eles tinham ouvido falar na estranha enguia gigante e desejavam conhecê-la.

Mais à frente, um peixe-gato juntou-se a eles, dizendo:

— Se essa tal de serpente marinha não for mais grossa que um cabo de âncora, sou capaz de parti-la em duas, de uma só dentada. Acham que não sou capaz? Então olhem para as seis fileiras de dentes que tenho na boca — disse, arreganhando a bocarra e exibindo seus terríveis dentes serrilhados.

Nesse instante, a baleia ficou toda excitada, exclamando:

— Vejam! Lá está ela! Está se mexendo!

Pobre baleia: julgava ter boa visão; no entanto, era míope de dar dó. O que julgou ser a serpente gigantesca não passava de um velho congro, uma espécie de enguia de algumas jardas de comprimento, que naquele instante vinha nadando em sua direção.

— Ora, pare de dar rebate falso — reclamou o peixe-gato. — Vivo encontrando com essa enguia por aí, e ela nada tem de excepcional. Trate de apurar sua vista.

Vendo aquela reunião de animais marinhos tão diferentes, o congro interessou-se em saber do que se tratava. Depois que lhe contaram, pareceu sentir inveja, pois assim comentou:

— Duvido de que essa serpente seja de fato mais comprida do que eu. Quero ver, para crer. E se ela for mais comprida, logo vai se arrepender!

— Isso mesmo, meu velho — concordaram os outros, que também estavam sentindo ciúmes. — Não vamos tolerar um desaforo desses. Quem será que ela pensa que é?

E o bando prosseguiu em sua procura. Pouco depois, avistaram algo que lhes pareceu ser uma ilha flutuante. Chegando mais perto, viram que era uma velha baleia, toda recoberta por algas, cracas, ostras e mexilhões, que se grudaram em suas costas, assim como fazem aos cascos de navios. Por isso, sua pele negra estava toda marchetada de branco, cinza e amarelo.

— Venha conosco, você — convidou a baleia jovem. — Há um novo peixe no oceano, tão desaforado, que ninguém está a fim de tolerar sua presença entre nós.

— Que se danem, vocês e sua intolerância — resmungou a velha baleia. — Prefiro ficar aqui, em paz. Oh, estou muito doente. Não aguento mais participar dessas excursões guerreiras. Atualmente, meu único conforto é deixar as costas fora da água, para que as gaivotas arranquem esses animais que resolveram hospedar-se em minhas costas. Benditas aves, as gaivotas! Só não gosto é quando elas cravam o bico com força em meu dorso, atingindo a camada de gordura. A dor é tamanha, que costumo mergulhar de repente, como em meus tempos de juventude. Faço isso tão rápido, que algumas nem têm tempo de voar, acabando por morrer afogadas. Vejam o esqueleto de uma dessas incautas aí nas minhas costas. Sua carne já serviu de refeição para os peixes mais vorazes. Bem-feito: quem mandou bicar com tanta força? Que se dane ela, e que se danem vocês também. Deixem-me em paz. Estou muito doente.

— Ora, vovó, de onde foi tirar essas ideias? — retrucou a baleia jovem, tentando contemporizar. — Essa história de doença é para quem vive fora da água, não para nós. Nenhum animal marinho fica doente.

—Ah, é? — tornou a baleia velha, em tom de sarcasmo. — Vocês, baleiazinhas, são muito sabidas... Claro que ficamos doentes! As enguias, por exemplo, são muito propensas a pegar doenças de pele; as carpas contraem varíola; todos nós estamos sujeitos a ter vermes, e a lista é longa.

— Pois então fique aí mesmo curtindo suas doenças imaginárias — vociferou o tubarão, fazendo um sinal aos outros para seguirem em frente.

Depois de muito nadarem, chegaram a um local de onde se avistava uma parte do extenso cabo telegráfico que liga a Europa à América, através de bancos de areia, cordilheiras submersas, vastas florestas de algas e corais. Por ali passavam diversos cardumes a nadar, como se fossem aves migratórias fugindo ao inverno rigoroso. Ali por perto se escutava um zumbido estranho, um rumor surdo, semelhante àquele som que se ouve quando se encosta ao ouvido uma concha. Em uníssono, todos os animais, grandes e pequenos, exclamaram:

— A serpente marinha!

Contemplaram extasiados aquele estranhíssimo animal, perguntando-se onde estariam sua cabeça e sua cauda. Esponjas, pólipos e medusas flutuavam sobre ele, chegando às vezes a escondê-lo da vista dos peixes curiosos. Ouriços-do-mar e caramujos arrastavam-se por cima dele, cruzando com caranguejos, os quais, com certa dificuldade, equilibravam-se no topo daquela superfície cilíndrica. Holotúrias esfregavam-se nele, como se querendo penetrar naquela crosta duríssima. Linguados e bacalhaus analisavam curiosamente o monstro inerte, sem saberem se aquilo seria algum ser vivo, ou uma espécie de rocha desconhecida. As estrelas-do-mar resolveram verificar como seria ele por baixo, escavando uma passagem sob o lodo. Com suas extremidades dotadas de olhos, tocavam-no e o espiavam, sem chegarem a qualquer conclusão. No fundo, todos receavam que, subitamente, a serpente reagisse e começasse a corcovear; por isso, mantinham-se todos de sobreaviso, prontos para uma retirada estratégica assim que fosse necessário.

Enquanto isso, porém, o cabo telegráfico se mantinha inteiramente inerte, como se estivesse morto. Dentro dele, porém, havia vida e movimento, não de sangue correndo nas veias, ou de seiva fluindo, mas de mensagens, de pensamentos humanos, indo e vindo sem parar.

— Cuidado, amigos — alertou a baleia jovem. — Ela parece ser traiçoeira. Tenho medo de que me dê um bote e acerte meu ponto fraco, que é o estômago.

— Vamos agir com mais tato, daqui para a frente — disse um dos pólipos. — Tenho braços compridos e dedos flexíveis, que me permitem reconhecer as coisas pelo toque. Já andei apalpando essa enguia, mas não cheguei a uma conclusão. Vou dar-lhe agora um agarrão mais forte.

Imediatamente, envolveu o cabo num abraço apertado, comentando para os demais:

— Epa! Peguei o bicho! Estou apalpando suas costas e sua barriga, ao mesmo tempo. Não possui escamas. A crosta é dura, nem parece pele, ou couro. Não acredito que ponha ovos, e tampouco que se reproduza, seja com for.

O congro imiscuiu-se por baixo do cabo e esticou-se todo, admitindo, com certa relutância:

— É, parece que esse bicho é mais comprido do que eu. Mas, como se sabe, tamanho não é documento. Mais importante é ter pele, estômago e flexibilidade, e nada disso ele tem.

A baleia jovem resolveu então inquirir a coisa, perguntando-lhe, após fazer profunda curvatura:

— O senhor, ou melhor, a senhora, ou seja o que for, é planta, ou é peixe? Quem sabe seria uma invenção lá de cima, incapaz de viver entre nós?

Embora as palavras cruzassem velozmente dentro dele, o cabo telegráfico não encontrou uma só que servisse de resposta, mantendo-se mudo e imóvel. Enquanto isso, mensagens e ideias atravessam velozmente suas milhas e milhas de extensão, levando apenas segundos para irem de uma extremidade à outra.

— Como é que é, criatura — falou o tubarão, com maus modos, — que acha de ser cortado ao meio e dividido em dois? É o que farei, se não responder as perguntas que meus amigos lhe dirigirem.

— Ouviu? — perguntaram os outros. — Responda, ou ele cumprirá a ameaça.

Nada de resposta. O cabo telegráfico tinha suas próprias ideias, e preferia não expressá-las. Por certo estaria pensando: "Quero ver se conseguem partir-me em dois... E, mesmo que conseguissem, de que iria adiantar? Eu seria recolhido, levado para a superfície, consertado, e depois recolocado aqui. Esse tipo de reparo é frequente em cabos do meu gênero, mesmo aqueles bem menores do que eu." Se assim pensou, ou se nada pensou, é irrelevante; o fato é que nada disse, e nem mesmo telegrafou.

Começou a escurecer. O sol preparava-se para descansar, segundo imaginavam os animais marinhos. Seu disco estava rubro como fogo, enquanto as nuvens assumiam tonalidades de sangue. Qual deles teria o vermelho mais bonito?

— Gosto dessa luz escarlate — comentou o pólipo. — Enxergo melhor quando ela está acesa. Quem sabe chegarei a alguma conclusão, com respeito à natureza dessa coisa?

— Vamos acabar com esse monstro! Ao ataque! — rugiu o peixe-gato, exibindo todas as suas fileiras de dentes.

— Isso mesmo! — concordaram a baleia, o tubarão, o espadarte e o congro. — Ao ataque!

E investiram contra a serpente. Quem chegou primeiro foi o peixe-gato, seguido do espadarte, que, desastradamente, acabou a-certando o peixe-gato com a ponta de sua espada, impedindo-o de usar seus dentes com a força que havia planejado.

A trapalhada do espadarte provocou o maior rebuliço no lodaçal do fundo. As holotúrias e os peixes, grandes e pequenos, começaram a nadar em círculos, espremendo-se uns aos outros; caranguejos e lagostas, velhos rivais, aproveitaram a ocasião para acertar suas diferenças, investindo de pinças abertas uns contra os outros; assustados, caramujos e ostras recolheram-se dentro de suas conchas e trataram de fingir-se de mortos. O único que não participou da confusão foi o cabo telegráfico, que se manteve neutro e calado o tempo todo.

942

Caiu a noite, e o céu se escureceu. Embaixo da água, porém, milhões de animaizinhos iluminavam o oceano. Os mais brilhantes eram umas espécies de lagostins, menores que a cabeça de um alfinete. Era maravilhoso, era incrível, mas era verdade.

Todos contemplavam o cabo telegráfico, intrigados, imaginando o que poderia ser aquilo, e dando tratos à imaginação para solucionar a questão, nem que fosse por exclusão.

Uma velha vaca-marinha, uma espécie de peixe-boi de água salgada, que os homens às vezes confundem quando a avistam à distância, julgando-a uma sereia, aproximou-se do grupo. Com efeito, sua aparência lembrava a daqueles seres mitológicos, pois tinha rabo de peixe, nadadeiras em forma de pequenos braços e seios pendentes. Algas e parasitas recobriam-lhe a cabeça, e ela parecia muito orgulhosa daquele adorno, o que não deixava de lembrar a vaidade humana. Outra característica de personalidade que também a aproximava dos humanos era a bazófia, pois ela, logo ao chegar, foi dizendo com ar presunçoso:

— Se querem aprender e conhecer, escutem-me, pois sei das coisas que lhes interessa saber. Como paga, quero apenas que me deixem cruzar livremente o fundo do mar, sem ser hostilizada por quem quer que seja. Esse salvo-conduto será extensivo a toda a minha família, certo? Nada mais justo, já que sou peixe, pela aparência, e réptil, pela habilidade de rastejar. Em suma: sou o cidadão mais inteligente e hábil do oceano. Conheço tudo o que vive sob as águas, e acima delas também. O que lhes está causando espanto veio lá de cima, e, como tudo o que provém do mundo extraoceânico, é desprovido de força e de vida. É inerte, morto. Seu movimento e seu poder se extinguem tão logo entram em nosso meio líquido. Portanto, não se preocupem com essa coisa. Trata-se tão somente de uma invenção humana, não possuindo qualquer importância.

— Hum... — retrucou o peixinho — sei não... Acho que esse negócio aí não é tão sem importância quanto a senhora pensa...

— Quem é você que não se enxerga, piaba de água salgada? — zangou-se a vaca-marinha. — Trate de calar a boca!

— Isso mesmo, projeto de peixe! — concordaram os outros. — Deixe que fale quem sabe.

E Dona Vaca-Marinha continuou a falar, explicando-lhes que aquela serpente sem vida nada tinha de perigosa. Todas as construções humanas que afundavam no mar eram como ela: inúteis, desprezíveis. Perigosos, de fato, eram os homens, seres astutos e malvados.

— Estão sempre querendo pegar-nos. Parece ser essa a única razão de sua existência. Vivem lançando ao mar armadilhas, arpões, anzóis presos a longas linhas, tendo iscas vivas na ponta, redes, tudo quanto é tipo de armas e engodos, sempre tentando iludir-nos e aprisionar-nos. Talvez essa serpente seja um de seus ardis. Por isso, é melhor evitá-la não por ela, mas por eles. Mostremos aos homens que não somos estúpidos como imaginam. Deixemos que sua serpente de fios entrelaçados se desfie, apodreça e se misture ao lodo no fundo do mar. Deixem essa porcaria para lá. Lembrem-se: tudo o que vem de lá de cima não presta para nada, apenas para quebrar e para ficar rangendo.

— É isso mesmo — concordaram todos. — Os inventos do homem não prestam para nada.

Só o peixinho não concordou com aquilo, pois tinha suas próprias ideias e opiniões, mas preferiu guardá-las consigo. "Essa enorme serpente", pensou, "talvez seja a mais maravilhosa de todas as criaturas que aqui se encontram. Tenho essa impressão".

Para nós, seres humanos, só o peixinho estaria com a razão. O gênio do homem conseguiu, por fim, transformar em realidade a serpente marinha da lenda. Concebida pela inteligência humana, ela por fim foi construída pela habilidade de nossas mãos. É até mais longa do que se imaginava: estende-se do Hemisfério Oriental ao Ocidental, transportando dentro de si mensagens e mais mensagens, e tão rápido quanto a luz, quando se desprende do Sol e vem para a terra. Mesmo sendo tão enorme, ela cresce a cada ano que passa. Em breve, será tão grande, que se estenderá por todo o mundo, no fundo de todos os oceanos, sem se importar com as ondas encapeladas da superfície. Nos dias de calmaria, o peixe-voador poderá enxergá-la, mesmo quando estiver fora da água, planando no ar. Abaixo da superfície vítrea do oceano, semiencoberta pelos cardumes de peixes que lembram fogos de artifício, lá estará ela, quieta, aparentemente muda, e todavia tão falante!

Lá no fundo do mar, assentado entre areia e lodo, está o réptil da lenda — o Minhocão? A Cobra-d'Água? O Verme Gigante? — aquele que morde a própria cauda, depois de dar a volta ao mundo, sem sair do lugar. Peixes e outros seres marinhos tentam adivinhar o que seja, examinando-o de tão perto, que chegam a chocar-se contra ele. Mas ele está além de sua compreensão e de seu entendimento. Embora não faça ruído, transporta os pensamentos do homem, expressos em todas as línguas. Ele é a serpente do conhecimento do Bem e do Mal. É a maravilha das maravilhas: é a grande serpente marinha dos tempos modernos, o símbolo dos nossos dias!

O Jardineiro e Seu Patrão

Não muito distante de Copenhague havia um velho castelo, dotado de muralhas grossas, torres imponentes e frontões salientes. Durante o verão, ali era a residência de uma família nobre. De suas propriedades, aquela era a mais bela de todas. O castelo estava tão bem conservado, que parecia ter sido construído há poucos anos, o que não era verdade. Cabe ainda dizer que era quente e acolhedor por dentro, além de muito confortável.

Sobre o portão de entrada tinha sido lavrado em pedra o escudo de armas da família nobre. Os galhos de uma roseira cresceram ao longo da parede, formando uma espécie de moldura ao redor desse escudo e das janelas próximas. À frente, um tapete de relva saudava o visitante, e terminava num jardim, repleto de pilriteiros vermelhos e brancos. Na parte central desse parque fora construída uma estufa, na qual cultivavam flores de rara beleza, dificilmente encontradas fora daquele lugar.

Quem tratava dessas plantas era um excelente jardineiro, que de longa data trabalhava para aquela família. Além do jardim e da estufa, era ele também quem cuidava de uma horta e um pomar que havia nos fundos da propriedade. No lugar onde ficava o pomar, podia-se ver uma parte do jardim original que ali tinha sido plantado, muito tempo antes. Seguindo a moda da época, as plantas eram podadas de modo tal que formavam figuras geométricas, lembrando pirâmides e coroas. Duas velhas árvores sobressaíam entre as demais. Mesmo no verão, mostravam poucas folhas. Ao invés disso, o que se viam em seus galhos eram gravetos arrancados dos arbustos vizinhos. Não fora o vento que os havia levado para lá, mas sim as aves, que naqueles galhos construíam seus ninhos.

As velhas árvores serviam de moradas das aves há tempos imemoriais. Gralhas e corvos podiam-se considerar seus donos, já que ali viviam há muitas gerações. Na realidade, a própria família que passava o verão no castelo não era tão antiga ali quanto aquelas aves. Por isso, elas se sentiam como se fossem as verdadeiras proprietárias de tudo aquilo. Quanto aos bípedes que depois se instalaram por perto, mas que não sabiam voar, esses eram apenas tolerados por elas. É bem verdade que, de vez em quando, um deles resolvia sair com um estranho bastão que explodia e soltava fumaça. Nesses dias, elas se assustavam e se refugiavam nas matas vizinhas, gritando ou guinchando enquanto voavam. Mas pouco depois a paz voltava a reinar por ali, e elas retomavam seus lugares tranquilamente. E nada mais justo, já que eram as legítimas proprietárias daquele lugar, por direito de antiguidade.

O jardineiro não gostava daquelas árvores, e mais de uma vez pedira permissão ao patrão para pô-las abaixo, justificando que elas já estavam meio mortas, antes enfeando que embelezando o lugar. Além disso, abrigavam aquelas aves agourentas e estridentes, que valia a pena expulsar dali. Mas o patrão não aceitava seus argumentos, preferindo que as árvores e as aves permanecessem onde se encontravam há tempos. Sem elas, o castelo não seria o mesmo, explicava.

— Por que vive querendo dar cabo da herança dos corvos, Larsen? Que vai fazer com esse espaço? Não há o suficiente para suas plantações? Não lhe bastam o parque, o jardim, a estufa, a horta e o pomar, e você ainda quer tomar conta desse pedaço? Não toque nessas árvores, e deixe as pobres aves em paz.

Era verdade o que o patrão dizia. Larsen — esse era o seu nome, se é que lhe importa saber — tinha espaço à vontade, não lhe faltando trabalho para mantê-lo bem cuidado. O patrão e a patroa reconheciam seu esforço e sua competência. De vez em quando, porém, talvez para espicaçar seu orgulho, comentavam que tinham visto flores mais belas que as cultivadas por ele, ou frutas mais saborosas que as de seu pomar. Ah, como aquilo o aborrecia! E ele tinha razão de ficar agastado com essas picuinhas, pois trabalhava duro, não poupando esforços para fazer um bom serviço. Além do mais, trabalhava com gosto, e amava o que fazia, de todo o coração.

Numa das vezes em que agiu desse modo, o patrão chamou Larsen ao castelo e lhe contou, sem recriminar seu modo de agir, mas demonstrando um certo descontentamento, que no dia anterior, ao almoçar na mansão de um amigo, tivera a oportunidade de saborear pêras e maçãs excelentes, melhores que as servidas no castelo, e colhidas em seu pomar. Todos os convivas elogiaram as frutas, dizendo que jamais haviam provado outras tão suculentas e saborosas. O patrão acreditava que se tratasse de frutas importadas, pois o dono da mansão, inquirido pelos convidados, disse que as tinha mandado comprar na melhor banca de frutas do mercado.

— Vá até lá, Larsen — ordenou o patrão, — e veja se o dono da banca lhe informa que tipo de frutas ele vendeu ao meu amigo, e se poderia arranjar-nos sementes ou mudas delas, para que possamos produzi-las aqui em nosso pomar, ou informar-nos onde isso poderia ser conseguido. Ah, Larsen, você precisava ver: que pêras! Que maçãs!

O jardineiro conhecia o dono da banca de frutas, pois costumava vender-lhe as frutas que cultivava no pomar — com o conhecimento e aprovação do amo, é claro. Assim, selou um cavalo e foi até a cidade, logo que concluiu suas tarefas. A resposta do vendedor de frutas surpreendeu-o:

— Ora, Larsen... aquelas pêras e maçãs de ontem? Comprei-as de você! São do seu pomar, homem! Sobraram algumas aqui: não as reconhece?

Larsen voltou o mais depressa que pôde, e fez questão de por o patrão a par da notícia, tão logo chegou ao castelo. As pêras e maçãs que ele e a patroa tanto apreciaram tinham saído de seu próprio pomar. Eram as mesmas que lhes tinham sido servidas durante o café da manhã.

O casal de amos olhou-o com desconfiança, senão mesmo com rancor, e o patrão então disse:

— Não acredito, Larsen. Não pode ser. Eu teria reconhecido as frutas. Só acreditarei nisso se você trouxer para mim documento escrito pelo próprio punho do vendedor de frutas e assinado por ele, assegurando que as frutas servidas na casa de Doutor fulano, ontem, eram provenientes de meu pomar.

No mesmo instante, Larsen voltou à cidade, retornando pouco tempo depois com o atestado assinado pelo vendedor de frutas. Ainda demonstrando uma certa incredulidade, o patrão disse:

— Diante deste documento, não há como duvidar. Mas é muito estranho que eu não tenha reconhecido minhas próprias frutas...

No dia seguinte, as mesas do castelo exibiam tigelas cheias de pêras e maçãs, lustrosas e suculentas. Caixotes daquelas frutas foram mandados de presente a vários de seus amigos, tanto em Copenhague como em outras cidades, algumas até do exterior. O patrão estava orgulhoso de sua safra, embora não deixasse de lembrar que aquele ano fora excelente para a produção de frutas, não só ali no distrito, com em todo o restante do país.

Passados alguns meses, o casal foi convidado à mesa do rei. No dia seguinte, repetiu-se a mesma cena. O patrão chamou o jardineiro ao castelo e comentou que, à sobremesa, Sua Majestade tinha servido fatias de melão.

— Mas que fatias, Larsen! Que melões! Iguais àqueles, nunca vi. Sinceramente: morri de inveja. Por que não temos por aqui melões como aqueles? Mas vamos ter, Larsen, vamos ter. Você vai hoje mesmo ao palácio real, conversa com o jardineiro de lá e pede que ele lhe ceda algumas sementes daqueles melões que ele cultiva na estufa. Depois, traga-as para cá, cultive-as e, em breve, teremos melões tão bons quanto aqueles que Sua Majestade nos serviu ontem.

— Sinto desapontá-lo, meu amo, mas os melões cultivados no palácio real são idênticos aos nossos. O jardineiro real é meu amigo, e obteve comigo as sementes de melão que cultivou.

— Quê? Nossas sementes? Ah, sim, já entendi. Ele deve ter uma técnica de plantio mais apurada que a sua. As sementes podem ser as mesmas, mas os frutos que ele obteve são superiores aos produzidos aqui. Ora, Larsen, não adianta retrucar. Se os melões servidos pelo rei fossem iguais aos nossos, eu os teria reconhecido — replicou o patrão, parecendo antes ofendido que satisfeito.

— De fato, senhor, os melões de Sua Majestade não são iguais aos nossos. Na realidade, eles são os nossos, pois o jardineiro real esteve anteontem por aqui e pediu-me emprestado três melões, dizendo que os cultivados por ele ainda estavam verdes e impróprios para ser colhidos. O senhor comeu os melões que eu plantei.

— Larsen, Larsen! Não me venha com essas patranhas! Está me dizendo que os melões servidos por Sua Majestade saíram daqui? Deste meu castelo?

— Sim, senhor, foi o que eu disse. Mas como sei que meu amo não costuma acreditar no que digo, irei até o palácio e trarei um atestado, subscrito pelo jardineiro real.

Poucas horas depois, o patrão e a patroa liam, um tanto surpreendidos, que os melões servidos na véspera à mesa do rei, durante o banquete oferecido em honra disso ou daquilo, tinham provindo do castelo tal, cujos cultivos estavam a cargo da habilidade e competência do jardineiro Larsen. Assinado: Fulano, fruticultor do Palácio de Sua Majestade, o Rei.

Tomados de orgulho, o patrão e a patroa contaram aquela história para todos os seus amigos, rematando-a com a exibição do documento assinado pelo jardineiro, isso é, pelo "fruticultor de Sua Majestade, o Rei". Sementes daquele melão especial foram remetidas para todos os seus amigos, especialmente para aqueles que, meses antes, haviam recebido caixotes de pêras e de maçãs. O sucesso foi tal que pouco depois já eram, exportadas daquelas sementes, que passaram a ser conhecidas internacionalmente pelo nome da família dos proprietários do castelo. O casal certamente jamais imaginara que seu nome iria ser gravado em pacotes e caixotes remetidos para a França, a Alemanha e a Inglaterra, à frente de palavras escritas na língua falada naqueles países. Um dia, conversando entre si acerca desse assunto, comentaram:

— É, estamos ficando famosos!

— Só espero que o Larsen não vá encher-se de orgulho por isso, como se o mérito fosse dele...

Realmente, o orgulho não lhe subiu à cabeça, mas a fama é um aguilhão, e Larsen logo ambicionou tornar-se conhecido como o melhor jardineiro do país. Vivia tentando melhorar seus cultivos, e uma ou outra vez alcançou seu objetivo. Apesar disso, seu patrão ainda não perdera o hábito de criticá-lo, ora comentando que, aquele ano, as pêras tinham ficado aguadas, ora que os melões tinham caído de qualidade, ou que as maçãs estavam menores que no ano anterior, etc. Às vezes, lá vinham de novo as comparações depreciativas: na casa de fulano, os morangos superavam os do castelo, em beleza, tamanho e sabor; na de sicrano, não tinha dado praga nos rabanetes, como acontecera na horta de Larsen (esquecendo-se de que, no que se referia às outras plantas, a colheita fora excepcional), e assim por diante. Até parecia que ele mais se alegrava com os fracassos, do que com os pontos positivos — e esses eram bem mais numerosos!

— Tudo deu certo este ano, exceto as beterrabas. Ora, Larsen, como foi deixar que elas se perdessem? No distrito vizinho, a safra de beterrabas foi excelente!

Duas vezes por semana, ele colhia flores para enfeitar o castelo, compondo arranjos belos e criativos. A patroa apreciava seu gosto, e comentava com ele:

— De onde foi que você tirou tamanho bom gosto, Larsen? Não me vá ficar inchado de orgulho, achando que merece recompensa por isso, pois o bom gosto é dom de Deus, e não mérito próprio.

Certa vez, compondo um arranjo de flores, tomou de uma jarra de cristal cheia de água, colocou ali alguns nenúfares, formando um círculo, e arrematou com uma estranha flor azul, grande como um girassol. Ao ver aquele arranjo, a patroa não se conteve, exclamando:

— Oh! Fantástico! A flor-de-lótus do Hindustão!

Ela jamais havia visto algo tão belo antes. A jarra de cristal foi levada para um local onde o sol incidia sobre ela, e à noite ficava iluminada por velas. Todos que viam aquele arranjo extasiavam-se ante sua beleza, dizendo nunca terem visto uma flor tão rara e tão bela.

Justamente nessa época, a jovem princesa visitou o casal no castelo. Delicada e gentil, logo expressou sua admiração ante o belo arranjo de flores, recebendo imediatamente a flor azul de presente, para levá-la consigo e exibi-la no castelo real. E foi o que ela fez.

No dia seguinte, ainda exultantes com o sucesso de seu presente, o patrão e a patroa foram até o jardim, a fim de colher uma daquelas flores e substituírem a que haviam dado de presente à princesa. Procura daqui, procura dali, nada de encontrarem a tal flor. Onde poderia estar? Por fim, desistiram de procurar e preferiram o meio mais rápido de encontrá-la: chamar o jardineiro e perguntar-lhe onde era cultivado o lótus azul do Hindustão, já que não o haviam encontrado em nenhum local do jardim ou da estufa. Larsen sorriu e respondeu:

— E nem vão encontrar, porque aquilo não é uma flor-de-lótus. Se quiserem achar outra igual, procurem na horta, e não no jardim. Trata-se apenas de uma simples flor de alcachofra.

— Oh, Deus do céu! Larsen, Larsen, por que não nos contou? Uma flor tão vulgar, tão plebeia!... Chegamos a dá-la de presente para a princesa! Que vergonha, meu Deus!... Não sei onde vou enfiar minha cara! Tão gentil, a princesa, tão culta... Certamente, entende a fundo de Botânica, mas jamais iria imaginar que aquela flor pertenceria a um gênero de plantas tão desprezível e vagabundo! Ninguém irá esperar que uma princesa entenda de alcachofras, não é? Por sua culpa, Larsen, uma flor reles e vil está agora decorando um aposento principesco, em pleno castelo real! Que vergonha, meu Deus! Sinto-me ridículo!

Imediatamente, o patrão ordenou que as flores de alcachofra existentes naquele momento em seu castelo fossem banidas dos cômodos elegantes, e atiradas à lata de lixo, seu verdadeiro lugar. Logo em seguida, o casal fez questão de apresentar-se diante da princesa, desculpando-se com ela pela grosseria de presenteá-la com uma mísera flor de alcachofra, imaginando tratar-se de um lótus azul. O culpado do engano foi seu jardineiro, um sujeito muito impertinente. Mas pode Vossa Alteza ficar tranquila, que ele já foi devida e severamente repreendido por sua inconveniência.

De cenho franzido, a princesa respondeu:

— Pois me parece que vocês dois agiram muito mal, e que cometeram tremenda injustiça para com ele. O que esse homem fez foi abrir nossos olhos, mostrando-nos a beleza que sequer imaginávamos existir, numa flor à qual jamais dedicamos a menor atenção. E vocês o repreenderam! Quanto a mim, procederei de modo inteiramente diverso: vou ordenar ao jardineiro real que me traga uma flor de alcachofra todo dia, enquanto houver uma aberta, a fim de enfeitar meu quarto.

Voltando para casa, os dois procuraram Larsen e, não sem algum constrangimento, disseram ter pensado melhor e entendido sua intenção.

— Assim sendo, Larsen, gostaríamos de que você colhesse todo dia uma flor de alcachofra e a trouxesse para nosso quarto, a fim de enfeitá-lo. Na realidade, trata-se de uma flor fascinante. Basta olhar com atenção para se chegar a essa conclusão.

Depois entre si, comentaram:

— Viu como ele ficou feliz com os elogios que lhe fizemos?

— Sim, vi. Ele adora receber elogios. É como uma criança mimada...

Durante o outono aconteceu uma terrível tempestade. A ventania transformou-se em vendaval, e várias árvores foram arrancadas, com raiz e tudo, nas bordas da floresta. As duas velhas árvores dos fundos do castelo também vieram abaixo, desabando com estrépito e destruindo os velhos ninhos que abrigavam. Dentro do castelo todos puderam ouvir os gritos aflitos das aves, ao verem desfeitos seus lares. O patrão condoeu-se de sua dor, enquanto Larsen nada disse, parecendo antes feliz que triste. Seu silêncio não passou despercebido ao amo, que comentou:

— Contente, hein, Larsen? A tempestade realizou seu velho sonho: derrubou as árvores antigas e expulsou as aves para a floresta. Foi-se embora uma relíquia do passado, e logo ninguém haverá de lembrar-se mais delas. De minha parte, estou pesaroso, enquanto você deve estar exultando por dentro...

Há tempos Larsen planejara o que fazer quando as velhas árvores fossem derrubadas. Aquele local ensolarado seria transformado num dos trechos mais belos do terreno.

949

Depois de retirados os troncos e limpa a área, ele cultivou ali todas as plantas silvestres típicas da Dinamarca, colhidas nas campinas e nos bosques vizinhos. Tratadas com carinho, elas logo se desenvolveram, indiferentes ao fato de nunca terem sido cultivadas anteriormente no parque de um castelo. Encontrando o tipo de solo e o clima que apreciavam, agradeceram o trato recebido, desabrochando viçosas e coloridas. A primeira planta que floresceu foi o zimbro das charnecas da Jutlândia, cujo aspecto lembrava a miniatura de um cipreste italiano. Perto dele medrou o azedinho, sempre verde, fosse no inverno, fosse no verão. A seu redor, viam-se fetos de todos os tipos, desenvolvendo-se como palmeiras anãs. Do cardo-gigante, a mais desprezada de todas as plantas silvestres, brotaram flores tão lindas, que ninguém hesitaria entremeá-las à mais graciosa guirlanda, ao mais elegante buquê. Perto dali, num local de solo mais úmido, desabrochou o amor-agarradinho, com suas folhas largas e pitorescas. Trazidos dos campos vizinhos, os verbascos cresceram e se expandiram, assumindo a aparência de candelabros enormes. Aspérulas, prímulas, lírios-do-vale, copos-de-leite, azedinhas-de-três-folhas: tudo se desenvolvia, nenhuma planta silvestre foi esquecida. Não havia quem deixasse de parar e se deslumbrar com aquele maravilhoso cenário vegetal.

Para separar o jardim dos campos de cultivo, foi plantada uma cerca viva, composta de pereiras-anãs, cujas mudas tinham sido importadas da França. Expostas ao sol e tratadas com carinho, logo deram frutos, carnudos e sumarentos como os de sua terra natal.

No exato local onde se erguiam as duas antigas árvores, viam-se agora dois mastros. No topo do mais alto flutuava a bandeira alvirrubra da Dinamarca. Em torno do mastro menor, enroscaram-se as gavinhas do lúpulo, recendendo suavemente durante o verão, quando o cheiro de suas flores podia ser sentido até bem longe. No inverno, segundo um antigo costume da terra, um feixe de aveia pendia desse mastro, destinado a alimentar as aves durante o Natal. Ao ver aquilo, o patrão não conteve um sorriso irônico, comentando com sua esposa:

— Com a idade, Larsen está se tornando sentimental...

— Mas ele é honesto, e muito leal — contrapôs a senhora.

Na edição de Ano Novo, um dos mais populares jornais de Copenhague trouxe a fotografia do velho castelo, mostrando o feixe de aveia pendente do mastro e ressaltando a atitude simpática do proprietário, que, a par de alimentar as aves famintas, fazia questão de manter viva uma antiga tradição dinamarquesa.

— Tudo o que Larsen inventa acaba redundando em elogios para ele. Sujeito feliz, esse Larsen. Qualquer dia desses, um de nossos amigos vai dizer que devíamos nos orgulhar de tê-lo como nosso jardineiro...

Será que sentiam orgulho disso? Provavelmente, não. O castelo era deles, bem como as terras e tudo o que ali havia, inclusive Larsen. Bastava que o quisessem, e o despediriam dali, sem que , nem por quê.

Mas não o despediram. E por que agiriam assim? Afinal de contas, eram pessoas decentes, e jamais fariam uma coisa dessas por pura e simples maldade. Ainda bem que há pessoas desse tipo; se não, que seria dos Larsens?

Bem, termina aqui a história do jardineiro e seu patrão. Por que a contei? Isso, não vou dizer. Compete a você descobrir por que o fiz.

O Professor e a Pulga

Sabem o que é um balonista? É um sujeito que dirige um balão. Um capitão de balão. Pois bem: era uma vez um balonista. Um dia, ele deu azar: seu balão estourou, rasgou e veio ao chão, onde o balonista se esborrachou e morreu. Seu filho, que o acompanhava naquela viagem fatal, tinha conseguido saltar e abrir o paraquedas dois minutos antes de se consumar a tragédia. Azar de um, sorte de outro. O jovem aterrissou são e salvo, adquirindo grande experiência em balonismo e um enorme desejo de prosseguir com as experiências do pai. O problema, porém, é que balões custam muito caro, e ele, além de não possuir um balão, tampouco tinha dinheiro para construir um.

Para sobreviver, já que isso é muito necessário, ele aprendeu a falar sem mexer a boca — quer dizer, tornou-se um ventríloquo. Sendo jovem e bem apessoado, logo que conseguiu comprar roupas novas e deixou crescer um bigode, adquiriu um ar tão nobre, que sem dificuldade poderia passar por filho de conde ou de marquês. As moças admiravam sua boa aparência. Uma delas admirava tanto, que não hesitou em deixar sua casa e ir atrás dele, através de cidades distantes e terras estranhas. Longe do lar e dos conhecidos, ele passou a dizer que se tratava de um professor, um catedrático — e não deixou por menos. Seu maior desejo, contudo, era ter seu próprio balão, para nele subir ao céu, levando consigo sua jovem esposa. Porém, o problema era ainda o mesmo de antes: balões custam muito caro.

— Nosso dia ainda haverá de chegar — dizia para ela, à guisa de consolo.

— Espero que não demore — retrucava ela.

— Podemos esperar, querida. Somos jovens e temos futuro. Lembre-se de que sou um professor, e, como diz o ditado, não se deve desprezar as migalhas, que são pequenas, mas são da mesma matéria do pão.

A mulher ajudava: sentada à porta de uma tenda, vendia entradas para o *show* que ele apresentava lá dentro. No inverno, esse serviço não era muito agradável. Além disso, ela tomava parte na representação, durante o número da "mágica do baú". Ela era a moça que entrava no baú e desaparecia. O segredo era enfiar-se bem encolhida no fundo falso. Uma questão de habilidade, exigindo dotes de contorcionista, mas que era explicada como se fosse uma "ilusão de ótica".

Certa noite, terminado o número, ele abriu o fundo falso do baú e não a encontrou ali. Dessa vez, tinha agido com muita habilidade e poucos dotes de contorcionista. E não adiantou procurar, pois ela nunca mais reapareceu.

Agora, ele é quem estava triste. Sua alegria de viver desapareceu no fundo falso de seu coração. Sem conseguir achar graça, foi incapaz de fazer graçolas; assim, perdeu seu público. O espetáculo ficou às moscas e acabaram-se suas rendas, tanto as da venda de ingressos, quanto as dos punhos das camisas. Teve de vender tudo o que era seu. Por fim, restou-lhe apenas uma pulga, que ele havia arrancado um dia do pescoço de sua mulher, que, por isso, sempre lhe trouxera doces recordações. Resolveu ensinar à pulga, treinando-a num número de destreza e habilidade, como disparar um canhão. Claro que era um canhãozinho bem pequenininho.

O professor estava orgulhoso de sua pupila, e sua pupila, independente de ser uma pulga, estava orgulhosa de si própria. Temos de entender seu sentimento, já que, afinal de contas, ela possuía sangue humano dentro de si, talvez até nas veias. E foi assim que a dupla visitou as maiores capitais da Europa, apresentando seu número diante de diversas cabeça coroadas. Pelo menos, era isso o que constava nos seus cartões de visita, nos programas de teatro e nas notícias de jornal. Mais do que nunca, ele se sentiu um professor, voltando a conviver com a fama e a fortuna. Eu disse fortuna? Creio ter exagerado. O certo é que, fome, eles não passavam. Daria até para sustentar mais uma boca, pensava ele às vezes, suspirando saudosamente.

A pulga estava cada dia mais orgulhosa de sua fama. Entretanto, quando ela e o professor viajavam, sempre se sentavam na quarta classe do trem. Ele argumentava que ali se chegava ao destino tão rápido quanto de primeira classe.

Falta esclarecer um pequeno detalhe a respeito da pulga: ela não era fêmea, mas sim uma pulga-macho. É importante saber isso, para se entender melhor o transcurso desta história e o fato de não ter surgido um romance entre mágico e ajudante.

Os dois fizeram um acordo tácito de nunca se separarem. Para tanto, era necessário não se deixarem cair nas ciladas do amor. Assim, o ajudante — doravante, vamos chamá-lo sempre assim — permaneceria solteirão, enquanto o professor assumiria sua condição de viúvo — duas situações diferentes, mas que, no frigir dos ovos, acabam martelando a mesma tecla. Ou não martelando tecla alguma.

— Nunca se deve voltar ao local onde se teve um sucesso retumbante — pontificava o professor.

Com isso, demonstrava ser grande conhecedor da natureza humana, gênero de conhecimento não dos mais desprezíveis. Acontece que, depois de fazerem sucesso retumbante por onde quer que passassem, ficaram sem ter para onde ir, ao menos no mundo civilizado. Restava-lhes o mundo desconhecido e hostil dos selvagens. O professor sabia que, em certas partes do mundo, havia canibais que devoravam outros seres humanos, demonstrando certa preferência pelos cristãos. Ao invés de dissuadi-lo, isso antes o incentivou a visitar esses lugares; primeiro, porque não se considerava efetivamente cristão; segundo, porque seu ajudante não era propriamente um ser humano. Assim, foram-se os dois para aquelas terras, situadas geralmente fora do roteiro das companhias artísticas.

A princípio, seguiram de navio a vapor; depois, de barco a vela. Para pagar as passagens, apresentavam-se como artistas nas embarcações, divertindo tripulantes e passageiros.

Finalmente, chegaram à terra dos selvagens canibais. Quem reinava ali era uma gentil princesinha que, desde criança, sempre demonstrara vocação para chefe de Estado. Assim, quando completou oito anos, assumiu o reino, depois de matar e devorar seus pais. Como se vê era um modelo de dedicação e força de vontade. Diziam os mexeriqueiros, porém, que ela não primava pela boa educação.

Tão logo a princesa assistiu ao número e viu o ajudante apresentar armas e disparar o canhãozinho, apaixonou-se perdidamente por ele. E como a paixão transforma o civilizado em selvagem, imaginem o que não acontece a uma selvagem perdidamente apaixonada. A princesa gritou, arrancou os cabelos, bateu os pés no chão e afirmou, para quem quisesse ouvir:

— É ele que eu quero! É ele, e ninguém mais!

— Mas pense bem, minha filha — dizia seu tio, o primeiro-ministro, — ele nem sequer é humano! Além disso, ainda não se adaptou aos nossos costumes.

— Dessa adaptação, encarrego-me eu — replicou a princesa com maus modos, dando razão aos mexeriqueiros. — Tragam-me aqui o professor e seu ajudante.

O professor apresentou-se e, ao tomar conhecimento do que ela desejava, depositou-lhe nas delicadas mãos a pulga, sem nada dizer.

— A partir de agora — declarou a princesa — serás oficialmente considerado um ser humano. Reinarás junto comigo, sem contudo desobedecer minhas ordens, pois do contrário esmagar-te-ei entre minhas unhas, e em seguida devorarei teu antigo amo, o professor.

Quanto a este, embora tenha perdido seu ajudante, ganhou um aposento no palácio real e o direito de desfrutar da boa vida de um cortesão. As paredes de seu quarto eram feitas de cana-de-açúcar. Se gostasse de doce, poderia chupá-las. Mas ele não gostava. Assim, passava o dia inteiro balançando-se na rede que lhe deram por cama. E aquele balanço fê-lo lembrar-se dos tempos em que viajava de balão.

Enquanto isso, o ajudante passava o dia todo ao lado da princesa, ora em sua mão, ora em seu pescoço. Para assegurar-se de que ele não fugiria, a princesa pediu ao professor que amarrasse sua perninha num fio de cabelo, prendendo a outra ponta em seu brinco de coral. Ele atendeu o desejo de Sua Alteza.

A princesa estava no auge da felicidade, imaginando que a pulga também se sentisse contente e feliz. Se estava não sei; quanto ao professor, posso garantir que não estava. Aquela vida sedentária deixava-o louco. Estava acostumado a viajar, a mudar de ares, a dormir hoje aqui, amanhã ali. Além disso, não mais sentia o prazer de ler os elogios dos jornais a seu respeito, chamando-o de "o maior adestrador de pulgas do planeta", porquanto não existem jornais entre os selvagens. Nada lhe restava senão ficar em sua rede, dia após dia, parando apenas para comer, já que comida não lhe faltava. O cardápio era variado: ora ovos crus, ora um cozido à base de olhos de elefante, fatias de pescoço de girafa, etc. Carne humana? Ora, os canibais não a comem sempre, apenas de vez em quando. É considerada uma fina iguaria. A princesa até costumava dizer:

— Não há nada mais delicioso que um ombro assado de criança, ao molho de pimenta vermelha. Mas nada de abusar, senão dá dor de barriga.

O professor sentia-se entediado, acalentando o desejo de fugir dali, levando consigo seu ajudante. Não pretendia abandoná-lo a sua própria sorte. Aliás, nem poderia fazê-lo, já que, sem ele, não teria como sobreviver e garantir o pão de todo dia.

Como escapulir? Deu tratos à imaginação, até que um dia descobriu a saída. Depois de gritar "Eureca!", como é praxe nesses casos, saltou da rede e começou a executar o plano que acabara de arquitetar. Primeiramente, procurou o tio da princesa e lhe disse:

— Gostaria de trabalhar em prol do vosso povo proporcionando a vossos compatriotas o conhecimento daquilo que, em minha terra, se chama Cultura.

— E em que consiste esse conhecimento? — indagou o primeiro-ministro.

— Posso mostrar-vos, por exemplo, um invento fantástico, que seria de grande utilidade para o povo. Trata-se de um canhão que, ao ser disparado, produz um tal estrondo, que a terra até treme, e os pássaros que estão voando caem todos ao chão, mortos, assados e prontinhos para comer.

— Maravilhoso. Quero ser o primeiro a ver esse tal canhão!

— Não o tenho comigo, senhor ministro. Será necessário fabricá-lo. Para tanto, necessito de muito pano de seda, anéis de ferro, cordas, linhas grossas, agulhas, bambus, etc. Ah, antes que me esqueça: será também necessário um vidro cheio de óleo de cânfora, remédio excelente contra vertigem das alturas.

— Nunca imaginei que era com esses materiais que se construía um canhão. Sim, você terá tudo isso.

Tão logo foi chegando o material, pôs-se o professor a trabalhar. Em pouco, estava pronto um belo e grande balão, pronto para subir ao céu, desde que o enchessem de ar quente. Dizendo que era para experimentar o canhão, ele convidou todos os canibais para uma exibição, logo no dia seguinte.

O público compareceu em massa. Na primeira fila sentou-se a princesa, trazendo a pulga na mão. O professor começou a encher o balão. Em pouco, ele estava inchado e indócil, ameaçando alçar-se ao céu.

— Perdoai-me, princesa, mas tenho de refrescar esse canhão, antes de disparálo.

Para tanto, terei de levá-lo lá em cima, onde o ar é mais frio. Não é tarefa que eu possa executar sozinho; por isso, rogo-vos que me ceda a pulga, já que se trata do único ser por aqui que entende de canhões.

— Hm, professor — hesitou a princesa; — não estou gostando disso nada, nada. Enfim, vá lá: leve seu ajudante.

— Vamos disparar daqui! — exclamou o professor, dirigindo-se ao ajudante.

Ouvindo-o dizer "disparar", ninguém esboçou a menor reação, já que é isso o que se espera, quando se trata de canhões. E assim, ante os olhos atônitos dos selvagens, o balão alçou voo, perdendo-se nos ares. Acho que ainda estão esperando até hoje o retorno do professor e de seu ajudante. Se vocês um dia visitarem a terra dos canibais, verifiquem se isso é verdade, e depois façam o favor de me contar.

E quanto aos dois, que aconteceu com eles? Já, já lhes conto. O professor e seu ajudante chegaram sãos e salvos em sua terra. Agora, só viajam de primeira classe. Onde chegam, logo exibem seu número aéreo, levando as pessoas a uma interessante viagem de balão. Agora, sim, adquiriram renome e fortuna. Ninguém jamais lhes perguntou onde foi que arranjaram aquele balão. Esse tipo de pergunta embaraçosa jamais é feito a pessoas ricas e famosas como eles.

A História Que a Velha Joana Contou

O vento está soprando através dos ramos do velho salgueiro. Escute: parece uma canção. O vento toca a música, a árvore canta a letra da canção. Não entende o que ela diz? Então, pergunte à velha Joana, que ela lhe explicará. Sim, a velha Joana, aquela que vive no asilo dos velhos. Antes de ir para lá, ela morou perto daquele salgueiro. Conhece-o muito bem.

Há muitos, muitos anos, quando a velha estrada real ainda era usada, o antigo salgueiro já existia, ali mesmo naquele lugar, próximo à morada do alfaiate: uma cabana de madeira, caiada, que se erguia junto ao poço, que era onde as vacas vinham beber, e onde os filhos dos camponeses gostavam de nadar nus, nos dias quentes de verão. Perto da árvore viçosa havia um marco de pedra informado os nomes e as distâncias das cidades vizinhas. Esse marco ainda está lá, mas ninguém mais o vê, pois ele hoje se acha todo encoberto pelas sarças.

Quando se construiu a estrada nova, aquela que passa do outro lado das terras do fazendeiro rico, a velha foi sendo abandonada, acabando por se tornar um caminho, depois um trilho e, mais tarde uma simples picada, utilizada de raro em raro por algum pedestre. O poço praticamente desapareceu, invadido por lentilhas-d'água. De vez em quando, uma rã mergulha nele, e então o tapete verde se abre, deixando ver a água escura e parada que existe embaixo. E é difícil chegar até lá, pois suas margens estão recobertas por tufos e moitas de juncos, caniços e tábuas.

A cabana do alfaiate ainda não ruiu, mas inclinou-se com o tempo. O musgo alastrou-se pelo teto, recobrindo a palha que ali havia antigamente. O pombal ficou tão estragado, que foi invadido pelos estorninhos, e essas aves ali construíram seus ninhos. Já nos frontões da casa, foram as andorinhas que enfileiraram seus ninhos, tornando-se as donas daquele pedaço.

Outrora, aquela casa era viva e buliçosa. Hoje, porém, tornou-se um lugar solitário e silencioso. Entretanto, até pouco tempo atrás, ali vivia alguém: o "pobre Erasmo", como todos o tratavam. Ele nascera ali, naquela cabana. Ali brincara, quando criança. Nadara naquele poço, subira nos galhos do velho salgueiro. Vivera ali.

Nessa época, a árvore já erguia seus galhos em direção ao firmamento, do mesmo modo que hoje. Seu tronco, contudo, já estava rachado, por efeito de uma tempestade. Na rachadura, o vento depositou grãos de terra e poeira, que a chuva logo regou, transformando em terra fértil. Primeiro, ali nasceu grama, até que um dia uma semente de sorveira ali caiu, desenvolvendo-se e se transformando em árvore, com o tempo.

Na primavera, quando as andorinhas regressavam, tinham de reparar seu ninho, já que o "pobre Erasmo" nada fizera por eles, deixando que se arruinassem. Também nada fazia para manter sua casa, e a cabana parecia prestes a ruir. Dar uma nova mão de cal? Nem pensar! "Tudo isso, pra quê?" — era a indefectível pergunta que estava sempre a formular, repetindo o mesmo *slogan* de seu pai.

No outono, as aves migravam, enquanto Erasmo permanecia em sua casa. Passado o inverno, eis que elas voltavam, na certeza de que iriam reencontrá-lo, sempre do mesmo jeito, sempre no mesmo lugar. Mesmo antes de chegarem, os estorninhos cantavam, como se o saudassem. Houve um tempo em que Erasmo também sabia assobiar, tão alto quanto aquelas aves, mas isso tinha ficado para trás. Agora, nem cantava, nem gostava mais de assobiar.

O vento estava soprando através dos ramos do velho salgueiro, do mesmo modo como costuma fazer ainda hoje em dia. É como se estivesse entoando uma canção, cuja letra ninguém entende, a não ser a velha Joana, aquela que vive no asilo para idosos. Ela sabe das coisas. Ela se lembra do que aconteceu há muito, muito tempo atrás. É como um velho livro de histórias: a guardiã das antigas lembranças.

Joana lembra-se de que, em seus tempos de moça, aquela casa era alegre e acolhedora. Isso datava de quando um certo casal se mudara para lá: o alfaiate Ivar Olse e sua esposa Maren, que formavam uma dupla de pessoas honestas e trabalhadeiras.

Nessa época, a velha Joana não passava de uma criança, que vivia com seu pai, o tamanqueiro, um dos homens mais pobres da aldeia. Muitas vezes, para matar sua fome, Maren lhe dava um sanduíche reforçado; não que ela e seu marido Ivar fossem ricos, mas sim porque ela tinha a sorte de ser amiga da dona do castelo próximo, uma nobre que sempre a tratara muito bem.

Maren era feliz. Passava o dia inteiro cantando e tagarelando, sempre entretida com a execução de alguma tarefa, mas constantemente alegre e jovial. Costurava quase tão bem quanto o marido, e mantinha sua casa limpa e arrumada, bem como seus filhos, que não eram poucos: com mais um completariam uma dúzia. Mas o casal acabou ficando mesmo com onze.

— Ninho de pobre é cheio de filhote — resmungava o proprietário do castelo, com azedume. — Se eles fizessem com seus filhos o que se costuma fazer com os gatinhos, ou seja, afogar a maioria e deixar vivos apenas um ou dois mais fortes e saudáveis, ficariam certamente em melhor situação.

— Não diga uma heresia dessas! Deus nos livre e guarde! — protestava Maren, quando o escutava dizendo essas coisas. — Os filhos são uma dádiva de Deus! Cada um que nasce é mais um cristão que haverá de louvar e bendizer o Senhor. Além disso, para cada barriguinha que precisa ser alimentada, os pais mais se empenham em seu trabalho, mais produzem, mais experimentam. E é sempre bom lembrar que Deus jamais se esquece daqueles que são seus servos fiéis.

A esposa do proprietário concordava com ela, indo de encontro às palavras do marido. Com a cabeça, dizia sim, sorria e segurava sua mão, em sinal de apoio. Ela gostava de Maren desde sua infância, pois ela tinha sido sua babá. Por isso, nunca deixara de prestigiá-la.

Todo ano, por ocasião do Natal, saía do castelo uma carroça, levando suprimentos de inverno para a casa do alfaiate: uma barrica de farinha de trigo, um porquinho, dois gansos, manteiga, queijos, maçãs. A despensa ficava cheia com aquele presente. Era de se esperar que Ivar se rejubilasse com aquilo, mas ele apenas sorria discretamente, balbuciava um agradecimento e, quando se via a sós, repetia seu velho e surrado refrão:

— Tudo isso, pra quê?

Como se disse, a casa era limpa e arrumada. Havia cortinas em todas as janelas, e nos peitoris se viam vasos de flores com cravos e ervilhas-de-cheiro. Cercado por uma moldura, como se fosse um quadro, pendia da parede um bordado artístico que Maren certa vez tinha feito. Ao lado dele, também dentro de uma moldura, podia-se ler a poesia que ela havia composto por ocasião de seu noivado, escrito numa letra redonda e caprichada. Os versinhos eram bem feitos, e as rimas bem escolhidas, exceto talvez a única que ela encontrou para o sobrenome "Olse", que em breve iria adotar: teve de rimá-lo com "polse", palavra dinamarquesa que significa "salsicha".

— Não sei de onde foi que Ivar arranjou esse sobrenome tão esquisito — explicava sorrindo àqueles que estranhavam seu nome de casada. — Por outro lado, não deixa de ser interessante ser dono exclusivo de alguma coisa. E o sobrenome "Olse" é exclusivamente nosso, de mais ninguém.

    Essa exclusividade pouco ou nada significava para Ivar, que certamente teria comentado, se alguém tocasse com ele no assunto:
    — Pouco se me dá ser a única pessoa do mundo a portar esse sobrenome. Tudo isso, pra quê?
    Maren jamais dizia essa frase. Bem ao contrário, seu lema era outro: "Confie primeiro em Deus; depois, em você." E ela de fato agia conforme pregava. Era ela quem mantinha a família unida e o lar feliz. Os filhos, à medida que iam ficando adultos, deixavam o ninho e saíam pelo mundo, preparados para enfrentar a vida. E alguns deles foram para bem longe dali.
    Erasmo era o caçula da família. Era uma criança tão bonita, que um famoso pintor de Copenhague pagou uma boa quantia a seus pais, apenas para usá-lo como modelo. No retrato que dele fez, o pintor representou-o com as roupas com que ele estava, na hora em que havia nascido — ou seja: nenhuma. O quadro acabou vindo parar numa das paredes do palácio real. Foi ali que a proprietária do castelo o viu, reconhecendo no retratado o filho caçula de Maren, sua antiga babá. O fato de estar pelado não prejudicou o reconhecimento, prova de que o quadro fora de fato bem pintado.
    Com o passar dos anos, as coisas começaram a dar para trás. Atacado de reumatismo, o alfaiate não pôde mais costurar. Os médicos consultados disseram que nada podiam fazer. O mal era incurável. O mesmo disse a velha Cristina, que, segundo alguns, entendia mais de medicina que os próprios médicos.
    — Nada de lamentar e ficar por aí choramingando. — disse Maren. — Esse tipo de atitude não leva a lugar algum. O negócio é enfrentar o problema e achar uma saída. Ivar não pode costurar? Eu posso. Minha produção é menor que a dele? Então o pequeno Erasmo pode me ajudar. Nós dois produziremos tanto quanto ele.

O filho caçula passou a sentar-se na cadeira de trabalho, pernas cruzadas, agulha na mão, assoviando e cantando, feliz como um passarinho. Mas a mãe não achava certo mantê-lo ali o dia todo, e de vez em quando mandava-o sair, para brincar com as outras crianças.

Sua melhor amiga era Joana, a filha do tamanqueiro. Sua casa era ainda mais pobre que a de Erasmo. Joana não era bonita. Devido à pobreza do pai, não tinha sequer um par de meias de lã, e ficava o dia todo com as pernas desprotegidas, mesmo nos dias de inverno. Suas roupas eram puídas e esfarrapadas. Não havia em sua casa quem pudesse consertá-las. Mesmo assim, ela era uma menina alegre e, como Erasmo, feliz como um passarinho ao sol.

O lugar onde os dois gostavam de brincar era junto ao antigo marco da estrada, à sombra do salgueiro. Quando conversavam, Erasmo revelava a Joana seus sonhos ambiciosos. Queria ser um mestre-alfaiate, como os que havia na capital do país. Seria dono de sua alfaiataria, e teria dez ajudantes trabalhando sob suas ordens. Para tanto, iria trabalhar como aprendiz de alfaiate tão logo tivesse idade para isso. Terminado o estágio de aprendiz, trabalharia uns anos como ajudante, economizando o máximo que pudesse, para um dia poder se estabelecer por conta própria. Quando isso acontecesse, Joana poderia visitá-lo, pois em sua casa haveria um quarto de hóspedes, sempre a sua disposição. E, já que ela estaria ali, bem que poderia cozinhar para ele uma comidinha gostosa. Que tal?

Joana sorria, acreditando que tudo aquilo não passasse de um sonho, uma brincadeira. Erasmo também sorria, embora acreditasse piamente que um dia tudo aquilo iria realizar-se. Nesse meio-tempo, o vento brincava por entre os ramos do salgueiro, assoviando a música, enquanto a árvore entoava a letra da canção.

Chegou o outono e, com ele, foram-se as folhas da árvore. A chuva caiu, e suas gotas escorriam pelos galhos desnudos.

— Não demora, e tudo estará de novo verde como antes — comentou Maren.

— É... As árvores cheias de folhas, o chão coberto de ervas... Tudo isso, pra quê? — retrucava o marido. — A cada novo ano, novas tristezas, novas desventuras...

— Ora, Ivar, a despensa está repleta, graças à generosidade de nossos amigos. Estou bem, e ainda posso trabalhar. Por que você se queixa? No nosso caso, reclamar é até um pecado!

O casal nobre passou o Natal no castelo. Seu plano era seguir para Copenhague logo nos primeiros dias depois do Ano Novo. Ali tencionavam passar o restante do inverno, descansando e se divertindo, frequentando todas as festas e todos os bailes que pudesse. E tudo parecia conspirar para que seu desejo fosse realizado. Antes de seguirem para a capital, receberam um convite para jantar no palácio real. No mesmo instante, a dama encomendou dois vestidos elegantíssimos, mandados fazer na França. Só vendo que tecido! Que confecção! Que acabamento! Maren jamais vira nada igual. Entusiasmada, perguntou se poderia trazer Ivar até lá, para que ele também tivesse a oportunidade de examiná-los. Para um modesto alfaiate de aldeia, tal permissão haveria de constituir um raro privilégio.

Concedida a licença, lá veio Ivar ao castelo, a fim de examinar os dois elegantíssimos trajes, verdadeiras obras de arte dos costureiros parisienses. E ele os examinou detidamente, sem contudo deixar escapar qualquer comentário a respeito do que achava de tudo aquilo. Mesmo no caminho de volta para casa, nada disse. Só depois, de volta ao lar, refestelado diante da lareira, foi que Maren, inconformada com seu mutismo, resolveu provocá-lo, dizendo:

— Que beleza, hein? A patroa gastou uma fortuna para comprar aqueles vestidos, mas valeu a pena. São lindos!

— Tudo isso, pra quê?

Dessa vez, suas palavras estavam mais do que certas, conforme o tempo acabou por provar.

Logo que o casal chegou a Copenhague, e antes que pudesse frequentar as festas e os bailes, o dono do castelo caiu de cama e, poucos dias depois, morreu. A dama jamais teria a oportunidade de usar seus vestidos elegantes, vindos da França. Em lugar deles, teve de vestir-se de preto dos pés à cabeça, em sinal de luto. Nem mesmo um bordadinho branco se via em toda a sua indumentária. E não só ela se vestiu de preto, como todos os seus empregados. Até a carruagem da família teve seus assentos e paredes forrados de preto, recebendo ainda cortinados negros como complemento. Tal exagero de negridão jamais tinha sido visto naquele distrito, até então.

Durante todo aquele inverno, o assunto que ocupou a atenção dos moradores foi o "luto chiquíssimo" resultante da morte do proprietário do castelo. Seu funeral, então, que maravilha!

— Quem começa a vida como bem-nascido acaba como bem-enterrado — diziam todos, com ar grave e compungido.

— Viu que enterro elegante, Ivar?

— Tudo isso, pra quê? Vai devolver-lhe a vida e a saúde? Eu ainda tenho a vida, mas... e a saúde? Sem ela, vale a pena viver?

— Não fale assim, criatura! — recriminava a esposa. — No caso do patrão, você se esquece de que ele agora desfruta da vida eterna, no Paraíso. No seu caso, esquece de agradecer a Deus pelas boas coisas que ainda lhe restam.

— Ah, então o patrão está no céu, não é? — retrucava Ivar, com ar de deboche. — E quem lhe contou isso? Ele, por acaso? Não, Maren, os mortos não falam. Os mortos são enterrados, e só servem mesmo é para fertilizar a terra. Não é sequer o caso do patrão, que foi encerrado num túmulo de pedra. Não presta nem como adubo...

— Ivar, Ivar! Quem o escutar dizendo essas heresias, haverá de pensar que você não é cristão! — replicou Maren, com as faces afogueadas pela zanga. — A alma dele está no céu, sim, senhor, e para toda a eternidade!

— Vai nessa... — resmungou ele, olhando-a nos olhos, em ar de desafio.

Irritada com aquela atitude, Maren tirou o avental e cobriu o rosto de Erasmo, a fim de que ele não escutasse as palavras do pai, e viesse um dia a repeti-las, por espírito de imitação. Em seguida, saiu com ele e se refugiou no barracão de madeira que havia nos fundos do terreno, desatando em lágrimas logo que se viu ali, a sós com seu filho.

— Não era seu pai quem estava dizendo aquelas coisas — disse para ele, com a voz entrecortada pelos soluços. — Era o diabo! Ele estava apenas imitando a voz de seu pai. Vai-te embora, Satanás! Vamos rezar o Pai-Nosso, meu filho, para que o demônio saia daqui e nos deixe em paz.

Então, tomando as mãos trêmulas do filho, rezou junto com ele a prece divina, readquirindo a confiança e a alegria de viver.

— Nada de desesperar. Confia primeiro em Deus, e depois em você.

Finalmente, terminou o tempo do luto fechado. A viúva agora usava apenas um "meio-luto". Em seu coração, entretanto, não havia lugar sequer para uma tarja negra. A dama voltara a adquirir sua antiga alegria de viver. Disseram à boca pequena que havia surgido um pretendente à sua mão, e que seu casamento em segundas núpcias era apenas questão de meses. O povo desconfiava das coisas, mas Maren tinha certeza, e o ministro da igreja, esse era o que mais sabia de tudo.

No Domingo de Ramos, depois do sermão, foram lidos os proclamas dando a saber à assembleia de fiéis que a viúva e seu pretendente planejavam casar-se em breve. E quem era o sujeito? Diziam que era um artista, um escultor, que tanto sabia entalhar a madeira, como extrair figuras da pedra bruta. A maior parte dos presentes jamais conhecera um escultor, e muitos sequer sabiam o que significava aquela palavra. Da nobreza, ele não era, mas tinha dinheiro, ou pelo menos o suficiente para levar uma vida confortável. Sim, não era um joão-ninguém, era alguém, embora alguns estranhassem essa história de ganhar a vida fazendo imagens de pau e de pedra. Enfim... O fato é que parecia ser gente boa, além de ser jovem e bem-apessoado.

— Nossa, Ivar! Você precisa ver os preparativos para o casamento!

— Tudo isso, pra quê?

Apesar disso, ele frequentava a igreja e até recebia a Santa Comunhão. O único da família que não comungava era Erasmo, que ainda não tinha sido crismado. Por isso, enquanto os pais se dirigiam ao altar, ele ficava sentado no banco, esperando.

Há tempos que as roupas dos três se achavam em mau estado. Era difícil encontrar nelas um lugar para um novo remendo. Dava até pena vê-los naqueles trajes tão precários. Eis que, um belo dia, os três aparecem na igreja de roupas novas. O fato causou estranheza, especialmente porque eles estavam inteiramente vestidos de preto, como se estivessem de luto. Negras eram as calças e o paletó de Ivar, negro era o vestido longo de colarinho alto usado por Maren, e negro era o terno de Erasmo; e não só negro, como bem folgado, já que aquela roupa deveria ainda estar em uso, quando de sua crisma. Todas aquelas roupas tinham sido feitas com o tecido que servira para pretejar a carruagem da dama do castelo,

963

durante a fase de "luto chiquíssimo" que se seguiu à morte de seu marido. Esse detalhe não tinha sido contado para quem quer quer fosse, evidentemente. Mas não precisava: todos sabiam daquilo, sem necessidade de que lhes contassem.

A velha Cristina, assim como várias outras "sábias mulheres" do lugar, ou que pelo menos assim se consideravam, logo condenaram a atitude da família, vaticinando infortúnio, doença e morte para os três, só pelo fato de aproveitarem um pano de luto para confeccionar suas roupas novas.

— Isso só pode atrair o azar — diziam.

— Sem dúvida — confirmava a velha Cristina. — Quem usa hoje o que ontem serviu para enfeitar um coche fúnebre vai usá-lo amanhã como mortalha.

Quando escutou aquelas palavras, Joana chorou, receando pela saúde de Erasmo. Mas quem adoeceu naquela casa não foi ele, e sim seu pai. Ao visitarem o enfermo, as sábias mulheres ora inclinavam a cabeça para a frente ("Eu não disse?"), ora giravam-na para os lados ("Dessa, ele não escapa"), enquanto Ivar piorava a olhos vistos, a cada novo dia.

No primeiro domingo após a festa da Santíssima Trindade, ele morreu. Agora, Maren teria de lutar sozinha para sustentar a família, mesmo que esta não passasse de duas pessoas. Mais do que nunca, seria preciso confiar primeiro em Deus, depois em si própria.

No ano seguinte, Erasmo foi crismado e enviado à cidade para servir como aprendiz de alfaiate. Seu mestre não era um daqueles alfaiates que mantinham dez ajudantes, mas sim um profissional modesto, cujo estabelecimento era tocado por um alfaiate e meio. Ele era o um, Erasmo era o meio.

Agora, sim, as coisas pareciam encaminhar-se para ele. Sua alegria contrastava com a tristeza da pequena Joana, que chorou no dia em que o viu partir. Joana preocupava-se com ele, talvez até mais do que se preocupava consigo própria. Enquanto isso, Maren permanecia na cabana próxima do poço, continuando a levar sua vida como antes.

Foi por essa ocasião que abriram a estrada nova. Em pouco, a antiga, que bordejava a casa do alfaiate e o velho salgueiro, foi sendo abandonada, tornando-se um mero caminho de pedestres. O gado não mais passava por ali, parando junto ao poço para matar a sede. Resultado: sua superfície líquida logo ficou encoberta pelas lentilhas-d'água. O marco da estrada acabou caindo, perdida a finalidade que antes possuía, de informar as distâncias. Apenas o salgueiro permaneceu como sempre foi, deixando que o vento passasse através de seus ramos, assoviando suas velhas canções.

As andorinhas e os estorninhos continuaram migrando no inverno e regressando na primavera. Da quarta vez que foram e voltaram, Erasmo também regressou para casa. Acabara de cumprir seu estágio de aprendiz, podendo agora trabalhar por conta própria, fosse como ajudante, numa alfaiataria, fosse como alfaiate itinerante, prestando seus serviços nas casas dos clientes. Tornara-se um rapaz bem-apessoado, se bem que um tanto frágil. Seu maior desejo era viajar e conhecer o mundo. Maren dissuadiu-o de seu sonho, dizendo-lhe para ficar em casa, já que todos os outros irmãos tinham ido embora dali. Que ele, ao menos, permanecesse a seu lado. Assim, tornar-se-ia o herdeiro natural daquela casa. Como itinerante ou diarista, não lhe faltaria trabalho ali no distrito. Por que não ia trabalhar nas fazendas da região, ficando uma semana em cada uma? De certa forma, estaria matando duas lebres de uma só cajadada: ganhando seu sustento e fazendo as viagens que tanto desejava realizar. É bem verdade que as viagens que pretendia fazer eram a lugares bem mais distantes, mas antes aquelas, curtas, do que nenhuma, se acaso se empregasse como ajudante numa alfaiataria.

Erasmo seguiu o conselho de sua mãe e ficou por ali, voltando a dormir na mesma cama que tinha sido sua, nos tempos de criança, e a repousar à sombra do salgueiro, escutando a canção do vento.

Além de bem-apessoado, ele era simpático, sabia assoviar como um canário e conhecia as canções mais recentes, aprendidas no tempo em que estivera morando na cidade. Assim, era bem recebido em todos os lugares onde chegava, especialmente na fazenda de Klaus Hansen, o segundo fazendeiro mais rico daquela região. Else Hansen, a filha de Klaus, era linda como uma flor, além de alegre e sorridente. Diziam as más línguas que aquele sorriso constante constituía um mero pretexto para exibir seus belos dentes. Mas isso não passava de mexericos, pois ela era de fato uma pessoa de bem com a vida, sempre pronta para pregar peças inocentes nos outros, desprovida de soberania e afetação. Não demorou para que se apaixonasse por Erasmos, e ele por ela. Só que ele nada lhe disse sobre aquilo, e ela, muito menos.

Aos poucos, Erasmo foi se tornando casmurro e melancólico, já que herdara mais a disposição de seu pai que a de sua mãe. Depois de algum tempo, apenas ria numa única situação: quando estava ao lado de Else.

Sobravam-lhe oportunidades para declarar seu amor, mas ele jamais as aproveitou. Às vezes imaginava ter tomado coragem, comprado uma aliança de noivado, declarado a Else seu amor, selando seu pedido de casamento com um beijo apaixonado, mas logo em seguida varria aquelas imagens do pensamento, dizendo consigo próprio:

— Tudo isso, pra quê? Seus pais não vão permitir que ela se case com um pé-rapado como eu. Às vezes, até me arrependo de ter conhecido essa moça...

O melhor que teria feito era abandonar a fazenda e nunca mais voltar a pôr os pés ali. Mas onde arranjar coragem para tomar essa atitude? Era como se Else o tivesse preso numa corrente. Ele era seu pássaro cativo, pronto a assoviar e a cantar para diverti-la, sempre que ela tal o ordenasse.

Joana, então já moça, trabalhava como empregada naquela fazenda. Ali era encarregada dos trabalhos mais pesados, como buscar os baldes cheios de leite no curral, ou recolher esterco no campo, para espalhá-lo nas plantações. Jamais teve permissão para entrar na sala de estar da fazenda, onde Erasmo e Else passavam horas conversando. Foi devido à indiscrição de outras criadas que ela acabou sabendo que, mais dia, menos dia, os dois acabariam ficando noivos.

— Se isso acontecer — comentou, — que bom para ele! Vai ficar rico!

Mas a alegria demonstrada por suas palavras não combinava com a tristeza que se estampava em seu semblante. Se não havia motivo para chorar, por que seus olhos estariam marejados de lágrimas?

No dia seguinte, iria ser realizada uma feira na cidade vizinha. Klaus Hansen planejou seguir até lá com toda a família, convidando Erasmo para vir junto. E o rapaz aceitou. Tanto na ida como na volta, ele foi e veio sentado ao lado de Else, conversando o tempo todo. O assunto versou sobre tudo, exceto com respeito, ao fato de que ele estava apaixonado por ela. E como!

— Sei que ele está doido por mim — confidenciou Else a uma amiga, — mas parece constrangido de se declarar. A iniciativa tem de ser dele, não é? Acho que o Erasmo precisa de um empurrãozinho, e é o que lhe vou dar.

E Else passou à ação. Em pouco, corria o boato de que o fazendeiro mais rico da região lhe tinha proposto casamento. De fato, ele havia pedido sua mão, mas ninguém sabia qual a resposta que a jovem lhe dera. Ao saber disso, Erasmo ficou arrasado, sem saber que atitude haveria de tomar.

No dia seguinte, encontrando-se com Else, ela estendeu a mão e mostrou que trazia uma aliança no dedo, perguntando-lhe:

— Sabe o que significa isso?

— Claro que sei — respondeu ele. — Você ficou noiva.

— Ainda não fiquei: vou ficar. Estou aguardando o pedido. Sabe de quem?

— Daquele fazendeiro rico.

— Tem certeza?

— Tenho.

— É. Você adivinhou — disse ela, zangada, dando-lhe as costas e pondo-se a correr.

Ele também disparou a correr, indo para casa. Ali chegando, começou a apanhar suas coisas, enfiando-as numa mochila. À indagação da mãe, respondeu que estava indo embora. Sabia que ela iria ficar triste, mas era uma decisão da qual ele em hipótese alguma abriria mão.

Enquanto a mãe prorrompia em lágrimas, ele se dirigiu ao salgueiro e cortou um de seus galhos, desbastando-o para transformá-lo num bordão de caminhante. Enquanto se entretinha nessa tarefa, assoviava, feliz por estar começando a realizar seu antigo sonho de viajar pelo mundo.

— Sinto o coração apertado, de tanta tristeza — disse-lhe a mãe, contendo as lágrimas, — mas já me resignei. Se acha que tem de ser assim, então vá. Confie primeiro em Deus; depois, em você — se assim proceder, haverá de encontrar a felicidade, e talvez um dia regresse são e salvo para cá.

Sem nada dizer, Erasmo abraçou-a e partiu, caminhando em direção à estrada nova. Enquanto seguia, avistou Joana vindo em sentido contrário ao seu, com uma cesta nos braços, já repleta do estrume que acabara de recolher. Antes que ela o visse, ele se escondeu atrás de uma cerca, só saindo dali depois de ter certeza de que ela não mais poderia avistá-lo.

E lá se foi o Erasmo por este vasto mundo. Ninguém tinha ideia de seu paradeiro. Na cabeça de sua mãe, ele deveria estar de volta antes do fim do ano. Haveria de chegar cheio de histórias para contar, e certamente nunca mais iria querer sair dali, que era seu lar. Ela só tinha receio de que as vicissitudes enfrentadas por ele acabassem "amassando" tanto sua alma, que não haveria ferro de engomar capaz de torná-la de novo lisa, sem um vinco sequer.

— Pobre rapaz! — dizia. — Puxou o pai em quase tudo! Se me puxasse, seria outro tipo de pessoa, bem mais equilibrado e feliz. Mas deixem estar: ele há de voltar. Não é possível que esqueça seu lar, seus amigos... e sua mãe.

A mãe seria capaz de esperar anos e anos por ele, se necessário fosse, mas não Else, que, ao final de um mês de sua ausência, já estava morta de saudades. Assim, procurou secretamente a velha Cristina, que, além de entender de ervas e chás, sabia ler o futuro na borra de café ou nas cartas, e conhecia outras preces além da Ave-Maria e do Pai-Nosso.

E a velha sábia logo demonstrou sua competência divinatória, enxergando na borra do café o lugar onde Erasmo se encontrava naquele instante. Era uma cidade estrangeira, cujo nome, infelizmente, ela não conseguia pronunciar. Sabia, porém, que ali estava aquartelada uma porção de soldados. Erasmo estava justamente às voltas com uma dúvida:

966

deveria alistar-se no serviço militar, ou casar-se com uma das várias e lindas garotas que havia naquela cidade?

Ao escutar aquilo, Else cobriu as orelhas com as mãos. Não queria ouvir mais coisa alguma. Intimamente, pediu a Deus que o inspirasse a seguir a carreira das armas, pois assim poderia esperar que ele voltasse para ela, tão logo desse baixa. Só que iria demorar muito para que aquilo acontecesse. Será que a velha Cristina não poderia apressar esse regresso? Ela estava disposta a gastar o quanto fosse para ter Erasmo de volta o quanto antes. Queria apenas que a sábia mulher mantivesse segredo quanto àquele pedido.

Cristina prometeu que traria Erasmo de volta, em pouco tempo. Conhecia um remédio infalível para esse tipo de caso. Só havia um porém: era preciso muita cautela para manipular os ingredientes daquele remédio, pois alguns deles eram mortais. O negócio era misturá-los num caldeirão, pondo-os a ferver, e mantendo-se constantemente alerta, para não deixar a água secar. Em breve, a saudade apertaria no peito de Erasmo, e ele não descansaria enquanto não regressasse para casa. Talvez levasse algum tempo, devido a certas dificuldades que teria de enfrentar — quiçá um mês, ou mesmo mais. O fato é que, quando ele iniciasse a viagem de retorno ao lar e aos braços de sua amada, nada o poderia deter, fosse cansaço, fosse sono, frio, chuva, medo: nada!

Era tempo de lua crescente, época ideal para aquele "serviço", segundo afirmou a velha Cristina. Uma ventania veio de nordeste e sacudiu os ramos do salgueiro. A velha arrancou um galhinho flexível da velha árvore, dobrou-o até encostar uma extremidade na outra, amarrou-o e o deitou no caldeirão, junto com palha e musgo colhidos no telhado da casa da mãe do rapaz. A poção não teria efeito se não lhe fosse acrescentada uma página de um livro de orações. Else logo tratou de providenciar aquele ítem, arrancando a última folha do livro que levava à igreja aos domingos. Era ali que estava a errata, o que talvez tirasse a força daquele ingrediente. Cristina acalmou-a, dizendo que qualquer folha servia, mesmo as da página de rosto, do índice ou da errata. Em seguida, foi a vez do seu pobre galo perder uma ponta da crista, adicionada imediatamente ao material que já fora posto a ferver. Depois, Else teve de tirar sua aliança de ouro e entregá-la à velha, pois a joia só poderia ser adicionada à poção bem de madrugadinha, segundo ela informou.

— E como vai derreter — explicou, — esqueça-se dela para sempre. Mas vai valer a pena, menina, confie em mim.

Os demais ingrediente eram secretos, e só seriam acrescentados depois que Else se fosse. E ali ficou o caldeirão, sempre a ferver, embora às vezes a velha se esquecesse dele, só se lembrando de jogar novos gravetos ao fogão quando avistava Else apontando ao longe, na estrada.

Veio a lua cheia, depois a minguante e a nova, e nada de Erasmo. A esperança de Else também começava a minguar.

— Quando será que ele chega, Cristina?

— Isso eu não posso saber. Só sei que ele já deu início à viagem de volta. Já atravessou uma cadeia de montanhas, já navegou pelo mar bravio, e agora se prepara para cruzar uma floresta perigosíssima. Parece cansado e atacado de febre. Pisa com dificuldade, como se seus pés estivessem cheios de bolhas.

— Oh! Coitado! Pobrezinho!

— Agora, nada poderá detê-lo. Se eu deixar que o caldeirão pare de ferver, ele imediatamente cairá morto!

— Não! Não faça isso! Tome aqui uma pequena quantia de dinheiro, para compensar suas noites passadas em claro.

Mais de um ano transcorreu, e nada de notícia, e nada de Erasmo. Numa tarde, antes do cair da noite, a lua cheia despontou no céu, encimando um arco-íris.

— É um sinal, menina! Uma confirmação! — exclamou Cristina. — Ele está para chegar! Mas Erasmo não chegou.

— Não perca a esperança, menina. Afinal de contas, não faz tanto tempo assim que ele se foi embora.

— Começo a crer que ele não voltará nunca.

— Não, não. Mais dia, menos dia, ele aparece por aqui.

As visitas de Else foram ficando mais raras, assim como seus presentes e contribuições. Depois de certa época, ela pareceu estar readquirindo a antiga alegria, até que um dia estourou a notícia: ela ficara noiva do fazendeiro mais rico do distrito. Até já havia visitado suas terras, admirando a extensão de suas lavouras e a qualidade de seu gado. E como não havia razão para adiar o casamento, este foi marcado para daí a um mês.

A festa foi ótima, durando três dias inteiros. Dois violinos e uma clarineta tocaram todas as noites, enquanto os pares dançavam e se divertiam. Ninguém da aldeia foi esquecido, e mesmo os mais pobres foram convidados para o casamento. E todos compareceram, inclusive Maren. Quando tudo acabou e os músicos guardaram seus instrumentos, ela voltou para casa, trazendo nos braços uma cesta cheia das sobras da festa.

Chegando em casa, notou que a porta estava apenas encostada, e não trancada, como a tinha deixado. Não sem algum receio, espiou pela fresta, e quem viu? Erasmo. Tinha voltado aquele dia. Seu aspecto dava pena: estava pálido, barba por fazer, magro como um espantalho.

— Filho! — exclamou ela. — É você? Que lhe aconteceu? Em que estado lastimável você se encontra! Graças a Deus que voltou! Veja: trouxe muita comida comigo. Vamos, coma!

E ele provou dos salgados, dos doces e até de um pedaço do bolo de casamento. Depois de refeito, ele contou que tinham sido as saudades que o trouxeram de volta para casa. Nos últimos tempos era rara a noite em que não sonhava com a velha casa, com sua mãe, com o salgueiro e até com Joana, correndo por ali de pés descalços. Teria sonhado com Else? Se sonhou, não disse, e sequer mencionou seu nome. Em seguida, foi para a cama. De fato, precisava de repouso, pois estava adoentado, além de muito, muito cansado.

Seu regresso teria a ver com a poção que fervia no caldeirão? Provavelmente, não. A velha Cristina achava que sim; Else, também, mas as duas nunca mais conversaram sobre o assunto, nem contaram tudo aquilo para quem quer que fosse.

Maren logo viu que o filho estava de fato doente. Sua febre era altíssima. O comentário geral era que se tratava de doença contagiosa. Por isso, ninguém veio vê-lo para saudar seu regresso, a não ser uma pessoa: Joana. Logo que entrou na cabana e avistou o velho companheiro, não se conteve e chorou copiosamente.

Chamado o médico, este receitou aplicações de cataplasma. O paciente, ao ver a mãe preparando a medicação, meneou a cabeça, perguntando:

— Tudo isso, pra quê?

— Vou tratar de você, até que fique bom — disse a mãe, sentando-se à beira de sua cama. — É preciso confiar, primeiro, em Deus; depois, em você. Ah, se eu puder vê-lo a sorrir como antes, assoviando e cantando, então não me importaria de deixar esta vida.

E, de fato, ele acabou sarando. Ela, porém, adoeceu gravemente, e não demorou a partir desta para melhor. Foi ela, e não o filho, que Deus quis levar.

Sozinho em sua casa, Erasmo logo se viu de novo às voltas com a pobreza e a falta de esperança. Comentando a seu respeito, todos abanavam a cabeça, dizendo:

— Pobre Erasmo... É como se tivesse morrido...

Foram os sofrimentos de sua viagem de volta que haviam exaurido por completo sua força de vontade, e dado cabo de sua força física, e não a fervura do caldeirão. Seu cabelo embranqueceu e raleou. Desanimado, jamais procurou emprego. Quando alguém recriminava seu procedimento, dava de ombros e repetia o refrão:

— Horários, compromissos, prazos... tudo isso, pra quê?

Às vezes, saía de casa e deixava que o instinto encaminhasse seus passos, endereçando-o raras vezes à igreja, e quase sempre em direção à taberna. Na volta, em geral vinha trocando as pernas. E era desse modo que ele se encontrava certa noite, próximo ao final do outono. As andorinhas e os estorninhos de muito haviam partido para seu destino ensolarado. De repente, suas pernas fraquejaram, e ele se apoiou a uma árvore, para não cair. Lembrou-se da mãe que há tempos se fora. A chuva começou a cair, e um vento forte agitou os ramos da árvore na qual ele se apoiava. Sozinho, jamais teria conseguido chegar a sua casa. Para sua sorte, Joana estava passando por ali, e levou-o amparado, ralhando com ele enquanto caminhava:

— Você precisa tomar jeito, Erasmo! Trate de mudar de vida, de trabalhar, de cuidar de sua casa e de sua saúde!

— Tudo isso, pra quê?

Joana abanou a cabeça, aborrecida.

— Pare de dizer isso, Erasmo! A qualquer pretexto, lá vem você com essa pergunta de derrotado. Por que não pensa como sua mãe, que sempre dizia: "Confie primeiro em Deus, depois em você"? Sem esperança, não há progresso, não há crescimento, nada se realiza. Ânimo, homem! Como é possível cansar-se de uma tarefa, antes mesmo de realizá-la?

Amparou-o até chegarem à porta de sua casa, e ali o deixou. Erasmo viu-a indo-se embora e, ao invés de entrar, ficou por ali mesmo. Cambaleando, aproximou-se do salgueiro e, usando o marco de pedra como banco, sentou-se sobre ele.

O vento soprava por entre os ramos da árvore, e o som lembrava o de uma cantiga, de letra comprida. Ele pôs-se a escutar aquele som, e de repente começou a falar em voz alta, sem que ninguém o ouvisse. Estaria conversando com o vento e com a árvore? E ele disse:

— Estou sentindo frio. Vou entrar em casa e recolher-me à cama.

Disse, mas não fez. Ao contrário, dirigiu-se para o poço. Chegando em suas proximidades, escorregou na lama e caiu de comprido no chão. A chuva recrudesceu, e o vento passou a soprar com fúria. Erasmo não sentia mais frio ou desconforto, e acabou adormecendo ali mesmo. Quando o sol surgiu e os corvos começaram a voar sobre os caniços do brejo, ele acordou, sentindo-se muito mal. Se sua cabeça estivesse onde então estavam seus pés, ele nunca mais teria acordado, e as plantas aquáticas teriam sido sua mortalha.

Quem o salvou dessa vez? Novamente, Joana, que passou por ali para saber como ele estava, encontrando-o mais morto que vivo, tentando alcançar sua casa. Ela levou-o para dentro, mandou-o deitar-se e providenciou a vinda de um médico. O doutor, vendo seu estado, providenciou seu imediato internamento no hospital. Fazendo-lhe uma visita, Joana lhe disse:

— Ah, Erasmo, há quanto tempo nos conhecemos, hein? Desde que éramos pirralhos. Como gostaria de poder retribuir os favores que sua mãe me fez, naquele tempo... Se não fosse ela, minha vida teria sido ainda mais miserável do que foi. Se eu puder ajudá-lo, estarei pagando parte da dívida de gratidão que tenho para com ela. Você vai ficar bom, Erasmo, pois Deus quer que você viva.

Logo que teve alta, Erasmo voltou para casa, um tanto combalido e sujeito a crises de melancolia. Os estorninhos e as andorinhas foram e vieram várias vezes, enquanto ele envelheceu mais do que seria razoável, em função de sua idade.

Ele continuou morando sozinho, deixando que sua casa aos poucos se transformasse numa verdadeira ruína. Inverteram-se as situações; ele agora era mais pobre do que Joana.

— Oh, Erasmo, você é um homem desprovido de fé — disse-lhe a amiga, numa das visitas que lhe fez. — E isso não é bom. Se Deus não existisse, quem cuidaria de nós? Ouça meu conselho: vá comungar, no próximo domingo. Acho que você não frequenta a mesa de comunhão desde que foi crismado.

— Levantar cedo, arrumar, ir à igreja, escutar o sermão, comungar... tudo isso, pra quê? De que vai me servir?

Joana olhou para o chão, pensativa, e respondeu em voz baixa:

— Se você de fato pensa assim, melhor não comungar. Ninguém deve comparecer forçado à mesa do Senhor. Quando você era jovem e cheio de vida, vivendo aqui com seus pais, pensava diferente. Sim, você era um bom garoto. Gostaria de escutar um salmo?

— Pra quê? — respondeu ele, com um sorriso maldoso.

— Para reconfortar a alma e fortalecer o espírito.

— Hum... belas palavras... Quem diria que a Joana acabaria se transformando numa beata... — retrucou ele com ironia, embora seus olhos se mantivessem baços e cansados.

Ela fez que não notou e recitou um de seus salmos prediletos, que sabia de cor. Ao terminar, Erasmo comentou:

—As palavras são bonitas, mas não consigo compreender o sentido. Ah, Joana, minha cabeça está pesada! É como se houvesse uma pedra dentro dela...

E o tempo foi passando. Erasmo tornou-se um velho. Else também já não era a mocinha do passado. Estamos falando dela, coisa que Erasmo jamais fez, depois que regressou ao lar. Else já era avó, e sua neta era uma garotinha meiga e falante. Certa vez, estava ela brincando na aldeia, juntamente com outras crianças. Erasmo passou por perto, apoiado em seu bordão, e ficou a olhar para elas. Vendo-o, a garotinha sorriu, e aquele sorriso trouxe para o velho antigas lembranças de seu tempo de criança. Mas, nesse instante, ela apontou para ele e gritou, com toda a força de seus pulmões:

— Olha o pobre Erasmo!

As outras imitaram-na, seguindo atrás dele em coro barulhento, enquanto o infeliz tentava escapulir, manquitolando o mais rápido que podia.

Dias cinzentos e escuros seguiram-se a esse, numa sucessão monótona, até que um dia o sol voltou a brilhar. Finalmente, por ocasião de Pentecostes, quando a igreja estava decorada com galhos de bétula nos quais acabavam de despontar as primeiras folhinhas, os raios de sol penetraram gloriosamente pelos vitrais, colorindo o chão do templo, enquanto o perfume da floresta invadia o recinto, como se fosse um incenso espargido pela natureza. No momento da Comunhão, Joana dirigiu-se ao altar e passou os olhos pelos bancos da igreja, procurando Erasmo entre os féis. Mas ele não estava ali. Naquele exato instante, seu corpo repousava para sempre, enquanto sua alma seguia para a Eternidade, indo ao encontro da Graça e da Misericórdia de Deus.

Passaram-se muitos anos. A casa do alfaiate ainda se mantém de pé, embora precariamente. Ninguém reside ali. Acredita-se que ela deva arruinar-se de vez quando sobre ela desabar a primeira tempestade de inverno. O poço está inteiramente encoberto por caniços e lentilhas-d'água. O vento sopra através dos ramos do velho salgueiro, dando a impressão de que alguém está cantando, enquanto outra pessoa assobia em contracanto. Quem escuta não entende as palavras. Só Joana compreende o que a árvore está cantando. Ela é a velha Joana, aquela que vive no asilo para idosos.

Joana ainda vive. Ela ainda se recorda do salmo que um dia recitou para Erasmo. Ainda se lembra do velho amigo, e sempre reza por ele. Quando Erasmo morreu, só ela chorou. Se houve mais alguém, ninguém ficou sabendo. Pergunte-lhe o que é que o vento e o salgueiro estão cantando, e ela irá repetir-lhe palavras que falam dos velhos tempos, que contam velhas histórias, que nos transportam a antigas memórias; sim, muito antigas, quase perdidas.

A Chave da Porta da Frente

Cada chave tem sua história. E quantas chaves existem! Por exemplo: aquelas pequenas, que servem para dar corda aos relógios de parede, ou aquelas grandes, como as chaves das cidades, ou as chaves de São Pedro — tantas, tantas! Poderíamos falar-lhes a respeito delas, mas não vamos fazê-lo agora, pois esta história tem a ver apenas com uma determinada chave, a que servia para abrir — e fechar — a porta de entrada da casa de um cavalheiro muito respeitável: o excelentíssimo e digníssimo senhor Conselheiro.

Quem tinha feito aquela chave era um modesto serralheiro. Pelo seu tamanho, porém, pelo peso e pelo aspecto grandioso e maciço, havia quem pensasse tratar-se do trabalho de um ferreiro. Era tão grande, que não cabia nos bolsos das calças do Conselheiro, tendo de ser levada no bolso grande de seu casaco. Enquanto ela ali se encontrava, jazia na escuridão, mas era por pouco tempo. Logo em seguida era devolvida ao seu lugar especial: um prego grosso na parede da sala, defronte a um quadro, representando o Conselheiro quando ainda era criança. No retrato, ele parecia um bolinho fofo, emergindo de uma camisa de linho toda repolhuda.

Dizem por aí que o caráter da pessoa é influenciado pelo seu signo astrológico do nascimento. Os leitores de almanaques entendem desse assunto. Há uma dúzia de signos, cada qual determinando características próprias para quem nasce nessa ou naquela época do ano. Um se chama Escorpião; outro, Gêmeos; outro, Carneiro, e por aí vai. Quando se referia a seu marido, a esposa do Conselheiro asseverava que ele não nascera sob qualquer desses signos mencionados nos almanaques, mas sim sob a influência de um décimo terceiro signo, inteiramente desconhecido dos astrólogos: o signo do Carrinho-de-Mão. E explicava o porquê:

— Meu marido só anda para a frente se for empurrado.

De fato, ele só começou a trabalhar depois que o pai lhe arranjou um emprego, e só se casou depois que a mãe escolheu sua noiva. E foi essa noiva, já então sua esposa, quem lhe deu o empurrão necessário para que ele se tornasse um conselheiro. Quanto a ela, jamais mencionou esse fato a quem quer que fosse, pois era uma mulher sabida, que conhecia bem a hora de falar, a de calar e a de empurrar.

O Conselheiro já não era jovem, e tampouco esbelto, embora preferisse dizer que era "bem-proporcionado", o que não deixava de ser uma força de expressão. De mais, era razoavelmente lido, geralmente bem-humorado e um grande conhecedor da ciência denominada "Chaveologia", da qual voltaremos a falar várias vezes, no decorrer desta história.

O Conselheiro era uma pessoa afável e cordial, dispensando atenção a todos que o procuravam para uma conversa. Daí, quando saía a passeio, parava a todo momento, conversando com esse e com aquele, e sempre chegando atrasadíssimo em casa, a não ser quando levava consigo sua esposa. Nessa circunstância, ela dava um jeito de abreviar a conversa, empurrando-o quando necessário. Mas como o mais normal era sair desacompanhado, raro era o dia em que o jantar ainda estava quente, na hora em que ele entrava em casa.

Para evitar isso, a mulher ficava espreitando na janela. Logo que o divisava ao longe, alertava a cozinheira:

— Pronto! Já vi! Lá vem ele! Põe as panelas no fogo!

Mas eis que ele parava, pondo-se a conversar com um vizinho, e logo vinha a contra-ordem:

— Não, não! Apaga o fogo! Ele parou...

Minutos após, ei-la a gritar:

— Agora, ele vem! Esquenta a comida!

E o acende-apaga continuava, às vezes por mais de uma hora, pois acontecia de ele já estar limpando os pés no capacho da entrada, quando alguém passava pela rua, saudava-o em voz alta e acabava fazendo-o voltar até o portão, para mais um dedo de prosa.

Essa espera diária constituía uma verdadeira agonia para sua mulher. Depois de algum tempo, não mais suportando as intermináveis conversas do marido, ela abria a janela de par em par e o chamava em voz alta, resmungando para si própria:

— Esse aí nasceu sob o signo do Carrinho-de-Mão... Não soube e nunca saberá andar sozinho...

Um de seus passatempos prediletos era entrar na livraria e ficar passando os olhos pelas publicações mais recentes. Notando que o livreiro não via com bons olhos aquele hábito, passou a pagar-lhe pequena quantia mensal, garantindo desse modo seu direito de ler o que quisesse, sem ter de comprar a publicação. E como uma de suas leituras favoritas eram as colunas sociais dos jornais, ele era uma fonte sempre atualizada de informações referentes a noivados, casamentos, falecimentos, nascimentos, batizados, formaturas, mexericos literários e fofocas em geral. Às vezes, costumava deixar no ar certas insinuações misteriosas, jamais citando a fonte de onde havia obtido a informação. Se alguém insistisse em saber quem lhe tinha confiado aquele segredo, ele sorria, olhava para os lados e sussurrava:

— Quem me contou foi a chave da porta da frente de minha casa.

O Conselheiro e sua esposa moravam naquela casa desde que se casaram. Durante anos e anos, a chave da porta da frente fora sempre a mesma. Só nos últimos tempos, porém, é que ela havia manifestado aquele seu estranho poder. Querem saber como foi que tudo começou? Então, vamos lá.

Era no tempo do rei Frederico VI. Copenhague, nessa época, ainda era iluminada por lâmpadas de azeite. Não havia trilhos de bonde ou de trem de ferro, não havia o Tívoli, nem o Teatro Cassino. As fontes de diversão e entretenimento eram muito reduzidas — hoje é bem diferente! Uma excursão ao cemitério, onde, depois de ler as inscrições dos túmulos, as pessoas se espojavam na grama e faziam um piquenique, era uma verdadeira festa. Se não fosse lá, podia-se fazer um passeio até os jardins reais de Frederiksberg, um pouco mais distantes. Ali, aos domingos, a banda militar executava marchas e dobrados diante do castelo, e os visitantes podiam até extasiar-se com a visão da família real, passeando pelos jardins ou navegando nos canais. O velho rei Frederico fazia questão de remar, ele próprio, e acenava com a cabeça em resposta a todos que lhe dirigiam uma saudação, independente de sua condição social. Enquanto isso, nos jardins, os mais abonados tomavam chá, especialmente durante as tardes de verão. A água fervente era vendida numa fazendinha existente nas proximidades, mas a chaleira tinha de ser levada pelo interessado.

O Conselheiro costumava entreter-se desse modo; por isso, nada há de estranho em começar por aí nosso relato, numa tarde de domingo, quando ele e sua esposa passeavam pelos jardins reais, seguidos pela criada, que levava no braço direito uma cesta com sanduíches, e na mão esquerda uma chaleira. Antes de saírem de casa, a mulher tinha advertido:

— Não te esqueças de levar a chave da porta da frente. A campainha estragou, e o porteiro não fica no prédio aos domingos. Além disso, pode ser que voltemos tarde do passeio, pois não quero voltar direto para casa.

— Que pretendes fazer?

— Gostaria de assistir à pantomima que vai ser encenada hoje no teatro, intitulada "A desforra de Arlequim". No último ato, todos os personagens descem do céu numa nuvem, já pensaste? A entrada custa dois marcos.

Depois disso, foram-se os três para os jardins reais, escutaram a banda militar, viram o rei a navegar, ladeado por cisnes branquinhos, como se formassem sua escolta. Mais tarde, tomaram seu chá e trataram de seguir depressa para o teatro, chegando depois do início da função.

Os números de mágica e equilibrismo já tinha terminado, e a pantomima já estava no meio do primeiro ato quando eles entraram no teatro. Culpa de quem? Do Conselheiro, claro, que havia parado não sei quantas vezes, para trocar um dedo de prosa com um sem-número de conhecidos. Aliás, conhecidos não faltavam ali no teatro. Assim, ao terminar a pantomima, um dos amigos com quem ele se encontrou convidou-os para irem até sua casa, situada nos arredores da cidade, a fim de tomarem um licor. "Só para uma passadinha de dez minutos", avisou o Conselheiro, que acabou esticando a visita, ali permanecendo por uma hora. O responsável pela demora foi outro visitante que ali estava, um barão sueco, ou alemão — a nacionalidade não tinha ficado bem esclarecida. Que sujeito interessante! Como conseguira manter entretida uma pequena plateia, formada pelo dono da casa e meia dúzia de amigos, fazendo truques curiosíssimos com uma chave. O Conselheiro ficara boquiaberto com a habilidade do tal barão, que sabia como fazer uma chave "responder" todas as perguntas que lhe eram formuladas pelos presentes. A danada da chave não hesitava nem mesmo em responder indagações pessoais e secretas, deixando todos embasbacados com aquilo. Um truque interessantíssimo, foi o que todos comentaram.

O mais curioso de tudo era que o barão usou não somente uma chave que lhe pertencia, mas também outras que lhe foram apresentadas pelos assistentes. A que lhe pareceu melhor foi justamente a da porta da frente da casa do Conselheiro, por se tratar de uma chave grande e pesada. E como é que a chave respondia as questões? Simples: o barão deixava a chave pender de seu dedo indicador, tão frouxamente, que a própria pulsação do dedo fazia com que ela se movesse. Sabe-se lá como — por artes do barão — o movimento cessava inteiramente, de tempos em tempos. Bastava contar-se o número de suas "mexidas", entre uma parada e outra, para saber-se qual a letra que ela estava querendo indicar. Desse modo uma "mexida" correspondia ao A; duas, ao B, e assim por diante, até inteirar vinte e seis, que correspondiam ao Z, número máximo que a chave (ou o barão) permitia que fosse totalizado. Ao final, juntavam-se as letras, e lá estava a resposta à questão formulada.

Ao início da exibição, o Conselheiro sorriu, com ar superior, e comentou:

— Isso não faz o menor sentido, mas é deveras interessante!

Todavia, à medida que as respostas da chave começaram a demonstrar uma inesperada sagacidade, uma espécie de temor respeitoso começou a tomar conta de seus sentimentos.

— Já é tarde, querido! — disse a mulher, demonstrando aflição. — A porta ocidental da cidade será fechada dentro de quinze minutos! Vamos embora?

Só então ele caiu em si e tratou de ir embora. Para sua sorte, não eram apenas eles os retardatários: várias pessoas chegaram à porta ocidental no mesmo instante. Quando soou meia-noite, aquele pequeno grupo de pessoas não tinha atravessado senão a primeira guarita. Nesse instante, a porta principal fechou, e eles ficaram do lado de fora da cidade. À frente do grupo, lá estavam o Conselheiro, sua esposa e a criada, carregando no braço direito uma cesta vazia, e na mão esquerda uma chaleira sem chá.

Cada retardatário reagiu ao fechamento da porta de acordo com seu temperamento. Alguns ficaram assustados; outros, irritados; a maioria, apenas sentindo um ligeiro aborrecimento. E agora: que fazer?

Foi exatamente nessa ocasião que tinha sido posta em execução a lei que ordenava manter-se uma das portas da cidade aberta durante todo o tempo, mas apenas para passagem de pedestres. Pena que essa porta não era a ocidental, e sim a setentrional. A solução era caminharem até lá, o que não lhes traria grande transtorno, já que a noite estava amena, as estrelas brilhavam no céu e as rãs apresentavam seu aplaudido concerto noturno, em cada brejo e cada poça de água ao longo do caminho.

Evidentemente, os retardatários caminharam juntos. Alguém logo teve a ideia de puxar um canto e logo todos se reuniram a ele, num coral. Todos, exceto o Conselheiro, que não cantou, não olhou para o céu a fim de admirar o brilho das estrelas, nem para o chão, a fim de evitar os buracos e pedras do caminho. Quem o via pisando distraidamente em poças e charcos, sem se desviar de pedras e torrões, poderia imaginar que ele estivesse embriagado. E ele, de certa maneira, estava; não por efeito dos licores, mas sim por causa do poder divinatório das chaves, especialmente de sua querida chave da porta da frente. Era só nisso que ele pensava, enquanto seguia na direção da porta setentrional.

Finalmente, chegaram lá, atravessaram a ponte e a porta, seguiram pelas ruas da cidade e pararam diante do prédio onde moravam.

— Ah, que coisa boa! — suspirou a mulher do Conselheiro. — Lar, doce lar! Aqui estamos nós...

— Sim, aqui estamos nós — balbuciou o marido, — mas... onde será que deixei a chave? Não está no bolso do casaco, onde sempre a ponho, e também não está no bolso da calça, onde, aliás, ela nem cabe... Onde foi que a pus?

— Pelo amor de Deus, não me venha dizer que ela se perdeu! — exclamou a mulher. — Não te disse que a campainha estragou? Não temos como chamar a empregada! Quanto ao porteiro, hoje ele não trabalha: é domingo! Já sei o que aconteceu: esqueceste a chave lá na casa de teu amigo. Ai, ai, ai, ai! Tudo por causa daquela idiotice do barão! Oh, meu Deus, que situação mais desesperada!

A criada prorrompeu em pranto. O único que mantinha a calma era o Conselheiro. Procurando um modo de se livrar daquele aperto, lembrou-se de que, no térreo do prédio, funcionava uma pequena mercearia, e que seu dono, o Sr. Petersen, morava ali, com sua família.

— Vamos bater na janela do térreo e pedir ao Petersen que abra a porta da frente para nós — sugeriu ele.

Ninguém respondeu. Como quem cala consente, ele atirou um misto de areia e pedrinhas numa das janelas, sem resposta. Tentou de novo, e nada. Então, tomando de uma pedra, maior, atirou-a com força, quebrando a vidraça da janela, e gritou:

— Petersen! Sou eu, o Conselheiro! Faça o favor de abrir a porta para mim!

Não vindo resposta de dentro, ele tomou de seu guarda-chuva e conseguiu enfiar a ponta no buraco aberto da vidraça, agitando-o sem parar. A filha de Petersen, que acabara de entrar naquele quarto, para ver qual a razão do barulho que parecia provir de lá, gritou de pavor, sem entender o que estava acontecendo. Assustado com seu grito, Petersen pulou da cama e abriu sua janela, pedindo socorro e chamando o guarda-noturno em altos brados. Este trilou seu apito, dando o alarma geral, no que foi imitado por vários guardas-noturnos das vizinhanças, que logo acorreram ao chamado aflito do colega. Escutando os apitos e a correria dos guardas, muitas janelas se abriram, e muitas cabeça apontaram, perguntando onde era o incêndio. Por fim, tudo se esclareceu, e o Conselheiro tratou de subir para seu apartamento o mais rápido que podia, seguido da mulher, rubra de vergonha, e da criada, cuja expressão tanto podia ser de terrível cansaço, como de profundo alívio.

Ao tirar o casaco e pendurá-lo no cabideiro, o conselheiro encontrou a chave da porta da frente: estava no forro. Bem que ele devia ter mandado costurar aquele buraco que havia no bolso onde costumava guardá-la...

Desse dia em diante, a chave adquiriu enorme importância para a família. Ninguém se esquecia dela, quando estavam fora de casa, e muito menos quando em casa, já que ali ela se tornara o centro geral das atenções. O Conselheiro havia testado seu poder de dar respostas às questões que ele mesmo lhe formulava, e ela demonstrou que podia dá-las, mesmo sem intermediação do barão sueco — ou seria alemão? O mais interessante era que ele, Conselheiro, até parecia já saber antecipadamente as respostas que a chave iria dar, pois nada do que ela disse jamais o surpreendeu. Mais do que nunca ele se convenceu de sua tremenda sagacidade!

Quem não acreditava naquilo era o farmacêutico, jovem céptico, parente da mulher do Conselheiro, e que tinha a fama de ser um sujeito inteligente e muito crítico. Quando estudante, escreveu para um jornal, encarregando-se da seção que trazia críticas de livros e de peças teatrais. Escrevia sob pseudônimo, evidentemente, já que prezava muito sua integridade física. E, embora fosse muito espirituoso, não acreditava em espíritos — ao menos, naqueles que fazem de uma chave a sua morada. Por isso, foi com surpresa geral que ele um dia declarou, alto e bom som:

— Agora, eu acredito. Sim, meu prezado e distinto Conselheiro, acabo de me convencer de que sua chave da porta da frente possui um espírito. E isso não é privilégio dela, já que todas as chaves são donas de seu próprio espírito.

E, ante o espanto generalizado, prosseguiu:

— Quem me trouxe essa certeza foi uma ciência nova que começa a ser conhecida, chamada por vários nomes, mas que consiste na arte de fazer uma mesa levitar espontaneamente. Já ouviram falar disso? Pois existe gente por aí que domina como ninguém essa arte. Como se vê, até as peças de mobília têm seu espírito. A bem da verdade, não fui acreditando nisso logo que me contaram. Sou muito céptico, como sabem. Entretanto, depois que li um artigo num jornal estrangeiro, acabei me convencendo de que isso é verdade. Trata-se de uma história monstruosa, mas muito edificante. Querem que lhes conte?

Ante a anuência dos presentes, ele começou:

— Numa casa cujos donos sabiam conjurar o espírito de uma enorme mesa de jantar havia duas crianças doces e encantadoras. De tanto verem os pais fazendo aflorar aquele

976

espírito, as duas crianças resolveram imitá-los, invocando o espírito de uma cômoda que havia em seu quarto. E conseguiram: o espírito despertou! Entretanto, ao notar que tinha sido invocado por dois simples fedelhos, parece que se irritou: movendo os pezinhos do móvel, fê-lo caminhar em direção às duas crianças apavoradas, abriu duas gavetas e puxou-as para dentro delas, fechando-as em seguida. Depois, o móvel caminhou para fora de casa, seguiu até o canal mais próximo e se atirou dentro da água, afundando juntamente com os dois pobres seres inocentes. Os dois infelizes náufragos tiveram enterro cristão, enquanto que o móvel do crime foi citado, julgado e condenado à pena de morte, sendo incinerado em praça pública.

Ante o silêncio que se seguiu, ele desfechou:

— Não inventei nada disso. Tudo o que contei acabo de ler num jornal estrangeiro, juro pelas chaves do Reino!

O Conselheiro sentiu-se ofendido pela história, achando-a demasiado grosseira, mesmo em se tratando de uma pilhéria. Não quis sequer discutir o assunto com o farmacêutico, convencido de que ambos jamais chegariam a um denominador comum. Com efeito, ele, Conselheiro, era um estudioso do poder das chaves, convicto de que elas eram capazes de abrir todas as portas, inclusive as da Sabedoria, ao passo que o outro tinha a mente trancada a tal gênero da ciência.

Certa noite, quando o Conselheiro já se preparava para deitar, tendo começado a tirar as roupas, alguém bateu à porta da entrada. Era o Sr. Petersen, o merceeiro do andar térreo. Pedia desculpas ao Senhor Conselheiro por vir perturbá-lo em hora tão avançada. Ele próprio já estava em vias de se deitar, quando lhe ocorreu uma ideia tão boa, que não pôde deixá-la para o dia seguinte. E prosseguiu:

— O senhor conhece minha filha Lotte-Lene, não é? Trata-se de uma bela jovem, além de muito boa filha. Frequenta a igreja, já foi crismada, e penso ser hora de lhe proporcionar um futuro condizente com seus predicados.

— Acredito em tudo o que você diz, meu caro Petersen. Só não sei onde é que eu entro nessa história. Não sou viúvo, nem tenho filho em idade de se casar. Assim, que tenho a ver com o futuro dela?

— Oh, não, o senhor não entendeu o que estou pretendendo. É o seguinte: Lotte-Lene sabe tocar piano e cantar; aliás, o senhor já deve ter escutado seus ensaios. Mas não é só isso que ela sabe fazer. Sabe também imitar as pessoas, seja quanto ao modo de falar, seja quanto à maneira de andar. O senhor precisa ver: ela imita que é uma perfeição. Por causa dessa habilidade, muitas vezes já pensei aqui comigo: "Essa menina tem queda para o palco". Sim, Senhor Conselheiro, ela tem vocação para atriz. É uma bela profissão, que calha bem a uma moça de família decente. Muitas atrizes já até se casaram com pessoas da nobreza! Não que eu fique sonhando esse tipo de coisa para ela, mas é bom saber que pode acontecer um dia.

"Mas, voltando ao que eu estava dizendo: ela sabe tocar piano e cantar. Assim, há algum tempo, levei-a à escola de música, para matriculá-la num dos cursos que ali são dados. Mandaram que ela fizesse um teste, e ela o fez. Infelizmente, ela sabe cantar, mas não sabe piar como um canário, e isso parece ser muito importante hoje em dia. Resultado: foi reprovada.

"Eu então pensei: se ela não pode ser cantora, quem sabe poderá ser uma atriz? Sim, Senhor Conselheiro, porque atrizes não precisam saber cantar, bastando que saibam falar.

E ela sabe. Por isso, estive hoje à tarde com um homem de teatro, um daqueles que são chamados de produtores, sabe? A primeira coisa que ele me perguntou foi se Lotte-Lene costumava fazer leituras! Não, que eu saiba, respondi, tendo ele dito que é necessário fazer tais leituras, para que a pessoa possa ter condições de representar. Por essa eu não esperava...

"Bem, mas nunca é tarde para começar, principalmente quando ainda se é jovem. A três quadras daqui existe uma biblioteca particular, que aluga livros. Pensei em recorrer a ela, calculando mais ou menos quanto teria de gastar com essas tais leituras. Foi então que me ocorreu uma ideia brilhante: por que gastar com aluguel de livros, se posso obtê-los emprestado, de graça? Mora aqui em cima o Conselheiro, pessoa de bem, honesta, honrada, incentivador das artes e dono de livros e mais livros. Estou certo de que ele não se importará de emprestá-los a Lotte-Lene, sabendo que se trata de uma boa causa. Que me diz, Senhor Conselheiro?

— Ora, Petersen, como poderia recusar-lhe um favor tão insignificante? Lotte-Lene poderá ler todos os livros que desejar. É uma jovem bonita e muito bem educada. Mas como a vejo só de raro em raro, quase nada sei sobre ela. Por isso, diga-me: ela é boa de memória? Tem talento? É inteligente? Mais importante ainda: ela tem sorte?

— Ih, ela é danada de sortuda! Já ganhou duas rifas: a primeira foi de um guarda-roupa; a segunda, de um jogo de cama. Se para ser atriz bastasse ter sorte, ela já seria atriz há muito tempo!

— Para tirar qualquer dúvida, vamos consultar a chave — disse o Conselheiro, tirando-a do prego e enfiando-a no dedo indicador, a fim de contar seu movimentos.

A chave começou a mover-se de um lado para o outro, parando em certos momentos. A cada paralisação, o Conselheiro anotava uma letra. Ao final, juntando-as, ele leu: "Sucesso e Felicidade".

Aquelas duas palavras decidiram o futuro de Lotte-Lene. O Conselheiro emprestou-lhe imediatamente dois livros tirados de sua estante: um era o "*Dyveke*"; outro, "*A Sociedade Humana*", de Knigge.

Daquele dia em diante, a jovem passou a frequentar o apartamento do Conselheiro, chegando a quase tornar-se membro da família. Ele achava que a jovem era talentosa e inteligente. Ela admirava sua sabedoria, e mais ainda a da sua chave. A mulher do Conselheiro apreciava aquela jovem ingênua e inocente, que não tinha pejo de exibir sua profunda ignorância acerca de tudo — era como se fosse uma criança. Portanto, todos gostavam dela, e ela gostava de todos.

— Ah, como este apartamento cheira bem! — dizia ela, sempre que ali entrava.

É que a mulher do Conselheiro deixava um barril de maçãs logo na entrada, e ainda costumava pôr dentro das gavetas galhinhos de alfazema e folhas de rosa, para perfumar o ambiente.

— Nossa! Como eles são refinados! — costumava comentar com os outros, lembrando-se das flores que a dona da casa mantinha, mesmo no inverno.

De fato, ela gosta de deixar, nos quartos aquecidos, vasilhas com água, dentro das quais havia galhos de cerejeira e de lilases, sempre floridos, fosse ou não fosse tempo de primavera. A propósito disso, a senhora disse-lhe um dia:

— Lá fora, expostos ao tempo, esses galhos parecem mortos. Quem os observa chega a pensar que toda a vida que possuíam esvaiu-se deles há muito tempo. Entretanto, ei-los aqui, floridos e viçosos, como se tivessem ressuscitado dos mortos.

— Ressuscitado... Nunca imaginei que essa palavra pudesse ser usada fora de uma igreja... Mas a senhora está certa: é o milagre da natureza!

O Conselheiro permitiu mais de uma vez que ela lesse o que ele chamava de "caderneta-chave", na qual as respostas a todas as questões que algum dia fizera a sua chave, algumas das quais eram deveras estranhas e curiosas. Uma dessas respostas era referente ao sumiço de meia torta de maçã, ocorrido no mesmo dia em que o namorado da criada tinha vindo fazer-lhe uma visita. Os suspeitos da travessura eram dois: o gato, ou então o "romeu". Foi esse último que a chave acusou. Na verdade, ele não surripiara a torta, apenas a devorara, pois a verdadeira culpada tinha sido a criada, com intenção de lhe fazer um pequeno agrado. No final das contas, porém, não se poderia dizer que a chave tinha cometido um erro, pois o mais importante era conhecer o causador do crime, e não seu executor imediato. Ao menos, assim pensava o Conselheiro. Quanto à criada, não teve outra saída senão confessar o furto, já que não há criatura capaz de contestar as deduções mágicas de uma chave.

Por essas e outras, o Conselheiro mais do que nunca confiava no que sua chave dizia, e não tinha a menor dúvida quanto ao sucesso e felicidade que ela previra para a talentosa Lotte-Lene. Quanto a ela, aí sim, é que inexistia o menor grãozinho de dúvida, em sua cabeça crédula e vazia.

A mulher do Conselheiro não compartilhava dessa fé, embora jamais tenha deixado o marido saber de sua incredulidade. Certa vez, trocando confidências com Lotte-Lene, contou-lhe que o Conselheiro, em sua juventude, fora apaixonado pelo teatro. Se alguém lhe tivesse dado um empurrãozinho, talvez ele ainda fosse um ator, tal o fascínio que lhe causava o palco. Ao invés disso, sua família não apreciou aquela propensão, e acabou empurrando-o para o lado oposto ao da ribalta. Ele acabou conformando-se com a impossibilidade de vir a ser um ator, mas não com a de se afastar do teatro. Assim, resolveu escrever peças teatrais, produzindo, depois de algum tempo, uma comédia. E, em voz sussurrante, ela prosseguiu:

— Isso que te estou contando, Lotte-Lene, é um grande segredo. A comédia era boa. Foi encenada no Teatro Real. Infelizmente, o público não gostou, e acabou por lhe dar uma sonora vaia. Agora, ninguém mais se lembra dela, e a mágoa dele e minha já até passou. O teatro é assim mesmo: questão de ter ou não ter sorte. Ele não teve. Agora, estás querendo arriscar a tua, tornando-te atriz. Cuidado, menina! Mais fácil será que venhas a fracassar. Não fiques confiando no que disse a chave. Eu não confio nela!

Mas Lotte-Lene confiava, e era nessa fé cega que repousavam lado a lado seu coração e o do Conselheiro.

A jovem era dotada de outras virtudes igualmente apreciadas pelo casal. Sabia, por exemplo, fazer goma a partir da flor de batata, transformar meias de seda velhas em luvas novas, cerzir punhos e golas puídas — não que ela precisasse dessas coisas, já que, segundo asseverava seu pai, tinha "dinheiro na gaveta e títulos no cofre".

Pensando nessas qualidades, a mulher do Conselheiro pensou: "Ela daria uma boa esposa para meu primo" — isso é, o farmacêutico. Pensou, apenas; não falou em voz alta, e muito menos perguntou à chave o que pensava a respeito daquele assunto. Quanto ao rapaz, deixou a capital e foi estabelecer-se numa grande cidade do interior.

Nesse ínterim, Lotte-Lene ainda estava lendo o *Dyveke* e A *Sociedade Humana,* especialmente o primeiro, que até já sabia de cor. Se lhe pedissem, recitaria as falas de todas as personagens daquele livro. Mas se lhe fosse dado escolher qual desses papéis gostaria de representar, diria sem hesitação que era o da principal personagem feminina. E realmente foi esse o papel escolhido para a sua estreia. Atentando ao conselho dado pelo Conselheiro — que, como o título indicava, era especialista nisso — ela resolveu não estrear em Copenhague, lugar onde enxameavam os invejosos, mas sim no interior, onde os diretores de teatro faziam menos restrições aos atores iniciantes.

— O artista deve dar seus primeiros passos nas trilhas modestas do interior — dissera ele, com ar de profundo entendido em tais assuntos.

Quis o acaso que a trilha modesta de seus primeiros passos estivesse situada justamente na cidade onde o farmacêutico se havia estabelecido, e onde era o mais jovem boticário (e também o mais velho, porquanto único).

Por fim, chegou a tão ansiada noite da estreia. Lotte-Lene aguardava ansiosamente o instante em que apareceria perante uma plateia, pela primeira vez. Então teria início o "sucesso e felicidade" da previsão chaveológica. Pena que o Conselheiro não pôde estar presente ao seu *début*: estava acometido de forte gripe. A esposa ficara com ele em casa, preparando chá de camomila e compressas para o peito, a fim de esquentá-lo por dentro e por fora. Assim, também se viu impedida de assistir à estreia da pupila de seu marido.

Mas o farmacêutico estava presente ao teatro, não para representar a família, e sim porque fazia questão absoluta na assistir àquela representação do *Dyveke* — imperdível! De volta a sua casa, a primeira coisa que fez foi escrever uma carta para sua prima, relatando pormenorizadamente a estreia teatral de Lotte-Lene, resumível em apenas duas palavras: tremendo fiasco. No final da carta, escreveu:

"Pensando bem, foi uma verdadeira maravilha. Ah, como gostaria de ter comigo naquele momento a chave do Conselheiro! Faria questão de assoviar através de seu orifício, juntando meu silvo agudo aos apupos da assistência. A garota o fez por merecer, já que acreditou na chave, e a chave também o mereceu, pela imperdoável mentira que lhe pregou. Pobre moça... acreditar que teria sucesso e felicidade, mesmo não tendo uma gota sequer de talento...

O Conselheiro leu aquela carta, comentando que tais palavras tinham sido ditadas pela "chaveofobia" do farmacêutico, que sempre demonstrara antipatia por Lotte-Lene, jamais reconhecendo seus dotes e predicados.

— Deixa estar! Vou escrever-lhe uma resposta bem ácida, bem cáustica, bem venenosa! Ele não perde por esperar.

De fato, já no dia seguinte escrevia a carta, pedindo à esposa que fosse ao Correio despachá-la. E a missiva estava realmente ácida, cáustica, venenosa, qualidades que passaram despercebidas ao farmacêutico, tão acostumado estava a lidar com substâncias desse tipo.

Com efeito, as reações que a carta do Conselheiro lhe provocaram foram insuportáveis gargalhadas, além do desejo logo realizado de lhe escrever uma resposta. E ele o fez com o melhor dos humores.

Começou dizendo que estava felicíssimo com o fato de ficar ciente das últimas novidades chaveológicas, uma vez que tinha o maior apreço e respeito por essa notável ciência. Depois, confessou estar escrevendo um livro. Era um romance, desses que então estavam em moda, do gênero "buraco de fechadura". Só que, ao invés de revelar segredos de alcova, conforme o figurino adotado pelos romancistas modernos, ele preferia revelar "segredos guardados a sete chaves". Dedicava ao livro todos os seus momentos de folga. Na realidade, todas as personagens do romance eram... chaves. A principal, evidentemente, era a chave da porta da frente. Sua personalidade e suas características físicas tinham sido calcadas na famosa chave do Conselheiro. Também ela possuía aquele dom fantástico de prever o futuro, sem jamais errar. Em torno dela giravam as outras personagens-chaves, compondo um enredo intrincando. Havia a chave do quarto de dormir, conhecedora de segredos e suspiros; havia a chave de dar corda no relógio, elegante, distinta, de cintura fina, conhecida pela sua pontualidade; a chave da sacristia, que fora esquecida um dia na igreja, tendo a oportunidade de presenciar fatos assombrosos que ali ocorreram à noite; e mais a chave da despensa, a do depósito de carvão e a da adega, personagens modestos, que apareciam apenas para dar um recado ou simplesmente compor a cena. E prosseguia:

"Mas a personagem principal é mesmo a chave da porta da frente. Sobre ela rebrilha o sol, fazendo-a reluzir em chispas de prata. Pelo seu orifício passam todos os espíritos do mundo, como rajadas de vento, silvando em assuada. Pretendo terminar o livro com uma apoteose, no qual ela é proclamada a Chave das Chaves, infalível como as Chaves do Papa, venerada como as Chaves do Céu. E já escolhi o título do romance: O Chavão."

— Ah, sujeitinho sem-vergonha! — rosnou o Conselheiro, rilhando os dentes. — É uma pirâmide de malícia! Não vou me dar ao trabalho de responder-lhe. Aliás, não quero vê-lo nunca mais.

Porém, ainda o viu mais uma vez. Foi no enterro de sua esposa. A boa senhora, um dia, foi-se inesperadamente desta para a melhor. Seguindo o esquife, o Conselheiro e o farmacêutico caminharam lado a lado, sem qualquer altercação — e nem teria cabimento se discutissem naquela circunstância.

Logo atrás vinha Lotte-Lene, que regressara ao lar, depois de sua primeira e única experiência teatral. Quanto à previsão de "sucesso e felicidade", o Conselheiro já lhe dera sua explicação: a chave não se referia absolutamente a sua carreira de atriz, mas sim a algo diferente, que só o tempo poderia revelar em que consistiria. Naquele instante, isso sequer lhe passava pela cabeça. Com os olhos marejados de lágrimas, sua única preocupação era assegurar-se de que o laço de crepe preto que ela tinha posto no chapéu do Conselheiro estava efetivamente bem armado e distinto.

Depois disso, a tristeza invadiu aquela casa. Os ramos de cerejeira deixaram de florir, e as plantas dos vasos começaram a definhar, perdido o trato diário e carinhoso ao qual estavam acostumadas.

Pobre Conselheiro, triste e solitário em seu apartamento! Lotte-Lene vinha visitá-lo com frequência. Ele invariavelmente contava casos da falecida, e ela chorava copiosamente, pois tinha uma alma muito sensível. Vez que outra, a conversa era desviada para temas mais amenos, como o teatro, por exemplo. Aí ela ficava séria e externava sua opinião, alicerçada na experiência que tinha a respeito do assunto:

— O teatro é um antro de pecado, repleto de inveja e de ciúme. Ainda bem que caí em mim a tempo, escapando de me tornar uma atriz. Agora, é hora de tratar da vida, pois viver é muito mais importante que representar!

Dizia isso de queixo erguido e olhos fixos no infinito, mantendo-se assim por algum tempo, estática, triunfante, enquanto uma cortina imaginária ia se fechando vagarosamente à sua frente.

E que dizia ela quanto à previsão da chave? Nada. A explicação dada pelo Conselheiro bastava-lhe. Ademais, a última coisa que iria querer era ofender uma pessoa tão boa e amável quanto ele.

Durante aquele ano de luto, a chave representou um consolo constante para seu dono. Ele lhe fazia perguntas, e ela lhe respondia. E sempre com sagacidade.

Passado aquele ano, num dia em que ele e Lotte-Lene estavam sentados ao entardecer, em palestra amena, sobreveio-lhe um desejo de perguntar alguma coisa à chave. Ali mesmo, diante da boa amiga, ele indagou:

— Devo casar-me outra vez?

Prontamente a chave respondeu que sim.

— Sendo assim, com quem deverei casar-me?

Dessa vez, não foi necessário que alguém o empurrasse. Ao contrário, foi ele quem empurrou a chave, obrigando-a a responder: "Lotte-Lene". Uma troca de olhares, uma aquiescência, e estava selado o compromisso. Pouco tempo depois, Lotte-Lene era a digníssima esposa do Senhor Conselheiro. Desse modo, cumpriu-se a profecia da chave, que muitos anos atrás predissera seu futuro, sintetizando-o em duas palavras:

"Sucesso e Felicidade".

O Aleijado

Era uma vez uma propriedade rural enorme, pertencente a um casal de nobres. A sede da fazenda era um belo solar. Seus donos eram ricos, jovens e felizes. A Fortuna tinha-lhes sorrido, e eles retribuíam sua sorte com o desejo sincero de que todos que ali viviam também fossem tão felizes como eles.

Na véspera de Natal, um enorme pinheiro todo decorado erguia-se no salão principal do solar. A lareira estava acesa, e todos os quadros que pendiam das paredes tinham suas molduras decoradas com ramos de cipreste. Mais tarde, haveria danças e risos, pois o casal costumava convidar um bando alegre de amigos, para juntos comemorarem aquela que era a noite mais feliz do ano.

Na enorme copa do solar estavam reunidos todos os trabalhadores da propriedade, a fim de também comemorarem o Natal. Ali fora erguida igualmente uma árvore de Natal, com velas brancas e vermelhas, enfeites de papel celofane, bandeirinhas, lantejoulas, balas e bombons, dentro de envelopes em formato de coração. Além dos trabalhadores, todas as crianças pobres da aldeia vizinha tinham sido convidadas para a festa, e ali estavam elas acompanhadas de seus pais. Estes, logo que chegavam, mal davam uma passada de olhos pela árvore, preferindo deter-se na contemplação dos presentes, expostos sobre a grande mesa de jantar. Viam-se ali diversas peças de linho e de lã, que em breve estariam transformadas em saias, blusas, calças e camisas, além de outros presentes, escondidos dentro de caixas e pacotes.

Enquanto os maiores examinavam os presentes, os mais miúdos se extasiavam diante da árvore de Natal, estendendo as mãozinhas para tentar agarrar as lantejoulas, as bandeirinhas e as velas coloridas.

Logo que escurecia era servido o tradicional jantar de Natal. Como entrada, vinha uma sopa de arroz, grossa como um mingau. Em seguida, vinham as demais iguarias, tendo como prato de fundo ganso assado com repolho vermelho.

Terminada a refeição, eram acesas as velas da árvore, sendo permitido às crianças apanharem os envelopes contendo balas e bombons. Por fim, vinha a distribuição dos presentes, encerrando-se a reunião com um copo de ponche e talhadas de maçã assada. Então, o casal despedia-se de seus convidados, e cada qual voltava para sua casa. No caminho de volta, cada grupo ia comentando entre si a qualidade das iguarias servidas no jantar e o maior ou menor valor dos presentes que acabavam de receber.

"Cristina do Ancinho" e "Olavo da Foice" — chamavam-nos assim porque o casal era responsável pela capina e limpeza do parque que rodeava o solar — voltavam para casa com quatro filhos, já que um não tinha podido seguir com eles para a festa. Todo ano recebiam sua cota de presentes, e nenhum de seus cinco filhos era esquecido. Pelos comentários que faziam, porém, pareciam não estar muito satisfeitos com sua parte:

— O patrão e a patroa são generosos — dizia a mulher. — Também, pudera! Com o tanto que têm, podem permitir-se esse luxo. Além do mais, divertem-se com esses atos de caridade.

— O corte de tecido que recebemos dará para vestir esses quatros filhos. Mas que terá sido destinado ao nosso aleijadinho? Espero que desta vez não se tenham esquecido dele, só porque o coitadinho não pôde ir à festa...

O "aleijadinho" ao qual se referiam era seu filho mais velho, de nome Hans. Era um jovem esperto e inteligente, que no passado tinha sido muito ativo. Um dia, porém, suas pernas perderam a firmeza — "amoleceram", conforme dizia Cristina do Ancinho — obrigando-o a guardar o leito, daí em diante. Isso tinha acontecido cinco anos atrás.

— Eles não se esqueceram de Hans — disse ela. — O presente dele está embrulhado. Fiquei curiosa e olhei o que era: um livro. Creio que ele irá apreciar, pois gosta de ler.

— Um livro? — perguntou o marido, com ar de desprazer. — Presente inútil... Se ao menos servisse para encher a barriga...

Mas Hans ficou exultante com seu presente. De fato, ler era um de seus maiores prazeres. Não se vá pensar, porém, que ele vivia a ler ali em seu leito. De modo algum: o que ele mais fazia era trabalhar. Tinha aprendido a tricotar, e confeccionava não só lindas meias, como até mesmo colchas. A dona do solar tinha visto seus trabalhos, elogiado o capricho, e até comprado duas de suas colchas.

O livro era de histórias — uma coleção de contos de fada. Era grosso e escrito em letras pequenas. Havia muito que ler nas suas páginas.

— Um presente deveras inútil — queixavam-se os pais, a quem perguntava pelo presente destinado a Hans. — Enfim, o pobre coitado gosta de ler, e não é justo que passe o tempo todo tricotando, não é?

Chegou a primavera. As cerejeiras deram frutos, e suas flores espalharam-se pelo chão. As ervas daninhas também se multiplicaram. Isso queria dizer que havia muito trabalho no parque do solar; não para o jardineiro, ou para seus aprendizes, mas para Cristina do Ancinho e Olavo da Foice. Pessimistas, os dois viviam a se lamentar:

— Oh, meu Deus, que trabalheira! A gente acaba de limpar as trilhas e caminhos, e logo vêm os tais hóspedes e sujam tudo de novo! Cambada de gente sem ter o que fazer! Não sei por que os patrões têm de convidar tanta gente estranha para vir aqui...

— É, mulher, trabalho; e o que não falta para nós dois. É pena que as dádivas de Deus sejam tão estranhamente distribuídas entre as pessoas... Lá na igreja, o ministro diz que todos somos filhos de Deus, não é? Sendo assim, por que alguns têm tanto, enquanto outros quase nada têm?

— Isso é por causa do Pecado Original: a perda da Graça divina — respondeu Cristina.

À noite, depois de jantar, os dois continuaram a conversar sobre aquele assunto, enquanto Hans lia seu livro, deitado na cama. Com efeito, a vida não tinha sido generosa para com aquele casal. O trabalho pesado tinha endurecido não só suas mãos, como seu coração também. No estágio de vida em que se encontravam, não tinham a menor possibilidade de mudarem de vida ou de melhorarem de situação. A consciência desses fatos costuma deixar as pessoas amargas e melancólicas, e era assim que os dois se encontravam naquele instante.

984

— Para alguns, Deus reservou uma vida feliz, repleta de riqueza, saúde e felicidade. Para outros, porém, somente sobraram miséria, infortúnio e toda sorte de desgraças. Por que apenas alguns continuam pagando pelo pecado da desobediência de Adão e Eva? Se nós dois estivéssemos no lugar deles, certamente não teríamos imitado seu procedimento.

— Será que não, pai? — perguntou Hans. — Acabo de ler uma história neste livro que trata justamente desse assusto.

— Vamos ouvir o que o livro disse. Leia para nós.

E Hans leu em voz alta a história do lenhador e de sua mulher. Também esse casal estava criticando a atitude de Adão e Eva, atribuindo sua pobreza à curiosidade malsã dos dois. "Se estivéssemos em seu lugar", diziam, "a maçã ainda estaria na árvore, e o homem não teria sido expulso do Paraíso."

Escutando aquilo, o rei, que por acaso estava passando por ali, resolveu dar-lhes uma lição. Batendo à porta, ordenou ao casal:

— Vinde comigo até o palácio. Ali, vivereis tão confortavelmente como eu. Sereis servidos por mordomos, e podereis comer sete pratos em cada refeição, sem falar na sobremesa. Só imponho uma condição: no meio da mesa estará uma terrina tampada — não a destampeis, em hipótese alguma. Ninguém pode saber o que ela contém. Se a destampardes, perdereis vossos privilégios, e retornareis à vida miserável que hoje levais.

O casal seguiu o rei até o castelo e logo já estava desfrutando dos privilégios mencionados pelo soberano. Já durante a primeira refeição, a mulher do lenhador disse:

— Estou morta de curiosidade de saber o que há dentro dessa terrina!

— Deixa pra lá, mulher! — advertiu o marido. — Esquece a terrina. Nada temos a ver com isso.

— Não quero provar, marido, só saber o que está aí dentro — replicou a mulher. — Nem será preciso destampar tudo: só uma beiradinha! Garanto que aí dentro tem um manjar finíssimo!

— Não sei não, mulher, não sei não... Pode ser que haja um dispositivo mecânico qualquer, que acione uma pistola, por exemplo, fazendo-a disparar um tiro. Não é pelo risco de ser atingido pela bala, mas por causa do barulho: já pensou? Basta você segurar a tampa da terrina e... pááá! Todo mundo vai escutar!...

— Deus que me livre! — exclamou a mulher, retirando as mãos e desistindo de destampar a terrina.

De noite, porém, ela sonhou que estava à mesa, e que, num certo momento, destampava a terrina proibida. Logo espalhou-se pelo ar um aroma forte de ponche, um cheirinho delicioso! Sem dúvida, era daquelas bebidas que se servem em casamentos chiques e enterros de gente muito rica.

E o sonho continuava. Junto à terrina havia uma concha, e nela estava inscrito: Bebe desse ponche, e ficarás rico; tão rico, que qualquer outra pessoa, comparada a ti, será considerada pobre".

Quando acordou, a primeira coisa que fez foi relatar o sonho ao marido. O lenhador repreendeu-a, dizendo:

— Mulher, mulher, para de ficar pensando naquela terrina!

— Não consigo! Estou morrendo de curiosidade de saber qual é a iguaria que ela contém. Ah, marido, deixa que eu levante a tampa só um pouquinho, deixa!

E continuou a implorar, até que, na hora da refeição, ele meneou a cabeça, assentindo, e ela levantou a tampa da terrina, mas "só um pouquinho".

Para quê! Bastou aquilo, para que lá de dentro saíssem dois camundongos, pulando sobre a mesa, saltando até o chão e se enfiando o mais rápido que puderam num buraco de rato, na parede. No mesmo instante, entrou na sala o rei, exclamando:

— Bem que vos avisei! Por que não me obedecestes? Agora, juntai vossas coisas e voltai imediatamente para vossa casa, na floresta. E nunca mais critiqueis Adão e Eva, e nem condeneis o procedimento de nossos primeiros pais. Como eles, também vós acabais de cometer os dois horríveis pecados da curiosidade e da ingratidão.

Terminada a leitura, Hans encarou os pais, que o olhavam com ar de surpresa e satisfação.

— Gente! Que história interessante! — exclamou Olavo da Foice. — Quem será que a escreveu? Isso aí poderia ter acontecido conosco! Essa história dá o que pensar...

No dia seguinte, os dois foram trabalhar. O sol castigava, de tão ardente. De repente, o céu se encheu de nuvens, e a chuva caiu, ensopando suas roupas. Cristina e Olavo resmungaram o tempo todo. Chegando em casa, puseram-se a reclamar, queixando-se dos percalços e desconfortos que o mau tempo lhes trouxera durante o dia. De cenho franzido, jantaram. Terminada a refeição, Olavo pediu a Hans que lesse de novo a história do lenhador, que muito o divertira na noite anterior.

— Aquela eu já li, pai. Prefiro ler outra. Este livro tem muitas!

— As outras não me interessam. — replicou Olavo da Foice. — Quero escutar aquela que já conheço. É dela que gosto.

E Hans leu de novo aquela história, não apenas nessa noite, mas em muitas outras. Numa dessas vezes, Olavo comentou:

— Essa história não explica tudo. Os seres humanos são como o leite: alguns, de tanto serem batidos, se transformam em creme de leite; outros, em manteiga; outros, em soro. Não entendo por que certas pessoas nascem em berço de ouro, nunca tendo de experimentar o sofrimento, a angústia, a necessidade, enquanto que outras sofrem o tempo todo, desde o dia em que vêm ao mundo...

O aleijado escutou os comentários do pai, sem nada replicar. Suas pernas podiam ter "amolecido", mas não sua mente. Ao invés de responder, ele preferiu ler outra história, a do homem que jamais havia conhecido o infortúnio e a necessidade, e que era assim:

"O rei estava prestes a morrer. Chamados para examiná-lo, os sábios disseram:

— O rei só poderá ser curado, se porventura vestir a camisa de um homem que jamais tenha conhecido o infortúnio e a necessidade.

Em busca desse homem, mensageiros foram enviados a todos os cantos do mundo a todos os reinos, atrás de todos os nobres. Onde quer que se imaginasse existir alguém que fosse inteiramente feliz, logo ali estaria o emissário do rei. Todos os indagados, porém, foram unânimes em afirmar que, pelo menos algumas vezes na vida, tinham experimentado o infortúnio e a necessidade. Por fim, surgiu alguém que não hesitou em declarar:

— Infortúnio? Necessidade? Nunca experimentei. Nasci feliz, vivi feliz, sempre fui feliz. Não me lembro de um dia sequer em que não me senti feliz. A vida é boa, o mundo é lindo, todas as pessoas são maravilhosas, e eu estou sempre a rir e a cantar.

Quem foi que disse isso? Um guardador de porcos, espojado num fosso. O mensageiro não teve dúvida e, de dedo em riste, ordenou:

— Em nome de Sua Majestade, passe para cá sua camisa. Você será regiamente recompensado por isso.

Para sua surpresa, porém, o guardador de porcos não possuía sequer uma camisa, ainda que se considerasse a pessoa mais feliz do mundo."

Escutando o final da história, Olavo da Foice não se conteve, exclamando:

— Não tinha nem uma camisa? Esse aí era um dos nossos!

E prorrompeu numa sonora gargalhada, acompanhado de sua mulher.

— Que alegria é essa, minha gente? — perguntou o mestre-escola, que por acaso acabava de chegar à porta da cabana. — Risadas por aqui? Isso eu nunca vi! Qual a razão? Ganharam na loteria?

— Quem dera, professor, quem dera! — respondeu Olavo, reprimindo um resto de riso. — Estamos rindo por causa de uma história que o Hans acabou de ler no seu livro. É sobre um sujeito que nunca tinha experimentado o infortúnio e a necessidade. Um cara feliz; entretanto, não era dono de nada, nada, nada, nem mesmo de uma simples camisa! Quem pode escutar uma história dessas sem cair na gargalhada? E ela está impressa num livro! Quando a gente toma conhecimento do fardo pesado que alguns têm de carregar, o nosso até fica parecendo leve...

— Interessante, esse livro do Hans — comentou o mestre-escola. — Foram vocês que o compraram?

— Não, foi um presente. Ele o ganhou no ano passado, por ocasião do Natal. Foi a dona da fazenda quem lhe deu, sabendo que ele gostava de ler. Bem que teríamos preferido outro tipo de presente, como uma camisa, por exemplo. Mas antes um livro do que nada. E esse livro até que é bem curioso: ele tem respostas para muitas de nossas dúvidas.

O professor folheou o livro, trocou algumas palavras com Hans e com os donos da casa, e depois se despediu. Olavo então pediu:

— Leia de novo para mim essa história do homem que não tinha camisa. Gostei dela. Depois, leia aquela outra, do lenhador.

Ele só queria saber daquelas duas histórias. Elas eram como raios de sol, iluminando e aquecendo sua alma acabrunhada, tão pequena e precária como a cabana em que moravam.

Para si, porém, Hans leu todo o livro; não uma, mas muitas vezes. Os contos de fada levavam-no até onde as pernas não eram capazes de ir — para bem longe daquele lugar tacanho e miserável.

Desse dia em diante, o mestre-escola criou o hábito de visitar Hans à tarde, no horário em que apenas ele se encontrava em casa. Essas visitas alegravam extraordinariamente o

987

rapazinho. O professor falava-lhe sobre a Terra e os diversos países que existem, cada qual com sua peculiaridade; falava sobre o Sol, que era meio milhão de vezes maior do que o nosso planeta, e situado tão longe de nós, que uma bala de canhão levaria vinte e cinco anos para chegar até ele, percurso que seus raios cobriam no curto espaço de tempo de oito minutos. São coisas que qualquer escolar sabe, mas que, para Hans, constituíam maravilhosas novidades, mais interessantes que os contos existentes em seu livro de histórias.

Uma ou duas vezes por ano o mestre-escola era convidado para almoçar no solar da fazenda. Ali, teve oportunidade de elogiar a dona da casa pela escolha do presente que havia dado a Hans. O livro trouxera grandes benefícios, não só ao presenteado, como a toda a sua família. A dona da casa ficou tão satisfeita com aquelas palavras que, à saída do professor, entregou-lhe um marco de prata, pedindo-lhe que o levasse a Hans, tão logo fosse visitá-lo. E foi o que ele fez, logo no dia seguinte.

— Este presente será bem mais útil para meus pais do que para mim — comentou o aleijado, ao receber a moeda. — Pena não poder agradecer pessoalmente a gentileza da boa senhora.

Os pais realmente ficaram felicíssimos ao receberem aquele presente. Mais tarde, a sós, comentaram entre si:

— Nosso aleijadinho não representa para nós um peso morto, não é mesmo?

Podia parecer uma frase rude, mas na verdade não era.

Cerca de três dias depois da visita do mestre-escola, parou diante da cabana de Olavo uma carruagem. A gentil senhora do solar tinha vindo fazer uma visita a Hans, tão satisfeita ficara ao saber da felicidade que seu presente produzira nele e em sua família. Trazia consigo uma cesta cheia de frutas e pão de trigo, além de uma garrafa de suco de groselha. Para Hans, especialmente, trouxe ainda um presente muito especial: uma gaiola de arame, pintada de tinta dourada, dentro da qual havia um melro cantador. O rapazinho apreciou o presente, pedindo que fosse posto sobre uma arca, colocada junto aos pés de sua cama. Dali poderia vê-lo sem dificuldade e apreciar o canto do pássaro. E este cantava tão alto, que até as pessoas que passavam diante da cabana podiam escutá-lo.

Olavo da Foice e Cristina do Ancinho, naquele dia, chegaram bem tarde a sua casa. Assim, não tiveram oportunidade de encontrar ali a senhora, que já havia saído, quando de sua chegada. É provável que tenha sido melhor assim pois talvez não conseguissem disfarçar o desprazer que lhes causou a visão do presente que ela tinha trazido para Hans. A felicidade do filho não compensava o problema que aquele melro iria representar para a família.

— Os ricos não têm ideia de como é dura a vida dos pobres. Para eles, tudo é fácil, uma vez que têm criados a sua inteira disposição. Seu único trabalho é desfrutar as boas coisas da vida. Já a dureza é deixada para a gente. Como é que nosso aleijadinho poderia cuidar desse pássaro? Vai sobrar trabalho para nós, até que, um dia, o gato acabe de vez com o problema, devorando-o com pena e tudo...

Passou-se uma semana, depois outra. O gato entrava e saía naquele cômodo, parecendo nem notar a existência do melro. Este, por sua vez, nem se assustava com a presença ali do bichano. Foi então que, certa tarde, enquanto Hans lia mais uma vez seu livro de histórias, aconteceu aquilo que seus pais haviam previsto. O rapazinho estava inteiramente entretido na leitura da história da mulher do pescador, que conseguia transformar seus sonhos em realidade. No dia em que imaginou tornar-se rei, num rei ela se transformou. No dia em que sonhou tornar-se Papa, em Papa se transformou. Mas no dia em que desejou tornar-se o próprio Deus, aí a coisa mudou de figura: quando deu por si, tinha ela voltado ao lamaçal de onde saíra o barro que formou o homem, ali permanecendo para todo o sempre. Não que essa história tivesse alguma coisa a ver com o gato e o melro, mas acontece que era ela a que Hans estava lendo, quando tudo aconteceu.

Mas, afinal de contas, que foi que aconteceu? Vou contar. A gaiola lá estava, em cima da arca. O gato entrou no quarto e ficou olhando para ela, com seus olhos verde-amarelados. Era a primeira vez que se detinha em sua contemplação. Bastava olhar a cara do felino, para entender seu pensamento: "Ah, passarinho bonito, vou te mostrar que meu estômago é bem mais confortável que essa gaiola..."

Tirando os olhos do livro, Hans viu a cena, entendendo imediatamente as intenções homicidas do gato. Assustado, gritou:

— Sai daí, gato safado! Vai embora, vai!

Seus gritos de nada valeram. O animal esticou a cabeça para a frente e retesou os músculos, pronto para dar um bote. Hans olhou em volta de si, procurando algo que pudesse atirar nele, mas nada viu, a não ser seu mais precioso tesouro: o livro de histórias. Hesitou, a princípio, mas logo se decidiu e, juntando todas as suas forças, atirou o pequeno volume sobre o gato mal-intencionado.

Também essa tentativa de nada valeu. Ao ser atirado, o livro abriu-se em dois, rasgando-se ao meio, e suas duas partes passaram ao lado do felino, sem atingi-lo. A única reação do animal foi voltar os olhos para Hans, encarando-o com ar de profundo desdém, como se estivesse dizendo: "Deixe de ser bobo, aleijadinho! Você não pode me atingir. O máximo que pode fazer é fechar os olhos, para não ver como vou abocanhar esse passarinho, sem que ninguém me possa impedir".

Mas Hans não fechou os olhos. Ao contrário, manteve-os bem abertos, fitando o gato com fúria, desesperado ante sua própria impotência. Na gaiola, no melro tremia como vara verde. Familiarizado com os hábitos dos moradores, sabia que, naquela hora, não havia vivalma naquela casa, a não ser o pobre aleijadinho, cujas pernas jamais se moviam.

O gato preparou-se novamente para dar o bote. Em nova tentativa desesperada de impedi-lo, Hans arrancou suas cobertas e as atirou sobre o animal, mas outra vez sem qualquer sucesso. Com dois pulos ágeis, o gato alcançou a cadeira, e em seguida o tampo da arca, estendendo a pata em direção à avezinha, transida de pavor. Hans até podia escutar as batidas do seu coração, mais altas que o som ofegante de sua respiração. Que fazer? Não tinha forças nas pernas, não tinha condição de sair do leito e evitar o desfecho da cena!

Eis que o gato, num ágil golpe, derruba a gaiola, jogando-a ao chão. Na queda, a portinhola se abre, expondo à sanha do predador a avezinha indefesa, que se pôs a bater as asas desesperadamente, antevendo seu trágico e próximo fim. Hans sentiu como se uma garra cruel estivesse esmagando seu coração. Então, sem saber como, deu um berro e saltou da cama, atirando-se em fúria contra o gato, que tratou de escapulir imediatamente, com toda a agilidade que lhe dava sua condição de felino esperto.

Ao se ver em pé, no meio do cômodo, segurando a gaiola na mão, Hans caiu em si, entendendo que havia recuperado miraculosamente os movimentos e a força de suas pernas. Louco de entusiasmo, saiu de casa, sem importar com a camisola de dormir que vestia, gritando, com toda a força de seus pulmões:

989

— Eu posso andar! Eu posso andar!

Numa fração de segundo, deixara de ser aleijado, tornando-se normal. De vez em quando acontece um fato inexplicável desses. E lá se foi ele, pela estrada, rumo à casa do mestre-escola, que morava não longe dali. Ao chegar, não bateu: entrou pela porta a dentro, sem se importar com o fato de estar descalço e de vestir uma camisola de dormir. Até aquele instante, ainda carregava nas mãos a gaiola do melro. Ante o professor que o fitava estupefacto, ele novamente exclamou:

— Eu posso andar! Veja, professor: posso andar!

Foi um dia extremamente feliz na velha cabana. Olavo da Foice e Cristina do Ancinho chegaram mesmo a dizer que aquele fora o dia mais feliz de toda a sua vida. A notícia logo se espalhou, e do solar chegou um convite para que ele fosse até lá. E ele foi, seguindo pelo caminho que há anos deixara de trilhar.

Enquanto caminhava, o rapazinho olhava satisfeito para os arbustos e árvores das margens, e estes pareciam inclinar-se para ele num cumprimento, como se dizendo:

— Que bom vê-lo de novo, Hans! Há quanto tempo você não aparecia por aqui!

O sol que iluminava seu rosto parecia penetrar dentro de seu peito, fazendo rebrilhar seu coração.

Os donos do solar mostraram-se tão felizes com a cura de Hans, que até davam a impressão de serem seus parentes. A alegria estampava-se especialmente no rosto da jovem senhora, cujos presentes, em última análise, eram os responsáveis por aquele verdadeiro milagre.

É bem verdade que, apesar de tudo, o melro tinha morrido de medo, logo que viu as garras do gato introduzindo-se pela portinhola de sua gaiola. Mas o livro fora recuperado, ainda que de maneira precária. E como, agora, seria razoável que Hans procurasse aprender um ofício, deu-lhe vontade de estagiar como aprendiz de encadernador, profissão que lhe permitiria não só consertar com arte e técnica seu querido livro de histórias, como ler diversos outros que tivesse de encadernar.

Mais tarde, também os pais de Hans foram chamados ao solar. A jovem senhora informou-lhes que ela e seu marido haviam combinado ajudar Hans daí em diante, patrocinando seus estudos.

Nos dias que se seguiram, era visível a felicidade estampada nos rostos de Olavo da Foice e Cristina do Ancinho. Daí a uma semana, porém, o brilho de seus olhos foi toldado pelas lágrimas que neles se formaram. É que Hans agora teria de sair de casa e seguir para a capital, a fim de concluir seus estudos. Agora ele deveria tornar-se de fato um sujeito culto, pois iria aprender até Latim! Teria de permanecer muito tempo na capital, que era distante, só regressando depois de alguns anos. Daí a tristeza de seus pais.

Olavo da Foice não permitiu que ele levasse consigo o livro de histórias. Quis tê-lo a seu lado, para ler as duas histórias de que gostava, sempre que tivesse vontade. E apenas aquelas duas, as únicas que conhecia. Nunca leu nenhuma outra, nem permitiu que alguém a lesse para ele.

As cartas de Hans foram chegando, uma após outra, cada qual mais feliz que a anterior. A família com a qual ele vivia era composta por pessoas excelentes, mas o melhor de tudo era a escola que ele frequentava. Quantas coisas havia para aprender! Seria preciso viver pelo menos cem anos, para estudar tudo o que lhe parecia interessante e útil. Já decidira seu futuro: queria tornar-se um professor. Por isso, tinha de aprender muito, para poder ensinar pelo menos parte do que soubesse.

— Não é estranho tudo isso? — perguntavam seus pais. — E dizer que foi acontecer justamente conosco...

Entreolhavam-se orgulhosos e tomavam-se as mãos, erguendo o pensamento para os céus, numa prece muda de agradecimento.

— Isso que aconteceu a Hans demonstrou duas coisas para mim — disse um dia Olavo da Foice. — Primeiro, que Deus não se esquece de nenhum de seus filhos, nem mesmo daqueles que vivem nas cabanas modestas das pessoas pobres. E, em segundo lugar, que a vida é repleta de surpresas, chegando às vezes a parecer mais estranha que um conto de fadas, desses que estão escritos no livro do Hans.

Titia Dor-de-Dentes

De onde foi que extraímos esta história?
Quer saber?
Foi de uma mercearia, de dentro do barril onde se costuma guardar papel para embrulhar os artigos ali vendidos. Ali há tudo quanto é tipo de papel, até mesmo páginas de livros raros e excelentes. É pena que se percam para sempre, depois que entram naquele barril. Dali só saem para embrulhar café, açúcar, queijo, manteiga, arenque em conserva, etc. Esse último artigo costuma levar duas folhas de papel na sua embalagem. Como se vê, os artigos escritos valem mais pelo papel do que pelas ideias que transmitem.

Infelizmente, muita coisa que deveria ser preservada acaba caindo no barril do merceeiro, e aí, adeus.

Tenho um amigo que entende à beça desse assunto. Também, pudera: é filho de um quitandeiro e trabalha como vendedor de uma mercearia! A quitanda do pai fica no porão da casa onde ele mora, e a mercearia onde trabalha fica ao rés do chão. E como ele passou de uma para outra, pode-se dizer que tem subido na vida. Pois bem: esse rapaz é leitor habitual de "literatura de barril". Lê de tudo, tanto artigos impressos, como textos manuscritos. Quando encontra algo mais interessante, recolhe e guarda o papel, já tendo uma verdadeira biblioteca especializada nesse gênero, dentro de seu quarto. Sua coleção é de fato muito interessante. Acham-se ali, misturadas, cartas de amor, comunicações oficiais do governo (inclusive ofícios sigilosos, atirados à cesta de lixo por algum burocrata distraído), bilhetes e cartas reveladoras, pondo às claras certos segredos escandalosos, que melhor seria manter guardados para todo o sempre. Ao lado disso, lá estão os livros, nunca inteiros, infelizmente, mas nem por isso desinteressantes. Sim, senhores, meu jovem amigo é um benemérito das letras, um preservador da literatura de barril.

Outro dia, tive a oportunidade de conhecer sua coleção, examinando com curiosidade tanto os manuscritos como os papéis impressos. Chamou-me particularmente a atenção um pequeno caderno de folhas de papel almaço, preenchidas com uma letra muito bonita.

— Essas folhas aí pertenciam ao estudante — explicou meu amigo. — Era um rapaz que morava na casa em frente. Morreu no mês passado. Coitado, como sofria de dor de dentes! O senhorio dele ajuntou seus papéis e os vendeu para meu pai. Separei esses daí, que contêm uma história curiosa. Parece que seriam parte de um livro maior, mas as páginas restantes não foram encontradas, se é que teriam sido escritas. Esse conjunto custou barato: apenas um tablete de sabão em pedra. Não me importaria de pagar uma barra inteira pelo livro...

Como não dava para ler tudo ali mesmo, pedi-lhe emprestado o pequeno volume e o levei para casa. Achei-o tão interessante, que resolvi transcrevê-lo a seguir, para que também vocês tenham oportunidade de conhecer esta história, cujo título é:

TITIA DOR-DE-DENTES

Quando eu era garotinho, Titia vivia me dando doces e balas. Não sei como ainda tenho dentes na boca. Mesmo hoje em dia, quando já me tornei adulto (embora ainda seja um estudante), ela ainda me presenteia com doces. No seu entender, eu sou um poeta — ela sempre diz isso.

De fato, tenho algo de poeta em mim, mas não o bastante para ser classificado dentro dessa categoria de seres humanos. Minha poesia interior se revela em certas atitudes, como por exemplo a de andar pelas ruas da cidade como se estivesse examinando os corredores de uma gigantesca biblioteca. Cada casa é uma estante; cada andar, uma prateleira; cada pessoa, um volume diferente. Eis aqui um romance realista, contendo histórias do cotidiano. Ali está um comédia antiquada, enquanto que, ao lado dela, ali onde se vêm cortinas de gaze pendentes da janela, podem ser lidos alguns tratados científicos. Na mesma estante é possível encontrar literatura da melhor qualidade, ao lado de exemplares de chula e reles pornografia. E desse modo eu vou prosseguindo com o passeio, sonhando de olhos abertos, devaneando e filosofando, enquanto contemplo os volumes de minha "biblioteca".

Sim, tenho algo de poeta em mim, mas em dose pequena. Muitas pessoas têm dentro de si esse mesmo tanto de sentimento poético que possuo, e nem por isso se dizem poetas. Como eu, são pessoas felizes, dotadas da imaginação, embora não suficiente para que a considerem digna de ser traduzida em letra de forma e repartida com seus semelhantes. A imaginação que temos em comum é como um raio de sol, que ilumina e aquece a alma e a mente de cada um de nós. Surgem no íntimo de vez em quando, sem aviso prévio, como se fosse um aroma de flores, os sons distantes de uma medida não inteiramente conhecida, que desaparece da memória, tão logo começamos a trauteá-la.

Outro dia, estava eu descansando em meu quarto, sem ter sequer um livro para ler. Foi então que uma folha de tília se desprendeu da árvore, sendo trazida pelo vento para dentro do cômodo. Apanhei-a do chão e fiquei a examinar detidamente suas nervuras, salientando-se em meio à planície verde de sua superfície. Uma joaninha passeava por ali, como se estudando a topografia daquela folha. Fiquei quieto, supervisionando aquele exame, quando subitamente cheguei a uma conclusão curiosa: a sabedoria da humanidade tinha a ver com o estudo topográfico daquela joaninha. O homem costuma examinar e conhecer apenas a folha de uma árvore, mas se atreve a discorrer sobre todo o vegetal, como se de fato o conhecesse detalhadamente: raiz, tronco e copa. Quem de nós não presume entender a fundo tudo o que se refere a Deus, à morte, à imortalidade, mal conhecendo em que consiste efetivamente a vida?

Estava ali às voltas com essas considerações filosóficas, quando Tia Mille chegou para me fazer uma visita. Contei-lhe meus pensamentos, mostrando a folha e a joaninha responsáveis por eles. De tão entusiasmada, ela até bateu palmas, exclamando:

— É como costumo dizer: você é um poeta! Talvez seja o maior de todos os nossos poetas! Queira Deus que eu não venha a morrer antes de presenciar seu sucesso, antes de vê-lo famoso e aplaudido! Sua imaginação é assombrosa! E não sou apenas eu que o digo: também o cervejeiro Rasmussen afirmava a mesma coisa. Que Deus o tenha...

E, completando seu pensamento, Tia Mille deu-me um beijo estalado na bochecha.

Afinal de contas, quem era essa tal de Tia Mille? E o falecido cervejeiro, que teria a ver com toda esta história?

II

Ela era tia de minha mãe; portanto, minha tia-avó. Quando crianças, nós a chamávamos apenas de "Titia", só de raro em raro mencionando-a como "Tia Mille".

Sempre que nos visitava, dava-nos doces, balas, pirulitos e tudo o mais que poderia estragar nossos dentes. Se acaso a recriminassem por isso, ela ponderava que não imaginava haver outro presente possível para "aquelas crianças tão doces". E era por isso que nós, seus sobrinhos, adorávamos Titia, e ficávamos sempre ansiosos à espera de sua próxima visita.

É possível que Tia Mille tenha sido jovem algum dia, mas não que eu me lembre. Para mim, ela sempre foi velha. Uma velha senhora, distinta e gentil. Por outro lado, não me lembro de vê-la envelhecer. Sua aparência atual era a mesma que possuía nos meus tempos de criança. Outra coisa que também sempre a caracterizou foi o fato de estar constantemente a se queixar de dor de dentes. De tanto escutar essa ladainha, seu amigo Rasmussen, dono de uma cervejaria, pôs-lhe um dia o apelido de "Titia Dor-de-Dentes". E pegou.

Mais tarde, Rasmussen vendeu sua cervejaria e passou a viver de rendas. Mesmo assim, continuou sendo conhecido como "o cervejeiro Rasmussen". Era um pouquinho mais velho que Titia, e muito amigo dela; tanto, que a visitava frequentemente. Rasmussen não tinha um único dente inteiro em sua boca, mas apenas fragmentos e toquinhos, geralmente negros. Dizia que era devido ao fato de ter abusado dos doces, em sua infância, alertando-nos quanto ao perigo que corríamos, especialmente quando Titia nos vinha visitar.

E quanto a ela? Ao que parece, jamais comera doces em sua vida, pois tinha todos os dentes, e eles até brilhavam, quando ela abria a boca numa risada. Notando nossa admiração, o cervejeiro Rasmussen costumava comentar, piscando um olho maliciosamente:

— Belos dentes, não? Sua tia cuida deles tão bem, que os tira de noite, ao deitar, deixando-os guardados dentro de um copo...

Sabíamos que havia alguma insinuação maldosa naquelas palavras, sem contudo entender em que consistiria. Titia parecia não se importar com aquilo, comentando apenas que o amigo morria de inveja de seus dentes, e que por isso ficava inventando aquelas maluquices.

Certa vez em que os dois vieram almoçar em nossa casa, ela contou que tivera um pesadelo na noite passada: tinha sonhado que um de seus dentes se soltara da boca.

— Isso significa que vou perder algum ente querido — explicou, — um amigo de verdade.

— Como "amigo de verdade" — perguntou o cervejeiro, disfarçando um sorriso, — se o dente era falso?

Dessa vez, Titia não achou graça no comentário, repreendendo-o severamente e chamando-o de "velho" e de "grosseiro". Poucas vezes a vi tão zangada — pensando bem, jamais, antes ou depois daquele dia. Rasmussen acabou saindo cedo, pretextando uma desculpa qualquer. Mais tarde, ela se arrependeu de suas palavras, dizendo não saber onde estaria sua cabeça quando tratou de modo tão rude o seu velho amigo, uma das pessoas mais nobres e distintas que ela jamais conheceu, e que ele estava apenas brincando, sem qualquer intenção de ofendê-la. Rasmussen era tão bom, dizia ela, que, quando morresse, certamente iria transformar-se num dos anjinhos que ficam voando em torno de Nosso Senhor.

Aquela última frase deixou-me perplexo, não me passando pela cabeça como seria possível produzir-se em alguém uma tal metamorfose.

Em seus tempos de moça, Titia tinha sido pedida em casamento por Rasmussen. Ela não recusou o pedido, mas disse que precisava de algum tempo para se decidir. Foi adiando a decisão, até que por fim ambos desistiram de se casar, embora permanecessem bons amigos para o resto de suas vidas.

Pouco depois, o cervejeiro morreu. Seu funeral foi pomposo. Muita gente acompanhou o cortejo, inclusive pessoas importantes, trajando fardas e portando condecorações. Titia fez questão de comparecer, levando consigo todos os sobrinhos. Só não foi meu irmãozinho caçula, que na ocasião tinha sido trazido pela cegonha havia apenas três semanas. Quando voltamos para casa, vim o tempo todo olhando para cima, na direção do céu, esperando ver a passagem do anjinho Rasmussen, subindo para encontrar-se com seus pares que ficavam voando em torno de Nosso Senhor. Num dado momento, puxei-a pelos punhos da manga e perguntei:

— Titia, a que horas ele vem? Será que vamos vê-lo de novo, quando a cegonha nos trouxer outro irmãozinho?

Ela ficou tão impressionada com minha imaginação, que não se conteve, exclamando:

— Esse menino vai-se tornar um grande poeta!

Daí em diante, passou a repetir a frase, adaptando-a ao tempo atual, à medida que fui crescendo. Hoje em dia, ela é a única pessoa que me entende e consola durante meus ataques de "dores poéticas" e de dores de dente — sofro frequentemente de ambas.

— Escreva tudo o que lhe vem à cabeça — costuma aconselhar-me. — Guarde na gaveta seus pensamentos, imitando o método de Jean Paul, que assim se tornou um grande escritor. Não que eu seja admiradora dele; não sou, acho-o de mentalidade muita tacanha. Nisso, não me vá imitá-lo. Nunca pense pequeno; ao contrário: pense grande!

Nas noites em que fico remoendo esses conselhos, perco o sono. Meu coração fica angustiado, enquanto minha mente não consegue imaginar o que posso fazer para me transformar no grande poeta que serei um dia. É a isso que chamo de "dores poéticas". Elas doem, de verdade. Mais dolorosas e terríveis, porém, são as dores de dente. Essas, sim, fisgam, oprimem, esmagam, retirando você de sua condição de ser humano e transformando-o num verme que se contorce todo, como se tivesse sido atirado dentro de um pacote de pimenta.

— Essa dor... como a conheço! — disse Titia, abrindo os lábios num sorriso triste, e deixando ver seus dentes brancos e brilhantes.

Mas vamos prosseguir com esta história, dando início ao seu terceiro episódio.

III

Mudei para um quarto alugado, coisa de um mês atrás, e estava falando sobre isso com Titia:

— A família que me alugou o quarto mal me dá atenção. Posso bater a campainha uma, duas, três vezes, e ninguém atende. Impressionado com esse descaso, acabei entendendo a razão: eram todos surdos. E isso tinha sentido porque a casa é uma zoeira total, de dia e de noite. E quem faz tanto barulho assim? O tempo, o vento e as pessoas. Meu quarto fica justamente em cima da porta de entrada da casa. Cada carroça ou carruagem que passa em frente faz balançar todos os quadros pendentes das paredes. À noite, quando o porteiro finalmente fecha a porta principal do prédio, até parece que está acontecendo um terremoto. As paredes trepidam! Se já me recolhi ao leito, sinto o colchão sacudir, e todo o meu corpo chocalhar, como se tomado de uma convulsão. E se me queixo aos donos da casa, eles sorriem e dizem que aquilo faz bem, que é bom para os nervos!

"Quando o vento sopra furiosamente — aliás, é o que mais acontece nesta terra — os enormes ganchos de ferro que seguram as folhas das janelas ficam batendo continuamente contra a parede, numa barulheira infernal, enquanto que a sineta sobre o portal da casa vizinha bimbalha a cada nova rajada que a atinge.

"Os outros hóspedes vão chegando espaçadamente, por etapas. A cada hora chega um. O sujeito que alugou o quarto situado bem acima do meu ministra lições de trombone durante o dia, e à noite, antes de deitar, ou seja, por volta de meia-noite, empreende uma caminhada ao redor do aposento, calçado com suas botas de alpinista. É sua forma de fazer ginástica...

"As janelas não têm para-ventos; por isso, uma das vidraças quebrou, e a senhoria colou um folha de papel em seu lugar. Quando o vento sopra forte, essa folha trepida, zumbindo como uma abelha. É um barulhinho que dificulta bastante conciliar o sono. Mas quando por fim adormeço, nem bem começo a sonhar, e sou acordado pelo cantar do galo, visto haver um galinheiro nos fundos da casa. Além do galo principal, há os frangos aprendizes, todos interessados em me deixar ciente da aproximação da manhã.

"O dono da casa cria dois cavalinhos, embora ali não exista um estábulo. Resultado: os animais dormem num quartinho que dá para o corredor, ao lado de meu quarto. Os pobres animais dispõem de espaço tão exíguo, que, para se exercitarem, passam a noite aplicando coices nas paredes e na porta do pequeno aposento.

"Tão logo se ergue o sol, o porteiro do prédio, que reside no sótão, calça seus tamancos de madeira e desce as escadas saltando de dois em dois degraus. Em seguida, abre a porta principal com um estrondo, fazendo abalar as paredes do prédio. Não demora para que o ginasta que mora logo acima do meu quarto dê início a sua bateria matinal de exercícios. Agora seu treinamento físico é feito com ajuda de halteres. Ele ergue e abaixa os pesos, depositando-os com força no chão. Costuma acontecer que, no meio de um exercício, ele se desequilibre, deixando cair os halteres, e dando-me a impressão de que meu próprio teto irá cair-me sobre a cabeça.

"Chega o momento em que as crianças se preparam para ir à escola. Os capetinhas correm pelos cômodos e corredores, gritando e guinchando como se estivessem sendo submetidos a uma sessão de torturas. Levanto-me então, abro a janela e aspiro o ar da manhã, enchendo os pulmões com uma golfada de aragem matinal, a fim de me desintoxicar. Só então me lembro que, do outro lado da rua, existe um curtume, e que a brisa fresca da manhã costuma vir impregnada do cheiro emanado daquele estabelecimento.

"Mas no final das contas, Titia, não posso me queixar: trata-se de uma casa confortável, administrada por um pessoal tranquilo e extremamente discreto."

Foi isso o que eu disse a ela, talvez com palavras um pouco mais enfáticas, mas dentro do espírito das frases que aqui transcrevi. Qual foi sua reação?

— Oh, meu sobrinho, você é efetivamente um poeta! — exclamou ela, quase gritando. — Por que não escreve isso? Faça-o, é tão bom quanto Dickens! Qual Dickens o quê: é melhor! Sim, bem mais interessante! Que poder de descrição: a gente enxerga as coisas, enquanto você vai falando. Posso até ver a casa a minha frente. Sinto até um arrepio... Vamos, trate de escrever. Acrescente alguns seres humanos à história, gente de carne e osso, personagens interessantes; de preferência, infelizes, pois as pessoas infelizes são bem mais interessantes que as felizes.

Bem, é o que estou tentando fazer. Descrevi a casa exatamente como ela é, com todos os seus ruídos, estrondos, barulhos e estampidos. Faltou, é verdade, um enredo, além de outros personagens que não eu próprio. Estes ainda haverão de vir. Aguardem.

IV

Inverno. Tarde da noite. Mau tempo — melhor dizendo: péssimo. Muita neve e vento forte; tão forte, que eu mal me mantinha de pé, caminhando pelas ruas.

Titia fora ao teatro, levando-me consigo como companhia. Agora, tínhamos de voltar para casa. Conseguir uma carruagem de aluguel era impossível, pois todas estavam ocupadas. O jeito era prosseguirmos a pé.

A casa dela era muito distante, mas meu quarto ficava mais ou menos próximo. Se não fosse por essa circunstância, não teríamos outro remédio senão procurar abrigo numa guarita vazia, já que os guardas-noturnos e sentinelas dificilmente estariam a postos numa noite daquelas.

Aos tropeções, fomos caminhando pela neve espessa, por entre os flocos que torvelinhavam ao nosso redor. Titia segurava meu braço com toda a força, enquanto eu tentava prosseguir, enfrentando a fúria do vento, que teimava em soprar apenas em sentido contrário ao nosso. Em certos trechos, fui obrigado a carregá-la. Duas vezes caímos, mas sempre no macio, e portanto sem consequências piores.

Por fim, chegamos à casa onde eu morava. Sacudimos a neve das roupas, mas mesmo assim ainda sujamos o chão do vestíbulo. Tiramos os casacos, os chapéus e os sapatos, todos inteiramente encharcados. A senhoria emprestou à Titia meias de lã e um roupão, aconselhando-a a enxugar a cabeça, para não se resfriar. Em, seguida, desaconselhou-a a esperar que a tempestade amainasse, a fim de seguir até sua casa. Passasse aquela noite ali mesmo. Para tanto, podia usar o divã que havia na sala de estar, ao lado do quarto que eu ocupava. Titia concordou e aceitou a oferta.

A lareira estava acesa. Sobre a mesa, uma chaleira deixava escapar vapor pelo bico. Meu quarto parecia aconchegante e confortável, embora não tanto quanto o de Titia, que tinha cortinas pesadas em toda a extensão das paredes e um espesso tapete no chão, assentado sobre grossas camadas de jornais. Ali dentro a gente se sentia como se estivesse encerrado numa garrafa arrolhada, cheia de ar quente. Isso, porém, era do outro lado da cidade. Ela agora teria de se contentar com algo bem mais modesto, embora confortável, conforme acabei de dizer. Lá fora, o vento continuava a soprar furioso.

Antes de irmos deitar, ficamos conversando. Titia relatou vários episódios de seu tempo de moça, e em muitos deles o falecido cervejeiro desempenhava papel importante. Depois, passou a relembrar minha infância, falando do dia em que rompeu meu primeiro dentinho. Ah, como toda a família vibrou com aquele acontecimento! O primeiro dente, o dente da inocência, branco como leite — meu primeiro dente-de-leite. Depois dele, viriam os demais, um ao lado do outro, como soldadinhos alinhados ombro a ombro. Trata-se, porém, de uma vanguarda provisória, pouco depois substituída por outra, agora a dos dentes permanentes, os definitivos, aqueles que nos acompanharão por muitos e muitos anos, senão por toda a vida. Os últimos a romper são os dentes do siso, quatro ao todo, nas extremidades do fundo da boca. Além de nascerem entre dores e dificuldades, costumam vir ao mundo tortos e imperfeitos. Por fim, eis que os dentes começam a cair. Um a um, os velhos soldados vão dando baixa, abandonando o campo de batalha. Um dia, lá se vai o derradeiro. Não é dia de festa, e sim de luto e consternação. Mesmo que se mande fazer uma dentadura, é necessário aceitar resignadamente o fato inevitável: a pessoa está velha. Isso não quer dizer que seu espírito não possa manter-se jovem, mas aí já é outra história.

Não se pode dizer que o assunto fosse dos mais agradáveis, mas era sobre isso que estávamos conversando, eu e Titia. Quando demos por nós, já passava de meia-noite. Titia levantou-se e foi para a sala de estar, ao lado, a fim de se instalar no divã. Ao sair, tranquilizou-me:

— Boa noite, sobrinho. Não se preocupe comigo: estou tão confortável quanto estaria em meu próprio quarto.

Pouco depois, ressonava serenamente, embora a casa continuasse barulhenta como sempre, ainda mais com a tempestade que rugia lá fora. As janelas trepidavam, os ganchos externos chocalhavam, a sineta da casa ao lado bimbalhava, o vizinho do andar de cima exercitava-se, fazendo sua habitual caminhada alpina ao redor do quarto. Por fim, resolveu deitar-se, tirando as botas freadas e deixando-as cair com estrondo no assoalho de seu quarto, que era simultaneamente o teto do meu. Não demorou para que eu passasse a escutar seu ronco ritmado, um novo ruído a somar-se aos demais.

Como repousar, se eu não tinha paz? A tempestade, também, não parecia querer repousar, mas antes recrudescer. O vento continuava a soprar, entrando por entre todas as gretas e frinchas que encontrava. Que disposição! Foi então que me lembrei de que tinha dentes. Aliás, eles é que se fizeram lembrar. Uma fisgadinha aqui, um latejar ali, e estava transmitida a mensagem: previsão de dor de dentes, daquelas terríveis, para breve, muito breve...

Pela janela entrou uma corrente de ar. A lua brilhou no céu e espalhou sua luz sobre o assoalho do quarto. O clarão aumentou, e depois foi diminuindo, até desaparecer. Enquanto isso, o vento varria o céu, levando as nuvens de um canto para o outro. Luz e sombra se alternavam, projetando-se intermitentemente sobre o chão. Finalmente, uma sombra começou a tomar forma, transformando-se numa figura, enquanto que uma rajada de ar gelado explodiu contra meu rosto, subitamente. Então, a estranha figura sentou-se no chão e me fitou.

Lá estava ela, como se fosse um desenho de criança, representando uma pessoa. O corpo não passava de uma linha, assim como os braços e as pernas. Já a cabeça era um círculo. À medida que minha vista se acostumava com aquele estranho ser, distingui um vestido vaporoso, cobrindo sua silhueta mais que esbelta. Isso significava que a figura era do sexo feminino.

Em seguida, comecei a escutar um ruído surdo, espécie de murmúrio contínuo. De onde estaria vindo? Seria produzido pelo vento? Ou seria a voz da exótica figura sentada ali no chão? Sim, era isso! Ela falava!

Apresentou-se: era Dona Dor-de-Dentes, em pessoa!

Sim, ela mesma, em seu horrendo e monstruoso esplendor e glória. *Satania infernalis!* Livrai-nos Deus de sua presença!

— Bom lugar, este aqui — murmurou Dona Dor-de-Dentes. — Essa casa, segundo penso, foi edificada num lugar onde outrora existia um brejo. Sim, havia mosquitos venenosos por aqui, nos velhos tempos. Os insetos já se foram, mas ficaram seus ferrões, e é com eles

999

que atormento os homens, cravando-os sem dó nem piedade em seus dentes. Você aí, que está deitado nessa cama: chegou sua vez. Vim ver o que posso fazer por esses dentes branquinhos e bonitos que você tem dentro da boca. Eles já mastigaram o que era doce e o que era salgado, o que era quente e o que era frio, polpas macias e caroços duríssimos. Vou sacudi-los, bambeá-los, dar-lhes marteladas, soprar um vento gelado que haverá de penetrar até a raiz de cada um deles!

Ah, megera danada! Isso lá é coisa que se diga? Mas ela prosseguiu:

— Então o amigo é poeta, hein? Isso é muito bom! Que tal uma ajuda? Posso dar-lhe inspiração suficiente para que componha uma antológica "Elegia à Dor". Em pouco tempo, você estará tão entendido de dores agudas e latejantes, que seus nervos até começarão a retinir e trepidar.

No mesmo instante, cumprindo sua palavra, senti como se uma sovela estivesse penetrando pela minha gengiva e alcançando o fundo de meu maxilar.

— Belos dentes, sim senhor! — continuou ela. — Parecem teclas de um órgão. Sendo assim, vamos executar um belo concerto. Logo escutaremos o rufar dos tambores, o silvo das flautas e a clarinada dos trumpetes. O som da tuba caberá aos dentes do siso. Não me agradeça, vamos, você merece! Para um poeta tão sensível, nada melhor do que música bem vibrante!

Sabe-se lá como, ela enfiou sua mão por dentro de meus lábios cerrados e começou a dedilhar meus dentes, tocando-os com seus dedos ossudos e gelados, cada qual lembrando um instrumento de trabalho: o polegar e o indicador eram as pinças de um torquês; o dedo médio era um estilete; o anular, uma broca; o mindinho, um vazador.

— Vou ensinar-lhe a versejar — continuou ela. — Quanto maior o poeta, maior será a sua dor de dentes!

— É assim? — gritei, horrorizado. — Então, deixe-me em paz! Quem lhe disse que sou poeta? Nunca fui! Quando muito, sou sujeito a ataques de poesia, assim como o sou aos ataques de dor de dentes. E como aqueles passam depressa, esta também já está na hora de acabar!

— Ahn, nosso amiguinho já está aprendendo! Vamos, diga-me: admite que eu seja maior que a Poesia, maior que a Matemática, maior que a Filosofia, maior até mesmo que a Música? Confessa que os sentimentos e sensações provocados pela contemplação de uma tela ou de uma escultura nem de longe se comparam aos sentimentos e sensações provocados por mim? Isso é porque sou mais antiga que a Arte. Nasci junto, se bem que do lado de fora, das portas do Paraíso, ali onde o vento sopra de todos os lados, e os cogumelos venenosos vicejam. Por minha causa, Eva acrescentou mais uma folha de figueira a sua indumentária, embora tenha sido Adão quem padeceu a primeira dor de dentes que um dia atormentou uma boca humana.

— Pare de falar! — supliquei. — Confesso e admito tudo o que a senhora quiser. Concordo com tudo, sem impor qualquer condição. Mas deixe-me em paz, por favor!

— Comprometa-se então a suspender qualquer tentativa de ser poeta. Nunca mais escreva um verso, seja em papel, lousa ou onde se puder escrever. Enquanto cumprir sua palavra, prometo não vir mais incomodá-lo. No dia em que quebrar sua palavra, porém, pode apostar que não demorarei a vir torturá-lo.

— Juro que nunca mais terei pretensões de me tornar um poeta! Juro qualquer coisa, desde que nunca mais venha a encontrá-la!

— Acredito em sua sinceridade neste momento, mas gostaria de certificar-me da permanência de suas intenções, vindo fiscalizar de tempos em tempos seus atos e atitudes. Para tanto, assumirei uma forma diferente desta com que hoje me apresento, mais simpática e menos delgada. Você me verá como se fosse sua tia Mille. Eu chegarei até você e direi: "Oh, meu sobrinho querido, você é de fato um grande poeta, o maior que temos!" Ai de você se acreditar nessas palavras, encher-se de presunção e disparar a escrever versos! Experimente só! No mesmo instante, executarei um vibrante concerto de órgão no teclado de sua boca! Entendeu, queridinho? Portanto, lembre-se: quando avistar sua Tia Mille, é a mim que você estará vendo!

Só então ela desapareceu, mas não sem antes desferir-me funda estocada na gengiva. Depois disso, porém, toda a dor se desvaneceu como que por encanto, e eu me senti como se estivesse flutuando num lago plácido, por entre brancas flores de lótus emergindo de lindas folhagens verdes. Fechei os olhos e me deixei afundar naquelas águas tranquilas, descendo até as profundezas silentes, onde reina a mais absoluta paz.

— Morre agora! — sussurravam as águas a meu redor. — Derrete como a neve! Desfaze-te como as nuvens que flutuam mansamente pelos céus, até que desapareças para sempre...

E, enquanto afundava, eu ia deixando para trás flâmulas e estandartes feitos de asas de borboleta, nos quais estavam escritos os nomes de todos os poetas imortais.

Dormi profundamente, um sono pesado e sem sonhos. Não escutei mais o silvo da ventania, o estrondo das portas sendo abertas, os exercícios matinais de meu vizinho do andar superior. Oh, que beatitude!

Uma rajada de vento atravessou os corredores, fazendo abrir-se com um rangido a porta da sala de estar, onde Titia estava dormindo. Ela acordou, levantou-se e, depois de se arrumar, veio ao meu quarto, encontrando-me, segundo suas palavras, "adormecido como um dos anjinhos de Nosso Senhor". Meu semblante revelava tamanha paz, que ela não teve coragem de me despertar.

Pouco depois, entretanto, eu acordei. Antes de entrar em plena posse de meu raciocínio, mal me lembrava do que havia acontecido na véspera. Assim, quando avistei Tia Mille, sentada ao lado de minha cama, não atinei com o fato de que ela havia pernoitado na sala de estar logo ali ao lado, imaginando antes que se tratasse da prometida encarnação de Dona Dor-de-Dentes. Nesses momentos, o sonho e a realidade se misturam, caminhando lado a lado. Vendo-me de olhos abertos, ela perguntou:

—Então, querido sobrinho, escreveu alguma coisa ontem à noite, depois que me recolhi? Você é meu poeta predileto, mas quero que todo mundo venha em breve a saber disso.

Tive a impressão de que ela sorria zombeteiramente enquanto dizia essa coisas. Por outro lado, a semelhança da megera com minha doce Tia Mille era tão fantástica, que eu já não sabia qual das duas seria a que ali estava a minha frente. Por isso, limitei-me a ficar olhando para aquela senhora (a tia boazinha, ou a horrenda bruxa do meu sonho?), sem responder coisa alguma. Ela então insistiu:

— E então, meu sobrinho, escreveu ou não alguma coisa? Quem sabe, um poema?

—Não! Não! — respondi assustado, quase gritando. — Quem é a senhora? É a Tia Mille?

— E pode haver alguma dúvida a esse respeito? — estranhou ela, desfazendo de vez minha perplexidade: era mesmo a Tia Mille.

Entendendo que eu ainda deveria estar sob efeito do sono, ela se despediu, beijou-me e apanhou uma carruagem, seguindo para sua casa. Quanto a mim, fiquei por aqui mesmo, aproveitando para escrever este conto que você acaba de ler. Como pode ver, não o fiz sob a forma de um poema, por vias das dúvidas. Além do mais, não pretendo publicá-lo, nunca!

....

Aqui terminava o manuscrito. Ao que parece, havia ainda outras páginas, que meu amigo, o que trabalhava na mercearia, não tinha encontrado. Que pena! Para onde teriam ido? Provavelmente desapareceram pelo vasto mundo, não como originais literários, mas sim como embrulho de arenque em conserva, manteiga ou sabão. Ou seja, valendo apenas pelo papel, e não pelo que nele estava escrito.

O cervejeiro morreu. Titia também. E até mesmo o estudante já se fora deste mundo. A centelha de seu talento terminara ali, na barrica de papel de embrulho de uma mercearia. Todos haviam chegado ao fim, assim como este conto, intitulado Titia Dor-de-Dentes, que acabou sendo impresso, recebendo agora seu ponto final.

Este livro foi composto com a tipografia Times New Roman,
papel do miolo Polén Soft 70g/m² e impresso pela Eskenazi.